Der Neue Conrady
Das große deutsche Gedichtbuch

DER NEUE
CONRADY

Das große deutsche Gedichtbuch

VON DEN ANFÄNGEN BIS ZUR GEGENWART

NEU HERAUSGEGEBEN UND
AKTUALISIERT VON

Karl Otto Conrady

Artemis & Winkler

Die Deutsche Bibliothek – CIP-Einheitsaufnahme

Der Neue Conrady: Das große deutsche Gedichtbuch
von den Anfängen bis zur Gegenwart /
hrsg. von Karl Otto Conrady. –
Erw. und aktualisierte Neuausg. –
Düsseldorf; Zürich : Artemis und Winkler, 2000
ISBN 3-538-06894-1

Artemis & Winkler Verlag, Düsseldorf und Zürich
2. Auflage 2001

Umschlaggestaltung: Groothuis & Consorten, Hamburg
Umschlagmotiv: Augustus John, »The Blue Pool«,
© Aberdeen Art Gallery & Museums
Satz: Josefine Urban – KompetenzCenter, Düsseldorf
Druck und Bindung: Pustet, Regensburg
ISBN 3-538-06894-1
www.patmos.de

INHALT

VORWORT

Über diese Neuausgabe

Nun hat auch diese Sammlung deutschsprachiger Lyrik bereits ihre Geschichte. Zur Buchmesse 1977 erschien, dank der Unternehmungslust des damaligen Athenäum Verlags, unter dem offenbar werbeträchtigen Titel *Das große deutsche Gedichtbuch* ein voluminöser Band von über 1000 Seiten. Anders war die Idee, die sich in Überlegungen mit der Verlagsleitung entwickelt hatte, nicht in gedruckte Wirklichkeit umzusetzen: eine füllige Dokumentation der Geschichte der deutschsprachigen Lyrik von den Anfängen bis zur Gegenwart zu schaffen. Die Edition wurde vom Publikum freundlich angenommen und kletterte auf den Verkaufslisten rasch in beachtliche Höhen. Amüsant spöttelnde Rezensionsüberschriften blieben verständlicherweise nicht aus: »Lyrik, das Kilo zu fünfzehn Mark« titelte der *Mannheimer Morgen* (Hanspeter Brode), und Peter Rühmkorfs große Besprechung in der *Frankfurter Allgemeinen Zeitung* (10. 12. 1977) war überschrieben: »Eine Wundertüte deutscher Poesie«.

In einem knappen Vorwort skizzierte ich 1977, worauf ich zielte: Die Anthologie sollte weit mehr bieten als die bekannten und im Gedächtnis der Lyrikliebhaber haftenden Stücke, nämlich eine reichhaltige Sammlung der zahlreichen und unterschiedlichen ›Spielarten‹ deutschsprachiger Lyrik. Auch was dem Leser fern und fremd sein mochte, hatte in dem Band Platz zu finden. Etliche ›Konterbande‹ steckte ich mit hinein: politische, revolutionäre Texte, die manche als ›echte Lyrik‹ nicht recht anerkennen woll(t)en. Diese Absicht galt auch für die revidierte Fassung 1991 und ist unverändert verbindlich für die vorliegende Neuausgabe 2000. Nur möchte ich, zum letzten Mal dieses Gedichtbuch edierend, im neuen Vorwort das Vorhaben und seine Ausführung detaillierter als bisher begründen und erläutern.

Zunächst noch etwas weiter in der bisherigen Geschichte des Buchs. Als sich Ende der achtziger Jahre der Athenäum Verlag nicht mehr halten konnte, erwarb der Artemis & Winkler Verlag (damals München und Zürich) die Rechte an dem Band. Da eine Gedichtanthologie, die bis zur jeweiligen Gegenwart führt, sozusagen ein ›work in progress‹, eine Schöpfung in beständigem Fortschreiten, bleibt, wurde 1991 die Sammlung neu konzipiert: Sie sollte nun bis an die Schwelle der neunziger Jahre führen, also bis in jene Zeit, als im November 1989 die Mauer gefallen, die Grenze zwischen den beiden deutschen Staaten durchlässig geworden und am 3. Oktober 1990 die neue deutsche Einheit besiegelt worden war.

Mit der Neukonzeption waren Schwierigkeiten verbunden. Denn der Umfang des Buchs musste begrenzt bleiben. So verzichteten wir, unter Bedenken und Bedauern, auf die alt- und mittelhochdeutschen Beispiele und reduzierten auf die Zeit von 1500 bis zur Gegenwart. Da musste ich manches neu ordnen und manches unter dem Zwang zur Straffung sogar streichen, gewann damit freilich wie vorgesehen den gewünschten Raum, damit der Anteil der Gedichte aus der neuesten Zeit wachsen konnte. Das alles ging nicht immer ohne Freveltaten ab.[1] Doch erwies sich der Band von 1991 (mit dem Untertitel »Von 1500 bis zur Gegenwart. Neu herausgegeben und aktualisiert von K. O. C.«) als die erwünschte beachtenswerte Sammlung deutschsprachiger Lyrik.

Vor einiger Zeit nun entschloss sich der Artemis & Winkler Verlag, der seit 1995 im Patmos Verlagshaus in Düsseldorf beheimatet ist, eine neuerliche Ausweitung zu ermöglichen, um eine maßgebliche Auswahl aus dem gesamten Inventar deutschsprachiger Gedichte von den Anfängen bis zur Gegenwart in einem einzigen Band zusammenzufassen. Das bedeutete immerhin, dass wieder, wie in der ersten Ausgabe von 1977, mit dem *Wessobrunner Gebet* aus dem 9. Jahrhundert begonnen und ferner bis zum Ende des 20. Jahrhunderts fortgeschritten werden konnte. Dieses reizvolle Angebot zu einer durchgreifenden Neubearbeitung mochte ich nicht ausschlagen.

Jetzt (1999/2000) spielte die Trennung in eine Literatur der Bundesrepublik Deutschland und der Deutschen Demokratischen Republik keine Rolle mehr. Im Vorwort von 1977 hatte ich noch hervorheben müssen, dass einige äußere Schwierigkeiten nicht zu überwinden waren: »Manche Verlage der DDR haben, in der gegenwärtigen Phase der Politik offensichtlich auf strikte Abgrenzung und auf die Behauptung einer eigenständigen ›sozialistischen‹ Kultur bedacht, die Abdruckgenehmigung für Gedichte, über deren Lizenzen sie verfügen, verweigert. Daher müssen bedauerlicherweise so bedeutende Lyriker fehlen wie Johannes R. Becher, Volker Braun, Franz Fühmann, Louis Fürnberg, Georg Maurer, Karl Mickel, Rudolf Leonhard, Paul Wiens. Das betrifft auch einzelne Gedichte von Hanns Cibulka und Günther Deicke. Erfreulicherweise erreichte uns noch während des Drucks die Genehmigung von Erich Arendt.«

Alles längst Vergangenheit. So spiegelt sich in der kleinen Geschichte dieses Gedichtbuchs auch deutsche Geschichte der letzten Jahrzehnte. Im Vorwort zur Ausgabe von 1991 ging ich eigens auf die sog. DDR-Lyrik ein und notierte, dass es verfrüht sei, schon bedeutende Reflexe auf das bewegende geschichtliche Geschehen der beiden Jahre 1989 und 1990 in Gedichten jener Zeit zu erwarten. Doch konnten immerhin einige einschlägige Verse in den Band aufgenommen werden. Nun aber hat das Jahrzehnt, das seit jener ›deutschen Wende‹ von 1989/1990 vergangen ist, deutlichere Spuren in manchen Gedichten hinterlassen. Freilich ist schwerlich zu bestreiten, dass immer noch die Charakterisierung ›Zwischenzeit‹ ihre Berechtigung besitzt, die ich 1991 benutzte, als ich die damalige Zeitphase des Neuarrangements der Anthologie etikettieren wollte. So scheint mir nach wie vor nachdenkenswert zu sein, was ich in der Einleitung 1991 andeutete:

»Höchst kompliziert ist es um die sog. DDR-Lyrik bestellt. Schon die auf den ersten Blick sicheren Zuordnungen sind bei manchen problematisch. Wer zu Anfang seiner schriftstellerischen Laufbahn als ›DDR-Lyriker‹ firmierte, mag schon vor Jahren jenes Land verlassen haben. Die frühen Gedichte der Günter Kunert, Sarah Kirsch und anderer: zählen diese noch zweifellos zur Lyrik der damaligen DDR, die späteren, nach der Umsiedlung geschriebenen, aber ebenso zweifelsfrei zur Lyrik der damaligen Bundesrepublik Deutschland? Und wie ist es bei den Gedichten derer, die in der DDR blieben? Gehören sie nach den politischen Umwälzungen, die niemand so und so rasch erwartete, nun zu einem abgeschlossenen vergangenen Abschnitt deutscher Geschichte und deutscher Literatur? Lesen wir jene Texte jetzt nicht doch und in Zukunft noch mehr mit anderen Augen? Bleibt die subtile Genauigkeit, mit der Autoren in nicht wenigen Gedichten auf die Zumutungen der politisch-gesellschaftlichen Realität zu antworten suchten, noch zu erkennen, zu dechiffrieren? Das ist heute nicht zu entscheiden. [...] Nach allem Gesagten versteht sich von selbst, dass ich auch Stimmen habe zu Wort kommen lassen, die mit der DDR, besonders ihrer frühen Phase, enthusiastische Hoffnungen verbanden. Um so einprägsamer zeichnet sich dann ab, wie gerade mit den besonderen Mitteln der Gedichtsprache, mit Andeutung und Verknappung, bildlicher Übertragung und Verschlüsselung, Lyriker sich aufs kritische Nachdenken und Nachfragen einließen oder in einem schmerzhaft mühevollen Prozess dorthin fanden.« Unübersehbar jetzt in manchen Werken eine skeptische Distanz zu den Realitäten der neuen deutschen Einheit; verblasst die »Heldenstadtstimmung« (Steffen Jacobs) Leipziger Herkunft, und auch die Erinnerung an erfüllte Wünsche und gelungenes Leben in der einstigen DDR wird Lyrikzeilen anvertraut.

Die jetzige Ausgabe dokumentiert, so hoffe ich, deutsche Lyrik in ihrer Gesamtheit, und den

Lesern bleibt es vorbehalten, in den schriftlichen Zeugnissen der Gedichte Spuren der so unterschiedlichen Lebenswege und Lebensschicksale der in die Zeitläufe so oder so verstrickten Individuen zu entdecken.

Im Folgenden möchte ich, ohne die gutwilligen Leser ungebührlich zu strapazieren, ausführlicher als früher begründen und erläutern, welche Prinzipien mich bei der Auswahl leiteten, nach welchen Gesichtspunkten ich die Menge von immerhin rund 2200 Gedichten anordnete und wie ich den Band für eine praktikable Benutzung einrichtete. Der Kernbestand der Ausgabe von 1991 ist weitgehend erhalten geblieben. Doch bedurfte diese Neufassung, die so viele Gedichte aus alten Zeiten und aus der Gegenwart hinzunimmt, in manchen Partien einer Revision. Trotz des zur Verfügung stehenden beachtlichen Umfangs konnten nicht beliebig viele Texte addiert werden; die erhebliche Vergrößerung des Gesamtfundus an Namen und Texten forderte behutsame Komprimierung und eine Überprüfung des Arrangements im Ganzen und im Einzelnen; die ungewöhnlich große Zahl lizenzpflichtiger Gedichte zwang zu gewissen Begrenzungen, damit das Vorhaben überhaupt zu realisieren war. Aus diesen Gründen habe ich an einigen Stellen einzelne Gedichte getilgt, um die jeweilige Sequenz nicht unproportional zu verlängern, oder gegen ein neues ausgetauscht, das mir bedeutsamer zu sein schien. Immer leitete mich der Wunsch, dem Leser viele und bequeme Zugänge zur ganzen Mannigfaltigkeit deutscher Lyrik zu bieten.

Über Lyrik und Gedichte im Allgemeinen

Natürlich lässt es die Begrenzung eines Vorworts nicht zu, dass ich intensiv auf die zahlreichen fachwissenschaftlichen Bemühungen um eine Theorie der Lyrik eingehe. Wenn ich dennoch Einzelnes aus diesem Gebiet erwähne, so streife ich es nur, um meine eigene Position der herausgeberischen Praxis plausibel zu machen.[2]

Über Sinn und Eigenart, Bedeutung und Aufgabe des Gedichts (des Dichters und der Dichtung insgesamt) wird übrigens von früh an auch in Gedichten selbst nachgedacht, so dass sich spezielle Textsammlungen und Untersuchungen allein diesem Thema widmen.[3] Der vorliegende Band enthält ebenfalls zahlreiche Gedichte mit entsprechenden poetologischen Reflexionen.

Dass Gedichte der Lyrik zugerechnet werden, gilt generell als selbstverständlich. Jedoch besteht über die Bedeutung und den Geltungsbereich des Begriffs ›Lyrik‹ durchaus keine einheitliche Auffassung. Das rührt vor allem daher, dass manche Benutzer dieses Worts meinen, es bezeichne nicht nur äußerliche Merkmale von Gedichten, sondern enthalte auch das Qualitätssiegel für ein sprachliches Werk, das in das Inventar mit der Signatur ›Lyrik‹ aufgenommen werden dürfe. Solcher Gebrauch des Lyrikbegriffs schließt prinzipiell eine Wertung ein. Dabei macht sich, wie noch zu zeigen ist, störend bemerkbar, dass keineswegs präzise, sondern ziemlich diffuse Wertmaßstäbe im Spiel sind und dass oft ein Wesen von ›eigentlicher‹ Lyrik behauptet wird, das nur in wortgewandten Umschreibungen illustriert werden kann, bei denen gelegentlich sogar Ausflüge ins Metaphysische nicht gescheut werden.

»Das ist keine Lyrik«, wird manchmal flott geurteilt, wenn ein Gebilde in dieser Rubrik auftaucht, das jenen Ansichten von Lyrik nicht entspricht, die sich der Beurteilende zu eigen gemacht hat. Da hilft es dann nicht, wenn die Autorin oder der Autor selbst das Geschaffene sehr wohl der Lyrik zugeordnet sehen will. Wer indes die Geschichte der (nicht nur deutschsprachigen) Lyrik überblickt und sich unvoreingenommen auf die Fülle und Vielfalt ihrer Werke einlässt, dürfte rasch einsehen, dass ihnen ein Lyrikbegriff nicht gerecht zu werden vermag, der mit Wertmaßstäben und Wesensbestimmungen aufgeladen ist, die allgemeine Gültigkeit beanspruchen. Deshalb geht es mir hier darum, einleuchtend darzulegen, wie sich im Umgang mit Gedichten aus ferner und naher Zeit Vor-Urteile hinderlich auswirken, wenn man dem Begriff ›Lyrik‹ bestimmte Ansichten von Wert und Wesen der ihm zuzuordnenden Sprachwerke einimpft und sie außerdem für zeitlos gültig hält. In Wahrheit gibt es kein zeit- und geschichtsloses Wesen von Lyrik samt zugehörigen Wertungen.

Um es vorwegzunehmen: Nur ein (möglichst) neutraler, allerdings (möglichst) genau und einsichtig definierter Begriff von ›Lyrik‹ und ›Gedicht‹ ist tauglich, den ganzen Reichtum an ›Gedichten‹ zu erfassen, der vor Unterschieden und Kontrasten geradezu strotzt, und zugleich vorurteilsfrei offen zu bleiben für vielleicht überraschende und bisher ungeahnte Entwicklungen.[4]

Über Ursprung und Geschichte des Worts ›Lyrik‹ erwähne ich hier nur so viel, dass einige der Schwierigkeiten sichtbar werden, die aus der Entwicklung und dem Gebrauch des Begriffs herrühren. In der Antike meinte Lyrik im engeren Sinn nur das zur Lyra (Kithara) vorgetragene Lied. So rechnete man manche Gedichtarten, die für uns selbstverständlich dazugehören, nicht zur Lyrik, wie etwa Elegie und Epigramm. Die Ausweitung des Geltungsbereichs erfolgte viel später, und immer ergaben sich Fragen der Zuordnung. Bruno Markwardt eröffnete seinen Artikel *Lyrik (Theorie)* im *Reallexikon der deutschen Literaturgeschichte* (2. Aufl. 1965) mit der Feststellung: »Frühzeitig wurde das Wesen der [Lyrik] erfaßt als ein unmittelbar sich im Wort Erlösung setzendes Erleben, als reiner Gefühlsausdruck einer ichbezogenen Stimmung.« Er verwies auf »Paul Fleming in der Barockzeit«, auf »Joh. Adolf Schlegel in der frühen Aufklärungszeit«, auf »Friedr. v. Hagedorn im rokokohaften Bezirk«, auf Moses Mendelssohn, der in seinem Aufsatz *Von der lyrischen Poesie* (1778) die »Gemütsbewegung« hervorgehoben und »den keineswegs schon geläufigen Terminus ›lyrisches Gedicht‹« einzubürgern geholfen habe. Dann werde Herder »zum theoretischen Wegbereiter der echten Gefühlslyrik«.

Es hat beträchtliche Konsequenzen gehabt, dass – wie Markwardts Beispiele zeigen – frühzeitig das *Wesen* der Lyrik zu bestimmen versucht und so eindeutig und einsinnig als »Gefühlsausdruck einer ichbezogenen Stimmung« diagnostiziert wurde. Ganze Bestände europäischer Dichtung, die wir selbstverständlich als ›Lyrik‹ betrachten, können damit nicht erfasst und begriffen werden. Freilich beunruhigte von Anfang an auch ein Ungenügen der Theorie die Theoretiker selbst. In der Tat ist das Unbehagen an ihr so alt wie die Lyrik-Theorie.[5]

Erst gegen Ende des 18. Jahrhunderts wurde es in Deutschland üblich, die Dichtkunst insgesamt in die drei ›Großgattungen‹ Epos (Roman), Drama, Lyrik zu gliedern. Diese Klassifizierung kann übrigens nur für *Dichtkunst* im engeren Sinn gelten; denn jene Trias schließt, was wenigstens beiläufig bemerkt sei, erhebliche Teile der Literatur aus, z. B. den Essay, die Aphoristik, nicht-dichterische Texte und anderes mehr. 1808 tauchte bei August Wilhelm Schlegel (in den *Vorlesungen über dramatische Kunst und Literatur*) und bei Goethe *(Plan eines lyrischen Volksbuchs)* die Bezeichnung ›Lyrik‹ als Oberbegriff für alle möglichen Arten von Gedichten und Liedern auf. Goethe legte den Namen der erwähnten drei ›Großgattungen‹ bald einen besonderen Sinn bei, indem er sie (in den *Noten und Abhandlungen zum West-östlichen Divan,* 1819) als »Naturformen der Dichtung« bezeichnete: »die klar erzählende [Epos], die enthusiastisch aufgeregte [Lyrik], die persönlich handelnde [Drama]«. Diese Dichtweisen könnten zusammen oder abgesondert wirken. Problematisch genug und für eine präzise Definition kaum tauglich, wie Goethe, der selbst so variantenreich Gedichte schrieb, Lyrik als »enthusiastisch aufgeregte Dichtweise« etikettierte!

Die Betonung des subjektiven Ausdrucks beherrschte Hegels behauptende Definitionsformel in seiner *Ästhetik:* »Ihr [der Lyrik] Inhalt ist das Subjektive, die innere Welt, das betrachtende, empfindende Gemüt, das, statt zu Handlungen fortzugehn, vielmehr bei sich als Innerlichkeit stehnbleibt und sich deshalb auch das Sich*aussprechen* des Subjekts zur einzigen Form und zum letzten Ziel nehmen kann« (in der Einleitung zum Kapitel »Die Gattungsunterschiede der Poesie«). Solche Bestimmung von Lyrik, die als Tatsachenbehauptung auftrumpft, trifft auf viele Gedichte aus der langen Tradition der europäischen Dichtung nicht zu, nicht auf die römischen Klassiker und nicht auf die Humanisten, nicht auf die Lyrik der Barockzeit und nicht auf (wie auch immer kolorierte) direkt politische Gedichte, die aus dem Bereich der Lyrik zu verbannen wir keinen Grund haben. Und für Werke der (nicht nur europäischen) Moderne in ihren vielartigen Facetten ist eine solche Auffassung von Lyrik, die ja eine Wesensbestimmung ist, gänzlich unbrauchbar.

Trotz der unübersehbaren Probleme sind generalisierende Behauptungen über ›Lyrik‹ weiterhin im Umlauf. Und wenn es darum geht, Substanz und Rang von Dichtung zu beschreiben, greifen manche solcher Wesensbestimmungen und Wertvorstellungen ganz hoch oder ganz tief. Betörend einschmeichelnd ließ der junge Hugo von Hofmannsthal in seinem *Gespräch über Gedichte* 1903 Clemens über ein Gedicht Stefan Georges sagen: »Wie rein es ist! Es schwebt wie eine freie leichte kleine Wolke über einem Berg. Wie rein es ist! Es drückt einen grenzenlosen Zustand so einfach aus.« Gesprächspartner Gabriel bekräftigte: »Das tun alle Gedichte, alle guten zum mindesten. Alle drücken sie einen Zustand des Gemütes aus. Das ist die Berechtigung ihrer Existenz.« Ein grenzenloser Zustand des Gemüts einfach ausgedrückt: das wird hier als Ausweis eines guten Gedichts und als das eigentliche Wesen von Lyrik behauptet. Eben daran ist aber zu zweifeln: ob solche Behauptungen, die auf Einzelnes zutreffen mögen, generelle Geltung beanspruchen können.

Wie im Dialog zwischen zwei liebenden Menschen ein Drittes entspringe, schrieb Hans Egon Holthusen, so werde »im Umgang zwischen Dichter und Sprache das Gedicht geboren: als ein Drittes aus der Sprache, die in grenzenlos bildsamer Passivität sich selbst offenbaren will, und der Seele, die leidenschaftlich zeugend und empfangend zugleich ist, und in diesem Dritten öffnet sich die Tiefe des Seins.« Und: »In einem Gedicht, wenn es Größe hat, glaubt man den Urgrund des Seins sich unmittelbar aussingen zu hören.«[6] Solcherart emphatische Verkündigungen stoßen wohl nicht nur bei mir auf Skepsis. Grenzenlosigkeit und »Tiefe des Seins« werden berufen, als seien es nicht gänzlich unbestimmbare Zonen, sondern die eigentlichen Ortschaften, woher das Dichterische kommt und wohin es mit uns will und soll. Die Rede vom Urgrund des Seins ist nichts als ein Bekenntnis eigenen Fühlens und eigener Anmutungen, denen schwärmerisch sich hinzugeben niemandem verwehrt sein kann; sie taugt jedoch nicht zu Behauptungen, die verallgemeinerungsfähig sind.

Leider ist auch irreführend, was Gero von Wilpert in seinem weit verbreiteten *Sachwörterbuch der Literatur* unter dem Stichwort »Lyrik« anbietet (noch in der 7. und bisher letzten Auflage von 1989):

»die subjektivste der 3 Naturformen der Dichtung; sprachliche Gestaltung seelischer Vorgänge im Dichter, die durch erlebnishafte Weltbegegnung entstehen, in der Sprachwerdung aus dem Einzelfall ins Allgemeingültige, Symbolische erhoben werden und sich dem Aufnehmenden durch einfühlendes Mitschwingen erschließen. Die Unmittelbarkeit des Ausdrucks läßt die L. als Urform der Dichtung erscheinen. [...] Das zugrunde liegende stimmungshafte Welterleben kann selbsterfahren oder aus fremder Erfahrung anverwandelt und im eigenen Ich gespiegelt sein; es umfaßt sowohl seelische Gestimmtheiten [...] als auch das Verhältnis vom Ich zum Mitmenschen [...] und schließlich von Seele und Welt.«

Vieles, was da so sicher als generell gültige Tatsachenaussage vorgetragen ist, verdiente die kritische Rückfrage und entsprechende Korrekturen. Lyrik ist nicht auf »seelische Vorgänge im Dichter« festgelegt, und es steht dahin, wodurch die Behauptung legitimiert ist, solche Vorgänge würden »in der Sprachwerdung aus dem Einzelfall ins Allgemeingültige, Symbolische erhoben«. Warum sollte sich ein Gedicht nicht mit dem »Einzelfall«, dem vielleicht bemerkenswerten, bescheiden können und dürfen? Wer befindet darüber, was als das »Allgemeingültige« aufgefasst werden kann und was nicht? Wenn der klassische und späte Goethe sein Plädoyer fürs Symbolische gehalten hat (»Das ist die wahre Symbolik, wo das Besondere das Allgemeinere repräsentiert, nicht als Traum und Schatten, sondern als lebendig-augenblickliche Offenbarung des Unerforschlichen« *[Maximen und Reflexionen]*), so zwingt uns nichts, das als Generalbestimmung einer ganzen dichterischen Gattung zu übernehmen, mögen immerhin jene Anschauungen Goethes für das Verständnis seines eigenen Dichtens erhebliche Bedeutung besitzen und Gedichte von berückendem Reiz gezeitigt haben. Wenn Gero von Wilpert zudem (folgerichtig zwar, aber fragwürdig) dem Aufnehmenden »einfühlendes Mitschwingen« als die richtige Weise des Erschließens empfiehlt, so muss dies prinzipiell zurückgewiesen werden, weil dann schwerlich aufgenommen und erschlossen werden kann, was sich der Einfühlung entzieht und gar nicht darauf angelegt ist.

Wohin man auch blickt, es führt zu keinem tauglichen Gattungsbegriff, wenn versucht wird, ein generell zutreffendes *Wesen* der Lyrik zu bestimmen. Immer stellen sich unerfreuliche Ausgrenzungen ein, auch wenn über sie nicht gesprochen wird; denn die Wesensbestimmungen passen nie auf sämtliche Gedichte, die in der ›Großgattung‹ Lyrik untergebracht werden müssen, weil sie anderswo (beim Drama oder Roman/Epos) keinen Platz finden könnten. René Wellek forderte deshalb kurzerhand ein Ende der Lyrik-Theorie. Es könnten sich »nur die krassesten Verallgemeinerungen« ergeben, wollte man »die allgemeine Natur der Lyrik oder des Lyrischen bestimmen«. Deshalb empfahl er, »sich einer Untersuchung der Mannigfaltigkeit der Dichtung sowie der Geschichte und damit einer Beschreibung der Gattungen zuzuwenden, die in ihren konkreten Überlieferungen und Konventionen erfaßt werden können«.[7]

Dieter Lamping mag sich freilich Welleks Kapitulation nicht anschließen. Er teilt dessen Unbehagen »an der offensichtlichen Fixierung der neueren Lyrik-Theorien auf Wesensdeutungen des Lyrischen«[8] und sucht deshalb nach anderen Möglichkeiten der Definition dessen, was Lyrik sei. Das kann hier nicht im Einzelnen nachgezeichnet und diskutiert werden. Nur auf einige Resultate gehe ich ein, die ich im Rahmen meiner Argumentation für wichtig halte, mit der ich die Auswahlprinzipien der vorliegenden Gedichtanthologie zu begründen suche.

In sorgfältig gesicherten Schritten bemüht sich Lamping, eine Definition von Lyrik zu erreichen, die alles, was früher und heute als Lyrik verbucht wurde und wird, umfassen kann. So schlägt er vor, »das Gedicht als *Versrede* oder genauer noch: als *Rede in Versen* zu definieren« (S. 23). Im Sinn einer Minimaldefinition versteht er zunächst unter einer »Rede« jede sprachliche Äußerung, »die eine sinnhaltige, endliche Folge sprachlicher Zeichen darstellt«, und eine Rede solcher Art müsse im einfachsten Fall folgende Merkmale aufweisen:

– Sprachlichkeit, das heißt: sie muß wesentlich, wenn auch nicht ausschließlich aus sprachlichen Zeichen bestehen;
– Sinnhaltigkeit, das heißt: die Zeichen müssen als sprachliche zumindest entweder für sich oder zusammen eine semantische Funktion haben;
– Sukzessivität, das heißt: die Zeichen müssen in Folge angeordnet sein;
– schließlich Endlichkeit, das heißt: die Zeichenfolge muß einen markierten Anfang und ein markiertes Ende haben (S. 23).

In einem weiteren Schritt erarbeitet Lamping ein Definitionsangebot für die spezielle Rede in der Lyrik und führt dafür den Terminus »Versrede« ein: »Als *Versrede* soll hier jede Rede bezeichnet werden, die durch ihre besondere Art der Segmentierung rhythmisch von normalsprachlicher Rede abweicht« (S. 24). Solche Versrede entstehe »durch eine besondere Art der Segmentierung oder Rhythmisierung [...], die jedoch keine Metrisierung bedeutet« (S. 28). Sie etabliert das Reden und Schreiben in Versen. Dass der Reim kein generelles Kennzeichen von »Versrede« ist, versteht sich von selbst (in deutschsprachiger Lyrik spätestens seit der Mitte des 18. Jahrhunderts).

So versucht Dieter Lamping, »eine möglichst klare und eindeutige Antwort auf die Frage zu geben, woran ein Gedicht äußerlich zu erkennen sei und worin es sich von anderer, sei es poetischer, sei es nicht-poetischer Rede unterscheide« (S. 39). Dieser Versuch ist deshalb zu begrüßen, weil er bewusst die Frage nach dem *Wesen* des Gedichts ausspart und nicht der Annahme erliegt, es ließe sich »eine gedicht*spezifische* Verwendung von Sprache« nachweisen. Selbstverständlich weist Lamping auch die von einer problematischen Tradition belastete Auffassung zurück, Lyrik sei prinzipiell oder doch wesentlich Selbstaussprache und lyrische Subjektivität könne als Merkmal für eine Definition von Lyrik geeignet sein. Ebenso einleuchtend, dass er den Begriff »Prosagedicht« verabschiedet; denn ein so benannter Text bleibe Prosa und der Name solle ja nichts Anderes besagen, als dass eine solche Prosa »so poetisch *wie Gedichte«* sei (S. 37), – womit nun wieder erforderlich würde, »gedicht*spezifische* Verwendung von Sprache« eindeutig zu beschreiben, was nicht gelinge (S. 39).

Und dennoch: ich vermag mich an Lampings in Vielem überzeugende Vorschläge zur Definition von Lyrik nicht zu binden und an ihnen mein Auswahlverfahren auszurichten. Denn auch er kommt nicht darum herum, gemäß seiner theoretischen Festlegungen etliche Gestaltungsarten aus der ›Lyrik‹ zu verbannen, die für viele längst dort ihr Zuhause gefunden haben und die auch ich nicht aussperren möchte. Wiederholt beruft sich Lamping auf die Bezeichnungen ›Rede‹ und ›Gedicht‹ »im explizierten Sinn«, und diesem *von ihm* explizierten Sinn fallen Gestaltungen zum Opfer, deren Schöpfer selbst sie für Gedichte gehalten haben, wobei sie sich durchaus der Tatsache bewußt waren und sind, dass sie gegen Herkömmliches und Vertrautes verstießen und verstoßen. Kurt Schwitters' »Gesetztes Bildgedicht«: bei Lamping kein Gedicht »im explizierten Sinn«; Reinhard Döhls bekanntes ›Bildgedicht‹ »apfel wurm«: allenfalls »Visuelle Poesie«, aber kein Gedicht »im explizierten Sinn«; denn »die von normal gesetzter Prosa abweichende Segmentierung des Textes folgt hier keinem rhythmischen, sondern ausschließlich einem graphischen Prinzip« (S. 35). ›Buchstabengedichte‹: keine ›Lyrik‹; denn es handle sich nur um »bloße Ansammlungen von sprachlichen Zeichen, die weder für sich noch zusammen einen sprachlichen Sinn haben, also ohne eine semantische Funktion sind«. Ein Beispiel aus Ernst Jandls Band »Laut und Luise«: keine Lyrik, weil »keine Rede im explizierten Sinn« (S. 32). Ausgrenzungen solcher Art halte ich nicht für sachgerecht. In dem riesigen Vorrat aus Vergangenheit und Gegenwart sind Werke vorhanden, die vom Netz jener theoretischen Bestimmungen nicht eingefangen werden, gleichwohl aber zur Lyrik gehören. Nirgendwo anders siedeln ihre Urheber selbst sie an.

In der langen Geschichte der Lyrik sind ganz unterschiedliche Gestaltungen entstanden: neben dem stimmungsgesättigten Ausdruck einer individuellen Erfahrung die Kundgabe eines entschiedenen Wir-Gefühls in bestimmten gesellschaftlich-politischen Zusammenhängen; neben dem empfindsam Subjektiven das intellektuelle Wagnis des Denkens im Gedicht (was oft abschätzig als ›Gedankenlyrik‹ etikettiert wurde); neben dem musikalisch Schwingenden und dem die Grenzen zwischen fühlendem Subjekt und Objekt Verwischenden das experimentierende Auskundschaften des Materials Sprache und Schrift; neben strengen äußeren Formen das (wirklich oder scheinbar) lässige Schreiben in zwanglos zu Versen abgeteilten Zeilen – und Anderes mehr. Angesichts dieses unbestreitbaren Sachverhalts plädiere ich, um jeglicher Voreingenommenheit zu wehren (wie schon in der Ausgabe dieser Anthologie von 1991) für die allerschlichteste Bestimmung dessen, was als Lyrik zu registrieren ist, also für eine Minimaldefinition, sozusagen eine Registrierungskennzeichnung, die von Wesens- und Wertbehauptungen frei ist und auch zukünftigen Erprobungen im Feld der Lyrik jegliche Freiheit lässt:

Zur Lyrik gehören alle Gedichte, und Gedichte sind sprachliche Äußerungen in einer speziellen Schreibweise. Sie unterscheiden sich durch die besondere Anordnung der Schriftzeichen von anderen Schreibweisen, und zwar durch die Abteilung in Verse, wofür bei der ›Visuellen Poesie‹

die Bildgestaltung mit den Mitteln des (nicht immer nur) sprachlichen Materials und der Schrift eintritt. Der Reim ist für die Lyrik kein entscheidendes Merkmal.

Mehr sollte an allgemeinen Bestimmungen nicht deklariert werden. Autorin und Autor selbst entscheiden durch ihre Wahl der Anordnung des Textes, ob sie ihn als ›Gedicht‹, als ›Lyrik‹, betrachten und betrachtet haben wollen. Erst in genauer Einzelbetrachtung lässt sich zeigen und muss beurteilt werden, ob und wie im Zusammenhang von ›Thema‹ und ›Textorganisation‹ das jeweilige Gedicht welche Bedeutung gewinnt, welche Intention es leitet, an wen es sich richtet, was seine spezielle Schreibweise besagt und gemäß welcher Kriterien es als gelungen oder misslungen einzuschätzen ist.

Mit meinem Versuch einer neutralen Minimaldefinition entspreche ich der behutsam zurückhaltenden Beschreibung, die Günther und Irmgard Schweikle in ihrem *Metzler Literatur Lexikon* (Stuttgart 1984) im Artikel »Lyrik« anbieten: Lyrik lasse »im Hinblick auf die Vielfalt ihrer historisch, kulturell und gesellschaftlich unterschiedl. ausgeprägten Erscheinungsweisen keine einheitl. und vollständige Begriffsbestimmung zu.« Selbstverständlich schließt das alles nicht aus, dass immer wieder Absicht und Eigenart der Lyrik einzelner Autoren und Strömungen diagnostiziert werden und intensiv beispielsweise über Sinn und Signatur dieser poetischen Gattung unter den Bedingungen der Gegenwart mit ihren sich rasend schnell entwickelnden neuartigen Informationsangeboten nachgedacht wird. Tief schürfende Analysen und Interpretationen, auch hoch greifende Erwartungen fördern die Diskussion über einzelne Phänomene und Phasen in der sich unablässig fortsetzenden Geschichte der Jahrtausende alten Dichtungsart.[9]

Erwartungsgemäß findet die von mir favorisierte rigorose Neutralität der Begriffe ›Lyrik‹ und ›Gedicht‹ nicht überall Zustimmung. So wandte sich Rudolf Helmut Reschke, der 1992 im Bertelsmann Club seine Sammlung *Deutsche Lyrik unseres Jahrhunderts* vorlegte, in seinem Nachwort (S. 618 f.) energisch gegen meinen Vorschlag. Er insistiert darauf, dass die Bezeichnung ›Gedicht‹ keinesfalls wertneutral sei, und um den von ihm geforderten Maßstab zu erläutern und abzusichern, verweist er auf Gottfried Benn, der »das vollendete Gedicht« so umschrieben habe: »in sich ruhend, aus sich leuchtend, voll langer Faszination«. Diese Umschreibung, die freilich »unwissenschaftlich, subjektiv« sei, erweist sich für Reschke jedoch »als Wertmaßstab anschaulich und praktikabel« und sei ihm bei seiner Auswahlpraxis hilfreich gewesen. Sind aber Benns zitierte Worte nicht nur eine Folge schöner Formeln und Metaphern? Sie sind offen für unterschiedliche Vorstellungen und Auslegungen. Was heißt »in sich ruhend«, »aus sich leuchtend«? Wie wird das sprachlich realisiert, wie ist es nachzuprüfen und zweifelsfrei nachzuweisen? Und warum muss ein Gedicht in sich ruhend sein und aus sich leuchten? Das wird gar nicht weiter erwogen. Es ist eben so. Wie will man von hier aus mit innovatorischen Versuchen eines Ernst Jandl und vieler anderer zurechtkommen? Reschke gelang zweifellos eine reichhaltige, eindrucksvolle Sammlung (von gut 700 Seiten). Wenn ich dennoch auf bemerkenswerte Leerstellen in der fülligen Anthologie aufmerksam mache, so nicht auf der billigen Suche nach Lücken, sondern um nachzuweisen, zu welchen Konsequenzen es führen kann, wenn der Herausgeber vom Glauben an einen normativen Gedichtbegriff nicht lassen will. Was sich Reschkes als gültig behauptetem »Wertmaßstab« nicht anbequemte, wurde ausgeklammert. Alles, was (in weitem Sinn) zur experimentellen Poesie zählt, fand keine Gnade. Kurt Schwitters, Franz Mon, Gerhard Rühm, Thomas Kling: nicht berücksichtigt; auch von ›Visueller Poesie‹ kein einziges Beispiel. Und wenn Gedichte von Eugen Gomringer, Helmut Heißenbüttel, Ernst Jandl, Oskar Pastior oder Reinhard Prießnitz gewählt wurden, dann solche, die sich noch Reschkes normativem Gedichtbegriff fügen, nicht aber solche, die das besonders Charakteristische (weil entschieden Experimentierende) der Schreibweise jener Autoren zu erkennen geben.

Eine Reminiszenz und Anregung seien hier eingeflochten, die nicht nur den Umgang mit Gedichten betreffen. Emil Staiger (1908–1987), der Schweizer Literaturwissenschaftler, hat einst

(1939) den verführerischen Satz gestanzt: »Dass wir begreifen, was uns ergreift, das ist das eigentliche Ziel aller Literaturwissenschaft.« Er beeindruckte nicht wenige, besonders in jenen fünfziger Jahren nach den Erlebnissen des Kriegs, als er wieder gedruckt wurde.[10] Doch bald wurde auch ein triftiger Einspruch vorgetragen: dass nämlich die wirkliche Aufgabe der Interpretation erst dort zu beginnen scheine, wo wir nicht nur begreifen, was uns ergreift, sondern »wo wir ergreifen, was wir vorher nie begriffen haben«.[11] Dieser Anspruch behauptet sein Recht sicherlich gleichermaßen im Umgang mit fremd gewordenen alten wie auf den ersten Blick fremdartigen neuen Schöpfungen. Allerdings dürfte es nicht überflüssig sein zu bekräftigen: Zu ergreifen, was wir vorher noch nicht begriffen haben, muss nicht auch bedeuten, grundsätzlich nie (mehr) ergriffen zu werden oder die Ergriffenheit, die wir durch einen Satz, einen Vers, ein Gedicht, ein überwältigendes dichterisches Bild erfahren, öffentlich stets zu leugnen oder gar wegzuspotten.

Wer von Lyrik spricht, gerät unweigerlich in den undurchsichtigen Sinnbezirk des Worts ›lyrisch‹. Um es pointiert zu sagen: Lyrik muss nicht lyrisch sein. Dieser scheinbare Widerspruch lässt sich rasch erläutern. Es war Emil Staiger, der – gewiss gegen seine Absicht – erhebliche Verwirrung stiftete, als er 1946 in seinen *Grundbegriffen der Poetik* zu klären unternahm, was wohl im allgemeinen Sprachgebrauch unter ›lyrisch‹ verstanden würde. Dabei beabsichtigte er nicht, einen Begriff des ›Lyrischen‹ zu finden oder zu etablieren, der allen Arten von Lyrik zukommen könnte. Vielmehr las er »das Wesen des Lyrischen«, das nicht nur in der Lyrik beheimatet sein muss, an bestimmten Gedichten Goethes, der Romantik und ähnlichen Versen ab. Solcherart ›Lyrisches‹, so meinte er, wirke ohne ausdrückliches Verstehen; es gebe hier kein Gegenüber; Einheitlichkeit der Stimmung walte vor; ein Dichter solcher Verse »leiste« eigentlich nichts, er sei einsam und wisse von keinem Publikum.

Lassen wir beiseite, ob Staiger die erwähnten Dichtungen überhaupt zutreffend erfasste, so leuchtet doch sofort ein, dass solcherart ›Lyrisches‹ in weiten Bereichen der europäischen Lyrik nicht anzutreffen ist und somit auch nicht als Charakteristikum von Lyrik insgesamt beansprucht werden kann. Lyrik als Oberbegriff für alle Arten von Gedichten darf nicht mit dem eben beleuchteten ›Lyrischen‹ verwechselt werden. Staigers Beschreibung des Lyrischen greift allein im Bezirk bestimmter Goethescher und romantischer Lied- und Stimmungsdichtung, und gerade Goethes eigene Lyrikwelt ist viel gestaltenreicher (wie man schon in dieser Anthologie nachprüfen kann). Wäre es nicht angebracht, sich verbindlich darauf zu verständigen, die Bezeichnung ›lyrisch‹ nur noch in dem von Staiger präzisierten Sinn zu gebrauchen, der einem gewissen eingeübten Sprachgebrauch ja auch entspricht? Dann wäre es durchaus sinnvoll, von lyrischer und nicht-lyrischer Lyrik zu sprechen, und zwar in einem nur beschreibenden, nicht aber wertenden Sinn (als ob ›lyrisch‹ die ›eigentliche‹ Lyrik auszeichne). Merkmale des Nichtlyrischen könnten und müssten in der Betrachtung der zugehörigen Werke beschrieben werden.

Über dieses Gedichtbuch im Besonderen

Wie sich aus den bisherigen Erläuterungen ergibt, liegt der in diesem Band gesammelten Gedichtauswahl keine normative Vorstellung von dem zu Grunde, was allein Lyrik sei und zu sein habe. Meine Absicht war, möglichst viele, variantenreiche Beispiele dieser Dichtungsart in einem einzigen Buch leicht zugänglich zu machen. Es fehlt weder an liedhaften Strophen noch an weit gespannten Elegien, weder an ›Stimmungs‹- noch an ›Gedankenlyrik‹, weder an strengen Formgebilden noch am lässigen Parlando-Stil, weder an lakonischer Knappheit noch an Balladen, die ich jedoch nur sparsam berücksichtigte, weil sie in vielen Ausgaben zu haben sind. Auf Dialektgedichte habe ich ganz verzichtet, aus Raumgründen und wegen der Unumgänglichkeit ausführlichen ›Dolmetschens‹.

Dieses Sammelwerk will dem Leser die Möglichkeit bieten, sich einen Überblick über die Geschichte der deutschsprachigen Lyrik in ihrer Mannigfaltigkeit und ihren historischen Gestaltungsformen zu verschaffen. Um dies zu erreichen, musste der Band so umfangreich werden. Dabei wissen Verlag und Herausgeber sehr wohl, dass es Liebhaber der Literatur verdrießt, wenn sie ihre Bücher nicht auch liegend lesen und durchstöbern oder in handlichem Format mit sich führen können. Doch vielleicht wird diese Enttäuschung dadurch aufgewogen, dass die Reichhaltigkeit der in diesem einen Folianten zugänglichen Gedichte ihresgleichen sucht, – um es vorlaut einmal zu behaupten.

Das Buch soll ein übersichtliches Archiv deutschsprachiger Lyrik sein. Einen Kodex der ›schönsten deutschen Gedichte‹ auszustaffieren war nicht mein Ziel, wenngleich ich anzunehmen wage und wünsche, dass die Leser hier auch jene Verse finden, die sie selbst für ihre schönsten und liebsten halten. Insofern ist der Titel ›Hausbuch‹ im herkömmlichen Sinn nicht angebracht. Wer Beispiele für die vielerlei Phänomene aus der langen Folge der Jahrhunderte vorführen will, trachtet nicht danach, einen Vorrat gesicherter, vielleicht gar ›ewiger‹ deutscher Poesie zu gefälliger Erbauung und Gemütsergötzung anzulegen. Er hofft vielmehr auf das Interesse der Leser, sich auch auf Unvertrautes und Überraschendes einzulassen und gewisse Herausforderungen anzunehmen. Die Frage »Was bleibt?« lasse ich getrost auf sich beruhen. Darüber können nur das literarische Leben selbst, so lange es existiert, und die Zukunft entscheiden. Das gilt besonders bei einer Sammlung, die so überreichlich wie diese mit Werken aus der jüngeren Vergangenheit und jüngsten Gegenwart bestückt ist.

Das Verzeichnis »Die Autoren und ihre Gedichte« zu Anfang des Bandes gewährt eine klare Übersicht über die Reihenfolge der Verfasser und die Beispiele aus ihrer Lyrik. Wer dieser langen Liste nachgeht, wandert gewissermaßen durch die Geschichte der deutschen Lyrik. Mein Vorhaben war es, jeweils Charakteristisches aus den Büchern der einzelnen Lyrikerinnnen und Lyriker aufzunehmen, um ihre (womöglich ganz eigentümliche) Gestaltungs- und Schreibweise sichtbar werden zu lassen. Das konnte immer nur annäherungsweise gelingen, nicht nur weil mehr als einzelne Exempla nicht gedruckt werden konnten, sondern vor allem auch wegen der nun einmal begrenzten Perspektive des Anthologisten. Dichtungen vieler Jahrhunderte waren zu sichten, und dann war zu entscheiden, was übernommen werden sollte. So etwas geht nie ohne Zweifel und Skrupel ab, und ich bleibe dabei an meinen eigenen »Sehe-Punkt« gebunden, um den alten, aber bildkräftigen Ausdruck des Geschichtstheoretikers Chladenius aus dem 18. Jahrhundert zu zitieren.

Deshalb seien schon an dieser Stelle eine Warnung und eine Bitte um Einsicht ausgesprochen. Eine Gedichtanthologie, die weit verbreitet ist, kann (gegen den Wunsch des Herausgebers) leicht zu einem ›Kanon‹ erklärt (verklärt) werden, also zu einer Sammlung mit dem Anspruch auf Gültigkeit und Verbindlichkeit. Dem möchte ich wenigstens durch diesen Hinweis entgegenwirken: Eine Fundgrube von Dokumenten kann und soll zwar ein bequemes Hilfsmittel bei der Suche nach gewünschten Texten sein, darf aber zu einem ›Kanon‹ mit seinen (ohnehin meist fragwürdigen) Ansprüchen nicht erhöht werden. Die Bitte um Einsicht richtet sich an kritische Betrachter und an Lyrikerinnen und Lyriker. Es ist immer wohlfeil, in Sammlungen nach Lücken zu fahnden und das Entbehrte aufzulisten. Selbst bei einem Umfang dieses lexikondicken Bandes wird man Lücken namhaft machen können, die willentlich (oder unwillentlich) geblieben sind. So dürfte es auch etliche Autorinnen und Autoren geben, die aus ihrer Sicht zu Recht vermissen, berücksichtigt worden zu sein, und dies womöglich bedauern. Ein Herausgeber kann da nur um Verständnis bitten.

Nach allem bisher Gesagten bleibt zunächst zu resümieren: Mag es jedem Leser unbenommen sein, Gedichten seiner Wahl Lob und Applaus zu schenken und sie sich anzueignen, so ist doch augenfällig, dass die Sammlung mit Widersprüchlichem und strikt Gegensätzlichem angefüllt ist, nicht nur hinsichtlich der Formen, sondern gravierender noch in den ›Sinnangeboten‹. Entschieden Konträres steht in manchen Sequenzen nah beieinander, und der aufmerksame Leser merkt schnell, dass ein Disput über wichtige und folgenreiche Lebensprobleme und politische Handlungen oder Verhaltensweisen im Buch selbst durch die Gedichte geführt wird. Deshalb wird auch eine nur punktuelle Lektüre dem Gesamtangebot der Anthologie nicht gerecht; denn ihr entgeht es, an dem Gespräch und der konfliktreichen Debatte der Gedichte untereinander nachvollziehend teilzunehmen. Wenn etwa Gleim 1756 in der angenommenen Rolle des Grenadiers für Friedrich den Großen von Kriegsbegeisterung singt, folgt wenig später Matthias Claudius' flehentliche Bitte: »'s ist leider Krieg – und ich begehre / Nicht schuld daran zu sein!« Und vom wirklichen, unverklärten Los der Soldaten zeugen Verse von Logau im 17. Jahrhundert, Schubart im 18. und Chamisso im 19. Jahrhundert oder die Klage der Mutter um den gefallenen Sohn bei Oda Schaefer in neuerer Zeit und andere Gedichte aus der Zeit der Weltkriege und danach. Wenn sich nationalistische Begeisterung und Verblendung in Strophen dokumentieren, die wegen ihres Gewichts in bestimmten Phasen der deutschen Geschichte nicht einfach übergangen werden sollen, dann ist die unmissverständliche Antwort der ins Exil Getriebenen, der Geschundenen und Verfolgten parat, und der vielstimmige Chor jüngerer Stimmen schließt sich an, die von kritischen, meist auch selbstkritischen Fragen beim Hineinhorchen in Vergangenheit und Gegenwart nicht loskommen.

Leicht lassen sich Gedichte zu Gruppen mit verwandter Thematik zusammenstellen, die Jahrhunderte hindurch. Die unterschiedlichen und sich wandelnden Auffassungen von Natur und vom Verhältnis des Menschen zu ihr und in ihr spiegeln viele Beispiele. Und auf das schwärmerische Glück, wie es etwa Goethes frühe Verse besingen (»Wie herrlich leuchtet / Mir die Natur«), antwortet die Skepsis mancher Gegenwärtiger, denen solches Rühmen angesichts des Zustands der von uns Menschen zugerichteten Natur unmöglich geworden ist oder allenfalls in reflektierender Bewusstheit und Differenziertheit erlaubt zu sein scheint. Peter Rühmkorfs früher spöttisch-kritischer Einspruch gegen das literarische Angebot der Natur als Fluchtraum einer ›heilen Welt‹ (»Lied der Naturlyriker«) bleibt wohl über sein historisches Datum hinaus bedenkenswert.

Jugend und Alter, Liebe und Trennung, Schwierigkeiten der Partnerschaft, Tages- und Jahreszeiten: mühelos sammeln sich zeitlich weit entfernte Gedichte zu Komplexen dieser und anderer Themen.

Vielleicht wundern sich einige Leser, die das Sonett für eine verbrauchte und durch leichtfertige Bastelei korrumpierte Gedichtart ansehen, dass so viele Stücke dieses alten Genres zu besichtigen sind. Auch hier sei der Rat erlaubt, Umschau zu halten. Dann ist bald zu erkennen, mit wie viel Ironie manche dieser Gebilde gespickt sind und auf die herkömmlichen Ansprüche der Gattung reagieren, bis hin zu Robert Gernhardts munter respektlosen *Materialien zu einer Kritik der bekanntesten Gedichtform italienischen Ursprungs* – natürlich in Sonettversen.

›Deutschlandlieder‹ sind durch die Zeiten verstreut und in diesen Band zwecks Rekapitulation und Auseinandersetzung aufgenommen, von Walther von der Vogelweides »Ir sult sprechen willekomen« bis ins 20. Jahrhundert. Da dürfen weder einschlägige Gedichte des Barock fehlen noch Hoffmanns (von Fallersleben) »Lied der Deutschen«, noch Brechts »Kinderhymne« und Johannes R. Bechers »Nationalhymne der DDR«, auch nicht R. A. Schröders »Hymne« von 1950 (kennzeichnendes Dokument jener Geschichtsphase), die Bundespräsident Theodor Heuss damals vergeblich als neue Hymne der Bundesrepublik einzuführen versuchte. Noch mehr Texte als die genannten ordnen sich diesem ›Deutschlandbereich‹ zu, – und ebenfalls sind die vielstimmigen Gegengesänge nicht ausgespart, bis hin zu Kurt Bartschs ironischer »Liedervereinigung«.

Die Variationsbreite der Lyrik ist oft im Gesamtwerk eines Dichters präsent. Viele von ihnen, die wegen ihrer melodisch wohllautenden, gefühlvollen Strophen bekannt sind, haben wie selbstverständlich auch Gedichte ganz anderen Zuschnitts geschrieben und sich damit eingemischt in Auseinandersetzungen der Zeit, oft als Warnende, als Mahner, als Fürsprecher noch nicht errungener oder bedrohter Freiheit, als Hoffende, die ein Bild von Besserem zu entwerfen suchten, und sei es nur im poetischen Vorgriff. August von Platen ist nicht nur der Dichter der berühmten und berückenden »Tristan«-Verse »Wer die Schönheit angeschaut mit Augen, / Ist dem Tode schon anheimgegeben«, sondern auch der Verfasser zeitkritischer Verse von bemerkenswerter Entschiedenheit. Das trifft für andere Autoren nicht minder zu. Wesentliche Strömungen zumal der Lyrik nach 1945 (wenigstens nach dem Abklingen der sehnsüchtigen Feier der zuvor ramponierten ›heilen Welt‹ und des ›ergriffenen Daseins‹ in den fünfziger Jahren) sind von zeit- und gesellschaftskritischen Intentionen gezeichnet. Auch die industrielle Arbeitswelt ist, in sehr unterschiedlicher Weise, seit dem 19. Jahrhundert gängiges Thema des Gedichts, manchmal in einfacher, aber eindringlicher Sprache.

Aus all diesen Bereichen muss diese Anthologie wenigstens einige Beispiele bieten, wenngleich sie nicht mit Spezialsammlungen für bestimmte Themen und Formen der Lyrik konkurrieren kann. Und wenn die Schönheit in Versen gelobt und umworben oder gar im Gedicht selbst Gestalt annimmt und den Schein des Schönen umspielt (»Was aber schön ist, selig scheint es in ihm selbst«, Mörike), dann verstummt doch nicht Christoph Meckels »Rede vom Gedicht« mit ihrer zum Nachdenken anstiftenden Eröffnungszeile: »Das Gedicht ist nicht der Ort, wo die Schönheit gepflegt wird.«

Es ist in deutscher Lyrik ferner an Lobgedichten auf Krieg und ›Heldentod‹, herrscherliche Macht und nationale Sendung kein Mangel. Solche Verse mögen uns heute, nach den Erfahrungen unserer Geschichte, befremden und verstören, sogar wenn wir die unterschiedlichen geschichtlichen Bedingungen ihrer Entstehung nicht gering veranschlagen: etwa als Dichter und Publizisten zum Befreiungskampf gegen den Usurpator Napoleon aufriefen und die schrillsten Töne nicht scheuten, um Hass gegen den Feind und ineins damit gegen alles ›Welsche‹ zu säen. Jedenfalls sind Gedichte einschlägigen Zuschnitts aus der Geschichte der deutschen Lyrik nicht einfach zu streichen. So finden sich Beispiele dafür auch hier, sogar Geibels anmaßende Verse von *Deutschlands Beruf* und ebenso Richard Dehmels *Deutschlands Fahnenlied* von 1914, aus der Zeit der Kriegsbegeisterung zu Beginn des Ersten Weltkriegs. Es bedarf gesonderter Abhandlungen, um den historischen Stellenwert solcher Texte genau, differenzierend und die oft fatale Rezeptionsgeschichte mit bedenkend, zu analysieren und zu erläutern.

1914 schrieb auch Rudolf Alexander Schröder ein *Deutsches Lied*, das dann bis in die dreißiger/vierziger Jahre weit verbreitet blieb und dessen Strophen Generationen gelernt und gesungen haben: »Heilig Vaterland / In Gefahren, / Deine Söhne stehn, / Dich zu wahren« bis hin zum Bekenntnis: »Bei den Sternen steht, / Was wir schwören; / Der die Sterne lenkt, / Wird uns hören. / Eh der Fremde dir / Deine Krone raubt, / Deutschland, fallen wir / Haupt bei Haupt. [...] Du sollst bleiben, Land! / Wir vergehn.« Dieses wirkungsmächtige Gedicht war in der Erstausgabe dieses Gedichtbuchs 1977 gedruckt. Inzwischen haben die Erben R. A. Schröders die Genehmigung für weitere Publikationen des Lieds, die mancherlei Diskussionen aufflammen ließen, verweigert. Es ist hier nicht der Ort, über solche Maßnahmen von Erben zu rechten, wo doch der Autor selbst 1952 in den »Gesammelten Werken« den Druck der nun *Deutscher Schwur* betitelten Verse billigte.

Von besonderer Brisanz sind allemal Gedichte, die sich feiernd und/oder in propagandistischer Absicht radikalen politischen Kräften verschrieben haben, deren Auswirkungen wir kennen. Aber nicht Ausklammern und Verschweigen, sondern Hinsehen und kritische Auseinandersetzung allein können der Aufklärung über unsere Vergangenheit dienlich sein. Deshalb habe ich mich nicht mit der Aufnahme einiger entsprechender Gedichte von ansonsten immerhin zu beachtenden Autoren begnügt: Heinrich Lersch, Agnes Miegel, Josef Weinheber. (Beklemmend zu beobachten übrigens, wie Agnes Miegel, die sich eine Huldigung Hitlers nicht versagen mochte, in ihrem späteren Klagegedicht *Wagen an Wagen* die historischen Gründe für das bejammernswerte Schicksal der Flüchtlinge aus dem Osten im Dunkeln ließ.) Sogar einige spärliche Proben jener von den Nationalsozialisten damals gewünschten ›Neuen Lyrik‹ habe ich aufzunehmen gewagt (S. 717–719), wie sie seinerzeit auch in maßgeblichen Zeitschriften des literarischen Lebens und des Deutschunterrichts vorgestellt wurden. Nach dem Motto »Du bist nichts, dein Volk ist alles« trachteten sie völkische Gemeinschaft zu stiften und die Bereitschaft zum bedingungslosen Einsatz für ›Führer, Volk und Reich‹ und zum kriegerischen Kampf für die Vorherrschaft des deutschen Volks zu stärken. Bedenkenlos nahm man dabei religiösen Wortschatz in Dienst, um den völkisch-nationalen Vorstellungen und dem Glauben an den ›Führer‹ Weihe zu verleihen.

Die Aufnahme dieser Gedichte kann, wie mir wohl bewusst ist, auf lebhafte Ablehnung stoßen und hat bereits beim Erscheinen der Auflage von 1991 heftigen Widerspruch ausgelöst, obwohl ich auch damals in meinem Vorwort das rein dokumentarische Motiv der Veröffentlichung betont hatte. Es wäre töricht zu meinen, nun würden in einem deutschen Gedichtbuch NS-Texte zu neuer Aneignung angeboten. Schon vorhin wies ich darauf hin, wie ›punktuelles Lesen‹ nicht genügt und dass durch die Gruppierung der Gedichte in der Anthologie selbst eine Diskussion von statten geht, der sich der Leser nicht entziehen oder gar verweigern kann und darf. So sind die vielleicht Ärgernis erregenden Stücke dicht umstellt von Zeugnissen scharfen Widerspruchs. Helmut Kreuzer, der kürzlich den Reclam-Band *Deutsche Gedichte zwischen 1918 und 1933* (Stuttgart 1999) herausgab, verzichtete, gleichfalls dokumentarisch verfahrend, nicht einmal auf Horst Wessels »Die Fahne hoch!« (dessen erste Strophe bei offiziellen Feiern während des ›Dritten Reichs‹ nach dem ›Deutschlandlied‹ gesungen wurde) und auf Baldur von Schirachs *Unsre Fahne flattert uns voran!,* das Lied der ›Hitler-Jugend‹.

Selbstverständlich ist auch einiges aus dem Reservoir kommunistischer Agitations- und Glaubenslyrik aufzublättern. Ohne die Unterschiede der Grundlagen faschistisch-nationalsozialistischer und marxistisch-leninistischer Ideologie fahrlässig verwischen zu wollen (unter deren fürchterlichen Konsequenzen die Opfer freilich unterschiedslos zu leiden hatten), erwähne ich beiläufig die aufschlussreiche, aber kaum verwunderliche Tatsache, dass jene dubiosen Lobgedichte auf Partei und Herrscherfiguren mit sprachlich gleichen oder ähnlichen Mitteln arbeiten. Ein Blick auf die ›Führergedichte‹ und auf Johannes R. Bechers Verse zum Ruhm Stalins genügt.

Spätestens jetzt sind einige Notizen zum ebenso komplexen wie schwierigen Problemfeld der Wertung fällig, also zur Einschätzung der Qualität (nicht nur) sprachlicher Werke. Dass kein einheitlicher und allgemein gültiger Maßstab inthronisiert werden kann, der an alle Gedichte vom Anfang bis zur jüngsten Zeit anzulegen ist, muss nicht mehr erläutert werden. Doch können einige Fingerzeige helfen. Als Goethe 1820/1821 Alessandro Manzonis Schauspiel *Il Conte de Carmagnola* ausführlich vorstellte und besprach, ging er auch auf Grundsätze der Kritik ein, deren Beachtung der italienische Dichter selbst in der Vorrede zu seinem Stück gewünscht hatte. Es waren, scheint mir, Prinzipien, die nichts an Geltung eingebüßt haben:

»Es gibt eine zerstörende Kritik und eine produktive. Jene ist sehr leicht, denn man darf sich nur irgendeinen Maßstab, irgendein Musterbild, so borniert sie auch seien, in Gedanken aufstellen, sodann aber kühnlich versichern: vorliegendes Kunstwerk passe nicht dazu, tauge deswegen nichts, die Sache sei abgetan, und man dürfe ohne weiteres seine Forderung als unbefriedigt erklären; und so befreit man sich von aller Dankbarkeit gegen den Künstler.

Die produktive Kritik ist um ein gutes Teil schwerer, sie fragt: Was hat sich der Autor vorgesetzt? Ist dieser Vorsatz vernünftig und verständig? Und inwiefern ist es gelungen, ihn auszuführen? Werden diese Fragen einsichtig und liebevoll beantwortet, so helfen wir dem Verfasser nach, welcher bei seinen ersten Arbeiten gewiß schon Vorschritte getan und sich unserer Kritik entgegen gehoben hat.«[12]

Gerade die mittlere der drei Fragen bringt das zu besprechende Werk auf den Prüfstand einer Nachfrage, die sich mit einfühlsamer Betrachtung, vielleicht gar mit einer vor lauter Verehrung blinden Hinnahme des Gebotenen nicht begnügen kann, sondern auszuloten sucht, in welchen – freilich jeweils zu erläuternden – Sinnzusammenhängen menschlichen Lebens und seiner gesellschaftlichen Verfasstheit das Unternommene »vernünftig und verständig« ist oder nicht. Da müssen dann Kriterien benannt und entfaltet werden, gemäß denen ein Vorhaben als »vernünftig und verständig« zu würdigen ist. In einer Gesellschaft mit Möglichkeiten zu freier und kontroverser Diskussion wird ein solcher Klärungsprozess in argumentierendem Für und Wider ablaufen, ohne immer eindeutige Resultate zu erreichen. Bei aller Einsicht in die begrenzte Wirkung von Literatur (und Kunst überhaupt) dürfen wir doch hoffen, in ihrem besonderen Medium neue Erfahrungen zu machen, wenn als allgemeinstes Prinzip gilt: der Fülle und Vielfalt menschlicher Erfahrungen Raum zu lassen; Gegebenes nicht einfach hinzunehmen, sondern der Sinnprobe auszusetzen; nicht Nachschrift von Vorschriften zu sein, sondern Prüfung ihrer Berechtigung, also Versuch von Aufklärung auf nötiges Besseres hin. Gewiss, das schreibt sich leicht daher, ist auch zu pathetisch, und erst im Einzelfall ist abzuwägen, ob der Vorsatz des Autors gemäß solchen Erwartungen und gemäß seinen eigenen historischen Möglichkeiten vernünftig und verständig ist. Nicht zu vergessen ebenfalls, dass Kunst und Literatur auch bloßes Spiel sein können, spielerische Erprobung von Verhaltens- und Empfindensweisen wie spielerisches Umgehen mit dem Material der verschiedenen Künste.

In solcher Nachforschung, was vernünftig und verständig sei, enthüllt sich sehr bald die Unangemessenheit, das Unvernünftige und Unverständige jener anstößigen Gedichte, ihre Inhumanität. Wenn wir uns auch angesichts der Vielgestaltigkeit der Weltkulturen mit ihren variierenden Auffassungen vom Menschen und seinen Rechten mit Vorschriften zurückhalten müssen, was allein überall gelten *soll,* so könn(t)en wir Menschen doch, seit langem geschichtlich belehrt, wissen, was *nicht* sein *darf:* Unterdrückung und Ausbeutung von Menschen durch Menschen; angemaßte Herrschaft samt Strangulierung der Freiheit des Denkens und des Wortes; Völkerhass und Rassendiskriminierung. Ich weiß: alles nur Floskeln; aber sie können die Prämissen von Überlegungen andeuten, auch für den Umgang mit Angeboten in Gedichten.

Noch fehlen jetzt einige Überlegungen zur sprachlichen Gestaltung. Wann kann sie als gelungen gelten? Eine formelhafte Antwort ist schnell zur Hand: Wenn alle thematischen und sprachlichen Komponenten eines Gedichts (wie spannungsreich auch immer) zusammenstimmen und die Substanz der Sprache nicht blass und matt ist, vermag die Qualität gewährleistet zu sein. Doch kann sich dieses Zusammenpassen auf so unterschiedliche Weise verwirklichen, dass die allgemeine Forderung nach ›Stimmigkeit‹ nur den Wert einer Formel behält und wenig Hilfe zu konkreter Prüfung bietet. Und überdies muss sich kein Lyriker dem Gebot der ›Stimmigkeit‹ unterworfen fühlen. Dem kritisch wägenden Beobachter bleibt nur übrig, sich auf das je Einzelne einzulassen, also dessen »Vorsatz« zu erfassen und zunächst zu akzeptieren, um dann (und damit zusammen) zu sichten, wie die sprachlichen und graphischen Elemente im Komplex des kleinen oder großen Ganzen funktionieren und ob sie dem »Vorsatz« gerecht werden. Dieser »Vorsatz« selbst unterliegt, wie vorhin skizziert, der umsichtigen Revision: ob er und in welchem Rahmen »vernünftig und verständig« sei. Dabei drängt sich in Fällen jener Ärgernis erregenden und in ihrer ideologischen Wirkung so problematischen Gedichte die Frage auf, ob nicht ›sprachliche Kunst‹ deren ›Gehalt‹ neutralisiert, überlagert oder gar aufschönt.

Ich muss diese schwierigen Erwägungen hier abbrechen, um das Vorwort nicht ungebührlich zu überfrachten. Jeder Leser hat die Freiheit, für sich zu wählen und zu verwerfen. Er kann mit seinem Urteil dazwischen kommen. Doch denke ich, bei aller Präsentation des Unterschiedlichen und Gegensätzlichen, ein bestimmtes Niveau nicht unterschritten zu haben, das sich freilich der Kontrolle an einem offiziellen Eichmaß entzieht.

Im Blick auf das stets komplizierte Verhältnis von Vergangenheit und Gegenwart sei noch (und wieder) daran erinnert, dass auch Gedichte historische Schöpfungen sind, mit ihrer Zeitstunde verknüpft, selbst wenn das oft nicht auf den ersten Blick zu erkennen ist. Dass manche Gedichte für lange Zeit ihre Leser und Liebhaber finden, hängt von vielen Faktoren ab, nie allein vom Gedicht selbst. Gedichte als historische Gebilde ernst zu nehmen hat zur Konsequenz: Früheres kann nicht gegen Neues ausgespielt werden – und umgekehrt. Manche Leser, die sich liebevoll zu Goethe, Eichendorff und Mörike zurückneigen, als seien jene das immer währende Vorbild für die Möglichkeiten des Gedichts, scheinen zu vergessen, dass diese wie andere produktive Dichter nicht so geschrieben haben, wie es die Autoren hundert Jahre vor ihnen taten. Kein zu beachtender Lyriker kann vorhaben wollen, mit geliehener Sprache von früher, mit kolportierter Gefühligkeit und abgegriffenen Bildern der eigenen Zeit und seinem Stand in ihr habhaft zu werden. Aber auch umgekehrt: Voreiliger Preis des Modernen und Vergessen der alten Bestände sind ebenso wenig angezeigt, weil dann Begegnung, Aneignung und Auseinandersetzung mit Früherem gar nicht mehr versucht werden können. Unter den »Schnipseln« des Jahres 1932 liegt bei Kurt Tucholsky der hellsichtige Aphorismus: »Die Leute blicken immer so verächtlich auf vergangene Zeiten, weil die dies und jenes ›noch‹ nicht besaßen, was wir heute besitzen. Aber dabei setzen sie stillschweigend voraus, daß die neuere Epoche alles das habe, was man früher gehabt habe, plus dem Neuen. Das ist ein Denkfehler. Es ist nicht nur vieles hinzugekommen. Es ist auch vieles verloren gegangen, im guten und im bösen. Die von damals hatten vieles noch nicht. Aber wir haben vieles nicht mehr.«

Noch einige Erläuterungen zur Füllung dieses Folianten seien angeschlossen. Meine Absicht war also: einen Überblick über die Spielarten deutschsprachiger Lyrik von den Anfängen bis zur Gegenwart zu vermitteln und dabei das jeweils Charakteristische (was mir charakteristisch zu sein scheint) in einzelnen Beispielen vorzulegen. Dabei habe ich auch weniger beachtete Stimmen zu Wort kommen lassen. Und nach den Erläuterungen überrascht es nicht mehr, dass der Band mit Angeboten aufwartet, die in Anthologien dieser Art nicht selbstverständlich sind.

So erwähne ich die ›Bildgedichte‹, die durch das Buch verstreut sind und mit einer Gestaltungsart bekannt machen, die bis in die Antike zurück reicht. Variierende Bezeichnungen sind geläufig und nuancieren zugleich die Geltungsbereiche: Figurengedicht; Bildtext; Textbild; poetisches Piktogramm; Bilderlyrik usw. *Das visualisierende gedicht* überschrieb kürzlich Burckhard Garbe seine komprimiert informierende »Kurze führung durch den bildersaal der literatur«.[13] Es handle sich um eine »textsorte der konkreten poesie, allgemeiner: der experimentellen dichtung«, resümiert er.

Wiederum wäre es angebracht, genauere Informationen über Art und Entwicklung der sog. »Konkreten Poesie« einzuholen, mit der Versuche in der modernen Literatur seit etwa 1950 gemeint sind, das konkrete Material der Sprache vorzuzeigen (Buchstaben, Silben, Wörter) und frei von üblichen syntaktischen Zusammenhängen eine Aussage neuer Form zu gestalten. Eugen Gomringer formulierte 1956:

»konkrete sprachgebilde folgen entweder gar nicht der üblichen vers- und zeilenanordnung oder sie folgen dieser in einer so reduzierten form, daß man dabei nicht an das übliche gedichtbild denkt [...]. ihr anblick läßt von häufung, verteilung, analyse, synthese und rasterung von sprachlichen zeichen, von buchstaben und worten, sprechen. die bekannte konventionelle anordnung dieser zeichen wird als eine möglichkeit unter anderen berücksichtigt, jedoch nicht ungeprüft hingenommen und verwendet. die zeichenanordnung entsteht bei den meisten gebilden nach einem ihnen innewohnenden baugesetz, wobei sich gewisse systeme herausbilden können. es handelt sich also um nackte sprachliche struktur, und wie in der architektur gilt für die sichtbare form der konkreten dichtung, daß sie gleich deren struktur ist.«[14]

Wesentlich weiter reicht der vage Sammelbegriff »Experimentelle Literatur«, mit dem im Grunde nur gesagt ist, dass so benannte literarische Werke beabsichtigen, neue und überraschende Aussagemöglichkeiten sowohl formal als auch inhaltlich zu erproben. Selbstverständlich offeriert diese Sammlung genügend charakteristische Beispiele dafür, gemäß dem weiten und neutralen Begriff von Lyrik, der maßgebend ist.

Leicht ist der Zugang zu solcher Literatur oft nicht; er fordert und beansprucht den geduldigen, aufgeschlossenen Leser. So bei etlichen Gedichten, die eine eigenständige, manchmal rätselhafte ›Welt für sich‹ bilden, in die mit gewohnter Lektüre nur schwer oder gar nicht einzudringen ist, zumal manche Gegenwartslyriker auf ›normale‹ Kontinuität im Ablauf eines Gedichts bewusst verzichten, ihrer Auffassung vom autonomen Kunstkonstrukt des Gedichts verpflichtet. Der Reiz einer neuartigen, durchaus auch verstörenden Wahrnehmung bleibt dann auszuloten. Unmöglich, hier Verbindungsstränge zu vielleicht verwandter europäischer Lyrik der ›Moderne‹ im weiten Sinn auch nur anzudeuten. Und dass manche experimentierenden Texte der virtuosen Rezitation bedürfen, um angemessen rezipiert zu werden, ist offenkundig.

Es war nur folgerichtig, dass ich auch die sog. »Slam Poetry« mit einigen Beispielen vorstelle. Wahrscheinlich ist spontanes literarisches Leben heute nirgendwo vitaler und lebhafter als in den öffentlichen Slam-Veranstaltungen, wo unter Anfeuerung und Ablehnung eines mitagierenden Publikums ein verbaler Kampfsport ausgetragen wird, also Texte fern aller ästhetischen Feierlichkeit und Normvorgaben vorgetragen, bewertet, preisgekrönt oder verdammt werden. Ein moderner Dichterwettkampf wird inszeniert, zu dessen ›Event‹ musikalische Begleitung gehört, vorzugsweise Jazz. Aus den Vereinigten Staaten kam Anfang der neunziger Jahre der »Poetry Slam« herüber, wo 1990 der »1. U.S. National Poetry Slam« in San Francisco stattfand. München feierte im November 1998 drei Tage lang einen »National Poetry Slam«, und die Reihe solcher Ereignisse setzt sich fort.[15] Längst gruppieren sich Texte der ›Slam-Fraktion‹ in Sammelbänden und Zeitschriften.[16] Dabei ist es pikant zu sehen, dass Gedichte aus dem Ursprungsbereich der »Slam Poetry« mühelos den Weg in Bände traditioneller Seriosität finden können, wie etwa bei Marcel Beyers Buch *Falsches Futter* (edition suhrkamp) zu besichtigen ist. So folgen denn auch die Proben aus den Werk- und Spielstätten der »Slam Poetry« auf den Seiten 1248 bis 1254, von Karen Duve bis Björn Kuhligk. Selbstredend müssen Autorinnen und Autoren dieser Sparte nicht allein in ihr registriert werden.

Zur deutschsprachigen Lyrik gehören Autorinnen und Autoren in allen Ländern, die deutsche Gedichte schreiben, und das sind Personen, die nicht nur in Deutschland, Österreich und der Schweiz wohnen oder wohnten, sondern auch anderswo, beispielsweise in Rumänien, das inzwischen viele verlassen haben, um in der Bundesrepublik eine neue Heimat zu suchen. Erich Fried notierte seine wirkungsvollen Verse in England, stammte aber aus Wien. Die Spur der Emigrierten und Exilierten zieht sich durch die Welt. In deutscher Sprache wird also auch in Ländern gedichtet, deren offizielle Sprache nicht das Deutsche ist. Das Gedichtbuch trägt dieser Situation Rechnung, ohne die eigentlich nötigen Informationen bei den einzelnen Gedichten und Quellenangaben mitliefern zu können.

In der Ausgabe von 1991 musste ich noch eine Lücke beklagen, die ich aus Raumgründen nicht zu schließen vermochte: Längst haben Ausländer, die in Deutschland leben oder sogar hier geboren sind, Gedichte in deutscher Sprache veröffentlicht, die zu beachten sind. Damals konnte ich nur einiges von Cyrus Atabay aufnehmen. Diesmal jedoch tauchen wenigstens etliche Namen mehr auf (J. F. Belinga Belinga, G. Chiellino, Z. Cırak, J. Gruša, A. Karasholi, J. F. A. Oliver, Said, Z. Şenocak), ohne dass damit allen in Deutsch schreibenden Ausländern die gebührende Reverenz erwiesen wäre. Dabei kamen selbstverständlich nur deutschsprachige Originale in Betracht, nicht aber Übersetzungen. Es wäre schön, wenn schon diese schmale Auswahl als Zeichen verstanden würde, dass ihre Autoren (und nicht allein die nominierten) zur deutschen Literatur hinzugehören. Erfreulicherweise mangelt es nicht an soliden Bemühungen um diese Lyrik, wie die Anmerkung zumindest andeuten kann.[17]

Über die Einrichtung dieses Gedichtbuchs

Es gibt verschiedene Möglichkeiten, die Fülle des ›Textmaterials‹ zu ordnen: nach formalen Kriterien, nach Themenbereichen, nach literaturgeschichtlichen ›Epochen‹, nach ›Dichterkreisen‹ oder noch anderen Aspekten. Ich habe eine Anordnung gewählt, die die Leser am wenigsten lenkt oder bevormundet und doch eine klare Übersichtlichkeit gewährleistet: Die Autorinnen und Autoren folgen in zeitlicher Reihenfolge, und ihre Gedichte bleiben bei ihnen versammelt. So entstehen jeweils kleine oder auch umfangreichere Sequenzen, die etwas von der Charakteristik der ›Schreibweise‹ der Verfasserinnen und Verfasser zeigen sollen. Das gelingt freilich nur, wenn meine Auswahl auch in ihrer notwendigen Begrenzung als zutreffend gelten kann. Unterschiedliche Meinungen dürften bei diesem schwierigen Unterfangen unvermeidlich sein.

Die Anordnung der Lyriker und ihrer Gedichte in zeitlicher Reihenfolge hat allerdings insofern zeitliche Überschneidungen zur Folge, als Verse, die an einer späteren Stelle des Buchs stehen, möglicherweise viel früher entstanden sind als vorher schon dargebotene (und umgekehrt). Ohnehin sind Abweichungen vom Prinzip der Anordnung unausweichlich. Es konnte nicht sinnvoll sein, die Aufeinanderfolge unerbittlich streng an die Geburtsjahre der Dichterinnen und Dichter zu ketten. Behutsame Gruppierung war angezeigt, und zwar unter verschiedenen Gesichtspunkten. Einmal zeigen sich dann Ähnlichkeiten und Verwandtschaften – thematischer wie formaler Art –, die bestimmende Konturen einer Phase oder Richtung der Lyrik sichtbar werden lassen. Zum andern war es reizvoll und geboten, auch kontrastierende Zusammenstellungen zu formieren, bei denen sich durch die Nähe des Verschiedenen eine kritische Kommentierung, wie früher schon ausführlich erläutert (S. 17 ff.), von selbst ergibt und ergeben soll, ohne dass es des erläuternden Wortes eines Interpreten überhaupt bedürfte. Ähnliches gilt für die Gruppierung der Gedichtsequenzen selbst. Auch hier ist nicht immer eine konsequente Chronologie gemäß dem ersten Erscheinen oder der (falls überhaupt feststellbaren) Entstehung der Gedichte eingehalten worden, wenn ich ihr auch im Großen und Ganzen zu entsprechen versuchte.

Auf Epochenbezeichnungen habe ich bewusst verzichtet. Barock, Aufklärung, Sturm und Drang, Klassik, Romantik usw.: solche Begriffe sind zu vage und mit schwankenden Bedeutungen besetzt, als dass sie für das Verständnis der Gedichte von vornherein etwas erbringen könnten, und immer wieder frappiert die Gleichzeitigkeit des Verschiedenen, die der Epocheneinteilung spottet. Aber auch wenn wir eingeschliffene Epochennamen als erste Informations- und Verständigungshilfen im Gedächtnis haben, sind zugehörige Komplexe von Lyrikern und Gedichten leicht aufzuspüren und zu überblicken. Der in der Erinnerung haftende Name eines ›Expressionisten‹, ein im Gedächtnis bewahrtes ›expressionistisches‹ Gedicht: sie brauchen nur aufgeschlagen zu werden und schon öffnen sich Zugänge zu ihrem Umfeld.

Doch ohne konkrete zeitliche Orientierungshilfen (über die Lebensdaten der Autorinnen und Autoren hinaus) soll der Benutzer dieses Buchs nicht gelassen werden. Bei vielen Gedichten ist es für ein angemessenes Begreifen, ja schon für den ersten Zugang hilfreich zu wissen, in welche Zeit sie gehören. Darum habe ich den Texten oft Jahreszahlen hinzugefügt, ohne jedoch das Buch mit Daten zu überlasten. Sie nennen das Jahr, in dem das Gedicht im Druck erschien. Dabei kann es sich um den Erstdruck (in einem Almanach, einer Zeitschrift und Zeitung) oder auch um einen besonders wichtigen frühen Druck in einer Ausgabe des betreffenden Autors handeln. In vielen Fällen gibt das Verzeichnis »Die Autoren und ihre Gedichte« (zu Anfang des Bandes) hinreichende Auskunft, wenn das Erscheinungsjahr des einzelnen Gedichtbuchs zitiert ist, dem das betreffende Gedicht entnommen wurde.

Alle Zusätze unter den Gedichten, die vom Herausgeber stammen, sind in eckige Klammern eingefasst: [ ]. Wenn in den Ausgaben selbst, die als Quellen dienten, Daten gedruckt sind, die die Lyrikerinnen und Lyriker wahrscheinlich selbst eingerückt haben, erscheinen sie in runden Klammern: ( ). Solche Zeitangaben beziehen sich fast stets auf die Entstehungszeit; das ist freilich nicht immer klar zu erkennen. Übrigens stammt alles, was in ( ) unter den Gedichten angemerkt ist, aus den zitierten Quellen selbst.

Bei manchen Gedichten ist es aufschlussreich zu erfahren, dass einige Zeit zwischen der Entstehung (wenn sie denn bekannt ist) und dem Druck lag. In diesen Fällen dienen die Siglen E und D zur Klärung: E = Entstehungszeit; D = Jahr des Drucks.

Einige wenige Male schien es angebracht, kenntlich zu machen, dass ich auf Grund der im Inhaltsverzeichnis nachgewiesenen Druckvorlage die handschriftliche Fassung eines Gedichts wählte. Das wird durch die Sigle H (= Handschrift) markiert. Die Version der Handschrift ist in solchen Fällen bemerkenswert, ohne dass ich indes im Rahmen der Sammlung die Begründung mitliefern könnte.

Sowieso sind die den Gedichten beigegebenen Daten nur als orientierende Hinweise zu verstehen. Datierungsfragen sind in vielen Fällen ein heikles Terrain; Irrtümer, Verwechslungen, Versehen und Ungenauigkeiten können sich einschleichen und ihr verwirrendes Spiel treiben. Auch kann es sein, dass manche Daten dem Autor gar nicht (mehr) bekannt sind und der Editor sie ebenfalls nicht ausfindig zu machen vermag. In einer Anthologie, die vor allem ein Lesebuch sein will, können solche Probleme nicht im Einzelnen behandelt werden, ebenso wenig wie spezielle textkritische Fragen, für die die wissenschaftlichen Historisch-Kritischen Ausgaben mit ihrem differenzierten Apparat zuständig sind.

Ein Lesebuch sollte möglichst leserfreundlich sein. Deshalb nicht nur die Daten unter den Gedichten, sondern auch die kurzen Erläuterungen einzelner Stellen, die gleichfalls in eckigen Klammern unter etlichen Versen angebracht sind. Ich habe mich bemüht, Hilfen für die Beseitigung von Schwierigkeiten beim ersten Textverständnis zu geben, ohne etwa Interpretationslinien vorzeichnen zu können. Auch das umfangreiche, alphabetisch geordnete Verzeichnis der »Wort- und Sacherklärungen« am Ende des Bandes dient dazu, rasch die vielleicht nötigen Einzelerläuterungen zu finden und das Nachschlagen in Lexika zu ersparen. Dem Leser sei empfohlen, bei Einzelheiten, die nicht bereits unter dem Gedicht erklärt sind und deren Erläuterung er womöglich vermisst, stets jenen Katalog im Anhang zu Rate zu ziehen.

Auch der besondere Hinweis sei noch gestattet, dass bei Gedichten, die doppelspaltig gedruckt sind, Spalte für Spalte von oben nach unten zu lesen ist, jede Seite für sich, falls sich der Text über mehr als eine Seite erstreckt.

Wenn dieses Buch im Herbst des Jahres 2000 erscheint, dann sind bereits wieder neue Gedichte entstanden, möglicherweise neue Formen erprobt und frappierende Gestaltungen konstruiert worden. Die Geschichte der Lyrik setzt sich fort. Ob ihre Dokumente weiterhin vornehmlich in der traditionellen Druckweise der sog. Print-Medien zur Hand sein werden oder in der neuen Welt der Computer ihr Zuhause finden, ja von den elektronischen Apparaten selbst auch produziert werden, das bleibt abzuwarten. Und ob Verlage überhaupt noch Gebilde dieser eigentümlichen Gattung Lyrik, mit denen Umsatzrekorde nicht zu erwarten sind, in ihre verlegerische Obhut nehmen (können), – wer weiß das schon? Jedenfalls werden diejenigen, die an Lyrik interessiert sind, unverdrossen versuchen, auf dem Laufenden zu bleiben und sich über Neues und wieder belebtes Altes kontinuierlich zu informieren. Dafür bieten sich, um nur sie zu nennen, zwei leicht zugängliche (und hoffentlich auch zukünftig bestehende) Publikationen an: das seit längerem von Christoph Buchwald und Mitherausgebern besorgte *Jahrbuch der Lyrik,* das inzwischen im Verlag C.H.Beck in München beheimatet ist, und die seit 1993 einmal jährlich erscheinende und von Anton G. Leitner herausgegebene Zeitschrift *Das Gedicht,* die reiche bibliographische Nachrichten über Neuerscheinungen enthält.

Über Textgestaltung und Quellenangaben

Um der leichteren Lesbarkeit willen ist in Anthologien, der Aufgabe eines praktischen Lesebuchs gemäß, die Schreibweise der Texte aus älterer Zeit meistens modernisiert, also dem Stand der gültigen Rechtschreibung angepasst worden. Eine im Jahr 2000 erscheinende Textsammlung ist dem Problem ausgesetzt, dass kürzlich eine neue Rechtschreibung in Kraft getreten ist und sich seit einiger Zeit alle maßgeblichen Publikationsorgane nach ihr richten. Zugleich hat eine große Zahl von Gegenwartsschriftstellern verbindlich bestimmt, dass an ihren früheren Texten nichts geändert werden dürfe und sie sich auch weiterhin an die bislang gebräuchliche DUDEN-Schreibung halten würden. Somit ergäbe sich für die vorliegende Anthologie die Situation, dass alte Werke gemäß der neuen Rechtschreibung gedruckt werden könnten und bei den neueren Texten von Fall zu Fall dem Wunsch der ›Urheber‹ zu entsprechen wäre. Besondere Leseschwierigkeiten würden sich damit übrigens kaum ergeben, so wenig Komplikationen auftraten, als seinerzeit die Schreibweise Goethes und Schillers, Hölderlins und Kleists und anderer ›modernisiert‹ wurde, also nicht mehr geschrieben wurde: »Edel sey der Mensch/Hülfreich und gut . . .«

Dennoch haben sich Verlag und Herausgeber dafür entschieden, die ›alten‹ Gedichte auf dem Stand der bisherigen DUDEN-Schreibung zu belassen, um die gewohnte Einheitlichkeit zu bewahren, und vor allem auch deshalb, weil die neue Rechtschreibreform immer noch nicht in allen Einzelheiten ihre endgültige Fassung gefunden hat, Reformgremien weiterhin tätig sind und das Datum des schließlichen Inkrafttretens noch bevorsteht. Allerdings bin ich in meinem »Vorwort« und den übrigen Beigaben den Leitlinien der neuen Rechtschreibung gefolgt.

Die (sich also nach wie vor am ›alten‹ DUDEN ausrichtende) Modernisierung der Schreibweise von Gedichten aus früheren Jahrhunderten folgt keiner starren Regel. Das gilt auch für die Zeichensetzung und für die Weglassung der einstmals oft im Übermaß gesetzten Auslassungszeichen ('). Sie sind stehen geblieben oder gesetzt worden, wo sie für das Verständnis der Wörter unerlässlich sind oder es erleichtern. Der ursprüngliche Lautstand der Wörter wurde nach Möglichkeit beibehalten.

Damit der Leser jedoch wenigstens einen Eindruck von früheren Druckgepflogenheiten erhält, wurde bei einigen Gedichten die ursprüngliche Orthographie bewahrt (für deren Eigenarten oft gar nicht die Autoren, sondern die Drucker verantwortlich waren). Das alte Druckbild (Frakturschrift) konnte nicht rekonstruiert werden; es erscheint jedoch in einigen Abbildungen, besonders einprägsam in den Bildgedichten des 17. Jahrhunderts.

Bei den Texten, die noch dem Urheberrechtsschutz unterliegen, wurde natürlich nichts geändert. Alle Eigentümlichkeiten müssen wort- und zeichengetreu erhalten bleiben. So ist es auch bei einigen älteren Texten geschehen, die in handlichen Ausgaben greifbar und, freilich auf unterschiedliche Weise, moderner Orthographie angepasst sind. In diesen Fällen wurden absichtlich auch Sonderbarkeiten der Zeichensetzung in Übereinstimmung mit der zitierten Edition beibehalten, auffällig beispielsweise bei Klopstock und Clemens Brentano. Eine einheitliche Schreibweise herrscht in diesem Sammelband also aus wohl erwogenen Gründen nicht.

Über die Vorlagen, nach denen gedruckt wurde, gibt das Verzeichnis »Die Autoren und ihre Gedichte« zu Anfang des Bandes genaue Auskunft. Bei den Quellenangaben heißt es entweder

»Aus« oder »Nach«. Das bedeutet, dass bei den mit »Aus« gekennzeichneten Vorlagen die Gedichte wort- und zeichengetreu (mit Ausnahme offenkundiger Fehler) übernommen wurden, während die Signatur »Nach« darauf hinweist, dass der Herausgeber wegen der Modernisierung der Schreibweise korrigierend eingegriffen hat, wenn auch nur in geringem Ausmaß. – Überschriften, die in eckige Klammern gesetzt sind, stammen nicht von den Dichtern, sondern von Editoren, sind aber für das Verständnis des jeweiligen Gedichts wichtig und haben sich teilweise auch als Titel eingebürgert.

Bei dieser Anthologie, die der neueren und neuesten Lyrik programmatisch breiten Raum gewährt, hatte der Verlag besonders viele Lizenzfragen zu klären. Allerdings konnten Gedichte Wolf Wondratscheks wie schon 1991 nicht aufgenommen werden, weil seine Honorarforderungen nicht zu erfüllen waren.

Verlag und Herausgeber nehmen hier die Gelegenheit wahr, allen Verlagen, Autorinnen und Autoren herzlich dafür zu danken, dass sie den Druck ›ihrer‹ Gedichte erlaubten. Auch ihrem Entgegenkommen ist es zuzuschreiben, dass dieser Band entstehen konnte. Es bleibt sehr zu wünschen, dass viele Leser sich angeregt fühlen, auf die im Quellenverzeichnis zitierten Originalausgaben zurückzugreifen, die das erst hervorbringen, was ›Geschichte und Panorama der deutschen Lyrik‹ heißen kann.

Zum Schluss drängt es mich, noch lebhaften persönlichen Dank zu äußern. Denn bei meinen umfangreichen und aufwendigen Recherchen und Buchbeschaffungen bin ich mancherorts (wiederum) auf ungewöhnlich freundliche und entgegenkommende Weise unterstützt worden. Erwähnen möchte ich besonders: das »Lyrik Kabinett« in München mit seiner Vorsitzenden Frau Ursula Haeusgen (das eine erstaunliche internationale Lyrik-Bibliothek beherbergt und pflegt); Mitarbeiterinnen und Mitarbeiter der Ausleihstelle in der Deutschen Bibliothek Frankfurt am Main; die Direktion und hilfreichen Kräfte der StadtBibliothek Köln und die Kolleginnen und Kollegen in der Bibliothek des mir seit langem so vertrauten Instituts für deutsche Sprache und Literatur der Universität zu Köln. Nicht zu vergessen mein Dank an Leitung und Personal des Artemis & Winkler Verlags, vor allem an den zuständigen Lektor Kim Landgraf, mit dem zusammen zu überlegen und zu arbeiten stets anregend, förderlich und vergnüglich war.

Rösrath b. Köln, im Juli 2000 *Karl Otto Conrady*

Anmerkungen

1 Genaueres in meinem kleinen Beitrag *Freveltaten eines Anthologisten.* Reflexionen zur eigenen Arbeit, in: *Das Gedicht* Nr. 2, Oktober 1994, S. 106–111.

2 Renate Homanns vielhundertseitige Untersuchung *Theorie der Lyrik* (Frankfurt/Main 1999) kann hier überhaupt nicht berücksichtigt werden. Bereits der Untertitel »Heautonome Autopoiesis als Paradigma der Moderne« signalisiert, dass das Buch für Fachgelehrte geschrieben ist.

3 Vgl. Edgar Neis (Hg.), *Gedichte über Dichter,* Frankfurt/Main 1982. – Walter Hinck (Hg.), *Schläft ein Lied in allen Dingen.* Poetische Manifeste von Walther von der Vogelweide bis zur Gegenwart, Frankfurt/Main 1985. – Walter Hinck, *Magie und Tagtraum.* Das Selbstbildnis des Dichters in der deutschen Lyrik, Frankfurt/Main 1994.

4 Vgl. meinen Aufsatz *Kleines Plädoyer für Neutralität der Begriffe Lyrik und Gedicht,* in: Joseph Kohnen u. a. (Hg.), *Brücken schlagen …* »Weit draußen auf eigenen Füßen«. Festschrift f. Fernand Hoffmann, Frankfurt/Main 1994, S. 35–57.

5 Mit dieser Feststellung beginnt Dieter Lamping, ein Experte unserer Tage, sein Buch *Das lyrische Gedicht.* Definitionen zu Theorie und Geschichte der Gattung, 2. Aufl. Göttingen 1993.

6 Hans Egon Holthusen, *Versuch über das Gedicht,* in: H. E. H., *Ja und Nein,* München 1954, S. 24, 40.

7 René Wellek, *Gattungstheorie, das Lyrische und ›Erlebnis‹,* in: R. W., *Grenzziehungen,* Stuttgart 1972, S. 124.

8 Dieter Lamping, Anm. 5, S. 10.

9 Wenigstens erwähnt sei hier die heftige Diskussion um Theodor W. Adornos 1951 ausgesprochene und später modifizierte These: »Nach Auschwitz ein Gedicht zu schreiben, ist barbarisch«. Jetzt samt Adornos Texten ausgiebig dokumentiert bei: Petra Kiedaisch (Hg.), *Lyrik nach Auschwitz?* Adorno und die Dichter, Stuttgart 1995.

10 Emil Staiger, *Die Zeit als Einbildungskraft des Dichters*, 2. Aufl. Zürich 1953, S. 11.

11 Clemens Heselhaus, *Auslegung und Erkenntnis*, in: *Gestaltprobleme der Dichtung.* Festschrift f. Günter Müller, Bonn 1957, S. 262.

12 In: J. W. Goethe, Schriften zur Literatur, Artemis-Gedenkausgabe, Bd. 14, 2. Aufl. Zürich 1964, S. 830 f.

13 Burckhard Garbe, *Das visualisierende gedicht.* Kurze führung durch den bildersaal der literatur, in: *Das Gedicht* Nr. 7, 1999, S. 110–116 (mit wichtigen Literaturhinweisen). – Vgl. auch den Reclam-Band: eugen gomringer (hg.), *visuelle poesie.* anthologie, stuttgart 1996.

14 eugen gomringer, *konkrete dichtung*, in: e.g. (hg.), *konkrete poesie.* deutschsprachige autoren, stuttgart 1972, S. 159.

15 Kurzer Überblick bei: Rayl Patzak, *Der Geburtsort des Poetry Slam.* Eine Geschichte voll lebendiger Jazzpoesie, in: *Das Gedicht* Nr. 7, 1999, S. 86–87.

16 Die Formeln »Slam Poetry«, »Poetry Slam« sind als Anglizismen unübersetzt gebräuchlich. (»Slam« [Substantiv] = Zuschlagen, Zuknallen, Aufschlagen.) – Vgl. Andreas Neumeister/Marcel Hartges (Hg.), *Poetry! Slam!* Texte der Pop-Fraktion, Reinbek 1996 (S. 13: »Wer auf Slams auftritt, rechnet nicht unbedingt mit einem andächtig lauschenden Auditorium. Respektlose Unmutsäußerungen sind nicht seltener als offener Szenenapplaus, und am Ende wartet das spontane Votum der Publikumsjury, oft noch mit Zusatzwertungen für die Performance.«) – Michael u. Joachim Schönauer (Hg.), SOCIAL BEAT SLAM!*poetry*, Asperg 1999.

17 Vgl. Irmgard Ackermann u. Harald Weinrich (Hg.), *Eine nicht nur deutsche Literatur.* Zur Standortbestimmung der »Ausländerliteratur«, München 1986. – Irmgard Ackermann (Hg.), *Fremde AugenBlicke.* Mehrkulturelle Literatur in Deutschland, Bonn 1996 (Inter Nationes). – Robert Bosch Stiftung (Hg.), *Viele Kulturen – eine Sprache:* Chamissos Enkel zu Gast in Stuttgart. Veranstaltungsreihe mit den Preisträgern des Adelbert-von-Chamisso-Preises der Robert Bosch Stiftung 1998, Stuttgart 1999. – Irmgard Ackermann, *»An der Kreuzung der Zeit«.* Deutschsprachige Literatur von Autoren aus Afrika, in: *Stimmen der Zeit* 218, 2000, H. 2, S. 99–112. – Vgl. jetzt auch Carmine Chiellino (Hg.), *Interkulturelle Literatur in Deutschland.* Ein Handbuch, Stuttgart: Metzler 2000.

ABKÜRZUNGEN IM VERZEICHNIS DER AUTOREN UND IHRER GEDICHTE UND IM TEXTTEIL

Barocklyrik	Barocklyrik, 3 Bde., hg. v. H. Cysarz, DLE Reihe Barock, Leipzig: Reclam 1937.
DLE	Deutsche Literatur. Sammlung literarischer Kunst- und Kulturdenkmäler in Entwicklungsreihen, hg. v. H. Kindermann, Leipzig: Reclam 1928 ff.
Gedichte des Barock	Gedichte des Barock, hg. v. U. Maché u. V. Meid, Stuttgart: Reclam 1980.
Zeitalter des Barock	Das Zeitalter des Barock. Texte und Zeugnisse, hg. v. A. Schöne (Die deutsche Literatur. Texte und Zeugnisse, hg. v. W. Killy, Bd. 3), 2. Aufl., München: Beck 1968.

D	Druckjahr
E	Entstehungsjahr
H	Handschrift
[ ]	Zusätze des Herausgebers
( )	Angaben in den Quellen

DIE AUTOREN UND IHRE GEDICHTE

Catharina Regina von Greiffenberg

* 1633 auf Schloß Seisenegg b. Amstetten/Niederösterreich
† 1694 in Nürnberg

183 Das beglückende Unglück
183 Auf die fruchtbringende Herbstzeit

Nach: Geistliche Sonette, Lieder und Gedichte, Nürnberg: Endters 1662 (Nachdruck 1971).

Joachim Neander

* 1650 in Bremen
† 1680 in Bremen

184 Der Lobende

Nach: Barocklyrik.

Paul Gerhardt

* 1607 in Gräfenheinichen/Sachsen
† 1676 in Lübben/Spreewald

185 An das Angesicht des Herrn Jesu
186 Abendlied
186 Befiehl dem Herren deine Wege

Nach: Geistliche Andachten [1667], hg. v. F. Kemp, Bern: Francke 1975.

Hans Jakob Christoffel von Grimmelshausen

* 1621 (oder 1622) in Gelnhausen
† 1676 in Renchen/Baden

188 Du sehr-verachter Bauren-Stand
188 Komm, Trost der Nacht

Nach: Der Abentheurliche Simplicissimus Teutsch, hg. v. R. Tarot, Tübingen: Niemeyer 1967.

Quirinus Kuhlmann

* 1651 in Breslau
† 1689 in Moskau

189 Der XXXVIII. Liebeskuß
190 Der XLI. Liebeskuß
190 Grab Martin Opitzens

Nach: Himmlische Liebesküsse, Jena: Müller 1671 (Nachdruck 1971). – Gedichte des Barock.

Sigmund von Birken

* 1626 in Wildstein b. Eger
† 1681 in Nürnberg

191 Ach! diese Stätt

Aus: Zeitalter des Barock.

Christian Hoffmann von Hoffmannswaldau

* 1617 in Breslau
† 1679 in Breslau

192 Auf den Mund
192 Er schauet der Lesbie durch ein Loch zu
193 Albanie, gebrauche deiner Zeit
194 Beschreibung vollkommener Schönheit
194 Vergänglichkeit der Schönheit
195 Wo sind die Stunden
195 Die Welt

Nach: Deutsche Übersetzungen und Gedichte, Breslau: Fellgibel 1679 (Nachdruck 1984). – Herrn von Hoffmannswaldau und andrer Deutschen auserlesener und bißher ungedruckter Gedichte erster theil. Nach einem Druck von 1697 hg. v. A. G. de Capua u. E. A. Philippson, Tübingen: Niemeyer 1961; anderer Theil, Tübingen 1965.

Christian Knorr von Rosenroth

* 1636 in Alt-Rauden/Schlesien
† 1689 in Groß-Albershof b. Sulzbach

196 Morgenandacht

Nach: Zeitalter des Barock.

Susanna Elisabeth Zeidler

um 1686

197 Beglaubigung der Jungfer Poeterey

Aus: Deutsche Dichterinnen vom 16. Jahrhundert bis zur Gegenwart, hg. v. G. Brinker-Gabler, Frankfurt/Main: Fischer Taschenbuch 1978.

Johann Caspar Schade

* 1666 in Kühndorf b. Meiningen
† 1698 in Berlin

198 [Über die Anfangsworte des 63. Psalms]

Aus: Gedichte des Barock.

Nikolaus von Bostel

* 1670 in Stade
† 1705 in Stade

198 Abschied an eine Geliebte

Aus: J. Adler u. U. Ernst, Text als Figur. Visuelle Poesie von der Antike bis zur Moderne, 3. Aufl., Weinheim: VCH 1990.

Michael Kongehl

* 1646 in Kreuzburg/Ostpreußen
† 1710 in Königsberg

199 Die erwünschte Heimat
199 Der alte Junggesell

Nach: Zeitalter des Barock. – Barocklyrik.

Hans Assmann von Abschatz

* 1646 in Breslau
† 1699 in Liegnitz

200 Aus dem 20. Psalm
201 Wie ist die deutsche Welt
202 Bellhumor im Garten begraben

Nach: Poetische Übersetzungen und Gedichte, Leipzig: Christian Bauch 1704 (Nachdruck 1970).

Johann Christian Günther

* 1695 in Striegau/Schlesien
† 1723 in Jena

Aus: Werke in einem Band, hg. v. H. Dahlke, 5. Aufl., Berlin: Aufbau 1977.

Unbekannte Verfasser

(Aus der Neukirchschen Sammlung)

Nach und aus: Herrn von Hoffmannswaldau und andrer Deutschen auserlesener und bißher ungedruckter Gedichte [= Neukirchsche Sammlung] erster theil. Nach einem Druck von 1697 hg. v. A. G. de Capua u. E. A. Philippson, Tübingen: Niemeyer 1961. – Gedichte des Barock.

Barthold Heinrich Brockes

* 1680 in Hamburg
† 1747 in Hamburg

Nach: Irdisches Vergnügen in Gott, 2. Teil, 2. Aufl., hg. v. J. G. Hamann, Hamburg: Kißner 1730. – Auszug der vornehmsten Gedichte aus dem Irdischen Vergnügen in Gott, Hamburg: Herold 1738 (Nachdruck 1965).

Albrecht von Haller

* 1708 in Bern
† 1777 in Bern

Nach: Gedichte, hg. v. H. Maync, Leipzig: Haessel 1923.

Sidonia Hedwig Zäunemann

* 1714 in Erfurt
† 1740 bei Arnstadt

Aus: Deutsche Dichterinnen vom 16. Jahrhundert bis zur Gegenwart, hg. v. G. Brinker-Gabler, Frankfurt/Main: Fischer Taschenbuch 1978.

Friedrich von Hagedorn

* 1708 in Hamburg
† 1754 in Hamburg

Nach: Sämtliche poetische Werke, Hamburg: Bohn 1757 (Nachdruck 1968).

Johann Wilhelm Ludwig Gleim

* 1719 in Ermsleben a. Harz
† 1803 in Halberstadt

Nach: Sämtliche Werke, hg. v. W. Körte, Leipzig: Bureau für Literatur und Kunst 1811. – Gedichte, hg. v. J. Stenzel, Stuttgart: Reclam 1969.

Johann Peter Uz

* 1720 in Ansbach
† 1796 in Ansbach

Nach: Dichtung des Rokoko, hg. v. A. Anger, Tübingen: Niemeyer 1958.

Volkslied

Nach: DLE, Reihe: Politische Dichtung, Bd. 1, Leipzig: Reclam 1930.

Christian Fürchtegott Gellert

* 1715 in Hainichen/Erzgebirge
† 1769 in Leipzig

Nach: Werke, hg. v. G. Honnefelder, Frankfurt/Main: Insel 1979.

Ewald von Kleist

* 1715 auf Gut Zeblin b. Köslin/Pommern
† 1759 in Frankfurt/Oder

Aus: Sämtliche Werke, hg. v. J. Stenzel, Stuttgart: Reclam 1971.

Aus: Werke, Bd. 1: Gedichte und Epen, hg. v. E. Trunz (Hamburger Ausgabe), 11. Aufl., München: Beck 1978 (1–20). – Nach: Gedenkausgabe der Werke, Briefe und Gespräche, hg. v. E. Beutler, Zürich: Artemis 1950 ff.

FRIEDRICH SCHILLER

* 1759 in Marbach/Neckar
† 1805 in Weimar

Aus: Sämtliche Werke, hg. v. G. Fricke u. H. G. Göpfert, 3. Aufl., München: Carl Hanser 1962.

FRIEDERIKE BRUN

* 1765 in Gräfentonna/Thüringen
† 1835 in Kopenhagen

Nach: Lyriker und Epiker der klassischen Periode, 2. Teil, hg. v. M. Mendheim, Berlin: W. Spemann o. J. (Kürschners Deutsche National-Literatur, Bd. 135, 2).

JOHANN GOTTFRIED SEUME

* 1763 in Poserna b. Weißenfels
† 1810 in Teplitz/Böhmen

Nach: Sämtliche Werke, 4. Aufl., Leipzig: Hartknoch 1839.

HEINRICH VON KLEIST

* 1777 in Frankfurt/Oder
† 1811 am Wannsee b. Potsdam

Aus: Sämtliche Werke und Briefe, hg. v. H. Sembdner, München: Carl Hanser 1961.

FRIEDRICH HÖLDERLIN

* 1770 in Lauffen/Neckar
† 1843 in Tübingen

v. W. Killy, Bd. 7: Gedichte 1800–1830, hg. v. J. Schillemeit, München: Deutscher Taschenbuch Verlag 1970.

Wilhelm Müller

* 1794 in Dessau
† 1827 in Dessau

Nach: Werke. Tagebücher. Briefe, hg. v. M.-V. Leistner, Bd. 1: Gedichte 1; Bd. 2: Gedichte 2, Berlin: Mathias Gatza 1994.

August von Platen (-Hallermünde)

* 1796 in Ansbach
† 1835 in Syrakus/Sizilien

Nach: Sämtliche Werke, hg. v. M. Koch u. E. Petzet, Leipzig: Hesse o. J.

Nikolaus Lenau (Nikolaus Franz Niembsch Edler von Strehlenau)

* 1802 in Csatád b. Temesvár/Ungarn
† 1850 in Oberdöbling/Wien

Nach: Sämtliche Werke und Briefe, hg. v. E. Castle, Bd. 1: Gedichte, Leipzig: Insel 1910.

Eduard Mörike

* 1804 in Ludwigsburg
† 1875 in Stuttgart

Aus: Sämtliche Werke, Bd. 1, hg. v. J. Perfahl, München: Winkler 1967.

Justinus Kerner

* 1786 in Ludwigsburg
† 1862 in Weinsberg b. Heilbronn

Aus: Sämtliche poetische Werke, hg. v. J. Gaismaier, Leipzig: Hesse o. J.

514 Die Musik kommt
Aus: *Sizilianen*
514 Acherontisches Frösteln
514 Schöne Junitage
515 Pidder Lüng
517 Tod in Ähren

Nach: Gesammelte Werke, Bd. 2 u. 3: Gedichte, Berlin: Schuster & Loeffler 1921.

FRIEDRICH NIETZSCHE
* 1844 in Röcken b. Lützen/Sachsen
† 1900 in Weimar

517 Dort der Galgen
517 Der Freigeist
518 An der Brücke stand jüngst ich
Aus: *Dionysos-Dithyramben*
518 Die Sonne sinkt

Aus: Sämtliche Werke. Kritische Studienausgabe in 15 Bdn., hg. v. G. Colli u. M. Montinari, Bd. 6 u. 11, München: Deutscher Taschenbuch Verlag 1988.

CHRISTIAN WAGNER
* 1835 in Warmbronn
† 1918 in Warmbronn

519 Ostersamstag
520 Spätes Erwachen

Aus: Gesammelte Dichtungen, hg. v. O. Güntter, Stuttgart: Strecker und Schröder 1918.

GUSTAV FALKE
* 1853 in Lübeck
† 1916 in Großborstel b. Hamburg

520 Zwei
520 Närrische Träume
521 Gebet

Nach: Gesammelte Dichtungen, Hamburg: Janssen 1912.

PETER HILLE
* 1854 in Erwitzen/Westf.
† 1904 in Großlichterfelde b. Berlin

521 Seegesicht
522 Waldesstimme

Aus: Gesammelte Werke, hg. v. F. Kienecker, Bd. 1, Essen: Ludgerus 1984.

HEINRICH KÄMPCHEN
* 1847 in Altendorf/Ruhr
† 1912 in Linden/Ruhr

522 Ideal und Prosa
523 Ein Bild
523 Sklavensold

Aus: Seid einig, seid einig – dann sind wir auch frei. Gedichte, hg. v. R.-P. Carl, W. Köpping, R. W. Campmann, J. Vogt, Oberhausen: Asso 1984.

KARL HENCKELL
* 1864 in Hannover
† 1929 in Lindau/Bodensee

524 Das Lied vom Eisenarbeiter
524 Börsencafé
525 Apokalypse

Nach: Gesammelte Werke, München: J. M. Müller 1921.

RICHARD DEHMEL
* 1863 in Wendisch-Hermsdorf/Spreewald
† 1920 in Blankenese b. Hamburg

525 Die stille Stadt (1)
525 Der Arbeitsmann (2)
526 Erntelied (3)
526 Lied an meinen Sohn (4)
527 Anno Domini 1812 (5)
528 Deutschlands Fahnenlied (6)

Nach: Gesammelte Werke, Berlin: S. Fischer 1913 (1–5). – Die neue Rundschau 1914, Bd. 2, Berlin: S. Fischer (6).

OTTO JULIUS BIERBAUM
* 1865 in Grünberg/Schlesien
† 1910 in Dresden

529 Traum durch die Dämmerung
529 Faunsflötenlied
529 Pans Flucht

Nach: Gedichte, München: Georg Müller 1923.

MAX DAUTHENDEY
* 1867 in Würzburg
† 1918 in Malang/Java

531 Regenduft
531 Alleingelassen bei Erinnerungen
531 Ich grübe mir gern

Gesammelte Werke, Bd. 4, München: Langen 1925.

ARNO HOLZ
* 1863 in Rastenburg/Ostpreußen
† 1929 in Berlin

532 Ein Bild
Aus: *Phantasus*
533 Ihr Dach stieß fast
533 Brücke zum Zoo
534 Mählich durchbrechende Sonne

Aus: Werke, hg. v. W. Emrich u. A. Holz, Neuwied: Luchterhand, Bd. 1, 1961; Bd. 5, 1962.

Rudolf Leonhard
* 1889 in Lissa/Prov. Posen
† 1953 in Berlin (Ost)

602 Das verlassne Dorf

Aus: Prolog zu jeder kommenden Revolution. Gedichte, ausgew. v. B. Jentzsch, München: Carl Hanser 1984. [© Carl Hanser Verlag, München – Wien]

Franz Werfel
* 1890 in Prag
† 1945 in Beverly Hills/USA

602 Als mich dein Wandeln
603 Veni Creator Spiritus
604 Fremde sind wir auf der Erde alle
604 Das Bleibende
605 Dezemberabend in Wien 1936

Aus: Das lyrische Werk, hg. v. A. D. Klarmann, Frankfurt/Main: S. Fischer 1967.

Yvan Goll (Isaac Lang)
* 1891 in St. Dié/Frankreich
† 1950 in Neuilly b. Paris

605 In uralten Seen (1)
Aus: *Requiem für die Gefallenen von Europa* (2)
606 Chor der Proletarier
606 Kölner Dom (3)
607 In meinem Lande (4)
607 Schlief ich in deinem Arm? (5)
607 Feuerharfe (6)

Aus: Dichtungen, hg. v. C. Goll, Neuwied: Luchterhand 1960 (1–3). – Malaiische Liebeslieder, Ebenhausen: Langewiesche-Brandt 1967 (4, 5) [© Langewiesche-Brandt, Ebenhausen]. – Traumkraut, Wiesbaden: Limes 1951 (6). [1–3, 6: Alle Rechte bei und vorbehalten durch Wallstein Verlag, Göttingen]

Hugo Ball
* 1886 in Pirmasens
† 1927 in Sant'Abbondio/Tessin

608 Karawane (1)
Aus: *Sechs Laut- und Klanggedichte* (2)
608 Wolken
609 Das ist die Zeit (3)
Aus: *Sieben schizophrene Sonette* (4)
609 Das Gespenst

Aus: J. Adler u. U. Ernst, Text als Figur. Visuelle Poesie von der Antike bis zur Moderne, 3. Aufl., Weinheim: VCH 1990 (1). – Gesammelte Gedichte, hg. v. A. Schütt-Hennings, Zürich 1963 (2–4).

Kurt Schwitters
* 1887 in Hannover
† 1948 in Ambleside/Westmoreland (England)

610 An Anna Blume (1)
611 Frühe rundet Regen blau (2)
611 Cigarren [elementar] (3)
612 Gesetztes Bildgedicht (4)
612 Kleines Gedicht für große Stotterer (5)

Aus: Kurt Schwitters Almanach, hg. v. M. Erlhoff, Hannover: Postskriptum 1982 (1). – Das literarische Werk, Bd. 1: Lyrik, hg. v. F. Lach, Köln: Du-Mont Schauberg 1973 (2–5). [K. S., Das gesamte literarische Werk, Köln: DUMONT 1973. © 1973 DUMONT Buchverlag Köln]

Richard Huelsenbeck
* 1892 in Frankenau/Hessen
† 1974 in Minusio/Schweiz

613 Schieber-Politik
613 Dada-Schalmei

Aus: DADA total. Manifeste, Aktionen, Texte, Bilder, hg. v. K. Riha u. J. Schäfer, Stuttgart: Reclam 1994. [© Herbert Kapfer, Huelsenbeck-Nachlaß, München]

Ferdinand Hardekopf
* 1876 in Varel/Jade
† 1954 in Burghölzli b. Zürich

614 Spät
614 Spleen

Aus: Gesammelte Dichtungen, hg. v. Emmy Moor-Wittenbach, Zürich 1963. [© 1963 by Verlags AG Die Arche, Zürich]

Hans Arp
* 1887 in Straßburg
† 1966 in Basel

615 Opus Null (1)
616 Sekundenzeiger (2)
616 die notendurft (3)
616 Das Fibelmeer (4)
617 Die große Firgelei (5)

Aus: Gesammelte Gedichte, Bd. 1: Gedichte 1903–1939, hg. v. M. Arp-Hagenbach u. P. Schifferli, Wiesbaden: Limes 1963 (1–4). – Bd. 3: Gedichte 1957–1966, hg. v. A. Bleikasten, Wiesbaden: Limes 1984 (5). [© 1–5: by Limes Verlag in der F. A. Herbig Verlagsbuchhandlung GmbH, München]

Erich Mühsam
* 1878 in Berlin
† 1934 im Konzentrationslager Oranienburg

617 Der Revoluzzer
618 Kalender 1913
619 Soldatenlied

Aus: Gesamtausgabe, hg. v. G. Emig, Bd. 1: Gedichte, Berlin: Verlag europäische ideen 1983. [© Erich Mühsam Gesellschaft e. V., Lübeck]

Aus: Sämtliche Werke (Stuttgarter Ausgabe), in Verb. m. Ilse Benn hg. v. G. Schuster, Bd. 1: Gedichte 1, Stuttgart: Klett-Cotta 1986. [© 1–5, 16–19: G. B., Sämtliche Gedichte. Klett-Cotta, Stuttgart 1998; © 6–15: G. B., Statische Gedichte, 1948, 1983, 2000 by Arche Verlag AG, Zürich – Hamburg]

Johannes R. Becher

* 1891 in München
† 1958 in Berlin (Ost)

690 Der Idiot
690 Eingang
691 Die Partei
691 Auf einen Namen
692 Tübingen *oder* Die Harmonie
692 Deutschland, meine Trauer
693 Nationalhymne der DDR
693 Turm von Babel

Aus: Gesammelte Werke, hg. v. J.-R.-Becher-Archiv der Deutschen Akademie der Künste, Bd. 1–6: Gedichte, Berlin: Aufbau 1965–1973. [© Aufbau-Verlag Berlin und Weimar 1966–1973]

Hannes Küpper

* 1897 in Düsseldorf
† 1955 in Berlin

694 He, he! the Iron Man!

Aus: Die literarische Welt, Jg. 3, 4. 2. 1927.

Bertolt Brecht

* 1898 in Augsburg
† 1956 in Berlin (Ost)

Aus: *Bertolt Brechts Hauspostille*
695 Von der Kindesmörderin Marie Farrar
697 Vom Schwimmen in Seen und Flüssen
698 Vom ertrunkenen Mädchen
699 Erinnerung an die Marie A.
699 Vom armen B. B.
701 Solidaritätslied
702 Fragen eines lesenden Arbeiters
702 Legende von der Entstehung des Buches Taoteking
704 An die Nachgeborenen
706 Schlechte Zeit für Lyrik
Aus: *Kinderlieder 1950*
707 Kinderhymne
Aus: *Buckower Elegien*
707 Der Radwechsel
708 Die Lösung
708 Böser Morgen
708 Der Rauch

Aus: Die Gedichte in einem Band, Frankfurt/Main: Suhrkamp 1981.

Walter Mehring

* 1896 in Berlin
† 1981 in Zürich

709 Die Arie der großen Hure Presse (1)
711 Die Sage vom Großen Krebs (2)
711 Der Emigrantenchoral (3)

Aus: Chronik der Lustbarkeiten. Die Gedichte, Lieder und Chansons 1918–1933, hg. v. C. Buchwald, Düsseldorf: Claassen 1981 (1, 2). – Staatenlos im Nirgendwo. Die Gedichte, Lieder und Chansons 1933–1974, hg. v. C. Buchwald, Düsseldorf: Claassen 1981 (3). [© 1–3 Claassen Verlag GmbH, München]

Josef Weinheber

* 1892 in Wien
† 1945 in Kirchstetten/Niederösterreich

713 Mit halber Stimme (1)
713 Das reine Gedicht (2)
714 Im Grase (3)
714 Dezember (4)
714 Hymnus auf die deutsche Sprache (5)
715 Dem Führer (6)
Aus: *Die deutschen Tugenden im Kriege* (7)
716 Vorspruch
716 Gehorsam
716 Treue
716 Einsatzbereitschaft
716 Uneigennützigkeit

Aus: Sämtliche Werke, hg. v. J. Nadler u. H. Weinheber, Bd. 2; Bd. 4, Salzburg: Otto Müller 1954 (1–5, 7). – Das Innere Reich VI/1, 1939 (6). [© 1–5, 7 Otto Müller Verlag, Salzburg, 1954]

Dietrich Eckart

* 1868 in Neumarkt/Oberpfalz
† 1923 in Berchtesgaden

717 Deutschland, erwache!

Nach: Hellmuth Langenbucher, Deutsche Dichtung in Vergangenheit und Gegenwart, Berlin: Deutsches Verlagshaus Bong 1937.

Heinrich Anacker

* 1901 in Aarau/Schweiz
† 1971 in Wasserburg/Bodensee

717 Deutsche Ostern 1933 (1)
718 Fahneneinmarsch (2)

Aus: Die Fanfare. Gedichte der deutschen Erhebung, München: Zentralverlag der NSDAP Frz. Eher Nachf. 1934. – Nationalsozialistische Monatshefte 5, 1934 (2).

Herbert Böhme

* 1907 in Frankfurt/Oder
† 1971 in Lochham b. München

718 Der Führer (1)

München: List 1993 (1–3). – Gedichte 1940 bis 1964, hg. v. I. Schuldt-Britting, München: List 1996 (4). [© 1–4: Ingeborg Schuldt-Britting, Höhenmoos]

Peter Gan (Richard Moering)

* 1894 in Rienbek b. Hamburg
† 1974 in Hamburg

738 Preislied auf eine Seifenblase
738 Auf eine Oktoberrose
739 Die Toten
739 Mythische Landschaft

Aus: Gesammelte Werke in 3 Bdn., hg. v. F. Kemp, Göttingen: Wallstein 1997. [© Gesina Möring]

Albin Zollinger

* 1895 in Zürich
† 1941 in Zürich

739 Wo aber fliegen die Abendvögel hin?
739 Die Wühlmäuse

Aus: Gesammelte Werke, Bd. 4: Gedichte, Zürich: Atlantis 1962.

Elisabeth Langgässer

* 1899 in Alzey
† 1950 in Rheinzabern

740 Frühling 1946
740 Gleichzeitig
741 Daphne

Aus: Gedichte, Hamburg 1959. [© Claassen Verlag GmbH, München]

Nelly Sachs

* 1891 in Berlin
† 1970 in Stockholm

741 Ihr Zuschauenden (1)
742 Chor der Geretteten (2)
743 Ihr meine Toten (3)

Aus: Fahrt ins Staublose, Frankfurt/Main: Suhrkamp 1961 (1, 2). – Suche nach Lebenden, hg. v. M. Holmqvist u. B. Holmqvist, Frankfurt/Main: Suhrkamp 1971 (3).

Berthold Viertel

* 1885 in Wien
† 1953 in Wien

743 Auswanderer
743 Gekritzel auf der Rückseite eines Reisepasses

Aus: Dichtungen und Dokumente, München: Kösel 1956.

Martha Saalfeld

* 1898 in Landau/Pfalz
† 1976 in Bad Bergzabern

744 Schwarz ist die Heide
744 Es flattert Hosta

Aus: Werkausgabe in Einzelbänden, hg. v. B. Roland, Bd. 1: Die Gedichte, Blieskastel: Gollenstein 1998. [Mit Genehmigung von Berthold Roland, Mannheim]

Paula Ludwig

* 1900 in Altenstadt/Vorarlberg
† 1974 in Darmstadt

745 Es gehen Schritte
745 Nicht mehr mit Blumen
746 Mit der Ackerwinde

Aus: Gedichte. Gesamtausgabe, hg. v. Kristian Wachinger u. Christiane Peter, Ebenhausen b. München: Langewiesche-Brandt 1986.

Ruth Schaumann

* 1899 in Hamburg
† 1975 in München

747 Ich steh' in Gottes Hand (1)
748 Leerer Abend (2)

Aus: Klage und Trost, Heidelberg: Kerle 1947 (1). – Die Sternnacht, München: Kösel 1959 (2) [© Andreas Fuchs].

Oda Schaefer

* 1900 in Berlin
† 1988 in München

748 An meinen Sohn
749 Im Hades
749 Veränderung
749 Herzangst

Aus: Wiederkehr. Ausgewählte Gedichte, hg. v. W. Fritzsche, München: Piper 1985. [© Piper Verlag GmbH, München 1985]

Emil Barth

* 1900 in Haan/Rhld.
† 1958 in Düsseldorf

750 Kreuzweg
750 Sternbild
750 Schwarze Muse

Aus: Gesammelte Werke in 2 Bdn., hg. v. F. N. Mennemeier, Wiesbaden: Limes 1960. [© Rimbaud Verlag, Aachen]

Hermann Kasack

* 1896 in Potsdam
† 1966 in Stuttgart

751 Totenfloß (1)
751 Alte Klage (2)

Aus: Das ewige Dasein, Frankfurt/Main: Suhrkamp 1943 (1). – Wasserzeichen, Frankfurt/Main: Suhrkamp 1964 (2).

787 Alte Orte

Aus: Zeitlebens. Gedichte 1934–1980, München: Schneekluth 1981. [© Schneekluth Verlag GmbH, München]

FRITZ GRASSHOFF

* 1913 in Quedlinburg
† 1997 in Kanada

788 Drei glückliche Augenblicke
788 Halunkenlied

Aus: Neue große Halunkenpostille, München: Nymphenburger 1981.

KARL KROLOW

* 1915 in Hannover
† 1999 in Darmstadt

789 Pappellaub (1)
789 Verlassene Küste (2)
790 Robinson (3)
790 Neues Wesen (4)
791 Plopp (5)
791 Die Worte sind nicht schamlos (6)
791 Von einem Land und von andern (7)

Aus: Gesammelte Gedichte, Frankfurt/Main: Suhrkamp 1965 (1–3). – Alltägliche Gedichte, Frankfurt/Main: Suhrkamp 1968 (4). – Herbstsonett mit Hegel, Frankfurt/Main: Suhrkamp 1981 (5). – Schönen Dank und vorüber, Frankfurt/Main: Suhrkamp 1984 (6). – Ich höre mich sagen, Frankfurt/Main: Suhrkamp 1992 (7).

PETER JOKOSTRA

* 1912 in Dresden

792 Ich treibe südwärts (1)
792 Alternative (2)

Aus: Magische Straße, Neuwied: Luchterhand 1960 (1). – Feuerzonen, München: Delp 1976 (2). [© 1, 2: Peter Jokostra]

CHRISTINE LAVANT (CHRISTINE HABERNIG)

* 1915 in Groß Edling b. St. Stefan im Lavanttal/Kärnten
† 1973 in Wolfsberg/Kärnten

792 Es riecht nach Weltenuntergang (1)
793 Wie gut, daß ich verborgen bin (2)
793 Wo treibt mein Elend sich herum? (3)
793 Ich bin sehr reich (4)

Aus: Die Bettlerschale, Salzburg: Otto Müller 1956 (1, 2) [© Otto Müller Verlag, Salzburg, 1956]. – Spindel im Mond, Salzburg: Otto Müller 1959 (3) [© Otto Müller Verlag, Salzburg, 1959]. – Hälfte des Herzens, Darmstadt: Bläschke 1967 (4) [C. L.: Kunst wie meine ist nur verstümmeltes Leben, © Otto Müller Verlag, Salzburg 1978].

CHRISTINE BUSTA (CHRISTINE DIMT)

* 1915 in Wien
† 1987 in Wien

794 Das Hündlein (1)
794 Am Rande (2)
795 Gedichte (3)
795 Aus einem Sommertagebuch (4)
795 Vom Altern (5)

Aus: Der Regenbaum, Wien: Herder 1951 (1) [© Otto Müller Verlag, Salzburg 1995]. – Unterwegs zu älteren Feuern, Salzburg: Otto Müller 1965 (2) [© Otto Müller Verlag, Salzburg, 1965]. – Salzgärten, Salzburg: Otto Müller 1975 (3) [© Otto Müller Verlag, Salzburg 1975]. – Wenn du das Wappen der Liebe malst, Salzburg: Otto Müller 1981 (4) [© Otto Müller Verlag, Salzburg, 1981]. – Inmitten aller Vergänglichkeit, Salzburg: Otto Müller 1985 (5) [© Otto Müller Verlag, Salzburg 1985].

HILDE DOMIN

* 1909 in Köln

796 Nur eine Rose als Stütze (1)
796 Mit leichtem Gepäck (2)
797 Ich will dich (3)
797 Abel steh auf (4)
798 Drei Arten Gedichte aufzuschreiben (5)

Aus: Nur eine Rose als Stütze, Frankfurt/Main: S. Fischer 1959 (1). – Rückkehr der Schiffe, Frankfurt/Main: S. Fischer 1962 (2). – Ich will dich, 3. Aufl., München: Piper 1970 (3–5) [© Gesammelte Gedichte, Frankfurt/Main: S. Fischer 1987].

MARGOT SCHARPENBERG

* 1924 in Köln

798 Wenn die Bettler zählen (1)
799 Vergangene Zukunft (2)
799 Prognose (3)

Aus: Spiegelschriften, München: Piper 1961 (1) [© Margot Scharpenberg]. – Fallende Farben, Duisburg: Gilles & Francke 1983 (2). – Gegengaben und Widerworte, Duisburg: Gilles & Francke 1995 (3).

HANS PETER KELLER

* 1915 in Rosellerheide/Niederrhein
† 1989 in Büttgen b. Neuss/Rhein

800 Du oder ich oder wer
800 Folge

Aus: Extrakt um 18 Uhr, Wiesbaden: Limes 1975. [© by Limes Verlag in der F. A. Herbig Verlagsbuchhandlung GmbH, München]

JOHANNES BOBROWSKI

* 1917 in Tilsit
† 1965 in Berlin (Ost)

801 Ostern

Heinz Piontek
* 1925 in Kreuzburg/Schlesien

837 Herbst – vom Bodensee aus (1)
837 Unablässiges Gedicht (2)
837 Um 1800 (3)
838 An die Schüler Heisenbergs (4)
838 Einfache Sätze aus dem Jahr 68 (5)
839 Etwas ausrichten (6)

Aus: Werke, Bd. 1: Die Gedichte, München: Schneekluth 1982 (1–5) [© Schneekluth Verlag GmbH, München]. – Neue Umlaufbahn, Würzburg: Bergstadtverlag 1998 (6).

Ingeborg Bachmann
* 1926 in Klagenfurt/Österreich
† 1973 in Rom

840 Die große Fracht
840 Die gestundete Zeit
841 Alle Tage
841 Im Gewitter der Rosen
841 Anrufung des großen Bären
842 Nebelland
842 Strömung
843 Reklame
843 Enigma

Aus: Werke, hg. v. C. Koschel, I. v. Weidenbaum, C. Münster, Bd. 1: Gedichte. Hörspiele. Libretti. Übersetzungen, München: Piper 1978. [© Piper Verlag GmbH, München 1978]

Hertha Kräftner
* 1928 in Wien
† 1951 in Wien

844 Abends
844 Dorfabend

Aus: Das blaue Licht, hg. v. O. Breicha u. A. Okopenko, Darmstadt: Luchterhand 1981.

Dagmar Nick
* 1926 in Breslau

844 Vision (1)
845 Nachtwache (2)
845 Geh über Nacht (3)
845 Niemandsland (4)
845 Ägäis (5)
846 Treibjagd (6)
846 Ankündigung (7)

Aus: In den Ellipsen des Mondes, Hamburg: Ellermann 1959 (1, 2). – Zeugnis und Zeichen, München: Delp 1969 (3, 4). – Gezählte Tage, Waldbrunn: Heiderhoff 1986 (5, 6). – Gewendete Masken (1991–1995), 1996 (7). [© 1–7: Rimbaud Verlag, Aachen]

Christa Reinig
* 1926 in Berlin

846 Robinson
847 Verwandlung
847 Der Enkel trinkt
847 Vor der Abfahrt
848 Die Ballade vom blutigen Bomme

Aus: Sämtliche Gedichte, Düsseldorf: Eremiten-Presse 1984.

Elisabeth Borchers
* 1926 in Homberg/Niederrhein

849 eia wasser regnet schlaf (1)
850 Was alles braucht's zum Paradies (2)
850 Niemand behaupte (3)
851 Vergessener Geburtstag (4)

Aus: Gedichte, Frankfurt/Main: Suhrkamp 1976 (1). – Wer lebt, Frankfurt/Main: Suhrkamp 1986 (2). – Von der Grammatik des heutigen Tages, Frankfurt/Main: Suhrkamp 1992 (3). – Was ist die Antwort, Frankfurt/Main: Suhrkamp 1998 (4).

Margarete Hannsmann
* 1921 in Heidenheim a. d. Brenz/Württemberg

851 Griechische Gastarbeiter (1)
852 Brot und Wein (2)
852 Pfad in Eftalu (3)
852 Augenblicke einsammeln (4)
853 Judenfriedhof in Nordstetten (5)

Aus: Fernsehabsage, Düsseldorf: Claassen 1974 (1). – Drachmentage, Düsseldorf: Eremiten-Presse 1986 (2, 3). – Raubtier Tag. Gedichte, Stuttgart: Klett-Cotta 1989 (4). – Verwitterungen, Düsseldorf: Eremiten-Presse 1995 (5).

Olly Komenda-Soentgerath
* 1923 in Prag

853 Gegenwart (1)
854 Abschied von Prag (2)
854 Im Alter (3)
854 Individuum (4)

Aus: Das schläft mir nachts unter den Lidern, St. Michel: Bläschke 1981 (1) [© Heiderhoff Verlag, Eisingen]. – Unerreichbar nahe, Eisingen: Heiderhoff 1986 (2). – Erst wenn die Boten kommen, Eisingen: Heiderhoff 1992 (3). – Geträumte Brücke, Eisingen: Heiderhoff 1998 (4).

Hans Carl Artmann
* 1921 in Wien
† 2000 in Wien

855 vorsommerliches rondo (1)
855 soldaten ach soldaten ja (2)
Aus: *die ausnehmend schönen lieder des edlen caspar* (3)

890 Morgen

Aus: Gesammelte Gedichte, hg. v. V. Bohn, Frankfurt/Main: Suhrkamp 1991.

Ludwig Greve

* 1924 in Berlin
† 1991 ertrunken vor Amrum/Nordsee

891 Mein Vater
891 Schneesturm
892 Playback
893 Marbach, am Bahndamm

Aus: Sie lacht und andere Gedichte, Frankfurt/Main: S. Fischer 1991.

Walter Neumann

* 1926 in Riga/Lettland

894 Im vergessensten Winkel Europas (1)
894 Totes Land (2)
895 Das Gras in den Steppen (3)
895 Pause (4)

Aus: Grenzen, Dortmund: Wulff 1972 (1). – Mitten im Frieden, Berlin: Agora 1984 (2). – Der Flug der Möwen, Eisingen: Heiderhoff 1996 (3, 4).

Christian Saalberg

* 1926 in Hirschberg/Riesengebirge

895 Eine Handbreit vor mir (1)
896 Der Tag vergeht (2)
896 Dafür wurden wir geschaffen (3)

Aus: Schwierige Ruinen (Prager Gedichte), Regensburg: Roderer 1995 (1). – Das Gezwitscher der toten Vögel, Sigmaringendorf: Glock und Lutz 1995 (2). – Vom Leben besiegt, Regensburg: Roderer 1997 (3). [© 1–3: Christian Saalberg]

Carl Guesmer

* 1929 in Kirch Grambow (Wedendorf)/Mecklenburg

897 Aus der Nachbarschaft (1)
Aus: *Bilder aus Mecklenburg 1991* (2)
897 Die Grenze ist nur noch spürbar
897 Schloßpark in Ludwigslust
898 Rückblick (3)

Aus: Auswahl. Gedichte 1949–1979, München: Gotthold Müller 1979 (1) [© Carl Guesmer]. – Im abgetragenen Sommer, Kulmbach: Baumann 1992 (2). – Baumkronen mit Septemberspuren, Kulmbach: Baumann 1999 (3).

Hans Magnus Enzensberger

* 1929 in Kaufbeuren

898 Gedicht für die Gedichte nicht lesen (1)
899 Ins Lesebuch für die Oberstufe (2)
899 Bildzeitung (3)
900 An alle Fernsprechteilnehmer (4)
901 F. C. (1810–1849) (5)
902 Altes Medium (6)
903 Leichter als Luft (7)

Aus: Die Gedichte, Frankfurt/Main: Suhrkamp 1983 (1–4). – Mausoleum. Siebenunddreißig Balladen aus der Geschichte des Fortschritts, Frankfurt/Main: Suhrkamp 1975 (5). – Kiosk. Neue Gedichte, Frankfurt/Main: Suhrkamp 1995 (6). – Leichter als Luft. Moralische Gedichte, Frankfurt/Main: Suhrkamp 1999 (7).

Peter Rühmkorf

* 1929 in Dortmund

904 Himmel abgespeckt (1)
904 Lied der Naturlyriker (2)
905 Grimm- und Grützlied (3)
905 Auf eine Weise des Joseph Freiherrn von Eichendorff (4)
906 Hochseil (5)
906 Auf was nur einmal ist (6)
907 Durchreisebild (7)
907 Diese vorüberrauschende blaue … (8)
908 Noch einmal Einmal noch (9)

Aus: Irdisches Vergnügen in g, Hamburg: Rowohlt 1959 (1, 2). – Kunststücke, Reinbek: Rowohlt 1962 (3, 4). – Walther von der Vogelweide, Klopstock und ich, Reinbek: Rowohlt 1975 (5). – Haltbar bis Ende 1999, Reinbek: Rowohlt 1979 (6, 7). – Einmalig wie wir alle, Reinbek: Rowohlt 1989 (8). – wenn – aber dann. Vorletzte Gedichte, Reinbek: Rowohlt 1999 (9). [1–5: P. R., Gesammelte Gedichte, © 1976 by Rowohlt Verlag GmbH, Reinbek. – 6, 7: P. R., Gedichte (Werke, Bd. 1), © 2000 by Rowohlt Verlag GmbH, Reinbek. – 8: © 1989 by Rowohlt Verlag GmbH, Reinbek. – 9: © 1999 by Rowohlt Verlag GmbH, Reinbek]

Horst Bienek

* 1930 in Gleiwitz
† 1990 in München

909 Wenn man stirbt
909 Was dich verwandelt
909 Zeichen und Sätze
909 Sehr fern
910 Die Zeit danach
911 Gartenfest

Aus: Gleiwitzer Kindheit. Gedichte aus zwanzig Jahren, München: Carl Hanser 1976. [© Carl Hanser Verlag, München – Wien]

Hugo Ernst Käufer

* 1927 in Witten/Ruhr

912 Ausgewogen
912 Meine Kindheit

912 Altern

Aus: Ohne Erinnerung hat die Zeit kein Gesicht. Gedichte aus zwanzig Jahren, Wuppertal: Marino Verlag, Peter Hammer Verlag 1997.

MAX VON DER GRÜN

* 1926 in Bayreuth

913 Unter Tag

Aus: Wir tragen ein Licht durch die Nacht. Gedichte aus der Welt des Bergmanns, hg. v. d. Industriegewerkschaft Bergbau, Bochum: Industriegewerkschaft 1960 [© Max von der Grün].

KURT KÜTHER

* 1929 in Stettin

913 Artisten
914 Tote Zeche

Aus: Ein Direktor geht vorbei, Wuppertal: Peter Hammer Verlag 1974. [© Kurt Küther]

JOSEF REDING

* 1929 in Castrop-Rauxel

914 Ermunterung (1)
915 krippenrede eines karriere-vaters (2)
916 ein hallelujah dem asphalt (3)

Aus: Gutentagtexte, Balve: Engelbert 1974 (1). – Asphaltgebete, Würzburg: Echter 1999 (2, 3).

GÜNTER BRUNO FUCHS

* 1928 in Berlin
† 1977 in Berlin

917 Dämmerung (1)
917 Der Irre ist gestorben (2)
918 Schularbeiten (3)
918 Brief des Vaters (4)

Aus: Pennergesang, München: Carl Hanser 1965 (1, 2). – Blätter eines Hof-Poeten und andere Gedichte, München: Carl Hanser 1967 (3, 4). [© 1–4: Carl Hanser Verlag, München – Wien]

OSKAR PASTIOR

* 1927 in Hermannstadt/Rumänien

919 Heißer Abend im alten Tulcea (1)
919 Ballade vom defekten Kabel (2)
920 Abendlied (3)
920 gliederwind ißt nebensonnen (4)
921 Einer Edelfrau schlaflose Nacht (5)
921 weiß das lauwant noch (6)
922 desider an kanevas (7)

Aus: Jalousien aufgemacht. Ein Lesebuch, hg. v. K. Ramm, München: Carl Hanser 1987 (1, 2, 4, 5). – Wechselbalg. Gedichte 1977–1980, Spenge: Ramm 1980 (3). – Kopfnuß Januskopf. Gedichte in Palindromen, München: Carl Hanser 1990 (6). – Das Hören des Genitivs, München: Carl Hanser 1997 (7). [© 1, 2, 4–7: Carl Hanser Verlag, München – Wien]

HERBERT PFEIFFER

* 1946 in Ansbach

923 eine Xenie
923 Die Rede, der Eid
923 etüdedüte II

Aus: Oh Cello voll Echo. Palindromgedichte, Frankfurt/Main: Insel 1992.

JOHANNES POETHEN

* 1928 in Wickrath/Niederrhein

924 Blindheit (1)
924 Ich bin nur in wörtern (2)
924 an meinen sohn willibald (3)
925 Wieder ausgezählt (4)
925 Wieder eine galaxie entdeckt (5)

Aus: Gedichte 1946–1971, Hamburg: Claassen 1973 (1, 2). – ach erde du alte. Gedichte 1976–1980, Stuttgart: Klett-Cotta 1981 (3). – Wer hält mir die Himmelsleiter. Gedichte 1981–1987, Karlsruhe: Braun 1988 (4) [© Johannes Poethen]. – Zwischen dem All und dem Nichts. Gedichte 1988–1993, Eggingen: Edition Isele 1995 (5).

GERHARD NEUMANN

* 1928 in Rostock

926 Die Bucht (1)
926 Porta di Vacca (2)
926 Johannisfest (3)

Aus: Mögliches Gelände. Sämtliche Gedichte, Aachen: Rimbaud 1991 (1). – Angriff der Möven, Aachen: Rimbaud 1994 (2). – Unter Ziegelbränden, Aachen: Rimbaud 1997 (3). [© 1–3: Rimbaud Verlag Aachen]

WALTER HELMUT FRITZ

* 1929 in Karlsruhe

927 Früh im Jahr (1)
927 Columbus (2)
928 Also fragen wir beständig (3)
928 Atlantis (4)
928 Alter Globus (5)

Aus: Veränderte Jahre, Stuttgart: Deutsche Verlags-Anstalt 1963 (1) [© Walter Helmut Fritz]. – Die Zuverlässigkeit der Unruhe, Hamburg: Hoffmann und Campe 1966 (2) [© 1966 by Hoffmann und Campe Verlag, Hamburg]. – Schwierige Überfahrt, Hamburg: Hoffmann und Campe 1976 (3) [© 1976 by Hoffmann und Campe Verlag, Hamburg]. – Immer einfacher immer schwieriger, Hamburg: Hoffmann und Campe 1987 (4) [© 1987 by Hoffmann und Campe Verlag, Hamburg]. – Gesammelte Gedichte 1979–1994, Hamburg: Hoffmann und Campe 1994 (5) [© 1994 by Hoffmann und Campe Verlag, Hamburg].

Aus: Der Pudding der Apokalypse. Gedichte 1963–1998, Frankfurt/Main: Suhrkamp 1999.

Heinz Kahlau

* 1931 in Drewitz b. Potsdam

948 Kein Gott (1)
950 Ballade von der bewältigten Vergangenheit (2)
951 Der Revolutionär (3)
951 Elementares Bedürfnis (4)
951 Tag der Einheit (5)

Aus: Bögen. Ausgewählte Gedichte 1950–1980, Berlin: Aufbau 1981 (1, 4) [© Aufbau-Verlag, Berlin und Weimar 1981]. – Querholz. Sinn- und Unsinngedichte, Berlin: Aufbau 1989 (2) [© Aufbau-Verlag, Berlin und Weimar 1989]. – Eines beliebigen Tages, Berlin: Tribüne 1989 (3) [© Heinz Kahlau]. – Kaspers Waage, Berlin: Aufbau 1992 (5) [© Aufbau-Verlag GmbH, Berlin 1992].

Inge Müller

* 1925 in Berlin
† 1966 in Berlin (Ost)

952 33 war ich ein gläubiges Kind
952 Freunde

Aus: Wenn ich schon sterben muß, hg. v. R. Pietraß, Berlin: Aufbau 1985. [© Aufbau-Verlag, Berlin und Weimar 1985]

Eva Strittmatter

* 1930 in Neuruppin

953 Vor einem Winter (1)
953 Der Amsel (2)
954 Utopia (3)
954 Die Restbestände meines Lebens (4)

Aus: Ich mach ein Lied aus Stille, Berlin: Aufbau 1973 (1) [© Aufbau-Verlag, Berlin und Weimar 1973]. – Die eine Rose überwältigt alles, Berlin: Aufbau 1977 (2) [© Aufbau-Verlag, Berlin und Weimar 1977]. – Zwiegespräch, Berlin: Aufbau 1980 (3) [© Aufbau-Verlag, Berlin und Weimar 1980]. – Der Schöne (Obsession), Berlin: Aufbau 1997 (4) [© Aufbau-Verlag GmbH, Berlin 1997].

Rainer Kirsch

* 1934 in Döbeln/Sachsen

955 Einigen Vätern (1)
955 Schwimmen bei Pizunda (2)
956 Aufschub (3)
956 Im Ton Mandelstams (4)
956 Sterbelager preußisch (5)

Aus: Ausflug machen, Rostock: Hinstorff 1980 (1–3). – Kunst in Mark Brandenburg, Rostock: Hinstorff 1988 (4, 5). [© 1–3: Hinstorff Verlag, Rostock 1980. – © 4, 5: Hinstorff Verlag, Rostock 1988]

Wulf Kirsten

* 1934 in Klipphausen b. Meißen

957 satzanfang (1)
957 die straße (2)
957 vorwinter (3)
958 väterlicherseits, mütterlicherseits (4)
959 vor der haustür (5)
960 Erdlebenbilder (6)

Aus: die erde bei Meißen, Leipzig: Reclam 1986 (1–4) [© Wulf Kirsten]. – Stimmenschotter. Gedichte 1987–1992, Zürich: Ammann 1993 (5). – Wettersturz. Gedichte 1993–1998, Zürich: Ammann 1999 (6). [© 5, 6: 1993, 1999 by Ammann Verlag & Co., Zürich]

Karl Mickel

* 1935 in Dresden
† 2000 in Berlin

961 Reisen (1)
961 Die Friedensfeier (2)
962 Der See (3)
963 Kindermund (4)

Aus: Vita nova mea [Mein neues Leben], Berlin: Aufbau 1966 (1–3) [© Aufbau-Verlag, Berlin und Weimar 1966]. – Eisenzeit: Halle/Saale: Mitteldeutscher Verlag 1975 (4).

Heinz Czechowski

* 1935 in Dresden

963 Flußfahrt (1)
964 An Freund und Feind (2)
965 Was mich betrifft (3)
965 In Deutschland (1986) (4)
966 Die überstandene Wende (5)
966 Von Mythen getragen (6)

Aus: Schafe und Sterne, Halle/Saale: Mitteldeutscher Verlag 1974 (1) [© Heinz Czechowski]. – An Freund und Feind, München: Carl Hanser 1983 (2, 3) [© Carl Hanser Verlag, München – Wien]. – Ich und die Folgen, Reinbek: Rowohlt 1987 (4) [© Grupello Verlag, Düsseldorf]. – Nachtspur. Gedichte und Prosa 1987–1992, Zürich: Ammann 1993 (5) [© 1993 by Ammann Verlag & Co., Zürich]. – Mein Westfälischer Frieden. Ein Zyklus 1996–1998, Köln: Bücher der Nyland-Stiftung 1998 (6).

Reiner Kunze

* 1933 in Oelsnitz/Erzgebirge

967 Düsseldorfer impromptu (1)
967 Sensible wege (2)
967 Von der notwendigkeit der zensur (3)
968 Kurzer lehrgang (4)
968 Silberdistel (5)
968 In Salzburg (6)
969 die mauer (7)
969 mit dieser fahne schon (8)

969 in Erlau, wortfühlig (9)

Aus: Die wunderbaren Jahre. Lyrik, Prosa, Dokumente, hg. v. K. Corino, Frankfurt/Main: S. Fischer 1977 (1–4). – auf eigene hoffnung, Frankfurt/Main: S. Fischer 1981 (5). – eines jeden einziges leben, Frankfurt/Main: S. Fischer 1986 (6). – ein tag auf dieser erde, Frankfurt/Main: S. Fischer 1998 (7–9).

FRANZ JOSEF DEGENHARDT

* 1931 in Schwelm

970 Für wen ich singe
971 Deutscher Sonntag
972 Die alten Lieder
973 Adieu, Kumpanen

Aus: Spiel nicht mit den Schmuddelkindern, Hamburg: Hoffmann und Campe 1966. [© Aufbau-Verlag GmbH, Berlin 1995]

DIETER SÜVERKRÜP

* 1934 in Düsseldorf

974 Wünsche des Publikums an den Sänger

Aus: Die widerborstigen Gesänge des Dieter Süverkrüp, Dortmund: Pläne Verlag 1967. [© Dieter Süverkrüp]

HANNS DIETER HÜSCH

* 1925 in Moers/Niederrhein

975 Ich sing für die Verrückten (1)
975 Utopie (2)

Aus: Den möcht' ich seh'n ..., Köln: Satire Verlag 1978 (1) [© Hanns Dieter Hüsch]. – Du kommst auch drin vor. Gedankengänge eines fahrenden Poeten, München: Kindler 1990 (2) [© 1990 Kindler Verlag, München].

WOLF BIERMANN

* 1936 in Hamburg

976 Die Ballade von dem Drainage-Leger (1)
978 Ermutigung (2)
978 Ballade vom preußischen Ikarus (3)
979 Und als wir ans Ufer kamen (4)
979 Dideldumm (5)
981 Meleken an der Elbe bei Brokdorf (6)

Aus: Alle Lieder, Köln: Kiepenheuer & Witsch 1991 (1–5). – Alle Gedichte, Köln: Kiepenheuer & Witsch 1995 (6).

KONSTANTIN WECKER

* 1947 in München

982 Sage nein! (1)
983 Schlaf ein, mein Kind (2)

Aus: Sage nein! Politische Lieder 1977–1992, Köln: Kiepenheuer & Witsch 1993 (1) [© Global Musikverlage, München]. – schmerzvoll lebendig. die Gedichte 1963–1997, Köln: Kiepenheuer & Witsch 1998 (2).

PAUL WÜHR

* 1927 in München

984 Zwar hätte ich gern die Reise (1)
984 Hinter den blauen Bergen (2)
985 Immer weiter diese Zusammenhänge (3)
985 Falls/wir uns mitteilen werden (4)
985 Wie/sehr ich staune (5)

Aus: Grüß Gott. Rede. Gedichte, München: Carl Hanser 1990 (1–3). – Salve Res Publica Poetica, München: Carl Hanser 1997 (4, 5). [© 1–5: Carl Hanser Verlag, München – Wien]

RUDOLF LANGER

* 1923 in Neiße/Schlesien

986 Ortswechsel (1)
986 Seestück zum Schluß (2)
987 Schlesien Geburtsheimat (3)

Aus: Ortswechsel, Darmstadt: Bläschke 1973 (1). – Das Narrenschiff schwankt. Gedichte 1978–1986, München: Rudolf Langer 1986 (2). – Unaufhaltbar. Neue Gedichte 1987, München: Langer 1987 (3) [© 1–3: Rudolf Langer].

RICHARD ANDERS

* 1928 in Ortelsburg/Ostpreußen

988 Traum vom Tod Georg Heyms
988 Stille
988 Damals
988 Niemals

Aus: Die Pendeluhren haben Ausgangssperre. Ausgewählte und neue Gedichte, Berlin: Galrev 1998.

HORST BINGEL

* 1933 in Korbach/Hessen

989 Feinsliebchen
989 Fahnenland

Aus: Lied für Zement, Frankfurt/Main: Suhrkamp 1975. [© Horst Bingel]

GÜNTER HERBURGER

* 1932 in Isny/Allgäu

989 Ehegedicht (1)
990 Vergnügen (2)
991 Weihnachtslied (3)
991 Einstand (4)
992 Graue Heilung (5)

Aus: Ziele, Reinbek: Rowohlt 1977 (1, 2) [© Günter Herburger]. – Makadam, Darmstadt: Luchterhand 1982 (3) [© 1982 Hermann Luchterhand Verlag, Darmstadt/Neuwied]. – Das brennende Haus, Frankfurt/Main: Luchterhand 1990 (4) [© 1990 Luchterhand Literaturverlag GmbH, München]. – Sturm und Stille, Hamburg: Luchterhand Literaturverlag 1993 (5) [© 1993 Luchterhand Literaturverlag GmbH, München].

Harald Hartung

* 1932 in Herne/Westfalen

993 Zechenkolonie (1)
993 Schnecken (2)
994 Möglicher Sommer (3)
995 An eine Sterngläubige (4)
995 In der Nähe der Glienicker Brücke (5)
995 Montale lesend (6)

Aus: Traum im Deutschen Museum. Gedichte 1965–1985, München: Piper 1986 (1–4) [© Piper Verlag GmbH, München 1986]. – Jahre mit Windrad, Göttingen: Steidl 1996 (5, 6).

Jürgen Becker

* 1932 in Köln

996 Natur-Gedicht (1)
996 Gedicht, sehr früh (2)
996 Das Fenster am Ende des Korridors (3)
997 Wiedersehen nach längerer Zeit (4)
997 Altes Zimmer (5)
998 ... Beerdigungen im Sommer (6)
998 Reiseland (7)

Aus: Das Ende der Landschaftsmalerei, Frankfurt/Main: Suhrkamp 1974 (1, 2). – Erzähl mir nichts vom Krieg, Frankfurt/Main: Suhrkamp 1977 (3, 4). – In der verbleibenden Zeit, Frankfurt/Main: Suhrkamp 1979 (5). – Das englische Fenster, Frankfurt/Main: Suhrkamp 1990 (6). – Journal der Wiederholungen, Frankfurt/Main: Suhrkamp 1999 (7).

Alfred Kolleritsch

* 1931 in Brunnsee/Steiermark

999 Dass man sich mitunter einholt (1)
999 »Ewige Erzählung« (2)
1000 Nachher (3)
1000 Gleichnis (4)

Aus: Einübung in das Vermeidbare, Salzburg: Residenz 1978 (1). – Absturz ins Glück, Salzburg: Residenz 1983 (2). – Gegenwege, Salzburg: Residenz 1991 (3). – In den Tälern der Welt, Salzburg: Residenz 1999 (4). [© 1–4: 1978, 1983, 1991, 1999 Residenz Verlag, Salzburg und Wien]

Manfred Peter Hein

* 1931 in Darkehmen/Ostpreußen

1001 Denkmal (1)
1001 Suchbild (2)
1002 Medaillons (3)
1002 Jenseits nördlich (4)

Aus: Gegenzeichnung. Gedichte 1962–1982, Darmstadt: Agora o. J. [1983] (1). – Zwischen Winter und Winter, Reinbek: Rowohlt 1987 (2) [© 1987 by Rowohlt Verlag GmbH, Reinbek]. – Über die dunkle Fläche. Gedichte 1986–1993, Zürich: Ammann 1994 (3, 4) [© 1994 by Ammann Verlag & Co., Zürich].

Richard Exner

* 1929 in Niedersachswerfen/Harz

1003 Heimat (1)
1004 Museum (2)
1004 Stückwerk (3)

Aus: Gedichte 1953–1991, Stuttgart: Radius 1994 (1). – Die Zunge als Lohn. Gedichte 1991–1995, Stuttgart: Radius 1996 (3) [© 1, 2: 1994, 1996 by Radius-Verlag, Olgastraße 114, 70180 Stuttgart].

Werner Dürrson (Werner Dürr)

* 1932 in Schwenningen/Neckar

1005 Nachtweit
1005 Provinz
1005 Losigkeit 1, 2 & 3

Aus: Gedichte in drei Bänden, hg. v. V. Demuth, Bühl-Moos: Elster 1992. [© Werner Dürrson]

(Hans) Arnfrid Astel

* 1933 in München

1006 Schwärmerei (1)
1006 Hölderlin (2)
1006 »Dem lebendigen Geist« (3)
1006 Zwei gegen drei (4)
1006 Drunter und drüber (5)
1006 Kunstvorbehalt (6)

Aus: Notstand, Wuppertal: Peter Hammer 1968 (1–3) [© Hans Arnfrid Astel]. – Kläranlage, München: Carl Hanser 1970 (4) [© Carl Hanser Verlag, München – Wien]. – Die Amsel fliegt auf, Heidelberg: Das Wunderhorn 1982 (5). – Hans Arnfrid Astel, Wohin der Hase läuft, Leipzig: Forum o. J. [1992] (6) [© Hans Arnfrid Astel].

Volker von Törne

* 1934 in Quedlinburg
† 1980 in Münster/Westf.

1007 Auf dem Boden des Grundgesetzes
1008 Frei wie ein Vogel
1009 Gedanken im Mai
1009 Zahltag

Aus: Im Lande Vogelfrei. Gesammelte Gedichte, Berlin: Klaus Wagenbach 1981.

Yaak Karsunke

* 1934 in Berlin

1010 Matti wechselt das rad (1)
1010 schorf 1 bis 3 (2)
1010 anekdote aus dem letzten preußischen kriege
1010 woran man kommunisten erkennt
1011 tod & verklärung
1011 unermüdlicher kämpfer (3)

1011 ziemlich frei. nach Brecht (4)

Aus: reden & ausreden, Berlin: Klaus Wagenbach 1969 (1). – da zwischen, Berlin: Rotbuch 1979 (2). – auf die gefahr hin, Berlin: Rotbuch 1982 (3). – gespräch mit dem stein, Berlin: Rotbuch 1992 (4). [© 1–3: Yaak Karsunke; © 4: 1992 Rotbuch Verlag, Berlin]

Peter-Paul Zahl

* 1944 in Freiburg/Breisgau

1012 mittel der obrigkeit (1)
1012 februarsonne (2)
1012 mein roter kalender (3)

Aus: Schutzimpfung, Berlin: Rotbuch 1975 (1). – Alle Türen offen, Berlin: Rotbuch 1977 (2). – Aber nein, sagte Bakunin und lachte laut, Berlin: Rotbuch 1983 (3). [© 1–3: 1975, 1977, 1983 Rotbuch Verlag, Berlin]

Christoph Meckel

* 1935 in Berlin

1013 An wen auch immer ich mich wende (1)
1013 Lied zur Pauke (2)
1014 Rede vom Gedicht (3)
1014 Der Tag wird kommen (4)
1015 Geerntet der Kirschbaum (5)
1015 Es war der Atem im Schnee (6)

Aus: Nebelhörner, Stuttgart: Deutsche Verlags-Anstalt 1959 (1). – Wildnisse, Frankfurt/Main: S. Fischer 1962 (2). – Wen es angeht, Düsseldorf: Eremiten-Presse 1974 (3). – Nachtessen, Berlin: Literarisches Colloquium 1975 (4). – Säure, Düsseldorf: Claassen 1979 (5). – Souterrain, München: Carl Hanser 1984 (6). [© 1: Christoph Meckel; © 8: Carl Hanser Verlag, München – Wien]

Peter Handke

* 1942 in Griffen/Kärnten

1015 Der Rand der Wörter 1
1015 Der Rand der Wörter 2

Aus: Die Innenwelt der Außenwelt der Innenwelt, Frankfurt/Main: Suhrkamp 1969.

Rolf Dieter Brinkmann

* 1940 in Vechta/Oldenburg
† 1975 in London

1016 Meinetwegen Rosen (1)
1016 Schnee (2)
1017 Selbstbildnis im Supermarkt (3)
1017 Einen jener klassischen (4)
1017 Nach Shakespeare (5)
1018 Oh, friedlicher Mittag (6)

Aus: Standphotos. Gedichte 1962–1970, Reinbek: Rowohlt 1980 (1–3). – Westwärts 1 & 2, Reinbek: Rowohlt Taschenbuch Verlag 1975 (4–6). [© 1–3: 1980 by Rowohlt Verlag GmbH, Reinbek; © 4–6: 1975 by Rowohlt Taschenbuch Verlag GmbH, Reinbek]

Dieter Hoffmann

* 1934 in Dresden

1018 Gottfried August Bürger (1)
1019 Eutin (2)
1019 Karpfen (3)

Aus: Sub Rosa. Historische Porträts, Darmstadt: Bläschke 1976 (1). – Norddeutsche Lyra, Frankfurt/Main: Corvus 1977 (2). – Engel am Pflug, Mainz: v. Hase & Koehler 1980 (3). [© 1, 2: Dieter Hoffmann]

Johannes Kühn

* 1934 in Bergweiler/Saar

1020 Die Dorfmusik (1)
1020 Neujahr (2)
1021 Glückshaut (3)
1021 Geselligkeit (4)

Aus: Ich Winkelgast, München: Carl Hanser 1989 (1, 2). – Leuchtspur, München: Carl Hanser 1995 (3). – Wasser genügt nicht. Gasthausgedichte, München: Carl Hanser 1997 (4). [© 1–4: Carl Hanser Verlag, München – Wien]

Richard Leising

* 1934 in Chemnitz
† 1997 in Berlin

1022 Über Mittag (1)
1022 Der Sieg (2)
1023 Auch ich (3)

Aus: Gebrochen deutsch, Ebenhausen: Langewiesche-Brandt 1990 (1, 2). – Die Rotzfahne. Gedichte und kleine Prosa, hg. v. Kristof Wachinger, Ebenhausen: Langewiesche-Brandt 1998 (3).

Bruno Hillebrand

* 1935 in Düren/Rheinland

1023 Und über allem der Duft (1)
1024 Dennoch (2)
1024 Reisefieber (3)

Aus: Reale Verse, Frankfurt/Main: S. Fischer 1972 (1). – Vom Wüstenrand, Frankfurt/Main: S. Fischer 1985 (2). – Von der Krümmung des Raumes, Frankfurt/Main: S. Fischer 1992 (3).

Gerald Bisinger

* 1936 in Wien
† 1999 in Wien

1025 Unnütz vielleicht aber gut (1)
1025 An vertrautem Ort (2)
1026 Gedicht XLIX (3)

Aus: Gedichte auf Leben und Tod, Basel: Nachtmaschine 1982 (1). – Ein alter Dichter, Graz: Droschl

1998 (2). – Dieser Tratsch. Gedicht I – Gedicht LI, Graz: Droschl 1999 (3).

Nicolas Born

* 1937 in Duisburg
† 1979 in Hamburg

1026 Dies Haus
1027 Vaterhaus
1027 Es ist Sonntag
1027 Horror, Dienstag
1027 Im Zug Athen–Patras

Aus: Gedichte 1967–1978, Reinbek: Rowohlt 1978. [© 1978 by Rowohlt Verlag GmbH, Reinbek]

Helga M. Novak

* 1935 in Berlin

1028 einem Funktionär ins Poesiealbum (1)
1028 meine Sprache (2)
1029 Lernjahre sind keine Herrnjahre (3)
1029 Wenn der Mond in die Seen fällt (4)
1030 Weltuntergang (5)
1030 bin beschadet (6)

Aus: Grünheide, Grünheide. Gedichte 1955–1980, Darmstadt: Luchterhand 1983 (1–3). – Märkische Feemorgana, Frankfurt/Main: Luchterhand 1989 (4). – Silvatica, Frankfurt/Main: Schöffling & Co. Verlagsbuchhandlung 1997 (5, 6). [© 1–6: 1999 Schöffling & Co. Verlagsbuchhandlung, Frankfurt a. M.]

Sarah Kirsch

* 1935 in Limlingerode/Harz

1031 Dann werden wir kein Feuer brauchen (1)
1031 Der Milchmann Schäuffele (2)
1032 Der Droste würde ich gern Wasser reichen (3)
Aus: *Wiepersdorf* (4)
1033 Hier ist das Versmaß elegisch
1033 Ehrwürdiges, schönes Haus
1033 Dieser Abend, Bettina
1034 Im Sommer (5)
1034 Erdrauch (6)
1035 Eremitage (7)
1035 Halboffene Tür (8)

Aus: Gedichte, Ebenhausen: Langewiesche–Brandt 1969 (1, 2). – Zaubersprüche, Berlin: Aufbau 1973 (3). – Rückenwind, Berlin: Aufbau (4, 5). – Erdreich, Stuttgart: Deutsche Verlags-Anstalt 1982 (6). – Schneewärme, Stuttgart: Deutsche Verlags-Anstalt 1989 (7). – Bodenlos, Stuttgart: Deutsche Verlags-Anstalt 1996 (8). [1–8: S. K., Werke in fünf Bänden, © 1999 Deutsche Verlags-Anstalt GmbH, Stuttgart]

Elke Erb

* 1938 in Scherbach/Eifel

1036 Lied (1)
1036 Widerspiegelung (2)
1036 Wiederholung (3)
1037 Ein Schuldgefühl (4)
1037 Über den Winter (5)
1038 Glücksmomente, als (6)

Aus: Gutachten, Berlin: Aufbau 1975 (1). – Der Faden der Geduld, Berlin: Aufbau 1978 (2). – Vexierbild, Berlin: Aufbau 1983 (3). – Kastanienallee, Berlin: Aufbau 1987 (4) [© 1–4: Elke Erb]. – Unschuld, du Licht meiner Augen, Göttingen: Steidl 1994 (5). – Mensch sein, nicht. Gedichte und andere Tagebuchnotizen, Basel: Urs Engeler 1998 (6).

Gabriele Wohmann

* 1932 in Darmstadt

1039 Manchmal glaube ich nicht (1)
1039 Die Hausfrau (2)
1040 Mondfahrt (3)

Aus: Grund zur Aufregung, Darmstadt: Luchterhand 1978 (1, 2). – Passau, Gleis 3, Luchterhand Darmstadt: 1984 (3). [© 1–3: Gabriele Wohmann].

Annemarie Zornack

* 1932 in Aschersleben a. Harz

1041 unterwegs (1)
1041 lauter augenblicke (2)
1041 sich entfernen (3)

Aus: Eingeholte Jahreszeit. Gesammelte Gedichte & Prosa, Kiel: Neuer Malik-Verlag 1991 (1). – stolperherz. ausgewählte gedichte, Düsseldorf: Eremiten-Presse 1988 (2). – hexennest, Düsseldorf: Eremiten-Presse 1997 (3). [© 1–3: Annemarie Zornack]

Fritz Deppert

* 1932 in Darmstadt

1042 Nachlaßgedanken (1)
1042 Unbewältigte Gegenwart (2)
1042 Reale Utopie (3)

Aus: Atemholen, Rastatt: fox production 1974 (1). – Gegengewichte, Bielefeld: Neues Literaturkontor 1992 (2). – Zeitkonzert, Bludenz: Freipresse 1995 (3). [© 1-3: Fritz Deppert]

Rolf Haufs

* 1935 in Düsseldorf

1043 Was schnell nun naht (1)
1043 Häuserverlassen (2)
1044 Winter (3)
1044 Häutungen (4)
1044 Das Land hat sich gemacht (5)

Aus: Größer werdende Entfernung. Gedichte 1962–1979, Reinbek: Rowohlt 1979 (1, 2). – Juniabschied, Reinbek: Rowohlt 1984 (3). – Allerweltsfieber, München: Carl Hanser 1990 (4). – Augustfeuer, München: Carl Hanser 1996 (5). [© 1–5: Carl Hanser Verlag, München – Wien]

Albert von Schirnding

* 1935 in Regensburg

1045 Ästhetik des Vorscheins (1)
1045 An meinen Beobachter (2)
1045 Nymphenburg im März (3)
1045 Winterlicher Vorgang (4)

Aus: Bedenkzeit, Ebenhausen: Langewiesche–Brandt 1977 (1). – Mit anderen Augen. Gesammelte Gedichte, Ebenhausen: Langewiesche–Brandt 1986 (2, 3). – Zwölf neue Gedichte, Ebenhausen: Langewiesche–Brandt 1995 (4).

Dieter Mucke

* 1936 in Leipzig

1046 Wendepunkt
1046 Die »Meistersinger« und die »Minnesänger«

Aus: Panik im Olymp, Halle: Stekovics 1995.

Peter Horst Neumann

* 1936 in Neisse/Oberschlesien

1047 Nach Neisse
1047 Ich lese Traueranzeigen

Aus: Pfingsten in Babylon, Salzburg: Residenz 1996. [© 1996 Residenz Verlag, Salzburg und Wien]

Peter Hamm

* 1937 in München

1048 Nachruf auf einen Unbekannten (1)
1048 Aus der Festung (2)
1048 Speisewagen (3)

Aus: Der Balken, München: Carl Hanser 1981 (1, 2). – Die verschwindende Welt, München: Carl Hanser 1984 (3). [© 1–3: Carl Hanser Verlag, München – Wien]

Klaus M. Rarisch

* 1936 in Berlin

1049 Verletzt? Versehrt? (1)
1049 Am Meer (2)
1049 Mauerlos (3)

Aus: Das gerettete Abendland. Songs und Hymnen, Gerbrunn: A. Lehmann 1982 (1). – Die Geigerzähler hören auf zu ticken. 99 Sonette mit einem Selbstkommentar, Hamburg: Robert Wohlleben 1990 (2). – Bilanz. Neue Sonette, Hamburg: Robert Wohlleben 1995 (3).

Ludwig Harig

* 1927 in Sulzbach/Saar

1050 Das schreibende Subjekt
1050 Sirene und Nachtigall

Aus: Hundert Gedichte. Alexandrinische Sonette, Terzinen, Couplets und andere Verse in strenger Form, München: Carl Hanser 1988. [© Carl Hanser Verlag, München – Wien]

Ror Wolf

* 1932 in Saalfeld/Thüringen

1051 mein famili (1)
1051 Rammer & Brecher (2)
1052 waldmann und die gräfin (3)
1052 Aus dem Norden (4)

Aus: Aussichten auf neue Erlebnisse. Moritaten, Balladen & andere Gedichte, Frankfurt/Main: Frankfurter Verlagsanstalt 1996 (1, 3, 4) [© 1996 by Frankfurter Verlagsanstalt GmbH, Frankfurt/Main]. – Das nächste Spiel ist immer das schwerste, Königstein/Ts.: Athenäum 1982 (2) [© 1994 by Frankfurter Verlagsanstalt GmbH, Frankfurt/Main].

Robert Gernhardt

* 1937 in Reval/Estland

1053 Roma aeterna (1)
1053 Materialien zu einer Kritik (2)
1053 Nachdem er durch Metzingen gegangen (3)
1054 Wortschwall (4)
1054 Beginn der Sommerzeit 96 (5)
1054 Knastbrüder (6)

Aus: Wörtersee, Frankfurt/Main: Zweitausendeins 1981 (2). – Körper in Cafés, Zürich: Haffmans 1987 (1, 3). – Weiche Ziele. Gedichte 1984–1994, Zürich: Haffmans 1994 (4). – Lichte Gedichte, Zürich: Haffmans 1997 (5, 6). [1–6: R. G., Gedichte 1954–1997, © 1999 by Haffmans Verlag AG Zürich]

F. W. Bernstein (Fritz Weigle)

* 1938 in Göppingen

1055 Apokalypsen-Programm (1)
1055 Sonett-Sonett (2)

Aus: Reimwärts, Gießen: Anabas 1981 (1) [© Anabas-Verlag, Frankfurt/Main 2000]. – Lockruf der Liebe, Zürich: Haffmans 1988 (2) [© 1988 by Haffmans Verlag AG, Zürich].

Kurt Bartsch

* 1937 in Berlin

1056 Poesie (1)
1056 Sozialistischer Biedermeier (2)
1056 Lied der jeweiligen antiken Götter (3)
1057 Adolf Hitler ganz allein (4)
1057 Liedervereinigung (5)

Aus: zugluft, Berlin: Aufbau 1968 (1, 2). – Die Lachmaschine, Berlin: Klaus Wagenbach 1971 (3). – Weihnacht ist und Wotan reitet, Berlin: Rotbuch 1985 (4, 5). [© 1–5: Kurt Bartsch]

Hannelies Taschau

* 1937 in Hamburg

1058 Die Kürbislauben die Birnengärten (1)
1058 Tschernobyl? (2)
1058 Klarträumer (3)

Aus: Wundern entgehen. Gedichte 1957–1984, Darmstadt: Luchterhand 1986 (1). – weg mit dem Meer, Frankfurt/Main: Luchterhand 1990 (2). – Klarträumer, Lüneburg: zu Klampen 1998 (3). [© 1, 2: Hannelies Taschau]

Jiří Gruša

* 1938 in Pardubice/Tschechoslowakei

1059 Seelensee (1)
1059 Manchmal schaut Wasser (2)

Aus: Der Babylonwald. Gedichte 1988, Stuttgart: Deutsche Verlags-Anstalt 1991 (1). – Wandersteine, Stuttgart: Deutsche Verlags-Anstalt 1994 (2). [© 1991, 1994 Deutsche Verlags-Anstalt GmbH, Stuttgart]

Kito Lorenc

* 1938 in Schleife b. Weißwasser

1060 Altes Motiv (1)
1060 Klimax (2)
1060 das kleinere übel (3)

Aus: Flurbereinigung, Berlin: Aufbau 1972 (1). – Gegen den großen Popanz, Berlin: Aufbau 1990 (2). – Das verlorene Alphabet. Deutschsprachige Lyrik der neunziger Jahre, hg. v. M. Braun/H. Thill, Heidelberg: Wunderhorn 1998 (3). [© 1–3: Kito Lorenc]

Bernd Jentzsch

* 1940 in Plauen (Vogtland)

1061 Elegie (1)
1061 Gedächtnis (2)
1061 Arioso (3)
1062 Sommer (4)
1062 Verbotenes Lied (5)
1062 Selbstporträt im Wasser (6)

Aus: Quartiermachen, München: Carl Hanser 1978 (1–5). – Flöze. Schriften und Archive 1954–1992, Leipzig: Connewitzer Verlagsbuchhandlung 1993 (6). [© 1–6: Bernd Jentzsch]

Beat Brechbühl

* 1939 in Oppligen/Schweiz

1063 Baukran (1)
1063 Chemische Fabrik im Frühlingswind (2)
1064 Wie tropfende Mutterkühe (3)

Aus: Traumhämmer. Gedichte aus zehn Jahren, Zürich: Benziger 1977 (1, 2). – Temperatursturz, Bern: Edition Erpf 1984 (3). [© 1–3: Beat Brechbühl]

Arno Reinfrank

* 1934 in Mannheim

1065 Vorübergehende Siege (1)
1065 Das weißumrissene Quadrat (2)
1066 Die Flut sind wir (3)
1066 Winterquartier des Krill (4)

Aus: Vorübergehende Siege, Wiesbaden: Limes 1963 (1). – Fernsehabend, Wiesbaden: Limes 1975 (2). – Kernanalyse. Poesie der Fakten IV, Hünstetten: Akanthus 1983 (3). – Die Weltbühne, 28. 5. 1991 (4). [© 1, 2: 1963, 1975 by Limes, Wiesbaden in der Herbig Verlagsbuchhandlung GmbH, München; © 3, 4: Arno Reinfrank]

Ludwig Verbeek

* 1938 in Köln

1067 aber (1)
1067 Frühling 1990 (2)
1067 Todtnauberg (3)

Aus: Stück und Kristall, Duisburg: Gilles & Francke 1979 (1). – Das Blaue vom Himmel, Unkel/Rhein: Horlemann 1992 (2). – Rückkehr der Verse, Koblenz: edition soleno 1998 (3).

Michael Buselmeier

* 1938 in Berlin

1068 Sommermittag (1)
1068 Grab in Handschuhsheim (2)
1069 Heimkunft. An die Genossen (3)
1069 Schriesheim im Mai 1914 (4)

Aus: Die Rückkehr der Schwäne, Heidelberg: Das Wunderhorn o. J. [1980] (1). – Auf, auf, Lenau!, Essen: Rigodon 1986 (2). – Erdunter, Heidelberg: Das Wunderhorn 1992 (3). – Ode an die Sportler und andere Gedichte, Heidelberg: Das Wunderhorn 1998 (4).

Peter M. Stephan

* 1939 in Beuthen/Oberschlesien

1070 Im Niemandsland (1)
1070 Flüchtlinge Fremde (2)

Aus: Im Niemandsland, Berlin: Henssel 1989 (1). – Mitlesebuch 3, Berlin: Aphaia 1995, 2. Aufl. 1999 (2). [© 1, 2: Peter M. Stephan]

Adel Karasholi

* 1936 in Damaskus/Syrien

1071 Im Gepäck (1)
1071 Du fragst warum ich dich Minze nenne (2)
1071 Die Brücke (3)

Aus: Wenn Damaskus nicht wäre, München: A1 Verlag 1992 (1, 2). – Also sprach Abdulla, München: A1 Verlag 1995 (3).

Christoph Derschau

* 1938 in Potsdam
† 1995 in Hamburg

1072 Nimm mich (1)
1072 Apfelwein süß gespritzt (2)
1073 Selig wer in Träumen stirbt (3)

Aus: Den Kopf voll Suff und Kino, Gersthofen: Maro 1976 (1). – So hin und wieder die eigene Haut ritzen … Ausgewählte Gedichte, Augsburg: Maro 1999 (2, 3).

Rainer Malkowski

* 1939 in Berlin

1073 Schöne seltene Weide (1)
1074 Eine Stunde oder zwei (2)
1074 Verlassene Zimmer (3)
1074 Was sonst (4)

Aus: Was für ein Morgen, Frankfurt/Main: Suhrkamp 1975 (1). – Vom Rätsel ein Stück, Frankfurt/Main: Suhrkamp 1980 (2). – Das Meer steht auf, Frankfurt/Main: Suhrkamp 1989 (3). – Hunger und Durst, Frankfurt/Main: Suhrkamp 1997 (4).

Hans Dieter Schäfer

* 1939 in Berlin

1075 In Erwartung eines heissen Tages (1)
1075 Kaufhaus-Interieur (2)

Aus: Kältezonen, Zürich: Spektrum 1978 (1). – Dem Leben ganz nah, München: Carl Hanser 1982 (2) [© Carl Hanser Verlag, München – Wien].

Gregor Laschen

* 1941 in Ückermünde/Pommern

1076 Geschichte, Grün (1)
1076 Großer Zufall mit Lisa (2)
1077 Fragment (3)
1077 Vor dem Judenfriedhof in Lodz, 1989 (4)

Aus: Die andere Geschichte der Wolken, München: Carl Hanser 1983 (1–3) [© Carl Hanser Verlag, München – Wien]. – Jammerbugt-Notate, Heidelberg: Wunderhorn 1995 (4).

Wolfgang Bittner

* 1941 in Gleiwitz

1078 Kollektivschuld (1)
1079 Nach Jahren (2)

Aus: Nachkriegsgedichte, Bornheim-Merten: Lamuv 1980 (1). – Spurensuche, Berlin: Atelier-Handpresse 1998 (2). [© 1, 2: Wolfgang Bittner]

Volker Braun

* 1939 in Dresden

1079 Wir und nicht sie (1)
1080 Im Ilmtal (2)
1081 An Friedrich Hölderlin (3)
1081 Der Müggelsee (4)
1082 Das Lehen (5)
1083 Das Eigentum (6)
1083 Der Totenhügel (7)

Aus: Wir und nicht sie, Halle/Saale: Mitteldeutscher Verlag 1970 (1). – Gegen die symmetrische Welt, Halle/Saale: Mitteldeutscher Verlag 1974 (2, 3). – Texte in zeitlicher Folge, Bd. 5, Halle/Saale: Mitteldeutscher Verlag 1990 (4). – Langsam knirschender Morgen, Halle/Saale: Mitteldeutscher Verlag 1987 (5). – Lustgarten. Preußen. Ausgewählte Gedichte, Frankfurt/Main: Suhrkamp 1996 (6). – Tumulus, Frankfurt/Main: Suhrkamp 1999 (7).

Heiner Müller

* 1929 in Eppendorf b. Chemnitz
† 1995 in Berlin

1084 Klage des Geschichtsschreibers
1084 Senecas Tod

Aus: Werke 1, hg. v. F. Hörnigk: Die Gedichte, Frankfurt/Main: Suhrkamp 1998.

Peter Gosse

* 1938 in Leipzig

1085 Epikur an Lukrez (1)
1086 Der Narr (2)
1086 Wunschzettel (3)

Aus: Ausfahrt aus Byzanz, Halle/Saale: Mitteldeutscher Verlag 1982 (1). – Standwaage, Halle/Saale: Mitteldeutscher Verlag 1990 (2). – Phantomschmelz, Halle/Saale: Mitteldeutscher Verlag 1998 (3).

Harald Gerlach

* 1940 in Bunzlau/Schlesien

1087 Nachricht aus Grimmelshausen (1)
1088 Verspätung (2)
1088 Die Bahnhöfe, die Postämter (3)
1089 Utopia (4)
1089 Orte (5)

Aus: Nachricht aus Grimmelshausen, Berlin: Aufbau 1984 (1) [© Aufbau-Verlag, Berlin und Weimar 1984]. – Wüstungen, Berlin: Aufbau 1989 (2, 3) [© Aufbau-Verlag, Berlin und Weimar 1989]. – Einschlüsse. Aufbrüche, Rudolstadt: burgart-presse 1991 (4). – nirgends und zu keiner Stunde, Berlin: Aufbau 1998 (5) [© Aufbau-Verlag GmbH 1998].

Wolfgang Bauer

* 1941 in Graz

1090 Die Bar
1090 Der Mörder
1090 New York

Aus: Werke. Bd. 5: Gedichte, hg. v. G. Melzer, Graz: Droschl 1992.

Doris Runge
* 1943 in Carlow/Mecklenburg

1109 ikarus (1)
1109 einladung zum tee (2)
1110 ich will nicht aufhören (3)
1110 ich (4)

Aus: jagdlied, Stuttgart: Deutsche Verlags-Anstalt 1985 (1). – kommt zeit, Stuttgart: Deutsche Verlags-Anstalt 1988 (2). – wintergrün, Stuttgart: Deutsche Verlags-Anstalt 1991 (3). – grund genug, Stuttgart: Deutsche Verlags-Anstalt 1995 (4). [© 1–4: 1985, 1988, 1991, 1995 Deutsche Verlags-Anstalt GmbH, Stuttgart]

Mathias Schreiber
* 1943 in Berlin

1111 Fließband (1)
1111 Landschaft bei Dormagen (2)
1111 Tradition (3)

Aus: Ein Steinbock steht im Zimmer, Neuwied: Luchterhand 1967 (1). – Der Maulschellenbaum, Kransberg: Petri Presse 1974 (2). – Gänseblume auf der Nord-Süd-Fahrt, Köln: artemedia 1982 (3) [© 1–3: Mathias Schreiber]

Roman Ritter
* 1943 in Stuttgart

1112 Einen Fremden im Postamt umarmen

Aus: Einen Fremden im Postamt umarmen, München: Raith 1975 [© Roman Ritter].

Jörg Fauser
* 1944 in Bad Schwalbach
† 1987 in München

1113 Manchmal mit Lili Marleen
1114 Liebesgedicht
1114 Berlin, Paris, New York

Aus: Gedichte (= Gesamtausgabe Bd. 5), hg. v. C. Weissner, Hamburg: Rogner & Bernhard 1990. [© Gabriele Fauser]

Jürgen Theobaldy
* 1944 in Straßburg

1115 Schnee im Büro (1)
1115 Im August (2)
1116 Im Gerede (3)
1116 Ewig beständig (4)
1117 Unter der Krempe hervor (5)

Aus: Zweiter Klasse, Berlin: Rotbuch 1976 (1). – Drinks, Gedichte aus Rom, Heidelberg: Das Wunderhorn 1979 (2). – Die Sommertour, Reinbek: Rowohlt 1983 (3). – In den Aufwind, Berlin: Friedenauer Presse 1990 (4). – Der Nachtbildsammler, Köln: Palmenpresse 1992 (5). [© 1, 3: Jürgen Theobaldy]

Michael Krüger
* 1943 in Wittgendorf b. Zeitz

1118 Nachgedicht (1)
1118 Über die Hoffnung (2)
1119 Eine Unterhaltung bei Regen (3)
1120 Auf den ersten Blick (4)
1120 Wettervorhersage (5)

Aus: Reginapoly, München: Carl Hanser 1976 (1). – Diderots Katze, München: Carl Hanser 1978 (2). – Die Dronte, München: Carl Hanser 1985 (3). – Wettervorhersage, Salzburg: Residenz 1998 (4, 5). [© 1–3: Carl Hanser Verlag, München – Wien; © 4, 5: 1998 Residenz Verlag, Salzburg und Wien]

Jürgen Rennert
* 1943 in Berlin-Neukölln

1121 Vergessener Garten (1)
1121 Am Fenster (2)
1121 Mein Land ist mir zerfallen (3)

Aus: Märkische Depeschen, Berlin: Union 1976 (1). – Hoher Mond, Berlin: Union 1983 (2). – neue deutsche literatur 38, 1990, H. 4 (3). [© 1–3: Jürgen Rennert]

Hugo Dittberner
* 1944 in Gieboldehausen b. Göttingen

1122 Nachdenken über Brecht (1)
1122 Mit dem Rücken studieren (2)
1122 Fast schämt man sich (3)

Aus: Der Biss ins Gras, Köln: Palmenpresse 1976 (1). – Der Tisch unter den Wolken, Göttingen: Wallstein 1994 (2). – Wasser Elegien, Hannover: Postskriptum 1997 (3) [© zu Klampen Verlag, Lüneburg].

Robert Schindel
* 1944 in Bad Hall b. Linz/Österreich

1123 Kältelied (1)
1124 Nullsucht 2 (2)
1124 Vineta 1 (3)

Aus: Ohneland. Gedichte vom Holz der Paradeiserbäume 1979–1984, Frankfurt/Main: Suhrkamp 1986 (1). – Geier sind pünktliche Tiere, Frankfurt/Main: Suhrkamp 1987 (2). – Ein Feuerchen im Hintennach. Gedichte 1986–1991, Frankfurt/Main: Suhrkamp 1991 (3).

Ralf Thenior
* 1945 in Bad Kudowa/Schlesien

1125 Einfache Dinge (1)
1125 Gran Canaria (2)
1126 Interieur, fünf Mark (3)
1126 es geht weiter (4)

Aus: Traurige Hurras, München: AutorenEdition 1977 (1, 2). – Sprechmachine Pechmarie, Stuttgart: Klett-Cotta 1979 (3). – Einfache Dinge. Gedichte und

Prosa aus 25 Jahren, Köln: Bücher der Nyland-Stiftung 1995 (4). [© 1–4: Ralf Thenior]

Reinhard Priessnitz

* 1945 in Wien
† 1985 in Wien

1127 kleie
1127 in stanzen

Aus: vierundvierzig gedichte, Graz/Wien: Literaturverlag Droschl 1978.

Thomas Brasch

* 1945 in Westow/Yorkshire (England)

1128 Zum Beispiel Galilei (1)
1129 Mitten am Tag eine Furcht (2)
1129 Schlaflied für K. (3)

Aus: Der schöne 27. September, Frankfurt/Main: Suhrkamp 1980.

Ulla Hahn

* 1945 in Brachthausen/Sauerland

1130 Winterlied (1)
1130 Ars poetica (2)
1130 Reinschrift (3)
1131 Älterwerden (4)
1131 Hypothetisches Sonett (5)

Aus: Herz über Kopf, Stuttgart: Deutsche Verlags-Anstalt 1981 (1, 2). – Unerhörte Nähe, Stuttgart: Deutsche Verlags-Anstalt 1988 (3). – Epikurs Garten, Stuttgart: Deutsche Verlags-Anstalt 1995 (4). – Galileo und zwei Frauen, Stuttgart: Deutsche Verlags-Anstalt 1997 (5). [© 1–5: 1981, 1988, 1995, 1997 Deutsche Verlags-Anstalt GmbH, Stuttgart]

Ludwig Fels

* 1946 in Treuchtlingen

1132 Alte Befehle (1)
1132 Annäherungsversuch (2)
1133 Wenn dunkelblau der Abend (3)
1133 Fluchtweg (4)

Aus: Alles geht weiter, Darmstadt: Luchterhand 1977 (1). – Vom Gesang der Bäuche. Ausgewählte Gedichte 1973–1980, Darmstadt: Luchterhand 1980 (2). – Der Anfang der Vergangenheit, München: Piper 1984 (3, 4). [© 1–4: Ludwig Fels]

Walter Gröner

* 1950 in Heubach/Württemberg

1134 Friedhof Heerstraße
1134 Café am Mehringdamm

Aus: Fabrikler, Leser und Poet, München: Piper 1989. [© Walter Gröner]

Richard Pietrass

* 1946 in Lichtenstein/Sachsen

1135 An den Vater (1)
1135 Generation (2)
1136 Stiegenlied (3)
1136 Naturgefühl (4)

Aus: Notausgang, Berlin: Aufbau 1980 (1). – Freiheitsmuseum, Berlin: Aufbau 1982 (2, 3). – Weltkind, Leipzig: Reclam 1990 (4). [© 1–3: Aufbau-Verlag, Berlin und Weimar 1980, 1982; © 4: Richard Pietraß]

Günter Ullmann

* 1946 in Greiz/Vogtland

1136 Wenn der Mond auf Fussspitzen (1)
1136 Alles spricht (2)
1136 Nehmt uns nicht die Hoffnung (3)

Aus: Herzwurzel. Gedichte aus drei Jahrzehnten, Dresden: Hellerau 1994 (1, 2). – Lichtzeichen. Gedichte aus drei Jahrzehnten, hg. v. S. Heinrichs, Berlin: Oberbaum 1996 (3).

Jochen Kelter

* 1946 in Köln

1137 Gedicht (1)
1137 Heimat (2)
1137 Kinderlied (3)

Aus: Nachricht aus dem Inneren der Welt. Gedichte 1982–1986, Zürich: Ammann 1986 (1) [© 1986 by Ammann Verlag & Co., Zürich]. – Verteidigung der Wörter. Gedichte 1986–89, Bern: Zytglogge 1992 (2). – meinetwegen wolgabreit. Gedichte 1989–93, Bern: Zytglogge 1994 (3). [© 2, 3: Jochen Kelter]

Peter Maiwald

* 1946 in Grötzingen/Kreis Nördlingen

1138 Was ein Kind braucht (1)
1138 Die Frau des Arbeitslosen (2)
1138 Letzte Stunde (3)
1139 Besuch (4)
1139 Die Schatten (5)

Aus: Die Leute von der Annostraße, Oberhausen: Asso 1979 (1). – Balladen von Samstag auf Sonntag. Gedichte, Stuttgart: Deutsche Verlags-Anstalt 1984 (2). – Guter Dinge. Gedichte, Stuttgart: Deutsche Verlags-Anstalt 1987 (3, 4). – Lebenszeichen, Frankfurt/Main: S. Fischer 1997 (5). [© 2–4: 1984, 1987 Deutsche Verlags-Anstalt GmbH, Stuttgart]

Johann P. Tammen

* 1944 in Hohenkirchen/Friesland

1140 An manchen Tagen (1)
1141 Das Lichtenbergsche Locken (2)

Aus: Kopf hoch kalte Wut, Fischerhude: Atelier im Bauernhaus 1979 (1). – Wetterpapiere, Lüneburg: zu Klampen 1998 (2).

Aus: Der Schwimmer, Frankfurt/Main: Suhrkamp 1982 (1). – Verlorene Gegenden, Pfaffenweiler: Pfaffenweiler Presse 1990 (2). – Nachtgeviert, Hannover: Postskriptum 1997 (3, 4).

Thomas Rosenlöcher

* 1947 in Dresden

1158 Die Verlängerung (1)
1159 Der stille Grund (2)

Aus: Ich sitze in Sachsen und schau in den Schnee, Frankfurt/Main: Suhrkamp 1998 (1). – Die Dresdner Kunstausübung, Frankfurt/Main: Suhrkamp 1996 (2).

Wilhelm Bartsch

* 1950 Eberswalde/Mark Brandenburg

1160 Drittes Nachtstück (1)
1160 Michels Blitzregeln (2)

Aus: Übungen im Joch, Berlin: Aufbau 1986 (1) [© Aufbau-Verlag, Berlin und Weimar 1986]. – Gen Ginnungagap, Halle/Saale: Mitteldeutscher Verlag 1994 (2).

Frank-Wolf Matthies

* 1951 in Berlin (Ost)

1161 Gewißheit (1)
1162 Mitläuferlied (2)
1162 nächte ihr gräber der schatten (3)
1162 FWM. (4)

Aus: Morgen, Reinbek: Rowohlt 1979 (1, 2). – Für Patricia im Winter, Reinbek: Rowohlt 1981 (3). – Poet's Corner 10, Berlin: Unabhängige Verlagsbuchhandlung Ackerstraße 1992 (4). [© 1–4: Frank-Wolf Matthies]

Uli Becker

* 1953 in Hagen/Westf.

1163 Pain in my heart (1)
1163 Die im Schatten (2)
1164 Happy Hour (3)
1164 Klar kommt der Knochenmann (4)

Aus: Der letzte Schrei, Reinbek: Rowohlt Taschenbuch Verlag 1980 (1). – Daß ich nicht lache, Reinbek: Rowohlt 1982 (2). – Das Wetter von morgen, Zürich: Haffmans 1988 (3). – United Colours of Buxtehude, Leipzig: Faber & Faber 1996 (4). [© 1: 1980 by Rowohlt Taschenbuch Verlag GmbH, Reinbek; © 2: 1982 by Rowohlt Verlag GmbH, Reinbek; © 3: 1988 by Haffmans Verlag AG, Zürich]

Gerhard Falkner

* 1951 in Nürnberg

1165 zeit/druck (1)
1165 schwarz/rot/gold (2)
1166 schund (3)
1166 mich tragen unterwegs die Stimmen (4)

Aus: der atem unter der erde, Darmstadt: Luchterhand 1984 (1). – wemut, Frankfurt/Main: Luchterhand 1989 (2, 3). – X-te Person Einzahl, Frankfurt/Main: Suhrkamp 1996 (4). [© 1–4: Suhrkamp Verlag, Frankfurt am Main]

Ulrich Schacht

* 1951 in Hoheneck/Sachsen

1167 Ferner Morgen (1)
1168 Versuch über das Paradies (2)
1168 Land, nach dem gefragt wird (3)
1169 Die Bibliothek von Sarajevo (4)

Aus: Traumgefahr, Pfullingen: Neske 1981 (1). – Scherbenspur, Zürich: Ammann 1983 (2). – Lanzen im Eis, Stuttgart: Deutsche Verlags-Anstalt 1990 (3). – Sinn und Form 48, 1996 (4). [© 1, 4: Ulrich Schacht; © 2: 1983 by Ammann Verlag & Co., Zürich; © 3: 1990 Deutsche Verlags-Anstalt GmbH, Stuttgart]

Michael Wüstefeld

* 1951 in Dresden

1169 Such die Sprache meines Landes (1)
1170 Kleines Rondeau (2)
1170 Im Tal bin ich geboren (3)

Aus: Heimsuchung, Berlin: Aufbau 1987 (1). – Stadtplan, Berlin: Aufbau 1990 (2). – Deutsche Anatomie, Dülmen: tende 1996 (3). [© 1–3: Michael Wüstefeld]

Róža Domašcyna

* 1951 in Zerna/Oberlausitz

1171 Delany (1)
1171 Hol mich nicht ab wenn ich komme (2)
1171 Und immer in andacht (3)

Aus: Zaungucker, Berlin: Janus press 1991 (1). – selbstredend selbzweit selbdritt, Berlin: Janus press 1998 (2, 3).

Matthias Buth

* 1951 in Wuppertal-Elberfeld

1172 Im Garten (1)
1172 Intercity (2)
1173 Unter Soldaten (3)
1173 Zwischenbilanz (4)

Aus: Ohne Kompaß, Düsseldorf: Erb 1984 (1) [© Matthias Buth]. – Kopfüber nach Deutz, Krefeld: van Acken 1989 (2, 3). – Die Stille nach dem Axthieb, Eisingen: Heiderhoff 1997 (4).

Jochen Arlt
(auch: Achim von Langwege)

* 1948 in Dinklage/Oldenburg

1174 Einkaufn gehn in Münstereifel (1)
1174 Cap Horn (2)

Aus: Das Fenster zum Berg, Weilerswist: Landpresse 1993 (1). – Auf dem Lande, Gelsenkirchen: edition xylos 1999 (2). [© 1, 2: Jochen Arlt]

Gerald Zschorsch

* 1951 in Elsterberg b. Plauen/Vogtland

1175 Ver, werden (1)
1175 Selbst (2)
1175 Elegie (3)
1175 Rollendes Rad (4)

Aus: Sturmtruppen. Gedichte, Stuttgart: Klett-Cotta 1987 (1). – Spitznasen. Gedichte, Stuttgart: Klett-Cotta 1990 (2, 3). – Eiserner Felix. Gedichte, Stuttgart: Klett-Cotta 1996 (4).

Jan Faktor

* 1951 in Prag

Aus: *Gedichte eines alten Mannes aus Prag* (1)

1176 ich fing an über den Sinn meines Lebens nachzudenken
1176 Epitaph
1176 meine Gesundheit ist eine große Stütze
1176 so ein Unsinn sich zu beschweren
1176 ich habe Lust diesen Satz zu schreiben
1177 junge Menschen sollten ausreisen
1177 ich habe nicht das Gefühl

Aus: *wir brauchen eine neue lyrik* (2)

1178 wir brauchen eine neue lyrik

Aus: Georgs Versuche an einem Gedicht und andere positive Texte aus dem Dichtergarten des Grauens, Berlin: Aufbau 1989 (1) [© Aufbau-Verlag, Berlin und Weimar 1989]. – Die Leute trinken zuviel, kommen gleich mit Flaschen an oder melden sich gar nicht oder Georgs Abschiede und Atempausen nach dem verhinderten Werdegang zum Arrogator eines Literaturstoßtrupps, Berlin: Janus press 1995 (2).

Lutz Rathenow

* 1952 in Jena

1179 Buckow, am See (1)
1179 Ein Märchen (2)
1180 Der Rest vom Gedicht (3)
1180 Deutschland (4)
1180 Deutschland im ICE (5)

Aus: Zangengeburt, München: Piper 1982 (1, 2). – Verirrte Sterne oder Wenn alles wieder mal ganz anders kommt, Gifkendorf: Merlin 1994 (3, 4). – Der Wettlauf mit dem Licht, Weilerswist: Landpresse 1999 (5). [© 1–5: Lutz Rathenow]

Rolf Bossert

* 1952 in Reschitza/Rumänien
† 1986 in Frankfurt/Main

1181 Hühnerküche
1181 Lied
1181 Gespräch mit einem toten Dichter

Aus: Auf der Milchstraße wieder kein Licht, Berlin: Rotbuch 1986. [© 1986 Rotbuch Verlag, Berlin]

Franz Hodjak

* 1944 in Hermannstadt/Rumänien

1182 flieder im ohr (1)
1183 lied (2)
1183 Rumänischer Sonntag (3)
1184 Vagantenlied (4)

Aus: Siebenbürgische Sprechübung, Frankfurt/Main: Suhrkamp 1990 (1, 2). – Landverlust, Frankfurt/Main: Suhrkamp 1993 (3). – Ankunft Konjunktiv, Frankfurt/Main: Suhrkamp 1997 (4).

Dieter Schlesak

* 1934 in Schäßburg/Siebenbürgen (Rumänien)

1184 Jetzt gelebt (1)
1185 Transsilvanisches Bruchstück (2)

Aus: Aufbäumen, Reinbek: Rowohlt 1990 (1) [© 1990 by Rowohlt Verlag GmbH, Reinbek]. – Landsehn, Berlin: Galrev 1997 (2).

Werner Söllner

* 1951 in Horia/Rumänien

1186 Es geht weiter (1)
1186 Siebenbürgisches Dorf (2)
1187 Was bleibt (3)

Aus: Kopfland. Passagen, Frankfurt/Main: Suhrkamp 1988 (1). – Der Schlaf des Trommlers, Zürich: Ammann 1992 (2, 3) [© 1992 by Ammann Verlag & Co., Zürich].

Richard Wagner

* 1952 in Lowrin/Kreis Temesch (Rumänien)

1187 Mittag (1)
1187 Bandoneon. Ein Tango (2)
1188 Das Haus (3)
1188 Flußlandschaft (4)

Aus: Rostregen, Darmstadt: Luchterhand 1986 (1, 2). – Schwarze Kreide, München: Luchterhand 1991 (3). – Heiße Maroni, Stuttgart: Deutsche Verlags-Anstalt 1993 (4). [© 1–4: Richard Wagner]

Klaus Hensel

* 1954 in Kronstadt/Rumänien

1188 Kronstädter Herbst (1)
1189 Ferngezogen, zu bleiben (2)
1189 Deutschlands Namenwelt (3)
1189 Dem Wahren Schönen Guten (4)

Aus: Oktober Lichtspiel, Frankfurt/Main: Frankfurter Verlagsanstalt 1989 (1, 2). – Stradivaris Geigenstein, Frankfurt: Frankfurter Verlagsanstalt 1990 (3, 4). [© 1–4: Klaus Hensel]

Franz Josef Czernin

* 1952 in Wien

1190 was bäume seien dem wald (1)
1190 tigerpapier (2)
1191 firmament (3)

Aus: die kunst des sonetts, Graz: Droschl 1985 (1). – gedichte (aus: die kunst des dichtens), Graz: Droschl 1992 (2). – natur-gedichte, München: Carl Hanser 1996 (3) [© Carl Hanser Verlag, München – Wien].

Christoph Wilhelm Aigner

* 1954 in Wels/Oberösterreich

1192 Jahreszeit (1)
1192 Nach dem Winter (2)
1192 Einsicht (3)

Aus: Weiterleben, Salzburg: Otto Müller 1988 (1). – Landsolo, Salzburg: Otto Müller 1993 (2). – Drei Sätze, Salzburg: Otto Müller o. J. [1995] (3). [© 1–3: Christoph Wilhelm Aigner]

Hans-Ulrich Treichel

* 1952 in Versmold/Westf.

1193 Viel Glück (1)
1193 Am Brandenburger Tor (2)
1193 Morgenandacht (3)

Aus: Liebe Not, Frankfurt/Main: Suhrkamp 1986 (1). – Seit Tagen kein Wunder, Frankfurt/Main: Suhrkamp 1990 (2). – Der einzige Gast, Frankfurt/Main: Suhrkamp 1994 (3).

Sascha Anderson

* 1953 in Weimar

1194 an den abenden (1)
1194 der zustand der einsamkeit (2)
1194 halbtotale (3)
1195 Von I. nach J. (4)

Aus: Jeder Satellit hat einen Killersatelliten, Berlin: Rotbuch 1982 (1) [© Sascha Anderson]. – brunnen, randvoll, Berlin: Rotbuch 1988 (2) [© 1988 Rotbuch Verlag, Berlin]. – Rosa indica vulgaris, Berlin: Galrev 1994 (3). – Herbstzerreissen, Berlin: Galrev 1997 (4).

Stefan Döring

* 1954 in Oranienburg

1195 ich fühle mich in grenzen wohl (1)
1196 der gegenwert der gegenwart (2)
1196 wortfege (3)
1196 aufgestanden und ruiniert (4)

Aus: ich fühle mich in grenzen wohl, Berlin: Mariannenpresse 1982 (1). – heutmorgestern, Berlin: Aufbau 1989 (2, 3) [© Aufbau-Verlag, Berlin und Weimar 1989]. – Zehn, Berlin: Galrev 1990 (4).

Thomas Böhme

* 1955 in Leipzig

1197 Abgesang (1)
1197 die kuckucks verschweigen den mai (2)
1198 heisses holz (3)

Aus: Mit der Sanduhr am Gürtel, Berlin: Aufbau 1983 (1). – ich trinke dein · plasma november, Berlin: Aufbau 1991 (2). – Heimkehr der Schwimmer, Berlin: Galrev 1996 (3). [© 1, 2: Thomas Böhme]

Bert Papenfuss (auch: Papenfuss-Gorek)

* 1956 in Stavenhagen/Mecklenburg

1198 Erleben Wirklich Erleben (1)
1199 seilschaften der zögerlichkeit (2)
1199 die lichtscheuen scheiche (3)

Aus: Gesammelte Texte 3: harm. arkdichtung 1977, Berlin: Janus press 1993 (1). – Led Saudaus, Berlin: Janus press 1991 (2, 3).

Kurt Drawert

* 1956 in Henningsdorf b. Potsdam

1200 Projektion (1)
1200 Geständnis (2)
1201 Im Klartext (3)
1202 So gehen die Unsterblichkeiten (4)

Aus: Zweite Inventur, Berlin: Aufbau 1987 (1, 2) [© Aufbau-Verlag, Berlin und Weimar 1987]. – Privateigentum, Frankfurt/Main: Suhrkamp 1989 (3). – Wo es war, Frankfurt/Main: Suhrkamp 1996 (4).

Rainer Schedlinski

* 1956 in Magdeburg

1203 (immerhin) (1)
1203 es beginnt fast immer (2)

Aus: die rationen des ja und des nein, Berlin: Aufbau 1988 (1) [© Aufbau-Verlag, Berlin und Weimar 1988]. – Die Männer der Frauen, Berlin: Galrev 1991 (2).

Steffen Mensching

* 1958 in Berlin (Ost)

1204 Überwindung (1)
1204 Erinnerung an eine Milchglasscheibe (2)
1204 Für Peter Weiss (3)
1205 Letzte Naht am Ende des Mantels der Geschichte (4)

Aus: Erinnerung an eine Milchglasscheibe, Halle/Saale: Mitteldeutscher Verlag 1984 (1, 2). – Tuchfühlung, Halle/Saale: Mitteldeutscher Verlag 1986 (3). – Berliner Elegien, Leipzig: Faber & Faber 1995 (4). [© 1–3: Steffen Mensching]

Luise Schmidt

* 1955 in Köln

1206 Jetzt: am Ufer

1206 Nach dem Kreischen kommt der Knall

Aus: Die Finsternis die freie Existenz, Köln: Kiepenheuer & Witsch 1988. [© 1988 by Kiepenheuer & Witsch, Köln]

EVELYN SCHLAG

* 1952 in Waidhofen/Ybbs (Österreich)

1207 Wirklichkeit (1)
1207 Fischblut (2)
1207 Der Geschmack von Blei (3)

Aus: Der Schnabelberg, Frankfurt/Main: S. Fischer 1992 (1). – Das Talent meiner Frau, Salzburg: Residenz 1999 (2, 3) [© 1999 Residenz Verlag, Salzburg und Wien].

UWE KOLBE

* 1957 in Berlin (Ost)

1208 Hineingeboren (1)
1208 ode an den sturm (2)
1209 Absage (3)
1209 Zitat vom Gott der Stadt (4)
1210 Wir leben (5)

Aus: Hineingeboren. Gedichte 1975–1979, Berlin: Aufbau 1980 (1, 2). – Abschiede und andere Liebesgedichte, Berlin: Aufbau 1981 (3). – Bornholm II, Berlin: Aufbau 1986 (4). – Vineta, Frankfurt/Main: Suhrkamp 1998 (5). [© 1–5: Suhrkamp Verlag, Frankfurt am Main]

BRIGITTE OLESCHINSKI

* 1955 in Köln

1210 Wie Spülwasser rinnt (1)
1211 Tempelhof Airfield (2)
1211 Die sirrenden Forsythien (3)
1211 Wie der hüpfende Atem (4)

Aus: Mental Heat Control, Reinbek: Rowohlt 1990 (1, 2). – Your passport is not guilty, Reinbek: Rowohlt 1997 (3, 4). [© 1, 2: 1990 by Rowohlt Verlag GmbH, Reinbek; © 3, 4: 1997 by Rowohlt Verlag GmbH, Reinbek]

MATTHIAS POLITYCKI

* 1955 in Karlsruhe

1212 Ein gewisser Eichendorff (1)
1212 Tankwart, das Lied vom Volltanken singend (2)

Aus: Im Schatten der Schrift hier, München: Weismann 1988 (1). – Jenseits von Wurst und Käse, München: Luchterhand 1995 (2). [© 1: Verlag Antje Kunstmann GmbH, München; © 2: 1995 Luchterhand Literaturverlag GmbH, München]

PETER WATERHOUSE

* 1956 in Berlin (West)

1213 Fragen und Anzeichen (1)
1214 Die Erweiterung der Geschichte (2)
1215 Brand in der Puppenfabrik in Bangkok (3)

Aus: Menz, Graz: Droschl 1984 (1). – passim: Reinbek, Rowohlt 1986 (2). – Atlas der neuen Poesie, hg. v. J. Sartorius, Reinbek: Rowohlt 1995 (3). [© 1–3: Peter Waterhouse]

THOMAS KLING

* 1957 in Bingen/Rhein

1216 Busladungen (1)
1217 Geschrebertes Idyll (2)
1218 Leipzig im Schummer (3)
1218 Fundangaben (4)

Aus: geschmacksverstärker. gedichte 1985–1988, Frankfurt/Main: Suhrkamp 1989 (1, 2). – brennstabm, Frankfurt/Main: Suhrkamp 1991 (3). – Fernhandel, Köln: DUMONT 1999 (4) [© 1999 DUMONT Buchverlag, Köln].

ULRICH JOHANNES BEIL

* 1957 in München

1219 Ufer (1)
1220 Abstraktion (2)

Aus: Dieser Tag geht, München: Schneekluth 1985 (1) [© Schneekluth Verlag GmbH, München]. – Aufgelassene Archive, Köln: DUMONT 1998 (2) [© 1998 DUMONT Buchverlag, Köln].

HANSJÖRG SCHERTENLEIB

* 1957 in Zürich

1221 Totentanz (1)
1221 Protokoll (2)
1222 Relief (3)

Aus: Der stumme Gast, Köln: Kiepenheuer & Witsch 1989 (1). – November. Rost, Köln: Kiepenheuer & Witsch 1997 (2, 3). [© 1–3: 1989, 1997 by Verlag Kiepenheuer & Witsch, Köln]

JÜRGEN NENDZA

* 1957 in Essen

1223 Zum Beispiel (1)
1223 Das Wetter (2)
1224 Am Morgen dein Dach (3)

Aus: Glaszeit, Andernach: Atelier Verlag 1992 (1). – Landschaft mit Freizeichen, Weilerswist: Landpresse 1996 (2). – und am Satzende das Weiß, Weilerswist: Landpresse 1999 (3).

BARBARA MARIA KLOOS

* 1958 in Darmstadt

1225 Das Ende vom Lied (1)
1225 Femme atlantique (2)

Aus: Solo, München: Piper 1986 (1). – Die Tage waren wie Ballons, München: Schneekluth 1991 (2). [© 1:

Piper Verlag GmbH, München 1986; [© 2: Schneekluth Verlag GmbH, München]

Holger Teschke

* 1958 in Bergen auf Rügen

1226 Rondeau für Birgit (1)
1226 Jasmunder Felder (2)
1227 Strandgut (3)

Aus: Bäume am Hochufer. Gedichte 1975–1984, Berlin: Aufbau 1985 (1, 2). – Jasmunder Felder. Windschlucht. New York, Berlin: Aufbau 1991 (3). [© 1–3: Aufbau-Verlag, Berlin und Weimar 1985, 1991]

Steffen Jacobs

* 1968 in Düsseldorf

1227 Leipziger Impression 1991 (1)
1228 Festtagsgedicht (2)
1228 Gutleutviertel, Ffm (3)

Aus: Der Alltag des Abenteurers, Frankfurt/Main: S. Fischer 1996 (1) [© Steffen Jacobs]. – Geschulte Monade, Frankfurt/Main: S. Fischer 1997 (2, 3).

Barbara Köhler

* 1959 in Karl-Marx-Stadt (Chemnitz)

1229 Happy End (1)
1229 Endstelle (2)
1229 In the movies (3)

Aus: Deutsches Roulette. Gedichte 1984–1989, Frankfurt/Main: Suhrkamp 1991 (1, 2). – Blue Box, Frankfurt/Main: Suhrkamp 1995 (3).

Dieter M. Gräf

* 1960 in Ludwigshafen/Rhein

1230 Feldpost
1230 Kippendes Jahr

Aus: Treibender Kopf, Frankfurt/Main: Suhrkamp 1997.

Jean-Félix Belinga Belinga

* 1956 in Ndele/Kamerun

1231 An der Kreuzung der Zeit
1231 Der Ton-Spiegel

Aus: Gesang der Trommel, Bad Honnef: Horlemann 1998.

Zafer Şenocak

* 1961 in Ankara/Türkei

1232 Steine auf meinem Weg (1)
1232 Gläser kaum leer (2)
1232 einst suchte ich eine staatenlose Stadt (3)

Aus: Flammentropfen, Frankfurt/Main: Dagyeli 1985 (1). – Das senkrechte Meer, Berlin: Babel 1991 (2). – Fernwehanstalten, Berlin: Babel 1994 (3).

Zehra Çirak

* 1961 in Istanbul

1233 Istanbul (1)
1233 Doppelte Nationalitätsmoral (2)
1233 Liebe Verwandte (3)
1233 Gnade der frühen Geburt (4)

Aus: Vogel auf dem Rücken eines Elefanten, Köln: Kiepenheuer & Witsch 1991 (1, 2). – Fremde Flügel auf eigener Schulter, Köln: Kiepenheuer & Witsch 1994 (3). – Leibesübungen, Köln: Kiepenheuer & Witsch 2000 (4). [© 1–4: 1991, 1994, 2000 by Verlag Kiepenheuer & Witsch, Köln]

José F. A. Oliver

* 1961 in Hausach/Kinzigtal (Schwarzwald)

1234 angezählt (1)
1234 neunter november (2)
1234 ich weilte durch die stadt (3)

Aus: Gastling, Berlin: Das Arabische Buch 1993 (1, 2). – Vater unser in Lima, Tübingen: Heliopolis 1991 (3).

Jan Koneffke

* 1960 in Darmstadt

1235 Gelbes Dienstrad
1235 Lobt euer Dasein
1235 Hunde scharren im Hof

Aus: Gelbes Dienstrad wie es hoch durch die Luft schoß, Frankfurt: Frankfurter Verlagsanstalt 1989. [© Jan Koneffke]

Kerstin Hensel

* 1961 in Karl-Marx-Stadt (Chemnitz)

1236 moderner vorsatz (1)
1237 Hochmoorsommernachtstraumreise (2)
1237 Einkellerung (3)
1237 Vita (4)
1238 Der neue Ton (5)

Aus: Stilleben mit Zukunft, Halle/Saale: Mitteldeutscher Verlag 1988 (1, 2). – Gewitterfront, Halle/Saale: Mitteldeutscher Verlag 1991 (3). – Angestaut. Aus meinem Sudelbuch, Halle/Saale: Mitteldeutscher Verlag 1993 (4). – Freistoss, Leipzig: Connewitzer Verlagsbuchhandlung 1995 (5). [© 1–5: Kerstin Hensel]

Anton G. Leitner

* 1961 in München

1239 Der Tod reißt
1239 Kleine Welt Runde mit F.
1239 Ost-West, Gefälle

Aus: Bild Schirm schneit, roter Stich. Einhundert ausgewählte Gedichte aus den Jahren 1980 bis 1997, Weilerswist: Landpresse 1997.

Durs Grünbein
* 1962 in Dresden

1240 An diesem Morgen (1)
1241 O Heimat, zynischer Euphon (2)
1241 Alba (3)
1242 Kosmopolit (4)

Aus: Grauzone morgens, Frankfurt/Main: Suhrkamp 1988 (1). – Schädelbasislektion, Frankfurt/Main: Suhrkamp 1991 (2). – Falten und Fallen, Frankfurt/Main: Suhrkamp 1994 (3). – Nach den Satiren, Frankfurt/Main: Suhrkamp 1999 (4).

Norbert Hummelt
* 1962 in Neuss/Rhein

1243 strandschrift (1)
1243 wilde jugend (2)
1243 bukolisches sonett (3)

Aus: singtrieb, Weil am Rhein: Urs Engeler 1997 (1, 2). – Knackige Codes, Berlin: Galrev 1993 (3).

Ludwig Steinherr
* 1962 in München

1244 Venedig versinkt im Meer (1)
1244 Abstammung (2)
1244 Man kann nicht (3)

Aus: Fluganweisung, München: Schneekluth 1985 (1) [© Schneekluth Verlag GmbH, München]. – Vor der Erfindung des Paradieses, Eisingen: Heiderhoff 1993 (2). – Musikstunde bei Vermeer, Eisingen: Heiderhoff 1998 (3).

Andreas Altmann
* 1963 in Hainichen

1245 gast haus wald es ruh (1)
1245 reisen (2)

Aus: die dörfer am ufer das meer, Chemnitz: Chemnitzer Verlag 1996 (1). – wortebilden, Berlin: Kowalke 1997 (2).

Marcel Beyer
* 1965 in Tailfingen/Württemberg

1246 Falsches Futter
1247 Hilflos getönt
1247 Jihad Klänge der Heimat

Aus: Falsches Futter, Frankfurt/Main: Suhrkamp 1997.

Karen Duve
* 1961 in Hamburg

1248 Sonntag

Aus: Poetry! Slam! Texte der Pop-Fraktion, hg. v. A. Neumeister/M. Hartges, Reinbek: Rowohlt Taschenbuch Verlag 1996. [© Karen Duve]

Enno Stahl
* 1962 in Duisburg-Rheinhausen

1249 Wassermusikken:
1249 Rhein=Fahrt/Lied
1249 Ohrgasmisch+(ver)lustig

Aus: Das Gedicht 7, 1999, hg. v. A. G. Leitner, Weßling: Anton G. Leitner 1999. [© Enno Stahl]

Caroline Hartge
* 1966 in Hannover

1250 ich bin das selbige haus

Aus: SOCIAL BEAT SLAM!*poetry*, hg. v. M. u. J. Schönauer; Bd. 2: Slammin' BRD. Schluckt die sprechende Pille, Asperg: KILLROY *media* 1999. [© Caroline Hartge]

Franzobel (Franz Stephan Griebel)
* 1967 in Vöcklabruck/Oberösterreich

1251 Kleines Bonanza
1251 Finlale
Aus: *Turngedichte*
1251 Laufen

Aus: Poetry! Slam! Texte der Pop-Fraktion, hg. v. A. Neumeister/M. Hartges, Reinbek: Rowohlt Taschenbuch Verlag 1996. [© Franzobel]

Tanja Dückers
* 1968 in Berlin

1252 Networks (1)

Bastian Böttcher
* 1974 in Bremen

1253 Kleine Einladung (2)

Björn Kuhligk
* 1975 in Berlin (West)

1254 Oskar (3)
1254 Taglos (4)

Aus: SOCIAL BEAT SLAM!*poetry*, hg. v. M. u. J. Schönauer; Bd. 2: Slammin' BRD. Schluckt die sprechende Pille, Asperg: KILLROY *media* 1999. [© 1: Tanja Dückers; © 2: Bastian Böttcher; © 3, 4: Björn Kuhligk]

Raoul Schrott
* 1964 auf See zwischen Europa und Südamerika

1255 hotel gran caruso (1)
1256 Wildspitze (2)
1256 Hannibal – Mont Cenis (3)

Aus: Hotels, Innsbruck: Haymon 1995 (1). – Tropen. Über das Erhabene, München: Carl Hanser 1998 (2, 3) [© Carl Hanser Verlag, München – Wien].

DIRK VON PETERSDORFF
* 1966 in Kiel

1257 Die Zeit ist der Wind (1)
1257 Die Zukunft beginnt (2)
1257 Lübeck 1942 (3)

Aus: Wie es weitergeht, Frankfurt/Main: S. Fischer 1992 (1). – Zeitlösung, Frankfurt/Main: S. Fischer 1995 (2). – Bekenntnisse und Postkarten, Frankfurt/Main: S. Fischer 1999 (3).

ALBERT OSTERMAIER
* 1967 in München

1258 die zeche (1)
1258 messer schere licht (2)
1259 zwischenstop (3)
1259 kanon (4)

Aus: Herz Vers Sagen, Frankfurt/Main: Suhrkamp 1995 (1, 2). – Heartcore, Frankfurt/Main: Suhrkamp 1999 (3, 4).

DIE GEDICHTE

UNBEKANNTE VERFASSER

Wessobrunner Gebet

De poeta

Dat gafregin ih mit firahim firiuuizzo meista,
Dat ero ni uuas noh ufhimil,
noh paum, noh pereg ni uuas,
ni sterro nohheinig, noh sunna ni scein,
noh mano ni liuhta, noh der mareo seo.
Do dar niuuiht ni uuas enteo ni uuenteo,
enti do uuas der eino almahtico cot,
manno miltisto, enti dar uuarun auh manake mit inan
cootlihhe geista, enti cot heilac.

Cot almahtico, du himil enti erda gauuorahtos
enti du mannun so manac coot forgapi:
forgip mir in dina ganada rehta galaupa
enti cotan uuilleon, uuistóm enti spahida enti craft,
tiuflun za uuidarstantanne enti arc za piuuisanne
enti dinan uuilleon za gauurchanne.

[9. Jahrhundert; tlw. früher entstanden]

Übersetzung

Von einem Dichter

Das habe ich bei den Menschen als größtes Wunder erfahren:
daß es die Erde nicht gab und nicht den Himmel,
es gab nicht den Baum und auch nicht den Berg,
es schien nicht ein einziger Stern, nicht die Sonne,
es leuchtete weder der Mond noch die glänzende See.
Als es da also nichts gab, was man als Anfang oder als Ende
hätte verstehen können,
gab es schon lange den einen allmächtigen Gott,
den reichsten an Gnade. Bei ihm waren auch viele
Geister voll Herrlichkeit, früher (als sie aber war) der heilige Gott.

Allmächtiger Gott, du hast Himmel und Erde erschaffen
und den Menschen so manches Gut verliehen:
verleihe mir rechten Glauben an deine Gnade
und guten Willen, Weisheit, Klugheit und Kraft,
den Teufeln zu widerstehen und das Böse zu meiden
und deinen Willen zu tun.

Merseburger Zaubersprüche

Erster Spruch (Lösezauber)

Eiris sazun idisi, sazun hera duoder.
suma hapt heptidun, suma heri lezidun,
suma clubodun umbi cuoniouuidi:
insprinc haptbandun, inuar uigandun!

Zweiter Spruch (Pferdesegen)

Phol ende Uuodan uuorun zi holza.
du uuart demo Balderes uolon sin uuoz birenkit.
thu biguol en Sinthgunt, Sunna era suister,
thu biguol en Friia, Uolla era suister,
thu biguol en Uuodan, so he uuola conda:
sose benrenki, sose bluotrenki, sose lidirenki,
ben zi bena, bluot zi bluoda,
lid zi geliden, sose gelimida sin!

[10. Jahrhundert; früher entstanden]

Übersetzung

Erster Spruch

Einst ließen sich die Idisen nieder, setzten sich hierhin und (setzten sich) dorthin.
Einige fesselten (die Feinde), andere hemmten (das feindliche) Heer,
wiederum andere lösten die Fesseln (des Freundes):
löse dich aus den Fesseln, entflieh den Feinden!

Zweiter Spruch

Phol und Wodan ritten in den Wald.
Da verrenkte sich Balders Fohlen einen Fuß.
Da besprach ihn Sindgund (und) Sunna, ihre Schwester,
da besprach ihn Frija (und) Volla, ihre Schwester,
da besprach ihn Wodan, so gut wie (nur) er es konnte:
wie die Verrenkung des Knochens, so die des Blutes, so die des ganzen Gliedes!
Knochen an Knochen, Blut zu Blut,
Glied an Glied, als ob sie zusammengeleimt wären!

Petruslied

Unsar trohtin hat farsalt sancte Petre giuualt,
daz er mac ginerian ze imo dingenten man.
Kyrie eleyson, Christe eleyson.

Er hapet ouh mit uuortun himilriches portun.
dar in mach er skerian den er uuili nerian.
Kirie eleison, Christe *eleyson.*

Pittemes den gotes trut alla samant uparlut,
daz er uns firtanen giuuerdo ginaden!
Kirie eleyson, Christe eleison.

[9. Jahrhundert]

Übersetzung

Unser Herr hat dem heiligen Petrus die Macht verliehen, den zu retten, der auf ihn hofft.
Herr erbarme dich, Christus erbarme dich.

Seinem Wort untersteht auch der Eingang ins Himmelreich. Da kann er einlassen, wen er zu retten gedenkt.
Herr erbarme dich, Christus erbarme dich.

Laßt uns alle gemeinsam Gottes besonderen Freund mit lauter Stimme bitten, daß er sich unser, die wir gesündigt haben, gnädig wolle erbarmen!
Herr erbarme dich, Christus erbarme dich.

Lorscher Bienensegen

Kirst, imbi ist huze! nu fliuc du, uihu minaz, hera
fridu frono in godes munt heim zi commone gisunt.

sizi, sizi, bina: inbot dir sancte Maria
hurolob ni habe du zi holce ni fluc du,
noh du mir nindrinnes, noh du mir nintuuinest.
sizi uilu stillo, uuirki godes uuillon!

[10. Jahrhundert]

Übersetzung

Christus! das Bienenvolk ist ausgeschwärmt! Nun fliegt, meine Tiere, (wieder) her, damit ihr im Frieden des Herrn, in Gottes Schutz gesund heimkommt!

Sitz, sitz, Biene! Das hat dir die heilige Maria befohlen:
du sollst keine Erlaubnis haben, in den Wald zu fliegen,
du sollst mir weder entwischen noch entweichen!
Sitz ganz still und tu, was Gott will!

(Horst Dieter Schlosser)

Christ, der ist erstanden
von der marter alle.
des svll wir alle fro sein,
christ sol vnser trost sein. kyrieleis!

Nu bitden wir den heiligen geist
vmb den rehten glauben aller meist,
daz er vns behûte an vnserm ende,
so wir heim suln varn vz diesem ellende. kyrieleis!

[2. Drittel 12. Jahrhundert]

Du bist mîn, ich bin dîn,
des solt du gewis sîn.
du bist beslozzen
in mînem herzen,
verlorn ist daz sluzzelîn –
du muost ouch immer dar inne sîn.

[12. Jahrhundert]

Übersetzung

Du bist mein, ich bin dein,
dessen sollst du sicher sein.
Du bist verschlossen
in meinem Herzen,
verloren ist der Schlüssel fein –
du mußt für immer drinnen sein.

Wære diu werlt alle mîn
von deme mere unze an den Rîn,
des wolt ich mich darben,
daz kunic von Engellant
læge an minem arme.

Übersetzung

Wäre die ganze Welt mein
vom Meer bis an den Rhein,
das gäb ich dafür hin,
daß der König von England
in meinem Arm läge.

Tougen minne diu ist guot
si kan geben hôhen muot.
der sol man sich vlîzen.
swer mit triwen der niht pfliget,
deme sol man daz wîzen.

Übersetzung

Heimliche Liebe ist herrlich,
sie erhebt freudig das Herz.
Um die soll man sich bemühen.
Wer sie nicht beständig pflegt,
den soll man dafür tadeln.

	Übersetzung
Floret silva nobilis	Der Wald schmückt sich reich
floribus et foliis.	mit Blüten und mit Blättern.
ubi est antiquus	Wo ist mein
meus amicus?	Freund von einst?
hinc equitavit.	Er ist weggeritten.
eia! quis me amabit?	Ach, wer wird mich lieben?
Floret silva undique,	Der Wald schmückt sich überall,
nâch mîme gesellen ist mir wé!	nach meinem Liebsten ist mir weh!
Gruonet der walt allenthalben.	Es grünt der Wald allüberall.
wâ ist mîn geselle alse lange?	Wo bleibt mein Liebster so lange?
der ist geriten hinnen.	Er ist fortgeritten.
owî, wer sol mich minnen?	O weh, wer wird mich lieben?

	Übersetzung
Swaz hie gât umbe,	Was hier im Reigen geht,
daz sint allez megede,	das sind alles Mädchen,
die wellent ân man	die sich vorgenommen haben,
allen disen sumer gân.	diesen Sommer lang ohne Mann zu bleiben.

(Margherita Kuhn)

DER VON KÜRENBERG
2. Hälfte des 12. Jahrhunderts

›Ich zôch mir einen valken mêre danne ein jâr.
dô ich in gezamete als ich in wolte hân
und ich im sîn gevidere mit golde wol bewant,
er huop sich ûf vil hôhe und floug in anderiu lant.

Sît sach ich den valken schône fliegen:
er fuorte an sînem fuoze sîdîne riemen,
und was im sîn gevidere alrôt guldîn.
got sende si zesamene die gerne geliep wellen sîn!‹

Übersetzung

›Ich zog mir einen Falken länger als ein Jahr.
Als ich ihn gezähmt, wie ich ihn haben wollte,
und sein Gefieder mit Gold geschmückt hatte,
hob er sich hoch auf und flog davon.

Seither sah ich den Falken schön fliegen:
er führte an seinem Fuß seidene Fesseln
und sein Gefieder war ganz rotgolden.
Gott sende sie zusammen, die einander gerne liebhaben wollen.‹

Wîp unde vederspil diu werdent lîhte zam:
swer si ze rehte lucket, sô suochent si den man.
als warb ein schœne ritter umb eine frouwen guot.
als ich dar an gedenke, sô stêt wol hôhe mîn muot.

Übersetzung

Frauen und Falken, die lassen sich leicht zähmen:
wer sie richtig lockt – so kommen sie dem Mann entgegen.
So hat ein schöner Ritter um eine edle Dame geworben.
Denk ich daran, bin ich wohl hohen Mutes.

DIETMAR VON AIST

† vor 1171

Ûf der linden obene dâ sanc ein kleinez vogellîn.
vor dem walde wart ez lût: dô huop sich aber daz herze mîn
an eine stat da'z ê dâ was. ich sach die rôsebluomen stân:
die manent mich der gedanke vil die ich hin zeiner frouwen hân.

›Ez dunket mich wol tûsent jâr, daz ich an liebes arme lac.
sunder âne mîne schulde fremedet er mich manegen tac.
sît ich bluomen niht entsach noch hôrte kleiner vogele sanc,
sît was mir mîn fröide kurz und ouch der jâmer alze lanc.‹

Übersetzung

Oben auf der Linde, da sang ein feines Vögelchen.
Vor dem Walde ward es laut: da hob sich wieder mein Herz
an eine Stelle, wo es einst schon war. Ich sah die Rosenblüten stehn:
die erinnern mich der Gedanken, die ich zu einer Frau hin habe.

›Es scheinen mir wohl tausend Jahr, daß ich am Arm des Liebsten lag.
Ohne alle meine Schuld entzieht er sich mir schon manchen Tag.
Seit ich Blumen nicht mehr sah, noch hörte feiner Vögel Gesang,
Seit da war mir meine Freude kurz, dafür mein Jammer allzu lang.‹

›Slâfest du, friedel ziere?
man weckt uns leider schiere:
ein vogellîn sô wol getân
daz ist der linden an daz zwî gegân.‹

›Ich was vil sanfte entslâfen:
nu rüefestu kint wâfen.
liep âne leit mac niht gesîn.
swaz du gebiutst, daz leiste ich, friundîn mîn.‹

Diu frouwe begunde weinen.
›du rîtst und lâst mich eine.
wenne wilt du wider her zuo mir?
owê du füerst min fröide sament dir!‹

[Das älteste erhaltene mhdt. Tagelied.]

Übersetzung

›Schläfst du, mein schöner Liebster?
Bald wird man uns leider wecken.
Ein Vögelchen, ein wohlgestaltes,
ist auf der Linde Zweig gekommen.‹

›Ich war sanft eingeschlafen:
nun rufst du, Kind, mich auf!
Lieb ohne Leid, das kann nicht sein.
Was immer du befiehlst, das tu ich,
meine Freundin.‹

Die Frau begann zu weinen.
›Du reitest und läßt mich allein.
Wann willst du wieder her zu mir?
O weh, du nimmst mein Glück zugleich mit dir!‹

FRIEDRICH VON HAUSEN

um 1150–1190

Mîn herze und mîn lîp diu wellent scheiden,
diu mit ein ander varnt nu mange zît.
der lîp wil gerne vehten an die heiden:
sô hât iedoch daz herze erwelt ein wîp
vor al der werlt. daz müet mich iemer sît,
daz si ein ander niene volgent beide.
mir habent diu ougen vil getân ze leide.
got eine müeze scheiden noch den strît.

Übersetzung

Mein Herz und mein Leib wollen sich trennen,
die miteinander lange Zeit gezogen sind.
Der Leib will gerne gegen die Heiden kämpfen:
dagegen hat das Herz eine Frau vorgezogen
vor der ganzen Welt. Es plagt mich seither,
daß sie nicht einig sind.
Mir haben meine Augen viel zuleid getan!
Gott allein mag den Streit noch schlichten!

Ich wânde ledic sîn von solher swære,
dô ich daz kriuze in gotes êre nam.
ez wære ouch reht deiz herze alsô dâ wære,
wan daz sîn stætekeit im sîn verban.
ich solte sîn ze rehte ein lebendic man,
ob ez den tumben willen sîn verbære.
nu sihe ich wol daz im ist gar unmære
wie ez mir an dem ende süle ergân.

Sît ich dich, herze, niht wol mac erwenden,
dun wellest mich vil trûreclîchen lân,
sô bite ich got daz er dich ruoche senden
an eine stat dâ man dich wohl enpfâ.
owê wie sol ez armen dir ergân!
wie torstest eine an solhe nôt ernenden?
wer sol dir dîne sorge helfen enden
mit solhen triuwen als ich hân getân?

Ich glaubte frei zu sein von solchem Kummer,
da ich das Kreuz zu Gottes Ehre nahm.
Es wäre auch richtig, daß das Herz dabei wäre,
nur daß ihm seine Treue das verbietet.
Ich würde recht ein lebendiger Mann sein,
wenn es seinen törichten Willen unterließe.
Nun seh ich wohl, daß ihm ganz gleichgültig ist,
wie es mir schließlich ergehen soll.

Da ich dich, Herz, nicht davon abbringen kann,
mich sehr schmerzlich zu verlassen,
so bitte ich Gott, er wolle dich senden
an einen Ort, da man dich wohl empfängt.
O weh, wie soll es dir, du Armes, gehen!
Wie durftest du allein dich zu solcher Gefahr erkühnen?
Wer soll dir helfen, deine Sorgen zu beenden,
mit solcher Treue, wie ich getan habe?

HEINRICH VON MORUNGEN

† 1222

Ich hôrt ûf der heide
lûte stimme und süezen klanc.
dâ von wart ich beide
fröiden rîch und trûrens kranc.
nâch der mîn gedanc sêre ranc unde swanc,
die vant ich ze tanze dâ si sanc.
âne leide ich dô spranc.

Ich vant si verborgen
eine und ir wengel naz,
dô si an dem morgen
mînes tôdes sich vermaz.
der vil lieben haz tuot mir baz danne daz
dô ich vor ir kniete dâ si saz
und ir sorgen gar vergaz.

Übersetzung

Ich hörte auf der Heide
helle Stimme und süßen Klang.
Davon ward zugleich ich
reich an Freude und arm an Trauer.
Nach der mein Gedanke sich gerungen und geschwungen hatte,
die fand ich beim Tanze, wo sie sang.
Ohne Leid sprang ich mit.

Ich fand sie verborgen
allein und ihre Wangen naß,
da sie am Morgen
mir den Tod geschworen hatte.
Der Geliebten Haß tut mir besser als das,
da ich vor ihr kniete, wo sie saß
und ihre Sorgen ganz vergaß.

Ich vants an der zinnen,
eine, und ich was zir besant.
dâ moht ichs ir minnen
wol mit fuoge hân gepfant.
dô wând ich diu lant   hân verbrant   sâ zehant,
wan daz mich ir süezen minne bant
an den sinnen   hât erblant.

Ich fand sie an der Zinne
allein; man hatte mich zu ihr gerufen.
Leicht hätt ich das Pfand
ihrer Liebe gewinnen können.
Da hätte ich das Land auf der Stelle
verbrennen mögen.
Doch hat mir das Band ihrer süßen Liebe
die Sinne verdunkelt.

Übersetzung

Owê,   sol aber mir iemer mê
geliuhten dur die naht
noch wîzer danne ein snê
ir lîp vil wol geslaht?
der trouc diu ougen mîn:
ich wânde, ez solde sîn
des liehten mânen schîn,
dô taget ez.

O weh, soll mir denn nie mehr
leuchten durch die Nacht
noch weißer als Schnee
ihr schöngestalter Leib?
Der trog meine Augen:
ich wähnte, es sei
des lichten Mondes Schein –
da ward es Tag.

›Owê,   sol aber er iemer mê
den morgen hie betagen?
als uns diu naht engê,
daz wir niht durfen klagen:
»owê, nu ist es tac«,
als er mit klage pflac
do'r jungest bî mir lac.
dô taget ez.‹

›O weh, wird er denn nie mehr
hier bis zum Morgen weilen?
So mög die Nacht vergehn,
daß wir nicht klagen müssen:
»O weh, nun ist es Tag«,
wie er es klagend tat,
als er jüngst bei mir lag.
Da ward es Tag.‹

Owê,   si kuste âne zal
in deme slâfe mich.
dô vielen hin ze tal
ir trêne nider sich,
iedoch getrôste ich sî,
daz si ir weinen lî
und mich al ummevî.
dô taget ez.

O weh, sie küßte ungezählt
im Schlafe mich.
Da fielen niederwärts
die Tränen ihr dahin,
doch tröstete ich sie,
daß sie ihr Weinen ließ
und mich ganz umfing.
Da ward es Tag.

Owê,   daz er sô dicke sich
bî mir erseên hât!
als er endahte mich,
sô wolte er sunder wât
mîn arme schouwen blôz.
ez was ein wunder grôz
daz in des nie verdrôz.
dô taget ez.‹

›O weh, daß er so oft
in meinen Anblick sich verlor!
Wie er die Decke mir nahm,
da wollte er ohne Kleid
meine Arme sehn entblößt.
Es war ein Wunder groß,
daß er's nicht müde ward.
Da ward es Tag.‹

WOLFRAM VON ESCHENBACH

um 1170 – um 1220

Ursprinc bluomen, loup ûz dringen
und der luft des meigen urbort vogel ir alten dôn:
etswenn ich kan niuwez singen,
sô der rîfe ligt, guot wîp, noch allez ân dîn lôn.
die waltsinger und ir sanc
nâch halben sumers teile in niemens ôre enklanc.

Der biclîchen bluomen glesten
sol des touwes anehanc erliutern, swâ si sint:
vogel die hellen und die besten,
al des meigen zît si wegent mit gesange ir kint.
dô slief niht diu nahtegal:
nu wache abr ich und singe ûf berge und in dem tal.

Mîn sanc wil genâde suochen
an dich, güetlich wîp: nu hilf, sît helfe ist worden nôt.
dîn lôn dienstes sol geruochen,
daz ich iemer bite und biute unz an mînen tôt.
lâz mich von dir nemen den trôst,
daz ich ûz mînen langen clagen werde erlôst.

Guot wîp, mac mîn dienst ervinden,
ob dîn helfelîch gebot mich fröiden welle wern,
daz mîn trûren müeze swinden
und ein liebez ende an dir bejagen mîn langez gern?
dîn güetlich gelâz mich twanc,
daz ich dir beide singe al kurz oder wiltu lanc.

Werdez wîp, dîn süeze güete
und dîn minneclîcher zorn hât mir vil vröide erwert.
maht du trœsten min gemüete?
wan ein helfelîchez wort von dir mich sanfte ernert,
mache wendic mir mîn clagen,
sô daz ich werde grôz gemuot bî mînen tagen.

Übersetzung

Der Blumen Sprießen, des Laubs Hervordrängen
und die Maienluft verleihn den Vögeln ihre alte Weise:
ich kann manchmal Neues singen,
wenn der Reif liegt, edle Frau, noch ganz ohne deinen Lohn.
Die Waldsänger und ihr Lied
sind nach des Sommers Mitte in keinem Ohr mehr erklungen.

Wo immer sie sind, da wird der anhängende Tau
das Leuchten der blitzenden Blumen klarer machen:
die Vögel, die hellen und besten,
wiegen die ganze Zeit des Maien im Lied ihre Kinder.
Damals schlief die Nachtigall nicht:
nun aber bin ich wach und singe in Berg und Tal.

Mein Lied will Gnade suchen
bei dir, liebliche Frau: nun hilf, da Hilfe not geworden.
Dein Lohn soll den Dienst vergelten,
den ich immer bittend leiste bis zu meinem Tod.
Laß mich von dir Trost gewinnen,
daß ich erlöst werde aus meinen langen Klagen.

Edle Frau, kann meinem Dienst gelingen
– wenn deine Helfermacht mir Freude bringen will –,
daß mein Trauern schwinden und
mein langes Flehen liebes Ziel bei dir erjagen möge?
Deine liebliche Gestalt hat mich gezwungen,
daß ich dir singe, wie du willst, kurz oder lang.

Hohe Frau, dein süßes Wesen
und dein reizender Zorn hat mir viel Freude verwehrt.
Wirst du trösten mein Gemüt?
Denn ein helfend Wort von dir rettet mich sanft.
Verscheuche mir mein Klagen,
so daß ich frohen Mutes werde noch in diesem Leben.

›Sîne clâwen   durch die wolken sint geslagen,
er stîget ûf mit grôzer craft,
ich sihe in grâwen   tægelîch, als er wil tagen,
den tac, der im geselleschaft
erwenden wil, dem werden man,
den ich mit sorgen în verliez.
ich bringe in hinnen, ob ich kan:
sîn manegiu tugent mich daz leisten hiez.‹

›Wahtær, du singest   daz mir manege vröude nimt
unde mêret mîne clage.
mære du bringest,   der mich leider niht gezimt,
iemer morgens gegen dem tage.
diu solt du mir verswîgen gar.
daz biut ich den triuwen dîn:
des lône ich dir als ich getar.
alsô belîbet hie der selle mîn.‹

›Er muoz et hinnen balde und âne sûmen sich:
nu gib im urloup, süezez wîp.
lâze in minnen hernâch sô verholne dich,
daz er behalte êr und den lîp.
er gab sich mîner triuwe alsô,
daz ich in bræhte ouch wider dan.
ez ist nu tac: naht was ez dô
mit druc an brust dîn kus mirn an gewan.‹

›Swaz dir gevalle, wahtær, sinc und lâ den hie,
der minne brâht und minne enpfienc.
von dînem schalle ist er und ich erschrocken ie:
sô ninder morgenstern ûf gienc
ûf in, der her nâch minne ist komen,
noch ninder lûhte tages lieht,
du hâst in dicke mir benomen
von blanken armen, und ûz herzen nieht.‹

Von den blicken, die der tac tet durch diu glas,
und dô der wahtær warnen sanc,
si muose erschricken durch den der dâ bî ir was.
ir brüstelîn an brust si twanc.
der rîter ellens niht vergaz
(des wold in wenden wahtærs dôn):
urloup nâhe und nâher baz
mit kusse und anders gab in minne lôn.

Übersetzung

›Seine Klauen haben durch die Wolken geschlagen,
er steigt auf mit großer Kraft,
ich seh ihn grauen, taggleich, wie er tagen will,
den Tag, der die Gemeinschaft ihm
entziehen will, dem edlen Mann,
den ich hereingelassen mit Gefahr.
Ich bring ihn weg von hier, wenn ich es kann:
Sein hoher Wert hieß mich das tun.‹

›Wächter, du singst, was mir manche Freude nimmt
und meine Klage mehrt.
Kunde bringst du, die mir leider nicht willkommen,
immer morgens vor dem Tag.
Die sollst du mir durchaus verschweigen,
Das gebiete ich deiner Treue:
ich lohne es dir, wie ich es kann.
Und so bleibt hier mein Freund.‹

›Er muß von hinnen, bald und ohne Säumen:
Gib ihm nun Urlaub, süße Frau.
Laß ihn dich lieben hernach so verhohlen,
daß er die Ehre und das Leben bewahre.
Er hat auf meine Treue sich verlassen,
daß ich ihn auch zurückgeleite.
Es ist nun Tag: Nacht war es, als
du ihn von mir empfingst und küssend ihn umarmtest.‹

›Sing, Wächter, was du willst, und laß ihn hier,
der Liebe brachte und Liebe empfing.
Von deinem Schall sind er und ich stets erschrocken:
Wenn nirgends noch der Morgenstern aufging
über ihm, der hier zur Liebe kam,
und nirgends leuchtete des Tages Licht,
hast du ihn oft genommen mir
aus blanken Armen – aus dem Herzen nicht.‹

Von den Blitzen, die der Tag durch die Scheiben warf,
und da der Wächter warnend sang,
mußte sie erschrecken für den, der bei ihr war.
Die Brüste preßte sie an seine Brust,
der Ritter vergaß nicht Manneskraft
(dran wollte hindern ihn des Wächters Lied):
der Abschied, nah und immer näher,
gab ihnen mit Kuß und anders den Lohn der Liebe.

(Max Wehrli)

WALTHER VON DER VOGELWEIDE

um 1170 – um 1230

Ir sult sprechen willekomen:
der iu mære bringet, daz bin ich.
Allez daz ir habt vernomen,
daz ist gar ein wint: nû frâget mich.
Ich wil aber miete:
wirt mîn lôn iht guot,
ich gesage iu lîhte daz iu sanfte tuot.
seht waz man mir êren biete.

Ich wil tiuschen frouwen sagen
solhiu mære daz si deste baz
Al der werlte suln behagen:
âne grôze miete tuon ich daz.
Waz wold ich ze lône?
si sint mir ze hêr.
sô bin ich gefüege und bite si nihtes mêr
wan daz si mich grüezen schône.

Ich hân lande vil gesehen
unde nam der besten gerne war:
Übel müeze mir geschehen,
kunde ich ie mîn herze bringen dar
Daz im wol gevallen
wolde fremeder site.
nû waz hulfe mich, ob ich unrehte strite?
tiuschiu zuht gât vor in allen.

Von der Elbe unz an den Rîn
und her wider unz an Ungerlant
Mugen wol die besten sîn,
die ich in der werlte hân erkant.
Kan ich rehte schouwen
guot gelâz unt lîp,
sem mir got, sô swüere ich wol daz hie diu wîp
bezzer sint danne ander frouwen.

Tiusche man sint wol gezogen,
rehte als engel sint diu wîp getân.
Swer si schildet, derst betrogen:
ich enkan sîn anders niht verstân.
Tugent und reine minne,
swer die suochen wil,
der sol komen in unser lant: da ist wünne vil!
lange müeze ich leben dar inne!

Der ich vil gedienet hân
und iemer mêre gerne dienen wil,
Diust von mir vil unerlân.
iedoch sô tuot si leides mir sô vil.
Si kan mir versêren
herze und den muot.
nû vergebez ir got dazs an mir missetuot.
her nâch mac si sichs bekêren.

Übersetzung

Ihr sollt mir ein Willkommen sagen:
denn der Euch Neues bringt, das bin ich!
Alles was Ihr bisher gehört
ist ein Nichts: jetzt aber fragt mich!
Freilich verlange ich Botenlohn.
Fällt er einigermaßen reichlich aus,
werd ich Euch wohl verkünden was Euch Freude macht.
Seht zu was Ihr mir Ansehnliches zu bieten habt.

Ich will deutschen edlen Frauen
solches Loblied singen,
daß sie umso strahlender vor aller Welt dastehen werden.
Und natürlich will ich nicht groß belohnt werden.

Was denn könnte ich mir wünschen?
Sie stehen ja so hoch über mir.
So bin ich brav, und bitte sie um nicht mehr
als daß sie mir freundlich entgegenkommen.

Ich habe viele Länder bereist
und mich immer bemüht, die Besten kennenzulernen.
Alles Böse soll mich treffen,
könnte ich je mein Herz dazu bewegen,
daß ihm ausländische Sitte und Art
wohlgefielen.
Was nützte es mir, für falsche Behauptungen zu streiten?
Deutsche Lebensart und Bildung übertrifft sie alle.

Von der Elbe bis zum Rhein
und wieder hierher bis an Ungarns Grenze,
da leben gewiß die Besten
die ich je fand in der Welt.
Versteh ich mich recht auf die Beurteilung
von gutem Benehmen und Schönheit –
bei Gott, ich möchte wohl schwören daß hier die Frauen
besser sind als anderwärts.

Deutsche Männer sind wohlgebildet,
und recht wie die Engel sehen die Frauen aus.
Wer sie schmäht, der ist nicht bei Verstand –
anders kann ich ihn nicht verstehen.
Wer Reinheit des Wesens und der Liebe
finden will,
der möge in unser Land kommen: da ist alle Herrlichkeit!
Möchte ich ewig darin leben!

Sie, deren Dienst ich mich ganz hingegeben habe
und der ich mit Freuden immer dienen will,
sie gebe ich durchaus nicht frei.
Indessen, sie fügt mir nur Schmerz zu.
Denn sie weiß mir zu verletzen
Herz und Sinn.
Vergebe es ihr Gott, was sie an mir sündigt.
In Zukunft kann sie ja darin anderen Sinnes werden.

Muget ir schouwen waz dem meien
wunders ist beschert?
Seht an pfaffen, seht an leien,
wie daz allez vert.
Grôz ist sîn gewalt:
ine weiz obe er zouber künne:
swar er vert in sîner wünne,
dân ist niemen alt.

Uns wil schiere wol gelingen.
wir suln sîn gemeit,
Tanzen lachen unde singen,
âne dörperheit.
Wê wer wære unfrô?
sît die vogele alsô schône
singent in ir besten dône –
tuon wir ouch alsô!

Wol dir, meie, wie dû scheidest
allez âne haz!
Wie dû walt und ouwe kleidest,
und die heide baz!
Diu hât varwe mê.
›du bist kurzer, ich bin langer‹,
alsô strîtents ûf dem anger,
bluomen unde klê.

Rôter munt, wie dû dich swachest!
lâ dîn lachen sîn.
Scham dich daz dû mich an lachest
nâch dem schaden mîn!
Ist daz wol getân?
owê sô verlorner stunde,
sol von minneclîchem munde
solch unminne ergân!

Daz mich, frouwe, an fröiden irret,
daz ist iuwer lîp.
An iu einer ez mir wirret,
ungenædic wîp!
Wâ nemt ir den muot?
ir sît doch genâden rîche:
tuot ir mir ungnædeclîche,
sô sît ir niht guot.

Scheidet, frouwe, mich von sorgen,
liebet mir die zît!
oder ich muoz an fröiden borgen,
daz ir sælic sît!
Muget ir umbe sehen?
sich fröit al diu welt gemeine:
mähte mir von iu ein kleine
fröidelîn geschehen!

Übersetzung

Seht nur, was dem Mai
an Herrlichkeiten beschert worden ist!
Seht alle Welt an,
wie es ihr ergeht!
Groß ist seine Gewalt:
mir scheint, er versteht zu zaubern;
denn wohin er fährt in seiner Pracht,
wird alles wieder jung.

Auch mit uns wird alles gut werden,
wir werden fröhlich sein,
werden tanzen, lachen, singen –
freilich fern aller bäurischen Grobheit.
Wer wollte jetzt nicht fröhlich sein?
Da doch alle Vögel so schön
ihre lieblichsten Melodien singen –
laßt es uns ihnen gleichtun!

Gelobt seist du, Mai, wie du richterlich
alles in Frieden schlichtest.
Wie du Wald und Aue mit Kleidern
ausstattest,
und schöner noch die Heide:
denn sie ist die bunteste.
»Du bist kleiner, ich bin größer!« –
so streiten sie auf der Wiese,
der Klee und die Blumen.

Roter Mund, wie du dich entstellst!
Laß dein spöttisches Lachen!
Schäm dich daß du mich auslachst
schadenfroh.
Gehört sich das etwa?
Ach vertan ist die Zeit,
in der ein lieblicher Mund
Lieblosigkeit ausdrückt!

Denn was, Herrin, mich am Frohsein hindert,
das seid doch Ihr allein!
Ihr allein macht mich unglücklich,
die Ihr grausam seid.
Woher kommt euch solche Laune?
Ihr seid doch sonst so großmütig.
Wenn Ihr an mir kleinlich handelt,
handelt Ihr nicht recht.

Erlöst, Herrin, mich von meinem Kummer,
macht, daß auch für mich der Frühling blüht!
Sonst müßte ich mich anderwärts nach
Beglückung umsehen . . .
Dann: Gehabt Euch wohl!
Aber seht Euch doch einmal um:
alle Welt ist voller Glück!
Könnte mir von Euch nicht ein kleines
Glückchen geschenkt werden?

Uns hât der winter geschât über al:
heide unde walt sint beide nû val,
dâ manic stimme vil suoze inne hal.
sæhe ich die megde an der strâze den bal
werfen: sô kæme uns der vogele schal.

Möhte ich verslâfen des winters zît!
wache ich die wîle, sô hân ich sîn nît,
daz sîn gewalt ist sô breit und sô wît.
weiz got er lât ouch dem meien den strît!
sô lise ich bluomen dâ rîfe nû lît.

Übersetzung

Uns hat der Winter über alles Schaden zugefügt.
Heide und Wald sind fahl,
die einst so süß widerhallten von tausend Vogelstimmen.
Säh ich erst wieder die Mädchen auf der Straße den Ball
werfen, dann käme uns der Vogelsang zurück.

Könnte ich doch den Winter verschlafen!
Verwache ich ihn indessen, so hasse ich ihn,
weil seine Herrschaft sich weit und breit erstreckt.
Aber weiß Gott, eines Tages wird er doch dem Mai das Feld räumen.
Dann pflück ich Blumen dort, wo jetzt der Reif liegt.

Herzeliebez frouwelîn,
got gebe dir hiute und iemer guot!
Kund ich baz gedenken dîn,
des hete ich willeclîchen muot.
Waz mac ich dir sagen mê,
wan daz dir nieman holder ist? owê, dâ von ist mir vil wê.

Sie verwîzent mir daz ich
ze nidere wende mînen sanc.
Daz si niht versinnent sich
waz liebe sî, des haben undanc!
Sie getraf diu liebe nie,
die nâch dem guote und nâch der schœne minnent, wê wie minnent die?

Bî der schœne ist dicke haz;
zer schœne niemen sî ze gâch.
Liebe tuot dem herzen baz:
der liebe gêt diu schœne nâch.
Liebe machet schœne wîp:
des mac diu schœne niht getuon, si machet niemer lieben lîp.

Ich vertrage als ich vertruoc
und als ich iemer wil vertragen.
Dû bist schœne und hâst genuoc:
waz mugen si mir dâ von sagen?
Swaz si sagen, ich bin dir holt,
und nim dîn glesîn vingerlîn für einer küneginne golt.

Hâst dû triuwe und stætekeit,
sô bin ich des ân angest gar
Daz mir iemer herzeleit
mit dînem willen widervar.
Hâst aber dû der zweier niht,
so müezest dû mîn niemer werden. owê danne, ob daz geschiht!

Übersetzung

Meine geliebte kleine Herrin,
Gott behüte dich heute und immer!
Könnte ich schöner meine Wünsche ausdrücken –
ich tät es wahrlich gern.
Was aber kann ich dir mehr sagen
als daß dich niemand lieber haben kann? Ach das macht mir manchen Kummer.

Sie werfen mir vor, daß ich
an niedrig Geborne richte meinen Sang.
Daß sie nicht begreifen
was wirkliche Liebe ist – dafür sollen sie verwünscht sein!
Nie hat wahre Liebe sie getroffen,
die nach dem Grad von Reichtum und Schönheit entflammt werden,
– ach was für eine Liebe ist das?

Hinter äußerer Schönheit verbirgt sich oft ein böses Herz.
Solcher Schönheit laufe niemand eilig nach.
Ein liebes Herz steht so viel höher,
und hinter ihm geht die Schönheit.
Ein liebes und liebendes Herz macht die Frau schön;
dergleichen kann die Schönheit nicht vollbringen: sie macht das Herz nicht gut.

Ich trage ihren Vorwurf wie ich ihn immer getragen habe
und ihn immer tragen werde.
Du bist schön, und du bist reich –
aber was können sie mir davon schon sagen?
Was immer sie sagen mögen – ich hab dich lieb,
und dein Ring mit dem Glasstein ist mir mehr als der Goldring der Königin.

Wenn du Beständigkeit und Treue hast,
so hab ich keine Sorge davor,
daß meinem Herzen je ein Leid
von deinem Herzen widerfahre.
Hast aber du sie nicht,
dann könntest du mir nie gehören. Ach, wenn es je so kommt ...

›Nemt, frouwe, disen kranz!‹
alsô sprach ich zeiner wol getânen maget.
›So zieret ir den tanz,
mit den schœnen bluomen, als irs ûffe traget.
Het ich vil edele gesteine,
daz müest ûf iur houbet,
obe ir mirs geloubet.
seht mîne triuwe, daz ichz meine.‹

Si nam daz ich ir bôt
einem kinde vil gelîch daz êre hât.
Ir wangen wurden rôt
same diu rôse, dâ si bî der liljen stât.
Do erschampten sich ir liehten ougen:
doch neic si mir schône.
daz wart mir ze lône.
wirt mirs ihr mêr, daz trage ich tougen.

›Ir sît sô wol getân,
daz ich iu mîn schapel gerne geben wil,
So ichz aller beste hân.
wîzer unde rôter bluomen weiz ich vil.
Die stênt sô verre in jener heide.
dâ si schône entspringent
und die vogele singent,
dâ suln wir si brechen beide.‹

Mich dûhte daz mir nie
lieber wurde, danne mir ze muote was.
Die bluomen vielen ie
von dem boume bî uns nider an daz gras.
Seht, dô muost ich von fröiden lachen,
do ich sô wünneclîche
was in troume rîche,
dô taget ez und muos ich wachen.

Mir ist von ir geschehen,
daz ich disen sumer allen meiden muoz
Vast under d'ougen sehen:
lîhte wirt mir einiu: so ist mir sorgen buoz.
Waz obe si gêt an disem tanze?
frouwe, dur iur güete
rucket ûf die hüete:
owê gesæhe ichs under kranze!

Übersetzung

»Nehmt, Herrin, diesen Kranz!«
So sagte ich zu einem schönen Mädchen.
»Dann schmückt Ihr den Tanz
mit den schönen Blumen in Euerm Haar.
Hätt ich Gold und Edelstein,
dann müßten sie auf Euer Haupt –
wie Ihr mir glauben werdet.
Wirklich, ich meine es ehrlich!«

Und sie nahm das Gebotene an
wie ein junges Mädchen annimmt, das wohlerzogen ist:
Sie errötete,
und die Farbe der Rose kam zu der der Lilie.
Schüchternheit ließ sie die Augen niederschlagen.
Doch dankte sie und neigte zart den Kopf.
Das war mein Lohn.
Schenkt sie mir noch mehr dafür, dann werde ich das heimlich für mich behalten.

»Ihr seid so schön,
daß ich Euch meinen Kranz schenken muß –
den schönsten den ich hab.
Ich weiß, wo viel weiße und rote Blumen stehn.
Die stehn da fern auf jener Heide.
Da wo sie blühen
und die Vögel singen,
da wollen wir sie brechen.«

Mir schien daß ich nie
glücklicher war als da.
Und immerfort rieselten die Blüten
der Bäume zu uns nieder aufs Gras.
Ja seht – da mußte ich lachen in all meinem Glück,
als ich so wunderbar
im Traum beschenkt wurde,
da kam der Tag und weckte mich.

Nun hat sie mich so weit gebracht,
daß ich diesen Sommer allen Mädchen
tief in die Augen sehen muß:
Vielleicht finde ich sie – dann bin ich allen Kummer los.
Wie, wenn sie diesen Tanz mitmachte?
Meine Damen, bitte,
rückt den Kopfschmuck ein wenig aus der Stirn!
Ach, erblickte ich sie doch unter dem Kranz!

›Under der linden
an der heide,
dâ unser zweier bette was,
Dâ mugt ir vinden
schône beide
gebrochen bluomen unde gras.
Vor dem walde in einem tal,
tandaradei,
schône sanc diu nahtegal.

Ich kam gegangen
zuo der ouwe:
dô was mîn friedel komen ê.
Dâ wart ich enpfangen,
hêre frouwe,
daz ich bin sælic iemer mê.
Kuste er mich? wol tûsentstunt:
tandaradei,
seht wie rôt mir ist der munt.

Dô het er gemachet
alsô rîche
von bluomen eine bettestat.
Des wirt noch gelachet
inneclîche,
kumt iemen an daz selbe pfat.
Bî den rôsen er wol mac,
tandaradei,
merken wâ mirz houbet lac.

Daz er bî mir læge,
wessez iemen
(nu enwelle got!), sô schamt ich mich.
Wes er mit mir pflæge,
niemer niemen
bevinde daz wan er und ich –
Und ein kleinez vogellîn,
tandaradei,
daz mac wol getriuwe sin.‹

Übersetzung

»Unter der Linde
auf der Heide,
wo unser beider Lager war,
da kann man sehn
liebevoll gebrochen
Blumen und Gras.
Vor dem Wald in einem Tal
tandaradei
sang schön die Nachtigall.

Ich kam gegangen
zu der Wiese,
da war mein Liebster schon vor mir gekommen.
Da wurde ich empfangen
– Heilige Jungfrau! –
daß es mich immer glücklich machen wird.
Ob er mich küßte? Wohl tausendmal,
tandaradei,
seht wie rot mein Mund ist.

Da hatte er bereitet
in aller Pracht
von Blumen ein Lager.
Daran wird sich freuen
von Herzen,
wer daran vorübergeht.
An den Rosen kann er noch
– tandaradei –
sehen wo mein Kopf lag.

Daß er bei mir lag,
wüßte es jemand
(da sei Gott vor!), so schämte ich mich.
Was er tat mit mir,
niemals soll jemand
das erfahren als er und als ich –
und die liebe Nachtigall,
tandaradei;
die wird gewiß verschwiegen sein.«

Aller werdekeit ein füegerinne,
daz sît ir zewâre, frouwe Mâze:
er sælic man, der iuwer lêre hât!
Der endarf sich iuwer niender inne
weder ze hove schamen noch an der strâze:
dur daz sô suoche ich, frouwe, iuwern rât,
Daz ir mich ebene werben lêret.
wirbe ich nidere, wirbe ich hôhe, ich bin versêret.
ich was vil nâch ze nidere tôt,
nû bin ich aber ze hôhe siech:
unmâze enlât mich âne nôt.

Nideriu minne heizet diu sô swachet
daz der muot nâch kranker liebe ringet:
diu minne tuot unlobelîche wê.
Hôhiu minne heizet diu da machet
daz der muot nâch hôher wirde ûf swinget:
diu winket mir nû, daz ich mit ir gê.
Mich wundert wes diu mâze beitet.
kumet diu herzeliebe, ich bin jedoch verleitet.
mîn ougen hânt ein wîp ersehen,
swie minneclich ir rede sî,
mir mac wol schade von ir geschehen.

Übersetzung

Ordner aller Werte –
das wahrlich seid Ihr, frouwe Mâze:
glücklich, wer in Eure Schule ging!
Mit Eurer Lehre braucht man sich nirgend
zu schämen, bei Hofe nicht noch auf der Straße:
und darum such ich, Herrin, Euern Rat und Eure Hilfe,
daß Ihr mich lehrt, gemäß um Liebe zu werben.
Werbe ich nieder, werb ich hoch – es macht mir Schaden.
Niedere Minne hat mich fast umgebracht,
jetzt macht mich Hohe Minne krank:
Maßlosigkeit quält mich immerfort.

Niedere Minne heißt, die so erniedrigt,
daß der Sinn um nichts ringt als gemeine Lust:
der Schmerz aus solcher Minne bringt nur Verachtung ein.
Hohe Minne heißt, die da macht,
daß der Sinn sich aufschwingt zu den höchsten Werten.
Sie winkt mir jetzt, daß ich ihr folgen solle:
doch möcht ich wissen, worauf Frau Mâze noch wartet.
Kommt die Herzensneigung, dann bin ich doch wieder verführt.
Meine Augen haben eine Frau erblickt:
wie lieblich ihre Worte auch seien,
sie mag mir sehr wohl zum Unglück werden.

Owê war sint verswunden alliu mîniu jâr!
ist mir mîn leben getroumet, oder ist ez wâr?
daz ich ie wânde ez wære, was daz allez iht?
dar nâch hân ich geslâfen und enweiz es niht.
nû bin ich erwachet, und ist mir unbekant
daz mir hie vor was kündic als mîn ander hant.
liut unde lant, dar inn ich von kinde bin erzogen,
die sint mir worden frömde reht als ez sî gelogen.
die mîne gespilen wâren, die sint træge unt alt.
bereitet ist daz velt, verhouwen ist der walt:
wan daz daz wazzer fliuzet als ez wîlent flôz,
für wâr mîn ungelücke wânde ich wurde grôz.
mich grüezet maneger trâge, der mich bekande ê wol.
diu welt ist allenthalben ungenâden vol.
als ich gedenke an manegen wünneclîchen tac,
die mir sint enpfallen als in daz mer ein slac,
iemer mêre owê.

Owê wie jæmerlîche junge liute tuont,
den ê vil hovelîchen ir gemüete stuont!
die kunnen niuwan sorgen: owê wie tuont si sô?
swar ich zer werlte kêre, dâ ist nieman frô:
tanzen, lachen, singen zergât mit sorgen gar:
nie kristenman gesæhe sô jæmerlîche schar.
nû merket wie den frouwen ir gebende stât;
die stolzen ritter tragent dörpellîche wât.
uns sint unsenfte brieve her von Rôme komen,
uns ist erloubet trûren und fröide gar benomen.
daz müet mich inneclîchen (wir lebten ê vil wol),
daz ich nû für mîn lachen weinen kiesen sol.
die vogel in der wilde betrüebet unser klage:
waz wunders ist ob ich dâ von an fröiden gar verzage?
wê waz spriche ich tumber durch mînen bœsen zorn?
swer dirre wünne volget, hât jene dort verlorn,
iemer mêr owê.

Owê wie uns mit süezen dingen ist vergeben!
ich sihe die bittern gallen in dem honege sweben.
diu welt ist ûzen schœne, wîz grüen unde rôt,
und innân swarzer varwe, vinster sam der tôt.
swen si nû habe verleitet, der schouwe sînen trôst:
er wirt mit swacher buoze grôzer sünde erlôst.
dar an gedenket, ritter: ez ist iuwer dinc.
ir traget die liehten helme und manegen herten rinc,
dar zuo die vesten schilte und diu gewîhten swert.
wolte got, wan wære ich der segenunge wert!
sô wolte ich nôtic armman verdienen rîchen solt.
joch meine ich niht die huoben noch der hêrren golt:
ich wolte sælden krône êweclîchen tragen:
die mohte ein soldenære mit sîme sper bejagen.
möht ich die lieben reise gevaren über sê,
sô wolte ich denne singen wol, und niemer mêr owê,
niemer mêr owê.

Übersetzung

Oweh wohin entschwanden alle meine Jahre!
War mein Leben ein Traum, oder ist es Wirklichkeit?
Was ich immer glaubte, es sei – war all das etwas?
Dann habe ich geschlafen, und weiß es nicht.
Nun bin ich erwacht, und ich kenne nicht mehr
was mir zuvor bekannt war wie meine eigene Hand.
Leute und Land, in deren Mitte ich von Kind an aufgezogen worden bin,
die sind mir fremd geworden, als hätte es sie gar nicht gegeben.
Mit denen ich gespielt habe, die sind jetzt müde und alt.
Bebaut ist das Land, gerodet der Wald.
Liefe der Fluß nicht wie er einstens lief –
glaubte ich wahrlich, mein Leid wäre groß.
So mancher grüßt mich überhaupt nicht mehr, der mich einst sehr wohl kannte:
Die Welt ist überall voller Undank.
Wenn ich so manchen strahlenden Tags gedenke
der spurlos mir entglitten ist, wie ins Wasser ein Schlag – immerdar: oweh.

Oweh wie kümmerlich geben die jungen Leute sich,
die einstmals fröhlich und wohlerzogen waren,
die verstehn sich nur noch auf Sorgen – ach warum sind sie so?
Wohin auch ich mich wende – niemand ist vergnügt:
Tanzen, Lachen, Singen vergehen ganz in Sorgen.
Nie hat ein Christenmensch eine derart klägliche Gesellschaft gesehn.
Man sehe nur, wie den Damen ihr Kopfschmuck steht;
und stolze Ritter tragen bäurische Kleidung!
Böse Briefe sind uns aus Rom gekommen.
Traurigsein ist uns gestattet, Frohsinn ganz genommen.
Das schmerzt mich zutiefst, (wir lebten einst nicht übel),
daß ich jetzt mein Lachen gegen Tränen eintauschen soll.
Selbst die Vögel im wilden Wald werden bedrückt von unsrer Klage:
was Wunder daß auch ich darob alle frohe Stimmung einbüße?
Aber ach, was sage ich Narr da in meiner schlimmen Empörung!
Wer dem Glück dieser Welt nachgeht hat das ewige schon eingebüßt, immerdar oweh.

Oweh wie wir mit süßen Dingen vergiftet sind!
Ich sehe die bittere Galle inmitten des Honigs schwimmen.
Die Welt ist außen schön, weiß, grün und rot –
und innen von schwarzer Farbe und finster wie der Tod.
Wen aber sie verführt hat, der sehe jetzt auf seine Rettung:
mit geringer Bußleistung wird er von schwerer Sünde erlöst.
Daran denkt, ihr Ritter; es ist eure Sache.
Ihr tragt die strahlenden Helme und die harten Kettenhemden,
und dazu feste Schilde und geweihte Schwerter:
wollte Gott auch *ich* wäre solcher Segnung noch wert!
Dann würde ich in meiner Dürftigkeit mir reichen Lohn erdienen.
Doch damit meine ich keinen Landbesitz noch das Gold der Großen:
die Krone der Seligkeit wollte ich ewig tragen!
Die konnte einst schon ein Söldner mit seiner Lanze erringen.
Könnte ich den ersehnten Zug mitfahren übers Meer,
dann würde ich freudig singen, und niemals mehr oweh, niemals mehr oweh!

Übersetzung

Ich saz ûf eime steine
und dahte bein mit beine.
dar ûf satzt ich den ellenbogen.
ich hete in mîne hant gesmogen
daz kinne und ein mîn wange.
dâ dâhte ich mir vil ange,
wie man zer welte solte leben.
deheinen rât kond ich gegeben,
wie man driu dinc erwurbe,
der keinez niht verdurbe.
diu zwei sint êre und varnde guot,
daz dicke ein ander schaden tuot:
daz dritte ist gotes hulde,
der zweier übergulde.
diu wolte ich gerne in einen schrîn:
jâ leider desn mac niht gesîn,
daz guot und weltlich êre
und gotes hulde mêre
zesamene in ein herze komen.
stîg unde wege sint in benomen:
untriuwe ist in der sâze,
gewalt vert ûf der strâze,
fride unde reht sint sêre wunt.
diu driu enhabent geleites niht, diu
zwei enwerden ê gesunt.

Ich saß auf einem Stein,
und schlug ein Bein über das andere.
Darauf stützte ich den Ellenbogen.
Ich hatte in meine Hand geschmiegt
das Kinn und meine eine Wange.
So erwog ich in aller Eindringlichkeit,
wie man auf dieser Welt zu leben habe.
Keinen Rat wußte ich zu geben
wie man drei Dinge erwerben könne
ohne daß eines von ihnen verlorenginge.
Zwei von ihnen sind Ehre und Besitz,
die einander oft Abbruch tun;
das dritte ist die Gnade Gottes,
weit höher geltend als die beiden andern.
Die wünschte ich in *ein* Gefäß zu tun.
Aber zu unserm Leid kann das nicht sein,
daß Besitz und Ehre in der Welt
und dazu Gottes Gnade
zusammen in ein Herz kommen.
Weg und Steg ist ihnen verbaut,
Verrat lauert im Hinterhalt,
Gewalttat zieht auf der Straße,
Friede und Recht sind todwund:
bevor diese beiden nicht gesunden, haben
die Drei keine Sicherheit.

Ich hân mîn lêhen, al die werlt, ich hân mîn lêhen.
nû entfürhte ich niht den hornunc an die zêhen,
und wil alle bœse hêrren dester minre flêhen.
Der edel künec, der milte künec hât mich berâten,
daz ich den sumer luft und in dem winter hitze hân.
mîn nâhgebûren dunke ich verre baz getân:
sie sehent mich niht mêr an in butzen wîs als sî wîlent tâten.
Ich bin ze lange arm gewesen ân mînen danc.
ich was sô voller scheltens daz mîn âten stanc:
daz hât der künec gemachet reine, und da zuo mînen sanc.

[Dank für die Vergabe des Lehens durch Friedrich II., wohl 1220. »Man muß bei diesem Lehen durchaus nicht an ein Landgut denken, vielmehr kann es sich um eine Art Ehrensold gehandelt haben« (Peter Wapnewski).]

Übersetzung

Ich hab mein Lehen, in alle Welt ruf ich's hinein: ich hab mein Lehen!
Nun fürchte ich nicht mehr den Februarfrost an den Füßen,
und werde künftig die geizigen Herren nicht mehr anflehen.
Der edelmütige König, der großmütige König hat mich versorgt,
so daß ich im Sommer kühlende Luft und im Winter Wärme habe.
Meiner Umwelt komme ich jetzt sehr viel feiner vor:
sie sehen mich nicht mehr an als ein Hausgespenst, wie sie bisher taten.
Ich bin zu lange arm gewesen, ohne dafür zu können.
Ich war so voller Scheltworte, daß mein Atem stank.
All dies hat der König rein gemacht und mein Singen dazu.

Übersetzung

Nieman kan mit gerten	Niemand vermag mit Ruten
kindes zuht beherten.	Kindes Erziehung zu erzwingen.
den man z'êren bringen mac,	Den man zu einem Mann von Ehre erziehen kann,
dem ist ein wort als ein slac.	dem ist ein Wort wie ein Schlag.
dem ist ein wort als ein slac,	. . . .
den man z'êren bringen mac.	. . . .
kindes zuht beherten	. . . .
nieman kan mit gerten.	. . . .
Hüetet iuwer zungen,	Hütet eure Zungen,
daz zimt wol den jungen.	das steht der Jugend wohl an.
stôz den rigel für die tür,	Schieb den Riegel vor die Tür,
lâ kein bœse wort dar für.	laß kein böses Wort heraus.
lâ kein bœse wort dar für,	. . . .
stôz den rigel für die tür.	. . . .
das zimt wol den jungen.	. . . .
hüetet iuwer zungen.	. . . .
Hüetet iuwer ougen	Hütet eure Augen
offenbâr und tougen.	in der Öffentlichkeit wie in der Heimlichkeit.
lât si guote site spehen	Laßt sie das Gute beobachten
und die bœsen übersehen.	und das Schlechte übersehen.
und die bœsen übersehen	. . . .
lât si guote site spehen.	. . . .
offenbâr und tougen	. . . .
hüetet iuwer ougen.	. . . .
Hüetet iuwer ôren,	Hütet eure Ohren,
oder ir sît tôren.	oder ihr seid Toren.
lât ir bœsiu wort dar in,	Laßt ihr böse Worte herein,
daz gunêret iu den sin.	so entehrt euch das euer Herz.
daz gunêret iu den sin,	. . . .
lât ir bœsiu wort dar in.	. . . .
oder ir sît tôren,	. . . .
hüetet iuwer ôren.	. . . .

Hüetet wol der drîer	Hütet gut diese drei,
leider alze frîer.	die schmerzlicherweise allzu locker sind.
zungen ougen ôren sint	Zungen Augen Ohren sind
dicke schalchaft, z'êren blint.	oft niederträchtig, blind für das Ehrhafte.
dicke schalchaft, z'êren blint,	....
zungen ougen ôren sint.	....
leider alze frîer	....
hüetet wol der drîer.	....

Wer sleht den lewen? wer sleht den risen?
wer überwindet jenen unt disen?
daz tuot einer der sich selber twinget
und alliu sîniu lit in huote bringet
ûz der wilde in stæter zühte habe.
geligeniu zuht und schame vor gesten
mugen wol eine wîle erglesten:
der schîn nimt drâte ûf unt abe.

Übersetzung

Wer erschlägt den Löwen? Wer erschlägt den Riesen?
Wer überwindet jenen und diesen?
Das tut einer der sich selber bezwingt
und alle seine Glieder in Beherrschung nimmt
aus der Zügellosigkeit in den Hafen beständiger Selbstzucht.
Äußerlich angenommenes Wohlverhalten und Taktgefühl nur vor Fremden,
die können wohl eine Weile aufleuchten,
doch solcher Schein flackert schnell auf und erlischt dann wieder.

(Peter Wapnewski)

NEIDHART

um 1180 – um 1250

»Fröut iuch, junge und alte!
der meie mit gewalte
den winder hât verdrungen,
die bluomen sint entsprungen.
wie schôn diu nahtegal
ûf dem rîse ir süeze wîse singet, wünneclîchen schal!

Walt nu schône loubet.
mîn muoter niht geloubet,
der joch mit einem seile«,
sô sprach ein maget geile,
»mir bunde einen fuoz,
mit den kinden zuo der linden ûf den anger ich doch muoz.«

Daz gehôrte ir muoter:
»jâ swinge ich dir daz fuoter
mit stecken umbe den rugge,
vil kleine grasemugge.
wâ wilt dû hüpfen hin
ab dem neste? sitze und beste mir den ermel wider in!«

»Muoter, mit dem stecken
sol man die runzen recken
den alten als eim sumber.
noch hiuwer sît ir tumber,
dan ir von sprunge vart.
ir sît tôt vil kleiner nôt, ist iu der ermel abe gezart.«

Ûf spranc sî vil snelle.
»der tievel ûz dir belle!
ich wil mich dîn verzîhen;
dû wilt vil übel gedîhen.«
»muoter, ich lebe iedoch,
swie iu troume; bî dem soume durch den ermel gât daz loch.«

Übersetzung

»Freut euch, ihr Jungen und Alten!
Der Mai hat mit Macht
den Winter vertrieben,
die Blumen sind entsprossen.
Wie schön die Nachtigall
auf dem Zweig ihr liebliches Lied singt, Freudenjubel!

Der Wald bedeckt sich mit frischem Laub.
Meine Mutter glaubt nicht,
daß, selbst wenn man mit einem Strick«,
so sprach ein fröhliches Mädchen,
»mir den Fuß festbände,
ich doch mit den Mädchen zur Linde auf den Anger muß.«

Das hörte ihre Mutter:
»Wahrlich, ich werde dir schon das Futter
mit dem Stock auf den Rücken schwingen,
winzige Grasmücke.
Wo willst du hinhüpfen
aus deinem Nest? Bleib sitzen und näh mir den Ärmel wieder fest!«

»Mutter, mit dem Stecken
soll man den Alten
die Runzeln glätten wie einer Trommel.
Ihr werdet dümmer
von Jahr zu Jahr.
Ihr sterbt noch an einer Lappalie, wenn euch bloß der Ärmel abgerissen ist.«

Geschwind sprang sie auf.
»Der Teufel soll in dich fahren!
Ich will nichts mehr mit dir zu schaffen haben,
du drohst ganz schlimm auszuarten.«
»Mutter, ich bin wach und bei Verstand,
während ihr träumt. Am Saum geht das Loch durch den Ärmel.«

Nu ist der kleinen vogelîne singen
und der liehten bluomen schîn vil gar zergân.
wolde ein wîp mir liebez ende bringen,
mir waer, als ichs immer bêde solde hân,
diu mich ir genâden ie verzêch von kindes beine;
doch bit ich die guoten, dazs ir triuwe an mir erscheine,
mînes herzen küneginne ich meine.

Niemen sol an vrouwen sich vergâhen.
des wart ich wol inne: mirst diu mîne gram.
der getrat ich leider alsô nâhen,
daz ich ûz ir hende ein glesîn grüffel nam
(daz wart ir gekoufet: in der krâme stuont ez veile):
daz wart mir verwizzen sît nâch grôzem mîme unheile,
dô si reit mit kinden ûf dem seile.

Wan daz guote liute mir gewâgen,
jâ waer ich gehoenet umbe ir rôtez glas.
sî begunde mich in zorne vrâgen:
»sagt mir, liupper herre, dûhte ich iuch sô blas,
daz ir mir mîn grüffel nâmet unverdienter dinge?
jâne wil ich nimmer iuwern treieros gesingen
noch nâch iu den reien niht enspringen.«

»Vrouwe, zallen dingen hoeret mâze:
zürnet sô, daz iu der zorn iht missezem!
mîne stîge gênt an iuwer strâze:
schaffet, daz man mir ein phant dar umbe iht nem!«
»wâ gesâhet ir ie wîp die man alsô gephenden?
jâ getrûwe ichz sust nâch mînem willen wol volenden.«
nâch dem grüffelîne muose ich senden.

Ich gesach nie jungez wîp sô lôse,
diu ir lîp den mannen kunde baz versagen
unde ir werkes immer iht verbôse.
hei, sold ich daz heu mit ir hin hinder tragen,
als wir hie bevor in unser gämelîche tâten!
vaste wir ez mit den vüezen zuo dem zûne trâten
mangen âbent vruo und sunder spâten.

Si ist an allen dingen wol ze prîsen
noch ist in dem kreize niemen alsô wert.
ir gebende ist niwan glanze rîsen:
wol genaetiu hüetel truoc si dannoch vert.
wirt si mir, ich hân mîn leit mit vröuden überwunden.
ich waen, alle, die der sint, ein bezzer kint niht vunden,
wan daz ir diu vüezel sint zeschrunden.

Ich bin von der guoten ungescheiden
mînes lîbes und der ganzen triuwen mîn.
wol gelinge uns mit ein ander beiden!
sî sol mîn gewaltic zeinem vriedel sîn.
maneger sagt den wîben von dem guote grôzen griule:
kumt si mir ze Riuwental, si vindet dürre miule;
dâ ist rede ein wint, ein slac ein biule.

Übersetzung

Nun ist das Singen der zarten Vöglein verklungen
und der bunte Blumenschimmer völlig dahin.
Wollte eine Frau meine Wünsche endlich erfüllen,
wär mir, wie wenn ich beides immerzu hätte.
Sie hat mir seit frühester Jugend stets ihre Huld versagt.
Doch bitte ich die Geliebte, ihr Wohlwollen mir zu zeigen.
Meines Herzens Königin hab ich im Sinn.

Niemand soll es bei Frauen zu eilig haben.
Das hab ich genau erfahren: die ich anbete, ist mir gram.
Der war ich leider insofern nahegetreten,
als ich ihrer Hand einen gläsernen Griffel entriß
(den hatte man ihr gekauft: beim Krämer lag er feil).
Das wurde mir später zu meinem großen Unglück zum Vorwurf gemacht,
als sie mit Freundinnen auf dem Seil schaukelte.

Hätten mir nicht gute Leute geholfen,
wär ich doch ihres roten Glases wegen geschmäht und gekränkt worden.
Sie begann mich empört zu fragen:
»Sagt mir, lieber Herr, erschien ich euch so gering,
daß ihr mir meinen Griffel unverdientermaßen wegnahmt?
Ich denke nicht dran, euer Tanzlied noch einmal zu singen
und weiter nach eurer Pfeife den Reigen zu tanzen.«

»Herrin, zu allen Dingen gehört das rechte Maß.
Zürnt so, daß euch der Zorn nicht entstellt!
Unsere Wege führen doch zusammen.
Sorgt deshalb dafür, daß man mir mein Pfand darüber nicht abnimmt!«
»Wo habt ihr je Frauen die Männer so pfänden gesehen?
Ja, ich traue mir zu, auch anders ans Ziel meiner Wünsche zu kommen.«
Den kleinen Griffel mußte ich holen lassen.

Ich habe nie ein so keckes Mädchen gesehen,
das sich den Männern besser versagen konnte
und doch stets sich auf gute Arbeit verstand.
Hei, könnte ich wieder das Heu mit ihr nach hinten tragen,
wie wir es früher in unserem Übermut taten!
Kräftig stampften wir es mit den Füßen am Zaun zusammen
in mancher frühen Abendstunde, ohne zu säumen.

Man muß sie in jeder Hinsicht hoch rühmen,
und es gibt keine ihresgleichen im ganzen Umkreis.
Ihr Kopfschmuck besteht nur aus glänzendem Schleier.
Schön bestickte Hütchen trug sie dazu noch voriges Jahr.
Wird sie mein, hab ich mein Leid glücklich überstanden.
Ich glaube, niemand auf der Welt hat ein vollkommeneres Mädchen gefunden,
nur sind ihr die Füßchen aufgesprungen.

Ich bin der Geliebten verbunden
mit meiner Person und meiner ganzen Treue.
Mögen wir beide Glück miteinander haben!
Sie soll über mich als ihren Geliebten verfügen!
Mancher prahlt vor den Frauen ganz schauerlich mit seinem Besitz.
Kommt sie nach Reuental, findet sie nur dürre Maultiere.
Da wird nicht erst geredet, sondern gleich zugeschlagen.

(Helmut Lomnitzer)

KONRAD VON WÜRZBURG

um 1225 – 1287

Swâ tac er- schînen sol zwein liuten,
die ver- borgen inne liebe stunde müezen tragen,
dâ mac ver- swînen wol ein triuten:
nie der morgen minne- diebe kunde büezen clagen.
er lêret ougen weinen trîben;
sinnen wil er wünne selten borgen.
swer mêret tougen reinen wîben
minnen spil, der künne schelten morgen.

[Jedes Wort des Textes ist ein Reimwort innerhalb des ganzen Textes.]

Übersetzung

Wo der Tag zwei Menschen erscheinen wird,
die verborgen die Stunde der Liebe verbringen müssen,
da muß das Umarmen ein Ende haben:
Niemals konnte der Morgen heimlich Liebende vor Klage bewahren.
Er lehrt die Augen, Tränen hervorzubringen;
den Sinnen kann er keine Freude mehr leihen.
Wer mit vortrefflichen Frauen heimlich
das Liebesspiel treibt, der weiß zu Recht den Morgen zu beschimpfen.

Sô wê mir tumber daz mich iemer langer tage verdriuzet,
und mîner jâre frist enwec sô rehte balde schiuzet,
daz ein bach niht fliuzet
sô drâte ûz velse noch ûz hage!
ich wünsche dicke daz diu stunde werde mir gekürzet;
und ist si doch ûf einen gaehen louf alsô geschürzet,
daz darinne erstürzet
geswinde sich mîn lebetage.
jâ clag ich mîn gelt daz ich verzer, und clage niht mîne zît,
die mir nieman wider gît,
swenn ich sie gar verliure.
vertet ich verne guot, ich mag gewinnen anderz hiure,
verswende ich aber mîniu jâr, diu sint mir iemer tiure:
von dekeiner stiure
verlorne zît ich wider bejage.

Übersetzung

Weh mir Toren, daß es mich immer der langen Tage verdrießt,
obwohl die Frist meiner Jahre so schrecklich schnell dahinschießt,
daß ein Bach nicht mit gleicher Eile
aus dem Felsen oder dem Wald fließt!
Ich wünsche oft, daß mir die Stunden kürzer werden,
obwohl sie doch auf einen so jähen Gang eingerichtet sind,
daß in ihnen meine Lebenstage
eilends herabstürzen.
Ich beklage doch tatsächlich mein Geld, das ich verbrauche, und beklage nicht meine Zeit,
die mir niemand zurückgibt,
wenn ich sie gänzlich verliere.
Vertat ich letztes Jahr mein Gut, so kann ich dieses Jahr anderes wieder gewinnen,
verschwende ich aber meine Jahre, die sind mir für immer verloren:
Mit keinem Mittel
erlange ich verlorene Zeit wieder zurück.

(Ulrich Müller/Gerlinde Weiss)

OSWALD VON WOLKENSTEIN

1376/1378–1445

Wach auff, mein hort! es leucht dort her
von orient der liechte tag.
plick durch die praw, vernim den glanz,
wie gar vein plaw des himels kranz
sich mengt durch graw von rechter schanz.
ich fürcht ain kurzlich tagen.

»Ich klag das mort, des ich nicht ger:
man hört die voglin in dem hag
mit hellem schal erklingen schon.
o nachtigal, dein späher don
mir pringet qual, des ich nicht lon.
unweiplich muess ich klagen.«

Mit urlaub vort! deins herzen sper
mich wunt, seit ich nicht pleiben mag.
schidliche not mir trauren pringt,
dein mündlin rot mich senlich zwingt,
der pitter tot mich minder dringt.
darumb muess ich verzagen.

Übersetzung

Wach auf, mein Schatz, dort vom Osten her
leuchtet der helle Tag.
Blick durch deine Wimpern, nimm den Glanz wahr,
wie fein blau des Himmels Rund
sich in das Grau mengt, das uns günstig war.
Ich fürchte, es wird gleich tagen.

»Ich beklage, ach, was ich nicht ersehne:
man hört die Stimmen der Vöglein im Gebüsch
laut und schön erklingen.
O Nachtigall, dein kunstreicher Gesang
bringt mir Leid, für ihn danke ich dir nicht.
Mehr als eine Frau ertragen kann, muß ich klagen.«

Gib mir deinen Segen, ich muß gehen. Wie ein Speer
verwundet mich dein Herz, weil ich nicht bleiben darf.
Der Schmerz des Scheidens macht mich traurig.
Dein rotes Mündlein bedrängt mich mit Sehnen.
Der bittere Tod könnte mich nicht so bedrücken.
Das läßt mich verzagen.

Zergangen ist meins herzen we,
seit das nu fliessen wil der sne
ab Seuser alben und auss Flack,
hort ich den Mosmair sagen.
Erwachet sind der erden tünst,
des meren sich die wasserrünst
von Kastellrut in den Eisack,
das wil mir wol behagen.
Ich hör die voglin gross und klain
in meinem wald umb Hauenstain
die musik prechen in der kel,
durch scharffe nötlin schellen,
auff von dem ut hoch in das la
und hrab zu tal schon auff das fa
durch manig süesse stimm so hel;
des freut euch, guet gesellen!
Was get die red den Plätscher an?
mein singen mag ich nicht gelan,
wem das missvall, der lass mich gan,
und sei mir heur als vert!
Ob mir die vaigen sein gevar,
noch tröst ich mich der frummen zwar,
wie wol das heuer an dem jar
valsch pöse münz hat wert.

Verswunden was meins herzen qual,
do ich die ersten nachtigal
hort lieplich singen nach dem pflueg
dort enhalb in der Matzen.
Da sach ich vier stund zwai und zwai
geweten schon nach ainem rai,
die kunden nach des Mutzen fueg
wol durch die erden kratzen.
Wer sich den winder hat gesmuckt
und von der pösen welt verdruckt,
der freu sich gen der grüenen zeit,
die uns der mai wil pringen.
Ir armen tier, nu raumpt eur hol,
get, suecht eur waid, gehabt euch wol!
perg, au und tal ist rauch und weit,
des mag euch wol gelingen.
[Repeticio ut supra]

[Wiederholung wie oben]

Wolauff, ir frummen, und seit gail!
wer eren pfligt, der wünscht uns hail.
kain schand niemand glosieren mag,
wie scharff man si betrachtet.
Es ist ain alt gesprochen wort,
recht tuen, das sei ain grosser hort,
wann es kumpt alles an den tag;
oft ainer des nicht achtet.
Her Cristan in der obern pfarr
zwar der ist sicher nicht ain narr,
wer in wil teuschen auff dem stück,
der muess gar frue erwachen.
Er peit ain weil und doch nicht lang,
darnach so firmt er aim ain wang,
das im vergen sein valsche tück,
des er nicht mag gelachen.
[Repeticio ut supra]

Übersetzung

Vergangen ist meine Trübsal,
denn nun beginnt der Schnee herabzufließen
von der Seiser Alm und von Flack,
wie mir der Mosmaier gesagt hat.
Erwacht sind die Dämpfe der Erde,
davon schwellen die Rinnsale
von Kastelruth in den Eisack hinunter;
das macht mich sehr vergnügt.
Ich höre alle die großen und kleinen Vögel
in meinem Wald um Hauenstein,
wie sie aus vollen Kehlen die Melodien verzieren
und genau nach Noten singen,
vom c hinauf zum a,
dann wieder schön zum f herunter,
mit vielen süßen, hellen Stimmen.
Freut euch daran, Gesellen!
Was geht die Sache den Plätscher an?
Mein Singen will ich doch nicht lassen.
Wem es nicht gefällt, der lasse mich in Ruhe,
er kann mir auch dieses Jahr gestohlen bleiben.
Wenn die Schlechten mich nicht leiden können,
so hoffe ich doch auf die Anständigen,
wenn auch in diesem Jahre
schlechte, falsche Münzen hoch geschätzt werden.

Dahin war alle Niedergeschlagenheit,
als ich die erste Nachtigall
lieblich hinter dem Pflug her singen hörte
dort drüben in der Matze.
Da sah ich viermal zwei und zwei
hübsch verbunden zu einem Reigen;
die konnten zum kunstreichen Spiel des Mutzenbauern
schön über die Erde schleifen.
Wer sich den Winter über geduckt
und von der schlechten Welt zurückgezogen hat,
der freue sich auf die grüne Zeit,
die der Mai uns bringt.
Ihr armen Tiere, verlaßt eure Höhlen,
geht, sucht eure Weide, seid wohlgemut!
Berg, Au und Tal sind offen und belaubt,
da wird es euch gut gehen.
[Refrain]

Auf, ihr Rechtschaffenen, seid fröhlich!
Wer Ehre kennt, hält es mit uns.
Schändlichkeiten aber kann keiner zurechtputzen,
mag er noch so an ihnen drehen und deuteln.
Man sagt seit eh und je:
recht tun ist ein großer Schatz,
denn alles kommt an den Tag.
Manch einer bedenkt das nicht.
Der Herr Christ von der oberen Pfarrei
ist gewiß kein Narr.
Wer ihn in diesem Handel täuschen will,
der darf nicht schläfrig sein.
Er wartet eine Weile, doch nicht lang,
dann gibt er einem den Firmungsstreich,
daß ihm seine tückischen Ränke vergehn
und er nichts mehr zu lachen hat.
[Refrain]

(Burghart Wachinger)

UNBEKANNTE VERFASSER

In dulci iubilo
nu singet und seit fro:
Unsers herczen wunne
leit in presepio,
leuchtet sur dy sunnen
matris in gremio.
Alpha es et o,
alpha es et o.

O Jhesu parvule,
nach dir ist mir so we.
Trost mir mein gemute,
o puer optime,
Durch alle iunckfraw gute,
o princeps glorie.
Trahe me post te,
trahe me post te!

Ubi sunt gaudia?
nyndert mer den da
Da dy engel singen
nova cantica
und dy schellen klingen
in regis curia.
Eya, wer wir da,
eya, wer wir da!

Übersetzung

In süßem Jubel
singt und seid froh:
Die Freude unseres Herzens
liegt in der Krippe,
sie leuchtet mehr als die Sonne
im Schoß der Mutter.
Anfang und Ende bist Du,
Anfang und Ende bist Du.

O kleiner Jesus,
nach Dir ist mir so weh.
Tröste mir mein Gemüt,
o bester Knabe,
um der Güte dieser Jungfrau willen,
o Fürst der Glorie.
Ziehe mich Dir nach,
ziehe mich Dir nach.

Wo gibt es Freuden?
Nirgendwo mehr als dort,
wo die Engel singen
die neuen Lieder
und die Glocken läuten
am Hof des Königs.
Eya, wären wir dort,
eya, wären wir dort.

Mater et filia
ist iunckfraw Maria.
Wir weren all verloren
per nostra crimina,
Es hat sy uns erworben
celorum gaudia.
Quanta premia,
quanta premia!

[Seit Ende des 14. Jh.s in mehreren Fassungen bekannt.]

Mutter und Tochter
ist die Jungfrau Maria.
Wir wären alle verloren
wegen unserer Verbrechen,
aber sie hat uns erworben
die Freuden der Himmel.
O welcher Lohn,
o welcher Lohn!

Übersetzung

Es kumpt ein schiff geladen
recht uff sin höchstes port,
Es bringt uns den sune des vatters,
daz ewig wore wort.

Uff ainem stillen wage
kumpt uns das schiffelin,
Es bringt uns riche gabe,
die heren künigin.

Maria, du edler rose,
aller saelden ain zwy,
Du schöner zitenlose,
mach uns von sünden fry.

Daz schifflin daz gat stille
und bringt uns richen last,
Der segel ist die minne,
der hailig gaist der mast.

[Mitte des 15. Jh.s]

Es kommt ein Schiff, beladen
bis zum obersten Rand,
es bringt uns den Sohn des Vaters,
das ewige, wahre Wort.

Auf einem stillen Wasser
kommt uns das kleine Schiff,
es bringt uns reiche Gabe,
die edle Königin.

Maria, Du edle Rose,
ein Zweig aller Seligkeit,
Du schöne Zeitlose,
mach uns von Sünden frei.

Das kleine Schiff fährt ruhig
und bringt uns reiche Last,
das Segel ist die Liebe,
der Heilige Geist der Mast.

All mein gedencken, die ich hab, die sind pei dir,
du auserwelter, ainiger trost, pleib stet pei mir.
Du, du, du solt an mich gedencken!
het ich aller wunsch gewalt, –
von dir wolt ich nit wencken.

Du auserwelter, einiger trost, gedenck daran:
leib und gut, das sollt du ganz zu eigen han.
Dein, dein, dein will ich stet beleiben!
du gibst mir frewd und hohen mut
und kannst mir laid vertreiben.

Dein allein und niemants mer – das wiß für war!
tetst du desgleichen in trewen an mir, so wer ich fro.
Du, du, du solt von mir nit setzen!
bist mein trost vor ungemach
und kannst mich laids ergetzen.

Die allerliebst und minniglich, die ist so zart,
ire gleich in allem reich, so findt man hart.
Pei, pei, pei ir ist kain verlangen!
do ich nu von ir schaiden solt,
da het sie mich umbfangen.

Die werde rein, die ward ser wain, do das geschach.
›du pist mein, und ich pin dein!‹ sie traurig sprach.
Wann, wann, wann ich sol von dir weichen:
ich nie erkannt, noch immer mer
erkenn ich dein geleichen.

[Lochamer Liederbuch, 1450/1455]

Übersetzung

Alle meine Gedanken, die ich habe, die sind bei dir,
du auserwählter, einziger Trost, bleib stets bei mir.
Du, du, du sollst an mich denken!
Hätte ich (auch) Macht über alle Wünsche,
so wollte ich von dir nie weichen.

Du auserwählter, einziger Trost, denke daran:
Mein Leben und Gut sollst du ganz zu eigen haben.
Dein, dein, dein will ich stets bleiben,
Du gibst mir Freude und Hochstimmung
und kannst mir das Leid vertreiben.

Dein allein und niemandes sonst – das wisse gewiß!
Wärst du mir ebenso treu, so wäre ich glücklich.
Du, du, du sollst von mir nicht weggehen!
Du bist meine Hilfe im Unglück
und kannst mich im Leid trösten.

Die Allerliebste und Liebreizende, sie ist so schön,
ihresgleichen findet man in keinem anderen Land.
Bei, bei, bei ihr endet die Sehnsucht.
Als ich jetzt von ihr scheiden mußte,
da hat sie mich umarmt.

Die Teure und Edle weinte sehr, als das geschah.
»Du bist mein, und ich bin dein!« sagte sie traurig.
Aber, aber, aber ich muß von dir gehen:
Ich fand nie und ich werde nie jemanden finden,
der dir gleich ist.

Übersetzung

Elselein, liebstes Elselein,
wie gern wer ich bei dir!
so sein zwei tiefe wasser
wol zwischen dir und mir.

Das bringt mir grossen schmerzen,
herzallerliebster gsell.
red ich von ganzem herzen,
habs für gros ungefell.

Hoff, zeit werd es wol enden,
hoff, glück werd kummen drein,
sich in alls guts verwenden,
herzliebstes Elselein.

[Glogauer Liederbuch, um 1480]

Elslein, liebstes Elslein,
wie gerne wäre ich bei dir!
Aber es sind zwei tiefe Wasser
genau zwischen dir und mir.

Das bringt mir großen Kummer,
meine herzallerliebste Freundin.
Ich sage es aus ganzem Herzen,
daß ich es für ein großes Unglück halte.

Ich hoffe, die Zeit wird es beenden,
ich hoffe, das Glück wird herkommen
und alles sich zum Guten wenden,
herzallerliebstes Elslein.

MICHEL BEHEIM
1416/1421–1474/1478

Übersetzung

Dises geticht sagt von dreien rosen,
gab mir mein herr kung Lasslau und sprach,
ich solt im ain geticht da von machen

Nun merkend disen sin!
ich wil euch hie verglosen
ainn sin von dreien rosen,
die sten auff ainem stil,
Dar auss ich singen wil.
die hat ain mait gebrachen,
ain juncfrâ unversprachen,
auff ainer grunen hait.
Prait gieng die selbig mait,
pis sie die rosen vand,
die sy zusamen pand
zu ainem rosenkrancze.
die an der eren tancze
trat allen juncfraun vor.

Dieses Gedicht handelt von drei Rosen: Die
gab mir mein Herr König Ladislaus und sagte,
ich sollte ihm ein Gedicht darüber machen.

Nun vernehmt die Bedeutung!
Ich will auch die Bedeutung
der drei Rosen analysieren,
die zusammen an einem Stiel stehen,
darüber will ich singen.
Diese hat ein Mädchen gebrochen,
eine Jungfrau ganz ohne Zweifel,
auf einer grünen Wiese.
Weit ging diese Jungfrau,
bis sie die Rosen fand,
welche sie zusammenband
zu einem Rosenkranz.
Im Ehrentanz schritt
sie vor allen anderen Jungfrauen.

Nun kumm ich auff die spor.
pei disen rasen dreine
wurt uns die hailig reine
drivaltikait peweist.
Gat vater, sun und gaist
auff ainer gothait stamen,
die drei person zesamen
gestrikt zu ainem pund.
Und nemend furbaz kund!
Maria juncfrau zart
hoc in der eren gart
die rasen auss gejeten.
damit hat sy getreten
var allen juncfrau vein.

Das rosen krenczelein
trug sy gancz unversprochen
wol an ain virczig wochen.
daz ist gates menschait,
Und sie pelaib doch mait
vor der gepurt und nahe.
mit irer frucht vil hache
wart uns vertriben all
Quall von her Adams vall.
hör, gröss mechtiger kink,
daz liedlin ich dir sink.
daz han ich schan getichtet,
die rosen auss gerichtet
deiner gross mechtikait.

Nun komme ich zur Sache.
In diesen drei Rosen
wird uns die Heilig-Edle
Dreifaltigkeit dargelegt:
Gott Vater, Sohn und Heiliger Geist
auf dem Stamm der einen einzigen Gottheit,
alle drei Personen
in Eines verbunden.
Und vernehmt weiter!
Maria, die liebliche Jungfrau,
hat im Garten der Ehre
die Rosen gepflückt,
und damit ist sie vor alle
anderen schönen Jungfrauen getreten.

Den Rosenkranz (der Jungfräulichkeit)
trug sie unzweifelhaft
vierzig Wochen lang:
das ist Gottes Menschwerdung,
und sie blieb dennoch Jungfrau
vor und nach der Geburt.
Durch ihr hohes Kind
wurde von uns die durch
Adams Fall verursachte Qual vertrieben.
Höre, großmächtiger König,
dieses kleine Lied singe ich Dir.
Ich habe es sorgfältig gemacht
und die Rosen ausgedeutet
für Deine Majestät.

HANS FOLZ

um 1440–1513

O Got, wie rein und zart
Ist meister gsang in seiner art.
Wol dem der des ye wirdig wart,
Das er gesanges pflegen sol!
Ir werden singer frut,
Und habt mein grobheit hie fur gut,
Mein hercz nicht anders zu euch mut,
Dan mocht ich euch gefallen wol
Mit mein gesang, doch wil ich mich lon stroffen,
Unnd zwor mich dunckt, ich hab zu lang geschloffen.
Kunstelosens woffen
Fur ich noch in den hendenn mein.

Dor umb, ir schuler auch,
Nempt auff yn gut mich armen gauch,
Wie wol mein kerren nicht endauch,
Ye doch gefelt mir wol die kunst.
Ach das es Got neur wolt
Das ich die czeit gelebenn solt
Das auch mit lernung wurd erfolt
Mein hercz in hiczelicher prunst.
Dor umb wolt ich meins krausen hors enperen
Unnd wolt mir lan ein narren platten scheren.
Der mich die art wolt leren,
Des diner wolt ich ymer sein.

Ye doch ob einer wer
Der sich bedeucht an kunsten schwer,
Der mocht sich an mich seczen her,
Ob mir sein stroff zu lernung docht:
Ich mein den pesten hie,
Hat man im vor geschneuczet nye,
Worer gesungen hot und wie,
Von mir er hie wol losen mocht.
Dor umb wurff ich die wurst wol an den pachen.
Geschweigt er mich der poßheit, muß ich lachen.
Ich hoff es werd sich machen.
Wer an mich wol, des acht ich clein!

Hanß Folcz.

Übersetzung

Ach Gott, wie rein und zart
ist der Meistersang in seiner Beschaffenheit.
Wohl dem, der dessen würdig wurde,
daß er den Sang pflegen darf!
Ihr edlen und klugen Sänger,
wenn ihr meine Kunstlosigkeit hier nicht ablehnt,
weil mein Herz sich nicht anders euch zuwenden kann,
dann könnte ich euch durchaus gefallen
mit meinem Gesang; doch will ich mich tadeln lassen,
wenn ich – wie es mir wahrlich vorkommt – zu lange geschlafen habe.
Die Waffen eines Kunstlosen
führe ich bis jetzt noch in meinen Händen.

Darum, auch ihr Schüler,
nehmt mich armen Dummkopf gnädig auf:
zwar taugt mein Plärren noch nichts,
aber doch gefällt mir die Kunst sehr.
Ach, wenn Gott nur zuließe,
daß ich so lange leben dürfte,
daß sich mein Herz in seiner brennenden Begeisterung
mit Belehrung erfüllen würde.

Gerne wollte ich dafür auf mein krauses Haar verzichten
und mir eine Narrenglatze scheren lassen.
Der mich die wahre Kunst lehren würde,
dessen Diener wollte ich immer sein.

Wenn aber einer da wäre,
der sich in der Kunst gewichtig vorkommt,
der könnte sich zu mir hersetzen,
falls mir sein Tadel zum Lernen taugen würde:
Ich meine den Besten hier:
Wenn man ihm früher nie darauf gehustet hat,
wo und wie er gesungen hat,
so könnte er es gut von mir hier erfahren.
Auf diese Weise würde ich mit der Wurst nach dem Schinken werfen.
Hört er sich meine Bosheit schweigend an, dann muß ich lachen.
Ich hoffe, es wird so geschehen.
Wer gegen mich (auftreten) will, auf den achte ich wenig!

Hans Folz

(Ulrich Müller/Gerlinde Weiss)

ULRICH VON HUTTEN

1488–1523

Ain new lied herr Vlrichs von Hutten.

Ich habs gewagt mit ſinnen
vnd trag des noch kain rew
Mag ich nit dran gewinnen
noch můß man ſpüren trew
Dar mit ich main
nit aim allain
Wen man es wolt erkennen
dem land zů gůt
Wie wol man thůt
ain pfaffen feyndt mich nennē

Wer waiß ob ichs werd rechen
Stat ſchon im lauff
So ſetz ich drauff
Můß gan oder brechen

Dar neben mich zů tröſten
Mit gůtem gwiſſen hab
Das kainer von den böſten
Mir eer mag brechen ab
Noch ſagen das

[Aus einem Einblattdruck von 1521]

Ein neu Lied Herr Ulrichs von Hutten

1

Ich hab's gewagt mit Sinnen
Und trag des noch kein Reu.
Mag ich nit dran gewinnen,
Noch muß man spüren Treu.
Darmit ich mein
Nit eim allein,
Wenn man es wollt erkennen,
Dem Land zugut,
Wiewohl man tut
Ein Pfaffenfeind mich nennen.

2

Da laß ich jeden liegen
Und rede, was er will.
Hätt Wahrheit ich geschwiegen,
Mir wären hulder viel.
Nun hab ich's gsagt.
Bin drum verjagt.
Das klag ich allen Frummen.
Wiewohl noch ich
Nit weiter fleich,
Vielleicht werd wiederkummen.

3

Um Gnad will ich nit bitten,
Dieweil ich bin ohn Schuld.
Ich hätt das Recht gelitten;
So hindert Ungeduld,
Daß man mich nit
Nach altem Sitt
Zu Ghör hat kummen lassen.
Vielleicht will's Gott,
Und zwingt sie Not,
Zu handlen dienermaßen.

4

Nun ist oft diesergleichen
Geschehen auch hievor,
Daß einer von den Reichen
Ein gutes Spiel verlor.
Oft großer Flamm
Von Fünklin kam.
Wer weiß, ob ich's werd rächen!
Staht schon im Lauf!
So setz ich drauf:
Muß gahen oder brechen!

5

Darneben mich zu trösten
Mit gutem Gwissen hab,
Daß keiner von den Bösten
Mir Ehr mag brechen ab
Noch sagen, daß
Uff einig Maß
Ich anders sei gegangen
Dann Ehren nach.
Hab diese Sach
In Gutem angefangen.

6

Will nun ihr selbs nit raten
Dies frumme Nation.
Ihrs Schadens sich ergatten,
Als ich vermahnet han,
So ist mir leid.
Hiemit ich scheid,
Will mengen baß die Karten.
Bin unverzagt,
Ich hab's gewagt
Und will des Ends erwarten.

7

Ob dann mir nach tut denken
Der Kurtisanen List,
Ein Herz laßt sich nit kränken,
Das rechter Meinung ist!
Ich weiß, noch viel
Wölln auch ins Spiel,
Und sollten s' drüber sterben:
Auf, Landsknecht gut
Und Reuters Mut!
Laßt Hutten nit verderben!

[1521]

[*Sinnen:* Bewußtsein, Absicht. – *noch:* dennoch. – *mein:* meine, treffen will. – *eim:* einen. – *liegen:* lügen. – *fleich:* fliehe. – *Ungeduld:* Unduldsamkeit. – *staht:* steht (die Sache). – *uff einig Maß:* ein einziges Mal. – *ihr:* sich. – *ergatten:* erholen. – *baß:* besser. – *nachdenken:* nachstellen. – *Kurtisanen:* Höflinge.]

MARTIN LUTHER

1483–1546

Mitten wyr ym leben sind /
mit dem tod vmbfangen /
Wen suchen wyr der hulffe thu /
das wyr gnad erlangen /
Das bistu Herr alleyne /
vns rewet vnser missethat /
die dich Herr erzurnet hat /
Heyliger Herre Gott /
Heyliger starcker Gott /
Heyliger barmhertziger Heyland /
du ewiger Gott /
las vns nicht versincken /
ynn des bittern todes not /
Kyrieleyson.

Mitten ynn dem tod anficht /
vns der Hellen rachen /
Wer will vns aus solcher not /
frey vnd ledig machen /
Das thustu Herr alleyne /
Es iamert deyn barmhertzikeyt /
vnser klag vnd grosses leyd /
Heyliger Herre Gott /
Heyliger starcker Gott /
Heyliger barmhertziger Heyland /
du ewiger Gott /
las vns nicht verzagen /
fur der tieffen hellen glut /
Kyrieleyson.

Mitten ynn der Hellen angst /
vnser sund vns treyben /
Wo soln wyr denn flihen hyn /
da wyr mugen bleyben.
Zu dyr herr Christ alleyne /
Vergossen ist deyn thewres blut /
das gnug fur die sunde thut /
Heyliger Herre Gott /
Heyliger starcker Gott /
Heyliger barmhertziger Heyland /
du ewiger Gott /
las vns nicht entfallen /
von des rechten glaubens trost /
Kyri.

[1524]

[*Hellen:* Hölle. – *mugen:* können]

Myt frid vnd freud ich far do hyn /
ynn Gotts wille /
Getrost ist myr meyn hertz vnd syn /
sanfft vnd stille /
Wie Gott myr verheyssen hat /
der tod ist meyn schlaff worden.

Das macht Christus wahr Gottes son /
der trew Heyland /
Den du mich Herr hast sehen lon /
vnd macht bekand /
Das er sey das leben /
vnd heyl / ynn nott vnd sterben.

Den hastu allen furgestellt /
mit gros gnaden /
Zu seynem reich die gantzen wellt /
heyssen laden /
Durch deyn thewr heylsams wort /
an allem ort erschollen.

Er ist das hell vnd selig licht /
fur die heyden /
Zur leuchten die dich kennen nicht /
vnd zu weyden /
Er ist deyns volcks Israel /
der preys / ehr / freud vnd wonne.

Aus tiefer Not schrei ich zu dir,
Herr Gott, erhör mein Rufen.
Dein gnädig Ohren kehr zu mir
Und meiner Bitt sie offen.
Denn so du willst das sehen an,
Was Sünd und Unrecht ist getan,
Wer kann, Herr, vor dir bleiben?

Bei dir gilt nichts denn Gnad und Gonst,
Die Sünden zu vergeben.
Es ist doch unser Tun umsonst
Auch in dem besten Leben.
Vor dir niemand sich rühmen kann.
Des muß dich fürchten jedermann
Und deiner Gnaden leben.

Darum auf Gott will hoffen ich,
Auf mein Verdienst nicht bauen.
Auf ihn mein Herz soll lassen sich
Und seiner Güte trauen,
Die mir zusagt sein wertes Wort.
Das ist mein Trost und treuer Hort,
Des will ich allzeit harren.

Und ob es währt bis in die Nacht
Und wieder an den Morgen,
Doch soll mein Herz an Gottes Macht
Verzweifeln nicht noch sorgen.
So tu Israel rechter Art,
Der aus dem Geist erzeuget ward
Und seines Gotts erharre.

Ob bei uns ist der Sünden viel,
Bei Gott ist viel mehr Gnaden.
Sein Hand zu helfen hat kein Ziel,
Wie groß auch sei der Schaden.
Er ist allein der gute Hirt,
Der Israel erlösen wird
Aus seinen Sünden allen.

[Umdichtung des 130. Psalms. – *offen:* öffne. – *Gonst:* Gunst. – *Des muß:* deshalb muß. – *lassen sich:* sich verlassen.]

Nu bitten wir den Heiligen Geist
Um den rechten Glauben allermeist,
Daß er uns behute an unserm Ende,
Wenn wir heimfahrn aus diesem Elende.
Kyrioleis.

Du wertes Licht, gib uns deinen Schein,
Lern uns Jesum Christ kennen allein,
Daß wir an ihm bleiben, dem treuen Heiland,
Der uns bracht hat zum rechten Vaterland.
Kyrioleis.

Du suße Lieb, schenk uns deine Gunst,
Laß uns empfinden der Liebe Brunst,
Daß wir uns von Herzen einander lieben
Und im Friede auf einem Sinn bleiben.
Kyrioleis.

Du hochster Troster in aller Not,
Hilf, daß wir nicht furchten Schand noch Tod,
Daß in uns die Sinnen nicht verzagen,
Wenn der Feind wird das Leben verklagen.
Kyrioleis.

[*verklagen:* uns auf Verlust des Lebens.]

Ein feste Burg ist unser Gott,
Ein gute Wehr und Waffen.
Er hilft uns frei aus aller Not,
Die uns jetzt hat betroffen.
Der alt böse Feind,
Mit Ernst er's jetzt meint.
Groß Macht und viel List
Sein grausam Rüstung ist.
Auf Erd ist nicht seinsgleichen.

Mit unsrer Macht ist nichts getan,
Wir sind gar bald verloren.
Es streit't für uns der rechte Mann,
Den Gott hat selbst erkoren.
Fragst du, wer der ist?
Er heißt Jesus Christ,
Der Herr Zebaoth,
Und ist kein ander Gott.
Das Feld muß er behalten.

Und wenn die Welt voll Teufel wär
Und wollt uns gar verschlingen,
So fürchten wir uns nicht so sehr,
Es soll uns doch gelingen.
Der Fürst dieser Welt,
Wie sau'r er sich stellt,
Tut er uns doch nicht.
Das macht, er ist gericht't.
Ein Wörtlein kann ihn fällen.

Das Wort sie sollen lassen stahn
Und kein' Dank dazu haben.
Er ist bei uns wohl auf dem Plan
Mit seinem Geist und Gaben.
Nehmen sie den Leib,
Gut, Ehr, Kind und Weib,
Laß fahren dahin.
Sie haben's kein Gewinn.
Das Reich muß uns doch bleiben.

[1529]

[*kein' Dank dazu haben:* ob sie wollen oder nicht (lt. A. Götze, Frühneuhdt. Glossar, Berlin 1966).]

NICOLAUS HERMANN

um 1480–1561

Hinunter ist der Sonnen Schein,
Die finstre Nacht bricht stark herein.
Leucht uns, Herr Christ, du wahres Licht,
Laß uns im Finstern tappen nicht.

Dir sei Dank, daß du uns den Tag
Für Schaden, Fahr und mancher Plag
Durch deine Engel hast behüt't
Aus Gnad und väterlicher Güt.

Womit wir han erzürnet dich,
Dasselb verzeih uns gnädiglich
Und rechn' es unser Seel nit zu,
Laß uns schlafen mit Fried und Ruh.

Durch dein' Engel die Wach bestell,
Daß uns der böse Feind nit fäll.
Für Schrecken, G'spenst und Feuers Not
Behüt uns heint, o lieber Gott.

[*heint:* heute nacht, heute]

VOLKSBALLADEN UND VOLKSLIEDER

Tannhäuser

1. Nun wil ichs aber heben an
Von dem Danheűser zu singen
Und was er hat Wunders getan
Mit seiner Fraw Venußinnen.

2. Danheűser was ein Ritter gut,
Wann er wolt Wunder schawen,
Er wolt in Fraw Venus Berg
Zu andern schőnen Frawen.

3. ›Herr Danheűser, ir seid mir lieb,
Daran solt ir mir gedenken:
Ir habt mir einen Aid geschworen,
Ir wőlt von mir nit wenken.‹

4. ›Fraw Venus, das enhab ich nit,
Ich wil das widersprechen,
Wann redt das iemand mer dan ir,
Got helf mirs an im rechen.‹

5. ›Herr Danheűser, wie redt ir nun,
Ir solt bei mir bleiben,
Ich will euch mein Gespilen geben
Zu einem steten Weibe.‹

6. ›Und nem ich nun ein ander Weib,
Ich hab in meinem Sinne,
So műst ich in der Helle Glut
Auch ewiklich verbrinnen.‹

7. ›Ir sagt mir vil von der Helle Glut
Und habt es nie entpfunden:
Gedenkt an meinen roten Mund,
Der lachet zu allen Stunden.‹

8.›Was hilfet mich ewer roter Mund,
Er ist mir gar unmere;
Nun gebt mir Urlaub, Frewlein zart,
Durch aller Frawen Ere.‹

9. ›Herr Danheűser, wőlt ir Urlaub han,
In wil euch keinen geben;
Nun beleibent, edler Danheűser,
Und fristet ewer Leben.‹

10. ›Mein Leben das ist worden krank,
Ich mag nit lenger bleiben,
Nun gebt mir Urlaub, Frewlein zart,
Von ewrem stolzen Leibe.‹

11. ›Herr Danheűser, nit redet also,
Ir tut euch nit wol besinnen,
So geen wir in ein Kemerlein
Und spilen der edlen Minnen.‹

12. ›Gebrauch ich nun ein fremdes Weib,
Ich hab in meinem Sinne:
Fraw Venus, edle Frawe zart,
Ir seit ein Teűfelinne.‹

13. ›Herr Danheűser, was redt ir nun,
Daß ir mich gűnnet schelten;
Nun solt ihr lenger hierinne sein,
Ir műstent sein dick entgelten.‹

14. ›Fraw Venus, und das wil ich nit,
Ich mag nit lenger bleiben;
Maria, Mutter, reine Maid,
Nun hilf mir von den Weiben!‹

15. ›Herr Danheűser, ir solt Urlaub han,
Mein Lob das solt ir preisen,
Wo ir do in dem Land umbfart;
Nembt Urlaub von dem Greisen.‹

16. Do schied er wider aus dem Berg
In Jamer und in Rewen:
›Ich will gen Rom wol in die Stat
Auf eines Babstes Trawen.

17. Nun far ich frőlich auf die Ban,
Got műß sein immer walten,
Zu einem Babst, der heist Urban,
Ob er mich mőcht behalten.

18. Ach Babst, lieber Herre mein,
Ich klag euch meine Sunde,
Die ich mein Tag begangen hab,
Als ich euchs wil verkűnden.

19. Ich bin gewesen auch ein Jar
Bei Venus einer Frawen,
So wőlt ich Beicht und Buß entpfahen,
Ob ich mőcht Got anschawen.‹

20. Der Babst het ein Steblein in der Hand,
Das was sich also dűrre:
›Als wenig es begrűnen mag,
Kumpst du zu Gottes Hulde!‹

21. ›Nun solt ich leben nur ein Jar,
Ein Jar auf diser Erden,
So wőlt ich Beicht und Buß entpfahen
Und Gottes Trost erwerben.‹

22. Da zog er wider aus der Stat
In Jammer und in Leiden:
›Maria, Mutter, reine Maid,
Muß ich nun von dir scheiden?‹

23. Er zog do wider in den Berg
Und ewiklich on Ende:
›Ich wil zu Venus, meiner Frawen zart,
Wo mich Got wil hin senden.‹

24. ›Seid Got wilkumen, Danheűser,
Ich hab ewer lang entporen,
Seid wilkumen, mein lieber Herr,
Zu einem Bulen auserkoren.‹

25. Das weret bis an den dritten Tag,
Der stab hub an zu grůnen,
Der Babst schicket aus in alle Land,
Wo der Danheůser wer hin kumen.

26. Do was er wider in den Berg
Und het sein Lieb erkoren,
Des must der vierte Babst Urban
Auch ewiklich sein verloren.

[Fassung nach einem fliegenden Blatt 1515]

[*enhab:* habe nicht; *enhab ich nit:* doppelte Verneinung als Verstärkung. – *unmere:* unwert, gleichgültig. – *In wil:* ich will nicht. – *krank:* schwach, sündhaft. – *gunnen:* vergönnen, erlauben. – *sein entgelten:* dafür büßen müssen. – *dick:* sehr. – *Trawen:* Glauben, Hoffen, Zutrauen. – *Babst Urban:* Papst Urban IV. 1261–1264.]

Es ist ein Schnee gefallen,
Und es ist doch nit Zeit,
Man wirft mich mit den Ballen,
Der Weg ist mir verschneit.

Mein Haus hat keinen Giebel,
Es ist mir worden alt,
Zerbrochen sind die Riegel,
Mein Stüblein ist mir kalt.

Ach Lieb, laß dich erbarmen,
Daß ich so elend bin,
Und schleuß mich in dein Arme,
So fährt der Winter dahin.

[H: 1467]

Ich hort ein Sichellin rauschen,
Wohl rauschen durch das Korn,
Ich hort ein feine Magd klagen,
Sie hätt' ihr Lieb verlorn.

»La rauschen, Lieb, la rauschen!
Ich acht nit, wie es geh:
Ich hab mir ein Buhlen erworben
In Veiel und grünem Klee.«

»Hast du ein Buhlen erworben
In Veiel und grünem Klee:
So steh ich hie alleine,
Tut meinem Herzen weh!«

[um 1535]

[*Magd:* Mädchen. – *La:* laß. – *Veiel:* Veilchen.]

Drei Laub auf einer Linden
Blühen also wohl, ja wohl;
Sie tät viel tausend Sprünge,
Ihr Herz war freudenvoll,
Ich günns dem Maidlein wohl.

Das Maidlein, das ich meine,
Das ist so hübsch und fein, ja fein;
Wenn ich dasselb anblicke,
Sich freut das Herze mein,
Des eigen will ich sein.

Die Königskinder

Zwischen zweyen burgen
da ist ein tieffer See;
auff der einen burge
da sitzet ein edler Herr.

Auff der andern burge
da wont ein Junckfraw fein;
sie weren gern zusammen,
ach Gott, mőcht es gesein!

Da schreib er jr herůber,
er kůnd wol schwimmen,
und bat sie da herwider,
sie solt jm wol zůnden.

Da schreib sie jm hinwider
ein freundlichen gruß
und bo jm da herwider,
sie wolt es gern thun.

Sie gieng in schneller eyle,
da sie ein Kertzenliecht fandt,
sie steckt es gar wunderbalde
an ein steinen wandt.

»Stell ichs dir zu hoche,
so lðschet mirs der windt;
stell ichs dir zu nider,
so lðschen dirs die Kindt.«

Das merckt ein wunderbðses weib:
»das liecht dunckt mich nit gut;
ich fðrcht, das vnser Tochter
nit wol sey behůt.«

Sie nam es von der wånde
vnd lðschet es zu derselben stundt;
da gieng dem Edlen Ritter
das wasser in den mundt.

»Ach Mutter, liebe Mutter,
erlaub mir an den See
ein wunderkleine weile,
mir thut mein håuptlein wee.«

»Ach Tochter, liebe Tochter,
wilt du nun an den See,
so nimb dein Jůngste schwester
mit dir spacieren an den See!«

»Mutter, liebe Mutter,
mein Schwester ist noch ein kindt;
sie bricht die roten Rðßlein ab,
die auff der heyden sind.«

»Ach Vatter, lieber Vatter,
erlaub mir an den See
ein wunderkleine weile,
mir thut mein håuptlein wee.«

»Ach Tochter, liebe Tochter,
thut dir dein håuptlein wee,
so nimm dein jungsten Bruder
mit dir spacieren an den See!«

»Ach Vatter, lieber Vatter,
mein bruder ist noch ein kindt;
er scheußt die kleinen waldfðgelein,
die auff der heyden sind.«

Die Junckfraw war behende,
sie thet ein abentgang,
sie lieff gar wunderbalde,
da sie ein Fischer fandt.

»Ach Fischer, lieber Fischer,
vnnd schlag dein hacken zu grundt!
Es ertranck sich nåchten spate
ein Ritter hůbsch vnd jung.«

Der Fischer was behende,
er thet, was man jn hieß;
er schlug den edlen Ritter
den hacken in seine fůß.

Er nam jn bey der mitten,
er leyt jrn in die schoß;
mit heissen tråhenen
sie den Ritter vbergoß.

Was zog sie ab der hende?
Von Gold ein fingerlein:
»seh hin, Fischergeselle,
das sol dein eigen sein.«

»Nun gesegen dich, Vatter vnnd Mutter,
ich spring auch in den See;
es sol vmb meinetwillen
ertrincken kein Ritter mee!«

[Fassung nach einem fliegenden Blatt nach 1563]

[*gesein:* Wirklichkeit sein. – *ein wunderkleine weile:* für ganz kurze Zeit. – *behende:* klug. – *gar wunderbalde, da:* eilends dorthin, wo. – *nåchten spate:* gestern spätabends. – *leyt jrn:* legte ihr ihn. – *fingerlein:* Ring.]

Innsbruck, ich muß dich lassen,
Ich fahr dahin mein Straßen,
In fremde Land dahin.
Mein Freud ist mir genommen,
Die ich nit weiß bekommen,
Wo ich im Elend bin.

Groß Leid muß ich ertragen,
Das ich allein tu klagen
Dem liebsten Buhlen mein.
Ach Lieb, nun laß mich Armen
Im Herzen dein erwarmen,
Daß ich muß dannen sein!

Mein Trost ob allen Weiben,
Dein tu ich ewig bleiben,
Stet, treu, der Ehren frumm.
Nun muß dich Gott bewahren,
In aller Tugend sparen,
Bis daß ich wiederkumm.

[1539]

[*Elend:* Fremde. – *der Ehren frumm:* ehrenhaft. – *muß:* möge. – *sparen:* erhalten.]

Dort nieden in jenem Holze
Leit sich ein Mühlen stolz,
Sie mahlet uns alle Morgen
Das Silber und rote Gold.

Dort nieden in jenem Grunde
Schwemmt sich ein Hirschlein fein;
Was führt es in seinem Munde?
Von Gold ein Ringelein.

Hätt ich des Goldes ein Stücke
Zu einem Ringelein,
Meinem Buhlen wollt ich's schicken
Zu einem Goldfingerlein.

Was schickt sie mir denn wieder?
Von Perlen ein Kränzelein:
»Sieh da, du feiner Ritter,
Darbei gedenk du mein!«

[1582]

[*leit:* liegt.]

Es ist ein Schnitter, der heißt Tod,
Hat G'walt vom großen Gott;
Heut wetzt er das Messer,
Es geht schon viel besser,
Bald wird er drein schneiden,
Wir müssen's nur leiden.
Hüt dich, schöns Blümelein!

Was heut noch grün und frisch da steht,
Wird morgen weggemäht.
Die edel Narzissel,
Die englische Schlüssel,
Die schön Hyazinthen,
Die türkischen Winden:
Hüt dich, schöns Blümelein!

Viel hunderttausend ungezählt,
Was nur unter die Sichel fällt:
Rot Rosen, weiß Lilien,
Beid' wird er austilgen,
Und ihr Kaiserkronen,
Man wird euch nicht verschonen:
Hüt dich, schöns Blümelein!

Das himmlische Ehrenpreis,
Die Tulpen gelb und weiß,
Die silbernen Glocken,
Die goldenen Flocken,
Senkt alles zur Erden,
Was wird daraus werden?
Hüt dich, schöns Blümelein!

Ihr hübsch Lavendel und Rosmarine,
Ihr vielfarbige Röselein,
Ihr stolze Schwertlilien,
Ihr krause Basilien,
Ihr zarte Violen,
Man wird euch bald holen:
Hüt dich, schöns Blümelein!

Trutz, Tod! Komm her, ich fürcht dich nit!
Trutz, eil daher in einem Schnitt!
Wann Sichel mich letzet,
So werd ich versetzet
In den himmlischen Garten,
Darauf will ich warten.
Freu dich, schöns Blümelein!

[D: Fliegendes Blatt 1638]

[*letzet:* verletzt.]

HANS SACHS

1494–1576

Der 11. Psalm Davids

Hoch zu singen

1.

Ich trau auf Gott, den Herren mein,
Was sprecht ihr zu meinr Seele,
Soll fliegen wie ein Vogelein
Auf eure Berge schnelle?
  Wann schau! die Gottlosen allsant
Haben ihr Bogen aufgespannt,
Legen ihr Pfeil auf d' Sehnen,

2.

Zu schießen im Dunklen darmit
Die Aufrichtung von Herzen,
Den Grund haben s' verschonet nit,
Umgerissen mit Schmerzen.
  Was soll der Gerecht darzu ton?
Der Herr ist in seim Tempel fron,
Sein Stuehl ist in dem Himmel.

3.

Seine Augen, die sehen drauf,
Und seine Augenlide
Prüfen der Menschenkinder Lauf;
Auch merkt mit Unterschiede
  Den Grechten der Gott und Herr,
Sein Seel haßt den Gottlosen sehr
Und der da Frevel liebet.

4.

Uber die Gottlosen wird er
Strick, Feuer, Regen tone,
Und Wind, des Ungewitters mehr,
Einschenkt er ihn' zu Lohne.
  Der Herr hat lieb Gerechtigkeit,
Darum, daß ihr Angsicht allzeit
Hie schaut auf das Gerechte.

Anno salutis 1526

[*fron:* heilig. – *tone:* tun. – *Anno salutis:* im Jahre des Heils.]

Der Baldanderst

In dem Rosenton Hans Sachsen

1

  Im Traum sah ich ein Wünderbilde,
Das daucht mich erschrocklich und wilde;
Wann es verwandelt sein Gestalt:
Itz war es jüng, bald würd es alt,
Itz war es schön, bald würd es scheußlich,
Itz holdselig, bald würd es gräuslich.
  Itz sah es zornig, darnach güetig;
Itz ward es ernsthaft, bald sänftmüetig,
Itz lacht's, zuhand es Zäher goß,
Itz ward es klein, bald ward es groß,
Itz war es glatt, bald ward es bartet:
All Augenblick sich anderst artet.
  Ich faßt' ein Herz und das beschwüer,
Zuhand das Bild antworten wüer:
»Wiß von mir, ich bin der Baldanderst.«
Ich sprach: »Sag mir, wo du umbanderst.«
Er sprach: »Ich geh durch alle Stänḍ,
Geistlich und weltlich Regiment:
In allen Provinzen und Ländern
Tu ich alle Ding bald verändern.

2

Den Fried veränder ich in Streite,
Fruchtbare Jahr in teure Zeite,
Stoß die Gwalting von Leut und Land,
Die Ehrlichen in Spott und Schand,
Die Glueckseling in Ungelüecke,
Die Sänftmuting in Zornes Tüecke,
Die Küehnen in Fluecht und Verzagüng,
Die Milden in karge Versagüng,
Die Reichen in Armüet, Hartsel,
Die Rüehsamen in unnüetz Quäl,
Die Gwinnhaften in bärling Schaden,
Die Angnehmen in Ungenaden.
Die Herzlieben kehr ich in Neid,
Die Fröhlichen in Herzenleid;
Die Kurzweiling mach ich verdrossen,
Die Freien in Gfängnüs verschlossen.
Die Jungen verkehr ich in Alt,
Die Schönen in ganz Ungestalt,
Die Gsünden in Krankheit und Note,
Die Lebendigen in den Tode.

3

Also bin ich der Welt Durchreiser,
Verschon weder Künig noch Kaiser,
Ich mach bald anderst alle Ding:
Was je menschliches Herz anfing,
Das tu ich alsbald anderst machen.«
Indem da tät ich auferwachen
Und gedacht mir: Es ist je wahre,
Auf Erd all Ding gar wandelbare!
Wer nür auf sich hat selber acht,
Wie oft sich nür in Tag und Nacht
Verkehr sein Sinn, Gemüet und Herze
Von Freuden, Wünn in Angst und Schmerze.
Unbständig sind all Ding geleich.
Was der Mensch hat auf Erdereich,
Als Reichtüm, Gwalt, Günst, Künst und Ehre,
Glueck, Gsündheit, Stärk und dergleich mehre,
Nemmt ab und zu all Augenblick.
Darüm, o Mensch, darein dich schick.
Tu auf das Zeitlich nit vertrauen,
Sünder nür auf das Ewig schauen!

Anno salutis 1550, am 19. Tag Mai

[*Zäher:* Zähren, Tränen. – *bartet:* bärtig. – *umbanderst:* herumwanderst. – *Hartsel:* Härte, Mühsal. – *bärling:* offenkundigen.]

Ein schons Buhllied einer ehrlichen Frauen mit eim Namen in den Anfängen

1

Mir liebt in grünem Maien
Die fröhlich Summerzeit,
In der sich tut erfreien
Mit ganzer Stetigkeit
Die Allerliebst auf Erden,
Die mir im Herzen leit.

2

Ach Mai, du edler Maien,
Der du den grünen Wald
Gar herrlich tust erfreien
Mit Blümlein mannigfalt,
Darinnen tüt spazieren
Mein Feinslieb wohlgestalt.

3

Gott, du wöllest mir geben
In diesem Maien grün
Ein frohlich, gsundes Leben,
Darzu die Zart und Schün,
Die du mir hast erkoren,
Die mir ihr Lieb vergünn.

4

Darum du grüner Maien,
Wann ich an die gedenk,
Die mein Herz tut erfreien,
Der ich viel Seufzen senk,
Dieweil ich leb auf Erden,
Mein Herz nit von ihr wänk.

5

Ach, halt an Treu und Ehren,
Mein allerhochster Schatz,
Und laß dich nit abkehren
Des schnöden Klaffers Schwatz,
Gib ihren falschen Zungen
In deim Herzen kein Platz.

6

Lieb, ach wollt Gott, mein Herze
Künnst sehen in dem Grund,
Wie das in Liebesschmerze
Von dir ist worden wund!
Tu das mit eim Wort trosten!
So wird mein Herz gesund.

7

Ewig wollt ich mich freuen,
Wenn ich dein eigen wär,
Und dir dienen in Treuen.
Derhalb furcht kein Gefähr!
Nichs ich, denn Ehr und Glücke,
Von Gott und dir begehr.

8

Nach Silber und nach Golde
Tu ich nit sehnen mich,
Als der, die ich herzholde
Hab, zu der mich versich
Aller Lieb, Treu und Ehre,
Weil ich leb auf Erdrich.

9

Ach, tu von mir nit kehren
In Liebesanefang!
Hoffnung tut mich ernähren
Forthin mein Lebenlang.
Viel tausend guter Nachte
Wünsch ich dir mit Gesang.

Anno salutis 1568, am 14. Tag Aprilis

[*leit:* liegt. – *Weil:* solange.]

JAKOB REGNART

um 1540–1599

Venus, du und dein Kind

Venus, du und dein Kind,
Seid alle beide blind
Und pflegt auch zu verblenden,
Wer sich zu euch tut wenden,
Wie ich wohl hab erfahren
In meinen jungen Jahren.

Amor, du Kindlein bloß,
Wem dein vergiftes Gschoß,
Das Herz einmal berühret,
Der wird alsbald verführet,
Wie ich wohl hab erfahren
In meinen jungen Jahren.

Für nur ein Freud allein
Gibst du viel tausend Pein,
Für nur ein freundlichs Scherzen
Gibst du viel tausend Schmerzen,
Wie ich wohl hab erfahren
In meinen jungen Jahren.

Drum rat ich jedermann,
Von Lieb bald abzustahn,
Dann nichts ist zu erjagen
In Lieb dann Weh und Klagen,
Das hab ich als erfahren
In meinen jungen Jahren.

[1576]

PHILIPP NICOLAI

1556–1608

Ein geistlich Braut-Lied

von der Stimm zu Mitternacht und von den klugen Jungfrauen, die ihrem himmlischen Bräutigam begegnen, Matth. 25.

Wachet auf, ruft uns die Stimme
Der Wächter sehr hoch auf der Zinnen,
Wach auf, du Stadt Jerusalem!
Mitternacht heißt diese Stunde,
Sie rufen uns mit hellem Munde,
Wo seid ihr klugen Jungfrauen?
Wohlauf, der Bräutigam kommt,
Steht auf, die Lampen nimmt,
Halleluja!
Macht euch bereit zu der Hochzeit!
Ihr müsset ihm entgegengehn.

Zion hört die Wächter singen,
Das Herz tut ihr von Freuden springen,
Sie wachet und steht eilend auf:
Ihr Freund kommt vom Himmel prächtig,
Von Gnaden stark, von Wahrheit mächtig,
Ihr Licht wird hell, ihr Stern geht auf.
Nun komm, du werte Kron,
Herr Jesu, Gottes Sohn,
Hosianna!
Wir folgen all zum Freudensaal
Und halten mit das Abendmahl.

Gloria sei dir gesungen
Mit Menschen- und englischen Zungen,
Mit Harfen und mit Zimbeln schon!
Von zwölf Perlen sind die Pforten
An deiner Stadt, wir sind Konsorten
Der Engeln hoch um deinen Thron.
Kein Aug hat je gespürt,
Kein Ohr hat mehr gehört
Solche Freude.
Des sind wir froh, io, io!
Ewig in dulci jubilo.

[1599]

[*englischen Zungen:* Engelszungen. – *in dulci jubilo:* in süßem Jubel.]

JOHANN HERMANN SCHEIN

1586–1630

Mein Schifflein lief im wilden Meer,
Geschlagen von Sturmwinden;
Das Segel war zurissen sehr,
Kein Ruder konnt ich finden;
Kein Schiffmann da vorhanden war,
Auf allen Seiten war Gefahr,
Kein Sternlein ließ sich blicken.
Wie bet't, wie gab ich gute Wort,
Bis endlich durch gewünschten Port
Mich Amor tät erquicken.
Drum ich dem Göttlein blind zu Dank
Mein Herz vovier mein Lebelang.

[1624]

[*vovier:* gelobe, weihe.]

O Sternen Äugelein!
O Seiden Härelein!
O Rosen Wängelein!
Korallen Lippelein!
O Perlen Zähnelein!
O Honig Züngelein!
O Perlemutter Öhrelein!
O Elfenbeinen Hälselein!
O Pomeranzen Brüstelein!
Bisher an euch ist alles fein:
Abr o du steinern Herzelein!
Wie daß du tötst das Leben mein?

O grüne Wälderlein!
O Myrten Sträuchelein!
O kühle Brünnelein!
Kristallen Bächelein!
O grüne Wieselein!
O schöne Blümelein!
O Felsen, Kluft, o Berg und Tal,
O Echo, treuer Widerschall!
O Pan, o Schäfr und Schäferin!
Seht doch, wie ich so elend bin!
Der grimmig Tod mich greifet an,
Ach helfet, wer da helfen kann!

O wahre Lieb und Treu!
O falsche Heuchelei!
O Hoffnung, Sicherheit!
O Furcht, Schwermütigkeit!
O süße Lust und Freud!
O Angst und Herzeleid!
O Musik, edler Freuden Schall!
O Seufzen, Heulen, Herzensknall!
O Leben lieb, o bitter Tod!
Ach wechselt um, es ist die Not!
Wie könnet ihr doch alle sehn
Ein liebend Herz zu Trümmern gehn?

[1628]

GEORG RODOLF WECKHERLIN

1584–1653

Die Lieb ist Leben und Tod

Das Leben, so ich führ, ist wie der wahre Tod,
Ja über den Tod selbst ist mein trostloses Leben:
Es endet ja der Tod des Menschen Pein und Leben,
Mein Leben aber kann nicht enden dieser Tod.

Bald kann ein Anblick mich verletzen auf den Tod,
Ein andrer Anblick bald kann mich wiedrumb beleben,
Daß ich von Blicken muß dann sterben und dann leben,
Und bin in einer Stund bald lebendig, bald tot.

Ach, Lieb! verleih mir doch nunmehr ein anders Leben,
Wann ich ja leben soll, oder den andern Tod,
Denn weder diesen Tod lieb ich noch dieses Leben.

Verzeih mir, Lieb, ich bin dein lebendig und tot,
Und ist der Tod mit dir ein köstlich-süßes Leben,
Und Leben von dir fern ist ein ganz bittrer Tod.

An das Teutschland

Zerbrich das schwere Joch, darunder du gebunden,
O Teutschland, wach doch auf, faß wieder einen Mut,
Gebrauch dein altes Herz und widersteh der Wut,
Die dich und die Freiheit durch dich selbst überwunden.

Straf nun die Tyrannei, die dich schier gar geschunden,
Und lösch doch endlich aus die (dich verzehrend) Glut,
Nicht mit dein eignem Schweiß, sondern dem bösen Blut,
Fließend aus deiner Feind und falschen Brüdern Wunden.

Verlassend dich auf Gott, folg denen Fürsten nach,
Die sein gerechte Hand will, so du wilt, bewahren
Zu der Getreuen Trost, zu der Treulosen Rach:

So laß nun alle Furcht und nicht die Zeit hinfahren,
Und Gott wird aller Welt, daß nichts dann Schand und Schmach
Des Feinds Meineid und Stolz gezeuget, offenbaren.

[1641]

JOSUA STEGMANN

1588–1632

Ach bleib mit deiner Gnade
Bei uns, Herr Jesu Christ,
Daß uns hinfort nicht schade
Des bösen Feindes List.

Ach bleib mit deinem Worte
Bei uns, Erlöser wert,
Daß uns beid, hie und dorte,
Sei Güt und Heil beschert.

Ach bleib mit deinem Glanze
Bei uns, du wahres Licht;
Dein Wahrheit uns umschanze,
Daß wir abfallen nicht.

Ach bleib mit deinem Segen
Bei uns, du reicher Herr;
Dein Gnad und all's Vermögen
In uns reichlich vermehr.

Ach bleib mit deinem Schutze
Bei uns, du starker Held,
Daß uns der Feind nicht trutze
Und fälle die böse Welt.

Ach bleib mit deiner Treue
Bei uns, mein Herr und Gott,
Beständigkeit verleihe,
Hilf uns aus aller Not. Amen.

[1627]

FRIEDRICH SPEE VON LANGENFELD

1591–1635

Ein kurzer poetisch Christgesang vom Ochs und Eselein bei der Krippen

Der Wind auf leeren Straßen
Streckt aus die Flügel sein,
Streicht hin gar scharf ohn Maßen
Zur Bethlems Krippen ein;
Er brummlet hin und wider,
Der fliegend Winterbot,
Greift an die Gleich und Glieder
Dem frisch vermenschten Gott.

Ach, ach, laß ab von Brausen,
Laß ab, du schnöder Wind,
Laß ab von kaltem Sausen
Und schon dem schönen Kind!
Vielmehr du deine Schwingen
Zerschlag im wilden Meer,
Allda dich satt magst ringen,
Kehr nur nit wieder her!

Mit dir nun muß ich kosen,
Mit dir, o Joseph mein,
Das Futter misch mit Rosen
Dem Ochs und Eselein,
Mach deinen frommen Tieren
So lieblichs Mischgemüs,
Bald, bald, ohn Zeitverlieren
Mach ihn' den Atem süß!

Drauf blaset her, ihr beiden,
Mit süßem Rosenwind,
Ochs, Esel, wohl bescheiden,
Und warmet 's nacket Kind.
Ach, blaset her und hauchet,
Ahà, ahà, ahà.
Fort, fort, euch weidlich brauchet,
Ahà, ahà, ahà.

[1634]

[*Gleich:* Gelenk. – *bescheiden:* erprobt, erfahren.]

Traurgesang von der Not Christi am Ölberg in dem Garten

Bei stiller Nacht
Zur ersten Wacht
Ein Stimm sich gund zu klagen.
Ich nahm in acht,
Was die dann sagt,
Tat hin mit Augen schlagen.

Ein junges Blut,
Von Sitten gut,
Alleinig, ohn Gefährten,
In großer Not,
Fast halber tot
Im Garten lag auf Erden.

Es war der liebe Gottessohn,
Sein Haupt er hatt in Armen,
Viel weiß und bleicher als der Mon,
Ein Stein es mögt erbarmen.

Ach Vater, liebster Vater mein,
Und muß den Kelch ich trinken?
Und mags dann ja nit anders sein,
Mein Seel nit laß versinken.

Ach liebes Kind,
Trink aus geschwind;
Dir's laß in Treuen sagen:
Sei wohl gesinnt,
Bald uberwind,
Den Handel mußt du wagen.

Ach Vater mein,
Und kanns nit sein
Und muß ichs je dann wagen,
Will trinken rein
Den Kelch allein,
Kann Dir's ja nit versagen.

Doch Sinn und Mut
Erschrecken tut,
Soll ich mein Leben lassen?
O bitter Tod!
Mein Angst und Not
Ist uber alle Maßen.

Maria zart,
Jungfräulich Art,
Sollt Du mein Schmerzen wissen,
Mein Leiden hart,
Zu dieser Fahrt,
Dein Herz wär schon gerissen.

Ach Mutter mein,
Bin ja kein Stein,
Das Herz mir dörft zerspringen;
Sehr große Pein
Muß nehmen ein,
Mit Tod und Marter ringen.

Ade, ade zu guter Nacht,
Maria Mutter milde.
Ist niemand, der dann mit mir wacht
In dieser Wüsten wilde?

Ein Kreuz mir vor den Augen schwebt,
O weh der Pein und Schmerzen!
Dran soll ich morgen wer'n erhebt,
Das greifet mir zum Herzen.

Viel Ruten, Geißel, Skorpion
In meinen Ohren sausen;
Auch kommt mir vor ein dörnen Kron,
O Gott, wen wollt nit grausen!

Zu Gott ich hab gerufen zwar
Aus tiefen Todesbanden;
Dennoch ich bleib verlassen gar,
Ist Hilf noch Trost vorhanden.

Der schöne Mon
Will undergohn,
Für Leid nit mehr mag scheinen.
Die Sternen lan
Ihr Glitzen stahn,
Mit mir sie wollen weinen.

Kein Vogelsang
Noch Freudenklang
Man höret in den Luften.
Die wilden Tier
Auch trauren mit mir
In Steinen und in Kluften.

[*sich gund:* begann. – *dann:* denn. – *Mon:* Mond. – *Für:* vor. – *lan:* lassen]

MARTIN OPITZ

1597–1639

Ich empfinde fast ein Grauen,
Daß ich, Plato, für und für
Bin gesessen über dir;
Es ist Zeit, hinauszuschauen
Und sich bei den frischen Quellen
In dem Grünen zu ergehn,
Wo die schönen Blumen stehn
Und die Fischer Netze stellen.

Worzu dienet das Studieren
Als zu lauter Ungemach?
Unterdessen lauft die Bach
Unsers Lebens, das wir führen,
Ehe wir es inne werden,
Auf ihr letztes Ende hin.
Dann kömmt ohne Geist und Sinn
Dieses alles in die Erden.

Holla, Junger, geh und frage,
Wo der beste Trunk mag sein,
Nimm den Krug und fülle Wein!
Alles Trauren, Leid und Klage,
Wie wir Menschen täglich haben,
Eh uns Klotho fortgerafft,
Will ich in den süßen Saft,
Den die Traube gibt, vergraben.

Kaufe gleichfalls auch Melonen
Und vergiß des Zuckers nicht;
Schaue nur, daß nichts gebricht!
Jener mag der Heller schonen,
Der bei seinem Gold und Schätzen
Tolle sich zu kränken pflegt
Und nicht satt zu Bette legt:
Ich will, weil ich kann, mich letzen.

Bitte meine gute Brüder
Auf die Musik und ein Glas:
Kein Ding schickt sich, dünkt mich, baß
Als ein Trunk und gute Lieder.
Laß ich schon nicht viel zu erben,
Ei, so hab ich edlen Wein,
Will mit andern lustig sein,
Wann ich gleich allein muß sterben.

[1624]

[*gebricht:* fehlt, mangelt. – *weil:* während, solange. – *letzen:* erquicken. – *baß:* besser.]

Jetzund kömmt die Nacht herbei,
Vieh und Menschen werden frei,
Die gewünschte Ruh geht an,
Meine Sorge kömmt heran.

Schöne glänzt der Mondenschein
Und die gülden Sternelein;
Froh ist alles weit und breit,
Ich nur bin in Traurigkeit.

Zweene mangeln uberall
An der schönen Sternen Zahl;
Diese Sternen, die ich mein',
Ist der Liebsten Augenschein.

Nach dem Monden frag ich nicht,
Tunkel ist der Sternen Licht,
Weil sich von mir weggewend't
Asteris, mein Firmament.

Wann sich aber neigt zu mir
Dieser meiner Sonnen Zier,
Acht ich es das Beste sein,
Daß kein Stern noch Monde schein.

Lied, im Ton: Ma belle je vous prie

Ach Liebste, laß uns eilen, Wir haben Zeit:
Es schadet das Verweilen Uns beiderseit.
Der schönen Schönheit Gaben Fliehn Fuß für Fuß,
Daß alles, was wir haben, Verschwinden muß.
Der Wangen Zier verbleichet, Das Haar wird greis,
Der Äuglein Feuer weichet, Die Flamm wird Eis.
Das Mündlein von Korallen Wird ungestalt.
Die Händ als Schnee verfallen, Und du wirst alt.
Drumb laß uns jetzt genießen Der Jugend Frucht,
Eh dann wir folgen müssen Der Jahre Flucht.
Wo du dich selber liebest, So liebe mich,
Gib mir, daß, wann du gibest, Verlier auch ich.

[*Ma belle . . .:* Meine Schöne, ich bitte dich. – *Wir haben Zeit:* geeigneten Zeitpunkt, Augenblick, Gelegenheit.]

Vom Wolfesbrunnen bei Heidelberg

Du edler Brunnen du, mit Ruh und Lust umgeben,
Mit Bergen hier und da als einer Burg umringt,
Prinz aller schönen Quell', aus welchen Wasser dringt
Anmutiger dann Milch und köstlicher dann Reben,

Da unsers Landes Kron und Haupt mit seinem Leben,
Der werten Nymph, oft selbst die lange Zeit verbringt,
Da das Geflügel ihr zu Ehren lieblich singt,
Da nur Ergetzlichkeit und keusche Wollust schweben:

Vergeblich bist du nicht in dieses grüne Tal
Beschlossen von Gebirg und Klippen überall;
Die künstliche Natur hat darum dich umfangen

Mit Felsen und Gebüsch, auf daß man wissen soll,
Daß alle Fröhlichkeit sei Müh und Arbeit voll
Und daß auch nichts so schön, es sei schwer zu erlangen.

[*Künstliche Natur:* die Künstlerin Natur.]

Ich gleiche nicht mit dir des weißen Mondens Licht:
Der Monde fällt und steigt, du bleibst in einem Scheine;
Ja nicht die Sonne selbst: die Sonn ist ganz gemeine,
Gemein auch ist ihr Glanz; du bist gemeine nicht.

Du zwingst durch Zucht den Neid, wie sehr er auf dich sticht.
Ich mag kein Heuchler sein, der bei mir selbst verneine
Das, was ich jetzt gesagt: Es gleichet sich dir keine,
Du bist dir ähnlich selbst; ein ander Bild gebricht,

Das dir dich zeigen kann; du bist dein eigen Glücke,
Dein eigenes Gestirn, der Schönheit Meisterstücke.
Du hättest sollen sein, wie noch die Tugend war

Geehret als ein Gott, in der Welt der ersten Jugend,
So wäre wohl gewiß gewesen deine Tugend
Die Kirch und Opferung, der Weihrauch und Altar.

[1625]

[*gleiche:* setze gleich. – *gemeine:* allgemein.]

An die Bienen

Ihr Honigvögelein, die ihr von den Violen
Und Rosen abgemeit den wundersüßen Saft,
Die ihr dem grünen Klee entzogen seine Kraft,
Die ihr das schöne Feld so oft und viel bestohlen,

Ihr Feldeinwohnerin', was wollet ihr doch holen
Das, so euch noch zur Zeit hat wenig Nutz geschafft,
Weil ihr mit Dienstbarkeit des Menschen seid behaft'
Und ihnen mehrenteils das Honig müsset zollen?

Kommt, kommt zu meinem Lieb auf ihren Rosenmund,
Der mir mein krankes Herz hat inniglich verwundt,
Da sollt ihr Himmelspeis auch überflüssig brechen:

Wann aber jemand sie will setzen in Gefahr
Und ihr ein Leid antun, dem sollt du starke Schar
Für Honig Galle sein und ihn zu Tode stechen.

HEINRICH ALBERT

1604–1651

[Ein Kürbis spricht]

Mit der Zeit ich kommen bin,
Fall auch mit der Zeit dahin.

Mensch, hierinnen sind wir gleich,
Du magst schön sein, jung und reich:
Unsre Pracht kann nicht bestehn,
Beide müssen wir vergehn.

Nun ich jung noch bin und grüne,
O so hält man mich im Wert!
Bin ich welk und nicht mehr diene,
Wer ist dann, der mein begehrt?

Mensch, ich kann es leichtlich gläuben,
Daß du wünschst, ich möchte bleiben;
Nicht dein Will, auch meiner nicht,
Gottes Wille nur geschicht.

Wenn der rauhe Herbst nun kömmt,
Fall ich ab und muß verderben.
Wenn dein Ziel dir ist bestimmt,
Armer Mensch, so mußt du sterben.

Sieh mich an
Und denke dran:
Ich muß fort
Von diesem Ort!
Mit dir hält auch
Gott solchen Brauch.

Dem Herbst verlangt nach mir,
Mich zu verderben,
Dem Tod, o Mensch, nach dir,
Auch du mußt sterben.

Wer wird nach kurzen Tagen
Mich beklagen,
Wenn ich verwelkt nun bin?
Auch dir wird's widerfahren
Nach wenig Jahren,
Wenn dich der Tod nimmt hin.

Die Zeit und wir vergehn!
Was wir hie sehen stehn
In diesem grünen Garten,
Verwelkt in kurzer Zeit,
Weil schon des Herbstes Neid
Scheint drauf zu warten.

Ich und meine Blätter wissen,
Daß wir dann erst fallen müssen,
Wenn der rauhe Herbst nun kömmt.
Aber du, Mensch, weißt ja nicht,
Ob's nicht heute noch geschicht,
Daß dir Gott das Leben nimmt.

Ob ich gleich muß bald von hier,
Kriegst du dennoch Frucht von mir;
Wenn man dich, Mensch, wird begraben,
Was wirst du für Früchte haben?

O, ich habe schon vernommen,
Daß mein Feind, der Herbst wird kommen,
Dessen Raub ich werden soll.
Lieber Mensch, gehab dich wohl!

Probitas Nymphae pulcherrima forma

Euer Pracht und stolzes Prangen,
Ihr Jungfrauen, so ihr führt
In den rosenroten Wangen,
In dem Haar, mit Gold geziert,
Würdigt keines Lobes nicht,
Wo euch Frömmigkeit gebricht.

Hat euch gleich das Glück erhaben
Und viel Geld und Gut beschert,
Daß ein jeder gleich im Traben
Nach euch rennt und euch begehrt:
Wo die Frömmigkeit gebricht,
Acht ich aller Schätze nicht.

Eure höfliche Gebärden,
Eurer schönen Rede Kunst,
Die zwar hoch gepriesen werden,
Sind ein eitler Dampf und Dunst
Und bestehen gänzlich nicht,
Wo euch Frömmigkeit gebricht.

Wärt ihr auch Geschlechtes wegen
Noch so sehr berühmt allhier,
Würd euch doch sein überlegen
Eines frommen Mädchens Zier:
Hoher Stand beliebt mir nicht,
Wo die Frömmigkeit gebricht.

Fromm sein ist die edle Gabe,
Tugend, Zucht und Ehrbarkeit,
Die ich mir erwählet habe.
Wenn der Himmel mir verleiht,
Daß mir solche werden soll,
Bin ich Glück und Reichtums voll.

[Überschrift: Die Tugend des Mädchens ist ihre größte Schönheit.]

SIMON DACH

1605–1659

Veris tempore fervet Hymen

Die Sonne rennt mit Prangen
Durch ihre Frühlingsbahn
Und lacht mit ihren Wangen
Den runden Weltkreis an.

Der Himmel kömmt zur Erden,
Erwärmt und macht sie naß,
Drum muß sie schwanger werden,
Gebieret Laub und Gras.

Der Westwind läßt sich hören,
Die Flora, seine Braut,
Aus Liebe zu verehren
Mit Blumen, Gras und Kraut.

Die Vögel kommen nisten
Aus fremden Ländern her
Und hängen nach den Lüsten,
Die Schiffe gehn ins Meer.

Der Schäfer hebt zu singen
Von seiner Phillis an,
Die Welt geht wie im Springen,
Es freut sich, was nur kann.

Drum wer anitzt zum Lieben
Ein gutes Mittel hat,
Der flieh, es aufzuschieben,
Und folge gutem Rat,

Weil alles, was sich reget,
Indem es sich verliebt
Und sich zu gleichem leget,
Hiezu uns Anlaß gibt.

[Überschrift: Zur Frühlingszeit braust der Hochzeitsgott.]

Horto recreamur amoeno

Der habe Lust zu Würfeln und zu Karten,
Der zu dem Tanz und der zum kühlen Wein.
Ich liebe nichts, als was in diesem Garten
Mein Drangsalstrost und Krankheitsarzt kann sein.
Ihr grünen Bäume,
Du Blumenzier,
Ihr Haus der Reime,
Ihr zwinget mir
Dies Lied hierfür.

Mir mangelt nur mein Spiel, die süße Geige,
Die würdig ist, daß sie mit Macht erschall'
Hie, wo das Laub und die begrünten Zweige
Am Graben mich umschatten überall,
Hie, wo von weiten
Die Gegend lacht,
Wo an der Seiten
Der Wiesen Pracht
Mich fröhlich macht.

Was mir gebricht an Geld und großen Schätzen,
Muß mein Gemüt und dessen güldne Ruh
Durch freies Tun und Fröhlichkeit ersetzen,
Die schleußt vor mir das Haus der Sorgen zu.
Ich will es geben
Um keine Welt,
Daß sich mein Leben
Oft ohne Geld
So freudig hält.

Gesetzt, daß ich den Erdenkreis besäße
Und hätte nichts mit guter Lust gemein,
Wann ich der Zeit in Angst und Furcht genösse,
Was würd es mir doch für ein Vorteil sein?
Weg mit dem allen,
Was Unmut bringt!
Mir soll gefallen,
Was lacht und singt
Und Freud erzwingt.

Ihr alten Bäum und ihr noch junge Pflanzen,
Ringsum verwahrt vor aller Winde Stoß,
Wo um und um sich Freud und Ruh verschanzen,
Senkt alle Lust herab in meinen Schoß.
Ihr sollt imgleichen
Durch dies mein Lied
Auch nicht verbleichen,
Solang man Blüt
Auf Erden sieht.

[Überschrift: Im lieblichen Garten erholen wir uns.]

Perstet amicitiae semper venerabile faedus!

Der Mensch hat nichts so eigen,
So wohl steht ihm nichts an,
Als daß er Treu erzeigen
Und Freundschaft halten kann;
Wann er mit seinesgleichen
Soll treten in ein Band,
Verspricht sich, nicht zu weichen,
Mit Herzen, Mund und Hand.

Die Red ist uns gegeben,
Damit wir nicht allein
Vor uns nur sollen leben
Und fern von Leuten sein;
Wir sollen uns befragen
Und sehn auf guten Rat,
Das Leid einander klagen,
So uns betreten hat.

Was kann die Freude machen,
Die Einsamkeit verhehlt?
Das gibt ein duppelt Lachen
Was Freunden wird erzählt;
Der kann sein Leid vergessen,
Der es von Herzen sagt,
Der muß sich selbst auffressen,
Der in geheim sich nagt.

Gott stehet mir vor allen,
Die meine Seele liebt:
Dann soll mir auch gefallen,
Der mir sich herzlich gibt;
Mit diesen Bundsgesellen
Verlach ich Pein und Not,
Geh auf dem Grund der Hellen
Und breche durch den Tod.

Ich hab, ich habe Herzen
So treue, wie gebührt,
Die Heuchelei und Scherzen
Nie wissentlich berührt!
Ich bin auch ihnen wieder
Von Grund der Seelen hold,
Ich lieb euch mehr, ihr Brüder,
Als aller Erden Gold!

[1640]

[Überschrift: Bestehen soll der Freundschaft immer ehrenwerter Bund. – *verhehlt:* verbirgt. – *Hellen:* Hölle. – *gebührt:* es sich ziemt.]

UNBEKANNTER VERFASSER (SIMON DACH?)

Anke van Tharaw öß, de my geföllt,
Se öß mihn Lewen, mihn Goet on mihn Gölt.

Anke van Tharaw heft wedder eer Hart
Op my geröchtet ön Löw' on ön Schmart.

Anke van Tharaw mihn Rihkdom, mihn Goet,
Du mihne Seele, mihn Fleesch on mihn Bloet.

Quöm' alle Wedder glihk ön ons tho schlahn,
Wy syn gesönnt by een anger tho stahn.

Kranckheit, Verfälgung, Bedröfnös on Pihn,
Sal vnsrer Löve Vernöttinge syn.

Recht as een Palmen-Bohm äver söck stöcht,
Je mehr en Hagel on Regen anföcht.

So wardt de Löw' ön onß mächtich on groht,
Dörch Kryhtz, dörch Lyden, dörch allerley Noht.

Wördest du glihk een mahl van my getrennt,
Leewdest dar, wor öm dee Sönne kuhmt kennt;

Eck wöll dy fälgen dörch Wöler, dörch Mär,
Dörch Yhß, dörch Ihsen, dörch fihndlöcket Hähr.

Anke van Tharaw, mihn Licht, mihne Sönn,
Mihn Leven schluht öck ön dihnet henönn.

Wat öck geböde, wart van dy gedahn,
Wat öck verböde, dat lätstu my stahn.

Wat heft de Löve däch ver een Bestand,
Wor nich een Hart öß, een Mund, eene Hand?

Wor öm söck hartaget, kabbelt on schleyht,
On glihk den Hungen on Katten begeyht.

Anke van Tharaw dat war wy nich dohn,
Du böst mihn Dühfken myn Schahpken mihn Hohn.

Wat öck begehre, begehrest du ohck,
Eck laht den Rack dy, du lätst my de Brohk.

Dit öß dat, Anke, du söteste Ruh'
Een Lihf on Seele wart vht öck on Du.

Dit mahckt dat Lewen tom Hämmlischen Rihk,
Dörch Zancken wart et der Hellen gelihk.

Übersetzung von Johann Gottfried Herder

Annchen von Tharau ist, die mir gefällt;
Sie ist mein Leben, mein Gut und mein Geld.

Annchen von Tharau hat wieder ihr Herz
Auf mich gerichtet in Lieb' und in Schmerz.

Annchen von Tharau, mein Reichthum, mein Gut,
Du meine Seele, mein Fleisch und mein Blut!

Käm' alles Wetter gleich auf uns zu schlahn,
Wir sind gesinnet bei einander zu stahn.

Krankheit, Verfolgung, Betrübniß und Pein
Soll unsrer Liebe Verknotigung seyn.

Recht als ein Palmenbaum über sich steigt,
Je mehr ihn Hagel und Regen anficht;

So wird die Lieb' in uns mächtig und groß
Durch Kreuz, durch Leiden, durch allerlei Noth.

Würdest du gleich einmal von mir getrennt,
Lebtest, da wo man die Sonne kaum kennt;

Ich will dir folgen durch Wälder, durch Meer,
Durch Eis, durch Eisen, durch feindliches Heer.

Annchen von Tharau, mein Licht, meine Sonn,
Mein Leben schließ' ich um deines herum.

Was ich gebiete, wird von dir gethan,
Was ich verbiete, das läst du mir stahn.

Was hat die Liebe doch für ein Bestand,
Wo nicht Ein Herz ist, Ein Mund, Eine Hand?

Wo man sich peiniget, zanket und schlägt,
Und gleich den Hunden und Kazen beträgt?

Annchen von Tharau, das woll'n wir nicht thun;
Du bist mein Täubchen, mein Schäfchen, mein Huhn.

Was ich begehre, ist lieb dir und gut;
Ich laß den Rock dir, du läßt mir den Hut!

Dies ist uns Annchen die süsseste Ruh.
Ein Leib und Seele wird aus Ich und Du.

Dies macht das Leben zum himmlischen Reich,
Durch Zanken wird es der Hölle gleich.

PAUL FLEMING

1609–1640

Nach des VI. Psalmens Weise

1633 November

In allen meinen Taten
Laß ich den Höchsten raten,
Der alles kann und hat;
Er muß zu allen Dingen,
Soll's anders wohl gelingen,
Selbst geben Rat und Tat.

Nichts ist es spat und frühe
Um alle meine Mühe,
Mein Sorgen ist umsonst;
Er mag's mit meinen Sachen
Nach seinem Willen machen,
Ich stell's in seine Gunst.

Es kann mir nichts geschehen,
Als was er hat versehen
Und was mir selig ist.
Ich nehm es, wie er's gibet;
Was ihm von mir geliebet,
Das hab ich auch erkiest.

Ich traue seiner Gnaden,
Die mich für allem Schaden,
Für allem Übel schützt.
Leb ich nach seinen Sätzen,
So wird mich nichts verletzen,
Nichts fehlen, was mir nützt.

Er wolle meiner Sünden
In Gnaden mich entbinden,
Durchstreichen meine Schuld!
Er wird auf mein Verbrechen
Nicht stracks das Urteil sprechen
Und haben noch Geduld.

Ich zieh in ferne Lande,
Zu nützen einem Stande,
An den er mich bestellt.
Sein Segen wird mir lassen,
Was gut und recht ist, fassen,
Zu dienen seiner Welt.

Bin ich in wilder Wüsten,
So bin ich doch bei Christen,
Und Christus ist bei mir.
Der Helfer in Gefahren,
Der kann mich doch bewahren,
Wie dorte, so auch hier.

Er wird zu diesen Reisen
Gewünschten Fortgang weisen,
Wohl helfen hin und her,
Gesundheit, Heil und Leben,
Zeit, Wind und Wetter geben
Und alles nach Begehr.

Sein Engel, der getreue,
Macht meine Feinde scheue,
Tritt zwischen mich und sie.
Durch seinen Zug, den frommen,
Sind wir so weit nun kommen
Und wissen fast nicht wie.

Leg ich mich späte nieder,
Erwach ich frühe wieder,
Lieg oder zieh ich fort,
In Schwachheit und in Banden,
Und was mir stößt zu Handen,
So tröstet mich sein Wort.

Hat er es denn beschlossen,
So will ich unverdrossen
An mein Verhängnis gehn;
Kein Unfall unter allen
Wird mir zu harte fallen,
Ich will ihn überstehn.

Ihm hab ich mich ergeben,
Zu sterben und zu leben,
Sobald er mir gebeut.
Es sei heut oder morgen,
Dafür laß ich ihn sorgen,
Er weiß die rechte Zeit.

Gefällt es seiner Güte
Und sagt mir mein Gemüte
Nicht was Vergeblichs zu,
So werd ich Gott noch preisen
Mit manchen schönen Weisen
Daheim in meiner Ruh.

Indes wird er den Meinen
Mit Segen auch erscheinen,
Ihr Schutz wie meiner sein,
Wird beiderseits gewähren,
Was unser Wunsch und Zähren
Ihn bitten überein.

So sei nun, Seele, deine
Und traue dem alleine,
Der dich geschaffen hat!
Es gehe, wie es gehe,
Dein Vater in die Höhe
Weiß allen Sachen Rat.

[1642]

[*mein Verhängnis:* was mir verhängt ist, auf mich zukommt.]

Wie er wolle geküsset sein

Nirgends hin als auf den Mund:
Da sinkt's in des Herzens Grund;
Nicht zu frei, nicht zu gezwungen,
Nicht mit gar zu fauler Zungen.

Nicht zuwenig, nicht zuviel:
Beides wird sonst Kinderspiel;
Nicht zu laut und nicht zu leise:
Bei dem Maß ist rechte Weise.

Nicht zu nahe, nicht zu weit:
Dies macht Kummer, jenes Leid;
Nicht zu trocken, nicht zu feuchte,
Wie Adonis Venus reichte.

Nicht zu harte, nicht zu weich,
Bald zugleich, bald nicht zugleich,
Nicht zu langsam, nicht zu schnelle,
Nicht ohn Unterscheid der Stelle.

Halb gebissen, halb gehaucht,
Halb die Lippen eingetaucht,
Nicht ohn Unterscheid der Zeiten,
Mehr alleine denn bei Leuten.

Küsse nun ein jedermann,
Wie er weiß, will, soll und kann!
Ich nur und die Liebste wissen,
Wie wir uns recht sollen küssen.

Elsgens treues Herz

Ein getreues Herze wissen,
Hat des höchsten Schatzes Preis.
Der ist selig zu begrüßen,
Der ein treues Herze weiß.
Mir ist wohl bei höchstem Schmerze,
Denn ich weiß ein treues Herze.

Läuft das Glücke gleich zuzeiten
Anders, als man will und meint,
Ein getreues Herz hilft streiten
Wider alles, was ist feind.
Mir ist wohl bei höchstem Schmerze,
Denn ich weiß ein treues Herze.

Sein Vergnügen steht alleine
In des andern Redlichkeit,
Hält des andern Not für seine,
Weicht nicht auch bei böser Zeit.
Mir ist wohl bei höchstem Schmerze,
Denn ich weiß ein treues Herze.

Gunst, die kehrt sich nach dem Glücke,
Geld und Reichtum, das zerstäubt,
Schönheit läßt uns bald zurücke,
Ein getreues Herze bleibt.
Mir ist wohl bei höchstem Schmerze,
Denn ich weiß ein treues Herze.

Eins ist da sein und geschieden.
Ein getreues Herze hält,
Gibt sich allezeit zufrieden,
Steht auf, wenn es niederfällt.
Mir ist wohl bei höchstem Schmerze,
Denn ich weiß ein treues Herze.

Nichts ist Süßers als zwei Treue,
Wenn sie eines worden sein.
Dies ist's, des ich mich erfreue,
Und sie gibt ihr Ja auch drein.
Mir ist wohl bei höchstem Schmerze,
Denn ich weiß ein treues Herze.

Über Herrn Johann von Wangersheim erstgebornen Söhnleins Kunradens Absterben an die Freundschaft

O du wohlgeplagtes Haus,
Wievielmal doch solt du weinen
Um die abgelebten Deinen,
Die man von dir träget aus,
Und mit ungegläubter Not
Mehr im Tode sein als tot?

Fünfmal hat nun, als ich weiß,
Phöbe neue Hörner krieget,
Seit das dritte Kind erlieget
Und tut seinen Todesschweiß.
Seit der Zeit fühlst du die Qual
Itzund nun das dritte Mal.

Tu betrübt und schlag die Brust,
Doch gedenk in solchem Zagen,
Das dich fast kein Wort läßt sagen,
Ob du denn so recht dran tust,
Daß du dich, um das du liebst,
Aus der Weise so betrübst!

Weine, was du kannst und willst!
Er wird, wo er ist, wohl bleiben.
Willst denn du den Wehmut treiben,
Bis auch du die Erde füllst,
Dahin alles, Fuß für Fuß,
wider Willen eilen muß?

Was beseufzt man so ein Kind?
So viel tapfrer Helden sterben,
Ganze Länder, die verderben,
Manche Stadt fleugt in den Wind,
Und wie soll ein Mensch bestehen,
Muß dies Ganze doch vergehen?

Du klagst und bist doch ergetzt:
Wird schon eines itzt verloren,
So ist eines schon geboren,
Das den bittern Fall ersetzt.
So verzuckert dies dein Leid
Gott mit einer Süßigkeit.

Kleiner Sohn, was schadet's doch,
Daß die, so dir gab das Leben,
Dir nicht das Geleit hilft geben
Bis hin an dein enges Loch?
Ihrer Liebe Gegenwart
Wird doch mit dir eingescharrt.

Schlafe wohl! Wir Armen, wir
Bleiben, was wir anfangs waren,
Jung von Weisheit, alt von Jahren,
Unverständig für und für,
Stumm am Mund, an Augen blind,
Kinder, wie wir kommen sind.

An den Mond

Du, die du standhaft bist in deinem Unbestande,
Steig, Hekate, herab; ich singe dir ein Lied,
Ein Lied von meiner Zier, die itzt auch nach dir sieht,
Ob ich schon bin sehr weit von ihr und ihrem Lande.

Komm, Berezynthie, zu dieses Stromes Rande,
An dem ich geh herum, da meine Hoffnung blüht;
Du weißt es, Delie, was itzt mit ihr geschieht,
Du weißt es, wie es steht um meine Salibande.

Komm, Phöbe, Tag der Nacht, Diane, Borgelicht,
Wahrsägrin, Liederfreund; komm, Lune, säume nicht!
Die ganze Welt, die schläft. Ich wache, dich zu loben.

Stromfürstin, Jägerfrau, Nachtauge, Horngesicht,
Herab! Itzt fang ich an das süße Lobgedicht.
Und kömmst du nicht herab, so hör es nur dort oben!

Auf ihr Abwesen

Ich irrte hin und her und suchte mich in mir
Und wußte dieses nicht, daß ich ganz war in dir.
Ach! tu dich mir doch auf, du Wohnhaus meiner Seelen!
Komm, Schöne, gib mich mir. Benimm mir dieses Quälen.
Schau, wie er sich betrübt, mein Geist, der in dir lebt!
Tötst du den, der dich liebt? Itzt hat er ausgelebt.
Doch gib mich nicht aus dir. Ich mag nicht in mich kehren.
Kein Tod hat Macht an mir. Du kannst mich leben lehren.
Ich sei auch, wo ich sei, bin ich, Schatz, nicht bei dir,
So bin ich nimmermehr selbest in und bei mir.

An den Fluß Moskaw, als er schiede

1636 Juni 25

Fließ sanfte, wie du tust, in beiden Ufern hin,
Fließ deine Stadt vorbei, die große, die gepreiste,
Die nun das ander Mal sich uns so gut erweiste,
Durch welcher Urlaub wir nun in den Aufgang ziehn.

Verbleib ich so gesund, als wie ich itzo bin,
Und komm ich wieder heim, als wie ich ab verreiste,
So sei dirs zugesagt mit Mund und ganzem Geiste,
Du sollst mir nimmermehr nicht kommen aus dem Sinn.

Ich will dich so bekannt als meine Mulde machen,
Die jetzund über mich nicht allzusehr wird lachen,
Weil ich fast nicht denk heim, ein halbverlorner Sohn.

Nimm diese Hand voll Klee, im Mangel der Violen,
Zu treuen Gunsten an. Ich dichte schon den Ton.
Lauf, Erato, alsbald, die Zither herzuholen!

[Fleming nahm im Auftrag des Herzogs von Holstein-Gottorp an einer Expeditions- und Gesandtschaftsreise nach Moskau (1633/34) und Persien (1636/39) teil.]

Grabschrift eines jungen Bären, der gehetzet worden war

Ich, der ich klein und jung von meiner Mutter kam,
Von welcher mich die Macht der strengen Bauern nahm,
Ward in der Stadt verkauft, daselbsten mich zu üben,
Was in der Dienstbarkeit für Freiheit wird getrieben,
Für wilde ward ich zahm; begriffe manche Kunst,
Doch täte mir die Welt dafür gar kleine Gunst.
Ich weiß von keiner Schuld, als daß ich Allzukühner
Erhascht hab und verzehrt so manche schöne Hühner.
Mein ganzes Leben war ein steter, langer Tanz.
Zuletzte kriegt ich noch darvon den Märtrerkranz.
Soll euch nicht sein wie mir, ihr Brüder und ihr Schwestern,
So bleibet, wie ihr sollt, in euren wilden Nestern!

Laß dich nur nichts nicht tauren
Mit Trauren!
Sei stille!
Wie Gott es fügt,
So sei vergnügt,
Mein Wille!

Was willst du heute sorgen
Auf morgen?
Der Eine
Steht allem für;
Der gibt auch dir
Das Deine.

Sei nur in allem Handel
Ohn Wandel,
Steh feste!
Was Gott beschleußt,
Das ist und heißt
Das Beste.

[*tauren:* dauern; laß die Zeit nicht hingehen mit Trauern.]

Gedanken über die Zeit

Ihr lebet in der Zeit und kennt doch keine Zeit;
So wißt ihr Menschen nicht, von und in was ihr seid.
Dies wißt ihr, daß ihr seid in einer Zeit geboren
Und daß ihr werdet auch in einer Zeit verloren.
Was aber war die Zeit, die euch in sich gebracht?
Und was wird diese sein, die euch zu nichts mehr macht?
Die Zeit ist was und nichts, der Mensch in gleichem Falle,
Doch was dasselbe was und nichts sei, zweifeln alle.
Die Zeit, die stirbt in sich und zeugt sich auch aus sich.
Dies kömmt aus mir und dir, von dem du bist und ich.
Der Mensch ist in der Zeit; sie ist in ihm ingleichen,
Doch aber muß der Mensch, wenn sie noch bleibet, weichen.
Die Zeit ist, was ihr seid, und ihr seid, was die Zeit,
Nur daß ihr wen'ger noch, als was die Zeit ist, seid.
Ach daß doch jene Zeit, die ohne Zeit ist, käme
Und uns aus dieser Zeit in ihre Zeiten nähme
Und aus uns selbsten uns, daß wir gleich könnten sein,
Wie der itzt jener Zeit, die keine Zeit, geht ein!

An sich

Sei dennoch unverzagt, gib dennoch unverloren,
Weich keinem Glücke nicht, steh höher als der Neid,
Vergnüge dich an dir und acht es für kein Leid,
Hat sich gleich wider dich Glück, Ort und Zeit verschworen.

Was dich betrübt und labt, halt alles für erkoren,
Nimm dein Verhängnis an, laß alles unbereut.
Tu, was getan muß sein, und eh man dir's gebeut.
Was du noch hoffen kannst, das wird noch stets geboren.

Was klagt, was lobt man doch? Sein Unglück und sein Glücke
Ist ihm ein jeder selbst. Schau alle Sachen an:
Dies alles ist in dir. Laß deinen eitlen Wahn,

Und eh du förder gehst, so geh in dich zurücke.
Wer sein selbst Meister ist und sich beherrschen kann,
Dem ist die weite Welt und alles untertan.

[1641]

[*Glück:* im Sinne von Fortuna.]

[Herrn Pauli Flemingi Grabschrift, so er ihm selbst gemacht in Hamburg, den 28. Tag des Märzen 1640 auf seinem Todbette, drei Tage vor seinem seligen Absterben]

Ich war an Kunst und Gut und Stande groß und reich,
Des Glückes lieber Sohn, von Eltern guter Ehren,
Frei, meine, konnte mich aus meinen Mitteln nähren,
Mein Schall floh überweit, kein Landsmann sang mir gleich.

Von Reisen hochgepreist, für keiner Mühe bleich,
Jung, wachsam, unbesorgt. Man wird mich nennen hören,
Bis daß die letzte Glut dies alles wird verstören.
Dies, deutsche Klarien, dies Ganze dank ich euch.

Verzeiht mir, bin ich's wert, Gott, Vater, Liebste, Freunde,
Ich sag euch gute Nacht und trete willig ab.
Sonst alles ist getan bis an das schwarze Grab.

Was frei dem Tode steht, das tu er seinem Feinde.
Was bin ich viel besorgt, den Odem aufzugeben?
An mir ist minder nichts, das lebet, als mein Leben.

[1641]

[*Grabschrift:* Fleming starb am 2. 4. 1640. – *ihm:* in älterer Sprache oft = sich. – *Odem:* Atem.]

FRIEDRICH VON LOGAU

1604–1655

Heutige Weltkunst

Anders sein und anders scheinen;
Anders reden, anders meinen;
Alles loben, alles tragen,
Allen heucheln, stets behagen,
Allem Winde Segel geben,
Bös' und Guten dienstbar leben;
Alles Tun und alles Dichten
Bloß auf eignen Nutzen richten:
Wer sich dessen will befleißen,
Kann politisch heuer heißen.

Das Beste der Welt

Weißt du, was in dieser Welt
Mir am meisten wohlgefällt?
Daß die Zeit sich selbst verzehret
Und die Welt nicht ewig währet.

Des Krieges Buchstaben

Kummer, der das Mark verzehret,
Raub, der Hab und Gut verheeret,
Jammer, der den Sinn verkehret,
Elend, das den Leib beschweret,
Grausamkeit, die Unrecht fähret,
Sind die Frucht, die Krieg gewähret.

Abgedankte Soldaten

Würmer im Gewissen,
Kleider wohl zerrissen,
Wohlbenarbte Leiber,
Wohlgebrauchte Weiber,
Ungewisse Kinder,
Weder Pferd noch Rinder,
Nimmer Brot im Sacke,
Nimmer Geld im Packe,
Haben mitgenommen,
Die vom Kriege kommen:
Wer dann hat die Beute?
Eitel fremde Leute.

Des Menschen Alter

Ein Kind vergißt sich selbst, ein Knabe kennt sich nicht,
Ein Jüngling acht' sich schlecht, ein Mann hat immer Pflicht,
Ein Alter nimmt Verdruß, ein Greis wird wieder Kind:
Was meinst du, was doch dies für Herrlichkeiten sind!

Ein Hofemann

Wer redlich ist im Herzen und mit dem Munde frei,
Der wisse, daß bei Hofe behäglich er nicht sei.
Wie man ihm vorgesaget, so sagt der Papagei:
Drum wer daselbst will gelten, der trete diesem bei.

[1654]

DANIEL CZEPKO VON REIGERSFELD

1605–1660

Angst und Hohn der Liebe Lohn

Nimm die Rose von den Dörnern,
Zeige dann den Frühling an;
Nimm die Ähren mit den Körnern,
Sage, was der Sommer kann.
Nimm der Trauben süßen Preis,
Sprich darauf, der Herbst wird kommen,
Nimm das Schmelzglas von dem Eis,
Auch der Winter wird genommen.
Nimm der Liebe Qual und Pein,
Liebe wird nicht Liebe sein.

[H: frühes 18. Jhdt.; D: 1924]

Spiele wohl!
Das Leben ein Schauspiel

Was ist dein Lebenslauf und Tun, o Mensch? Ein Spiel.
Den Inhalt sage mir? Kinds, Weibs und Tods Beschwerde.
Was ist es vor ein Platz, darauf wir spieln? Die Erde.
Wer schlägt und singt dazu? Die Wollust ohne Ziel.

Wer heißt auf das Gerüst uns treten? Selbst die Zeit.
Wer zeigt die Schauer mir? Mensch, das sind bloß die Weisen.
Was ist vor Stellung hier? Stehn, schlafen, wachen, reisen.
Wer teilt Gesichter aus? Allein die Eitelkeit.

Wer macht den Schauplatz auf? Der wunderbare Gott.
Was vor ein Vorhang deckt's? Das ewige Versehen.
Wie wird es abgeteilt? Durch Leben, Sterben, Flehen.
Wer führt uns ab, wer zeucht uns Kleider aus? Der Tod.

Wo wird der Schluß erwart't des Spieles? In der Gruft.
Wer spielt am besten mit? Der wohl sein Amt kann führen.
Ist das Spiel vor sich gut? Das Ende muß es zieren.
Wenn ist es aus? O Mensch, wenn dir dein Jesus ruft.

[H: frühes 18. Jhdt.; D: 1930]

[*vor:* für. – *zeucht:* zieht.]

Aus: *Monodisticha Sapientium*

Nicht in dir

Schau alle Ding in Gott und Gott in allen an.
Du siehst, daß alles sich in ihm vergleichen kann.

Jedes durchs andere

Die Ewigkeit durch Zeit, das Leben durch den Tod,
Durch Nacht das Licht und durch den Menschen seh ich Gott.

Je weniger, je besser

Soviel du nimmst, soviel mußt du zugleich verlieren,
Wohl dem, der nichts bedarf; denn ihn kann nichts berühren.

Überall Hölle, überall Himmel

O Ewigkeit! Voll Angst, voll Schmerzen, voll Entsetzen!
O Ewigkeit! Voll Ruh, voll Wonne, voll Ergötzen!

[H: frühes 18. Jhdt.; D: 1930]

[*Monodisticha Sapientium:* Einzel-Zweizeiler der Weisen.]

JOHANNES RIST

1607–1667

Auf die nunmehr angekommene kalte Winterszeit

Der Winter hat sich angefangen,
Der Schnee bedeckt das ganze Land,
Der Sommer ist hinweggegangen,
Der Wald hat sich in Reif verwandt.

Die Wiesen sind von Frost versehret,
Die Felder glänzen wie Metall,
Die Blumen sind in Eis verkehret,
Die Flüsse stehn wie harter Stahl.

Wohlan, wir wollen von uns jagen
Durchs Feu'r das kalte Winterleid!
Kommt, laßt uns Holz zum Herde tragen
Und Kohlen dran, jetzt ist es Zeit!

Laßt uns den Fürnewein hergeben
Dort unten aus dem großen Faß!
Das ist das rechte Winterleben:
Ein heiße Stub und kühles Glas.

Wohlan, wir wollen musizieren
Bei warmer Luft und kühlem Wein!
Ein ander mag sein Klagen führen,
Den Mammon nie läßt fröhlich sein.

Wir wollen spielen, scherzen, essen,
Solang uns noch kein Geld gebricht,
Doch auch der Schönsten nicht vergessen,
Denn wer nicht liebt, der lebet nicht.

Wir haben dennoch gnug zu sorgen,
Wann nun das Alter kommt heran.
Es weiß doch keiner, was ihm morgen
Noch vor ein Glück begegnen kann.

Drum will ich ohne Sorge leben,
Mit meinen Brüdern fröhlich sein.
Nach Ehr und Tugend tu ich streben,
Den Rest befehl ich Gott allein.

Als die wunderbare oder vielmehr ohnverhoffte Zeitung erschallete, daß der Herzog von Friedland zu Eger wäre ermordet worden

Was ist dies Leben doch? Ein Traurspiel ist's zu nennen,
Da ist der Anfang gut, auch wie wir's wünschen können,
Das Mittel voller Angst, das End ist Herzeleid,
Ja, wohl der bittre Tod: O kurze Fröhlichkeit!

Dies tut uns Wallenstein in seinem Spiel erweisen.
Der Kaiser pflag ihn selbst anfänglich hoch zu preisen
Als eine Säul des Reichs (so nannt ihn Ferdinand),
Der Teutschen Furcht und Zwang, des Kaisers rechte Hand.

Bald aber, wie sein Glaub und Treu fing an zu wanken,
Verkehrte sich das Spiel, man wandte die Gedanken
Auf seinen Untergang, der Tag gebar die Nacht,
Das Traurspiel hatt ein End und er ward umgebracht.

So tummlet sich das Glück, so läuft es hin und wieder,
Den einen macht es groß, den andren drückt es nieder,
Sein End ist oft der Tod. O selig ist der Mann,
Der sich der Eitelkeit des Glücks entschlagen kann.

[Der kaiserliche Feldherr Albrecht von Wallenstein (geb. 1583) wurde am 25. 2. 1634 in Eger ermordet. – *Ferdinand:* F. II. (1578–1637), dt. Kaiser seit 1619.]

SIBYLLA SCHWARZ

1621–1638

MEin Alles ist dahin / mein Trost in Lust und Leiden /
mein ander Ich ist fort / mein Leben / meine Zier /
mein liebstes auff der Welt ist wegk / ist schon vohn hier.
(die Lieb' ist bitter zwahr / viel bittrer ist das Scheiden)
Ich kan nicht vohn dir seyn / ich kan dich gantz nicht meiden /
O liebste Dorile! Ich bin nicht mehr bey mir /
Ich bin nicht der ich bin /nuhn ich nicht bin bey dir.
Ihr Stunden lauft doch fort / wolt ihr mich auch noch neiden?
Ey Phoebus halte doch die schnelle Hengste nicht!
fort / fort / ihr Tage fort / komb bald du Monden Licht!
Ein Tag ist mir ein Jahr / in dem ich nicht kan sehen
mein ander Sonnenlicht! fort / fort / du faule Zeit /
spann doch die Segel auff / und bring mein Lieb noch heut /
und wan sie hier dan ist / so magstu langsam gehen.

Epigramma.

DU meinst ich soll dein noch gedencken und dich lieben /
ob du mich schon verlåst / ey sey doch nicht so toll /
Ich habe dir ja offt vor disem schon geschrieben:
daß niemand Eysen / Stein und Klőze lieben soll.

ANDREAS GRYPHIUS

1616–1664

Morgen Sonnet.

DIe ewig-helle Schaar wil nun ihr Licht verschlissen /
Diane steht erblaßt; die Morgenrőtte lacht
Den grauen Himmel an / der sanffte Wind erwacht /
Vnd reitzt das Federvolck / den neuen Tag zu grůssen.
Das Leben diser Welt / eilt schon die Welt zu kůssen /
Vnd steckt sein Haupt empor / man siht der Stralen Pracht
Nun blinckern auff der See: O dreymal hőchste Macht
Erleuchte den / der sich itzt beugt vor deinen Fůssen!
Vertreib die dicke Nacht / die meine Seel umbgibt /
Die Schmertzen Finsternůß / die Hertz und Geist betrůbt /
Erquicke mein Gemůtt / und stårcke mein Vertrauen.
Gib / daß ich disen Tag / in deinem Dinst allein
Zubring: und wenn mein End' und jener Tag bricht ein
Daß ich dich / meine Sonn / mein Licht mőg ewig schauen.

Mittag.

AUff Freunde! last uns zu der Taffel eylen /
In dem die Sonn ins Himmels Mittel hålt
Vnd der von Hitz und Arbeit matten Welt
Sucht ihren Weg / und unsern Tag zu theilen.
Der Blumen Zir wird von den flammen Pfeylen
Zu hart versehrt / das außgedörte Feld
Wůndscht nach dem Tau' / der Schnitter nach dem Zelt;
Kein Vogel klagt von seines Libes Seilen.
Itzt herrscht das Licht. Der schwarze Schatten fleucht
In eine Hől / in welche sich verkreucht /
Den Schand und Furcht sich zu verbergen zwinget.
Man kan dem Glantz des Tages ja entgehn!
Doch nicht dem Licht / das / wo wir immer stehn /
Vns siht und richt / und Hell' und Grufft durchdringet.

Abend.

DEr schnelle Tag ist hin / die Nacht schwingt ihre Fahn /
Vnd fůhrt die Sternen auff. Der Menschen můde Scharen
Verlassen Feld und Werck / wo Thir und Vőgel waren
Traurt itzt die Einsamkeit. Wie ist die Zeit verthan!
Der Port naht mehr und mehr sich zu der Glider Kahn.
Gleich wie diß Licht verfil / so wird in wenig Jahren
Ich / du / und was man hat / und was man siht / hinfahren.
Diß Leben kőmmt mir vor als eine Renne-Bahn.
Laß hőchster Gott / mich doch nicht auff dem Lauffplatz gleiten /
Laß mich nicht Ach / nicht Pracht / nicht Lust nicht Angst verleiten!
Dein ewig-heller Glantz sey vor und neben mir /
Laß / wenn der můde Leib entschlåfft / die Seele wachen
Und wenn der letzte Tag wird mit mir Abend machen /
So reiß mich aus dem Thal der Finsternůß zu dir.

Mitternacht.

SChrecken / und Stille / und dunckeles Grausen / finstere Kålte bedecket das Land
Itzt schlåfft was Arbeit und Schmertzen ermůdet / diß sind der traurigen Einsamkeit Stunden.
Nunmehr ist / was durch die Lůffte sich reget / nunmehr sind Menschen und Thire verschwunden.
Ob zwar die immerdar schimmernde Lichter / der ewig schitternden Sternen entbrant!
Suchet ein fleissiger Sinn noch zu wachen? der durch Bemůhung der kůnstlichen Hand /
Ihm / die auch nach uns ankommenden Seelen / Ihm / die anitzt sich hir finden verbunden?
Wetzet ein bluttiger Mőrder die Klinge? wil er unschuldiger Hertzen verwunden?
Sorget ein Ehren-begehrend Gemůtte / wie zu erlangen ein hőherer Stand?
Sterbliche! Sterbliche! lasset diß dichten! Morgen! Ach Morgen! Ach muß man hinzihn!
Ach wir verschwinden gleich als die Gespenste / die umb die Stund uns erscheinen und flihn.
Wenn uns die finstere Gruben bedecket / wird / was wir wůndschen und suchen zu nichte.
Doch / wie der glåntzende Morgen erőffnet / was weder Monde noch Fackel bescheint:
So / wenn der plőtzliche Tag wird anbrechen / wird was geredet / gewůrcket / gemeynt.
Sonder vermånteln erőffnet sich finden vor des erschrecklichen GOttes Gerichte.

[*schitternden:* funkelnden.]

Tränen des Vaterlandes, anno 1636

Wir sind doch nunmehr ganz, ja mehr denn ganz verheeret!
Der frechen Völker Schar, die rasende Posaun,
Das vom Blut fette Schwert, die donnernde Kartaun
Hat aller Schweiß und Fleiß und Vorrat aufgezehret.

Die Türme stehn in Glut, die Kirch ist umgekehret,
Das Rathaus liegt im Graus, die Starken sind zerhaun,
Die Jungfraun sind geschänd't, und wo wir hin nur schaun,
Ist Feuer, Pest und Tod, der Herz und Geist durchfähret.

Hier durch die Schanz und Stadt rinnt allzeit frisches Blut.
Dreimal sind schon sechs Jahr, als unser Ströme Flut,
Von Leichen fast verstopft, sich langsam fort gedrungen.

Doch schweig ich noch von dem, was ärger als der Tod,
Was grimmer denn die Pest und Glut und Hungersnot,
Daß auch der Seelenschatz so vielen abgezwungen.

[Fassung hier nach D: 1663]

Es ist alles eitel

Du siehst, wohin du siehst, nur Eitelkeit auf Erden,
Was dieser heute baut, reißt jener morgen ein;
Wo itzund Städte stehn, wird eine Wiesen sein,
Auf der ein Schäferskind wird spielen mit den Herden.

Was itzund prächtig blüht, soll bald zutreten werden.
Was itzt so pocht und trotzt, ist morgen Asch und Bein;
Nichts ist, das ewig sei, kein Erz, kein Marmorstein.
Itzt lacht das Glück uns an, bald donnern die Beschwerden.

Der hohen Taten Ruhm muß wie ein Traum vergehn.
Soll denn das Spiel der Zeit, der leichte Mensch, bestehn?
Ach, was ist alles dies, was wir vor köstlich achten,

Als schlechte Nichtigkeit, als Schatten, Staub und Wind,
Als eine Wiesenblum, die man nicht wiederfind't!
Noch will, was ewig ist, kein einig Mensch betrachten!

[*einig:* einziger.]

Menschliches Elende

Was sind wir Menschen doch! Ein Wohnhaus grimmer Schmerzen,
Ein Ball des falschen Glücks, ein Irrlicht dieser Zeit,
Ein Schauplatz herber Angst, besetzt mit scharfem Leid,
Ein bald verschmelzter Schnee und abgebrannte Kerzen.

Dies Leben fleucht davon wie ein Geschwätz und Scherzen.
Die vor uns abgelegt des schwachen Leibes Kleid
Und in das Totenbuch der großen Sterblichkeit
Längst eingeschrieben sind, sind uns aus Sinn und Herzen.

Gleich wie ein eitel Traum leicht aus der Acht hinfällt
Und wie ein Strom verscheußt, den keine Macht aufhält,
So muß auch unser Nam, Lob, Ehr und Ruhm verschwinden.

Was itzund Atem holt, muß mit der Luft entfliehn,
Was nach uns kommen wird, wird uns ins Grab nachziehn.
Was sag ich? Wir vergehn wie Rauch von starken Winden.

[*Acht:* Aufmerksamkeit.]

Tränen in schwerer Krankheit

anno 1640

Mir ist, ich weiß nicht wie; ich seufze für und für.
Ich weine Tag und Nacht, ich sitz in tausend Schmerzen
Und tausend fürcht ich noch; die Kraft in meinem Herzen
Verschwindt, der Geist verschmacht', die Hände sinken mir.

Die Wangen werden bleich, der muntern Augen Zier
Vergeht gleich als der Schein der schon verbrannten Kerzen.
Die Seele wird bestürmt gleichwie die See im Märzen.
Was ist dies Leben doch, was sind wir, ich und ihr?

Was bilden wir uns ein? Was wünschen wir zu haben?
Itzt sind wir hoch und groß und morgen schon vergraben;
Itzt Blumen, morgen Kot; wir sind ein Wind, ein Schaum,

Ein Nebel und ein Bach, ein Reif, ein Tau, ein Schatten;
Itzt was und morgen nichts, und was sind unsre Taten
Als ein mit herber Angst durchaus vermischter Traum!

Über die Geburt Jesu

Nacht, mehr denn lichte Nacht! Nacht, lichter als der Tag!
Nacht, heller als die Sonn! in der das Licht geboren,
Das Gott, der Licht in Licht wohnhaftig, ihm erkoren!
O Nacht, die alle Nächt' und Tage trotzen mag!

O freudenreiche Nacht, in welcher Ach und Klag
Und Finsternis, und was sich auf die Welt verschworen,
Und Furcht und Höllenangst und Schrecken war verloren!
Der Himmel bricht; doch fällt nunmehr kein Donnerschlag.

Der Zeit und Nächte schuf, ist diese Nacht ankommen
Und hat das Recht der Zeit und Fleisch an sich genommen
Und unser Fleisch und Zeit der Ewigkeit vermacht.

Der Jammer trübe Nacht, die schwarze Nacht der Sünden,
Des Grabes Dunkelheit muß durch die Nacht verschwinden.
Nacht, lichter als der Tag! Nacht, mehr denn lichte Nacht!

Einsamkeit

In dieser Einsamkeit der mehr denn öden Wüsten,
Gestreckt auf wildes Kraut, an die bemooste See,
Beschau ich jenes Tal und dieser Felsen Höh,
Auf welchen Eulen nur und stille Vögel nisten.

Hier, fern von dem Palast, weit von des Pöbels Lüsten,
Betracht ich, wie der Mensch in Eitelkeit vergeh,
Wie auf nicht festem Grund all unser Hoffen steh,
Wie die vor Abend schmähn, die vor dem Tag uns grüßten.

Die Höhl, der rauhe Wald, der Totenkopf, der Stein,
Den auch die Zeit auffrißt, die abgezehrten Bein
Entwerfen in dem Mut unzählige Gedanken.

Der Mauren alter Graus, dies ungebaute Land
Ist schön und fruchtbar mir, der eigentlich erkannt,
Daß alles, ohn ein Geist, den Gott selbst hält, muß wanken.

[1650]

Betrachtung der Zeit

Mein sind die Jahre nicht, die mir die Zeit genommen;
Mein sind die Jahre nicht, die etwa möchten kommen;
Der Augenblick ist mein, und nehm ich den in acht,
So ist der mein, der Jahr und Ewigkeit gemacht.

[1663]

JOHANN KLAJ

1616–1656

Vorzug des Frühlings

Im Lenzen, da glänzen die blümigen Auen,
Die Auen, die bauen die perlenen Tauen,
Die Nymphen in Sümpfen ihr Antlitz beschauen.
Es schmilzet der Schnee,
Man segelt zur See,
Bricht güldenen Klee.

Die Erlen den Schmerlen den Schatten versüßen,
Sie streichen, sie laichen in blaulichten Flüssen,
Die Angel aus Mangel und Reißen beküssen.
Die Lerche, die singt,
Das Haberrohr klingt,
Die Schäferin springt.

Die Hirten in Hürden begehen den Maien,
Man zieret und führet den singenden Reihen,
Die Reihen, die schreien um neues Gedeihen.
Die Herde, die schellt,
Der Rüde, der bellt,
Das Euter, das schwellt.

[*Schmerlen:* karpfenartige Fische. – *Reißen:* (im Körper) Hunger. – *Haberrohr:* Hirtenflöte.]

Vorzug des Herbstes

Die Sonne mit Wonne den Tagewachs mindert,
Der Renner, der Brenner sein Strahlenheiß lindert,
Die Felder die Wälderlust nimmer verhindert.
Die Traube, die reift,
Der Winzer, der pfeift,
Zum Jagen man greift.
Man fället, man stellet den Vögeln der Lüfte,
Man jaget und plaget die Bürger der Klüfte,
Das helle Gebelle durchschrecket die Grüfte.
Der Wäldner, der eilt,
Sich nimmer verweilt,
Rotschwarzes Wild pfeilt.
Da leben und schweben in Freuden die Götter,
In Sausen und Brausen die falbigen Blätter,
Sie spielen, sich kühlen in laulichem Wetter.
Der Monde, der wacht,
Die Freude belacht
Bis mitten zur Nacht.

[*Wäldner:* Waldbewohner. – *falbig:* gelb gefärbt.]

Hellglänzendes Silber, mit welchem sich gatten
Der astigen Linden weitstreifende Schatten,
Deine sanftkühlend-beruhige Lust
Ist jedem bewußt.

Wie sollten kunstahmende Pinsel bemalen
Die Blätter, die schirmen vor brennenden Strahlen?
Keiner der Stämme, so grünlich beziert,
Die Ordnung verführt.

Es lisplen und wisplen die schlupfrigen Brunnen,
Von ihnen ist diese Begrünung gerunnen.
Sie schauren, betrauren und fürchten bereit
Die schneiichte Zeit.

[1644]

[*verführt:* in falsche Richtung bringen, stören – *schneiicht:* Schnee bringend.]

[Teutschland betet]

Gott, du bester Kriegzerbrecher
Mache Fried, Fried, es ist Zeit,
Mein Reich wird ja stündlich schwächer
Durch den Länderfresserstreit.
Ach, ich bin des Krieges müde,
Friedenmacher, mache Friede!

Ihr, ihr hohen Potentaten,
Haupt und Glieder, groß und klein,
Helfet doch zum Friede raten,
Lasset doch die Titel sein.
Lasset alles ungerochen,
Was man hat bisher verbrochen.

Ich bitt euch um Gottes willen,
Stecket doch die Degen ein,
Daß sich Meer und Länder stillen,
Daß die Straßen werden rein,
Daß man kann zu Wasser handeln,
Sicher auf die Messen wandeln.

Seit man Kriegen hat getrieben,
Land und Stand geblasen an,
Sind nur auf der Walstatt blieben
Hundert tausend tausend Mann.
Was für Mord hat man erfahren
In den dreimal zehen Jahren?

Wieviel Tausend sind verloren
Hier zu Wasser, dar zu Land,
Wieviel Tausend sind erfroren,
Wieviel Tausend sind verbrannt,
Wieviel Tausend sind geblieben,
Die der Hunger aufgerieben?

Was ist sonst im Feld gestorben
Von der Peste, von der Ruhr,
Wieviel Tausend sind verdorben
Ohne Labsal, ohne Kur,
Wieviel haben auf der Straßen
Müssen Leib und Leben lassen?

Waisen, Witwen, Jammerlechzen
Ohne Vater, ohne Mann,
Witwen wie die Tauben ächzen,
Waisen, Fremden untertan,
Essen Tränenbrot mit Wimmern
Und sich fast zu Tode kümmern.

[1650]

[*Teutschland:* Die Durchführung der vielen Bestimmungen des ›Westf. Friedens‹ von 1648 zog sich über Jahre hin; neuer Kongreß 1650 in Nürnberg. – *Titel:* hier ›verbriefte Ansprüche‹. – *ungerochen:* ungerächt.]

GEORG PHILIPP HARSDÖRFFER

1607–1658

Das Leben des Menschen

Das Leben ist
Ein Laub, das grunt und falbt geschwind.
Ein Staub, den leicht vertreibt der Wind.
Ein Schnee, der in dem Nu vergehet.
Ein See, der niemals stille stehet.
Die Blum, so nach der Blüt verfällt.
Der Ruhm, auf kurze Zeit gestellt.
Ein Gras, das leichtlich wird verdrucket.
Ein Glas, das leichter wird zerstucket.
Ein Traum, der mit dem Schlaf aufhört.
Ein Schaum, den Flut und Wind verzehrt.
Ein Heu, das kurze Zeite bleibet.
Die Spreu, so mancher Wind vertreibet.
Ein Kauf, den man am End bereut.
Ein Lauf, der schnaufend schnell erfreut.
Ein Wasserstrom, der pfeilt geschwind.
Die Wasserblas', so bald zerrinnt.
Ein Schatten, der uns macht schabab.
Die Matten, so gräbt unser Grab.

[1650]

[*schabab:* (schab ab!) geh weg!]

[Der Sonnenaufgang]

Es fliehet die düster geflügelte Nacht
Und weichet den bleichen safranen Strahlen,
Beginnend die Spitzen der Berge zu malen
Mit Rosenfarb, Purpur und guldenem Pracht:
Es steiget die Sonne,
Bezeuget die Wonne,
Erwecket die Schäfer
Und ruhenden Schläfer,
Beglänzet die Grenzen und alles erfreuet,
Bekränzet den Lenzen und alles erneuet.

Die Felder und Wälder erzeigen sich früh,
Es singen und klingen der Vögelein Lieder,
Man höret die Schellen der Schäfelein wieder,
Es springet und ringet das muntere Vieh:
Die Sonne besaftet,
Die Wärme bekraftet,
Erwecket, beglücket,
Bestärket, erquicket,
Sie pfleget mit völliger Wärme zu kochen
Die Kräuter, in nächtiger Kälte verkrochen.

So weichet die sündlich-verfinsterte Nacht,
Weil Christus, der Heiland der Heiden, erschienen,
Den Herzen mit leuchtenden Strahlen zu dienen,
Der alles Verlorene wiedergebracht.
Gerechtigkeit-Sonne,
Erfülle mit Wonne
Der Menschen Beginnen,
Daß sündliches Sinnen
Uns völlig erleuchtend nicht völlig betrübe
Und jeder in göttlicher Liebe sich übe!

PHILIPP VON ZESEN

1619–1689

Palm-baum
der höchst-löblichen
Frucht-bringenden Gesellschaft
zu ehren aufge-
richtet.

übliche / liebliche
früchte mus allezeit bringen
des Palmen-baums ewige Zier /
darunter auch Fürsten selbst singen/
lehren unnd mehren mit heisser begier
die rechte der deutschen hoch-prächtigen zungen/
die sich mit ewigem preise geschwungen
hoch über die anderen sprachen entpor:
wie föhr
dis land/
mit hand/
durch krieg /
durch sieg/
durch fleis/
mit schweis/
den preis/
das pfand/
ent-wandt
der Welt;
wie aus der taht erhällt.

[1649]

[*Palmbaum:* Sinnbild der 1617 gegründeten »Fruchtbringenden Gesellschaft«, einer der deutschen Sprachgesellschaften des 17. Jhdts.]

An seine lieb- und holdselige Adelmund

Gegen-hüpfendes Lied

Wie ist es, hat Liebe mein Leben besessen?
Wie? Oder befind't Sie sich leiblich in mir?
O liebliches Leben, wem soll ich's zumessen,
Daß meine Gebeine so zittern für Ihr?
Ich gehe verirret, verwirret und trübe
Und stehe vertiefet in lieblicher Liebe.

Die ächzenden Lüfte, die seufzenden Winde,
Die lechzende Zunge, der Augen Gewirr,
Das Beben der Glieder macht, daß ich verschwinde,
Daß ich mich in meinen Gedanken verirr?
Ach! Schöne, Sie schone der schwächlichen Seelen,
Wann Sie das gebrechliche Herze will quälen.

Ihr übliches Lieblen, o liebliches Leben,
Der lieblenden Äugelein fröhlicher Blitz
Macht, daß ich verzücket herumher muß schweben,
Ja, daß ich verliere Gedanken und Witz.
Das liebliche Singen der zitternden Zungen
Hat mir das Herze durchdrungen, bezwungen.

Sie lieb ich, Sie lob ich, Ihr leb ich zuliebe,
Sie ehr ich, Sie hör ich, Ihr kehr ich mich zu.
Sie machet es, daß ich im Lieben mich übe,
Daß ich verscherze die herzliche Ruh.
Sie schreib ich, mich treib ich, Ihr bleib ich ergeben,
Sie denk ich, mich kränk ich, Ihr schenk ich mein Leben.

Die Jungfer Braut redet ihren Liebsten an

1.
Es bricht herfür der Nächte Licht,
Ach Liebster, kommt, sein Angesicht
Soll meine Sonne werden:
Die Nacht, das sehr verschwiegne Kind,
Erweckt den kühlen Suden-Wind
Der fast erhitzten Erden.
Es wehn und gehn
Alle Winde sanft und linde,
Mond und Sterne
Winken durch die Luft von ferne.

2.
Ja, Venus zieht zum ersten auf
Und will durch seinen sanften Lauf
Uns beide selbst begleiten;
Dem folgt das andre Sternenheer
Und hängt das Gold je mehr und mehr
Am Himmel auf von weiten;
Ja, ich will mich,
O mein Leben, ihm nun eben
Ganz ergeben,
Nun will ich nach Freuden streben!

Meienlied

Der Römischen Keiserlichen /
wie auch
Zu Hungern und Böhmen Königlichen
Majestät /
Der Allerdurchleuchtigsten

Eleonoren /

seiner allergnädigsten Keiserin
und Frauen /
am ersten Mäitage des 1653 jahres / aus
allerunterthänigster schuldigkeit
gewidmet.

Glimmert ihr sterne /
schimmert von ferne /
blinkert nicht trůbe /
flinkert zu liebe
dieser erfreulichen lieblichen zeit.
Lachet ihr himmel /
machet getůmmel /
regnet uns seegen /
segnet den regen /
der uns in freude verwandelt das leid.

Schwitzet und tauet /
blitzet und schauet /
hǒhen und felder /
seen und wålder
alle mit gnaden an: krǒnet das jahr.
Erde / sei frǒlich /
werde nun ehlich.
Singet im schatten /
springet zum gatten /
singet / ihr vogel / und machet ein paar.

Gehet ihr winde /
wehet gelinde.
Springet ihr ånger.
Singet ihr Sånger /
singet der Keiserin einen gesang:
zieret die zeiten /
růhret die seiten /
zwinget sie eher /
bringet sie hǒher /
daß sich erhǒbe der lieblichste klang.

Schallet / ihr tåhler;
hallet / ihr såler.
Schwenket die lichter;
denket / ihr Dichter /
wie ihr der irdischen Gǒttin gefallt:
spitzet die kielen /
sitzet zu spielen;
treibet die geister /
schreibet / ihr Meister /
daß es der Nachwelt zum wunder erschallt.

Unsere Sonne /
unsere wonne /
unsere Gǒttin /
unsere Gǒttin /
unsere gnådigst=gebietende Frau
sollen wir letzen /
wollen wir setzen /
eben von ferne /
neben die sterne /
wo sich befindet der himlische bau.

Da sol Sie schimmern /
da sol Sie glimmern /
ewiglich blůhen /
ewiglich sprůhen
blitzende strahlen / durch Tugend entzůndt;
welche Sie hǒret
welche Sie ehret /
ja Sie so liebet /
ja Sie so ůbet /
daß Sie das hertze des Keisers gewinnt.

Jugend vergehet;
Tugend bestehet;
nimmermehr stirbet /
nimmer verdirbet
unserer Keiserin gǒtlicher glantz.
Schwindet die hǒhle /
bleibet die seele;
schwindet das kennen /
bleibet das nennen /
welches erlanget den ewigen krantz.

[1670]

[*Eleonoren:* Eleonora (1630–1686), Tochter Karls II. von Mantua, heiratete 1651 Kaiser Ferdinand III. – 1653: Im Frühjahr dieses Jahres wurde Zesen von Kaiser Ferdinand III. geadelt. – *letzen:* ergötzen, vergnügen.]

JOHANN GEORG GREFLINGER

um 1620 – um 1677

An eine vortreffliche, schöne und tugendbegabte Jungfrau

Gelbe Haare, güldne Stricke,
Taubenaugen, Sonnenblicke,
Schönes Mündlein von Korallen,
Zähnlein, die wie Perlen fallen,

Lieblichs Zünglein in dem Sprachen,
Süßes Zörnen, süßes Lachen,
Schnee- und lilienweiße Wangen,
Die voll roter Rosen hangen,

Weißes Hälslein gleich den Schwanen,
Ärmlein, die mich recht gemahnen
Wie ein Schnee, der frisch gefallen,
Brüstlein wie zween Zuckerballen,

Lebensvoller Alabaster,
Große Feindin aller Laster,
Frommer Herzen schöner Spiegel,
Aller Freiheit güldner Zügel,

Ausbund aller schönen Jugend,
Aufenthaltung aller Tugend,
Hofstatt aller edlen Sitten:
Ihr habt mir mein Herz bestritten!

[*Sprachen:* Gespräche führen.]

Gegensatz
An eine sehr häßliche Jungfrau

Graues Haar voll Läus und Nisse,
Augen von Scharlach, voll Flüsse,
Blaues Maul voll kleiner Knochen,
Halb verrost und halb zerbrochen.

Blatterzunge, krank zu Sprachen,
Affischs Zörnen, Narrenlachen,
Runzelvolle magre Wangen,
Die wie gelbe Blätter hangen.

Halshaut gleich den Morianen,
Arme, die mich recht gemahnen,
Wie ein Kind ins Kot gefallen,
Brüste wie zween Druckerballen.

Du bist so ein Alabaster
Als ein wohlberegntes Pflaster,
Aller Ungestalt ein Spiegel,
Aller Schönen Steigebügel.

Schimpf der Jungfern und der Jugend,
Unhuld aller lieben Tugend
Einöd aller plumpen Sitten,
Läßt du dich zum Freien bitten?

KASPAR STIELER

1632–1707

Ein jeder, was ihm gefället

Wer will, kann ein gekröntes Buch
Von schwarzen Kriegeszeilen schreiben;
Ich will auf Venus Angesuch
Ihr süßes Liebeshandwerk treiben;
Ich brenne. Wer nicht brennen kann,
Fang ein berühmter Wesen an.

Ich sehe vor mir Blut und Staub
Und tausend Mann gewaffnet liegen,
Ich sehe, wie auf Sieg und Raub
So viel vergöldte Fahnen fliegen;
Doch brenn ich. Wer nicht brennen kann,
Fang ein berühmter Wesen an.

Ich höre der Trompeten Schall,
Der Pauken Lärm, den Klang der Waffen,
Der schreckenden Kartaunen Knall,
Der Büchsen und Musketen Paffen
Und brenne. Wer nicht brennen kann,
Fang ein berühmter Wesen an.

Ich hätte die Gelegenheit
Ein neues Ilium zu melden;
Es gibt mir Anlaß mancher Streit
So vieler ritterlicher Helden;
Doch brenn ich. Wer nicht brennen kann,
Fang ein berühmter Wesen an.

Ich spür auch hier Ulyssens Witz,
Mich reizen Hektors tapfre Taten;
Was hilfts? Mich läßt die Liebeshitz
Auf andre Künste nicht geraten.
Ich brenne. Wer nicht brennen kann,
Fang ein berühmter Wesen an.

Was mein beflammtes Herze hegt,
Zieht meinen Geist von seiner Erden;
Hätt Amors Glut mich nicht erregt,
Wie würd ich je beschrieen werden?
Nun brenn ich. Wer nicht brennen kann,
Fang ein berühmter Wesen an.

Was mir die Venus predigt ein
Samt ihrem lieblichen Empusen,
Mag meines Namens Lorbeer sein;
Sonst brauch ich keiner andern Musen.
Ich brenne. Wer nicht brennen kann,
Fang ein berühmter Wesen an.

Was frag ich nach der Alten Neid,
Was nach dem stumpfen Tadlerbesen!
Es ist genug, wenn nach der Zeit
Mich liebe Jungfern werden lesen.
Ich brenne. Wer nicht brennen kann,
Fang ein berühmter Wesen an.

Ich weiß, wenn ich verweset bin,
Wird mich das junge Volk betrauern
Und sagen: Ach, daß der ist hin,
Den Venus ewig hieße dauern!
Wer aber nimmer brennen kann,
Wird keine Venus fangen an.

[1660]

[*beschrieen:* berühmt.]

ANGELUS SILESIUS (JOHANNES SCHEFFLER)

1624–1677

Sie verspricht sich, ihn bis in den Tod zu lieben

Ich will dich lieben, meine Stärke,
Ich will dich lieben, meine Zier,
Ich will dich lieben mit dem Werke
Und immerwährender Begier.
Ich will dich lieben, schönstes Licht,
Bis mir das Herze bricht.

Ich will dich lieben, o mein Leben,
Als meinen allerbesten Freund.
Ich will dich lieben und erheben,
Solange mich dein Glanz bescheint,
Ich will dich lieben, Gottes Lamm,
Als meinen Bräutigam.

Ach, daß ich dich so spät erkennet,
Du hochgelobte Schönheit du!
Und dich nicht eher mein genennet,
Du höchstes Gut und wahre Ruh!
Es ist mir leid und bin betrübt,
Daß ich so spät geliebt.

Ich lief verirrt und war verblendet,
Ich suchte dich und fand dich nicht;
Ich hatte mich von dir gewendet
Und liebte das geschaffne Licht;
Nun aber ist's durch dich geschehn,
Daß ich dich hab ersehn.

Ich danke dir, du wahre Sonne,
Daß mir dein Glanz hat Licht gebracht,
Ich danke dir, du Himmelswonne,
Daß du mich froh und frei gemacht.
Ich danke dir, du güldner Mund,
Daß du mich machst gesund.

Erhalte mich auf deinen Stegen
Und laß mich nicht mehr irregehn,
Laß meinen Fuß in deinen Wegen
Nicht straucheln oder stillestehn,
Erleucht mir Leib und Seele ganz,
Du starker Himmelsglanz!

Gib meinen Augen süße Tränen,
Gib meinem Herzen keusche Brunst,
Laß meine Seele sich gewöhnen,
Zu üben in der Liebe Kunst!
Laß meinen Sinn, Geist und Verstand
Stets sein zu dir gewandt!

Ich will dich lieben, meine Krone,
Ich will dich lieben, meinen Gott,
Ich will dich lieben ohne Lohne
Auch in der allergrößten Not,
Ich will dich lieben, schönstes Licht,
Bis mir das Herze bricht.

[*Sie verspricht:* die Seele]

Aus: *Geistreiche Sinn- und Schlußreime*

[Cherubinischer Wandersmann]

Du mußt, was Gott ist, sein

Soll ich mein letztes End und ersten Anfang finden,
So muß ich mich in Gott und Gott in mir ergründen
Und werden das, was er: ich muß ein Schein im Schein,
Ich muß ein Wort im Wort, ein Gott in Gotte sein.

Der Mensch ist Ewigkeit

Ich selbst bin Ewigkeit, wenn ich die Zeit verlasse
Und mich in Gott und Gott in mich zusammenfasse.

Gott ergreift man nicht

Gott ist ein lauter Nichts, ihn rührt kein Nun noch Hier:
Je mehr du nach ihm greifst, je mehr entwird er dir.

Zufall und Wesen

Mensch, werde wesentlich; denn wann die Welt vergeht,
So fällt der Zufall weg, das Wesen, das besteht.

Man weiß nicht, was man ist

Ich weiß nicht, was ich bin; ich bin nicht, was ich weiß;
Ein Ding und nit ein Ding, ein Stüpfchen und ein Kreis.

[*Stüpfchen:* Pünktchen.]

Die Gleichheit

Ich weiß nicht, was ich soll; es ist mir alles ein:
Ort, Unort, Ewigkeit, Zeit, Nacht, Tag, Freud und Pein.

Die Unruh kommt von dir

Nichts ist, das dich bewegt, du selber bist das Rad,
Das aus sich selbsten lauft und keine Ruhe hat.

Ohne Warum

Die Ros ist ohn Warum; sie blühet, weil sie blühet,
Sie acht' nicht ihrer selbst, fragt nicht, ob man sie siehet.

Der Leib ist Ehren wert

Halt deinen Leib in Ehrn, er ist ein edler Schrein,
In dem das Bildnis Gotts soll aufbehalten sein.

Was fein ist, das besteht

Rein wie das feinste Gold, steif wie ein Felsenstein,
Ganz lauter wie Kristall soll dein Gemüte sein.

Die Zeit, die ist nicht schnell

Man sagt, die Zeit ist schnell. Wer hat sie sehen fliegen?
Sie bleibt ja unverrückt im Weltbegriffe liegen.

Der geheime Tod

Tod ist ein selig Ding: je kräftiger er ist,
Je herrlicher daraus das Leben wird erkiest.

Das immerwährende Sterben

Ich sterb und lebe Gott; will ich ihm ewig leben,
So muß ich ewig auch für ihn den Geist aufgeben.

[1657]

ANNA OVENA HOYERS

1584–1655

[Letternkreuze]

A.	D.
I.	A.
VV.	VV.
A.I.VV.D.VV.I.A.	D.A.VV.G.VV.A.D.
VV.	VV.
I.	A.
A.	D.

Allein Iesus VVar
Das VVort Im Anfang/
Bleibet immerdar/
Ohn End und abgang.

Das Allmächtig VVort
Gibt VVesen Allen Dingen.
Hat Kraft immerfort/
Alles herfur zubringen.

G.	VV.
VV.	G.
I.	I.
G.VV.I.C.I.VV.G.	VV.G.I.C.I.G.VV.
I.	I.
VV.	G.
G.	VV.

Gottes VVort Ist Christus Iesus VVarer Gott.
Wird wie Töpff zerschmeissen die Gottlose Rott/
Vnd alle seine feinde machen zu spott.

VVarer Gott Iesus Christus Ist Gottes VVort.
War im anfang bey Gott und bleibt immerfort/
Sein Nahm sey gebenedeyet hie und dort.

I.
VV.
S.
D.
I.
S.
I. VV. S. D. I. S. VV. S. I. D. S. VV. I.
S.
I.
D.
S.
VV.
I.

Ich VVerde Seyn Der Ich Seyn VVerde/Spricht
Iesus Das Selbstendig VVort Iehovah.

I.
VV.
S.
I. VV. S. D. S. VV. I.
S.
VV.
I.

Ich VVerd Seyn
Der Seyn VVird Iesus.
Bin allein/
Anfang und Beschluß.

CATHARINA REGINA VON GREIFFENBERG

1633–1694

Das beglückende Unglück

Es dunken uns zwar schwer die Kreuz- und Trübsalzeiten,
Jedoch sie nach dem Geist sehr nutzlich seind und gut,
Dieweil, den Palmen gleich, der christlich Heldenmut
Sich schwinget hoch empor in Widerwärtigkeiten.

Man pflegt mit großer Müh die Kräuter zu bereiten,
Eh man das Öl erlangt, der Kräuter Geist und Blut;
Man brennt und läutert sie bei mancher heißer Glut.
So will uns Gottes Rat auch zu der Tugend leiten.

Es muß das Spiegelglas sehr wohl geschliffen sein,
Sonst ist es nicht gerecht und wirfet falschen Schein.
Der Mensch, in dem sich Gott bespiegelt, soll er leuchten,

So muß durch Kreuzesstahl er werden zugericht.
Allein in Unglücksnacht sieht man das Licht im Licht.
Uns nutzt das Kreuz als wie dem Feld das Taubefeuchten.

[1662]

Auf die fruchtbringende Herbstzeit

Freuderfüller, Früchtebringer, vielbeglückter Jahreskoch,
Grünung-, Blüh- und Zeitungziel, werkbeseeltes Lustverlangen!
Lange Hoffnung ist in dir in die Taterweisung gangen.
Ohne dich wird nur beschauet, aber nichts genossen noch.

Du Vollkommenheit der Zeiten, mache bald vollkommen doch,
Was von Blüh- und Wachstumskraft halbes Leben schon empfangen!
Deine Wirkung kann allein mit der Werkvollziehung prangen.
Werter Zeitenschatz, ach, bringe jenes Blühen auch so hoch,

Schütt aus deinem reichen Horn hochverhoffte Freudenfrüchte!
Lieblich süßer Mundergetzer, lab auch unsern Geist zugleich!
So erhebt mit jenen er deiner Früchte Ruhmgerüchte.

Zeitig' die verlangten Zeiten in dem Oberherrschungsreich,
Laß die Anlaßkerne schwarz, Schickungsäpfel saftig werden,
Daß man Gottes Gnadenfrücht froh genießt und ißt auf Erden!

[*Zeitungziel:* Zeitung = Zeitigung, Reifung.]

JOACHIM NEANDER

1650–1680

Der Lobende

Lobe den Herren, den mächtigen König der Ehren,
Meine geliebete Seele, das ist mein Begehren,
Kommet zu Hauf,
Psalter und Harfe, wacht auf,
Lasset die Musicam hören.

Lobe den Herren, der alles so herrlich regieret,
Der dich auf Adelers Fittichen sicher geführet,
Der dich erhält,
Wie es dir selber gefällt,
Hast du nicht dieses verspüret?

Lobe den Herren, der künstlich und fein dich bereitet,
Der dir Gesundheit verliehen, dich freundlich geleitet,
In wieviel Not
Hat nicht der gnädige Gott
Über dir Flügel gebreitet.

Lobe den Herren, der deinen Stand sichtbar gesegnet,
Der aus dem Himmel mit Strömen der Liebe geregnet,
Denke daran,
Was der Allmächtige kann,
Der dir mit Liebe begegnet.

Lobe den Herren, was in mir ist, lobe den Namen,
Alles was Odem hat, lobe mit Abrahams Samen,
Er ist dein Licht,
Seele, vergiß es ja nicht,
Lobende, schließe mit Amen.

PAUL GERHARDT

1607–1676

An das Angesicht des Herrn Jesu

O Haupt voll Blut und Wunden,
Voll Schmerz und voller Hohn!
O Haupt, zum Spott gebunden
Mit einer Dornenkron!
O Haupt, sonst schön gezieret
Mit höchster Ehr und Zier,
Itzt aber höchst schimpfieret,
Gegrüßet seist du mir!

Du edles Angesichte,
Dafür sonst schrickt und scheut
Das große Weltgewichte,
Wie bist du so bespeit?
Wie bist du so erbleichet?
Wer hat dein Augenlicht,
Dem sonst kein Licht nicht gleichet,
So schändlich zugericht't?

Die Farbe deiner Wangen,
Der roten Lippen Pracht
Ist hin und ganz vergangen;
Des blassen Todes Macht
Hat alles hingenommen,
Hat alles hingerafft,
Und daher bist du kommen
Von deines Leibes Kraft.

Nun, was du, Herr, erduldet,
Ist alles meine Last;
Ich hab es selbst verschuldet,
Was du getragen hast.
Schau her, hier steh ich Armer,
Der Zorn verdienet hat,
Gib mir, o mein Erbarmer,
Den Anblick deiner Gnad!

Erkenne mich, mein Hüter,
Mein Hirte, nimm mich an;
Von dir, Quell aller Güter,
Ist mir viel Gut's getan:
Dein Mund hat mich gelabet
Mit Milch und süßer Kost,
Dein Geist hat mich begabet
Mit mancher Himmelslust.

Ich will hier bei dir stehen,
Verachte mich doch nicht!
Von dir will ich nicht gehen,
Wann dir dein Herze bricht.
Wann dein Haupt wird erblassen
Im letzten Todesstoß,
Alsdann will ich dich fassen
In meinen Arm und Schoß.

Es dient zu meinen Freuden
Und kömmt mir herzlich wohl,
Wann ich in deinem Leiden,
Mein Heil, mich finden soll!
Ach, möcht ich, o mein Leben,
An deinem Kreuze hier
Mein Leben von mir geben,
Wie wohl geschähe mir!

Ich danke dir von Herzen,
O Jesu, liebster Freund,
Für deines Todes Schmerzen,
Da du's so gut gemeint.
Ach gib, daß ich mich halte
Zu dir und deiner Treu
Und, wann ich nun erkalte,
In dir mein Ende sei.

Wann ich einmal soll scheiden,
So scheide nicht von mir!
Wann ich den Tod soll leiden,
So tritt du dann herfür!
Wann mir am allerbängsten
Wird um das Herze sein,
So reiß mich aus den Ängsten
Kraft deiner Angst und Pein.

Erscheine mir zum Schilde,
Zum Trost in meinem Tod,
Und laß mich sehn dein Bilde
In deiner Kreuzesnot!
Da will ich nach dir blicken,
Da will ich glaubensvoll
Dich fest an mein Herz drücken.
Wer so stirbt, der stirbt wohl.

[1667]

Abendlied

Nun ruhen alle Wälder,
Vieh, Menschen, Städt' und Felder,
Es schläft die ganze Welt.
Ihr aber, meine Sinnen,
Auf, auf, ihr sollt beginnen,
Was eurem Schöpfer wohlgefällt.

Wo bist du, Sonne, blieben?
Die Nacht hat dich vertrieben,
Die Nacht, des Tages Feind.
Fahr hin, ein andre Sonne,
Mein Jesus, meine Wonne,
Gar hell in meinem Herzen scheint.

Der Tag ist nun vergangen,
Die güldnen Sternlein prangen
Am blauen Himmelssaal.
So, so werd ich auch stehen,
Wann mich wird heißen gehen
Mein Gott aus diesem Jammertal.

Der Leib, der eilt zur Ruhe,
Legt ab das Kleid und Schuhe,
Das Bild der Sterblichkeit.
Die zieh ich aus, dagegen
Wird Christus mir anlegen
Den Rock der Ehr und Herrlichkeit.

Das Haupt, die Füß und Hände
Sind froh, daß nun zum Ende
Die Arbeit kommen sei.
Herz, freu dich: Du sollst werden
Vom Elend dieser Erden
Und von der Sünden Arbeit frei.

Nun geht, ihr matten Glieder,
Geht, geht und legt euch nieder,
Der Betten ihr begehrt.
Es kommen Stund und Zeiten,
Da man euch wird bereiten
Zur Ruh ein Bettlein in der Erd.

Mein Augen stehn verdrossen,
Im Hui sind sie verschlossen,
Wo bleibt denn Leib und Seel?
Nimm sie zu deinen Gnaden,
Sei gut vor allen Schaden,
Du Aug und Wächter Israel!

Breit aus die Flügel beide,
O Jesu, meine Freude,
Und nimm dein Küchlein ein!
Will Satan mich verschlingen,
So laß die Englein singen:
Dies Kind soll unverletzet sein.

Auch euch, ihr meine Lieben,
Soll heute nicht betrüben
Kein Unfall noch Gefahr.
Gott laß euch ruhig schlafen,
Stell euch die güldnen Waffen
Ums Bett und seiner Helden Schar.

Befiehl dem Herren deine Wege und hoffe auf ihn, er wird's wohl machen

Befiehl du deine Wege
Und was dein Herze kränkt
Der allertreusten Pflege
Des, der den Himmel lenkt,
Der Wolken, Luft und Winden
Gibt Wege, Lauf und Bahn,
Der wird auch Wege finden,
Da dein Fuß gehen kann.

Dem Herren mußt du trauen,
Wann dir's soll wohlergehn,
Auf sein Werk mußt du schauen,
Wann dein Werk soll bestehn.
Mit Sorgen und mit Grämen
Und mit selbsteigner Pein
Läßt Gott ihm gar nichts nehmen,
Es muß erbeten sein.

Dein ewge Treu und Gnade,
O Vater, weiß und sieht,
Was gut sei oder schade
Dem sterblichen Geblüt;
Und was du dann erlesen,
Das treibst du, starker Held,
Und bringst zum Stand und Wesen,
Was deinem Rat gefällt.

Weg' hast du allerwegen,
An Mitteln fehlt dir's nicht,
Dein Tun ist lauter Segen,
Dein Gang ist lauter Licht.
Dein Werk kann niemand hindern,
Dein Arbeit darf nicht ruhn,
Wann du, was deinen Kindern
Ersprießlich ist, willst tun.

Und ob gleich alle Teufel
Hier wollten widerstehn,
So wird doch ohne Zweifel
Gott nicht zurücke gehn;
Was er ihm vorgenommen
Und was er haben will,
Das muß doch endlich kommen
Zu seinem Zweck und Ziel.

Hoff, o du meine Seele,
Hoff und sei unverzagt,
Gott wird dich aus der Höhle,
Da dich der Kummer plagt,
Mit großen Gnaden rücken;
Erwarte nur der Zeit,
So wirst du schon erblicken
Die Sonn der schönsten Freud.

Auf, auf, gib deinem Schmerze
Und Sorgen gute Nacht!
Laß fahren, was dein Herze
Betrübt und traurig macht!
Bist du doch nicht Regente,
Der alles führen soll;
Gott sitzt im Regimente
Und führet alles wohl.

Ihn, ihn laß tun und walten,
Er ist ein weiser Fürst
Und wird sich so verhalten,
Daß du dich wundern wirst,
Wann er, wie ihm gebühret,
Mit wunderbarem Rat
Die Sach hinausgeführet,
Die dich bekümmert hat.

Er wird zwar eine Weile
Mit seinem Trost verziehn
Und tun an seinem Teile,
Als hätt in seinem Sinn
Er deiner sich begeben,
Und sollt'st du für und für
In Angst und Nöten schweben,
Fragt er doch nichts nach dir.

Wird's aber sich befinden,
Daß du ihm treu verbleibst,
So wird er dich entbinden,
Da du's am wen'gsten gläubst;
Er wird dein Herze lösen
Von der so schweren Last,
Die du zu keinem Bösen
Bisher getragen hast.

Wohl dir, du Kind der Treue,
Du hast und trägst davon
Mit Ruhm und Dankgeschreie
Den Sieg und Ehrenkron.
Gott gibt dir selbst die Palmen
In deine rechte Hand,
Und du singst Freudenpsalmen
Dem, der dein Leid gewandt.

*Mach En*d, o Herr, mach Ende
An aller unsrer Not!
Stärk unsre Füß und Hände
Und laß bis in dem Tod
Uns allzeit deiner Pflege
Und Treu empfohlen sein,
So gehen unsre Wege
Gewiß zum Himmel ein.

[*ihm:* sich. – *verziehn:* warten lassen. – *deiner sich begeben:* auf dich verzichten.]

HANS JAKOB CHRISTOFFEL VON GRIMMELSHAUSEN

1621/22–1676

Du sehr-verachter Bauren-Stand,
Bist doch der beste in dem Land,
Kein Mann dich gnugsam preisen kann,
Wann er dich nur recht siehet an.

Wie stünd es jetzund um die Welt,
Hätt Adam nicht gebaut das Feld,
Mit Hacken nährt sich anfangs der,
Von dem die Fürsten kommen her.

Es ist fast alles unter dir,
Ja, was die Erd nur bringt herfür,
Wovon ernähret wird das Land,
Geht dir anfänglich durch die Hand.

Der Kaiser, den uns Gott gegeben,
Uns zu beschützen, muß doch leben
Von deiner Hand, auch der Soldat,
Der dir doch zufügt manchen Schad.

Fleisch zu der Speis zeugst auf allein,
Von dir wird auch gebaut der Wein,
Dein Pflug der Erden tut so not,
Daß sie uns gibt genugsam Brot.

Die Erde wär ganz wild durchaus,
Wann du auf ihr nicht hieltest haus,
Ganz traurig auf der Welt es stünd,
Wenn man kein' Bauersmann mehr fünd.

Drum bist du billig hoch zu ehrn,
Weil du uns alle tust ernährn;
Die Natur liebt dich selber auch,
Gott segnet deinen Bauren-Brauch.

Vom bitterbösen Podagram
Hört man nicht, daß an Bauren kam,
Das doch den Adel bringt in Not
Und manchen Reichen gar in Tod.

Der Hoffart bist du sehr befreit,
Absonderlich zu dieser Zeit,
Und daß sie auch nicht sei dein Herr,
So gibt dir Gott des Kreuzes mehr.

Ja, der Soldaten böser Brauch
Dient gleichwohl dir zum Besten auch,
Daß Hochmut dich nicht nehme ein,
Sagt er: Dein Hab und Gut ist mein.

[1669]

Komm, Trost der Nacht, o Nachtigall,
Laß deine Stimm mit Freudenschall
Aufs lieblichste erklingen;
Komm, komm, und lob den Schöpfer dein,
Weil andre Vöglein schlafen sein
Und nicht mehr mögen singen!
Laß dein Stimmlein
Laut erschallen, dann vor allen
Kannst du loben
Gott im Himmel hoch dort oben.

Obschon ist hin der Sonnenschein
Und wir im Finstern müssen sein,
So können wir doch singen
Von Gottes Güt und seiner Macht,
Weil uns kann hindern keine Nacht,
Sein Lob zu vollenbringen.
Drum dein Stimmlein
Laß erschallen, dann vor allen
Kannst du loben
Gott im Himmel hoch dort oben.

Echo, der wilde Widerhall,
Will sein bei diesem Freudenschall
Und lässet sich auch hören,
Verweist uns alle Müdigkeit,
Der wir ergeben allezeit,
Lehrt uns den Schlaf betören.
Drum dein Stimmlein
Laß erschallen, dann vor allen
Kannst du loben
Gott im Himmel hoch dort oben.

Die Sterne, so am Himmel stehn,
Lassen sich zum Lob Gottes sehn
Und tun ihm Ehr beweisen;
Auch die Eul, die nicht singen kann,
Zeigt doch mit ihrem Heulen an,
Daß sie Gott auch tu preisen.
Drum dein Stimmlein
Laß erschallen, dann vor allen
Kannst du loben
Gott im Himmel hoch dort oben.

Nur her, mein liebstes Vögelein,
Wir wollen nicht die Fäulste sein
Und schlafend liegen bleiben,
Sondern bis daß die Morgenröt
Erfreuet diese Wälder öd,
Im Lob Gottes vertreiben.
Laß dein Stimmlein
Laut erschallen, dann vor allen
Kannst du loben
Gott im Himmel hoch dort oben.

QUIRINUS KUHLMANN

1651–1689

Der XXXVIII. Liebeskuß
Das unbegreifliche Jesusgrab

O Grab! o Wundergrab! dem alle Gräber weichen!
O Grab! des Himmels Sitz! du Burg der Ewigkeit!
O Grab! das einst begrub die Leiche aller Leichen!
O Grab! du Gräbergrab! o Grab! du Grab der Zeit!

O Grab! als Gott im Grab vor Menschen wollt erbleichen!
O Grab! das von dem Grab uns auserwünscht befreit!
O Grab! ja Thron! und Thron, dem nie ein Thron wird gleichen!
O Grab! das stracks vergrub den Grab- und Todesstreit!

O Grab! das uns aufgrub ein Leben aller Leben!
O Grab! du Gräberruhm! O Lust! die Lust erhält!
O Grab! das ewig bleibt! und ewig Trost mag geben!

O Grab! das uns belebt, wann Sonn und Weltkreis fällt!
O Grab! wann mich ein Grab im Grabe wird begraben,
Werd ich von deinem Grab das schönste Grabmal haben.

Der XLI. Liebeskuß
Der Wechsel menschlicher Sachen

Auf Nacht, Dunst, Schlacht, Frost, Wind, See, Hitz, Süd, Ost, West, Nord, Sonn, Feur und Plagen
Folgt Tag, Glanz, Blut, Schnee, Still, Land, Blitz, Wärm, Hitz, Lust, Kält, Licht, Brand und Not.
Auf Leid, Pein, Schmach, Angst, Krieg, Ach, Kreuz, Streit, Hohn, Schmerz, Qual, Tück, Schimpf als Spott
Will Freud, Zier, Ehr, Trost, Sieg, Rat, Nutz, Fried, Lohn, Scherz, Ruh, Glück, Glimpf stets tagen.

Der Mond, Glunst, Rauch, Gems, Fisch, Gold, Perl, Baum, Flamm, Storch, Frosch, Lamm, Ochs und Magen
Liebt Schein, Stroh, Dampf, Berg, Flut, Glut, Schaum, Frucht, Asch, Dach, Teich, Feld, Wies und Brot.
Der Schütz, Mensch, Fleiß, Müh, Kunst, Spiel, Schiff, Mund, Prinz, Rach, Sorg, Geiz, Treu und Gott
Sucht's Ziel, Schlaf, Preis, Lob, Gunst, Zank, Port, Kuß, Thron, Mord, Sarg, Geld, Hold, Danksagen.

Was gut, stark, schwer, recht, lang, groß, weiß, eins, ja, Luft, Feur, hoch, weit genennt,
Pflegt bös, schwach, leicht, krumm, breit, klein, schwarz, drei, nein, Erd, Flut, tief, nah zu meiden.
Auch Mut, lieb, klug, Witz, Geist, Seel, Freund, Lust, Zier, Ruhm, Fried, Scherz, Lob muß scheiden,
Wo Furcht, Haß, Trug, Wein, Fleisch, Leib, Feind, Weh, Schmach, Angst, Streit, Schmerz, Hohn schon rennt.

Alles wechselt, alles liebet, alles scheinet was zu hassen:
Wer nur diesem nach wird denken, muß die Menschen-Weisheit fassen.

[1671]

[*Glimpf:* Ehre, Ansehen. – *Glunst:* noch glühende Asche]

Grab Martin Opitzens, des Schlesiens Homerus

Es liegt in dieser Gruft Apollo selbst versenket
Des Teutschen Helicons, der Schlesien getränket
Mit seinem güldnen Mund und wie ein großes Meer
Sich in ganz Teutschland hat ergossen hin und her.

SIGMUND VON BIRKEN

1626–1681

Ach! diese Stätt
das Sterbe - Bett
von JEsu war /
der Creutz-Altar.
Hier er das Opfer ward für unsre Sünden.
Sein heiligs Haupt die Dornen must empfinden.
Die treue Händ' und Arme voll Erbarmen
Er breitet aus / uns Arme zu umarmen.
Es schreibt uns ein
den Händen sein /
der Nägel Stich.
Hier öffnet sich
das Herz / die Seit:
ist groß und weit
zur Zuflucht - Höl /
für deine Seel.
Hier briet das Lamm
am Creutzes-Stamm
in Liebes - Glut /
betrieft mit Blut:
es lädt uns ein
zu Brod und Wein.
Die schwache Knie
sich beugen hie:
weil sein Gebet
für dich abgeht.
Umfang die Füß /
die gehn gewiß
den Weg dir vor /
zum Himmels-Thor:
durch Creutz u. Leid
zur Himmels Freud.

[1679]

CHRISTIAN HOFFMANN VON HOFFMANNSWALDAU

1617–1679

Auf den Mund

Mund! der die Seelen kann durch Lust zusammen hetzen,
Mund! der viel süßer ist als starker Himmelswein,
Mund! der du Alikant des Lebens schenkest ein,
Mund! den ich vorziehn muß der Inden reichen Schätzen,
Mund! dessen Balsam uns kann stärken und verletzen,
Mund! der vergnügter blüht als aller Rosen Schein,
Mund! welchem kein Rubin kann gleich und ähnlich sein,
Mund! den die Gratien mit ihren Quellen netzen;
Mund! ach Korallenmund, mein einziges Ergetzen!
Mund! laß mich einen Kuß auf deinen Purpur setzen.

[1695]

Er schauet der Lesbie durch ein Loch zu

Es dachte Lesbie, sie säße ganz allein,
Indem sie wohl verwahrt die Fenster und die Türen,
Doch ließ sich Sylvius den geilen Fürwitz führen
Und schaute durch ein Loch in ihr Gemach hinein.

Auf ihrem linken Knie lag ihr das rechte Bein,
Die Hand war höchst bemüht, den Schuh ihr zuzuschnüren,
Er schaute, wie der Moos Zinnober weiß zu zieren,
Und wo Cupido will mit Lust gewieget sein.

Es rufte Sylvius: wie zierlich sind die Waden
Mit warmem Schnee bedeckt, mit Elfenbein beladen!
Er sahe selbst den Ort, wo seine Hoffnung stund.

Es lachte Sylvius. Sie sprach: Du bist verloren,
Zum Schmerze bist du dir und mir zur Pein erkoren,
Denn deine Hoffnung hat ja gar zu schlechten Grund.

Albanie, gebrauche deiner Zeit
Und laß den Liebeslüsten freien Zügel.
Wenn uns der Schnee der Jahre hat beschneit,
So schmeckt kein Kuß, der Liebe wahres Siegel.
Im grünen Mai grünt nur der bunte Klee,
Albanie.

Albanie, der schönen Augen Licht,
Der Leib und was auf den beliebten Wangen,
Ist nicht vor dich, vor uns nur zugericht.
Die Äpfel, so auf deinen Brüsten prangen,
Sind unsre Lust und süße Anmutssee,
Albanie.

Albanie, was quälen wir uns viel
Und züchtigen die Nieren und die Lenden?
Nur frisch gewagt das angenehme Spiel,
Jedwedes Glied ist ja gemacht zum Wenden,
Und wendet doch die Sonn sich in die Höh.
Albanie.

Albanie, soll denn dein warmer Schoß
So öd und wüst und unbebauet liegen?
Im Paradies, da ging man nackt und bloß
Und durfte frei die Liebesäcker pflügen.
Welch Menschensatz macht uns dies neue Weh?
Albanie.

Albanie, wer kann die Süßigkeit
Der zwei vermischten Geister recht entdecken?
Wenn Lieb und Lust ein Essen uns bereit,
Das wiederholt am besten pflegt zu schmecken,
Wünscht nicht dein Herz, daß es dabei vergeh?
Albanie.

Albanie, weil noch der Wollusttau
Die Glieder netzt und das Geblüte springet,
So laß doch zu, daß auf der Venusau
Ein brünstger Geist dir knieend Opfer bringet,
Daß er vor dir in voller Andacht steh.
Albanie.

[*vor:* für. – *doch:* sogar.]

Beschreibung vollkommener Schönheit

Ein Haar, so kühnlich Trotz der Berenike spricht,
Ein Mund, der Rosen führt und Perlen in sich heget,
Ein Zünglein, so ein Gift vor tausend Herzen träget,
Zwo Brüste, wo Rubin durch Alabaster bricht,

Ein Hals, der Schwanenschnee weit, weit zurücke sticht,
Zwei Wangen, wo die Pracht der Flora sich beweget,
Ein Blick, der Blitze führt und Männer niederleget,
Zwei Armen, deren Kraft oft Leuen hingericht,

Ein Herz, aus welchem nichts als mein Verderben quillet,
Ein Wort, so himmlisch ist und mich verdammen kann,
Zwei Hände, derer Grimm mich in den Bann getan

Und durch ein süßes Gift die Seele selbst umhüllet,
Ein Zierat, wie es scheint, im Paradies gemacht,
Hat mich um meinen Witz und meine Freiheit bracht.

Vergänglichkeit der Schönheit

Es wird der bleiche Tod mit seiner kalten Hand
Dir endlich mit der Zeit um deine Brüste streichen,
Der liebliche Korall der Lippen wird verbleichen,
Der Schultern warmer Schnee wird werden kalter Sand;

Der Augen süßer Blitz, die Kräfte deiner Hand,
Für welchen solches fällt, die werden zeitlich weichen.
Das Haar, das itzund kann des Goldes Glanz erreichen,
Tilgt endlich Tag und Jahr als ein gemeines Band.

Der wohlgesetzte Fuß, die lieblichen Gebärden,
Die werden teils zu Staub, teils nichts und nichtig werden,
Denn opfert keiner mehr der Gottheit deiner Pracht.

Dies und noch mehr als dies muß endlich untergehen.
Dein Herze kann allein zu aller Zeit bestehen,
Dieweil es die Natur aus Diamant gemacht.

Wo sind die Stunden
Der süßen Zeit,
Da ich zuerst empfunden,
Wie deine Lieblichkeit
Mich dir verbunden?
Sie sind verrauscht. Es bleibet doch dabei,
Daß alle Lust vergänglich sei.

Das reine Scherzen,
So mich ergetzt
Und in dem tiefen Herzen
Sein Merkmal eingesetzt,
Läßt mich in Schmerzen.
Du hast mir mehr als deutlich kundgetan,
Daß Freundlichkeit nicht ankern kann.

Das Angedenken
Der Zuckerlust
Will mich in Angst versenken.
Es will verdammte Kost
Uns zeitlich kränken.
Was man geschmeckt und nicht mehr schmecken soll,
Ist freudenleer und jammervoll.

Empfangne Küsse,
Ambrierter Saft
Verbleibt nicht lange süße
Und kommt von aller Kraft;
Verrauschte Flüsse
Erquicken nicht. Was unsern Geist erfreut,
Entspringt aus Gegenwärtigkeit.

Ich schwamm in Freude,
Der Liebe Hand
Spann mir ein Kleid von Seide;
Das Blatt hat sich gewandt,
Ich geh im Leide,
Ich wein itzund, daß Lieb und Sonnenschein
Stets voller Angst und Wolken sein.

[*Ambriert:* mit Duftstoff angereichert.]

Die Welt

Was ist die Welt und ihr berühmtes Glänzen?
Was ist die Welt und ihre ganze Pracht?
Ein schnöder Schein in kurzgefaßten Grenzen,
Ein schneller Blitz bei schwarzgewölkter Nacht,
Ein buntes Feld, da Kummerdisteln grünen,
Ein schön Spital, so voller Krankheit steckt,
Ein Sklavenhaus, da alle Menschen dienen,
Ein faules Grab, so Alabaster deckt.

Das ist der Grund, darauf wir Menschen bauen
Und was das Fleisch für einen Abgott hält.
Komm, Seele, komm und lerne weiter schauen,
Als sich erstreckt der Zirkel dieser Welt!
Streich ab von dir derselben kurzes Prangen,
Halt ihre Lust für eine schwere Last:
So wirst du leicht in diesen Port gelangen,
Da Ewigkeit und Schönheit sich umfaßt.

CHRISTIAN KNORR VON ROSENROTH

1636–1689

Morgenandacht

Morgenglanz der Ewigkeit,
Licht vom unerschöpften Lichte,
Schick uns diese Morgenzeit
Deine Strahlen zu Gesichte
Und vertreib durch deine Macht
Unsre Nacht.

Die bewölkte Finsternis
Müsse deinem Glanz entfliegen,
Die durch Adams Apfelbiß
Uns, die kleine Welt, bestiegen,
Daß wir, Herr, durch deinen Schein
Selig sein.

Deiner Güte Morgentau
Fall auf unser matt Gewissen:
Laß die dürre Lebensau
Lauter süßen Trost genießen
Und erquick uns, deine Schar,
Immerdar.

Gib, daß deiner Liebe Glut
Unsre kalten Werke töte
Und erweck uns Herz und Mut
Bei entstandner Morgenröte,
Daß wir, eh wir gar vergehn,
Recht aufstehn.

Laß uns ja das Sündenkleid
Durch des Bundes Blut vermeiden,
Daß uns die Gerechtigkeit
Mög als wie ein Rock bekleiden
Und wir so vor aller Pein
Sicher sein.

Ach! du Aufgang aus der Höh,
Gib, daß auch am Jüngsten Tage
Unser Leichnam aufersteh
Und, entfernt von aller Plage,
Sich auf jener Freudenbahn
Freuen kann.

Leucht uns selbst in jener Welt,
Du verklärte Gnadensonne;
Führ uns durch das Tränenfeld
In das Land der süßen Wonne,
Da die Lust, die uns erhöht,
Nie vergeht.

[1684]

SUSANNA ELISABETH ZEIDLER

um 1686

Beglaubigung der Jungfer Poeterey

Rhapsodius glaubt nicht das Jungfern Verse machen:
Wie solte man nu nicht der falschen Meynung lachen?
Wie / wenn man sagte / das hochzeitliche Gedicht /
Das Rhapsodus gemacht / ist seine Arbeit nicht.

Ist dieses müglich / so kan jenes auch geschehen.
Hat denn Herr Rhapsodus dergleichen nie gesehen?
Ihr Musen Söhne denckt / ihr seyd es gar allein /
Bey denen Phoebus zeucht mit seinen Künsten ein.

O nein / ihr irret euch: Die Pallas pflegt desgleichen
Kunst / Weißheit und Verstand uns Nimphen darzureichen.
Sind wir gleich nicht an Kunst und Gaben gar zu reich /
Noch euch / ihr Phoebus Volck in allen Stücken gleich.

(Denn dieses ist gewiß / das läßt man wol passiren /
Das euch die freye Kunst vortrefflich kan bezieren /
Dazu euch euer Fürst Apollo Anlaß giebt /
Wenn ihr von Jugend auf Parnassus Hügel liebt.)

So werdet ihr doch diß nicht gäntzlich leugnen können /
Das Gott und die Natur uns ebenmäßig gönnen
Was euch gegeben ist / und das uns offtmahls nicht
Das Tichten / sondern nur die Zeit dazu gebricht.

Es fehlt uns nicht an Witz / und andern guten Gaben /
Nur das man nicht dazu Gelegenheit kan haben.
Wenn man uns so wie euch / die Künste gösse ein /
So wolten wir euch auch hierinnen gleicher seyn.

[1686]

[*Rhapsodius:* vgl. Rhapsode.]

JOHANN CASPAR SCHADE

1666–1698

[Über die Anfangsworte des 63. Psalms]

GOTT / du bist mein GOTT.
bistu mein GOtt?
GOtt du bist mein.
Du GOtt bist mein.
mein GOTT bist DU.

BIST du GOtt mein GOtt?
mein GOtt / du GOtt.
du mein GOtt / GOtt?
GOtt / du mein GOtt.
du GOtt / GOtt MEIN?

DU GOtt bist mein GOtt.
mein GOtt / bist GOtt.
bist mein GOtt / GOtt.
GOtt / GOtt bist mein.
GOtt mein GOtt BIST.

MEIN GOtt / bistu GOtt?
GOtt / du bist GOtt.
bist GOtt / GOTT.
GOtt / GOtt bistu.
GOtt / du GOtt bist.

GOTT / GOtt bistu mein?
mein GOtt du bist.
bistu / GOtt / mein?
GOtt / du mein bist.
GOtt / mein bistu.

AMEN.

[1698]

NIKOLAUS VON BOSTEL

1670–1705

Abschied an eine Geliebte.

Bilder-Reim.

Kan Man
Auch woll auff der Erden
Schmertzlicher betrübet werden /
Als wenn des Glückes Spiel
Zwey Verliebte trennen will?
Nun ich weiß auch was es ist/
Weñ man schöne Lippen küst/
Und die Lust verlassen soll/
Drum mein Engel lebe woll.
Such die Freude
Nicht im Leide/
Liebe mich /
wie ich
dich.

MICHAEL KONGEHL

1646–1710

Die erwünschte Heimat

Geister, die die Welt durchreisen,
Fürchten keiner Skythen Eisen,
Achten nichts den blanken Stahl;
Halbbemondte Partisanen,
Blutbespritzte Martisfahnen
Stürzen sie in keine Qual.

Des entbrannten Ätnas Spitzen
Und die zwei erhöhte Stützen,
Die Alkmenen Sohn erbaut,
Werden oftmals überstiegen;
Thule bleibt dahinten liegen,
Und Peru wird selbst durchschaut.

Aber wann das Rund der Erden
Mit viel tausend Angstbeschwerden
Endlich überstiegen ist,
Mußt du doch zurückgedenken
Und die Sinnen heimwärts lenken,
Wo du nicht von Marmor bist.

Du wirst schlechte Ruh empfinden,
Bis du von den Äolswinden
Wirst getrieben seewärts ein,
Daß du kannst aus fremden Landen
Fröhlich an dem Ufer stranden,
Da dein Herz zu Haus mag sein.

[nach 1683]

[*Halbbemondte:* türkische. – *Martisfahnen:* Kriegsfahnen.]

Der alte Junggesell

Auf eine Hochzeit in Nürnberg

Ein Junger ist von leichten Sinnen,
Der Alte pranget mit Verstand.
Was dieser durch und durch hat innen,
Ist jenem kaum von fern bekannt.
Der bläht sich auf mit leeren Dingen,
Die dieser kann im Werk verbringen.

Der junge Met taugt nicht zum Trinken,
Ein alter Wein ist lobenswert.
Der Junge läßt sich viel bedünken
Und ist oft dummer als ein Pferd.
Weg mit den albern Jugendpossen!
Das Alter ist mit Witz umflossen.

Was weiß ein junger Kerl vom Lieben,
Der nie das Ding versuchet hat?
Ein alter, der es lang getrieben,
Versteht sich recht aufs Liebesrad.
Ein alter Fuchs ist durchgegangen,
Da oft ein junger wird gefangen.

Ein Kind zum Kind sich nicht wohl schicket,
Das noch der Lehr bedürftig ist.
Ein alter Vater wird erquicket,
Wenn ihn ein junges Magdchen küßt.
Ein dürres Holz viel leichter flammet,
Als das noch aus den Wurzeln stammet.

Die alte Treu wird noch gesuchet.
Von wem wird wohl das alte Gold
Zusamt dem alten Recht verfluchet?
Ein Junger ist der Torheit hold,
Der Alte kann mit klugen Sachen
Sich und die Liebste lustig machen.

Die alten Ziegen lieber lecken
Als junge die gesalzne Speis.
Sich in den alten Wannen strecken
Zu baden hat viel mehr den Preis
Als in den neuen, weil in diesen
Oft mancher Splitter wird gewiesen.

Wer ist dann, der die Braut verdenket,
Daß sie den neu-verliebten Sinn
Auf einen alten Jungmann lenket
Und läßt die Jungen fahren hin!
Ich lob ihr klugersinntes Wesen,
Daß sie was Altes auserlesen.

Der alte Gott wird seinen Segen
Wie auf den alten Abraham
Auf sie und ihren Liebsten legen,
Daß die so lang verschlossne Flamm
In kurzer Zeit so aus wird schlagen,
Daß sie muß nach der Ammen fragen.

HANS ASSMANN VON ABSCHATZ

1646–1699

Aus dem 20. Psalm

Es höre der Herr dein Klagen in Not,
Es schütze dich Jakobs gewaltiger Gott,
Er sende dir Hülfe vom heiligen Thron
Und Labsal und Stärke vom Berge Zion.
Er denke genädig an dein Geschrei,
Dein Opfer der Lippen ihm angenehm sei.
Er gebe dir, was dein Herze begehrt,
Und mache dein christliches Wünschen gewährt,
Damit du nach selig vollendeter Zeit
Ihn lobest und rühmest in Ewigkeit.

Wie ist die deutsche Welt in Neuigkeit ersoffen!
Man deckt und kleidet sich, man schreibet, singt und spricht,
Man reiset, schläft und ißt, man reitet, tanzt und ficht
Nach neu erwählter Art. Wer Glück und Gunst will hoffen,
Muß sich in allem Tun der Neuigkeit bequemen,
Sonst wird ihn Überwitz mit Hohn und Spott beschämen.

Es bleibet nicht darbei: Man ändert auch die Sitten,
Der Kittel alter Treu und deutscher Redlichkeit
Ist unsrer Modewelt ein viel zu schlechtes Kleid,
Die junge Neuigkeit will überall gebieten.
Was Wunder, wenn nun auch in manchem deutschen Lande
Der neue vor will gehn dem alten Adelstande!

Das Alter wird veracht, das doch so viel' begehren:
Doch will ich lieber alt- als junggeboren sein.
Mit Aufgeld tauschet man die alten Münzen ein;
Der Firnewein gilt mehr, als der noch soll verjähren.
Man sieht die Aloe nach hundert Jahren blühen,
Der jungen Tulpe Pracht in kurzer Zeit entfliehen.

Bellhumor im Garten begraben

Windfänger, Steigedach, Teichmesser, Entenfechter,
Luftspringer, Wagehals, Grundfischer, Flutverächter,
Steinträger, Büchsenhold, Nachtwächter, Bettlerfeind,
Zeitkürzer, Stundendieb, Lustmacher, Gästefreund,
Bringwieder, Tragenach, Postrenner, Suchverloren,
Klug von Verstande, zart von Nas und schön von Ohren,
Türöffner, Sperretor, Feldmauser, Schlüsselheld,
Wildstörer, Katzenmord, Wettlaufer, Springinsfeld:
Dies war mein wahrer Ruhm. Doch werden, die mich missen,
Noch mehr von kluger Treu mir nachzusagen wissen.
Als ich von Jahren satt mein müdes Leben schloß,
Gab mir Pomona selbst ein Grab in ihrem Schoß.

JOHANN CHRISTIAN GÜNTHER

1695–1723

Trostaria

Endlich bleibt nicht ewig aus,
Endlich wird der Trost erscheinen;
Endlich grünt der Hoffnungsstrauß,
Endlich hört man auf zu weinen.
Endlich bricht der Tränenkrug,
Endlich spricht der Tod: Genug!

Endlich wird aus Wasser Wein,
Endlich kommt die rechte Stunde,
Endlich fällt der Kerker ein,
Endlich heilt die tiefste Wunde,
Endlich macht die Sklaverei
Den gefangnen Joseph frei.

Endlich, endlich kann der Neid,
Endlich auch Herodes sterben,
Endlich Davids Hirtenkleid
Seinen Saum in Purpur färben,
Endlich macht die Zeit den Saul
Zur Verfolgung schwach und faul.

Endlich nimmt der Lebenslauf
Unsers Elends auch ein Ende,
Endlich steht der Heiland auf,
Der das Joch der Knechtschaft wende,
Endlich machen vierzig Jahr
Die Verheißung zeitig wahr.

Endlich blüht die Aloe,
Endlich trägt der Palmbaum Früchte,
Endlich schwindet Furcht und Weh,
Endlich wird der Schmerz zunichte,
Endlich sieht man Freudental,
Endlich, endlich kommt einmal.

[*den gefangnen Joseph:* Joseph, von Potiphar, seinem Herrn, ins Gefängnis geworfen, wurde vom Pharao befreit und erlangte großes Ansehen (1. Mose 37 ff.). – *Davids Hirtenkleid:* Der Hirt David wurde König. – *Saul:* Der erste israelitische König führte viele Kriege (1. Samuel 8 ff.).]

Als er sie seiner beständigen Treue versicherte

Weine nicht, mein Kind, ich bleibe
Dir bis in den Tod getreu.
Glaube, was ich denk und schreibe,
Ist und heißt stets einerlei,
Weil die Redlichkeit zum Lieben
Mir Gesetze vorgeschrieben.

Gott und Himmel können zeugen,
Daß ich dir beständig bin;
Eher wird die Wahrheit schweigen
Als mein falsch und leichter Sinn
Das geknüpfte Band zerreißen
Und des Meineids schuldig heißen.

Laß die Wetter unterdessen
Über unsrer Unschuld stehn.
Mußt du bittre Mandeln essen
Und vorjetzt auf Dornen gehn,
So bedenke, das Vergnügen
Wird uns einst zusammenfügen.

Warte mit Geduld der Freude
Und der ungemeinen Lust,
Welche du mit diesem Leide
Dir zuvor verdienen mußt!
Endlich werden deine Tränen
Dir den Weg zur Wollust bähnen.

Jetzo geb ich deinem Kusse
Eine kurze gute Nacht
Und gehorche diesem Schlusse,
Welchen das Verhängnüs macht;
Doch ich will in wenig Tagen
Dir die Ankunft wieder sagen.

Lebe wohl! Die Zunge stammlet,
Und der Augen nasses Heer,
Das die Wehmut schon versammlet,
Macht so Hand als Feder schwer
Und verbietet meinem Willen,
Diesen Bogen anzufüllen.

[E: zwischen 1714/1716; D: 1725]

An Leonoren

Gedenk an mich und meine Liebe,
Du mit Gewalt entrißnes Kind,
Und glaube, daß die reinen Triebe
Dir jetzt und allzeit dienstbar sind
Und daß ich ewig auf der Erde
Sonst nichts als dich verehren werde.

Gedenk an mich in allem Leiden
Und tröste dich mit meiner Treu!
Die Luft mag jetzt empfindlich schneiden,
Die Wetter gehn doch all vorbei,
Und nach dem ungeheuren Knallen
Wird auch ein fruchtbar Regen fallen.

Gedenk an mich in deinem Glücke,
Und wenn es dir nach Wunsche geht,
So setze nie den Freund zurücke,
Der bloß um dich in Sorgen steht!
Auch mir kann bei dem besten Leben
Nichts mehr als du Entzückung geben.

Gedenk an mich in deinem Sterben;
Der Himmel halte dies noch auf,
Doch sollen wir uns nicht erwerben
Und zürnt der Sterne böser Lauf,
So soll mir auch das Sterbeküssen
Die Hinfahrt durch dein Bild versüßen.

Gedenk an mich und meine Tränen,
Die dir so oft das Herz gerührt
Und die dich durch mein kräftig Sehnen
Zum ersten auf die Bahn geführt,
Wo Kuß und Liebe treuer Herzen
Des Lebens Ungemach verschmerzen.

Gedenk auch endlich an die Stunde,
Die mir das Herz vor Wehmut brach,
Als ich wie du mit schwachem Munde
Die letzten Abschiedsworte sprach;
Gedenk an mich und meine Plagen!
Mehr will und kann ich jetzt nicht sagen.

Als er durch innerlichen Trost bei der Ungeduld gestärket wurde

Geduld, Gelassenheit, treu, fromm und redlich sein,
Und wie ihr Tugenden euch sonst noch alle nennet,
Verzeiht es, doch nicht mir, nein, sondern meiner Pein,
Die unaufhörlich tobt und bis zum Marke brennet,
Ich geb euch mit Vernunft und reifem Wohlbedacht,
Merkt dieses Wort nur wohl, von nun an gute Nacht;
Und daß ich euch gedient, das nenn ich eine Sünde,
Die ich mir selber kaum jemals vergeben kann.
Steckt künftig, wen ihr wollt, mit euren Strahlen an,
Ich schwöre, daß ich mich von eurem Ruhm entbinde.

Ihr Lügner, die ihr noch dem Pöbel Nasen dreht,
Von vieler Vorsicht schwatzt, des Höchsten Gnad erhebet,
Dem Armen Trost versprecht und, wenn ein Sünder fleht,
Ihm Rettung, Rat und Kraft, ja, mit dem Maule gebet,
Wo steckt denn nun der Gott, der helfen will und kann?
Er nimmt ja, wie ihr sprecht, die gröbsten Sünder an.
Ich will der gröbste sein, ich warte, schrei und leide;
Wo bleibt denn auch sein Sohn? Wo ist der Geist der Ruh?
Langt jenes Unschuldskleid und dieses Kraft nicht zu,
Daß beider Liebe mich vor Gottes Zorn bekleide?

Ha, blindes Fabelwerk, ich seh dein Larvenspiel.
Dies geb ich auch noch zu: es ist ein ewig Wesen,
Das seine größte Macht an mir nur zeigen will
Und das mich obenhin zur Marter auserlesen;
Es führt, es leitet mich, doch stets auf meinen Fall,
Es gibt Gelegenheit, damit es überall
Mich rühmlich strafen kann und stets entschuldigt scheine.
Bisweilen zeigt es mir das Glücke, recht zu gehn,
Bald läßt es mich in mir dem Guten widerstehn,
Damit die frömmste Welt das Ärgste von mir meine.

Aus dieser Quelle springt mein langes Ungemach:
Viel Arbeit und kein Lohn als Krankheit, Haß und Schande.
Die Spötter pfeifen mir mit Neid und Lügen nach,
Die Armut jagt den Fuß aus dem und jenem Lande,
Die Eltern treiben mich den Feinden vor die Tür
Und stoßen mich – o Gott, gib acht, sie folgen dir –
Ohn Ursach in den Staub und ewig aus dem Herzen.
Mein Wissen wird verlacht, mein ehrlich Herz erdrückt,
Die Fehler, die ich hab, als Laster vorgerückt,
Und alles schickt sich recht, die Freunde zu verscherzen.

Ist einer in der Welt, er sei mir noch so feind,
An dem ich in der Not kein Liebeszeichen täte,
Und bin ich jedem nicht ein solcher wahrer Freund,
Als ich mir selbst von Gott, erhört er andre, bete,
Hat jemand auf mein Wort sein Unglück mehr gefühlt,
Hat bosheitsvoller Scherz mit fremder Not gespielt
Und hab ich unrecht Gut mit Vorsatz angezogen,

So greife mich sogleich der bösen Geister Bund
Mit allen Martern an, wovon der Christen Mund
Schon über tausend Jahr den Leuten vorgelogen.

Was wird mir nun davor? Ein Leben voller Not.
O daß doch nicht mein Zeug aus Rabenfleisch entsprossen,
O daß doch dort kein Fluch des Vaters Lust verbot,
O wär doch seine Kraft auf kaltes Tuch geflossen!
O daß doch nicht das Ei, in dem mein Bildnüs hing,
Durch Fäulung oder Brand der Mutter Schoß entging,
Bevor mein armer Geist dies Angsthaus eingenommen!
Jetzt läg ich in der Ruh bei denen, die nicht sind,
Ich dürft, ich ärmster Mensch und größtes Elendskind,
Nicht stets bei jeder Not vor größrer Furcht umkommen.

Verflucht sei Stell und Licht! – – Ach, ewige Geduld,
Was war das vor ein Ruck von deinem Liebesschlage!
Ach, fahre weiter fort, damit die große Schuld
Verzweiflungsvoller Angst mich nicht zu Boden schlage.
Ach Jesu, sage selbst, weil ich nicht fähig bin,
Die Beichte meiner Reu; ich weiß nicht mehr wohin
Und sinke dir allein vor Ohnmacht in die Armen.
Von außen quälet mich des Unglücks starke Flut,
Von innen Schröcken, Furcht und aller Sünden Wut;
Die Rettung ist allein mein Tod und dein Erbarmen.

[E: 1720; D: 1880]

[*Nasen dreht:* betrügt. – *Vorsicht:* Vorsehung. – *Jenes Unschuldskleid, dieses Kraft:* »jenes«, »dieses« sind Genitive. – *obenhin:* ohne Überlegung. – *bete:* erbitte. – *davor:* dafür. – *Brand:* Absterben von Körperteilen. – *Angsthaus:* die Welt, das Jammertal.]

Als er der Phillis einen Ring mit einem Totenkopfe überreichte

Erschrick nicht vor dem Liebeszeichen,
Es träget unser künftig Bild,
Vor dem nur die allein erbleichen,
Bei welchen die Vernunft nichts gilt.
Wie schickt sich aber Eis und Flammen?
Wie reimt sich Lieb und Tod zusammen?
Es schickt und reimt sich gar zu schön,
Denn beide sind von gleicher Stärke
Und spielen ihre Wunderwerke
Mit allen, die auf Erden gehn.

Ich gebe dir dies Pfand zur Lehre:
Das Gold bedeutet feste Treu,
Der Ring, daß uns die Zeit verehre,
Die Täubchen, wie vergnügt man sei;
Der Kopf erinnert dich des Lebens,

Im Grab ist aller Wunsch vergebens,
Drum lieb und lebe, weil man kann,
Wer weiß, wie bald wir wandern müssen!
Das Leben steckt im treuen Küssen,
Ach, fang den Augenblick noch an!

[E: zwischen 1720/1723; D: 1735]

UNBEKANNTE VERFASSER

(Aus der Neukirchschen Sammlung)

Komm, braune Nacht, umhülle mich mit Schatten
Und decke den mit deiner Schwärze zu,
Der ungestört sich will mit Sonnen gatten
Und im Bezirk der Engel suchet Ruh,
Ja, hilf mein Ach! eh du noch wirst entschwinden,
Mit linder Hand von meiner Seele binden.

Wie? Hör ich nicht, willkommen, mein Verlangen!
Schon im Gemach mit leiser Stimme gehn?
Fühl ich mich nicht mit Lilien umfangen
Und meinen Fuß auf diesen Grenzen stehn,
Wo mir Celinde wird aus Tränen lachen,
Aus Flammen Eis, dem Bette Himmel machen?

So tilge nun, o Heldin! meine Schmerzen,
Wirf mit dem Flor die leichte Zagheit hin,
Laß meine Hand mit deinem Reichtum scherzen
Und mich entzückt das schöne Tal beziehn,
Da sich im Tau die stummen Lüste kühlen
Und Tag und Nacht mit ihren Farben spielen.

Dein heißer Mund beseele mich mit Küssen,
Hilf, wenn ich soll an dieser Brust versehrn,
Durch linden Biß der flüchtigen Narzissen
Mir ausgestreckt die stille Freude mehrn,
Und möchtest du ja deinen Kranz verlieren,
Solln Perlen doch die schönen Haare zieren.

Mein Wort erstirbt, die Seele will entweichen,
Ach laß sie doch in enge Himmel ein!
Laß Schiff und Mast in deinen Hafen schleichen
Und deine Hand selbst meinen Leitstern sein!
Du sollst alsbald die eingeladne Gaben
Nebst voller Fracht statt der Belohnung haben.

Allegorisch Sonnet.

AManda liebstes kind / du brustlatz kalter hertzen /
Der liebe feuerzeug / goldschachtel edler zier /
Der seuffzer blasebalg / des traurens loͤsch-papier /
Sandbuͤchse meiner pein / und baum-oͤhl meiner schmertzen /
Du speise meiner lust / du flamme meiner kertzen /
Nachtstuͤlchen meiner ruh / der Poesie clystier /
Des mundes alecant / der augen lust-revier /
Der complementen sitz / du meisterin zu schertzen /
Der tugend quodlibet / calender meiner zeit /
Du andachts-fackelchen / du quell der froͤligkeit /
Du tieffer abgrund du voll tausend guter morgen /
Der zungen honigseim / des hertzens marcipan /
Und wie man sonsten dich mein kind beschreiben kan.
Lichtputze meiner noth / und flederwisch der sorgen.

[*baum-öhl:* Olivenöl, wurde auch als Arznei gebraucht. – *Lichtputze:* Licht(putz)schere für das Beschneiden des Kerzendochts. – *flederwisch:* Gänseflügel zum Abkehren.]

Scherzlied

Als die Venus neulich saße
In dem Bade nackt und bloß
Und Cupido auf dem Schoß
Von dem Liebeszucker aße,
Zeigte sie dem kleinen Knaben
Alles, was die Frauen haben.

Marmorhügel sah er liegen,
Von Begierden aufgebaut;
Sprach zur Mutter überlaut:
Wann werd ich dergleichen kriegen,
Daß mich auch die Schäferinnen
Und die Damen liebgewinnen?

Venus lacht' aus vollem Munde
Über ihren kleinen Sohn;
Denn sie sah und merkte schon,
Daß er was davon verstunde.
Sprach: du hast wohl andre Sachen,
Die verliebter können machen.

Unterdessen ließ sie spielen
Seine Hand auf ihrer Brust,
Denn sie merkte, daß er Lust
Hatte, weiter nachzufühlen,
Bis ihr endlich dieser Kleine
Kam an ihre zarte Beine.

Als er sich an sie geschmieget,
Sprach er: Liebes Mütterlein,
Wer hat an das dicke Bein
Euch die Wunde zugefüget?
Müßt ihr Weiber denn auf Erden
Alle so verwundet werden?

Venus konnte nichts mehr sagen
Als: du kleiner Bösewicht,
Packe dich, du sollst noch nicht
Nach dergleichen Sachen fragen.
Wunden, die von Liebespfeilen
Kommen, die sind nicht zu heilen.

BARTHOLD HEINRICH BROCKES

1680–1747

Die Welt ist allezeit schön

Im Frühling prangt die schöne Welt
In einem fast smaragdnen Schein.

Im Sommer glänzt das reife Feld
Und scheint dem Golde gleich zu sein.

Im Herbste sieht man, als Opalen,
Der Bäume bunte Blätter strahlen.

Im Winter schmückt ein Schein, wie Diamant
Und reines Silber, Flut und Land.

Ja kurz, wenn wir die Welt aufmerksam sehn,
Ist sie zu allen Zeiten schön.

[*als Opalen:* wie Halbedelsteine.]

Die Nachtigall und derselben Wettstreit gegeneinander

Im Frühling rührte mir das Innerste der Seelen
Der Büsche Königin, die holde Nachtigall,
Die aus so enger Brust und mit so kleiner Kehlen
Die größten Wälder füllt, durch ihren Wunderschall.
Derselben Fertigkeit, die Kunst, der Fleiß, die Stärke,
Veränderung und Ton sind lauter Wunderwerke
Der wirkenden Natur, die solchen starken Klang
In ein paar Federchen, die kaum zu sehen, senket
Und einen das Gehör bezaubernden Gesang
In solche dünne Haut und zarten Schnabel schränket.
Ihr Hälschen ist am Ton so unerschöpflich reich,
Daß sie tief, hoch, gelind und stark auf einmal singet.
Die kleine Gurgel lockt, schnarrt, zischt und pfeift zugleich,
Daß sie wie Quellen rauscht, wie helle Glocken klinget.
Sie zwitschert, stimmt und schlägt mit solcher Anmut an,
Mit solchem nach der Kunst gekräuselten Geschwirre,
Daß man darob erstaunt und nicht begreifen kann,
Ob sie nicht seufzend lach, ob sie nicht lachend girre.
Ihr Stimmchen ziehet sich in einer hohlen Länge
Von unten in die Höh, fällt, steigt aufs neu empor
Und schwebt nach Maß und Zeit; bald dränget eine Menge
Verschiedner Tön aus ihr als wie ein Strom hervor.
Zuweilen seufzet sie und winselt, daß man meinet,

Sie werde sterben; aber bald
Erhebet sie mit feuriger Gewalt
Den reinen Ton aufs neu. Dann eben scheinet,
Es woll ihr lieblich-scharfes Singen
Als wie ein Pfeil uns in die Seele dringen.

Zwitschern, seufzen, lachen, singen,
Girren, stöhnen, gurgeln, klingen,
Locken, schmeicheln, pfeifen, zucken,
Flöten, schlagen, zischen, glucken
Ist der holden Nachtigall
Wunderbar gemischter Schall.

Es scheint sogar der Nam allein
Ein Inbegriff der Frühlingslust zu sein.
Wenn etwa jemand spricht: Es sang die Nachtigall,
Kann fast des bloßen Wortes Schall
So viel zu wirken taugen,
Daß in der meisten Hörer Augen
Sich ein geheim Vergnügen zeiget.

Sie dreht und dehnt den Schall, zerreißt und fügt ihn wieder,
Singt sanft, singt ungestüm, bald grob, bald klar und hell.
Kein Pfeil verfliegt so rasch, kein Blitz verstreicht so schnell,
Die Winde können nicht so streng im Stürmen wehen,
Als ihre schmeichelnde verwunderliche Lieder
Mit wirbelndem Geräusch sich ändern, sich verdrehen.
Ein rollend Glucken quillt aus ihrer hohlen Brust,
Ein murmelnd Flöten labt der stillen Hörer Herzen.
Doch dies verdoppelt noch und mehrt die frohe Lust,
Wenn etwan ihrer zwo zugleich zusammen scherzen.
Die singt, wann jene ruft; wann diese lockt, singt jene
Mit solch anmutigem bezaubernden Getöne,
Daß diese wiederum aus Mißgunst, als ergrimmt,
In einem andern Ton die schlanke Zunge stimmt.
Die andre horcht indes und lauscht voll Unvergnügen,
Ja fängt zu ihres Feinds und Gegensängers Hohn,
Um durch noch künstlichern Gesang ihn zu besiegen,
Von neuem wieder an, in solchem scharfen Ton,
Mit solchem feurigen empfindlich-hellen Klang,
Mit so gewaltigem oft wiederholtem Schlagen,
Daß so durchdringenden und heftigen Gesang
Das menschliche Gehör kaum mächtig zu ertragen.

Wer nun so süßen Ton im frohen Frühling hört
Und nicht des Schöpfers Macht voll Brunst und Andacht ehrt,
Der Luft Beschaffenheit, das Wunder unsrer Ohren
Bewundernd nicht bedenkt, ist nur umsonst geboren
Und folglich nicht der Luft, nicht seiner Ohren wert.

[1721]

Kirschblüte bei der Nacht

Ich sahe mit betrachtendem Gemüte
Jüngst einen Kirschbaum, welcher blühte,
In kühler Nacht beim Mondenschein;
Ich glaubt, es könne nichts von größrer Weiße sein.

Es schien, ob wär ein Schnee gefallen.
Ein jeder, auch der kleinste Ast
Trug gleichsam eine rechte Last
Von zierlich-weißen runden Ballen.
Es ist kein Schwan so weiß, da nämlich jedes Blatt,
Indem daselbst des Mondes sanftes Licht
Selbst durch die zarten Blätter bricht,
Sogar den Schatten weiß und sonder Schwärze hat.
Unmöglich, dacht ich, kann auf Erden
Was Weißers angetroffen werden.

Indem ich nun bald hin, bald her
Im Schatten dieses Baumes gehe,
Sah ich von ungefähr
Durch alle Blumen in die Höhe
Und ward noch einen weißern Schein,
Der tausendmal so weiß, der tausendmal so klar,
Fast halb darob erstaunt, gewahr.
Der Blüte Schnee schien schwarz zu sein
Bei diesem weißen Glanz. Es fiel mir ins Gesicht
Von einem hellen Stern ein weißes Licht,
Das mir recht in die Seele strahlte.

Wie sehr ich mich im Irdischen ergetze,
Dacht ich, hat Er dennoch weit größre Schätze.
Die größte Schönheit dieser Erden
Kann mit der himmlischen doch nicht verglichen werden.

ALBRECHT VON HALLER

1708–1777

Morgengedanken

Den 25. März 1725

Der Mond verbirget sich, der Nebel grauer Schleier
Deckt Luft und Erde nicht mehr zu;
Der Sterne Glanz erblaßt, der Sonne reges Feuer
Stört alle Wesen aus der Ruh.

Der Himmel färbet sich mit Purpur und Saphiren,
Die frühe Morgenröte lacht,
Und vor der Rosen Glanz, die ihre Stirne zieren,
Entflieht das bleiche Heer der Nacht.

Durchs rote Morgentor der heitern Sternenbühne
Naht das verklärte Licht der Welt;
Die falben Wolken glühn von blitzendem Rubine,
Und brennend Gold bedeckt das Feld.

Die Rosen öffnen sich und spiegeln an der Sonne
Des kühlen Morgens Perlentau;
Der Lilien Ambradampf belebt zu unsrer Wonne
Der zarten Blätter Atlasgrau.

Der wache Feldmann eilt mit Singen in die Felder
Und treibt vergnügt den schweren Pflug;
Der Vögel rege Schar erfüllet Luft und Wälder
Mit ihrer Stimm und frühem Flug.

O Schöpfer! Was ich seh, sind deiner Allmacht Werke!
Du bist die Seele der Natur;
Der Sterne Lauf und Licht, der Sonne Glanz und Stärke
Sind deiner Hand Geschöpf und Spur.

Du steckst die Fackel an, die in dem Mond uns leuchtet,
Du gibst den Winden Flügel zu;
Du leihst der Nacht den Tau, womit sie uns befeuchtet,
Du teilst der Sterne Lauf und Ruh.

Du hast der Berge Stoff aus Ton und Staub gedrehet,
Der Schachten Erz aus Sand geschmelzt;
Du hast das Firmament an seinen Ort erhöhet,
Der Wolken Kleid darum gewälzt.

Den Fisch, der Ströme bläst und mit dem Schwanze stürmet,
Hast du mit Adern ausgehöhlt;
Du hast den Elefant aus Erden aufgetürmet
Und seinen Knochenberg beseelt.

Des weiten Himmelsraums saphirene Gewölber,
Gegründet auf den leeren Ort,
Der Gottheit große Stadt, begrenzt nur durch sich selber,
Hob aus dem Nichts dein einzig Wort.

Doch, dreimal großer Gott! es sind erschaffne Seelen
Für deine Taten viel zu klein;
Sie sind unendlich groß, und wer sie will erzählen,
Muß, gleich wie du, ohn Ende sein!

O Unbegreiflicher! Ich bleib in meinen Schranken;
Du, Sonne, blendst mein schwaches Licht;
Und wem der Himmel selbst sein Wesen hat zu danken,
Braucht eines Wurmes Lobspruch nicht.

[1732]

Trauerode beim Absterben seiner geliebten Mariane

Nov. 1736

Soll ich von deinem Tode singen?
O Mariane, welch ein Lied!
Wann Seufzer mit den Worten ringen
Und ein Begriff den andern flieht!
Die Lust, die ich an dir empfunden,
Vergrößert jetzund meine Not;
Ich öffne meines Herzens Wunden
Und fühle nochmals deinen Tod.

Doch meine Liebe war zu heftig,
Und du verdienst sie allzu wohl,
Dein Bild bleibt in mir viel zu kräftig,
Als daß ich von dir schweigen soll.
Es wird im Ausdruck meiner Liebe
Mir etwas meines Glückes neu,
Als wann von dir mir etwas bliebe,
Ein zärtlich Abbild unsrer Treu.

Nicht Reden, die der Witz gebieret,
Nicht Dichterklagen fang ich an;
Nur Seufzer, die ein Herz verlieret,
Wann es sein Leid nicht fassen kann.
Ja, meine Seele will ich schildern,
Von Lieb und Traurigkeit verwirrt,
Wie sie, ergötzt an Trauerbildern,
In Kummerlabyrinthen irrt.

Ich seh dich noch, wie du erblaßtest,
Wie ich verzweiflend zu dir trat,
Wie du die letzten Kräfte faßtest
Um noch ein Wort, das ich erbat.

O Seele voll der reinsten Triebe!
Wie ängstig warst du für mein Leid!
Dein letztes Wort war Huld und Liebe,
Dein letztes Tun Gelassenheit.

Wo flieh ich hin? In diesen Toren
Hat jeder Ort, was mich erschreckt!
Das Haus hier, wo ich dich verloren;
Der Tempel dort, der dich bedeckt;
Hier Kinder – – – Ach! mein Blut muß lodern
Beim zarten Abdruck deiner Zier,
Wann sie dich stammelnd von mir fodern;
Wo flieh ich hin? Ach! Gern zu dir.

O soll mein Herz nicht um dich weinen?
Hier ist kein Freund dir nah als ich.
Wer riß dich aus dem Schoß der Deinen?
Du ließest sie und wähltest mich.
Dein Vaterland, dein Recht zum Glücke,
Das dein Verdienst und Blut dir gab,
Die sind's, wovon ich dich entrücke;
Wohin zu eilen? In dein Grab.

Dort in den bittern Abschiedsstunden,
Wie deine Schwester an dir hing,
Wie, mit dem Land gemach verschwunden,
Sie unserm letzten Blick entging,
Sprachst du zu mir mit holder Güte,
Die mit gelassner Wehmut stritt:
Ich geh mit ruhigem Gemüte,
Was fehlt mir? Haller kömmt ja mit.

Wie kann ich ohne Tränen denken
An jenen Tag, der dich mir gab?
Noch jetzt mischt Lust sich mit dem Kränken,
Entzückung löst mit Wehmut ab.
Wie zärtlich war dein Herz im Lieben,
Das Schönheit, Stand und Gut vergaß
Und mich allein nach meinen Trieben
Und nicht nach meinem Glücke maß.

Wie bald verließest du die Jugend
Und flohst die Welt, um mein zu sein;
Du miedst den Weg gemeiner Tugend
Und warest schön für mich allein.
Dein Herz hing ganz an meinem Herzen
Und sorgte nicht für dein Geschick;
Voll Angst bei meinem kleinsten Schmerzen,
Entzückt auf einen frohen Blick.

Ein nie am Eiteln fester Wille,
Der sich nach Gottes Fügung bog;
Vergnüglichkeit und sanfte Stille,
Die weder Glück noch Leid bewog;
Ein Vorbild kluger Zucht an Kindern,
Ein ohne Blindheit zartes Herz;
Ein Herz, gemacht, mein Leid zu lindern,
War meine Lust und ist mein Schmerz.

Ach! Herzlich hab ich dich geliebet,
Weit mehr als ich dir kund gemacht,
Mehr als die Welt mir Glauben gibet,
Mehr als ich selbst vorhin gedacht.
Wie oft, wann ich dich innigst küßte,
Erzitterte mein Herz und sprach:
Wie! Wann ich Sie verlassen müßte!
Und heimlich folgten Tränen nach.

Ja, mein Betrübnis soll noch währen,
Wann schon die Zeit die Tränen hemmt;
Das Herz kennt andre Arten Zähren
Als die, die Wangen überschwemmt.
Die erste Liebe meiner Jugend,
Ein innig Denkmal deiner Huld,
Und die Verehrung deiner Tugend
Sind meines Herzens stete Schuld.

Im dicksten Wald, bei finstern Buchen,
Wo niemand meine Klagen hört,
Will ich dein holdes Bildnis suchen,
Wo niemand mein Gedächtnis stört.
Ich will dich sehen, wie du gingest,
Wie traurig, wann ich Abschied nahm;
Wie zärtlich, wann du mich umfingest;
Wie freudig, wann ich wieder kam.

Auch in des Himmels tiefer Ferne
Will ich im Dunkeln nach dir sehn
Und forschen, weiter als die Sterne,
Die unter deinen Füßen drehn.
Dort wird an dir die Unschuld glänzen
Vom Licht verklärter Wissenschaft;
Dort schwingt sich aus den alten Grenzen
Der Seele neu entbundne Kraft.

Dort lernst du Gottes Licht gewöhnen,
Sein Rat wird Seligkeit für dich;
Du mischest mit der Engel Tönen
Dein Lied und ein Gebet für mich.
Du lernst den Nutzen meines Leidens,
Gott schlägt des Schicksals Buch dir auf;
Dort steht die Absicht unsers Scheidens
Und mein bestimmter Lebenslauf.

Vollkommenste, die ich auf Erden
So stark und doch nicht gnug geliebt;
Wie liebenswürdig wirst du werden,
Nun dich ein himmlisch Licht umgibt.
Mich überfällt ein brünstigs Hoffen,
O sprich zu meinem Wunsch nicht nein!
O halt die Arme für mich offen!
Ich eile, ewig dein zu sein.

[1743]

[*Absterben:* Haller heiratete am 19. 2. 1731; seine Frau starb am 30. 10. 1736, nachdem er einen Monat vorher als Professor in Göttingen eingetroffen war. – *Witz:* Scharfsinn. – *mit dem Land gemach verschwunden:* Haller selbst vermerkte: »Die Reise nach Göttingen fing zu Schiff an.«]

SIDONIA HEDWIG ZÄUNEMANN
1714–1740

[Jungfern-Glück]

Niemand schwatze mir vom Lieben und von Hochzeitsmachen vor,
Cypripors Gesang und Liedern weyh ich weder Mund noch Ohr.
Ich erwehl zu meiner Lust eine Cutt- und Nonnen-Mütze,
Da ich mich in Einsamkeit wieder manches lästern schütze.
Ich will lieber Sauer-Kraut und die ungeschmeltzten Rüben
In dem Kloster vor das Fleisch in dem Ehstands–Hause lieben.
Mein Vergnügen sey das Chor, wo ich sing und beten tuhe,
Denn dasselbe wirkt und schafft mir die wahre Seelen-Ruhe.
Will mir den gefaßten Schluß weder Mann noch Jüngling glauben,
Immerhin, es wird die Zeit euch doch diesen Zweifel rauben.
Geht nur hin, und sucht mit Fleiß Amors Pfeile, Amors Waffen,
Und geberdet euch darbey als wie die verliebten Affen!
Dorten stund in einem Carmen auf den Herrn von Obernütz:
Kriegt das schöne Jungfern–Röckgen einen Flecken, Ritz und Schlitz,
So muß auch der Jungfern Glück und die edle Freyheit weichen,
Und dargegen sucht die Angst sich gar eilend einzuschleichen.
Dieser Vers hat recht gesagt, Jungfern können kühnlich lachen;
Dahingegen manches Weib sich muß Angst und Sorge machen.
Kriegt die Noth durch Gegen-Mittel eine Lindrung und ein Loch,
Ey, so währt es doch nicht lange, und man schauet immer noch
Eben so viel Bitterkeit als in Erfurt Mannes Krausen,
Leid und Trübsal, Gram und Pein will die armen Weiber zausen.
Kriegt ein Weib von ihrem Mann manchen Tag ein Dutzend Mäulgen,
Ey! so sagt, was folgt darauf? Über gar ein kleines Weilgen
Brennt des Mannes Zorn wie Feuer, und er schwöret beym Parnaß:
Frau! ich werde dich noch prügeln, oder stecke dich ins Faß.
Dieser Weiber Noth und Pein will ich mich bey Zeit entschlagen,
Denn so darf kein Herzens-Wurm jemahls meine Seele nagen.
Drum so sag ich noch einmahl; Gute Nacht, du Scherz und Küssen,
Ich will deine Eitelkeit bis in meine Gruft vermissen.

[D: 1738]

[*Mäulgen:* Küsse.]

FRIEDRICH VON HAGEDORN

1708–1754

Anakreon

In Tejos und in Samos
Und in der Stadt Minervens
Sang ich von Wein und Liebe,
Von Rosen und vom Frühling,
Von Freundschaft und von Tänzen;
Doch höhnt ich nicht die Götter,
Auch nicht der Götter Diener,
Auch nicht der Götter Tempel;
Wie hieß ich sonst der Weise?

Ihr Dichter voller Jugend,
Wollt ihr bei froher Muße
Anakreontisch singen,
So singt von milden Reben,
Von rosenreichen Hecken,
Vom Frühling und von Tänzen,
Von Freundschaft und von Liebe;
Doch höhnet nicht die Gottheit,
Auch nicht der Gottheit Diener,
Auch nicht der Gottheit Tempel.
Verdienet, selbst im Scherzen,
Den Namen echter Weisen.

Der Morgen

Uns lockt die Morgenröte
In Busch und Wald,
Wo schon der Hirten Flöte
Ins Land erschallt.
Die Lerche steigt und schwirret,
Von Lust erregt;
Die Taube lacht und girret,
Die Wachtel schlägt.

Die Hügel und die Weide
Stehn aufgehellt,
Und Fruchtbarkeit und Freude
Beblümt das Feld.
Der Schmelz der grünen Flächen
Glänzt voller Pracht,
Und von den klaren Bächen
Entweicht die Nacht.

Der Hügel weiße Bürde,
Der Schafe Zucht,
Drängt sich aus Stall und Hürde
Mit froher Flucht.
Seht, wie der Mann der Herde
Den Morgen fühlt
Und auf der frischen Erde
Den Buhler spielt!

Der Jäger macht schon rege
Und hetzt das Reh
Durch blutbetriefte Wege,
Durch Busch und Klee.
Sein Hifthorn gibt das Zeichen;
Man eilt herbei:
Gleich schallt aus allen Sträuchen
Das Jagdgeschrei.

Doch Phyllis' Herz erbebet
Bei dieser Lust;
Nur Zärtlichkeit belebet
Die sanfte Brust.
Laß uns die Täler suchen,
Geliebtes Kind,
Wo wir von Berg und Buchen
Umschlossen sind!

Erkenne dich im Bilde
Von jener Flur!
Sei stets, wie dies Gefilde,
Schön durch Natur,
Erwünschter als der Morgen,
Hold wie sein Strahl;
So frei von Stolz und Sorgen
Wie dieses Tal!

An die Freude

Freude, Göttin edler Herzen!
Höre mich.
Laß die Lieder, die hier schallen,
Dich vergrößern, dir gefallen;
Was hier tönet, tönt durch dich.

Muntre Schwester süßer Liebe!
Himmelskind!
Kraft der Seelen! Halbes Leben!
Ach, was kann das Glück uns geben,
Wenn man dich nicht auch gewinnt?

Stumme Hüter toter Schätze
Sind nur reich.
Dem, der keinen Schatz bewachet,
Sinnreich scherzt und singt und lachet,
Ist kein karger König gleich.

Gib den Kennern, die dich ehren,
Neuen Mut,
Neuen Scherz den regen Zungen,
Neue Fertigkeit den Jungen
Und den Alten neues Blut.

Du erheiterst, holde Freude,
Die Vernunft!
Flieh auf ewig die Gesichter
Aller finstern Splitterrichter
Und die ganze Heuchlerzunft!

[*hier:* bezieht sich auf die *Sammlung Neuer Oden und Lieder* (Hamburg 1744), die dieses Gedicht eröffnet.]

Die Alster

Befördrer vieler Lustbarkeiten
Du angenehmer Alsterfluß!
Du mehrest Hamburgs Seltenheiten
Und ihren fröhlichen Genuß.
Dir schallen zur Ehre,
Du spielende Flut,
Die singenden Chöre,
Der jauchzende Mut.

Der Elbe Schiffahrt macht uns reicher;
Die Alster lehrt gesellig sein!
Durch jene füllen sich die Speicher;
Auf dieser schmeckt der fremde Wein.
In treibenden Nachen
Schifft Eintracht und Lust,
Und Freiheit und Lachen
Erleichtern die Brust.

Das Ufer ziert ein Gang von Linden
In dem wir holde Schönen sehn,
Die dort, wann Tag und Hitze schwinden,
Entzückend auf und nieder gehn.
Kaum haben vorzeiten
Die Nymphen der Jagd
Dianen zur Seiten
So reizend gelacht.

O siehst du jemals ohn Ergetzen,
Hammonia, des Walles Pracht,
Wann ihn die blauen Wellen netzen
Und jeder Frühling schöner macht?
Wann jenes Gestade,
Das Flora geschmückt,
So manche Najade
Gefällig erblickt?

Ertönt, ihr scherzenden Gesänge,
Aus unserm Lustschiff um den Strand!
Den steifen Ernst, das Wortgepränge
Verweist die Alster auf das Land.
Du leeres Gewäsche,
Dem Menschenwitz fehlt!
O fahr in die Frösche,
Nur uns nicht gequält!

Hier lärmt in Nächten voll Vergnügen
Der Pauken Schlag, des Waldhorns Schall;
Hier wirkt bei Wein und süßen Zügen
Die rege Freiheit überall.
Nichts lebet gebunden,
Was Freundschaft hier paart.
O glückliche Stunden!
O liebliche Fahrt!

[*Hammonia:* Schutzpatronin Hamburgs.]

JOHANN WILHELM LUDWIG GLEIM

1719–1803

Der Trinker

Seht den jungen Bacchus an!
Seht doch, wie er trinken kann!
Seht, die Augen, die Gebärden
Sollen unsre Muster werden,
Wenn die Gläser voll von Wein
Aug und Herz und Geist erfreun.

Treue Brüder, laßt euch raten!
Tut doch, was die Alten taten,
Gebt Verdiensten ihren Lohn,
Krönet diesen Bacchussohn,
Daß die Tugend auf der Erde
Lieblicher erkennet werde!

Der noch keinen Trunk vermieden,
Der sich selbst dazu beschieden,
Den kein voller Römer schreckt,
Dem der Wein am besten schmeckt,
Brüder, der verdient zum Lohne
Seiner Tugend eine Krone!

Brüder, seht den Bruder an,
Wie der Bruder trinken kann!
Ihn von allen Bacchussöhnen
Müssen wir zum König krönen!
Brüder, König muß er sein,
Seht, er schenkt schon wieder ein!

Das Pferd. Der Esel

Einst trug auf seinem schmalen Rücken
Ein Esel eine schwere Last,
Die fähig war, ihn tot zu drücken.
Ein ledig Pferd ging neben ihm.

»Du hast
Auf deinem Rücken nichts«, sprach das geplagte Tier,
»Hilf, liebes Pferdchen, hilf! Ich bitte dich, hilf mir!« –
»Was helfen!« sagt der grobe Gaul,
»Du bist der rechte Gast, du bist ein wenig faul;
Trag zu! – –«

»Ich sterbe, liebes Pferd –
Die Last erdrückt mich, rette mich!
Die Hälfte wär ein Spiel für dich!«

»Ich kann nicht!« sprach das Pferd.
Kurz, unter dem zu schweren Sack
Erlag der Esel. Sack und Pack
Schmiß man sogleich dem Rappen auf,
Des Esels Haut noch oben drauf.

Bei Eröffnung des Feldzuges 1756

Krieg ist mein Lied! Weil alle Welt
Krieg will, so sei es Krieg!
Berlin sei Sparta! Preußens Held
Gekrönt mit Ruhm und Sieg!

Gern will ich seine Taten tun,
Die Leier in der Hand,
Wenn meine blutgen Waffen ruhn
Und hangen an der Wand.

Auch stimm ich hohen Schlachtgesang
Mit seinen Helden an
Bei Pauken- und Trompetenklang,
Im Lärm von Roß und Mann;

Und streit, ein tapfrer Grenadier,
Von Friedrichs Mut erfüllt!
Was acht ich es, wenn über mir
Kanonendonner brüllt?

Ein Held fall ich; noch sterbend droht
Mein Säbel in der Hand!
Unsterblich macht der Helden Tod,
Der Tod fürs Vaterland!

Auch kömmt man aus der Welt davon
Geschwinder wie der Blitz;
Und wer ihn stirbt, bekömmt zum Lohn
Im Himmel hohen Sitz!

Wenn aber ich als solch ein Held
Dir, Mars, nicht sterben soll,
Nicht glänzen soll im Sternenzelt,
So leb ich dem Apoll!

So werd aus Friedrichs Grenadier,
Dem Schutz, der Ruhm des Staats;
So lern er deutscher Sprache Zier
Und werde sein Horaz.

Dann singe Gott und Friederich,
Nichts Kleiners, stolzes Lied!
Dem Adler gleich erhebe dich,
Der in die Sonne sieht!

[1758]

[*1756:* Ende August fiel Friedrich II. von Preußen in das mit Österreich verbündete Sachsen ein. Damit begann der ›Siebenjährige Krieg‹, 1756–1763.]

An den Mond

Dein stilles Silberlicht
Erquickt mir mein Gesicht.
O Mond, Gedankenfreund, ich sehe dich von weiten
Und winke dich zu mir
Und bin nicht weit von dir
Und denk an schönre Zeiten.

Wer einst, du lieber Mond,
In diesem Hüttchen wohnt
Und sieht dein Silberlicht, dem magst du keine Falten
Auf seiner Stirne sehn,
Magst still vorübergehn
Und ihn für glücklich halten.

Daß ich's nicht bin, sag ich
Nur dir und tröste mich, –
O Mond, Gedankenfreund, – daß stille Nächte kommen!
Dir nur vertrau ich's, dir:
Schon manche Nacht hat mir
Des Tages Gram genommen!

[1794]

JOHANN PETER UZ

1720–1796

Der Schäfer

Arkadien, sei mir gegrüßt!
Du Land beglückter Hirten,
Wo unter unentweihten Myrten
Ein zärtlich Herz allein noch rühmlich ist!

Ich will mit sanftem Hirtenstab
Hier meine Schafe weiden.
Hier, Liebe! schenke mir die Freuden,
Die mir die Stadt, die stolze Stadt nicht gab.

Wie schäfermäßig, wie getreu
Will ich Climenen lieben,
Bis meinen ehrfurchtvollen Trieben
Ihr Mund erlaubt, daß ich ihr Schäfer sei.

Welch süßem Traume geb ich Raum,
Der mich zum Schäfer machet!
Die traurige Vernunft erwachet:
Das Herz träumt fort und liebet seinen Traum.

VOLKSLIED

Bitte um Frieden

Soll denn gar kein Frieden werden,
Nimmt der Krieg denn noch kein End?
Unsre Länder sind verheeret,
Städt' und Dörfer abgebrennt;
Jammer überall und Not
Und dazu auch mehr kein Brot.

Friedrich, o du großer König,
Stecke doch dein Schwert nun ein,
Denn wir haben nur noch wenig,
Was dir könnte dienlich sein:
Alles wüste, alles leer –
Länger geht das so nicht mehr.

[1762]

CHRISTIAN FÜRCHTEGOTT GELLERT

1715–1769

Preis des Schöpfers

Wenn ich, o Schöpfer, deine Macht,
Die Weisheit deiner Wege,
Die Liebe, die für alle wacht,
Anbetend überlege,
So weiß ich, von Bewundrung voll,
Nicht, wie ich dich erheben soll,
Mein Gott, mein Herr und Vater!

Mein Auge sieht, wohin es blickt,
Die Wunder deiner Werke.
Der Himmel, prächtig ausgeschmückt,
Preist dich, du Gott der Stärke!
Wer hat die Sonn an ihm erhöht?
Wer kleidet sie mit Majestät?
Wer ruft dem Heer der Sterne?

Wer mißt dem Winde seinen Lauf?
Wer heißt die Himmel regnen?
Wer schließt den Schoß der Erden auf,
Mit Vorrat uns zu segnen?
O Gott der Macht und Herrlichkeit!
Gott, deine Güte reicht so weit,
So weit die Wolken reichen!

Dich predigt Sonnenschein und Sturm,
Dich preist der Sand am Meere.
Bringt, ruft auch der geringste Wurm,
Bringt meinem Schöpfer Ehre!
Mich, ruft der Baum in seiner Pracht,
Mich, ruft die Saat, hat Gott gemacht;
Bringt unserm Schöpfer Ehre!

Der Mensch, ein Leib, den deine Hand
So wunderbar bereitet;
Der Mensch, ein Geist, den sein Verstand,
Dich zu erkennen, leitet;
Der Mensch, der Schöpfung Ruhm und Preis,
Ist sich ein täglicher Beweis
Von deiner Güt und Größe.

Erheb ihn ewig, o mein Geist.
Erhebe seinen Namen!
Gott, unser Vater, sei gepreist,
Und alle Welt sag Amen!
Und alle Welt fürcht ihren Herrn
Und hoff auf ihn und dien ihm gern!
Wer wollte Gott nicht dienen?

[1757]

Inkle und Yariko

Die Liebe zum Gewinnst, die uns zuerst gelehrt,
Wie man auf leichtem Holz durch wilde Fluten fährt,
Die uns beherzt gemacht, das liebste Gut, das Leben,
Der ungewissen See auf Brettern preiszugeben;
Die Liebe zum Gewinnst, der deutliche Begriff
Von Vorteil und Verlust, trieb Inklen auf ein Schiff.
Er opferte der See die Kräfte seiner Jugend;
Denn Handeln war sein Witz und Rechnen seine Tugend.

Ihn lockt das reiche Land, das wir durchs Schwert bekehrt,
Das wir das Christentum und unsern Geiz gelehrt.
Er sieht Amerika; doch nah an diesem Lande
Zerreißt der Sturm sein Schiff. Zwar glückt es ihm, am Strande
Dem Tode zu entgehn; allein der Wilden Schar
Fiel auf die Briten los; und wer entkommen war,
Den fraß ihr hungrig Schwert. Nur Inkle soll noch leben;
Die Flucht in einen Wald muß ihm Beschirmung geben.

Vom Laufen atemlos, wirft, mit verwirrtem Sinn,
Der Brite sich zuletzt bei einem Baume hin,
Umringt mit naher Furcht und ungewissem Grämen,
Ob Hunger oder Schwert ihm wird das Leben nehmen.

Ein plötzliches Geräusch erschreckt sein schüchtern Ohr.
Ein wildes Mädchen springt aus dem Gebüsch hervor
Und sieht mit schnellem Blick den Europäer liegen.
Sie stutzt. Was wird sie tun? Bestürzt zurücke fliegen?
O nein! so streng und deutsch sind wilde Schönen nicht.
Sie sieht den Fremdling an; sein rund und weiß Gesicht,
Sein Kleid, sein lockicht Haar, die Anmut seiner Blicke
Gefällt der Schönen wohl, hält sie mit Lust zurücke.

Auch Inklen nimmt dies Kind bei wilder Anmut ein.
Unwissend in der Kunst, durch Zwang verstellt zu sein,
Verrät sie durch den Blick die Regung ihrer Triebe:
Ihr Auge sprach von Gunst und bat um Gegenliebe.
Die Indianerin war liebeswert gebaut.
Durch Mienen red't dies Paar, durch Mienen wird's vertraut.
Sie winkt ihm mit der Hand, er folget ihrem Schritte;
Mit Früchten speist sie ihn in einer kleinen Hütte
Und zeigt ihm einen Quell, vom Durst sich zu befrein.
Durch Lächeln rät sie ihm, getrost und froh zu sein.
Sie sah ihn zehnmal an und spielt an seinen Haaren
Und schien verwundernsvoll, daß sie so lockicht waren.

So oft der Morgen kömmt, so macht Yariko
Durch neuen Unterhalt den lieben Fremdling froh
Und zeigt durch Zärtlichkeit, mit jedem neuen Tage,
Was für ein treues Herz in einer Wilden schlage!
Sie bringt ihm manch Geschenk und schmückt sein kleines Haus
Mit mancher bunten Haut, mit bunten Federn aus;
Und eine neue Tracht von schönen Muschelschalen
Muß, wenn sie ihn besucht, um ihre Schultern prahlen.
Zur Nachtzeit führt sie ihn zu einem Wasserfall;
Und unter dem Geräusch und Philomelens Schall
Schläft unser Fremdling ein. Aus zärtlichem Erbarmen
Bewacht sie jede Nacht den Freund in ihren Armen.
Wird in Europa wohl ein Herz so edel sein?

Die Liebe flößt dem Paar bald eine Mundart ein.
Sie unterreden sich durch selbst erfundne Töne:
Kurz, er versteht sein Kind, und ihn versteht die Schöne.
Oft sagt ihr Inkle vor, was seine Vaterstadt
Für süße Lebensart, für Kostbarkeiten hat.
Er wünscht, sie neben sich in London einst zu sehen;
Sie hört's und zürnet schon, daß es noch nicht geschehen.
»Dort«, spricht er, »kleid ich dich«, und zeiget auf sein Kleid,
»In lauter bunten Zeug, von größrer Kostbarkeit;
In Häusern, halb von Glas, bespannt mit raschen Pferden,
Sollst du in dieser Stadt bequem getragen werden.«

Vor Freuden weint dies Kind und sieht, indem sie weint,
Schon nach der offnen See, ob noch kein Schiff erscheint.
Es glückt ihr, was sie wünscht, in kurzem zu entdecken;
Sie sieht ein Schiff am Strand und läuft mit frohem Schrecken,
Sucht ihren Fremdling auf, vergißt ihr Vaterland
Aus Treue gegen ihn und eilt an seiner Hand
So freudig in die See, als ob das Schiff im Meere,
In das sie steigen will, ein Haus in London wäre.

Das Schiff setzt seinen Lauf mit gutem Winde fort
Und fliegt nach Barbados; doch dieses war der Ort,
Wo Inkle ganz bestürzt sein Schicksal überdachte,
Als schnell in seiner Brust der Kaufmannsgeist erwachte.
Er kam mit leerer Hand aus Indien zurück;
Dies war für seinen Geiz ein trauriges Geschick.
»So hab ich«, fing er an, »um arm zurück zu kommen,
Die fürchterliche See mit Müh und Angst durchschwommen?«
Er stillt in kurzer Zeit den Hunger nach Gewinn
Und führt Yariko zum Sklavenhändler hin.
Hier wird die Dankbarkeit in Tyrannei verwandelt
Und die, die ihn erhielt, zur Sklaverei verhandelt.

Sie fällt ihm um den Hals, sie fällt vor ihm aufs Knie,
Sie fleht, sie weint, sie schreit. Nichts! Er verkaufet sie.
»Mich, die ich schwanger bin, mich!« fährt sie fort zu klagen.
Bewegt ihn dies? Ach ja! Sie höher anzuschlagen.
Noch drei Pfund Sterling mehr! »Hier«, spricht der Brite froh,
»Hier, Kaufmann, ist das Weib, sie heißt Yariko!«

O Inkle, du Barbar, dem keiner gleich gewesen;
O möchte deinen Schimpf ein jeder Weltteil lesen!
Die größte Redlichkeit, die allergrößte Treu
Belohnst du, Bösewicht! noch gar mit Sklaverei?
Ein Mädchen, das für dich ihr eigen Leben wagte,
Das dich dem Tod entriß und ihrem Volk entsagte,
Mit dir das Meer durchstrich und bei der Glieder Reiz
Das beste Herz besaß, verhandelst du aus Geiz?
Sei stolz! Kein Bösewicht bringt dich um deinen Namen;
Nie wird es möglich sein, dein Laster nachzuahmen.

Das Kutschpferd

Ein Kutschpferd sah den Gaul den Pflug im Acker ziehn
Und wieherte mit Stolz auf ihn.
»Wenn«, sprach es und fing an, die Schenkel schön zu heben,
»Wenn kannst du dir ein solches Ansehn geben?
Und wenn bewundert dich die Welt?«
»Schweig«, rief der Gaul, »und laß mich ruhig pflügen;
Denn baute nicht mein Fleiß das Feld:
Wo würdest du den Haber kriegen,
Der deiner Schenkel Stolz erhält?«

Die ihr die Niedern so verachtet,
Vornehme Müßiggänger, wißt,
Daß selbst der Stolz, mit dem ihr sie betrachtet,
Daß euer Vorzug selbst, aus dem ihr sie verachtet,
Auf ihren Fleiß gegründet ist.
Ist der, der sich und euch durch seine Händ' ernährt,
Nichts Bessers als Verachtung wert?
Gesetzt, du hättest bessre Sitten:
So ist der Vorzug doch nicht dein.
Denn stammtest du aus ihren Hütten:
So hättest du auch ihre Sitten.
Und was du bist, und mehr, das würden sie auch sein,
Wenn sie wie du erzogen wären.
Dich kann die Welt sehr leicht, ihn aber nicht entbehren.

Der Blinde und der Lahme

Von ungefähr muß einen Blinden
Ein Lahmer auf der Straße finden,
Und jener hofft schon freudenvoll,
Daß ihn der andre leiten soll.

Dir, spricht der Lahme, beizustehen?
Ich armer Mann kann selbst nicht gehen;
Doch scheint's, daß du zu einer Last
Noch sehr gesunde Schultern hast.

Entschließe dich, mich fortzutragen,
So will ich dir die Stege sagen:
So wird dein starker Fuß mein Bein,
Mein helles Auge deines sein.

Der Lahme hängt, mit seinen Krücken,
Sich auf des Blinden breiten Rücken.
Vereint wirkt also dieses Paar,
Was einzeln keinem möglich war.

Du hast das nicht, was andre haben,
Und andern mangeln deine Gaben;
Aus dieser Unvollkommenheit
Entspringet die Geselligkeit.

Wenn jenem nicht die Gabe fehlte,
Die die Natur für mich erwählte,
So würd er nur für sich allein
Und nicht für mich bekümmert sein.

Beschwer die Götter nicht mit Klagen!
Der Vorteil, den sie dir versagen
Und jenem schenken, wird gemein:
Wir dürfen nur gesellig sein.

Der Tanzbär

Ein Bär, der lange Zeit sein Brot ertanzen müssen,
Entrann und wählte sich den ersten Aufenthalt.
Die Bären grüßten ihn mit brüderlichen Küssen
Und brummten freudig durch den Wald.
Und wo ein Bär den andern sah,
So hieß es: Petz ist wieder da!
Der Bär erzählte drauf, was er in fremden Landen
Für Abenteuer ausgestanden,
Was er gesehn, gehört, getan!
Und fing, da er vom Tanzen red'te,
Als ging er noch an seiner Kette,
Auf polnisch schön zu tanzen an.

Die Brüder, die ihn tanzen sahn,
Bewunderten die Wendung seiner Glieder,
Und gleich versuchten es die Brüder;
Allein anstatt, wie er, zu gehn,
So konnten sie kaum aufrecht stehn,
Und mancher fiel die Länge lang darnieder.
Um desto mehr ließ sich der Tänzer sehn;
Doch seine Kunst verdroß den ganzen Haufen.
»Fort«, schrieen alle, »fort mit dir!
Du Narr, willst klüger sein als wir?«
Man zwang den Petz, davonzulaufen.

Sei nicht geschickt, man wird dich wenig hassen,
Weil dir dann jeder ähnlich ist;
Doch je geschickter du vor vielen andern bist,
Je mehr nimm dich in acht, dich prahlend sehn zu lassen.
Wahr ist's, man wird auf kurze Zeit
Von deinen Künsten rühmlich sprechen;
Doch traue nicht, bald folgt der Neid
Und macht aus der Geschicklichkeit
Ein unvergebliches Verbrechen.

EWALD VON KLEIST

1715–1759

Das Landleben

An Herrn Ramler

O rus, quando ego te aspiciam? quandoque licebit,
Nunc veterum libris, nunc somno et inertibus horis,
Ducere sollicitae jucunda oblivia vitae?
Horat.

O Freund! wie selig ist der Mann zu preisen,
Dem kein Getümmel, dem kein schwirrend Eisen;
Kein Schiff, das Beute, Mast und Bahn verlieret,
Den Schlaf entführet!

Der nicht die Ruhe darf in Berge senken,
Der fern vom Purpur, fern von Wechselbänken,
In eignen Schatten, durch den West gekühlet,
Sein Leben fühlet.

Er lacht der Schlösser von Geschütz bewachet,
Verhöhnt den Kummer, der an Höfen lachet,
Verhöhnt des Geizes in verschloßnen Mauren
Törichtes Trauren.

So bald Aurora, wenn der Himmel grauet,
Dem Meer entsteigend, lieblich abwärts schauet,
Flieht er sein Lager ohn verzärtelt Schmücken
Mit gleichen Blicken.

Er lobt den Schöpfer, hört ihm Lerchen singen,
Die durch die Lüfte sich dem Aug entschwingen,
Hört ihm vom Zephyr lispelnd auf den Höhen
Ein Loblied wehen.

Er schaut auf Rosen, Tau wie Demant blitzen.
Schaut über Wolken von der Berge Spitzen,
Wie schön die Ebne, die sich blau verlieret,
Flora gezieret.

Bald zeigt sich fliehend auf des Meeres Rücken
Ein Schiff von weitem den nachfliehnden Blicken,
Das sie erst lange gleichsam an sich bindet,
Und dann verschwindet.

Bald sieht er abwärts, voller Glanz und Prangen,
Noch einen Himmel in den Fluten hangen,
Noch eine Sonne Amphitritens Grenzen
Grundaus durchglänzen.

Er geht in Wälder, wo an Schilf und Sträuchen
Im krummen Ufer Silberbäche schleichen,
Wo Blüten duften, wo der Nachtigallen
Lustlieder schallen.

Jetzt pfropft er Bäume, leitet Wassergräben,
Schaut Bienen schwärmen, führt an Wänden Reben,
Jetzt tränkt er Pflanzen, zieht von Rosenstöcken
Schattende Hecken.

Eilt dann zur Hütten (da kein Laster thronet,
Die Ruh und Wollust unsichtbar bewohnet)
Weil seine Doris, die nur Liebreiz schminket,
Ihm freundlich winket.

Kein Knecht der Krankheit mischt für ihn Gerichte,
Unschuld und Freude würzt ihm Milch und Früchte,
Kein bang Gewissen zeigt ihm Schwert und Strafe
Im süßen Schlafe.

Freund! laß uns Golddurst, Stolz und Schlösser hassen,
Und Kleinigkeiten Fürsten überlassen.
Mein Lange ruft uns, komm zum Sitz der Freuden,
In seine Weiden.

[*Ramler:* Karl Wilhelm Ramler. – Motto: O Land, wann werde ich dich sehen? Und wann wird es mir beschieden sein, bald aus Büchern der Alten, bald im Schlummer und in Stunden der Muße angenehmes Vergessen unruhigen Lebens zu genießen? Horaz – *Lange:* Samuel Gotthold Lange (1711–1781), verfasste Oden und eine Übersetzung des Horaz.]

Lied eines Lappländers

Komm Zama, komm! Laß deinen Unmut fahren,
O du der Preis
Der Schönen! komm! In den zerstörten Haaren
Hängt mir schon Eis.

Du zürnst umsonst. Mir gibt die Liebe Flügel,
Nichts hält mich auf.
Kein tiefer Schnee, kein Sumpf, kein Tal, kein Hügel
Hemmt meinen Lauf.

Ich will im Wald auf hohe Bäume klimmen
Dich auszuspähn,
Und durch die Flut der tiefsten Ströme schwimmen,
Um dich zu sehn.

Das dürre Laub will ich vom Strauche pflücken,
Der dich verdeckt,
Und auf der Wies ein jedes Rohr zerknicken,
Das dich versteckt.

Und solltest du, weit übers Meer, in Wüsten
Verborgen sein;
So will ich bald an Grönlands weißen Küsten
Nach Zama schrein.

Die lange Nacht kommt schon. Still mein Verlangen
Und eil zurück!
Du kommst, mein Licht! du kommst, mich zu umfangen;
O, welch ein Glück!

ANNA LOUISA KARSCH

1722–1791

An den Domherrn von Rochow,

als er gesagt hatte,
die Liebe müsse sie gelehret haben,
so schöne Verse zu machen

Kenner von dem sapphischen Gesange!
Unter Deinem weißen Überhange
Klopft ein Herze, voller Glut in Dir!
Von der Liebe ward es unterrichtet,
Dieses Herze, aber ganz erdichtet
Nennst Du sie die Lehrerin von mir!

Meine Jugend ward gedrückt von Sorgen,
Seufzend sang an manchem Sommermorgen
Meine Einfalt ihr gestammelt Lied;
Nicht dem Jüngling töneten Gesänge,
Nein, dem Gott, der auf der Menschen Menge
Wie auf Ameishaufen niedersieht!

Ohne Regung, die ich oft beschreibe,
Ohne Zärtlichkeit ward ich zum Weibe,
Ward zur Mutter! wie im wilden Krieg,
Unverliebt ein Mädchen werden müßte,
Die ein Krieger halb gezwungen küßte,
Der die Mauer einer Stadt erstieg.

Sing ich Lieder für der Liebe Kenner:
Dann denk ich den zärtlichsten der Männer,
Den ich immer wünschte, nie erhielt;
Keine Gattin küßte je getreuer,
Als ich in der Sappho sanftem Feuer
Lippen küßte, die ich nie gefühlt!

Was wir heftig lange wünschen müssen,
Und was wir nicht zu erhalten wissen,
Drückt sich tiefer unserm Herzen ein;
Rebensaft verschwendet der Gesunde,
Und erquickend schmeckt des Kranken Munde
Auch im Traum der ungetrunkne Wein.

[1763]

Lob der schwarzen Kirschen

Des Weinstocks Saftgewächse ward
Von tausend Dichtern laut erhoben;
Warum will denn nach Sängerart
Kein Mensch die Kirsche loben?

O die karfunkelfarbne Frucht
In reifer Schönheit ward vor diesen
Unfehlbar von der Frau versucht,
Die Milton hat gepriesen.

Kein Apfel reizet so den Gaum
Und löschet so des Durstes Flammen;
Er mag gleich vom Chineser-Baum
In echter Abkunft stammen.

Der ausgekochte Kirschensaft
Gibt aller Sommersuppen beste,
Verleiht der Leber neue Kraft
Und kühlt der Adern Äste;

Und wem das schreckliche Verbot
Des Arztes jeden Wein geraubet,
Der misch ihn mit der Kirsche rot
Dann ist er ihm erlaubet;

Und wäre seine Lunge wund
Und seine ganze Brust durchgraben:
So darf sich doch sein matter Mund
Mit diesem Tranke laben.

Wenn ich den goldnen Rheinstrandwein
Und silbernen Champagner meide,
Dann, Freunde, mischt mir Kirschblut drein
Zur Aug- und Zungenweide:

Dann werd ich eben so verführt
Als Eva, die den Baum betrachtet,
So schön gewachsen und geziert,
Und nach der Frucht geschmachtet.

Ich trink und rufe dreimal Hoch!
Ihr Dichter singt im Ernst und Scherze
Zu oft die Rose, singet doch
Einmal der Kirschen Schwärze!

[1792]

[*Frau ... / Die Milton hat gepriesen:* Eva in John Miltons *Paradise Lost* (1667–1674). – *Chineser-Baum:* Orangenbaum.]

MAGNUS GOTTFRIED LICHTWER

1719–1783

Der Mohr und der Weiße

Ein Mohr und Weißer zankten sich,
Der Weiße sprach zu dem Bengalen:
Wär ich wie du, ich ließe mich
Zeit meines Lebens niemals malen.

Besieh dein Pechgesichte nur,
Und sage mir, du schwarzes Wesen,
Ob dich die spielende Natur
Nicht uns zum Scheusal auserlesen?

Gut, sprach der Mohr, hat denn ihr Fleiß
Sich deiner besser angenommen?
Unausgebratner Naseweis,
Du bist noch ziemlich unvollkommen.

Die Welt, in der wir Menschen sind,
Gleicht einem ungeheuren Baume,
Darauf bist du, mein liebes Kind,
Die noch nicht reif gewordne Pflaume.

Sie zankten sich noch lange Zeit;
Und weil sich keiner geben wollte,
Beschlossen sie, daß ihren Streit
Ein kluger Richter schlichten sollte.

Als nun der Weiße Recht behielt,
Da sprach das schwarze Kind der Mohren:
Du siegst; ich habe hier verspielt,
In Tunis hättest du verloren.

*

So manches Land, so mancher Wahn,
Es kömmt bei allen Nationen
Der Vorzug auf den Ort mit an,
Schön ist, was da gilt, wo wir wohnen.

Die Katzen und der Hausherr

Murner, eine Zyperkatze,
Gab unlängst den Güldeschmaus,
Und er sahe sich zum Platze
Eines Bürgers Wohnung aus.

Mensch und Tiere schliefen feste,
Selbst der Hausprophete schwieg,
Als ein Schwarm geschwänzter Gäste
Von den nächsten Dächern stieg.

Murner kömmt, sie zu begrüßen,
Führt sie drauf in einen Saal
Und setzt jeden auf ein Küssen
Von dem feinsten Katzenzahl.

Sechzig feiste Mäusezimmel
Machten die Versammlung satt,
Ob gespickt, das weiß der Himmel,
jeder gibt, so gut er's hat.

Von der Mahlzeit ging's zum Tanze,
Wo der Wirt sich hören ließ
Und auf einem Rattenschwanze
Manch verliebtes Stückchen blies.

Hinz, des ersten Schwiegervater,
Sang darein erbärmlich schön,
Und zween abgelebte Kater
Quälten sich, ihm beizustehn.

Itzo tanzen alle Katzen,
Poltern, lärmen, daß es kracht,
Zischen, heulen, sprudeln, kratzen,
Bis der Herr im Haus erwacht.

Dieser springt mit einem Stecken
In den finstern Saal hinein,
Schlägt um sich, sie zu erschrecken,
Schmeißet einen Spiegel ein,

Stolpert über ein'ge Späne,
Stürzt im Fallen auf die Uhr
Und zerbricht zwo Reihen Zähne:
Blinder Eifer schadet nur!

[*Zahl:* Zagel, alte Bezeichnung für herabhängendes Haarbüschel und Behaarung allgemein. – *Zimmel:* Ziemer, Rute vom Wild.]

KARL WILHELM RAMLER

1725–1798

An den Frieden

Wo bist du hingeflohn, geliebter Friede?
Gen Himmel, in dein mütterliches Land?
Hast du dich, ihrer Ungerechtigkeiten müde,
Ganz von der Erde weggewandt?

Wohnst du nicht noch auf einer von den Fluren
Des Ozeans, in Klippen tief versteckt,
Wohin kein Wuchrer, keine Missetäter fuhren,
Die kein Eroberer entdeckt?

Nicht, wo, mit Wüsten rings umher bewehret,
Der Wilde sich in deinem Himmel dünkt?
Sich ruhig von den Früchten seines Palmbaums nähret?
Vom Safte seines Palmbaums trinkt?

O! wo du wohnst, laß endlich dich erbitten:
Komm wieder, wo dein süßer Feldgesang
Von herdevollen Hügeln und aus Weinbeerhütten
Und unter Kornaltären klang.

Sieh diese Schäfersitze, deine Freude,
Wie Städte lang, wie Rosengärten schön,
Nun sparsam, nun wie Bäumchen auf verbrannter Heide,
Wie Gras auf öden Mauern stehn.

Die Winzerinnen halten nicht mehr Tänze;
Die jüngst verlobte Garbenbinderin
Trägt ohne Saitenspiel und Lieder ihre Kränze
Zum Dankaltare weinend hin.

Denn ach! der Krieg verwüstet Saat und Reben
Und Korn und Most, vertilget Frucht und Stamm,
Erwürgt die frommen Mütter, die die Milch uns geben,
Erwürgt das kleine fromme Lamm.

Mit unsern Rossen fährt er Donnerwagen,
Mit unsern Sicheln mäht er Menschen ab;
Den Vater hat er jüngst, er hat den Mann erschlagen,
Nun fodert er den Knaben ab.

Erbarme dich des langen Jammers! Rette
Von deinem Volk den armen Überrest!
Bind an der Hölle Tor mit siebenfacher Kette
Auf ewig den Verderber fest.

[1760]

[*Kornaltäre:* Ramler erläutert selbst: »So werden die im Felde aufgehäuften Garben genannt.«]

GOTTHOLD EPHRAIM LESSING

1729–1781

Lob der Faulheit

Faulheit, jetzo will ich dir
Auch ein kleines Loblied bringen. –
O – – wie – – sau – – er – – wird es mir, – –
Dich – – nach Würden – – zu besingen!
Doch, ich will mein Bestes tun,
Nach der Arbeit ist gut ruhn.

Höchstes Gut! wer dich nur hat,
Dessen ungestörtes Leben – –
Ach! – – ich – – gähn' – – ich – – werde matt – –
Nun – – so – – magst du – – mirs vergeben,
Daß ich dich nicht singen kann;
Du verhinderst mich ja dran.

[1751]

Die Sinngedichte an den Leser

Wer wird nicht einen *Klopstock* loben?
Doch wird ihn jeder lesen? – Nein.
Wir wollen weniger erhoben,
und fleißiger gelesen sein.

[1771]

Die Ewigkeit gewisser Gedichte

Verse, wie sie Bassus schreibt,
Werden unvergänglich bleiben: –
Weil dergleichen Zeug zu schreiben,
Stets ein Stümper übrig bleibt.

Auf einen adeligen Dummkopf

Das nenn' ich einen Edelmann!
Sein Ur–Ur–Ur–Ur–Älterahn
War älter Einen Tag, als unser aller Ahn.

An eine würdige Privatperson

Gibt einst der Leichenstein von dem, was du gewesen,
Dem Enkel, der dich schätzt, so viel er braucht, zu lesen,
So sei die Summe dies: »Er lebte schlecht und recht,
Ohn' Amt und Gnadengeld, und niemands Herr noch Knecht.«

Ich

Die Ehre hat mich nie gesucht;
Sie hätte mich auch nie gefunden.
Wählt man, in zugezählten Stunden,
Ein prächtig Feierkleid zur Flucht?

Auch Schätze hab ich nie begehrt.
Was hilft es sie auf kurzen Wegen
Für Diebe mehr als sich zu hegen,
Wo man das wenigste verzehrt?

Wie lange währts, so bin ich hin,
Und einer Nachwelt untern Füßen?
Was braucht sie wen sie tritt zu wissen?
Weiß ich nur wer ich bin.

FRIEDRICH GOTTLIEB KLOPSTOCK

1724–1803

Der Zürchersee

Schön ist, Mutter Natur, deiner Erfindung Pracht
Auf die Fluren verstreut, schöner ein froh Gesicht,
  Das den großen Gedanken
    Deiner Schöpfung noch *einmal* denkt.

Von des schimmernden Sees Traubengestaden her,
Oder, flohest du schon wieder zum Himmel auf,
  Komm in rötendem Strahle
    Auf dem Flügel der Abendluft,

Komm, und lehre mein Lied jugendlich heiter sein,
Süße Freude, wie du! gleich dem beseelteren
  Schnellen Jauchzen des Jünglings,
    Sanft, der fühlenden Fanny gleich.

Schon lag hinter uns weit Uto, an dessen Fuß
Zürch in ruhigem Tal freie Bewohner nährt;
  Schon war manches Gebirge
    Voll von Reben vorbeigeflohn.

Jetzt entwölkte sich fern silberner Alpen Höh,
Und der Jünglinge Herz schlug schon empfindender,
  Schon verriet es beredter
    Sich der schönen Begleiterin.

»Hallers Doris«, die sang, selber des Liedes wert,
Hirzels Daphne, den Kleist innig wie Gleimen liebt;
  Und wir Jünglinge sangen
    Und empfanden wie Hagedorn.

Jetzo nahm uns die Au in die beschattenden
Kühlen Arme des Walds, welcher die Insel krönt;
  Da, da kamest du, Freude!
    Volles Maßes auf uns herab!

Göttin Freude, du selbst! dich, wir empfanden dich!
Ja, du warest es selbst, Schwester der Menschlichkeit,
  Deiner Unschuld Gespielin,
    Die sich über uns ganz ergoß!

Süß ist, fröhlicher Lenz, deiner Begeistrung Hauch,
Wenn die Flur dich gebiert, wenn sich dein Odem sanft
  In der Jünglinge Herzen,
    Und die Herzen der Mädchen gießt.

Ach du machst das Gefühl siegend, es steigt durch dich
Jede blühende Brust schöner, und bebender,
Lauter redet der Liebe
Nun entzauberter Mund durch dich!

Lieblich winket der Wein, wenn er Empfindungen,
Beßre sanftere Lust, wenn er Gedanken winkt,
Im sokratischen Becher
Von der tauenden Ros' umkränzt;

Wenn er dringt bis ins Herz, und zu Entschließungen,
Die der Säufer verkennt, jeden Gedanken weckt,
Wenn er lehret verachten,
Was nicht würdig des Weisen ist.

Reizvoll klinget des Ruhms lockender Silberton
In das schlagende Herz, und die Unsterblichkeit
Ist ein großer Gedanke,
Ist des Schweißes der Edlen wert!

Durch der Lieder Gewalt, bei der Urenkelin
Sohn und Tochter noch sein; mit der Entzückung Ton
Oft beim Namen genennet,
Oft gerufen vom Grabe her,

Dann ihr sanfteres Herz bilden, und, Liebe, dich,
Fromme Tugend, dich auch gießen ins sanfte Herz,
Ist, beim Himmel! nicht wenig!
Ist des Schweißes der Edlen wert!

Aber süßer ist noch, schöner und reizender,
In dem Arme des Freunds wissen ein Freund zu sein!
So das Leben genießen,
Nicht unwürdig der Ewigkeit!

Treuer Zärtlichkeit voll, in den Umschattungen,
In den Lüften des Walds, und mit gesenktem Blick
Auf die silberne Welle,
Tat ich schweigend den frommen Wunsch:

Wäret ihr auch bei uns, die ihr mich ferne liebt,
In des Vaterlands Schoß einsam von mir verstreut,
Die in seligen Stunden
Meine suchende Seele fand;

O so bauten wir hier Hütten der Freundschaft uns!
Ewig wohnten wir hier, ewig! Der Schattenwald
Wandelt' uns sich in Tempe,
Jenes Tal in Elysium!

[1750]

[*Fanny:* Klopstocks Jugendgeliebte. – *Uto:* der Ütliberg. – *Hallers Doris:* A. v. Haller schrieb 1730 das an seine Braut Marianne Wyss gerichtete Liebeslied »Doris«. – *Hirzels Daphne:* anakreontischer Name für die Frau des Zürcher Arztes Hans Kaspar Hirzel (1725–1803), der die Fahrt arrangiert hat. – *Kleist:* Ewald von Kleist (1715–1759), Dichter und preußischer Offizier. – *Gleim:* Johann Wilhelm Ludwig Gleim. – *Hagedorn:* Friedrich von Hagedorn. – *Au:* Insel im Zürcher See. – *sokratischen Becher:* Sokrates empfiehlt in Xenophons »Gastmahl« den kleineren Becher, der heiter stimmt, nicht trunken macht.]

Das Rosenband

Im Frühlingsschatten fand ich sie;
Da band ich sie mit Rosenbändern:
Sie fühlt' es nicht, und schlummerte.

Ich sah sie an; mein Leben hing
Mit diesem Blick an ihrem Leben:
Ich fühlt' es wohl, und wußt' es nicht.

Doch lispelt' ich ihr sprachlos zu,
Und rauschte mit den Rosenbändern:
Da wachte sie vom Schlummer auf.

Sie sah mich an; ihr Leben hing
Mit diesem Blick an meinem Leben,
Und um uns ward's Elysium.

[E: 1753; D: 1762]

Die Frühlingsfeier

Nicht in den Ozean der Welten alle
Will ich mich stürzen! schweben nicht,
Wo die ersten Erschaffnen, die Jubelchöre der Söhne des Lichts,
Anbeten, tief anbeten! und in Entzückung vergehn!

Nur um den Tropfen am Eimer,
Um die Erde nur, will ich schweben, und anbeten!
Halleluja! Halleluja! Der Tropfen am Eimer
Rann aus der Hand des Allmächtigen auch!

Da der Hand des Allmächtigen
Die größeren Erden entquollen!
Die Ströme des Lichts rauschten, und Siebengestirne wurden,
Da entrannest du, Tropfen, der Hand des Allmächtigen!

Da ein Strom des Lichts rauscht', und unsre Sonne wurde!
Ein Wogensturz sich stürzte wie vom Felsen
Der Wolk' herab, und den Orion gürtete,
Da entrannest du, Tropfen, der Hand des Allmächtigen!

Wer sind die tausendmal tausend, wer die Myriaden alle,
Welche den Tropfen bewohnen, und bewohnten? und wer bin ich?
Halleluja dem Schaffenden! mehr wie die Erden, die quollen!
Mehr, wie die Siebengestirne, die aus Strahlen zusammenströmten! –

Aber du Frühlingswürmchen,
Das grünlichgolden neben mir spielt,
Du lebst; und bist vielleicht
Ach nicht unsterblich!

Ich bin herausgegangen anzubeten,
Und ich weine? Vergib, vergib
Auch diese Träne dem Endlichen,
O du, der sein wird!

Du wirst die Zweifel alle mir enthüllen,
O du, der mich durch das dunkle Tal
Des Todes führen wird! Ich lerne dann,
Ob eine Seele das goldene Würmchen hatte.

Bist du nur gebildeter Staub,
Sohn des Mais, so werde denn
Wieder verfliegender Staub,
Oder was sonst der Ewige will!

Ergeuß von neuem du, mein Auge,
Freudentränen!
Du, meine Harfe,
Preise den Herrn!

Umwunden wieder, mit Palmen
Ist meine Harf' umwunden! Ich singe dem Herrn!
Hier steh ich. Rund um mich
Ist alles Allmacht! und Wunder alles!

Mit tiefer Ehrfurcht schau ich die Schöpfung an,
Denn du!
Namenloser, du!
Schufest sie!

Lüfte, die um mich wehn, und sanfte Kühlung
Auf mein glühendes Angesicht hauchen,
Euch, wunderbare Lüfte,
Sandte der Herr! der Unendliche!

Aber jetzt werden sie still, kaum atmen sie.
Die Morgensonne wird schwül!
Wolken strömen herauf!
Sichtbar ist, der kommt, der Ewige!

Nun schweben sie, rauschen sie, wirbeln die Winde!
Wie beugt sich der Wald! wie hebt sich der Strom!
Sichtbar, wie du es Sterblichen sein kannst,
Ja, das bist du, sichtbar, Unendlicher!

Der Wald neigt sich, der Strom fliehet, und ich
Falle nicht auf mein Angesicht?
Herr! Herr! Gott! barmherzig und gnädig!
Du Naher! erbarme dich meiner!

Zürnest du? Herr,
Weil Nacht dein Gewand ist?
Diese Nacht ist Segen der Erde.
Vater, du zürnest nicht!

Sie kommt, Erfrischung auszuschütten,
Über den stärkenden Halm!
Über die herzerfreuende Traube!
Vater, du zürnest nicht!

Alles ist still vor dir, du Naher!
Ringsumher ist alles still!
Auch das Würmchen mit Golde bedeckt, merkt auf!
Ist es vielleicht nicht seelenlos? ist es unsterblich?

Ach, vermöcht' ich dich, Herr, wie ich dürste, zu preisen!
Immer herrlicher offenbarest du dich!
Immer dunkler wird die Nacht um dich,
Und voller von Segen!

Seht ihr den Zeugen des Nahen, den zückenden Strahl?
Hört ihr Jehovas Donner?
Hört ihr ihn? hört ihr ihn,
Den erschütternden Donner des Herrn?

Herr! Herr! Gott!
Barmherzig, und gnädig!
Angebetet, gepriesen
Sei dein herrlicher Name!

Und die Gewitterwinde? sie tragen den Donner!
Wie sie rauschen! wie sie mit lauter Woge den Wald durchströmen!
Und nun schweigen sie. Langsam wandelt
Die schwarze Wolke.

Seht ihr den neuen Zeugen des Nahen, den fliegenden Strahl?
Höret ihr hoch in der Wolke den Donner des Herrn?
Er ruft: Jehova! Jehova!
Und der geschmetterte Wald dampft!

Aber nicht unsre Hütte!
Unser Vater gebot
Seinem Verderber,
Vor unsrer Hütte vorüberzugehn!

Ach, schon rauscht, schon rauscht
Himmel, und Erde vom gnädigen Regen!
Nun ist, wie dürstete sie! die Erd' erquickt,
Und der Himmel der Segensfüll' entlastet!

Siehe, nun kommt Jehova nicht mehr im Wetter,
In stillem, sanftem Säuseln
Kommt Jehova,
Und unter ihm neigt sich der Bogen des Friedens!

[1759; Fassung hier nach D: 1771]

[*die ersten Erschaffnen:* die Erzengel. – *Tropfen am Eimer:* Bild für die Erde; vgl. Jesaia 40,15; Sirach 18,8. – *Bogen des Friedens:* Regenbogen.]

Dem Unendlichen

Wie erhebt sich das Herz, wenn es dich,
Unendlicher, denkt! wie sinkt es,
Wenns auf sich herunterschaut!
Elend schauts wehklagend dann, und Nacht und Tod!

Allein du rufst mich aus meiner Nacht, der im Elend, der im Tod hilft!
Dann denk ich es ganz, daß du ewig mich schufst,
Herrlicher! den kein Preis, unten am Grab', oben am Thron,
Herr, Herr, Gott! den dankend entflammt kein Jubel genug besingt.

Weht, Bäume des Lebens, ins Harfengetön!
Rausche mit ihnen ins Harfengetön, kristallner Strom!
Ihr lispelt, und rauscht, und, Harfen, ihr tönt
Nie es ganz! Gott ist es, den ihr preist!

Donnert, Welten, in feierlichem Gang, in der Posaunen Chor!
Du Orion, Waage, du auch!
Tönt all' ihr Sonnen auf der Straße voll Glanz,
In der Posaunen Chor!

Ihr Welten, donnert
Und du, der Posaunen Chor, hallest
Nie es ganz, Gott; nie es ganz, Gott,
Gott, Gott ist es, den ihr preist!

[1770]

Die frühen Gräber

Willkommen, o silberner Mond,
Schöner, stiller Gefährt der Nacht!
Du entfliehst? Eile nicht, bleib, Gedankenfreund!
Sehet, er bleibt, das Gewölk wallte nur hin.

Des Maies Erwachen ist nur
Schöner noch, wie die Sommernacht,
Wenn ihm Tau, hell wie Licht, aus der Locke träuft,
Und zu dem Hügel herauf rötlich er kömmt.

Ihr Edleren, ach es bewächst
Eure Male schon ernstes Moos!
O wie war glücklich ich, als ich noch mit euch
Sahe sich röten den Tag, schimmern die Nacht.

[1771]

Die Sommernacht

Wenn der Schimmer von dem Monde nun herab
In die Wälder sich ergießt, und Gerüche
Mit den Düften von der Linde
In den Kühlungen wehn;

So umschatten mich Gedanken an das Grab
Der Geliebten, und ich seh in dem Walde
Nur es dämmern, und es weht mir
Von der Blüte nicht her.

Ich genoß einst, o ihr Toten, es mit euch!
Wie umwehten uns der Duft und die Kühlung,
wie verschönt warst von dem Monde,
Du o schöne Natur!

[*Der Geliebten:* Genitiv Plural; aller Toten, die ihm lieb waren.]

Die Etats généraux:

Der kühne Reichstag Galliens dämmert schon,
Die Morgenschauer dringen den Wartenden
Durch Mark und Bein: o komm, du neue,
Labende, selbst nicht geträumte Sonne!

Gesegnet sei mir du, das mein Haupt bedeckt,
Mein graues Haar, die Kraft, die nach sechzigen
Fortdauert; denn sie wars, so weit hin
Brachte sie mich, daß ich dies erlebte!

Verzeiht, o Franken (Name der Brüder ist
Der edle Name), daß ich den Deutschen einst
Zurufte, das zu fliehn, warum ich
Ihnen itzt flehe, euch nachzuahmen.

Die größte Handlung dieses Jahrhunderts sei,
So dacht' ich sonst, wie Herkules Friederich
Die Keule führte, von Europas
Herrschern bekämpft, und den Herrscherinnen!

So denk ich jetzt nicht. Gallien krönet sich
Mit einem Bürgerkranze, wie keiner war!
Der glänzet heller und verdient es!
Schöner, als Lorbeer, die Blut entschimmert.

[1789]

[*Die Etats généraux:* die Generalstände Frankreichs, die bei Verdoppelung der Abgeordnetenzahl des dritten Standes 1788 einberufen wurden und am 5. 5. 1789, zum erstenmal seit 1614, in Versailles zusammentraten. – *Franken:* Franzosen. – *einst:* Klopstock stand den Franzosen bis dahin in vielem ablehnend gegenüber. – *Friedrich:* Friedrich II. Von Preußen (1712–1786). – *Blut entschimmert:* deren Schimmer Blut entstellt. Klopstock sagt ›die Lorbeer‹.]

Mein Irrtum

Lange hatt' ich auf sie forschend geschaut,
Auf die Redenden nicht; die Täter! war,
Bei den Malen der Geschichte
Wandelnd, den Franken gefolgt.

Die an Völkern du rächst, Königen rächst,
Priestern, die Menschheit, wie wars, Geschichte, voll
Von Gemälden, die der Gute,
Bleich vor Entsetzen erblickt.

Dennoch glaubt' ich, und ach Wonne war mir,
Morgenrötlicher Glanz der goldne Traum!
War ein Zauber, wie gehoffter
Liebe, dem trunkenen Geist!

Freiheit, Mutter des Heils, deucht' es mich, du
Würdest Schöpferin sein, die Glücklichen,
Die so ganz du dir erkorest,
Umzuschaffen gesandt!

Bist du nicht Schöpferin mehr? oder sind sie
Nicht umschaffbar, die du entfesseltest?
Ist ihr Herz Fels, und ihr Auge
Nacht, zu sehn, wer du bist?

Deine Seel' ist Gesetz! Aber ihr Blick
Wird des Falken, ihr Herz wird Feuerstrom;
Ha, er funkelt, und es glühet,
Wenn das Ungesetz winkt.

Dieses kennen sie, dich kennen sie nicht,
Das, das lieben sie! Doch dein Name tönt.
Wenn die Guten das verruchte
Schwert trifft: schallt es von dir.

Freiheit, Mutter des Heils, nannten sie dich
Nicht selbst da noch, als nun Erobrungskrieg,
Mit dem Bruche des gegebnen
Edlen Wortes, begann?

Ach des goldenen Traums Wonn' ist dahin,
Mich umschwebet nicht mehr sein Morgenglanz,
Und ein Kummer, wie verschmähter
Liebe, kümmert mein Herz.

Müde labet auch wohl Schatten am Weg'
In der Öde, der weit umher sich krümmt;
So hat jüngst mich die erhabne
Männin, Corday gelabt.

Richter schändeten sich, sprachen es los,
's Ungeheuer: sie sprach nicht los und tat,
Was mit Glut einst auf der Wange,
Tränen, der Enkel erzählt.

[E: 1793; D: 1798]

[Entstanden nach dem Tod Charlotte Cordays. – *Bruche des gegebnen … Wortes:* Die Nationalversammlung hatte in der Verfassung festgelegt, keine Eroberungskriege zu führen. Am 18. 3. 1792 Kriegserklärung Frankreichs an Österreich. Im Krieg gingen dann die franz. Armeen zum Eroberungskrieg über und besetzten auch Teile des Rheinlands. – *Männin:* nach lat. virago. – *Richter schändeten …:* Marat, im April 1793 als Aufwiegler angeklagt, wurde freigesprochen.]

Das Wiedersehn

Der Weltraum fernt mich weit von dir,
So fernt mich nicht die Zeit.
Wer überlebt das siebzigste
Schon hat, ist nah bei dir.

Lang sah ich, Meta, schon dein Grab,
Und seine Linde wehn;
Die Linde wehet einst auch mir,
Streut ihre Blum' auch mir,

Nicht mir! Das ist mein Schatten nur,
Worauf die Blüte sinkt;
So wie es nur dein Schatten war,
Worauf sie oft schon sank.

Dann kenn' ich auch die höhre Welt,
In der du lange warst;
Dann sehn wir froh die Linde wehn,
Die unsre Gräber kühlt.

Dann … Aber ach ich weiß ja nicht,
Was du schon lange weißt;
Nur daß es, hell von Ahndungen,
Mir um die Seele schwebt!

Mit wonnevollen Hoffnungen
Die Abendröte kommt:
Mit frohem, tiefen Vorgefühl,
Die Sonnen auferstehn!

[1798]

[*Meta:* Klopstocks erste Ehefrau Margarethe, geb. Moller, † 1758.]

GOTTLIEB KONRAD PFEFFEL

1736–1809

Jost

Von seinem milden Landesvater
Durch Fronen abgezehrt, lag Jost
Auf faulem Moos. Ein frommer Pater
Gab in dem letzten Kampf ihm Trost:
Bald, sprach er, wird euch Gott entbinden
Vom Joch, das euch so hart gedrückt;
Die Ruhe, die euch nie beglückt,
Freund, werdet ihr im Himmel finden.
Ach, Herr! rief Jost so dumpf und hohl
Wie aus dem Grab, wer kann das wissen?
Wir armen Bauren werden wohl
Im Himmel fronweis donnern müssen.

(1785)

Die Reichsgeschichte der Tiere

Die Tiere lebten viele Jahre
In friedlicher Demokratie;
Doch endlich kamen sie einander in die Haare,
Und ihre Republik versank in Anarchie.
Der Löwe machte sich den innern Streit zunutze
Und bot sich ohne Sold dem kleinern Vieh,
Als dem gedrückten Teil, zum Schutze,
Zum Retter seiner Freiheit an.
Er wollte bloß des Volkes Diener heißen
Und brauchte weislich seinen Zahn
Im Anfang nur, die Räuber zu zerreißen.
Als dies die frohen Bürger sahn,
Ernannten sie zum wohlverdienten Lohne
Den Diener feierlich zum Khan,
Versicherten die Würde seinem Sohne
Und gaben ihm die Macht, die Ämter zu verleihn,
Um kräftiger beschützt zu sein.
Nun sprach der neue Fürst aus einem andern Tone:
Er gürtete sein Haupt mit einer Eichenkrone,
Enthob Tribut, und wer ihm widerstand,
Fiel als Rebell in seine Pranke.
Der Tiger und der Fuchs, der Wolf, der Elefant
Ergaben sich aus List, und jeder ward zum Danke
Zum königlichen Rat ernannt.
Jetzt halfen sie dem Khan die schwächern Tiere hetzen,
Bekamen ihren Teil an den erpreßten Schätzen
Und raubten endlich trotz dem Khan.
Ha, rief das arme Volk mit tiefgesenkten Ohren
Und mit geschundner Haut, was haben wir getan! –
Allein der Freiheit Kranz war nun einmal verloren.
Der Löwe war und blieb Tyrann;
Er ließ von jedem Tier sich stolz die Pfote lecken,
Und wer nicht kroch, der mußte sich verstecken.

(1787)

Der freie Mann

Ein Volkslied

Wer ist ein freier Mann?
Der, dem nur eigner Wille
Und keines Zwingherrn Grille
Gesetze geben kann;
Der ist ein freier Mann.

Wer ist ein freier Mann?
Der das Gesetz verehret,
Nichts tut, was es verwehret,
Nichts will, als was er kann;
Der ist ein freier Mann.

Wer ist ein freier Mann?
Wem seinen hellen Glauben
Kein frecher Spötter rauben,
Kein Priester meistern kann;
Der ist ein freier Mann.

Wer ist ein freier Mann?
Der auch in einem Heiden
Den Menschen unterscheiden,
Die Tugend schätzen kann;
Der ist ein freier Mann.

Wer ist ein freier Mann?
Dem nicht Geburt noch Titel,
Nicht Sammetrock noch Kittel
Den Bruder bergen kann;
Der ist ein freier Mann.

Wer ist ein freier Mann?
Wem kein gekrönter Würger
Mehr, als der Name Bürger
Ihm wert ist, geben kann;
Der ist ein freier Mann.

Wer ist ein freier Mann?
Der, in sich selbst verschlossen,
Der feilen Gunst der Großen
Und Kleinen trotzen kann;
Der ist ein freier Mann.

Wer ist ein freier Mann?
Der fest auf seinem Stande
Auch selbst vom Vaterlande
Den Undank dulden kann;
Der ist ein freier Mann.

Wer ist ein freier Mann?
Der, muß er Gut und Leben
Zum Raub Tyrannen geben,
Doch nichts verlieren kann;
Der ist ein freier Mann.

Wer ist ein freier Mann?
Der bei des Todes Rufe
Keck auf des Grabes Stufe
Und rückwärts blicken kann;
Der ist ein freier Mann.

(1790)

Der Reisende und der Cicerone

Ein Fremder ging mit seinem Cicerone
Durch ein gewundnes Felsental,
In dem das Echo siebenmal
Die Worte wiedergab. Im Dithyrambentone
Erhob der Mann die Seltenheit.
Freund, das ist eine Kleinigkeit,
Sprach jener, in dem Land, das ich bewohne,
Besitzt der König einen Saal,
Der seine Worte hundertmal
Und mehr noch wiederholt. Herr, sprach der Cicerone,
Ihr spaßet, oder hält sich der Regent
Vielleicht ein Parlament?

(1806)

[*Cicerone:* redseliger Fremdenführer. – *Dithyrambentone:* im überschwenglichen Ton eines Dithyrambus, ursprüngl. eines Weihelieds auf Dionysos.]

MATTHIAS CLAUDIUS

1740–1815

Ein Wiegenlied, bei Mondschein zu singen

So schlafe nun, du Kleine!
Was weinest du?
Sanft ist im Mondenscheine
Und süß die Ruh'.

Auch kommt der Schlaf geschwinder
Und sonder Müh';
Der Mond freut sich der Kinder
Und liebet sie.

Er liebt zwar auch die Knaben,
Doch Mädchen mehr,
Gießt freundlich schöne Gaben
Von oben her

Auf sie aus, wenn sie saugen,
Recht wunderbar;
Schenkt ihnen blaue Augen
Und blondes Haar.

Alt ist er wie ein Rabe,
Sieht manches Land;
Mein Vater hat als Knabe
Ihn schon gekannt.

Und bald nach ihren Wochen
Hat Mutter 'mal
Mit ihm von mir gesprochen:
Sie saß im Tal.

In einer Abendstunde,
Den Busen bloß,
Ich lag mit offnem Munde
In ihrem Schoß.

Sie sah mich an, für Freude
Ein Tränchen lief,
Der Mond beschien uns beide,
Ich lag und schlief;

Da sprach sie: »Mond, o! scheine,
Ich hab' sie lieb,
Schein Glück für meine Kleine!«
Ihr Auge blieb

Noch lang am Monde kleben
Und flehte mehr.
Der Mond fing an zu beben,
Als hörte er.

Und denkt nun immer wieder
An diesen Blick,
Und scheint von hoch hernieder
Mir lauter Glück.

Er schien mir unterm Kranze
Ins Brautgesicht,
Und bei dem Ehrentanze;
Du warst noch nicht.

[1770]

Noch ein dito für belesene und empfindsame Personen

Meine Mutter hat Gänse,
Fünf blaue,
Sechs graue;
Sind das nicht Gänse?

Täglich zu singen

Ich danke Gott und freue mich
Wie's Kind zur Weihnachtsgabe,
Daß ich bin, bin! Und daß ich dich,
Schön menschlich Antlitz! habe;

Daß ich die Sonne, Berg und Meer
Und Laub und Gras kann sehen
Und Abends unterm Sternenheer
Und lieben Monde gehen;

Und daß mir denn zu Mute ist,
Als wenn wir Kinder kamen
Und sahen, was der heil'ge Christ
Bescheret hatte, Amen!

Ich danke Gott mit Saitenspiel,
Daß ich kein König worden;
Ich wär' geschmeichelt worden viel
Und wär' vielleicht verdorben.

Auch bet' ich ihn von Herzen an,
Daß ich auf dieser Erde
Nicht bin ein großer reicher Mann
Und auch wohl keiner werde.

Denn Ehr' und Reichtum treibt und bläht,
Hat mancherlei Gefahren,
Und vielen hat's das Herz verdreht,
Die weiland wacker waren.

Und all das Geld und all das Gut
Gewährt zwar viele Sachen;
Gesundheit, Schlaf und guten Mut
Kann's aber doch nicht machen.

Und die sind doch, bei Ja und Nein!
Ein rechter Lohn und Segen!
Drum will ich mich nicht groß kastei'n
Des vielen Geldes wegen.

Gott gebe mir nur jeden Tag,
So viel ich darf zum Leben.
Er gibt's dem Sperling auf dem Dach;
Wie sollt' er's mir nicht geben!

[1778]

An – als Ihm die – starb

Der Säemann säet den Samen,
Die Erd' empfängt ihn, und über ein kleines
Keimet die Blume herauf –

Du liebtest sie. Was auch dies Leben
Sonst für Gewinn hat, war klein Dir geachtet.
Und sie entschlummerte Dir!

Was weinest Du neben dem Grabe,
Und hebst die Hände zur Wolke des Todes
Und der Verwesung empor?

Wie Gras auf dem Felde sind Menschen
Dahin, wie Blätter! Nur wenige Tage
Gehn wir verkleidet einher!

Der Adler besuchet die Erde,
Doch säumt nicht, schüttelt vom Flügel den Staub und
Kehrt zur Sonne zurück!

[Gerichtet an Claudius' Schwager Chr. Aug. Müller, dessen Frau Dorothea Christine, C.'s einzige Schwester, am 26. 5. 1766 gestorben war.]

Der Schwarze in der Zuckerplantage

Weit von meinem Vaterlande
  Muß ich hier verschmachten und vergehn,
Ohne Trost, in Müh' und Schande;
  Ohhh die weißen Männer!! klug und schön!
Und ich hab' den Männern ohn' Erbarmen
  Nichts getan.
Du im Himmel! hilf mir armen
  Schwarzen Mann!

[1773]

Abendlied eines Bauersmanns

Das schöne große Tag-Gestirne
  Vollendet seinen Lauf;
Komm, wisch den Schweiß mir von der Stirne,
  Lieb Weib, und denn tisch auf!

Kannst hier nur auf der Erde decken,
  Hier unterm Apfelbaum;
Da pflegt es abends gut zu schmecken,
  Und ist am besten Raum.

Und rufe flugs die kleinen Gäste,
  Denn hör, mich hungert's sehr;
Bring auch den kleinsten aus dem Neste,
  Wenn er nicht schläft, mit her.

Dem König bringt man viel zu Tische;
  Er, wie die Rede geht,
Hat alle Tage Fleisch und Fische
  Und Panzen und Pastet;

Und ist ein eigner Mann erlesen,
  Von andrer Arbeit frei,
Der ordert ihm sein Tafelwesen
  Und präsidiert dabei.

Gott laß ihm alles wohl gedeihen!
  Er hat auch viel zu tun
Und muß sich Tag und Nacht kasteien,
  Daß wir in Frieden ruhn.

Und haben wir nicht Herrenfutter;
  So haben wir doch Brot
Und schöne, frische reine Butter
  Und Milch, was denn für Not?

Das ist genug für Bauersleute,
  Wir danken Gott dafür,
Und halten offne Tafel heute
  Vor allen Sternen hier.

Es präsidiert bei unserm Mahle
  Der Mond, so silberrein!
Und kuckt von oben in die Schale
  Und tut den Segen h'nein.

Nun Kinder esset, eßt mit Freuden,
  Und Gott gesegn' es euch!
Sieh, Mond! ich bin wohl zu beneiden,
  Bin glücklich und bin reich!

[1778]

[*Panzen:* Kaldaunen, eßbare Eingeweidestücke.]

Abendlied

Der Mond ist aufgegangen,
Die goldnen Sternlein prangen
  Am Himmel hell und klar;
Der Wald steht schwarz und schweiget,
Und aus den Wiesen steiget
  Der weiße Nebel wunderbar.

Wie ist die Welt so stille,
Und in der Dämmrung Hülle
  So traulich und so hold!
Als eine stille Kammer,
Wo ihr des Tages Jammer
  Verschlafen und vergessen sollt.

Seht ihr den Mond dort stehen? –
Er ist nur halb zu sehen,
  Und ist doch rund und schön!
So sind wohl manche Sachen,
Die wir getrost belachen,
  Weil unsre Augen sie nicht sehn.

Wir stolze Menschenkinder
Sind eitel arme Sünder
  Und wissen gar nicht viel;
Wir spinnen Luftgespinste
Und suchen viele Künste
  Und kommen weiter von dem Ziel.

Gott, laß uns dein Heil schauen,
Auf nichts Vergänglichs trauen,
  Nicht Eitelkeit uns freun!
Laß uns einfältig werden
Und vor dir hier auf Erden
  Wie Kinder fromm und fröhlich sein!

*

Wollst endlich sonder Grämen
Aus dieser Welt uns nehmen
  Durch einen sanften Tod!
Und, wenn du uns genommen,
Laß uns in Himmel kommen,
  Du unser Herr und unser Gott!

So legt euch denn, ihr Brüder,
In Gottes Namen nieder;
  Kalt ist der Abendhauch.
Verschon uns, Gott! mit Strafen,
Und laß uns ruhig schlafen!
  Und unsern kranken Nachbar auch!

[1779]

[Herder hat das *Abendlied* 1779 als ›Volkslied‹ in den 2. Teil seiner *Stimmen der Völker in Liedern* aufgenommen.]

Ein Lied hinterm Ofen zu singen

Der Winter ist ein rechter Mann,
  Kernfest und auf die Dauer;
Sein Fleisch fühlt sich wie Eisen an,
  Und scheut nicht süß noch sauer.

War je ein Mann gesund, ist er's;
  Er krankt und kränkelt nimmer,
Weiß nichts von Nachtschweiß noch Vapeurs
  Und schläft im kalten Zimmer.

Er zieht sein Hemd im Freien an
  Und läßt's vorher nicht wärmen;
Und spottet über Fluß im Zahn
  Und Kolik in Gedärmen.

Aus Blumen und aus Vogelsang
  Weiß er sich nichts zu machen,
Haßt warmen Drang und warmen Klang
  Und alle warme Sachen.

Doch wenn die Füchse bellen sehr,
  Wenn 's Holz im Ofen knittert,
Und um den Ofen Knecht und Herr
  Die Hände reibt und zittert;

Wenn Stein und Bein vor Frost zerbricht,
  Und Teich' und Seen krachen;
Das klingt ihm gut, das haßt er nicht,
  Denn will er sich tot lachen. –

Sein Schloß von Eis liegt ganz hinaus
  Beim Nordpol an dem Strande;
Doch hat er auch ein Sommerhaus
  Im lieben Schweizerlande.

Da ist er denn bald dort, bald hier,
  Gut Regiment zu führen.
Und wenn er durchzieht, stehen wir
  Und sehn ihn an und frieren.

Kriegslied

's ist Krieg! 's ist Krieg! O Gottes Engel wehre,
Und rede Du darein!
's ist leider Krieg – und ich begehre
Nicht schuld daran zu sein!

Was sollt' ich machen, wenn im Schlaf mit Grämen
Und blutig, bleich und blaß,
Die Geister der Erschlagnen zu mir kämen,
Und vor mir weinten, was?

Wenn wackre Männer, die sich Ehre suchten,
Verstümmelt und halb tot
Im Staub sich vor mir wälzten und mir fluchten
In ihrer Todesnot?

Wenn tausend tausend Väter, Mütter, Bräute,
So glücklich vor dem Krieg,
Nun alle elend, alle arme Leute,
Wehklagten über mich?

Wenn Hunger, böse Seuch' und ihre Nöten
Freund, Freund und Feind ins Grab
Versammleten, und mir zu Ehren krähten
Von einer Leich' herab?

Was hülf' mir Kron' und Land und Gold und Ehre?
Die könnten mich nicht freun!
's ist leider Krieg – und ich begehre
Nicht schuld daran zu sein!

[1779]

Der Mensch

Empfangen und genähret
Vom Weibe wunderbar
Kömmt er und sieht und höret
Und nimmt des Trugs nicht wahr;
Gelüstet und begehret,
Und bringt sein Tränlein dar;
Verachtet und verehret,
Hat Freude und Gefahr;
Glaubt, zweifelt, wähnt und lehret,
Hält nichts und alles wahr;
Erbauet und zerstöret;
Und quält sich immerdar;
Schläft, wachet, wächst und zehret;
Trägt braun und graues Haar etc.
Und alles dieses währet,
Wenn's hoch kommt, achtzig Jahr.
Denn legt er sich zu seinen Vätern nieder,
Und er kömmt nimmer wieder.

Der Tod

Ach, es ist so dunkel in des Todes Kammer,
Tönt so traurig, wenn er sich bewegt
Und nun aufhebt seinen schweren Hammer
Und die Stunde schlägt.

[1798]

Die Liebe

Die Liebe hemmet nichts; sie kennt nicht Tür noch Riegel
Und dringt durch alles sich;
Sie ist ohn' Anbeginn, schlug ewig ihre Flügel,
Und schlägt sie ewiglich.

Rheinweinlied

Bekränzt mit Laub den lieben vollen Becher,
Und trinkt ihn fröhlich leer.
In ganz Europia, Ihr Herren Zecher!
Ist solch ein Wein nicht mehr.

Er kommt nicht her aus Hungarn noch aus Polen,
Noch wo man Franzmänn'sch spricht;
Da mag Sankt Veit, der Ritter, Wein sich holen,
Wir holen ihn da nicht.

Ihn bringt das Vaterland aus seiner Fülle;
Wie wär' er sonst so gut!
Wie wär' er sonst so edel, wäre stille
Und doch voll Kraft und Mut!

Er wächst nicht überall im deutschen Reiche;
Und viele Berge, hört,
Sind, wie die weiland Kreter, faule Bäuche,
Und nicht der Stelle wert.

Thüringens Berge zum Exempel bringen
Gewächs, sieht aus wie Wein;
Ist's aber nicht. Man kann dabei nicht singen,
Dabei nicht fröhlich sein.

Im Erzgebirge dürft Ihr auch nicht suchen,
Wenn Ihr Wein finden wollt.
Das bringt nur Silbererz und Koboltkuchen
Und etwas Lausegold.

Der Blocksberg ist der lange Herr Philister,
Er macht nur Wind wie der;
Drum tanzen auch der Kuckuck und sein Küster
Auf ihm die Kreuz und Quer.

Am Rhein, am Rhein, da wachsen unsre Reben;
Gesegnet sei der Rhein!
Da wachsen sie am Ufer hin und geben
Uns diesen Labewein.

So trinkt ihn denn und laßt uns alle Wege
Uns freun und fröhlich sein!
Und wüßten wir wo jemand traurig läge,
Wir gäben ihm den Wein.

[1776]

Urians Reise um die Welt,
mit Anmerkungen

Wenn jemand eine Reise tut,
So kann er was erzählen;
Drum nahm ich meinen Stock und Hut
Und tät das Reisen wählen.

TUTTI
Da hat Er gar nicht übel dran getan;
Verzähl' Er doch weiter, Herr Urian!

Zuerst ging's an den Nordpol hin;
Da war es kalt, bei Ehre!
Da dacht' ich denn in meinem Sinn,
Daß es hier besser wäre.

TUTTI
Da hat Er gar nicht übel dran getan;
Verzähl' Er doch weiter, Herr Urian!

In Grönland freuten sie sich sehr,
Mich ihres Orts zu sehen,
Und setzten mir den Trankrug her;
Ich ließ ihn aber stehen.

TUTTI
Da hat Er gar nicht übel dran getan;
Verzähl' Er doch weiter, Herr Urian!

Die Esquimaux sind wild und groß,
Zu allem Guten träge;
Da schalt ich Einen einen Kloß,
Und kriegte viele Schläge.

TUTTI
Da hat Er gar nicht übel dran getan;
Verzähl' Er doch weiter, Herr Urian!

Nun war ich in Amerika;
Da sagt' ich zu mir: Lieber!
Nordwestpassage ist doch da;
Mach dich einmal darüber!

TUTTI
Da hat Er gar nicht übel dran getan;
Verzähl' Er doch weiter, Herr Urian!

Flugs ich an Bord und aus ins Meer,
Den Tubus festgebunden,
Und suchte sie die Kreuz und Quer,
Und hab' sie nicht gefunden.

TUTTI
Da hat Er gar nicht übel dran getan;
Verzähl' Er doch weiter, Herr Urian!

Von hier ging ich nach Mexiko;
Ist weiter als nach Bremen,
Da, dacht' ich, liegt das Gold wie Stroh;
Du sollst'n Sack voll nehmen.

TUTTI
Da hat Er gar nicht übel dran getan;
Verzähl' Er doch weiter, Herr Urian!

Allein, allein, allein, allein,
Wie kann ein Mensch sich trügen!
Ich fand da nichts als Sand und Stein
Und ließ den Sack da liegen.

TUTTI
Da hat Er gar nicht übel dran getan;
Verzähl' Er doch weiter, Herr Urian!

Drauf kauft' ich etwas kalte Kost,
Und Kieler Sprott und Kuchen,
Und setzte mich auf Extrapost,
Land Asia zu besuchen.

TUTTI
Da hat Er gar nicht übel dran getan;
Verzähl' Er doch weiter, Herr Urian!

Der Mogul ist ein großer Mann
Und gnädig über Maßen
Und klug; er war itzt eben dran,
'n Zahn ausziehn zu lassen.

TUTTI
Da hat Er gar nicht übel dran getan;
Verzähl' Er doch weiter, Herr Urian!

Hm! dacht' ich, der hat Zähnepein,
Bei aller Größ' und Gaben!
Was hilft's denn auch noch: Mogul sein?
Die kann man so wohl haben.

TUTTI
Da hat Er gar nicht übel dran getan;
Verzähl' Er doch weiter, Herr Urian!

Ich gab dem Wirt mein Ehrenwort
Ihn nächstens zu bezahlen;
Und damit reist' ich weiter fort
Nach China und Bengalen.

TUTTI
Da hat Er gar nicht übel dran getan;
Verzähl' Er doch weiter, Herr Urian!

Nach Java und nach Otaheit,
Und Afrika nicht minder;
Und sah bei der Gelegenheit
Viel Städt' und Menschenkinder;

TUTTI
Da hat Er gar nicht übel dran getan;
Verzähl' Er weiter doch, Herr Urian!

Und fand es überall wie hier,
Fand überall 'n Sparren,
Die Menschen grade so wie wir
Und eben solche Narren.

TUTTI
Da hat Er übel übel dran getan;
Verzähl' Er nicht weiter, Herr Urian!

[1786]

[Unter dem Namen *Urian*, der auch ›unwillkommener Gast‹ bedeuten kann, teilte Claudius ebenfalls seine Ansichten über die »neue Aufklärung« und über »Rezensenten« mit.]

FRIEDRICH WILHELM GOTTER

1746–1797

Lied bei einer Wiege

Schlaf immerhin die erste Zeit des Lebens!
Dir gab die gütige Natur
Den Hang zur Ruhe nicht vergebens,
Drum schlafe, Kleiner, schlafe nur!

Noch atmest du, frei von des Lebens Sorgen,
Vom Joche des Gewissens frei,
Noch ist dir Abend, Nacht und Morgen
Und jedes Schicksal einerlei.

Noch wohnt auf deinem Rosenmund das Lachen,
Noch winkt dir alles Freude zu;
Doch schrecklich wirst du einst erwachen
Aus dieser unschuldvollen Ruh.

Dann fühlest du der Qualen Mutter, Liebe;
Sie fesselt dich durch falsche Lust,
Doch mit ihr stürmen tausend Triebe,
Gleich Meereswogen, durch die Brust.

Dann zählest du die Tage nach den Tränen,
Dann lockest du die spröde Ruh
Umsonst durch Saitenspiel und Sehnen,
Bringst schlaflos öde Nächte zu.

O güldne Zeit, da mit geheimen Bissen
Kein Gram den stillen Busen nagt
Und Überlegung und Gewissen
Vor keinem Richter uns verklagt!

Auch ich war klein; zu meiner Plage
Erwuchs ich Armer zu geschwind;
Betrübt denk ich zurück und klage:
Ach Himmel, wär ich noch ein Kind!

[1766]

Schlafe mein Prinzchen! es ruhn
Schäfchen und Vögelchen nun.
Garten und Wiese verstummt,
Auch nicht ein Bienchen mehr summt;
Luna mit silbernem Schein
Gucket zum Fenster herein.
Schlafe beim silbernen Schein,
Schlafe, mein Prinzchen, schlaf ein!

Auch in dem Schlosse schon liegt
Alles in Schlummer gewiegt;
Reget kein Mäuschen sich mehr,
Keller und Küche sind leer.
Nur in der Zofe Gemach
Tönet ein schmelzendes Ach!
Was für ein Ach mag das sein?
Schlafe, mein Prinzchen, schlaf ein!

Wer ist beglückter als du?
Nichts als Vergnügen und Ruh!
Spielwerk und Zucker vollauf
Und noch Karessen im Kauf!
Alles besorgt und bereit,
Daß nur mein Prinzchen nicht schreit!
Was wird das künftig erst sein?
Schlafe, mein Prinzchen, schlaf ein!

LEOPOLD FRIEDRICH GÜNTHER VON GOECKINGK

1748–1828

Der Winterabend

Vor einer Reise zu Nantchen

Welch ein Wetter! – Soll ich fort?
Oder soll ich bleiben?
Wie die düstern Wolken dort
Sich einander treiben!
Wie der Knopf am Kirchenturm
Schwankt auf seiner Stange!
Horch! wie, mehr vor Schnee und Sturm
Als vor Menschen bange,
Aller Raben Angstgeschrei
Um ein Obdach flehet,
Und der Kauz im Turme frei
Gegen sie sich blähet;
Wie von meinen Fenstern ab
Dicke Schloßen prallen;
Rasselnd von dem Dach herab
Morsche Ziegel fallen,
Und noch lauter als das Horn,
Das den Schlaf zerstreuet,
Straf mich nicht in deinem Zorn!
Kunz, der Heuchler, schreiet!
Sieh! wie selbst die Rosse dort
Fortzugehn sich sträuben!
Welch ein Wetter! – Soll ich fort?
Oder soll ich bleiben? –

Was besinnen! – Heinrich! he!
Sattle noch den Rappen!
Sollt ich auch in tiefem Schnee
Nach dem Wege tappen,
Sollt ich auch an starrer Hand
Meinen Renner leiten,
Und zuerst vom Felsenrand
In die Tiefe gleiten.
Mag ich ganze Meilen mich
In dem Forst verirren,
Mag der Schuhuh fürchterlich
Überm Kopf mir schwirren,
Und der Wind durchs trockne Laub
Alter Eichen rauschen,
Und ein Räuber auf den Raub
In dem Dickicht lauschen,
Mir mit aufgespanntem Hahn
Nach der Kehle greifen,
Und auf einem Wolfeszahn
Seiner Bande pfeifen.
Was sind Räuber, Schnee und Wind!
Sie sind mein gewärtig!
Heinrich! Heinrich! o geschwind!
Ist der Rappe fertig?

[1777]

Erkannte Wohltat

Ich danke Gott, daß ich zu Fuß muß gehen,
Nicht fahren und nicht reiten kann!
Der Gemse Klippen und des Adlers Höhen
Klimmt keines Fürsten Roß hinan.

Ich aber höre auf des Brockens Spitze
Von meinem Fuß hinab ins Land
Die Donner rollen, und die Blitze
Greif ich am Saum mit meiner Hand.

Mir ist, als müßt ich mich an diese hangen,
Als sollten sie mich nach sich ziehn;
Denn jeder Erdenwunsch ist mir vergangen,
Und klein, was sonst so groß mir schien.

Wie magst du dieses nur einmal verstehen,
Wie vollends fühlen, reicher Mann?
Drum dank ich Gott, daß ich zu Fuß muß gehen,
Nicht fahren und nicht reiten kann.

Als der erste Schnee fiel

Gleich einem König, der in seine Staaten
Zurück als Sieger kehrt, empfängt ein Jubel dich!
Der Knabe balgt um deine Flocken sich,
Wie bei der Krönung um Dukaten.

Selbst mir, obschon ein Mädchen und der Rute
Lang nicht mehr untertan, bist du ein lieber Gast;
Denn siehst du nicht, seit du die Erde hast
So weich belegt, wie ich mich spute?

Zu fahren, ohne Segel, ohne Räder,
Auf einer Muschel hin durch deinen weißen Flor,
So sanft und doch so leicht, so schnell, wie vor
Dem Westwind eine Flaumenfeder.

Aus allen Fenstern und aus allen Türen
Sieht mir der bleiche Neid aus hohlen Augen nach;
Selbst die Matrone wird ein leises Ach!
Und einen Wunsch um mich verlieren.

Denn der, um den wir Mädchen oft uns stritten,
Wird hinter mir, so schlank wie eine Tanne, stehn,
Und sonst auf nichts mit seinen Augen sehn,
Als auf das Mädchen in dem Schlitten.

[1778]

LUDWIG CHRISTOPH HEINRICH HÖLTY

1748–1776

Die Mainacht

Wenn der silberne Mond durch die Gesträuche blickt
Und sein schlummerndes Licht über den Rasen geußt
Und die Nachtigall flötet,
Wandl' ich traurig von Busch zu Busch.

Selig preis ich dich dann, flötende Nachtigall,
Weil dein Weibchen mit dir wohnet in einem Nest,
Ihrem singenden Gatten
Tausend trauliche Küsse gibt.

Überschattet von Laub, girret ein Taubenpaar
Sein Entzücken mir vor; aber ich wende mich,
Suche dunkle Gesträuche,
Und die einsame Träne rinnt.

Wann, o lächelndes Bild, welches wie Morgenrot
Durch die Seele mir strahlt, find ich auf Erden dich?
Und die einsame Träne
Bebt mir heißer die Wang herab. [1775]

Lebenspflichten

Rosen auf den Weg gestreut
Und des Harms vergessen!
Eine kleine Spanne Zeit
Ward uns zugemessen.

Heute hüpft im Frühlingstanz
Noch der frohe Knabe;
Morgen weht der Totenkranz
Schon auf seinem Grabe.

Wonne führt die junge Braut
Heute zum Altare;
Eh die Abendwolke taut,
Ruht sie auf der Bahre.

Ungewisser, kurzer Dau'r
Ist dies Erdeleben
Und zur Freude, nicht zur Trau'r,
Uns von Gott gegeben.

Gebet Harm und Grillenfang,
Gebet ihn den Winden,
Ruht bei frohem Becherklang
Unter grünen Linden!

Lasset keine Nachtigall
Unbehorcht verstummen,
Keine Bien im Frühlingstal
Unbelauschet summen!

Fühlt, solang es Gott erlaubt,
Kuß und süße Trauben,
Bis der Tod, der alles raubt,
Kommt, sie euch zu rauben.

Unser schlummerndes Gebein,
In die Gruft gesäet,
Fühlet nicht den Rosenhain,
Der das Grab umwehet,

Fühlet nicht den Wonneklang
Angestoßner Becher,
Nicht den frohen Rundgesang
Weingelehrter Zecher.

Der alte Landmann an seinen Sohn

Üb immer Treu und Redlichkeit
Bis an dein kühles Grab
Und weiche keinen Finger breit
Von Gottes Wegen ab;
Dann wirst du wie auf grünen Aun,
Durchs Pilgerleben gehn,
Dann kannst du sonder Furcht und Graun
Dem Tod ins Auge sehn.

Dann wird die Sichel und der Pflug
In deiner Hand so leicht,
Dann singest du beim Wasserkrug,
Als wär dir Wein gereicht.
Dem Bösewicht wird alles schwer,
Er tue, was er tu.
Der Teufel treibt ihn hin und her
Und läßt ihm keine Ruh.

Der schöne Frühling lacht ihm nicht,
Ihm lacht kein Ährenfeld;
Er ist auf Lug und Trug erpicht
Und wünscht sich nichts als Geld.
Der Wind im Hain, das Laub am Baum
Saust ihm Entsetzen zu;
Er findet nach des Lebens Traum
Im Grabe keine Ruh.

Dann muß er in der Geisterstund
Aus seinem Grabe gehn
Und oft als schwarzer Kettenhund
Vor seiner Haustür stehn.
Die Spinnerinnen, die, das Rad
Im Arm, nach Hause gehn,
Erzittern wie ein Espenblatt,
Wenn sie ihn liegen sehn.

Und jede Spinnestube spricht
Von diesem Abenteu'r
Und wünscht den toten Bösewicht
Ins tiefste Höllenfeu'r.
Der alte Kunz war bis ans Grab
Ein rechter Höllenbrand;
Er pflügte seinem Nachbar ab
Und stahl ihm vieles Land.

Nun pflügt er als ein Feuermann
Auf seines Nachbars Flur
Und mißt das Feld hinab, hinan
Mit einer glühnden Schnur;
Er brennet wie ein Schober Stroh
Dem glühnden Pfluge nach
Und pflügt und brennet lichterloh
Bis an den hellen Tag.

Der Amtmann, der im Weine floß,
Der Bauern schlug halbkrumm,
Trabt nun auf einem glühnden Roß
In jenem Wald herum.
Der Pfarrer, der aufs Tanzen schalt
Und Filz und Wuchrer war,
Steht nun als schwarze Spukgestalt
Am nächtlichen Altar.

Üb immer Treu und Redlichkeit
Bis an dein kühles Grab,
Und weiche keinen Finger breit
Von Gottes Wegen ab;
Dann suchen Enkel deine Gruft
Und weinen Tränen drauf,
Und Sommerblumen, voll von Duft,
Blühn aus den Tränen auf.

[1779]

Ihr Freunde, hänget, wann ich gestorben bin,
Die kleine Harfe hinter dem Altar auf,
  Wo an der Wand die Totenkränze
    Manches verstorbenen Mädchens schimmern.

Der Küster zeigt dann freundlich dem Reisenden
Die kleine Harfe, rauscht mit dem roten Band,
  Das, in der Harfe festgeschlungen,
    Unter den goldenen Saiten flattert.

[E: 1775; D: 1783]

FRIEDRICH LEOPOLD ZU STOLBERG

1750–1819

Die Freiheit

Freiheit! Der Höfling kennt den Gedanken nicht!
Der Sklave! Ketten rasseln ihm Silberton!
Gebeugt das Knie, gebeugt die Seele,
Reicht er dem Joch den erschlafften Nacken!

Uns, uns ein hoher seelenverklärender
Gedanke! Freiheit! Freiheit! Wir fühlen dich!
Du Wort, du Kraft, du Lohn von Gott uns!
O! wo noch voller ins Herz der Helden

Dein Nektar strömte, jener, an deren Grab
Nachwelten staunen; ström! O entflamm uns ganz!
Denn sieh, in deutscher Sklaven Händen
Rostet der Stahl, ist entnervt die Harfe!

Nur Freiheitsharf ist Harfe des Vaterlands!
Wer Freiheitsharfe schlägt, ist wie Nachtorkan
Vor Donnerwettern! Donnre! Schlachtruf!
Schwerter, fliegt auf, dem Gesandten Gottes!

Nur Freiheitsschwert ist Schwert für das Vaterland!
Wer Freiheitsschwert hebt, flammt durch das Schlachtgewühl,
Wie Blitz des Nachtsturms! Stürzt, Paläste!
Stürze, Tyrann, dem Verderber Gottes!

O Namen! Namen! festlich, wie Siegsgesang!
Tell! Hermann! Klopstock! Brutus! Timoleon!
O ihr, wem freie Seele Gott gab,
Flammend ins eherne Herz gegraben!

[1775]

Lied auf dem Wasser zu singen, für meine Agnes

Mitten im Schimmer der spiegelnden Wellen
Gleitet wie Schwäne der wankende Kahn;
Ach, auf der Freude sanftschimmernden Wellen
Gleitet die Seele dahin wie der Kahn;
Denn von dem Himmel herab auf die Wellen
Tanzet das Abendrot rund um den Kahn.

Über den Wipfeln des westlichen Haines
Winket uns freundlich der rötliche Schein;
Unter den Zweigen des östlichen Haines
Säuselt der Kalmus im rötlichen Schein;

Freude des Himmels und Ruhe des Haines
Atmet die Seel im errötenden Schein.

Ach, es entschwindet mit tauigem Flügel
Mir auf den wiegenden Wellen die Zeit.
Morgen entschwinde mit schimmerndem Flügel
Wieder wie gestern und heute die Zeit,
Bis ich auf höherem strahlenden Flügel
Selber entschwinde der wechselnden Zeit.

[1783]

[*Agnes:* Agnes Henriette Eleonore von Witzleben, die Stolberg am 11. 6. 1782 heiratete.]

JOHANN HEINRICH VOSS

1751–1826

Der Herbstgang

Die Bäume stehn der Frucht entladen,
Und gelbes Laub verweht ins Tal;
Das Stoppelfeld in Schimmerfaden
Erglänzt am niedern Mittagsstrahl.
Es kreist der Vögel Schwarm und ziehet;
Das Vieh verlangt zum Stall und fliehet
Die magern Aun, vom Reife fahl.

O, geh am sanften Scheidetage
Des Jahrs zu guter Letzt hinaus
Und nenn ihn Sommertag und trage
Den letzten, schwer gefundnen Strauß.
Bald steigt Gewölk und schwarz dahinter
Der Sturm und sein Genoß, der Winter,
Und hüllt in Flocken Feld und Haus.

Ein weiser Mann, ihr Lieben, haschet
Die Freuden im Vorüberfliehn,
Empfängt, was kommt, unüberraschet,
Und pflückt die Blumen, weil sie blühn.
Und sind die Blumen auch verschwunden,
So steht am Winterherd umwunden
Sein Festpokal mit Immergrün.

Noch trocken führt durch Tal und Hügel
Der längst vertraute Sommerpfad.
Nur rötlich hängt am Wasserspiegel
Der Baum, den grün ihr neulich saht.
Doch grünt der Kamp von Winterkorne;
Doch grünt beim Rot der Hagedorne
Und Spillbeern unsre Lagerstatt!

So still an warmer Sonne liegend,
Sehn wir das bunte Feld hinan
Und dort auf schwarzer Brache pflügend
Mit Lustgepfeif den Ackermann;
Die Krähn in frischer Furche schwärmen
Dem Pfluge nach und schrein und lärmen,
Und dampfend zieht das Gaulgespann.

Natur, wie schön in jedem Kleide!
Auch noch im Sterbekleid wie schön!
Sie mischt in Wehmut sanfte Freude
Und lächelt tränend noch im Gehn.
Du, welkes Laub, das niederschauert,
Du, Blümchen, lispelst: Nicht getrauert!
Wir werden schöner auferstehn!

Die Kartoffelernte

Kindlein, sammelt mit Gesang
Der Kartoffeln Überschwang!
Ob wir voll bis oben schütten
Alle Mulden, Körb und Bütten,
Noch ist immer kein Vergang.

Wo man nur den Bulten hebt,
Schaut, wie voll es lebt und webt!
O die schöngekerbten Knollen,
Weiß und rot und dick geschwollen!
Immer mehr, je mehr man gräbt.

Nicht umsonst in bunter Schau
Blüht' es rötlich, weiß und blau,
Ward gejätet, ward gehäufet:
Kindlein, Gottes Segen reifet!
Rief ich oft und traf's genau.

Einst vom Himmel schaute Gott
Auf der Armen bittre Not.
Nahe ging's ihm; und was tat er
Uns zum Trost, der gute Vater?
Regnet' er uns Mannabrot?

Nein, ein Mann ward ausgesandt,
Der die neue Welt erfand.
Reiche nennen's Land des Goldes;
Doch der Arme nennt's sein holdes,
Nährendes Kartoffelland.

Nur ein Knöllchen eingesteckt
Und mit Erde zugedeckt.
Unten treibt dann Gott sein Wesen.
Kaum sind Hände gnug zum Lesen,
Wie es unten wühlt und heckt.

Was ist nun für Sorge noch?
Klar im irdnen Napf und hoch
Dampft Kartoffelschmaus für alle.
Unsre Milchkuh auch im Stalle
Nimmt ihr Teil und brummt am Trog.

Aber, Kindlein, hört! Ihr sollt
Nicht verschmähn das liebe Gold!
Habt ihr Gold, ihr könnt bei Haufen
Schöne Saatkartoffeln kaufen,
Grad aus Holland, wenn ihr wollt!

[E: 1794; D: 1800]

[*Überschwang:* Überfluß. – *Vergang:* Aufhören. – *Bulten:* die aufgehäufte Erde um die Kartoffelpflanze samt den Wurzeln. – *ein Mann:* Kolumbus. – *erfand:* entdeckte. – *heckt:* reich vermehrt.]

Klingsonate

Grave	*Scherzando*
Mit	Aus Moor-
Prall-	Gewimmel
Hall	Und Schimmel
Sprüht	Hervor
Süd	Dringt, Chor,
Tral-	Dein Bimmel-
Lal-	Getümmel
Lied.	Im Ohr.
Kling-	O höre
Klang	Mein kleines
Singt;	Sonett.
Sing-	Auf Ehre!
Sang	Klingt deines
Klingt.	So nett?

Maestoso

Was singelt ihr und klingelt im Sonetto,
Als hätt im Flug euch grade von Toskana
Geführt zur heimatlichen Tramontana
Ein kindlich Englein, zart wie Amoretto?

Auf, Klingler, hört von mir ein andres Detto!
Klangvoll entsteigt mir echtem Sohn von Mana
Geläut der pomphaft hallenden Kampana,
Das summend wallt zum Elfenminuetto.

Mein Haupt, des Siegers, krönt mit Ros und Lilie
Des Rhythmos und des Wohlklangs holde Charis,
Achtlos, o Kindlein, eures Larifaris.

Euch kühl ein Kranz hellgrüner Petersilie!
Von schwülem Anhauch ward euch das Gemüt heiß
Und fiebert, ach! in unheilbarem Südschweiß.

[*Toskana:* Gegend in Italien. – *Tramontana:* Nordwind. – *Amoretto:* Figur eines Liebesgotts. – *Detto:* ›Besagtes‹, dasselbe. – *Mana:* römische Göttin. – *Kampana:* ital. ›Glocke‹.]

CHRISTIAN FRIEDRICH DANIEL SCHUBART

1739–1791

Die Forelle

In einem Bächlein helle,
Da schoß in froher Eil
Die launige Forelle
Vorüber wie ein Pfeil.
Ich stand an dem Gestade
Und sah in süßer Ruh
Des muntern Fisches Bade
Im klaren Bächlein zu.

Ein Fischer mit der Rute
Wohl an dem Ufer stand
Und sah's mit kaltem Blute,
Wie sich das Fischlein wand.
So lang dem Wasser Helle,
So dacht ich, nicht gebricht,
So fängt er die Forelle
Mit seiner Angel nicht.

Doch plötzlich ward dem Diebe
Die Zeit zu lang. Er macht
Das Bächlein tückisch trübe,
Und eh ich es gedacht,
So zuckte seine Rute,
Das Fischlein zappelt dran,
Und ich mit regem Blute
Sah die Betrogne an.

Die ihr am goldnen Quelle
Der sichern Jugend weilt,
Denkt doch an die Forelle;
Seht ihr Gefahr, so eilt!
Meist fehlt ihr nur aus Mangel
Der Klugheit. Mädchen, seht
Verführer mit der Angel!
Sonst blutet ihr zu spät.

Die Fürstengruft

Da liegen sie, die stolzen Fürstentrümmer,
Ehmals die Götzen ihrer Welt!
Da liegen sie, vom fürchterlichen Schimmer
Des blassen Tags erhellt!

Die alten Särge leuchten in der dunkeln
Verwesungsgruft wie faules Holz.
Wie matt die großen Silberschilde funkeln,
Der Fürsten letzter Stolz!

Entsetzen packt den Wandrer hier am Haare,
Geußt Schauer über seine Haut,
Wo Eitelkeit, gelehnt an eine Bahre,
Aus hohlen Augen schaut.

Wie fürchterlich ist hier des Nachhalls Stimme!
Ein Zehentritt stört seine Ruh.
Kein Wetter Gottes spricht mit lauterm Grimme:
O Mensch, wie klein bist du!

Denn ach! hier liegt der edle Fürst, der gute!
Zum Völkersegen einst gesandt
Wie der, den Gott zur Nationenrute
Im Zorn zusammenband.

An ihren Urnen weinen Marmorgeister;
Doch kalte Tränen nur von Stein,
Und lachend grub – vielleicht ein welscher Meister
Sie einst dem Mamor ein.

Da liegen Schädel mit verloschnen Blicken,
Die ehmals hoch herabgedroht,
Der Menschheit Schrecken! – Denn an ihrem Nicken
Hing Leben oder Tod.

Nun ist die Hand herabgefault zum Knochen,
Die oft mit kaltem Federzug
Den Weisen, der am Thron zu laut gesprochen,
In harte Fesseln schlug.

Zum Totenbein ist nun die Brust geworden,
Einst eingehüllt in Goldgewand,
Daran ein Stern und ein entweihter Orden
Wie zween Kometen stand.

Vertrocknet und verschrumpft sind die Kanäle,
Drin geiles Blut wie Feuer floß,
Das schäumend Gift der Unschuld in die Seele
Wie in den Körper goß.

Sprecht, Höflinge, mit Ehrfurcht auf der Lippe
Nun Schmeichelein ins taube Ohr!
Beräuchert das durchlauchtige Gerippe
Mit Weihrauch wie zuvor!

Er steht nicht auf, euch Beifall zuzulächeln,
Und wiehert keine Zoten mehr,
Damit geschminkte Zofen ihn befächeln,
Schamlos und geil wie er.

Sie liegen nun, den eisern Schlaf zu schlafen,
Die Menschengeißeln, unbetraurt,
Im Felsengrab, verächtlicher als Sklaven,
In Kerker eingemaurt.

Sie, die im ehrnen Busen niemals fühlten
Die Schrecken der Religion,
Und gottgeschaffne, bessre Menschen hielten
Für Vieh, bestimmt zur Fron;

Die das Gewissen, jenen mächtgen Kläger,
Der alle Schulden niederschreibt,
Durch Trommelschlag, durch welsche Trillerschläger
Und Jagdlärm übertäubt;

Die Hunde nur und Pferd und fremde Dirnen
Mit Gnade lohnten und Genie
Und Weisheit darben ließen; denn das Zürnen
Der Geister schreckte sie:

Die liegen nun in dieser Schauergrotte
Mit Staub und Würmern zugedeckt,
So stumm! so ruhmlos! noch von keinem Gotte
Ins Leben aufgeweckt.

Weckt sie nur nicht mit eurem bangen Ächzen,
Ihr Scharen, die sie arm gemacht,
Verscheucht die Raben, daß von ihrem Krächzen
Kein Wütrich hier erwacht!

Hier klatsche nicht des armen Landmanns Peitsche,
Die nachts das Wild vom Acker scheucht!
An diesem Gitter weile nicht der Deutsche,
Der siech vorüberkeucht!

Hier heule nicht der bleiche Waisenknabe,
Dem ein Tyrann den Vater nahm;
Nie fluche hier der Krüppel an dem Stabe,
Von fremdem Solde lahm!

Damit die Quäler nicht zu früh erwachen,
Seid menschlicher, erweckt sie nicht.
Ha! früh genug wird über ihnen krachen
Der Donner am Gericht,

Wo Todesengel nach Tyrannen greifen,
Wenn sie im Grimm der Richter weckt,
Und ihre Greul zu einem Berge häufen,
Der flammend sie bedeckt.

Ihr aber, bessre Fürsten, schlummert süße
Im Nachtgewölbe dieser Gruft!
Schon wandelt euer Geist im Paradiese,
Gehüllt in Blütenduft.

Jauchzt nur entgegen jenem großen Tage,
Der aller Fürsten Taten wiegt;
Wie Sternenklang tönt euch des Richters Waage,
Drauf eure Tugend liegt.

Ach, unterm Lispel eurer frohen Brüder –
Ihr habt sie satt und froh gemacht,
Wird eure volle Schale sinken nieder,
Wenn ihr zum Lohn erwacht.

Wie wird's euch sein, wenn ihr vom Sonnenthrone
Des Richters Stimme wandeln hört:
»Ihr Brüder, nehmt auf ewig hin die Krone,
Ihr seid zu herrschen wert.«

[E: 1779/1780; D: 1785]

Die Aussicht

Schön ist's, von des Tränenberges Höhen
Gott auf seiner Erde wandeln sehen,
Wo sein Odem die Geschöpfe küßt,
Auen sehen, drauf Natur, die treue,
Eingekleidet in des Himmels Bläue,
Schreitet und wo Milch und Honig fließt.

Schön ist's, in des Tränenberges Lüften
Bäume sehn in silberweißen Düften,
Die der Käfer wonnesummend trinkt,
Und die Straße sehn im weiten Lande,
Menschenwimmelnd, wie vom Silbersande
Sie, der Milchstraß gleich am Himmel, blinkt,

Und der Neckar, blau vorüberziehend,
In dem Gold der Abendsonne glühend,
Ist dem Späherblicke Himmelslust,
Und den Wein, des siechen Wandrers Leben,
Wachsen sehn an mütterlichen Reben
Ist Entzücken für des Dichters Brust.

Aber, armer Mann, du bist gefangen.
Kannst du trunken an der Schönheit hangen?
Nichts auf dieser schönen Welt ist dein!
Alles, alles ist in tiefer Trauer
Auf der weiten Erde; denn die Mauer
Meiner Feste schließt mich Armen ein!

Doch herab von meinem Tränenberge
Seh ich dort den Moderplatz der Särge;
Hinter einer Kirche streckt er sich,
Grüner als die andern Plätze alle: –
Ach, herab von meinem hohen Walle
Seh ich keinen schönern Platz für mich.

[1786]

[*Tränenberges Höhen:* Carl Eugen, Herzog von Württemberg, hielt Schubart von 1777–1787 auf dem Hohenasperg bei Ludwigsburg in Haft.]

Der Bettelsoldat

Mit jammervollem Blicke,
Von tausend Sorgen schwer,
Hink ich an meiner Krücke
In weiter Welt umher.

Gott weiß, hab viel gelitten,
Ich hab so manchen Kampf
In mancher Schlacht gestritten,
Gehüllt in Pulverdampf.

Sah manchen Kameraden
An meiner Seite tot,
Und mußt' im Blute waten,
Wenn es mein Herr gebot.

Mir drohten oft Geschütze
Den fürchterlichsten Tod,
Oft trank ich aus der Pfütze,
Oft aß ich schimmlicht Brot.

Ich stand in Sturm und Regen
In grauser Mitternacht,
Bei Blitz und Donnerschlägen
Oft einsam auf der Wacht.

Und nun nach mancher Schonung,
Noch fern von meinem Grab,
Empfang ich die Belohnung
Mit diesem Bettelstab.

Bedeckt mit dreizehn Wunden,
An meiner Krück gelehnt,
Hab ich in manchen Stunden
Mich nach dem Tod gesehnt.

Ich bettle vor den Türen,
Ich armer lahmer Mann!
Doch ach! wen kann ich rühren?
Wer nimmt sich meiner an?

War einst ein braver Krieger,
Sang manch Soldatenlied
Im Reihen froher Sieger;
Nun bin ich Invalid.

Ihr Söhne, bei der Krücke,
An der mein Leib sich beugt,
Bei diesem Tränenblicke,
Der sich zum Grabe neigt,

Beschwör ich euch – ihr Söhne!
O flieht der Trommel Ton
Und Kriegstrommetentöne!
Sonst kriegt ihr meinen Lohn.

[1784]

JOHANN GOTTFRIED HERDER

1744–1803

Das Flüchtigste

Tadle nicht der Nachtigallen
Bald verhallend-süßes Lied;
Sieh, wie unter allen, allen
Lebensfreuden, die entfallen,
Stets zuerst die schönste flieht.

Sieh, wie dort im Tanz der Horen
Lenz und Morgen schnell entweicht,
Wie die Rose, mit Auroren
Jetzt im Silbertau geboren,
Jetzt Auroren gleich erbleicht.

Höre, wie im Chor der Triebe
Bald der zarte Ton verklingt.
Sanftes Mitleid, Wahn der Liebe,
Ach, daß er uns ewig bliebe!
Aber ach, sein Zauber sinkt.

Und die Frische dieser Wangen,
Deines Herzens rege Glut
Und die ahnenden Verlangen,
Die am Wink der Hoffnung hangen:
Ach, ein fliehend, fliehend Gut!

Selbst die Blüte deines Strebens,
Aller Musen schönste Gunst,
Jede höchste Kunst des Lebens,
Freund, du fesselst sie vergebens;
Sie entschlüpft, die Zauberkunst.

Aus dem Meer der Götterfreuden
Ward ein Tropfen uns geschenkt,
Ward gemischt mit manchem Leiden,
Leerer Ahnung, falschen Freuden,
Ward im Nebelmeer ertränkt;

Aber auch im Nebelmeere
Ist der Tropfe Seligkeit;
Einen Augenblick ihn trinken,
Rein ihn trinken und versinken
Ist Genuß der Ewigkeit.

Erlkönigs Tochter

Herr Oluf reitet spät und weit,
Zu bieten auf seine Hochzeitleut;

Da tanzen die Elfen auf grünem Land,
Erlkönigs Tochter reicht ihm die Hand.

»Willkommen, Herr Oluf! Was eilst von hier?
Tritt her in den Reihen und tanz mit mir.«

»Ich darf nicht tanzen, nicht tanzen ich mag,
Frühmorgen ist mein Hochzeittag.«

»Hör an, Herr Oluf, tritt tanzen mit mir,
Zwei güldne Sporne schenk ich dir.

Ein Hemd von Seide so weiß und fein,
Meine Mutter bleicht's mit Mondenschein.«

»Ich darf nicht tanzen, nicht tanzen ich mag,
Frühmorgen ist mein Hochzeittag.«

»Hör an, Herr Oluf, tritt tanzen mit mir,
Einen Haufen Goldes schenk ich dir.«

»Einen Haufen Goldes nähm ich wohl;
Doch tanzen ich nicht darf noch soll.«

»Und willt, Herr Oluf, nicht tanzen mit mir,
Soll Seuch und Krankheit folgen dir.«

Sie tät einen Schlag ihm auf sein Herz,
Noch nimmer fühlt er solchen Schmerz.

Sie hob ihn bleichend auf sein Pferd.
»Reit heim nun zu dein'm Fräulein wert.«

Und als er kam vor Hauses Tür,
Seine Mutter zitternd stand dafür.

»Hör an, mein Sohn, sag an mir gleich,
Wie ist dein' Farbe blaß und bleich?«

»Und sollt sie nicht sein blaß und bleich,
Ich traf in Erlenkönigs Reich.«

»Hör an, mein Sohn, so lieb und traut,
Was soll ich nun sagen deiner Braut?«

»Sagt ihr, ich sei im Wald zur Stund,
Zu proben da mein Pferd und Hund.«

Frühmorgen und als es Tag kaum war,
Da kam die Braut mit der Hochzeitschar.

Sie schenkten Met, sie schenkten Wein;
»Wo ist der Herr Oluf, der Bräutigam mein?«

»Herr Oluf, er ritt in Wald zur Stund,
Er probt allda sein Pferd und Hund.«

Die Braut hob auf den Scharlach rot,
Da lag Herr Oluf, und er war tot.

GOTTFRIED AUGUST BÜRGER

1747–1794

Der Bauer

An seinen Durchlauchtigen Tyrannen

Wer bist du, Fürst, daß ohne Scheu
Zerrollen mich dein Wagenrad,
Zerschlagen darf dein Roß?

Wer bist du, Fürst, daß in mein Fleisch
Dein Freund, dein Jagdhund, ungebläut
Darf Klau' und Rachen hau'n?

Wer bist du, daß, durch Saat und Forst,
Das Hurra deiner Jagd mich treibt,
Entatmet, wie das Wild? –

Die Saat, so deine Jagd zertritt,
Was Roß, und Hund, und Du verschlingst,
Das Brot, du Fürst, ist mein.

Du Fürst hast nicht, bei Egg' und Pflug,
Hast nicht den Erntetag durchschwitzt.
Mein, mein ist Fleiß und Brot! –

Ha! du wärst Obrigkeit von Gott?
Gott spendet Segen aus; du raubst!
Du nicht von Gott, Tyrann!

[1776]

Spinnerlied

Hurre, hurre, hurre!
Schnurre, Rädchen, schnurre!
Trille, Rädchen, lang und fein,
Trille fein ein Fädelein,
Mir zum Busenschleier.

Hurre, hurre, hurre!
Schnurre, Rädchen, schnurre!
Weber, webe zart und fein,
Webe fein das Schleierlein,
Mir zur Kirmesfeier.

Hurre, hurre, hurre!
Schnurre, Rädchen, schnurre!
In und außen blank und rein,
Muß des Mädchens Busen sein,
Wohl deckt ihn der Schleier.

Hurre, hurre, hurre!
Schnurre, Rädchen, schnurre!
In und außen blank und rein,
Fleißig, fromm und sittsam sein,
Locket wackre Freier.

Naturrecht

Von Blum' und Frucht, so die Natur erschafft,
Darf ich zur Lust, wie zum Bedürfnis, pflücken.
Ich darf getrost nach allem Schönen blicken,
Und atmen darf ich jeder Würze Kraft.

Ich darf die Traub', ich darf der Biene Saft,
Des Schafes Milch in meine Schale drücken.
Mir front der Stier; mir beut das Roß den Rücken;
Der Seidenwurm spinnt Atlas mir und Taft.

Es darf das Lied der holden Nachtigallen
Mich, hingestreckt auf Flaumen oder Moos,
Wohl in den Schlaf, wohl aus dem Schlafe hallen.

Was wehrt es denn mir Menschensatzung, bloß
Aus blödem Wahn, in Molly's Wonneschoß,
Von Lieb' und Lust bezwungen, hinzufallen?

[1789]

Lenore

Lenore fuhr um's Morgenrot
Empor aus schweren Träumen:
»Bist untreu, Wilhelm, oder tot?
Wie lange willst du säumen?« –
Er war mit König Friedrichs Macht
Gezogen in die Prager Schlacht,
Und hatte nicht geschrieben:
Ob er gesund geblieben.

Der König und die Kaiserin,
Des langen Haders müde,
Erweichten ihren harten Sinn,
Und machten endlich Friede;
Und jedes Heer, mit Sing und Sang,
Mit Paukenschlag und Kling und Klang,
Geschmückt mit grünen Reisern,
Zog heim zu seinen Häusern.

Und überall all überall,
Auf Wegen und auf Stegen,
Zog Alt und Jung dem Jubelschall
Der Kommenden entgegen.
Gottlob! rief Kind und Gattin laut,
Willkommen! manche frohe Braut.
Ach! aber für Lenoren
War Gruß und Kuß verloren.

Sie frug den Zug wohl auf und ab,
Und frug nach allen Namen;
Doch keiner war, der Kundschaft gab,
Von allen, so da kamen.
Als nun das Heer vorüber war,
Zerraufte sie ihr Rabenhaar,
Und warf sich hin zur Erde,
Mit wütiger Geberde.

Die Mutter lief wohl hin zu ihr: –
»Ach, daß sich Gott erbarme!
Du trautes Kind, was ist mit dir?« –
Und schloß sie in die Arme. –
»O Mutter, Mutter! hin ist hin!
Nun fahre Welt und alles hin!
Bei Gott ist kein Erbarmen.
O weh, o weh mir Armen!« –

»Hilf Gott, hilf! Sieh uns gnädig an!
Kind, bet' ein Vaterunser!
Was Gott tut, das ist wohlgetan.
Gott, Gott erbarmt sich Unser!« –
»O Mutter, Mutter! Eitler Wahn!
Gott hat an mir nicht wohlgetan!
Was half, was half mein Beten?
Nun ist's nicht mehr vonnöten.« –

»Hilf Gott, hilf! wer den Vater kennt,
Der weiß, er hilft den Kindern.
Das hochgelobte Sakrament
Wird deinen Jammer lindern.« –
»O Mutter, Mutter! was mich brennt,
Das lindert mir kein Sakrament!
Kein Sakrament mag Leben
Den Toten wiedergeben.« –

»Hör, Kind! wie, wenn der falsche Mann,
Im fernen Ungerlande,
Sich seines Glaubens abgetan,
Zum neuen Ehebande?
Laß fahren, Kind, sein Herz dahin!
Er hat es nimmermehr Gewinn!
Wann Seel' und Leib sich trennen,
Wird ihn sein Meineid brennen.« –

»O Mutter, Mutter! Hin ist hin!
Verloren ist verloren!
Der Tod, der Tod ist mein Gewinn!
O wär' ich nie geboren!
Lisch aus, mein Licht, auf ewig aus!
Stirb hin, stirb hin in Nacht und Graus!
Bei Gott ist kein Erbarmen.
O weh, o weh mir Armen!« –

»Hilf Gott, hilf! Geh nicht ins Gericht
Mit deinem armen Kinde!
Sie weiß nicht, was die Zunge spricht.
Behalt ihr nicht die Sünde!
Ach, Kind, vergiß dein irdisch Leid,
Und denk an Gott und Seligkeit!
So wird doch deiner Seelen
Der Bräutigam nicht fehlen.« –

»O Mutter! Was ist Seligkeit?
O Mutter! Was ist Hölle?
Bei ihm, bei ihm ist Seligkeit,
Und ohne Wilhelm Hölle! –
Lisch aus, mein Licht, auf ewig aus!
Stirb hin, stirb hin in Nacht und Graus!
Ohn' ihn mag ich auf Erden,
Mag dort nicht selig werden.« – – –

So wütete Verzweifelung
Ihr in Gehirn und Adern.
Sie fuhr mit Gottes Vorsehung
Vermessen fort zu hadern;
Zerschlug den Busen, und zerrang
Die Hand, bis Sonnenuntergang,
Bis auf am Himmelsbogen
Die goldnen Sterne zogen.

Und außen, horch! ging's trap trap trap.
Als wie von Rosseshufen;
Und klirrend stieg ein Reiter ab,
An des Geländers Stufen;
Und horch! und horch! den Pfortenring
Ganz lose, leise klinglingling!
Dann kamen durch die Pforte
Vernehmlich diese Worte:

»Holla, holla! Tu auf mein Kind!
Schläfst, Liebchen, oder wachst du?
Wie bist noch gegen mich gesinnt?
Und weinest oder lachst du?« –
»Ach, Wilhelm, du? – – So spät bei Nacht? – –
Geweinet hab' ich und gewacht;
Ach, großes Leid erlitten!
Wo kommst du hergeritten?« –

»Wir satteln nur um Mitternacht.
Weit ritt ich her von Böhmen.
Ich habe spät mich aufgemacht,
Und will dich mit mir nehmen.« –
»Ach, Wilhelm, erst herein geschwind!
Den Hagedorn durchsaust der Wind,
Herein, in meinen Armen,
Herzliebster, zu erwarmen!« –

»Laß sausen durch den Hagedorn,
Laß sausen, Kind, laß sausen!
Der Rappe scharrt; es klirrt der Sporn.
Ich darf allhier nicht hausen.
Komm, schürze, spring' und schwinge dich,
Auf meinen Rappen hinter mich!
Muß heut noch hundert Meilen
Mit dir in's Brautbett' eilen.« –

»Ach! wolltest hundert Meilen noch
Mich heut in's Brautbett' tragen?
Und horch! es brummt die Glocke noch,
Die elf schon angeschlagen.« – –
»Sieh hin, sieh her! der Mond scheint hell.
Wir und die Toten reiten schnell.
Ich bringe dich, zur Wette,
Noch heut ins Hochzeitsbette.« –

»Sag an, wo ist dein Kämmerlein?
Wo? Wie dein Hochzeitsbettchen?« –
»Weit, weit von hier! – – Still, kühl und klein! – –
Sechs Bretter und zwei Brettchen!« –
»Hat's Raum für mich?« – »Für dich und mich!
Komm, schürze, spring' und schwinge dich!
Die Hochzeitsgäste hoffen;
Die Kammer steht uns offen.« –

Schön Liebchen schürzte, sprang und schwang
Sich auf das Roß behende;
Wohl um den trauten Reiter schlang
Sie ihre Lilienhände;
Und hurre, hurre, hop hop hop!
Ging's fort in sausendem Galopp,
Daß Roß und Reiter schnoben,
Und Kies und Funken stoben.

Zur rechten und zur linken Hand,
Vorbei vor ihren Blicken,
Wie flogen Anger, Heid' und Land!
Wie donnerten die Brücken! –
»Graut Liebchen auch? – – Der Mond scheint hell!
Hurrah! Die Toten reiten schnell!
Graut Liebchen auch vor Toten?« –
»Ach nein! – – Doch laß die Toten!« –

Was klang dort für Gesang und Klang?
Was flatterten die Raben? –
Horch Glockenklang! horch Totensang:
»Laßt uns den Leib begraben.«
Und näher zog ein Leichenzug,
Der Sarg und Totenbahre trug.
Das Lied war zu vergleichen
Dem Unkenruf in Teichen.

»Nach Mitternacht begrabt den Leib,
Mit Klang und Sang und Klage!
Jetzt führ' ich heim mein junges Weib.
Mit mir zum Brautgelage!
Komm, Küster, hier! Komm mit dem Chor,
Und gurgle mir das Brautlied vor!
Komm, Pfaff', und sprich den Segen,
Eh wir zu Bett' uns legen!« –

Still Klang und Sang. – – Die Bahre schwand. – –
Gehorsam seinem Rufen,
Kam's, hurre hurre! nachgerannt,
Hart hinter's Rappen Hufen.
Und immer weiter, hop hop hop!
Ging's fort in sausendem Galopp,
Daß Roß und Reiter schnoben,
Und Kies und Funken stoben.

Wie flogen rechts, wie flogen links,
Gebirge, Bäum' und Hecken!
Wie flogen links, und rechts, und links
Die Dörfer, Städt' und Flecken! –
»Graut Liebchen auch? – – Der Mond scheint hell!
Hurrah! Die Toten reiten schnell!
Graut Liebchen auch vor Toten?« –
»Ach! Laß sie ruhn, die Toten.« –

Sieh da! sieh da! Am Hochgericht
Tanzt' um des Rades Spindel
Halb sichtbarlich bei Mondenlicht,
Ein lustiges Gesindel. –
»Sasa! Gesindel, hier! Komm hier!
Gesindel, komm und folge mir!
Tanz' uns den Hochzeitreigen,
Wann wir zu Bette steigen!« –

Und das Gesindel husch husch husch!
Kam hinten nachgeprasselt,
Wie Wirbelwind am Haselbusch
Durch dürre Blätter rasselt.
Und weiter, weiter, hop hop hop!
Ging's fort in sausendem Galopp,
Daß Roß und Reiter schnoben,
Und Kies und Funken stoben.

Wie flog, was rund der Mond beschien,
Wie flog es in die Ferne!
Wie flogen oben über hin
Der Himmel und die Sterne! –
»Graut Liebchen auch? – – Der Mond scheint hell!
Hurrah! die Toten reiten schnell!
Graut Liebchen auch vor Toten?« –
»O weh! Laß ruhn die Toten!« – – –

»Rapp'! Rapp'! Mich dünkt der Hahn schon [ruft – –
Bald wird der Sand verrinnen – –
Rapp'! Rapp'! Ich wittre Morgenluft – –
Rapp'! Tummle dich von hinnen! –
Vollbracht, vollbracht ist unser Lauf!
Das Hochzeitsbette tut sich auf!
Die Toten reiten schnelle!
Wir sind, wir sind zur Stelle.« – – –

Rasch auf ein eisern Gittertor
Ging's mit verhängtem Zügel.
Mit schwanker Gert' ein Schlag davor
Zersprengte Schloß und Riegel.
Die Flügel flogen klirrend auf,
Und über Gräber ging der Lauf.
Es blinkten Leichensteine
Rund um im Mondenscheine.

Ha sieh! Ha sieh! im Augenblick,
Huhu! ein gräßlich Wunder!
Des Reiters Koller, Stück für Stück,
Fiel ab, wie mürber Zunder.
Zum Schädel, ohne Zopf und Schopf,
Zum nackten Schädel ward sein Kopf;
Sein Körper zum Gerippe,
Mit Stundenglas und Hippe.

Hoch bäumte sich, wild schnob der Rapp,
Und sprühte Feuerfunken;
Und hui! war's unter ihr hinab
Verschwunden und versunken.
Geheul! Geheul aus hoher Luft,
Gewinsel kam aus tiefer Gruft.
Lenores Herz, mit Beben,
Rang zwischen Tod und Leben.

Nun tanzten wohl bei Mondenglanz,
Rund um herum im Kreise,
Die Geister einen Kettentanz,
Und heulten diese Weise:
»Geduld! Geduld! Wenn's Herz auch bricht!
Mit Gott im Himmel hadre nicht!
Des Leibes bist du ledig;
Gott sei der Seele gnädig!«

[1774; hier nach D: 1789]

[*Prag:* Schlacht bei P. am 6. 5. 1757 während des Siebenjähr. Kriegs; Friedrich II. von Preußen besiegte die Österreicher. – *Kaiserin:* Maria Theresia. – *Friede:* von Hubertusburg, 15. 2. 1763.]

Prometheus

Prometheus hatte kaum herab in Erdennacht
Den Quell des Lichts, der Wärm' und alles Lebens,
Das Feuer, vom Olymp gebracht;
Sieh, da verbrannte sich – denn Warnen war vergebens –
Manch dummes Jüngelchen die Faust aus Unbedacht.
Mein Gott! Was für Geschrei erhuben
Nicht da so manches dummen Buben
Erzdummer Papa,
Erzdumme Mama,
Erzdumme Leibs- und Seelenamme!
Welch Gänsegeschnatter die Klerisei,
Welch Truthahnsgekoller die Polizei! –

Ist's weise, daß man dich verdamme,
Gebenedeite Gottesflamme,
Allfreie Denk- und Druckerei?

[1785]

Der Edelmann und der Bauer

»Das schwör' ich dir bei meinem hohen Namen,
Mein guter Claus, ich bin aus altem Samen!«
»Das ist nicht gut«, erwidert Claus,
»Oft artet alter Samen aus.«

Mittel gegen den Hochmut der Großen

Viel Klagen hör' ich oft erheben
Vom Hochmut, den der Große übt.
Der Großen Hochmut wird sich geben,
Wenn unsre Kriecherei sich gibt.

Trost

Wann dich die Lästerzunge sticht,
So laß dir dies zum Troste sagen:
Die schlechtsten Früchte sind es nicht,
Woran die Wespen nagen.

JAKOB MICHAEL REINHOLD LENZ

1751–1792

An die Sonne

Seele der Welt, unermüdete Sonne!
Mutter der Liebe, der Freuden, des Weins!
Ach, ohne dich erstarret die Erde
Und die Geschöpfe in Traurigkeit.
Und wie kann ich, von deinem Einfluß
Hier allein beseelt und beseligt,
Ach, wie kann ich den Rücken dir wenden!

Wärme, Milde! Mein Vaterland
Mit deinem süßesten Strahl! Nur laß mich,
Ach, ich flehe, hier dir näher,
Nah wie der Adler dir bleiben.

[*Vaterland:* Das Gedicht stammt wahrscheinlich aus der Zeit in Straßburg (1771–1776), als Lenz sich weigerte, in seine Heimat Livland zurückzukehren.]

An das Herz

Kleines Ding, um uns zu quälen,
Hier in diese Brust gelegt!
Ach, wer's vorsäh, was er trägt,
Würde wünschen, tätst ihm fehlen!

Deine Schläge, wie so selten
Mischt sich Lust in sie hinein!
Und wie augenblicks vergelten
Sie ihm jede Lust mit Pein!

Ach! und weder Lust noch Qualen
Sind ihm schrecklicher als das:
Kalt und fühllos! O ihr Strahlen,
Schmelzt es lieber mir zu Glas!

Lieben, hassen, fürchten, zittern,
Hoffen, zagen bis ins Mark
Kann das Leben zwar verbittern,
Aber ohne sie – wär's Quark!

[1776]

[*Strahlen:* in einer Variante von Lenz: »meines Schicksals heiße Strahlen«.]

FRIEDRICH MATTHISSON

1761–1831

Der Wald

– me gelidum nemus
Secernit populo
Horatius

Herrlich ist's im Grünen!
Mehr als Opernbühnen
Ist mir abends unser Wald,
Wann das Dorfgeläute
Dumpfig aus der Weite
Durch der Wipfel Dämmrung hallt.

Hoch aus mildem Glanze
Streut im leichten Tanze
Mir das Eichhorn Laub und Moos;
Fink und Amsel rauschen
Durch die Zweig' und lauschen
Rings im jungen Maigesproß.

In der Abendhelle
Funkelt die Libelle
Sanft am Farrenkraut gewiegt;
Mückenschwärm' erheben
Sich aus Binsengräben
Und der braune Schröter fliegt.

Iris und Ranunkel
Blühn im Weidendunkel
Wo durch Tuff die Quelle schäumt,
Die mit Spiegelglätte
Dort im Rasenbette
Wies' und Birkental umsäumt.

Ob dem Felsenpfade
Schimmert die Kaskade
Wie ein flatternd Silberband.
Hell durch Laubgewimmel
Blinkt der Frühlingshimmel
Und der Berge Schneegewand.

Zauberisch erneuen
Sich die Fantaseien
Meiner Kindheit hier so licht!
Rosenfarbig schweben
Duftgebild' und weben
Ein elysisch Traumgesicht.

[Motto: Mich trennt der kühle Hain von der Masse des Volks. Horaz]

Adelaide

Einsam wandelt dein Freund im Frühlingsgarten,
Mild vom lieblichen Zauberlicht umflossen,
Das durch wankende Blütenzweige zittert,
Adelaide!

In der spiegelnden Flut, im Schnee der Alpen,
In des sinkenden Tages Goldgewölken,
Im Gefilde der Sterne strahlt dein Bildnis,
Adelaide!

Abendlüftchen im zarten Laube flüstern,
Silberglöckchen des Mais im Grase säuseln,
Wellen rauschen und Nachtigallen flöten:
Adelaide!

Einst, o Wunder, entblüht auf meinem Grabe
Eine Blume der Asche meines Herzens;
Deutlich schimmert auf jedem Purpurblättchen:
Adelaide! [1790]

JOHANN GAUDENZ VON SALIS-SEEWIS

1762–1834

Lied
zu singen bei einer Wasserfahrt

Wir ruhen, vom Wasser gewiegt,
Im Kreise vertraulich und enge,
Durch Eintracht wie Blumengehänge
Verknüpft und in Reihen gefügt;
Uns sondert von lästiger Menge
Die Flut, die den Nachen umschmiegt.

So gleiten, im Raume vereint,
Wir auf der Vergänglichkeit Wellen,
Wo Freunde sich innig gesellen
Zum Freunde, der redlich es meint,
Getrost, weil die dunkelsten Stellen
Ein Glanz aus der Höhe bescheint.

Ach, trüg uns die fährliche Flut
Des Lebens so friedlich und leise!
Und drohte nie Trennung dem Kreise,
Der sorglos um Zukunft hier ruht!
O nähm uns am Ziele der Reise
Elysiums Busen in Hut!

Verhallen mag unser Gesang,
Wie Flötenhauch schwinden das Leben;
Mit Jubel und Seufzern verschweben
Des Daseins zerfließender Klang!
Der Geist wird verklärt sich erheben,
Wann Lethe sein Fahrzeug verschlang.

[1782]

Herbstlied

Bunt sind schon die Wälder,
Gelb die Stoppelfelder,
Und der Herbst beginnt.
Rote Blätter fallen,
Graue Nebel wallen,
Kühler weht der Wind.

Wie die volle Traube
Aus dem Rebenlaube
Purpurfarbig strahlt!
Am Geländer reifen
Pfirsiche mit Streifen
Rot und weiß bemalt.

Sieh! Wie hier die Dirne
Emsig Pflaum und Birne
In ihr Körbchen legt,
Dort mit leichten Schritten
Jene goldnen Quitten
In den Landhof trägt!

Flinke Träger springen,
Und die Mädchen singen,
Alles jubelt froh!
Bunte Bänder schweben
Zwischen hohen Reben
Auf dem Hut von Stroh.

Geige tönt und Flöte
Bei der Abendröte
Und im Mondenglanz;
Junge Winzerinnen
Winken und beginnen
Deutschen Ringeltanz.

[1786]

JOHANN WOLFGANG GOETHE

1749–1832

Die Nacht

Gern verlass' ich diese Hütte,
Meiner Schönen Aufenthalt,
Und durchstreich mit leisem Tritte
Diesen ausgestorbnen Wald.
Luna bricht die Nacht der Eichen,
Zephirs melden ihren Lauf,
Und die Birken streun mit Neigen
Ihr den süßten Weihrauch auf.

Schauer, der das Herze fühlen,
Der die Seele schmelzen macht,
Wandelt im Gebüsch im Kühlen.
Welche schöne, süße Nacht!
Freude! Wollust! Kaum zu fassen!
Und doch wollt' ich, Himmel, dir
Tausend deiner Nächte lassen,
Gäb' mein Mädchen eine mir.

An den Mond

Schwester von dem ersten Licht,
Bild der Zärtlichkeit in Trauer,
Nebel schwimmt mit Silberschauer
Um dein reizendes Gesicht.
Deines leisen Fußes Lauf
Weckt aus tagverschloßnen Höhlen
Traurig abgeschiedne Seelen,
Mich, und nächt'ge Vögel auf.

Forschend übersieht dein Blick
Eine großgemeßne Weite.
Hebe mich an deine Seite,
Gib der Schwärmerei dies Glück!
Und in wollustvoller Ruh
Säh' der weitverschlagne Ritter
Durch das gläserne Gegitter
Seines Mädchens Nächten zu.

Dämmrung, wo die Wollust thront,
Schwimmt um ihre runden Glieder.
Trunken sinkt mein Blick hernieder –
Was verhüllt man wohl dem Mond!
Doch was das für Wünsche sind!
Voll Begierde zu genießen,
So da droben hängen müssen –
Ei, da schieltest du dich blind!

Kleine Blumen, kleine Blätter
Streuen mir mit leichter Hand
Gute junge Frühlings-Götter
Tändlend auf ein luftig Band.

Zephir, nimm's auf deine Flügel,
Schling's um meiner Liebsten Kleid!
Und dann tritt sie für den Spiegel
Mit zufriedner Munterkeit.

Sieht mit Rosen sich umgeben,
Sie wie eine Rose jung.
Einen Kuß, geliebtes Leben,
Und ich bin belohnt genung.

Schicksal, segne diese Triebe,
Laß mich ihr und laß sie mein,
Laß das Leben unsrer Liebe
Doch kein Rosen-Leben sein!

Mädchen, das wie ich empfindet,
Reich mir deine liebe Hand!
Und das Band, das uns verbindet,
Sei kein schwaches Rosen-Band!

[E: 1771; D: 1775; hier nach einer Abschrift aus dem Nachlaß Friederike Brions. Überschrift in D 1775: »Lied das ein selbst gemaltes Band begleitete«]

Es schlug mein Herz. Geschwind, zu Pferde!
Und fort, wild wie ein Held zur Schlacht.
Der Abend wiegte schon die Erde,
Und an den Bergen hing die Nacht.
Schon stund im Nebelkleid die Eiche
Wie ein getürmter Riese da,
Wo Finsternis aus dem Gesträuche
Mit hundert schwarzen Augen sah.

Der Mond von einem Wolkenhügel
Sah schläfrig aus dem Duft hervor,
Die Winde schwangen leise Flügel,
Umsausten schauerlich mein Ohr.
Die Nacht schuf tausend Ungeheuer,
Doch tausendfacher war mein Mut,
Mein Geist war ein verzehrend Feuer,
Mein ganzes Herz zerfloß in Glut.

Ich sah dich, und die milde Freude
Floß aus dem süßen Blick auf mich.
Ganz war mein Herz an deiner Seite,
Und jeder Atemzug für dich.
Ein rosenfarbes Frühlingswetter
Lag auf dem lieblichen Gesicht
Und Zärtlichkeit für mich, ihr Götter,
Ich hofft' es, ich verdient' es nicht.

Der Abschied, wie bedrängt, wie trübe!
Aus deinen Blicken sprach dein Herz.
In deinen Küssen welche Liebe,
O welche Wonne, welcher Schmerz!
Du gingst, ich stund und sah zur Erden
Und sah dir nach mit nassem Blick.
Und doch, welch Glück, geliebt zu werden,
Und lieben, Götter, welch ein Glück!

[E: 1771; D: 1775; hier Vers 1–10 nach einer Abschrift aus dem Nachlaß Friederike Brions, dann nach D 1775. D 1789: Titel »Willkomm und Abschied«; D 1810: Titel »Willkommen und Abschied«]

Maifest

Wie herrlich leuchtet
Mir die Natur!
Wie glänzt die Sonne!
Wie lacht die Flur!

Es dringen Blüten
Aus jedem Zweig
Und tausend Stimmen
Aus dem Gesträuch

Und Freud und Wonne
Aus jeder Brust.
O Erd', o Sonne,
O Glück, o Lust,

O Lieb', o Liebe,
So golden schön
Wie Morgenwolken
Auf jenen Höhn,

Du segnest herrlich
Das frische Feld,
Im Blütendampfe
Die volle Welt!

O Mädchen, Mädchen,
Wie lieb' ich dich!
Wie blinkt dein Auge,
Wie liebst du mich!

So liebt die Lerche
Gesang und Luft,
Und Morgenblumen
Den Himmelsduft,

Wie ich dich liebe
Mit warmen Blut,
Die du mir Jugend
Und Freud' und Mut

Zu neuen Liedern
Und Tänzen gibst.
Sei ewig glücklich,
Wie du mich liebst!

[E: 1771; D: 1775; D 1789: Titel »Mailied«]

Heidenröslein

Sah ein Knab' ein Röslein stehn,
Röslein auf der Heiden,
War so jung und morgenschön,
Lief er schnell, es nah zu sehn,
Sah's mit vielen Freuden.
Röslein, Röslein, Röslein rot,
Röslein auf der Heiden.

Knabe sprach: Ich breche dich,
Röslein auf der Heiden!
Röslein sprach: Ich steche dich,
Daß du ewig denkst an mich,
Und ich will's nicht leiden.
Röslein, Röslein, Röslein rot,
Röslein auf der Heiden.

Und der wilde Knabe brach
's Röslein auf der Heiden;
Röslein wehrte sich und stach,
Half ihr doch kein Weh und Ach,
Mußt' es eben leiden.
Röslein, Röslein, Röslein rot,
Röslein auf der Heiden.

[E: 1771; D: 1789]

Der König in Thule

Es war ein König in Thule
Gar treu bis an das Grab,
Dem sterbend seine Buhle
Einen goldnen Becher gab.

Es ging ihm nichts darüber,
Er leert' ihn jeden Schmaus;
Die Augen gingen ihm über,
So oft er trank daraus.

Und als er kam zu sterben,
Zählt' er seine Städt' im Reich,
Gönnt' alles seinem Erben,
Den Becher nicht zugleich.

Er saß beim Königsmahle,
Die Ritter um ihn her,
Auf hohem Vätersaale
Dort auf dem Schloß am Meer.

Dort stand der alte Zecher,
Trank letzte Lebensglut
Und warf den heil'gen Becher
Hinunter in die Flut.

Er sah ihn stürzen, trinken
Und sinken tief ins Meer.
Die Augen täten ihm sinken;
Trank nie einen Tropfen mehr.

[E: 1774; D: 1782; D: 1800 (diese Fassung)]

Mahomets-Gesang

Seht den Felsenquell
Freudehell,
Wie ein Sternenblick!
Über Wolken
Nährten seine Jugend
Gute Geister
Zwischen Klippen im Gebüsch.

Jünglingfrisch
Tanzt er aus der Wolke
Auf die Marmorfelsen nieder,
Jauchzet wieder
Nach dem Himmel.

Durch die Gipfelgänge
Jagt er bunten Kieseln nach,
Und mit frühem Führertritt
Reißt er seine Bruderquellen
Mit sich fort.

Drunten werden in dem Tal
Unter seinem Fußtritt Blumen,
Und die Wiese
Lebt von seinem Hauch.

Doch ihn hält kein Schattental,
Keine Blumen,
Die ihm seine Knie' umschlingen,
Ihm mit Liebesaugen schmeicheln;
Nach der Ebne dringt sein Lauf,
Schlangewandelnd.
Bäche schmiegen
Sich gesellig an.
Nun tritt er
In die Ebne silberprangend,
Und die Ebne prangt mit ihm,
Und die Flüsse von der Ebne
Und die Bäche von Gebürgen
Jauchzen ihm und rufen: Bruder,
Bruder, nimm die Brüder mit,
Mit zu deinem alten Vater,
Zu dem ew'gen Ozean,
Der mit weitverbreit'ten Armen
Unsrer wartet;
Die sich, ach, vergebens öffnen,
Seine Sehnenden zu fassen;
Denn uns frißt in öder Wüste
Gier'ger Sand,
Die Sonne droben
Saugt an unserm Blut,
Ein Hügel
Hemmet uns zum Teiche.
Bruder,
Nimm die Brüder von der Ebne,
Nimm die Brüder von Gebürgen
Mit, zu deinem Vater mit!

Kommt ihr alle! –
Und nun schwillt er
Herrlicher, ein ganz Geschlechte
Trägt den Fürsten hoch empor,
Und im rollenden Triumphe

Gibt er Ländern Namen, Städte
Werden unter seinem Fuß.

Unaufhaltsam rauscht er über,
Läßt der Türne Flammengipfel,
Marmorhäuser, eine Schöpfung
Seiner Fülle, hinter sich.

Zedernhäuser trägt der Atlas
Auf den Riesenschultern, sausend
Wehen über seinem Haupte
Tausend Segel auf zum Himmel
Seine Macht und Herrlichkeit.

Und so trägt er seine Brüder,
Seine Schätze, seine Kinder
Dem erwartenden Erzeuger
Freudebrausend an das Herz.

[D: 1774; hier nach H: 1777]

Prometheus

Bedecke deinen Himmel, Zeus,
Mit Wolkendunst!
Und übe, Knaben gleich,
Der Diesteln köpft,
An Eichen dich und Bergeshöhn!
Mußt mir meine Erde
Doch lassen stehn,
Und meine Hütte,
Die du nicht gebaut,
Und meinen Herd,
Um dessen Glut
Du mich beneidest.

Ich kenne nichts Ärmer's
Unter der Sonn' als euch Götter.
Ihr nähret kümmerlich
Von Opfersteuern
Und Gebetshauch
Eure Majestät
Und darbtet, wären
Nicht Kinder und Bettler
Hoffnungsvolle Toren.

Da ich ein Kind war,
Nicht wußt', wo aus, wo ein,
Kehrte mein verirrtes Aug'
Zur Sonne, als wenn drüber wär'
Ein Ohr, zu hören meine Klage,
Ein Herz wie meins,
Sich des Bedrängten zu erbarmen.

Wer half mir wider
Der Titanen Übermut?
Wer rettete vom Tode mich,
Von Sklaverei?
Hast du's nicht alles selbst vollendet,
Heilig glühend Herz?
Und glühtest, jung und gut,
Betrogen, Rettungsdank
Dem Schlafenden dadroben?

Ich dich ehren? Wofür?
Hast du die Schmerzen gelindert
Je des Beladenen?
Hast du die Tränen gestillet
Je des Geängsteten?
Hat nicht mich zum Manne geschmiedet
Die allmächtige Zeit
Und das ewige Schicksal,
Meine Herrn und deine?

Wähntest du etwa,
Ich sollte das Leben hassen,
In Wüsten fliehn,
Weil nicht alle Knabenmorgen-
Blütenträume reiften?

Hier sitz' ich, forme Menschen
Nach meinem Bilde,
Ein Geschlecht, das mir gleich sei,
Zu leiden, weinen,
Genießen und zu freuen sich,
Und dein nicht zu achten,
Wie ich.

[H: 1777 (diese Fassung); D: 1785]

Ganymed

Wie im Morgenrot
Du rings mich anglühst,
Frühling, Geliebter!
Mit tausendfacher Liebeswonne
Sich an mein Herz drängt
Deiner ewigen Wärme
Heilig Gefühl,
Unendliche Schöne!

Daß ich dich fassen möcht'
In diesen Arm!

Ach, an deinem Busen
Lieg' ich, schmachte,
Und deine Blumen, dein Gras
Drängen sich an mein Herz.
Du kühlst den brennenden
Durst meines Busens,
Lieblicher Morgenwind,
Ruft drein die Nachtigall
Liebend nach mir aus dem Nebeltal.

Ich komme! Ich komme!
Wohin? Ach, wohin?

Hinauf, hinauf strebt's,
Es schweben die Wolken
Abwärts, die Wolken
Neigen sich der sehnenden Liebe,
Mir, mir!
In eurem Schoße
Aufwärts,
Umfangend umfangen!
Aufwärts
An deinem Busen,
Alliebender Vater!

[H: 1777 (diese Fassung); D: 1789]

An Schwager Kronos

In der Postchaise den 10. Oktober 1774

Spude dich, Kronos!
Fort den rasselnden Trott!
Bergab gleitet der Weg;
Ekles Schwindeln zögert
Mir vor die Stirne dein Haudern.
Frisch den holpernden
Stock Wurzeln Steine den Trott
Rasch in's Leben hinein!

Nun schon wieder
Den eratmenden Schritt
Mühsam Berg hinauf.
Auf denn, nicht träge denn!
Strebend und hoffend an.

Weit hoch herrlich der Blick
Rings ins Leben hinein
Vom Gebürg zum Gebürg
Über der ewige Geist
Ewigen Lebens ahndevoll.

Seitwärts des Überdachs Schatten
Zieht dich an
Und der Frischung verheißende Blick
Auf der Schwelle des Mädchens da.
Labe dich! – Mir auch, Mädchen,
Diesen schäumenden Trunk
Und den freundlichen Gesundheitsblick!

Ab dann, frischer hinab!
Sieh, die Sonne sinkt.
Eh' sie sinkt, eh' mich faßt
Greisen im Moore Nebelduft,
Entzahnte Kiefer schnattern
Und das schlockernde Gebein,

Trunknen vom letzten Strahl
Reiß mich, ein Feuermeer
Mir im schäumenden Aug',
Mich Geblendeten, Taumelnden
In der Hölle nächtliches Tor!

Töne, Schwager, dein Horn,
Raßle den schallenden Trab,
Daß der Orkus vernehme, ein Fürst kommt,
Drunten von ihren Sitzen
Sich die Gewaltigen lüften.

[H: 1777 (diese Fassung); D: 1789]

[*Schwager:* der Kutscher auf dem Bock des Wagens. – *Haudern:* Reisende gegen Lohn fahren. – *an:* hinan. – *Über:* darüber. – *Ab:* hinab. – *schlockernde:* schlotternde.]

Auf dem See

Und frische Nahrung, neues Blut
Saug' ich aus freier Welt;
Wie ist Natur so hold und gut,
Die mich am Busen hält!
Die Welle wieget unsern Kahn
Im Rudertakt hinauf,
Und Berge, wolkig himmelan,
Begegnen unserm Lauf.

Aug', mein Aug', was sinkst du nieder?
Goldne Träume, kommt ihr wieder?
Weg, du Traum, so gold du bist:
Hier auch Lieb' und Leben ist.

Auf der Welle blinken
Tausend schwebende Sterne,
Weiche Nebel trinken
Rings die türmende Ferne;
Morgenwind umflügelt
Die beschattete Bucht,
Und im See bespiegelt
Sich die reifende Frucht.

[E: 1775; H: im Schweizer Reisetagebuch mit Überschrift »15. Junius 1775, aufm Züricher-see«; D: 1789 (diese Fassung)]

Seefahrt

Taglang nachtlang stand mein Schiff befrachtet,
Günst'ger Winde harrend saß mit treuen Freunden
– Mir Geduld und guten Mut erzechend –
Ich im Hafen.

Und sie wurden mit mir ungedultig:
Gerne gönnen wir die schnellste Reise,
Gern die hohe Fahrt dir; Güterfülle
Wartet drüben in den Welten deiner,
Wird Rückkehrendem in unsern Armen
Lieb' und Preis dir.

Und am frühen Morgen ward's Getümmel,
Und dem Schlaf entjauchzt' uns der Matrose,
Alles wimmelt, alles lebet, webet,
Mit dem ersten Segenshauch zu schiffen.

Und die Segel blühen in dem Hauche,
Und die Sonne lockt mit Feuerliebe;
Ziehn die Segel, ziehn die hohen Wolken,
Jauchzen an dem Ufer alle Freunde

Hoffnungslieder nach im Freudetaumel
Reisefreuden wähnend wie des Einschiffmorgens
Wie der ersten hohen Sternennächte.

Aber gottgesandte Wechselwinde treiben
Seitwärts ihn der vorgesteckten Fahrt ab,
Und er scheint sich ihnen hinzugeben,
Strebet leise sie zu überlisten,
Treu dem Zweck auch auf dem schiefen Wege.

Aber aus der dumpfen grauen Ferne
Kündet leise wandelnd sich der Sturm an,
Drückt die Vögel nieder auf's Gewässer,
Drückt der Menschen schwellend Herze nieder;
Und er kommt. Vor seinem starren Wüten
Streckt der Schiffer weis' die Segel nieder;
Mit dem angsterfüllten Balle spielen
Wind und Wellen.

Und an jenem Ufer drüben stehen
Freund' und Lieben, beben auf dem Festen:
Ach, warum ist er nicht hiergeblieben!
Ach, der Sturm! Verschlagen weg vom Glücke
Soll der Gute so zu Grunde gehen?
Ach, er sollte, ach, er könnte! Götter!

Doch er stehet männlich an dem Steuer.
Mit dem Schiffe spielen Wind und Wellen,
Wind und Wellen nicht mit seinem Herzen.
Herrschend blickt er auf die grimme Tiefe
Und vertrauet, scheiternd oder landend,
Seinen Göttern.

[E: 1776; D: 1777]

[*dem Schlaf entjauchzt' uns . . .:* Das Jauchzen der Matrosen riß uns aus dem Schlaf.]

Wandrers Nachtlied [I]

Der du von dem Himmel bist,
Alles Leid und Schmerzen stillest,
Den, der doppelt elend ist,
Doppelt mit Erquickung füllest,
Ach, ich bin des Treibens müde,
Was soll all der Schmerz und Lust?
Süßer Friede,
Komm, ach komm in meine Brust!

[E: 1776; D: 1780]

[Wandrers Nachtlied (II)]

Über allen Gipfeln
Ist Ruh,
In allen Wipfeln
Spürest du
Kaum einen Hauch;
Die Vögelein schweigen im Walde.
Warte nur, balde
Ruhest du auch.

[E: 1780; D: 1815]

Harzreise im Winter

Dem Geier gleich,
Der auf schweren Morgenwolken
Mit sanftem Fittich ruhend
Nach Beute schaut,
Schwebe mein Lied.

Denn ein Gott hat
jedem seine Bahn
Vorgezeichnet,
Die der Glückliche
Rasch zum freudigen
Ziele rennt;
Wem aber Unglück
Das Herz zusammenzog,
Er sträubt vergebens
Sich gegen die Schranken
Des ehernen Fadens,
Den die doch bittre Schere
Nur einmal löst.

In Dickichtsschauer
Drängt sich das rauhe Wild,
Und mit den Sperlingen
Haben längst die Reichen
In ihre Sümpfe sich gesenkt.

Leicht ist's, folgen dem Wagen,
Den Fortuna führt,
Wie der gemächliche Troß
Auf gebesserten Wegen
Hinter des Fürsten Einzug.

Aber abseits, wer ist's?
Ins Gebüsch verliert sich sein Pfad,
Hinter ihm schlagen
Die Sträuche zusammen,
Das Gras steht wieder auf,
Die Öde verschlingt ihn.

Ach, wer heilet die Schmerzen
Des, dem Balsam zu Gift ward?
Der sich Menschenhaß
Aus der Fülle der Liebe trank.
Erst verachtet, nun ein Verächter,
Zehrt er heimlich auf
Seinen eignen Wert
In ungnügender Selbstsucht.

Ist auf deinem Psalter,
Vater der Liebe, ein Ton
Seinem Ohre vernehmlich,
So erquicke sein Herz!
Öffne den umwölkten Blick
Über die tausend Quellen
Neben dem Durstenden
In der Wüste!

Der du der Freuden viel schaffst,
Jedem ein überfließend Maß,
Segne die Brüder der Jagd
Auf der Fährte des Wilds
Mit jugendlichem Übermut
Fröhlicher Mordsucht,
Späte Rächer des Unbills,
Dem schon Jahre vergeblich
Wehrt mit Knütteln der Bauer.

Aber den Einsamen hüll'
In deine Goldwolken,
Umgib mit Wintergrün,
Bis die Rose wieder heranreift,
Die feuchten Haare,
O Liebe, deines Dichters!

Mit der dämmernden Fackel
Leuchtest du ihm
Durch die Furten bei Nacht,
Über grundlose Wege
Auf öden Gefilden,
Mit dem tausendfarbigen Morgen
Lachst du ins Herz ihm;
Mit dem beizenden Sturm
Trägst du ihn hoch empor.
Winterströme stürzen vom Felsen
In seine Psalmen,
Und Altar des lieblichsten Danks
Wird ihm des gefürchteten Gipfels
Schneebehangner Scheitel,
Den mit Geisterreihen
Kränzten ahnende Völker.

Du stehst mit unerforschtem Busen
Geheimnisvoll-offenbar
Über der erstaunten Welt
Und schaust aus Wolken
Auf ihre Reiche und Herrlichkeit,
Die du aus den Adern deiner Brüder
Neben dir wässerst.

[E: 1777; D: 1789]

[*eherner Faden:* Lebensfaden. – *bittre Schere:* Schere der Parze. – *Sperlinge:* Rohrsperlinge, die in Sümpfen überwintern. – *Sümpfe:* gemeint sind Städte. – *Gipfel:* des Brockens.]

An den Mond

Füllest wieder Busch und Tal
Still mit Nebelglanz,
Lösest endlich auch einmal
Meine Seele ganz;

Breitest über mein Gefild
Lindernd deinen Blick,
Wie des Freundes Auge mild
Über mein Geschick.

Jeden Nachklang fühlt mein Herz
Froh- und trüber Zeit,
Wandle zwischen Freud' und Schmerz
In der Einsamkeit.

Fließe, fließe, lieber Fluß!
Nimmer werd' ich froh,
So verrauschte Scherz und Kuß,
Und die Treue so.

Ich besaß es doch einmal,
Was so köstlich ist!
Daß man doch zu seiner Qual
Nimmer es vergißt!

Rausche, Fluß, das Tal entlang,
Ohne Rast und Ruh,
Rausche, flüstre meinem Sang
Melodien zu,

Wenn du in der Winternacht
Wütend überschwillst
Oder um die Frühlingspracht
Junger Knospen quillst.

Selig, wer sich vor der Welt
Ohne Haß verschließt,
Einen Freund am Busen hält
Und mit dem genießt,

Was, von Menschen nicht gewußt
Oder nicht bedacht,
Durch das Labyrinth der Brust
Wandelt in der Nacht.

[H: zwischen 1776 u. 1778;
D: 1789 (diese Fassung)]

Gesang der Geister über den Wassern

Des Menschen Seele
Gleicht dem Wasser:
Vom Himmel kommt es,
Zum Himmel steigt es,
Und wieder nieder
Zur Erde muß es,
Ewig wechselnd.

Strömt von der hohen,
Steilen Felswand
Der reine Strahl,
Dann stäubt er lieblich
In Wolkenwellen
Zum glatten Fels,
Und leicht empfangen
Wallt er verschleiernd,
Leisrauschend
Zur Tiefe nieder.

Ragen Klippen
Dem Sturz entgegen,
Schäumt er unmutig
Stufenweise
Zum Abgrund.

Im flachen Bette
Schleicht er das Wiesental hin,
Und in dem glatten See
Weiden ihr Antlitz
Alle Gestirne.

Wind ist der Welle
Lieblicher Buhler;
Wind mischt vom Grund aus
Schäumende Wogen.

Seele des Menschen,
Wie gleichst du dem Wasser!
Schicksal des Menschen,
Wie gleichst du dem Wind!

[1789]

Der Fischer

Das Wasser rauscht', das Wasser schwoll,
Ein Fischer saß daran,
Sah nach dem Angel ruhevoll,
Kühl bis ans Herz hinan.
Und wie er sitzt und wie er lauscht,
Teilt sich die Flut empor;
Aus dem bewegten Wasser rauscht
Ein feuchtes Weib hervor.

Sie sang zu ihm, sie sprach zu ihm:
»Was lockst du meine Brut
Mit Menschenwitz und Menschenlist
Hinauf in Todesglut?
Ach wüßtest du, wie's Fischlein ist
So wohlig auf dem Grund,
Du stiegst herunter, wie du bist,
Und würdest erst gesund.

Labt sich die liebe Sonne nicht,
Der Mond sich nicht im Meer?
Kehrt wellenatmend ihr Gesicht
Nicht doppelt schöner her?
Lockt dich der tiefe Himmel nicht,
Das feuchtverklärte Blau?
Lockt dich dein eigen Angesicht
Nicht her in ew'gen Tau?«

Das Wasser rauscht', das Wasser schwoll,
Netzt' ihm den nackten Fuß;
Sein Herz wuchs ihm so sehnsuchtsvoll,
Wie bei der Liebsten Gruß.
Sie sprach zu ihm, sie sang zu ihm;
Da war's um ihn geschehn:
Halb zog sie ihn, halb sank er hin,
Und ward nicht mehr gesehn.

[1779]

Erlkönig

Wer reitet so spät durch Nacht und Wind?
Es ist der Vater mit seinem Kind;
Er hat den Knaben wohl in dem Arm,
Er faßt ihn sicher, er hält ihn warm. –

Mein Sohn, was birgst du so bang dein Gesicht? –
Siehst, Vater, du den Erlkönig nicht?
Den Erlenkönig mit Kron' und Schweif? –
Mein Sohn, es ist ein Nebelstreif. –

»Du liebes Kind, komm, geh mit mir!
Gar schöne Spiele spiel' ich mit dir;
Manch' bunte Blumen sind an dem Strand;
Meine Mutter hat manch' gülden Gewand.«

Mein Vater, mein Vater, und hörest du nicht,
Was Erlenkönig mir leise verspricht? –
Sei ruhig, bleibe ruhig, mein Kind!
In dürren Blättern säuselt der Wind. –

»Willst, feiner Knabe du mit mir gehn?
Meine Töchter sollen dich warten schön;
Meine Töchter führen den nächtlichen Reihn
Und wiegen und tanzen und singen dich ein.«

Mein Vater, mein Vater, und siehst du nicht dort
Erlkönigs Töchter am düstern Ort? –
Mein Sohn, mein Sohn, ich seh' es genau;
Es scheinen die alten Weiden so grau. –

»Ich liebe dich, mich reizt deine schöne Gestalt;
Und bist du nicht willig, so brauch' ich Gewalt.« –
Mein Vater, mein Vater, jetzt faßt er mich an!
Erlkönig hat mir ein Leids getan! –

Dem Vater grauset's, er reitet geschwind,
Er hält in Armen das ächzende Kind,
Erreicht den Hof mit Mühe und Not;
In seinen Armen das Kind war tot.

[1782]

Grenzen der Menschheit

Wenn der uralte
Heilige Vater
Mit gelassener Hand
Aus rollenden Wolken
Segnende Blitze
Über die Erde sät,
Küß ich den letzten
Saum seines Kleides,
Kindliche Schauer
Treu in der Brust.

Denn mit Göttern
Soll sich nicht messen
Irgendein Mensch.
Hebt er sich aufwärts
Und berührt
Mit dem Scheitel die Sterne,
Nirgends haften dann
Die unsichern Sohlen,
Und mit ihm spielen
Wolken und Winde.

Steht er mit festen,
Markigen Knochen
Auf der wohlgegründeten
Dauernden Erde,
Reicht er nicht auf,
Nur mit der Eiche
Oder der Rebe
Sich zu vergleichen.

Was unterscheidet
Götter von Menschen?
Daß viele Wellen
Vor jenen wandeln,
Ein ewiger Strom:
Uns hebt die Welle,
Verschlingt die Welle,
Und wir versinken.

Ein kleiner Ring
Begrenzt unser Leben,
Und viele Geschlechter
Reihen sich dauernd
An ihres Daseins
Unendliche Kette.

[E: um 1781; D: 1789]

Das Göttliche

Edel sei der Mensch,
Hilfreich und gut!
Denn das allein
Unterscheidet ihn
Von allen Wesen,
Die wir kennen.

Heil den unbekannten
Höhern Wesen,
Die wir ahnen!
Ihnen gleiche der Mensch;
Sein Beispiel lehr uns
Jene glauben.

Denn unfühlend
Ist die Natur:
Es leuchtet die Sonne
Über Bös' und Gute,
Und dem Verbrecher
Glänzen wie dem Besten
Der Mond und die Sterne.

Wind und Ströme,
Donner und Hagel
Rauschen ihren Weg
Und ergreifen
Vorüber eilend
Einen um den andern.

Auch so das Glück
Tappt unter die Menge,
Faßt bald des Knaben
Lockige Unschuld,
Bald auch den kahlen
Schuldigen Scheitel.

Nach ewigen, ehrnen
Großen Gesetzen
Müssen wir alle
Unseres Daseins
Kreise vollenden.

Nur allein der Mensch
Vermag das Unmögliche:
Er unterscheidet,
Wählet und richtet;
Er kann dem Augenblick
Dauer verleihen.

Er allein darf
Den Guten lohnen,
Den Bösen strafen,
Heilen und retten,
Alles Irrende, Schweifende
Nützlich verbinden.

Und wir verehren
Die Unsterblichen,
Als wären sie Menschen,
Täten im Großen,
Was der Beste im Kleinen
Tut oder möchte.

Der edle Mensch
Sei hilfreich und gut!
Unermüdet schaff er
Das Nützliche, Rechte,
Sei uns ein Vorbild
Jener geahneten Wesen!

[E: 1783; D: 1785]

Harfenspieler

[Aus: *Wilhelm Meisters Lehrjahre*]

Wer sich der Einsamkeit ergibt,
Ach! der ist bald allein;
Ein jeder lebt, ein jeder liebt
Und läßt ihn seiner Pein.

Ja! laßt mich meiner Qual!
Und kann ich nur einmal
Recht einsam sein,
Dann bin ich nicht allein.

Es schleicht ein Liebender lauschend sacht,
Ob seine Freundin allein?
So überschleicht bei Tag und Nacht
Mich Einsamen die Pein,
Mich Einsamen die Qual.
Ach, werd ich erst einmal
Einsam im Grabe sein,
Da läßt sie mich allein!

Wer nie sein Brot mit Tränen aß,
Wer nie die kummervollen Nächte
Auf seinem Bette weinend saß,
Der kennt euch nicht, ihr himmlischen Mächte.

Ihr führt ins Leben uns hinein,
Ihr laßt den Armen schuldig werden,
Dann überlaßt ihr ihn der Pein:
Denn alle Schuld rächt sich auf Erden.

Mignon

[Aus: *Wilhelm Meisters Lehrjahre*]

Kennst du das Land, wo die Zitronen blühn,
Im dunkeln Laub die Gold-Orangen glühn,
Ein sanfter Wind vom blauen Himmel weht,
Die Myrte still und hoch der Lorbeer steht,
Kennst du es wohl?
Dahin! Dahin
Möcht ich mit dir, o mein Geliebter, ziehn.

Kennst du das Haus? Auf Säulen ruht sein Dach,
Es glänzt der Saal, es schimmert das Gemach,
Und Marmorbilder stehn und sehn mich an:
Was hat man dir, du armes Kind, getan?
Kennst du es wohl?
Dahin! Dahin
Möcht ich mit dir, o mein Beschützer, ziehn.

Kennst du den Berg und seinen Wolkensteg?
Das Maultier sucht im Nebel seinen Weg,
In Höhlen wohnt der Drachen alte Brut,
Es stürzt der Fels und über ihn die Flut;
Kennst du ihn wohl?
Dahin! Dahin
Geht unser Weg! o Vater, laß uns ziehn!

Nur wer die Sehnsucht kennt,
Weiß, was ich leide!
Allein und abgetrennt
Von aller Freude,
Seh ich ans Firmament
Nach jener Seite.

Ach! der mich liebt und kennt,
Ist in der Weite.
Es schwindelt mir, es brennt
Mein Eingeweide.
Nur wer die Sehnsucht kennt,
Weiß, was ich leide!

Aus: *Römische Elegien*

V

Froh empfind ich mich nun auf klassischem Boden begeistert;
Vor- und Mitwelt spricht lauter und reizender mir.
Hier befolg ich den Rat, durchblättre die Werke der Alten
Mit geschäftiger Hand, täglich mit neuem Genuß.
Aber die Nächte hindurch hält Amor mich anders beschäftigt;
Werd ich auch halb nur gelehrt, bin ich doch doppelt beglückt.
Und belehr ich mich nicht, indem ich des lieblichen Busens
Formen spähe, die Hand leite die Hüften hinab?
Dann versteh ich den Marmor erst recht; ich denk und vergleiche,
Sehe mit fühlendem Aug, fühle mit sehender Hand.
Raubt die Liebste denn gleich mir einige Stunden des Tages,
Gibt sie Stunden der Nacht mir zur Entschädigung hin.
Wird doch nicht immer geküßt, es wird vernünftig gesprochen;
Überfällt sie der Schlaf, lieg ich und denke mir viel.
Oftmals hab ich auch schon in ihren Armen gedichtet
Und des Hexameters Maß leise mit fingernder Hand
Ihr auf den Rücken gezählt. Sie atmet in lieblichem Schlummer,
Und es durchglühet ihr Hauch mir bis ins Tiefste die Brust.
Amor schüret die Lamp indes und denket der Zeiten,
Da er den nämlichen Dienst seinen Triumvirn getan.

[E: 1788–1790; D: 1795]

[*Triumvirn:* hier die drei römischen Liebeslyriker Catull, Tibull und Properz.]

Meeresstille

Tiefe Stille herrscht im Wasser,
Ohne Regung ruht das Meer,
Und bekümmert sieht der Schiffer
Glatte Fläche rings umher.
Keine Luft von keiner Seite!
Todesstille fürchterlich!
In der ungeheuern Weite
Reget keine Welle sich.

Glückliche Fahrt

Die Nebel zerreißen,
Der Himmel ist helle,
Und Äolus löset
Das ängstliche Band.
Es säuseln die Winde,
Es rührt sich der Schiffer.
Geschwinde! Geschwinde!
Es teilt sich die Welle,
Es naht sich die Ferne;
Schon seh ich das Land!

[1796]

Nähe des Geliebten

Ich denke dein, wenn mir der Sonne Schimmer
Vom Meere strahlt;
Ich denke dein, wenn sich des Mondes Flimmer
In Quellen malt.

Ich sehe dich, wenn auf dem fernen Wege
Der Staub sich hebt;
In tiefer Nacht, wenn auf dem schmalen Stege
Der Wandrer bebt.

Ich höre dich, wenn dort mit dumpfem Rauschen
Die Welle steigt;
Im stillen Haine geh ich oft zu lauschen,
Wenn alles schweigt.

Ich bin bei dir, du seist auch noch so ferne,
Du bist mir nah!
Die Sonne sinkt, bald leuchten mir die Sterne.
O wärst du da!

[1796]

Der Schatzgräber

Arm am Beutel, krank am Herzen,
Schleppt ich meine langen Tage.
Armut ist die größte Plage,
Reichtum ist das höchste Gut!
Und, zu enden meine Schmerzen,
Ging ich, einen Schatz zu graben.
Meine Seele sollst du haben!
Schrieb ich hin mit eignem Blut.

Und so zog ich Kreis' um Kreise,
Stellte wunderbare Flammen,
Kraut und Knochenwerk zusammen:
Die Beschwörung war vollbracht.
Und auf die gelernte Weise
Grub ich nach dem alten Schatze
Auf dem angezeigten Platze;
Schwarz und stürmisch war die Nacht.

Und ich sah ein Licht von weiten,
Und es kam gleich einem Sterne
Hinten aus der fernsten Ferne,
Eben als es zwölfe schlug.
Und da galt kein Vorbereiten:
Heller ward's mit einem Male
Von dem Glanz der vollen Schale,
Die ein schöner Knabe trug.

Holde Augen sah ich blinken
Unter dichtem Blumenkranze;
In des Trankes Himmelsglanze
Trat er in den Kreis herein.
Und er hieß mich freundlich trinken;
Und ich dacht: es kann der Knabe
Mit der schönen lichten Gabe
Wahrlich nicht der Böse sein.

Trinke Mut des reinen Lebens!
Dann verstehst du die Belehrung,
Kommst, mit ängstlicher Beschwörung,
Nicht zurück an diesen Ort.
Grabe hier nicht mehr vergebens:
Tages Arbeit! Abends Gäste!
Saure Wochen! Frohe Feste!
Sei dein künftig Zauberwort.

Der Zauberlehrling

Hat der alte Hexenmeister
Sich doch einmal wegbegeben!
Und nun sollen seine Geister
Auch nach meinem Willen leben.
Seine Wort' und Werke
Merkt ich und den Brauch,
Und mit Geistesstärke
Tu ich Wunder auch.

Walle! walle
Manche Strecke,
Daß, zum Zwecke,
Wasser fließe
Und mit reichem, vollem Schwalle
Zu dem Bade sich ergieße.

Und nun komm, du alter Besen!
Nimm die schlechten Lumpenhüllen;
Bist schon lange Knecht gewesen:
Nun erfülle meinen Willen!
Auf zwei Beinen stehe,
Oben sei ein Kopf,
Eile nun und gehe
Mit dem Wassertopf!

Walle! walle
Manche Strecke,
Daß, zum Zwecke,
Wasser fließe
Und mit reichem, vollem Schwalle
Zu dem Bade sich ergieße.

Seht, er läuft zum Ufer nieder,
Wahrlich! ist schon an dem Flusse,
Und mit Blitzesschnelle wieder
Ist er hier mit raschem Gusse.
Schon zum zweiten Male!
Wie das Becken schwillt!
Wie sich jede Schale
Voll mit Wasser füllt!

Stehe! Stehe!
Denn wir haben
Deiner Gaben
Vollgemessen! –
Ach, ich merk es! Wehe! wehe!
Hab ich doch das Wort vergessen!

Ach, das Wort, worauf am Ende
Er das wird, was er gewesen.
Ach, er läuft und bringt behende!
Wärst du doch der alte Besen!
Immer neue Güsse
Bringt er schnell herein,
Ach! und hundert Flüsse
Stürzen auf mich ein.

Nein, nicht länger
Kann ichs lassen;
Will ihn fassen.
Das ist Tücke!
Ach! nun wird mir immer bänger!
Welche Miene! welche Blicke!

O, du Ausgeburt der Hölle!
Soll das ganze Haus ersaufen?
Seh ich über jede Schwelle
Doch schon Wasserströme laufen.
Ein verruchter Besen,
Der nicht hören will!
Stock, der du gewesen,
Steh doch wieder still!

Willsts am Ende
Gar nicht lassen?
Will dich fassen,
Will dich halten
Und das alte Holz behende
Mit dem scharfen Beile spalten.

Seht, da kommt er schleppend wieder!
Wie ich mich nur auf dich werfe,
Gleich, o Kobold, liegst du nieder;
Krachend trifft die glatte Schärfe.
Wahrlich! brav getroffen!
Seht, er ist entzwei!
Und nun kann ich hoffen,
Und ich atme frei!

Wehe! wehe!
Beide Teile
Stehn in Eile
Schon als Knechte
Völlig fertig in die Höhe!
Helft mir, ach! ihr hohen Mächte!

Und sie laufen! Naß und nässer
Wird's im Saal und auf den Stufen.
Welch entsetzliches Gewässer!
Herr und Meister! hör mich rufen! –

Ach, da kommt der Meister!
Herr, die Not ist groß!
Die ich rief, die Geister
Werd ich nun nicht los.

»In die Ecke,
Besen! Besen!
Seids gewesen.
Denn als Geister
Ruft euch nur, zu diesem Zwecke,
Erst hervor der alte Meister.«

Der Gott und die Bajadere

Indische Legende

Mahadöh, der Herr der Erde,
Kommt herab zum sechsten Mal,
Daß er unsersgleichen werde,
Mit zu fühlen Freud und Qual.
Er bequemt sich, hier zu wohnen,
Läßt sich alles selbst geschehn.
Soll er strafen oder schonen,
Muß er Menschen menschlich sehn.
Und hat er die Stadt sich als Wandrer betrachtet,
Die Großen belauert, auf Kleine geachtet,
Verläßt er sie abends, um weiter zu gehn.

Als er nun hinausgegangen,
Wo die letzten Häuser sind,
Sieht er, mit gemalten Wangen,
Ein verlornes schönes Kind.
Grüß dich, Jungfrau! – Dank der Ehre!
Wart, ich komme gleich hinaus –
Und wer bist du? – Bajadere,
Und dies ist der Liebe Haus.
Sie rührt sich, die Zimbeln zum Tanze zu schlagen,
Sie weiß sich so lieblich im Kreise zu tragen,
Sie neigt sich und biegt sich und reicht ihm den Strauß.

Schmeichelnd zieht sie ihn zur Schwelle,
Lebhaft ihn ins Haus hinein.
Schöner Fremdling, lampenhelle
Soll sogleich die Hütte sein.
Bist du müd, ich will dich laben,
Lindern deiner Füße Schmerz.
Was du willst, das sollst du haben,
Ruhe, Freuden oder Scherz.
Sie lindert geschäftig geheuchelte Leiden.
Der Göttliche lächelt; er siehet mit Freuden
Durch tiefes Verderben ein menschliches Herz.

Und er fordert Sklavendienste;
Immer heitrer wird sie nur,
Und des Mädchens frühe Künste
Werden nach und nach Natur.
Und so stellet auf die Blüte
Bald und bald die Frucht sich ein;
Ist Gehorsam im Gemüte,
Wird nicht fern die Liebe sein.
Aber, sie schärfer und schärfer zu prüfen,
Wählet der Kenner der Höhen und Tiefen
Lust und Entsetzen und grimmige Pein.

Und er küßt die bunten Wangen,
Und sie fühlt der Liebe Qual,
Und das Mädchen steht gefangen,
Und sie weint zum erstenmal;
Sinkt zu seinen Füßen nieder,
Nicht um Wollust noch Gewinst,
Ach! und die gelenken Glieder,
Sie versagen allen Dienst.
Und so zu des Lagers vergnüglicher Feier
Bereiten den dunklen behaglichen Schleier
Die nächtlichen Stunden, das schöne Gespinst.

Spät entschlummert unter Scherzen,
Früh erwacht nach kurzer Rast,
Findet sie an ihrem Herzen
Tot den vielgeliebten Gast.
Schreiend stürzt sie auf ihn nieder,
Aber nicht erweckt sie ihn;
Und man trägt die starren Glieder
Bald zur Flammengrube hin.
Sie höret die Priester, die Totengesänge,
Sie raset und rennet und teilet die Menge.
Wer bist du? Was drängt zu der Grube dich hin?

Bei der Bahre stürzt sie nieder,
Ihr Geschrei durchdringt die Luft:
Meinen Gatten will ich wieder!
Und ich such ihn in der Gruft.
Soll zu Asche mir zerfallen
Dieser Glieder Götterpracht?
Mein! er war es, mein vor allen!
Ach, nur Eine süße Nacht!
Es singen die Priester: Wir tragen die Alten,
Nach langem Ermatten und spätem Erkalten,
Wir tragen die Jugend, noch eh sie's gedacht.

Höre deiner Priester Lehre:
Dieser war dein Gatte nicht.
Lebst du doch als Bajadere,
Und so hast du keine Pflicht.
Nur dem Körper folgt der Schatten

In das stille Totenreich;
Nur die Gattin folgt dem Gatten:
Das ist Pflicht und Ruhm zugleich.
Ertöne, Drommete, zu heiliger Klage!
O nehmet, ihr Götter! die Zierde der Tage,
O nehmet den Jüngling in Flammen zu euch!

So das Chor, das ohn Erbarmen
Mehret ihres Herzens Not;
Und mit ausgestreckten Armen
Springt sie in den heißen Tod.
Doch der Götter-Jüngling hebet
Aus der Flamme sich empor,
Und in seinen Armen schwebet
Die Geliebte mit hervor.
Es freut sich die Gottheit der reuigen Sünder;
Unsterbliche heben verlorene Kinder
Mit feurigen Armen zum Himmel empor.

[1798]

[*Mahadöh:* Beiname Sivas, eines der drei höchsten indischen Götter.]

Nachtgesang

O gib, vom weichen Pfühle,
Träumend, ein halb Gehör!
Bei meinem Saitenspiele
Schlafe! Was willst du mehr?

Bei meinem Saitenspiele
Segnet der Sterne Heer
Die ewigen Gefühle;
Schlafe! Was willst du mehr?

Die ewigen Gefühle
Heben mich, hoch und hehr,
Aus irdischem Gewühle;
Schlafe! Was willst du mehr?

Vom irdischen Gewühle
Trennst du mich nur zu sehr,
Bannst mich in diese Kühle;
Schlafe! Was willst du mehr?

Bannst mich in diese Kühle,
Gibst nur im Traum Gehör.
Ach, auf dem weichen Pfühle
Schlafe! Was willst du mehr?

[1804]

Natur und Kunst, sie scheinen sich zu fliehen
Und haben sich, eh' man es denkt, gefunden;
Der Widerwille ist auch mir verschwunden,
Und beide scheinen gleich mich anzuziehen.

Es gilt wohl nur ein redliches Bemühen!
Und wenn wir erst in abgemeßnen Stunden
Mit Geist und Fleiß uns an die Kunst gebunden,
Mag frei Natur im Herzen wieder glühen.

So ists mit aller Bildung auch beschaffen:
Vergebens werden ungebundne Geister
Nach der Vollendung reiner Höhe streben.

Wer Großes will, muß sich zusammenraffen;
In der Beschränkung zeigt sich erst der Meister,
Und das Gesetz nur kann uns Freiheit geben.

[E: um 1800]

Dauer im Wechsel

Hielte diesen frühen Segen,
Ach, nur Eine Stunde fest!
Aber vollen Blütenregen
Schüttelt schon der laue West.
Soll ich mich des Grünen freuen,
Dem ich Schatten erst verdankt?
Bald wird Sturm auch das zerstreuen,
Wenn es falb im Herbst geschwankt.

Willst du nach den Früchten greifen,
Eilig nimm dein Teil davon!
Diese fangen an zu reifen,
Und die andern keimen schon;
Gleich mit jedem Regengusse
Ändert sich dein holdes Tal,
Ach, und in demselben Flusse
Schwimmst du nicht zum zweitenmal.

Du nun selbst! Was felsenfeste
Sich vor dir hervorgetan,
Mauern siehst du, siehst Paläste
Stets mit andern Augen an.
Weggeschwunden ist die Lippe,
Die im Kusse sonst genas,
Jener Fuß, der an der Klippe
Sich mit Gemsenfreche maß,

Jene Hand, die gern und milde
Sich bewegte wohlzutun,
Das gegliederte Gebilde,
Alles ist ein andres nun.
Und was sich an jener Stelle
Nun mit deinem Namen nennt,
Kam herbei wie eine Welle,
Und so eilt's zum Element.

Laß den Anfang mit dem Ende
Sich in Eins zusammenziehn!
Schneller als die Gegenstände
Selber dich vorüberfliehn!
Danke, daß die Gunst der Musen
Unvergängliches verheißt,
Den Gehalt in deinem Busen
Und die Form in deinem Geist.

[1804]

Prooemion

Im Namen dessen, der Sich selbst erschuf!
Von Ewigkeit in schaffendem Beruf;
In Seinem Namen, der den Glauben schafft,
Vertrauen, Liebe, Tätigkeit und Kraft;
In Jenes Namen, der, so oft genannt,
Dem Wesen nach blieb immer unbekannt:
So weit das Ohr, so weit das Auge reicht,
Du findest nur Bekanntes, das Ihm gleicht,
Und deines Geistes höchster Feuerflug
Hat schon am Gleichnis, hat am Bild genug;
Es zieht dich an, es reißt dich heiter fort,
Und wo du wandelst, schmückt sich Weg und Ort;
Du zählst nicht mehr, berechnest keine Zeit,
Und jeder Schritt ist Unermeßlichkeit.

[1817]

[*Prooemion:* Vorwort (Einleitungsgedicht zum 1. Heft von Goethes Zeitschrift »Zur Naturwissenschaft überhaupt«).]

Was wär ein Gott, der nur von außen stieße,
Im Kreis das All am Finger laufen ließe!
Ihm ziemt's, die Welt im Innern zu bewegen,
Natur in Sich, Sich in Natur zu hegen,
So daß, was in Ihm lebt und webt und ist,
Nie Seine Kraft, nie Seinen Geist vermißt.

Im Innern ist ein Universum auch;
Daher der Völker löblicher Gebrauch,
Daß jeglicher das Beste, was er kennt,
Er Gott, ja seinen Gott benennt,
Ihm Himmel und Erden übergibt,
Ihn fürchtet und womöglich liebt.

[1815]

Gefunden

Ich ging im Walde
So für mich hin,
Und nichts zu suchen,
Das war mein Sinn.

Im Schatten sah ich
Ein Blümchen stehn,
Wie Sterne leuchtend,
Wie Äuglein schön.

Ich wollt es brechen
Da sagt' es fein:
Soll ich zum Welken
Gebrochen sein?

Ich grub's mit allen
Den Würzlein aus:
Zum Garten trug ich's
Am hübschen Haus.

Und pflanzt' es wieder
Am stillen Ort;
Nun zweigt es immer
Und blüht so fort.

[E: 1813; D: 1815]

Aus: *West-östlicher Divan*

Gottes ist der Orient!
Gottes ist der Okzident!
Nord- und südliches Gelände
Ruht im Frieden seiner Hände.

Im Atemholen sind zweierlei Gnaden:
Die Luft einziehen, sich ihrer entladen;
Jenes bedrängt, dieses erfrischt;
So wunderbar ist das Leben gemischt.
Du danke Gott, wenn er dich preßt,
Und dank ihm, wenn er dich wieder entläßt.

Selige Sehnsucht

Sagt es niemand, nur den Weisen,
Weil die Menge gleich verhöhnet,
Das Lebendge will ich preisen,
Das nach Flammentod sich sehnet.

In der Liebesnächte Kühlung,
Die dich zeugte, wo du zeugtest,
Überfällt dich fremde Fühlung,
Wenn die stille Kerze leuchtet.

Nicht mehr bleibest du umfangen
In der Finsternis Beschattung,
Und dich reißet neu Verlangen
Auf zu höherer Begattung.

Keine Ferne macht dich schwierig,
Kommst geflogen und gebannt,
Und zuletzt, des Lichts begierig,
Bist du, Schmetterling, verbrannt.

Und so lang du das nicht hast,
Dieses: Stirb und werde!
Bist du nur ein trüber Gast
Auf der dunklen Erde.

Gingo biloba

Dieses Baums Blatt, der von Osten
Meinem Garten anvertraut,
Gibt geheimen Sinn zu kosten,
Wie's den Wissenden erbaut.

Ist es Ein lebendig Wesen,
Das sich in sich selbst getrennt?
Sind es zwei, die sich erlesen,
Daß man sie als Eines kennt?

Solche Frage zu erwidern,
Fand ich wohl den rechten Sinn:
Fühlst du nicht an meinen Liedern,
Daß ich Eins und doppelt bin?

An vollen Büschelzweigen,
Geliebte, sieh nur hin!
Laß dir die Früchte zeigen,
Umschalet stachlig grün.

Sie hängen längst geballet,
Still, unbekannt mit sich;
Ein Ast, der schaukelnd wallet,
Wiegt sie geduldiglich.

Doch immer reift von innen
Und schwillt der braune Kern,
Er möchte Luft gewinnen
Und säh die Sonne gern.

Die Schale platzt, und nieder
Macht er sich freudig los;
So fallen meine Lieder
Gehäuft in deinen Schoß.

Suleika. Volk und Knecht und Überwinder,
Sie gestehn, zu jeder Zeit,
Höchstes Glück der Erdenkinder
Sei nur die Persönlichkeit.

Jedes Leben sei zu führen,
Wenn man sich nicht selbst vermißt;
Alles könne man verlieren,
Wenn man bliebe, was man ist.

Hatem. Kann wohl sein! so wird gemeinet;
Doch ich bin auf andrer Spur:
Alles Erdenglück vereinet
Find ich in Suleika nur.

Wie sie sich an mich verschwendet,
Bin ich mir ein wertes Ich;
Hätte sie sich weggewendet,
Augenblicks verlör ich mich.

Nun mit Hatem wär's zu Ende;
Doch schon hab ich umgelost:
Ich verkörpre mich behende
In den Holden, den sie kost.

Wollte, wo nicht gar ein Rabbi,
Das will mir so recht nicht ein,
Doch Ferdusi, Motanabbi,
Allenfalls der Kaiser sein.

[*Suleika, Hatem:* Liebespaar in Goethes »West-östlichem Divan«. – *Rabbi:* Theologe.]

Was bedeutet die Bewegung?
Bringt der Ost mir frohe Kunde?
Seiner Schwingen frische Regung
Kühlt des Herzens tiefe Wunde.

Kosend spielt er mit dem Staube,
Jagt ihn auf in leichten Wölkchen,
Treibt zur sichern Rebenlaube
Der Insekten frohes Völkchen.

Lindert sanft der Sonne Glühen,
Kühlt auch mir die heißen Wangen,
Küßt die Reben noch im Fliehen,
Die auf Feld und Hügel prangen.

Und mir bringt sein leises Flüstern
Von dem Freunde tausend Grüße;
Eh noch diese Hügel düstern,
Grüßen mich wohl tausend Küsse.

Und so kannst du weiter ziehen!
Diene Freunden und Betrübten.
Dort, wo hohe Mauern glühen,
Find ich bald den Vielgeliebten.

Ach, die wahre Herzenskunde,
Liebeshauch, erfrischtes Leben
Wird mir nur aus seinem Munde,
Kann mir nur sein Atem geben.

[Das Gedicht stammt von Marianne von Willemer, die es im September 1815 an der Bergstraße auf der Fahrt von Frankfurt nach Heidelberg schrieb. Goethe hat einige Zeilen verändert.]

In tausend Formen magst du dich verstecken,
Doch, Allerliebste, gleich erkenn ich dich;
Du magst mit Zauberschleiern dich bedecken,
Allgegenwärtge, gleich erkenn ich dich.

An der Zypresse reinstem, jungem Streben,
Allschöngewachsne, gleich erkenn ich dich,
In des Kanales reinem Wellenleben,
Allschmeichelhafte, wohl erkenn ich dich.

Wenn steigend sich der Wasserstrahl entfaltet,
Allspielende, wie froh erkenn ich dich;
Wenn Wolke sich gestaltend umgestaltet,
Allmannigfaltge, dort erkenn ich dich.

An des geblümten Schleiers Wiesenteppich,
Allbuntbesternte, schön erkenn ich dich;
Und greift umher ein tausendarmger Eppich,
O Allumklammernde, da kenn ich dich.

Wenn am Gebirg der Morgen sich entzündet,
Gleich, Allerheiternde, begrüß ich dich,
Dann über mir der Himmel rein sich ründet,
Allherzerweiternde, dann atm' ich dich.

Was ich mit äußerm Sinn, mit innerm kenne,
Du Allbelehrende, kenn ich durch dich;
Und wenn ich Allahs Namenhundert nenne,
Mit jedem klingt ein Name nach für dich.

[D: 1819]

Urworte. Orphisch

ΔΑΙΜΩΝ, *Dämon*

Wie an dem Tag, der dich der Welt verliehen,
Die Sonne stand zum Gruße der Planeten,
Bist alsobald und fort und fort gediehen
Nach dem Gesetz, wonach du angetreten.
So mußt du sein, dir kannst du nicht entfliehen,
So sagten schon Sibyllen, so Propheten;
Und keine Zeit und keine Macht zerstückelt
Geprägte Form, die lebend sich entwickelt.

ΤΥΧΗ, *Das Zufällige*

Die strenge Grenze doch umgeht gefällig
Ein Wandelndes, das mit und um uns wandelt;
Nicht einsam bleibst du, bildest dich gesellig,
Und handelst wohl so, wie ein andrer handelt:
Im Leben ists bald hin-, bald widerfällig,
Es ist ein Tand und wird so durchgetandelt.
Schon hat sich still der Jahre Kreis geründet,
Die Lampe harrt der Flamme, die entzündet.

ΕΡΩΣ, *Liebe*

Die bleibt nicht aus! – Er stürzt vom Himmel nieder,
Wohin er sich aus alter Öde schwang,
Er schwebt heran auf luftigem Gefieder
Um Stirn und Brust den Frühlingstag entlang,
Scheint jetzt zu fliehn, vom Fliehen kehrt er wieder:
Da wird ein Wohl im Weh, so süß und bang.
Gar manches Herz verschwebt im Allgemeinen,
Doch widmet sich das edelste dem Einen.

ΑΝΑΓΚΗ, *Nötigung*

Da ists denn wieder, wie die Sterne wollten:
Bedingung und Gesetz; und aller Wille
Ist nur ein Wollen, weil wir eben sollten,
Und vor dem Willen schweigt die Willkür stille;
Das Liebste wird vom Herzen weggescholten,
Dem harten Muß bequemt sich Will und Grille.
So sind wir scheinfrei denn nach manchen Jahren
Nur enger dran, als wir am Anfang waren.

ΕΛΠΙΣ, Hoffnung

Doch solcher Grenze, solcher ehrnen Mauer
Höchst widerwärtge Pforte wird entriegelt,
Sie stehe nur mit alter Felsendauer!
Ein Wesen regt sich leicht und ungezügelt:
Aus Wolkendecke, Nebel, Regenschauer
Erhebt sie uns, mit ihr, durch sie beflügelt,
Ihr kennt sie wohl, sie schwärmt durch alle Zonen;
Ein Flügelschlag – und hinter uns Äonen!

[1820]

Um Mitternacht

Um Mitternacht ging ich, nicht eben gerne,
Klein, kleiner Knabe, jenen Kirchhof hin
Zu Vaters Haus, des Pfarrers; Stern am Sterne,
Sie leuchteten doch alle gar zu schön;
Um Mitternacht.

Wenn ich dann ferner in des Lebens Weite
Zur Liebsten mußte, mußte, weil sie zog,
Gestirn und Nordschein über mir im Streite,
Ich gehend, kommend Seligkeiten sog;
Um Mitternacht.

Bis dann zuletzt des vollen Mondes Helle
So klar und deutlich mir ins Finstere drang,
Auch der Gedanke willig, sinnig, schnelle
Sich ums Vergangne wie ums Künftige schlang;
Um Mitternacht.

[E: 1818; D: 1821]

Eins und Alles

Im Grenzenlosen sich zu finden,
Wird gern der einzelne verschwinden,
Da löst sich aller Überdruß;
Statt heißem Wünschen, wildem Wollen,
Statt lästgem Fordern, strengem Sollen,
Sich aufzugeben ist Genuß.

Weltseele, komm, uns zu durchdringen!
Dann mit dem Weltgeist selbst zu ringen,
Wird unsrer Kräfte Hochberuf.
Teilnehmend führen gute Geister,
Gelinde leitend höchste Meister
Zu dem, der alles schafft und schuf.

Und umzuschaffen das Geschaffne,
Damit sichs nicht zum Starren waffne,
Wirkt ewiges, lebendiges Tun.
Und was nicht war, nun will es werden
Zu reinen Sonnen, farbigen Erden;
In keinem Falle darf es ruhn.

Es soll sich regen, schaffend handeln,
Erst sich gestalten, dann verwandeln;
Nur scheinbar steht's Momente still.
Das Ewige regt sich fort in allen:
Denn alles muß in Nichts zerfallen,
Wenn es im Sein beharren will.

[1823]

Vermächtnis

Kein Wesen kann zu nichts zerfallen!
Das Ewge regt sich fort in allen,
Am Sein erhalte dich beglückt!
Das Sein ist ewig: denn Gesetze
Bewahren die lebendgen Schätze,
Aus welchen sich das All geschmückt.

Das Wahre war schon längst gefunden,
Hat edle Geisterschaft verbunden;
Das alte Wahre, faß es an!
Verdank es, Erdensohn, dem Weisen,
Der ihr, die Sonne zu umkreisen,
Und dem Geschwister wies die Bahn.

Sofort nun wende dich nach innen:
Das Zentrum findest du da drinnen,
Woran kein Edler zweifeln mag.
Wirst keine Regel da vermissen:
Denn das selbständige Gewissen
Ist Sonne deinem Sittentag.

Den Sinnen hast du dann zu trauen,
Kein Falsches lassen sie dich schauen,
Wenn dein Verstand dich wach erhält.
Mit frischem Blick bemerke freudig
Und wandle, sicher wie geschmeidig,
Durch Auen reichbegabter Welt.

Genieße mäßig Füll und Segen;
Vernunft sei überall zugegen,
Wo Leben sich des Lebens freut.
Dann ist Vergangenheit beständig,
Das Künftige voraus lebendig,
Der Augenblick ist Ewigkeit.

Und war es endlich dir gelungen,
Und bist du vom Gefühl durchdrungen:
Was fruchtbar ist, allein ist wahr, –
Du prüfst das allgemeine Walten,
Es wird nach seiner Weise schalten,
Geselle dich zur kleinsten Schar.

Und wie von alters her im stillen
Ein Liebewerk nach eignem Willen
Der Philosoph, der Dichter schuf,
So wirst du schönste Gunst erzielen:
Denn edlen Seelen vorzufühlen
Ist wünschenswertester Beruf.

[1829]

Wenn sich lebendig Silber neigt,
So gibt es Schnee und Regen,
Und wie es wieder aufwärts steigt,
Ist blaues Zelt zugegen.
Auch sinke viel, es steige kaum
Der Freude Wink, des Schmerzens,
Man fühlt ihn gleich im engen Raum
Des lieb-lebendgen Herzens.

[1827]

[*lebendig Silber:* Quecksilber.]

Trilogie der Leidenschaft

An Werther

Noch einmal wagst du, vielbeweinter Schatten,
Hervor dich an das Tageslicht,
Begegnest mir auf neu beblümten Matten,
Und meinen Anblick scheust du nicht.
Es ist, als ob du lebtest in der Frühe,
Wo uns der Tau auf Einem Feld erquickt
Und nach des Tages unwillkommner Mühe
Der Scheidesonne letzter Strahl entzückt;
Zum Bleiben ich, zum Scheiden du erkoren,
Gingst du voran – und hast nicht viel verloren.

Des Menschen Leben scheint ein herrlich Los:
Der Tag wie lieblich, so die Nacht wie groß!
Und wir, gepflanzt in Paradieses Wonne,
Genießen kaum der hocherlauchten Sonne,
Da kämpft sogleich verworrene Bestrebung
Bald mit uns selbst und bald mit der Umgebung;
Keins wird vom andern wünschenswert ergänzt,
Von außen düstert's, wenn es innen glänzt,
Ein glänzend Äußres deckt ein trüber Blick,
Da steht es nah – und man verkennt das Glück.

Nun glauben wir's zu kennen! Mit Gewalt
Ergreift uns Liebreiz weiblicher Gestalt:
Der Jüngling, froh wie in der Kindheit Flor,
Im Frühling tritt als Frühling selbst hervor,
Entzückt, erstaunt, wer dies ihm angetan?
Er schaut umher, die Welt gehört ihm an.
Ins Weite zieht ihn unbefangne Hast,
Nichts engt ihn ein, nicht Mauer, nicht Palast;
Wie Vögelschar an Wäldergipfeln streift,
So schwebt auch er, der um die Liebste schweift,
Er sucht vom Äther, den er gern verläßt,
Den treuen Blick, und dieser hält ihn fest.

Doch erst zu früh und dann zu spät gewarnt,
Fühlt er den Flug gehemmt, fühlt sich umgarnt.
Das Wiedersehn ist froh, das Scheiden schwer,
Das Wieder-Wiedersehn beglückt noch mehr,
Und Jahre sind im Augenblick ersetzt;
Doch tückisch harrt das Lebewohl zuletzt.

Du lächelst, Freund, gefühlvoll, wie sich ziemt:
Ein gräßlich Scheiden machte dich berühmt;
Wir feierten dein kläglich Mißgeschick,
Du ließest uns zu Wohl und Weh zurück.
Dann zog uns wieder ungewisse Bahn
Der Leidenschaften labyrinthisch an;
Und wir, verschlungen wiederholter Not,
Dem Scheiden endlich – Scheiden ist der Tod!
Wie klingt es rührend, wenn der Dichter singt,
Den Tod zu meiden, den das Scheiden bringt!
Verstrickt in solche Qualen, halbverschuldet,
Geb ihm ein Gott zu sagen, was er duldet.

[E: März 1824]

[*Werther:* Goethes Roman »Die Leiden des jungen Werthers« war 1774 erschienen. Der Leipziger Verlag Weygand, der die Erstausgabe verlegt hatte, plante für 1824 eine Sonderausgabe zum 50jährigen Jubiläum und bat Goethe um ein Vorwort; daher seine neue Beschäftigung mit dem »Werther«.]

Elegie

Und wenn der Mensch in seiner Qual verstummt,
Gab mir ein Gott zu sagen, was ich leide.

Was soll ich nun vom Wiedersehen hoffen,
Von dieses Tages noch geschloßner Blüte?
Das Paradies, die Hölle steht dir offen;
Wie wankelsinnig regt sich's im Gemüte! –
Kein Zweifeln mehr! Sie tritt ans Himmelstor,
Zu ihren Armen hebt sie dich empor.

So warst du denn im Paradies empfangen,
Als wärst du wert des ewig schönen Lebens;
Dir blieb kein Wunsch, kein Hoffen, kein Verlangen,
Hier war das Ziel des innigsten Bestrebens,
Und in dem Anschaun dieses einzig Schönen
Versiegte gleich der Quell sehnsüchtiger Tränen.

Wie regte nicht der Tag die raschen Flügel,
Schien die Minuten vor sich her zu treiben!
Der Abendkuß, ein treu verbindlich Siegel:
So wird es auch der nächsten Sonne bleiben.
Die Stunden glichen sich in zartem Wandern
Wie Schwestern zwar, doch keine ganz den andern.

Der Kuß, der letzte, grausam süß, zerschneidend
Ein herrliches Geflecht verschlungner Minnen.
Nun eilt, nun stockt der Fuß, die Schwelle meidend,
Als trieb' ein Cherub flammend ihn von hinnen;
Das Auge starrt auf düstrem Pfad verdrossen,
Es blickt zurück, die Pforte steht verschlossen.

Und nun verschlossen in sich selbst, als hätte
Dies Herz sich nie geöffnet, selige Stunden
Mit jedem Stern des Himmels um die Wette
An ihrer Seite leuchtend nicht empfunden;
Und Mißmut, Reue, Vorwurf, Sorgenschwere
Belasten's nun in schwüler Atmosphäre.

Ist denn die Welt nicht übrig? Felsenwände,
Sind sie nicht mehr gekrönt von heiligen Schatten?
Die Ernte, reift sie nicht? Ein grün Gelände,
Zieht sich's nicht hin am Fluß durch Busch und Matten?
Und wölbt sich nicht das überweltlich Große,
Gestaltenreiche, bald Gestaltenlose?

Wie leicht und zierlich, klar und zart gewoben
Schwebt, seraphgleich, aus ernster Wolken Chor,
Als glich' es ihr, am blauen Äther droben
Ein schlank Gebild aus lichtem Duft empor!
So sahst du sie in frohem Tanze walten,
Die lieblichste der lieblichsten Gestalten.

Doch nur Momente darfst dich unterwinden,
Ein Luftgebild statt ihrer festzuhalten;
Ins Herz zurück! dort wirst du's besser finden,
Dort regt sie sich in wechselnden Gestalten:
Zu vielen bildet Eine sich hinüber,
So tausendfach und immer, immer lieber.

Wie zum Empfang sie an den Pforten weilte
Und mich von dannauf stufenweis beglückte,
Selbst nach dem letzten Kuß mich noch ereilte,
Den letztesten mir auf die Lippen drückte:
So klar beweglich bleibt das Bild der Lieben
Mit Flammenschrift ins treue Herz geschrieben,

Ins Herz, das fest, wie zinnenhohe Mauer,
Sich ihr bewahrt und sie in sich bewahret,
Für sie sich freut an seiner eignen Dauer,
Nur weiß von sich, wenn sie sich offenbaret,
Sich freier fühlt in so geliebten Schranken
Und nur noch schlägt, für alles ihr zu danken.

War Fähigkeit zu lieben, war Bedürfen
Von Gegenliebe weggelöscht, verschwunden,
Ist Hoffnungslust zu freudigen Entwürfen,
Entschlüssen, rascher Tat sogleich gefunden!

Wenn Liebe je den Liebenden begeistet,
Ward es an mir aufs lieblichste geleistet;

Und zwar durch sie! – Wie lag ein innres Bangen
Auf Geist und Körper, unwillkommner Schwere:
Von Schauerbildern rings der Blick umfangen
Im wüsten Raum beklommner Herzensleere;
Nun dämmert Hoffnung von bekannter Schwelle,
Sie selbst erscheint in milder Sonnenhelle.

Dem Frieden Gottes, welcher euch hienieden
Mehr als Vernunft beseliget – wir lesen's –,
Vergleich ich wohl der Liebe heitern Frieden
In Gegenwart des allgeliebten Wesens;
Da ruht das Herz, und nichts vermag zu stören
Den tiefsten Sinn, den Sinn: ihr zu gehören.

In unsers Busens Reine wogt ein Streben,
Sich einem Höhern, Reinern, Unbekannten
Ans Dankbarkeit freiwillig hinzugeben,
Enträtselnd sich den ewig Ungenannten;
Wir heißen's: fromm sein! – Solcher seligen Höhe
Fühl ich mich teilhaft, wenn ich vor ihr stehe.

Vor ihrem Blick, wie vor der Sonne Walten,
Vor ihrem Atem, wie vor Frühlingslüften,
Zerschmilzt, so längst sich eisig starr gehalten,
Der Selbstsinn tief in winterlichen Grüften;
Kein Eigennutz, kein Eigenwille dauert,
Vor ihrem Kommen sind sie weggeschauert.

Es ist, als wenn sie sagte: »Stund um Stunde
Wird uns das Leben freundlich dargeboten.
Das Gestrige ließ uns geringe Kunde,
Das Morgende – zu wissen ist's verboten;
Und wenn ich je mich vor dem Abend scheute,
Die Sonne sank und sah noch, was mich freute.

Drum tu wie ich und schaue, froh verständig,
Dem Augenblick ins Auge! Kein Verschieben!
Begegn' ihm schnell, wohlwollend wie lebendig,
Im Handeln sei's, zur Freude, sei's dem Lieben.
Nur wo du bist, sei alles, immer kindlich,
So bist du alles, bist unüberwindlich.«

Du hast gut reden, dacht ich: zum Geleite
Gab dir ein Gott die Gunst des Augenblickes,
Und jeder fühlt an deiner holden Seite
Sich augenblicks den Günstling des Geschickes;
Mich schreckt der Wink, von dir mich zu entfernen –
Was hilft es mir, so hohe Weisheit lernen!

Nun bin ich fern! Der jetzigen Minute,
Was ziemt denn der? Ich wüßt es nicht zu sagen;

Sie bietet mir zum Schönen manches Gute,
Das lastet nur, ich muß mich ihm entschlagen.
Mich treibt umher ein unbezwinglich Sehnen,
Da bleibt kein Rat als grenzenlose Tränen.

So quellt denn fort und fließet unaufhaltsam!
Doch nie geläng's, die innre Glut zu dämpfen!
Schon rast's und reißt in meiner Brust gewaltsam,
Wo Tod und Leben grausend sich bekämpfen.
Wohl Kräuter gäb's, des Körpers Qual zu stillen;
Allein dem Geist fehlt's am Entschluß und Willen,

Fehlt's am Begriff: wie sollt' er sie vermissen?
Er wiederholt ihr Bild zu tausendmalen.
Das zaudert bald, bald wird es weggerissen,
Undeutlich jetzt und jetzt im reinsten Strahlen;
Wie könnte dies geringstem Troste frommen,
Die Ebb und Flut, das Gehen wie das Kommen?

Verlaßt mich hier, getreue Weggenossen!
Laßt mich allein am Fels, in Moor und Moos;
Nur immer zu! Euch ist die Welt erschlossen,
Die Erde weit, der Himmel hehr und groß;
Betrachtet, forscht, die Einzelheiten sammelt,
Naturgeheimnis werde nachgestammelt.

Mir ist das All, ich bin mir selbst verloren,
Der ich noch erst den Göttern Liebling war;
Sie prüften mich, verliehen mir Pandoren,
So reich an Gütern, reicher an Gefahr;
Sie drängten mich zum gabeseligen Munde,
Sie trennen mich – und richten mich zugrunde.

[E: September 1823]

[Motto: aus Goethes Drama »Torquato Tasso«, Vers 3432 f.; dort heißt es jedoch: »wie ich leide«. – *begeistet:* bei Goethe oft auch im Sinn von ›begeistert‹. – *wir lesen's:* Paulus an die Philipper 4,7.]

Aussöhnung

Die Leidenschaft bringt Leiden! – Wer beschwichtigt,
Beklommnes Herz, dich, das zu viel verloren?
Wo sind die Stunden, überschnell verflüchtigt?
Vergebens war das Schönste dir erkoren!
Trüb ist der Geist, verworren das Beginnen;
Die hehre Welt, wie schwindet sie den Sinnen!

Da schwebt hervor Musik mit Engelsschwingen,
Verflicht zu Millionen Tön um Töne,
Des Menschen Wesen durch und durch zu dringen,
Zu überfüllen ihn mit ewger Schöne:

Das Auge netzt sich, fühlt im höhern Sehnen
Den Götterwert der Töne wie der Tränen.

Und so das Herz erleichtert merkt behende,
Daß es noch lebt und schlägt und möchte schlagen,
Zum reinsten Dank der überreichen Spende
Sich selbst erwidernd willig darzutragen.
Da fühlte sich – o daß es ewig bliebe! –
Das Doppelglück der Töne wie der Liebe.

[E: August 1823; D der Trilogie: 1827]

[Bei Betrachtung von Schillers Schädel]

Im ernsten Beinhaus war's, wo ich beschaute,
Wie Schädel Schädeln angeordnet paßten;
Die alte Zeit gedacht ich, die ergraute.
Sie stehn in Reih geklemmt, die sonst sich haßten,
Und derbe Knochen, die sich tödlich schlugen,
Sie liegen kreuzweis, zahm allhier zu rasten.
Entrenkte Schulterblätter! was sie trugen,
Fragt niemand mehr, und zierlich tätge Glieder,
Die Hand, der Fuß, zerstreut aus Lebensfugen.
Ihr Müden also lagt vergebens nieder,
Nicht Ruh im Grabe ließ man euch, vertrieben
Seid ihr herauf zum lichten Tage wieder,
Und niemand kann die dürre Schale lieben,
Welch herrlich edlen Kern sie auch bewahrte.
Doch mir Adepten war die Schrift geschrieben,
Die heilgen Sinn nicht jedem offenbarte,
Als ich inmitten solcher starren Menge
Unschätzbar herrlich ein Gebild gewahrte,
Daß in des Raumes Moderkält und Enge
Ich frei und wärmefühlend mich erquickte,
Als ob ein Lebensquell dem Tod entspränge.
Wie mich geheimnisvoll die Form entzückte!
Die gottgedachte Spur, die sich erhalten!
Ein Blick, der mich an jenes Meer entrückte,
Das flutend strömt gesteigerte Gestalten.
Geheim Gefäß! Orakelsprüche spendend,
Wie bin ich wert, dich in der Hand zu halten,
Dich höchsten Schatz aus Moder fromm entwendend
Und in die freie Luft, zu freiem Sinnen,
Zum Sonnenlicht andächtig hin mich wendend.
Was kann der Mensch im Leben mehr gewinnen,
Als daß sich Gott-Natur ihm offenbare?
Wie sie das Feste läßt zu Geist verrinnen,
Wie sie das Geisterzeugte fest bewahre.

[E: 1826; D: 1829]

Aus: *Chinesisch-deutsche Jahres- und Tageszeiten*

II

Weiß wie Lilien, reine Kerzen,
Sternen gleich, bescheidner Beugung,
Leuchtet aus dem Mittelherzen,
Rot gesäumt, die Glut der Neigung.

So frühzeitige Narzissen
Blühen reihenweis im Garten.
Mögen wohl die guten wissen,
Wen sie so spaliert erwarten.

III

Ziehn die Schafe von der Wiese,
Liegt sie da, ein reines Grün,
Aber bald zum Paradiese
Wird sie bunt geblümt erblühn.

Hoffnung breitet lichte Schleier
Nebelhaft vor unsern Blick:
Wunscherfüllung, Sonnenfeier,
Wolkenteilung bring uns Glück!

VIII

Dämmrung senkte sich von oben,
Schon ist alle Nähe fern;
Doch zuerst emporgehoben
Holden Lichts der Abendstern!
Alles schwankt ins Ungewisse,
Nebel schleichen in die Höh;
Schwarzvertiefte Finsternisse
Widerspiegelnd ruht der See.

Nun im östlichen Bereiche
Ahn ich Mondenglanz und -glut,
Schlanker Weiden Haargezweige
Scherzen auf der nächsten Flut.
Durch bewegter Schatten Spiele
Zittert Lunas Zauberschein,
Und durchs Auge schleicht die Kühle
Sänftigend ins Herz hinein.

IX

Nun weiß man erst, was Rosenknospe sei,
Jetzt, da die Rosenzeit vorbei;
Ein Spätling noch am Stocke glänzt
Und ganz allein die Blumenwelt ergänzt.

[1830]

Dem aufgehenden Vollmonde

Dornburg, 25. August 1828

Willst du mich sogleich verlassen?
Warst im Augenblick so nah!
Dich umfinstern Wolkenmassen,
Und nun bist du gar nicht da.

Doch du fühlst, wie ich betrübt bin,
Blickt dein Rand herauf als Stern!
Zeugest mir, daß ich geliebt bin,
Sei das Liebchen noch so fern.

So hinan denn! hell und heller,
Reiner Bahn, in voller Pracht!
Schlägt mein Herz auch schmerzlich schneller,
Überselig ist die Nacht.

[D: 1833]

Dornburg, September 1828

Früh, wenn Tal, Gebirg und Garten
Nebelschleiern sich enthüllen
Und dem sehnlichsten Erwarten
Blumenkelche bunt sich füllen,

Wenn der Äther, Wolken tragend,
Mit dem klaren Tage streitet,
Und ein Ostwind, sie verjagend,
Blaue Sonnenbahn bereitet,

Dankst du dann, am Blick dich weidend,
Reiner Brust der Großen, Holden,
Wird die Sonne, rötlich scheidend,
Rings den Horizont vergolden.

[D: 1833]

FRIEDRICH SCHILLER

1759–1805

Resignation

Eine Phantasie

Auch ich war in Arkadien geboren,
Auch mir hat die Natur
An meiner Wiege Freude zugeschworen,
Auch ich war in Arkadien geboren,
Doch Tränen gab der kurze Lenz mir nur.

Des Lebens Mai blüht einmal und nicht wieder,
Mir hat er abgeblüht.
Der stille Gott – o weinet, meine Brüder –
Der stille Gott taucht meine Fackel nieder,
Und die Erscheinung flieht.

Da steh ich schon auf deiner Schauerbrücke,
Ehrwürdge Geistermutter – Ewigkeit.
Empfange meinen Vollmachtbrief zum Glücke,
Ich bring ihn unerbrochen dir zurücke,
Mein Lauf ist aus. Ich weiß von keiner Seligkeit.

Vor deinem Thron erheb ich meine Klage,
Verhüllte Richterin.
Auf jenem Stern ging eine frohe Sage,
Du thronest hier mit des Gerichtes Waage
Und nennest dich Vergelterin.

Hier – spricht man – warten Schrecken auf den Bösen,
Und Freuden auf den Redlichen.
Des Herzens Krümmen werdest du entblößen,
Der Vorsicht Rätsel werdest du mir lösen
Und Rechnung halten mit dem Leidenden.

Hier öffne sich die Heimat dem Verbannten,
Hier endige des Dulders Dornenbahn.
Ein Götterkind, das sie mir *Wahrheit* nannten,
Die meisten flohen, wenige nur kannten,
Hielt meines Lebens raschen Zügel an.

»Ich zahle dir in einem andern Leben,
Gib deine Jugend mir!
Nichts kann ich dir als diese Weisung geben.«
Ich nahm die Weisung auf das andre Leben,
Und meiner Jugend Freuden gab ich ihr.

»Gib mir das Weib, so teuer deinem Herzen,
Gib deine Laura mir.
Jenseits der Gräber wuchern deine Schmerzen.« –
Ich riß sie blutend aus dem wunden Herzen
Und weinte laut und gab sie ihr.

»Du siehst die Zeit nach jenen Ufern fliegen,
Die blühende Natur
Bleibt hinter ihr – ein welker Leichnam – liegen.
Wenn Erd und Himmel trümmernd auseinanderfliegen,
Daran erkenne den erfüllten Schwur.«

»Die Schuldverschreibung lautet an die Toten«,
Hohnlächelte die Welt,
»Die Lügnerin, gedungen von Despoten,
Hat für die Wahrheit Schatten dir geboten,
Du bist nicht mehr, wenn dieser Schein verfällt.«

Frech witzelte das Schlangenheer der Spötter:
»Vor einem Wahn, den nur Verjährung weiht,
Erzitterst du? Was sollen deine Götter,
Des kranken Weltplans schlau erdachte Retter,
Die Menschenwitz des Menschen Notdurft leiht?

Ein Gaukelspiel, ohnmächtigen Gewürmen
Vom Mächtigen gegönnt,
Schreckfeuer, angesteckt auf hohen Türmen,
Die Phantasie des Träumers zu bestürmen,
Wo des Gesetzes Fackel dunkel brennt.

Was heißt die Zukunft, die uns Gräber decken?
Die Ewigkeit, mit der du eitel prangst?
Ehrwürdig nur, weil schlaue Hüllen sie verstecken,
Der Riesenschatten unsrer eignen Schrecken
Im hohlen Spiegel der Gewissensangst;

Ein Lügenbild lebendiger Gestalten,
Die Mumie der Zeit,
Vom Balsamgeist der Hoffnung in den kalten
Behausungen des Grabes hingehalten,
Das nennt dein Fieberwahn – Unsterblichkeit?

Für Hoffnungen – Verwesung straft sie Lügen –
Gabst du *gewisse* Güter hin?
Sechstausend Jahre hat der Tod geschwiegen,
Kam je ein Leichnam aus der Gruft gestiegen,
Der Meldung tat von der Vergelterin?« –

Ich sah die Zeit nach deinen Ufern fliegen,
Die blühende Natur
Blieb hinter ihr, ein welker Leichnam, liegen,
Kein Toter kam aus seiner Gruft gestiegen,
Und fest vertraut ich auf den Götterschwur.

All meine Freuden hab ich dir geschlachtet,
　Jetzt werf ich mich vor deinen Richterthron.
Der Menge Spott hab ich beherzt verachtet,
Nur *deine* Güter hab ich groß geachtet,
　Vergelterin, ich fodre meinen Lohn.

»Mit gleicher Liebe lieb ich meine Kinder!«
　Rief unsichtbar ein Genius.
»Zwei Blumen«, rief er, »– hört es, Menschenkinder –
Zwei Blumen blühen für den weisen Finder,
　Sie heißen *Hoffnung* und *Genuß*.

Wer dieser Blumen *eine* brach, begehre
　Die andre Schwester nicht.
Genieße, wer nicht glauben kann. Die Lehre
Ist ewig wie die Welt. Wer glauben kann, entbehre.
　Die Weltgeschichte ist das Weltgericht.

Du hast *gehofft*, dein Lohn ist abgetragen,
　Dein *Glaube* war dein zugewognes Glück.
Du konntest deine Weisen fragen,
Was man von der Minute ausgeschlagen,
　Gibt keine Ewigkeit zurück.«

[1786]

[*Der stille Gott:* der Tod. – *die Erscheinung:* hier: das Leben selbst. – *Krümmen:* Winkel. – *Weisung:* Anweisung, Kreditbrief. – *wuchern:* Zinsen bringen. – *Menschenwitz:* Menschenverstand. – *Sechstausend Jahre:* nach jüd. Vorstellung die Zeitspanne seit Erschaffung der Welt.]

An die Freude

Freude, schöner Götterfunken,
　Tochter aus Elysium,
Wir betreten feuertrunken
　Himmlische, dein Heiligtum.
Deine Zauber binden wieder,
　Was der Mode Schwert geteilt;
Bettler werden Fürstenbrüder,
　Wo dein sanfter Flügel weilt.

CHOR
　Seid umschlungen, Millionen!
　　Diesen Kuß der ganzen Welt!
　　Brüder – überm Sternenzelt
　Muß ein lieber Vater wohnen.

Wem der große Wurf gelungen,
　Eines Freundes Freund zu sein;
Wer ein holdes Weib errungen,
　Mische seinen Jubel ein!
Ja – wer auch nur *eine* Seele
　Sein nennt auf dem Erdenrund!
Und wers nie gekonnt, der stehle
　Weinend sich aus diesem Bund!

CHOR
　Was den großen Ring bewohnet,
　　Huldige der Sympathie!
　　Zu den Sternen leitet sie
　Wo der *Unbekannte* thronet.

Freude trinken alle Wesen
An den Brüsten der Natur,
Alle Guten, alle Bösen
Folgen ihrer Rosenspur.
Küsse gab sie *uns* und *Reben*,
Einen Freund, geprüft im Tod.
Wollust ward dem Wurm gegeben,
Und der Cherub steht vor Gott.

Chor
Ihr stürzt nieder, Millionen?
Ahndest du den Schöpfer, Welt?
Such ihn überm Sternenzelt,
Über Sternen muß er wohnen.

Freude heißt die starke Feder
In der ewigen Natur.
Freude, Freude treibt die Räder
In der großen Weltenuhr.
Blumen lockt sie aus den Keimen,
Sonnen aus dem Firmament,
Sphären rollt sie in den Räumen,
Die des Sehers Rohr nicht kennt.

Chor
Froh, wie seine Sonnen fliegen,
Durch des Himmels prächtgen Plan,
Laufet, Brüder, eure Bahn,
Freudig wie ein Held zum Siegen.

Aus der Wahrheit Feuerspiegel
Lächelt *sie* den Forscher an.
Zu der Tugend steilem Hügel
Leitet *sie* des Dulders Bahn.
Auf des Glaubens Sonnenberge
Sieht man *ihre* Fahnen wehn,
Durch den Riß gesprengter Särge
Sie im Chor der Engel stehn.

Chor
Duldet mutig, Millionen!
Duldet für die beßre Welt!
Droben überm Sternenzelt
Wird ein großer Gott belohnen.

Göttern kann man nicht vergelten,
Schön ists, ihnen gleich zu sein.
Gram und Armut soll sich melden,
Mit den Frohen sich erfreun.
Groll und Rache sei vergessen,
Unserm Todfeind sei verziehn,
Keine Träne soll ihn pressen,
Keine Reue nage ihn.

Chor
Unser Schuldbuch sei vernichtet!
Ausgesöhnt die ganze Welt!
Brüder – überm Sternenzelt
Richtet Gott, wie wir gerichtet.

Freude sprudelt in Pokalen,
In der Traube goldnem Blut
Trinken Sanftmut Kannibalen,
Die Verzweiflung Heldenmut – –
Brüder, fliegt von euren Sitzen,
Wenn der volle Römer kreist,
Laßt den Schaum zum Himmel sprützen:
Dieses Glas dem guten Geist.

Chor
Den der Sterne Wirbel loben,
Den des Seraphs Hymne preist,
Dieses Glas dem guten Geist
Überm Sternenzelt dort oben!

Festen Mut in schwerem Leiden,
Hülfe, wo die Unschuld weint,
Ewigkeit geschwornen Eiden,
Wahrheit gegen Freund und Feind,
Männerstolz vor Königsthronen –
Brüder, gält es Gut und Blut, –
Dem Verdienste seine Kronen,
Untergang der Lügenbrut!

Chor
Schließt den heilgen Zirkel dichter,
Schwört bei diesem goldnen Wein:
Dem Gelübde treu zu sein,
Schwört es bei dem Sternenrichter!

Rettung von Tyrannenketten,
Großmut auch dem Bösewicht,
Hoffnung auf den Sterbebetten,
Gnade auf dem Hochgericht!
Auch die Toten sollen leben!
Brüder trinkt und stimmet ein,
Allen Sündern soll vergeben,
Und die Hölle nicht mehr sein.

Chor
Eine heitre Abschiedsstunde!
Süßen Schlaf im Leichentuch!
Brüder – einen sanften Spruch
Aus des Totenrichters Munde!

[1786]

Die Götter Griechenlandes

Da ihr noch die schöne Welt regieret,
An der Freude leichtem Gängelband
Selige Geschlechter noch geführet,
Schöne Wesen aus dem Fabelland!
Ach, da euer Wonnedienst noch glänzte,
Wie ganz anders, anders war es da!
Da man deine Tempel noch bekränzte,
Venus Amathusia!

Da der Dichtung zauberische Hülle
Sich noch lieblich um die Wahrheit wand –
Durch die Schöpfung floß da Lebensfülle,
Und was nie empfinden wird, empfand.
An der Liebe Busen sie zu drücken,
Gab man höhern Adel der Natur,
Alles wies den eingeweihten Blicken,
Alles eines Gottes Spur.

Wo jetzt nur, wie unsre Weisen sagen,
Seelenlos ein Feuerball sich dreht,
Lenkte damals seinen goldnen Wagen
Helios in stiller Majestät.
Diese Höhen füllten Oreaden,
Eine Dryas lebt' in jenem Baum,
Aus den Urnen lieblicher Najaden
Sprang der Ströme Silberschaum.

Jener Lorbeer wand sich einst um Hilfe,
Tantals Tochter schweigt in diesem Stein,
Syrinx' Klage tönt' aus jenem Schilfe,
Philomelas Schmerz aus diesem Hain.
Jener Bach empfing Demeters Zähre,
Die sie um Persephonen geweint,
Und von diesem Hügel rief Cythere,
Ach umsonst! dem schönen Freund.

Zu Deukalions Geschlechte stiegen
Damals noch die Himmlischen herab,
Pyrrhas schöne Töchter zu besiegen,
Nahm der Leto Sohn den Hirtenstab.
Zwischen Menschen, Göttern und Heroen
Knüpfte Amor einen schönen Bund,
Sterbliche mit Göttern und Heroen
Huldigten in Amathunt.

Finstrer Ernst und trauriges Entsagen
War aus eurem heitern Dienst verbannt,
Glücklich sollten alle Herzen schlagen,
Denn euch war der Glückliche verwandt.
Damals war nichts heilig als das Schöne,
Keiner Freude schämte sich der Gott,
Wo die keusch errötende Kamöne,
Wo die Grazie gebot.

Eure Tempel lachten gleich Palästen,
Euch verherrlichte das Heldenspiel
An des Isthmus kronenreichen Festen,
Und die Wagen donnerten zum Ziel.
Schön geschlungne seelenvolle Tänze
Kreisten um den prangenden Altar,
Eure Schläfe schmückten Siegeskränze,
Kronen euer duftend Haar.

Das Evoë muntrer Thyrsusschwinger
Und der Panther prächtiges Gespann
Meldeten den großen Freudebringer,
Faun und Satyr taumeln ihm voran,
Um ihn springen rasende Mänaden,
Ihre Tänze loben seinen Wein,
Und des Wirtes braune Wangen laden
Lustig zu dem Becher ein.

Damals trat kein gräßliches Gerippe
Vor das Bett des Sterbenden. Ein Kuß
Nahm das letzte Leben von der Lippe,
Seine Fackel senkt' ein Genius.
Selbst des Orkus strenge Richterwaage
Hielt der Enkel einer Sterblichen,
Und des Thrakers seelenvolle Klage
Rührte die Erinnyen.

Seine Freuden traf der frohe Schatten
In Elysiens Hainen wieder an,
Treue Liebe fand den treuen Gatten
Und der Wagenlenker seine Bahn,
Linus' Spiel tönt die gewohnten Lieder,
In Alcestens Arme sinkt Admet,
Seinen Freund erkennt Orestes wieder,
Seine Pfeile Philoktet.

Höhre Preise stärkten da den Ringer
Auf der Tugend arbeitvoller Bahn,
Großer Taten herrliche Vollbringer
Klimmten zu den Seligen hinan.
Vor dem Wiederfoderer der Toten
Neigte sich der Götter stille Schar;
Durch die Fluten leuchtet dem Piloten
Vom Olymp das Zwillingspaar.

Schöne Welt, wo bist du? Kehre wieder,
Holdes Blütenalter der Natur!
Ach, nur in dem Feenland der Lieder

Lebt noch deine fabelhafte Spur.
Ausgestorben trauert das Gefilde,
Keine Gottheit zeigt sich meinem Blick,
Ach, von jenem lebenwarmen Bilde
Blieb der Schatten nur zurück.

Alle jene Blüten sind gefallen
Von des Nordes schauerlichem Wehn,
Einen zu bereichern unter allen,
Mußte diese Götterwelt vergehn.
Traurig such ich an dem Sternenbogen,
Dich, Selene, find ich dort nicht mehr,
Durch die Wälder ruf ich, durch die Wogen,
Ach, sie widerhallen leer!

Unbewußt der Freuden, die sie schenket,
Nie entzückt von ihrer Herrlichkeit,
Nie gewahr des Geistes, der sie lenket,
Selger nie durch meine Seligkeit,
Fühllos selbst für ihres Künstlers Ehre,
Gleich dem toten Schlag der Pendeluhr,
Dient sie knechtisch dem Gesetz der Schwere,
Die entgötterte Natur.

Morgen wieder neu sich zu entbinden,
Wühlt sie heute sich ihr eignes Grab,
Und an ewig gleicher Spindel winden
Sich von selbst die Monde auf und ab.
Müßig kehrten zu dem Dichterlande
Heim die Götter, unnütz einer Welt,
Die, entwachsen ihrem Gängelbande,
Sich durch eignes Schweben hält.

Ja, sie kehrten heim, und alles Schöne,
Alles Hohe nahmen sie mit fort,
Alle Farben, alle Lebenstöne,
Und uns blieb nur das entseelte Wort.
Aus der Zeitflut weggerissen, schweben
Sie gerettet auf des Pindus Höhn,
Was unsterblich im Gesang soll leben,
Muß im Leben untergehn.

[1788; hier Fassung D: 1803]

[4. Strophe: Daphne wurde in einen Lorbeerbaum verwandelt; Niobe versteinerte, als Apoll ihre Kinder umgebracht hatte; Syrinx wurde auf der Flucht vor Pan in Schilf, Philomele auf der Flucht vor Tereus in eine Nachtigall verwandelt. – *der Leto Sohn:* Apoll. Eine Sage berichtet, daß Apoll ein Jahr lang dem thessalischen König Admetos als Hirt gedient habe. – 8. Strophe: Schilderung des Dionysosfestes. – *der Thraker:* Orpheus. – *seinen Freund:* Pylades, mit dem Orest bei König Thoas zusammen war. – *seine Pfeile:* Philoktet hatte die unfehlbaren Waffen des Herakles erhalten. – *Wiederfoderer der Toten:* Hercules. – *Zwillingspaar:* Kastor und Pollux. – *ihres Künstlers Ehre:* Gottes.]

Das Ideal und das Leben

Ewigklar und spiegelrein und eben
Fließt das zephirleichte Leben
Im Olymp den Seligen dahin.
Monde wechseln und Geschlechter fliehen,
Ihrer Götterjugend Rosen blühen
Wandellos im ewigen Ruin.
Zwischen Sinnenglück und Seelenfrieden
Bleibt dem Menschen nur die bange Wahl;
Auf der Stirn des hohen Uraniden
Leuchtet ihr vermählter Strahl.

Wollt ihr schon auf Erden Göttern gleichen,
Frei sein in des Todes Reichen,
Brechet nicht von seines Gartens Frucht.
An dem Scheine mag der Blick sich weiden,
Des Genusses wandelbare Freuden
Rächet schleunig der Begierde Flucht.
Selbst der Styx, der neunfach sie umwindet,
Wehrt die Rückkehr Ceres' Tochter nicht,
Nach dem Apfel greift sie, und es bindet
Ewig sie des Orkus Pflicht.

Nur der Körper eignet jenen Mächten,
Die das dunkle Schicksal flechten,
Aber frei von jeder Zeitgewalt,
Die Gespielin seliger Naturen
Wandelt oben in des Lichtes Fluren
Göttlich unter Göttern, die *Gestalt.*
Wollt ihr hoch auf ihren Flügeln schweben,
Werft die Angst des Irdischen von euch,
Fliehet aus dem engen, dumpfen Leben
In des Ideales Reich!

Jugendlich, von allen Erdenmalen
Frei, in der Vollendung Strahlen
Schwebet hier der Menschheit Götterbild,
Wie des Lebens schweigende Phantome
Glänzend wandeln an dem stygschen Strome,
Wie sie stand im himmlischen Gefild,
Ehe noch zum traurgen Sarkophage
Die Unsterbliche herunterstieg.
Wenn im Leben noch des Kampfes Waage
Schwankt, erscheinet hier der Sieg.

Nicht vom Kampf die Glieder zu entstricken,
Den Erschöpften zu erquicken,
Wehet hier des Sieges duftger Kranz.
Mächtig, selbst wenn eure Sehnen ruhten,
Reißt das Leben euch in seine Fluten,
Euch die Zeit in ihren Wirbeltanz.
Aber sinkt des Mutes kühner Flügel
Bei der Schranken peinlichem Gefühl,
Dann erblicket von der Schönheit Hügel
Freudig das erflogne Ziel.

Wenn es gilt, zu herrschen und zu schirmen,
Kämpfer gegen Kämpfer stürmen
Auf des Glückes, auf des Ruhmes Bahn,
Da mag Kühnheit sich an Kraft zerschlagen,
Und mit krachendem Getös die Wagen
Sich vermengen auf bestäubtem Plan.
Mut allein kann hier den Dank erringen,
Der am Ziel des Hippodromes winkt,
Nur der Starke wird das Schicksal zwingen,
Wenn der Schwächling untersinkt.

Aber der, von Klippen eingeschlossen,
Wild und schäumend sich ergossen,
Sanft und eben rinnt des Lebens Fluß
Durch der Schönheit stille Schattenlande,
Und auf seiner Wellen Silberrande
Malt Aurora sich und Hesperus.
Aufgelöst in zarter Wechselliebe,
In der Anmut freiem Bund vereint,
Ruhen hier die ausgesöhnten Triebe,
Und verschwunden ist der Feind.

Wenn, das Tote bildend zu beseelen,
Mit dem Stoff sich zu vermählen,
Tatenvoll der Genius entbrennt,
Da, da spanne sich des Fleißes Nerve,
Und beharrlich ringend unterwerfe
Der Gedanke sich das Element.
Nur dem Ernst, den keine Mühe bleichet,
Rauscht der Wahrheit tief versteckter Born,
Nur des Meißels schwerem Schlag erweichet
Sich des Marmors sprödes Korn.

Aber dringt bis in der Schönheit Sphäre,
Und im Staube bleibt die Schwere
Mit dem Stoff, den sie beherrscht, zurück.
Nicht der Masse qualvoll abgerungen,
Schlank und leicht, wie aus dem Nichts gesprungen,
Steht das Bild vor dem entzückten Blick.
Alle Zweifel, alle Kämpfe schweigen
In des Sieges hoher Sicherheit,
Ausgestoßen hat es jeden Zeugen
Menschlicher Bedürftigkeit.

Wenn ihr in der Menschheit traurger Blöße
Steht vor des Gesetzes Größe,

Wenn dem Heiligen die Schuld sich naht,
Da erblasse vor der Wahrheit Strahle
Eure Tugend, vor dem Ideale
Fliehe mutlos die beschämte Tat.
Kein Erschaffner hat dies Ziel erflogen,
Über diesen grauenvollen Schlund
Trägt kein Nachen, keiner Brücke Bogen,
Und kein Anker findet Grund.

Aber flüchtet aus der Sinne Schranken
In die Freiheit der Gedanken,
Und die Furchterscheinung ist entflohn,
Und der ewge Abgrund wird sich füllen;
Nehmt die Gottheit auf in euren Willen,
Und sie steigt von ihrem Weltenthron.
Des Gesetzes strenge Fessel bindet
Nur den Sklavensinn, der es verschmäht,
Mit des Menschen Widerstand verschwindet
Auch des Gottes Majestät.

Wenn der Menschheit Leiden euch umfangen,
Wenn Laokoon der Schlangen
Sich erwehrt mit namenlosem Schmerz,
Da empöre sich der Mensch! Es schlage
An des Himmels Wölbung seine Klage
Und zerreiße euer fühlend Herz!
Der Natur furchtbare Stimme siege,
Und der Freude Wange werde bleich,
Und der heilgen Sympathie erliege
Das Unsterbliche in euch!

Aber in den heitern Regionen,
Wo die reinen Formen wohnen,
Rauscht des Jammers trüber Sturm nicht mehr.
Hier darf Schmerz die Seele nicht durchschneiden,
Keine Träne fließt hier mehr dem Leiden,
Nur des Geistes tapfrer Gegenwehr.
Lieblich, wie der Iris Farbenfeuer
Auf der Donnerwolke duftgem Tau,
Schimmert durch der Wehmut düstern Schleier
Hier der Ruhe heitres Blau.

Tief erniedrigt zu des Feigen Knechte,
Ging in ewigem Gefechte
Einst Alcid des Lebens schwere Bahn,
Rang mit Hydern und umarmt' den Leuen,
Stürzte sich, die Freunde zu befreien,
Lebend in des Totenschiffers Kahn.
Alle Plagen, alle Erdenlasten
Wälzt der unversöhnten Göttin List
Auf die willgen Schultern des Verhaßten,
Bis sein Lauf geendigt ist –

Bis der Gott, des Irdischen entkleidet,
Flammend sich vom Menschen scheidet
Und des Äthers leichte Lüfte trinkt.
Froh des neuen, ungewohnten Schwebens,
Fließt er aufwärts, und des Erdenlebens
Schweres Traumbild sinkt und sinkt und sinkt.
Des Olympus Harmonien empfangen
Den Verklärten in Kronions Saal,
Und die Göttin mit den Rosenwangen
Reicht ihm lächelnd den Pokal.

[1795]

[*die Göttin mit den Rosenwangen:* Hebe.]

Das verschleierte Bild zu Sais

Ein Jüngling, den des Wissens heißer Durst
Nach Sais in Ägypten trieb, der Priester
Geheime Weisheit zu erlernen, hatte
Schon manchen Grad mit schnellem Geist durcheilt,
Stets riß ihn seine Forschbegierde weiter,
Und kaum besänftigte der Hierophant
Den ungeduldig Strebenden. »Was hab ich,
Wenn ich nicht alles habe?« sprach der Jüngling.
»Gibts etwa hier ein Weniger und Mehr?
Ist deine Wahrheit wie der Sinne Glück
Nur eine Summe, die man größer, kleiner
Besitzen kann und immer doch besitzt?
Ist sie nicht eine einzge, ungeteilte?
Nimm einen Ton aus einer Harmonie,
Nimm eine Farbe aus dem Regenbogen,
Und alles, was dir bleibt, ist nichts, solang
Das schöne All der Töne fehlt und Farben.«

Indem sie einst so sprachen, standen sie
In einer einsamen Rotonde still,
Wo ein verschleiert Bild von Riesengröße
Dem Jüngling in die Augen fiel. Verwundert
Blickt er den Führer an und spricht: »Was ists,
Das hinter diesem Schleier sich verbirgt?«
»Die Wahrheit«, ist die Antwort. – »Wie?« ruft jener,
»Nach Wahrheit streb ich ja allein, und diese
Gerade ist es, die man mir verhüllt?«

»Das mache mit der Gottheit aus«, versetzt
Der Hierophant. »Kein Sterblicher, sagt sie,
Rückt diesen Schleier, bis ich selbst ihn hebe.
Und wer mit ungeweihter, schuldger Hand
Den heiligen, verbotnen früher hebt,
Der, spricht die Gottheit –« – »Nun?« – »Der *sieht* die Wahrheit.«
»Ein seltsamer Orakelspruch! Du selbst,
Du hättest also niemals ihn gehoben?«
»Ich? Wahrlich nicht! Und war auch nie dazu
Versucht.« – »Das fass ich nicht. Wenn von der Wahrheit
Nur diese dünne Scheidewand mich trennte –«
»Und ein Gesetz«, fällt ihm sein Führer ein.
»Gewichtiger, mein Sohn, als du es meinst,
Ist dieser dünne Flor – für deine Hand
Zwar leicht, doch zentnerschwer für dein Gewissen.«

Der Jüngling ging gedankenvoll nach Hause.
Ihm raubt des Wissens brennende Begier
Den Schlaf, er wälzt sich glühend auf dem Lager
Und rafft sich auf um Mitternacht. Zum Tempel
Führt unfreiwillig ihn der scheue Tritt.
Leicht ward es ihm, die Mauer zu ersteigen,

Und mitten in das Innre der Rotonde
Trägt ein beherzter Sprung den Wagenden.

Hier steht er nun, und grauenvoll umfängt
Den Einsamen die lebenlose Stille,
Die nur der Tritte hohler Widerhall
In den geheimen Grüften unterbricht.
Von oben durch der Kuppel Öffnung wirft
Der Mond den bleichen, silberblauen Schein,
Und furchtbar wie ein gegenwärtger Gott
Erglänzt durch des Gewölbes Finsternisse
In ihrem langen Schleier die Gestalt.

Er tritt hinan mit ungewissem Schritt,
Schon will die freche Hand das Heilige berühren,
Da zuckt es heiß und kühl durch sein Gebein
Und stößt ihn weg mit unsichtbarem Arme.
Unglücklicher, was willst du tun? So ruft
In seinem Innern eine treue Stimme.
Versuchen den Allheiligen willst du?
Kein Sterblicher, sprach des Orakels Mund,
Rückt diesen Schleier, bis ich selbst ihn hebe.
Doch setzte nicht derselbe Mund hinzu:
Wer diesen Schleier hebt, soll Wahrheit schauen?
»Sei hinter ihm, was will! Ich heb ihn auf.«
(Er rufts mit lauter Stimm.) »Ich will sie schauen.« Schauen!
Gellt ihm ein langes Echo spottend nach.

Er sprichts und hat den Schleier aufgedeckt.
Nun, fragt ihr, und was zeigte sich ihm hier?
Ich weiß es nicht. Besinnungslos und bleich,
So fanden ihn am andern Tag die Priester
Am Fußgestell der Isis ausgestreckt.
Was er allda gesehen und erfahren,
Hat seine Zunge nie bekannt. Auf ewig
War seines Lebens Heiterkeit dahin,
Ihn riß ein tiefer Gram zum frühen Grabe.
»Weh dem«, dies war sein warnungsvolles Wort,
Wenn ungestüme Frager in ihn drangen;
»Weh dem, der zu der Wahrheit geht durch Schuld,
Sie wird ihm nimmermehr erfreulich sein.«

[1795]

Das Mädchen aus der Fremde

In einem Tal bei armen Hirten
Erschien mit jedem jungen Jahr,
Sobald die ersten Lerchen schwirrten,
Ein Mädchen, schön und wunderbar.

Sie war nicht in dem Tal geboren,
Man wußte nicht, woher sie kam,
Und schnell war ihre Spur verloren,
Sobald das Mädchen Abschied nahm.

Beseligend war ihre Nähe,
Und alle Herzen wurden weit,
Doch eine Würde, eine Höhe
Entfernte die Vertraulichkeit.

Sie brachte Blumen mit und Früchte,
Gereift auf einer andern Flur,
In einem andern Sonnenlichte,
In einer glücklichern Natur.

Und teilte jedem eine Gabe,
Dem Früchte, jenem Blumen aus,
Der Jüngling und der Greis am Stabe,
Ein jeder ging beschenkt nach Haus.

Willkommen waren alle Gäste,
Doch nahte sich ein liebend Paar,
Dem reichte sie der Gaben beste,
Der Blumen allerschönste dar.

Dithyrambe

Nimmer, das glaubt mir,
Erscheinen die Götter,
Nimmer allein.
Kaum daß ich Bacchus, den lustigen, habe,
Kommt auch schon Amor, der lächelnde Knabe,
Phöbus der Herrliche findet sich ein.
Sie nahen, sie kommen
Die Himmlischen alle,
Mit Göttern erfüllt sich
Die irdische Halle.

Sagt, wie bewirt ich,
Der Erdegeborne,
Himmlischen Chor?
Schenket mir euer unsterbliches Leben,
Götter! Was kann euch der Sterbliche geben?
Hebet zu eurem Olymp mich empor!
Die Freude, sie wohnt nur
In Jupiters Saale,
O füllet mit Nektar,
O reicht mir die Schale!

Reich ihm die Schale!
Schenke dem Dichter,
Hebe, nur ein.
Netz ihm die Augen mit himmlischem Taue,
Daß er den Styx, den verhaßten, nicht schaue,
Einer der Unsern sich dünke zu sein.
Sie rauschet, sie perlet,
Die himmlische Quelle,
Der Busen wird ruhig,
Das Auge wird helle.

Der Ring des Polykrates

Er stand auf seines Daches Zinnen,
Er schaute mit vergnügten Sinnen
Auf das beherrschte Samos hin.
»Dies alles ist mir untertänig«,
Begann er zu Ägyptens König,
»Gestehe, daß ich glücklich bin.«

»Du hast der Götter Gunst erfahren!
Die vormals deinesgleichen waren,
Sie zwingt jetzt deines Szepters Macht.
Doch einer lebt noch, sie zu rächen,
Dich kann mein Mund nicht glücklich sprechen,
Solang des Feindes Auge wacht.«

Und eh der König noch geendet,
Da stellt sich, von Milet gesendet,
Ein Bote dem Tyrannen dar:
»Laß, Herr! des Opfers Düfte steigen
Und mit des Lorbeers muntern Zweigen
Bekränze dir dein festlich Haar.

Getroffen sank dein Feind vom Speere,
Mich sendet mit der frohen Märe
Dein treuer Feldherr Polydor –«
Und nimmt aus einem schwarzen Becken,
Noch blutig, zu der beiden Schrecken,
Ein wohlbekanntes Haupt hervor.

Der König tritt zurück mit Grauen:
»Doch warn ich dich, dem Glück zu trauen«,
Versetzt er mit besorgtem Blick.
»Bedenk, auf ungetreuen Wellen,
Wie leicht kann sie der Sturm zerschellen,
Schwimmt deiner Flotte zweifelnd Glück.«

Und eh er noch das Wort gesprochen,
Hat ihn der Jubel unterbrochen,
Der von der Reede jauchzend schallt.
Mit fremden Schätzen reich beladen,
Kehrt zu den heimischen Gestaden
Der Schiffe mastenreicher Wald.

Der königliche Gast erstaunet:
»Dein Glück ist heute gut gelaunet,
Doch fürchte seinen Unbestand.
Der Kreter waffenkundge Scharen
Bedräuen dich mit Kriegsgefahren,
Schon nahe sind sie diesem Strand.«

Und eh ihm noch das Wort entfallen,
Da sieht mans von den Schiffen wallen,
Und tausend Stimmen rufen: »Sieg!
Von Feindesnot sind wir befreiet,
Die Kreter hat der Sturm zerstreuet,
Vorbei, geendet ist der Krieg.«

Das hört der Gastfreund mit Entsetzen:
»Fürwahr, ich muß dich glücklich schätzen,
Doch«, spricht er, »zittr ich für dein Heil.
Mir grauet vor der Götter Neide,
Des Lebens ungemischte Freude
Ward keinem Irdischen zuteil.

Auch mir ist alles wohlgeraten,
Bei allen meinen Herrschertaten
Begleitet mich des Himmels Huld,
Doch hatt ich einen teuren Erben,
Den nahm mir Gott, ich sah ihn sterben,
Dem Glück bezahlt' ich meine Schuld.

Drum, willst du dich vor Leid bewahren,
So flehe zu den Unsichtbaren,
Daß sie zum Glück den Schmerz verleihn.
Noch keinen sah ich fröhlich enden,
Auf den mit immer vollen Händen
Die Götter ihre Gaben streun.

Und wenns die Götter nicht gewähren,
So acht auf eines Freundes Lehren
Und rufe selbst das Unglück her,
Und was von allen deinen Schätzen
Dein Herz am höchsten mag ergötzen,
Das nimm und wirfs in dieses Meer.«

Und jener spricht, von Furcht beweget:
»Von allem, was die Insel heget,
Ist dieser Ring mein höchstes Gut.
Ihn will ich den Erinnen weihen,
Ob sie mein Glück mir dann verzeihen.«
Und wirft das Kleinod in die Flut.

Und bei des nächsten Morgens Lichte,
Da tritt mit fröhlichem Gesichte
Ein Fischer vor den Fürsten hin:
»Herr, diesen Fisch hab ich gefangen,
Wie keiner noch ins Netz gegangen,
Dir zum Geschenke bring ich ihn.«

Und als der Koch den Fisch zerteilet,
Kommt er bestürzt herbeigeeilet
Und ruft mit hocherstauntem Blick:
»Sieh, Herr, den Ring, den du getragen,

Ihn fand ich in des Fisches Magen,
O, ohne Grenzen ist dein Glück!«

Hier wendet sich der Gast mit Grausen:
»So kann ich hier nicht ferner hausen,
Mein Freund kannst du nicht weiter sein.
Die Götter wollen dein Verderben,
Fort eil ich, nicht mit dir zu sterben.«
Und sprachs und schiffte schnell sich ein.

[1798]

Die Kraniche des Ibykus

Zum Kampf der Wagen und Gesänge,
Der auf Korinthus' Landesenge
Der Griechen Stämme froh vereint,
Zog Ibykus, der Götterfreund.
Ihm schenkte des Gesanges Gabe,
Der Lieder süßen Mund Apoll,
So wandert' er, an leichtem Stabe,
Aus Rhegium, des Gottes voll.

Schon winkt auf hohem Bergesrücken
Akrokorinth des Wandrers Blicken,
Und in Poseidons Fichtenhain
Tritt er mit frommem Schauder ein.
Nichts regt sich um ihn her, nur Schwärme
Von Kranichen begleiten ihn,
Die fernhin nach des Südens Wärme
In graulichtem Geschwader ziehn.

»Seid mir gegrüßt, befreundte Scharen!
Die mir zur See Begleiter waren,
Zum guten Zeichen nehm ich euch,
Mein Los, es ist dem euren gleich.
Von fernher kommen wir gezogen
Und flehen um ein wirtlich Dach.
Sei uns der Gastliche gewogen,
Der von dem Fremdling wehrt die Schmach!«

Und munter fördert er die Schritte
Und sieht sich in des Waldes Mitte,
Da sperren, auf gedrangem Steg,
Zwei Mörder plötzlich seinen Weg.
Zum Kampfe muß er sich bereiten,
Doch bald ermattet sinkt die Hand,
Sie hat der Leier zarte Sairen,
Doch nie des Bogens Kraft gespannt.

Er ruft die Menschen an, die Götter,
Sein Flehen dringt zu keinem Retter,
Wie weit er auch die Stimme schickt,
Nichts Lebendes wird hier erblickt.
»So muß ich hier verlassen sterben,
Auf fremdem Boden, unbeweint,
Durch böser Buben Hand verderben,
Wo auch kein Rächer mir erscheint!«

Und schwer getroffen sinkt er nieder,
Da rauscht der Kraniche Gefieder,
Er hört, schon kann er nicht mehr sehn,
Die nahen Stimmen furchtbar krähn.
»Von euch, ihr Kraniche dort oben!
Wenn keine andre Stimme spricht,
Sei meines Mordes Klag erhoben!«
Er ruft es, und sein Auge bricht.

Der nackte Leichnam wird gefunden,
Und bald, obgleich entstellt von Wunden,
Erkennt der Gastfreund in Korinth
Die Züge, die ihm teuer sind.
»Und muß ich so dich wiederfinden,
Und hoffte mit der Fichte Kranz
Des Sängers Schläfe zu umwinden,
Bestrahlt von seines Ruhmes Glanz!«

Und jammernd hörens alle Gäste,
Versammelt bei Poseidons Feste,
Ganz Griechenland ergreift der Schmerz,
Verloren hat ihn jedes Herz.
Und stürmend drängt sich zum Prytanen
Das Volk, es fodert seine Wut,
Zu rächen des Erschlagnen Manen,
Zu sühnen mit des Mörders Blut.

Doch wo die Spur, die aus der Menge,
Der Völker flutendem Gedränge,
Gelocket von der Spiele Pracht,
Den schwarzen Täter kenntlich macht?
Sinds Räuber, die ihn feig erschlagen?
Tats neidisch ein verborgner Feind?
Nur Helios vermags zu sagen,
Der alles Irdische bescheint.

Er geht vielleicht mit frechem Schritte
Jetzt eben durch der Griechen Mitte,
Und während ihn die Rache sucht,
Genießt er seines Frevels Frucht.
Auf ihres eignen Tempels Schwelle
Trotzt er vielleicht den Göttern, mengt
Sich dreist in jene Menschenwelle,
Die dort sich zum Theater drängt.

Denn Bank an Bank gedränget sitzen,
Es brechen fast der Bühne Stützen,
Herbeigeströmt von fern und nah,
Der Griechen Völker wartend da,
Dumpfbrausend wie des Meeres Wogen;
Von Menschen wimmelnd, wächst der Bau
In weiter stets geschweiftem Bogen
Hinauf bis in des Himmels Blau.

Wer zählt die Völker, nennt die Namen,
Die gastlich hier zusammenkamen?
Von Theseus' Stadt, von Aulis' Strand,
Von Phokis, vom Spartanerland,
Von Asiens entlegner Küste,
Von allen Inseln kamen sie
Und horchen von dem Schaugerüste
Des *Chores* grauser Melodie,

Der streng und ernst, nach alter Sitte,
Mit langsam abgemeßnem Schritte,
Hervortritt aus dem Hintergrund,
Umwandelnd des Theaters Rund.
So schreiten keine irdschen Weiber,
Die zeugete kein sterblich Haus!
Es steigt das Riesenmaß der Leiber
Hoch über menschliches hinaus.

Ein schwarzer Mantel schlägt die Lenden,
Sie schwingen in entfleischten Händen
Der Fackel düsterrote Glut,
In ihren Wangen fließt kein Blut.
Und wo die Haare lieblich flattern,
Um Menschenstirnen freundlich wehn,
Da sieht man Schlangen hier und Nattern
Die giftgeschwollnen Bäuche blähn.

Und schauerlich gedreht im Kreise
Beginnen sie des Hymnus Weise,
Der durch das Herz zerreißend dringt,
Die Bande um den Frevler schlingt.
Besinnungraubend, herzbetörend
Schallt der Erinnyen Gesang,
Er schallt, des Hörers Mark verzehrend,
Und duldet nicht der Leier Klang:

»Wohl dem, der frei von Schuld und Fehle
Bewahrt die kindlich reine Seele!
Ihm dürfen wir nicht rächend nahn,
Er wandelt frei des Lebens Bahn.
Doch wehe, wehe, wer verstohlen
Des Mordes schwere Tat vollbracht,
Wir heften uns an seine Sohlen,
Das furchtbare Geschlecht der Nacht!

Und glaubt er fliehend zu entspringen,
Geflügelt sind wir da, die Schlingen
Ihm werfend um den flüchtgen Fuß,
Daß er zu Boden fallen muß.
So jagen wir ihn, ohn Ermatten,
Versöhnen kann uns keine Reu,
Ihn fort und fort bis zu den Schatten,
Und geben ihn auch dort nicht frei.«

So singend, tanzen sie den Reigen,
Und Stille wie des Todes Schweigen
Liegt überm ganzen Hause schwer,
Als ob die Gottheit nahe wär.
Und feierlich, nach alter Sitte
Umwandelnd des Theaters Rund
Mit langsam abgemeßnem Schritte,
Verschwinden sie im Hintergrund.

Und zwischen Trug und Wahrheit schwebet
Noch zweifelnd jede Brust und bebet
Und huldiget der furchtbarn Macht,
Die richtend im Verborgnen wacht,
Die unerforschlich, unergründet
Des Schicksals dunkeln Knäuel flicht,
Dem tiefen Herzen sich verkündet,
Doch fliehet vor dem Sonnenlicht.

Da hört man auf den höchsten Stufen
Auf einmal eine Stimme rufen:
»Sieh da! Sieh da, Timotheus,
Die Kraniche des Ibykus!« –
Und finster plötzlich wird der Himmel,
Und über dem Theater hin
Sieht man in schwärzlichtem Gewimmel
Ein Kranichheer vorüberziehn.

»Des Ibykus!« – Der teure Name
Rührt jede Brust mit neuem Grame,
Und, wie im Meere Well auf Well,
So läufts von Mund zu Munde schnell:
»Des Ibykus, den wir beweinen,
Den eine Mörderhand erschlug!
Was ists mit dem? Was kann er meinen?
Was ists mit diesem Kranichzug?« –

Und lauter immer wird die Frage,
Und ahnend fliegts mit Blitzesschlage
Durch alle Herzen. »Gebet acht!
Das ist der Eumeniden Macht!
Der fromme Dichter wird gerochen,
Der Mörder bietet selbst sich dar!
Ergreift ihn, der das Wort gesprochen,
Und ihn, an dens gerichtet war.«

Doch dem war kaum das Wort entfahren,
Möcht ers im Busen gern bewahren;
Umsonst, der schreckenbleiche Mund
Macht schnell die Schuldbewußten kund.
Man reißt und schleppt sie vor den Richter,
Die Szene wird zum Tribunal,
Und es gestehn die Bösewichter,
Getroffen von der Rache Strahl.

[1798]

[*Ibykus:* Chorlyriker aus Rhegium in Unteritalien (Reggio Calabria), um 530 v. Chr. – *der Gastliche:* Zeus Xenios, der Hüter des Gastrechts. – *Theseus' Stadt:* Athen.]

Die Bürgschaft

Zu Dionys, dem Tyrannen, schlich
Damon, den Dolch im Gewande;
Ihn schlugen die Häscher in Bande.
»Was wolltest du mit dem Dolche, sprich!«
Entgegnet ihm finster der Wüterich.
»Die Stadt vom Tyrannen befreien!«
»Das sollst du am Kreuze bereuen.«

»Ich bin«, spricht jener, »zu sterben bereit
Und bitte nicht um mein Leben,
Doch willst du Gnade mir geben,
Ich flehe dich um drei Tage Zeit,
Bis ich die Schwester dem Gatten gefreit,
Ich lasse den Freund dir als Bürgen,
Ihn magst du, entrinn ich, erwürgen.«

Da lächelt der König mit arger List
Und spricht nach kurzem Bedenken:
»Drei Tage will ich dir schenken.
Doch wisse! Wenn sie verstrichen, die Frist,
Eh du zurück mir gegeben bist,
So muß er statt deiner erblassen,
Doch dir ist die Strafe erlassen.«

Und er kommt zum Freunde: »Der König gebeut,
Daß ich am Kreuz mit dem Leben
Bezahle das frevelnde Streben,
Doch will er mir gönnen drei Tage Zeit,
Bis ich die Schwester dem Gatten gefreit,
So bleib du dem König zum Pfande,
Bis ich komme, zu lösen die Bande.«

Und schweigend umarmt ihn der treue Freund
Und liefert sich aus dem Tyrannen,
Der andere ziehet von dannen.
Und ehe das dritte Morgenrot scheint,
Hat er schnell mit dem Gatten die Schwester vereint,
Eilt heim mit sorgender Seele,
Damit er die Frist nicht verfehle.

Da gießt unendlicher Regen herab,
Von den Bergen stürzen die Quellen,
Und die Bäche, die Ströme schwellen.
Und er kommt ans Ufer mit wanderndem Stab,
Da reißet die Brücke der Strudel hinab,
Und donnernd sprengen die Wogen
Des Gewölbes krachenden Bogen.

Und trostlos irrt er an Ufers Rand,
Wie weit er auch spähet und blicket
Und die Stimme, die rufende, schicket,
Da stößet kein Nachen vom sichern Strand,
Der ihn setze an das gewünschte Land,
Kein Schiffer lenket die Fähre,
Und der wilde Strom wird zum Meere.

Da sinkt er ans Ufer und weint und fleht,
Die Hände zum Zeus erhoben:
»O hemme des Stromes Toben!
Es eilen die Stunden, im Mittag steht
Die Sonne, und wenn sie niedergeht
Und ich kann die Stadt nicht erreichen,
So muß der Freund mir erbleichen.«

Doch wachsend erneut sich des Stromes Wut,
Und Welle auf Welle zerrinnet,
Und Stunde an Stunde entrinnet.
Da treibt ihn die Angst, da faßt er sich Mut
Und wirft sich hinein in die brausende Flut
Und teilt mit gewaltigen Armen
Den Strom, und ein Gott hat Erbarmen.

Und gewinnt das Ufer und eilet fort
Und danket dem rettenden Gotte,
Da stürzet die raubende Rotte
Hervor aus des Waldes nächtlichem Ort,
Den Pfad ihm sperrend, und schnaubet Mord
Und hemmet des Wanderers Eile
Mit drohend geschwungener Keule.

»Was wollt ihr?« ruft er, für Schrecken bleich,
»Ich habe nichts als mein Leben,
Das muß ich dem Könige geben!«
Und entreißt die Keule dem nächsten gleich:
»Um des Freundes willen erbarmet euch!«
Und drei mit gewaltigen Streichen
Erlegt er, die andern entweichen.

Und die Sonne versendet glühenden Brand,
Und von der unendlichen Mühe
Ermattet sinken die Kniee.
»O hast du mich gnädig aus Räubershand,
Aus dem Strom mich gerettet ans heilige Land,
Und soll hier verschmachtend verderben,
Und der Freund mir, der liebende, sterben!«

Und horch! da sprudelt es silberhell,
Ganz nahe, wie rieselndes Rauschen,
Und stille hält er zu lauschen,
Und sieh, aus dem Felsen, geschwätzig, schnell,
Springt murmelnd hervor ein lebendiger Quell,
Und freudig bückt er sich nieder
Und erfrischet die brennenden Glieder.

Und die Sonne blickt durch der Zweige Grün
Und malt auf den glänzenden Matten
Der Bäume gigantische Schatten;
Und zwei Wanderer sieht er die Straße ziehn,
Will eilenden Laufes vorüberfliehn,
Da hört er die Worte sie sagen:
»Jetzt wird er ans Kreuz geschlagen.«

Und die Angst beflügelt den eilenden Fuß,
Ihn jagen der Sorge Qualen,
Da schimmern in Abendrots Strahlen
Von ferne die Zinnen von Syrakus,
Und entgegen kommt ihm Philostratus,
Des Hauses redlicher Hüter,
Der erkennet entsetzt den Gebieter:

»Zurück! du rettest den Freund nicht mehr,
So rette das eigene Leben!
Den Tod erleidet er eben.
Von Stunde zu Stunde gewartet' er
Mit hoffender Seele der Wiederkehr,
Ihm konnte den mutigen Glauben
Der Hohn des Tyrannen nicht rauben.«

»Und ist es zu spät, und kann ich ihm nicht
Ein Retter willkommen erscheinen,
So soll mich der Tod ihm vereinen.
Des rühme der blutge Tyrann sich nicht,
Daß der Freund dem Freunde gebrochen die Pflicht,
Er schlachte der Opfer zweie
Und glaube an Liebe und Treue.«

Und die Sonne geht unter, da steht er am Tor
Und sieht das Kreuz schon erhöhet,
Das die Menge gaffend umstehet,
An dem Seile schon zieht man den Freund empor,
Da zertrennt er gewaltig den dichten Chor:
»Mich, Henker!« ruft er, »erwürget!
Da bin ich, für den er gebürget!«

Und Erstaunen ergreifet das Volk umher,
In den Armen liegen sich beide
Und weinen für Schmerzen und Freude.
Da sieht man kein Auge tränenleer,
Und zum Könige bringt man die Wundermär,
Der fühlt ein menschliches Rühren,
Läßt schnell vor den Thron sie führen.

Und blicket sie lange verwundert an.
Drauf spricht er: »Es ist euch gelungen,
Ihr habt das Herz mir bezwungen,
Und die Treue, sie ist doch kein leerer Wahn,
So nehmet auch mich zum Genossen an,
Ich sei, gewährt mir die Bitte,
In eurem Bunde der Dritte.«

[1799]

Ich drehe mich auf einer Scheibe,
Ich wandle ohne Rast und Ruh,
Klein ist das Feld, das ich umschreibe,
Du deckst es mit zwei Händen zu.
Doch brauch ich viele tausend Meilen,
Bis ich das kleine Feld durchzogen,
Flieg ich gleich fort mit Sturmes Eilen
Und schneller als der Pfeil vom Bogen.

Was schneller läuft als wie der Pfeil vom Bogen
Und, dreht sichs auch auf kleiner Scheibe nur,
Doch viele tausend Meilen hat durchflogen,
Eh es den kleinen Raum durchzogen –
Der *Schatten* ist es an der Sonnenuhr.

Das Lied von der Glocke

Vivos voco
Mortuos plango
Fulgura frango

Fest gemauert in der Erden
Steht die Form, aus Lehm gebrannt.
Heute muß die Glocke werden,
Frisch, Gesellen, seid zur Hand.
Von der Stirne heiß
Rinnen muß der Schweiß,
Soll das Werk den Meister loben,
Doch der Segen kommt von oben.

Zum Werke, das wir ernst bereiten,
Geziemt sich wohl ein ernstes Wort;
Wenn gute Reden sie begleiten,
Dann fließt die Arbeit munter fort.
So laßt uns jetzt mit Fleiß betrachten,
Was durch die schwache Kraft entspringt,
Den schlechten Mann muß man verachten,
Der nie bedacht, was er vollbringt.
Das ists ja, was den Menschen zieret,
Und dazu ward ihm der Verstand,
Daß er im innern Herzen spüret,
Was er erschafft mit seiner Hand.

Nehmet Holz vom Fichtenstamme,
Doch recht trocken laßt es sein,
Daß die eingepreßte Flamme
Schlage zu dem Schwalch hinein.
Kocht des Kupfers Brei,
Schnell das Zinn herbei,
Daß die zähe Glockenspeise
Fließe nach der rechten Weise.

Was in des Dammes tiefer Grube
Die Hand mit Feuers Hülfe baut,
Hoch auf des Turmes Glockenstube
Da wird es von uns zeugen laut.
Noch dauern wirds in späten Tagen
Und rühren vieler Menschen Ohr
Und wird mit dem Betrübten klagen
Und stimmen zu der Andacht Chor.
Was unten tief dem Erdensohne
Das wechselnde Verhängnis bringt,
Das schlägt an die metallne Krone,
Die es erbaulich weiterklingt.

Weiße Blasen seh ich springen,
Wohl! die Massen sind im Fluß.
Laßts mit Aschensalz durchdringen,
Das befördert schnell den Guß.
Auch von Schaume rein
Muß die Mischung sein,
Daß vom reinlichen Metalle
Rein und voll die Stimme schalle.

Denn mit der Freude Feierklange
Begrüßt sie das geliebte Kind
Auf seines Lebens erstem Gange,
Den es in Schlafes Arm beginnt;
Ihm ruhen noch im Zeitenschoße
Die schwarzen und die heitern Lose,
Der Mutterliebe zarte Sorgen
Bewachen seinen goldnen Morgen. –

Die Jahre fliehen pfeilgeschwind.
Vom Mädchen reißt sich stolz der Knabe,
Er stürmt ins Leben wild hinaus,
Durchmißt die Welt am Wanderstabe.
Fremd kehrt er heim ins Vaterhaus,
Und herrlich, in der Jugend Prangen,
Wie ein Gebild aus Himmelshöhn,
Mit züchtigen, verschämten Wangen
Sieht er die Jungfrau vor sich stehn.
Da faßt ein namenloses Sehnen
Des Jünglings Herz, er irrt allein,
Aus seinen Augen brechen Tränen,
Er flieht der Brüder wilden Reihn.
Errötend folgt er ihren Spuren
Und ist von ihrem Gruß beglückt,
Das Schönste sucht er auf den Fluren,
Womit er seine Liebe schmückt.
O! zarte Sehnsucht, süßes Hoffen,
Der ersten Liebe goldne Zeit,
Das Auge sieht den Himmel offen,
Es schwelgt das Herz in Seligkeit,
O! daß sie ewig grünen bliebe,
Die schöne Zeit der jungen Liebe!

Wie sich schon die Pfeifen bräunen!
Dieses Stäbchen tauch ich ein,
Sehn wirs überglast erscheinen,
Wirds zum Gusse zeitig sein.
Jetzt, Gesellen, frisch!
Prüft mir das Gemisch,
Ob das Spröde mit dem Weichen
Sich vereint zum guten Zeichen.

Denn wo das Strenge mit dem Zarten,
Wo Starkes sich und Mildes paarten,
Da gibt es einen guten Klang.
Drum prüfe, wer sich ewig bindet,
Ob sich das Herz zum Herzen findet!
Der Wahn ist kurz, die Reu ist lang.
Lieblich in der Bräute Locken
Spielt der jungfräuliche Kranz,
Wenn die hellen Kirchenglocken
Laden zu des Festes Glanz.
Ach! des Lebens schönste Feier
Endigt auch den Lebensmai,
Mit dem Gürtel, mit dem Schleier
Reißt der schöne Wahn entzwei.
Die Leidenschaft flieht!
Die Liebe muß bleiben,
Die Blume verblüht,
Die Frucht muß treiben.
Der Mann muß hinaus
Ins feindliche Leben,
Muß wirken und streben
Und pflanzen und schaffen,
Erlisten, erraffen,
Muß wetten und wagen,
Das Glück zu erjagen.
Da strömet herbei die unendliche Gabe,
Es füllt sich der Speicher mit köstlicher Habe,
Die Räume wachsen, es dehnt sich das Haus.
Und drinnen waltet
Die züchtige Hausfrau,
Die Mutter der Kinder,
Und herrschet weise
Im häuslichen Kreise,
Und lehret die Mädchen
Und wehret den Knaben,
Und reget ohn Ende
Die fleißigen Hände,
Und mehrt den Gewinn
Mit ordnendem Sinn.
Und füllet mit Schätzen die duftenden Laden,
Und dreht um die schnurrende Spindel den Faden,
Und sammelt im reinlich geglätteten Schrein
Die schimmernde Wolle, den schneeigten Lein,
Und füget zum Guten den Glanz und den Schimmer,
Und ruhet nimmer.

Und der Vater mit frohem Blick
Von des Hauses weitschauendem Giebel
Überzählet sein blühend Glück,
Siehet der Pfosten ragende Bäume
Und der Scheunen gefüllte Räume
Und die Speicher, vom Segen gebogen,
Und des Kornes bewegte Wogen,
Rühmt sich mit stolzem Mund:
Fest, wie der Erde Grund,
Gegen des Unglücks Macht
Steht mir des Hauses Pracht!
Doch mit des Geschickes Mächten
Ist kein ewger Bund zu flechten,
Und das Unglück schreitet schnell.

Wohl! Nun kann der Guß beginnen,
Schön gezacket ist der Bruch.
Doch, bevor wirs lassen rinnen,
Betet einen frommen Spruch!
Stoßt den Zapfen aus!
Gott bewahr das Haus.
Rauchend in des Henkels Bogen
Schießts mit feuerbraunen Wogen.

Wohltätig ist des Feuers Macht,
Wenn sie der Mensch bezähmt, bewacht,

Und was er bildet, was er schafft,
Das dankt er dieser Himmelskraft;
Doch furchtbar wird die Himmelskraft,
Wenn sie der Fessel sich entrafft,
Einhertritt auf der eignen Spur
Die freie Tochter der Natur.
Wehe, wenn sie losgelassen
Wachsend ohne Widerstand
Durch die volkbelebten Gassen
Wälzt den ungeheuren Brand!
Denn die Elemente hassen
Das Gebild der Menschenhand.
Aus der Wolke
Quillt der Segen,
Strömt der Regen,
Aus der Wolke, ohne Wahl,
Zuckt der Strahl!

Hört ihrs wimmern hoch vom Turm?
Das ist Sturm!
Rot wie Blut
Ist der Himmel,
Das ist nicht des Tages Glut!
Welch Getümmel
Straßen auf!
Dampf wallt auf!
Flackernd steigt die Feuersäule,
Durch der Straße lange Zeile
Wächst es fort mit Windeseile,
Kochend wie aus Ofens Rachen
Glühn die Lüfte, Balken krachen,
Pfosten stürzen, Fenster klirren,
Kinder jammern, Mütter irren,
Tiere wimmern
Unter Trümmern,
Alles rennet, rettet, flüchtet,
Taghell ist die Nacht gelichtet,
Durch der Hände lange Kette
Um die Wette
Fliegt der Eimer, hoch im Bogen
Sprützen Quellen, Wasserwogen.
Heulend kommt der Sturm geflogen,
Der die Flamme brausend sucht.
Prasselnd in die dürre Frucht
Fällt sie, in des Speichers Räume,
In der Sparren dürre Bäume,
Und als wollte sie im Wehen
Mit sich fort der Erde Wucht
Reißen, in gewaltger Flucht,
Wächst sie in des Himmels Höhen
Riesengroß!
Hoffnungslos
Weicht der Mensch der Götterstärke,
Müßig sieht er seine Werke
Und bewundernd untergehen.

Leergebrannt
Ist die Stätte,
Wilder Stürme rauhes Bette,
In den öden Fensterhöhlen
Wohnt das Grauen,
Und des Himmels Wolken schauen
Hoch hinein.

Einen Blick
Nach dem Grabe
Seiner Habe
Sendet noch der Mensch zurück –
Greift fröhlich dann zum Wanderstabe,
Was Feuers Wut ihm auch geraubt,
Ein süßer Trost ist ihm geblieben,
Er zählt die Häupter seiner Lieben,
Und sieh! ihm fehlt kein teures Haupt.

In die Erd ists aufgenommen,
Glücklich ist die Form gefüllt,
Wirds auch schön zutage kommen,
Daß es Fleiß und Kunst vergilt?
Wenn der Guß mißlang?
Wenn die Form zersprang?
Ach! vielleicht, indem wir hoffen,
Hat uns Unheil schon getroffen.

Dem dunkeln Schoß der heilgen Erde
Vertrauen wir der Hände Tat,
Vertraut der Sämann seine Saat
Und hofft, daß sie entkeimen werde
Zum Segen, nach des Himmels Rat.
Noch köstlicheren Samen bergen
Wir traurend in der Erde Schoß
Und hoffen, daß er aus den Särgen
Erblühen soll zu schönerm Los.

Von dem Dome,
Schwer und bang,
Tönt die Glocke
Grabgesang.
Ernst begleiten ihre Trauerschläge
Einen Wandrer auf dem letzten Wege.

Ach! die Gattin ists, die teure,
Ach! es ist die treue Mutter,
Die der schwarze Fürst der Schatten
Wegführt aus dem Arm des Gatten,
Aus der zarten Kinder Schar,
Die sie blühend ihm gebar,

Die sie an der treuen Brust
Wachsen sah mit Mutterlust –
Ach! des Hauses zarte Bande
Sind gelöst auf immerdar,
Denn sie wohnt im Schattenlande,
Die des Hauses Mutter war,
Denn es fehlt ihr treues Walten,
Ihre Sorge wacht nicht mehr,
An verwaister Stätte schalten
Wird die Fremde, liebeleer.

Bis die Glocke sich verkühlet,
Laßt die strenge Arbeit ruhn,
Wie im Laub der Vogel spielet,
Mag sich jeder gütlich tun.
Winkt der Sterne Licht,
Ledig aller Pflicht
Hört der Pursch die Vesper schlagen,
Meister muß sich immer plagen.

Munter fördert seine Schritte
Fern im wilden Forst der Wandrer
Nach der lieben Heimathütte.
Blökend ziehen
Heim die Schafe,
Und der Rinder
Breitgestirnte, glatte Scharen
Kommen brüllend,
Die gewohnten Ställe füllend.
Schwer herein
Schwankt der Wagen,
Kornbeladen,
Bunt von Farben
Auf den Garben
Liegt der Kranz,
Und das junge Volk der Schnitter
Fliegt zum Tanz.
Markt und Straße werden stiller,
Um des Lichts gesellge Flamme
Sammeln sich die Hausbewohner,
Und das Stadttor schließt sich knarrend.
Schwarz bedecket
Sich die Erde,
Doch den sichern Bürger schrecket
Nicht die Nacht,
Die den Bösen gräßlich wecket,
Denn das Auge des Gesetzes wacht.

Heilge Ordnung, segenreiche
Himmelstochter, die das Gleiche
Frei und leicht und freudig bindet,
Die der Städte Bau gegründet,
Die herein von den Gefilden
Rief den ungesellgen Wilden,
Eintrat in der Menschen Hütten,
Sie gewöhnt zu sanften Sitten
Und das teuerste der Bande
Wob, den Trieb zum Vaterlande!

Tausend fleißge Hände regen,
Helfen sich in munterm Bund,
Und in feurigem Bewegen
Werden alle Kräfte kund.
Meister rührt sich und Geselle
In der Freiheit heilgem Schutz.
Jeder freut sich seiner Stelle,
Bietet dem Verächter Trutz.
Arbeit ist des Bürgers Zierde,
Segen ist der Mühe Preis,
Ehrt den König seine Würde,
Ehret *uns* der Hände Fleiß.

Holder Friede,
Süße Eintracht,
Weilet, weilet
Freundlich über dieser Stadt!
Möge nie der Tag erscheinen,
Wo des rauhen Krieges Horden
Dieses stille Tal durchtoben,
Wo der Himmel,
Den des Abends sanfte Röte
Lieblich malt,
Von der Dörfer, von der Städte
Wildem Brande schrecklich strahlt!

Nun zerbrecht mir das Gebäude,
Seine Absicht hats erfüllt,
Daß sich Herz und Auge weide
An dem wohlgelungnen Bild.
Schwingt den Hammer, schwingt,
Bis der Mantel springt,
Wenn die Glock soll auferstehen,
Muß die Form in Stücken gehen.

Der Meister kann die Form zerbrechen
Mir weiser Hand, zur rechten Zeit,
Doch wehe, wenn in Flammenbächen
Das glühnde Erz sich selbst befreit!
Blindwütend mit des Donners Krachen
Zersprengt es das geborstne Haus,
Und wie aus offnem Höllenrachen
Speit es Verderben zündend aus;
Wo rohe Kräfte sinnlos walten,
Da kann sich kein Gebild gestalten,
Wenn sich die Völker selbst befrein,
Da kann die Wohlfahrt nicht gedeihn.

Weh, wenn sich in dem Schoß der Städte
Der Feuerzunder still gehäuft,
Das Volk, zerreißend seine Kette,
Zur Eigenhilfe schrecklich greift!
Da zerret an der Glocke Strängen
Der Aufruhr, daß sie heulend schallt
Und, nur geweiht zu Friedensklängen,
Die Losung anstimmt zur Gewalt.

Freiheit und Gleichheit! hört man schallen,
Der ruhge Bürger greift zur Wehr,
Die Straßen füllen sich, die Hallen,
Und Würgerbanden ziehn umher,
Da werden Weiber zu Hyänen
Und treiben mit Entsetzen Scherz,
Noch zuckend, mit des Panthers Zähnen,
Zerreißen sie des Feindes Herz.
Nichts Heiliges ist mehr, es lösen
Sich alle Bande frommer Scheu,
Der Gute räumt den Platz dem Bösen,
Und alle Laster walten frei.
Gefährlich ists, den Leu zu wecken,
Verderblich ist des Tigers Zahn,
Jedoch der schrecklichste der Schrecken,
Das ist der Mensch in seinem Wahn.
Weh denen, die dem Ewigblinden
Des Lichtes Himmelsfackel leihn!
Sie strahlt ihm nicht, sie kann nur zünden
Und äschert Städt und Länder ein.

Freude hat mir Gott gegeben!
Sehet! wie ein goldner Stern
Aus der Hülse, blank und eben,
Schält sich der metallne Kern.
Von dem Helm zum Kranz
Spielts wie Sonnenglanz,
Auch des Wappens nette Schilder
Loben den erfahrnen Bilder.

Herein! herein!
Gesellen alle, schließt den Reihen,
Daß wir die Glocke taufend weihen,
Concordia soll ihr Name sein,
Zur Eintracht, zu herzinnigem Vereine
Versammle sie die liebende Gemeine.

Und dies sei fortan ihr Beruf,
Wozu der Meister sie erschuf!
Hoch überm niedern Erdenleben
Soll sie in blauem Himmelszelt
Die Nachbarin des Donners schweben
Und grenzen an die Sternenwelt,
Soll eine Stimme sein von oben,
Wie der Gestirne helle Schar,
Die ihren Schöpfer wandelnd loben
Und führen das bekränzte Jahr.
Nur ewigen und ernsten Dingen
Sei ihr metallner Mund geweiht,
Und stündlich mit den schnellen Schwingen
Berühr im Fluge sie die Zeit,
Dem Schicksal leihe sie die Zunge,
Selbst herzlos, ohne Mitgefühl,
Begleite sie mit ihrem Schwunge
Des Lebens wechselvolles Spiel.
Und wie der Klang im Ohr vergehet,
Der mächtig tönend ihr entschallt,
So lehre sie, daß nichts bestehet,
Daß alles Irdische verhallt.

Jetzo mit der Kraft des Stranges
Wiegt die Glock mir aus der Gruft,
Daß sie in das Reich des Klanges
Steige, in die Himmelsluft.
Ziehet, ziehet, hebt!
Sie bewegt sich, schwebt,
Freude dieser Stadt bedeute,
Friede sei ihr erst Geläute.

[1800]

[*Motto:* Ich rufe die Lebenden, ich beklage die Toten, ich breche die Blitze. – *die Form:* die vor dem Gießofen in eine Grube gebaute. – *Schwalch:* Öffnung des Gießofens, durch die die Flamme schlagen muß. – *Aschensalz:* Pottasche. – *Pfeifen:* Zuglöscher am Gießofen. – *Wohl! nun kann der Guß beginnen:* Vor dem Guß wird an einer Probe geprüft, ob die richtige Mischung zwischen Kupfer und Zinn getroffen ist. Dann wird das Gießloch des Ofens mit dem Zapfen verschlossen, damit das flüssige Metall durch den Henkelbogen in die Form fließen kann (Erläuterung der Herausgeber).]

Die Worte des Glaubens

Drei Worte nenn ich euch, inhaltschwer,
Sie gehen von Munde zu Munde,
Doch stammen sie nicht von außen her,
Das Herz nur gibt davon Kunde.
Dem Menschen ist aller Wert geraubt,
Wenn er nicht mehr an die drei Worte glaubt.

Der Mensch ist frei geschaffen, ist frei,
Und würd er in Ketten geboren,
Laßt euch nicht irren des Pöbels Geschrei,
Nicht den Mißbrauch rasender Toren.
Vor dem Sklaven, wenn er die Kette bricht,
Vor dem freien Menschen erzittert nicht.

Und die Tugend, sie ist kein leerer Schall,
Der Mensch kann sie üben im Leben,
Und sollt er auch straucheln überall,
Er kann nach der göttlichen streben,
Und was kein Verstand der Verständigen sieht,
Das übet in Einfalt ein kindlich Gemüt.

Und ein Gott ist, ein heiliger Wille lebt,
Wie auch der menschliche wanke,
Hoch über der Zeit und dem Raume webt
Lebendig der höchste Gedanke,
Und ob alles in ewigem Wechsel kreist,
Es beharret im Wechsel ein ruhiger Geist.

Die drei Worte bewahret euch, inhaltschwer,
Sie pflanzet von Munde zu Munde,
Und stammen sie gleich nicht von außen her,
Euer Innres gibt davon Kunde,
Dem Menschen ist nimmer sein Wert geraubt,
Solang er noch an die drei Worte glaubt.

[1798]

Die Worte des Wahns

Drei Worte hört man, bedeutungsschwer,
Im Munde der Guten und Besten;
Sie schallen vergeblich, ihr Klang ist leer,
Sie können nicht helfen und trösten.
Verscherzt ist dem Menschen des Lebens Frucht,
Solang er die Schatten zu haschen sucht.

Solang er glaubt an die Goldene Zeit,
Wo das Rechte, das Gute wird siegen, –
Das Rechte, das Gute führt ewig Streit,
Nie wird der Feind ihm erliegen,
Und erstickst du ihn nicht in den Lüften frei,
Stets wächst ihm die Kraft auf der Erde neu.

Solang er glaubt, daß das buhlende Glück
Sich dem Edeln vereinigen werde –
Dem Schlechten folgt es mit Liebesblick,
Nicht dem Guten gehöret die Erde.
Er ist ein Fremdling, er wandert aus
Und suchet ein unvergänglich Haus.

Solang er glaubt, daß dem irdschen Verstand
Die Wahrheit je wird erscheinen,
Ihren Schleier hebt keine sterbliche Hand,
Wir können nur raten und meinen.
Du kerkerst den Geist in ein tönend Wort,
Doch der freie wandelt im Sturme fort.

Drum, edle Seele, entreiß dich dem Wahn
Und den himmlischen Glauben bewahre!
Was kein Ohr vernahm, was die Augen nicht sahn,
Es ist dennoch das Schöne, das Wahre!
Es ist nicht draußen, da sucht es der Tor,
Es ist *in* dir, du bringst es ewig hervor.

[1800]

Nänie

Auch das Schöne muß sterben! Das Menschen und Götter bezwinget,
Nicht die eherne Brust rührt es des stygischen Zeus.
Einmal nur erweichte die Liebe den Schattenbeherrscher,
Und an der Schwelle noch, streng, rief er zurück sein Geschenk.
Nicht stillt Aphrodite dem schönen Knaben die Wunde,
Die in den zierlichen Leib grausam der Eber geritzt.
Nicht errettet den göttlichen Held die unsterbliche Mutter,
Wann er, am skäischen Tor fallend, sein Schicksal erfüllt.
Aber sie steigt aus dem Meer mit allen Töchtern des Nereus,
Und die Klage hebt an um den verherrlichten Sohn.
Siehe! Da weinen die Götter, es weinen die Göttinnen alle,
Daß das Schöne vergeht, daß das Vollkommene stirbt.
Auch ein Klaglied zu sein im Mund der Geliebten, ist herrlich,
Denn das Gemeine geht klanglos zum Orkus hinab.

[1800]

[*Einmal nur:* der Mythos von Orpheus und Eurydike. – *dem schönen Knaben:* Adonis. – *den göttlichen Held:* Achill. – *die unsterbliche Mutter:* Thetis.]

Sprüche des Konfuzius

I.
Dreifach ist der Schritt der Zeit:
Zögernd kommt die Zukunft hergezogen,
Pfeilschnell ist das Jetzt entflogen,
Ewig still steht die Vergangenheit.

Keine Ungeduld beflügelt
Ihren Schritt, wenn sie verweilt.
Keine Furcht, kein Zweifeln zügelt
Ihren Lauf, wenn sie enteilt.
Keine Reu, kein Zaubersegen
Kann die Stehende bewegen.

Möchtest du beglückt und weise
Endigen des Lebens Reise,
Nimm die Zögernde zum Rat,
Nicht zum Werkzeug deiner Tat.
Wähle nicht die Fliehende zum Freund,
Nicht die Bleibende zum Feind.

II.
Dreifach ist des Raumes Maß:
Rastlos, fort ohn Unterlaß
Strebt die *Länge*, fort ins Weite
Endlos gießet sich die *Breite*,
Grundlos senkt die *Tiefe* sich.

Dir ein Bild sind sie gegeben:
Rastlos vorwärts mußt du streben,
Nie ermüdet stille stehn,
Willst du die Vollendung sehn;
Mußt ins Breite dich entfalten,
Soll sich dir die Welt gestalten;
In die Tiefe mußt du steigen,
Soll sich dir das Wesen zeigen.

Nur Beharrung führt zum Ziel,
Nur die Fülle führt zur Klarheit,
Und im Abgrund wohnt die Wahrheit.

Der Antritt des neuen Jahrhunderts

*An ****

Edler Freund! Wo öffnet sich dem Frieden,
Wo der Freiheit sich ein Zufluchtsort?
Das Jahrhundert ist im Sturm geschieden,
Und das neue öffnet sich mit Mord.

Und das Band der Länder ist gehoben,
Und die alten Formen stürzen ein;
Nicht das Weltmeer hemmt des Krieges Toben,
Nicht der Nilgott und der alte Rhein.

Zwo gewaltge Nationen ringen
Um der Welt alleinigen Besitz,
Aller Länder Freiheit zu verschlingen,
Schwingen sie den Dreizack und den Blitz.

Gold muß ihnen jede Landschaft wägen,
Und wie *Brennus* in der rohen Zeit
Legt der Franke seinen ehrnen Degen
In die Waage der Gerechtigkeit.

Seine Handelsflotten streckt der Brite
Gierig wie Polypenarme aus,
Und das Reich der freien Amphitrite
Will er schließen wie sein eignes Haus.

Zu des Südpols nie erblickten Sternen
Dringt sein rastlos ungehemmter Lauf,
Alle Inseln spürt er, alle fernen
Küsten – nur das Paradies nicht auf.

Ach umsonst auf allen Länderkarten
Spähst du nach dem seligen Gebiet,
Wo der Freiheit ewig grüner Garten,
Wo der Menschheit schöne Jugend blüht.

Endlos liegt die Welt vor deinen Blicken,
Und die Schiffahrt selbst ermißt sie kaum,
Doch auf ihrem unermeßnen Rücken
Ist für zehen Glückliche nicht Raum.

In des Herzens heilig stille Räume
Mußt du fliehen aus des Lebens Drang,
Freiheit ist nur in dem Reich der Träume,
Und das Schöne blüht nur im Gesang.

[1802]

[*Zwo gewaltge Nationen:* Frankreich und England befanden sich im Krieg.]

FRIEDERIKE BRUN

1765–1835

Ich denke dein

Ich denke dein, wenn sich im Blütenregen
Der Frühling malt
Und wenn des Sommers mildgereifter Segen
In Ähren strahlt.

Ich denke dein, wenn sich das Weltmeer tönend
Gen Himmel hebt
Und vor der Wogen Wut das Ufer stöhnend
Zurücke bebt.

Ich denke dein, wenn sich der Abend rötend
Im Hain verliert
Und Philomelens Klage leise flötend
Die Seele rührt.

Beim trüben Lampenschein in bittren Leiden
Gedacht ich dein;
Die bange Seele flehte nah am Scheiden:
Gedenke mein!

Ich denke dein, bis wehende Zypressen
Mein Grab umziehn;
Und auch in Tempes Hain soll unvergessen
Dein Name blühn.

[1795]

JOHANN GOTTFRIED SEUME

1763–1810

Der Wilde

Ein Kanadier, der noch Europens
Übertünchte Höflichkeit nicht kannte
Und ein Herz, wie Gott es ihm gegeben,
Von Kultur noch frei, im Busen fühlte,
Brachte, was er mit des Bogens Sehne
Fern in Quebecs übereisten Wäldern
Auf der Jagd erbeutet, zum Verkaufe.
Als er ohne schlaue Rednerkünste,
So wie man ihm bot, die Felsenvögel
Um ein kleines hingegeben hatte,
Eilt' er froh mit dem geringen Lohne
Heim zu seinen tiefverdeckten Horden
In die Arme seiner braunen Gattin.

Aber ferne noch von seiner Hütte
Überfiel ihn unter freiem Himmel
Schnell der schrecklichste der Donnerstürme.
Aus dem langen, rabenschwarzen Haare
Troff der Guß herab auf seinen Gürtel,
Und das grobe Haartuch seines Kleides
Klebte rund an seinem hagern Leibe.
Schaurig zitternd unter kaltem Regen
Eilt' der gute, wackre Wilde
In ein Haus, das er von fern erblickte.
»Herr, ach laßt mich, bis der Sturm sich leget«,
Bat er mit der herzlichsten Gebärde
Den gesittet feinen Eigentümer,
»Obdach hier in euerm Hause finden!« –
»Willst du mißgestaltes Ungeheuer«,
Schrie ergrimmt der Pflanzer ihm entgegen,
»Willst du Diebsgesicht mir aus dem Hause!«
Und ergriff den schweren Stock im Winkel.

Traurig schritt der ehrliche Hurone
Fort von dieser unwirtbaren Schwelle,
Bis durch Sturm und Guß der späte Abend
Ihn in seine friedliche Behausung
Und zu seiner braunen Gattin brachte.

Naß und müde setzt' er bei dem Feuer
Sich zu seinen nackten Kleinen nieder
Und erzählte von den bunten Städtern
Und den Kriegern, die den Donner tragen,
Und dem Regensturm, der ihn ereilte,
Und der Grausamkeit des weißen Mannes.
Schmeichelnd hingen sie an seinen Knieen,
Schlossen schmeichelnd sich um seinen Nacken,
Trockneten die langen, schwarzen Haare
Und durchsuchten seine Weidmannstasche,
Bis sie die versprochnen Schätze fanden.

Kurze Zeit darauf hatt' unser Pflanzer
Auf der Jagd im Walde sich verirret.
Über Stock und Stein, durch Tal und Bäche
Stieg er schwer auf manchen jähen Felsen,
Um sich umzusehen nach dem Pfade,
Der ihn tief in diese Wildnis brachte.
Doch sein Spähn und Rufen war vergebens;
Nichts vernahm er als das hohle Echo
Längs den hohen schwarzen Felsenwänden.
Ängstlich ging er bis zur zwölften Stunde,
Wo er an dem Fuß des nächsten Berges
Noch ein kleines, schwaches Licht erblickte.
Furcht und Freude schlug in seinem Herzen,
Und er faßte Mut und nahte leise.
»Wer ist draußen?« brach mit Schreckentone
Eine Stimme tief her aus der Höhle,
Und ein Mann trat aus der kleinen Wohnung.
»Freund, im Walde hab' ich mich verirret«,
Sprach der Europäer furchtsam schmeichelnd;
»Gönnet mir, die Nacht hier zuzubringen,
Und zeigt nach der Stadt, ich werd' Euch danken,
Morgen früh mir die gewissen Wege.«

»Kommt herein«, versetzt der Unbekannte,
»Wärmt Euch; noch ist Feuer in der Hütte!«
Und er führt ihn auf das Binsenlager,
Schreitet finster trotzig in den Winkel,
Holt den Rest von seinem Abendmahle,
Hummer, Lachs und frischen Bärenschinken.
Um den späten Fremdling zu bewirten.
Mit dem Hunger eines Weidmanns speiste,
Festlich wie bei einem Klosterschmause,
Neben seinem Wirt der Europäer,
Fest und ernsthaft schaute der Hurone
Seinem Gaste spähend auf die Stirne,
Der mit tiefem Schnitt den Schinken trennte,
Und mit Wollust trank vom Honigtranke
Den in einer großen Muschelschale
Er ihm freundlich zu dem Mahle reichte.
Eine Bärenhaut auf weichem Moose
War des Pflanzers gute Lagerstätte,
Und er schlief bis in die hohe Sonne.

Wie der wilden Zone wildster Krieger
Schrecklich stand mit Köcher, Pfeil und Bogen
Der Hurone jetzt vor seinem Gaste
Und erweckt' ihn, und der Europäer
Griff bestürzt nach seinem Jagdgewehre;
Und der Wilde gab ihm eine Schale
Angefüllt mit süßem Morgentranke.
Als er lächelnd seinen Gast gelabet,
Bracht er ihn durch manche lange Windung,
Über Stock und Stein, durch Tal und Bäche,
Durch das Dickicht auf die rechte Straße.
Höflich dankte fein der Europäer;
Finster blickend blieb der Wilde stehen,
Sahe starr dem Pflanzer in die Augen,
Sprach mit voller, fester, ernster Stimme:
»Haben wir vielleicht uns schon gesehen?«
Wie vom Blitz getroffen stand der Jäger
Und erkannte nun in seinem Wirte
Jenen Mann, den er vor wenig Wochen
In dem Sturmwind aus dem Hause jagte,
Stammelte verwirrt Entschuldigungen.
Ruhig lächelnd sagte der Hurone:
»Seht, ihr fremden, klugen weißen Leute,
Seht, wir Wilden sind doch bessre Menschen!«
Und er schlug sich seitwärts in die Büsche.

[1793]

HEINRICH VON KLEIST

1777–1811

Der höhere Frieden

Wenn sich auf des Krieges Donnerwagen,
Menschen waffnen, auf der Zwietracht Ruf,
Menschen, die im Busen Herzen tragen,
Herzen, die der Gott der Liebe schuf:

Denk ich, können sie doch mir nichts rauben,
Nicht den Frieden, der sich selbst bewährt,
Nicht die Unschuld, nicht an Gott den Glauben,
Der dem Hasse, wie dem Schrecken, wehrt.

Nicht des Ahorns dunkelm Schatten wehren,
Daß er mich, im Weizenfeld, erquickt,
Und das Lied der Nachtigall nicht stören,
Die den stillen Busen mir entzückt.

[E: 1792/93; D: 1808]

Katharina von Frankreich

(als der schwarze Prinz um sie warb)

Man sollte ihm Maine und Anjou
Übergeben.
Was weiß ich, was er alles
Mocht erstreben.
Und jetzt begehrt er nichts mehr,
Als die eine –
Ihr Menschen, eine Brust her,
Daß ich weine!

[1808]

[In Wirklichkeit lebte der *schwarze Prinz* Edward von Wales im 14. Jahrhundert († 1376), und Heinrich V. († 1422) heiratete 1420 die französische Prinzessin *Katharina*, Tochter Karls VI. Vgl. Shakespeare, »Heinrich V.«]

Germania an ihre Kinder

Eine Ode

§ 1
Die des Maines Regionen,
Die der Elbe heitre Aun,
Die der Donau Strand bewohnen,
Die das Odertal bebaun,
Aus des Rheines Laubensitzen,
Von dem duftgen Mittelmeer,
Von der Riesenberge Spitzen,
Von der Ost und Nordsee her!

Chor
Horchet! – Durch die Nacht, ihr Brüder,
Welch ein Donnerruf hernieder?
Stehst du auf, Germania?
Ist der Tag der Rache da?

§ 2
Deutsche, mutger Völkerreigen,
Meine Söhne, die, geküßt,
In den Schoß mir kletternd steigen,
Die mein Mutterarm umschließt,
Meines Busens Schutz und Schirmer,
Unbesiegtes Marsenblut,
Enkel der Kohortenstürmer,
Römerüberwinderbrut!

Chor
Zu den Waffen! Zu den Waffen!
Was die Hände blindlings raffen!
Mit der Keule, mit dem Stab,
Strömt ins Tal der Schlacht hinab!

§ 3
Wie der Schnee aus Felsenrissen:
Wie, auf ewger Alpen Höhn,
Unter Frühlings heißen Küssen,
Siedend auf die Gletscher gehn:
Katarakten stürzen nieder,
Wald und Fels folgt ihrer Bahn,
Das Gebirg hallt donnernd wider,
Fluren sind ein Ozean!

Chor
So verlaßt, voran der Kaiser,
Eure Hütten, eure Häuser;
Schäumt, ein uferloses Meer,
Über diese Franken her!

§ 4
Alle Plätze, Trift' und Stätten,
Färbt mit ihren Knochen weiß;
Welchen Rab und Fuchs verschmähten,
Gebet ihn den Fischen preis;
Dämmt den Rhein mit ihren Leichen;
Laßt, gestäuft von ihrem Bein,
Schäumend um die Pfalz ihn weichen,
Und ihn dann die Grenze sein!

Chor
Eine Lustjagd, wie wenn Schützen
Auf die Spur dem Wolfe sitzen!
Schlagt ihn tot! Das Weltgericht
Fragt euch nach den Gründen nicht!

§ 5
Nicht die Flur ists, die zertreten,
Unter ihren Rossen sinkt,
Nicht der Mond, der, in den Städten,
Aus den öden Fenstern blinkt,
Nicht das Weib, das, mit Gewimmer,
Ihrem Todeskuß erliegt,
Und zum Lohn, beim Morgenschimmer,
Auf den Schutt der Vorstadt fliegt!

Chor
Euren Schlachtraub laßt euch schenken!
Wenige, die sein gedenken.
Höhrem, als der Erde Gut,
Schwillt die Seele, flammt das Blut!

§ 6
Gott und seine Stellvertreter,
Und dein Nam, o Vaterland,
Freiheit, Stolz der bessern Väter,
Sprache, du, dein Zauberband,
Wissenschaft, du himmelferne,
Die dem deutschen Genius winkt,
Und der Pfad ins Reich der Sterne,
Welchen still sein Fittich schwingt!

Chor
Eine Pyramide bauen
Laßt uns, in des Himmels Auen,
Krönen mit dem Gipfelstein:
Oder unser Grabmal sein!

[Fußnote zum Separatdruck 1813 von Ernst von Pfuel, dem Freunde Kleists: »Diese Ode war vom Verfasser beim Ausbruche des Krieges 1809 [Österreichs gegen Frankreich] gedichtet worden; zufällige Umstände verhinderten damals den Druck. Im gegenwärtigen Moment wird ihre Herausgabe dem Publikum nicht weniger passend erscheinen.« – Am 16. 3. 1813 erklärte Preußen Frankreich den Krieg.]

FRIEDRICH HÖLDERLIN

1770–1843

Der Gott der Jugend

Gehn dir im Dämmerlichte,
Wenn in der Sommernacht
Für selige Gesichte
Dein liebend Auge wacht,
Noch oft der Freunde Manen
Und, wie der Sterne Chor,
Die Geister der Titanen
Des Altertums empor;

Wird da, wo sich im Schönen
Das Göttliche verhüllt,
Noch oft das tiefe Sehnen
Der Liebe dir gestillt;
Belohnt des Herzens Mühen
Der Ruhe Vorgefühl,
Und tönt von Melodien
Der Seele Saitenspiel;

So such im stillsten Tale
Den blütenreichsten Hain,
Und gieß aus goldner Schale
Den frohen Opferwein!
Noch lächelt unveraltet
Des Herzens Frühling dir,
Der Gott der Jugend waltet
Noch über dir und mir.

Wie unter Tiburs Bäumen,
Wenn da der Dichter saß,
Und unter Götterträumen
Der Jahre Fluch vergaß,
Wenn ihn die Ulme kühlte,
Und wenn sie stolz und froh
Um Silberblüten spielte,
Die Flut des Anio;

Und wie um Platons Hallen,
Wenn durch der Haine Grün,
Begrüßt von Nachtigallen,
Der Stern der Liebe schien,
Wenn alle Lüfte schliefen,
Und, sanft bewegt vom Schwan,
Cephissus durch Oliven
Und Myrtensträuche rann;

So schön ist's noch hienieden!
Auch unser Herz erfuhr
Das Leben und den Frieden
Der freundlichen Natur;
Noch blüht des Himmels Schöne,
Noch mischen brüderlich
In unsers Herzens Töne
Des Frühlings Laute sich.

Drum such im stillsten Tale
Den düftereichsten Hain,
Und gieß aus goldner Schale
Den frohen Opferwein,
Noch lächelt unveraltet
Das Bild der Erde dir,
Der Gott der Jugend waltet
Noch über dir und mir.

[1795]

[*Cephissus:* Hölderlin meint den Fluß nördl. und westl. von Athen.]

Die Eichbäume

Aus den Gärten komm' ich zu euch, ihr Söhne des Berges!
Aus den Gärten, da lebt die Natur geduldig und häuslich,
Pflegend und wieder gepflegt mit dem fleißigen Menschen zusammen.
Aber ihr, ihr Herrlichen! steht, wie ein Volk von Titanen
In der zahmeren Welt und gehört nur euch und dem Himmel,
Der euch nährt' und erzog, und der Erde, die euch geboren.
Keiner von euch ist noch in die Schule der Menschen gegangen,
Und ihr drängt euch fröhlich und frei, aus der kräftigen Wurzel,
Unter einander herauf und ergreift, wie der Adler die Beute,
Mit gewaltigem Arme den Raum, und gegen die Wolken
Ist euch heiter und groß die sonnige Krone gerichtet.
Eine Welt ist jeder von euch, wie die Sterne des Himmels
Lebt ihr, jeder ein Gott, in freiem Bunde zusammen.
Könnt' ich die Knechtschaft nur erdulden, ich neidete nimmer
Diesen Wald und schmiegte mich gern ans gesellige Leben.
Fesselte nur nicht mehr ans gesellige Leben das Herz mich,
Das von Liebe nicht läßt, wie gern würd' ich unter euch wohnen!

An den Aether

Treu und freundlich, wie du, erzog der Götter und Menschen
Keiner, o Vater Aether! mich auf; noch ehe die Mutter
In die Arme mich nahm und ihre Brüste mich tränkten,
Faßtest du zärtlich mich an und gossest himmlischen Trank mir,
Mir den heiligen Othem zuerst in den keimenden Busen.

Nicht von irdischer Kost gedeihen einzig die Wesen,
Aber du nährst sie all' mit deinem Nektar, o Vater!
Und es drängt sich und rinnt aus deiner ewigen Fülle
Die beseelende Luft durch alle Röhren des Lebens.
Darum lieben die Wesen dich auch und ringen und streben
Unaufhörlich hinauf nach dir in freudigem Wachstum.

Himmlischer! sucht nicht dich mit ihren Augen die Pflanze,
Streckt nach dir die schüchternen Arme der niedrige Strauch nicht?
Daß er dich finde, zerbricht der gefangene Same die Hülse,
Daß er belebt von dir in deiner Welle sich bade,
Schüttelt der Wald den Schnee, wie ein überlästig Gewand ab.
Auch die Fische kommen herauf und hüpfen verlangend
Über die glänzende Fläche des Stroms, als begehrten auch diese
Aus der Wiege zu dir; auch den edeln Tieren der Erde
Wird zum Fluge der Schritt, wenn oft das gewaltige Sehnen
Die geheime Liebe zu dir sie ergreift, sie hinaufzieht.

Stolz verachtet den Boden das Roß, wie gebogener Stahl strebt
In die Höhe sein Hals, mit der Hufe berührt es den Sand kaum.
Wie zum Scherze, berührt der Fuß der Hirsche den Grashalm,
Hüpft, wie ein Zephyr, über den Bach, der reißend hinabschäumt,
Hin und wieder und schweift kaum sichtbar durch die Gebüsche.

Aber des Aethers Lieblinge, sie, die glücklichen Vögel
Wohnen und spielen vergnügt in der ewigen Halle des Vaters!
Raums genug ist für alle. Der Pfad ist keinem bezeichnet,
Und es regen sich frei im Hause die Großen und Kleinen.
Über dem Haupte frohlocken sie mir und es sehnt sich auch mein Herz
Wunderbar zu ihnen hinauf; wie die freundliche Heimat
Winkt es von oben herab und auf die Gipfel der Alpen
Möcht' ich wandern und rufen von da dem eilenden Adler,
Daß er, wie einst in die Arme des Zeus den seligen Knaben,
Aus der Gefangenschaft in des Aethers Halle mich trage.

Töricht treiben wir uns umher; wie die irrende Rebe,
Wenn ihr der Stab gebricht, woran zum Himmel sie aufwächst,
Breiten wir über dem Boden uns aus und suchen und wandern
Durch die Zonen der Erd', o Vater Aether! vergebens,
Denn es treibt uns die Lust in deinen Gärten zu wohnen.
In die Meersflut werfen wir uns, in den freieren Ebnen
Uns zu sättigen, und es umspielt die unendliche Woge
Unsern Kiel, es freut sich das Herz an den Kräften des Meergotts.
Dennoch genügt ihm nicht; denn der tiefere Ozean reizt uns,
Wo die leichtere Welle sich regt – o wer dort an jene
Goldnen Küsten das wandernde Schiff zu treiben vermöchte!

Aber indes ich hinauf in die dämmernde Ferne mich sehne,
Wo du fremde Gestad' umfängst mit der bläulichen Woge,
Kömmst du säuselnd herab von des Fruchtbaums blühenden Wipfeln,
Vater Aether! und sänftigest selbst das strebende Herz mir,
Und ich lebe nun gern, wie zuvor, mit den Blumen der Erde.

[*den seligen Knaben:* Ganymed.]

Die Liebenden

Trennen wollten wir uns, wähnten es gut und klug;
Da wir's taten, warum schröckt' uns, wie Mord, die Tat?
Ach! wir kennen uns wenig,
Denn es waltet ein Gott in uns.

[1799]

Abbitte

Heilig Wesen! gestört hab' ich die goldene
Götterruhe dir oft, und der geheimeren,
Tiefern Schmerzen des Lebens
Hast du manche gelernt von mir.

O vergiß es, vergib! gleich dem Gewölke dort
Vor dem friedlichen Mond, geh' ich dahin, und du
Ruhst und glänzest in deiner
Schöne wieder, du süßes Licht!

[Hyperions Schicksalslied]

Ihr wandelt droben im Licht
Auf weichem Boden, selige Genien!
Glänzende Götterlüfte
Rühren euch leicht,
Wie die Finger der Künstlerin
Heilige Saiten.

Schicksallos, wie der schlafende
Säugling, atmen die Himmlischen;
Keusch bewahrt
In bescheidener Knospe,
Blühet ewig
Ihnen der Geist,
Und die seligen Augen
Blicken in stiller
Ewiger Klarheit.

Doch uns ist gegeben,
Auf keiner Stätte zu ruhn,
Es schwinden, es fallen
Die leidenden Menschen
Blindlings von einer
Stunde zur andern,
Wie Wasser von Klippe
Zu Klippe geworfen,
Jahr lang ins Ungewisse hinab.

[1799]

[*Hyperion:* Hölderlins Roman »Hyperion oder Der Eremit in Griechenland« erschien 1797/1799; Gedicht ohne Überschrift dort im 2. Band.]

An die Parzen

Nur Einen Sommer gönnt, ihr Gewaltigen!
Und einen Herbst zu reifem Gesange mir,
Daß williger mein Herz, vom süßen
Spiele gesättiget, dann mir sterbe.

Die Seele, der im Leben ihr göttlich Recht
Nicht ward, sie ruht auch drunten im Orkus nicht;
Doch ist mir einst das Heil'ge, das am
Herzen mir liegt, das Gedicht gelungen,

Willkommen dann, o Stille der Schattenwelt!
Zufrieden bin ich, wenn auch mein Saitenspiel
Mich nicht hinab geleitet; Einmal
Lebt ich, wie Götter, und mehr bedarfs nicht.

[D: 1799]

Geh unter, schöne Sonne . . .

Geh unter, schöne Sonne, sie achteten
Nur wenig dein, sie kannten dich, Heilge, nicht,
Denn mühelos und stille bist du
Über den Mühsamen aufgegangen.

Mir gehst du freundlich unter und auf, o Licht!
Und wohl erkennt mein Auge dich, Herrliches!
Denn göttlich stille ehren lernt' ich,
Da Diotima den Sinn mir heilte.

O du des Himmels Botin! wie lauscht ich dir!
Dir, Diotima! Liebe! wie sah von dir
Zum goldnen Tage dieses Auge
Glänzend und dankend empor. Da rauschten

Lebendiger die Quellen, es atmeten
Der dunkeln Erde Blüten mich liebend an,
Und lächelnd über Silberwolken
Neigte sich segnend herab der Aether.

[E: 1798/1800; D: 1846]

Mein Eigentum

In seiner Fülle ruhet der Herbsttag nun,
Geläutert ist die Traub und der Hain ist rot
Vom Obst, wenn schon der holden Blüten
Manche der Erde zum Danke fielen.

Und rings im Felde, wo ich den Pfad hinaus
Den stillen wandle, ist den Zufriedenen
Ihr Gut gereift und viel der frohen
Mühe gewähret der Reichtum ihnen.

Vom Himmel blicket zu den Geschäftigen
Durch ihre Bäume milde das Licht herab,
Die Freude teilend, denn es wuchs durch
Hände der Menschen allein die Frucht nicht.

Und leuchtest du, o Goldnes, auch mir, und wehst
Auch du mir wieder, Lüftchen, als segnetest
Du eine Freude mir, wie einst, und
Irrst, wie um Glückliche, mir am Busen?

Einst war ichs, doch wie Rosen, vergänglich war
Das fromme Leben, ach! und es mahnen noch,
Die blühend mir geblieben sind, die
Holden Gestirne zu oft mich dessen.

Beglückt, wer, ruhig liebend ein frommes Weib,
Am eignen Herd in rühmlicher Heimat lebt,
Es leuchtet über festem Boden
Schöner dem sicheren Mann sein Himmel.

Denn, wie die Pflanze, wurzelt auf eignem Grund
Sie nicht, verglüht die Seele des Sterblichen,
Der mit dem Tageslichte nur, ein
Armer, auf heiliger Erde wandelt.

Zu mächtig ach! ihr himmlischen Höhen zieht
Ihr mich empor, bei Stürmen, am heitern Tag
Fühl ich verzehrend euch im Busen
Wechseln, ihr wandelnden Götterkräfte.

Doch heute laß mich stille den trauten Pfad
Zum Haine gehn, dem golden die Wipfel schmückt
Sein sterbend Laub, und kränzt auch mir die
Stirne, ihr holden Erinnerungen!

Und daß mir auch, zu retten mein sterblich Herz,
Wie andern eine bleibende Stätte sei,
Und heimatlos die Seele mir nicht
Über das Leben hinweg sich sehne,

Sei du, Gesang, mein freundlich Asyl! sei du
Beglückender! mit sorgender Liebe mir
Gepflegt, der Garten, wo ich, wandelnd
Unter den Blüten, den immerjungen,

In sichrer Einfalt wohne, wenn draußen mir
Mit ihren Wellen allen die mächtge Zeit,
Die Wandelbare, fern rauscht und die
Stillere Sonne mein Wirken fördert.

Ihr segnet gütig über den Sterblichen,
Ihr Himmelskräfte! jedem sein Eigentum,
O segnet meines auch und daß zu
Frühe die Parze den Traum nicht ende.

[E: 1799; D: 1846]

Lebenslauf

Größers wolltest auch du, aber die Liebe zwingt
All uns nieder, das Leid beuget gewaltiger,
Doch es kehret umsonst nicht
Unser Bogen, woher er kommt.

Aufwärts oder hinab! herrschet in heil'ger Nacht,
Wo die stumme Natur werdende Tage sinnt,
Herrscht im schiefesten Orkus
Nicht ein Grades, ein Recht noch auch?

Dies erfuhr ich. Denn nie, sterblichen Meistern gleich,
Habt ihr Himmlischen, ihr Alleserhaltenden,
Daß ich wüßte, mit Vorsicht
Mich des ebenen Pfads geführt.

Alles prüfe der Mensch, sagen die Himmlischen,
Daß er, kräftig genährt, danken für Alles lern',
Und verstehe die Freiheit,
Aufzubrechen, wohin er will.

[E: 1800; D: 1826]

An die Deutschen

Spottet ja nicht des Kinds, wenn es mit Peitsch' und Sporn
Auf dem Rosse von Holz mutig und groß sich dünkt,
Denn, ihr Deutschen, auch ihr seid
Tatenarm und gedankenvoll.

Oder kömmt, wie der Strahl aus dem Gewölke kömmt,
Aus Gedanken die Tat? Leben die Bücher bald?
O ihr Lieben, so nimmt mich,
Daß ich büße die Lästerung.

Der Tod fürs Vaterland

Du kömmst, o Schlacht! schon wogen die Jünglinge
Hinab von ihren Hügeln, hinab ins Tal,
Wo keck herauf die Würger dringen,
Sicher der Kunst und des Arms, doch sichrer

Kömmt über sie die Seele der Jünglinge,
Denn die Gerechten schlagen, wie Zauberer,
Und ihre Vaterlandsgesänge
Lähmen die Kniee den Ehrelosen.

O nimmt mich, nimmt mich mit in die Reihen auf,
Damit ich einst nicht sterbe gemeinen Tods!
Umsonst zu sterben, lieb' ich nicht, doch
Lieb' ich, zu fallen am Opferhügel

Fürs Vaterland, zu bluten des Herzens Blut
Fürs Vaterland – und bald ist's geschehn! Zu euch
Ihr Teuern! komm' ich, die mich leben
Lehrten und sterben, zu euch hinunter!

Wie oft im Lichte dürstet' ich euch zu sehn,
Ihr Helden und ihr Dichter aus alter Zeit!
Nun grüßt ihr freundlich den geringen
Fremdling und brüderlich ist's hier unten;

Und Siegesboten kommen herab: Die Schlacht
Ist unser! Lebe droben, o Vaterland,
Und zähle nicht die Toten! Dir ist
Liebes! nicht Einer zu viel gefallen.

[1800]

Abendphantasie

Vor seiner Hütte ruhig im Schatten sitzt
Der Pflüger, dem Genügsamen raucht sein Herd,
Gastfreundlich tönt dem Wanderer im
Friedlichen Dorfe die Abendglocke.

Wohl kehren itzt die Schiffer zum Hafen auch,
In fernen Städten, fröhlich verrauscht des Markts
Geschäft'ger Lärm; in stiller Laube
Glänzt das gesellige Mahl den Freunden.

Wohin denn ich? Es leben die Sterblichen
Von Lohn und Arbeit; wechselnd in Müh' und Ruh'
Ist alles freudig; warum schläft denn
Nimmer nur mir in der Brust der Stachel?

Am Abendhimmel blühet ein Frühling auf;
Unzählig blühn die Rosen und ruhig scheint
Die goldne Welt; o dorthin nimmt mich
Purpurne Wolken! und möge droben

In Licht und Luft zerrinnen mir Lieb' und Leid! –
Doch, wie verscheucht von töriger Bitte, flieht
Der Zauber; dunkel wirds und einsam
Unter dem Himmel, wie immer, bin ich –

Komm du nun, sanfter Schlummer! zu viel begehrt
Das Herz; doch endlich, Jugend! verglühst du ja,
Du ruhelose, träumerische!
Friedlich und heiter ist dann das Alter.

Des Morgens

Vom Taue glänzt der Rasen; beweglicher
Eilt schon die wache Quelle; die Buche neigt
Ihr schwankes Haupt und im Geblätter
Rauscht es und schimmert; und um die grauen

Gewölke streifen rötliche Flammen dort,
Verkündende, sie wallen geräuschlos auf;
Wie Fluten am Gestade, wogen
Höher und höher die Wandelbaren.

Komm nun, o komm, und eile mir nicht zu schnell,
Du goldner Tag, zum Gipfel des Himmels fort!
Denn offner fliegt, vertrauter dir mein
Auge, du Freudiger! zu, so lang du

In deiner Schöne jugendlich blickst und noch
Zu herrlich nicht, zu stolz mir geworden bist;
Du möchtest immer eilen, könnt ich,
Göttlicher Wandrer, mit dir! – doch lächelst

Des frohen Übermütigen du, daß er
Dir gleichen möchte; segne mir lieber dann
Mein sterblich Tun und heitre wieder
Gütiger! heute den stillen Pfad mir.

Rings um ruhet die Stadt; still wird die erleuchtete Gasse,
Und, mit Fackeln geschmückt, rauschen die Wagen hinweg.
Satt gehn heim von Freuden des Tags zu ruhen die Menschen,
Und Gewinn und Verlust wäget ein sinniges Haupt
Wohlzufrieden zu Haus; leer steht von Trauben und Blumen,
Und von Werken der Hand ruht der geschäftige Markt.
Aber das Saitenspiel tönt fern aus Gärten; vielleicht, daß
Dort ein Liebendes spielt oder ein einsamer Mann
Ferner Freunde gedenkt und der Jugendzeit; und die Brunnen
Immerquillend und frisch rauschen an duftendem Beet.
Still in dämmriger Luft ertönen geläutete Glocken,
Und der Stunden gedenk rufet ein Wächter die Zahl.
Jetzt auch kommet ein Wehn und regt die Gipfel des Hains auf,
Sieh! und das Schattenbild unserer Erde, der Mond
Kommet geheim nun auch; die Schwärmerische, die Nacht kommt,
Voll mit Sternen und wohl wenig bekümmert um uns,
Glänzt die Erstaunende dort, die Fremdlingin unter den Menschen
Über Gebirgeshöhn traurig und prächtig herauf.

[E: 1800/1801; 1. Teil der Elegie »Brot und Wein« (die vollständig erst 1894 unter dem Titel »Die Nacht« veröffentlicht worden ist); D: 1807]

Gesang des Deutschen

O heilig Herz der Völker, o Vaterland!
Allduldend, gleich der schweigenden Mutter Erd',
Und allverkannt, wenn schon aus deiner
Tiefe die Fremden ihr Bestes haben!

Sie ernten den Gedanken, den Geist von dir,
Sie pflücken gern die Traube, doch höhnen sie
Dich, ungestalte Rebe! daß du
Schwankend den Boden und wild umirrest.

Du Land des hohen ernsteren Genius!
Du Land der Liebe! bin ich der Deine schon,
Oft zürnt' ich weinend, daß du immer
Blöde die eigene Seele leugnest.

Doch magst du manches Schöne nicht bergen mir;
Oft stand ich überschauend das holde Grün,
Den weiten Garten hoch in deinen
Lüften auf hellem Gebirg' und sah dich.

An deinen Strömen ging ich und dachte dich,
Indes die Töne schüchtern die Nachtigall
Auf schwanker Weide sang, und still auf
Dämmerndem Grunde die Welle weilte.

Und an den Ufern sah ich die Städte blühn,
Die Edlen, wo der Fleiß in der Werkstatt schweigt,
Die Wissenschaft, wo deine Sonne
Milde dem Künstler zum Ernste leuchtet.

Kennst du Minervas Kinder? sie wählten sich
Den Ölbaum früh zum Lieblinge; kennst du sie?
Noch lebt, noch waltet der Athener
Seele, die sinnende, still bei Menschen,

Wenn Platons frommer Garten auch schon nicht mehr
Am alten Strome grünt und der dürftge Mann
Die Heldenasche pflügt, und scheu der
Vogel der Nacht auf der Säule trauert.

O heilger Wald! o Attika! traf Er doch
Mit seinem furchtbarn Strahle dich auch, so bald,
Und eilten sie, die dich belebt, die
Flammen entbunden zum Aether über?

Doch, wie der Frühling, wandelt der Genius
Von Land zu Land. Und wir? ist denn Einer auch
Von unsern Jünglingen, der nicht ein
Ahnden, ein Rätsel der Brust, verschwiege?

Den deutschen Frauen danket! sie haben uns
Der Götterbilder freundlichen Geist bewahrt,
Und täglich sühnt der holde klare
Friede das böse Gewirre wieder.

Wo sind jetzt Dichter, denen der Gott es gab,
Wie unsern Alten, freudig und fromm zu sein,
Wo Weise, wie die unsre sind? die
Kalten und Kühnen, die Unbestechbarn!

Nun! sei gegrüßt in deinem Adel, mein Vaterland,
Mit neuem Namen, reifeste Frucht der Zeit!
Du letzte und du erste aller
Musen, Urania, sei gegrüßt mir!

Noch säumst und schweigst du, sinnest ein freudig Werk,
Das von dir zeuge, sinnest ein neu Gebild,
Das einzig, wie du selber, das aus
Liebe geboren und gut, wie du, sei –

Wo ist dein Delos, wo dein Olympia,
Daß wir uns alle finden am höchsten Fest? –
Doch wie errät der Sohn, was du den
Deinen, Unsterbliche, längst bereitest?

[E: 1799; D: 1846]

[*Minervas Kinder:* die Athener. – *Mit neuem Namen:* wohl »Hesperien« (»Abendland«).]

Heidelberg

Lange lieb' ich dich schon, möchte dich, mir zur Lust,
Mutter nennen, und dir schenken ein kunstlos Lied,
Du, der Vaterlandsstädte
Ländlichschönste, so viel ich sah.

Wie der Vogel des Walds über die Gipfel fliegt,
Schwingt sich über den Strom, wo er vorbei dir glänzt,
Leicht und kräftig die Brücke,
Die von Wagen und Menschen tönt.

Wie von Göttern gesandt, fesselt' ein Zauber einst
Auf die Brücke mich an, da ich vorüber ging,
Und herein in die Berge
Mir die reizende Ferne schien,

Und der Jüngling, der Strom, fort in die Ebne zog,
Traurigfroh, wie das Herz, wenn es, sich selbst zu schön,
Liebend unterzugehen,
In die Fluten der Zeit sich wirft.

Quellen hattest du ihm, hattest dem Flüchtigen
Kühle Schatten geschenkt, und die Gestade sahn
All' ihm nach, und es bebte
Aus den Wellen ihr lieblich Bild.

Aber schwer in das Tal hing die gigantische,
Schicksalskundige Burg nieder bis auf den Grund,
Von den Wettern zerrissen;
Doch die ewige Sonne goß

Ihr verjüngendes Licht über das alternde
Riesenbild, und umher grünte lebendiger
Efeu; freundliche Wälder
Rauschten über die Burg herab.

Sträuche blühten herab, bis wo im heitern Tal,
An den Hügel gelehnt, oder dem Ufer hold,
Deine fröhlichen Gassen
Unter duftenden Gärten ruhn.

[1801]

[*die Brücke:* die Alte oder Karl-Theodor-Brücke, 1786–1788 erbaut. – *Von den Wettern zerrissen:* Das Heidelberger Schloß wurde 1689 von den Franzosen zerstört. Nach dem Wiederaufbau wurde es 1764 vom Blitz getroffen.]

An die Hoffnung

O Hoffnung! holde! gütiggeschäftige!
Die du das Haus der Trauernden nicht verschmähst,
Und gerne dienend, Edle! zwischen
Sterblichen waltest und Himmelsmächten,

Wo bist du? wenig lebt' ich; doch atmet kalt
Mein Abend schon. Und stille, den Schatten gleich,
Bin ich schon hier; und schon gesanglos
Schlummert das schaudernde Herz im Busen.

Im grünen Tale, dort, wo der frische Quell
Vom Berge täglich rauscht, und die liebliche
Zeitlose mir am Herbsttag aufblüht,
Dort, in der Stille, du Holde, will ich

Dich suchen, oder wenn in der Mitternacht
Das unsichtbare Leben im Haine wallt,
Und über mir die immerfrohen
Blumen, die blühenden Sterne, glänzen,

O du, des Aethers Tochter! erscheine dann
Aus deines Vaters Gärten, und darfst du nicht,
Ein Geist der Erde, kommen, schröck, o
Schröcke mit anderem nur das Herz mir.

Hälfte des Lebens

Mit gelben Birnen hänget
Und voll mit wilden Rosen
Das Land in den See,
Ihr holden Schwäne,
Und trunken von Küssen
Tunkt ihr das Haupt
Ins heilignüchterne Wasser.

Weh mir, wo nehm' ich, wenn
Es Winter ist, die Blumen, und wo
Den Sonnenschein,
Und Schatten der Erde?
Die Mauern stehn
Sprachlos und kalt, im Winde
Klirren die Fahnen.

[1805]

[*Fahnen:* Wetterfahnen.]

Die Heimat

Froh kehrt der Schiffer heim an den stillen Strom,
Von Inseln fernher, wenn er geerntet hat;
So käm' auch ich zur Heimat, hätt' ich
Güter so viele, wie Leid, geerntet.

Ihr teuern Ufer, die mich erzogen einst,
Stillt ihr der Liebe Leiden, versprecht ihr mir,
Ihr Wälder meiner Jugend, wenn ich
Komme, die Ruhe noch einmal wieder?

Am kühlen Bache, wo ich der Wellen Spiel,
Am Strome, wo ich gleiten die Schiffe sah,
Dort bin ich bald; euch traute Berge,
Die mich behüteten einst, der Heimat

Verehrte sichre Grenzen, der Mutter Haus
Und liebender Geschwister Umarmungen
Begrüß' ich bald und ihr umschließt mich,
Daß, wie in Banden, das Herz mir heile,

Ihr treugebliebnen! aber ich weiß, ich weiß,
Der Liebe Leid, dies heilet so bald mir nicht,
Dies singt kein Wiegensang, den tröstend
Sterbliche singen, mir aus dem Busen.

Denn sie, die uns das himmlische Feuer leihn,
Die Götter schenken heiliges Leid uns auch,
Drum bleibe dies. Ein Sohn der Erde
Schein' ich; zu lieben gemacht, zu leiden.

Der Winkel von Hardt

Hinunter sinket der Wald,
Und Knospen ähnlich, hängen
Einwärts die Blätter, denen
Blüht unten auf ein Grund,
Nicht gar unmündig.
Da nämlich ist Ulrich
Gegangen; oft sinnt, über den Fußtritt,
Ein groß Schicksal
Bereit, an übrigem Orte.

[*Winkel:* Schlupfwinkel im Wald bei Hardt (zwischen Nürtingen und Denkendorf). – *Ulrich:* Der Sage nach hat Ulrich von Württemberg (1487–1550) dort Unterschlupf gefunden, als er 1519 vom Schwäbischen Bund vertrieben wurde. – *Nicht unmündig:* der Grund weiß zu berichten. – *an übrigem Orte:* an dem übriggebliebenen Ort.]

Der Rhein

An Isaak von Sinclair

Im dunkeln Efeu saß ich, an der Pforte
Des Waldes, eben, da der goldene Mittag,
Den Quell besuchend, herunterkam
Von Treppen des Alpengebirgs,
Das mir die göttlichgebaute,
Die Burg der Himmlischen heißt
Nach alter Meinung, wo aber
Geheim noch manches entschieden
Zu Menschen gelanget; von da
Vernahm ich ohne Vermuten
Ein Schicksal, denn noch kaum
War mir im warmen Schatten
Sich manches beredend, die Seele
Italia zu geschweift
Und fernhin an die Küsten Moreas.

Jetzt aber, drin im Gebirg,
Tief unter den silbernen Gipfeln
Und unter fröhlichem Grün,
Wo die Wälder schauernd zu ihm,
Und der Felsen Häupter übereinander
Hinabschaun, taglang, dort
Im kältesten Abgrund hört'
Ich um Erlösung jammern
Den Jüngling, es hörten ihn, wie er tobt',
Und die Mutter Erd' anklagt',
Und den Donnerer, der ihn gezeuget,
Erbarmend die Eltern, doch
Die Sterblichen flohn von dem Ort,
Denn furchtbar war, da lichtlos er
In den Fesseln sich wälzte,
Das Rasen des Halbgotts.

Die Stimme wars des edelsten der Ströme,
Des freigeborenen Rheins,
Und anderes hoffte der, als droben von den Brüdern,
Dem Tessin und dem Rhodanus,
Er schied und wandern wollt', und ungeduldig ihn
Nach Asia trieb die königliche Seele.
Doch unverständig ist
Das Wünschen vor dem Schicksal.
Die Blindesten aber
Sind Göttersöhne. Denn es kennet der Mensch
Sein Haus und dem Tier ward, wo
Es bauen solle, doch jenen ist
Der Fehl, daß sie nicht wissen wohin?
In die unerfahrne Seele gegeben.

Ein Rätsel ist Reinentsprungenes. Auch
Der Gesang kaum darf es enthüllen. Denn
Wie du anfingst, wirst du bleiben,
So viel auch wirket die Not,
Und die Zucht, das meiste nämlich
Vermag die Geburt,
Und der Lichtstrahl, der
Dem Neugebornen begegnet.
Wo aber ist einer,
Um frei zu bleiben
Sein Leben lang, und des Herzens Wunsch
Allein zu erfüllen, so
Aus günstigen Höhn, wie der Rhein,
Und so aus heiligem Schoße
Glücklich geboren, wie jener?

Drum ist ein Jauchzen sein Wort,
Nicht liebt er, wie andere Kinder,
In Wickelbanden zu weinen;
Denn wo die Ufer zuerst
An die Seit ihm schleichen, die krummen,
Und durstig umwindend ihn,
Den Unbedachten, zu ziehn
Und wohl zu behüten begehren
Im eigenen Zahne, lachend
Zerreißt er die Schlangen und stürzt
Mit der Beut und wenn in der Eil'
Ein Größerer ihn nicht zähmt,
Ihn wachsen läßt, wie der Blitz, muß er
Die Erde spalten, und wie Bezauberte fliehn
Die Wälder ihm nach und zusammensinkend die Berge.

Ein Gott will aber sparen den Söhnen
Das eilende Leben und lächelt,
Wenn unenthaltsam, aber gehemmt
Von heiligen Alpen, ihm
In der Tiefe, wie jener, zürnen die Ströme.
In solcher Esse wird dann
Auch alles Lautre geschmiedet,
Und schön ist's, wie er drauf,
Nachdem er die Berge verlassen,
Stillwandelnd sich im deutschen Lande
Begnüget und das Sehnen stillt
Im guten Geschäfte, wenn er das Land baut
Der Vater Rhein und liebe Kinder nährt
In Städten, die er gegründet.

Doch nimmer, nimmer vergißt ers.
Denn eher muß die Wohnung vergehn,
Und die Satzung und zum Unbild werden
Der Tag der Menschen, ehe vergessen
Ein solcher dürfte den Ursprung
Und die reine Stimme der Jugend.

Wer war es, der zuerst
Die Liebesbande verderbt
Und Stricke von ihnen gemacht hat?
Dann haben des eigenen Rechts
Und gewiß des himmlischen Feuers
Gespottet die Trotzigen, dann erst
Die sterblichen Pfade verachtend
Verwegnes erwählt
Und den Göttern gleich zu werden getrachtet.

Es haben aber an eigner
Unsterblichkeit die Götter genug, und bedürfen
Die Himmlischen eines Dings,
So sind's Heroën und Menschen
Und Sterbliche sonst. Denn weil
Die Seligsten nichts fühlen von selbst,
Muß wohl, wenn solches zu sagen
Erlaubt ist, in der Götter Namen
Teilnehmend fühlen ein Andrer,
Den brauchen sie; jedoch ihr Gericht
Ist, daß sein eigenes Haus
Zerbreche der und das Liebste
Wie den Feind schelt' und sich Vater und Kind
Begrabe unter den Trümmern,
Wenn einer, wie sie, sein will und nicht
Ungleiches dulden, der Schwärmer.

Drum wohl ihm, welcher fand
Ein wohlbeschiedenes Schicksal,
Wo noch der Wanderungen
Und süß der Leiden Erinnerung
Aufrauscht am sichern Gestade,
Daß da und dorthin gern
Er sehn mag bis an die Grenzen,
Die bei der Geburt ihm Gott
Zum Aufenthalte gezeichnet.
Dann ruht er, seligbescheiden,
Denn alles, was er gewollt,
Das Himmlische, von selber umfängt
Es unbezwungen, lächelnd
Jetzt, da er ruhet, den Kühnen.

Halbgötter denk' ich jetzt
Und kennen muß ich die Teuern,
Weil oft ihr Leben so
Die sehnende Brust mir beweget.
Wem aber, wie, Rousseau, dir,
Unüberwindlich die Seele
Die starkausdauernde ward,
Und sicherer Sinn
Und süße Gabe zu hören,
Zu reden so, daß er aus heiliger Fülle
Wie der Weingott, törig göttlich

Und gesetzlos sie die Sprache der Reinesten gibt
Verständlich den Guten, aber mit Recht
Die Achtungslosen mit Blindheit schlägt
Die entweihenden Knechte, wie nenn ich den Fremden?

Die Söhne der Erde sind, wie die Mutter,
Alliebend, so empfangen sie auch
Mühlos, die Glücklichen, Alles.
Drum überraschet es auch
Und schröckt den sterblichen Mann,
Wenn er den Himmel, den
Er mit den liebenden Armen
Sich auf die Schultern gehäuft,
Und die Last der Freude bedenket;
Dann scheint ihm oft das Beste,
Fast ganz vergessen da,
Wo der Strahl nicht brennt,
Im Schatten des Walds
Am Bielersee in frischer Grüne zu sein,
Und sorglosarm an Tönen,
Anfängern gleich, bei Nachtigallen zu lernen.

Und herrlich ists, aus heiligem Schlafe dann
Erstehen und aus Waldes Kühle
Erwachend, abends nun
Dem milderen Licht entgegenzugehn,
Wenn, der die Berge gebaut
Und den Pfad der Ströme gezeichnet,
Nachdem er lächelnd auch
Der Menschen geschäftiges Leben
Das othemarme, wie Segel
Mit seinen Lüften gelenkt hat,
Auch ruht und zu der Schülerin jetzt,
Der Bildner, Gutes mehr
Denn Böses findend,
Zur heutigen Erde der Tag sich neiget. –

Dann feiern das Brautfest Menschen und Götter,
Es feiern die Lebenden all,
Und ausgeglichen
Ist eine Weile das Schicksal.
Und die Flüchtlinge suchen die Herberg,
Und süßen Schlummer die Tapfern,
Die Liebenden aber
Sind, was sie waren, sie sind
Zu Hause, wo die Blume sich freuet
Unschädlicher Glut und die finsteren Bäume
Der Geist umsäuselt, aber die Unversöhnten
Sind umgewandelt und eilen
Die Hände sich ehe zu reichen,
Bevor das freundliche Licht
Hinuntergeht und die Nacht kommt.

Doch einigen eilt
Dies schnell vorüber, andere
Behalten es länger.
Die ewigen Götter sind
Voll Lebens allzeit; bis in den Tod
Kann aber ein Mensch auch
Im Gedächtnis doch das Beste behalten,
Und dann erlebt er das Höchste.
Nur hat ein jeder sein Maß.
Denn schwer ist zu tragen
Das Unglück, aber schwerer das Glück.
Ein Weiser aber vermocht es
Vom Mittag bis in die Mitternacht,
Und bis der Morgen erglänzte,
Beim Gastmahl helle zu bleiben.

Dir mag auf heißem Pfade unter Tannen oder
Im Dunkel des Eichwalds gehüllt
In Stahl, mein Sinclair! Gott erscheinen oder
In Wolken, du kennst ihn, da du kennest, jugendlich,
Des Guten Kraft, und nimmer ist dir
Verborgen das Lächeln des Herrschers
Bei Tage, wenn
Es fieberhaft und angekettet das
Lebendige scheinet oder auch
Bei Nacht, wenn alles gemischt
Ist ordnungslos und wiederkehrt
Uralte Verwirrung.

[1808]

[*Morea:* Peloponnes. – *von den Brüdern:* Die Quellen von Rhein, Tessin und Rhone liegen nahe beieinander. – *Nach Asia:* Der Rhein fließt zunächst nach Osten. – *Wohnung:* die Behausung des Menschen überhaupt; seine Möglichkeit, auf der Erde zu wohnen. – *Bielersee:* J.-J. Rousseau hielt sich eine Zeitlang auf der Petersinsel im Bielersee auf. Erinnerungen daran: »Les rêveries du promeneur solitaire« (»Die Träumereien eines einsamen Spaziergängers«), 1782 aus dem Nachlaß veröffentlicht. – *Dies:* das »Brautfest«. – *das Beste:* das »Brautfest«.]

Andenken

Der Nordost wehet,
Der liebste unter den Winden
Mir, weil er feurigen Geist
Und gute Fahrt verheißet den Schiffern.
Geh aber nun und grüße
Die schöne Garonne,
Und die Gärten von Bourdeaux
Dort, wo am scharfen Ufer
Hingehet der Steg und in den Strom
Tief fällt der Bach, darüber aber
Hinschauet ein edel Paar
Von Eichen und Silberpappeln;

Noch denket das mir wohl und wie
Die breiten Gipfel neiget
Der Ulmwald, über die Mühl',
Im Hofe aber wächset ein Feigenbaum.
An Feiertagen gehn
Die braunen Frauen daselbst
Auf seidnen Boden,
Zur Märzenzeit,
Wenn gleich ist Nacht und Tag,
Und über langsamen Stegen,
Von goldenen Träumen schwer,
Einwiegende Lüfte ziehen.

Es reiche aber,
Des dunkeln Lichtes voll,
Mir einer den duftenden Becher,
Damit ich ruhen möge; denn süß
Wär' unter Schatten der Schlummer.
Nicht ist es gut,
Seellos von sterblichen
Gedanken zu sein. Doch gut
Ist ein Gespräch und zu sagen
Des Herzens Meinung, zu hören viel
Von Tagen der Lieb',
Und Taten, welche geschehen.

Wo aber sind die Freunde? Bellarmin
Mit dem Gefährten? Mancher
Trägt Scheue, an die Quelle zu gehn;
Es beginnet nämlich der Reichtum
Im Meere. Sie,
Wie Maler, bringen zusammen
Das Schöne der Erd' und verschmähn
Den geflügelten Krieg nicht, und
Zu wohnen einsam, jahrlang, unter
Dem entlaubten Mast, wo nicht die Nacht durchglänzen
Die Feiertage der Stadt,
Und Saitenspiel und eingeborener Tanz nicht.

Nun aber sind zu Indiern
Die Männer gegangen,
Dort an der luftigen Spitz'
An Traubenbergen, wo herab
Die Dordogne kommt,
Und zusammen mit der prächt'gen
Garonne meerbreit
Ausgehet der Strom. Es nehmet aber
Und gibt Gedächtnis die See,
Und die Lieb' auch heftet fleißig die Augen,
Was bleibet aber, stiften die Dichter.

[1808]

[*Noch denket...:* Noch erinnere ich mich wohl. – *an der luftigen Spitz':* wahrscheinlich die schmale Landspitze am Zusammenfluß der Garonne und Dordogne.]

Der Sommer

Noch ist die Zeit des Jahrs zu sehn, und die Gefilde
Des Sommers stehn in ihrem Glanz, in ihrer Milde;
Des Feldes Grün ist prächtig ausgebreitet,
Allwo der Bach hinab mit Wellen gleitet.

So zieht der Tag hinaus durch Berg und Tale,
Mit seiner Unaufhaltsamkeit und seinem Strahle,
Und Wolken ziehn in Ruh', in hohen Räumen,
Es scheint das Jahr mit Herrlichkeit zu säumen.

Mit Untertänigkeit
d. 9ten März 1940 Scardanelli

[E: 9. 3. 1842; D: 1923]

[Als »Scardanelli« unterzeichnete Hölderlin manchmal in seinen späten Lebensjahren; er verwendete auch Phantasiedaten.]

UNBEKANNTER VERFASSER

Trinklied der freien Mainzer

In bekannter Melodie, wie das Lied von Claudius

Nun kränzt mit Laub den liebevollen Becher
Und trinkt ihn fröhlich leer,
Denn unser Vaterland, ihr lieben Zecher,
Drückt kein Despote mehr!

Gefallen ist die harte Landesplage,
Gestürzet von dem Thron,
Er hörte nicht des armen Bürgers Klage –
Nun hat er seinen Lohn.

Gefallen ist der geistliche Despote,
Der unsern Schweiß verpraßt,
Gefallen der Tyrann, der uns noch drohte
Mit tausendfacher Last.

Wir waren ihm nur niedre Sklavenhunde,
Ihm galt kein Menschenrecht.
Was kümmert' ihn des armen Bürgers Wunde?
Der war ihm viel zu schlecht.

Triumph nun! Brüder! Seht, er liegt im Staube,
Der unser Recht verkannt –
Triumph! Er liegt! Er liegt, der nur gelebt vom Raube!
Ihn stürzt' der Franken Hand!

Sie gaben uns die edle Freiheit wieder,
Sie leben lang und hoch!
Trinkt auf ihr Wohl, ihr biedre deutsche Brüder,
Sie leben lang und hoch!

Ha! Seht den Wein in diesem Becher blinken –
Nun würzet Freiheit ihn!
Der Bürger leb', Despoten müssen sinken
Und Menschenrechte blühn.

[*freie Mainzer:* Am 21. 10. 1792 eroberten franz. Revolutionstruppen Mainz: der Fürstbischof war bereits am 4. 10. geflohen. Am 18. 3. 1793 proklamierte der »Nationalkonvent der freien Deutschen diesseits des Rheins« das Gebiet zwischen Landau, Bingen und Mainz als »freien, unabhängigen, unzertrennlichen Staat« und beschloß kurz darauf den Anschluß an Frankreich. Mit der Rückeroberung durch die verbündeten monarchischen Truppen am 13. 7. 1793 war das republikanische Zwischenspiel in Mainz bereits wieder zu Ende.]

NOVALIS (FRIEDRICH VON HARDENBERG)

1772–1801

Aus: *Geistliche Lieder*

II.

Fern im Osten wird es helle,
Graue Zeiten werden jung;
Aus der lichten Farbenquelle
Einen langen tiefen Trunk!
Alter Sehnsucht heilige Gewährung,
Süße Lieb in göttlicher Verklärung.

Endlich kommt zur Erde nieder
Aller Himmel selges Kind,
Schaffend im Gesang weht wieder
Um die Erde Lebenswind,
Weht zu neuen ewig lichten Flammen
Längst verstiebte Funken hier zusammen.

Überall entspringt aus Grüften
Neues Leben, neues Blut,
Ewgen Frieden uns zu stiften,
Taucht er in die Lebensflut;
Steht mit vollen Händen in der Mitte
Liebevoll gewärtig jeder Bitte.

Lasse seine milden Blicke
Tief in deine Seele gehn,
Und von seinem ewgen Glücke
Sollst du dich ergriffen sehn.
Alle Herzen, Geister und die Sinnen
Werden einen neuen Tanz beginnen.

Greife dreist nach seinen Händen,
Präge dir sein Antlitz ein,
Mußt dich immer nach ihm wenden,
Blüte nach dem Sonnenschein;
Wirst du nur das ganze Herz ihm zeigen,
Bleibt er wie ein treues Weib dir eigen.

Unser ist sie nun geworden,
Gottheit, die uns oft erschreckt,
Hat im Süden und im Norden
Himmelskeime rasch geweckt.
Und so laßt im vollen Gottesgarten
Treu uns jede Knosp und Blüte warten.

V.

Wenn ich ihn nur habe,
Wenn er mein nur ist,
Wenn mein Herz bis hin zum Grabe
Seine Treue nie vergißt:
Weiß ich nichts von Leide,
Fühle nichts als Andacht, Lieb und Freude.

Wenn ich ihn nur habe,
Laß ich alles gern,
Folg an meinem Wanderstabe
Treugesinnt nur meinem Herrn,
Lasse still die andern
Breite, lichte, volle Straßen wandern.

Wenn ich ihn nur habe,
Schlaf ich fröhlich ein,
Ewig wird zu süßer Labe
Seines Herzens Flut mir sein,
Die mit sanftem Zwingen
Alles wird erweichen und durchdringen.

Wenn ich ihn nur habe,
Hab ich auch die Welt,
Selig wie ein Himmelsknabe,
Der der Jungfrau Schleier hält.
Hingesenkt im Schauen
Kann mich vor dem Irdischen nicht grauen.

Wo ich ihn nur habe,
Ist mein Vaterland;
Und es fällt mir jede Gabe
Wie ein Erbteil in die Hand;
Längst vermißte Brüder
Find ich nun in seinen Jüngern wieder.

VI.

Wenn alle untreu werden,
So bleib ich dir doch treu;
Daß Dankbarkeit auf Erden
Nicht ausgestorben sei.
Für mich umfing dich Leiden,
Vergingst für mich in Schmerz;
Drum geb ich dir mit Freuden
Auf ewig dieses Herz.

Oft muß ich bitter weinen,
Daß du gestorben bist
Und mancher von den Deinen
Dich lebenslang vergißt.
Von Liebe nur durchdrungen
Hast du so viel getan,
Und doch bist du verklungen,
Und keiner denkt daran.

Du stehst voll treuer Liebe
Noch immer jedem bei,
Und wenn dir keiner bliebe,
So bleibst du dennoch treu;
Die treuste Liebe sieget,
Am Ende fühlt man sie,
Weint bitterlich und schmieget
Sich kindlich an dein Knie.

Ich habe dich empfunden,
O lasse nicht von mir;
Laß innig mich verbunden
Auf ewig sein mit dir!
Einst schauen meine Brüder
Auch wieder himmelwärts,
Und sinken liebend nieder
Und fallen dir ans Herz.

X.

Es gibt so bange Zeiten,
Es gibt so trüben Mut,
Wo alles sich von weiten
Gespenstisch zeigen tut.

Es schleichen wilde Schrecken
So ängstlich leise her,
Und tiefe Nächte decken
Die Seele zentnerschwer.

Die sichern Stützen schwanken,
Kein Halt der Zuversicht;
Der Wirbel der Gedanken
Gehorcht dem Willen nicht.

Der Wahnsinn naht und locket
Unwiderstehlich hin.
Der Puls des Lebens stocket,
Und stumpf ist jeder Sinn.

Wer hat das Kreuz erhoben
Zum Schutz für jedes Herz?
Wer wohnt im Himmel droben
Und hilft in Angst und Schmerz?

Geh zu dem Wunderstamme,
Gib stiller Sehnsucht Raum,
Aus ihm geht eine Flamme
Und zehrt den schweren Traum.

Ein Engel zieht dich wieder
Gerettet auf den Strand,
Und schaust voll Freuden nieder
In das gelobte Land.

XV.

Ich sehe dich in tausend Bildern,
Maria, lieblich ausgedrückt,
Doch keins von allen kann dich schildern,
Wie meine Seele dich erblickt.

Ich weiß nur, daß der Welt Getümmel
Seitdem mir wie ein Traum verweht
Und ein unnennbar süßer Himmel
Mir ewig im Gemüte steht.

[1802]

Wenn nicht mehr Zahlen und Figuren
Sind Schlüssel aller Kreaturen,
Wenn die, so singen oder küssen,
Mehr als die Tiefgelehrten wissen,
Wenn sich die Welt ins freie Leben
Und in die Welt wird zurückbegeben,
Wenn dann sich wieder Licht und Schatten
Zu echter Klarheit werden gatten
Und man in Märchen und Gedichten
Erkennt die wahren Weltgeschichten,
Dann fliegt von Einem geheimen Wort
Das ganze verkehrte Wesen fort.

[Das Lied der Toten]

Lobt doch unsre stillen Feste,
Unsre Gärten, unsre Zimmer,
Das bequeme Hausgeräte,
Unser Hab und Gut!
Täglich kommen neue Gäste,
Diese früh, die andern späte,
Auf den weiten Herden immer
Lodert frische Lebensglut.

Tausend zierliche Gefäße,
Einst betaut mit tausend Tränen,
Goldne Ringe, Sporen, Schwerter,
Sind in unserm Schatz:
Viel Kleinodien und Juwelen
Wissen wir in dunkeln Höhlen,
Keiner kann den Reichtum zählen,
Zählt' er auch ohn Unterlaß.

Kinder der Vergangenheiten,
Helden aus den grauen Zeiten,
Der Gestirne Riesengeister,
Wunderlich gesellt,
Holde Frauen, ernste Meister,
Kinder und verlebte Greise
Sitzen hier in *einem* Kreise,
Wohnen in der alten Welt.

Keiner wird sich je beschweren,
Keiner wünschen fortzugehen,
Wer an unsern vollen Tischen
Einmal fröhlich saß.
Klagen sind nicht mehr zu hören,
Keine Wunden mehr zu sehen,
Keine Tränen abzuwischen;
Ewig läuft das Stundenglas.

Tiefgerührt von heilger Güte
Und versenkt in selges Schauen
Steht der Himmel im Gemüte,
Wolkenloses Blau;
Lange fliegende Gewande
Tragen uns durch Frühlingsauen,
Und es weht in diesem Lande
Nie ein Lüftchen kalt und rauh.

Süßer Reiz der Mitternächte,
Stiller Kreis geheimer Mächte,
Wollust rätselhafter Spiele,
Wir nur kennen euch.
Wir nur sind am hohen Ziele,
Bald in Strom uns zu ergießen,
Dann in Tropfen zu zerfließen
Und zu nippen auch zugleich.

Uns ward erst die Liebe, Leben;
Innig wie die Elemente
Mischen wir des Daseins Fluten,
Brausend Herz mit Herz.
Lüstern scheiden sich die Fluten,
Denn der Kampf der Elemente
Ist der Liebe höchstes Leben
Und des Herzens eignes Herz.

Leiser Wünsche süßes Plaudern
Hören wir allein und schauen
Immerdar in selge Augen,
Schmecken nichts als Mund und Kuß.
Alles, was wir nur berühren,
Wird zu heißen Balsamfrüchten,
Wird zu weichen zarten Brüsten,
Opfern kühner Lust.

Immer wächst und blüht Verlangen,
Am Geliebten festzuhangen,
Ihn im Innern zu empfangen,
Eins mit ihm zu sein,
Seinem Durste nicht zu wehren,
Sich im Wechsel zu verzehren,
Voneinander sich zu nähren,
Voneinander nur allein.

So in Lieb und hoher Wollust
Sind wir immerdar versunken,
Seit der wilde trübe Funken
Jener Welt erlosch,
Seit der Hügel sich geschlossen
Und der Scheiterhaufen sprühte
Und dem schauernden Gemüte
Nun das Erdgesicht zerfloß.

Zauber der Erinnerungen,
Heilger Wehmut süße Schauer
Haben innig uns durchklungen,
Kühlen unsre Glut.
Wunden gibt's, die ewig schmerzen,
Eine göttlich tiefe Trauer
Wohnt in unser aller Herzen,
Löst uns auf in *eine* Flut.

Und in dieser Flut ergießen
Wir uns auf geheime Weise
In den Ozean des Lebens,
Tief in Gott hinein;
Und aus seinem Herzen fließen
Wir zurück zu unserm Kreise,
Und der Geist des höchsten Strebens
Taucht in unsre Wirbel ein.

Schüttelt eure goldnen Ketten
Mit Smaragden und Rubinen
Und die blanken saubern Spangen,
Blitz und Klang zugleich.
Aus des feuchten Abgrunds Betten,
Aus den Gräbern und Ruinen,
Himmelsrosen auf den Wangen,
Schwebt in's bunte Fabelreich.

Könnten doch die Menschen wissen,
Unsre künftigen Genossen,
Daß bei allen ihren Freuden
Wir geschäftig sind:
Jauchzend würden sie verscheiden,
Gern das bleiche Dasein missen, –
O! die Zeit ist bald verflossen,
Kommt, Geliebte, doch geschwind!

Helft uns nur den Erdgeist binden,
Lernt den Sinn des Todes fassen
Und das Wort des Lebens finden;
Einmal kehrt euch um.
Deine Macht muß bald verschwinden,
Dein erborgtes Licht verblassen,
Werden dich in kurzem binden,
Erdgeist, deine Zeit ist um.

[1802]

LUDWIG TIECK

1773–1853

Melancholie

Schwarz war die Nacht und dunkle Sterne brannten
Durch Wolkenschleier matt und bleich,
Die Flur durchstrich das Geisterreich,
Als feindlich sich die Parzen abwärts wandten
Und zornge Götter mich ins Leben sandten.

Die Eule sang mir grause Wiegenlieder
Und schrie mir durch die stille Ruh
Ein gräßliches: Willkommen! zu.
Der bleiche Gram und Jammer sanken nieder
Und grüßten mich als längst gekannte Brüder.

Da sprach der Gram in banger Geisterstunde:
Du bist zu Qualen eingeweiht,
Ein Ziel des Schicksals Grausamkeit,
Die Bogen sind gespannt, und jede Stunde
Schlägt grausam dir stets neue blutge Wunde.

Dich werden alle Menschenfreuden fliehen,
Dich spricht kein Wesen freundlich an,
Du gehst die wüste Felsenbahn,
Wo Klippen drohn, wo keine Blumen blühen,
Der Sonne Strahlen heiß und heißer glühen.

Die Liebe, die der Schöpfung All durchklingt,
Der Schirm in Jammer und in Leiden,
Die Blüte aller Menschenfreuden,
Die unser Herz zum höchsten Himmel schwingt,
Wo Durst aus selgem Born Erquicken trinkt,

Die Liebe sei auf ewig dir versagt.
Das Tor ist hinter dir geschlossen,
Auf der Verzweiflung wilden Rossen
Wirst du durchs öde Leben hingejagt,
Wo keine Freude dir zu folgen wagt.

Dann sinkst du in die ewge Nacht zurück,
Sieh tausend Elend' auf dich zielen,
Im Schmerz dein Dasein nur zu fühlen!
Ja, erst im ausgelöschten Todesblick
Begrüßt voll Mitleid dich das erste Glück.

[1795]

Waldeinsamkeit,
Die mich erfreut,
So morgen wie heut
In ewger Zeit.
O wie mich freut
Waldeinsamkeit!

[...]

Waldeinsamkeit,
Wie liegst du weit!
O dich gereut
Einst mit der Zeit. –
Ach einzge Freud
Waldeinsamkeit!

[...]

Waldeinsamkeit
Mich wieder freut,
Mir geschieht kein Leid,
Hier wohnt kein Neid,
Von neuem mich freut
Waldeinsamkeit.

[1797]

[Strophenweise eingefügt in die Erzählung »Der blonde Eckbert«.]

Wunder der Liebe

Glosse

Mondbeglänzte Zaubernacht,
Die den Sinn gefangen hält,
Wundervolle Märchenwelt,
Steig auf in der alten Pracht!

Liebe läßt sich suchen, finden,
Niemals lernen oder lehren,
Wer da will die Flamm entzünden,
Ohne selbst sich zu verzehren,
Muß sich reinigen der Sünden.
Alles schläft, weil er noch wacht,
Wann der Stern der Liebe lacht,
Goldne Augen auf ihn blicken,
Schaut er trunken von Entzücken
Mondbeglänzte Zaubernacht.

Aber nie darf er erschrecken,
Wenn sich Wolken dunkel jagen,
Finsternis die Sterne decken,
Kaum der Mond es noch will wagen,
Einen Schimmer zu erwecken.
Ewig steht der Liebe Zelt,
Von dem eignen Licht erhellt,
Aber Mut nur kann zerbrechen,
Was die Furcht will ewig schwächen,
Die den Sinn gefangen hält.

Keiner Liebe hat gefunden,
Dem ein trüber Ernst beschieden,
Flüchtig sind die goldnen Stunden,
Welche immer den vermieden,

Den die bleiche Sorg umwunden:
Wer die Schlange an sich hält,
Dem ist Schatten vorgestellt,
Alles, was die Dichter sangen,
Nennt der Arme, eingefangen,
Wundervolle Märchenwelt.

Herz, im Glauben auferblühend,
Fühlt alsbald die goldnen Scheine,
Die es lieblich in sich ziehend
Macht zu eigen sich und seine,
In der schönsten Flamme glühend.
Ist das Opfer angefacht,
Wird's dem Himmel dargebracht;
Hat dich Liebe angenommen,
Auf dem Altar hell entglommen,
Steig auf in der alten Pracht.

[1804]

[*Glosse:* jeweils eine Zeile des kurzen Themagedichts schließt eine Strophe des langen Gedichts ab.]

Glosse

Liebe denkt in süßen Tönen,
Denn Gedanken stehn zu fern,
Nur in Tönen mag sie gern
Alles, was sie will, verschönen.

Wenn im tiefen Schmerz verloren
Alle Geister in mir klagen
Und gerührt die Freunde fragen:
»Welch ein Leid ist dir geboren?«
Kann ich keine Antwort sagen,
Ob sich Freuden wollen finden,
Leiden in mein Herz gewöhnen,
Geister, die sich liebend binden,
Kann kein Wort niemals verkünden,
Liebe denkt in süßen Tönen.

Warum hat Gesangessüße
Immer sich von mir geschieden?
Zornig hat sie mich vermieden,
Wie ich auch die Holde grüße.
So geschieht es, daß ich büße,
Schweigen ist mir vorgeschrieben,
Und ich sagte doch so gern,
Was dem Herzen sei sein Lieben,
Aber stumm bin ich geblieben,
Denn Gedanken stehn zu fern.

Ach, wo kann ich doch ein Zeichen,
Meiner Liebe ewges Leben
Mir nur selber kundzugeben,
Wie ein Lebenswort erreichen?
Wenn dann alles will entweichen,
Muß ich oft in Trauer wähnen,
Liebe sei dem Herzen fern.
Dann weckt sie das tiefste Sehnen,
Sprechen mag sie nur in Tränen,
Nur in Tönen mag sie gern.

Will die Liebe in mir weinen,
Bringt sie Jammer, bringt sie Wonne,
Will sie Nacht sein oder Sonne,
Sollen Glückessterne scheinen?
Tausend Wunder sich vereinen:
Ihr Gedanken schweiget stille,
Denn die Liebe will mich krönen,
Und was sich an mir erfülle,
Weiß ich das, es wird ihr Wille
Alles, was sie will, verschönen.

[1816]

CLEMENS BRENTANO

1778–1842

Von den Mauern Widerklang –
Ach! – im Herzen frägt es bang:
Ist es ihre Stimme;
Und vergebens sucht mein Blick
Kehret mir ein Ton zurück? –
Ist's nur meine Stimme? –

Auf der Mauern höherm Rand
Sind die Blicke hingebannt,
Doch ich seh' nur Sterne;
Und in hoher Himmelssee
Ich die Sterne küssen seh',
Wären's unsre Sterne.

Nacht ist voller Lug und Trug,
Nimmer sehen wir genug
In den schwarzen Augen;
Heiß ist Liebe, Nacht ist kühl,
Ach ich seh' ihr viel zu viel
In die schwarzen Augen.

Sonne wollt' nicht untergehn,
Blieb am Berg neugierig stehn;
Kam die Nacht gegangen.
Stille Nacht in deinem Schoß
Liegt der Menschen höchstes Los,
Mütterlich umfangen.

[E: um 1800; D: 1844]

Sprich aus der Ferne
Heimliche Welt,
Die sich so gerne
Zu mir gesellt.

Wenn das Abendrot niedergesunken,
Keine freudige Farbe mehr spricht,
Und die Kränze stilleuchtender Funken
Die Nacht um die schattigte Stirne flicht:

Wehet der Sterne
Heiliger Sinn
Leis durch die Ferne
Bis zu mir hin.

Wenn des Mondes still lindernde Tränen
Lösen der Nächte verborgenes Weh;
Dann wehet Friede. In goldenen Kähnen
Schiffen die Geister im himmlischen See.

Glänzender Lieder
Klingender Lauf
Ringelt sich nieder,
Wallet hinauf.

Wenn der Mitternacht heiliges Grauen
Bang durch die dunklen Wälder hinschleicht,
Und die Büsche gar wundersam schauen,
Alles sich finster tiefsinnig bezeugt:

Wandelt im Dunkeln
Freundliches Spiel,
Still Lichter funkeln
Schimmerndes Ziel.

Alles ist freundlich wohlwollend verbunden,
Bietet sich tröstend und traurend die Hand,
Sind durch die Nächte die Lichter gewunden,
Alles ist ewig im Innern verwandt.

Sprich aus der Ferne
Heimliche Welt,
Die sich so gerne
Zu mir gesellt.

[1801]

Zu Bacharach am Rheine
Wohnt eine Zauberin,
Sie war so schön und feine
Und riß viel Herzen hin.

Und brachte viel zu schanden
Der Männer rings umher,
Aus ihren Liebesbanden
War keine Rettung mehr.

Der Bischof ließ sie laden
Vor geistliche Gewalt –
Und mußte sie begnaden,
So schön war ihr' Gestalt.

Er sprach zu ihr gerühret:
»Du arme Lore Lay!
Wer hat dich denn verführet
Zu böser Zauberei?«

»Herr Bischof laßt mich sterben,
Ich bin des Lebens müd,
Weil jeder muß verderben,
Der meine Augen sieht.

Die Augen sind zwei Flammen,
Mein Arm ein Zauberstab –
O legt mich in die Flammen!
O brechet mir den Stab!«

»Ich kann dich nicht verdammen,
Bis du mir erst bekennt,
Warum in diesen Flammen
Mein eigen Herz schon brennt.

Den Stab kann ich nicht brechen,
Du schöne Lore Lay!
Ich müßte dann zerbrechen
Mein eigen Herz entzwei.«

»Herr Bischof mit mir Armen
Treibt nicht so bösen Spott,
Und bittet um Erbarmen,
Für mich den lieben Gott.

Ich darf nicht länger leben,
Ich liebe keinen mehr –
Den Tod sollt Ihr mir geben,
Drum kam ich zu Euch her. –

Mein Schatz hat mich betrogen,
Hat sich von mir gewandt,
Ist fort von hier gezogen,
Fort in ein fremdes Land.

Die Augen sanft und wilde,
Die Wangen rot und weiß,
Die Worte still und milde
Das ist mein Zauberkreis.

Ich selbst muß drin verderben,
Das Herz tut mir so weh,
Vor Schmerzen möcht' ich sterben,
Wenn ich mein Bildnis seh'.

Drum laßt mein Recht mich finden,
Mich sterben, wie ein Christ,
Denn alles muß verschwinden,
Weil er nicht bei mir ist.«

Drei Ritter läßt er holen:
»Bringt sie ins Kloster hin,
Geh Lore! – Gott befohlen
Sei dein berückter Sinn.

Du sollst ein Nönnchen werden,
Ein Nönnchen schwarz und weiß,
Bereite dich auf Erden
Zu deines Todes Reis'.«

Zum Kloster sie nun ritten,
Die Ritter alle drei,
Und traurig in der Mitten
Die schöne Lore Lay.

»O Ritter laßt mich gehen,
Auf diesen Felsen groß,
Ich will noch einmal sehen
Nach meines Lieben Schloß.

Ich will noch einmal sehen
Wohl in den tiefen Rhein,
Und dann ins Kloster gehen
Und Gottes Jungfrau sein.«

Der Felsen ist so jähe,
So steil ist seine Wand,
Doch klimmt sie in die Höhe,
Bis daß sie oben stand.

Es binden die drei Ritter
Die Rosse unten an,
Und klettern immer weiter,
Zum Felsen auch hinan.

Die Jungfrau sprach: »Da gehet
Ein Schifflein auf dem Rhein,
Der in dem Schifflein stehet,
Der soll mein Liebster sein.

Mein Herz wird mir so munter,
Er muß mein Liebster sein! –«
Da lehnt sie sich hinunter
Und stürzet in den Rhein.

Die Ritter mußten sterben,
Sie konnten nicht hinab,
Sie mußten all verderben,
Ohn' Priester und ohn' Grab.

Wer hat dies Lied gesungen?
Ein Schiffer auf dem Rhein,
Und immer hat's geklungen
Von dem drei Ritterstein:*

Lore Lay
Lore Lay
Lore Lay

Als wären es meiner drei.

* Bei Bacharach steht dieser Felsen, Lore Lay genannt, alle vorbeifahrende Schiffer rufen ihn an, und freuen sich des vielfachen Echos.

[1802]

[Clemens Brentano erfand die Sage von der Loreley.]

Der Spinnerin Nachtlied

Es sang vor langen Jahren
Wohl auch die Nachtigall,
Das war wohl süßer Schall,
Da wir zusammen waren.

Ich sing' und kann nicht weinen,
Und spinne so allein
Den Faden klar und rein
So lang der Mond wird scheinen.

Als wir zusammen waren
Da sang die Nachtigall
Nun mahnet mich ihr Schall
Daß du von mir gefahren.

So oft der Mond mag scheinen,
Denk' ich wohl dein allein,
Mein Herz ist klar und rein,
Gott wolle uns vereinen.

Seit du von mir gefahren,
Singt stets die Nachtigall,
Ich denk' bei ihrem Schall,
Wie wir zusammen waren.

Gott wolle uns vereinen
Hier spinn' ich so allein,
Der Mond scheint klar und rein,
Ich sing' und möchte weinen.

[E: Varianten seit 1802; D: 1818; hier handschriftl. Fassung D: 1968]

Wie sich auch die Zeit will wenden, enden
Will sich nimmer doch die Ferne,
Freude mag der Mai mir spenden, senden
Möcht' Dir alles gerne, weil ich Freude mir erlerne,
Wenn Du mit gefaltnen Händen
Freudig hebst der Augen Sterne.

Alle Blumen mich nicht grüßen, süßen
Gruß nehm' ich von Deinem Munde.
Was nicht blühet Dir zu Füßen, büßen
Muß es bald zur Stunde, eher ich auch nicht gesunde,
Bis Du mir mit frohen Küssen
Bringest meines Frühlings Kunde.

Wenn die Abendlüfte wehen, sehen
Mich die lieben Vöglein kleine
Traurig an der Linde stehen, spähen
Wen ich wohl so ernstlich meine, daß ich helle Tränen weine,
Wollen auch nicht schlafen gehen,
Denn sonst wär' ich ganz alleine.

Vöglein euch mag's nicht gelingen, klingen
Darf es nur von ihrem Sange,
Wie des Maies Wonneschlingen, singen
Alles ein in neuem Zwange; aber daß ich Dein verlange
Und Du mein, mußt Du auch singen,
Ach das ist schon ewig lange.

[E: 1802; D: 1844]

Hörst du wie die Brunnen rauschen,
Hörst du wie die Grille zirpt?
Stille, stille, laß uns lauschen,
Selig, wer in Träumen stirbt.
Selig, wen die Wolken wiegen,
Wem der Mond ein Schlaflied singt,
O wie selig kann der fliegen,
Dem der Traum den Flügel schwingt,
Daß an blauer Himmelsdecke
Sterne er wie Blumen pflückt:
Schlafe, träume, flieg', ich wecke
Bald Dich auf und bin beglückt.

[1827]

[Im *Märchen von dem Myrtenfräulein* ein Schlaflied
des Prinzen für das Myrtenfräulein.]

Frühlingsschrei eines Knechtes aus der Tiefe

1.
Meister, ohne dein Erbarmen
Muß im Abgrund ich verzagen,
Willst du nicht mit starken Armen
Wieder mich zum Lichte tragen.

2.
Jährlich greifet deine Güte,
In die Erde, in die Herzen,
Jährlich weckest du die Blüte,
Weckst in mir die alten Schmerzen.

3.
Einmal nur zum Licht geboren,
Aber tausendmal gestorben,
Bin ich ohne dich verloren,
Ohne dich in mir verdorben.

4.
Wenn sich so die Erde reget,
Wenn die Luft so sonnig wehet,
Dann wird auch die Flut beweget,
Die in Todesbanden stehet.

5.
Und in meinem Herzen schauert
Ein betrübter bittrer Bronnen,
Wenn der Frühling draußen lauert,
Kömmt die Angstflut angeronnen.

6.
Weh! durch gift'ge Erdenlagen,
Wie die Zeit sie angeschwemmet,
Habe ich den Schacht geschlagen,
Und er ist nur schwach verdämmet.

7.
Wenn nun rings die Quellen schwellen,
Wenn der Grund gebärend ringet,
Brechen her die gift'gen Wellen,
Die kein Fluch, kein Witz mir zwinget.

8.
Andern ruf' ich, schwimme, schwimme,
Mir kann solcher Ruf nicht taugen,
Denn in mir ja steigt die grimme
Sündflut, bricht aus meinen Augen.

9.
Und dann scheinen bös Gezüchte
Mir die bunten Lämmer alle,
Die ich grüßte, süße Früchte,
Die mir reiften, bittre Galle.

10.
Herr, erbarme du dich meiner,
Daß mein Herz neu blühend werde,
Mein erbarmte sich noch keiner
Von den Frühlingen der Erde.

11.
Meister, wenn dir alle Hände
Nahn mit süßerfüllten Schalen,
Kann ich mit der bittern Spende
Meine Schuld dir nimmer zahlen.

12.
Ach, wie ich auch tiefer wühle,
Wie ich schöpfe, wie ich weine,
Nimmer ich den Schwall erspüle
Zum Kristallgrund fest und reine.

13.
Immer stürzen mir die Wände,
Jede Schicht hat mich belogen,
Und die arbeitblut'gen Hände
Brennen in den bittern Wogen.

14.
Weh! der Raum wird immer enger,
Wilder, wüster stets die Wogen,
Herr, o Herr! ich treib's nicht länger,
Schlage deinen Regenbogen.

15.
Herr, ich mahne dich, verschone,
Herr! ich hört' in jungen Tagen,
Wunderbare Rettung wohne
Ach, in deinem Blute, sagen.

16.
Und so muß ich zu dir schreien,
Schreien aus der bittern Tiefe,
Könntest du auch nicht verzeihen,
Daß dein Knecht so kühnlich riefe!

17.
Daß des Lichtes Quelle wieder
Rein und heilig in mir flute,
Träufle einen Tropfen nieder,
Jesus, mir, von deinem Blute!

[E: 1816; D: 1841]

Ich kenn' ein Haus, ein Freudenhaus,
Es hat geschminkte Wangen,
Es hängt ein bunter Kranz heraus,
Drin liegt der Tod gefangen.

In meinem Mantel trag' ich hin
Biskuit und süße Weine,
Der Himmel weiß wohl, wer ich bin,
Die Welt schimpft, was ich scheine.

Die eine liest mir in der Hand
Sie will mein Unglück lesen,
Die andre malt mich an die Wand,
Und nennt mich holdes Wesen.

Die dritte weiß sich flink zu drehn
Es schwindeln mir die Sinne
Und jede dieser bösen Feen
Sucht, wie sie mich umspinne.

Doch dorten auf den Arm gelehnt
Sitzt eine stumm und weinet,
Sie hat sich längst mit Gott versöhnt,
Und sitzet doch und weinet.

Was will sie noch in diesem Haus,
Sie muß den Spott erleiden,
Es zischt der freche Chor sie aus,
Du kannst uns doch nicht meiden.

Sie schweigt und weint und trägt den Hohn
Den schweren Büßerorden.
Man zuckt die Achseln, kennt sie schon,
Sie ist zur Närrin worden.

Doch ich berühr' um sie allein
Die himmelschreinde Schwelle,
Bei ihr, tret' ich zum Saal herein,
Ist meine feste Stelle.

Sie achtet's nicht, sie blickt nicht auf.
Wenn alle tanzend fliegen,
Seh' ich mit stetem Tränenlauf
Das bleiche Haupt sie wiegen,

So hundert Tage ohne Ruh'
Sah ich sie wanken, weinen
Und sprach, o Weib, welch Kind wiegst du?
Will denn kein Schlaf erscheinen?

Du hast dem Leid genug getan,
Gieb mir's, ich will dir's tragen.
Da schrie ihr Blick mich schneidend an,
Doch konnt ihr Mund nichts sagen,

Und neulich nachts, um Mitternacht,
Kam ich mit meiner Laute,
Die Pforte hat sie aufgemacht,
Die noch am Fenster schaute.

Sie zieht mich in den Garten fort,
Sitzt auf ein Hüglein nieder,
Giebt keinen Blick und giebt kein Wort,
Und weinet stille wieder.

Zu ihren Füßen saß ich hin,
Und ehrte ihren Kummer,
Da hat mir Gott ein Lied verliehn,
Ich sang sie in den Schlummer.

Ich sang so kindlich, sang so fromm,
Ach säng' ich je so wieder!
O Ruhe komm, ach Friede komm,
Küß ihre Augenlider!

Und da sie schlief, da stieg so hold
Ein Kindlein aus dem Hügel,
Trug einen Kranz von Flittergold
Und einen Taschenspiegel,

Und brach ein Zweiglein Rosmarin,
Das ihm am Herzen grünet,
Und legt' es auf die Mutter hin
Und sprach: Gott ist versühnet.

Und wo den Rosmarin es brach,
Da bluteten zwei Wunden,
Und als es kaum die Worte sprach,
Ist es vor mir verschwunden.

Die Mutter ist nicht mehr erwacht
Noch schläft sie in dem Garten,
Ich steh' und sing' die ganze Nacht,
Kann wohl den Tag erwarten,

Da ruft mich Zucht und Ehr' und Pflicht
Aus diesem Haus der Sünde,
Doch von der Mutter lass' ich nicht
Ob ihrem armen Kinde.

Es winkt zurück, wenn ich will gehn,
Sitzt an des Hügels Schwelle,
Und kann nicht aus dem Spiegel sehn,
Sein Flitterkranz glänzt helle.

Es brach das Haus, der Kranz fiel ab,
Fiel auf den Sarg der Frauen,
Ich blieb getreu, tät bei dem Grab
Mir eine Hütte bauen.

Und daß die Schuld nicht mehr erwacht,
Will ich da ewig singen,
Bis Jesus richtend bricht die Nacht,
Bis die Posaunen klingen.

Oft mit dem Kind in Sturm und Wind,
Sing' ich auf meinen Knieen,
O Jesus! du gemordet Kind
Du hast ja auch verziehen!

Ein Tröpflein dieses Blutes nur
Laß auf die Mutter fallen,
Das macht uns rein und klar und pur,
Daß wir zum Lichte wallen.

[E: 1816; D: 1852]

25. August 1817

Einsam will ich untergehn
Keiner soll mein Leiden wissen,
Wird der Stern, den ich gesehn
Von dem Himmel mir gerissen
Will ich einsam untergehn
Wie ein Pilger in der Wüste.

Einsam will ich untergehn
Wie ein Pilger in der Wüste,
Wenn der Stern, den ich gesehn
Mich zum letzten Male grüßte
Will ich einsam untergehn
Wie ein Bettler auf der Heide.

Einsam will ich untergehn
Wie ein Bettler auf der Heide,
Giebt der Stern, den ich gesehn,
Mir nicht weiter das Geleite
Will ich einsam untergehn
Wie der Tag im Abendgrauen.

Einsam will ich untergehn
Wie der Tag im Abendgrauen,
Will der Stern, den ich gesehn
Nicht mehr auf mich niederschauen,
Will ich einsam untergehn
Wie ein Sklave an der Kette.

Einsam will ich untergehn
Wie der Sklave an der Kette,
Scheint der Stern, den ich gesehn
Nicht mehr auf mein Dornenbette
Will ich einsam untergehn
Wie ein Schwanenlied im Tode.

Einsam will ich untergehn
Wie ein Schwanenlied im Tode,
Ist der Stern, den ich gesehn
Mir nicht mehr ein Friedensbote
Will ich einsam untergehn
Wie ein Schiff in wüsten Meeren.

Einsam will ich untergehn
Wie ein Schiff in wüsten Meeren,
Wird der Stern, den ich gesehn
Jemals weg von mir sich kehren,
Will ich einsam untergehn
Wie der Trost in stummen Schmerzen.

Einsam will ich untergehn
Wie der Trost in stummen Schmerzen,
Soll den Stern, den ich gesehn
Jemals meine Schuld verscherzen,
Will ich einsam untergehn
Wie mein Herz in deinem Herzen.

[1852]

20. Jenner [1835] nach großem Leid

Ich darf wohl von den Sternen singen,
Mich hat die Blume angeblickt,
Und wird mein armes Lied gelingen,
Dann wird vom Stern mir zugenickt.
O Stern und Blume, Geist und Kleid,
Lieb, Leid, und Zeit und Ewigkeit.

Im Garten stand die frühe Waise,
Und senkt den Blick zum Blumenfeld
Die Sonne sank im Purpurgleise,
Die Sterne spannen aus ihr Zelt.
O Stern und Blume, Geist und Kleid,
Lieb, Leid, und Zeit und Ewigkeit.

Mit euch wohl wagt ein Kind zu sprechen,
Ihr kennet mich und bin ich stumm,
Weil mir das kranke Herz will brechen,
Bringt ihr mich nicht mit Fragen um.
O Stern und Blume, Geist und Kleid,
Lieb, Leid, und Zeit und Ewigkeit.

Ihr lieben Blumen still und innig
Ein Tröpfchen Tau, ein Licht, ein Hauch,
Ihr lieben Sterne klar und sinnig
Ein Strahl, ein Blick, ein Blitz, ein Aug'.
O Stern und Blume, Geist und Kleid,
Lieb, Leid, und Zeit und Ewigkeit.

Und wie die Sterne heller blinken
Beugt Schatten sich aufs Blumenfeld
Und auch des Kindes Augen sinken,
Der Traum sie in den Armen hält.
O Stern und Blume, Geist und Kleid,
Lieb, Leid, und Zeit und Ewigkeit.

Ihr Engel steiget auf und nieder
Bringt Sternenlust, bringt Blumenschmerz,
Und küßt die unerschaffnen Lieder
Und legt sie schlafen auf ihr Herz.
O Stern und Blume, Geist und Kleid,
Lieb, Leid, und Zeit und Ewigkeit.

Und wiegt die tauberauschte Rose,
Im Dornenbettchen bald zur Ruh',
Und schließt dem Veilchen in dem Moose,
Die frommen Augen segnend zu.
O Stern und Blume, Geist und Kleid,
Lieb, Leid, und Zeit und Ewigkeit.

Die Blumen all, die farbig prangen,
Sie waren bald nicht mehr zu sehn,
Die Nacht nahm ihre Pracht gefangen
Nur eine Schar blieb betend stehn.
O Stern und Blume, Geist und Kleid,
Lieb, Leid, und Zeit und Ewigkeit.

Sieh dorten um die süße Linde
Steht eine reine Lilienschar,
Der Engel zeigte sie dem Kinde,
Sie leuchteten ganz wunderbar.
O Stern und Blume, Geist und Kleid,
Lieb, Leid, und Zeit und Ewigkeit.

Der Engel sprach: mein Kind, o sehe,
Die Lilie unter Dornen dort,
Das Licht wird Fleisch, horch: »Es geschehe
Der Magd des Herrn nach deinem Wort!«
O Stern und Blume, Geist und Kleid,
Lieb, Leid, und Zeit und Ewigkeit.

Die Lilie spinnt nicht, doch es webet
Aus ihr das Wort sich einen Leib,
Zur Jungfrau ist das Licht geschwebet,
Und Mutter Gottes ward das Weib.
O Stern und Blume, Geist und Kleid,
Lieb, Leid, und Zeit und Ewigkeit.

Und als der Geist sie überschattet
Deckt rings die Nacht das Blumenfeld,
Der Lilie nur das Licht sich gattet
Das auf den Leuchter wird gestellt.
O Stern und Blume, Geist und Kleid,
Lieb, Leid, und Zeit und Ewigkeit.

Die Lilie, die nicht zieht nicht schweifet,
Nicht fallen läßt und wieder sucht
Die sehnend still zum Lichte greifet,
Sie fand das Licht und trug die Frucht.
O Stern und Blume, Geist und Kleid,
Lieb, Leid, und Zeit und Ewigkeit.

So sprach der Engel zu dem Kinde
Und führt es zu der Lilie Licht,
Da kniet es nieder an der Linde
Und fand im Traum die Worte nicht.
O Stern und Blume, Geist und Kleid,
Lieb, Leid, und Zeit und Ewigkeit.

Da sprach zum Kind die reine Lilie,
Die nie vorher gesprochen hat,
Wach auf, wach auf zu mir Emilie,
Sing mit mir das Magnificat.
O Stern und Blume, Geist und Kleid,
Lieb, Leid, und Zeit und Ewigkeit.

Ob sie es sang, ich kann's nicht sagen
Sie hat mich träumend angeblickt,
Es hat ihr Herz bei mir geschlagen,
Es hat ihr Haupt mir zugenickt.
O Stern und Blume, Geist und Kleid,
Lieb, Leid, und Zeit und Ewigkeit.

Das kalte Wissen war ermattet,
Das milde Fühlen war erwacht,
Die Blumen waren überschattet
Emilie hat mich angelacht.
O Stern und Blume, Geist und Kleid,
Lieb, Leid, und Zeit und Ewigkeit.

Geh armes Lied und sag der Lieben
Es hat ein Herz zum Tode krank
Mich unter Tränen aufgeschrieben,
Und zagt, ich sei dir nicht zu Dank!
O Stern und Blume, Geist und Kleid,
Lieb, Leid, und Zeit und Ewigkeit.

[1852]

[*Emilie:* Emilie Linder (1797–1867), aus Basel stammende Münchner Malerin, Brentanos Altersliebe, die er im Oktober 1833 kennengelernt hatte. – *Der Engel sprach:* Luk. 1, 30 ff.; Joh. 1, 4 ff; 1, 14. – *Die Lilie spinnt nicht:* Matth. 6, 28; Luk. 12, 27. – *überschattet:* Luk. 1, 35. – *Magnificat:* Lobgesang Marias; Luk. 1, 46 ff.]

Wenn der lahme Weber träumt, er webe
Träumt die kranke Lerche auch, sie schwebe,
Träumt die stumme Nachtigall, sie singe,
Daß das Herz des Widerhalls zerspringe,
Träumt das blinde Huhn, es zähl' die Kerne,
Und der drei je zählte kaum, die Sterne,
Träumt das starre Erz, gar linde tau' es,
Und das Eisenherz, ein Kind vertrau' es,
Träumt die taube Nüchternheit, sie lausche,
Wie der Traube Schüchternheit berausche;
Kömmt dann Wahrheit mutternackt gelaufen,
Führt der hellen Töne Glanzgefunkel
Und der grellen Lichter Tanz durchs Dunkel,
Rennt den Traum sie schmerzlich übern Haufen,
Horch! die Fackel lacht, horch! Schmerz-Schalmeien
Der erwachten Nacht ins Herz all schreien;
Weh, ohn' Opfer gehn die süßen Wunder,
Gehn die armen Herzen einsam unter!

Was reif in diesen Zeilen steht,
Was lächelnd winkt und sinnend fleht,
Das soll kein Kind betrüben,
Die Einfalt hat es ausgesäet,
Die Schwermut hat hindurchgeweht,
Die Sehnsucht hat's getrieben;
Und ist das Feld einst abgemäht,
Die Armut durch die Stoppeln geht,
Sucht Ähren, die geblieben,
Sucht Lieb', die für sie untergeht,
Sucht Lieb', die mit ihr aufersteht,
Sucht Lieb', die sie kann lieben,
Und hat sie einsam und verschmäht
Die Nacht durch dankend im Gebet
Die Körner ausgerieben,
Liest sie, als früh der Hahn gekräht,
Was Lieb' erhielt, was Leid verweht,
Ans Feldkreuz angeschrieben,
O Stern und Blume, Geist und Kleid,
Lieb', Leid und Zeit und Ewigkeit!

[D: 1838]

KAROLINE VON GÜNDERRODE

1780–1806

Liebe

O reiche Armut! Gebend, seliges Empfangen!
In Zagheit Mut! in Freiheit doch gefangen.
In Stummheit Sprache,
Schüchtern bei Tage,
Siegend mit zaghaftem Bangen!

Lebendiger Tod, im Einen selges Leben
Schwelgend in Not, im Widerstand ergeben,
Genießend schmachten,
Nie satt betrachten
Leben im Traum und doppelt Leben.

[1804]

Der Kaukasus

Mir zu Häupten Wolken wandeln,
Mir zur Seite Luft verwehet,
Wellen mir den Fuß umspielen,
Türmen sich und brausen, sinken. –
Meine Schläfe Jahr' umgauklen,
Sommer, Frühling, Winter kamen,
Frühling mich nicht grün bekleidet,
Sommer hat mich nicht entzündet,
Winter nicht mein Haupt gewandelt.
Hoch mein Gipfel über Wolken,
Eingetaucht im ewgen Äther,
Freuet sich des steten Lebens.

[E: 1806; D: 1899]

Die eine Klage

Wer die tiefste aller Wunden
Hat in Geist und Sinn empfunden,
Bittrer Trennung Schmerz;
Wer geliebt, was er verloren,
Lassen muß, was er erkoren,
Das geliebte Herz,

Der versteht in Lust die Tränen
Und der Liebe ewig Sehnen,
Eins in Zwei zu sein,
Eins im andern sich zu finden,
Daß der Zweiheit Grenzen schwinden
Und des Daseins Pein.

Wer so ganz in Herz und Sinnen
Konnt ein Wesen liebgewinnen,
O! den tröstet's nicht,
Daß für Freuden, die verloren,
Neue werden neu geboren:
Jene sind's doch nicht.

Das geliebte süße Leben,
Dieses Nehmen und dies Geben,
Wort und Sinn und Blick,
Dieses Suchen und dies Finden,
Dieses Denken und Empfinden
Gibt kein Gott zurück.

[E: 1806; D: 1896]

Vorzeit und neue Zeit

Ein schmaler rauher Pfad schien sonst die Erde,
Und auf den Bergen glänzt der Himmel über ihr,
Ein Abgrund ihr zur Seite war die Hölle,
Und Pfade führten in den Himmel und zur Hölle.

Doch alles ist ganz anders nun geworden,
Der Himmel ist gestürzt, der Abgrund ausgefüllt
Und mit Vernunft bedeckt und sehr bequem zum Gehen.
Des Glaubens Höhen sind nun demolieret,
Und auf der flachen Erde schreitet der Verstand
Und misset alles aus, nach Klafter und nach Schuhen.

BETTINE BRENTANO-VON ARNIM

1785–1859

Seelied

Es schien der Mond gar helle,
Die Sterne blinkten klar,
Es schliefen tief die Wellen,
Das Meer ganz stille war.

Ein Schifflein lag vor Anker,
Ein Schiffer trat herfür:
Ach, wenn doch all mein Leiden
Hier tief versunken wär.

Mein Schifflein liegt vor Anker,
Hat keine Ladung drin,
Ich lad ihm auf mein Leiden
Und laß es fahren hin.

Und als er sich entrissen
Die Schmerzen mit Gewalt,
Da war sein Herz zerrissen,
Sein Leben war erkalt'.

Die Leiden all schon schwimmen
Auf hohem Meere frei,
Da heben sie an zu singen
Eine finstre Melodei.

Wir haben festgesessen
In eines Mannes Brust,
Wo tapfer wir gestritten
Mit seines Lebens Lust.

Nun müssen wir hier irren
Im Schifflein hin und her:
Ein Sturm wird uns verschlingen,
Ein Ungeheuer im Meer.

Da mußten die Wellen erwachen
Bei diesem trüben Sang,
Verschlangen still den Nachen
Mit allem Leiden bang.

[1808]

Auf diesem Hügel überseh ich meine Welt!
Hinab ins Tal, mit Rasen sanft begleitet,
Vom Weg durchzogen, der hinüber leitet,
Das weiße Haus inmitten aufgestellt,
Was ist's, worin sich hier der Sinn gefällt?

Auf diesem Hügel überseh ich meine Welt!
Erstieg ich auch der Länder steilste Höhen,
Von wo ich könnt die Schiffe fahren sehen
Und Städte fern und nah von Bergen stolz umstellt,
Nichts ist's, was mir den Blick gefesselt hält.

Auf diesem Hügel überseh ich meine Welt!
Und könnt ich Paradiese überschauen,
Ich sehnte mich zurück nach jenen Auen,
Wo Deines Daches Zinne meinem Blick sich stellt,
Denn der allein umgrenzet meine Welt.

[Aus: »Goethes Briefwechsel mit einem Kinde« (1835), Abschnitt »In Goethes Garten«.]

ACHIM VON ARNIM

1781–1831

Mir ist zu licht zum Schlafen

Mir ist zu licht zum Schlafen,
Der Tag bricht in die Nacht,
Die Seele ruht im Hafen,
Ich bin so froh verwacht!

Ich hauchte meine Seele
Im ersten Kusse aus,
Was ist's, daß ich mich quäle,
Ob sie auch fand ein Haus!

Sie hat es wohl gefunden
Auf ihren Lippen schön,
O welche selge Stunden,
Wie ist mir so geschehn!

Was soll ich nun noch sehen,
Ach, alles ist in ihr,
Was fühlen, was erflehen,
Es ward ja alles mir!

Ich habe was zu sinnen,
Ich hab, was mich beglückt;
In allen meinen Sinnen
Bin ich von ihr entzückt.

[1809]

Ritt im Mondschein

Herz zum Herzen ist nicht weit
Unter lichten Sternen,
Und das Aug, von Tau geweiht,
Blickt zu lieben Fernen;
Unterm Hufschlag klingt die Welt,
Und die Himmel schweigen,
Zwischen beiden mir gesellt
Will der Mond sich zeigen.

Zeigt sich heut in roter Glut
An dem Erdenrande,
Gleich als ob mit heißem Blut
Er auf Erden lande,
Doch nun flieht er scheu empor,
Glänzt in reinem Lichte,
Und ich scheue mich auch vor
Seinem Angesichte.

Der Welt Herr

Morgenstund hat Gold im Munde,
Denn da kommt die Börsenzeit
Und mit ihr die süße Kunde,
Die des Kaufmanns Herz erfreut:
Was er abends spekulieret,
Hat den Kurs heut regulieret.

Eilend ziehen die Kuriere
Mit dem kleinen Kursbericht,
Daß er *diese* Welt regiere,
Von der *andern* weiß ich's nicht:
Zitternd sehn ihn Potentaten,
Und es bricht das Herz der Staaten.

ERNST MORITZ ARNDT

1769–1860

Klage um den kleinen Jakob

Wo ist der kleine Jakob geblieben?
Hatte die Kühe waldein getrieben,
Kam nimmer wieder,
Schwestern und Brüder
Gingen ihn suchen in'n Wald hinaus –
Kleiner Jakob, kleiner Jakob, komm zu Haus!

Wo ist der kleine Jakob gegangen?
Es hat ihn ein Unterirdscher gefangen,
Muß unten wohnen,
Trägt goldne Kronen,
Gläserne Schuh, hat ein gläsern Haus.
Kleiner Jakob, kleiner Jakob, komm zu Haus!

Was macht der kleine Jakob da unten?
Streuet als Diener das Estrich mit bunten
Blumen und schenket
Wein ein und denket:
Wärest du wieder zum Wald hinaus!
Kleiner Jakob, kleiner Jakob, komm zu Haus!

So muß der kleine Jakob dort wohnen,
Helfen ihm nichts seine güldenen Kronen,
Schuhe und Kleider,
Weinet sich leider –
Ach! armer Jakob! – die Äuglein aus.
Kleiner Jakob, kleiner Jakob, komm zu Haus!

[1808]

Vaterlandslied

Der Gott, der Eisen wachsen ließ,
Der wollte keine Knechte,
Drum gab er Säbel, Schwert und Spieß
Dem Mann in seine Rechte,
Drum gab er ihm den kühnen Mut,
Den Zorn der freien Rede,
Daß er bestände bis aufs Blut,
Bis in den Tod die Fehde.

So wollen wir, was Gott gewollt,
Mit rechter Treue halten
Und nimmer im Tyrannensold
Die Menschenschädel spalten;
Doch wer für Tand und Schande ficht,
Den hauen wir zu Scherben,
Der soll im deutschen Lande nicht
Mit deutschen Männern erben.

O Deutschland, heilges Vaterland!
O deutsche Lieb und Treue!
Du hohes Land! du schönes Land!
Dir schwören wir aufs neue:
Dem Buben und dem Knecht die Acht!
Der füttre Krähn und Raben!
So ziehn wir aus zur Hermannsschlacht
Und wollen Rache haben.

Laßt brausen, was nur brausen kann,
In hellen lichten Flammen!
Ihr Deutschen alle, Mann für Mann,
Fürs Vaterland zusammen!
Und hebt die Herzen himmelan!
Und himmelan die Hände!
Und rufet alle Mann für Mann:
Die Knechtschaft hat ein Ende!

Laßt klingen, was nur klingen kann,
Die Trommeln und die Flöten!
Wir wollen heute Mann für Mann
Mit Blut das Eisen röten,
Mit Henkerblut, Franzosenblut –
O süßer Tag der Rache!
Das klinget allen Deutschen gut;
Das ist die große Sache.

Laßt wehen, was nur wehen kann,
Standarten wehn und Fahnen!
Wir wollen heut uns Mann für Mann
Zum Heldentode mahnen:
Auf! Fliege, stolzes Siegspanier
Voran dem kühnen Reihen!
Wir siegen oder sterben hier
Den süßen Tod der Freien.

[1812]

[*im Tyrannensold:* im Dienst Napoleons.]

Des Deutschen Vaterland

Was ist des Deutschen Vaterland?
Ist's Preußenland, ist's Schwabenland?
Ist's, wo am Rhein die Rebe blüht?
Ist's, wo am Belt die Möwe zieht?
O nein! nein! nein!
Sein Vaterland muß größer sein.

Was ist des Deutschen Vaterland?
Ist's Bayerland, ist's Steierland?
Ist's, wo des Marsen Rind sich streckt?
Ist's, wo der Märker Eisen reckt?
O nein! nein! nein!
Sein Vaterland muß größer sein.

Was ist des Deutschen Vaterland?
Ist's Pommerland, Westfalenland?
Ist's, wo der Sand der Dünen weht?
Ist's, wo die Donau brausend geht?
O nein! nein! nein!
Sein Vaterland muß größer sein.

Was ist des Deutschen Vaterland?
So nenne mir das große Land!
Ist's Land der Schweizer? Ist's Tirol?
Das Land und Volk gefiel mir wohl;
Doch nein! nein! nein!
Sein Vaterland muß größer sein.

Was ist des Deutschen Vaterland?
So nenne mir das große Land!
Gewiß, es ist das Österreich,
An Ehren und an Siegen reich?
O nein! nein! nein!
Sein Vaterland muß größer sein.

Was ist des Deutschen Vaterland?
So nenne mir das große Land!
So weit die deutsche Zunge klingt
Und Gott im Himmel Lieder singt,
Das soll es sein!
Das wackrer Deutscher, nenne dein!

Das ist des Deutschen Vaterland!
Wo Eide schwört der Druck der Hand,
Wo Treue hell vom Auge blitzt
Und Liebe warm im Herzen sitzt –
Das soll es sein!
Das, wackrer Deutscher, nenne dein!

Das ist des Deutschen Vaterland!
Wo Zorn vertilgt den wälschen Tand,
Wo jeder Franzmann heißet Feind,
Wo jeder Deutsche heißet Freund –
Das soll es sein!
Das ganze Deutschland soll es sein!

Das ganze Deutschland soll es sein!
O Gott vom Himmel sieh darein
Und gib uns rechten deutschen Mut,
Daß wir es lieben treu und gut.
Das soll es sein!
Das ganze Deutschland soll es sein!

[1813]

THEODOR KÖRNER
1791–1813

Das Lützowsche Freikorps

Was glänzt dort vom Walde im Sonnenschein?
Hör's näher und näher brausen,
Es zieht sich herunter in düstern Reihn,
Und gellende Hörner schmettern drein
Und erfüllen die Seele mit Grausen.
Und wenn ihr die schwarzen Gesellen fragt –
Es ist Lützows wilde verwegene Jagd!

Was streift dort rasch durch den finstern Wald?
Was jaget von Bergen zu Bergen?
Es legt sich in nächtlichen Hinterhalt,
Das Hurra! jauchzet, die Büchse knallt,
Es stürzen die fränkischen Schergen!
Und wenn ihr die schwarzen Jäger fragt –
Es ist Lützows wilde verwegene Jagd!

Wo die Reben glühn, dort brauset der Rhein,
Der Wütrich geborgen sich meinte.
Was nahet aber dort im Gewitterschein
Und stürzt sich mit kräftigem Arme hinein
Und springet ans Ufer der Feinde?
Und wenn ihr die schwarzen Schwimmer fragt –
Es ist Lützows wilde verwegene Jagd!

Was tobet im Tale die laute Schlacht?
Was schlagen die Schwerter zusammen?
Die schwarzen Kämpen, die schlagen die Schlacht,
Und der Funke der Freiheit ist glühend erwacht
Und lodert in blutigen Flammen.
Und wenn ihr die schwarzen Kämpen fragt –
Es ist Lützows wilde verwegene Jagd!

Was scheidet dort röchelnd vom Sonnenlicht,
Unter tausend Feinde gebettet?
Es zuckt der Tod auf dem Angesicht,
Doch das mutige Herz erzittert nicht,
Das Vaterland ist ja gerettet!
Und wenn ihr die schwarzen Gefallnen fragt –
Es ist Lützows wilde verwegene Jagd!

Die wilde Jagd und die deutsche Jagd
Nach Henkersblut und Tyrannen!
Drum, die ihr uns liebt, nicht geweint und geklagt,
Das Land ist ja frei, und der Morgen tagt,
Und wenn wir's auch sterbend gewannen.
Und von Enkeln zu Enkeln sei's nachgesagt:
Das war Lützows wilde verwegene Jagd!!!

[1813]

[*Das Lützowsche Freikorps:* Adolf Freiherr von Lützow, 1781–1834, seit 1795 im preuß. Militärdienst, erhielt im Februar 1813 zu Beginn der Befreiungskriege die Erlaubnis, ein nichtpreuß. Freiwilligenkorps zu bilden, das nach seiner Montur »Schwarze Schar« genannt wurde. Besonders Studenten dienten in ihm, das im Rücken des Gegners operierte, militärisch aber ohne Bedeutung war.]

MAX VON SCHENKENDORF

1783–1817

Freiheit

Freiheit, die ich meine,
Die mein Herz erfüllt,
Komm mit deinem Scheine,
Süßes Engelbild.

Magst du nie dich zeigen
Der bedrängten Welt?
Führest deinen Reigen
Nur am Sternenzelt?

Auch bei grünen Bäumen
In dem lustgen Wald,
Unter Blütenträumen
Ist dein Aufenthalt.

Ach! das ist ein Leben,
Wenn es weht und klingt,
Wenn dein stilles Weben
Wonnig uns durchdringt,

Wenn die Blätter rauschen
Süßen Freundesgruß,
Wenn wir Blicke tauschen,
Liebeswort und Kuß.

Aber immer weiter
Nimmt das Herz den Lauf,
Auf der Himmelsleiter
Steigt die Sehnsucht auf,

Aus den stillen Kreisen
Kommt mein Hirtenkind,
Will der Welt beweisen,
Was es denkt und minnt.

Blüht ihm doch ein Garten,
Reift ihm doch ein Feld
Auch in jener harten
Steinerbauten Welt.

Wo sich Gottes Flamme
In ein Herz gesenkt,
Das am alten Stamme
Treu und liebend hängt,

Wo sich Männer finden,
Die für Ehr und Recht
Mutig sich verbinden,
Weilt ein frei Geschlecht.

Hinter dunklen Wällen,
Hinter ehrnem Tor
Kann das Herz noch schwellen
Zu dem Licht empor,

Für die Kirchenhallen,
Für der Väter Gruft,
Für die Liebsten fallen,
Wenn die Freiheit ruft.

Das ist rechtes Glühen
Frisch und rosenrot,
Heldenwangen blühen
Schöner auf im Tod.

Wollest auf uns lenken
Gottes Lieb und Lust,
Wollest gern dich senken
In die deutsche Brust.

Freiheit, holdes Wesen,
Gläubig, kühn und zart,
Hast ja lang erlesen
Dir die deutsche Art.

[1815]

LUDWIG UHLAND

1787–1862

Die Kapelle

Droben stehet die Kapelle,
Schauet still ins Tal hinab,
Drunten singt bei Wies und Quelle
Froh und hell der Hirtenknab.

Traurig tönt das Glöcklein nieder,
Schauerlich der Leichenchor;
Stille sind die frohen Lieder,
Und der Knabe lauscht empor.

Droben bringt man sie zu Grabe,
Die sich freuten in dem Tal;
Hirtenknabe, Hirtenknabe!
Dir auch singt man dort einmal.

Der Schäfer

Der schöne Schäfer zog so nah
Vorüber an dem Königsschloß;
Die Jungfrau von der Zinne sah,
Da war ihr Sehnen groß.

Sie rief ihm zu ein süßes Wort:
»O dürft ich gehn hinab zu dir!
Wie glänzen weiß die Lämmer dort,
Wie rot die Blümlein hier!«

Der Jüngling ihr entgegenbot:
»O kämest du herab zu mir!
Wie glänzen so die Wänglein rot,
Wie weiß die Arme dir!«

Und als er nun mit stillem Weh
In jeder Früh vorübertrieb,
Da sah er hin, bis in der Höh
Erschien sein holdes Lieb.

Dann rief er freundlich ihr hinauf:
»Willkommen, Königstöchterlein!«
Ihr süßes Wort ertönte drauf:
»Viel Dank, du Schäfer mein!«

Der Winter floh, der Lenz erschien
Die Blümlein blühten reich umher,
Der Schäfer tät zum Schlosse ziehn,
Doch sie erschien nicht mehr.

Er rief hinauf so klagevoll:
»Willkommen, Königstöchterlein!«
Ein Geisterlaut herunterscholl:
»Ade, du Schäfer mein!«

Frühlingsglaube

Die linden Lüfte sind erwacht,
Sie säuseln und weben Tag und Nacht,
Sie schaffen an allen Enden.
O frischer Duft, o neuer Klang!
Nun, armes Herze, sei nicht bang!
Nun muß sich alles, alles wenden.

Die Welt wird schöner mit jedem Tag,
Man weiß nicht, was noch werden mag,
Das Blühen will nicht enden.
Es blüht das fernste, tiefste Tal:
Nun, armes Herz, vergiß der Qual!
Nun muß sich alles, alles wenden.

[1813]

Einkehr

Bei einem Wirte, wundermild,
Da war ich jüngst zu Gaste;
Ein goldner Apfel war sein Schild
An einem langen Aste.

Es war der gute Apfelbaum,
Bei dem ich eingekehret;
Mit süßer Kost und frischem Schaum
Hat er mich wohl genähret.

Es kamen in sein grünes Haus
Viel leichtbeschwingte Gäste;
Sie sprangen frei und hielten Schmaus
Und sangen auf das beste.

Ich fand ein Bett zu süßer Ruh
Auf weichen, grünen Matten;
Der Wirt, er deckte selbst mich zu
Mit seinem kühlen Schatten.

Nun fragt ich nach der Schuldigkeit,
Da schüttelt' er den Wipfel.
Gesegnet sei er allezeit
Von der Wurzel bis zum Gipfel!

Der gute Kamerad

Ich hatt einen Kameraden
Einen bessern findst du nit.
Die Trommel schlug zum Streite,
Er ging an meiner Seite
In gleichem Schritt und Tritt.

Eine Kugel kam geflogen,
Gilt's mir oder gilt es dir?
Ihn hat es weggerissen,
Er liegt mir vor den Füßen,
Als wär's ein Stück von mir.

Will mir die Hand noch reichen,
Derweil ich eben lad.
Kann dir die Hand nicht geben,
Bleib du im ew'gen Leben
Mein guter Kamerad!

[E: 1809; D: 1812]

Des Sängers Fluch

Es stand in alten Zeiten ein Schloß so hoch und hehr,
Weit glänzt' es über die Lande bis an das blaue Meer,
Und rings von duft'gen Gärten ein blütenreicher Kranz,
Drin sprangen frische Brunnen in Regenbogenglanz.

Dort saß ein stolzer König, an Land und Siegen reich,
Er saß auf seinem Throne so finster und so bleich;
Denn was er sinnt, ist Schrecken, und was er blickt, ist Wut,
Und was er spricht, ist Geißel, und was er schreibt, ist Blut.

Einst zog nach diesem Schlosse ein edles Sängerpaar,
Der ein' in goldnen Locken, der andre grau von Haar;
Der Alte mit der Harfe, der saß auf schmuckem Roß,
Es schritt ihm frisch zur Seite der blühende Genoß.

Der Alte sprach zum Jungen: »Nun sei bereit, mein Sohn!
Denk unsrer tiefsten Lieder, stimm an den vollsten Ton!
Nimm alle Kraft zusammen, die Lust und auch den Schmerz!
Es gilt uns heut, zu rühren des Königs steinern Herz.«

Schon stehn die beiden Sänger im hohen Säulensaal,
Und auf dem Throne sitzen der König und sein Gemahl;
Der König furchtbar prächtig, wie blut'ger Nordlichtschein,
Die Königin süß und milde, als blickte Vollmond drein.

Da schlug der Greis die Saiten, er schlug sie wundervoll,
Daß reicher, immer reicher der Klang zum Ohre schwoll,
Dann strömte himmlisch helle des Jünglings Stimme vor,
Des Alten Sang dazwischen wie dumpfer Geisterchor.

Sie singen von Lenz und Liebe, von sel'ger goldner Zeit,
Von Freiheit, Männerwürde, von Treu und Heiligkeit;
Sie singen von allem Süßen, was Menschenbrust durchbebt,
Sie singen von allem Hohen, was Menschenherz erhebt.

Die Höflingsschar im Kreise verlernet jeden Spott,
Des Königs trotz'ge Krieger, sie beugen sich vor Gott,
Die Königin, zerflossen in Wehmut und in Lust,
Sie wirft den Sängern nieder die Rose von ihrer Brust.

»Ihr habt mein Volk verführet, verlockt ihr nun mein Weib?«
Der König schreit es wütend, er bebt am ganzen Leib,
Er wirft sein Schwert, das blitzend des Jünglings Brust durchdringt,
Draus statt der goldnen Lieder ein Blutstrahl hoch aufspringt.

Und wie vom Sturm zerstoben ist all der Hörer Schwarm,
Der Jüngling hat verröchelt in seines Meister Arm,
Der schlägt um ihn den Mantel und setzt ihn auf das Roß,
Er bind't ihn aufrecht feste, verläßt mit ihm das Schloß.

Doch vor dem hohen Tore, da hält der Sängergreis,
Da faßt er seine Harfe, sie aller Harfen Preis,
An einer Marmorsäule, da hat er sie zerschellt,
Dann ruft er, daß es schaurig durch Schloß und Gärten gellt:

»Weh euch, ihr stolzen Hallen! nie töne süßer Klang
Durch eure Räume wieder, nie Saite noch Gesang,
Nein! Seufzer nur und Stöhnen und scheuer Sklavenschritt,
Bis euch zu Schutt und Moder der Rachegeist zertritt!

Weh euch, ihr duft'gen Gärten im holden Maienlicht!
Euch zeig ich dieses Toten entstelltes Angesicht,
Daß ihr darob verdorret, daß jeder Quell versiegt,
Daß ihr in künft'gen Tagen versteint, verödet liegt.

Weh dir, verruchter Mörder! du Fluch des Sängertums!
Umsonst sei all dein Ringen nach Kränzen blut'gen Ruhms,
Dein Name sei vergessen, in ew'ge Nacht getaucht,
Sei wie ein letztes Röcheln in leere Luft verhaucht!«

Der Alte hat's gerufen, der Himmel hat's gehört,
Die Mauern liegen nieder, die Hallen sind zerstört,
Noch *eine* hohe Säule zeugt von verschwundner Pracht,
Auch diese, schon geborsten, kann stürzen über Nacht.

Und rings statt duft'ger Gärten ein ödes Heideland,
Kein Baum verstreuet Schatten, kein Quell durchdringt den Sand,
Des Königs Namen meldet kein Lied, kein Heldenbuch;
Versunken und vergessen! das ist des Sängers Fluch.

Neujahrswunsch 1817

Wer redlich hält zu seinem Volke,
Der wünsch ihm ein gesegnet Jahr!
Vor Mißwachs, Frost und Hagelwolke
Behüt uns aller Engel Schar!
Und mit dem bang ersehnten Korne,
Und mit dem lang entbehrten Wein
Bring uns dies Jahr in seinem Horne
Das alte, gute Recht herein!

Man kann in Wünschen sich vergessen,
Man wünschet leicht zum Überfluß,
Wir aber wünschen nicht vermessen,
Wir wünschen, was man wünschen *muß*.
Denn soll der Mensch im Leibe leben,
So brauchet er sein täglich Brot,
Und soll er sich zum Geist erheben,
So ist ihm seine Freiheit not.

[*Horne:* Füllhorn.]

Auf die Reise

Um Mitternacht, auf pfadlos weitem Meer,
Wann alle Lichter längst im Schiff erloschen,
Wann auch am Himmel nirgends glänzt ein Stern,
Dann glüht ein Lämpchen noch auf dem Verdeck,
Ein Docht, vor Windesungestüm verwahrt,
Und hält dem Steuermann die Nadel hell,
Die ihm untrüglich seine Richtung weist.
Ja! wenn wir's hüten, führt durch jedes Dunkel
Ein Licht uns, stille brennend in der Brust.

[E: 1854; D: 1860]

ADELBERT VON CHAMISSO

1781–1838

Kanon

Das ist die Not der schweren Zeit!
Das ist die schwere Zeit der Not!
Das ist schwere Not der Zeit!
Das ist die Zeit der schweren Not!

[E: 1813; D: 1830]

Tragische Geschichte

's war einer, dem's zu Herzen ging,
Daß ihm der Zopf so hinten hing,
Er wollt es anders haben.

So denkt er denn: wie fang ich's an?
Ich dreh mich um, so ist's getan –
Der Zopf, der hängt ihm hinten.

Da hat er flink sich umgedreht,
Und wie es stund, es annoch steht –
Der Zopf, der hängt ihm hinten.

Da dreht er schnell sich anders rum,
's wird aber noch nicht besser drum –
Der Zopf, der hängt ihm hinten.

Er dreht sich links, er dreht sich rechts,
Es tut nichts Guts, es tut nichts Schlechts –
Der Zopf, der hängt ihm hinten.

Er dreht sich wie ein Kreisel fort,
Es hilft zu nichts, in einem Wort –
Der Zopf, der hängt ihm hinten.

Und seht, er dreht sich immer noch
Und denkt: es hilft am Ende doch –
Der Zopf, der hängt ihm hinten.

[1826]

Geh du nur hin!

Ich war auch jung und bin jetzt alt,
Der Tag ist heiß, der Abend kalt,
Geh du nur hin, geh du nur hin
Und schlag dir solches aus dem Sinn.

Du steigst hinauf, ich steig hinab,
Wer geht im Schritt, wer geht im Trab?
Sind dir die Blumen eben recht,
Sind doch sechs Bretter auch nicht schlecht.

Das Schloß Boncourt

Ich träum als Kind mich zurücke,
Und schüttle mein greises Haupt;
Wie sucht ihr mich heim, ihr Bilder,
Die lang ich vergessen geglaubt?

Hoch ragt aus schattgen Gehegen
Ein schimmerndes Schloß hervor,
Ich kenne die Türme, die Zinnen,
Die steinerne Brücke, das Tor.

Es schauen vom Wappenschilde
Die Löwen so traulich mich an,
Ich grüße die alten Bekannten
Und eile den Burghof hinan.

Dort liegt die Sphinx am Brunnen,
Dort grünt der Feigenbaum,
Dort, hinter diesen Fenstern,
Verträumt ich den ersten Traum.

Ich tret in die Burgkapelle
Und suche des Ahnherrn Grab,
Dort ist's, dort hängt vom Pfeiler
Das alte Gewaffen herab.

Noch lesen umflort die Augen
Die Züge der Inschrift nicht,
Wie hell durch die bunten Scheiben
Das Licht darüber auch bricht.

So stehst du, o Schloß meiner Väter,
Mir treu und fest in dem Sinn,
Und bist von der Erde verschwunden,
Der Pflug geht über dich hin.

Sei fruchtbar, o teurer Boden,
Ich segne dich mild und gerührt,
Und segn' ihn zweifach, wer immer
Den Pflug nun über dich führt.

Ich aber will auf mich raffen,
Mein Saitenspiel in der Hand,
Die Weiten der Erde durchschweifen
Und singen von Land zu Land.

[1827]

[*Schloß Boncourt:* Geburtsstätte Chamissos in der Champagne, wurde 1793 versteigert und zum Abbruch freigegeben, als sich kein Käufer fand.]

Der Invalid im Irrenhaus

Leipzig, Leipzig! arger Boden,
Schmach für Unbill schafftest du.
Freiheit! hieß es, vorwärts, vorwärts!
Trankst mein rotes Blut, wozu?

Freiheit! rief ich, vorwärts, vorwärts!
Was ein Tor nicht alles glaubt!
Und von schwerem Säbelstreiche
Ward gespalten mir das Haupt.

Und ich lag, und abwärts wälzte
Unheilschwanger sich die Schlacht,
Über mich und über Leichen
Sank die kalte, finstre Nacht.

Aufgewacht zu grausen Schmerzen,
Brennt die Wunde mehr und mehr;
Und ich liege hier gebunden,
Grimmge Wächter um mich her.

Schrei ich wütend noch nach Freiheit,
Nach dem bluterkauften Glück,
Peitscht der Wächter mit der Peitsche
Mich in schnöde Ruh zurück.

[1827]

[*Leipzig:* 16.–19. 10. 1813 Völkerschlacht bei Leipzig. Niederlage Napoleons. – *Freiheit! ... vorwärts!:* Kampfruf des preußischen Feldmarschalls Blücher während der Befreiungskriege.]

Aus: *Frauenliebe und -leben*

1.

Seit ich ihn gesehen,
Glaub ich blind zu sein;
Wo ich hin nur blicke,
Seh ich ihn allein;
Wie im wachen Traume
Schwebt sein Bild mir vor,
Taucht aus tiefstem Dunkel
Heller nur empor.

Sonst ist licht- und farblos
Alles um mich her,
Nach der Schwestern Spiele
Nicht begehr ich mehr,
Möchte lieber weinen
Still im Kämmerlein;
Seit ich ihn gesehen,
Glaub ich blind zu sein.

2.

Er, der Herrlichste von allen,
Wie so milde, wie so gut!
Holde Lippen, klares Auge,
Heller Sinn und fester Mut.

So wie dort in blauer Tiefe,
Hell und herrlich, jener Stern,
Also er an meinem Himmel,
Hell und herrlich, hoch und fern.

Wandle, wandle deine Bahnen;
Nur betrachten deinen Schein;
Nur in Demut ihn betrachten,
Selig nur und traurig sein!

Höre nicht mein stilles Beten,
Deinem Glücke nur geweiht;
Darfst mich niedre Magd nicht kennen,
Hoher Stern der Herrlichkeit!

Nur die Würdigste von allen
Soll beglücken deine Wahl,
Und ich will die Hohe segnen
Segnen viele tausendmal.

Will mich freuen dann und weinen,
Selig, selig bin ich dann;
Sollte mir das Herz auch brechen,
Brich, o Herz, was liegt daran.

3.

Ich kann's nicht fassen, nicht glauben,
Es hat ein Traum mich berückt;
Wie hätt er doch unter allen
Mich Arme erhöht und beglückt?

Mir war's, er habe gesprochen:
Ich bin auf ewig dein –
Mir war's – ich träume noch immer,
Es kann ja nimmer so sein.

O, laß im Traume mich sterben,
Gewieget an seiner Brust,
Den seligsten Tod mich schlürfen,
In Tränen unendlicher Lust.

[1831]

Nach dem Dänischen von Andersen

Der Soldat

Es geht bei gedämpfter Trommel Klang,
Wie weit noch die Stätte, der Weg wie lang!
O, wär er zur Ruh und alles vorbei!
Ich glaub, es bricht mir das Herz entzwei!

Ich hab in der Welt nur ihn geliebt,
Nur ihn, dem jetzt man den Tod doch gibt.
Bei klingendem Spiele wird paradiert;
Dazu bin auch ich kommandiert.

Nun schaut er auf zum letztenmal
In Gottes Sonne freudigen Strahl; –
Nun binden sie ihm die Augen zu –
Dir schenke Gott die ewige Ruh!

Es haben die Neun wohl angelegt;
Acht Kugeln haben vorbeigefegt.
Sie zitterten alle vor Jammer und Schmerz –
Ich aber, ich traf ihn mitten ins Herz.

[1833]

Die Weiber von Winsperg

Der erste Hohenstaufen, der König Konrad, lag
Mit Heeresmacht vor Winsperg seit manchem langen Tag;
Der Welfe war geschlagen, noch wehrte sich das Nest,
Die unverzagten Städter, die hielten es noch fest.

Der Hunger kam, der Hunger! Das ist ein scharfer Dorn;
Nun suchten sie die Gnade, nun fanden sie den Zorn.
»Ihr habt mir hier erschlagen gar manchen Degen wert,
Und öffnet ihr die Tore, so trifft euch doch das Schwert.«

Da sind die Weiber kommen: »Und muß es also sein,
Gewährt uns freien Abzug! Wir sind vom Blute rein.«
Da hat sich vor den Armen des Helden Zorn gekühlt,
Da hat ein sanft Erbarmen im Herzen er gefühlt.

»Die Weiber mögen abziehn, und jede habe frei,
Was sie vermag zu tragen und ihr das Liebste sei!
Laßt ziehn mit ihrer Bürde sie ungehindert fort!
Das ist des Königs Meinung, das ist des Königs Wort.«

Und als der frühe Morgen im Osten kaum gegraut,
Da hat ein seltnes Schauspiel vom Lager man geschaut:
Es öffnet leise, leise sich das bedrängte Tor,
Es schwankt ein Zug von Weibern mit schwerem Schritt hervor.

Tief beugt die Last sie nieder, die auf dem Nacken ruht,
Sie tragen ihre Ehherrn, das ist ihr liebstes Gut.
»Halt an die argen Weiber!« ruft drohend mancher Wicht;
Der Kanzler spricht bedeutsam: »Das war die Meinung nicht.«

Da hat, wie er's vernommen, der fromme Herr gelacht:
»Und war es nicht die Meinung, sie haben's gut gemacht;
Gesprochen ist gesprochen, das Königswort besteht,
Und zwar von keinem Kanzler zerdeutelt und zerdreht.«

So war das Gold der Krone wohl rein und unentweiht.
Die Sage schallt herüber aus halbvergessner Zeit.
Im Jahr elfhundertvierzig, wie ich's verzeichnet fand,
Galt Königswort noch heilig im deutschen Vaterland.

[*Winsperg:* Konrad III. belagerte seit November 1140 die in der Hand der Welfen befindliche Burg Weinsberg bei Heilbronn. Am 21. 12. 1140 besiegte er ein welfisches Entsatzheer; daraufhin ergab sich die Besatzung der Burg. Ihr volkstümlicher Namen nach dem Geschehen: »Weibertreu«.]

Die alte Waschfrau

Du siehst geschäftig bei dem Linnen
Die Alte dort in weißem Haar,
Die rüstigste der Wäscherinnen
Im sechsundsiebenzigsten Jahr.
So hat sie stets mit sauerm Schweiß
Ihr Brot in Ehr und Zucht gegessen,
Und ausgefüllt mit treuem Fleiß
Den Kreis, den Gott ihr zugemessen.

Sie hat in ihren jungen Tagen
Geliebt, gehofft und sich vermählt;
Sie hat des Weibes Los getragen,
Die Sorgen haben nicht gefehlt;
Sie hat den kranken Mann gepflegt;
Sie hat drei Kinder ihm geboren;
Sie hat ihn in das Grab gelegt
Und Glaub und Hoffnung nicht verloren.

Da galt's die Kinder zu ernähren;
Sie griff es an mit heiterm Mut,
Sie zog sie auf in Zucht und Ehren,
Der Fleiß, die Ordnung sind ihr Gut.
Zu suchen ihren Unterhalt
Entließ sie segnend ihre Lieben,
So stand sie nun allein und alt,
Ihr war ihr heitrer Mut geblieben.

Sie hat gespart und hat gesonnen
Und Flachs gekauft und nachts gewacht,
Den Flachs zu feinem Garn gesponnen,
Das Garn dem Weber hingebracht;
Der hat's gewebt zu Leinewand;
Die Schere brauchte sie, die Nadel,
Und nähte sich mit eigner Hand
Ihr Sterbehemde sonder Tadel.

Ihr Hemd, ihr Sterbehemd, sie schätzt es,
Verwahrt's im Schrein am Ehrenplatz;
Es ist ihr Erstes und ihr Letztes,
Ihr Kleinod, ihr ersparter Schatz.
Sie legt es an, des Herren Wort
Am Sonntag früh sich einzuprägen,
Dann legt sie's wohlgefällig fort,
Bis sie darin zur Ruh sie legen.

Und ich, an meinem Abend, wollte,
Ich hätte, diesem Weibe gleich,
Erfüllt, was ich erfüllen sollte
In meinen Grenzen und Bereich;
Ich wollt, ich hätte so gewußt
Am Kelch des Lebens mich zu laben,
Und könnt am Ende gleiche Lust
An meinem Sterbehemde haben.

JOSEPH VON EICHENDORFF

1788–1857

Das zerbrochene Ringlein

In einem kühlen Grunde
Da geht ein Mühlenrad,
Mein' Liebste ist verschwunden,
Die dort gewohnet hat.

Sie hat mir Treu versprochen,
Gab mir ein'n Ring dabei,
Sie hat die Treu gebrochen,
Mein Ringlein sprang entzwei.

Ich möcht als Spielmann reisen
Weit in die Welt hinaus
Und singen meine Weisen
Und gehn von Haus zu Haus.

Ich möcht als Reiter fliegen
Wohl in die blutge Schlacht,
Um stille Feuer liegen
Im Feld bei dunkler Nacht.

Hör ich das Mühlrad gehen:
Ich weiß nicht, was ich will –
Ich möcht am liebsten sterben,
Da wär's auf einmal still!

[1813]

Abschied

O Täler weit, o Höhen,
O schöner, grüner Wald,
Du meiner Lust und Wehen
Andächtger Aufenthalt!
Da draußen, stets betrogen,
Saust die geschäftge Welt,
Schlag noch einmal die Bogen
Um mich, du grünes Zelt!

Wenn es beginnt zu tagen,
Die Erde dampft und blinkt,
Die Vögel lustig schlagen,
Daß dir dein Herz erklingt:
Da mag vergehn, verwehen
Das trübe Erdenleid,
Da sollst du auferstehen
In junger Herrlichkeit!

Da steht im Wald geschrieben,
Ein stilles, ernstes Wort
Vom rechten Tun und Lieben
Und was des Menschen Hort.
Ich habe treu gelesen
Die Worte, schlicht und wahr,
Und durch mein ganzes Wesen
Ward's unaussprechlich klar.

Bald werd ich dich verlassen,
Fremd in der Fremde gehn,
Auf buntbewegten Gassen
Des Lebens Schauspiel sehn;
Und mitten in dem Leben
Wird deines Ernsts Gewalt
Mich Einsamen erheben,
So wird mein Herz nicht alt.

[1815]

Der Jäger Abschied

Wer hat dich, du schöner Wald,
Aufgebaut so hoch da droben?
Wohl den Meister will ich loben,
Solang noch mein Stimm erschallt.
Lebe wohl,
Lebe wohl, du schöner Wald!

Tief die Welt verworren schallt,
Oben einsam Rehe grasen,
Und wir ziehen fort und blasen,
Daß es tausendfach verhallt:
Lebe wohl,
Lebe wohl, du schöner Wald!

Banner, der so kühle wallt!
Unter deinen grünen Wogen
Hast du treu uns auferzogen,
Frommer Sagen Aufenthalt!
Lebe wohl,
Lebe wohl, du schöner Wald!

Was wir still gelobt im Wald,
Wollen's draußen ehrlich halten,
Ewig bleiben treu die Alten:
Deutsch Panier, das rauschend wallt,
Lebe wohl,
Schirm dich Gott, du schöner Wald!

[E: 1810; D: 1837]

[*Banner:* Eichendorff sagt statt »das« auch »der Banner«. – *Panier:* Banner.]

Frische Fahrt

Laue Luft kommt blau geflossen,
Frühling, Frühling soll es sein!
Waldwärts Hörnerklang geschossen,
Mutger Augen lichter Schein;
Und das Wirren bunt und bunter
Wird ein magisch wilder Fluß,
In die schöne Welt hinunter
Lockt dich dieses Stromes Gruß.

Und ich mag mich nicht bewahren!
Weit von euch treibt mich der Wind,
Auf dem Strome will ich fahren,
Von dem Glanze selig blind!
Tausend Stimmen lockend schlagen,
Hoch Aurora flammend weht,
Fahre zu! Ich mag nicht fragen,
Wo die Fahrt zu Ende geht!

[1815]

Zwielicht

Dämmrung will die Flügel spreiten,
Schaurig rühren sich die Bäume,
Wolken ziehn wie schwere Träume –
Was will dieses Graun bedeuten?

Hast ein Reh du lieb vor andern,
Laß es nicht alleine grasen,
Jäger ziehn im Wald und blasen,
Stimmen hin und wieder wandern.

Hast du einen Freund hienieden,
Trau ihm nicht zu dieser Stunde,
Freundlich wohl mit Aug und Munde,
Sinnt er Krieg im tück'schen Frieden.

Was heut müde gehet unter,
Hebt sich morgen neugeboren.
Manches bleibt in Nacht verloren –
Hüte dich, bleib wach und munter!

Der frohe Wandersmann

Wem Gott will rechte Gunst erweisen,
Den schickt er in die weite Welt;
Dem will er seine Wunder weisen
In Berg und Tal und Strom und Feld.

Die Trägen, die zu Hause liegen,
Erquicket nicht das Morgenrot,
Sie wissen nur von Kinderwiegen,
Von Sorgen, Last und Not um Brot.

Die Bächlein von den Bergen springen,
Die Lerchen schwirren hoch vor Lust,
Was sollt ich nicht mit ihnen singen
Aus voller Kehl und frischer Brust?

Den lieben Gott laß ich nur walten;
Der Bächlein, Lerchen, Wald und Feld
Und Erd und Himmel will erhalten,
Hat auch mein Sach aufs best' bestellt!

Nachts

Ich wandre durch die stille Nacht,
Da schleicht der Mond so heimlich sacht
Oft aus der dunklen Wolkenhülle,
Und hin und her im Tal
Erwacht die Nachtigall,
Dann wieder alles grau und stille.

O wunderbarer Nachtgesang:
Von fern im Land der Ströme Gang,
Leis Schauern in den dunklen Bäumen –
Wirrst die Gedanken mir,
Mein irres Singen hier
Ist wie ein Rufen nur aus Träumen.

Nachtzauber

Hörst du nicht die Quellen gehen
Zwischen Stein und Blumen weit
Nach den stillen Waldesseen,
Wo die Marmorbilder stehen
In der schönen Einsamkeit?
Von den Bergen sacht hernieder,
Weckend die uralten Lieder,
Steigt die wunderbare Nacht,
Und die Gründe glänzen wieder,
Wie du's oft im Traum gedacht.

Kennst die Blume du, entsprossen
In dem mondbeglänzten Grund?
Aus der Knospe, halb erschlossen,
Junge Glieder blühend sprossen,
Weiße Arme, roter Mund,
Und die Nachtigallen schlagen,
Und rings hebt es an zu klagen,
Ach, vor Liebe todeswund.
Von versunknen schönen Tagen –
Komm, o komm zum stillen Grund!

Waldgespräch

Es ist schon spät, es wird schon kalt,
Was reit'st du einsam durch den Wald?
Der Wald ist lang, du bist allein,
Du schöne Braut! Ich führ dich heim!

»Groß ist der Männer Trug und List,
Vor Schmerz mein Herz gebrochen ist,
Wohl irrt das Waldhorn her und hin,
O flieh! Du weißt nicht, wer ich bin.«

So reich geschmückt ist Roß und Weib,
So wunderschön der junge Leib,
Jetzt kenn ich dich – Gott steh mir bei!
Du bist die Hexe Loreley.

»Du kennst mich wohl – von hohem Stein
Schaut still mein Schloß tief in den Rhein.
Es ist schon spät, es wird schon kalt,
Kommst nimmermehr aus diesem Wald!«

Mittagsruh

Über Bergen, Fluß und Talen,
Stiller Lust und tiefen Qualen
Webet heimlich, schillert, Strahlen!
Sinnend ruht des Tags Gewühle
In der dunkelblauen Schwüle,
Und die ewigen Gefühle,
Was dir selber unbewußt,
Treten heimlich, groß und leise
Aus der Wirrung fester Gleise,
Aus der unbewachten Brust,
In die stillen, weiten Kreise.

Der Abend

Schweigt der Menschen laute Lust:
Rauscht die Erde wie in Träumen
Wunderbar mit allen Bäumen,
Was dem Herzen kaum bewußt,
Alte Zeiten, linde Trauer,
Und es schweifen leise Schauer
Wetterleuchtend durch die Brust.

Die zwei Gesellen

Es zogen zwei rüstge Gesellen
Zum erstenmal von Haus,
So jubelnd recht in die hellen,
Klingenden, singenden Wellen
Des vollen Frühlings hinaus.

Die strebten nach hohen Dingen,
Die wollten, trotz Lust und Schmerz,
Was Recht's in der Welt vollbringen,
Und wem sie vorüber gingen,
Dem lachten Sinnen und Herz. –

Der erste, der fand ein Liebchen,
Die Schwieger kauft' Hof und Haus;
Der wiegte gar bald ein Bübchen
Und sah aus heimlichem Stübchen
Behaglich ins Feld hinaus.

Dem zweiten sangen und logen
Die tausend Stimmen im Grund,
Verlockend' Sirenen, und zogen
Ihn in der buhlenden Wogen
Farbig klingenden Schlund.

Und wie er auftaucht' vom Schlunde,
Da war er müde und alt,
Sein Schifflein das lag im Grunde,
So still war's rings in die Runde,
Und über die Wasser weht's kalt.

Es singen und klingen die Wellen
Des Frühlings wohl über mir;
Und seh ich so kecke Gesellen,
Die Tränen im Auge mir schwellen –
Ach Gott, führ uns liebreich zu Dir!

Die Nacht

Wie schön, hier zu verträumen
Die Nacht im stillen Wald,
Wenn in den dunklen Bäumen
Das alte Märchen hallt.

Die Berg' im Mondesschimmer
Wie in Gedanken stehn,
Und durch verworrne Trümmer
Die Quellen klagend gehn.

Denn müd ging auf den Matten
Die Schönheit nun zur Ruh,
Es deckt mit kühlen Schatten
Die Nacht das Liebchen zu.

Das ist das irre Klagen
In stiller Waldespracht,
Die Nachtigallen schlagen
Von ihr die ganze Nacht.

Die Stern' gehn auf und nieder –
Wann kommst du, Morgenwind,
Und hebst die Schatten wieder
Von dem verträumten Kind?

Schon rührt sich's in den Bäumen,
Die Lerche weckt sie bald –
So will ich treu verträumen
Die Nacht im stillen Wald.

Sehnsucht

Es schienen so golden die Sterne,
Am Fenster ich einsam stand
Und hörte aus weiter Ferne
Ein Posthorn im stillen Land.
Das Herz mir im Leib entbrennte;
Da hab ich mir heimlich gedacht:
Ach, wer da mitreisen könnte
In der prächtigen Sommernacht!

Zwei junge Gesellen gingen
Vorüber am Bergeshang,
Ich hörte im Wandern sie singen
Die stille Gegend entlang:
Von schwindelnden Felsenschlüften,
Wo die Wälder rauschen so sacht,
Von Quellen, die von den Klüften
Sich stürzen in die Waldesnacht.

Sie sangen von Marmorbildern,
Von Gärten, die überm Gestein
In dämmernden Lauben verwildern,
Palästen im Mondenschein,
Wo die Mädchen am Fenster lauschen,
Wann der Lauten Klang erwacht
Und die Brunnen verschlafen rauschen
In der prächtigen Sommernacht. –

[1834]

Lockung

Hörst du nicht die Bäume rauschen
Draußen durch die stille Rund?
Lockt's dich nicht, hinabzulauschen
Von dem Söller in den Grund,
Wo die vielen Bäche gehen
Wunderbar im Mondenschein
Und die stillen Schlösser sehen
In den Fluß vom hohen Stein?

Kennst du noch die irren Lieder
Aus der alten, schönen Zeit?
Sie erwachen alle wieder
Nachts in Waldeseinsamkeit,
Wenn die Bäume träumend lauschen
Und der Flieder duftet schwül
Und im Fluß die Nixen rauschen –
Komm herab, hier ist's so kühl.

Wünschelrute

Schläft ein Lied in allen Dingen,
Die da träumen fort und fort,
Und die Welt hebt an zu singen,
Triffst du nur das Zauberwort.

[1838]

Mondnacht

Es war, als hätt der Himmel
Die Erde still geküßt,
Daß sie im Blütenschimmer
Von ihm nun träumen müßt.

Die Luft ging durch die Felder,
Die Ähren wogten sacht,
Es rauschten leis die Wälder,
So sternklar war die Nacht.

Und meine Seele spannte
Weit ihre Flügel aus,
Flog durch die stillen Lande,
Als flöge sie nach Haus.

[1837]

Meeresstille

Ich seh von des Schiffes Rande
Tief in die Flut hinein:
Gebirge und grüne Lande
Und Trümmer im falben Schein
Und zackige Türme im Grunde,
Wie ich's oft im Traum mir gedacht,
Wie dämmert alles da unten
Als wie eine prächtige Nacht.

Seekönig auf seiner Warte
Sitzt in der Dämmrung tief,
Als ob er mit langem Barte
Über seiner Harfe schlief;
Da kommen und gehen die Schiffe
Darüber, er merkt es kaum,
Von seinem Korallenriffe
Grüßt er sie wie im Traum.

Weihnachten

Markt und Straßen stehn verlassen,
Still erleuchtet jedes Haus,
Sinnend geh ich durch die Gassen,
Alles sieht so festlich aus.

An den Fenstern haben Frauen
Buntes Spielzeug fromm geschmückt,
Tausend Kindlein stehn und schauen,
Sind so wunderstill beglückt.

Und ich wandre aus den Mauern
Bis hinaus ins freie Feld,
Hehres Glänzen, heilges Schauern!
Wie so weit und still die Welt!

Sterne hoch die Kreise schlingen,
Aus des Schnees Einsamkeit
Steigt's wie wunderbares Singen –
O du gnadenreiche Zeit!

Der Einsiedler

Komm, Trost der Welt, du stille Nacht!
Wie steigst du von den Bergen sacht,
Die Lüfte alle schlafen,
Ein Schiffer nur noch, wandermüd,
Singt übers Meer sein Abendlied
Zu Gottes Lob im Hafen.

Die Jahre wie die Wolken gehn
Und lassen mich hier einsam stehn,
Die Welt hat mich vergessen,
Da trat'st du wunderbar zu mir,
Wenn ich beim Waldesrauschen hier
Gedankenvoll gesessen.

O Trost der Welt, du stille Nacht!
Der Tag hat mich so müd gemacht,
Das weite Meer schon dunkelt,
Laß ausruhn mich von Lust und Not,
Bis daß das ewge Morgenrot
Den stillen Wald durchfunkelt.

Es wandelt, was wir schauen,
Tag sinkt ins Abendrot,
Die Lust hat eignes Grauen,
Und alles hat den Tod.

Ins Leben schleicht das Leiden
Sich heimlich wie ein Dieb,
Wir alle müssen scheiden
Von allem, was uns lieb.

Was gäb es doch auf Erden,
Wer hielt den Jammer aus,
Wer möcht geboren werden,
Hielt'st du nicht droben haus!

Du bist's, der, was wir bauen,
Mild über uns zerbricht,
Daß wir den Himmel schauen –
Darum so klag ich nicht.

In Danzig

1842

Dunkle Giebel, hohe Fenster,
Türme tief aus Nebeln sehn,
Bleiche Statuen wie Gespenster
Lautlos an den Türen stehn.

Träumerisch der Mond drauf scheinet,
Dem die Stadt gar wohl gefällt,
Als läg zauberhaft versteinet
Drunten eine Märchenwelt.

Ringsher durch das tiefe Lauschen,
Über alle Häuser weit,
Nur des Meeres fernes Rauschen –
Wunderbare Einsamkeit!

Und der Türmer wie vor Jahren
Singet ein uraltes Lied:
Wolle Gott den Schiffer wahren,
Der bei Nacht vorüberzieht!

Das Schiff der Kirche

1848

Die alten Türme sah man längst schon wanken,
Was unsre Väter fromm gebaut, errungen,
Thron, Burg, Altar, es hat sie all verschlungen
Ein wilder Strom entfesselter Gedanken.

Der wühlt sich breit und breiter ohne Schranken,
Ein Meer, wo zornigbäumend aufgeschwungen
Die trüben Fluten Fels um Fels bezwungen,
Und alle Rettungsufer rings versanken.

Doch drüberhin gewölbt ein Friedensbogen,
Wohin nicht reichen die empörten Wogen,
Und unter ihm ein Schiff dahingezogen,

Das achtet nicht der Wasser wüstes Branden,
Das macht der Stürme Wirbeltanz zuschanden –
O Herr, da laß uns alle selig landen!

FRIEDRICH RÜCKERT

1788–1866

Aus: *Amaryllis, ein Sommer auf dem Lande*

21.

Amara, bittre, was du tust, ist bitter,
Wie du die Füße rührst, die Arme lenkest,
Wie du die Augen hebst, wie du sie senkest,
Die Lippen auftust oder zu, ist's bitter.

Ein jeder Gruß ist, den du schenkest, bitter,
Bitter ein jeder Kuß, den du nicht schenkest;
Bitter ist, was du sprichst und was du denkest,
Und was du hast und was du bist, ist bitter.

Voraus kommt eine Bitterkeit gegangen,
Zwo Bitterkeiten gehn dir zu den Seiten,
Und eine folgt den Spuren deiner Füße.

O du mit Bitterkeiten rings umfangen,
Wer dächte, daß mit all den Bitterkeiten
Du doch mir bist im innern Kern so süße!

[1825]

[*amarus, a, um:* lat. bitter.]

55.

Wann still die Nacht auf dunkeln Pfaden schreitet,
Die unterm Mantel trägt die goldnen Sterne,
Und im Gewölk gleich heimlicher Laterne
Der Mond sein wachsend Silberlicht bereitet,

Denk ich, und meines Auge Träne gleitet,
Zurück in jener Nächte schöne Ferne,
Wo er mit seinem lieberglühten Kerne
Auf meinen Liebesgängen mich geleitet.

Wozu, o Mond, mit deinem Strahlenschimmer
Hat dich ein Gott in Lüften aufgehangen,
Als daß die Lieb in deinem Licht soll wallen?

Die Liebe wallt in deinem Lichte nimmer,
Der Docht in deiner Lamp ist ausgegangen,
Und deine Scherben laß vom Himmel fallen.

Barbarossa

Der alte Barbarossa,
Der Kaiser Friederich,
Im unterirdschen Schlosse
Hält er verzaubert sich.

Er ist niemals gestorben,
Er lebt darin noch jetzt;
Er hat im Schloß verborgen
Zum Schlaf sich hingesetzt.

Er hat hinabgenommen
Des Reiches Herrlichkeit
Und wird einst wiederkommen
Mit ihr, zu seiner Zeit.

Der Stuhl ist elfenbeinern,
Darauf der Kaiser sitzt;
Der Tisch ist marmelsteinern
Worauf sein Haupt er stützt.

Sein Bart ist nicht von Flachse,
Er ist von Feuersglut,
Ist durch den Tisch gewachsen,
Worauf sein Kinn ausruht.

Er nickt als wie im Traume,
Sein Aug halb offen zwinkt;
Und je nach langem Raume
Er einem Knaben winkt.

Er spricht im Schlaf zum Knaben:
Geh hin vors Schloß, o Zwerg,
Und sieh, ob noch die Raben
Herfliegen um den Berg.

Und wenn die alten Raben
Noch fliegen immerdar,
So muß ich auch noch schlafen
Verzaubert hundert Jahr.

[1817]

Aus: *Geharnischte Sonette*

Ihr Deutschen, von dem Flutenbett des Rheines,
Bis wo die Elbe sich ins Nordmeer gießet,
Die ihr vordem ein Volk, ein großes, hießet,
Was habt ihr denn, um noch zu heißen eines?

Was habt ihr denn noch großes Allgemeines?
Welch Band, das euch als Volk zusammenschließet?
Seit ihr den Kaiserszepter brechen ließet
Und euer Reich zerspalten, habt ihr keines.

Nur noch ein einziges Band ist euch geblieben,
Das ist die Sprache, die ihr sonst verachtet;
Jetzt müßt ihr sie als euer einziges lieben.

Sie ist noch eu'r, ihr selber seid verpachtet;
Sie haltet fest, wenn alles wird zerrieben,
Daß ihr doch klagen könnt, wie ihr verschmachtet.

[1814]

[*Kaiserszepter:* Mit der Niederlegung der deutschen Kaiserkrone durch Kaiser Franz II. 1806 erlosch das Heilige Römische Reich Deutscher Nation.]

Grammatische Deutschheit

Neulich deutschten auf deutsch vier deutsche Deutschlinge deutschend,
Sich überdeutschend am Deutsch, welcher der deutscheste sei.
Vier deutschnamig benannt: Deutsch, Deutscherig, Deutscherling, Deutschdich:
Selbst so hatten zu deutsch sie sich die Namen gedeutscht.
Jetzt wettdeutschten sie, deutschend in grammatikalischer Deutschheit,
Deutscheren Komparativ, deutschesten Superlativ.
»Ich bin deutscher als deutsch.« »Ich deutscherer.« »Deutschester bin ich.«
»Ich bin der Deutschereste oder der Deutschestere.«
Drauf durch Komparativ und Superlativ fortdeutschend,
Deutschten sie auf bis zum – Deutschesteresteresten,
Bis sie vor komparativisch- und superlativischer Deutschung
Den Positiv von deutsch hatten vergessen zuletzt.

[1819]

Kehr ein bei mir

Du bist die Ruh,
Der Friede mild,
Die Sehnsucht du,
Und was sie stillt.

Ich weihe dir
Voll Lust und Schmerz
Zur Wohnung hier
Mein Aug und Herz.

Kehr ein bei mir,
Und schließe du
Still hinter dir
Die Pforten zu.

Treib andern Schmerz
Aus dieser Brust!
Voll sei dies Herz
Von deiner Lust.

Dies Augenzelt,
Von deinem Glanz
Allein erhellt,
O füll es ganz!

Aus: *Kindertotenlieder*

1.

Du bist ein Schatten am Tage
Und in der Nacht ein Licht;
Du lebst in meiner Klage
Und stirbst im Herzen nicht.

Wo ich mein Zelt aufschlage,
Da wohnst du bei mir dicht;
Du bist mein Schatten am Tage
Und in der Nacht mein Licht.

Wo ich auch nach dir frage,
Find ich von dir Bericht,
Du lebst in meiner Klage
Und stirbst im Herzen nicht.

Du bist ein Schatten am Tage
Und in der Nacht ein Licht;
Du lebst in meiner Klage
Und stirbst im Herzen nicht.

8.

Unter geht die Sonn am Abend
Und der Mond um Mitternacht,
Doch am Morgen kommt die Sonne
Und zu Nacht der Mond zurück.
Aber ihr, o meiner Tage
Sonne, meiner Nächte Mond,
Kehret mir an keinem Morgen,
Keinem Abend mir zurück.

Schwalbe wandert im September,
Im Oktober Nachtigall,
Doch die Schwalbe kehrt im März,
Nachtigall im Mai zurück.
Euch, die Nachtigall und Schwalbe
Dieses Hauses, dieser Flur,
Bringt zum Haus der März nicht wieder
Noch der Mai zur Flur zurück.

Mit dem Frühling starb das Veilchen
Und die Rose vor dem Herbst;
Ros und Veilchen in dem Garten
Bringt des Sommers Hauch zurück.
Sommerhauch, im Frost des Winters
In des Herzens Gartenbeet
Starb mein Veilchen, meine Rose,
Und du bringst sie nie zurück!

[E: 1834; D: 1872]

[Zwei Kinder Rückerts starben 1833 und 1834.]

Aus: *Die Weisheit des Brahmanen*

Du bist beglückt, wenn dir gegeben ist, zusammen
Mit vielen wirkend, dich mit ihnen zu entflammen.
Doch wenn du stehst allein, so laß dich's nicht verdrießen,
Statt Menschen mußt du nur der Menschheit dich erschließen.
Aus jeder Raumesweit, aus allen Zeitenfernen
Grüßt den der Menschheit Geist, der von ihm weiß zu lernen.
Gedanken steigen aus vermorschter Büchergruft,
Und andre schwinden in der Luft wie Blütenduft,
Noch kein gedachter je ging Denkenden verloren,
Und ungeahnet wird kein neuer auch geboren.
Drum trösten magst du dich, wenn aufging dir ein Licht,
Teilst du's auch keinem nur, der Welt entgeht es nicht.
Sie streiten, wer zuerst dies habe vorgebracht;
Der Geist der Menschheit hat's gemeinschaftlich erdacht.

[1836]

WILHELM MÜLLER

1794–1827

Aus: *Die schöne Müllerin*

Wanderschaft

Das Wandern ist des Müllers Lust,
Das Wandern!
Das muß ein schlechter Müller sein,
Dem niemals fiel das Wandern ein,
Das Wandern.

Vom Wasser haben wir's gelernt,
Vom Wasser!
Das hat nicht Rast bei Tag und Nacht,
Ist stets auf Wanderschaft bedacht,
Das Wasser.

Das sehn wir auch den Rädern ab,
Den Rädern!
Die gar nicht gerne stille stehn
Und sich mein Tag nicht müde drehn,
Die Räder.

Die Steine selbst, so schwer sie sind,
Die Steine!
Sie tanzen mit den muntern Reihn
Und wollen gar noch schneller sein,
Die Steine!

O Wandern, Wandern, meine Lust,
O Wandern!
Herr Meister und Frau Meisterin,
Laßt mich in Frieden weiter ziehn
Und wandern!

[1818]

Wohin?

Ich hört ein Bächlein rauschen
Wohl aus dem Felsenquell,
Hinab zum Tale rauschen
So frisch und wunderhell.

Ich weiß nicht, wie mir wurde,
Nicht, wer den Rat mir gab,
Ich mußte gleich hinunter
Mit meinem Wanderstab.

Hinunter und immer weiter
Und immer dem Bache nach,
Und immer frischer rauschte
Und immer heller der Bach.

Ist das denn meine Straße?
O Bächlein, sprich, wohin?
Du hast mit deinem Rauschen
Mir ganz berauscht den Sinn.

Was sag ich denn von Rauschen?
Das kann kein Rauschen sein:
Es singen wohl die Nixen
Dort unten ihren Reihn.

Laß singen, Gesell, laß rauschen
Und wandre fröhlich nach!
Es gehn ja Mühlenräder
In jedem klaren Bach.

[1818]

Aus: *Die Winterreise*

Gute Nacht

Fremd bin ich eingezogen,
Fremd zieh ich wieder aus.
Der Mai war mir gewogen
Mit manchem Blumenstrauß.
Das Mädchen sprach von Liebe,
Die Mutter gar von Eh' –
Nun ist die Welt so trübe,
Der Weg gehüllt in Schnee.

Ich kann zu meiner Reisen
Nicht wählen mit der Zeit:
Muß selbst den Weg mir weisen
In dieser Dunkelheit.
Es zieht ein Mondenschatten
Als mein Gefährte mit,
Und auf den weißen Matten
Such ich des Wildes Tritt.

Was soll ich länger weilen,
Bis man mich trieb' hinaus?
Laß irre Hunde heulen
Vor ihres Herren Haus!
Die Liebe liebt das Wandern, –
Gott hat sie so gemacht –
Von einem zu dem andern –
Fein Liebchen, gute Nacht!

Will dich im Traum nicht stören,
Wär schad um deine Ruh,
Sollst meinen Tritt nicht hören –
Sacht, sacht die Türe zu!
Ich schreibe nur im Gehen
Ans Tor noch gute Nacht,
Damit du mögest sehen,
Ich hab an dich gedacht.

Die Wetterfahne

Der Wind spielt mit der Wetterfahne
Auf meines schönen Liebchens Haus.
Da dacht ich schon in meinem Wahne,
Sie pfiff' den armen Flüchtling aus.

Er hätt es eh'r bemerken sollen.
Des Hauses aufgestecktes Schild,
So hätt er nimmer suchen wollen
Im Haus ein treues Frauenbild.

Der Wind spielt drinnen mit den Herzen,
Wie auf dem Dach, nur nicht so laut.
Was fragen sie nach meinen Schmerzen?
Ihr Kind ist eine reiche Braut.

Erstarrung

Ich such im Schnee vergebens
Nach ihrer Tritte Spur,
Hier, wo wir oft gewandelt
Selbander durch die Flur.

Ich will den Boden küssen,
Durchdringen Eis und Schnee
Mit meinen heißen Tränen,
Bis ich die Erde seh.

Wo find ich eine Blüte,
Wo find ich grünes Gras?
Die Blumen sind erstorben,
Der Rasen sieht so blaß.

Der Lindenbaum

Am Brunnen vor dem Tore
Da steht ein Lindenbaum:
Ich träumt in seinem Schatten
So manchen süßen Traum.

Ich schnitt in seine Rinde
So manches liebe Wort;
Es zog in Freud und Leide
Zu ihm mich immer fort.

Ich mußt auch heute wandern
Vorbei in tiefer Nacht,
Da hab ich noch im Dunkel
Die Augen zugemacht.

Und seine Zweige rauschten,
Als riefen sie mir zu:
Komm her zu mir, Geselle,
Hier findst du deine Ruh!

Die kalten Winde bliesen
Mir grad ins Angesicht,
Der Hut flog mir vom Kopfe,
Ich wendete mich nicht.

Nun bin ich manche Stunde
Entfernt von jenem Ort,
Und immer hör ich's rauschen:
Du fändest Ruhe dort!

Rückblick

Es brennt mir unter beiden Sohlen,
Tret ich auch schon auf Eis und Schnee.
Ich möcht nicht wieder Atem holen,
Bis ich nicht mehr die Türme seh.

Hab mich an jedem Stein gestoßen,
So eilt ich zu der Stadt hinaus;
Die Krähen warfen Bäll und Schloßen
Auf meinen Hut von jedem Haus.

Wie anders hast du mich empfangen,
Du Stadt der Unbeständigkeit!
An deinen blanken Fenstern sangen
Die Lerch und Nachtigall im Streit.

Die runden Lindenbäume blühten,
Die klaren Rinnen rauschten hell,
Und ach, zwei Mädchenaugen glühten! –
Da war's geschehn um dich, Gesell!

Der greise Kopf

Der Reif hatt' einen weißen Schein
Mir übers Haar gestreuet.
Da meint ich schon ein Greis zu sein,
Und hab mich sehr gefreuet.

Doch bald ist er hinweggetaut,
Hab wieder schwarze Haare,
Daß mir's vor meiner Jugend graut –
Wie weit noch bis zur Bahre!

Vom Abendrot zum Morgenlicht
Ward mancher Kopf zum Greise.
Wer glaubt's? Und meiner ward es nicht
Auf dieser ganzen Reise!

Letzte Hoffnung

Hier und da ist an den Bäumen
Noch ein buntes Blatt zu sehn,
Und ich bleibe vor den Bäumen
Oftmals in Gedanken stehn.

Schaue nach dem einen Blatte,
Hänge meine Hoffnung dran;
Spielt der Wind mit meinem Blatte,
Zittr' ich, was ich zittern kann.

Ach, und fällt das Blatt zu Boden,
Fällt mit ihm die Hoffnung ab,
Fall ich selber mit zu Boden,
Wein' auf meiner Hoffnung Grab.

Täuschung

Ein Licht tanzt freundlich vor mir her;
Ich folg ihm nach die Kreuz und Quer;
Ich folg ihm gern, und seh's ihm an,
Daß es verlockt den Wandersmann.
Ach, wer wie ich so elend ist,
Gibt gern sich hin der bunten List,
Die hinter Eis und Nacht und Graus
Ihm weist ein helles, warmes Haus,
Und eine liebe Seele drin –
Nur Täuschung ist für mich Gewinn!

Der Leiermann

Drüben hinterm Dorfe
Steht ein Leiermann,
Und mit starren Fingern
Dreht er was er kann.

Barfuß auf dem Eise
Schwankt er hin und her;
Und sein kleiner Teller
Bleibt ihm immer leer.

Keiner mag ihn hören,
Keiner sieht ihn an;
Und die Hunde brummen
Um den alten Mann.

Und er läßt es gehen
Alles, wie es will,
Dreht, und seine Leier
Steht ihm nimmer still.

Wunderlicher Alter,
Soll ich mit dir gehn?
Willst zu meinen Liedern
Deine Leier drehn?

[1823/1824]

Aus: *Neueste Lieder der Griechen*

Hellas und die Welt

Ohne die Freiheit, was wärest du, Hellas?
Ohne dich, Hellas, was wäre die Welt?

Kommt, ihr Völker aller Zonen,
Seht die Brüste,
Die euch säugten
Mit der reinen Milch der Weisheit! –
Sollen Barbaren sie zerfleischen?
Seht die Augen,
Die euch erleuchteten
Mit dem himmlischen Strahle der Schönheit! –
Sollen sie Barbaren blenden?

Seht die Flamme,
Die euch wärmte
Durch und durch im tiefen Busen,
Daß ihr fühltet,
Wer ihr seid,
Was ihr wollt,
Was ihr sollt,
Eurer Menschheit hohen Adel,
Eure Freiheit! –
Sollen Barbaren sie ersticken?

Kommt, ihr Völker aller Zonen,
Kommt und helfet frei sie machen,
Die euch alle frei gemacht!

Ohne die Freiheit, was wärest du, Hellas?
Ohne dich, Hellas, was wäre die Welt?

[1824]

[*Hellas:* 1821–1829 Freiheitskampf Griechenlands gegen die Türkei; 1829 Griechenland unabhängig.]

Vineta

Aus des Meeres tiefem, tiefem Grunde
Klingen Abendglocken dumpf und matt,
Uns zu geben wunderbare Kunde
Von der schönen alten Wunderstadt.

In der Fluten Schoß hinabgesunken,
Blieben unten ihre Trümmer stehn.
Ihre Zinnen lassen goldne Funken
Widerscheinend auf dem Spiegel sehn.

Und der Schiffer, der den Zauberschimmer
Einmal sah im hellen Abendrot,
Nach derselben Stelle schifft er immer,
Ob auch rings umher die Klippe droht.

Aus des Herzens tiefem, tiefem Grunde
Klingt es mir, wie Glocken, dumpf und matt.
Ach, sie geben wunderbare Kunde
Von der Liebe, die geliebt es hat.

Eine schöne Welt ist da versunken,
Ihre Trümmer blieben unten stehn,
Lassen sich als goldne Himmelsfunken
Oft im Spiegel meiner Träume sehn.

Und dann möcht ich tauchen in die Tiefen,
Mich versenken in den Widerschein,
Und mir ist, als ob mich Engel riefen
In die alte Wunderstadt hinein.

[1826]

AUGUST VON PLATEN

1796–1835

Aus: *Venedig*

I

Mein Auge ließ das hohe Meer zurücke,
Als aus der Flut Palladios Tempel stiegen,
An deren Staffeln sich die Wellen schmiegen,
Die uns getragen ohne Falsch und Tücke.

Wir landen an, wir danken es dem Glücke,
Und die Lagune scheint zurück zu fliegen,
Der Dogen alte Säulengänge liegen
Vor uns gigantisch mit der Seufzerbrücke.

Venedigs Löwen, sonst Venedigs Wonne,
Mit ehrnen Flügeln sehen wir ihn ragen
Auf seiner kolossalischen Kolonne.

Ich steig ans Land, nicht ohne Furcht und Zagen,
Da glänzt der Markusplatz im Licht der Sonne:
Soll ich ihn wirklich zu betreten wagen?

II

Dies Labyrinth von Brücken und von Gassen,
Die tausendfach sich ineinander schlingen,
Wie wird hindurchzugehn mir je gelingen?
Wie werd ich je dies große Rätsel fassen?

Ersteigend erst des Markusturms Terrassen,
Vermag ich vorwärts mit dem Blick zu dringen,
Und aus den Wundern, welche mich umringen,
Entsteht ein Bild, es teilen sich die Massen.

Ich grüße dort den Ozean, den blauen,
Und hier die Alpen, die im weiten Bogen
Auf die Laguneninseln niederschauen.

Und sieh! Da kam ein mutges Volk gezogen,
Paläste sich und Tempel sich zu bauen
Auf Eichenpfähle mitten in die Wogen.

V

Venedig liegt nur noch im Land der Träume
Und wirft nur Schatten her aus alten Tagen,
Es liegt der Leu der Republik erschlagen,
Und öde feiern seines Kerkers Räume.

Die ehrnen Hengste, die, durch salz'ge Schäume
Dahergeschleppt, auf jener Kirche ragen,
Nicht mehr dieselben sind sie, ach! sie tragen
Des korsikanschen Überwinders Zäume.

Wo ist das Volk von Königen geblieben,
Das diese Marmorhäuser durfte bauen,
Die nun verfallen und gemach zerstieben!

Nur selten finden auf des Enkels Brauen
Der Ahnen große Züge sich geschrieben,
An Dogengräbern in den Stein gehauen.

XIV

Wenn tiefe Schwermut meine Seele wieget,
Mag's um die Buden am Rialto flittern:
Um nicht den Geist im Tande zu zersplittern,
Such ich die Stille, die den Tag besieget.

Dann blick ich oft, an Brücken angeschmieget,
In öde Wellen, die nur leise zittern,
Wo über Mauern, welche halb verwittern,
Ein wilder Lorbeerbusch die Zweige bieget.

Und wann ich, stehend auf versteinten Pfählen,
Den Blick hinaus ins dunkle Meer verliere,
Dem fürder keine Dogen sich vermählen:

Dann stört mich kaum im schweigenden Reviere,
Herschallend aus entlegenen Kanälen,
Von Zeit zu Zeit ein Ruf der Gondoliere.*

* Die Gondoliere in Venedig bedienen sich, wenn sie um die Ecke biegen, eines herkömmlichen Rufs, um das Aneinanderstoßen zweier Gondeln zu verhindern.

[D: 1825]

[*Leu:* Venedig nannte sich die Republik von San Marco, weil dort angeblich die Gebeine des Evangelisten Markus aufbewahrt sind. Dessen Symbol, der Löwe, war das Staatswappen. – *Die ehrnen Hengste:* die vier antiken Rosse, auf der großen Terrasse der Kirchenfront von San Marco, 1204 nach der Eroberung Konstantinopels als Kriegsbeute nach Venedig gebracht. – *Des korsikanschen Überwinders:* 1797 Besetzung Venedigs durch den Korsen Napoleon; Ende der Republik.]

Tristan

Wer die Schönheit angeschaut mit Augen,
Ist dem Tode schon anheimgegeben,
Wird für keinen Dienst auf Erden taugen,
Und doch wird er vor dem Tode beben,
Wer die Schönheit angeschaut mit Augen!

Ewig währt für ihn der Schmerz der Liebe,
Denn ein Tor nur kann auf Erden hoffen
Zu genügen einem solchen Triebe:
Wen der Pfeil des Schönen je getroffen,
Ewig währt für ihn der Schmerz der Liebe!

Ach, er möchte wie ein Quell versiechen,
Jedem Hauch der Luft ein Gift entsaugen
Und den Tod aus jeder Blume riechen:
Wer die Schönheit angeschaut mit Augen,
Ach, er möchte wie ein Quell versiechen!

[1825]

Wer wußte je das Leben recht zu fassen,
Wer hat die Hälfte nicht davon verloren
Im Traum, im Fieber, im Gespräch mit Toren,
In Liebesqual, im leeren Zeitverprassen?

Ja, der sogar, der, ruhig und gelassen,
Mit dem Bewußtsein, was er soll, geboren,
Frühzeitig einen Lebensgang erkoren,
Muß vor des Lebens Widerspruch erblassen.

Denn jeder hofft doch, daß das Glück ihm lache,
Allein das Glück, wenn's wirklich kommt, ertragen,
Ist keines Menschen, wäre Gottes Sache.

Auch kommt es nie, wir wünschen bloß und wagen:
Dem Schläfer fällt es nimmermehr vom Dache,
Und auch der Läufer wird es nicht erjagen.

Das Grab im Busento

Nächtlich am Busento lispeln, bei Cosenza, dumpfe Lieder,
Aus den Wassern schallt es Antwort, und in Wirbeln klingt es wider!

Und den Fluß hinauf, hinunter ziehn die Schatten tapfrer Goten,
Die den Alarich beweinen, ihres Volkes besten Toten.

Allzufrüh und fern der Heimat mußten hier sie ihn begraben,
Während noch die Jugendlocken seine Schulter blond umgaben.

Und am Ufer des Busento reihten sie sich um die Wette,
Um die Strömung abzuleiten, gruben sie ein frisches Bette.

In der wogenleeren Höhlung wühlten sie empor die Erde,
Senkten tief hinein den Leichnam, mit der Rüstung, auf dem Pferde.

Deckten dann mit Erde wieder ihn und seine stolze Habe,
Daß die hohen Stromgewächse wüchsen aus dem Heldengrabe.

Abgelenkt zum zweitenmale, ward der Fluß herbeigezogen:
Mächtig in ihr altes Bette schäumten die Busentowogen.

Und es sang ein Chor von Männern: »Schlaf in deinen Heldenehren!
Keines Römers schnöde Habsucht soll dir je dein Grab versehren!«

Sangen's, und die Lobgesänge tönten fort im Gotenheere;
Wälze sie, Busentowelle, wälze sie von Meer zu Meere!

Es sehnt sich ewig dieser Geist ins Weite
Und möchte fürder, immer fürder streben:
Nie könnt ich lang an einer Scholle kleben,
Und hätt ein Eden ich an jeder Seite.

Mein Geist, bewegt von innerlichem Streite,
Empfand so sehr in diesem kurzen Leben,
Wie leicht es ist, die Heimat aufzugeben,
Allein wie schwer zu finden eine zweite.

Doch wer aus voller Seele haßt das Schlechte,
Auch aus der Heimat wird es ihn verjagen,
Wenn dort verehrt es wird vom Volk der Knechte.

Weit klüger ist's, dem Vaterland entsagen,
Als unter einem kindischen Geschlechte
Das Joch des blinden Pöbelhasses tragen.

[E: 1826; D: 1834]

[*dem Vaterland entsagen:* Platen verließ Deutschland 1826 und lebte bis zu seinem Tod meist in Italien.]

Was habt ihr denn an euerm Rhein und Ister,
Um neben dem Hellenenvolk zu thronen?
Journale, Zeitungsblätter, Rezensionen,
Tabak und Bier und Polizeiminister!

Die nie ihr kanntet jene zwei Geschwister,
Freiheit und Kunst, die dort in schönern Zonen
Auf's Haupt sich setzten der Vollendung Kronen,
Ihr haltet euch für Griechen, ihr Philister?

Gestümpert habt ihr bloß nach vielen Seiten,
Da Griechenland der Schönheit ewgen Schimmer
Auf alles Seiende gewußt zu breiten.

Was ist die Kunst, mit der ihr prahlet immer?
In einem Ozean von Albernheiten
Erscheinen ein'ge geniale Schwimmer!

Epilog

Zusammen pack ich meine Habe
Und was im Busen mir gedieh;
Denn länger nicht mehr frommt die Gabe,
Die mir ein milder Gott verlieh.

So hat er mich umsonst begeistert?
So war's umsonst, was ich empfand?
Und jeder arme Stümper meistert
Den Griffel einer Meisterhand?

In Dunkel muß der Geist sich bergen,
Damit's die Blöden nicht verstehn,
Dann mag er mitten durch die Schergen
Wie ein erhabnes Wesen gehn.

Was aus der tiefsten Brust entsprungen
Und was ein männlich Herz gedacht,
Es soll verschmachten auf den Zungen,
Die's liebevoll hervorgebracht?

Der mörderische Zensor lümmelt
Mit meinem Buch auf seinen Knien,
Und meine Lieder sind verstümmelt,
Zerrissen meine Harmonien.

So muß ich denn gezwungen schweigen,
Und so verläßt mich jener Wahn:
Mich fürder einem Volk zu zeigen,
Das wandelt eine solche Bahn.

Doch gib, o Dichter, dich zufrieden,
Es büßt die Welt nur wenig ein:
Du weißt es längst, man kann hienieden
Nichts Schlechtres als ein Deutscher sein.

NIKOLAUS LENAU
1802–1850

Aus: *Schilflieder*

4

Sonnenuntergang;
Schwarze Wolken ziehn,
O wie schwül und bang
Alle Winde fliehn!

Durch den Himmel wild
Jagen Blitze, bleich;
Ihr vergänglich Bild
Wandelt durch den Teich.

Wie gewitterklar
Mein ich dich zu sehn
Und dein langes Haar
Frei im Sturme wehn!

5

Auf dem Teich, dem regungslosen,
Weilt des Mondes holder Glanz,
Flechtend seine bleichen Rosen
In des Schilfes grünen Kranz.

Hirsche wandeln dort am Hügel,
Blicken in die Nacht empor;
Manchmal regt sich das Geflügel
Träumerisch im tiefen Rohr.

Weinend muß mein Blick sich senken;
Durch die tiefste Seele geht
Mir ein süßes Deingedenken
Wie ein stilles Nachtgebet!

[1832]

Liebesfeier

An ihren bunten Liedern klettert
Die Lerche selig in die Luft;
Ein Jubelchor von Sängern schmettert
Im Walde, voller Blüt und Duft.

Da sind, so weit die Blicke gleiten,
Altäre festlich aufgebaut,
Und all die tausend Herzen läuten
Zur Liebesfeier dringend laut.

Der Lenz hat Rosen angezündet
An Leuchtern von Smaragd im Dom;
Und jede Seele schwillt und mündet
Hinüber in den Opferstrom.

Bitte

Weil auf mir, du dunkles Auge,
Übe deine ganze Macht,
Ernste, milde, träumerische,
Unergründlich süße Nacht!

Nimm mit deinem Zauberdunkel
Diese Welt von hinnen mir,
Daß du über meinem Leben
Einsam schwebest für und für.

Der Postillon

Lieblich war die Maiennacht,
Silberwölklein flogen,
Ob der holden Frühlingspracht
Freudig hingezogen.

Schlummernd lagen Wies und Hain,
Jeder Pfad verlassen;
Niemand als der Mondenschein
Wachte auf den Straßen.

Leise nur das Lüftchen sprach,
Und es zog gelinder
Durch das stille Schlafgemach
All der Frühlingskinder.

Heimlich nur das Bächlein schlich,
Denn der Blüten Träume
Dufteten gar wonniglich
Durch die stillen Räume.

Rauher war mein Postillon,
Ließ die Geißel knallen,
Über Berg und Tal davon
Frisch sein Horn erschallen.

Und von flinken Rossen vier
Scholl der Hufe Schlagen,
Die durchs blühende Revier
Trabten mit Behagen.

Wald und Flur im schnellen Zug
Kaum gegrüßt – gemieden;
Und vorbei, wie Traumesflug,
Schwand der Dörfer Frieden.

Mitten in dem Maienglück
Lag ein Kirchhof innen,
Der den raschen Wanderblick
Hielt zu ernstem Sinnen.

Hingelehnt an Bergesrand
War die bleiche Mauer,
Und das Kreuzbild Gottes stand
Hoch, in stummer Trauer.

Schwager ritt auf seiner Bahn
Stiller jetzt und trüber;
Und die Rosse hielt er an,
Sah zum Kreuz hinüber:

»Halten muß hier Roß und Rad,
Mag's euch nicht gefährden:
Drüben liegt mein Kamerad
In der kühlen Erden!

Ein gar herzlieber Gesell!
Herr, 's ist ewig schade!
Keiner blies das Horn so hell
Wie mein Kamerade!

Hier ich immer halten muß,
Dem dort unterm Rasen
Zum getreuen Brudergruß
Sein Leiblied zu blasen!«

Und dem Kirchhof sandt er zu
Frohe Wandersänge,
Daß es in die Grabesruh
Seinem Bruder dränge.

Und des Hornes heller Ton
Klang vom Berge wieder,
Ob der tote Postillon
Stimmt' in seine Lieder. –

Weiter ging's durch Feld und Hag
Mit verhängtem Zügel;
Lang mir noch im Ohre lag
Jener Klang vom Hügel.

[1834]

[*Schwager:* Postillon. – *Ob:* als ob.]

Abschied

Lied eines Auswandernden

Sei mir zum letztenmal gegrüßt,
Mein Vaterland, das, feige dumm,
Die Ferse dem Despoten küßt
Und seinem Wink gehorchet stumm.

Wohl schlief das Kind in deinem Arm;
Du gabst, was Knaben freuen kann;
Der Jüngling fand ein Liebchen warm;
Doch keine Freiheit fand der Mann.

Im Hochland streckt der Jäger sich
Zu Boden schnell, wenn Wildesschar
Heran sich stürzet fürchterlich;
Dann schnaubt vorüber die Gefahr:

Mein Vaterland, so sinkst du hin,
Rauscht deines Herrschers Tritt heran,
Und lässest ihn vorüberziehn
Und hältst den bangen Atem an. –

Fleug, Schiff, wie Wolken durch die Luft,
Hin, wo die Götterflamme brennt!
Meer, spüle mir hinweg die Kluft,
Die von der Freiheit noch mich trennt!

Du neue Welt, du freie Welt,
An deren blütenreichem Strand
Die Flut der Tyrannei zerschellt,
Ich grüße dich, mein Vaterland!

[D: 1832; Untertitel dort: »Lied eines auswandernden Portugiesen«.]

[*Despot:* Don Miguel (1802–1866) regierte 1828–1834 in absolutistischer Manier, die viele Portugiesen zur Auswanderung veranlaßte.]

Die drei Zigeuner

Drei Zigeuner fand ich einmal
Liegen an einer Weide,
Als mein Fuhrwerk mit müder Qual
Schlich durch die sandige Heide.

Hielt der eine für sich allein
In den Händen die Fiedel,
Spielte, umglüht vom Abendschein,
Sich ein feuriges Liedel.

Hielt der zweite die Pfeif im Mund,
Blickte nach seinem Rauche,
Froh, als ob er vom Erdenrund
Nichts zum Glücke mehr brauche.

Und der dritte behaglich schlief,
Und sein Zimbal am Baum hing,
Über die Saiten der Windhauch lief,
Über sein Herz ein Traum ging.

An den Kleidern trugen die drei
Löcher und bunte Flicken,
Aber sie boten trotzig frei
Spott den Erdengeschicken.

Dreifach haben sie mir gezeigt,
Wenn das Leben uns nachtet,
Wie man's verraucht, verschläft, vergeigt
Und es dreimal verachtet.

Nach den Zigeunern lang noch schaun
Mußt ich im Weiterfahren,
Nach den Gesichtern dunkelbraun,
Den schwarzlockigen Haaren.

Der Nachtwind hat in den Bäumen
Sein Rauschen eingestellt,
Die Vögel sitzen und träumen
Am Aste traut gesellt.

Die ferne schmächtige Quelle,
Weil alles andre ruht,
Läßt hörbar nun Welle auf Welle
Hinflüstern ihre Flut.

Und wenn die Nähe verklungen,
Dann kommen an die Reih
Die leisen Erinnerungen
Und weinen fern vorbei.

Daß alles vorübersterbe,
Ist alt und allbekannt;
Doch diese Wehmut, die herbe,
Hat niemand noch gebannt.

Auf eine holländische Landschaft

Müde schleichen hier die Bäche,
Nicht ein Lüftchen hörst du wallen,
Die entfärbten Blätter fallen
Still zu Grund, vor Altersschwäche.

Krähen, kaum die Schwingen regend,
Streichen langsam; dort am Hügel
Läßt die Windmühl ruhn die Flügel;
Ach, wie schläfrig ist die Gegend!

Lenz und Sommer sind verflogen;
Dort das Hüttlein, ob es trutze,
Blickt nicht aus, die Strohkapuze
Tief ins Aug herabgezogen.

Schlummernd oder träge sinnend,
Ruht der Hirt bei seinen Schafen.
Die Natur, Herbstnebel spinnend,
Scheint am Rocken eingeschlafen.

Einsamkeit

I.

Hast du schon je dich ganz allein gefunden,
Lieblos und ohne Gott auf einer Heide,
Die Wunden schnöden Mißgeschicks verbunden
Mit stolzer Stille, zornig dumpfem Leide?

War jede frohe Hoffnung dir entschwunden,
Wie einem Jäger an der Bergesscheide
Stirbt das Gebell von den verlornen Hunden,
Wie's Vöglein zieht, daß es den Winter meide?

Warst du auf einer Heide *so* allein,
So weißt du auch, wie's einen dann bezwingt,
Daß er umarmend stürzt an einen Stein,

Daß er, von seiner Einsamkeit erschreckt,
Entsetzt empor vom starren Felsen springt
Und bang dem Winde nach die Arme streckt.

II.

Der Wind ist fremd, du kannst ihn nicht umfassen,
Der Stein ist tot, du wirst beim kalten, derben
Umsonst um eine Trosteskunde werben,
So fühlst du auch bei Rosen dich verlassen;

Bald siehst du sie, dein ungewahr, erblassen,
Beschäftigt nur mit ihrem eignen Sterben.
Geh weiter: Überall grüßt dich Verderben
In der Geschöpfe langen, dunklen Gassen.

Siehst hier und dort sie aus den Hütten schauen,
Dann schlagen sie vor dir die Fenster zu,
Die Hütten stürzen, und du fühlst ein Grauen.

Lieblos und ohne Gott! Der Weg ist schaurig,
Der Zugwind in den Gassen kalt; und du? –
Die ganze Welt ist zum Verzweifeln traurig.

[1840]

Am Grabe eines Ministers

Du fuhrst im goldnen Glückeswagen
Dahin den raschen Trott,
Von keuchenden Lüsten fortgetragen,
Und dünktest dir ein Gott!

Wie flogen des Pöbels Rabenschwärme
Dir aus dem Weg so bang,
Da sie hörten der Geißel wild Gelärme,
Der Räder Donnerklang!

Ein weinender Bettler, stand am Wege
Das arme Vaterland
Und flehte dich an um milde Pflege
Mit aufgehobner Hand;

Doch wie auch klagte die bittre Klage,
Wie auch die Träne rann:
Du triebst mit gellendem Geißelschlage
Vorüber dein Gespann! –

»Halt!« schlug nun eine grause Stimme
An dein entsetztes Ohr,
Es stürzt', ein Räuber, mit Hohn und Grimme
Der Tod vom Wald hervor

Und hieb die Stränge mit scharfem Schwerte
Vom Wagen, riß mit Macht
Dich fort, trotz Flehen und Angstgebärde,
In seine finstre Nacht.

Das Vaterland mit Lachen und Singen
Hält Wacht an deinem Grab,
Scheucht Tränen und Seufzer und Händeringen
Fort mit dem Bettelstab!

EDUARD MÖRIKE

1804–1875

An einem Wintermorgen, vor Sonnenaufgang

O flaumenleichte Zeit der dunkeln Frühe!
Welch neue Welt bewegest du in mir?
Was ist's, daß ich auf einmal nun in dir
Von sanfter Wollust meines Daseins glühe?

Einem Kristall gleicht meine Seele nun,
Den noch kein falscher Strahl des Lichts getroffen;
Zu fluten scheint mein Geist, er scheint zu ruhn,
Dem Eindruck naher Wunderkräfte offen,
Die aus dem klaren Gürtel blauer Luft
Zuletzt ein Zauberwort vor meine Sinne ruft.

Bei hellen Augen glaub ich doch zu schwanken;
Ich schließe sie, daß nicht der Traum entweiche.
Seh ich hinab in lichte Feenreiche?
Wer hat den bunten Schwarm von Bildern und Gedanken
Zur Pforte meines Herzens hergeladen,
Die glänzend sich in diesem Busen baden,
Goldfarbgen Fischlein gleich im Gartenteiche?

Ich höre bald der Hirtenflöten Klänge,
Wie um die Krippe jener Wundernacht,
Bald weinbekränzter Jugend Lustgesänge;
Wer hat das friedenselige Gedränge
In meine traurigen Wände hergebracht?

Und welch Gefühl entzückter Stärke,
Indem mein Sinn sich frisch zur Ferne lenkt!
Vom ersten Mark des heutgen Tags getränkt,
Fühl ich mir Mut zu jedem frommen Werke.
Die Seele fliegt, so weit der Himmel reicht,
Der Genius jauchzt in mir! Doch sage,
Warum wird jetzt der Blick von Wehmut feucht?
Ist's ein verloren Glück, was mich erweicht?
Ist es ein werdendes, was ich im Herzen trage?
– Hinweg, mein Geist! hier gilt kein Stillestehn:
Es ist ein Augenblick, und alles wird verwehn!

Dort, sieh, am Horizont lüpft sich der Vorhang schon!
Es träumt der Tag, nun sei die Nacht entflohn;
Die Purpurlippe, die geschlossen lag,
Haucht, halbgeöffnet, süße Atemzüge:
Auf einmal blitzt das Aug, und, wie ein Gott, der Tag
Beginnt im Sprung die königlichen Flüge!

[E: 1825; D: 1834]

Aus: *Peregrina*

III

Ein Irrsal kam in die Mondscheingärten
Einer einst heiligen Liebe.
Schaudernd entdeckt ich verjährten Betrug.
Und mit weinendem Blick, doch grausam,
Hieß ich das schlanke,
Zauberhafte Mädchen
Ferne gehen von mir.
Ach, ihre hohe Stirn,
War gesenkt, denn sie liebte mich;
Aber sie zog mit Schweigen
Fort in die graue
Welt hinaus.

Krank seitdem
Wund ist und wehe mein Herz.
Nimmer wird es genesen!

Als ginge, luftgesponnen, ein Zauberfaden
Von ihr zu mir, ein ängstig Band,
So zieht es, zieht mich schmachtend ihr nach!
– Wie? wenn ich eines Tags auf meiner Schwelle
Sie sitzen fände, wie einst, im Morgen-Zwielicht,
Das Wanderbündel neben ihr,
Und ihr Auge, treuherzig zu mir aufschauend,
Sagte, da bin ich wieder
Hergekommen aus weiter Welt!

[*Peregrina:* die Fremde.]

V

Die Liebe, sagt man, steht am Pfahl gebunden,
Geht endlich arm, zerrüttet, unbeschuht;
Dies edle Haupt hat nicht mehr, wo es ruht,
Mit Tränen netzet sie der Füße Wunden.

Ach, Peregrinen hab ich so gefunden!
Schön war ihr Wahnsinn, ihrer Wange Glut,
Noch scherzend in der Frühlingsstürme Wut,
Und wilde Kränze in das Haar gewunden.

War's möglich, solche Schönheit zu verlassen?
– So kehrt nur reizender das alte Glück!
O komm, in diese Arme dich zu fassen!

Doch weh! o weh! was soll mir dieser Blick?
Sie küßt mich zwischen Lieben noch und Hassen,
Sie kehrt sich ab, und kehrt mir nie zurück.

Gesang zu zweien in der Nacht

Sie:
Wie süß der Nachtwind nun die Wiese streift,
Und klingend jetzt den jungen Hain durchläuft!
Da noch der freche Tag verstummt,
Hört man der Erdenkräfte flüsterndes Gedränge,
Das aufwärts in die zärtlichen Gesänge
Der reingestimmten Lüfte summt.

Er:
Vernehm ich doch die wunderbarsten Stimmen,
Vom lauen Wind wollüstig hingeschleift,
Indes, mit ungewissem Licht gestreift,
Der Himmel selber scheinet hinzuschwimmen.

Sie:
Wie ein Gewebe zuckt die Luft manchmal,
Durchsichtiger und heller aufzuwehen;
Dazwischen hört man weiche Töne gehen
Von sel'gen Feen, die im blauen Saal
Zum Sphärenklang,
Und fleißig mit Gesang,
Silberne Spindeln hin und wider drehen.

Er:
O holde Nacht, du gehst mit leisem Tritt
Auf schwarzem Samt, der nur am Tage grünet,
Und luftig schwirrender Musik bedienet
Sich nun dein Fuß zum leichten Schritt,
Womit du Stund um Stunde missest,
Dich lieblich in dir selbst vergissest –
Du schwärmst, es schwärmt der Schöpfung Seele mit!

Im Frühling

Hier lieg ich auf dem Frühlingshügel:
Die Wolke wird mein Flügel,
Ein Vogel fliegt mir voraus.
Ach, sag mir, all-einzige Liebe,
Wo du bleibst, daß ich bei dir bliebe!
Doch du und die Lüfte, ihr habt kein Haus.

Der Sonnenblume gleich steht mein Gemüte offen,
Sehnend,
Sich dehnend
In Lieben und Hoffen.
Frühling, was bist du gewillt?
Wann werd ich gestillt?

Die Wolke seh ich wandeln und den Fluß,
Es dringt der Sonne goldner Kuß

Mir tief bis ins Geblüt hinein;
Die Augen, wunderbar berauschet,
Tun, als schliefen sie ein,
Nur noch das Ohr dem Ton der Biene lauschet.

Ich denke dies und denke das,
Ich sehne mich, und weiß nicht recht, nach was:
Halb ist es Lust, halb ist es Klage;
Mein Herz, o sage,
Was webst du für Erinnerung
In golden grüner Zweige Dämmerung?
– Alte unnennbare Tage!

Besuch in Urach

Nur fast so wie im Traum ist mir's geschehen,
Daß ich in dies geliebte Tal verirrt.
Kein Wunder ist, was meine Augen sehen,
Doch schwankt der Boden, Luft und Staude schwirrt,
Aus tausend grünen Spiegeln scheint zu gehen
Vergangne Zeit, die lächelnd mich verwirrt;
Die Wahrheit selber wird hier zum Gedichte,
Mein eigen Bild ein fremd und hold Gesichte!

Da seid ihr alle wieder aufgerichtet,
Besonnte Felsen, alte Wolkenstühle!
Auf Wäldern schwer, wo kaum der Mittag lichtet
Und Schatten mischt mit balsamreicher Schwüle.
Kennt ihr mich noch, der sonst hieher geflüchtet,
Im Moose, bei süß-schläferndem Gefühle,
Der Mücke Sumsen hier ein Ohr geliehen,
Ach, kennt ihr mich, und wollt nicht vor mir fliehen?

Hier wird ein Strauch, ein jeder Halm zur Schlinge,
Die mich in liebliche Betrachtung fängt;
Kein Mäuerchen, kein Holz ist so geringe,
Daß nicht mein Blick voll Wehmut an ihm hängt:
Ein jedes spricht mir halbvergeßne Dinge;
Ich fühle, wie von Schmerz und Lust gedrängt
Die Träne stockt, indes ich ohne Weile,
Unschlüssig, satt und durstig, weitereile.

Hinweg! und leite mich, du Schar von Quellen,
Die ihr durchspielt der Matten grünes Gold!
Zeigt mir die urbemoosten Wasserzellen,
Aus denen euer ewigs Leben rollt,
Im kühnsten Walde die verwachsnen Schwellen,
Wo eurer Mutter Kraft im Berge grollt,
Bis sie im breiten Schwung an Felsenwänden
Herabstürzt, euch im Tale zu versenden.

O hier ist's, wo Natur den Schleier reißt!
Sie bricht einmal ihr übermenschlich Schweigen;
Laut mit sich selber redend will ihr Geist,
Sich selbst vernehmend, sich ihm selber zeigen.
– Doch ach, sie bleibt, mehr als der Mensch, verwaist,
Darf nicht aus ihrem eignen Rätsel steigen!
Dir biet ich denn, begier'ge Wassersäule,
Die nackte Brust, ach, ob sie dir sich teile!

Vergebens! und dein kühles Element
Tropft an mir ab, im Grase zu versinken.
Was ist's, das deine Seele von mir trennt?
Sie flieht, und möcht ich auch in dir ertrinken!
Dich kränkt's nicht, wie mein Herz um dich entbrennt,
Küssest im Sturz nur diese schroffen Zinken;
Du bleibest, was du warst seit Tag und Jahren,
Ohn ein'gen Schmerz der Zeiten zu erfahren.

Hinweg aus diesem üppgen Schattengrund
Voll großer Pracht, die drückend mich erschüttert!
Bald grüßt beruhigt mein verstummter Mund
Den schlichten Winkel, wo sonst halb verwittert
Die kleine Bank und wo das Hüttchen stund;
Erinnrung reicht mit Lächeln die verbittert
Bis zur Betäubung süßen Zauberschalen;
So trink ich gierig die entzückten Qualen.

Hier schlang sich tausendmal ein junger Arm
Um meinen Hals mit inn'gem Wohlgefallen.
O säh ich mich, als Knaben sonder Harm,
Wie einst, mit Necken durch die Haine wallen!
Ihr Hügel, von der *alten* Sonne warm,
Erscheint mir denn auf keinem von euch allen
Mein Ebenbild, in jugendlicher Frische
Hervorgesprungen aus dem Waldgebüsche?

O komm, enthülle dich! dann sollst du mir
Mit Freundlichkeit ins dunkle Auge schauen!
Noch immer, guter Knabe, gleich ich dir,
Uns beiden wird nicht voreinander grauen!
So komm und laß mich unaufhaltsam hier
Mich deinem reinen Busen anvertrauen! –
Umsonst, daß ich die Arme nach dir strecke,
Den Boden, wo du gingst, mit Küssen decke!

Hier will ich denn laut schluchzend liegen bleiben,
Fühllos, und alles habe seinen Lauf! –
Mein Finger, matt, ins Gras beginnt zu schreiben:
Hin ist die Lust! hab alles seinen Lauf!
Da, plötzlich, hör ich's durch die Lüfte treiben,
Und ein entfernter Donner schreckt mich auf;
Elastisch angespannt mein ganzes Wesen
Ist von Gewitterluft wie neu genesen.

Sieh! wie die Wolken finstre Ballen schließen
Um den ehrwürdgen Trotz der Burgruine!
Von weitem schon hört man den alten Riesen,
Stumm harrt das Tal mit ungewisser Miene,
Der Kuckuck nur ruft sein einförmig Grüßen
Versteckt aus unerforschter Wildnis Grüne –
Jetzt kracht die Wölbung, und verhallet lange,
Das wundervolle Schauspiel ist im Gange!

Ja nun, indes mit hoher Feuerhelle
Der Blitz die Stirn und Wange mir verklärt,
Ruf ich den lauten Segen in die grelle
Musik des Donners, die mein Wort bewährt:
O Tal! du meines Lebens andre Schwelle!
Du meiner tiefsten Kräfte stiller Herd!
Du meiner Liebe Wundernest! ich scheide,
Leb wohl! – und sei dein Engel mein Geleite!

[1828]

(*Urach:* Mörike besuchte von 1818–1822 das Evgl. Seminar in Urach am Fuß der Schwäb. Alb.)

In der Frühe

Kein Schlaf noch kühlt das Auge mir,
Dort gehet schon der Tag herfür
An meinem Kammerfenster.
Es wühlet mein verstörter Sinn
Noch zwischen Zweifeln her und hin
Und schaffet Nachtgespenster.
– Ängste, quäle
Dich nicht länger, meine Seele!
Freu dich! schon sind da und dorten
Morgenglocken wach geworden.

Septembermorgen

Im Nebel ruhet noch die Welt,
Noch träumen Wald und Wiesen:
Bald siehst du, wenn der Schleier fällt,
Den blauen Himmel unverstellt,
Herbstkräftig die gedämpfte Welt
In warmem Golde fließen.

[1828]

Um Mitternacht

Gelassen stieg die Nacht ans Land,
Lehnt träumend an der Berge Wand,
Ihr Auge sieht die goldne Waage nun
Der Zeit in gleichen Schalen stille ruhn;
Und kecker rauschen die Quellen hervor,
Sie singen der Mutter, der Nacht, ins Ohr.
Vom Tage,
Vom heute gewesenen Tage.

Das uralt alte Schlummerlied,
Sie achtet's nicht, sie ist es müd;
Ihr klingt des Himmels Bläue süßer noch,
Der flüchtgen Stunden gleichgeschwungnes Joch.
Doch immer behalten die Quellen das Wort,
Es singen die Wasser im Schlafe noch fort
Vom Tage,
Vom heute gewesenen Tage.

Er ist's

Frühling läßt sein blaues Band
Wieder flattern durch die Lüfte;
Süße, wohlbekannte Düfte
Streifen ahnungsvoll das Land.
Veilchen träumen schon,
Wollen balde kommen.
– Horch, von fern ein leiser Harfenton!
Frühling, ja du bist's!
Dich hab ich vernommen!

Das verlassene Mägdlein

Früh, wann die Hähne krähn,
Eh die Sternlein verschwinden,
Muß ich am Herde stehn,
Muß Feuer zünden.

Schön ist der Flammen Schein,
Es springen die Funken;
Ich schaue so drein,
In Leid versunken.

Plötzlich, da kommt es mir,
Treuloser Knabe,
Daß ich die Nacht von dir
Geträumet habe.

Träne auf Träne dann
Stürzet hernieder;
So kommt der Tag heran –
O ging' er wieder!

Die Geister am Mummelsee

Vom Berge was kommt dort um Mitternacht spät
Mit Fackeln so prächtig herunter?
Ob das wohl zum Tanze, zum Feste noch geht?
Mir klingen die Lieder so munter.
O nein!
So sage, was mag es wohl sein?

Das, was du da siehest, ist Totengeleit,
Und was du da hörest, sind Klagen.
Dem König, dem Zauberer, gilt es zu Leid,
Sie bringen ihn wieder getragen.
O weh!
So sind es die Geister vom See!

Sie schweben herunter ins Mummelseetal –
Sie haben den See schon betreten –
Sie rühren und netzen den Fuß nicht einmal –
Sie schwirren in leisen Gebeten –
O schau,
Am Sarge die glänzende Frau!

Jetzt öffnet der See das grünspiegelnde Tor;
Gib acht, nun tauchen sie nieder!
Es schwankt eine lebende Treppe hervor,
Und – drunten schon summen die Lieder.
Hörst du?
Sie singen ihn unten zur Ruh.

Die Wasser, wie lieblich sie brennen und glühn!
Sie spielen in grünendem Feuer;
Es geisten die Nebel am Ufer dahin,
Zum Meere verzieht sich der Weiher –
Nur still!
Ob dort sich nichts rühren will?

Es zuckt in der Mitten – o Himmel! ach hilf!
Nun kommen sie wieder, sie kommen!
Es orgelt im Rohr und es klirret im Schilf;
Nur hurtig, die Flucht nur genommen!
Davon!
Sie wittern, sie haschen mich schon!

[*Mummelsee:* sagenumwobener See im Schwarzwald. – *spielen:* funkeln, glänzen.)

Der Feuerreiter

Sehet ihr am Fensterlein
Dort die rote Mütze wieder?
Nicht geheuer muß es sein,
Denn er geht schon auf und nieder.
Und auf einmal welch Gewühle
Bei der Brücke, nach dem Feld!
Horch! das Feuerglöcklein gellt:
    Hinterm Berg,
    Hinterm Berg
Brennt es in der Mühle!

Schaut! da sprengt er wütend schier
Durch das Tor, der Feuerreiter,
Auf dem rippendürren Tier,
Als auf einer Feuerleiter!
Querfeldein! Durch Qualm und Schwüle
Rennt er schon, und ist am Ort!
Drüben schallt es fort und fort:
    Hinterm Berg,
    Hinterm Berg
Brennt es in der Mühle!

Der so oft den roten Hahn
Meilenweit von fern gerochen,
Mit des heilgen Kreuzes Span
Freventlich die Glut besprochen –
Weh! dir grinst vom Dachgestühle
Dort der Feind im Höllenschein,
Gnade Gott der Seele dein!
    Hinterm Berg,
    Hinterm Berg
Rast er in der Mühle!

Keine Stunde hielt es an,
Bis die Mühle borst in Trümmer;
Doch den kecken Reitersmann
Sah man von der Stunde nimmer.
Volk und Wagen im Gewühle
Kehren heim von all dem Graus;
Auch das Glöcklein klinget aus:
    Hinterm Berg,
    Hinterm Berg
Brennt's! –

Nach der Zeit ein Müller fand
Ein Gerippe samt der Mützen
Aufrecht an der Kellerwand
Auf der beinern Mähre sitzen:
Feuerreiter, wie so kühle
Reitest du in deinem Grab!
Husch! da fällt's in Asche ab.
    Ruhe wohl,
    Ruhe wohl
Drunten in der Mühle!

Gebet

Herr! schicke was du willt,
Ein Liebes oder Leides;
Ich bin vergnügt, daß beides
Aus Deinen Händen quillt.

Wollest mit Freuden
Und wollest mit Leiden
Mich nicht überschütten!
Doch in der Mitten
Liegt holdes Bescheiden.

[D: 1. Str. 1847; 2. Str. 1832; D: 1848]

Verborgenheit

Laß, o Welt, o laß mich sein!
Locket nicht mit Liebesgaben,
Laßt dies Herz alleine haben
Seine Wonne, seine Pein!

Was ich traure weiß ich nicht,
Es ist unbekanntes Wehe;
Immerdar durch Tränen sehe
Ich der Sonne liebes Licht.

Oft bin ich mir kaum bewußt,
Und die helle Freude zücket
Durch die Schwere, so mich drücket
Wonniglich in meiner Brust.

Laß, o Welt, o laß mich sein!
Locket nicht mit Liebesgaben,
Laßt dies Herz alleine haben
Seine Wonne, seine Pein!

[1838]

An eine Äolsharfe

Tu semper urges flebilibus modis
Mysten ademptum: nec tibi Vespero
Surgente decedunt amores,
Nec rapidum fugiente Solem.
Hor.

Angelehnt an die Efeuwand
Dieser alten Terrasse,
Du, einer luftgebornen Muse
Geheimnisvolles Saitenspiel,
Fang an,
Fange wieder an
Deine melodische Klage!

Ihr kommet, Winde, fern herüber,
Ach, von des Knaben,
Der mir so lieb war,
Frisch grünendem Hügel.
Und Frühlingsblüten unterweges streifend,
Übersättigt mit Wohlgerüchen,
Wie süß bedrängt ihr dies Herz!
Und säuselt her in die Saiten,
Angezogen von wohllautender Wehmut,
Wachsend im Zug meiner Sehnsucht,
Und hinsterbend wieder.

Aber auf einmal,
Wie der Wind heftiger herstößt,
Ein holder Schrei der Harfe
Wiederholt, mir zu süßem Erschrecken,
Meiner Seele plötzliche Regung;
Und hier – die volle Rose streut, geschüttelt,
All ihre Blätter vor meine Füße!

[*Äolsharfe:* Windharfe. – Motto: Horaz, Ode II 9: Du traurest endlos durch Melodien des Grams / Um Mystes Abschied, weder wenn Hesperus / Aufsteigt, räumt dein Geist die Sehnsucht, / Noch wenn der Sonne Gewalt er fliehet (J. H. Voß). – *des Knaben:* Mörikes Lieblingsbruder August, der 1824 starb.]

Jägerlied

Zierlich ist des Vogels Tritt im Schnee,
Wenn er wandelt auf des Berges Höh:
Zierlicher schreibt Liebchens liebe Hand,
Schreibt ein Brieflein mir in ferne Land'.

In die Lüfte hoch ein Reiher steigt,
Dahin weder Pfeil noch Kugel fleugt:
Tausendmal so hoch und so geschwind
Die Gedanken treuer Liebe sind.

Gesang Weylas

Du bist Orplid, mein Land!
Das ferne leuchtet;
Vom Meere dampfet dein besonnter Strand
Den Nebel, so der Götter Wange feuchtet.

Uralte Wasser steigen
Verjüngt um deine Hüften, Kind!
Vor deiner Gottheit beugen
Sich Könige, die deine Wärter sind.

[*Weyla:* in Mörikes Roman »Maler Nolten« Göttin von Orplid, einer vom Dichter und seinen Freunden erfundenen Wunsch- und Märcheninsel]

Schön-Rohtraut

Wie heißt König Ringangs Töchterlein?
Rohtraut, Schön-Rohtraut.
Was tut sie denn den ganzen Tag,
Da sie wohl nicht spinnen und nähen mag?
Tut fischen und jagen.
O daß ich doch ihr Jäger wär!
Fischen und jagen freute mich sehr.
– Schweig stille, mein Herze!

Und über eine kleine Weil,
Rohtraut, Schön-Rohtraut,
So dient der Knab auf Ringangs Schloß
In Jägertracht und hat ein Roß,
Mit Rohtraut zu jagen.
O daß ich doch ein Königssohn wär!
Rohtraut, Schön-Rohtraut lieb ich so sehr.
– Schweig stille, mein Herze!

Einsmals sie ruhten am Eichenbaum,
Da lacht Schön-Rohtraut:
Was siehst mich an so wunniglich?
Wenn du das Herz hast, küsse mich!
Ach! erschrak der Knabe!
Doch denket er: mir ist's vergunnt,
Und küsset Schön–Rohtraut auf den Mund.
– Schweig stille, mein Herze!

Darauf sie ritten schweigend heim,
Rohtraut, Schön-Rohtraut;
Es jauchzt der Knab in seinem Sinn:
Und würdst du heute Kaiserin,
Mich sollt's nicht kränken:
Ihr tausend Blätter im Walde wißt,
Ich hab Schön-Rohtrauts Mund geküßt!
– Schweig stille, mein Herze!

Auf eine Lampe

Noch unverrückt, o schöne Lampe, schmückest du,
An leichten Ketten zierlich aufgehangen hier,
Die Decke des nun fast vergeßnen Lustgemachs.
Auf deiner weißen Marmorschale, deren Rand
Der Efeukranz von goldengrünem Erz umflicht,
Schlingt fröhlich eine Kinderschar den Ringelreihn.
Wie reizend alles! lachend, und ein sanfter Geist
Des Ernstes doch ergossen um die ganze Form –
Ein Kunstgebild der echten Art. Wer achtet sein?
Was aber schön ist, selig scheint es in ihm selbst.

[1846]

Die schöne Buche

Ganz verborgen im Wald kenn ich ein Plätzchen, da stehet
 Eine Buche, man sieht schöner im Bilde sie nicht.
Rein und glatt, in gediegenem Wuchs erhebt sie sich einzeln,
 Keiner der Nachbarn rührt ihr an den seidenen Schmuck.
Rings, so weit sein Gezweig der stattliche Baum ausbreitet,
 Grünet der Rasen, das Aug still zu erquicken, umher;
Gleich nach allen Seiten umzirkt er den Stamm in der Mitte;
 Kunstlos schuf die Natur selber dies liebliche Rund.
Zartes Gebüsch umkränzet es erst; hochstämmige Bäume,
 Folgend in dichtem Gedräng, wehren dem himmlischen Blau.
Neben der dunkleren Fülle des Eichbaums wieget die Birke
 Ihr jungfräuliches Haupt schüchtern im goldenen Licht.
Nur wo, verdeckt vom Felsen, der Fußsteig jäh sich hinabschlingt,
 Lässet die Hellung mich ahnen das offene Feld.
– Als ich unlängst einsam, von neuen Gestalten des Sommers
 Ab dem Pfade gelockt, dort im Gebüsch mich verlor,
Führt' ein freundlicher Geist, des Hains auflauschende Gottheit,
 Hier mich zum erstenmal, plötzlich, den Staunenden, ein.
Welch Entzücken! Es war um die hohe Stunde des Mittags,
 Lautlos alles, es schwieg selber der Vogel im Laub.
Und ich zauderte noch, auf den zierlichen Teppich zu treten;
 Festlich empfing er den Fuß, leise beschritt ich ihn nur.
Jetzo, gelehnt an den Stamm (er trägt sein breites Gewölbe
 Nicht zu hoch), ließ ich rundum die Augen ergehn,
Wo den beschatteten Kreis die feurig strahlende Sonne,
 Fast gleich messend umher, säumte mit blendendem Rand.
Aber ich stand und rührte mich nicht; dämonischer Stille,
 Unergründlicher Ruh lauschte mein innerer Sinn.
Eingeschlossen mit dir in diesem sonnigen Zauber-
 Gürtel, o Einsamkeit, fühlt ich und dachte nur dich!

Denk es, o Seele!

Ein Tännlein grünet wo,
Wer weiß, im Walde,
Ein Rosenstrauch, wer sagt,
In welchem Garten?
Sie sind erlesen schon,
Denk es, o Seele,
Auf deinem Grab zu wurzeln
Und zu wachsen.

Zwei schwarze Rößlein weiden
Auf der Wiese,
Sie kehren heim zur Stadt
In muntern Sprüngen.
Sie werden schrittweis gehn
Mit deiner Leiche;
Vielleicht, vielleicht noch eh
An ihren Hufen
Das Eisen los wird
Das ich blitzen sehe!

JUSTINUS KERNER

1786–1862

Wanderlied

Wohlauf! noch getrunken
Den funkelnden Wein!
Ade nun, ihr Lieben!
Geschieden muß sein.
Ade nun, ihr Berge,
Du väterlich Haus!
Es treibt in die Ferne
Mich mächtig hinaus.

Die Sonne, sie bleibet
Am Himmel nicht stehn,
Es treibt sie, durch Länder
Und Meere zu gehn.
Die Woge nicht haftet
Am einsamen Strand,
Die Stürme, sie brausen
Mit Macht durch das Land.

Mit eilenden Wolken
Der Vogel dort zieht
Und singt in der Ferne
Ein heimatlich Lied.
So treibt es den Burschen
Durch Wälder und Feld,
Zu gleichen der Mutter,
Der wandernden Welt.

Da grüßen ihn Vögel
Bekannt überm Meer,
Sie flogen von Fluren
Der Heimat hieher;
Da duften die Blumen
Vertraulich um ihn,
Sie treiben vom Lande
Die Lüfte dahin.

Die Vögel, die kennen
Sein väterlich Haus,
Die Blumen einst pflanzt' er
Der Liebe zum Strauß,
Und Liebe, die folgt ihm,
Sie geht ihm zur Hand:
So wird ihm zur Heimat
Das ferneste Land.

[E: 1809; D: 1812]

Der Wanderer in der Sägmühle

Dort unten in der Mühle
Saß ich in süßer Ruh
Und sah dem Räderspiele
Und sah den Wassern zu,

Sah zu der blanken Säge,
Es war mir wie ein Traum,
Die bahnte lange Wege
In einen Tannenbaum.

Die Tanne war wie lebend,
In Trauermelodie
Durch alle Fasern bebend
Sang diese Worte sie:

Du kehrst zur rechten Stunde,
O Wanderer, hier ein,
Du bist's, für den die Wunde
Mir dringt ins Herz hinein!

Du bist's, für den wird werden,
Wenn kurz gewandert du,
Dies Holz im Schoß der Erden
Ein Schrein zur langen Ruh.

Vier Bretter sah ich fallen,
Mir ward's ums Herze schwer,
Ein Wörtlein wollt ich lallen,
Da ging das Rad nicht mehr.

[1830]

Der Zopf im Kopfe

Einst hat man das Haar frisiert,
Hat's gepudert und geschmiert,
Daß es stattlich glänze,
Steif die Stirne begrenze.

Nun läßt schlicht man wohl das Haar,
Doch dafür wird wunderbar
Das Gehirn frisieret,
Meisterlich dressieret.

Auf dem Kopfe die Frisur,
Ist sie wohl ganz Unnatur,
Scheint mir doch passabel,
Nicht so miserabel

Als jetzt im Gehirn der Zopf,
Als jetzt die Frisur im Kopf,
Puder und Pomade
Im Gehirn! – Gott Gnade!

[1838]

Im Eisenbahnhofe

Hört ihr den Pfiff, den wilden, grellen,
Es schnaubt, es rüstet sich das Tier,
Das eiserne, zum Zug, zum schnellen,
Her braust's wie ein Gewitter schier.

In seinem Bauche schafft ein Feuer,
Das schwarzen Qualm zum Himmel treibt;
Ein Bild scheint's von dem Ungeheuer,
Von dem die Offenbarung schreibt.

Jetzt welch ein Rennen, welch Getümmel,
Bis sich gefüllt der Wagen Raum!
Drauf »Fertig!« schreit's, und Erd und Himmel
Hinfliegen, ein dämonscher Traum.

Dampfschnaubend Tier! Seit du geboren,
Die Poesie des Reisens flieht;
Zu Roß mit Mantelsack und Sporen
Kein Kaufherr mehr zur Messe zieht.

Kein Handwerksbursche bald die Straße
Mehr wandert froh in Regen, Wind,
Legt müd sich hin und träumt im Grase
Von seiner Heimat schönem Kind.

Kein Postzug nimmt mit lustgem Knallen
Bald durch die Stadt mehr seinen Lauf
Und wecket mit des Posthorns Schallen
Zum Mondenschein den Städter auf.

Auch bald kein trautes Paar die Straße
Gemütlich fährt im Wagen mehr,
Aus dem der Mann steigt und vom Grase
Der Frau holt eine Blume her.

Kein Wandrer bald auf hoher Stelle,
Zu schauen Gottes Welt, mehr weilt,
Bald alles mit des Blitzes Schnelle
An der Natur vorübereilt.

Ich klage: Mensch, mit deinen Künsten
Wie machst du Erd und Himmel kalt!
Wär ich, eh du gespielt mit Dünsten,
Geboren doch im wildsten Wald!

Wo keine Axt mehr schallt, geboren,
Könnt's sein, in Meeres stillem Grund,
Daß nie geworden meinen Ohren
Je was von deinen Wundern kund.

Fahr zu, o Mensch! Treib's auf die Spitze,
Vom Dampfschiff bis zum Schiff der Luft!
Flieg mit dem Aar, flieg mit dem Blitze!
Kommst weiter nicht als bis zur Gruft.

[1851]

[*Offenbarung:* Offenbarung des Johannes,
das letzte Buch der Bibel.]

ANNETTE VON DROSTE-HÜLSHOFF

1797–1848

Der Knabe im Moor

O schaurig ist's übers Moor zu gehn,
Wenn es wimmelt vom Heiderauche,
Sich wie Phantome die Dünste drehn
Und die Ranke häkelt am Strauche,
Unter jedem Tritte ein Quellchen springt,
Wenn aus der Spalte es zischt und singt,
O schaurig ist's übers Moor zu gehn,
Wenn das Röhricht knistert im Hauche!

Fest hält die Fibel das zitternde Kind
Und rennt als ob man es jage;
Hohl über die Fläche sauset der Wind –
Was raschelt drüben am Hage?
Das ist der gespenstige Gräberknecht,
Der dem Meister die besten Torfe verzecht;
Hu, hu, es bricht wie ein irres Rind!
Hinducket das Knäblein zage.

Vom Ufer starret Gestumpf hervor,
Unheimlich nicket die Föhre,
Der Knabe rennt, gespannt das Ohr,
Durch Riesenhalme wie Speere;
Und wie es rieselt und knittert darin!
Das ist die unselige Spinnerin,
Das ist die gebannte Spinnlenor',
Die den Haspel dreht im Geröhre!

Voran, voran, nur immer im Lauf,
Voran als woll' es ihn holen;
Vor seinem Fuße brodelt es auf,
Es pfeift ihm unter den Sohlen
Wie eine gespenstige Melodei;
Das ist der Geigemann ungetreu,
Das ist der diebische Fiedler Knauf,
Der den Hochzeitheller gestohlen!

Da birst das Moor, ein Seufzer geht
Hervor aus der klaffenden Höhle;
Weh, weh, da ruft die verdammte Margret:
»Ho, ho, meine arme Seele!«
Der Knabe springt wie ein wundes Reh,
Wär' nicht Schutzengel in seiner Näh',
Seine bleichenden Knöchelchen fände spät
Ein Gräber im Moorgeschwele.

Da mählich gründet der Boden sich,
Und drüben, neben der Weide,
Die Lampe flimmert so heimatlich,
Der Knabe steht an der Scheide.
Tief atmet er auf, zum Moor zurück
Noch immer wirft er den scheuen Blick:
Ja, im Geröhre war's fürchterlich,
O schaurig war's in der Heide!

[1842]

Das Haus in der Heide

Wie lauscht, vom Abendschein umzuckt,
Die strohgedeckte Hütte,
– Recht wie im Nest der Vogel duckt, –
Aus dunkler Föhren Mitte.

Am Fensterloche streckt das Haupt
Die weißgestirnte Sterke,
Bläst in den Abendduft und schnaubt
Und stößt ans Holzgewerke.

Seitab ein Gärtchen, dornumhegt,
Mit reinlichem Gelände,
Wo matt ihr Haupt die Glocke trägt,
Aufrecht die Sonnenwende.

Und drinnen kniet ein stilles Kind,
Das scheint den Grund zu jäten,
Nun pflückt sie eine Lilie lind
Und wandelt längs den Beeten.

Am Horizonte Hirten, die
Im Heidekraut sich strecken,
Und mit des Aves Melodie
Träumende Lüfte wecken.

Und von der Tenne ab und an
Schallt es wie Hammerschläge,
Der Hobel rauscht, es fällt der Span
Und langsam knarrt die Säge.

Da hebt der Abendstern gemach
Sich aus den Föhrenzweigen,
Und grade ob der Hütte Dach
Scheint er sich mild zu neigen.

[*Sterke:* niederdt. für Färse (Kuh, die noch nicht gekalbt hat). – *Sonnenwende:* Sonnenblume.]

Im Moose

Als jüngst die Nacht dem sonnenmüden Land
Der Dämmrung leise Boten hat gesandt,
Da lag ich einsam noch in Waldes Moose.
Die dunklen Zweige nickten so vertraut,
An meiner Wange flüsterte das Kraut,
Unsichtbar duftete die Heiderose.

Und flimmern sah ich, durch der Linde Raum,
Ein mattes Licht, das im Gezweig der Baum
Gleich einem mächt'gen Glühwurm schien zu tragen.
Es sah so dämmernd wie ein Traumgesicht,
Doch wußte ich, es war der Heimat Licht,
In meiner eignen Kammer angeschlagen.

Ringsum so still, daß ich vernahm im Laub
Der Raupe Nagen, und wie grüner Staub
Mich leise wirbelnd Blätterflöckchen trafen.
Ich lag und dachte, ach so manchem nach,
Ich hörte meines eignen Herzens Schlag,
Fast war es mir als sei ich schon entschlafen.

Gedanken tauchten aus Gedanken auf,
Das Kinderspiel, der frischen Jahre Lauf,
Gesichter, die mir lange fremd geworden;
Vergeßne Töne summten um mein Ohr,
Und endlich trat die Gegenwart hervor,
Da stand die Welle, wie an Ufers Borden.

Dann, gleich dem Bronnen, der verrinnt im Schlund,
Und drüben wieder sprudelt aus dem Grund,
So stand ich plötzlich in der Zukunft Lande;
Ich sah mich selber, gar gebückt und klein,
Geschwächten Auges, am ererbten Schrein
Sorgfältig ordnen staub'ge Liebespfande.

Die Bilder meiner Lieben sah ich klar,
In einer Tracht, die jetzt veraltet war,
Mich sorgsam lösen aus verblichnen Hüllen,
Löckchen, vermorscht, zu Staub zerfallen schier,
Sah über die gefurchte Wange mir
Langsam herab die karge Träne quillen.

Und wieder an des Friedhofs Monument,
Dran Namen standen die mein Lieben kennt,
Da lag ich betend, mit gebrochnen Knieen,
Und – horch, die Wachtel schlug! Kühl strich der Hauch –
Und noch zuletzt sah ich, gleich einem Rauch,
Mich leise in der Erde Poren ziehen.

Ich fuhr empor, und schüttelte mich dann,
Wie einer, der dem Scheintod erst entrann,
Und taumelte entlang die dunklen Hage,
Noch immer zweifelnd, ob der Stern am Rain
Sei wirklich meiner Schlummerlampe Schein,
Oder das ew'ge Licht am Sarkophage.

[1842]

Am Turme

Ich steh auf hohem Balkone am Turm,
Umstrichen vom schreienden Stare,
Und laß gleich einer Mänade den Sturm
Mir wühlen im flatternden Haare;
O wilder Geselle, o toller Fant,
Ich möchte dich kräftig umschlingen,
Und, Sehne an Sehne, zwei Schritte vom Rand
Auf Tod und Leben dann ringen!

Und drunten seh ich am Strand, so frisch
Wie spielende Doggen, die Wellen
Sich tummeln rings mit Geklaff und Gezisch,
Und glänzende Flocken schnellen.
O, springen möcht' ich hinein alsbald,
Recht in die tobende Meute,
Und jagen durch den korallenen Wald
Das Walroß, die lustige Beute!

Und drüben seh ich ein Wimpel wehn
So keck wie eine Standarte,
Seh auf und nieder den Kiel sich drehn
Von meiner luftigen Warte;
O, sitzen möcht' ich im kämpfenden Schiff,
Das Steuerruder ergreifen,
Und zischend über das brandende Riff
Wie eine Seemöwe streifen.

Wär' ich ein Jäger auf freier Flur,
Ein Stück nur von einem Soldaten,
Wär' ich ein Mann doch mindestens nur,
So würde der Himmel mir raten;
Nun muß ich sitzen so fein und klar,
Gleich einem artigen Kinde,
Und darf nur heimlich lösen mein Haar,
Und lassen es flattern im Winde!

[1842]

Das Spiegelbild

Schaust du mich an aus dem Kristall,
Mit deiner Augen Nebelball,
Kometen gleich die im Verbleichen;
Mit Zügen, worin wunderlich
Zwei Seelen wie Spione sich
Umschleichen, ja, dann flüstre ich:
Phantom, du bist nicht meinesgleichen!

Bist nur entschlüpft der Träume Hut,
Zu eisen mir das warme Blut,
Die dunkle Locke mir zu blassen;
Und dennoch, dämmerndes Gesicht,
Drin seltsam spielt ein Doppellicht,
Trätest du vor, ich weiß es nicht,
Würd' ich dich lieben oder hassen?

Zu deiner Stirne Herrscherthron,
Wo die Gedanken leisten Fron
Wie Knechte, würd' ich schüchtern blicken;
Doch von des Auges kaltem Glast,
Voll toten Lichts, gebrochen fast,
Gespenstig, würd', ein scheuer Gast,
Weit, weit ich meinen Schemel rücken.

Und was den Mund umspielt so lind,
So weich und hülflos wie ein Kind,
Das möcht' in treue Hut ich bergen;
Und wieder, wenn er höhnend spielt,
Wie von gespanntem Bogen zielt,
Wenn leis' es durch die Züge wühlt,
Dann möcht' ich fliehen wie vor Schergen.

Es ist gewiß, du bist nicht ich,
Ein fremdes Dasein, dem ich mich
Wie Moses nahe, unbeschuhet,
Voll Kräfte die mir nicht bewußt,
Voll fremden Leides, fremder Lust;
Gnade mir Gott, wenn in der Brust
Mir schlummernd deine Seele ruhet!

Und dennoch fühl' ich, wie verwandt,
Zu deinen Schauern mich gebannt,
Und Liebe muß der Furcht sich einen.
Ja, trätest aus Kristalles Rund,
Phantom, du lebend auf den Grund,
Nur leise zittern würd' ich, und
Mich dünkt – ich würde um dich weinen!

[*Wie Moses:* vgl. 2. Mose 3,5.]

Im Grase

Süße Ruh', süßer Taumel im Gras,
Von des Krautes Arom' umhaucht,
Tiefe Flut, tief, tief trunkne Flut,
Wenn die Wolke am Azure verraucht,
Wenn aufs müde schwimmende Haupt
Süßes Lachen gaukelt herab,
Liebe Stimme säuselt und träuft
Wie die Lindenblüt' auf ein Grab.

Wenn im Busen die Toten dann,
Jede Leiche sich streckt und regt,
Leise, leise den Odem zieht,
Die geschloßne Wimper bewegt,
Tote Lieb', tote Lust, tote Zeit,
All die Schätze, im Schutt verwühlt,
Sich berühren mit schüchternem Klang
Gleich den Glöckchen, vom Winde umspielt.

Stunden, flücht'ger ihr als der Kuß
Eines Strahls auf den trauernden See,
Als des ziehnden Vogels Lied,
Das mir niederperlt aus der Höh',
Als des schillernden Käfers Blitz,
Wenn den Sonnenpfad er durcheilt,
Als der flücht'ge Druck einer Hand,
Die zum letzten Male verweilt.

Dennoch, Himmel, immer mir nur
Dieses eine nur: für das Lied
Jedes freien Vogels im Blau
Eine Seele, die mit ihm zieht,
Nur für jeden kärglichen Strahl
Meinen farbig schillernden Saum,
Jeder warmen Hand meinen Druck
Und für jedes Glück einen Traum.

[1844]

Mondesaufgang

An des Balkones Gitter lehnte ich
Und wartete, du mildes Licht, auf dich.
Hoch über mir, gleich trübem Eiskristalle,
Zerschmolzen schwamm des Firmamentes Halle;
Der See verschimmerte mit leisem Stöhnen,
Zerfloßne Perlen oder Wolkentränen? –
Es rieselte, es dämmerte um mich,
Ich wartete, du mildes Licht, auf dich.

Hoch stand ich, neben mir der Linden Kamm,
Tief unter mir Gezweige, Ast und Stamm;
Im Laube stimmte der Phalänen Reigen,
Die Feuerfliege sah ich glimmend steigen,
Und Blüten taumelten wie halb entschlafen;
Mir war, als treibe hier ein Herz zum Hafen,
Ein Herz, das übervoll von Glück und Leid
Und Bildern seliger Vergangenheit.

Das Dunkel stieg, die Schatten drangen ein –
Wo weilst du, weilst du denn, mein milder Schein! –
Sie drangen ein wie sündige Gedanken,
Des Firmamentes Woge schien zu schwanken,
Verzittert war der Feuerfliege Funken,
Längst die Phaläne an den Grund gesunken,
Nur Bergeshäupter standen hart und nah,
Ein düstrer Richterkreis, im Düster da.

Und Zweige zischelten an meinem Fuß
Wie Warnungsflüstern oder Todesgruß;
Ein Summen stieg im weiten Wassertale
Wie Volksgemurmel vor dem Tribunale;
Mir war, als müsse etwas Rechnung geben,
Als stehe zagend ein verlornes Leben,
Als stehe ein verkümmert Herz allein,
Einsam mit seiner Schuld und seiner Pein.

Da auf die Wellen sank ein Silberflor,
Und langsam stiegst du, frommes Licht, empor;
Der Alpen finstre Stirnen strichst du leise,
Und aus den Richtern wurden sanfte Greise;
Der Wellen Zucken ward ein lächelnd Winken,
An jedem Zweige sah ich Tropfen blinken,
Und jeder Tropfen schien ein Kämmerlein,
Drin flimmerte der Heimatlampe Schein.

O Mond, du bist mir wie ein später Freund,
Der seine Jugend dem Verarmten eint,
Um seine sterbenden Erinnerungen
Des Lebens zarten Widerschein geschlungen,

Bist keine Sonne, die entzückt und blendet,
In Feuerströmen lebt, in Blute endet –
Bist, was dem kranken Sänger sein Gedicht
Ein fremdes, aber o ein mildes Licht.

[1846]

Durchwachte Nacht

Wie sank die Sonne glüh und schwer!
Und aus versengter Welle dann
Wie wirbelte der Nebel Heer,
Die sternenlose Nacht heran!
– Ich höre ferne Schritte gehn, –
Die Uhr schlägt zehn.

Noch ist nicht alles Leben eingenickt,
Der Schlafgemächer letzte Türen knarren,
Vorsichtig in der Rinne Bauch gedrückt
Schlüpft noch der Iltis an des Giebels Sparren,
Die schlummertrunkne Färse murrend nickt,
Und fern im Stalle dröhnt des Rosses Scharren,
Sein müdes Schnauben, bis, vom Mohn getränkt,
Es schlaff die regungslose Flanke senkt.

Betäubend gleitet Fliederhauch
Durch meines Fensters offnen Spalt,
Und an der Scheibe grauem Rauch
Der Zweige wimmelnd Neigen wallt.
Matt bin ich, matt wie die Natur! –
Elf schlägt die Uhr.

O wunderliches Schlummerwachen, bist
Der zartren Nerve Fluch du oder Segen? –
's ist eine Nacht vom Taue wach geküßt,
Das Dunkel fühl' ich kühl wie feinen Regen
An meine Wange gleiten, das Gerüst
Des Vorhangs scheint sich schaukelnd zu bewegen,
Und dort das Wappen an der Decke Gips,
Schwimmt sachte mit dem Schlängeln des Polyps.

Wie mir das Blut im Hirne zuckt!
Am Söller geht Geknister um,
Im Pulte raschelt es und ruckt
Als drehe sich der Schlüssel um,
Und – horch! der Seiger hat gewacht,
's ist Mitternacht.

War das ein Geisterlaut? so schwach und leicht
Wie kaum berührten Glases schwirrend Klingen,
Und wieder, wie verhaltnes Weinen, steigt
Ein langer Klageton aus den Syringen,

Gedämpfter, süßer nun, wie tränenfeucht
Und selig kämpft verschämter Liebe Ringen;
O Nachtigall, das ist kein wacher Sang,
Ist nur im Traum gelöster Seele Drang.

Da kollert's nieder vom Gestein!
Des Turmes morsche Trümmer fällt,
Das Käuzlein knackt und hustet drein.
Ein jäher Windesodem schwellt
Gezweig und Kronenschmuck des Hains;
– Die Uhr schlägt eins. –

Und drunten das Gewölke rollt und klimmt;
Gleich einer Lampe aus dem Hünenmale
Hervor des Mondes Silbergondel schwimmt,
Verzitternd auf der Gasse blauem Stahle,
An jedem Fliederblatt ein Fünkchen glimmt,
Und hell gezeichnet von dem blassen Strahle
Legt auf mein Lager sich des Fensters Bild,
Vom schwanken Laubgewimmel überhüllt.

Jetzt möcht' ich schlafen, schlafen gleich,
Entschlafen unterm Mondeshauch,
Umspielt vom flüsternden Gezweig,
Im Blute Funken, Funk' im Strauch,
Und mir im Ohre Melodei;
– Die Uhr schlägt zwei. –

Und immer heller wird der süße Klang,
Das liebe Lachen, es beginnt zu ziehen,
Gleich Bildern von Daguerre, die Deck' entlang,
Die aufwärts steigen mit des Pfeiles Fliehen;
Mir ist als seh ich lichter Locken Hang,
Gleich Feuerwürmern seh ich Augen glühen,
Dann werden feucht sie, werden blau und lind,
Und mir zu Füßen sitzt ein schönes Kind.

Es sieht empor, so froh gespannt,
Die Seele strömend aus dem Blick,
Nun hebt es gaukelnd seine Hand,
Nun zieht es lachend sie zurück,
Und – horch! des Hahnes erster Schrei!
– Die Uhr schlägt drei. –

Wie bin ich aufgeschreckt – o süßes Bild
Du bist dahin, zerflossen mit dem Dunkel!
Die unerfreulich graue Dämmrung quillt,
Verloschen ist des Flieders Taugefunkel,
Verrostet steht des Mondes Silberschild,
Im Walde gleitet ängstliches Gemunkel,
Und meine Schwalbe an des Frieses Saum
Zirpt leise, leise auf im schweren Traum.

Der Tauben Schwärme kreisen scheu,
Wie trunken, in des Hofes Rund,
Und wieder gellt des Hahnes Schrei,
Auf seiner Streue rückt der Hund,
Und langsam knarrt des Stalles Tür,
– Die Uhr schlägt vier. –

Da flammt's im Osten auf – o Morgenglut!
Sie steigt, sie steigt, und mit dem ersten Strahle
Strömt Wald und Heide vor Gesangesflut,
Das Leben quillt aus schäumendem Pokale,
Es klirrt die Sense, flattert Falkenbrut,
Im nahen Forste schmettern Jagdsignale,
Und wie ein Gletscher, sinkt der Träume Land
Zerrinnend in des Horizontes Brand.

[*Seiger:* Sanduhr, Uhr. – *Syringen:* Flieder.]

Der Tod des Erzbischofs Engelbert von Köln

I

Der Anger dampft, es kocht die Ruhr,
Im scharfen Ost die Halme pfeifen,
Da trabt es sachte durch die Flur,
Da taucht es auf wie Nebelstreifen,
Da nieder rauscht es in den Fluß,
Und stemmend gen der Wellen Guß
Es fliegt der Bug, die Hufe greifen.

Ein Schnauben noch, ein Satz, und frei
Das Roß schwingt seine nassen Flanken,
Und wieder eins, und wieder zwei,
Bis fünfundzwanzig stehn wie Schranken:
Voran, voran durch Heid und Wald,
Und wo sich wüst das Dickicht ballt,
Da brechen knisternd sie die Ranken.

Am Eichenstamm, im Überwind,
Um einen Ast den Arm geschlungen,
Der Isenburger steht und sinnt
Und naget an Erinnerungen.
Ob er vernimmt, was durchs Gezweig
Ihm Rinkerad, der Ritter bleich,
Raunt leise wie mit Vögelzungen?

»Graf«, flüstert es, »Graf haltet dicht,
Mich dünkt, als woll' es Euch betören;
Bei Christi Blute, laßt uns nicht
Heim wie gepeitschte Hunde kehren!
Wer hat gefesselt Eure Hand,
Den freien Stegreif Euch verrannt?«
Der Isenburg scheint nicht zu hören.

»Graf«, flüstert es, »wer war der Mann,
Dem zu dem Kreuz die Rose* paßte?
Wer machte Euren Schwäher dann
In seinem eignen Land zum Gaste?
Und, Graf, wer höhnet Euer Recht,
Wer stempelt' Euch zum Pfaffenknecht?« –
Der Isenburg biegt an dem Aste.

»Und wer, wer hat Euch zuerkannt,
Im härnen Sünderhemd zu stehen,
Die Schandekerz' in Eurer Hand,
Und alte Vetteln anzuflehen
Um Kyrie und Litanei!?« –
Da krachend bricht der Ast entzwei
Und wirbelt in des Sturmes Wehen.

Spricht Isenburg: »Mein guter Fant,
Und meinst du denn ich sei begraben?
O laß mich nur in meiner Hand –
Doch ruhig, still, ich höre traben!«
Sie stehen lauschend, vorgebeugt;
Durch das Gezweig der Helmbusch steigt
Und flattert drüber gleich dem Raben.

II

Wie dämmerschaurig ist der Wald
An neblichten Novembertagen,
Wie wunderlich die Wildnis hallt
Von Astgestöhn und Windesklagen!
»Horch, Knabe, war das Waffenklang?« –
»Nein, gnäd'ger Herr! ein Vogelsang,
Von Sturmesflügeln hergetragen.« –

Fort trabt der mächtige Prälat,
Der kühne Erzbischof von Köllen,
Er, den der Kaiser sich zum Rat
Und Reichsverweser mochte stellen,
Die ehrne Hand der Klerisei, –
Zwei Edelknaben, Reis'ger zwei,
Und noch drei Äbte als Gesellen.

Gelassen trabt er fort, im Traum
Von eines Wunderdomes Schöne,
Auf seines Rosses Hals den Zaum,
Er streicht ihm sanft die dichte Mähne,
Die Windesodem senkt und schwellt; –
Es schaudert, wenn ein Tropfen fällt
Von Ast und Laub, des Nebels Träne.

Schon schwindelnd steigt das Kirchenschiff,
Schon bilden sich die krausen Zacken –
Da, horch, ein Pfiff und hui, ein Griff,
Ein Helmbusch hier, ein Arm im Nacken!
Wie Schwarzwildrudel bricht's heran,
Die Äbte fliehn wie Spreu, und dann
Mit Reisigen sich Reis'ge packen.

Ha, schnöder Strauß! zwei gegen zehn!
Doch hat der Fürst sich losgerungen,
Er peitscht sein Tier und mit Gestöhn
Hat's übern Hohlweg sich geschwungen;
Die Gerte pfeift – »Weh, Rinkerad!« –
Vom Rosse gleitet der Prälat
Und ist ins Dickicht dann gedrungen.

»Hussah, hussah, erschlagt den Hund,
Den stolzen Hund!« und eine Meute
Fährt's in den Wald, es schließt ein Rund,
Dann vor- und rückwärts und zur Seite;
Die Zweige krachen – ha es naht –
Am Buchenstamm steht der Prälat
Wie ein gestellter Eber heute.

Er blickt verzweifelnd auf sein Schwert,
Er löst die kurze breite Klinge,
Dann prüfend untern Mantel fährt
Die Linke nach dem Panzerringe;
Und nun wohlan, er ist bereit,
Ja männlich focht der Priester heut,
Sein Streich war eine Flammenschwinge.

Das schwirrt und klingelt durch den Wald,
Die Blätter stäuben von den Eichen,
Und über Arm und Schädel bald
Blutrote Rinnen tröpfeln, schleichen;
Entwaffnet der Prälat noch ringt,
Der starke Mann, da zischend dringt
Ein falscher Dolch ihm in die Weichen.

Ruft Isenburg: »Es ist genug,
Es ist zuviel!« und greift die Zügel;
Noch sah er wie ein Knecht ihn schlug,
Und riß den Wicht am Haar vom Bügel.
»Es ist zuviel, hinweg, geschwind!«
Fort sind sie, und ein Wirbelwind
Fegt ihnen nach wie Eulenflügel. – –

Des Sturmes Odem ist verrauscht,
Die Tropfen glänzen an dem Laube,
Und über Blutes Lachen lauscht
Aus hohem Loch des Spechtes Haube;
Was knistert nieder von der Höh'
Und schleppt sich wie ein krankes Reh?
Ach armer Knabe, wunde Taube!

»Mein gnädiger, mein lieber Herr,
So mußten dich die Mörder packen?
Mein frommer, o mein Heiliger!«
Das Tüchlein zerrt er sich vom Nacken,
Er drückt es auf die Wunde dort,
Und hier und drüben, immerfort,
Ach, Wund' an Wund' und blut'ge Zacken!

»Ho, holla ho!« – dann beugt er sich
Und späht, ob noch der Odem rege;
War's nicht als wenn ein Seufzer schlich,
Als wenn ein Finger sich bewege? –
»Ho, holla ho!« – »Hallo, hoho!«
Schallt's wieder um, des war er froh:
»Sind unsre Reuter allewege!«

III

Zu Köln am Rheine kniet ein Weib
Am Rabensteine unterm Rade,
Und überm Rade liegt ein Leib,
An dem sich weiden Kräh' und Made;
Zerbrochen ist sein Wappenschild,
Mit Trümmern seine Burg gefüllt,
Die Seele steht bei Gottes Gnade.

Den Leib des Fürsten hüllt der Rauch
Von Ampeln und von Weihrauchschwelen –
Um seinen qualmt der Moderhauch
Und Hagel peitscht der Rippen Höhlen;
Im Dome steigt ein Trauerchor,
Und ein Tedeum stieg empor
Bei seiner Qual aus tausend Kehlen.

Und wenn das Rad der Bürger sieht,
Dann läßt er rasch sein Rößlein traben,
Doch eine bleiche Frau die kniet,
Und scheucht mit ihrem Tuch die Raben:
Um sie mied er die Schlinge nicht,
Er war ihr Held, er war ihr Licht –
Und ach, der Vater ihrer Knaben!

* Zu (dem Kreuz) Köln die Rose (das Wappen von) Berg, dessen Besitz Engelbert dem Bruder von Isenburgs Gemahlin vorenthielt.

[*Erzbischof:* Engelbert I. (1185–1225) war seit 1216 Erzbischof von Köln, Am 7. 11. 1225 wurde er auf Anstiften Friedrichs von Isenburg († 1226), eines entfernten Verwandten, in der Nähe von Gevelsberg ermordet. – *Den freien Stegreif:* am Raubrittertum gehindert. – *Schwäher:* Schwager; Friedrichs Schwager Heinrich konnte die Regierung der Grafschaft Berg auf Veranlassung Engelberts vorerst nicht übernehmen. – *alte Vetteln:* Nonnen; Friedrich hatte Nonnenklöster in Essen unterdrückt. – *die Raben:* Hinweis auf eine Sage, nach der die Mutter Friedrichs während der Schwangerschaft davon träumte, daß Raben ihren Leib aufhacken wollten.]

Am letzten Tage des Jahres (Silvester)

Das Jahr geht um,
Der Faden rollt sich sausend ab.
Ein Stündchen noch, das letzte heut,
Und stäubend rieselt in sein Grab
Was einstens war lebend'ge Zeit.
Ich harre stumm.

's ist tiefe Nacht!
Ob wohl ein Auge offen noch?
In diesen Mauern rüttelt dein
Verrinnen, Zeit! Mir schaudert, doch
Es will die letzte Stunde sein
Einsam durchwacht.

Gesehen all,
Was ich begangen und gedacht,
Was mir aus Haupt und Herzen stieg:
Das steht nun eine ernste Wacht
Am Himmelstor. O halber Sieg,
O schwerer Fall!

Wie reißt der Wind
Am Fensterkreuze, ja es will
Auf Sturmesfittigen das Jahr
Zerstäuben, nicht ein Schatten still
Verhauchen unterm Sternenklar.
Du Sündenkind!

War nicht ein hohl
Und heimlich Sausen jeder Tag
In deiner wüsten Brust Verlies,
Wo langsam Stein an Stein zerbrach,
Wenn es den kalten Odem stieß
Vom starren Pol?

Mein Lämpchen will
Verlöschen, und begierig saugt
Der Docht den letzten Tropfen Öl.
Ist so mein Leben auch verraucht,
Eröffnet sich des Grabes Höhl'
Mir schwarz und still?

Wohl in dem Kreis,
Den dieses Jahres Lauf umzieht,
Mein Leben bricht: Ich wußt' es lang!
Und dennoch hat dies Herz geglüht
In eitler Leidenschaften Drang.
Mir brüht der Schweiß

Der tiefsten Angst
Auf Stirn und Hand! – Wie, dämmert feucht
Ein Stern dort durch die Wolken nicht?
Wär' es der Liebe Stern vielleicht,
Dir zürnend mit dem trüben Licht,
Daß du so bangst?

Horch, welch Gesumm?
Und wieder? Sterbemelodie!
Die Glocke regt den ehrnen Mund.
O Herr! ich falle auf das Knie:
Sei gnädig meiner letzten Stund!
Das Jahr ist um!

Geliebte, wenn mein Geist geschieden,
So weint mir keine Träne nach,
Denn, wo ich weile, dort ist Frieden,
Dort leuchtet mir ein ew'ger Tag!

Wo aller Erdengram verschwunden,
Soll euer Bild mir nicht vergehn,
Und Linderung für eure Wunden,
Für euren Schmerz will ich erflehn.

Weht nächtlich seine Seraphsflügel
Der Friede übers Weltenreich,
So denkt nicht mehr an meinen Hügel,
Denn von den Sternen grüß' ich euch!

[E: wohl 1846; D: 1872]

AUGUST KOPISCH

1799–1853

Der große Krebs im Mohriner See

(Volkssage)

Die Stadt Mohrin hat immer acht,
Kuckt in den See bei Tag und Nacht.
Kein gutes Christenkind erleb's,
Daß los sich reiß der große Krebs!
Er ist im See mit Ketten geschlossen unten an,
Weil er dem ganzen Lande Verderben bringen kann.

Man sagt: Er ist viel Meilen groß
Und wend't sich oft und, kommt er los,
So währt's nicht lang, er kommt ans Land:
Ihm leistet keiner Widerstand.
Und weil das Rückwärtsgehen bei Krebsen alter Brauch,
So muß dann alles mit ihm zurücke gehen auch.

Das wird ein Rückwärtsgehen sein!
Steckt einer was ins Maul hinein,
So kehrt der Bissen, vor dem Kopf,
Zurück zum Teller und zum Topf.
Das Brot wird wieder zu Mehle, das Mehl wird wieder Korn –
Und alles hat beim Gehen den Rücken dann nach vorn.

Der Balken löst sich aus dem Haus
Und rauscht als Baum zum Wald hinaus,
Der Baum kriecht wieder in den Keim,
Der Ziegelstein wird wieder Leim.
Der Ochse wird zum Kalbe, das Kalb geht nach der Kuh,
Die Kuh wird auch zum Kalbe, so geht es immerzu!

Zur Blume kehrt zurück das Wachs,
Das Hemd am Leibe wird zu Flachs,
Der Flachs wird wieder blauer Lein

Und kriecht dann in den Acker ein.
Man sagt, beim Bürgermeister zuerst die Not beginnt,
Der wird vor allen Leuten zuerst ein Päppelkind.

Dann muß der edle Rat daran,
Der wohlgewitzte Schreiber dann;
Die erbgesessne Bürgerschaft
Verliert gemach die Bürgerkraft.
Der Rektor in der Schule wird wie ein Schülerlein,
Kurz eines nach dem andern wird Kind und dumm und klein.

Und alles kehrt im Erdenschoß
Zurück zu Adams Erdenkloß.
Am längsten hält, was Flügel hat,
Doch wird zuletzt auch dieses matt,
Die Henne wird zum Küchlein, das Küchlein kriecht ins Ei,
Das schlägt der große Krebs dann mit seinem Schwanz entzwei.

Zum Glücke kommt's wohl nie so weit!
Noch blüht die Welt in Fröhlichkeit!
Die Obrigkeit hat wacker acht,
Daß sich der Krebs nicht locker macht.
Auch für dies arme Liedchen wär das ein schlechtes Glück:
Es lief vom Mund der Leute ins Tintenfaß zurück.

FRANZ GRILLPARZER

1791–1872

Der Halbmond glänzet am Himmel

Der Halbmond glänzet am Himmel,
Und es ist neblicht und kalt.
Gegrüßt sei du Halber dort oben,
Wie du, bin ich einer, der halb.

Halb gut, halb übel geboren,
Und dürftig in beider Gestalt,
Mein Gutes ohne Würde,
Das Böse ohne Gewalt.

Halb schmeckt' ich die Freuden des Lebens,
Nichts ganz als meine Reu;
Die ersten Bissen genossen,
Schien alles mir einerlei.

Halb gab ich mich hin den Musen,
Und sie erhörten mich halb;
Hart auf der Hälfte des Lebens
Entflohn sie und ließen mich alt.

Und also sitz ich verdrossen,
Doch läßt die Zersplitterung nach:
Die leere Hälfte der Seele
Verdrängt die noch volle gemach.

[1835]

Entsagung

Eins ist, was altergraue Zeiten lehren,
Und lehrt die Sonne, die erst heut getagt:
Des Menschen ewges Los, es heißt: entbehren,
Und kein Besitz, als den du dir versagst.

Die Speise, so erquicklich deinem Munde,
Beim frohen Fest genippter Götterwein,
Des Teuren Kuß auf deinem heißen Munde,
Dein wär's? Sieh zu! ob du vielmehr nicht sein.

Denn der Natur alther notwendge Mächte,
Sie hassen, was sich freie Bahnen zieht,
Als vorenthalten ihrem ewgen Rechte
Und reißen's lauernd in ihr Machtgebiet.

All, was du hältst, davon bist du gehalten,
Und wo du herrschest, bist du auch der Knecht.
Es sieht Genuß sich vom Bedarf gespalten,
Und eine Pflicht knüpft sich an jedes Recht.

Nur was du abweist, kann dir wieder kommen,
Was du verschmähst, naht ewig schmeichelnd sich,
Und in dem Abschied, vom Besitz genommen,
Erhältst du dir das einzig Deine: Dich!

(Paris, 19. April 1836)

Mein Vaterland

Sei mir gegrüßt, mein Österreich,
Auf deinen neuen Wegen,
Es schlägt mein Herz, wie immer gleich,
Auch heute dir entgegen.

Was dir gefehlt zu deiner Zier,
Du hast es dir errungen,
Halb kindlich fromm erbeten dir
Und halb durch Mut erzwungen.

Die Freiheit strahlt ob deinem Haupt
Wie längst in deinem Herzen,
Denn freier warst du, als man glaubt,
Es zeigten's deine Schmerzen.

Nun aber, Östreich, sieh dich vor,
Es gilt die höchsten Güter,
Leih nicht dem Schmeichellaut dein Ohr
Und sei dein eigner Hüter!

Geh nicht zur Schule da und dort,
Wo laute Redner lärmen,
Wo der Gedanke nur im Wort,
Zu leuchten statt zu wärmen;

Wo längst die Wege abgebracht,
Die Kopf und Herz vereinen,
Und, statt der Überzeugung Macht;
Der Mensch ein grübelnd Meinen;

Wo Falsch und Wahr und Schlimm und Gut
Sie längst auf Formeln brachten,
Rasch wechselnd die erlogne Glut
Gleich bunten Kleidertrachten;

Wo selbst die Freiheit, die zur Zeit
Hinjauchzt in tausend Stimmen,
Halb großgesäugt von Eitelkeit
Und von der Lust am Schlimmen.

Bleib du das Land, das stets du warst,
Nur Morgen, wie sonst Abend,
Die Unschuld, die du noch bewahrst,
An heiterm Sinn erlabend.

Denn was der Mensch erdacht, erfand,
Als Höchstes wird er finden:
Gesund natürlichen Verstand
Und richtiges Empfinden.

[März 1848]

HEINRICH HEINE

1797–1856

Die Grenadiere

Nach Frankreich zogen zwei Grenadier,
Die waren in Rußland gefangen.
Und als sie kamen ins deutsche Quartier,
Sie ließen die Köpfe hangen.

Da hörten sie beide die traurige Mär:
Daß Frankreich verloren gegangen,
Besiegt und zerschlagen das große Heer –
Und der Kaiser, der Kaiser gefangen.

Da weinten zusammen die Grenadier
Wohl ob der kläglichen Kunde.
Der eine sprach: Wie weh wird mir,
Wie brennt meine alte Wunde!

Der andre sprach: Das Lied ist aus,
Auch ich möcht mit dir sterben,
Doch hab ich Weib und Kind zu Haus,
Die ohne mich verderben.

Was schert mich Weib, was schert mich Kind,
Ich trage weit beßres Verlangen;
Laß sie betteln gehn, wenn sie hungrig sind –
Mein Kaiser, mein Kaiser gefangen!

Gewähr mir, Bruder, eine Bitt:
Wenn ich jetzt sterben werde,
So nimm meine Leiche nach Frankreich mit,
Begrab mich in Frankreichs Erde.

Das Ehrenkreuz am roten Band
Sollst du aufs Herz mir legen;
Die Flinte gib mir in die Hand,
Und gürt mir um den Degen.

So will ich liegen und horchen still,
Wie eine Schildwach, im Grabe,
Bis einst ich höre Kanonengebrüll
Und wiehernder Rosse Getrabe.

Dann reitet mein Kaiser wohl über mein Grab,
Viel Schwerter klirren und blitzen;
Dann steig ich gewaffnet hervor aus dem Grab –
Den Kaiser, den Kaiser zu schützen.

[Napoleon begann 1812 den Krieg gegen Rußland, rückte im Juni dort ein und mußte im Oktober den Rückzug antreten.]

Belsatzar

Die Mitternacht zog näher schon;
In stummer Ruh lag Babylon.

Nur oben in des Königs Schloß,
Da flackerts, da lärmt des Königs Troß.

Dort oben in dem Königssaal
Belsatzar hielt sein Königsmahl.

Die Knechte saßen in schimmernden Reihn,
Und leerten die Becher mit funkelndem Wein.

Es klirrten die Becher, es jauchzten die Knecht;
So klang es dem störrigen Könige recht.

Des Königs Wangen leuchten Glut;
Im Wein erwuchs ihm kecker Mut.

Und blindlings reißt der Mut ihn fort;
Und er lästert die Gottheit mit sündigem Wort.

Und er brüstet sich frech, und lästert wild;
Die Knechtenschar ihm Beifall brüllt.

Der König rief mit stolzem Blick;
Der Diener eilt und kehrt zurück.

Er trug viel gülden Gerät auf dem Haupt;
Das war aus dem Tempel Jehovahs geraubt.

Und der König ergriff mit frevler Hand
Einen heiligen Becher, gefüllt bis am Rand.

Und er leert ihn hastig bis auf den Grund,
Und rufet laut mit schäumendem Mund:

Jehovah! dir künd ich auf ewig Hohn –
Ich bin der König von Babylon!

Doch kaum das grause Wort verklang,
Dem König wards heimlich im Busen bang.

Das gellende Lachen verstummte zumal;
Es wurde leichenstill im Saal.

Und sieh! und sieh! an weißer Wand
Da kams hervor wie Menschenhand;

Und schrieb, und schrieb an weißer Wand
Buchstaben von Feuer, und schrieb und schwand.

Der König stieren Blicks da saß
Mit schlotternden Knien und totenblaß.

Die Knechtenschar saß kalt durchgraut,
Und saß gar still, gab keinen Laut.

Die Magier kamen, doch keiner verstand,
Zu deuten die Flammenschrift an der Wand.

Belsatzar ward aber in selbiger Nacht
Von seinen Knechten umgebracht.

[1822]

[Vgl. Altes Testament, Daniel 5, 1 ff.]

Wahrhaftig

Wenn der Frühling kommt mit dem Sonnenschein,
Dann knospen und blühen die Blümlein auf;
Wenn der Mond beginnt seinen Strahlenlauf,
Dann schwimmen die Sternlein hintendrein;
Wenn der Sänger zwei süße Äuglein sieht,
Dann quellen ihm Lieder aus tiefem Gemüt; –
Doch Lieder und Sterne und Blümelein,
Und Äuglein und Mondglanz und Sonnenschein,
Wie sehr das Zeug auch gefällt,
So machts doch noch lang keine Welt.

Im wunderschönen Monat Mai,
Als alle Knospen sprangen,
Da ist in meinem Herzen
Die Liebe aufgegangen.

Im wunderschönen Monat Mai,
Als alle Vögel sangen,
Da hab ich ihr gestanden
Mein Sehnen und Verlangen.

Auf Flügeln des Gesanges,
Herzliebchen, trag ich dich fort,
Fort nach den Fluren des Ganges,
Dort weiß ich den schönsten Ort.

Dort liegt ein rotblühender Garten
Im stillen Mondenschein;
Die Lotosblumen erwarten
Ihr trautes Schwesterlein

Die Veilchen kichern und kosen,
Und schaun nach den Sternen empor;
Heimlich erzählen die Rosen
Sich duftende Märchen ins Ohr.

Es hüpfen herbei und lauschen
Die frommen, klugen Gazelln;
Und in der Ferne rauschen
Des heiligen Stromes Welln.

Dort wollen wir niedersinken
Unter dem Palmenbaum,
Und Liebe und Ruhe trinken,
Und träumen seligen Traum.

Aus meinen großen Schmerzen
Mach ich die kleinen Lieder;
Die heben ihr klingend Gefieder
Und flattern nach ihrem Herzen.

Sie fanden den Weg zur Trauten,
Doch kommen sie wieder und klagen,
Und klagen, und wollen nicht sagen,
Was sie im Herzen schauten.

[1823]

Ein Jüngling liebt ein Mädchen,
Die hat einen andern erwählt;
Der andre liebt eine andre,
Und hat sich mit dieser vermählt.

Das Mädchen heiratet aus Ärger
Den ersten besten Mann
Der ihr in den Weg gelaufen;
Der Jüngling ist übel dran.

Es ist eine alte Geschichte,
Doch bleibt sie immer neu;
Und wem sie just passieret,
Dem bricht das Herz entzwei.

Sie saßen und tranken am Teetisch,
Und sprachen von Liebe viel.
Die Herren die waren ästhetisch,
Die Damen von zartem Gefühl.

Die Liebe muß sein platonisch,
Der dürre Hofrat sprach.
Die Hofrätin lächelt ironisch,
Und dennoch seufzet sie: Ach!

Der Domherr öffnet den Mund weit:
Die Liebe sei nicht zu roh,
Sie schadet sonst der Gesundheit.
Das Fräulein lispelt: Wie so?

Die Gräfin spricht wehmütig:
Die Liebe ist eine Passion!
Und präsentieret gütig
Die Tasse dem Herrn Baron.

Am Tische war noch ein Plätzchen;
Mein Liebchen, da hast du gefehlt.
Du hättest so hübsch, mein Schätzchen,
Von deiner Liebe erzählt.

[1823]

Ich steh auf des Berges Spitze,
Und werde sentimental.
»Wenn ich ein Vöglein wäre!«
Seufz ich viel tausendmal.

Wenn ich eine Schwalbe wäre,
So flög ich zu dir, mein Kind,
Und baute mir mein Nestchen,
Wo deine Fenster sind.

Wenn ich eine Nachtigall wäre,
So flög ich zu dir, mein Kind,
Und sänge dir nachts meine Lieder
Herab von der grünen Lind.

Wenn ich ein Gimpel wäre,
So flög ich gleich an dein Herz;
Du bist ja hold den Gimpeln,
Und heilest Gimpelschmerz.

[*Gimpel:* Singvogel; einfältiger Mensch.]

Ich weiß nicht, was soll es bedeuten,
Daß ich so traurig bin;
Ein Märchen aus alten Zeiten,
Das kommt mir nicht aus dem Sinn.

Die Luft ist kühl und es dunkelt,
Und ruhig fließt der Rhein;
Der Gipfel des Berges funkelt
Im Abendsonnenschein.

Die schönste Jungfrau sitzet
Dort oben wunderbar,
Ihr goldnes Geschmeide blitzet,
Sie kämmt ihr goldenes Haar.

Sie kämmt es mit goldenem Kamme,
Und singt ein Lied dabei;
Das hat eine wundersame,
Gewaltige Melodei.

Den Schiffer im kleinen Schiffe
Ergreift es mit wildem Weh;
Er schaut nicht die Felsenriffe,
Er schaut nur hinauf in die Höh.

Ich glaube, die Wellen verschlingen
Am Ende Schiffer und Kahn;
Und das hat mit ihrem Singen
Die Lore-Lei getan.

[1824]

Mein Herz, mein Herz ist traurig,
Doch lustig leuchtet der Mai;
Ich stehe, gelehnt an der Linde,
Hoch auf der alten Bastei.

Da drunten fließt der blaue
Stadtgraben in stiller Ruh;
Ein Knabe fährt im Kahne,
Und angelt und pfeift dazu.

Jenseits erheben sich freundlich,
In winziger, bunter Gestalt,
Lusthäuser, und Gärten, und Menschen,
Und Ochsen, und Wiesen, und Wald.

Die Mägde bleichen Wäsche,
Und springen im Gras herum:
Das Mühlrad stäubt Diamanten,
Ich höre sein fernes Gesumm.

Am alten grauen Turme
Ein Schilderhäuschen steht;
Ein rotgeröckter Bursche
Dort auf und nieder geht.

Er spielt mit seiner Flinte,
Die funkelt im Sonnenrot,
Er präsentiert und schultert –
Ich wollt, er schösse mich tot.

Leise zieht durch mein Gemüt
Liebliches Geläute.
Klinge, kleines Frühlingslied,
Kling hinaus ins Weite.

Kling hinaus, bis an das Haus,
Wo die Blumen sprießen.
Wenn du eine Rose schaust,
Sag, ich laß sie grüßen.

[1831]

Die Wallfahrt nach Kevlaar

1

Am Fenster stand die Mutter,
Im Bette lag der Sohn.
»Willst du nicht aufstehn, Wilhelm,
Zu schaun die Prozession?«

»Ich bin so krank, o Mutter,
Daß ich nicht hör und seh;
Ich denk an das tote Gretchen,
Da tut das Herz mir weh.« –

»Steh auf, wir wollen nach Kevlaar,
Nimm Buch und Rosenkranz;
Die Mutter Gottes heilt dir
Dein krankes Herze ganz.«

Es flattern die Kirchenfahnen,
Es singt im Kirchenton;
Das ist zu Köllen am Rheine,
Da geht die Prozession.

Die Mutter folgt der Menge,
Den Sohn, den führet sie,
Sie singen beide im Chore:
Gelobt seist du, Marie!

2

Die Mutter Gottes zu Kevlaar
Trägt heut ihr bestes Kleid;
Heut hat sie viel zu schaffen,
Es kommen viel kranke Leut.

Die kranken Leute bringen
Ihr dar, als Opferspend,
Aus Wachs gebildete Glieder,
Viel wächserne Füß und Händ.

Und wer eine Wachshand opfert,
Dem heilt an der Hand die Wund;
Und wer einen Wachsfuß opfert,
Dem wird der Fuß gesund.

Nach Kevlaar ging mancher auf Krücken,
Der jetzo tanzt auf dem Seil,
Gar mancher spielt jetzt Bratsche,
Dem dort kein Finger war heil.

Die Mutter nahm ein Wachslicht,
Und bildete draus ein Herz.
»Bring das der Mutter Gottes,
Dann heilt sie deinen Schmerz.«

Der Sohn nahm seufzend das Wachsherz,
Ging seufzend zum Heiligenbild;
Die Träne quillt aus dem Auge,
Das Wort aus dem Herzen quillt:

»Du Hochgebenedeite,
Du reine Gottesmagd,
Du Königin des Himmels,
Dir sei mein Leid geklagt!

Ich wohnte mit meiner Mutter
Zu Köllen in der Stadt,
Der Stadt, die viele hundert
Kapellen und Kirchen hat.

Und neben uns wohnte Gretchen,
Doch die ist tot jetzund –
Marie, dir bring ich ein Wachsherz,
Heil du meine Herzenswund.

Heil du mein krankes Herze –
Ich will auch spät und früh
Inbrünstiglich beten und singen:
Gelobt seist du, Marie!«

3

Der kranke Sohn und die Mutter,
Die schliefen im Kämmerlein;
Da kam die Mutter Gottes
Ganz leise geschritten herein.

Sie beugte sich über den Kranken,
Und legte ihre Hand
Ganz leise auf sein Herze,
Und lächelte mild und schwand.

Die Mutter schaut alles im Traume,
Und hat noch mehr geschaut;
Sie erwachte aus dem Schlummer,
Die Hunde bellten so laut.

Da lag dahingestrecket
Ihr Sohn, und der war tot;
Es spielt auf den bleichen Wangen
Das lichte Morgenrot.

Die Mutter faltet die Hände,
Ihr war, sie wußte nicht wie:
Andächtig sang sie leise:
Gelobt seist du, Marie!

Aus: *Die Nordsee. Erster Zyklus*

II Abenddämmerung

Am blassen Meeresstrande
Saß ich gedankenbekümmert und einsam.
Die Sonne neigte sich tiefer, und warf
Glührote Streifen auf das Wasser,
Und die weißen, weiten Wellen,
Von der Flut gedrängt,
Schäumten und rauschten näher und näher –
Ein seltsam Geräusch, ein Flüstern und Pfeifen,
Ein Lachen und Murmeln, Seufzen und Sausen,
Dazwischen ein wiegenliedheimliches Singen –
Mir war, als hört ich verschollne Sagen,
Uralte, liebliche Märchen,
Die ich einst, als Knabe,
Von Nachbarskindern vernahm,
Wenn wir am Sommerabend,
Auf den Treppensteinen der Haustür,
Zum stillen Erzählen niederkauerten,
Mit kleinen, horchenden Herzen
Und neugierklugen Augen; –
Während die großen Mädchen,
Neben duftenden Blumentöpfen,
Gegenüber am Fenster saßen,
Rosengesichter,
Lächelnd und mondbeglänzt.

X Seegespenst

Ich aber lag am Rande des Schiffes,
Und schaute, träumenden Auges,
Hinab in das spiegelklare Wasser,
Und schaute tiefer und tiefer –
Bis tief, im Meeresgrunde,
Anfangs wie dämmernde Nebel,
Jedoch allmählig farbenbestimmter,
Kirchenkuppel und Türme sich zeigten
Und endlich, sonnenklar, eine ganze Stadt,
Altertümlich niederländisch,
Und menschenbelebt.
Bedächtige Männer, schwarzbemäntelt,
Mit weißen Halskrausen und Ehrenketten
Und langen Degen und langen Gesichtern,
Schreiten, über den wimmelnden Marktplatz,
Nach dem treppenhohen Rathaus,
Wo steinerne Kaiserbilder
Wacht halten mit Zepter und Schwert.
Unferne, vor langen Häuserreihn,
Wo spiegelblanke Fenster
Und pyramidisch beschnittene Linden,
Wandeln seidenrauschende Jungfern,
Schlanke Leibchen, die Blumengesichter
Sittsam umschlossen von schwarzen Mützchen
Und hervorquellendem Goldhaar.
Bunte Gesellen, in spanischer Tracht,
Stolzieren vorüber und nicken.
Bejahrte Frauen,
In braunen, verschollnen Gewändern,
Gesangbuch und Rosenkranz in der Hand,
Eilen, trippelnden Schritts,
Nach dem großen Dome,
Getrieben von Glockengeläute
Und rauschendem Orgelton.
Mich selbst ergreift des fernen Klangs
Geheimnisvoller Schauer!
Unendliches Sehnen, tiefe Wehmut
Beschleicht mein Herz,
Mein kaum geheiltes Herz; –
Mir ist, als würden seine Wunden

Von lieben Lippen aufgeküßt,
Und täten wieder bluten –
Heiße, rote Tropfen,
Die lang und langsam niederfalln
Auf ein altes Haus, dort unten
In der tiefen Meerstadt,
Auf ein altes, hochgegiebeltes Haus,
Das melancholisch menschenleer ist,
Nur daß am untern Fenster
Ein Mädchen sitzt,
Den Kopf auf den Arm gestützt,
Wie ein armes, vergessenes Kind –
Und ich kenne dich armes, vergessenes Kind!

So tief, meertief also
Versteckiest du dich vor mir,
Aus kindischer Laune,
Und konntest nicht mehr herauf,
Und saßest fremd unter fremden Leuten,
Jahrhundertelang,
Derweilen ich, die Seele voll Gram,
Auf der ganzen Erde dich suchte,
Und immer dich suchte,
Du Immergeliebte,
Du Längstverlorene,
Du Endlichgefundene –
Ich hab dich gefunden und schaue wieder
Dein süßes Gesicht,
Die klugen, treuen Augen,
Das liebe Lächeln –
Und nimmer will ich dich wieder verlassen,
Und ich komme hinab zu dir,
Und mit ausgebreiteten Armen
Stürz ich hinab an dein Herz –

Aber zur rechten Zeit noch
Ergriff mich beim Fuß der Kapitän,
Und zog mich vom Schiffsrand,
Und rief, ärgerlich lachend:
Doktor, sind Sie des Teufels?

Zweiter Zyklus

VII Fragen

Am Meer, am wüsten, nächtlichen Meer
Steht ein Jüngling-Mann,
Die Brust voll Wehmut, das Haupt voll Zweifel,
Und mit düstern Lippen fragt er die Wogen:

»O löst mir das Rätsel des Lebens,
Das qualvolle uralte Rätsel,
Worüber schon manche Häupter gegrübelt,
Häupter in Hieroglyphenmützen,
Häupter in Turban und schwarzem Barett,
Perückenhäupter und tausend andre
Arme, schwitzende Menschenhäupter –
Sagt mir, was bedeutet der Mensch?
Woher ist er kommen? Wo geht er hin?
Wer wohnt dort oben auf goldenen Sternen?«

Es murmeln die Wogen ihr ewges Gemurmel,
Es wehet der Wind, es fliehen die Wolken,
Es blinken die Sterne, gleichgültig und kalt,
Und ein Narr wartet auf Antwort.

[1827]

[*Häupter in Hieroglyphenmützen:* ägyptische Priester.]

Das Fräulein stand am Meere
Und seufzte lang und bang,
Es rührte sie so sehre
Der Sonnenuntergang.

Mein Fräulein! sein Sie munter,
Das ist ein altes Stück;
Hier vorne geht sie unter
Und kehrt von hinten zurück.

[1844]

Zur Beruhigung

Wir schlafen ganz, wie Brutus schlief –
Doch jener erwachte und bohrte tief
In Cäsars Brust das kalte Messer!
Die Römer waren Tyrannenfresser.

Wir sind keine Römer, wir rauchen Tabak.
Ein jedes Volk hat seinen Geschmack,
Ein jedes Volk hat seine Größe;
In Schwaben kocht man die besten Klöße.

Wir sind Germanen, gemütlich und brav,
Wir schlafen gesunden Pflanzenschlaf,
Und wenn wir erwachen, pflegt uns zu dürsten,
Doch nicht nach dem Blute unserer Fürsten.

Wir sind so treu wie Eichenholz,
Auch Lindenholz, drauf sind wir stolz;
Im Land der Eichen und der Linden
Wird niemals sich ein Brutus finden.

Und wenn auch ein Brutus unter uns wär,
Den Cäsar fänd er nimmermehr,
Vergeblich würd er den Cäsar suchen;
Wir haben gute Pfefferkuchen.

Wir haben sechsunddreißig Herrn
(Ist nicht zu viel!), und einen Stern
Trägt jeder schützend auf seinem Herzen,
Und er braucht nicht zu fürchten die Iden des Märzen.

Wir nennen sie Väter, und Vaterland
Benennen wir dasjenige Land,
Das erbeigentümlich gehört den Fürsten;
Wir lieben auch Sauerkraut mit Würsten.

Wenn unser Vater spazieren geht,
Ziehn wir den Hut mit Pietät;
Deutschland, die fromme Kinderstube,
Ist keine römische Mördergrube.

[1844]

Nachtgedanken

Denk ich an Deutschland in der Nacht,
Dann bin ich um den Schlaf gebracht,
Ich kann nicht mehr die Augen schließen,
Und meine heißen Tränen fließen.

Die Jahre kommen und vergehn!
Seit ich die Mutter nicht gesehn,
Zwölf Jahre sind schon hingegangen;
Es wächst mein Sehnen und Verlangen.

Mein Sehnen und Verlangen wächst.
Die alte Frau hat mich behext,
Ich denke immer an die alte,
Die alte Frau, die Gott erhalte!

Die alte Frau hat mich so lieb,
Und in den Briefen, die sie schrieb,
Seh ich, wie ihre Hand gezittert,
Wie tief das Mutterherz erschüttert.

Die Mutter liegt mir stets im Sinn.
Zwölf lange Jahre flossen hin,
Zwölf lange Jahre sind verflossen,
Seit ich sie nicht ans Herz geschlossen.

Deutschland hat ewigen Bestand,
Es ist ein kerngesundes Land,
Mit seinen Eichen, seinen Linden,
Werd ich es immer wiederfinden.

Nach Deutschland lechzt ich nicht so sehr,
Wenn nicht die Mutter dorten wär;
Das Vaterland wird nie verderben,
Jedoch die alte Frau kann sterben.

Seit ich das Land verlassen hab,
So viele sanken dort ins Grab,
Die ich geliebt – wenn ich sie zähle,
So will verbluten meine Seele.

Und zählen muß ich – Mit der Zahl
Schwillt immer höher meine Qual,
Mir ist, als wälzten sich die Leichen
Auf meine Brust – Gottlob! sie weichen!

Gottlob! durch meine Fenster bricht
Französisch heitres Tageslicht;
Es kommt mein Weib, schön wie der Morgen,
Und lächelt fort die deutschen Sorgen.

[1844]

[*Zwölf Jahre:* 1831 war Heine nach Paris gezogen.]

Die schlesischen Weber

Im düstern Auge keine Träne,
Sie sitzen am Webstuhl und fletschen die Zähne:
Deutschland, wir weben dein Leichentuch,
Wir weben hinein den dreifachen Fluch –
Wir weben, wir weben!

Ein Fluch dem Gotte, zu dem wir gebeten
In Winterskälte und Hungersnöten;
Wir haben vergebens gehofft und geharrt,
Er hat uns geäfft und gefoppt und genarrt –
Wir weben, wir weben!

Ein Fluch dem König, dem König der Reichen,
Den unser Elend nicht konnte erweichen,
Der den letzten Groschen von uns erpreßt
Und uns wie Hunde erschießen läßt –
Wir weben, wir weben!

Ein Fluch dem falschen Vaterlande,
Wo nur gedeihen Schmach und Schande,
Wo jede Blume früh geknickt,
Wo Fäulnis und Moder den Wurm erquickt –
Wir weben, wir weben!

Das Schiffchen fliegt, der Webstuhl kracht,
Wir weben emsig Tag und Nacht –
Altdeutschland, wir weben dein Leichentuch,
Wir weben hinein den dreifachen Fluch,
Wir weben, wir weben!

[1844]

[*Weber:* Aufstand der Weber in Petersau und Langenbielau im Juni 1844.]

Aus: *Deutschland. Ein Wintermärchen*

Caput I

Im traurigen Monat November wars,
Die Tage wurden trüber,
Der Wind riß von den Bäumen das Laub,
Da reist ich nach Deutschland hinüber.

Und als ich an die Grenze kam,
Da fühlt ich ein stärkeres Klopfen
In meiner Brust, ich glaube sogar
Die Augen begunnen zu tropfen.

Und als ich die deutsche Sprache vernahm,
Da ward mir seltsam zu Mute;
Ich meinte nicht anders, als ob das Herz
Recht angenehm verblute.

Ein kleines Harfenmädchen sang.
Sie sang mit wahrem Gefühle
Und falscher Stimme, doch ward ich sehr
Gerühret von ihrem Spiele.

Sie sang von Liebe und Liebesgram,
Aufopfrung und Wiederfinden
Dort oben, in jener besseren Welt,
Wo alle Leiden schwinden.

Sie sang vom irdischen Jammertal,
Von Freuden, die bald zerronnen,
Vom Jenseits, wo die Seele schwelgt
Verklärt in ewgen Wonnen.

Sie sang das alte Entsagungslied,
Das Eiapopeia vom Himmel,
Womit man einlullt, wenn es greint,
Das Volk, den großen Lümmel.

Ich kenne die Weise, ich kenne den Text,
Ich kenn auch die Herren Verfasser;
Ich weiß, sie tranken heimlich Wein
Und predigten öffentlich Wasser.

Ein neues Lied, ein besseres Lied,
O Freunde, will ich Euch dichten!
Wir wollen hier auf Erden schon
Das Himmelreich errichten.

Wir wollen auf Erden glücklich sein,
Und wollen nicht mehr darben;
Verschlemmen soll nicht der faule Bauch
Was fleißige Hände erwarben.

Es wächst hienieden Brot genug
Für alle Menschenkinder,
Auch Rosen und Myrten, Schönheit und Lust,
Und Zuckererbsen nicht minder.

Ja, Zuckererbsen für jedermann,
Sobald die Schoten platzen!
Den Himmel überlassen wir
Den Engeln und den Spatzen.

Und wachsen uns Flügel nach dem Tod,
So wollen wir Euch besuchen
Dort oben, und wir, wir essen mit Euch
Die seligsten Torten und Kuchen.

Ein neues Lied, ein besseres Lied,
Es klingt wie Flöten und Geigen!
Das Miserere ist vorbei,
Die Sterbeglocken schweigen.

Die Jungfer Europa ist verlobt
Mit dem schönen Geniusse
Der Freiheit, sie liegen einander im Arm,
Sie schwelgen im ersten Kusse.

Und fehlt der Pfaffensegen dabei,
Die Ehe wird gültig nicht minder –
Es lebe Bräutigam und Braut,
Und ihre zukünftigen Kinder!

Ein Hochzeitskarmen ist mein Lied,
Das bessere, das neue!
In meiner Seele gehen auf
Die Sterne der höchsten Weihe –

Begeisterte Sterne, sie lodern wild,
Zerfließen in Flammenbächen –
Ich fühle mich wunderbar erstarkt,
Ich könnte Eichen zerbrechen!

Seit ich auf deutsche Erde trat,
Durchströmen mich Zaubersäfte –
Der Riese hat wieder die Mutter berührt,
Und es wuchsen ihm neu die Kräfte.

[Nach mehr als zwölfjähriger Abwesenheit reiste Heine im Herbst 1843 nach Hamburg, das durch den großen Brand schwer getroffen war. Die Reise, begonnen am 21. 10. 1843, ging von Paris aus über Brüssel, Amsterdam, Köln, Bremen nach Hamburg.]

Die Wanderratten

Es gibt zwei Sorten Ratten:
Die hungrigen und satten.
Die satten bleiben vergnügt zu Haus,
Die hungrigen aber wandern aus.

Sie wandern viel tausend Meilen,
Ganz ohne Rasten und Weilen,
Gradaus in ihrem grimmigen Lauf,
Nicht Wind noch Wetter hält sie auf.

Sie klimmen wohl über die Höhen,
Sie schwimmen wohl über die Seen;
Gar manche ersäuft oder bricht das Genick,
Die lebenden lassen die toten zurück.

Es haben diese Käuze
Gar fürchterliche Schnäuze;
Sie tragen die Köpfe geschoren egal,
Ganz radikal, ganz rattenkahl.

Die radikale Rotte
Weiß nichts von einem Gotte.
Sie lassen nicht taufen ihre Brut,
Die Weiber sind Gemeindegut.

Der sinnliche Rattenhaufen,
Er will nur fressen und saufen,
Er denkt nicht, während er säuft und frißt,
Daß unsre Seele unsterblich ist.

So eine wilde Ratze,
Die fürchtet nicht Hölle, nicht Katze;
Sie hat kein Gut, sie hat kein Geld
Und wünscht aufs Neue zu teilen die Welt.

Die Wanderratten, o wehe!
Sie sind schon in der Nähe.
Sie rücken heran, ich höre schon
Ihr Pfeifen – die Zahl ist Legion.

O wehe! wir sind verloren,
Sie sind schon vor den Toren!
Der Bürgermeister und Senat,
Sie schütteln die Köpfe, und Keiner weiß Rat.

Die Bürgerschaft greift zu den Waffen,
Die Glocken läuten die Pfaffen.
Gefährdet ist das Palladium
Des sittlichen Staats, das Eigentum.

Nicht Glockengeläute, nicht Pfaffengebete,
Nicht hochwohlweise Senatsdekrete,
Auch nicht Kanonen, viel Hundertpfünder,
Sie helfen euch heute, ihr lieben Kinder!

Heut helfen euch nicht die Wortgespinste
Der abgelebten Redekünste.
Man fängt nicht Ratten mit Syllogismen,
Sie springen über die feinsten Sophismen.

Im hungrigen Magen Eingang finden
Nur Suppenlogik mit Knödelgründen,
Nur Argumente von Rinderbraten,
Begleitet von Göttinger Wurstzitaten.

Ein schweigender Stockfisch, in Butter gesotten,
Behaget den radikalen Rotten
Viel besser als ein Mirabeau
Und alle Redner seit Cicero.

Weltlauf

Hat man viel, so wird man bald
Noch viel mehr dazu bekommen.
Wer nur wenig hat, dem wird
Auch das wenige genommen.

Wenn du aber gar nichts hast,
Ach, so lasse dich begraben –
Denn ein Recht zum Leben, Lump,
Haben nur, die etwas haben.

Maria Antoinette

Wie heiter im Tuilerienschloß
Blinken die Spiegelfenster,
Und dennoch dort am hellen Tag
Gehn um die alten Gespenster.

Es spukt im Pavillon de Flor'
Maria Antoinette;
Sie hält dort Morgens ihr Lever
Mit strenger Etikette.

Geputzte Hofdamen. Die meisten stehn,
Auf Tabourets andre sitzen;
Die Kleider von Atlas und Goldbrokat,
Behängt mit Juwelen und Spitzen.

Die Taille ist schmal, der Reifrock bauscht,
Darunter lauschen die netten
Hochhackigen Füßchen so klug hervor –
Ach, wenn sie nur Köpfe hätten!

Sie haben alle keinen Kopf,
Der Königin selbst manquieret
Der Kopf, und Ihro Majestät
Ist deshalb nicht frisieret.

Ja, Sie, die mit turmhohem Toupet
So stolz sich konnte gebaren,
Die Tochter Maria Theresias,
Die Enkelin deutscher Cäsaren,

Sie muß jetzt spuken ohne Frisur
Und ohne Kopf, im Kreise
Von unfrisierten Edelfraun,
Die kopflos gleicherweise.

Das sind die Folgen der Revolution
Und ihrer fatalen Doktrine;
An Allem ist Schuld Jean Jacques Rousseau,
Voltaire und die Guillotine.

Doch sonderbar! es dünkt mich schier,
Als hätten die armen Geschöpfe
Gar nicht bemerkt, wie tot sie sind
Und daß sie verloren die Köpfe.

Ein leeres Gespreize, ganz wie sonst,
Ein abgeschmacktes Scherwenzen –
Possierlich sind und schauderhaft
Die kopflosen Reverenzen.

Es knixt die erste Dame d'atour
Und bringt ein Hemd von Linnen,
Die zweite reicht es der Königin,
Und beide knixen von hinnen.

Die dritte Dam und die vierte Dam
Knixen und niederknieen
Vor Ihrer Majestät, um Ihr
Die Strümpfe anzuziehen.

Ein Ehrenfräulein kommt und knixt
Und bringt das Morgenjäckchen;
Ein andres Fräulein knixt und bringt
Der Königin Unterröckchen.

Die Oberhofmeisterin steht dabei,
Sie fächert die Brust, die weiße,
Und in Ermangelung eines Kopfs
Lächelt sie mit dem Steiße.

Wohl durch die verhängten Fenster wirft
Die Sonne neugierige Blicke,
Doch wie sie gewahrt den alten Spuk,
Prallt sie erschrocken zurücke.

[1851]

[*Pavillon de Flor'*: Blumenpavillon. – *Lever:* Morgenempfang. – *Tabourets:* kleine Hocker. – *manquieret:* fehlt. – *Toupet:* künstliche Frisur. – *Enkelin:* Marie Antoinette stammte aus dem Hause Habsburg. – *Scherwenzen:* scharwenzeln, sich dienernd hin und her bewegen. – *Dame d'atour:* für Kleidung und Putz verantwortliche Hofdame.]

Enfant perdu

Verlorner Posten in dem Freiheitskriege,
Hielt ich seit dreißig Jahren treulich aus.
Ich kämpfte ohne Hoffnung, daß ich siege,
Ich wußte, nie komm ich gesund nach Haus.

Ich wachte Tag und Nacht – Ich konnt nicht schlafen,
Wie in dem Lagerzelt der Freunde Schar –
(Auch hielt das laute Schnarchen dieser Braven
Mich wach, wenn ich ein bißchen schlummrig war).

In jenen Nächten hat Langweil ergriffen
Mich oft, auch Furcht – (nur Narren fürchten nichts) –
Sie zu verscheuchen, hab ich dann gepfiffen
Die frechen Reime eines Spottgedichts.

Ja, wachsam stand ich, das Gewehr im Arme,
Und nahte irgend ein verdächtger Gauch,
So schoß ich gut und jagt ihm eine warme,
Brühwarme Kugel in den schnöden Bauch.

Mitunter freilich mocht es sich ereignen,
Daß solch ein schlechter Gauch gleichfalls sehr gut
Zu schießen wußte – ach, ich kanns nicht leugnen –
Die Wunden klaffen – es verströmt mein Blut.

Ein Posten ist vakant! – Die Wunden klaffen –
Der Eine fällt, die Andern rücken nach –
Doch fall ich unbesiegt, und meine Waffen
Sind nicht gebrochen – Nur mein Herze brach.

[1851]

[*Enfant perdu:* Verlorenes Kind.]

Wo?

Wo wird einst des Wandermüden
Letzte Ruhestätte sein?
Unter Palmen in dem Süden?
Unter Linden an dem Rhein?

Werd ich wo in einer Wüste
Eingescharrt von fremder Hand?
Oder ruh ich an der Küste
Eines Meeres in dem Sand?

Immerhin! Mich wird umgeben
Gotteshimmel, dort wie hier,
Und als Totenlampen schweben
Nachts die Sterne über mir.

FERDINAND FREILIGRATH

1810–1876

Der Mohrenfürst

I

Sein Heer durchwogte das Palmental.
Er wand um die Locken den Purpurschal,
Er hing um die Schultern die Löwenhaut;
Kriegerisch klirrte der Becken Laut.

Wie Termiten wogte der wilde Schwarm.
Den goldumreiften, den schwarzen Arm
Schlang er um die Geliebte fest:
»Schmücke dich, Mädchen, zum Siegesfest!

Sieh, glänzende Perlen bring ich dir dar!
Sie flicht durch dein krauses, schwarzes Haar!
Wo Persias Meerflut Korallen umzischt,
Da haben sie triefende Taucher gefischt.

Sieh, Federn vom Strauße! Laß sie dich schmücken,
Weiß auf dein Antlitz, das dunkle, nicken!
Schmücke das Zelt! Bereite das Mahl!
Fülle, bekränze den Siegespokal!«

Aus dem schimmernden weißen Zelte hervor
Tritt der schlachtgerüstete fürstliche Mohr;
So tritt aus schimmernder Wolken Tor
Der Mond, der verfinsterte, dunkle, hervor.

Da grüßt ihn jubelnd der Seinen Ruf,
Da grüßt ihn stampfend der Rosse Huf.
Ihm rollt der Neger treues Blut
Und des Nigers rätselhafte Flut.

»So führ uns zum Siege, so führ uns zur Schlacht!«
Sie stritten vom Morgen bis tief in die Nacht.
Des Elefanten gehöhlter Zahn*
Feuerte schmetternd die Kämpfer an.

Es fleucht der Leu, es fliehn die Schlangen
Vor dem Rasseln der Trommel, mit Schädeln behangen,
Hoch weht die Fahne, verkündend Tod:
Das Gelb der Wüste färbt sich rot. –

So tobt der Kampf im Palmental!
Sie aber bereitet daheim das Mahl;
Sie füllt den Becher mit Palmensaft,
Umwindet mit Blumen der Zeltstäbe Schaft.

Mit Perlen, die Persias Flut gebar,
Durchflicht sie das krause, schwarze Haar,
Schmückt die Stirne mit wallenden Federn und
Den Hals und die Arme mit Muscheln bunt.

Sie setzt sich vor des Geliebten Zelt;
Sie lauscht, wie ferne das Kriegshorn gellt.
Der Mittag brennt und die Sonne sticht;
Die Kränze welken, sie achtet's nicht.

Die Sonne sinkt, und der Abend siegt;
Der Nachttau rauscht, und der Glühwurm fliegt.
Aus dem lauen Strom blickt das Krokodil,
Als ob es der Kühle genießen will.

Es regt sich der Leu und brüllt nach Raub,
Elefantenrudel durchrauschen das Laub.
Die Giraffe sucht des Lagers Ruh,
Augen und Blumen schließen sich zu.

Ihr Busen schwillt vor Angst empor;
Da naht ein flüchtiger, blutender Mohr.
»Verloren die Hoffnung! Verloren die Schlacht!
Dein Buhle gefangen, gen Westen gebracht!

Ans Meer! Den blanken Menschen verkauft!«
Da stürzt sie zur Erde, das Haar zerrauft,
Die Perlen zerdrückt sie mit zitternder Hand,
Birgt die glühende Wange im glühenden Sand.

II

Auf der Messe da zieht es, da stürmt es hinan
Zum Zirkus, zum glatten, geebneten Plan.
Es schmettern Trompeten, das Becken klingt,
Dumpf wirbelt die Trommel, Bajazzo springt.

Herbei, herbei! – Das tobt und drängt;
Die Reiter fliegen; die Bahn durchsprengt
Der Türkenrapp und der Britenfuchs!
Die Weiber zeigen den üppigen Wuchs.

Und an der Reitbahn verschleiertem Tor
Steht ernst ein krausgelockter Mohr;
Die türkische Trommel schlägt er laut,
Auf der Trommel liegt eine Löwenhaut.

Er sieht nicht der Reiter zierlichen Schwung,
Er sieht nicht der Rosse gewagten Sprung.
Mit starrem, trocknem Auge schaut
Der Mohr auf die zottige Löwenhaut.

Er denkt an den fernen, fernen Niger,
Und daß er gejagt den Löwen, den Tiger
Und daß er geschwungen im Kampfe das Schwert
Und daß er nimmer zum Lager gekehrt

Und daß *sie* Blumen für ihn gepflückt
Und daß *sie* das Haar mit Perlen geschmückt –
Sein Auge ward naß, mit dumpfem Klang
Schlug er das Fell, daß es rasselnd zersprang.

[1832]

* Die Trompete der Neger.

Die Auswanderer

Sommer 1832

Ich kann den Blick nicht von euch wenden,
Ich muß euch anschaun immerdar:
Wie reicht ihr mit geschäftgen Händen
Dem Schiffer eure Habe dar!

Ihr Männer, die ihr von dem Nacken
Die Körbe langt, mit Brot beschwert,
Das ihr aus deutschem Korn gebacken,
Geröstet habt auf deutschem Herd;

Und ihr, im Schmuck der langen Zöpfe,
Ihr Schwarzwaldmädchen, braun und schlank,
Wie sorgsam stellt ihr Krüg und Töpfe
Auf der Schaluppe grüne Bank!

Das sind dieselben Töpf und Krüge,
Oft an der Heimat Born gefüllt!
Wenn am Missouri alles schwiege,
Sie malten euch der Heimat Bild:

Des Dorfes steingefaßte Quelle,
Zu der ihr schöpfend euch gebückt,
Des Herdes traute Feuerstelle,
Das Wandgesims, das sie geschmückt.

Bald zieren sie im fernen Westen
Des leichten Bretterhauses Wand;
Bald reicht sie müden braunen Gästen,
Voll frischen Trunkes, eure Hand.

Es trinkt daraus der Tscherokese,
Ermattet, von der Jagd bestaubt;
Nicht mehr von deutscher Rebenlese
Tragt ihr sie heim, mit Grün belaubt.

O sprecht! Warum zogt ihr von dannen?
Das Neckartal hat Wein und Korn;
Der Schwarzwald steht voll finstrer Tannen,
Im Spessart klingt des Älplers Horn.

Wie wird es in den fremden Wäldern
Euch nach der Heimatberge Grün,
Nach Deutschlands gelben Weizenfeldern,
Nach seinen Rebenhügeln ziehn!

Wie wird das Bild der alten Tage
Durch eure Träume glänzend wehn!
Gleich einer stillen, frommen Sage
Wird es euch vor der Seele stehn.

Der Bootsmann winkt! – Zieht hin in Frieden:
Gott schütz euch, Mann und Weib und Greis!
Sei Freude eurer Brust beschieden
Und euren Feldern Reis und Mais!

Aus: *Sandlieder*

VI.

Ob meinem Haupte ziehn
Drei Möwen, schwer und träg.
Ich schaue nicht empor,
Doch kenn ich ihren Weg.

Denn auf den Körnern, die
Im Sonnenscheine glühn,
Fließt flügelausgespannt
Ihr schwarzer Schatten hin.

Und eine Feder fällt
Herab, daß diesen Tag
Ich Sand und Möwenflug
Damit beschreiben mag.

(1835)

»Wär ich im Bann von Mekkas Toren.«

Wär ich im Bann von Mekkas Toren,
Wär ich auf Yemens glühndem Sand,
Wär ich am Sinai geboren,
Dann führt' ein Schwert wohl diese Hand;

Dann zög ich wohl mit flüchtgen Pferden
Durch Jethros flammendes Gebiet!
Dann hielt' ich wohl mit meinen Herden
Rast bei dem Busche, der geglüht;

Dann abends wohl vor meinem Stamme,
In eines Zeltes luftgem Haus,
Strömt' ich der Dichtung innre Flamme
In lodernden Gesängen aus;

Dann wohl an meinen Lippen hinge
Ein ganzes Volk, ein ganzes Land;
Gleichwie mit Salomonis Ringe
Herrscht' ich, ein Zauberer, im Sand.

Nomaden sind ja meine Hörer,
Zu deren Geist die Wildnis spricht,
Die vor dem Samum, dem Zerstörer,
Sich werfen auf das Angesicht,

Die allzeit auf den Rossen hängen,
Absitzend nur am Wüstenbronn,
Die mit verhängten Zügeln sprengen
Von Aden bis zum Libanon,

Die nachts, als nimmermüde Späher,
Bei ihrem Vieh ruhn auf der Trift
Und, wie vorzeiten die Chaldäer,
Anschaun des Himmels goldne Schrift,

Die oft ein Murmeln noch vernehmen
Von Sinas glutgeborstnen Höhn,
Die oft des Wüstengeistes Schemen
In Säulen Rauches wandeln sehn,

Die durch den Riß oft des Gesteines
Erschaun das Flammen seiner Stirn –
Ha, Männer, denen glüh'nd wie meines
In heißen Schädeln brennt das Hirn.

O Land der Zelte, der Geschosse!
O Volk der Wüste, kühn und schlicht!
Beduin', du selbst auf deinem Rosse
Bist ein phantastisches Gedicht! –

Ich irr auf mitternächtger Küste;
Der Norden, ach! ist kalt und klug.
Ich wollt, ich säng im Sand der Wüste,
Gelehnt an eines Hengstes Bug.

(1836)

[*Jethros flammendes Gebiet:* Jethro war der Midianiterpriester, dessen Tochter Moses zur Frau nahm; Midian: Landschaft nordöstlich des Roten Meeres. – *Busche, der geglüht:* 2. Mose 3, 2 ff. – *Salomonis Ringe:* In der orientalischen Sage ist der König Salomo Beherrscher des Geisterreichs; sein Ring verleiht Zauberkraft. – *Samum:* heißer, trockener Wüstenwind, der Sand mit sich führt. – *Sinas:* Sinais.]

Hamlet

Deutschland ist Hamlet! Ernst und stumm
In seinen Toren jede Nacht
Geht die begrabne Freiheit um
Und winkt den Männern auf der Wacht.
Dasteht die Hohe, blank bewehrt,
Und sagt dem Zaudrer, der noch zweifelt:
»Sei mir ein Rächer, zieh dein Schwert!
Man hat mir Gift ins Ohr geträufelt!«

Er horcht mit zitterndem Gebein,
Bis ihm die Wahrheit schrecklich tagt;
Von Stund an will er Rächer sein –
Ob er es wirklich endlich wagt?
Er sinnt und träumt und weiß nicht Rat;
Kein Mittel, das die Brust ihm stähle!
Zu einer frischen, mutgen Tat
Fehlt ihm die frische, mutge Seele!

Das macht, er hat zu viel gehockt;
Er lag und las zuviel im Bett.
Er wurde, weil das Blut ihm stockt,
Zu kurz von Atem und zu fett.
Er spann zuviel gelehrten Werg,
Sein bestes Tun ist eben Denken;
Er stak zu lang in Wittenberg,
Im Hörsaal oder in den Schenken.

Drum fehlt ihm die Entschlossenheit;
Kommt Zeit, kommt Rat – er stellt sich toll,
Hält Monologe lang und breit
Und bringt in Verse seinen Groll;
Stutzt ihn zur Pantomime zu,
Und fällt's ihm einmal ein zu fechten:
So muß Polonius–Kotzebue
Den Stich empfangen – statt das Rechten.

So trägt er träumerisch sein Weh,
Verhöhnt sich selber insgeheim,
Läßt sich verschicken über See
Und kehrt mit Stichelreden heim;
Verschießt ein Arsenal von Spott,
Spricht von geflickten Lumpenkön'gen –
Doch eine Tat? Behüte Gott!
Nie hatt' er eine zu beschön'gen!

Bis endlich er die Klinge packt,
Ernst zu erfüllen seinen Schwur;
Doch ach – das ist im letzten Akt,
Und streckt ihn selbst zu Boden nur!
Bei den Erschlagnen, die sein Haß
Preisgab der Schmach und dem Verderben,
Liegt er entseelt, und Fortinbras
Rückt klirrend ein, das Reich zu erben. –

Gottlob, noch sind wir nicht so weit!
Vier Akte sahn wir spielen erst!
Hab acht, Held, daß die Ähnlichkeit
Nicht auch im fünften du bewährst!
Wir hoffen früh, wir hoffen spät:
O, raff dich auf und komm zu Streiche
Und hilf entschlossen, weil es geht,
Zu ihrem Recht der flehnden Leiche!

Mach den Moment zunutze dir!
Noch ist es Zeit – drein mit dem Schwert,
Eh mit französischem Rapier
Dich schnöd vergiftet ein Laërt!
Eh rasselnd naht ein nordisch Heer,
Daß es für sich die Erbschaft nehme!
O, sieh dich vor – ich zweifle sehr,
Ob diesmal es aus Norweg käme!

Nur ein Entschluß! Auf steht die Bahn –
Tritt in die Schranken kühn und dreist!
Denk an den Schwur, den du getan,
Und räche deines Vaters Geist!
Wozu dies Grübeln für und für?
Doch – darf ich schelten, alter Träumer?
Bin ich ja selbst ein Stück von dir,
Du ewger Zauderer und Säumer!

St. Goar, April 1844.

[*»Sei mir ein Rächer«:* vgl. Shakespeares »Hamlet« I 5. – *Zu kurz von Atem:* vgl. »Hamlet« V 2. – *Polonius-Kotzebue:* Hamlet ersticht irrtümlicherweise Polonius statt den König Claudius. – August v. Kotzebue (1761 bis 1819), Diplomat und Schriftsteller, wurde als Spitzel angesehen und wegen seiner als reaktionär geltenden politischen Einstellung von dem Burschenschafter Karl Sand ermordet. – *Laërt:* vgl. »Hamlet« IV 7 und V 2. – *nordisch' Heer:* Rußland ist gemeint, dessen Zar Nikolaus I. freiheitliche Bestrebungen unterdrückte.]

Von unten auf!

Ein Dampfer kam von Biberich – stolz war die Furche, die er zog!
Er qualmt' und räderte zu Tal, daß rechts und links die Brandung flog!
Von Wimpeln und von Flaggen voll, schoß er hinab keck und erfreut:
Den König, der in Preußen herrscht, nach seiner Rheinburg trug er heut!

Die Sonne schien wie lauter Gold! Auftauchte schimmernd Stadt um Stadt!
Der Rhein war wie ein Spiegel schier, und das Verdeck war blank und glatt!
Die Dielen blitzten frisch gebohnt, und auf den schmalen her und hin
Vergnügten Auges wandelten der König und die Königin!

Nach allen Seiten schaut' umher und winkte das erhabne Paar;
Des Rheingaus Reben grüßten sie und auch dein Nußlaub, Sankt Goar!
Sie sahn zu Rhein, sie sahn zu Berg – wie war das Schifflein doch so nett!
Es ging sich auf den Dielen fast als wie auf Sanssoucis Parkett!

Doch unter all der Nettigkeit und unter all der schwimmenden Pracht,
Da frißt und flammt das Element, das sie von dannen schießen macht;
Da schafft in Ruß und Feuersglut, der dieses Glanzes Seele ist;
Da steht und schürt und ordnet er – der Proletarier–Maschinist!

Da draußen lacht und grünt die Welt, da draußen blitzt und rauscht der Rhein –
Er stiert den lieben langen Tag in seine Flammen nur hinein!
Im wollnen Hemde, halbernackt, vor seiner Esse muß er stehn,
Derweil ein König über ihm einschlürft der Berge freies Wehn!

Jetzt ist der Ofen zugekeilt, und alles geht und alles paßt;
So gönnt er auf Minuten denn sich eine kurze Sklavenrast.
Mit halbem Leibe taucht er auf aus seinem lodernden Versteck;
In seiner Falltür steht er da und überschaut sich das Verdeck.

Das glühnde Eisen in der Hand, Antlitz und Arme rot erhitzt,
Mit der gewölbten haargen Brust auf das Geländer breit gestützt –
So läßt er schweifen seinen Blick, so murrt er leis dem Fürsten zu:
»Wie mahnt dies Boot mich an den Staat! Licht auf den Höhen wandelst *du*!

Tief unten aber, in der Nacht und in der Arbeit dunkelm Schoß,
Tief unten, von der Not gespornt, da schür und schmied *ich* mir mein Los!
Nicht meines nur, auch deines, Herr! Wer hält die Räder dir im Takt,
Wenn nicht mit schwielenharter Faust der Heizer seine Eisen packt?

Du bist viel weniger ein Zeus als ich, o König, ein Titan!
Beherrsch ich nicht, auf dem du gehst, den allzeit kochenden Vulkan?
Es liegt an mir: – *ein* Ruck von mir, *ein* Schlag von mir zu dieser Frist,
Und siehe, das Gebäude stürzt, von welchem du die Spitze bist!

Der Boden birst, aufschlägt die Glut und sprengt dich krachend in die Luft!
Wir aber steigen feuerfest aufwärts ans Licht aus unsrer Gruft!
Wir sind die Kraft! Wir hämmern jung das alte morsche Ding, den Staat,
Die wir von Gottes Zorne sind bis jetzt das Proletariat!

Dann schreit ich jauchzend durch die Welt! Auf meinen Schultern, stark und breit,
Ein neuer Sankt Christophorus, trag ich den Christ der neuen Zeit!
Ich bin der Riese, der nicht wankt! Ich bin's, durch den zum Siegesfest
Über den tosenden Strom der Zeit der Heiland Geist sich tragen läßt!«

So hat in seinen krausen Bart der grollende Zyklop gemurrt;
Dann geht er wieder an sein Werk, nimmt sein Geschirr und stocht und purrt.
Die Hebel knirschen auf und ab, die Flamme strahlt ihm ins Gesicht,
Der Dampf rumort – er aber sagt: »Heut, zornig Element, noch nicht!«

Der bunte Dampfer unterdes legt vor Kapellen zischend an;
Sechsspännig fährt die Majestät den jungen Stolzenfels hinan.
Der Heizer auch blickt auf zur Burg; von seinen Flammen nur behorcht,
Lacht er: »Ei, wie man immer doch für künftige Ruinen sorgt!«

[1846]

[*Biberich:* Biebrich, jetzt Stadtteil von Wiesbaden am Rhein. – *König:* Friedrich Wilhelm IV. (1795–1861), preuß. König 1840–1858. – *Rheinburg:* Friedrich Wilhelm IV. erhielt als Kronprinz 1823 von der Stadt Koblenz die Ruine Stolzenfels (gegenüber der Lahnmündung am westl. Rheinufer) als Geschenk, die ab 1836 in neugotischem Stil ausgebaut wurde.]

Hurra, Germania!

Hurra, du stolzes, schönes Weib,
Hurra, Germania!
Wie kühn mit vorgebeugtem Leib
Am Rheine stehst du da!
Im vollen Brand der Juliglut,
Wie ziehst du risch dein Schwert!
Wie trittst du zornig frohgemut
Zum Schutz vor deinen Herd!
Hurra, hurra, hurra!
Hurra, Germania!

Du dachtest nicht an Kampf und Streit:
In Fried und Freud und Ruh
Auf deinen Feldern, weit und breit,
Die Ernte schnittest du.
Bei Sichelklang im Ährenkranz
Die Garben fuhrst du ein:
Da plötzlich, horch, ein andrer Tanz!
Das Kriegshorn überm Rhein!
Hurra, hurra, hurra!
Hurra, Germania!

Da warfst die Sichel du ins Korn,
Den Ährenkranz dazu;
Da fuhrst du auf in hellem Zorn,
Tief atmend auf im Nu;
Schlugst jauchzend in die Hände dann:
Willst du's, so mag es sein!
Auf, meine Kinder, alle Mann!
Zum Rhein! Zum Rhein! Zum Rhein!
Hurra, hurra, hurra!
Hurra, Germania!

Da rauscht das Haff, da rauscht der Belt,
Da rauscht das deutsche Meer;
Da rückt die Oder dreist ins Feld,
Die Elbe greift zur Wehr.
Neckar und Weser stürmen an,
Sogar die Flut des Mains!
Vergessen ist der alte Span:
Das deutsche Volk ist eins!
Hurra, hurra, hurra!
Hurra, Germania!

Schwaben und Preußen Hand in Hand;
Der Nord, der Süd *ein* Heer!
Was ist des Deutschen Vaterland –
Wir fragen's heut nicht mehr!
Ein Geist, *ein* Arm, *ein* einzger Leib,
Ein Wille sind wir heut!
Hurra, Germania, stolzes Weib!
Hurra, du große Zeit!
Hurra, hurra, hurra!
Hurra, Germania!

Mag kommen nun, was kommen mag:
Fest steht Germania!
Dies ist All-Deutschlands Ehrentag:
Nun weh dir, Gallia!
Weh, daß ein Räuber dir das Schwert
Frech in die Hand gedrückt!
Fluch ihm! Und nun für Heim und Herd
Das deutsche Schwert gezückt!
Hurra, hurra, hurra!
Hurra, Germania!

Für Heim und Herd, für Weib und Kind,
Für jedes teure Gut,
Dem wir bestellt zu Hütern sind
Vor fremdem Frevelmut!
Für deutsches Recht, für deutsches Wort,
Für deutsche Sitt und Art –
Für jeden heilgen deutschen Hort,
Hurra, zur Kriegesfahrt!
Hurra, hurra, hurra!
Hurra, Germania!

Auf, Deutschland, auf, und Gott mit dir!
Ins Feld! Der Würfel klirrt!
Wohl schnürt's die Brust uns, denken wir
Des Bluts, das fließen wird!
Dennoch das Auge kühn empor!
Denn siegen wirst du ja:
Groß, herrlich, frei, wie nie zuvor!
Hurra, Germania!
Hurra, Viktoria!
Hurra, Germania!

(25. 7. 1870)

[Im Juli 1870 war der Deutsch-Französische Krieg ausgebrochen. Frankreich hatte nach der von Bismarck lancierten ‚Emser Depesche' (13. 7. 1870) am 19. 7. 1870 Preußen den Krieg erklärt.]

FRANZ VON DINGELSTEDT

1814–1881

Aus: *Nachtwächters Stilleben*

Weib, gib mir Deckel, Spieß und Mantel,
Der Dienst geht los, ich muß hinaus.
Noch einen Schluck . . . Adies Mariandel!
Ich hüt die Stadt, hüt du das Haus!
Nun schrei ich wieder wie besessen,
Was sie nicht zu verstehen wagen
Und was sie alle Tag vergessen:
Uht! Hört, ihr Herrn, und laßt euch sagen!

Schnarcht ruhig fort in euren Nestern
Und habt auf mein Gekreisch nicht acht!
Die Welt ist akkurat wie gestern,
Die Nacht so schwarz wie alle Nacht.
Auch welche Zeit, will niemand wissen,
's gibt keine Zeit in unsren Tagen,
Duckt euch nur in die warmen Kissen,
Die Glocke die hat nichts geschlagen!

Laß keiner sich im Schlaf berücken
Vom (*vulgo* Zeitgeist) Antichrist,
Und sollte wen ein Älplein drücken,
Dankt Gott, daß es nichts Ärgres ist.
Das Murren, Meistern, Zerr'n und Zanken,
Das Träumen tut es freilich nicht,
Drum schluckt sie runter, die Gedanken,
Bewahrt das Feuer und das Licht!

Auch wackelt nicht im bösen Willen
An eurem Bett und räkelt nicht,
Die Zipfelmütze zieht im stillen
Zufrieden übers Angesicht.
Der Hund im Stall, der Mann beim Weibe,
Die Magd beim Knecht, wie Recht und Pflicht,
So ruht und rührt euch nicht beileibe,
Auf daß der Stadt kein Schad geschicht!

Und wann die Nacht wie alle Nächte
Vollendet hat den trägen Lauf,
Dann steigt, doch stets zuerst das rechte
Bein aus den Federn, sittsam auf!
Labt euch an dem Zichorientranke
Und tretet eure Mühlen gern,
Freut euch des Lebens voller Danke
Und lobt, nächst Gott, den Landesherrn!

[1842]

[*vulgo:* allgemein gesagt, normalerweise. – *Zichorientrank:* Kaffee-Ersatz.]

ANASTASIUS GRÜN

1806–1876

Spaziergänge

Aus der dumpfen Siechenstube nach den frischen grünen Hainen
Läßt der Kranke gern sich leiten von den liebevollen Seinen,
Daß er dort ins Gras sich lagre, Kraft und neuen Glanz sein Auge,
Seine Seele Mut und Hoffnung aus dem Grün der Wiesen sauge.

Aus dem Finstern an die Sonne wird geführt der arme Blinde,
Ach, daß nur ein Funke Lichtes Zugang in sein Dunkel finde!
Die versiegten Augenhöhlen glühen dann gleich Flammenbronnen,
Wie zwei runde Purpurrosen, wie zwei große rote Sonnen.

Wenn der Wächter dem Gefangnen einen Festtag will bereiten,
Aus dem Kerker auf ein Stündchen läßt er an die Luft ihn schreiten,
Daß er seh, wie sie der Freiheit auf der Welt viel Raum noch gönnen,
Da die Wolken frei noch segeln, frei die Vögel singen können!

Also bin auch ich gestiegen auf der Hügel sonnge Rücken,
Wenn's wie Nacht der Blindheit unten dunkelte vor meinen Blicken,
Also sucht ich freie Bergluft, wenn ich Kerkerluft gewittert,
Und das Grün, der Hoffnung Farbe, wenn mein Herz krank und zersplittert.

In der Stadt, darin ich wohne, gibt's viel Klöster und Kasernen,
Riesge Aktenarsenale, Dome ragend zu den Sternen,
Und dazwischen kleine Männlein, rufend im Triumphestone:
Seht, wir sind die Weltregierer, wir mit Kanon und Kanone!

So geschieht's denn, daß die Glocken brüllen allzu grell bisweilen,
Daß zu stark die einen trommeln und zu laut die andern heulen,
Daß der Dampf der Weihrauchfässer allzu dick die Luft verhülle;
O dann such ich auf den Bergen Licht und frische Luft und Stille.

So läßt vieles leicht sich tragen, was zu Boden könnte pressen,
Wenn man nur für gute Sohlen nicht zu sorgen hat vergessen,
Wenn der Lenker der Gestirne mir des Herzens schlicht Begehren,
Nur das wenge, drum ich flehe, wie bisher, noch will gewähren:

Daß er fest und aufrecht wandeln, nicht am Krückenstab mich humpeln,
Daß er nicht die schönen Berge übern Haufen lasse rumpeln,
Daß er seines Schöpferodems einen Hauch fortan mir borge,
Und ein bißchen frische Bergluft, Sonnenschein und Grün besorge.

LOUISE ASTON

1814–1871

Ein heil'ges Fest

O dieser Tag der höchsten Feier,
Der mir das Herz im Busen bricht;
Der höhnend durch der Zukunft Schleier
Mir zeigt des Schmerzes Angesicht!
Ein Schmerz, der nicht in leichtem Beben,
In flüchtigem Vorüberschweben
Die schwarze Trauerfahne trägt –
Nein, der ein ganzes, reiches Leben
Mit schonungsloser Hand zerschlägt!

Nicht ahnt's der Kranz in meinen Locken,
Daß ich dem Tode angetraut;
Nicht ahnen es die Kirchenglocken,
Zu läuten einer Grabesbraut! –
Umsonst mit euern milden Tönen
Wollt ihr dem Leben mich versöhnen;
Mich lockt kein festlich heitrer Klang!
Nur meinen Schmerz kann er verhöhnen;
Nur feiern meinen Untergang!

Verkauft ein ganzes reiches Leben,
Das seines Werts sich kaum bewußt,
Mit Träumen, die das Herz durchbeben
In wilder, ahnungsvoller Lust!
Ein glühend Schwelgen, süßes Bangen,
Ein fiebrisch zitterndes Verlangen,
Das um das Glück gebietrisch fleht,
Bis von dem kalten Tod umfangen
Das Leben und der Traum verweht!

Du Herr der Welt, du Lebenswürger,
O falsches, gleißendes Metall!
Verlockst du selbst des Himmels Bürger,
Den stolzen *Geist*, zum Sündenfall?
Die sich nach ew'gen Himmeln sehnen,
Die kühn sich unvergänglich wähnen,
Verkaufen dir ein ew'ges Sein.
Der Priester segnet Schmerz und Tränen,
Er segnet selbst den Meineid ein!

Erlöscht, ihr Kerzen am Altare!
Erlöscht wie meiner Seele Licht!
Das Brautbett wird zur Totenbahre,
Um die man Grabeskränze flicht.
Es tritt auf allen meinen Wegen
Verzweiflung spottend mir entgegen,
Mit irrem Blick, mit wildem Haar;
Verzweiflung sprach den Hochzeitsegen,
Sprach ihren Fluch am Traualtar!

Fluch diesem Tage höchster Feier,
Der mir das Herz im Busen bricht!
Der höhnend durch der Zukunft Schleier
Mir zeigt des Schmerzes Angesicht!
Ein Schmerz, der nicht in leichtem Beben,
In flüchtigem Vorüberschweben
Die schwarze Trauerfahne trägt –
Nein, der ein ganzes, reiches Leben
Mit schonungsloser Hand zerschlägt!

[1846]

LOUISE OTTO-PETERS

1819–1895

Klöpplerinnen

Seht Ihr sie sitzen am Klöppelkissen,
Die Wangen bleich und die Augen rot!
Sie mühen sich ab für einen Bissen,
Für einen Bissen schwarzes Brot!

Großmutter hat sich die Augen erblindet,
Sie wartet, bis sie der Tod befreit –
Im stillen Gebet sie die Hände windet:
Gott schütz' uns in der schweren Zeit.

Die Kinder regen die kleinen Hände,
Die Klöppel fliegen hinab, hinauf,
Der Müh' und Sorge kein Ende, kein Ende!
Das ist ihr künftiger Lebenslauf.

Die Jungfrauen all, daß Gott sich erbarme,
Sie ahnen nimmer der Jugend Lust –
Das Elend schließt sie in seine Arme,
Der Mangel schmiegt sich an ihre Brust.

Seht Ihr sie sitzen am Klöppelkissen,
Seht Ihr die Spitzen, die sie gewebt:
Ihr Reichen, Großen – hat das Gewissen
Euch nie in der innersten Seele gebebt?

Ihr schwelgt und prasset, wo sie verderben,
Genießt das Leben in Saus und Braus,
Indessen sie vor Hunger sterben,
Gott dankend, daß die Qual nun aus!

Seht Ihr sie sitzen am Klöppelkissen
Und redet noch schön von Gottvertraun?
Ihr habt es aus ihrer Seele gerissen,
Weil sie Euch selber gottlos schaun!

Seht Ihr sie sitzen am Klöppelkissen
Und fühlt kein Erbarmen in solcher Zeit,
Dann werde Euer Sterbekissen
Der Armut Fluch und all ihr Leid!

GEORG HERWEGH

1817–1875

Aus: *Strophen aus der Fremde*

II

Ich möchte hingehn wie das Abendrot
Und wie der Tag in seinen letzten Gluten –
O leichter, sanfter, ungefühlter Tod! –
Mich in den Schoß des Ewigen verbluten.

Ich möchte hingehn wie der heitre Stern,
Im vollsten Glanz, in ungeschwächtem Blinken;
So stille und so schmerzlos möchte gern
Ich in des Himmels blaue Tiefen sinken.

Ich möchte hingehn wie der Blume Duft,
Der freudig sich dem schönen Kelch entringet
Und auf dem Fittich blütenschwangrer Luft
Als Weihrauch auf des Herren Altar schwinget.

Ich möchte hingehn wie der Tau im Tal,
Wenn durstig ihm des Morgens Feuer winken;
O wollte Gott, wie ihn der Sonnenstrahl,
Auch meine lebensmüde Seele trinken!

Ich möchte hingehn wie der bange Ton,
Der aus den Saiten einer Harfe dringet,
Und, kaum dem irdischen Metall entflohn,
Ein Wohllaut in des Schöpfers Brust erklinget.

Du wirst nicht hingehn wie das Abendrot,
Du wirst nicht stille wie der Stern versinken,
Du stirbst nicht einer Blume leichten Tod,
Kein Morgenstrahl wird deine Seele trinken.

Wohl wirst du hingehn, hingehn ohne Spur,
Doch wird das Elend deine Kraft erst schwächen;
Sanft stirbt es einzig sich in der Natur,
Das arme Menschenherz muß stückweis brechen.

Aufruf

Reißt die Kreuze aus der Erden!
Alle sollen Schwerter werden,
Gott im Himmel wird's verzeihn.
Laßt, o laßt das Verseschweißen!
Auf den Amboß legt das Eisen!
Heiland soll das Eisen sein.

Eure Tannen, eure Eichen –
Habt die grünen Fragezeichen
Deutscher Freiheit ihr gewahrt?
Nein, sie soll nicht untergehen!
Doch ihr fröhlich Auferstehen
Kostet eine Höllenfahrt.

Deutsche, glaubet euren Sehern,
Unsre Tage werden ehern,
Unsre Zukunft klirrt in Erz;
Schwarzer Tod ist unser Sold nur,
Unser Gold ein Abendgold nur,
Unser Rot ein blutend Herz!

Reißt die Kreuze aus der Erden!
Alle sollen Schwerter werden,
Gott im Himmel wird's verzeihn.
Hört er unsre Feuer brausen
Und sein heilig Eisen sausen,
Spricht er wohl den Segen drein.

Vor der Freiheit sei kein Frieden,
Sei dem Mann kein Weib beschieden
Und kein golden Korn dem Feld;
Vor der Freiheit, vor dem Siege
Seh kein Säugling aus der Wiege
Frohen Blickes in die Welt!

In den Städten sei nur Trauern,
Bis die Freiheit von den Mauern
Schwingt die Fahnen in das Land;
Bis du, Rhein, durch *freie* Bogen
Donnerst, laß die letzten Wogen
Fluchend knirschen in den Sand.

Reißt die Kreuze aus der Erden!
Alle sollen Schwerter werden,
Gott im Himmel wird's verzeihn.
Gen Tyrannen und Philister!
Auch das Schwert hat seine Priester,
Und wir wollen Priester sein!

(1841)

[*Rhein:* Eine forcierte Außenpolitik Frankreichs beanspruchte 1840 den Rhein als französische Ostgrenze. Daraufhin große Erregung in deutschen Gebieten. Nikolaus Beckers Lied »Sie sollen ihn nicht haben, den freien deutschen Rhein« wurde rasch populär.]

Wiegenlied

Schlafe, was willst du mehr?
Goethe

Deutschland – auf weichem Pfühle
Mach dir den Kopf nicht schwer!
Im irdischen Gewühle
Schlafe, was willst du mehr?

Laß jede Freiheit dir rauben,
Setze dich nicht zur Wehr,
Du behältst ja den christlichen Glauben:
Schlafe, was willst du mehr?

Und ob man dir alles verböte,
Doch gräme dich nicht zu sehr,
Du hast ja Schiller und Goethe:
Schlafe, was willst du mehr?

Dein König beschützt die Kamele
Und macht sie pensionär,
Dreihundert Taler die Seele:
Schlafe, was willst du mehr?

Es fechten dreihundert *Blätter*
Im Schatten, ein Sparterheer;
Und täglich erfährst du das Wetter:
Schlafe, was willst du mehr?

Kein Kind läuft ohne Höschen
Am Rhein, dem freien, umher.
Mein Deutschland, mein Dornröschen,
Schlafe, was willst du mehr? –

[1843]

[Motto: Goethe, »Nachtgesang«. – *ohne Höschen:* vgl. Sansculotten.]

Den Deutschen

Eine Vision

Ich hatt ein seltsam Traumgesicht:
Da saß Gott Vater zu Gericht
Und rief jedwede Nation
Herbei vor seinen Sternenthron.

Die Völker kamen in dichten Haufen,
Just wie sie waren, angelaufen:
Die Briten, Russen und Franzosen,
Die letzten, wie immer, ohne Hosen;

Selbst China und die Mongolei,
Auch ein Stück Polen war dabei.
Und als der Herr die Völker zählte –
Ei, sieh! das Deutsche Reich noch fehlte.

»Wo bleiben denn meine Deutschen wieder?
Recken sie noch die faulen Glieder?
Sie könnten, seit ich sie begraben,
Doch endlich ausgeschlafen haben!«

Drauf hieß er 'nen Engel zur Erde springen,
Die Siebenschläfer heraufzubringen.
Der Engel lief in Deutschland herum,
War alles still, war alles stumm.

»Ihr Deutschen, wollt ihr nicht aufstahn?
Die Ewigkeit geht eben an!«
Der Engel blies in lichtem Zorn,
Wie toll, in sein himmlisch Jägerhorn;

Doch eh sich die Deutschen zusammengefunden,
War längst der Jüngste Tag verschwunden,
Hatt alles seinen Lohn empfangen –
Den Deutschen ist Himmel und Höll entgangen!

[*ohne Hosen:* vgl. Sansculotten.]

Bundeslied für den Allgemeinen Deutschen Arbeiterverein

1863

You are many, they are few.
(Eurer sind viele, ihrer sind wenige.)

Bet und arbeit! ruft die Welt,
Bete kurz! denn Zeit ist Geld.
An die Türe pocht die Not –
Bete kurz! denn Zeit ist Brot.

Und du ackerst, und du säst,
Und du nietest, und du nähst,
Und du hämmerst, und du spinnst –
Sag, o Volk, was du gewinnst!

Wirkst am Webstuhl Tag und Nacht,
Schürfst im Erz- und Kohlenschacht,
Füllst des Überflusses Horn,
Füllst es hoch mit Wein und Korn –

Doch wo ist *dein* Mahl bereit?
Doch wo ist *dein* Feierkleid?
Doch wo ist *dein* warmer Herd?
Doch wo ist *dein* scharfes Schwert?

Alles ist dein Werk! o sprich,
Alles, aber nichts für dich!
Und von allem nur allein,
Die du schmiedst, die Kette, dein?

Kette, die den Leib umstrickt,
Die dem Geist die Flügel knickt,
Die am Fuß des Kindes schon
Klirrt – o Volk, das ist dein Lohn.

Was ihr hebt ans Sonnenlicht,
Schätze sind es für den Wicht;
Was ihr webt, es ist der Fluch
Für euch selbst – ins bunte Tuch.

Was ihr baut, kein schützend Dach
Hat's für euch und kein Gemach;
Was ihr kleidet und beschuht,
Tritt auf euch voll Übermut.

Menschenbienen, die Natur,
Gab sie euch den Honig nur?
Seht die Drohnen um euch her!
Habt ihr keinen Stachel mehr?

Mann der Arbeit, aufgewacht!
Und erkenne deine Macht!
Alle Räder stehen still,
Wenn dein starker Arm es will.

Deiner Dränger Schar erblaßt,
Wenn du, müde deiner Last,
In die Ecke lehnst den Pflug,
Wenn du rufst: Es ist genug!

Brecht das Doppeljoch entzwei!
Brecht die Not der Sklaverei!
Brecht die Sklaverei der Not!
Brot ist Freiheit, Freiheit Brot!

[*Allgemeiner Deutscher Arbeiterverein:* am 23. 5. 1863 in Leipzig gegründet; Vorsitzender: Ferdinand Lassalle (1825–1864).]

LUDWIG PFAU

1821–1894

Herr Biedermeier

Mitglied der »besitzenden und gebildeten Klasse«

Schaut, dort spaziert Herr Biedermeier
Und seine Frau, den Sohn am Arm;
Sein Tritt ist sachte wie auf Eier,
Sein Wahlspruch: Weder kalt noch warm.
Das ist ein Bürger hochgeachtet,
Der geistlich spricht und weltlich trachtet;
Er wohnt in jenem schönen Haus
Und – leiht sein Geld auf Wucher aus.

Gemäßigt stimmt er bei den Wahlen,
Denn er mißbilligt allen Streit;
Obwohl kein Freund vom Steuerzahlen,
Verehrt er sehr die Obrigkeit.
Aufs Rathaus und vor Amt gerufen,
Zieht er den Hut schon auf den Stufen;
Dann aber geht er stolz nach Haus
Und – leiht sein Geld auf Wucher aus.

Am Sonntag in der Kirche fehlen,
Das wäre gegen Christenpflicht;
Da holt er Labung seiner Seelen –
Und schlummert, wenn der Pfarrer spricht.
Das führt ihn lieblich bis zum Segen,
Den nimmt der Wackre fromm entgegen.
Dann geht er ganz erbaut nach Haus.
Und – leiht sein Geld auf Wucher aus.

Ach! Wandrer, die gen Westen streben!
Wie rühret ihre Not sein Herz!
Wohl sieht er sammeln, doch zu geben
Vergißt er ganz in seinem Schmerz.
»Ihr Schicksal ruht in Gottes Händen!«
Spricht er – dann geht er auszupfänden,
Nimmt einem Schuldner Hof und Haus
Und – leiht sein Geld auf Wucher aus.

Den einzgen, hoffnungsvollen Sprossen –
Denn mehr, das wäre Überfluß –,
Den hält er klösterlich verschlossen:
Die Sünde stammt ja vom Genuß.
Die Mutter führt ihr Küchlein sittig
Wie eine Henne unterm Fittich;
Sie sorgt für strenge Zucht im Haus
Und – leiht ihr Geld auf Wucher aus.

O edles Haus! O feine Sitten!
Wo jedes Gift im Keim erstickt,
Wo nur gepflegt wird und gelitten,
Was gern sich duckt und wohl sich schickt.
O wahre Bildung ohne Spitzen!
Nur der Besitz kann dich besitzen –
Anstand muß sein in Staat und Haus,
Sonst – geht dem Geld der Wucher aus.

[1847]

GEORG WEERTH

1822–1856

Die Industrie

Vor ihm sind tausend Jahre wie der Tag,
Der gestern schied mit feierlichem Prangen;
Denn was der Sturm der Zeiten auch zerbrach –
Ihm ist er machtlos nur vorbeigegangen,
Ihm nur, der Menschheit wundervollem Geist,
Den ewig seine eigne Schöne preist,
Der frei entwandelt jeglicher Vernichtung,
Der leuchtend zieht die eigne Bahn und Richtung!

Er wohnte an des Indus heil'ger Flut,
Er stürmte durch der Griechen grüne Felder,
Er strahlt' und blühte in ital'scher Glut
Und sang sein Lied im Dunkel deutscher Wälder.
Er schwebte durch der Meere wüsten Schwall,
Und in des Niagara Donnerfall
Erscholl sein Ruf: »Wie auch die Jahre schreiten:
Ich bin derselbe wie zu alten Zeiten!«

Wohl hat er als das Höchste sich bewährt,
Der Mensch, der kühn die Elemente bändigt,
Der rastlos fort und weiter nur begehrt,
Des Streben nie mit einem Abend endigt,
Dem der Gestirne Wandel so bekannt
Wie seiner Heimat blumenreiches Land,
Dem täglich neue Welten sich erschließen
Zu neuer Tat, zu schönerem Genießen!

Erfindrisch greift er in die Gegenwart:
Da keimt es auf zu schimmernder Gestaltung!
Was ein Jahrhundert ahnungsvoll erharrt,
Es ward, es ist in herrlicher Entfaltung! –
O Toren, die dem Leben ihr entrückt,
Euch stets an alten Wundern nur entzückt;
Die Wunder, so der Gegenwart entsprossen,
Sind groß wie die der Tage, so verflossen! –

Es ging der Mensch durch grüner Wälder Pracht,
Und prüfend wählte er die Riesenfichte;
Er wand das Eisen aus der Berge Schacht
Und trug's empor zum frohen Sonnenlichte.
Drauf, in der Schiffe flutbespültem Raum,
Fuhr er frohlockend zu dem Küstensaum
Entfernter Völker, transatlant'schem Strande
Die Kunde bringend europä'scher Lande.

Und in der Städte dampfumhülltem Schoß,
Wie rast die Flamme wild aus tausend Essen!
In reinen Formen windet es sich los,
Was ungebildet die Natur besessen. –
O wär's dem sel'gen Gotte doch erlaubt,
Aufs neu zu heben sein ambrosisch Haupt:
Hephaistos, säh den Dampf die Bahn er wallen,
Dem Menschen staunend, würd er niederfallen!

Nicht braucht's der Morgenröte Flügel mehr,
Um sich zu betten in den letzten Zonen:
Die eigne Kunst trägt brausend uns einher
Weit durch den großen Garten der Nationen!
Entgegen eilt, was Strom und See getrennt,
Und rings in Millionen Augen brennt
Hell das Bewußtsein, daß die Nacht entschwunden,
Der Mensch den Menschen wieder hat gefunden!

So donnert laut das Ringen unsrer Zeit,
Die Industrie ist Göttin unsren Tagen!
Zwar noch erscheint's, sie halte starr gefeit
Mit Basiliskenblick der Herzen Schlagen;
Denn düster sitzt sie auf dem finstern Thron,
Und geißelnd treibt zu unerhörter Fron,
Tief auf der Stirn des Unheils grausen Stempel,
Den Armen sie zu ihrem kalten Tempel!

Und Menschen opfernd steht sie wieder da,
Des Irrtums unersättliche Begierde;
Weinend verhüllt sein Haupt der Paria,
Indes der andre strahlt in güldner Zierde:
Doch Tränen fließen jedem großen Krieg,
Es führt die Not nur zu gewisserm Sieg!
Und wer sie schmieden lernte, Schwert und Ketten,
Kann mit dem Schwert aus Ketten sich erretten!

Was er verlieh, des Menschen hehrer Geist,
Nicht einem – allen wird es angehören!
Und wie die letzte Kette klirrend reißt
Und wie die letzten Arme sich empören:
Verwandelt steht die dunkle Göttin da –
Beglückt, erfreut ist alles, was ihr nah!
Der Arbeit Not, die niemand lindern wollte,
Sie war's, die selbst den Fels beiseite rollte!

Dann ist's vollbracht! Und in das große Buch,
Das tönend der Geschichte Wunder kündet,
Schreibt man: »Daß jetzt der Mensch sich selbst genug,
Da sich der Mensch am Menschen nur entzündet.«
Frei rauscht der Rede lang gedämpfter Klang,
Frei auf der Erde geht des Menschen Gang!
Und die Natur mit zaubervollem Kusse
Lockt die Lebend'gen fröhlich zum Genusse!

[1845]

[*gefeit:* sicher, geschützt. – *Basiliskenblick:* böser, stechender Blick.]

*Die hundert Männer von Haswell**

Die hundert Männer von Haswell,
Die starben an einem Tag;
Die starben zu einer Stunde;
Die starben auf einen Schlag.

Und als sie still begraben,
Da kamen wohl hundert Fraun;
Wohl hundert Fraun von Haswell,
Gar kläglich anzuschaun.

Sie kamen mit ihren Kindern,
Sie kamen mit Tochter und Sohn:
»Du reicher Herr von Haswell,
Nun gib uns unsern Lohn!«

Der reiche Herr von Haswell,
Der stand nicht lange an;
Er zahlte wohl den Wochenlohn
Für jeden gestorbnen Mann.

Und als der Lohn bezahlet,
Da schloß er die Kiste zu.
Die eisernen Riegel klangen,
Die Weiber weinten dazu.

* In den Kohlengruben zu Haswell kamen im September v. J. hundert Menschen ums Leben. – Das Verdikt lautete: »Visitation of God«. Man versicherte aber, es sei dies Unglück durch die Nachlässigkeit der Grubenbesitzer entstanden.

[1845]

Das Hungerlied

Verehrter Herr und König,
Weißt du die schlimme Geschicht?
Am Montag aßen wir wenig,
Und am Dienstag aßen wir nicht.

Und am Mittwoch mußten wir darben
Und am Donnerstag litten wir Not;
Und ach, am Freitag starben
Wir fast den Hungertod!

Drum laß am Samstag backen
Das Brot, fein säuberlich –
Sonst werden wir sonntags packen
Und fressen, o König, dich!

KARL HEINRICH SCHNAUFFER

1823–1854

Schwarz-Rot-Gold

Schwarz, Rot und Gold, das sind die Farben,
Die stolz der deutsche Bürger trägt;
Schwarz, Rot und Gold, das sind die Farben,
Für die er sich im Kampfe schlägt.

Das Schwarz, das ist die Warnung denen,
Die Deutschlands Freiheit noch bedrohn.
Das Rot, das ist das Blut von jenen,
Die für die Freiheit fielen schon.

Das Gold, das ist der Freiheit Segen,
Wenn Männer ihre Pflicht getan,
Drum schlagt auf Wegen und auf Stegen
Die heiligen drei Farben an.

Schwarz, Rot und Gold, das sind die Farben,
Drauf stolz das deutsche Auge sieht;
Schwarz, Rot und Gold – das sind die Garben,
Darin die Ernte Deutschlands blüht!

[1847]

AUGUST HEINRICH HOFFMANN (VON FALLERSLEBEN)

1798–1874

Sehnsucht nach dem Frühling

O, wie ist es kalt geworden
Und so traurig, öd und leer?
Rauhe Winde wehn von Norden,
Und die Sonne scheint nicht mehr.

Auf die Berge möcht ich fliegen,
Möchte sehn ein grünes Tal,
Möcht in Gras und Blumen liegen
Und mich freun am Sonnenstrahl;

Möchte hören die Schalmeien
Und der Herden Glockenklang,
Möchte freuen mich im Freien
An der Vögel süßem Sang.

Schöner Frühling, komm doch wieder,
Lieber Frühling, komm doch bald,
Bring uns Blumen, Laub und Lieder,
Schmücke wieder Feld und Wald!

Ja, du bist uns treu geblieben,
Kommst nun bald in Pracht und Glanz,
Bringst nun bald all deinen Lieben
Sang und Freude, Spiel und Tanz.

Die wilden Gänse

Ihr wilden Gänse habt es gut,
Ihr ziehet frei und wohlgemut
Von einem Strand zum andern Strand
Durchs ganze liebe deutsche Land.

Uns zahmen Menschen geht's nicht so:
Wir reisten gern auch frei und froh
Ununtersucht und unbekannt
Durchs ganze liebe deutsche Land.

Kaum sind wir aber fort von Haus,
So muß auch schon der Paß heraus.
Wir werden niemals sorgenfrei
Vor lauter Maut und Polizei.

O daß doch einer es erdenkt,
Wie man den Luftball sicher lenkt!
Hier hört nicht auf die Hudelei –
Nur in den Lüften sind wir frei.

[1840]

[*Luftball:* Ballon; damals die Montgolfiere, ein Heißluftballon. – *Hudelei:* Lumperei, Schludrigkeit.]

Schlafe! was willst du mehr?

Wo sind noch Würm' und Drachen,
Riesen mit Schwert und Speer?
Was kannst du weiter machen?
Schlafe! was willst du mehr?

Du hast genug gelitten
Qualen in Kampf und Strauß;
Du hast genug gestritten –
Schlafe, mein Volk, schlaf aus!

Wo sind noch Würm' und Drachen,
Riesen mit Schwert und Speer?
Die Volksvertreter wachen:
Schlafe! was willst du mehr?

[1840]

[*Schlafe ...*: vgl. Goethe, »Nachtgesang«.]

Das Lied der Deutschen

Helgoland 26. August 1841

Deutschland, Deutschland über alles,
Über alles in der Welt,
Wenn es stets zu Schutz und Trutze
Brüderlich zusammenhält,
Von der Maas bis an die Memel,
Von der Etsch bis an den Belt –
Deutschland, Deutschland über alles,
Über alles in der Welt!

Deutsche Frauen, deutsche Treue,
Deutscher Wein und deutscher Sang
Sollen in der Welt behalten
Ihren alten schönen Klang,
Uns zu edler Tat begeistern
Unser ganzes Leben lang –
Deutsche Frauen, deutsche Treue,
Deutscher Wein und deutscher Sang!

Einigkeit und Recht und Freiheit
Für das deutsche Vaterland!
Danach laßt uns alle streben
Brüderlich mit Herz und Hand!
Einigkeit und Recht und Freiheit
Sind des Glückes Unterpfand –
Blüh im Glanze dieses Glückes,
Blühe, deutsches Vaterland!

[1841]

Michel-Enthusiast

Es wächst der Mensch
mit seinen höhern Zwecken.
Schiller

Es reist so mancher Philister
Ins Land Italia,
Auf daß er nachher sich rühme:
Auf Ehr, auch ich war da!

Zwar hat er des Ärgers nicht wenig
Und manchen großen Verdruß,
Und teuer muß er erkaufen
Den hochgepriesnen Genuß.

Doch nur ein deutscher Philister,
Der achtet nicht Hitz und Durst,
Nicht Maut und Paßbeschwernis,
Es ist ihm alles Wurst.

Trotz glühendem Scirocco,
Trotz drückendem Sonnenschein
Spaziert er zu allen Ruinen,
Zu allen Villen hinein.

Er geht in alle Kirchen,
In alle Galerien
Und läßt sich vom Servidore
Wie ein Bär am Seile ziehn.

Noch spät am Abend besteigt er
Ganz müde die steilsten Höhn
Und spricht, vom Schweiße triefend:
Italien ist doch schön!

[1845]

Gründers Mittagslied

Ich bin ein Gründer, froh und frisch,
Schon heute setz ich mich zu Tisch,
Als dürft ich weiter mich nicht quälen,
Als meine Zinsen nur zu zählen.

Gottlob, ich weiß mir selber Rat,
Nichts soll mich kümmern, Stadt noch Staat:
Dem Gründerleben treu ergeben,
Verschaff ich mir ein würdig Leben.

Was gehet *das* Verdienst mich an?
Nur *der* Verdienst ist noch mein Mann:
Ich will mir flechten selbst zum Lohne
Aus Aktien eine Bürgerkrone.

[E: 1872; D: 1891]

[*Gründer:* Als Gründerjahre werden die Jahre von etwa 1871–1873 bezeichnet, in denen, hervorgerufen durch die Milliardenzahlungen der franz. Reparationsleistungen nach dem Deutsch-Französischen Krieg von 1870/1871, ein gewaltiger wirtschaftlicher Aufschwung im Deutschen Reich erfolgte.]

ADOLF GLASSBRENNER

1810–1876

Die Sklavenemanzipation

Lob und Heil, ihr großen Mächte,
Jubelnd euch gesungen sei,
Daß ihr ehrtet Menschenrechte
Und die Sklaven machtet frei!

Und warum sie's nicht schon waren
Lange, das ist einerlei!
Jetzt, nach wengen hundert Jahren,
Sind die schwarzen Sklaven frei.

O wie glücklich ist's auf Erden!
Völker, singt juchhei, juchhei!
Wenn's die weißen nun noch werden,
Dann sind alle Sklaven frei!

Das Märchen vom Reichtum und der Not

's war einmal Bruder und Schwester:
Der Reichtum und die Not;
Er schwelgte in tausend Genüssen,
Sie hatte kaum trocken Brot.

Die Schwester diente beim Bruder
Viel hundert Jahre lang;
Ihn rührt' es nicht, wenn sie weinte,
Noch, wenn sie ihr Leiden besang.

Er fluchte und trat sie mit Füßen;
Er schlug ihr ins sanfte Gesicht;
Sie fiel auf die Erde und flehte:
Hilfst du, o Gott, mir nicht?

Wie wird das Lied wohl enden?
Das ist ein traurig Lied!
Ich will's nicht weiterhören,
Wenn nichts für die Schwester geschieht!

Das ist das Ende vom Liede,
Vom Reichtum und der Not:
An einem schönen Morgen
Schlug sie ihren Bruder tot.

[1844]

1–10

An Deutschlands bald'ger 1heit
Da 2fle ich noch sehr,
Ick jebe keenen 3er
4 diese Hoffnung her.
5 Nationalitäten
Sind, wo 6 Deutsche stehn,
Die alle abzu7,
Gebt 8, det wird nich jehn:
Viel sind dem 9 noch abhold
Vom Scheitel bis zum 10.

[1849]

FRIEDRICH HEBBEL

1813–1863

Nachtlied

Quellende, schwellende Nacht,
Voll von Lichtern und Sternen;
In den ewigen Fernen,
Sage, was ist da erwacht!

Herz in der Brust wird beengt,
Steigendes, neigendes Leben,
Riesenhaft fühle ichs weben,
Welches das meine verdrängt.

Schlaf, da nahst du dich leis,
Wie dem Kinde die Amme,
Und um die dürftige Flamme
Ziehst du den schützenden Kreis.

[1842]

Abendgefühl

Friedlich bekämpfen
Nacht sich und Tag.
Wie das zu dämpfen,
Wie das zu lösen vermag!

Der mich bedrückte,
Schläfst du schon, Schmerz?
Was mich beglückte,
Sage, was wars doch, mein Herz?

Freude, wie Kummer,
Fühl ich, zerrann,
Aber den Schlummer
Führten sie leise heran.

Und im Entschweben,
Immer empor,
Kommt mir das Leben
Ganz wie ein Schlummerlied vor.

Sie sehn sich nicht wieder

Von dunkelnden Wogen
Hinunter gezogen,
Zwei schimmernde Schwäne, sie schiffen daher,
Die Winde, sie schwellen
Allmählich die Wellen,
Die Nebel, sie senken sich finster und schwer.

Die Schwäne, sie meiden
Einander und leiden,
Nun tun sie es nicht mehr, sie können die Glut
Nicht länger verschließen,
Sie wollen genießen,
Verhüllt von den Nebeln, gewiegt von der Flut.

Sie schmeicheln, sie kosen,
Sie trotzen dem Tosen
  Der Wellen, die zweie in eines verschränkt,
Wie die sich auch bäumen,
Sie glühen und träumen,
  In Liebe und Wonne zum Sterben versenkt.

Nach innigem Gatten
Ein süßes Ermatten,
  Da trennt sie die Woge, bevor sies gedacht.
Laßt ruhn das Gefieder!
Ihr seht euch nicht wieder,
  Der Tag ist vorüber, es dämmert die Nacht.

Aus: *Dem Schmerz sein Recht*

4

Schlafen, schlafen, nichts als schlafen!
  Kein Erwachen, keinen Traum!
Jener Wehen, die mich trafen,
  Leisestes Erinnern kaum,
Daß ich, wenn des Lebens Fülle
  Nieder klingt in meine Ruh!
Nur noch tiefer mich verhülle,
  Fester zu die Augen tu!

Requiem

Seele, vergiß sie nicht,
Seele, vergiß nicht die Toten!

Sieh, sie umschweben dich,
Schauernd, verlassen,
Und in den heiligen Gluten,
Die den Armen die Liebe schürt,
Atmen sie auf und erwarmen
Und genießen zum letztenmal
Ihr verglimmendes Leben.

Seele, vergiß sie nicht,
Seele, vergiß nicht die Toten!

Sieh, sie umschweben dich,
Schauernd, verlassen,
Und wenn du dich erkaltend
Ihnen verschließest, erstarren sie
Bis hinein in das Tiefste.
Dann ergreift sie der Sturm der Nacht,
Dem sie, zusammengekrampft in sich,
Trotzten im Schoße der Liebe,
Und er jagt sie mit Ungestüm
Durch die unendliche Wüste hin,
Wo nicht Leben mehr ist, nur Kampf
Losgelassner Kräfte
Um erneuertes Sein!

Seele, vergiß sie nicht,
Seele, vergiß nicht die Toten!

Ich und du

Wir träumten von einander
Und sind davon erwacht,
Wir leben, um uns zu lieben,
Und sinken zurück in die Nacht.

Du tratst aus meinem Traume,
Aus deinem trat ich hervor,
Wir sterben, wenn sich eines
Im andern ganz verlor.

Auf einer Lilie zittern
Zwei Tropfen, rein und rund,
Zerfließen in eins und rollen
Hinab in des Kelches Grund.

Sommerbild

Ich sah des Sommers letzte Rose stehn,
Sie war, als ob sie bluten könne, rot;
Da sprach ich schauernd im Vorübergehn:
»So weit im Leben, ist zu nah am Tod!«

Es regte sich kein Hauch am heißen Tag,
Nur leise strich ein weißer Schmetterling;
Doch, ob auch kaum die Luft sein Flügelschlag
Bewegte, sie empfand es und verging.

[1848]

Herbstbild

Dies ist ein Herbsttag, wie ich keinen sah!
Die Luft ist still, als atmete man kaum,
Und dennoch fallen raschelnd, fern und nah,
Die schönsten Früchte ab von jedem Baum.

O stört sie nicht, die Feier der Natur!
Dies ist die Lese, die sie selber hält,
Denn heute löst sich von den Zweigen nur,
Was vor dem milden Strahl der Sonne fällt.

[1857]

Aus der Kindheit

»Ja, das Kätzchen hat gestohlen,
Und das Kätzchen wird ertränkt.
Nachbars Peter sollst du holen,
Daß er es im Teich versenkt!«

Nachbars Peter hats vernommen,
Ungerufen kommt er schon;
»Ist die Diebin zu bekommen,
Gebe ich ihr gern den Lohn!«

Mutter, nein, er will sie quälen,
Gestern warf er schon nach ihr,
Bleibt nichts andres mehr zu wählen,
So ertränk ich selbst das Tier.

Sieh, das Kätzchen kommt gesprungen,
Wie es glänzt im Morgenstrahl!
Lustig hüpfts dem kleinen Jungen
Auf den Arm zu seiner Qual.

Mutter, laß das Kätzchen leben,
Jedes Mal, wenns dich bestiehlt,
Sollst du mir kein Frühstück geben,
Sieh nur, wie es artig spielt!

»Nein, der Vater hats geboten,
Hundert Mal ist ihr verziehn!«
Hat sie doch vier weiße Pfoten!
»Einerlei! Ihr Tag erschien!«

»Nachbarin, ich folg ihm leise,
Ob er es auch wirklich tut!«
Peter spricht es hämscher Weise,
Und der Knabe hörts mit Wut.

Unterwegs auf manchem Platze
Bietet er sein Liebchen aus,
Aber keiner will die Katze,
Jeder hat sie längst im Haus.

Ach, da ist er schon am Teiche,
Und sein Blick, sein scheuer, schweift,
Ob ihn Peter noch umschleiche –
Ja, er steht von fern und pfeift.

Nun, wir alle müssen sterben,
Großmama ging dir vorauf,
Und du wirst den Himmel erben,
Kratze nur, sie macht dir auf!

Jetzt, um sie recht tief zu betten,
Wirft er sie mit aller Macht,
Doch zugleich, um sie zu retten,
Springt er nach, als ers vollbracht.

Eilte Peter nicht, der lange,
Gleich im Augenblick herzu,
Fände er, es ist mir bange,
Hier im Teich die ewge Ruh.

In das Haus zurückgetragen,
Hört er auf die Mutter nicht,
Schweigt auf alle ihre Fragen,
Schließt die Augen trotzig-dicht.

Von dem Zucker, den sie brachte,
Nimmt er zwar zerstreut ein Stück,
Doch den Tee, den sie ihm machte,
Weist er ungestüm zurück.

Welch ein Ton! Er dreht sich stutzend,
Und auf einer Fensterbank,
Spinnend und sich emsig putzend,
Sitzt sein Kätzchen blink und blank.

»Lebt sie, Mutter?« Dem Verderben
Warst du näher, Kind, als sie!
»Und sie soll auch nicht mehr sterben?«
Trinke nur, so soll sies nie!

THEODOR STORM
1817–1888

Abseits

Es ist so still; die Heide liegt
Im warmen Mittagssonnenstrahle,
Ein rosenroter Schimmer fliegt
Um ihre alten Gräbermale;
Die Kräuter blühn; der Heideduft
Steigt in die blaue Sommerluft.

Laufkäfer hasten durchs Gesträuch
In ihren goldnen Panzerröckchen.
Die Bienen hängen Zweig um Zweig
Sich an der Edelheide Glöckchen,
Die Vögel schwirren aus dem Kraut –
Die Luft ist voller Lerchenlaut.

Ein halbverfallen, niedrig Haus
Steht einsam hier und sonnbeschienen,
Der Kätner lehnt zur Tür hinaus,
Behaglich blinzelnd nach den Bienen;
Sein Junge auf dem Stein davor
Schnitzt Pfeifen sich aus Kälberrohr.

Kaum zittert durch die Mittagsruh
Ein Schlag der Dorfuhr, der entfernten;
Dem Alten fällt die Wimper zu,
Er träumt von seinen Honigernten.
– Kein Klang der aufgeregten Zeit
Drang noch in diese Einsamkeit.

[1848]

Hyazinthen

Fern hallt Musik; doch hier ist stille Nacht,
Mit Schlummerduft anhauchen mich die Pflanzen;
Ich habe immer, immer dein gedacht;
Ich möchte schlafen, aber du mußt tanzen.

Es hört nicht auf, es rast ohn Unterlaß;
Die Kerzen brennen und die Geigen schreien,
Es teilen und es schließen sich die Reihen,
Und alle glühen; aber du bist blaß.

Und du mußt tanzen; fremde Arme schmiegen
Sich an dein Herz; o leide nicht Gewalt!
Ich seh dein weißes Kleid vorüberfliegen
Und deine leichte, zärtliche Gestalt. – –

Und süßer strömend quillt der Duft der Nacht
Und träumerischer aus dem Kelch der Pflanzen.
Ich habe immer, immer dein gedacht;
Ich möchte schlafen, aber du mußt tanzen.

[1852]

Juli

Klingt im Wind ein Wiegenlied,
Sonne warm herniedersieht,
Seine Ähren senkt das Korn,
Rote Beere schwillt am Dorn,
Schwer von Segen ist die Flur –
Junge Frau, was sinnst du nur?

Herbst

Schon ins Land der Pyramiden
Flohn die Störche übers Meer;
Schwalbenflug ist längst geschieden,
Auch die Lerche singt nicht mehr.

Seufzend in geheimer Klage
Streift der Wind das letzte Grün;
Und die süßen Sommertage,
Ach, sie sind dahin, dahin!

Nebel hat den Wald verschlungen,
Der dein stillstes Glück gesehn;
Ganz in Duft und Dämmerungen
Will die schöne Welt vergehn.

Nur noch einmal bricht die Sonne
Unaufhaltsam durch den Duft,
Und ein Strahl der alten Wonne
Rieselt über Tal und Kluft.

Und es leuchten Wald und Heide,
Daß man sicher glauben mag,
Hinter allem Winterleide
Lieg' ein ferner Frühlingstag.

Oktoberlied

Der Nebel steigt, es fällt das Laub;
Schenk ein den Wein, den holden!
Wir wollen uns den grauen Tag
Vergolden, ja vergolden!

Und geht es draußen noch so toll,
Unchristlich oder christlich,
Ist doch die Welt, die schöne Welt,
So gänzlich unverwüstlich!

Und wimmert auch einmal das Herz –
Stoß an und laß es klingen!
Wir wissen's doch, ein rechtes Herz
Ist gar nicht umzubringen.

Der Nebel steigt, es fällt das Laub;
Schenk ein den Wein, den holden!
Wir wollen uns den grauen Tag
Vergolden, ja vergolden!

Wohl ist es Herbst; doch warte nur,
Doch warte nur ein Weilchen!
Der Frühling kommt, der Himmel lacht,
Es steht die Welt in Veilchen.

Die blauen Tage brechen an,
Und ehe sie verfließen,
Wir wollen sie, mein wackrer Freund,
Genießen, ja genießen!

[1852]

Weihnachtslied

Vom Himmel in die tiefsten Klüfte
Ein milder Stern herniederlacht;
Vom Tannenwalde steigen Düfte
Und hauchen durch die Winterlüfte,
Und kerzenhelle wird die Nacht.

Mir ist das Herz so froh erschrocken,
Das ist die liebe Weihnachtszeit!
Ich höre fernher Kirchenglocken
Mich lieblich, heimatlich verlocken
In märchenstille Herrlichkeit.

Ein frommer Zauber hält mich wieder,
Anbetend, staunend muß ich stehn;
Es sinkt auf meine Augenlider
Ein goldner Kindertraum hernieder,
Ich fühl's, ein Wunder ist geschehn.

Die Stadt

Am grauen Strand, am grauen Meer
Und seitab liegt die Stadt;
Der Nebel drückt die Dächer schwer,
Und durch die Stille braust das Meer
Eintönig um die Stadt.

Es rauscht kein Wald, es schlägt im Mai
Kein Vogel ohn Unterlaß;
Die Wandergans mit hartem Schrei
Nur fliegt in Herbstesnacht vorbei,
Am Strande weht das Gras.

Doch hängt mein ganzes Herz an dir,
Du graue Stadt am Meer;
Der Jugend Zauber für und für
Ruht lächelnd doch auf dir, auf dir,
Du graue Stadt am Meer.

Meeresstrand

Ans Haff nun fliegt die Möwe,
Und Dämmrung bricht herein;
Über die feuchten Watten
Spiegelt der Abendschein.

Graues Geflügel huschet
Neben dem Wasser her;
Wie Träume liegen die Inseln
Im Nebel auf dem Meer.

Ich höre des gärenden Schlammes
Geheimnisvollen Ton,
Einsames Vogelrufen –
So war es immer schon.

Noch einmal schauert leise
Und schweiget dann der Wind;
Vernehmlich werden die Stimmen,
Die über der Tiefe sind.

[1856]

Schließe mir die Augen beide

Schließe mir die Augen beide
Mit den lieben Händen zu!
Geht doch alles, was ich leide,
Unter deiner Hand zur Ruh.
Und wie leise sich der Schmerz
Well' um Welle schlafen leget,
Wie der letzte Schlag sich reget,
Füllest du mein ganzes Herz.

In Bulemanns Haus

Es klippt auf den Gassen im Mondenschein;
Das ist die zierliche Kleine,
Die geht auf ihren Pantöffelein
Behend und mutterseelenallein
Durch die Gassen im Mondenscheine.

Sie geht in ein alt, verfallenes Haus;
Im Flur ist die Tafel gedecket,
Da tanzt vor dem Monde die Maus mit der Maus,
Da setzt sich das Kind mit den Mäusen zu Schmaus,
Die Tellerlein werden gelecket.

Und leer sind die Schüsseln; die Mäuslein im Nu
Verrascheln in Mauer und Holze;
Nun läßt es dem Mägdlein auch länger nicht Ruh,
Sie schüttelt ihr Kleidchen, sie schnürt sich die Schuh,
Dann tritt sie einher mit Stolze.

Es leuchtet ein Spiegel aus goldnem Gestell,
Da schaut sie hinein mit Lachen;
Gleich schaut auch heraus ein Mägdelein hell,
Das ist ihr einziger Spielgesell;
Nun woll'n sie sich lustig machen.

Sie nickt voll Huld, ihr gehört ja das Reich;
Da neigt sich das Spiegelkindlein,
Da neigt sich das Kind vor dem Spiegel zugleich,
Da neigen sich beide gar anmutreich,
Da lächeln die rosigen Mündlein.

Und wie sie lächeln, so hebt sich der Fuß,
Es rauschen die seidenen Röcklein,
Die Händchen werfen sich Kuß um Kuß,
Das Kind mit dem Kinde nun tanzen muß,
Es tanzen im Nacken die Löcklein.

Der Mond scheint voller und voller herein,
Auf dem Estrich gaukeln die Flimmer:
Im Takte schweben die Mägdelein,
Bald tauchen sie tief in die Schatten hinein,
Bald stehn sie in bläulichem Schimmer.

Nun sinken die Glieder, nun halten sie an
Und atmen aus Herzens Grunde;
Sie nahen sich schüchtern und beugen sich dann
Und knien voreinander und rühren sich an
Mit dem zarten, unschuldigen Munde.

Doch müde werden die beiden allein
Von all der heimlichen Wonne;
Sehnsüchtig flüstert das Mägdelein:
»Ich mag nicht mehr tanzen im Mondenschein,
Ach, käme doch endlich die Sonne!«

Sie klettert hinunter ein Trepplein schief
Und schleicht hinab in den Garten.
Die Sonne schlief, und die Grille schlief:
»Hier will ich sitzen im Grase tief,
Und der Sonne will ich warten.«

Doch als nun morgens um Busch und Gestein
Verhuschet das Dämmergemunkel,
Da werden dem Kinde die Äugelein klein;
Sie tanzte zu lange beim Mondenschein,
Nun schläft sie bei Sonnengefunkel.

Nun liegt sie bei den Blumen dicht
Auf grünem, blitzendem Rasen:
Und es schauen ihr in das süße Gesicht
Die Nachtigall und das Sonnenlicht
Und die kleinen, neugierigen Hasen.

Die Nachtigall

Das macht, es hat die Nachtigall
Die ganze Nacht gesungen;
Da sind von ihrem süßen Schall,
Da sind in Hall und Widerhall
Die Rosen aufgesprungen.

Sie war doch sonst ein wildes Kind;
Nun geht sie tief in Sinnen,
Trägt in der Hand den Sommerhut
Und duldet still der Sonne Glut
Und weiß nicht, was beginnen.

Das macht, es hat die Nachtigall
Die ganze Nacht gesungen;
Da sind von ihrem süßen Schall,
Da sind in Hall und Widerhall
Die Rosen aufgesprungen.

Über die Heide

Über die Heide hallet mein Schritt;
Dumpf aus der Erde wandert es mit.

Herbst ist gekommen, Frühling ist weit –
Gab es denn einmal selige Zeit?

Brauende Nebel geisten umher;
Schwarz ist das Kraut und der Himmel so leer.

Wär ich hier nur nicht gegangen im Mai!
Leben und Liebe, – wie flog es vorbei!

[1875]

GOTTFRIED KELLER

1819–1890

Aus: *Nacht*

V

Willkommen, klare Sommernacht,
Die auf tautrunknen Fluren liegt!
Gegrüßt mir, goldne Sternenpracht,
Die spielend sich im Weltraum wiegt!

Das Urgebirge um mich her
Ist schweigend, wie mein Nachtgebet!
Weit hinter ihm hör ich das Meer
Im Geist, und wie die Brandung geht!

Ich höre einen Flötenton,
Den mir der Wind von Westen bringt,
Indes herauf im Osten schon
Die Ahnung leis vom Tage dringt.

Ich sinne, wo in weiter Welt
Jetzt sterben mag ein Menschenkind?
Und ob vielleicht den Einzug hält
Ganz still ein lächelnd Heldenkind?

Doch wie nun auf dem Erdental
Ein unergründlich Schweigen ruht:
Ich fühle mich so leicht zumal
Und wie die Welt so still und gut.

Der letzte leise Schmerz und Spott
Verschwindet aus des Herzens Grund;
Mir ist, als tät der alte Gott
Mir endlich seinen Namen kund.

VI

Wende dich, du kleiner Stern,
Erde! wo ich lebe,
Daß mein Aug, der Sonne fern,
Sternenwärts sich hebe!

Heilig ist die Sternenzeit,
Öffnet alle Grüfte!
Strahlende Unsterblichkeit
Wandelt durch die Lüfte.

Mag die Sonne nun bislang
Andern Zonen scheinen:
Hier fühl ich Zusammenhang
Mit dem All und Einen!

Hohe Lust! im dunkeln Tal,
Selber ungesehen,
Durch den majestät'schen Saal
Atmend mitzugehen!

Schwinge dich, o grünes Rund,
In die Morgenröte!
Scheidend rückwärts singt mein Mund
Jubelnde Gebete!

[1846]

Aus: *Frühling*

II

Es gehet eine schöne Sage
Wie Märchenduft auf Erden um,
Wie eine süße Sehnsuchtsklage
In lauer Frühlingsnacht herum.

Das ist das Lied vom Völkerfrieden
Und von dem letzten Menschenglück,
Von goldner Zeit, die einst hienieden
Mit Glanz und Reichtum kehrt zurück;

Wo einig alle Völker beten
Zum *einen* König, Gott und Hirt, –
Von jenem Tag, wo den Propheten
Ihr ehern Recht gesprochen wird!

Nur *eine* Schmach wirds fürder geben,
Nur *eine* Sünde auf der Welt:
Das ist das eitle Widerstreben,
Das es für Traum und Wahnsinn hält.

Wer diese Hoffnung hat verloren
Und böslich sie verloren gab,
Der wäre besser ungeboren;
Denn lebend wohnt er schon im Grab.

Aus: *Gaselen*

III

Wie schlafend unterm Flügel ein Pfau den Schnabel hält,
Von luftgen Vogelträumen die blaue Brust geschwellt,
Geduckt auf einem Fuße, dann plötzlich oft einmal,
Im Traume phantasierend, das Funkelrad er stellt:
So hing betäubt und trunken, ausreckend Berg und Tal,
Der große Wundervogel in tiefem Schlaf, die Welt.
So schwoll der blaue Himmel von Träumen ohne Zahl,
Mit leisem Knistern schlug er ein Rad, das Sternenzelt.

(1847)

Aus: *Aus dem Leben*

I

Ich hab in kalten Wintertagen,
In dunkler, hoffnungsarmer Zeit
Ganz aus dem Sinne dich geschlagen,
O Trugbild der Unsterblichkeit.

Nun, da der Sommer glüht und glänzet,
Nun seh ich, daß ich wohlgetan!
Aufs neu hab ich das Haupt bekränzet,
Im Grabe aber ruht der Wahn.

Ich fahre auf dem klaren Strome,
Er rinnt mir kühlend durch die Hand,
Ich schau hinauf zum blauen Dome
Und such – kein beßres Vaterland.

Nun erst versteh ich, die da blühet,
O Lilie, deinen stillen Gruß:
Ich weiß, wie sehr das Herz auch glühet,
Daß ich wie du vergehen muß!

Seid mir gegrüßt ihr holden Rosen
In eures Daseins flüchtgem Glück!
Ich wende mich vom Schrankenlosen
Zu eurer Anmut froh zurück!

Zu glühn, zu blühn und ganz zu leben,
Das lehret euer Duft und Schein,
Und willig dann sich hinzugeben
Dem ewigen Nimmerwiedersein!

II

Die Zeit geht nicht, sie stehet still,
Wir ziehen durch sie hin;
Sie ist ein Karawanserei,
Wir sind die Pilger drin.

Ein Etwas, form- und farbenlos,
Das nur Gestalt gewinnt,
Wo ihr drin auf und nieder taucht,
Bis wieder ihr zerrinnt.

Es blitzt ein Tropfen Morgentau
Im Strahl des Sonnenlichts –
Ein Tag kann eine Perle sein
Und hundert Jahre – Nichts!

Es ist ein weißes Pergament
Die Zeit, und jeder schreibt
Mit seinem besten Blut darauf,
Bis ihn der Strom vertreibt.

An dich, du wunderbare Welt,
Du Schönheit ohne End,
Schreib ich 'nen kurzen Liebesbrief
Auf dieses Pergament.

Froh bin ich, daß ich aufgetaucht
In deinem runden Kranz;
Zum Dank trüb ich die Quelle nicht
Und lobe deinen Glanz!

(1849)

[*Karawanserei:* Unterkunft für Karawanen.]

Sommernacht

Es wallt das Korn weit in die Runde
Und wie ein Meer dehnt es sich aus;
Doch liegt auf seinem stillen Grunde
Nicht Seegewürm, noch andrer Graus:
Da träumen Blumen nur von Kränzen
Und trinken der Gestirne Schein.
O goldnes Meer, dein friedlich Glänzen
Saugt meine Seele gierig ein!

In meiner Heimat grünen Talen,
Da herrscht ein alter schöner Brauch;
Wann hell die Sommersterne strahlen,
Der Glühwurm schimmert durch den Strauch:
Dann geht ein Flüstern und ein Winken,
Das sich dem Ährenfelde naht,
Da geht ein nächtlich Silberblinken
Von Sicheln durch die goldne Saat.

Das sind die Bursche, jung und wacker,
Die sammeln sich im Feld zu Hauf
Und suchen den gereiften Acker
Der Witwe oder Waise auf,
Die keines Vaters, keiner Brüder
Und keines Knechtes Hilfe weiß –
Ihr schneiden sie den Segen nieder,
Die reinste Lust ziert ihren Fleiß.

Schon sind die Garben fest gebunden
Und schön in einen Kranz gebracht;
Wie lieblich flohn die stillen Stunden,
Es war ein Spiel in kühler Nacht!
Nun wird geschwärmt und hell gesungen
Im Garbenkreis, bis Morgenduft
Die nimmermüden, braunen Jungen
Zur eignen schweren Arbeit ruft.

Abendlied

Augen, meine lieben Fensterlein,
Gebt mir schon so lange holden Schein,
Lasset freundlich Bild um Bild herein:
Einmal werdet ihr verdunkelt sein!

Fallen einst die müden Lider zu,
Löscht ihr aus, dann hat die Seele Ruh;
Tastend streift sie ab die Wanderschuh,
Legt sich auch in ihre finstre Truh.

Noch zwei Fünklein sieht sie glimmend stehn,
Wie zwei Sternlein innerlich zu sehn,
Bis sie schwanken und dann auch vergehn,
Wie von eines Falters Flügelwehn.

Doch noch wandl ich auf dem Abendfeld,
Nur dem sinkenden Gestirn gesellt;
Trinkt, o Augen, was die Wimper hält,
Von dem goldnen Überfluß der Welt!

[1883]

Aus: *Parteileben*

Wer *über* den Partein sich wähnt mit stolzen Mienen,
Der steht zumeist vielmehr beträchtlich *unter* ihnen.

*

Trau keinem, der nie Partei genommen
Und immer im Trüben ist geschwommen!
Doch wird dir jener auch nicht frommen,
Der nie darüber hinaus will kommen.

*

Betrachtet eurer Gegner Schwächen
Und lernt, am besten euch zu rächen,
Das eigne Unkraut auszustechen!

[1883]

Der Narr des Grafen von Zimmern

Was rollt so zierlich, klingt so lieb
Treppauf und ab im Schloß?
Das ist des Grafen Zeitvertrieb
Und stündlicher Genoß:
Sein Narr, annoch ein halbes Kind
Und rosiges Gesellchen,
So leicht und luftig wie der Wind,
Und trägt den Kopf voll Schellchen.

Noch ohne Arg, wie ohne Bart,
An Possen reich genug,
Ist doch der Fant von guter Art
Und in der Torheit klug;
Und was vergecken und verdrehn
Die zappeligen Hände,
Gerät ihm oft wie aus Versehn
Zuletzt zum guten Ende.

Der Graf mit seinem Hofgesind
Weilt in der Burgkapell,
Da ist, wie schon das Amt beginnt,
Kein Ministrant zur Stell;
Rasch nimmt der Pfaff den Narrn beim Ohr
Und zieht ihn zum Altare;
Der Knabe sieht sich fleißig vor,
Daß er nach Bräuchen fahre.

Und gut, als wär ers längst gewohnt,
Bedient er den Kaplan;
Doch wenns die Müh am besten lohnt,
Bricht oft der Unstern an:
Denn als die heilge Hostia
Vom Priester wird erhoben,
O Schreck! so ist kein Glöcklein da,
Den süßen Gott zu loben!

Ein Weilchen bleibt es totenstill;
Erbleichend lauscht der Graf,
Der gleich ein Unheil ahnen will,
Das ihn vom Himmel traf.
Doch schon hat sich der Narr bedacht,
Den Handel zu versöhnen:
Die Kappe schüttelt er mit Macht,
Daß alle Glöcklein tönen!

Da strahlt von dem Ciborium
Ein goldnes Leuchten aus;
Es glänzt und duftet um und um
Im kleinen Gotteshaus,
Wie wenn des Himmels Majestät
In frischen Veilchen läge:
Der Herr, der durch die Wandlung geht,
Er lächelt auf dem Wege!

EMANUEL GEIBEL

1815–1884

Morgenwanderung

Wer recht in Freuden wandern will,
Der geh der Sonn entgegen;
Da ist der Wald so kirchenstill,
Kein Lüftchen mag sich regen;
Noch sind nicht die Lerchen wach,
Nur im hohen Gras der Bach
Singt leise den Morgensegen.

Die ganze Welt ist wie ein Buch,
Darin uns aufgeschrieben
In bunten Zeilen manch ein Spruch,
Wie Gott uns treu geblieben;
Wald und Blumen nah und fern
Und der helle Morgenstern
Sind Zeugen von seinem Lieben.

Da zieht die Andacht wie ein Hauch
Durch alle Sinnen leise,
Da pocht ans Herz die Liebe auch
In ihrer stillen Weise,
Pocht und pocht, bis sich's erschließt,
Und die Lippe überfließt
Vor lautem, jubelndem Preise.

Und plötzlich läßt die Nachtigall
Im Busch ihr Lied erklingen,
In Berg und Tal erwacht der Schall
Und will sich aufwärts schwingen,
Und der Morgenröte Schein
Stimmt in lichter Glut mit ein:
Laßt uns dem Herrn lobsingen.

Die stille Wasserrose
Steigt aus dem blauen See,
Die feuchten Blätter zittern,
Der Kelch ist weiß wie Schnee.

Da gießt der Mond vom Himmel
All seinen goldnen Schein,
Gießt alle seine Strahlen
In ihren Schoß hinein.

Im Wasser um die Blume
Kreiset ein weißer Schwan;
Er singt so süß, so leise
Und schaut die Blume an.

Er singt so süß, so leise
Und will im Singen vergehn –
O Blume, weiße Blume,
Kannst du das Lied verstehn?

[1840]

Für Musik

Nun die Schatten dunkeln,
Stern an Stern erwacht:
Welch ein Hauch der Sehnsucht
Flutet in der Nacht!

Durch das Meer der Träume
Steuert ohne Ruh,
Steuert meine Seele
Deiner Seele zu.

Die sich dir ergeben,
Nimm sie ganz dahin!
Ach, du weißt, daß nimmer
Ich mein eigen bin.

[1848]

Deutschlands Beruf

Soll's denn ewig von Gewittern
Am umwölkten Himmel braun?
Soll denn stets der Boden zittern,
Drauf wir unsre Hütten baun?
Oder wollt ihr mit den Waffen
Endlich Rast und Frieden schaffen?

Daß die Welt nicht mehr, in Sorgen
Um ihr leichterschüttert Glück,
Täglich bebe vor dem Morgen,
Gebt ihr ihren Kern zurück!
Macht Europas Herz gesunden,
Und das Heil ist euch gefunden.

Einen Hort geht aufzurichten,
Einen Hort im deutschen Land!
Sucht zum Lenken und zum Schlichten
Eine schwerterprobte Hand,
Die den güldnen Apfel halte
Und des Reichs in Treuen walte.

Sein gefürstet Banner trage
Jeder Stamm, wie er's erkor,
Aber über alle rage
Stolzentfaltet eins empor,
Hoch, im Schmuck der Eichenreiser,
Wall' es vor dem deutschen Kaiser.

Wenn die heilge Krone wieder
Eine hohe Scheitel schmückt,
Aus dem Haupt durch alle Glieder
Stark ein einger Wille zückt,
Wird im Völkerrat vor allen
Deutscher Spruch aufs neu erschallen.

Dann nicht mehr zum Weltgesetze
Wird die Laun' am Seinestrom,
Dann vergeblich seine Netze
Wirft der Fischer aus in Rom,
Länger nicht mit seinen Horden
Schreckt uns der Koloß im Norden.

Macht und Freiheit, Recht und Sitte,
Klarer Geist und scharfer Hieb
Zügeln dann aus starker Mitte
Jeder Selbstsucht wilden Trieb,
Und es mag am deutschen Wesen
Einmal noch die Welt genesen.

[E: 1861; D: 1871]

[*güldner Apfel:* der Reichsapfel, eine Kugel (Weltkugel) mit Kreuz (als Zeichen christl. Weltherrschaft), ist neben Krone und Zepter ein Sinnbild der Königs- oder Kaiserherrschaft; gehört zu den ›Reichskleinodien‹. – *Fischer:* der Papst. –*Koloß im Norden:* Rußland.]

HERMANN ALLMERS

1821–1902

Feldeinsamkeit

Ich liege still im hohen, grünen Gras
Und sende lange meinen Blick nach oben,
Von Grillen rings umschwirrt ohn' Unterlaß,
Von Himmelsbläue wundersam umwoben.

Und schöne, weiße Wolken ziehn dahin
Durchs tiefe Blau wie schöne, stille Träume; –
Mir ist, als ob ich längst gestorben bin
Und ziehe selig mit durch ew'ge Räume.

CONRAD FERDINAND MEYER

1825–1898

Eingelegte Ruder

Meine eingelegten Ruder triefen,
Tropfen fallen langsam in die Tiefen.

Nichts das mich verdroß! Nichts das mich freute!
Niederrinnt ein schmerzenloses Heute!

Unter mir – ach, aus dem Licht verschwunden –
Träumen schon die schönern meiner Stunden.

Aus der blauen Tiefe ruft das Gestern:
Sind im Licht noch manche meiner Schwestern?

Der römische Brunnen

Aufsteigt der Strahl und fallend gießt
Er voll der Marmorschale Rund
Die, sich verschleiernd, überfließt
In einer zweiten Schale Grund;
Die zweite gibt, sie wird zu reich,
Der dritten wallend ihre Flut,
Und jede nimmt und gibt zugleich
Und strömt und ruht.

[1869]

Möwenflug

Möwen sah um einen Felsen kreisen
Ich in unermüdlich gleichen Gleisen,
Auf gespannter Schwinge schweben bleibend,
Eine schimmernd weiße Bahn beschreibend,
Und zugleich in grünem Meeresspiegel
Sah ich um dieselben Felsenspitzen
Eine helle Jagd gestreckter Flügel
Unermüdlich durch die Tiefe blitzen.
Und der Spiegel hatte solche Klarheit,
Daß sich anders nicht die Flügel hoben
Tief im Meer, als hoch in Lüften oben,
Daß sich völlig glichen Trug und Wahrheit.

Allgemach beschlich es mich wie Grauen,
Schein und Wesen so verwandt zu schauen,
Und ich fragte mich, am Strand verharrend,
Ins gespenstische Geflatter starrend:
Und du selber? Bist du echt beflügelt?
Oder nur gemalt und abgespiegelt?
Gaukelst du im Kreis mit Fabeldingen?
Oder hast du Blut in deinen Schwingen?

Schwarzschattende Kastanie

Schwarzschattende Kastanie,
Mein windgeregtes Sommerzelt,
Du senkst zur Flut dein weit Geäst,
Dein Laub, es durstet und es trinkt,
Schwarzschattende Kastanie!
Im Porte badet junge Brut
Mit Hader oder Lustgeschrei,
Und Kinder schwimmen leuchtend weiß
Im Gitter deines Blätterwerks,
Schwarzschattende Kastanie!
Und dämmern See und Ufer ein
Und rauscht vorbei das Abendboot,
So zuckt aus roter Schiffslatern
Ein Blitz und wandert auf dem Schwung
Der Flut, gebrochnen Lettern gleich,
Bis unter deinem Laub erlischt
Die rätselhafte Flammenschrift,
Schwarzschattende Kastanie!

Die Füße im Feuer

Wild zuckt der Blitz. In fahlem Lichte steht ein Turm.
Der Donner rollt. Ein Reiter kämpft mit seinem Roß,
Springt ab und pocht ans Tor und lärmt. Sein Mantel saust
Im Wind. Er hält den scheuen Fuchs am Zügel fest.
Ein schmales Gitterfenster schimmert goldenhell
Und knarrend öffnet jetzt das Tor ein Edelmann ...

»Ich bin ein Knecht des Königs, als Kurier geschickt
Nach Nimes. Herbergt mich! Ihr kennt des Königs Rock!«
»Es stürmt. Mein Gast bist du. Dein Kleid, was kümmert's mich?
Tritt ein und wärme dich! Ich sorge für dein Tier!«
Der Reiter tritt in einen dunkeln Ahnensaal,
Von eines weiten Herdes Feuer schwach erhellt,
Und je nach seines Flackerns launenhaftem Licht
Droht hier ein Hugenott im Harnisch, dort ein Weib,
Ein stolzes Edelweib aus braunem Ahnenbild ...
Der Reiter wirft sich in den Sessel vor dem Herd
Und starrt in den lebendgen Brand. Er brütet, gafft ...
Leis sträubt sich ihm das Haar. Er kennt den Herd, den Saal ...
Die Flamme zischt. Zwei Füße zucken in der Glut.

Den Abendtisch bestellt die greise Schaffnerin
Mit Linnen blendend weiß. Das Edelmägdlein hilft.
Ein Knabe trug den Krug mit Wein. Der Kinder Blick
Hangt schreckensstarr am Gast und hangt am Herd entsetzt ...
Die Flamme zischt. Zwei Füße zucken in der Glut.

»Verdammt! Dasselbe Wappen! Dieser selbe Saal!
Drei Jahre sind's ... Auf einer Hugenottenjagd ...
Ein fein, halsstarrig Weib ... ›Wo steckt der Junker? Sprich!‹
Sie schweigt. ›Bekenn!‹ Sie schweigt. ›Gib ihn heraus!‹ Sie schweigt.
Ich werde wild. *Der* Stolz! Ich zerre das Geschöpf ...

Die nackten Füße pack ich ihr und strecke sie
Tief mitten in die Glut ... ›Gib ihn heraus!‹ ... Sie schweigt ...
Sie windet sich ... Sahst du das Wappen nicht am Tor?
Wer hieß dich hier zu Gaste gehen, dummer Narr?
Hat er nur einen Tropfen Bluts, erwürgt er dich.«
Eintritt der Edelmann. »Du träumst! Zu Tische, Gast ...«

Da sitzen sie. Die drei in ihrer schwarzen Tracht
Und er. Doch keins der Kinder spricht das Tischgebet.
Ihn starren sie mit aufgerißnen Augen an –
Den Becher füllt und übergießt er, stürzt den Trunk,
Springt auf: »Herr, gebet jetzt mir meine Lagerstatt!
Müd bin ich wie ein Hund!« Ein Diener leuchtet ihm,
Doch auf der Schwelle wirft er einen Blick zurück
Und sieht den Knaben flüstern in des Vaters Ohr ...
Dem Diener folgt er taumelnd in das Turmgemach.

Fest riegelt er die Tür. Er prüft Pistol und Schwert.
Gell pfeift der Sturm. Die Diele bebt. Die Decke stöhnt.
Die Treppe kracht ... Dröhnt hier ein Tritt? ... Schleicht dort ein Schritt? ...
Ihn täuscht das Ohr. Vorüberwandelt Mitternacht.
Auf seinen Lidern lastet Blei und schlummernd sinkt
Er auf das Lager. Draußen plätschert Regenflut.

Er träumt. »Gesteh!« Sie schweigt. »Gib ihn heraus!« Sie schweigt.
Er zerrt das Weib. Zwei Füße zucken in der Glut.
Aufsprüht und zischt ein Feuermeer, das ihn verschlingt ...
»Erwach! Du solltest längst von hinnen sein! Es tagt!«
Durch die Tapetentür in das Gemach gelangt,
Vor seinem Lager steht des Schlosses Herr – ergraut,
Dem gestern dunkelbraun sich noch gekraust das Haar.

Sie reiten durch den Wald. Kein Lüftchen regt sich heut.
Zersplittert liegen Ästetrümmer quer im Pfad.
Die frühsten Vöglein zwitschern, halb im Traume noch.
Friedsel'ge Wolken schwimmen durch die klare Luft,
Als kehrten Engel heim von einer nächtgen Wacht.
Die dunkeln Schollen atmen kräftgen Erdgeruch.
Die Ebne öffnet sich. Im Felde geht ein Pflug.
Der Reiter lauert aus den Augenwinkeln: »Herr,
Ihr seid ein kluger Mann und voll Besonnenheit
Und wißt, daß ich dem größten König eigen bin.
Lebt wohl. Auf Nimmerwiedersehn!« Der andre spricht:
»Du sagst's! Dem größten König eigen! Heute ward
Sein Dienst mir schwer ... Gemordet hast du teuflisch mir
Mein Weib! Und lebst! ... Mein ist die Rache, redet Gott.«

[1864]

Säerspruch

Bemeßt den Schritt! Bemeßt den Schwung!
Die Erde bleibt noch lange jung!
Dort fällt ein Korn, das stirbt und ruht.
Die Ruh ist süß. Es hat es gut.
Hier eins, das durch die Scholle bricht.
Es hat es gut. Süß ist das Licht.
Und keines fällt aus dieser Welt
Und jedes fällt, wie's Gott gefällt.

Zwei Segel

Zwei Segel erhellend
Die tiefblaue Bucht!
Zwei Segel sich schwellend
Zu ruhiger Flucht!

Wie eins in den Winden
Sich wölbt und bewegt,
Wird auch das Empfinden
Des andern erregt.

Begehrt eins zu hasten,
Das andre geht schnell,
Verlangt eins zu rasten,
Ruht auch sein Gesell.

[1882]

Im Spätboot

Aus der Schiffsbank mach ich meinen Pfühl,
Endlich wird die heiße Stirne kühl!
O wie süß erkaltet mir das Herz!
O wie weich verstummen Lust und Schmerz!
Über mir des Rohres schwarzer Rauch
Wiegt und biegt sich in des Windes Hauch.
Hüben hier und wieder drüben dort
Hält das Boot an manchem kleinen Port:
Bei der Schiffslaterne kargem Schein
Steigt ein Schatten aus und niemand ein.
Nur der Steurer noch, der wacht und steht!
Nur der Wind, der mir im Haare weht!
Schmerz und Lust erleiden sanften Tod:
Einen Schlummrer trägt das dunkle Boot.

Nachtgeräusche

Melde mir die Nachtgeräusche, Muse,
Die ans Ohr des Schlummerlosen fluten!
Erst das traute Wachtgebell der Hunde,
Dann der abgezählte Schlag der Stunde,
Dann ein Fischer-Zwiegespräch am Ufer,
Dann? Nichts weiter als der ungewisse
Geisterlaut der ungebrochnen Stille,
Wie das Atmen eines jungen Busens,
Wie das Murmeln eines tiefen Brunnens,
Wie das Schlagen eines dumpfen Ruders,
Dann der ungehörte Tritt des Schlummers.

Schwüle

Trüb verglomm der schwüle Sommertag,
Dumpf und traurig tönt mein Ruderschlag –
Sterne, Sterne – Abend ist es ja –
Sterne, warum seid ihr noch nicht da?

Bleich das Leben! Bleich der Felsenhang!
Schilf, was flüsterst du so frech und bang?
Fern der Himmel und die Tiefe nah –
Sterne, warum seid ihr noch nicht da?

Eine liebe, liebe Stimme ruft
Mich beständig aus der Wassergruft –
Weg, Gespenst, das oft ich winken sah!
Sterne, Sterne, seid ihr nicht mehr da?

Endlich, endlich durch das Dunkel bricht –
Es war Zeit! – ein schwaches Flimmerlicht –
Denn ich wußte nicht wie mir geschah.
Sterne, Sterne, bleibt mir immer nah!

Auf dem Canal grande

Auf dem Canal grande betten
Tief sich ein die Abendschatten,
Hundert dunkle Gondeln gleiten
Als ein flüsterndes Geheimnis.

Aber zwischen zwei Palästen
Glüht herein die Abendsonne,
Flammend wirft sie einen grellen
Breiten Streifen auf die Gondeln.

In dem purpurroten Lichte
Laute Stimmen, hell Gelächter,
Überredende Gebärden
Und das frevle Spiel der Augen.

Eine kurze kleine Strecke
Treibt das Leben leidenschaftlich
Und erlischt im Schatten drüben
Als ein unverständlich Murmeln.

[1889]

In der Sistina

In der Sistine dämmerhohem Raum,
Das Bibelbuch in seiner nervgen Hand,
Sitzt Michelangelo in wachem Traum,
Umhellt von einer kleinen Ampel Brand.

Laut spricht hinein er in die Mitternacht,
Als lauscht' ein Gast ihm gegenüber hier,
Bald wie mit einer allgewaltgen Macht,
Bald wieder wie mit seinesgleichen schier:

»Umfaßt, umgrenzt hab ich dich, ewig Sein,
Mit meinen großen Linien fünfmal dort!
Ich hüllte dich in lichte Mäntel ein
Und gab dir Leib, wie dieses Bibelwort.

Mit wehnden Haaren stürmst du feurigwild
Von Sonnen immer neuen Sonnen zu,
Für deinen Menschen bist in meinem Bild
Entgegenschwebend und barmherzig du!

So schuf ich dich mit meiner nichtgen Kraft:
Damit ich nicht der größre Künstler sei,
Schaff mich – ich bin ein Knecht der Leidenschaft –
Nach deinem Bilde schaff mich rein und frei!

Den ersten Menschen formtest du aus Ton,
Ich werde schon von härterm Stoffe sein,
Da, Meister, brauchst du deinen Hammer schon,
Bildhauer Gott, schlag zu! Ich bin der Stein.«

Michelangelo und seine Statuen

Du öffnest, Sklave, deinen Mund,
Doch stöhnst du nicht. Die Lippe schweigt.
Nicht drückt, Gedankenvoller, dich
Die Bürde der behelmten Stirn.
Du packst mit nervger Hand den Bart,
Doch springst du, Moses, nicht empor.
Maria mit dem toten Sohn,
Du weinst, doch rinnt die Träne nicht.
Ihr stellt des Leids Gebärde dar,
Ihr meine Kinder, ohne Leid!
So sieht der freigewordne Geist
Des Lebens überwundne Qual.
Was martert die lebendge Brust,
Beseligt und ergötzt im Stein.
Den Augenblick verewigt ihr,
Und sterbt ihr, sterbt ihr ohne Tod.
Im Schilfe wartet Charon mein,
Der pfeifend sich die Zeit vertreibt.

Die tote Liebe

Entgegen wandeln wir
Dem Dorf im Sonnenkuß,
Fast wie das Jüngerpaar
Nach Emmaus,
Dazwischen leise
Redend schritt
Der Meister, dem sie folgten
Und der den Tod erlitt.
So wandelt zwischen uns
Im Abendlicht
Unsre tote Liebe,
Die leise spricht.
Sie weiß für das Geheimnis
Ein heimlich Wort,
Sie kennt der Seelen
Allertiefsten Hort.

Sie deutet und erläutert
Uns jedes Ding,
Sie sagt: So ist's gekommen,
Daß ich am Holze hing.
Ihr habet mich verleugnet
Und schlimm verhöhnt,
Ich saß im Purpur,
Blutig, dorngekrönt,
Ich habe Tod erlitten,
Den Tod bezwang ich bald,
Und geh in eurer Mitten
Als himmlische Gestalt –
Da ward die Weggesellin
Von uns erkannt,
Da hat uns wie den Jüngern
Das Herz gebrannt.

Chor der Toten

Wir Toten, wir Toten sind größere Heere
Als ihr auf der Erde, als ihr auf dem Meere!
Wir pflügten das Feld mit geduldigen Taten,
Ihr schwinget die Sicheln und schneidet die Saaten,
Und was wir vollendet und was wir begonnen,
Das füllt noch dort oben die rauschenden Bronnen,
Und all unser Lieben und Hassen und Hadern,
Das klopft noch dort oben in sterblichen Adern,
Und was wir an gültigen Sätzen gefunden,
Dran bleibt aller irdische Wandel gebunden,
Und unsere Töne, Gebilde, Gedichte
Erkämpfen den Lorbeer im strahlenden Lichte,
Wir suchen noch immer die menschlichen Ziele –
Drum ehret und opfert! Denn unser sind viele!

THEODOR FONTANE

1819–1898

Mittag

Am Waldessaume träumt die Föhre,
Am Himmel weiße Wölkchen nur;
Es ist so still, daß ich sie *höre*,
Die tiefe Stille der Natur.

Rings Sonnenschein auf Wies' und Wegen,
Die Wipfel stumm, kein Lüftchen wach,
Und doch, es klingt, als ström ein Regen
Leis tönend auf das Blätterdach.

[1875]

Es kribbelt und wibbelt weiter

Die Flut steigt bis an den Ararat,
Und es hilft keine Rettungsleiter,
Da bringt die Taube Zweig und Blatt –
Und es kribbelt und wibbelt weiter.

Es sicheln und mähen von Ost nach West
Die apokalyptischen Reiter,
Aber ob Hunger, ob Krieg, ob Pest,
Es kribbelt und wibbelt weiter.

Ein Gott wird gekreuzigt auf Golgatha,
Es brennen Millionen Scheiter,
Märtyrer hier und Hexen da,
Doch es kribbelt und wibbelt weiter.

So banne dein Ich in dich zurück
Und ergib dich und sei heiter;
Was liegt an dir und deinem Glück?
Es kribbelt und wibbelt weiter.

[1889]

Meine Gräber

Kein Erbbegräbnis mich stolz erfreut,
Meine Gräber liegen weit zerstreut,
Weit zerstreut über Stadt und Land,
Aber all in märkischem Sand.

Verfallene Hügel, die Schwalben ziehn,
Vorüber schlängelt sich der Rhin,
Über weiße Steine, zerbröckelt all,
Blickt der alte Ruppiner Wall,
Die Buchen stehn, die Eichen rauschen,
Die Gräberbüsche Zwiesprach tauschen
Und Haferfelder weit auf und ab –
Da ist meiner Mutter Grab.

Und ein andrer Platz, dem verbunden ich bin:
Berglehnen, die Oder fließt dran hin,
Zieht vorüber in trägem Lauf,
Gelbe Mummeln schwimmen darauf.

Am Ufer Werft und Schilf und Rohr
Und am Abhange schimmern Kreuze hervor,
Auf eines fällt heller Sonnenschein –
Da hat mein Vater seinen Stein.

Der dritte, seines Todes froh,
Liegt auf dem weiten Teltow-Plateau,
Dächer von Ziegel, Dächer von Schiefer,
Dann und wann eine Krüppelkiefer,
Ein stiller Graben die Wasserscheide,
Birken hier, und da eine Weide,
Zuletzt eine Pappel am Horizont –
Im Abendstrahle sie sich sonnt.
Auf den Gräbern Blumen und Aschenkrüge,
Vorüber in Ferne rasseln die Züge,
Still bleibt das Grab und der Schläfer drin –
Der Wind, der Wind geht drüber hin.

[1889]

[*meiner Mutter Grab:* Emilie Fontanes (1798–1869) Grab liegt auf dem Ruppiner Friedhof. –*mein Vater:* Louis Henri Fontane (1796–1867) ist in Schiffsmühle bei Freienwalde/Oder begraben. – *Der dritte:* Fontanes Sohn George (1851–1887), Hauptmann und Lehrer beim Lichterfelder Kadettenkorps in Berlin, wurde in Lichterfelde bestattet.]

Ausgang

Immer enger, leise, leise
Ziehen sich die Lebenskreise,
Schwindet hin, was prahlt und prunkt,
Schwindet Hoffen, Hassen, Lieben,
Und ist nichts in Sicht geblieben
Als der letzte dunkle Punkt.

Würd es mir fehlen, würd ichs vermissen?

Heute früh, nach gut durchschlafener Nacht,
Bin ich wieder aufgewacht.
Ich setzte mich an den Frühstückstisch,
Der Kaffee war warm, die Semmel war frisch,
Ich habe die Morgenzeitung gelesen
(Es sind wieder Avancements gewesen).
Ich trat ans Fenster, ich sah hinunter,
Es trabte wieder, es klingelte munter,
Eine Schürze (beim Schlächter) hing über dem Stuhle,
Kleine Mädchen gingen nach der Schule –
Alles war freundlich, alles war nett,
Aber wenn ich weiter geschlafen hätt
Und tät von alledem nichts wissen,
Würd es mir fehlen, würd ichs vermissen?

[*Avancements:* Beförderungen. – *Eine Schürze:* An Schlachttagen stellten die Berliner Schlachter einen mit einer weißen Schürze bedeckten Stuhl vor ihr Geschäft als Zeichen dafür, daß es bei ihnen die ›Schlachtschüssel‹ gab (Erläuterung des Herausgebers der Werke).]

Aber wir lassen es andere machen

Ein Chinese ('s sind schon an zweihundert Jahr)
In Frankreich auf einem Hofball war.
Und die einen frugen ihn: ob er das kenne?
Und die andern frugen ihn: wie man es nenne?
»Wir nennen es tanzen«, sprach er mit Lachen,
»Aber wir lassen es *andere* machen.«

Und dieses Wort, seit langer Frist,
Mir immer in Erinnerung ist.
Ich seh das Rennen, ich seh das Jagen,
Und wenn mich die Menschen umdrängen und fragen,
»Was tust du nicht mit? Warum stehst du beiseit?«
So sag ich: »Alles hat seine Zeit.
Auch die Jagd nach dem Glück. All derlei Sachen,
Ich lasse sie längst durch andere machen.«

Überlaß es der Zeit

Erscheint dir etwas unerhört,
Bist du tiefsten Herzens empört,
Bäume nicht auf, versuchs nicht mit Streit,
Berühr es nicht, überlaß es der Zeit.
Am ersten Tage wirst du feige dich schelten,
Am zweiten läßt du dein Schweigen schon gelten,
Am dritten hast du's überwunden;
Alles ist wichtig nur auf Stunden,
Ärger ist Zehrer und Lebensvergifter,
Zeit ist Balsam und Friedensstifter.

Lebenswege

Fünfzig Jahre werden es ehstens sein,
Da trat ich in meinen ersten »Verein«.
Natürlich Dichter. Blutjunge Ware:
Studenten, Leutnants, Refrendare.
Rang gabs nicht, *den* verlieh das »Gedicht«,
Und *ich* war ein kleines Kirchenlicht.

So stand es, als Anno 40 wir schrieben,
Aber ach, wo bist du Sonne geblieben,
Ich bin noch immer, was damals ich war,
Ein Lichtlein auf demselben Altar,
Aus den Leutnants aber und Studenten
Wurden Genräle und Chefpräsidenten.

Und mitunter auf stillem Tiergartenpfade,
Bei »Kön'gin Luise« trifft man sich grade.

»Nun, lieber F., noch immer bei Wege?«
»Gott sei Dank, Exzellenz ... trotz Nackenschläge ...«

»Kenn ich, kenn ich. Das Leben ist flau ...
Grüßen Sie Ihre liebe Frau.« [1889]

[*Verein:* Fontane wurde 1840 in den ›Platen-Klub‹ und in den ›Lenau-Verein‹ aufgenommen, Berliner literarische Vereinigungen. Von September 1844 an war er Mitglied des ›Tunnel über der Spree‹.]

Archibald Douglas

»Ich hab es getragen sieben Jahr
Und ich kann es nicht tragen mehr.
Wo immer die Welt am schönsten war,
Da war sie öd und leer.

Ich will hintreten vor sein Gesicht
In dieser Knechtsgestalt,
Er kann meine Bitte versagen nicht,
Ich bin ja worden alt.

Und trüg er noch den alten Groll,
Frisch wie am ersten Tag,
So komme, was da kommen soll,
Und komme, was da mag.«

Graf Douglas sprichts. Am Weg ein Stein
Lud ihn zu harter Ruh,
Er sah in Wald und Feld hinein,
Die Augen fielen ihm zu.

Er trug einen Harnisch, rostig und schwer,
Darüber ein Pilgerkleid –
Da horch! Vom Waldrand scholl es her
Wie von Hörnern und Jagdgeleit.

Und Kies und Staub aufwirbelte dicht,
Her jagte Meut und Mann,
Und ehe der Graf sich aufgericht't,
Waren Roß und Reiter heran.

König Jakob saß auf hohem Roß,
Graf Douglas grüßte tief;
Dem König das Blut in die Wange schoß,
Der Douglas aber rief:

»König Jakob, schaue mich gnädig an
Und höre mich in Geduld,
Was meine Brüder dir angetan,
Es war nicht meine Schuld.

Denk nicht an den alten Douglasneid,
Der trotzig dich bekriegt,
Denk lieber an deine Kinderzeit,
Wo ich dich auf den Knien gewiegt.

Denk lieber zurück an Stirling-Schloß,
Wo ich Spielzeug dir geschnitzt,
Dich gehoben auf deines Vaters Roß
Und Pfeile dir zugespitzt.

Denk lieber zurück an Linlithgow,
An den See und den Vogelherd,
Wo ich dich fischen und jagen froh
Und schwimmen und springen gelehrt.

O denk an alles, was einsten war,
Und sänftige deinen Sinn –
Ich hab es gebüßet sieben Jahr,
Daß ich ein Douglas bin.«

»Ich seh dich nicht, Graf Archibald,
Ich hör deine Stimme nicht,
Mir ist, als ob ein Rauschen im Wald
Von alten Zeiten spricht.

Mir klingt das Rauschen süß und traut,
Ich lausch ihm immer noch,
Dazwischen aber klingt es laut:
Er ist ein Douglas doch.

Ich seh dich nicht, ich höre dich nicht,
Das ist alles, was ich kann –
Ein Douglas vor meinem Angesicht
Wär ein verlorener Mann.«

König Jakob gab seinem Roß den Sporn,
Bergan ging jetzt sein Ritt,
Graf Douglas faßte den Zügel vorn
Und hielt mit dem Könige Schritt.

Der Weg war steil, und die Sonne stach,
Und sein Panzerhemd war schwer,
Doch ob er schier zusammenbrach,
Er lief doch nebenher.

»König Jakob, ich war dein Seneschall,
Ich will es nicht fürder sein,
Ich will nur warten dein Roß im Stall
Und ihm schütten die Körner ein.

Ich will ihm selber machen die Streu
Und es tränken mit eigner Hand.
Nur laß mich atmen wieder aufs neu
Die Luft im Vaterland!

Und willst du nicht, so hab einen Mut,
Und ich will es danken dir,
Und zieh dein Schwert und triff mich gut
Und laß mich sterben hier.«

König Jakob sprang herab vom Pferd,
Hell leuchtete sein Gesicht,
Aus der Scheide zog er sein breites Schwert,
Aber fallen ließ er es nicht.

»Nimms hin, nimms hin und trag es neu
Und bewache mir meine Ruh!
Der ist in tiefster Seele treu,
Wer die Heimat liebt wie du.

Zu Roß, wir reiten nach Linlithgow,
Und du reitest an meiner Seit!
Da wollen wir fischen und jagen froh
Als wie in alter Zeit.«

[1867]

[Nach der Überlieferung blieb König Jakob V. (1512–1542) gegenüber der Douglas-Familie unversöhnlich.]

Die Brück am Tay

(28. Dezember 1879)

When shall we three meet again.
Macbeth

»Wann treffen wir drei wieder zusamm?«
»Um die siebente Stund, am Brückendamm.«
»Am Mittelpfeiler.«
»Ich lösche die Flamm.«
»Ich mit.«
»Ich komme von Norden her.«
»Und ich von Süden.«
»Und ich vom Meer.«
»Hei, das gibt einen Ringelreihn,
Und die Brücke muß in den Grund hinein.«

»Und der Zug, der in die Brücke tritt
Um die siebente Stund?«
»Ei, der muß mit.«

»Muß mit.«
»Tand, Tand,
Ist das Gebilde von Menschenhand!«

Auf der *Norder*seite, das Brückenhaus –
Alle Fenster sehen nach Süden aus,
Und die Brücknersleut ohne Rast und Ruh
Und in Bangen sehen nach Süden zu,
Sehen und warten, ob nicht ein Licht
Übers Wasser hin »Ich komme« spricht,
»Ich komme, trotz Nacht und Sturmesflug,
Ich, der Edinburger Zug.«

Und der Brückner jetzt: »Ich seh einen Schein
Am anderen Ufer. Das muß er sein.
Nun, Mutter, weg mit dem bangen Traum,
Unser Johnie kommt und will seinen Baum,
Und was noch am Baume von Lichtern ist,
Zünd alles an wie zum Heiligen Christ,
Der will heuer *zweimal* mit uns sein –
Und in elf Minuten ist er herein.«

Und es war der Zug. Am *Süder*turm
Keucht er vorbei jetzt gegen den Sturm,
Und Johnie spricht: »Die Brücke noch!
Aber was tut es, wir zwingen es doch.
Ein fester Kessel, ein doppelter Dampf,
Die bleiben Sieger in solchem Kampf.
Und wie's auch rast und ringt und rennt,
Wir kriegen es unter: das Element.

Und unser Stolz ist unsre Brück;
Ich lache, denk ich an früher zurück,
An all den Jammer und all die Not
Mit dem elend alten Schifferboot;
Wie manche liebe Christfestnacht
Hab ich im Fährhaus zugebracht
Und sah unsrer Fenster lichten Schein
Und zählte und konnte nicht drüben sein.«

Auf der Norderseite, das Brückenhaus –
Alle Fenster sehen nach Süden aus,
Und die Brücknersleut ohne Rast und Ruh
Und in Bangen sehen nach Süden zu;
Denn wütender wurde der Winde Spiel,
Und jetzt, als ob Feuer vom Himmel fiel',
Erglüht es in niederschießender Pracht
Überm Wasser unten … Und wieder ist Nacht.

»Wann treffen wir drei wieder zusamm?«
»Um Mitternacht, am Bergeskamm.«
»Auf dem hohen Moor, am Erlenstamm.«
»Ich komme.«
»Ich mit.«
»Ich nenn euch die Zahl.«
»Und ich die Namen.«
»Und ich die Qual.«
»Hei!
Wie Splitter brach das Gebälk entzwei.«

»Tand, Tand,
Ist das Gebilde von Menschenhand.«

[1880]

[*Brück am Tay:* Am 28. 12. 1879 war die Eisenbahnbrücke bei Dundee eingestürzt; größtes Eisenbahnunglück des 19. Jahrhunderts mit etwa 200 Todesopfern.]

Herr von Ribbeck auf Ribbeck im Havelland

Herr von Ribbeck auf Ribbeck im Havelland,
Ein Birnbaum in seinem Garten stand,
Und kam die goldene Herbsteszeit,
Und die Birnen leuchteten weit und breit,
Da stopfte, wenns Mittag vom Turme scholl,
Der von Ribbeck sich beide Taschen voll,
Und kam in Pantinen ein Junge daher,
So rief er: »Junge, wist 'ne Beer?«
Und kam ein Mädel, so rief er: »Lütt Dirn,
Kumm man röwer, ick hebb 'ne Birn.«

So ging es viel Jahre, bis lobesam
Der von Ribbeck auf Ribbeck zu sterben kam.
Er fühlte sein Ende. 's war Herbsteszeit,
Wieder lachten die Birnen weit und breit,
Da sagte von Ribbeck: »Ich scheide nun ab.
Legt mir eine Birne mit ins Grab.«
Und drei Tage drauf, aus dem Doppeldachhaus,
Trugen von Ribbeck sie hinaus,
Alle Bauern und Büdner, mit Feiergesicht,
Sangen »Jesus, meine Zuversicht«,
Und die Kinder klagten, das Herze schwer:
»He is dod nu. Wer giwt uns nu 'ne Beer?«

So klagten die Kinder. Das war nicht recht.
Ach, sie kannten den alten Ribbeck schlecht,
Der *neue* freilich, der knausert und spart,
Hält Park und Birnbaum strenge verwahrt,
Aber der *alte*, vorahnend schon
Und voll Mißtraun gegen den eigenen Sohn,
Der wußte genau, was damals er tat,
Als um eine Birn ins Grab er bat,
Und im dritten Jahr, aus dem stillen Haus
Ein Birnbaumsprößling sproßt heraus.

Und die Jahre gehen wohl auf und ab,
Längst wölbt sich ein Birnbaum über dem Grab,
Und in der goldenen Herbsteszeit
Leuchtets wieder weit und breit.
Und kommt ein Jung übern Kirchhof her,
So flüsterts im Baume: »Wiste 'ne Beer?«
Und kommt ein Mädel, so flüsterts: »Lütt Dirn,
Kumm man röwer, ick gew di 'ne Birn.«

So spendet Segen noch immer die Hand
Des von Ribbeck auf Ribbeck im Havelland.

WILHELM RAABE

1831–1910

Des Menschen Hand

Legt in die Hand das Schicksal dir ein Glück,
Mußt du ein andres wieder fallen lassen;
Schmerz und Gewinn erhältst du Stück um Stück,
Und Tiefersehntes wirst du bitter hassen.

Des Menschen Hand ist eine Kinderhand,
Sie greift nur zu, um achtlos zu zerstören;
Mit Trümmern überstreuet sie das Land,
Und was sie hält, wird ihr doch nie gehören.

Des Menschen Hand ist eine Kinderhand,
Sein Herz ein Kinderherz im heftgen Trachten.
Greif zu und halt! . . . Da liegt der bunte Tand,
Und klagen müssen nun, die eben lachten.

Legt in die Hand das Schicksal dir den Kranz,
So mußt die schönste Pracht du selbst zerpflücken;
Zerstören wirst du selbst des Lebens Glanz
Und weinen über den zerstreuten Stücken.

Beruhigung

Auf alle Höhen
Da wollt ich
Steigen,
Zu allen Tiefen
Mich niederneigen.
Das Nah und Ferne
Wollt ich erkünden,
Geheimste Wunder
Wollt ich
Ergründen.
Gewaltig Sehnen,
Unendlich Schweifen,
Im ewgen Streben
Ein Nieergreifen –
Das war mein
Leben.

Nun ist's geschehen; –
Aus allen Räumen
Hab ich gewonnen
Ein holdes Träumen.
Nun sind umschlossen
Im engsten Ringe,
Im stillsten Herzen
Weltweite Dinge.
Lichtblauer Schleier
Sank nieder leise;
In Liebesweben,
Goldzauberkreise –
Ist nun mein Leben.

WILHELM BUSCH

1832–1908

Dilemma

Das glaube mir – so sagte er –
Die Welt ist mir zuwider,
Und wenn die Grübelei nicht wär,
So schöß ich mich darnieder.

Was aber wird nach diesem Knall
Sich späterhin begeben?
Warum ist mir mein Todesfall
So eklig wie mein Leben?

Mir wäre doch, potzsapperlot,
Der ganze Spaß verdorben,
Wenn man am Ende gar nicht tot,
Nachdem daß man gestorben.

Es sitzt ein Vogel auf dem Leim,
Er flattert sehr und kann nicht heim.
Ein schwarzer Kater schleicht herzu,
Die Krallen scharf, die Augen gluh.
Am Baum hinauf und immer höher
Kommt er dem armen Vogel näher.

Der Vogel denkt: Weil das so ist
Und weil mich doch der Kater frißt,
So will ich keine Zeit verlieren,
Will noch ein wenig quinquilieren
Und lustig pfeifen wie zuvor.
Der Vogel, scheint mir, hat Humor.

[1874]

Wirklich, er war unentbehrlich!
Überall, wo was geschah
Zu dem Wohle der Gemeinde,
Er war tätig, er war da.

Schützenfest, Kasinobälle,
Pferderennen, Preisgericht,
Liedertafel, Spritzenprobe,
Ohne ihn da ging es nicht.

Ohne ihn war nichts zu machen,
Keine Stunde hatt er frei.
Gestern, als sie ihn begruben,
War er richtig auch dabei.

Die Liebe war nicht geringe.
Sie wurden ordentlich blaß;
Sie sagten sich tausend Dinge
Und wußten noch immer was.

Sie mußten sich lange quälen.
Doch schließlich kam's dazu,
Daß sie sich konnten vermählen.
Jetzt haben die Seelen Ruh.

Bei eines Strumpfes Bereitung
Sitzt sie im Morgenhabit;
Er liest in der Kölnischen Zeitung
Und teilt ihr das Nötige mit.

[*Morgenhabit:* Morgenkleidung.]

Fink und Frosch

Im Apfelbaume pfeift der Fink
Sein Pinkepink!
Ein Laubfrosch klettert mühsam nach
Bis auf des Baumes Blätterdach
Und bläht sich auf und quakt: »Ja ja!
Herr Nachbar, ick bin och noch da!«

Und wie der Vogel frisch und süß
Sein Frühlingslied erklingen ließ,
Gleich muß der Frosch in rauhen Tönen
Den Schusterbaß dazwischen dröhnen.

»Juchheija heija!« spricht der Fink.
»Fort flieg ich flink!«
Und schwingt sich in die Lüfte hoch.

»Wat!« ruft der Frosch, »dat kann ick och!«
Macht einen ungeschickten Satz,
Fällt auf den harten Gartenplatz,
Ist platt, wie man die Kuchen backt,
Und hat für ewig ausgequakt.

Wenn einer, der mit Mühe kaum
Geklettert ist auf einen Baum,
Schon meint, daß er ein Vogel wär,
So irrt sich der.

[1904]

Pst!

Es gibt ja leider Sachen und Geschichten,
Die reizend und pikant,
Nur werden sie von Tanten und von Nichten
Niemals genannt.

Verehrter Freund, so sei denn nicht vermessen,
Sei zart und schweig auch du.
Bedenk: Man liebt den Käse wohl, indessen
Man deckt ihn zu.

Romanze vom nützlichen Soldaten

Rieke näht auf die Maschine,
Nischke ist beis Militär,
Dennoch aber ließ sie ihne
Niemals nahe bei sich her.

Wozu, fragte sie verächtlich,
Wozu hilft mich der Soldat,
Wenn man bloß durch ihn hauptsächlich
So viel hohe Steuern hat.

Einstmals ging sie in das Holze,
Nischke wollte gerne mit;
Aber nein, partu nicht wollt se,
Daß er ihr dahin beglitt.

Plötzlich springt aus dem Gebüsche
Auf ihr zu ein alter Strolch;
Stiere Augen, wie die Fische,
Kalte Hände, wie der Molch.

Runter, schreit er, mit die Kleider,
Denn Sie lebt im Überfluß,
Da ich ein Fabrikarbeiter,
Der sich was verdienen muß.

Weinend fällt das Kleid und Röckchen,
Zitternd löst sich der Turnür,
Nur ein kurzes Unterglöckchen
Schützt vor Scham und Kälte ihr.

Bauz! Da fällt ein Schuß mit Schroten.
Fluchend läuft der Vagabund
Mit verletztem Hosenboden
In des Waldes Hintergrund.

Das tat Nischke, der trotz allen
Rieken heimlich nachgeschleicht,
Die sich unter Dankeslallen
Jetzt um seinen Hals verzweigt.

Oh, ihr Mädchens, laßt euch raten,
Ehrt und liebet den Soldat;
Weil er sonst vor seine Taten
Nicht viel zu verzehren hat.

[*Turnür:* Ende des 19. Jahrhunderts hinten unter dem Rock getragenes Gestell oder Polster.]

Es stand vor eines Hauses Tor
Ein Esel mit gespitztem Ohr,
Der käute sich sein Bündel Heu
Gedankenvoll und still entzwei. –
Nun kommen da und bleiben stehn
Der naseweisen Buben zween,
Die auch sogleich, indem sie lachen,
Verhaßte Redensarten machen,
Womit man denn bezwecken wollte,
Daß sich der Esel ärgern sollte. –
Doch dieser hocherfahrne Greis
Beschrieb nur einen halben Kreis,
Verhielt sich stumm und zeigte itzt
Die Seite, wo der Wedel sitzt.

DETLEV VON LILIENCRON

1844–1909

Aus: *Heidebilder*

Tiefeinsamkeit spannt weit die schönen Flügel,
Weit über stille Felder aus.
Wie ferne Küsten grenzen graue Hügel,
Sie schützen vor dem Menschengraus.

Im Frühling fliegt in mitternächtiger Stunde
Die Wildgans hoch in raschem Flug.
Das alte Gaukelspiel: in weiter Runde
Hör ich Gesang im Wolkenzug.

Verschlafen sinkt der Mond in schwarze Gründe,
Beglänzt noch einmal Schilf und Rohr.
Gelangweilt ob so mancher holden Sünde,
Verläßt er Garten, Wald und Moor.

Die Mittagssonne brütet auf der Heide,
Im Süden droht ein schwarzer Ring.
Verdurstet hängt das magere Getreide,
Behaglich treibt ein Schmetterling.

Ermattet ruhn der Hirt und seine Schafe,
Die Ente träumt im Binsenkraut.
Die Ringelnatter sonnt in trägem Schlafe
Unregbar ihre Tigerhaut.

Im Zickzack zuckt ein Blitz, und Wasserfluten
Entstürzen gierig dunklem Zelt.
Es jauchzt der Sturm und peitscht mit seinen Ruten
Erlösend meine Heidewelt.

Auf einem Bahnhof

Aus einer Riesenstadt verirrt ich mich
Auf einen weit entlegnen kleinen Bahnhof.
Ein Städtchen wird vielleicht von hier erreicht
Von Männern, die vom Morgen an viel Stunden
Am Pult, in Läden und Kanzlei gesessen
Und nun des Abends im Familienkreise
Den Staub abschütteln wollen vom »Geschäft«.

Ein glühend heißer Sommertag schloß ab.
Es war die Zeit der Mitteldämmerung.

Der neue Mond schob wie ein Komma sich
Just zwischen zwei bepackte Güterwagen.
Im Westen lag der stumme Abendhimmel
In ganz verblaßter, milchig gelber Farbe.
An diesem Himmel stand wie ausgeschnitten
Ein Haufen Schornsteintürme vor der Helle.
Aus allen Schloten qualmte dicker Rauch,
Erst grad zur Höh, dann wie gebrochen bald,
Beinah im rechten Winkel, einem Windzug
Nachgebend, der hier Oberhand gewonnen.
In wunderlich geformten Öfen dort,
Die offne Stellen zeigten, lohte ruhig,
Ganz ruhig, ohne jeden Flackerzug,
Ein dunkelblauer starker Flammenmantel.
Und aus der großen Stadt klang dumpf Geräusch,
Ein brodelnd Kochen, das ich einmal schon
Gehört, als vor Paris wir Deutschen lagen,
Indessen drinnen die Kommune sich
Im Höllenlärme blutige Wangen wusch.
Das fiel mir ein in diesem Augenblick.
Und wie auch damals, kam ein Bild von neuem:
Scharf, wie geputztes Messing blank, erglänzte
Hoch über allem Zank der Jupiter.
Und heut wie einst: Der Jupiter stand oben,
Von allen Sternen er allein zu sehn,
Und schaute auf den ewigen Erdenkampf,
Der mir so wüst in dieser Stunde schien.
Und wie bezwungen sprach ich vor mich hin
Mit leiser Lippe: Zwanzigstes Jahrhundert.

Um mich war's leer; ein letzter Zug hielt fertig,
Die letzten Arbeitsmüden zu erwarten.
Ein Bahnbeamter mit knallroter Mütze
Schoß mir vorbei mit Eilgutformularen.
Sonst nichts. Nur oben stand der Jupiter.
Die blauen Flammen lohten geisterhaft,
Und aus der Stadt her drang verworrner Ton.

[1890]

[*vor Paris:* Paris wurde im Deutsch-Französischen Krieg von September 1870 bis zur Kapitulation am 28. 1. 1871 belagert; Friedensschluß von Frankfurt am 10. 5. 1871. – *Kommune:* März – Mai 1871 sozialistisch-kommunistischer Aufstand in Paris, vom Militär niedergeworfen.]

Einen Sommer lang

Zwischen Roggenfeld und Hecken
Führt ein schmaler Gang;
Süßes, seliges Verstecken,
Einen Sommer lang.

Wenn wir uns von ferne sehen,
Zögert sie den Schritt,
Rupft ein Hälmchen sich im Gehen,
Nimmt ein Blättchen mit.

Hat mit Ähren sich das Mieder
Unschuldig geschmückt,
Sich den Hut verlegen nieder
In die Stirn gerückt.

Finster kommt sie langsam näher,
Färbt sich rot wie Mohn;
Doch ich bin ein feiner Späher,
Kenn die Schelmin schon.

Noch ein Blick in Weg und Weite,
Ruhig liegt die Welt,
Und es hat an ihre Seite
Mich der Sturm gesellt.

Zwischen Roggenfeld und Hecken
Führt ein schmaler Gang;
Süßes, seliges Verstecken,
Einen Sommer lang.

Sommernacht

An ferne Berge schlug die Donnerkeulen
Ein rasch verrauschtes Nachmittaggewitter.
Die Bauern zogen heim auf müden Gäulen,
Und singend kehrten Winzervolk und Schnitter.
Auf allen Dächern qualmten blaue Säulen
Genügsam himmelan, ein luftig Gitter.
Nun ist es Nacht, es geistern schon die Eulen,
Einsam aus einer Laube klingt die Zither.

Der Handkuß

Viere lang,
Zum Empfang,
Vorne Jean,
Elegant
  Fährt meine süße Lady.

Schilderhaus,
Wache raus.
Schloßportal,
Und im Saal
  Steht meine süße Lady.

Hofmarschall,
Pagenwall.
Sehr graziös,
Merveillös
  Knixt meine süße Lady.

Königin,
Hoher Sinn.
Ihre Hand,
Interessant,
  Küßt meine süße Lady.

Viere lang,
Vom Empfang,
Vorne Jean,
Elegant,
  Kommt meine süße Lady.

Nun wie war's
Heut bei Czars?
Ach, ich bin
Noch ganz hin,
  Haucht meine süße Lady.

Nach und nach,
Allgemach,
Ihren Mann
Wieder dann
  Kennt meine süße Lady.

[*Merveillös:* franz. ›merveilleux‹, wunderbar, ausgezeichnet.]

Die Musik kommt

Klingling, bumbum und tschingdada,
Zieht im Triumph der Perserschah?
Und um die Ecke brausend bricht's
Wie Tubaton des Weltgerichts,
Voran der Schellenträger.

Brumbrum, das große Bombardon,
Der Beckenschlag, das Helikon,
Die Piccolo, der Zinkenist,
Die Türkentrommel, der Flötist,
Und dann der Herre Hauptmann.

Der Hauptmann naht mit stolzem Sinn,
Die Schuppenketten unterm Kinn;
Die Schärpe schnürt den schlanken Leib,
Beim Zeus! das ist kein Zeitvertreib!
Und dann die Herren Leutnants.

Zwei Leutnants rosenrot und braun,
Die Fahne schützen sie als Zaun;
Die Fahne kommt, den Hut nimm ab,
Der bleiben treu wir bis ans Grab!
Und dann die Grenadiere.

Der Grenadier im strammen Tritt,
In Schritt und Tritt und Tritt und Schritt,
Das stampft und dröhnt und klappt und flirrt,
Laternenglas und Fenster klirrt.
Und dann die kleinen Mädchen.

Die Mädchen alle, Kopf an Kopf,
Das Auge blau und blond der Zopf;
Aus Tür und Tor und Hof und Haus
Schaut Mine, Trine, Stine aus.
Vorbei ist die Musike.

Klingling, tschingtsching und Paukenkrach,
Noch aus der Ferne tönt es schwach,
Ganz leise bumbumbumbum tsching;
Zog da ein bunter Schmetterling,
Tschintsching, bum, um die Ecke?

[1890]

Aus: *Sizilianen*

Acherontisches Frösteln

Schon nascht der Star die rote Vogelbeere,
Zum Erntekranze juchheiten die Geigen.
Und warte nur, bald nimmt der Herbst die Schere
Und schneidet sich die Blätter von den Zweigen.
Dann ängstet in den Wäldern eine Leere;
Durch kahle Äste wird ein Fluß sich zeigen,
Der schläfrig an mein Ufer treibt die Fähre,
Die mich hinüberholt ins kalte Schweigen.

Schöne Junitage

Mitternacht, die Gärten lauschen,
Flüsterwort und Liebeskuß,
Bis der letzte Klang verklungen,
Weil nun alles schlafen muß –
Flußüberwärts singt eine Nachtigall.

Sonnengrüner Rosengarten,
Sonnenweiße Stromesflut,
Sonnenstiller Morgenfriede,
Der auf Baum und Beeten ruht –
Flußüberwärts singt eine Nachtigall.

Straßentreiben, fern, verworren,
Reicher Mann und Bettelkind,
Myrtenkränze, Leichenzüge,
Tausendfältig Leben rinnt –
Flußüberwärts singt eine Nachtigall.

Langsam graut der Abend nieder,
Milde wird die harte Welt,
Und das Herz macht seinen Frieden,
Und zum Kinde wird der Held –
Flußüberwärts singt eine Nachtigall.

Pidder Lüng

»Frii es de Feskfang,
Frii es de Jaght,
Frii es de Strönthgang,
Frii es de Naght,
Frii es de See, de wilde See
En de Hörnemmer Rhee.«

Der Amtmann von Tondern, Henning Pogwisch,
Schlägt mit der Faust auf den Eichentisch:
Heut fahr ich selbst hinüber nach Sylt
Und hol mir mit eigner Hand Zins und Gült.
Und kann ich die Abgaben der Fischer nicht fassen,
Sollen sie Nasen und Ohren lassen,
Und ich höhn ihrem Wort:
Lewwer duad üs Slaav.

Im Schiff vorn der Ritter, panzerbewehrt,
Stützt sich finster auf sein langes Schwert.
Hinter ihm, von der hohen Geistlichkeit,
Steht Jürgen, der Priester, beflissen, bereit.
Er reibt sich die Hände, er bückt den Nacken.
Der Obrigkeit helf ich, die Frevler packen;
In den Pfuhl das Wort:
Lewwer duad üs Slaav.

Gen Hörnum hat die Prunkbarke den Schnabel gewetzt,
Ihr folgen die Ewer, kriegsvolkbesetzt.
Und es knirschen die Kiele auf den Sand,
Und der Ritter, der Priester springen ans Land,
Und waffenrasselnd hinter den beiden
Entreißen die Söldner die Klingen den Scheiden.
Nun gilt es, Friesen:
Lewwer duad üs Slaav!

Die Knechte umzingeln das erste Haus,
Pidder Lüng schaut verwundert zum Fenster heraus.
Der Ritter, der Priester treten allein
Über die ärmliche Schwelle hinein.
Des langen Peters starkzählige Sippe
Sitzt grad an der kargen Mittagskrippe.
Jetzt zeige dich, Pidder:
Lewwer duad üs Slaav!

Der Ritter verneigt sich mit hämischem Hohn,
Der Priester will anheben seinen Sermon.
Der Ritter nimmt spöttisch den Helm vom Haupt
Und verbeugt sich noch einmal: Ihr erlaubt,
Daß wir euch stören bei euerm Essen,
Bringt hurtig den Zehnten, den ihr vergessen,
Und euer Spruch ist ein Dreck:
Lewwer duad üs Slaav.

Da reckt sich Pidder, steht wie ein Baum:
Henning Pogwisch, halt deine Reden im Zaum.
Wir waren der Steuern von jeher frei,
Und ob du sie wünschst, ist uns einerlei.
Zieh ab mit deinen Hungergesellen;
Hörst du meine Hunde bellen?
Und das Wort bleibt stehn:
Lewwer duad üs Slaav!

Bettelpack! fährt ihn der Amtmann an,
Und die Stirnader schwillt dem geschienten Mann:
Du frißt deinen Grünkohl nicht eher auf,
Als bis dein Geld hier liegt zu Hauf.
Der Priester zischelt von Trotzkopf und Bücken
Und verkriecht sich hinter des Eisernen Rücken.
O Wort, geh nicht unter:
Lewwer duad üs Slaav!

Pidder Lüng starrt wie wirrsinnig den Amtmann an.
Immer heftiger in Wut gerät der Tyrann,
Und er speit in den dampfenden Kohl hinein:
Nun geh an deinen Trog, du Schwein.
Und er will, um die peinliche Stunde zu enden,
Zu seinen Leuten nach draußen sich wenden.
Dumpf dröhnt's von drinnen:
Lewwer duad üs Slaav!

Einen einzigen Sprung hat Pidder getan,
Er schleppt an den Napf den Amtmann heran
Und taucht ihm den Kopf ein und läßt ihn nicht frei,
Bis der Ritter erstickt ist im glühheißen Brei.
Die Fäuste dann lassend vom furchtbaren Gittern,
Brüllt er, die Türen und Wände zittern,
Das stolzeste Wort:
Lewwer duad üs Slaav!

Der Priester liegt ohnmächtig ihm am Fuß.
Die Häscher stürmen mit höllischem Gruß,
Durchbohren den Fischer und zerren ihn fort;
In den Dünen, im Dorf rasen Messer und Mord.
Pidder Lüng doch, eh sie ganz ihn verderben,
Ruft noch einmal im Leben, im Sterben
Sein Herrenwort:
Lewwer duad üs Slaav!

Tod in Ähren

Im Weizenfeld, in Korn und Mohn,
Liegt ein Soldat, unaufgefunden,
Zwei Tage schon, zwei Nächte schon,
Mit schweren Wunden, unverbunden.

Durstüberquält und fieberwild,
Im Todeskampf den Kopf erhoben.
Ein letzter Traum, ein letztes Bild;
Sein brechend Auge schlägt nach oben.

Die Sense sirrt im Ährenfeld,
Er sieht sein Dorf im Arbeitsfrieden,
Ade, Ade, du Heimatwelt –
Und beugt das Haupt und ist verschieden.

FRIEDRICH NIETZSCHE

1844–1900

Dort der Galgen, hier die Stricke,
Henker hier, und Henkers Art,
Rothe Nasen gift'ge Blicke –
Und des Priesters Würden-Bart:
Kenne euch aus hundert Gängen –
Spei' euch gerne in's Gesicht –
Wozu hängen?
Sterben? Sterben – lernt' ich nicht.

Bettler ihr! Denn, euch zum Neide
Mir ward, was ihr – nie erwerbt.
Zwar ich leide, zwar ich leide
Aber ihr – ihr sterbt, ihr sterbt!
Auch nach hundert Todesgängen
Find' ich mich zurück zum Licht –
Wozu hängen?
Sterben? Sterben – lernt' ich nicht.

Also klang, in Spaniens Ferne,
Mir das Lied zum Klapper-Blech.
Düster blickte die Laterne,
Hell der Sänger, froh und frech.
Wie ich horchend in die Tiefe
Meiner tiefsten Wasser sank,
Dünkte mich's, ich schliefe, schliefe
Ewig heil und ewig krank.

[1884]

Der Freigeist.

Abschied

»Die Krähen schrei'n
Und ziehen schwirren Flugs zur Stadt:
Bald wird es schnei'n –
Wohl dem, der jetzt noch – Heimat hat!

Nun stehst du starr,
Schaust rückwärts ach! wie lange schon!
Was bist du Narr
Vor Winters in die Welt – entflohn?

Die Welt – ein Thor
Zu tausend Wüsten stumm und kalt!
Wer Das verlor,
Was du verlorst, macht nirgends Halt.

Nun stehst du bleich,
Zur Winter-Wanderschaft verflucht,
Dem Rauche gleich,
Der stets nach kältern Himmeln sucht.

Flieg', Vogel, schnarr'
Dein Lied im Wüsten-Vogel-Ton! –
Versteck', du Narr,
Dein blutend Herz in Eis und Hohn!

Die Krähen schrei'n
Und ziehen schwirren Flugs zur Stadt:
Bald wird es schnei'n,
Weh dem, der keine Heimat hat!«

Antwort.

Daß Gott erbarm'!
Der meint, ich sehnte mich zurück
In's deutsche Warm,
In's dumpfe deutsche Stuben-Glück!

Mein Freund, was hier
Mich hemmt und hält ist dein
Verstand,
Mitleid mit dir!
Mitleid mit deutschem Quer-Verstand!

[1884]

An der Brücke stand
jüngst ich in brauner Nacht.
Fernher kam Gesang:
goldener Tropfen quoll's
über die zitternde Fläche weg.
Gondeln, Lichter, Musik –
trunken schwamm's in die Dämmrung hinaus...

Meine Seele, ein Saitenspiel,
sang sich, unsichtbar berührt,
heimlich ein Gondellied dazu,
zitternd vor bunter Seligkeit.
– Hörte Jemand ihr zu?...

[E: 1888; D: 1894; in diesem von Nietzsche nicht autorisierten Erstdruck mit dem Titel »Venedig«.]

Die Sonne sinkt.

1.

Nicht lange durstest du noch,
verbranntes Herz!
Verheissung ist in der Luft,
aus unbekannten Mündern bläst mich's an
– die grosse Kühle kommt...

Meine Sonne stand heiss über mir im Mittage:
seid mir gegrüsst, dass ihr kommt
ihr plötzlichen Winde
ihr kühlen Geister des Nachmittags!

Die Luft geht fremd und rein.
Schielt nicht mit schiefem
Verführerblick
die Nacht mich an?...
Bleib stark, mein tapfres Herz!
Frag nicht: warum? –

2.

Tag meines Lebens!
die Sonne sinkt.
Schon steht die glatte
Fluth vergüldet.
Warm athmet der Fels:
schlief wohl zu Mittag
das Glück auf ihm seinen Mittagsschlaf?
In grünen Lichtern
spielt Glück noch der braune Abgrund herauf.

Tag meines Lebens!
gen Abend gehts!
Schon glüht dein Auge
halbgebrochen,
schon quillt deines Thaus
Thränengeträufel,
schon läuft still über weisse Meere
deiner Liebe Purpur,
deine letzte zögernde Seligkeit...

3.

Heiterkeit, güldene, komm!
du des Todes
heimlichster süssester Vorgenuss!
– Lief ich zu rasch meines Wegs?
Jetzt erst, wo der Fuss müde ward,
holt dein Blick mich noch ein,
holt dein Glück mich noch ein.

Rings nur Welle und Spiel.
Was je schwer war,
sank in blaue Vergessenheit,
müssig steht nun mein Kahn.
Sturm und Fahrt – wie verlernt er das!
Wunsch und Hoffen ertrank,
glatt liegt Seele und Meer.

Siebente Einsamkeit!
Nie empfand ich
näher mir süsse Sicherheit,
wärmer der Sonne Blick.
– Glüht nicht das Eis meiner Gipfel noch?
Silbern, leicht, ein Fisch
schwimmt nun mein Nachen hinaus …

[E: 1888]

CHRISTIAN WAGNER

1835–1918

Ostersamstag

Wie die Frauen
Zions wohl dereinst beim matten Grauen
Jenes Trauertags beisammen standen,
Nicht mehr Worte, nur noch Tränen fanden,

So noch heute
Stehen, als in ferne Zeit verstreute
Bleiche Zionstöchter, Anemonen
In des Nordens winterlichen Zonen.

Vom Gewimmel
Dichter Flocken ist er trüb, der Himmel;
Traurig stehen sie, die Köpfchen hängend
Und in Gruppen sich zusammendrängend.

Also einsam,
Zehn und zwölfe hier so leidgemeinsam,
Da und dort verstreut auf grauer Öde,
Weiße Tüchlein aufgebunden jede.

Also trauernd,
Innerlich vor Frost zusammenschauernd,
Stehn alljährlich sie als Klagebildnis
In des winterlichen Waldes Wildnis.

[1890]

Spätes Erwachen

So wie ein Mensch nach lärmendem Gelag
Noch spät zu Mitternacht nicht schlafen mag
Und seine Ruh' erst findet knapp vor Tag,

Und süß erst schläft beim hellen Morgenschein,
So reichte in die Jugend mir hinein
Versäumter Schlaf von einem vorgen Sein.

O wüßt' ich doch, was mich nicht schlafen ließ!
Ob mich ein Gott vom Bacchanal verstieß?
Ob ich betrunken kam vom Paradies? –

GUSTAV FALKE

1853–1916

Zwei

Drüben du, mir deine weiße
Rose übers Wasser zeigend,
Hüben ich, dir meine dunkle
Sehnsüchtig entgegen neigend.

In dem breiten Strome, der uns
Scheidet, zittern unsre blassen
Schatten, die vergebens suchen,
Sich zu finden, sich zu fassen.

Und so stehn wir, unser Stammeln
Stirbt im Wind, im Wellenrauschen,
Und wir können nichts als unsre
Stummen Sehnsuchtswinke tauschen.

Leis, gespenstig, zwischen unsern
Dunklen Ufern schwimmt ein wilder
Schwarzer Schwan, und seltsam schwanken
Unsre blassen Spiegelbilder.

[1896]

Närrische Träume

Heute nacht träumte mir, ich hielt
den Mond in der Hand
wie eine große, gelbe Kegelkugel
und schob ihn ins Land,
als gälte es alle Neune.
Er warf einen Wald um, eine alte Scheune,
zwei Kirchen mitsamt den Küstern, o weh,
und rollte in die See.

Heute nacht träumte mir, ich warf
den Mond ins Meer.
Die Fische all erschraken, und die Wellen
spritzten umher
und löschten alle Sterne.

Und eine Stimme, ganz aus der Ferne,
schalt: Wer pustet mir mein Licht aus?
Jetzt ist's dunkel im Haus.

Heute nacht träumte mir, es war
rabenfinster rings.
Da kam was leise auf mich zugegangen,
wie auf Zehen ging's.
Da wollt ich mich verstecken,
stolperte über den Wald, über die Scheune vor Schrecken,
über die Kirchen mitsamt den Küstern, o weh,
und fiel in die See.

Heute nacht träumte mir, ich sei
der Mond im Meer.
Die Fische alle glotzten und standen
im Kreis umher.
So lag ich seit Jahren,
sah über mir hoch die Schiffe fahren
und dacht, wenn jetzt wer über Bord sich biegt
und sieht, wer hier liegt
zwischen Schollen und Flundern,
wie wird der sich wundern!

Gebet

Herr, laß mich hungern dann und wann,
Satt sein macht stumpf und träge,
Und schick mir Feinde, Mann um Mann,
Kampf hält die Kräfte rege.

Gib leichten Fuß zu Spiel und Tanz,
Flugkraft in goldene Ferne,
Und häng den Kranz, den vollen Kranz,
Mir höher in die Sterne.

PETER HILLE
1854–1904

Seegesicht

Die Küste ruht.
Weites Tritonengetut,
Silberne Wunden der Flut,
Tobende Augen der Wut.

Krähende Pausbacks auf steigenden Rossen,
Plätscherndes Spielen, purpurne Flossen,
Neckisch Bedräuen mit Zacken und Spießen,
Kräftig anfassendes Leiberumschließen.

Und sieh, eine Muschel fleischgelb und zart,
Von Amorinen flüsternd bewahrt.
Hingegossen ruhende Linien,
Grüßende rauschende Palmen und Pinien.
Angeblühte rosige Brüste.
Lächelnde sonnengestreifte Küste.

Fürder kein Dräuen mit Zacken und Spießen,
Müdhinlallendes Leiberumschließen.
Nickende Pausbacks mit schlürfenden Rossen. –
Grünhinflüsternde, finstere Flossen.

Erloschene Wunden der Flut,
Fernes Tritonengetut,
Stierende Augen der Wut,
Die Küste ruht.

[1889]

Waldesstimme

Wie deine grüngoldnen Augen funkeln,
Wald, du moosiger Träumer!
Wie deine Gedanken dunkeln,
Einsiedel, schwer von Leben,
Saftseufzender Tagesversäumer!

Über der Wipfel Hin- und Wiederschweben
Wie's Atem holt und näher braust,
Und weiter zieht –
und stille wird –
und saust.

Über der Wipfel Hin- und Wiederschweben
Hoch droben steht ein ernster Ton,
Dem lauschen tausend Jahre schon,
Und werden tausend Jahre lauschen . . .
Und immer dieses starke, donnerdunkle Rauschen.

[1904/05]

HEINRICH KÄMPCHEN

1847–1912

Ideal und Prosa

Wer nie im Schacht die Keilhau schwang,
Wer nie, von Pulverdampf umgeben,
Nach Luft und Atem röchelnd rang,
Der kennt dich nicht, du Bergmannsleben.

Man wirft uns in die Gruft hinein,
Wer bürgt, daß nicht zerschmettert färben
Wir unten blutig das Gestein?
Es geht auf Leben oder Sterben.

Und wer den Bergebau besang
Und wer ihn pries in Melodien,
Er wolle nur zwei Monde lang
Mit uns durch seine Grüfte ziehen.

Er habe nur wie wir im Schacht,
Durchleuchtet nie von Tageshelle,
So manche schwere Schicht vollbracht,
Den bleichen Tod als Mitgeselle.

Und meinen Kopf setz' ich zum Pfand,
Ihm sind die Lieder ausgegangen –
Das Schaumgold ›Ideal‹ verschwand
Dort, wo die ›Prosa‹ angefangen.

[1898]

Ein Bild

Schwarz von Kohlendampf die Luft,
Überall Gepoch und Hämmern,
Jede Grube eine Gruft,
Um das Leben zu verdämmern.

Graue Halden, dürr und kahl,
Schlote, die zum Himmel ragen,
Menschenleiber, welk und fahl,
Die sich hasten, die sich plagen.

Zwischendurch der Hütten Dunst
Und die Glut von tausend Essen,
Eine Riesenfeuersbrunst,
Nicht zu malen, nicht zu messen.

Sprecht vom Kohlengräberstand
Oft mit klügelnder Gebärde –
Das ist Kohlengräberland!
Das ist uns're Heimaterde.

Sklavensold

Heil, heil dem Bergmann an der Ruhr!
Er prunkt jetzt mit der goldnen Uhr,
Es trägt sie auf der Tasche stolz
Der Hauer und der Strossenbolz.

Das Christkind hat sie jüngst beschert
Die Uhr, wohl sechzig Mark an Wert,
Dem, der da fünfundzwanzig Jahr
Geschuftet hat mit Haut und Haar.

Mit Haut und Haar auf einem Schacht,
Auf einem Werk bei Tag und Nacht –
Das ist Beding – und billig nur –
Für eine goldne Weihnachtsuhr.

Ihr seht, es ist kein eitler Wahn,
Die Zechenherren sind human
Und schenken extra eine Uhr
Den Arbeitsschafen für die Schur.

Nicht wahr, ein königlicher Lohn?
Für fünfundzwanzigjähr'ge Fron
Die goldne Sechzigmärkeruhr. –
Heil, heil dem Bergmann an der Ruhr!

[1907]

[*Strossenbolz:* Förderaufseher, der für den Ablauf der Wagenförderung zu sorgen und die »Strosse«, den Wassergraben, zu reinigen hatte; kein Schimpfwort, sondern umgangssprachl. Bezeichnung.]

KARL HENCKELL

1864–1929

Das Lied vom Eisenarbeiter

Es stampft und dröhnt mit dumpfem Ton
Und qualmt und raucht ringsum,
Und Mann an Mann in schwerer Fron
An seinem Platze stumm.
Der Hammer sinkt, die Esse sprüht,
Das Eisen in der Flamme glüht.

Frühmorgens, wenn der Schlemmer träg
Auf weichem Pfühl sich reckt,
Macht sich der Lohnsklav auf den Weg,
Vom Dampfpfiff aufgeschreckt.

Und Tag für Tag um kargen Sold
Rührt er die rauhe Hand,
Er geizt um Ehre nicht, um Gold
Und all den glatten Tand.

Kein süßes Lied berührt sein Ohr,
Durch das die Sorge gellt,
Kein Dichter öffnet ihm das Tor
Zu einer schönern Welt.

Er denkt, der Mensch sei gleich und frei,
Ob auch in Schweiß und Ruß –
Der Hochmut rollt an ihm vorbei,
Der Stolz vergällt den Gruß.

Wohl nagt am Herzen weh und wund
Ihm oft sein bittres Los,
Dann bricht ein Fluch aus trotzigem Mund,
Verschlungen vom Getos:

»Das ist ein grausam Weltgebot,
Fremd sind sich Herr und Knecht.«
Sein Auge blitzt, sein Feuer loht,
»Allmächtiger, sei gerecht!

Und wenn ein Gott im Himmel nicht
Den Schrei der Not versteht,
Dann stürm herein, du Weltgericht,
Wo alles untergeht!«
Der Hammer sinkt, die Esse sprüht,
Das Eisen in der Flamme glüht.

[D: 1884; hier nach D: 1921]

Börsencafé

Das Café braust von Stimmen,
Es summt und saust und schwirrt,
Zigarren rötlich glimmen,
Geschirr und Silber klirrt.

Weißlichter durch den Schleier
Der Tabakwolken sprühn –
Fortunas heiße Freier
Vor wilder Wollust glühn.

Plötzlich die Atmosphäre
Zerschneidet scharf und fahl
Langsam die gelbe Mähre
Des Börsenfürsten Baal.

Vom Bluthund Not begleitet,
Umkrallt vom Vampir Qual,
Gott Mammon golden reitet
Gigantisch durch den Saal.

Des starren Blicks Gewalten,
Sie heischen stummen Zoll,
Der Knechte Hände falten
Sich betend andachtsvoll.

Apokalypse

Ein Feuer seh ich lohen
Fern übers finstere Land,
Ich sehe den Schatten drohen
Einer ungeheueren Hand.

Das Feuer schlägt aus den Schloten,
Rauchwolken wirbelnd, empor,
Es flattern die Flammen, die roten,
Wie Banner mit pechschwarzem Flor.

Die Schattenfaust ungeheuer
Ergreift die scharlachne Trophä',
Auf stürzender Städte Gemäuer
Den Fackelbrand schleudert sie jäh.

Es wütet die brodelnde Erde
In grauenerregender Brunst,
Und es wiehern die höllischen Pferde
Wild durch den blutdampfenden Dunst.

RICHARD DEHMEL

1863–1920

Die stille Stadt

Liegt eine Stadt im Tale,
Ein blasser Tag vergeht;
Es wird nicht lange dauern mehr,
Bis weder Mond noch Sterne,
Nur Nacht am Himmel steht.

Von allen Bergen drücken
Nebel auf die Stadt;
Es dringt kein Dach, nicht Hof noch Haus,
Kein Laut aus ihrem Rauch heraus,
Kaum Türme noch und Brücken.

Doch als den Wandrer graute,
Da ging ein Lichtlein auf im Grund;
Und durch den Rauch und Nebel
Begann ein leiser Lobgesang,
Aus Kindermund.

[1893]

Der Arbeitsmann

Wir haben ein Bett, wir haben ein Kind,
mein Weib!
Wir haben auch Arbeit, und gar zu zweit,
Und haben die Sonne und Regen und Wind.
Und uns fehlt nur eine Kleinigkeit,
Um so frei zu sein, wie die Vögel sind:
Nur Zeit.

Wenn wir sonntags durch die Felder gehn,
mein Kind,
Und über den Ähren weit und breit
Das blaue Schwalbenvolk blitzen sehn,
Oh, dann fehlt uns nicht das bißchen Kleid,
Um so schön zu sein, wie die Vögel sind:
Nur Zeit.

Nur Zeit! Wir wittern Gewitterwind,
wir Volk.
Nur eine kleine Ewigkeit;
Uns fehlt ja nichts, mein Weib, mein Kind,
Als all das, was durch uns gedeiht,
Um so kühn zu sein, wie die Vögel sind.
Nur Zeit!

Erntelied

Es steht ein goldnes Garbenfeld,
Das geht bis an den Rand der Welt.
Mahle, Mühle, mahle!

Es stockt der Wind im weiten Land,
Viel Mühlen stehn am Himmelsrand.
Mahle, Mühle, mahle!

Es kommt ein dunkles Abendrot,
Viel arme Leute schrein nach Brot.
Mahle, Mühle, mahle!

Es hält die Nacht den Sturm im Schoß
Und morgen geht die Arbeit los.
Mahle, Mühle, mahle!

Es fegt der Sturm die Felder rein,
Es wird kein Mensch mehr Hunger schrein.
Mahle, Mühle, mahle!

Lied an meinen Sohn

Der Sturm behorcht mein Vaterhaus,
Mein Herz klopft in die Nacht hinaus,
Laut; so erwacht ich vom Gebraus
Des Forstes schon als Kind.
Mein junger Sohn, hör zu, hör zu:
In deine ferne Wiegenruh
Stöhnt meine Worte dir im Traum der Wind.

Einst hab ich auch im Schlaf gelacht,
Mein Sohn, und bin nicht aufgewacht
Vom Sturm; bis eine graue Nacht
Wie heute kam.
Dumpf brandet heut im Forst der Föhn,
Wie damals, als ich sein Getön
Vor Furcht wie meines Vaters Wort vernahm.

Horch, wie der knospige Wipfelsaum
Sich sträubt, sich beugt, von Baum zu Baum;
Mein Sohn, in deinen Wiegentraum
Zornlacht der Sturm – hör zu, hör zu!
Er hat sich nie vor Furcht gebeugt!
Horch, wie er durch die Kronen keucht:
Sei *Du!* sei *Du!* –

Und wenn dir einst von Sohnespflicht,
Mein Sohn, dein alter Vater spricht,
Gehorch ihm nicht, gehorch ihm nicht:
Horch, wie der Föhn im Forst den Frühling braut!
Hoch, er bestürmt mein Vaterhaus,
Mein Herz tönt in die Nacht hinaus,
Laut – –

Anno Domini 1812

Über Rußlands Leichenwüstenei
Faltet hoch die Nacht die blassen Hände;
Funkeläugig durch die weiße, weite,
Kalte Stille starrt die Nacht und lauscht.
Schrill kommt ein Geläute.

Dumpf ein Stampfen von Hufen, fahl flatternder Reif;
Ein Schlitten knirscht, die Kufe pflügt
Stiebende Furchen, die Peitsche pfeift,
Es dampfen die Pferde, Atem fliegt,
Flimmernd zittern die Birken.

»Du – was hörtest du von Bonaparte« –
Und der Bauer horcht und will's nicht glauben,
Daß da hinter ihm der steinern starre
Fremdling mit den harten Lippen
Worte so voll Trauer sprach.

Antwort sucht der Alte, sucht und stockt,
Stockt und staunt mit frommer Furchtgebärde:
Aus dem Wolkensaum der Erde,
Brandrot aus dem schwarzen Saum,
Taucht das Horn des Mondes hoch.

Düster wie von Blutschnee glimmt die lange Straße,
Wie von Blutfrost perlt es in den Birken,
Wie von Blut umtropft sitzt Der im Schlitten.
»Mensch, was *sagt* man von dem großen Kaiser?«
Düster schrillt das Geläute.

Die Glocken rasseln; es klingt, es klagt;
Der Bauer horcht, hohl rauscht's im Schnee
Und schwer nun, feiervoll und sacht,
Wie uralt Lied so stark und weh
Tönt sein Wort ins Öde:

»Groß am Himmel stand die schwarze Wolke,
Fressen wollte sie den heiligen Mond;
Doch der heilige Mond steht noch am Himmel,
Und zerstoben ist die schwarze Wolke.
Volk, was weinst du?

Trieb ein stolzer kalter Sturm die Wolke,
Fressen sollte sie die stillen Sterne.
Aber ewig blühn die stillen Sterne;
Nur die Wolke hat der Sturm zerrissen,
Und der Sturm verschlingt die Ferne.

Und es war ein großes schwarzes Heer,
Und es war ein stolzer kalter Kaiser.
Aber unser Mütterchen, das heilige Rußland,
Hat viel tausend tausend stille warme Herzen;
Ewig, ewig blüht das Volk.«

Hohl verschluckt der Mund der Nacht die Laute,
Dumpfhin rauschen die Hufe, die Glocken wimmern;
Auf den kalten Birken flimmert
Rot der Reif, der mondbetaute.
Den Kaiser schauert.

Durch die leere Ebne irrt sein Blick:
Über Rußlands Leichenwüstenei
Faltet hoch die Nacht die blassen Hände,
Glänzt der dunkelrot gekrümmte Mond,
Eine blutige Sichel Gottes.

[Im Oktober 1812 mußte Napoleon den Rückzug aus Rußland antreten; Hunger und Kälte brachten furchtbares Elend.]

Deutschlands Fahnenlied

Es zieht eine Fahne vor uns her,
herrliche Fahne.
Es geht ein Glanz von Gewehr zu Gewehr,
Glanz um die Fahne.
Es schwebt ein Adler auf ihr voll Ruh,
der rauschte schon unsern Vätern zu:
hütet die Fahne!

Der Adler, der ist unsre Zuversicht;
fliege, du Fahne!
Er trägt eine Krone von Herrgottslicht;
siege, du Fahne!
Lieb Vaterland, Mutterland, Kinderland,
wir schworen's dem Kaiser in die Hand:
hoch, hoch die Fahne!

Des Kaisers Hand hält den Ehrenschild
blank ob der Fahne.
Seine Kraft ist Deiner Kraft Ebenbild,
Volk um die Fahne.
Ihr Müller, Schmidt, Maier, du ganzes Heer,
jetzt sind wir allzumal Helden wie er,
dank unsrer Fahne!

O hört, sie rauscht: lieber Tod als Schmach,
hütet die Fahne!
Unsre Fraun und Mädchen winken uns nach,
herrliche Fahne!
Sie winken, die Augen voll Adlerglanz,
ihr Herz kämpft mit um den blutigen Kranz:
hoch, hoch die Fahne,
ewig hoch! –

[1914]

[August 1914: Beginn des Ersten Weltkriegs; Kriegserklärungen des Deutschen Reichs an Rußland (1. 8.), an Frankreich (3. 8.); nach deutschem Einmarsch ins neutrale Belgien Kriegseintritt Englands (4. 8.).]

OTTO JULIUS BIERBAUM

1865–1910

Traum durch die Dämmerung

Weite Wiesen im Dämmergrau;
Die Sonne verglomm, die Sterne ziehn;
Nun geh ich zu der schönsten Frau,
Weit über Wiesen im Dämmergrau,
Tief in den Busch von Jasmin.

Durch Dämmergrau in der Liebe Land;
Ich gehe nicht schnell, ich eile nicht;
Mich zieht ein weiches, samtenes Band
Durch Dämmergrau in der Liebe Land,
In ein blaues, mildes Licht.

Faunsflötenlied

Ich glaube an den großen Pan,
Den heiter heiligen Werdegeist;
Sein Herzschlag ist der Weltentakt,
In dem die Sonnenfülle kreist.

Es wird und stirbt und stirbt und wird,
Kein Ende und kein Anbeginn.
Sing, Flöte, dein Gebet der Lust!
Das ist des Lebens heiliger Sinn.

Pans Flucht

Grün umbuscht und bunt umblüht,
Mittagssonnenüberglüht,
Inselheckensicher sitzt
Pan und schnitzt.

Schnitzt aus Fliederholze sich
Eine Flöte meisterlich;
Und er setzt sie an den Bart
Fliederzart.

Zierlich, sacht,
Und er lacht:
Blas ich damit auf dem See
In der Nacht,
Wird den wackern Dichtern weh
In der Nacht.

Blas ich damit süß am Tage,
Ach!
Weck ich ihnen Dichterklage,
Ach!

Wehe, weh mir armem Pan,
Was ich tu, ist mißgetan,
Denn, dieweil ich schlief, indessen
Haben sie es ganz vergessen,
Wie sich's lacht.

Leise flötet er. Das klingt,
Wie wenn zwischen frischem Moose
Über Kiesel, glatte große,
Eine helle Quelle springt.
Wie des blauen Flieders Duft
Schwebt dies Tönen durch die Luft,
Voll und lind.

Und die Flöte hört ein Kind,
Das im Busche Blumen brach.
Und es geht dem Klange nach,
Herzgeschwind.

Dachte hier sich ganz allein,
Und nun flötet einer.
Wer mag dieser Flöter sein?
So wie der kann's keiner,
Keiner, den sie je gehört;
Ach, sie ist ganz tonbetört,
Und ihr Herz schlägt schnelle.
Sicher, gar ein schöner Mann
Ist, der also flöten kann,
Und ein junger Geselle.

Und sie schürzt sich hoch den Rock,
Folgt dem Klange immerzu,
Busch durch über Stein und Stock,
Nein doch, hu!:
Der da flötet, ist ein Bock!

Himmel, ach, wie sieht der aus!
Braune Haare, dick und kraus,
Um und um;
Und die Nase und die Beine,
Die sind krumm!
Hat ein Wackelschwänzchen gar
Und zwei Hörner, wunderbar!
Aber Kleider keine.

Und sie lacht und lacht und lacht,
Bis ihr Tränen rinnen.

Pan ist aus dem Lied erwacht,
Und er flieht von hinnen.
Flieht in tiefste Einsamkeit,
Menschensicher, menschenweit.

MAX DAUTHENDEY

1867–1918

Regenduft

Schreie. Ein Pfau.
Gelb schwankt das Rohr.
Glimmendes Schweigen von faulem Holz.

Flüstergrün der Mimosen.
Schlummerndes Gold nackter Rosen
Auf braunem Moor.

Weiße Dämmerung rauscht in den Muscheln.
Granit blank, eisengrau.
Matt im Silberflug Kranichheere
Über die Schaumsaat stahlkühler Meere.

[1893]

Alleingelassen bei Erinnerungen

Jetzt sitzt der weiße Schlaf vor allen Wintertüren,
Die Fenster sind gleich blassen Eierschalen,
Dahinter leben Straßen voll Gespenster
Und Stimmen, die uns ferne Menschen malen.

Man kann die Welt nicht sehen und nur spüren.
Wie Blinde ahnt man dunkel das Geschehen,
Alleingelassen bei Erinnerungen,
Die an den Türen wie die Bettler stehen,

Die bei den Ofenflammen warm sich rühren,
Erregt mit nimmersatten Hungerzungen.
Sie können uns an magern Händen führen
Und haben in der Asche noch nicht ausgesungen.

Ich grübe mir gern in die Stille ein Grab

Ich fühle mich tot, als wär ich erfroren,
Als hätt sich die Welt zu sterben verschworen.
Ich grübe mir gern in der Stille ein Grab
Und warte begraben deine Wiederkehr ab.

Vom langen Warten versteinen die Wangen,
Doch lebt auch im Stein noch ein sehnend Verlangen.
Ich weiß nur, daß ich nichts fühlen will;
Vielleicht steht dann endlich das Warten still.

Der Wind, der heult vor den nächtlichen Toren,
Als würde da draußen nur Unglück geboren.
Er klagt wie ein Hund in die Leere hinein,
Und stets drängen Hunger und Sehnsucht herein.

ARNO HOLZ

1863–1929

Ein Bild

Aus Sandstein ist das gelbliche Portal,
die roten Säulen aus Granit gehauen,
und seitwärts in ein weißes Piedestal
vergräbt ein Löwe seine Marmorklauen.
Doch schwarz verhängt sind alle Fenster heut,
und Lichter brennen nur im Erdgeschosse,
der Straßendamm ist hoch mit Stroh bestreut,
und lautlos drüberhin rollt die Karosse.

Das Treppenhaus verteidigt der Portier
und schüttelt grimmig seine graue Mähne,
und naht gar einer aus der Hautevolee,
dann fletscht er zerberusgleich seine Zähne.
Im Prunksaal trauern hinter Flor und Taft
die bunten Inderstoffe aus Lahore,
auch schleicht die goldbetreßte Dienerschaft
nur auf Spitzzehen durch die Korridore.

Der hochgeborne Hausherr, Exzellenz,
schwankt wie ein Rohr umher auf bleicher Düne,
die erste Redekraft des Parlaments
fehlt heute abermals auf der Tribüne.
Zwar trat man gestern erst in den Etat,
doch hat sein Fehlen diesmal gute Gründe:
Schon viermal war der greise Hausarzt da
und meinte, daß es sehr bedenklich stünde.

Nach Eis und Himbeer wird gar oft geschellt,
doch mäuschenstill ist es im Krankenzimmer,
und seine düstre Teppichpracht erhellt
nur einer Ampel rötliches Geflimmer.
Weit offen steht die Tür zum Vestibül,
und wie im Traum nur plätschert die Fontäne,
die Luft umher ist wie gewitterschwül,
denn ach, die »gnäd'ge Fraa« hat heut – Migräne!

Aus: *Phantasus*

1.

Ihr Dach stieß fast bis an die Sterne,
vom Hof her stampfte die Fabrik,
es war die richtige Mietskaserne
mit Flur- und Leiermannsmusik!
Im Keller nistete die Ratte,
parterre gabs Branntwein, Grog und Bier,
und bis ins fünfte Stockwerk hatte
das Vorstadtelend sein Quartier.

Dort saß er nachts vor seinem Lichte
– duck nieder, nieder, wilder Hohn! –
und fieberte und schrieb Gedichte,
ein Träumer, ein verlorner Sohn!
Sein Stübchen konnte grade fassen
ein Tischchen und ein schmales Bett;
er war so arm und so verlassen,
wie jener Gott aus Nazareth!

Doch pfiff auch dreist die feile Dirne,
die Welt, ihn aus: Er ist verrückt!
ihm hatte leuchtend auf die Stirne
der Genius seinen Kuß gedrückt.
Und wenn vom holden Wahnsinn trunken
er zitternd Vers an Vers gereiht,
dann schien auf ewig ihm versunken
die Welt und ihre Nüchternheit.

In Fetzen hing ihm seine Bluse,
sein Nachbar lieh ihm trocknes Brot,
er aber stammelte: O Muse!
und wußte nichts von seiner Not.
Er saß nur still vor seinem Lichte,
allnächtlich, wenn der Tag entflohn,
und fieberte und schrieb Gedichte,
ein Träumer, ein verlorner Sohn!

[1886]

Brücke zum Zoo

Im Tiergarten, auf einer Bank,
behaglich,
ein Knie über das andere, bequem-nachlässig zurückgelehnt,
sitze ich
und rauche und
freue mich über die schöne Vormittagssonne!

Vor mir,
glitzernd, der Kanal:
den
Himmel spiegelnd, beide Ufer
leise schaukelnd.

Über die Brücke, langsam Schritt, reitet ein Leutnant.
Unter ihm,
zwischen den dunkelen, schwimmenden, blütenkerzigen Kastanienkronen,
pfropfenzieherartig,
ins
Wasser gedreht,
den
Kragen siegellackrot,
sein
Spiegelbild.

Aus den hohen Uferulmen
schmettern die Finken,

vom nahen
Zoo,
erfreulich ohrenbeleidigend, metallischschrillgrell, markdurchdringlich,
verliebt,
erhebt sich ein Affengekreisch;
ein ganz
wahrhaftiger,
wahrer und wirklicher
Kuckuck,
irgendwo, hinter mir,
siebenmal,
ruft.

[1898]

Mählich durchbrechende Sonne

Schönes,
grünes, weiches
Gras.

Drin
liege ich.

Inmitten goldgelber
Butterblumen!

Über mir . . . warm . . . der Himmel:

Ein
weites, schütteres,
lichtwühlig, lichtblendig, lichtwogig
zitterndes
Weiß,
das mir die
Augen
langsam . . . ganz . . . langsam
schließt.

Wehende . . . Luft . . . kaum merklich
ein Duft, ein
zartes . . . Summen.

Nun
bin ich fern
von jeder Welt,
ein sanftes Rot erfüllt mich ganz,
und
deutlich . . . spüre ich . . . wie die
Sonne
mir durchs Blut
rinnt.

Minutenlang.

Versunken
alles ... Nur noch
ich.

Selig!

ISOLDE KURZ

1853–1944

Schlummerflocken

Niedersank der Tag. Aus dunklen Toren
Sternenäugig wird die Nacht geboren.

Ohne Steuer, jetzt vom Land gestoßen,
Schwebt die Seele überm Bodenlosen.

Selig wie erlöste Geister schwanken
In dem Kahn der Nacht die Traumgedanken,

Und ein Albatros im Schiff zu Gaste
Breitet weiße Schwingen überm Maste.

Seh ich Wolkenzüge windgetragen?
Sind's Gebirge, die aus Traumland ragen?

Ferne durch zerrissne Nebel blinken
Seines Wunderports Korallenzinken.

Alle Segel ein, die Winde stocken.
Leise, leise fallen Schlummerflocken.

Nein, nicht vor mir im Staube knien

Nein, nicht vor mir im Staube knien!
Nicht mir im Arm wie Rohr zerbrechen!
Ist erst der Stunde Rausch dahin,
Ich weiß, du wirst es an mir rächen.

Jetzt ist dein Aug' von Tränen naß,
Doch manchmal blinkt's wie Mördereisen.
In deiner Liebe grollt der Haß
Und droht mich künftig zu zerreißen.

Wo ist der Held, der frei vereint
Mit mir auf Lebenshöhen stiege?
Der tröstet, wenn das Herz mir weint,
Und mit mir lächelt, wenn ich siege?

Der nicht Gebieter ist noch Knecht,
Der fühlt wie stille Wunden brennen,
Der schonend nach dem zärtern Recht
Sich neigt in willigem Erkennen?

Wo ist der Held? Es tönt von fern
Wie Gruß von ihm an meine Ohren.
Der Held, der meines Lebens Stern,
Wird erst nach meinem Tod geboren.

RICHARD BEER-HOFMANN

1866–1945

Schlaflied für Mirjam

Schlaf mein Kind – schlaf, es ist spät!
Sieh wie die Sonne zur Ruhe dort geht,
Hinter den Bergen stirbt sie im Rot.
Du – du weißt nichts von Sonne und Tod,
Wendest die Augen vom Licht und zum Schein –
Schlaf, es sind soviel Sonnen noch dein,
Schlaf mein Kind – mein Kind, schlaf ein!

Schlaf mein Kind – der Abendwind weht.
Weiß man, woher er kommt, wohin er geht?
Dunkel, verborgen die Wege hier sind,
Dir, und auch mir, und uns allen, mein Kind!
Blinde – so gehn wir und gehen allein,
Keiner kann Keinem Gefährte hier sein –
Schlaf mein Kind – mein Kind, schlaf ein!

Schlaf mein Kind und horch nicht auf mich!
Sinn hats für mich nur, und Schall ists für dich.
Schall nur, wie Windeswehn, Wassergerinn,
Worte – vielleicht eines Lebens Gewinn!
Was ich gewonnen gräbt mit mir man ein,
Keiner kann Keinem ein Erbe hier sein –
Schlaf mein Kind – mein Kind, schlaf ein!

Schläfst du, Mirjam? – Mirjam, mein Kind,
Ufer nur sind wir, und tief in uns rinnt
Blut von Gewesenen – zu Kommenden rollts,
Blut unsrer Väter, voll Unruh und Stolz.
In uns sind Alle. Wer fühlt sich allein?
Du bist ihr Leben – ihr Leben ist dein – –
Mirjam, mein Leben, mein Kind – schlaf ein!

(1897)

PAUL SCHEERBART

1863–1915

Die andere Welt.

Eine Phantastensure.

Laß die Erde! Laß die Erde!
Laß sie liegen, bis sie fault.
Über schwarzen Wiesentriften
Fliegen große Purpurengel,
Ihre Scharlachlocken leuchten
In dem grünen Himmel
Meiner Welt.

Laß die Erde! Laß die Erde!
Laßt sie schlafen, bis sie fault.
Über weißen Bernsteinkuppeln
Flattern blaue Turteltauben,
Ihre Saphirflügel flimmern
In dem grünen Himmel
Meiner Welt.

Laßt die Erde! Laßt die Erde!
Laßt sie, laßt sie, bis sie fault.
Über goldnen Schaumgewässern
Spielen zahme Silberfische,
Ihre langen Flossen zittern
In dem grünen Himmel
Meiner Welt.

Haßt die Erde! Haßt die Erde!

[*Sure:* Kapitel des Korans.]

Delirium! Delirium!

Ein Dékadencebild

Alte Knaben sitzen auf den leersten Tonnen,
Und die Nächte siegen über alle Sonnen.
Hinten nagen unsichtbare weiße Mäuse
An dem bös zerbeulten großen Hirngehäuse.
Hör doch, wie die ganze Schädelhöhle quarrt!
Ist die alte Rinde »wirklich« noch so hart?
Alles geht zu Ende – auch der dickste Kopf!
Ach, die weißen Mäuse haben Dich am Schopf!
Glaubst Du, Läuse sitzen bloß in Deinem Puder?
Nein, Du bist ein unverschämtes dummes Luder,
Und die Frechheit kommt in erster Reihe ran.

Moderner Gassenhauer

Der Eremit ist dick und groß;
Er haßt die Nebenmenschen bloß.
Er liebt nur seine Klause
Und bleibt daher zu Hause.
Die ganze Welt ist ihm Pomade.
Die Nebenmenschen sagen: schade!
Das aber rührt den Teufel nicht.
Hat er nur stets sein Leibgericht,
So ist ihm Alles piepe –
Der Haß und auch die Liepe.

[E: 1898/99; D: 1909]

FRANK WEDEKIND

1864–1918

Der Tantenmörder

Ich hab meine Tante geschlachtet,
Meine Tante war alt und schwach;
Ich hatte bei ihr übernachtet
Und grub in den Kisten-Kasten nach.

Da fand ich goldene Haufen,
Fand auch an Papieren gar viel
Und hörte die alte Tante schnaufen
Ohn Mitleid und Zartgefühl.

Was nutzt es, daß sie sich noch härme –
Nacht war es rings um mich her –
Ich stieß ihr den Dolch in die Därme,
Die Tante schnaufte nicht mehr.

Das Geld war schwer zu tragen,
Viel schwerer die Tante noch.
Ich faßte sie bebend am Kragen
Und stieß sie ins tiefe Kellerloch. –

Ich hab meine Tante geschlachtet,
Meine Tante war alt und schwach;
Ihr aber, o Richter, ihr trachtet
Meiner blühenden Jugend-Jugend nach.

[1897]

Reaktion

Glaubt es mir, ihr treuen Brüder,
Ich begreif es, daß ihr flennt,
Weil ihr heut in mir nicht wieder
Euren alten Freund erkennt.

Statt zu klagen und zu weinen
An der Freiheit lichtem Thron,
Dicht ich heute lieber einen
Hymnus auf die Reaktion.

Laßt das Jammern, es ist kindisch,
Weil ihr in den Wolken schwebt;
Teure Brüder, werdet hündisch,
Weil ihr unter Hunden lebt.

Einen Maulkorb laßt euch reichen
Aus dem stärksten Eisendraht;
Schließt den Bund mit euresgleichen
Für das Flottenseptennat.

Maulkorb, Maulkorb über alles;
Wenn der Maulkorb richtig sitzt,
Wird man immer schlimmstenfalles
Noch als Hofpoet benützt.

Aber glaubt nur nicht, ich rede
Hier von preußischer Dressur!
Nein bei Gott, ich meine jede
So im allgemeinen nur.

Heilig halt ich unser Preußen
Mit der Losung Bum-bum-bum;
Deutschlands Glück
zusammenschweißen
Ist sein Evangelium.

Wer das freie Wort nicht ohne
Zittern mehr vernehmen kann,
Stellt sich hinter die Kanone
Und davor den Untertan.

*

Auf den Preuß'schen Eisenbahnen
Und besonders in Berlin
Fahren fromme Untertanen
Gottesfürchtig her und hin.

Überall zum Butterbrote
Findet jeder ein Glas Bier.
Setzt es manchmal ein paar Tote,
Großer Gott, wer kann dafür!

Denn auf diesen Eisenbahnen,
Wie das offen anerkannt,
Sterben deutsche Untertanen
Ihren Tod fürs Vaterland.

Sparen muß man, wo das Sparen
Keinen Nachteil involviert;
Sei der Mensch zu Tod gefahren,
Oder sei er füsiliert!

Und der Fiskus voll Ergötzen
Klimpert mit dem Resultat –
Plötzlich sieht er mit Entsetzen
Dort ein buntes Zeitungsblatt.

Er erbebt: O Schreck, o Grauen!
Wer hat mir das angetan?
Muß ich solch ein Unheil schauen
Hier auf meiner Eisenbahn!

Oh, dies Blatt ist ein Verderben,
Wie die Welt kein schlimmres hat,
Mag das halbe Deutschland sterben,
Aber konfisziert das Blatt!

Laßt in Grund und Boden fahren
Alles, was noch Beine hat,
Möge Gott uns nur bewahren
Vor dem bunten Zeitungsblatt,

Das den Teufel führt im Schilde
Und sich weiht dem freien Geist,
Und das unser Staatsgebilde
In die tiefste Hölle reißt! –

Sprach's, und alsobald verboten
Ward das Blatt. Das Volk blieb stumm,
Doch es drehten sich die Toten
Sämtlich auf den Gleisen um.

Heil euch nun, ihr Eisenbahnen,
Von dem bunten Blatt befreit,
Das dem Wohl der Untertanen,
Das der Wahrheit sich geweiht.

Deutschland, Deutschland über alles,
Über alles in der Welt,
Perle du des Erdenballes,
Sag mir, wie dir das gefällt?

[*Flottenseptennat:* 1898 wurde das erste der Flottengesetze vom Reichstag angenommen (Leiter des Reichsmarineamts: Alfred v. Tirpitz): Verstärkung der Schlachtflotte u. a. um sieben Linienschiffe. – Gründung des Flottenvereins. – *Eisenbahnen:* Nachdem Nr. 40 des »Simplizissimus« (Jg. 1898/99) von den Berliner Eisenbahnbehörden auf ihren Verkaufsstellen nicht geduldet wurde, war der Verkauf der Zeitschrift durch ministerielle Verfügung überhaupt auf den Berliner Bahnhöfen verboten worden. In einer Anmerkung zum Gedicht »Reaktion« wies die Redaktion des »Simpl.« darauf hin und bezeichnete jene »Maßregel als ein Symptom der allgemein herrschenden Reaktion«.]

CHRISTIAN MORGENSTERN

1871–1914

Erster Schnee

Aus silbergrauen Gründen tritt
ein schlankes Reh
im winterlichen Wald
und prüft vorsichtig, Schritt für Schritt,
den reinen, kühlen, frischgefallnen Schnee.

Und Deiner denk ich, zierlichste Gestalt.

Die Trichter

Zwei Trichter wandeln durch die Nacht.
Durch ihres Rumpfs verengten Schacht
fließt weißes Mondlicht
still und heiter
auf ihren
Waldweg
u. s.
w.

[1905]

Fisches Nachtgesang

—
◡ ◡
— — —
◡ ◡ ◡ ◡
— — —
◡ ◡ ◡ ◡
— — —
◡ ◡ ◡ ◡
— — —
◡ ◡ ◡ ◡
— — —
◡ ◡
—

(Fisches Nachtgesang: das tiefste deutsche Gedicht.)

[1905]

Der Tanz

Ein Vierviertelschwein und eine Auftakteule
trafen sich im Schatten einer Säule,
die im Geiste ihres Schöpfers stand.
Und zum Spiel der Fiedelbogenpflanze
reichten sich die zwei zum Tanze
Fuß und Hand.

Und auf seinen dreien rosa Beinen
hüpfte das Vierviertelschwein graziös,
und die Auftakteul auf ihrem einen
wiegte rhythmisch ihr Gekrös.
Und der Schatten fiel,
und der Pflanze Spiel
klang verwirrend melodiös.

Doch des Schöpfers Hirn war nicht von Eisen,
und die Säule schwand, wie sie gekommen war,
und so mußte denn auch unser Paar
wieder in sein Nichts zurücke reisen.
Einen letzten Strich
tat der Geigerich –
und dann war nichts weiter zu beweisen.

Das ästhetische Wiesel

Ein Wiesel
saß auf einem Kiesel
inmitten Bachgeriesel.

Wißt Ihr
weshalb?

Das Mondkalb
verriet es mir
im Stillen:

Das raffinier-
te Tier
tats um des Reimes willen.

[1905]

Gruselett

Der Flügelflagel gaustert
durchs Wiruwaruwolz,
die rote Fingur plaustert,
und grausig gutzt der Golz.

Die Fingur

Es lacht die Nachtalp-Henne,
es weint die Windhorn-Gans,
es bläst der schwarze Senne
zum Tanz.

Ein Uhu-Tauber turtelt
nach seiner Uhuin.
Ein kleiner Sechs-Elf hurtelt
von Busch zu Busch dahin . . .

Und Wiedergänger gehen,
und Raben rufen kolk,
und aus den Teichen sehen
die Fingur und ihr Volk . . .

Möwenlied

Die Möwen sehen alle aus,
als ob sie Emma hießen.
Sie tragen einen weißen Flaus
und sind mit Schrot zu schießen.

Ich schieße keine Möwe tot,
ich laß sie lieber leben –
und füttre sie mit Roggenbrot
und rötlichen Zibeben.

O Mensch, du wirst nie nebenbei
der Möwe Flug erreichen.
Wofern du Emma heißest, sei
zufrieden, ihr zu gleichen.

(Zeile 1 und 2: eine Erfahrung, die sich jedem aufdrängt, sobald er eine Möwe daraufhin betrachtet.
Zeile 9 und 10: Man wende hier um Himmels willen nicht das Luftschiff ein. Höchstens den – Engel.)

Igel und Agel

Ein Igel saß auf einem Stein
und blies auf einem Stachel sein.
Schalmeiala, schalmeialü!
Da kam sein Feinslieb Agel
und tat ihm schnigel schnagel
zu seinen Melodein.
Schnigula schnagula
schnaguleia lü!

Das Tier verblies sein Flötenhemd ...
»Wie siehst du aus so furchtbar fremd!?«
Schalmeiala, schalmeialü –.
Feins-Agel ging zum Nachbar, ach!
Den Igel aber hat der Bach
zum Weiher fortgeschwemmt.
Wigula wagula
waguleia wü
tü tü ...

Palmström

Palmström steht an einem Teiche
und entfaltet groß ein rotes Taschentuch:
Auf dem Tuch ist eine Eiche
dargestellt sowie ein Mensch mit einem Buch.

Palmström wagt nicht, sich hineinzuschneuzen.
Er gehört zu jenen Käuzen,
die oft unvermittelt-nackt
Ehrfurcht vor dem Schönen packt.

Zärtlich faltet er zusammen,
was er eben erst entbreitet.
Und kein Fühlender wird ihn verdammen,
weil er ungeschneuzt entschreitet.

[1908]

Die unmögliche Tatsache

Palmström, etwas schon an Jahren,
wird an einer Straßenbeuge
und von einem Kraftfahrzeuge
überfahren.

»Wie war« (spricht er, sich erhebend
und entschlossen weiterlebend)
»möglich, wie dies Unglück, ja –:
daß es überhaupt geschah?

Ist die Staatskunst anzuklagen
in bezug auf Kraftfahrwagen?
Gab die Polizeivorschrift
hier dem Fahrer freie Trift?

Oder war vielmehr verboten,
hier Lebendige zu Toten
umzuwandeln, – kurz und schlicht:
Durfte hier der Kutscher nicht –?«

Eingehüllt in feuchte Tücher,
prüft er die Gesetzesbücher
und ist alsobald im klaren:
Wagen durften dort nicht fahren!

Und er kommt zu dem Ergebnis:
»Nur ein Traum war das Erlebnis.
Weil«, so schließt er messerscharf,
»nicht sein *kann*, was nicht sein *darf*.«

Vice Versa

Ein Hase sitzt auf einer Wiese,
des Glaubens, niemand sähe diese.

Doch, im Besitze eines Zeißes,
betrachtet voll gehaltnen Fleißes

vom vis-à-vis gelegnen Berg
ein Mensch den kleinen Löffelzwerg.

Ihn aber blickt hinwiederum
ein Gott von fern an, mild und stumm.

HUGO VON HOFMANNSTHAL

1874–1929

Was ist die Welt?

Was ist die Welt? Ein ewiges Gedicht,
Daraus der Geist der Gottheit strahlt und glüht,
Daraus der Wein der Weisheit schäumt und sprüht,
Daraus der Laut der Liebe zu uns spricht,
Und jedes Menschen wechselndes Gemüth,
Ein Strahl ist's, der aus dieser Sonne bricht,
Ein Vers, der sich an tausend and're flicht,
Der unbemerkt verhallt, verlischt, verblüht.

Und doch auch eine Welt für sich allein,
Voll süß-geheimer, nie vernomm'ner Töne,
Begabt mit eig'ner, unentweihter Schöne,
Und keines Andern Nachhall, Widerschein.
Und wenn Du gar zu lesen d'rin verstündest,
Ein Buch, das Du im Leben nicht ergründest.

[1890]

Erlebnis

Mit silbergrauem Dufte war das Tal
Der Dämmerung erfüllt, wie wenn der Mond
Durch Wolken sickert. Doch es war nicht Nacht.
Mit silbergrauem Duft des dunklen Tales
Verschwammen meine dämmernden Gedanken
Und still versank ich in dem webenden
Durchsicht'gen Meere und verließ das Leben.
Wie wunderbare Blumen waren da
Mit Kelchen dunkelglühend! Pflanzendickicht,
Durch das ein gelbrot Licht wie von Topasen
In warmen Strömen drang und glomm. Das Ganze
War angefüllt mit einem tiefen Schwellen
Schwermütiger Musik. Und dieses wußt ich,
Obgleich ich's nicht begreife, doch ich wußt es:
Das ist der Tod. Der ist Musik geworden,
Gewaltig sehnend, süß und dunkelglühend,
Verwandt der tiefsten Schwermut.
                                        Aber seltsam!
Ein namenloses Heimweh weinte lautlos
In meiner Seele nach dem Leben, weinte
Wie einer weint, wenn er auf großem Seeschiff
Mit gelben Riesensegeln gegen Abend
Auf dunkelblauem Wasser an der Stadt,
Der Vaterstadt, vorüberfährt. Da sieht er

Die Gassen, hört die Brunnen rauschen, riecht
Den Duft der Fliederbüsche, sieht sich selber,
Ein Kind, am Ufer stehn, mit Kindesaugen,
Die ängstlich sind und weinen wollen, sieht
Durchs offne Fenster Licht in seinem Zimmer –
Das große Seeschiff aber trägt ihn weiter
Auf dunkelblauem Wasser lautlos gleitend
Mit gelben fremdgeformten Riesensegeln.

[1892]

Vorfrühling

Es läuft der Frühlingswind
Durch kahle Alleen,
Seltsame Dinge sind
In seinem Wehn.

Er hat sich gewiegt,
Wo Weinen war,
Und hat sich geschmiegt
In zerrüttetes Haar.

Er schüttelte nieder
Akazienblüten
Und kühlte die Glieder,
Die atmend glühten.

Lippen im Lachen
Hat er berührt,
Die weichen und wachen
Fluren durchspürt.

Er glitt durch die Flöte
Als schluchzender Schrei,
An dämmernder Röte
Flog er vorbei.

Er flog mit Schweigen
Durch flüsternde Zimmer
Und löschte im Neigen
Der Ampel Schimmer.

Es läuft der Frühlingswind
Durch kahle Alleen,
Seltsame Dinge sind
In seinem Wehn.

Durch die glatten
Kahlen Alleen
Treibt sein Wehen
Blasse Schatten

Und den Duft,
Den er gebracht,
Von wo er gekommen
Seit gestern nacht.

Aus: *Über Vergänglichkeit*

Noch spür ich ihren Atem auf den Wangen:
Wie kann das sein, daß diese nahen Tage
Fort sind, für immer fort, und ganz vergangen?

Dies ist ein Ding, das keiner voll aussinnt,
Und viel zu grauenvoll, als daß man klage:
Daß alles gleitet und vorüberrinnt.

Und daß mein eignes Ich, durch nichts gehemmt,
Herüberglitt aus einem kleinen Kind,
Mir wie ein Hund unheimlich stumm und fremd.

Dann: daß ich auch vor hundert Jahren war
Und meine Ahnen, die im Totenhemd,
Mit mir verwandt sind wie mein eignes Haar,

So eins mit mir als wie mein eignes Haar.

Wir sind aus solchem Zeug wie das zu Träumen.
Und Träume schlagen so die Augen auf,
Wie kleine Kinder unter Kirschenbäumen,

Aus deren Krone den blassgoldnen Lauf
Der Vollmond anhebt durch die grosse Nacht.
... Nicht anders tauchen unsre Träume auf.

Sind da und leben, wie ein Kind, das lacht,
Nicht minder gross im Auf- und Niederschweben
Als Vollmond, aus Baumkronen aufgewacht.

Das Innerste ist offen ihrem Weben,
Wie Geisterhände im versperrten Raum
Sind sie in uns und haben immer Leben.

Und drei sind eins: ein Mensch, ein Ding, ein Traum.

[1894]

Weltgeheimnis

Der tiefe Brunnen weiß es wohl,
Einst waren alle tief und stumm
Und alle wußten drum.

Wie Zauberworte, nachgelallt
Und nicht begriffen in den Grund,
So geht es jetzt von Mund zu Mund.

Der tiefe Brunnen weiß es wohl,
In den gebückt, begriffs ein Mann,
Begriff es und verlor es dann.

Und redet' irr und sang ein Lied –
Auf dessen dunklen Spiegel bückt
Sich einst ein Kind und wird entrückt.

Und wächst und weiß nichts von sich selbst
Und wird ein Weib, das einer liebt
Und – wunderbar wie Liebe gibt!

Wie Liebe tiefe Kunde gibt! –
Der wird an Dinge dumpf geahnt
In ihren Küssen tief gemahnt ...

In unseren Worten liegt es drin,
So tritt des Bettlers Fuß den Kies,
Der eines Edelsteins Verließ.

Der tiefe Brunnen weiß es wohl,
Einst aber wußten alle drum,
Nun zuckt im Kreis ein Traum herum.

[1894]

Ballade des äusseren Lebens

Und Kinder wachsen auf mit tiefen Augen,
Die von nichts wissen, wachsen auf und sterben,
Und alle Menschen gehen ihre Wege.

Und süße Früchte werden aus den herben
Und fallen nachts wie tote Vögel nieder
Und liegen wenig Tage und verderben.

Und immer weht der Wind, und immer wieder
Vernehmen wir und reden viele Worte
Und spüren Lust und Müdigkeit der Glieder.

Und Straßen laufen durch das Gras, und Orte
Sind da und dort, voll Fackeln, Bäumen, Teichen,
Und drohende, und totenhaft verdorrte . . .

Wozu sind diese aufgebaut und gleichen
Einander nie? und sind unzählig viele?
Was wechselt Lachen, Weinen und Erbleichen?

Was frommt das alles uns und diese Spiele,
Die wir doch groß und ewig einsam sind
Und wandernd nimmer suchen irgend Ziele?

Was frommts, dergleichen viel gesehen haben?
Und dennoch sagt der viel, der »Abend« sagt,
Ein Wort, daraus Tiefsinn und Trauer rinnt

Wie schwerer Honig aus den hohlen Waben.

[1896]

Die Beiden

Sie trug den Becher in der Hand
– Ihr Kinn und Mund glich seinem Rand –
So leicht und sicher war ihr Gang,
Kein Tropfen aus dem Becher sprang.

So leicht und fest war seine Hand:
Er ritt auf einem jungen Pferde
Und mit nachlässiger Geberde
Erzwang er, daß es zitternd stand.

Jedoch, wenn er aus ihrer Hand
Den leichten Becher nehmen sollte,
So war es Beiden allzuschwer:
Denn Beide bebten sie so sehr,
Daß keine Hand die and're fand,
Und dunkler Wein am Boden rollte.

Lebenslied

Den Erben lass verschwenden
An Adler, Lamm und Pfau
Das Salböl aus den Händen
Der todten alten Frau!
Die Todten, die entgleiten,
Die Wipfel in dem Weiten,
Ihm sind sie wie das Schreiten
Der Tänzerinnen werth!

Er geht, wie den kein Walten
Vom Rücken her bedroht.
Er lächelt, wenn die Falten
Des Lebens flüstern: Tod!
Ihm bietet jede Stelle
Geheimnissvoll die Schwelle,
Es gibt sich jeder Welle
Der Heimatlose hin!

Der Schwarm von wilden Bienen
Nimmt seine Seele mit,
Das Singen von Delphinen
Beflügelt seinen Schritt:
Ihn tragen alle Erden
Mit mächtigen Geberden,
Der Flüsse Dunkelwerden
Begrenzt den Hirtentag!

Das Salböl aus den Händen
Der todten alten Frau
Lass lächelnd ihn verschwenden
An Adler, Lamm und Pfau:
Er lächelt der Gefährten, –
Die schwebend unbeschwerten
Abgründe und die Gärten
Des Lebens tragen ihn!

Manche freilich . . .

Manche freilich müssen drunten sterben,
Wo die schweren Ruder der Schiffe streifen,
Andre wohnen bei dem Steuer droben,
Kennen Vogelflug und die Länder der Sterne.

Manche liegen immer mit schweren Gliedern
Bei den Wurzeln des verworrenen Lebens.
Andern sind die Stühle gerichtet
Bei den Sibyllen, den Königinnen,
Und da sitzen sie wie zu Hause,
Leichten Hauptes und leichter Hände.

Doch ein Schatten fällt von jenen Leben
In die anderen Leben hinüber,
Und die leichten sind an die schweren
Wie an Luft und Erde gebunden:

Ganz vergessener Völker Müdigkeiten
Kann ich nicht abtun von meinen Lidern,
Noch weghalten von der erschrockenen Seele
Stummes Niederfallen ferner Sterne.

Viele Geschicke weben neben dem meinen,
Durcheinander spielt sie alle das Dasein,
Und mein Teil ist mehr als dieses Lebens
Schlanke Flamme oder schmale Leier.

Der Jüngling in der Landschaft

Die Gärtner legten ihre Beete frei,
Und viele Bettler waren überall
Mit schwarzverbundnen Augen, und mit Krücken,
Doch auch mit Harfen und den neuen Blumen,
Dem starken Duft der schwachen Frühlingsblumen.

Die nackten Bäume ließen Alles frei:
Man sah den Fluß hinab und sah den Markt
Und viele Kinder spielen längs den Teichen.
Durch diese Landschaft ging er langsam hin
Und fühlte ihre Macht und wußte, daß
Auf ihn die Weltgeschicke sich bezogen.

Auf jene fremden Kinder ging er zu
Und war bereit, an unbekannter Schwelle
Ein neues Leben dienend hinzubringen.
Ihm fiel nicht ein, den Reichtum seiner Seele,
Die frühern Wege und Erinnerung
Verschlung'ner Finger und getauschter Seelen
Für mehr als nichtigen Besitz zu achten.
Der Duft der Blumen redete ihm nur
Von fremder Schönheit und die neue Luft
Nahm er still athmend ein, doch ohne Sehnsucht
Nur, daß er dienen durfte, freute ihn.

[1896]

Ein Traum von großer Magie

Viel königlicher als ein Perlenband
Und kühn wie junges Meer im Morgenduft,
So war ein großer Traum, wie ich ihn fand.

Durch offene Glastüren ging die Luft.
Ich schlief im Pavillon zu ebner Erde
Und durch vier offne Türen ging die Luft

Und früher liefen schon geschirrte Pferde
Hindurch und Hunde eine ganze Schar
An meinem Bett vorbei. Doch die Gebärde

Des Magiers, des ersten, großen, war
Auf einmal zwischen mir und einer Wand
Sein stolzes Nicken, königliches Haar.

Und hinter ihm nicht Mauer: es entstand
Ein weiter Prunk von Abgrund, dunklem Meer
Und grünen Matten hinter seiner Hand.

Er bückte sich und zog das Tiefe her.
Er bückte sich, und seine Finger gingen
Im Boden so, als ob es Wasser wär.

Vom dünnen Quellenwasser aber fingen
Sich riesige Opale in den Händen
Und fielen tönend wieder ab in Ringen.

Dann warf er sich mit leichtem Schwung der Lenden,
Wie nur aus Stolz, der nächsten Klippe zu,
– An ihm sah ich die Macht der Schwere enden.

In seinen Augen aber war die Ruh
Von schlafend- doch lebendgen Edelsteinen.
Er setzte sich und sprach ein solches Du

Zu Tagen, die uns ganz vergangen scheinen,
Daß sie herkamen trauervoll und groß:
Das freute ihn zu Lachen und zu Weinen.

Er fühlte traumhaft aller Menschen Los
So wie er seine eignen Glieder fühlte.
Ihm war nichts nah und fern, nichts klein und groß.

Und wie tief unten sich die Erde kühlte
Das Dunkel aus den Tiefen aufwärts drang,
Die Nacht das Laue aus den Wipfeln wühlte

Genoß er allen Lebens großen Gang
So sehr, daß er in großer Trunkenheit
So wie ein Löwe über Klippen sprang.

. . . .

Cherub und hoher Herr ist unser Geist,
Wohnt nicht in uns, und in die obern Sterne
Setzt er den Stuhl und läßt uns viel verwaist:

Doch Er ist Feuer uns im tiefsten Kerne
– So ahnte mir, da ich den Traum da fand –
Und redet mit den Feuern jener Ferne

Und lebt in mir, wie ich in meiner Hand.

Verse auf ein kleines Kind

Dir wachsen die rosigen Füße,
Die Sonnenländer zu suchen:
Die Sonnenländer sind offen!
An schweigenden Wipfeln blieb dort
Die Luft der Jahrtausende hangen,
Die unerschöpflichen Meere
Sind immer noch, immer noch da.

Am Rande des ewigen Waldes
Willst du aus der hölzernen Schale
Die Milch mit der Unke dann teilen?
Das wird eine fröhliche Mahlzeit,
Fast fallen die Sterne hinein!
Am Rande des ewigen Meeres
Schnell findest Du einen Gespielen:
Den freundlichen guten Delphin.
Er springt Dir ans Trockne entgegen,
Und bleibt er auch manchmal aus,
So stillen die ewigen Winde
Dir bald die aufquellenden Tränen.
Es sind in den Sonnenländern
Die alten, erhabenen Zeiten
Für immer noch immer noch da!
Die Sonne mit heimlicher Kraft,
Sie formt Dir die rosigen Füße,
Ihr ewiges Land zu betreten.

Reiselied

Wasser stürzt, uns zu verschlingen,
Rollt der Fels, uns zu erschlagen,
Kommen schon auf starken Schwingen
Vögel her, uns fortzutragen.

Aber unten liegt ein Land,
Früchte spiegelnd ohne Ende
In den alterslosen Seen.

Marmorstirn und Brunnenrand
Steigt aus blumigem Gelände,
Und die leichten Winde wehn.

Der Kaiser von China spricht:

In der Mitte aller Dinge
Wohne Ich der Sohn des Himmels.
Meine Frauen, meine Bäume,
Meine Tiere, meine Teiche
Schließt die erste Mauer ein.
Drunten liegen meine Ahnen:
Aufgebahrt mit ihren Waffen,
Ihre Kronen auf den Häuptern,
Wie es einem jeden ziemt,
Wohnen sie in den Gewölben.
Bis ins Herz der Welt hinunter
Dröhnt das Schreiten meiner Hoheit.
Stumm von meinen Rasenbänken,
Grünen Schemeln meiner Füße,
Gehen gleichgeteilte Ströme
Osten-, west- und süd- und nordwärts,
Meinen Garten zu bewässern,
Der die weite Erde ist.
Spiegeln hier die dunkeln Augen,
Bunten Schwingen meiner Tiere,
Spiegeln draußen bunte Städte,
Dunkle Mauern, dichte Wälder
Und Gesichter vieler Völker.
Meine Edlen, wie die Sterne
Wohnen rings um mich, sie haben
Namen, die ich ihnen gab,
Namen nach der einen Stunde,
Da mir einer näher kam,
Frauen, die ich ihnen schenkte,
Und den Scharen ihrer Kinder,
Allen Edlen dieser Erde
Schuf ich Augen, Wuchs und Lippen,
Wie der Gärtner an den Blumen.
Aber zwischen äußern Mauern
Wohnen Völker meine Krieger,
Völker meine Ackerbauer.
Neue Mauern und dann wieder
Jene unterworf'nen Völker,
Völker immer dumpfern Blutes
Bis ans Meer, die letzte Mauer,
Die mein Reich und mich umgibt.

[1898]

STEFAN GEORGE

1868–1933

Vogelschau

Weisse schwalben sah ich fliegen ·
Schwalben schnee- und silberweiss ·
Sah sie sich im winde wiegen ·
In dem winde hell und heiss.

Bunte häher sah ich hüpfen ·
Papagei und kolibri
Durch die wunder-bäume schlüpfen
In dem wald der Tusferi.

Grosse raben sah ich flattern ·
Dohlen schwarz und dunkelgrau
Nah am grunde über nattern
Im verzauberten gehau.

Schwalben seh ich wieder fliegen ·
Schnee- und silberweisse schar ·
Wie sie sich im winde wiegen
In dem winde kalt und klar!

[1892]

[*wald der Tusferi:* Wald aus weihrauchtragenden Bäumern, Sträuchern.]

Der herr der insel

Die fischer überliefern dass im süden
Auf einer insel reich an zimmt und öl
Und edlen steinen die im sande glitzern
Ein vogel war der wenn am boden fussend
Mit seinem schnabel hoher stämme krone
Zerpflücken konnte · wenn er seine flügel
Gefärbt wie mit dem saft der Tyrer-schnecke
Zu schwerem niedrem flug erhoben: habe
Er einer dunklen wolke gleichgesehn.
Des tages sei er im gehölz verschwunden ·
Des abends aber an den strand gekommen ·
Im kühlen windeshauch von salz und tang
Die süsse stimme hebend dass delfine
Die freunde des gesanges näher schwammen
Im meer voll goldner federn goldner funken.
So habe er seit urbeginn gelebt ·
Gescheiterte nur hätten ihn erblickt.
Denn als zum erstenmal die weissen segel
Der menschen sich mit günstigem geleit
Dem eiland zugedreht sei er zum hügel
Die ganze teure stätte zu beschaun gestiegen ·
Verbreitet habe er die grossen schwingen
Verscheidend in gedämpften schmerzeslauten.

[1895]

[*Tyrer-schnecke:* Im Altertum gewann man den Purpur, das Zeichen von Würde und Macht, aus dem Saft einer Schnecke.]

Komm in den totgesagten park und schau:
Der schimmer ferner lächelnder gestade ·
Der reinen wolken unverhofftes blau
Erhellt die weiher und die bunten pfade.

Dort nimm das tiefe gelb · das weiche grau
Von birken und von buchs · der wind ist lau ·
Die späten rosen welkten noch nicht ganz ·
Erlese küsse sie und flicht den kranz ·

Vergiss auch diese lezten astern nicht ·
Den purpur um die ranken wilder reben ·
Und auch was übrig blieb von grünem leben
Verwinde leicht im herbstlichen gesicht.

[1897]

Wir schreiten auf und ab im reichen flitter
Des buchenganges beinah bis zum tore
Und sehen aussen in dem feld vom gitter
Den mandelbaum zum zweitenmal im flore.

Wir suchen nach den schattenfreien bänken
Dort wo uns niemals fremde stimmen scheuchten ·
Im träumen unsre arme sich verschränken ·
Wir laben uns am langen milden leuchten.

Wir fühlen dankbar wie zu leisem brausen
Von wipfeln strahlenspuren auf uns tropfen
Und blicken nur und horchen wenn in pausen
Die reifen früchte an den boden klopfen.

Die blume die ich mir am fenster hege
Verwahrt vorm froste in der grauen scherbe
Betrübt mich nur trotz meiner guten pflege
Und hängt das haupt als ob sie langsam sterbe.

Um ihrer frühern blühenden geschicke
Erinnerung aus meinem sinn zu merzen
Erwähl ich scharfe waffen und ich knicke
Die blasse blume mit dem kranken herzen.

Was soll sie nur zur bitternis mir taugen?
Ich wünschte dass vom fenster sie verschwände ...
Nun heb ich wieder meine leeren augen
Und in die leere nacht die leeren hände.

Es lacht in dem steigenden jahr dir
Der duft aus dem garten noch leis.
Flicht in dem flatternden haar dir
Eppich und ehrenpreis.

Die wehende saat ist wie gold noch ·
Vielleicht nicht so hoch mehr und reich ·
Rosen begrüssen dich hold noch ·
Wird auch ihr glanz etwas bleich.

Verschweigen wir was uns verwehrt ist ·
Geloben wir glücklich zu sein ·
Wenn auch nicht mehr uns beschert ist
Als noch ein rundgang zu zwein.

Der hügel wo wir wandeln liegt im schatten ·
Indes der drüben noch im lichte webt ·
Der mond auf seinen zarten grünen matten
Nur erst als kleine weisse wolke schwebt.

Die strassen weithin-deutend werden blasser ·
Den wandrern bietet ein gelispel halt ·
Ist es vom berg ein unsichtbares wasser
Ist es ein vogel der sein schlaflied lallt?

Der dunkelfalter zwei die sich verfrühten
Verfolgen sich von halm zu halm im scherz . .
Der rain bereitet aus gesträuch und blüten
Den duft des abends für gedämpften schmerz.

Leo XIII

Heut da sich schranzen auf den thronen brüsten
Mit wechslermienen und unedlem klirren:
Dreht unser geist begierig nach verehrung
Und schauernd vor der wahren majestät
Zum ernsten väterlichen angesicht
Des Dreigekrönten wirklichen Gesalbten
Der hundertjährig von der ewigen burg
Hinabsieht: schatten schön erfüllten daseins.

Nach seinem sorgenwerk für alle welten
Freut ihn sein rebengarten: freundlich greifen
In volle trauben seine weissen hände ·
Sein mahl ist brot und wein und leichte malve
Und seine schlummerlosen nächte füllt
Kein wahn der ehrsucht · denn er sinnt auf hymnen
An die holdselige Frau · der schöpfung wonne ·
Und an ihr strahlendes allmächtiges kind.

›Komm heiliger knabe! hilf der welt die birst
Dass sie nicht elend falle! einziger retter!
In deinem schutze blühe mildre zeit
Die rein aus diesen freveln sich erhebe . .
Es kehre lang erwünschter friede heim
Und brüderliche bande schlinge liebe!‹
So singt der dichter und der seher weiss:
Das neue heil kommt nur aus neuer liebe.

Wenn angetan mit allen würdezeichen
Getragen mit dem baldachin – ein vorbild
Erhabnen prunks und göttlicher verwaltung –
ER eingehüllt von weihrauch und von lichtern
Dem ganzen erdball seinen segen spendet:
So sinken wir als gläubige zu boden
Verschmolzen mit der tausendköpfigen menge
Die schön wird wenn das wunder sie ergreift.

[1907]

[*Leo XIII:* 1810–1903, Papst von 1878–1903.]

Wer je die flamme umschritt
Bleibe der flamme trabant!
Wie er auch wandert und kreist:
Wo noch ihr schein ihn erreicht
Irrt er zu weit nie vom ziel.
Nur wenn sein blick sie verlor
Eigener schimmer ihn trügt:
Fehlt ihm der mitte gesetz
Treibt er zerstiebend ins all.

[1914]

Auf neue tafeln schreibt der neue stand:
Lasst greise des erworbnen guts sich freuen
Das ferne wettern reicht nicht an ihr ohr.
Doch alle jugend sollt ihr sklaven nennen
Die heut mit weichen klängen sich betäubt
Mit rosenketten überm abgrund tändelt.
Ihr sollt das morsche aus dem munde spein
Ihr sollt den dolch im lorbeerstrausse tragen
Gemäss in schritt und klang der nahen Wal.

[1914]

Der Dichter in Zeiten der Wirren

Dem Andenken des Grafen Bernhard Uxkull

Der Dichter heisst im stillern gang der zeit
Beflügelt kind das holde träume tönt
Und schönheit bringt ins tätige getrieb.
Doch wenn aus übeln sich das wetter braut
Das schicksal pocht mit lauten hammerschlägen
Klingt er wie rauh metall und wird verhört . .
Wenn alle blindheit schlug · er einzig seher

Enthüllt umsonst die nahe not . . dann mag
Kassandra-warnen heulen durch das haus
Die tollgewordne menge sieht nur eins:
Das pferd · das pferd! und rast in ihren tod.
Dann mag profeten-ruf des stammgotts groll
Vermelden und den trab von Assurs horden
Die das erwählte volk in knechtschaft schleppen:
Der weise Rat hat sichreren bericht
Verlacht den mahner · sperrt ihn ins verlies.
Wenn rings die Heilige Stadt umzingelt ist
Bürger und krieger durcheinander rennen
Fürsten und priester drin sich blutig raufen
Um einen besenstiel indes schon draussen
Das stärkste bollwerk fällt: er seufzt und schweigt.
Wenn der erobrer dann mit raub und brand
Hereinstürmt und ins joch zwingt mann und weib
Ein teil wutschäumend seine eigne schuld
Abwälzend auf den andren lädt · ein teil
Entbehrungsmüd sich um die brocken balgt
Die ihm der freche sieger vorwirft · johlend
Und tanzend sich betäubt · am riste leckt
Der tritt und schlägt: Er fernab fühlt allein
Das ganze elend und die ganze schmach.
Geh noch einmal zum berg zu deinen geistern
Und bring uns tröstlicheren spruch der löse
Aus dieser trübsal! . . also spricht ein greis . . .
Was soll hier himmels stimme wo kein ohr ist
Für die des plansten witzes? was soll rede
Vom geiste wo kein allgemeiner trieb ist
Als der des trogs? wo jede zunft die andre
Beschimpfend stets ihr leckes boot empfiehlt
Das kläglich scheiterte · heil sucht in mehrung
Ihr lieben tandes? wo die klügsten fabeln
Vom frischen aufbau mit den alten sünden
Und raten: macht euch klein wie würmer dass euch
Der donner schont der blitz euch nicht gewahrt . . .
Der ganze stamm der lebenden der hinfuhr
Durch lange irrsal wird vor seinen götzen
Die ihn in staub und niedrigkeit geworfen
So oft sie lügen immer weiter räuchern
Hat seines daseins oberstes gesetz
Hat was ihm den bestand verbürgt vergessen
Glaubt an den Lenker nicht · braucht nicht den Sühner
Will sich mit list aus dem verhängnis ziehn.
Noch härtre pflugschar muss die scholle furchen
Noch dickrer nebel muss die luft bedräun . .
Der blassest blaue schein aus wolkenfinster
Bricht auf die Heutigen erst herein wenn alles
Was eine sprache spricht die hand sich reicht
Um sich zu wappnen wider den verderb –
Gleichviel ob rot ob blau ob schwarz die fahlen
Verschlissnen fahnenfetzen von sich schüttelt
Und tag und nacht nur an die Vesper denkt.

Der Sänger aber sorgt in trauer-läuften
Dass nicht das mark verfault · der keim erstickt.
Er schürt die heilige glut die über-springt
Und sich die leiber formt · er holt aus büchern
Der ahnen die verheissung die nicht trügt
Dass die erkoren sind zum höchsten ziel
Zuerst durch tiefste öden ziehn dass einst
Des erdteils herz die welt erretten soll . .
Und wenn im schlimmsten jammer letzte hoffnung
Zu löschen droht: so sichtet schon sein aug
Die lichtere zukunft. Ihm wuchs schon heran
Unangetastet von dem geilen markt
Von dünnem hirngeweb und giftigem flitter
Gestählt im banne der verruchten jahre
Ein jung geschlecht das wieder mensch und ding
Mit echten maassen misst · das schön und ernst
Froh seiner einzigkeit · vor Fremden stolz ·
Sich gleich entfernt von klippen dreisten dünkels
Wie seichtem sumpf erlogner brüderei
Das von sich spie was mürb und feig und lau
Das aus geweihtem träumen tun und dulden
Den einzigen der hilft den Mann gebiert . .
Der sprengt die ketten fegt auf trümmerstätten
Die ordnung · geisselt die verlaufnen heim
Ins ewige recht wo grosses wiederum gross ist
Herr wiederum herr · zucht wiederum zucht · er heftet
Das wahre sinnbild auf das völkische banner
Er führt durch sturm und grausige signale
Des frührots seiner treuen schar zum werk
Des wachen tags und pflanzt das Neue Reich.

[1928]

Einem jungen Führer im Ersten Weltkrieg

Wenn in die heimat du kamst aus dem zerstampften gefild
Heil aus dem prasselnden guss höhlen von berstendem schutt
Keusch fast die rede dir floss wie von notwendigem dienst
Von dem verwegensten ritt von den gespanntesten mühn . .
Freier die schulter sich hob drauf man als bürde schon lud
Hunderter schicksal:

Lag noch im ruck deines arms zugriff und schneller befehl
In dem sanft-sinnenden aug obacht der steten gefahr
Drang eine kraft von dir her sichrer gelassenheit
Dass der weit ältre geheim seine erschüttrung bekämpft
Als sich die knabengestalt hochaufragend und leicht
Schwang aus dem sattel.

Anders als ihr euch geträumt fielen die würfel des streits . .
Da das zerrüttete heer sich seiner waffen begab
Standest du traurig vor mir wie wenn nach prunkendem fest

Nüchterne woche beginnt   schmückender ehren beraubt . .
Tränen brachen dir aus   um den vergeudeten schatz
Wichtigster jahre.

Du aber tu es nicht gleich   unbedachtsamem schwarm
Der was er gestern bejauchzt   heute zum kehricht bestimmt
Der einen markstein zerhaut   dran er strauchelnd sich stiess . .
Jähe erhebung und zug   bis an die pforte des siegs
Sturz unter drückendes joch   bergen in sich einen sinn
Sinn in dir selber.

Alles wozu du gediehst   rühmliches ringen hindurch
Bleibt dir untilgbar bewahrt   stärkt dich für künftig getös . .
Sieh · als aufschauend um rat   langsam du neben mir schrittst
Wurde vom abend der sank   um dein aufflatterndes haar
Um deinen scheitel der schein   erst von strahlen ein ring
Dann eine krone.

[1928]

Wenn einst dies geschlecht sich   gereinigt von schande
Vom nacken geschleudert   die fessel des fröners
Nur spürt im geweide   den hunger nach ehre:
Dann wird auf der walstatt   voll endloser gräber
Aufzucken der blutschein . .   dann jagen auf wolken
Lautdröhnende heere   dann braust durchs gefilde
Der schrecklichste schrecken   der dritte der stürme:
Der toten zurückkunft!

Wenn je dieses volk sich   aus feigem erschlaffen
Sein selber erinnert   der kür und der sende:
Wird sich ihm eröffnen   die göttliche deutung
Unsagbaren grauens . .   dann heben sich hände
Und münder ertönen   zum preise der würde
Dann flattert im frühwind   mit wahrhaftem zeichen
Der königsstandarte   und grüsst sich verneigend
Die Hehren · die Helden!

[1928]

Du schlank und rein wie eine flamme
Du wie der morgen zart und licht
Du blühend reis vom edlen stamme
Du wie ein quell geheim und schlicht

Begleitest mich auf sonnigen matten
Umschauerst mich im abendrauch
Erleuchtest meinen weg im schatten
Du kühler wind du heisser hauch

Du bist mein wunsch und mein gedanke
Ich atme dich mit jeder luft
Ich schlürfe dich mit jedem tranke
Ich küsse dich mit jedem duft

Du blühend reis vom edlen stamme
Du wie ein quell geheim und schlicht
Du schlank und rein wie eine flamme
Du wie der morgen zart und licht.

RAINER MARIA RILKE

1875–1926

Ich lebe mein Leben in wachsenden Ringen,
die sich über die Dinge ziehn.
Ich werde den letzten vielleicht nicht vollbringen,
aber versuchen will ich ihn.

Ich kreise um Gott, um den uralten Turm,
und ich kreise jahrtausendelang;
und ich weiß noch nicht: bin ich ein Falke, ein Sturm
oder ein großer Gesang.

[E: 1889; D: 1905]

Werkleute sind wir: Knappen, Jünger, Meister,
und bauen dich, du hohes Mittelschiff.
Und manchmal kommt ein ernster Hergereister,
geht wie ein Glanz durch unsre hundert Geister
und zeigt uns zitternd einen neuen Griff.

Wir steigen in die wiegenden Gerüste,
in unsern Händen hängt der Hammer schwer,
bis eine Stunde uns die Stirnen küßte,
die strahlend und als ob sie Alles wüßte
von dir kommt, wie der Wind vom Meer.

Dann ist ein Hallen von dem vielen Hämmern
und durch die Berge geht es Stoß um Stoß.
Erst wenn es dunkelt lassen wir dich los:
Und deine kommenden Konturen dämmern.

Gott, du bist groß.

Wie der Wächter in den Weingeländen
seine Hütte hat und wacht,
bin ich Hütte, Herr, in deinen Händen
und bin Nacht, o Herr, von deiner Nacht.

Weinberg, Weide, alter Apfelgarten,
Acker, der kein Frühjahr überschlägt,
Feigenbaum, der auch im marmorharten
Grunde hundert Früchte trägt:

Duft geht aus aus deinen runden Zweigen.
Und du fragst nicht, ob ich wachsam sei;
furchtlos, aufgelöst in Säften, steigen
deine Tiefen still an mir vorbei.

Herbsttag

Herr: es ist Zeit. Der Sommer war sehr groß.
Leg deinen Schatten auf die Sonnenuhren,
und auf den Fluren laß die Winde los.

Befiehl den letzten Früchten voll zu sein;
gieb ihnen noch zwei südlichere Tage,
dränge sie zur Vollendung hin und jage
die letzte Süße in den schweren Wein.

Wer jetzt kein Haus hat, baut sich keines mehr.
Wer jetzt allein ist, wird es lange bleiben,
wird wachen, lesen, lange Briefe schreiben
und wird in den Alleen hin und her
unruhig wandern, wenn die Blätter treiben.

[1906]

Abend

Der Abend wechselt langsam die Gewänder,
die ihm ein Rand von alten Bäumen hält;
du schaust: und von dir scheiden sich die Länder,
ein himmelfahrendes und eins, das fällt;

und lassen dich, zu keinem ganz gehörend,
nicht ganz so dunkel wie das Haus, das schweigt,
nicht ganz so sicher Ewiges beschwörend
wie das, was Stern wird jede Nacht und steigt –

und lassen dir (unsäglich zu entwirrn)
dein Leben bang und riesenhaft und reifend,
so daß es, bald begrenzt und bald begreifend,
abwechselnd Stein in dir wird und Gestirn.

Abschied

Wie hab ich das gefühlt was Abschied heißt.
Wie weiß ichs noch: ein dunkles unverwundnes
grausames Etwas, das ein Schönverbundnes
noch einmal zeigt und hinhält und zerreißt.

Wie war ich ohne Wehr, dem zuzuschauen,
das, da es mich, mich rufend, gehen ließ,
zurückblieb, so als wärens alle Frauen
und dennoch klein und weiß und nichts als dies:

Ein Winken, schon nicht mehr auf mich bezogen,
ein leise Weiterwinkendes –, schon kaum
erklärbar mehr: vielleicht ein Pflaumenbaum,
von dem ein Kuckuck hastig abgeflogen.

Schlußstück

Der Tod ist groß.
Wir sind die Seinen
lachenden Munds.
Wenn wir uns mitten im Leben meinen,
wagt er zu weinen
mitten in uns.

Der Panther

Im Jardin des Plantes, Paris

Sein Blick ist vom Vorübergehn der Stäbe
so müd geworden, daß er nichts mehr hält.
Ihm ist, als ob es tausend Stäbe gäbe
und hinter tausend Stäben keine Welt.

Der weiche Gang geschmeidig starker Schritte,
der sich im allerkleinsten Kreise dreht,
ist wie ein Tanz von Kraft um eine Mitte,
in der betäubt ein großer Wille steht.

Nur manchmal schiebt der Vorhang der Pupille
sich lautlos auf –. Dann geht ein Bild hinein,
geht durch der Glieder angespannte Stille –
und hört im Herzen auf zu sein.

[1903]

Das Karussell

Jardin du Luxembourg

Mit einem Dach und seinem Schatten dreht
sich eine kleine Weile der Bestand
von bunten Pferden, alle aus dem Land,
das lange zögert, eh es untergeht.
Zwar manche sind an Wagen angespannt,
doch alle haben Mut in ihren Mienen;
ein böser roter Löwe geht mit ihnen
und dann und wann ein weißer Elefant.

Sogar ein Hirsch ist da, ganz wie im Wald,
nur daß er einen Sattel trägt und drüber
ein kleines blaues Mädchen aufgeschnallt.

Und auf dem Löwen reitet weiß ein Junge
und hält sich mit der kleinen heißen Hand,
dieweil der Löwe Zähne zeigt und Zunge.

Und dann und wann ein weißer Elefant.

Und auf den Pferden kommen sie vorüber,
auch Mädchen, helle, diesem Pferdesprunge
fast schon entwachsen; mitten in dem Schwunge
schauen sie auf, irgendwohin, herüber –

Und dann und wann ein weißer Elefant.

Und das geht hin und eilt sich, daß es endet,
und kreist und dreht sich nur und hat kein Ziel.
Ein Rot, ein Grün, ein Grau vorbeigesendet,
ein kleines kaum begonnenes Profil –.
Und manchesmal ein Lächeln, hergewendet,
ein seliges, das blendet und verschwendet
an dieses atemlose blinde Spiel ...

[1907]

[*Jardin du Luxembourg:* Park in Paris, der auch einen Kinderspielplatz hat.]

Römische Fontäne

Borghese

Zwei Becken, eins das andre übersteigend
aus einem alten runden Marmorrand,
und aus dem oberen Wasser leis sich neigend
zum Wasser, welches unten wartend stand,

dem leise redenden entgegenschweigend
und heimlich, gleichsam in der hohlen Hand,
ihm Himmel hinter Grün und Dunkel zeigend
wie einen unbekannten Gegenstand;

sich selber ruhig in der schönen Schale
verbreitend ohne Heimweh, Kreis aus Kreis,
nur manchmal träumerisch und tropfenweis

sich niederlassend an den Moosbehängen
zum letzten Spiegel, der sein Becken leis
von unten lächeln macht mit Übergängen.

[1907]

[*Borghese:* Park der Villa Borghese in Rom.]

Archaïscher Torso Apollos

Wir kannten nicht sein unerhörtes Haupt,
darin die Augenäpfel reiften. Aber
sein Torso glüht noch wie ein Kandelaber,
in dem sein Schauen, nur zurückgeschraubt,

sich hält und glänzt. Sonst könnte nicht der Bug
der Brust dich blenden, und im leisen Drehen

der Lenden könnte nicht ein Lächeln gehen
zu jener Mitte, die die Zeugung trug.

Sonst stünde dieser Stein entstellt und kurz
unter der Schultern durchsichtigem Sturz
und flimmerte nicht so wie Raubtierfelle;

und bräche nicht aus allen seinen Rändern
aus wie ein Stern: denn da ist keine Stelle,
die dich nicht sieht. Du mußt dein Leben ändern.

[1908]

[*Archaïscher Torso:* Plastik im Louvre in Paris (Jünglingstorso aus Milet).]

Aus: *Duineser Elegien*

Die erste Elegie

Wer, wenn ich schriee, hörte mich denn aus der Engel
Ordnungen? und gesetzt selbst, es nähme
einer mich plötzlich ans Herz: ich verginge von seinem
stärkeren Dasein. Denn das Schöne ist nichts
als des Schrecklichen Anfang, den wir noch grade ertragen,
und wir bewundern es so, weil es gelassen verschmäht,
uns zu zerstören. Ein jeder Engel ist schrecklich.
Und so verhalt ich mich denn und verschlucke den Lockruf
dunkelen Schluchzens. Ach, wen vermögen
wir denn zu brauchen? Engel nicht, Menschen nicht,
und die findigen Tiere merken es schon,
daß wir nicht sehr verläßlich zu Haus sind
in der gedeuteten Welt. Es bleibt uns vielleicht
irgend ein Baum an dem Abhang, daß wir ihn täglich
wiedersähen; es bleibt uns die Straße von gestern
und das verzogene Treusein einer Gewohnheit,
der es bei uns gefiel, und so blieb sie und ging nicht.
O und die Nacht, die Nacht, wenn der Wind voller Weltraum
uns am Angesicht zehrt –, wem bliebe sie nicht, die ersehnte,
sanft enttäuschende, welche dem einzelnen Herzen
mühsam bevorsteht. Ist sie den Liebenden leichter?
Ach, sie verdecken sich nur mit einander ihr Los.
Weißt du's *noch* nicht? Wirf aus den Armen die Leere
zu den Räumen hinzu, die wir atmen; vielleicht daß die Vögel
die erweiterte Luft fühlen mit innigerm Flug.

Ja, die Frühlinge brauchten dich wohl. Es muteten manche
Sterne dir zu, daß du sie spürtest. Es hob
sich eine Woge heran im Vergangenen, oder
da du vorüberkamst am geöffneten Fenster,
gab eine Geige sich hin. Das alles war Auftrag.
Aber bewältigtest du's? Warst du nicht immer

noch von Erwartung zerstreut, als kündigte alles
eine Geliebte dir an? (Wo willst du sie bergen,
da doch die großen fremden Gedanken bei dir
aus und ein gehn und öfters bleiben bei Nacht.)
Sehnt es dich aber, so singe die Liebenden; lange
noch nicht unsterblich genug ist ihr berühmtes Gefühl.
Jene, du neidest sie fast, Verlassenen, die du
so viel liebender fandst als die Gestillten. Beginn
immer von neuem die nie zu erreichende Preisung;
denk: es erhält sich der Held, selbst der Untergang war ihm
nur ein Vorwand, zu sein: seine letzte Geburt.
Aber die Liebenden nimmt die erschöpfte Natur
in sich zurück, als wären nicht zweimal die Kräfte,
dieses zu leisten. Hast du der Gaspara Stampa
denn genügend gedacht, daß irgend ein Mädchen,
dem der Geliebte entging, am gesteigerten Beispiel
dieser Liebenden fühlt: daß ich würde wie sie?
Sollen nicht endlich uns diese ältesten Schmerzen
fruchtbarer werden? Ist es nicht Zeit, daß wir liebend
uns vom Geliebten befrein und es bebend bestehn:
wie der Pfeil die Sehne besteht, um gesammelt im Absprung
mehr zu sein als er selbst. Denn Bleiben ist nirgends.

Stimmen, Stimmen. Höre, mein Herz, wie sonst nur
Heilige hörten: daß sie der riesige Ruf
aufhob vom Boden; sie aber knieten,
Unmögliche, weiter und achtetens nicht:
So waren sie hörend. Nicht, daß du *Gottes* ertrügest
die Stimme, bei weitem. Aber das Wehende höre,
die ununterbrochene Nachricht, die aus Stille sich bildet.
Es rauscht jetzt von jenen jungen Toten zu dir.
Wo immer du eintratst, redete nicht in Kirchen
zu Rom und Neapel ruhig ihr Schicksal dich an?
Oder es trug eine Inschrift sich erhaben dir auf,
wie neulich die Tafel in Santa Maria Formosa.
Was sie mir wollen? leise soll ich des Unrechts
Anschein abtun, der ihrer Geister
reine Bewegung manchmal ein wenig behindert.

Freilich ist es seltsam, die Erde nicht mehr zu bewohnen,
kaum erlernte Gebräuche nicht mehr zu üben,
Rosen, und andern eigens versprechenden Dingen
nicht die Bedeutung menschlicher Zukunft zu geben;
das, was man war in unendlich ängstlichen Händen,
nicht mehr zu sein, und selbst den eigenen Namen
wegzulassen wie ein zerbrochenes Spielzeug.
Seltsam, die Wünsche nicht weiterzuwünschen. Seltsam,
alles, was sich bezog, so lose im Raume
flattern zu sehen. Und das Totsein ist mühsam
und voller Nachholn, daß man allmählich ein wenig
Ewigkeit spürt. – Aber Lebendige machen
alle den Fehler, daß sie zu stark unterscheiden.
Engel (sagt man) wüßten oft nicht, ob sie unter

Lebenden gehn oder Toten. Die ewige Strömung
reißt durch beide Bereiche alle Alter
immer mit sich und übertönt sie in beiden.

Schließlich brauchen sie uns nicht mehr, die Früheentrückten,
man entwöhnt sich des Irdischen sanft, wie man den Brüsten
milde der Mutter entwächst. Aber wir, die so große
Geheimnisse brauchen, denen aus Trauer so oft
seliger Fortschritt entspringt –: *könnten* wir sein ohne sie?
Ist die Sage umsonst, daß einst in der Klage um Linos
wagende erste Musik dürre Erstarrung durchdrang;
daß erst im erschrockenen Raum, dem ein beinah göttlicher Jüngling
plötzlich für immer enttrat, das Leere in jene
Schwingung geriet, die uns jetzt hinreißt und tröstet und hilft.

[E: 1912; D: 1923]

[*Gaspara Stampa:* ital. Dichterin (1523–1554); in ihren Gedichten war ihre unglückliche Liebe zu einem venezianischen Adligen ein zentrales Thema. – *Santa Maria Formosa:* Kirche in Venedig; dort Tafel mit Inschrift über Leben und Tod.]

Ausgesetzt auf den Bergen des Herzens. Siehe, wie klein dort,
siehe: die letzte Ortschaft der Worte, und höher,
aber wie klein auch, noch ein letztes
Gehöft von Gefühl. Erkennst du's?
Ausgesetzt auf den Bergen des Herzens. Steingrund
unter den Händen. Hier blüht wohl
einiges auf; aus stummem Absturz
blüht ein unwissendes Kraut singend hervor.
Aber der Wissende? Ach, der zu wissen begann
und schweigt nun, ausgesetzt auf den Bergen des Herzens.
Da geht wohl, heilen Bewußtseins,
manches umher, manches gesicherte Bergtier,
wechselt und weilt. Und der große geborgene Vogel
kreist um der Gipfel reine Verweigerung. – Aber
ungeborgen, hier auf den Bergen des Herzens ...

[E: 1914]

Es winkt zu Fühlung fast aus allen Dingen,
aus jeder Wendung weht es her: Gedenk!
Ein Tag, an dem wir fremd vorübergingen,
entschließt im künftigen sich zum Geschenk.

Wer rechnet unseren Ertrag? Wer trennt
uns von den alten, den vergangnen Jahren?
Was haben wir seit Anbeginn erfahren,
als daß sich eins im anderen erkennt?

Als daß an uns Gleichgültiges erwarmt?
O Haus, o Wiesenhang, o Abendlicht,
auf einmal bringst du's beinah zum Gesicht
und stehst an uns, umarmend und umarmt.

Durch alle Wesen reicht der *eine* Raum:
Weltinnenraum. Die Vögel fliegen still
durch uns hindurch. O, der ich wachsen will,
ich seh hinaus, und *in* mir wächst der Baum.

Ich sorge mich, und in mir steht das Haus.
Ich hüte mich, und in mir ist die Hut.
Geliebter, der ich wurde: an mir ruht
der schönen Schöpfung Bild und weint sich aus.

[E: 1914]

Aus: *Sonette an Orpheus*

Erster Teil

VII

Rühmen, das ists! Ein zum Rühmen Bestellter,
ging er hervor wie das Erz aus des Steins
Schweigen. Sein Herz, o vergängliche Kelter
eines den Menschen unendlichen Weins.

Nie versagt ihm die Stimme am Staube,
wenn ihn das göttliche Beispiel ergreift.
Alles wird Weinberg, alles wird Traube,
in seinem fühlenden Süden gereift.

Nicht in den Grüften der Könige Moder
straft ihm die Rühmung lügen, oder
daß von den Göttern ein Schatten fällt.

Er ist einer der bleibenden Boten,
Der noch weit in die Türen der Toten
Schalen mit rühmlichen Früchten hält.

[*Erz:* wohl die aus dem Erz gegossene Glocke.]

IX

Nur wer die Leier schon hob
auch unter Schatten,
darf das unendliche Lob
ahnend erstatten.

Nur wer mit Toten vom Mohn
aß, von dem ihren,
wird nicht den leisesten Ton
wieder verlieren.

Mag auch die Spieglung im Teich
oft uns verschwimmen:
Wisse das Bild.

Erst in dem Doppelbereich
werden die Stimmen
ewig und mild.

Zweiter Teil

XIII

Sei allem Abschied voran, als wäre er hinter
dir, wie der Winter, der eben geht.
Denn unter Wintern ist einer so endlos Winter,
daß, überwinternd, dein Herz überhaupt übersteht.

Sei immer tot in Eurydike –, singender steige,
preisender steige zurück in den reinen Bezug.
Hier, unter Schwindenden, sei, im Reiche der Neige,
sei ein klingendes Glas, das sich im Klang schon zerschlug.

Sei – und wisse zugleich des Nicht-Seins Bedingung,
den unendlichen Grund deiner innigen Schwingung,
daß du sie völlig vollziehst dieses einzige Mal.

Zu dem gebrauchten sowohl, wie zum dumpfen und stummen
Vorrat der vollen Natur, den unsäglichen Summen,
zähle dich jubelnd hinzu und vernichte die Zahl.

XV

O Brunnen-Mund, du gebender, du Mund,
der unerschöpflich Eines, Reines, spricht, –
du, vor des Wassers fließendem Gesicht,
marmorne Maske. Und im Hintergrund

der Aquädukte Herkunft. Weither an
Gräbern vorbei, vom Hang des Apennins
tragen sie dir dein Sagen zu, das dann
am schwarzen Altern deines Kinns

vorüberfällt in das Gefäß davor.
Dies ist das schlafend hingelegte Ohr,
das Marmorohr, in das du immer sprichst.

Ein Ohr der Erde. Nur mit sich allein
redet sie also. Schiebt ein Krug sich ein,
so scheint es ihr, daß du sie unterbrichst.

XXIX

Stiller Freund der vielen Fernen, fühle,
wie dein Atem noch den Raum vermehrt.
Im Gebälk der finstern Glockenstühle
laß dich läuten. Das, was an dir zehrt,

wird ein Starkes über dieser Nahrung.
Geh in der Verwandlung aus und ein.
Was ist deine leidendste Erfahrung?
Ist dir Trinken bitter, werde Wein.

Sei in dieser Nacht aus Übermaß
Zauberkraft am Kreuzweg deiner Sinne,
ihrer seltsamen Begegnung Sinn.

Und wenn dich das Irdische vergaß,
zu der stillen Erde sag: Ich rinne.
Zu dem raschen Wasser sprich: Ich bin.

[1923]

RUDOLF BORCHARDT

1877–1945

Aus: *Autumnus*

I

Vor allen Göttern in des Jahres Reihn
So stumm, so staunend lernten wir zu beten –
Nun sind wir in den dritten Kreis getreten,
Das Jahr ist reif, die Blätter wurden Wein,
Und was nicht reifte, schläft in kahlen Beeten
Des alten Sommers unter Schleiern ein –
Sie könnten von den blinden Fäden sein,
Die eben deinem Schritt vorbei verwehten.

Ein neu Gesicht hat sich zu uns gesellt.
Aus finstren Schatten lacht es braun und bunt,
Dies ist Autumnus, der den Apfel hält.
Rot wirbelts um ihn, gelber sinkts zu Grund,
Mit starken Augen bindet er die Welt.
Die Traube schwillt um seinen schweren Mund.

[1913]

Sonett auf sich selbst

Aus Sturm und Traum auffahrend, wo ich saß,
In einen Spiegel blickt ich heut hinein
Und wußte nicht von mir, und sah mit Pein
Das Antlitz meines Feindes aus dem Glas
Emporgesandt: von fleckiger Schatten Schein
Die Lippe überwildert, schien etwas
Dumpf hinzuknirschen zwischen Angst und Haß:
Ich sollt es sein; und möchte dies nicht sein!

Wir sind nicht, was wir sind; der Himmel, kaum
Vom Meer zu kennen, schleift mit Dunst beschwert
Und brütet Auswurf: aber gieße Traum
In deinen Becher; und mit Nordwind gärt
Die wundervolle See, und wildem Schaum,
Durch den das heilige Schiff mit Helden fährt.

[1913]

Mit den Schuhen

Was man will, kann man nicht geben,
Und man gibt nur, was man muß,
Also gibt man einen Kuß
Und man gäbe gern das Leben.

Also gibt man einen Strauß
Statt des Gartens um ein Haus,
Gibt das Buch als den Entgelt
Für die Weisheit aller Welt,

Drängt den Ring an einen Finger,
Schlingt die Kette um den Hals, –
Alles nur ein wie geringer
Abschlag auf die Schuld des Alls!

Jenes Alls, in dem man ist,
Wenn man eine liebt, –
Wer der Gabe Sinn vergißt,
Was hat er, was er gibt?

Alle Gabe ist nur Sinn
Und Bild in einer Hülle.
Seit ich fühle alle Fülle,
Weiß ich erst, wie arm ich bin!

Mach mich du, geliebtes Kind
Zum reichsten von den Leuten!
Sieh nicht an, was Gaben sind
Nur an, was sie bedeuten!

Für das ganze Feld die Ähre,
Für den Himmel nimm den Stern,
Und mich selbst für was ich gern
Um Deinetwillen wäre!

Diese Hände mit den Schuhn –
Fühle, was sie nur vertreten,
Sieh nicht, was sie eben tun,
Nur was sie lieber täten!

Nimm sie so, wie ich sie sende
Denn sie meinen, Süße –
Lieber legt ich beide Hände
Unter deine Füße!

Zwar sie stehn für keine Gabe
– Dennoch sei das Spiel verziehn!
Alles ist ja nur geliehn
Solang ich dich nicht habe.

Abschied

Wir haben nicht wie Knecht und Magd am Zaun
Gelegenheit; und nicht wie Brautgesellen
Den Trost, ein heimlich Scheiden zu bestellen:
Wo aller Augen wartend auf uns schaun,
Soll dieses Schwert durch unsre Seele haun:
Kein Baum, den zwanzig an der Wurzel fällen,
Stirbt allgemein besudelter im Grellen:
Nur noch verachten gilt, und sich vertraun,

Und, wie Ermordete im alten Stück
Noch schwatzen, vorwärts du und ich zurück,
Im Griff das schwarze Eingeweide tragend,
Fortsteigen, gleichen Fußes und Gesichts;
Und erst wo keins mehr zusieht, in das Nichts
Quer treten, ohne Laut vornüberschlagend.

ALFRED MOMBERT

1872–1942

Gott ist vom Schöpferstuhl gefallen
hinunter in die Donnerhallen
des Lebens und der Liebe.
Er sitzt beim Fackelschein
und trinkt seinen Wein
zwischen borstigen Gesellen,
die von Weib und Meerflut überschwellen.
Und der Mond rollt über die Wolkenberge
durch die gestirnte Meernacht,
und die großen Werke
sind vollendet und vollbracht.

[1897]

Bevor ich diesen Inselstrand verließ,
entdeckte ich letztmals streifend eine Höhle,
da drinnen ward mir eine neue Seele,
die mir ein höchstes Glück verhieß.

Und so saß ich lange,
ein tiefes Lächeln auf meiner Wange.
Vom Licht umzittert in der Dämmerkühle.
Glühend in einem neuen
Heimat-Urgefühle.

*

Es war zur Nacht, da ich ins Meerhorn stieß.
Es war zur Nacht, da ich zum Aufbruch blies.
Es war zur Nacht, da ich den Strand verließ.
Mein Boot lag in der Mondquelle.
Ich stand in vollendeter Helle.
Ich stand schlafähnlich starr auf silbernem Kies.

Wegen des Schattens und Duftens dieser Haine.
Wegen der Quelle, die hier fröhlich springt.
Wegen dieser Myrten, dieser Eichen:
Möchte ich leben, möcht ich leben.

Wegen der Herde weidend in diesem Tale.
Wegen der Jungfrau, die hier sitzt und sinnt.
Wegen dieser Wolke weiß im Blauen:
Möchte ich leben, möcht ich leben.

Wegen des Pilgers hier auf diesem Pfade.
Wegen der Fische in diesem klaren See.
Wegen des Zitterlaubes auf diesen Büschen,
und wegen des Abend-Regens, der jetzt säuselt:
Möchte ich leben, möcht ich noch leben.

[1919]

Ich warf mich auf die Meer-Klippen.
In die Schäume der Träume.
Da überrauschten mich die Albatrosse.
Herz brach auf. Und Seele weinte.

Sie deckten kühle Schwingen über mein Haupt.
An den Fieber-Händen rieben Schnäbel.
Freie Meer-Herzen
pochten in meine Innen-Wüste.
Die Albatrosse klangen: sangen:

In einem frühen Leben
war über Meeren hin dein Schweben.
Unser Bruder du auf starken Schwingen,
du mochtest in die wildesten Schäume dringen.
Stürme konnten nie dich zwingen.

Zu deinen Wogen, zu deinen freien Meeren
wirst du, Bruder, einstmals wiederkehren.
Wirst das große Schwebe-Glück vermehren.
Wirst uns deine Schwebe-Seele lehren.

[1925]

KARL WOLFSKEHL

1869–1948

Wir sind gewandert zum abend nieder,
Auf heissen lippen uralte lieder
Lieder der wüste lieder der meere
Lieder der sternen-nacht leuchtende schwere,
Wir sangen und sangen vom höchsten hort
Der mit uns gewandert zur ferne fort
Vom dreimal heilig verheissenden wort.

In allen landen ein angstsieches gasten
An allen tagen qualbitteres fasten,
Wo ist das erbe du der uns erkoren?
In singen und wandern sind wir verloren
Nun nicken wir blicken wir heimwehwund
Ein lied nur flieht vom bebenden mund
Das lied vom ewigen todesbund.

Welt-Ende

I

Als wäre die luft gemahlen glas
Verwestes dürrhaar laub und gras
Als wollten die berge beissen

So rasselts kräht und krazt und zischt
Um kaltgenezte schläfe wischt
Ein geierflügelkreisen.

II

Am lezten tag herunter fallt
Ein tropfen in die urn
Das schrillt wie sprung im urbasalt
Wie tausend spindeln surrn

Klingt wie ein schwert auf bein und stahl,
Gerissner glockenstrang
Wie spätnachts ersten hahns geprahl
Wie jungen eises gang:

Und über fliesst der urnenrand
Urn ist voll blutigen weins
Einbricht die blaue himmelswand
Und nacht und tag sind eins.

[1927]

Vita in morte

Ganz einsam sei, ganz nackt, ganz leib du seele
Stille dein herz, dein hauch eis, stumm die kehle,

Im eignen quell steh, zwing den quell, er spiegel'
In dir sein aug, umzirkt vom schwarzen tiegel:

Dann bist, ein widerschein, zusammenronnen
Dann hat sich Gott und traum zu dir besonnen

Auf dass der tiegel tod an dir zerspringe,
Du endlos nu seist, mitte seist im ringe.

[1927]

[*Vita in morte:* Leben im Tod.]

Herr! Ich will zurück

Herr! Ich will zurück zu Deinem Wort.
Herr! Ich will ausschütten meinen Wein.
Herr! Ich will zu Dir, ich will fort.
Herr! Ich weiss nicht aus und nicht ein!
Ich bin allein.

Allein in leerer, atemleerer Luft,
Allein im Herzen, vor mir selber scheu.
Alle meine bunten Bälle sind verpufft.
All meine Weisheit ward Dunst und Spreu.
Ich bin arm, Gott! Neu

Neig Dich her wie den Vätern,
Oder triff mich mit Deinem Strahl:
Auch den ärgsten Tätern
Warst Du nah einmal.

Zeig Dich, Gewölk oder Feuer,
Hol uns zur Wüstenfahrt –
Herr, sind wir Dir nicht teuer:
Warum hast Du uns aufgespart?

Ist der falsche Tag nun verstrichen?
Brach die Nacht hinter uns entzwei?
Alle Sterne sind blind, sind verblichen:
Ruf uns, wir rufen Dich herbei –
Noch vorm Hahnenschrei
Kommen Deine Boten geschlichen,
Ohne Laut geschlichen –

[1933]

Ewiger Auszug

Die dunklen Bürden.
Die dunklen Würden.
Wir keuchen unter ihrer Last,
Wir Herde sonder Hürde.
Zur Unrast wird uns Rast um Rast.
Den Andern wüst, uns selbst verhasst –
O dass uns Frieden würde!
Und doch die Krücke leicht der Faust,
Weil Seine Losung uns enthaust.
Und doch ein Glanz um uns gebreitet,
Weil Er vor unsern Wegen schreitet.
Und doch hält aus des Herzens Schrein,
Weils drinnen ruft: *so* muss es sein!
Ihr seid als Pforten aufgetan,
Ihr immer neu Geschürten,
Zum Stamm erstarkt der Splitterspan,
Ihr einst und stets Gekürten,
Durch Wogen und Wust Geführten:
Stern-Augen schaun euch an!

[1934]

Weg

Welches Tags Strahl auch der letzte,
Welche Nacht die längste sei,
Welcher Wein am Ende netzte
Heisser Lippe heisren Schrei –

Wenn mir dann das Glas zerschelle,
Trinkglas, Stundenglas in eins,
Wenn der Finsternisse Welle
Spült sich ein das Fünklein Scheins:

Eh der Aushauch ganz verstocke
Schrill gepresst, Abfahrtssignal,
Dröhnt er stark als Osterglocke:
Kein Ade, ein: Noch Einmal!

[1950]

THEODOR DÄUBLER

1876–1934

Die Erde treibt im Norden tausend blaue Feuerblüten
Und übermittelt ihren Sehnsuchtstraum der Nacht,
Drum soll der Mensch auch seinen Flammenkelch behüten,
Wenn er, durch ihn belebt und lichterfüllt, erwacht.

Fürwahr, mir sind die Glutanschürer Gärtnerscharen
Von einer langbegrabnen, auferstandnen Pracht:
Versteinte Wälder wollen sich uns offenbaren,
Und Pilger holen sie aus finsterm Erdenschacht.

Ja, Pilger graben, wühlen sich stets mehr hinunter,
Stets tiefer in der Erdenmutter dunkles Heiligtum;
Ihr Herzschlag, ihr Gehämmerwerk, erhält sie munter:
Asketen aber sind sie zu des Urlichts Ruhm.

Auf ihrer Freiheit, ihrer Glutenkernesnähe
Beruht und tagt das ganze Dasein dieser Welt,
Sie sorgen, daß der Totgeglaubte auferstehe,
Durch sie wird jede Nacht vom Nordlichte erhellt.

So wandeln wir in wunderbaren Flammengärten
Hoch türmen Feuerlauben sich ins Grau empor;
Die fernen Drachen wurden freundliche Gefährten
Und schimmern still vor meines Weibes sicherm Tor.

Ihr Grubenarbeiter, Ergrübler freier Wunder,
Vertraut dem Irrlicht nicht, das listig euch umschwirrt:
Bleibt unbeirrte, biedre Erdenherzerkunder,
Seid eurer eignen Willenstiere ernster Hirt!

Der Sonne könnt ihr bloß im Erdenschoße nahen,
Dort unten stoßt ihr auf den Sinn von dieser Welt,
Und auch das Licht der Dinge, die noch nie geschahen,
Wird, urbestimmt, durch euch, in uns hervorgeschwellt.

[1910]

Landschaft

Rote Mühlen stehen an verschneitem Ufer:
Grüne Wellen tragen Eis statt gelben Schaum.
Schwarze Vögel, Unglückskünder, Unheilrufer,
Hocken hoch und schwer in einem hohlen Baum.

O wie viele Tiere im Gezweige nisten:
Meine bösen Stunden aber sind noch mehr.
Sorgenvögel müssen dort ihr Leben fristen:
Späher durch die Silberäste hin und her.

Und ich weiß es nicht, ist so etwas ein Traum?
Denn ich baue ihn empor, den kahlen Baum!
Doch die fremden Vögel kamen ungerufen:
Ich kenne keine Fernen, die sie schufen.

Plötzlich drehen sich die Räder meiner Mühlen:
Bloß für einen Augenblick erbraust der Sturm.
Jetzt muß ich die Vögel in mir selber fühlen:
Weiter schleicht der eisgefleckte Wasserwurrn.

[1918]

ELSE LASKER-SCHÜLER

1869–1945

Morituri

Du hast ein dunkles Lied mit meinem Blut geschrieben,
Seitdem ist meine Seele jubellahm.
Du hast mich aus dem Rosenparadies vertrieben,
Ich musst sie lassen, Alle, die mich lieben.
Gleich einem Vagabund jagt mich der Gram.

Und in den Nächten, wenn die Rosen singen,
Dann brütet still der Tod – ich weiss nicht was –
Ich möchte Dir mein wehes Herze bringen,
Den bangen Zweifel und mein müh'sam Ringen
Und alles Kranke und den Hass!

[*Morituri:* die dem Tod Geweihten.]

Weltende

Es ist ein Weinen in der Welt,
als ob der liebe Gott gestorben wär,
und der bleierne Schatten, der niederfällt,
lastet grabesschwer.

Komm, wir wollen uns näher verbergen ...
Das Leben liegt in aller Herzen
wie in Särgen.

Du, wir wollen uns tief küssen ...
Es pocht eine Sehnsucht an die Welt,
an der wir sterben müssen.

[1905]

Ein alter Tibetteppich

Deine Seele, die die meine liebet
Ist verwirkt mit ihr im Teppichtibet

Strahl in Strahl, verliebte Farben,
Sterne, die sich himmellang umwarben.

Unsere Füße ruhen auf der Kostbarkeit
Maschentausendabertausendweit.

Süsser Lamasohn auf Moschuspflanzentron
Wie lange küsst dein Mund den meinen wohl
Und Wang die Wange buntgeknüpfte Zeiten schon.

[1910]

Jakob

Jakob war der Büffel seiner Herde.
Wenn er stampfte mit den Hufen
Sprühte unter ihm die Erde.

Brüllend ließ er die gescheckten Brüder,
Rannte in den Urwald an die Flüsse,
Stillte dort das Blut der Affenbisse.

Durch die müden Schmerzen in den Knöcheln
Sank er vor dem Himmel fiebernd nieder
Und sein Ochsgesicht erschuf das Lächeln.

[1913]

Gebet

Ich suche allerlanden eine Stadt,
Die einen Engel vor der Pforte hat.
Ich trage seinen großen Flügel
Gebrochen schwer am Schulterblatt
Und in der Stirne seinen Stern als Siegel.

Und wandele immer in die Nacht ...
Ich habe Liebe in die Welt gebracht,
Daß blau zu blühen jedes Herz vermag,
Und hab ein Leben müde mich gewacht,
In Gott gehüllt den dunklen Atemschlag.

O Gott, schließ um mich deinen Mantel fest.
Ich weiß, ich bin im Kugelglas der Rest,
Und wenn der letzte Mensch die Welt vergießt,
Du mich nicht wieder aus der Allmacht läßt,
Und sich ein neuer Erdball um mich schließt.

[1917]

Gedenktag

Das Meer steigt rauschend übers Land,
Inbrünstig fallen Wasser aus den Höhen.
Still brennt die Kerze noch in meiner Hand.

Ich möchte meine liebe Mutter wiedersehen ......
Begraben hab' ich meinen Leib im kühlen Sand,
Doch meine Seele will von dieser Welt nicht gehen.

Und hat sich von mir abgewandt.
Ich wollte immer ihr ein Kleid aus Muscheln nähen;
In meinen rauhen Körper wurde sie verbannt.

Doch meine liebe Mutter gab sie mir zum Pfand.
Ich suche meine Seele überall auf Zehen;
Die nistete an meiner roten Felsenwand
Und noch in meinem Auge irrt ihr Spähen.

[1932]

Mein blaues Klavier

Ich habe zu Hause ein blaues Klavier
Und kenne doch keine Note.

Es steht im Dunkel der Kellertür,
Seitdem die Welt verrohte.

Es spielen Sternenhände vier
– Die Mondfrau sang im Boote –
Nun tanzen die Ratten im Geklirr.

Zerbrochen ist die Klaviatür .....
Ich beweine die blaue Tote.

Ach liebe Engel öffnet mir
– Ich ass vom bitteren Brote –
Mir lebend schon die Himmelstür –
Auch wider dem Verbote.

[E: vor 1936; D: 1943]

Ein Liebeslied

Komm zu mir in der Nacht – wir schlafen engverschlungen.
Müde bin ich sehr, vom Wachen einsam.
Ein fremder Vogel hat in dunkler Frühe schon gesungen,
Als noch mein Traum mit sich und mir gerungen.

Es öffnen Blumen sich vor allen Quellen
Und färben sich mit deiner Augen Immortellen .....

Komm zu mir in der Nacht auf Siebensternenschuhen
Und Liebe eingehüllt spät in mein Zelt.
Es steigen Monde aus verstaubten Himmelstruhen.

Wir wollen wie zwei seltene Tiere liebesruhen
Im hohen Rohre hinter dieser Welt.

[1943]

Ich säume liebentlang

Ich säume liebentlang durchs Morgenlicht,
Längst lebe ich vergessen – im Gedicht.
Du hast es einmal mir gesprochen.

Ich weiss den Anfang –
Weiter weiss ich von mir nicht.
Doch hörte ich mich schluchzen im Gesang.

Es lächelten die Immortellen hold in deinem Angesicht,
Als du im Liebespsalme unserer Melodie,
Die Völker tauchtest und erhobest sie.

An Apollon

Es ist am Abend im April.
Der Käfer kriecht ins dichte Moos.
Er hat *»so«* Angst – die Welt *»so«* gross!

Die Wirbelwinde hadern mit dem Leben,
Ich halte meine Hände still ergeben
Auf meinem frommbezwungenen Schoss.

Ein Engel spielte sanft auf blauen Tasten,
Langher verklungene Phantasie.
Und alle Bürde meiner Lasten,
Verklärte und entschwerte sie.

Jäh tut mein sehr verwaistes Herz mir weh –
Blutige Fäden spalten seine Stille.
Zwei Augen blicken wund durch ihre Marmorhülle
In meines pochendes Granates See.

Er legte Brand an meines Herzens Lande –
Nicht mal sein Götterlächeln
Liess er mir zum Pfande.

ROBERT WALSER

1878–1956

Die schöne Frau von Thun

Ein schwarzes Kätzchen schaute eines Abends einen feinen,
es streicheln woll'nden Weltmann an mit glühnden Augensteinen.
In einem Kinderwägelchen lag äußerst lieb und brav
ein ungewöhnlich leis aufwächselender Biograph.

Als ein Virtuos einst seine Symphonie zusammenbaute,
es ihm dabei schon fast vor seinen Fähigkeiten graute.
Ein Oberlehrer schaute mir von ferne, als ich schanzen,
will sagen, dichten sollte, zu, er sah mich jedoch tanzen.
Die Bockwurst, die ich schon vor vielen Jahren einmal aß,
unglaublich appetitlich auf dem weißen Teller saß.

Nun komm' ich noch zu sprechen auf die schöne Frau von Thun,
die ganz entzückend plauderte schon bloß mit ihren Schuhn.

[1925]

Sonntagsspaziergang

Auf dem Spaziergang, den ich gestern leise machte,
ich selbstverständlich vor Vergnügtheit sachte lachte.

Sonntäglich rauchten ein'ge Menschen ihre Pfeife,
auf einem Mädchenköpfchen schwebte eine Schleife.

Die Gegend schaute mich wie ein Theater an.
Wie hat es das Naturschauspiel mir angetan,

als sei ich immer noch ein junger Mensch an Jahren,
wär' eben erst ins reifre Alter 'reingefahren.

Romanisch stand in einem hübschen Gottesacker
ein Turm, und ich besichtigte danach gar wacker

das niedlich-feierliche Kirchenheiligtum,
und auf natürl'che Weise ging die Zeit herum.

Wenn man genügend, wie man sagt, gebummelt hat,
begibt man sich von selber wieder in die Stadt.

[E: 1928/29]

PAUL BOLDT

1885–1921

Junge Pferde

Wer die blühenden Wiesen kennt
Und die hingetragene Herde,
Die, das Maul am Winde, rennt:
Junge Pferde! Junge Pferde!

Über Gräben, Gräserstoppel
Und entlang den Rotdornhecken
Weht der Trab der scheuen Koppel,
Füchse, Braune, Schimmel, Schecken!

Junge Sommermorgen zogen
Weiß davon, sie wieherten.
Wolke warf den Blitz, sie flogen
Voll von Angst hin, galoppierten.

Selten graue Nüstern wittern,
Und dann nähern sie und nicken,
Ihre Augensterne zittern
In den engen Menschenblicken.

(1912)

Berliner Abend

Spukhaftes Wandeln ohne Existenz!
Der Asphalt dunkelt und das Gas schmeißt sein
Licht auf ihn. Aus Asphalt und Licht wird Elfenbein.
Die Straßen horchen so. Riechen nach Lenz.

Autos, eine Herde von Blitzen, schrein
Und suchen einander in den Straßen.
Lichter wie Fahnen, helle Menschenmassen:
Die Stadtbahnzüge ziehen ein.

Und sehr weit blitzt Berlin. Schon hat der Ost,
Der weiße Wind, in den Zähnen den Frost,
Sein funkelnd Maul über die Stadt gedreht,
Darauf die Nacht, ein stummer Vogel, steht.

(1913)

JAKOB VAN HODDIS

1887–1942

Weltende

Dem Bürger fliegt vom spitzen Kopf der Hut,
In allen Lüften hallt es wie Geschrei.
Dachdecker stürzen ab und gehn entzwei
Und an den Küsten – liest man – steigt die Flut.

Der Sturm ist da, die wilden Meere hupfen
An Land, um dicke Dämme zu zerdrücken.
Die meisten Menschen haben einen Schnupfen.
Die Eisenbahnen fallen von den Brücken.

[1911]

Der Träumende

An Kay Heinrich Nebel

Blaugrüne Nacht, die stummen Farben glimmen.
Ist er bedroht vom roten Strahl der Speere
Und rohen Panzern? Ziehn hier Satans Heere?
Die gelben Flecke, die im Schatten schwimmen,
Sind Augen wesenloser großer Pferde.
Sein Leib ist nackt und bleich und ohne Wehre.
Ein fades Rosa eitert aus der Erde.

Morgentraum

Und auf den Straßen tönt der Schrei des Riesen
Durch Kinderlärmen und den Sturmgesang
Der Telegrafendrähte. Horch! Er brüllt.
Wie Wagenrasseln tönt sein Ruf zum Kampf.

Zum Kampf mit Ihm, um den die Engel weinen?
Das Opferlamm, des Blut die Welt verhüllt,
Daß alle Sonnen nur verdrossen scheinen?

Und des Planeten Antlitz taucht jetzt auf
Mit schmutzigem Haar, vom Fiebertraum entzahnt,
Und heisrer Atem fauchend übers Meer
Sich Schmerzenswege auf zum Himmel bahnt.

Dann siehst du Menschen wie in Kerkern wohnen,
In Zimmern hockend, jedem Blick bedrängt.
Der Horizont ist mit Geschrei verhängt.
Doch Lachen schallt von goldnen Wolkenthronen.

Und Markt und Straßen, wo die Wagen rasseln,
Der Ruf des Riesen mahnend überquert.
Wie Mittagswut und tausend Flammen prasseln.
Und kalt und blutig naht dir Gottes Schwert.

Morgens

Ein starker Wind sprang empor.
Öffnet des eisernen Himmels blutende Tore.
Schlägt an die Türme.
Hellklingend laut geschmeidig über die eherne Ebene der Stadt.
Die Morgensonne rußig. Auf Dämmen donnern Züge.
Durch Wolken pflügen goldne Engelflüge.
Starker Wind über der bleichen Stadt.
Dampfer und Kähne erwachen am schmutzig fließenden Strom.
Verdrossen klopfen die Glocken am verwitterten Dom.
Viele Weiber siehst du und Mädchen zur Arbeit gehn.
Im bleichen Licht. Wild von der Nacht. Ihre Röcke wehn.
Glieder zur Liebe geschaffen.
Hin zur Maschine und mürrischem Mühn.
Sieh in das zärtliche Licht.
In der Bäume zärtliches Grün.
Horch! Die Spatzen schrein.
Und draußen auf wilderen Feldern
Singen Lerchen.

[1914]

ERNST STADLER

1883–1914

Vorfrühling

In dieser Märznacht
    trat ich spät aus meinem Haus.
Die Straßen waren aufgewühlt von Lenzgeruch
    und grünem Saatregen.
Winde schlugen an. Durch die verstörte Häusersenkung
    gieng ich weit hinaus
Bis zu dem unbedeckten Wall und spürte:
    meinem Herzen schwoll ein neuer Takt entgegen.

In jedem Lufthauch
    war ein junges Werden ausgespannt.
Ich lauschte,
    wie die starken Wirbel mir im Blute rollten.
Schon dehnte sich bereitet Acker.
    In den Horizonten eingebrannt
War schon die Bläue hoher Morgenstunden,
    die ins Weite führen sollten.

Die Schleusen knirschten.
Abenteuer brach aus allen Fernen.
Überm Kanal, den junge Ausfahrtwinde wellten,
wuchsen helle Bahnen,
In deren Licht ich trieb.
Schicksal stand wartend in umwehten Sternen.
In meinem Herzen lag ein Stürmen
wie von aufgerollten Fahnen.

Der Spruch

In einem alten Buche
stieß ich auf ein Wort,
Das traf mich wie ein Schlag
und brennt durch meine Tage fort:
Und wenn ich mich an
trübe Lust vergebe,
Schein, Lug und Spiel zu mir
anstatt des Wesens hebe,
Wenn ich gefällig mich
mit raschem Sinn belüge,
Als wäre Dunkles klar, als wenn nicht Leben
tausend wild verschlossne Tore trüge,
Und Worte wiederspreche,
deren Weite nie ich ausgefühlt,
Und Dinge fasse,
deren Sein mich niemals aufgewühlt,
Wenn mich willkommner Traum
mit Sammethänden streicht,
Und Tag und Wirklichkeit
von mir entweicht,
Der Welt entfremdet,
fremd dem tiefsten Ich,
Dann steht das Wort mir auf:
Mensch, werde wesentlich!

[1914]

[*In einem alten Buche:* »Cherubinischer Wandersmann« des Angelus Silesius.]

Form ist Wollust

Form und Riegel mußten erst zerspringen,
Welt durch aufgeschlossne Röhren dringen:
Form ist Wollust, Friede, himmlisches Genügen,
Doch mich reißt es, Ackerschollen umzupflügen.
Form will mich verschnüren und verengen,
Doch ich will mein Sein in alle Weiten drängen –
Form ist klare Härte ohn' Erbarmen,
Doch mich treibt es zu den Dumpfen, zu den Armen,
Und in grenzenlosem Michverschenken
Will mich Leben mit Erfüllung tränken.

Der Aufbruch

Einmal schon haben Fanfaren
    mein ungeduldiges Herz blutig gerissen,
Daß es, aufsteigend wie ein Pferd,
    sich wütend ins Gezäum verbissen.
Damals schlug Tambourmarsch
    den Sturm auf allen Wegen,
Und herrlichste Musik der Erde
    hieß uns Kugelregen.
Dann, plötzlich, stand Leben stille.
    Wege führten zwischen alten Bäumen.
Gemächer lockten.
    Es war süß, zu weilen und sich versäumen,
Von Wirklichkeit den Leib
    so wie von staubiger Rüstung zu entketten,
Wollüstig sich in Daunen
    weicher Traumstunden einzubetten.
Aber eines Morgens
    rollte durch Nebelluft das Echo von Signalen,
Hart, scharf, wie Schwerthieb pfeifend. Es war
    wie wenn im Dunkel plötzlich Lichter aufstrahlen.
Es war wie wenn durch Biwakfrühe
    Trompetenstöße klirren,
Die Schlafenden aufspringen und die Zelte abschlagen
    und die Pferde schirren.
Ich war in Reihen eingeschient,
    die in den Morgen stießen, Feuer über Helm und Bügel,
Vorwärts, in Blick und Blut die Schlacht,
    mit vorgehaltnem Zügel.
Vielleicht würden uns
    am Abend Siegesmärsche umstreichen,
Vielleicht lägen wir irgendwo ausgestreckt
    unter Leichen.
Aber vor dem Erraffen
    und vor dem Versinken
Würden unsre Augen sich an Welt und Sonne satt
    und glühend trinken.

Fahrt über die Kölner Rheinbrücke bei Nacht

Der Schnellzug tastet sich
und stößt die Dunkelheit entlang.
Kein Stern will vor. Die ganze Welt ist nur ein enger,
nachtumschienter Minengang,
Darein zuweilen Förderstellen
blauen Lichtes jähe Horizonte reißen: Feuerkreis
Von Kugellampen, Dächern, Schloten,
dampfend, strömend . . nur sekundenweis . .
Und wieder alles schwarz.
Als führen wir ins Eingeweid der Nacht zur Schicht.
Nun taumeln Lichter her . . verirrt, trostlos vereinsamt . .
mehr . . und sammeln sich . . und werden dicht.
Gerippe grauer Häuserfronten liegen bloß,
im Zwielicht bleichend, tot –
etwas muß kommen . . o, ich fühl es schwer
Im Hirn. Eine Beklemmung singt im Blut.
Dann dröhnt der Boden plötzlich wie ein Meer:
Wir fliegen, aufgehoben
königlich durch nachtentrissne Luft, hoch übern Strom.
O Biegung der Millionen Lichter, stumme Wacht,
Vor deren blitzender Parade
schwer die Wasser abwärts rollen.
Endloses Spalier, zum Gruß gestellt bei Nacht!
Wie Fackeln stürmend! Freudiges!
Salut von Schiffen über blauer See! Bestirntes Fest!
Wimmelnd, mit hellen Augen hingedrängt!
Bis wo die Stadt
mit letzten Häusern ihren Gast entläßt.
Und dann die langen Einsamkeiten. Nackte Ufer.
Stille. Nacht. Besinnung. Einkehr. Kommunion.
Und Glut und Drang
Zum Letzten, Segnenden. Zum Zeugungsfest.
Zur Wollust. Zum Gebet. Zum Meer.
Zum Untergang.

[1913]

GEORG HEYM

1887–1912

Der Himmel wird so schwarz, als würd es Nacht.
Der bleiche Schein der fernen Blitze loht,
Wie Todes Aug aus gelber Maske droht.
Das Wetter zieht herauf in dunkler Pracht.

Der erste Windstoß preßt die Kiefern rauh.
Die Raben wirbeln auf wie schwarzes Laub.
Vom weißen Strande wälzt sich hoch der Staub
Und zieht zur See hinaus wie Wolken grau.

Die Möwen ziehn am Wasser ihren Kreis.
Ihr Fittich ist wie Frauenschultern rein.
Des Ufers Villen stehen in dem Schein
Des wetterdunklen Himmels seltsam weiß.

Der Regen rauscht in Abends Dunkelheit.
Fern in den Wolken noch der Donner hallt.
Im Wind und Regen friert der Uferwald
Wie in Novemberabends Traurigkeit.

Die Gefangenen

Sie trampeln um den Hof im engen Kreis.
Ihr Blick schweift hin und her im kahlen Raum.
Er sucht nach einem Feld, nach einem Baum,
Und prallt zurück von kahler Mauern Weiß.

Wie in den Mühlen dreht der Rädergang,
So dreht sich ihrer Schritte schwarze Spur.
Und wie ein Schädel mit der Mönchstonsur,
So liegt des Hofes Mitte kahl und blank.

Es regnet dünn auf ihren kurzen Rock.
Sie schaun betrübt die graue Wand empor,
Wo kleine Fenster sind, mit Kasten vor,
Wie schwarze Waben in dem Bienenstock.

Man treibt sie ein, wie Schafe zu der Schur.
Die grauen Rücken drängen in den Stall.
Und klappernd schallt heraus der Widerhall
Der Holzpantoffeln auf dem Treppenflur.

[1911]

Der Abend

Versunken ist der Tag in Purpurrot,
Der Strom schwimmt weiß in ungeheurer Glätte.
Ein Segel kommt. Es hebt sich aus dem Boot
Am Steuer groß des Schiffers Silhouette.

Auf allen Inseln steigt des Herbstes Wald
Mit roten Häuptern in den Raum, den klaren.
Und aus der Schluchten dunkler Tiefe hallt
Der Waldung Ton, wie Rauschen der Kitharen.

Das Dunkel ist im Osten ausgegossen,
Wie blauer Wein kommt aus gestürzter Urne.
Und ferne steht, vom Mantel schwarz umflossen,
Die hohe Nacht auf schattigem Kothurne.

Ophelia

I

Im Haar ein Nest von jungen Wasserratten,
Und die beringten Hände auf der Flut
Wie Flossen, also treibt sie durch den Schatten
Des großen Urwalds, der im Wasser ruht.

Die letzte Sonne, die im Dunkel irrt,
Versenkt sich tief in ihres Hirnes Schrein.
Warum sie starb? Warum sie so allein
Im Wasser treibt, das Farn und Kraut verwirrt?

Im dichten Röhricht steht der Wind. Er scheucht
Wie eine Hand die Fledermäuse auf.
Mit dunklem Fittich, von dem Wasser feucht
Stehn sie wie Rauch im dunklen Wasserlauf,

Wie Nachtgewölk. Ein langer, weißer Aal
Schlüpft über ihre Brust. Ein Glühwurm scheint
Auf ihrer Stirn. Und eine Weide weint
Das Laub auf sie und ihre stumme Qual.

II

Korn. Saaten. Und des Mittags roter Schweiß.
Der Felder gelbe Winde schlafen still.
Sie kommt, ein Vogel, der entschlafen will.
Der Schwäne Fittich überdacht sie weiß.

Die blauen Lider schatten sanft herab.
Und bei der Sensen blanken Melodien
Träumt sie von eines Kusses Karmoisin
Den ewigen Traum in ihrem ewigen Grab.

Vorbei, vorbei. Wo an das Ufer dröhnt
Der Schall der Städte. Wo durch Dämme zwingt
Der weiße Strom. Der Widerhall erklingt
Mit weitem Echo. Wo herunter tönt

Hall voller Straßen. Glocken und Geläut.
Maschinenkreischen. Kampf. Wo westlich droht
In blinde Scheiben dumpfes Abendrot,
In dem ein Kran mit Riesenarmen dräut,

Mit schwarzer Stirn, ein mächtiger Tyrann,
Ein Moloch, drum die schwarzen Knechte knien.
Last schwerer Brücken, die darüber ziehn
Wie Ketten auf dem Strom, und harter Bann.

Unsichtbar schwimmt sie in der Flut Geleit.
Doch wo sie treibt, jagt weit den Menschenschwarm
Mit großem Fittich auf ein dunkler Harm,
Der schattet über beide Ufer breit.

Vorbei, vorbei. Da sich dem Dunkel weiht
Der westlich hohe Tag des Sommers spät,
Wo in dem Dunkelgrün der Wiesen steht
Des fernen Abends zarte Müdigkeit.

Der Strom trägt weit sie fort, die untertaucht,
Durch manchen Winters trauervollen Port.
Die Zeit hinab. Durch Ewigkeiten fort,
Davon der Horizont wie Feuer raucht.

[*Karmoisin:* Karmesin, Hochrot.]

Die Dämonen der Städte

Sie wandern durch die Nacht der Städte hin,
Die schwarz sich ducken unter ihrem Fuß.
Wie Schifferbärte stehen um ihr Kinn
Die Wolken schwarz vom Rauch und Kohlenruß.

Ihr langer Schatten schwankt im Häusermeer
Und löscht der Straßen Lichterreihen aus.
Es kriecht wie Nebel auf dem Pflaster schwer
Und tastet langsam vorwärts Haus für Haus.

Den einen Fuß auf einen Platz gestellt,
Den anderen gekniet auf einen Turm,
Ragen sie auf, wo schwarz der Regen fällt,
Panspfeifen blasend in den Wolkensturm.

Um ihre Füße kreist das Ritornell
Des Städtemeers mit trauriger Musik,
Ein großes Sterbelied. Bald dumpf, bald grell
Wechselt der Ton, der in das Dunkel stieg.

Sie wandern an dem Strom, der schwarz und breit
Wie ein Reptil, den Rücken gelb gefleckt
Von den Laternen, in die Dunkelheit
Sich traurig wälzt, die schwarz den Himmel deckt.

Sie lehnen schwer auf einer Brückenwand
Und stecken ihre Hände in den Schwarm
Der Menschen aus, wie Faune, die am Rand
Der Sümpfe bohren in den Schlamm den Arm.

Einer steht auf. Dem weißen Monde hängt
Er eine schwarze Larve vor. Die Nacht,
Die sich wie Blei vom finstern Himmel senkt,
Drückt tief die Häuser in des Dunkels Schacht.

Der Städte Schultern knacken. Und es birst
Ein Dach, daraus ein rotes Feuer schwemmt.
Breitbeinig sitzen sie auf seinem First
Und schrein wie Katzen auf zum Firmament.

In einer Stube voll von Finsternissen
Schreit eine Wöchnerin in ihren Wehn.
Ihr starker Leib ragt riesig aus den Kissen,
Um den herum die großen Teufel stehn.

Sie hält sich zitternd an der Wehebank.
Das Zimmer schwankt um sie von ihrem Schrei,
Da kommt die Frucht. Ihr Schoß klafft rot und lang
Und blutend reißt er von der Frucht entzwei.

Der Teufel Hälse wachsen wie Giraffen.
Das Kind hat keinen Kopf. Die Mutter hält
Es vor sich hin. In ihrem Rücken klaffen
Des Schrecks Froschfinger, wenn sie rückwärts fällt.

Doch die Dämonen wachsen riesengroß.
Ihr Schläfenhorn zerreißt den Himmel rot.
Erdbeben donnert durch der Städte Schoß
Um ihren Huf, den Feuer überloht.

[1911]

Der Gott der Stadt

Auf einem Häuserblocke sitzt er breit.
Die Winde lagern schwarz um seine Stirn.
Er schaut voll Wut, wo fern in Einsamkeit
Die letzten Häuser in das Land verirrn.

Vom Abend glänzt der rote Bauch dem Baal,
Die großen Städte knien um ihn her.
Der Kirchenglocken ungeheure Zahl
Wogt auf zu ihm aus schwarzer Türme Meer.

Wie Korybanten-Tanz dröhnt die Musik
Der Millionen durch die Straßen laut.
Der Schlote Rauch, die Wolken der Fabrik
Ziehn auf zu ihm, wie Duft von Weihrauch blaut.

Das Wetter schwelt in seinen Augenbrauen.
Der dunkle Abend wird in Nacht betäubt.
Die Stürme flattern, die wie Geier schauen
Von seinem Haupthaar, das im Zorne sträubt.

Er streckt ins Dunkel seine Fleischerfaust.
Er schüttelt sie. Ein Meer von Feuer jagt
Durch eine Straße. Und der Glutqualm braust
Und frißt sie auf, bis spät der Morgen tagt.

Träumerei in Hellblau

Alle Landschaften haben
Sich mit Blau gefüllt.
Alle Büsche und Bäume des Stromes,
Der weit in den Norden schwillt.

Blaue Länder der Wolken,
Weiße Segel dicht,
Die Gestade des Himmels in Fernen
Zergehen in Wind und Licht.

Wenn die Abende sinken
Und wir schlafen ein,
Gehen die Träume, die schönen,
Mit leichten Füßen herein.

Zymbeln lassen sie klingen
In den Händen licht.
Manche flüstern, und halten
Kerzen vor ihr Gesicht.

[1912]

Der Krieg

Aufgestanden ist er, welcher lange schlief,
Aufgestanden unten aus Gewölben tief.
In der Dämmrung steht er, groß und unerkannt,
Und den Mond zerdrückt er in der schwarzen Hand.

In den Abendlärm der Städte fällt es weit,
Frost und Schatten einer fremden Dunkelheit,
Und der Märkte runder Wirbel stockt zu Eis.
Es wird still. Sie sehn sich um. Und keiner weiß.

In den Gassen faßt es ihre Schulter leicht.
Eine Frage. Keine Antwort. Ein Gesicht erbleicht.
In der Ferne wimmert ein Geläute dünn
Und die Bärte zittern um ihr spitzes Kinn.

Auf den Bergen hebt er schon zu tanzen an
Und er schreit: Ihr Krieger alle, auf und an.
Und es schallet, wenn das schwarze Haupt er schwenkt,
Drum von tausend Schädeln laute Kette hängt.

Einem Turm gleich tritt er aus die letzte Glut,
Wo der Tag flieht, sind die Ströme schon voll Blut.
Zahllos sind die Leichen schon im Schilf gestreckt,
Von des Todes starken Vögeln weiß bedeckt.

Über runder Mauern blauem Flammenschwall
Steht er, über schwarzer Gassen Waffenschall.
Über Toren, wo die Wächter liegen quer,
Über Brücken, die von Bergen Toter schwer.

In die Nacht er jagt das Feuer querfeldein
Einen roten Hund mit wilder Mäuler Schrein.
Aus dem Dunkel springt der Nächte schwarze Welt,
Von Vulkanen furchtbar ist ihr Rand erhellt.

Und mit tausend roten Zipfelmützen weit
Sind die finstren Ebnen flackend überstreut,
Und was unten auf den Straßen wimmelt hin und her,
Fegt er in die Feuerhaufen, daß die Flamme brenne mehr.

Und die Flammen fressen brennend Wald um Wald,
Gelbe Fledermäuse zackig in das Laub gekrallt.
Seine Stange haut er wie ein Köhlerknecht
In die Bäume, daß das Feuer brause recht.

Eine große Stadt versank in gelbem Rauch,
Warf sich lautlos in des Abgrunds Bauch.
Aber riesig über glühnden Trümmern steht
Der in wilde Himmel dreimal seine Fackel dreht,

Über sturmzerfetzter Wolken Widerschein,
In des toten Dunkels kalte Wüstenein,
Daß er mit dem Brande weit die Nacht verdorr,
Pech und Feuer träufet unten auf Gomorrh.

[1912; hier nach H: 1911]

Die Menschen stehen vorwärts in den Straßen ...

Die Menschen stehen vorwärts in den Straßen
Und sehen auf die großen Himmelszeichen,
Wo die Kometen mit den Feuernasen
Um die gezackten Türme drohend schleichen.

Und alle Dächer sind voll Sternedeuter,
Die in den Himmel stecken große Röhren.
Und Zaubrer, wachsend aus den Bodenlöchern,
In Dunkel schräg, die einen Stern beschwören.

Krankheit und Mißwachs durch die Tore kriechen
In schwarzen Tüchern. Und die Betten tragen
Das Wälzen und das Jammern vieler Siechen,
Und welche rennen mit den Totenschragen.

Selbstmörder gehen nachts in großen Horden,
Die suchen vor sich ihr verlornes Wesen,
Gebückt in Süd und West, und Ost und Norden,
Den Staub zerfegend mit den Armen-Besen.

Sie sind wie Staub, der hält noch eine Weile,
Die Haare fallen schon auf ihren Wegen,
Sie springen, daß sie sterben, nun in Eile,
Und sind mit totem Haupt im Feld gelegen.

Noch manchmal zappelnd. Und der Felder Tiere
Stehn um sie blind, und stoßen mit dem Horne
In ihren Bauch. Sie strecken alle viere
Begraben unter Salbei und dem Dorne.

Das Jahr ist tot und leer von seinen Winden,
Das wie ein Mantel hängt voll Wassertriefen,
Und ewig Wetter, die sich klagend winden
Aus Tiefen wolkig wieder zu den Tiefen.

Die Meere aber stocken. In den Wogen
Die Schiffe hängen modernd und verdrossen,
Zerstreut, und keine Strömung wird gezogen
Und aller Himmel Höfe sind verschlossen.

Die Bäume wechseln nicht die Zeiten
Und bleiben ewig tot in ihrem Ende
Und über die verfallnen Wege spreiten
Sie hölzern ihre langen Finger-Hände.

Wer stirbt, der setzt sich auf, sich zu erheben,
Und eben hat er noch ein Wort gesprochen.
Auf einmal ist er fort. Wo ist sein Leben?
Und seine Augen sind wie Glas zerbrochen.

Schatten sind viele. Trübe und verborgen.
Und Träume, die an stummen Türen schleifen,
Und der erwacht, bedrückt von andern Morgen,
Muß schweren Schlaf von grauen Lidern streifen.

[1912; hier nach H: 1911]

ALFRED LICHTENSTEIN

1889–1914

Die Dämmerung

Ein dicker Junge spielt mit einem Teich.
Der Wind hat sich in einem Baum gefangen.
Der Himmel sieht verbummelt aus und bleich,
Als wäre ihm die Schminke ausgegangen.

Auf lange Krücken schief herabgebückt
Und schwatzend kriechen auf dem Feld zwei Lahme.
Ein blonder Dichter wird vielleicht verrückt.
Ein Pferdchen stolpert über eine Dame.

An einem Fenster klebt ein fetter Mann.
Ein Jüngling will ein weiches Weib besuchen.
Ein grauer Clown zieht sich die Stiefel an.
Ein Kinderwagen schreit und Hunde fluchen.

(5. 3. 1911)

Prophezeiung

Einmal kommt – ich habe Zeichen –
Sterbesturm aus fernem Norden.
Überall stinkt es nach Leichen.
Es beginnt das große Morden.

Finster wird der Himmelsklumpen,
Sturmtod hebt die Klauentatzen:
Nieder stürzen alle Lumpen,
Mimen bersten. Mädchen platzen.

Polternd fallen Pferdeställe.
Keine Fliege kann sich retten.
Schöne homosexuelle
Männer kullern aus den Betten.

Rissig werden Häuserwände.
Fische faulen in dem Flusse.
Alles nimmt sein ekles Ende.
Krächzend kippen Omnibusse.

(30. 1. 1913)

AUGUST STRAMM

1874–1915

Traum

Durch die Büsche winden Sterne
Augen tauchen blaken sinken
Flüstern plätschert
Blüte gehren
Düfte spritzen
Schauer stürzen
Winde schnellen prellen schwellen
Tücher reißen
Falten schrickt in tiefe Nacht.

[1915]

Patrouille

Die Steine feinden
Fenster grinst Verrat
Äste würgen
Berge Sträucher blättern raschlig
Gellen
Tod.

Schlachtfeld

Schollenmürbe schläfert ein das Eisen
Blute filzen Sickerflecke
Roste krumen
Fleische schleimen
Saugen brünstet um Zerfallen.
Mordesmorde
Blinzen
Kinderblicke.

Wache

Das Turmkreuz schrickt ein Stern
Der Gaul schnappt Rauch
Eisen klirrt verschlafen
Nebel streichen
Schauer
Starren Frösteln
Frösteln
Streicheln
Raunen
Du!

[1919]

Sehnen

Die Hände strecken
Starre bebt
Erde wächst an Erde
Dein Nahen fernt
Der Schritt ertrinkt
Das Stehen jagt vorüber
Ein Blick
Hat
Ist!
Wahnnichtig
Icht!

Gefallen

Der Himmel flaumt das Auge
Die Erde krallt die Hand
Die Lüfte sumsen
Weinen
Und
Schnüren
Frauenklage
Durch
Das strähne Haar.

ERNST BLASS

1890–1939

Vormittag

Den grünen Rasen sprengt ein guter Mann.
Der zeigt den Kindern seinen Regenbogen,
Der in dem Strahle auftaucht dann und wann.
Und die Elektrische ist fortgezogen

Und rollt ganz ferne. Und die Sonne knallt
Herunter auf den singenden Asphalt.
Du gehst im Schatten, ernsthaft, für und für.
Die Lindenbäume sind sehr gut zu dir.

Im Schatten setzt du dich auf eine Bank;
Die ist schon morsch; – auch du bist etwas krank –
Du tastest heiter, daß ihr nicht ein Bein birst.

Und fühlst auf deinem Herzen deine Uhr,
Und träumst von einer schimmernden Figur
Und dieses auch: daß du einst nicht mehr sein wirst.

[1912]

In einer fremden Stadt

Ich bin in eine fremde Stadt verschlagen.
Die Straßen stehn mit Häusern. Weißer Himmel,
Auf dem im Winde dünne Wolken ziehn.

Im Abend: Rufe, Pfiffe, Bahngebimmel.
In einem Café würden Melodien
Mir heute die Begrüßung doch versagen.

Ein Kellner käme fremd, was ich befehle:
Vielleicht wär wieder Angst in meiner Kehle.

Ich gehe matt, zerschlagen hin auf realen Wegen.
Menschen kommen mir abendlich entgegen.

Pfiffe hör ich, Rufe, wie im Traum.
Ich spüre meine alte Angst noch kaum.

Ich werde schlafen gehn, daß mich nichts wieder quäle.
Ich kenne hier ja keine Menschenseele.

WILHELM KLEMM

1881–1968

An der Front

Das Land ist öde. Die Felder sind wie verweint.
Auf böser Straße fährt ein grauer Wagen.
Von einem Haus ist das Dach herabgerutscht.
Tote Pferde verfaulen in Lachen.

Die braunen Striche dahinten sind Schützengräben.
Am Horizont gemächlich brennt ein Hof.
Schüsse platzen, verhallen – pop, pop, pauuu.
Reiter verschwinden langsam in kahlem Gehölz.

Schrapnellwolken blühen auf und vergehen. Ein Hohlweg
Nimmt uns auf. Dort hält Infanterie, naß und lehmig.
Der Tod ist so gleichgültig wie der Regen, der anhebt.
Wen kümmert das Gestern, das Heute oder das Morgen?

Und durch ganz Europa ziehen die Drahtverhaue,
Die Forts schlafen leise.
Dörfer und Städte stinken aus schwarzen Ruinen,
Wie Puppen liegen die Toten zwischen den Fronten.

[1915]

ALBERT EHRENSTEIN

1886–1950

Leid

Wie bin ich vorgespannt
Dem Kohlenwagen meiner Trauer!
Widrig wie eine Spinne
Bekriecht mich die Zeit.
Fällt mein Haar,
Ergraut mein Haupt zum Feld,
Darüber der letzte
Schnitter sichelt.
Schlaf umdunkelt mein Gebein.
Im Traum schon starb ich,
Gras schoß aus meinem Schädel,
Aus schwarzer Erde war mein Kopf.

[1914]

Abendsee

Wir kämmten Wolken; Faun und Fee
Im Liebesspiel über Stern und See.
Nun hat uns Dämmer verschneit,
Nebel gezweit,
Vor Leid vergilbt die Lilienzeit.

Neidwolken, herzschnappende weiße Wölfe,
Warum verscheuchtet ihr mir
Die verspielte Tanzelfe?
Mein Abendlied ertrinkt im See.

Die wilde Nacht bespringt mein Reh,
Die Sterne haben sich abgedreht,
Ödvogel weht sein: »Spät, zu spät!«
Ich fühle weh, wie ich im Schnee
Untergeh.

[1917]

GEORG TRAKL

1887–1914

Musik im Mirabell

Ein Brunnen singt. Die Wolken stehn
Im klaren Blau, die weißen, zarten.
Bedächtig stille Menschen gehn
Am Abend durch den alten Garten.

Der Ahnen Marmor ist ergraut.
Ein Vogelzug streift in die Weiten.
Ein Faun mit toten Augen schaut
Nach Schatten, die ins Dunkel gleiten.

Das Laub fällt rot vom alten Baum
Und kreist herein durchs offne Fenster.
Ein Feuerschein glüht auf im Raum
Und malet trübe Angstgespenster.

Ein weißer Fremdling tritt ins Haus.
Ein Hund stürzt durch verfallene Gänge.
Die Magd löscht eine Lampe aus,
Das Ohr hört nachts Sonatenklänge.

[*Mirabell:* Schloß in Salzburg mit Mirabellgarten.]

Verfall

Am Abend, wenn die Glocken Frieden läuten,
Folg ich der Vögel wundervollen Flügen,
Die lang geschart, gleich frommen Pilgerzügen,
Entschwinden in den herbstlich klaren Weiten.

Hinwandelnd durch den dämmervollen Garten
Träum ich nach ihren helleren Geschicken
Und fühl der Stunden Weiser kaum mehr rücken.
So folg ich über Wolken ihren Fahrten.

Da macht ein Hauch mich von Verfall erzittern.
Die Amsel klagt in den entlaubten Zweigen.
Es schwankt der rote Wein an rostigen Gittern,

Indes wie blasser Kinder Todesreigen
Um dunkle Brunnenränder, die verwittern,
Im Wind sich fröstelnd blaue Astern neigen.

[1913]

Verklärter Herbst

Gewaltig endet so das Jahr
Mit goldnem Wein und Frucht der Gärten.
Rund schweigen Wälder wunderbar
Und sind des Einsamen Gefährten.

Da sagt der Landmann: Es ist gut.
Ihr Abendglocken lang und leise
Gebt noch zum Ende frohen Mut.
Ein Vogelzug grüßt auf der Reise.

Es ist der Liebe milde Zeit.
Im Kahn den blauen Fluß hinunter
Wie schön sich Bild an Bildchen reiht –
Das geht in Ruh und Schweigen unter.

Rondel

Verflossen ist das Gold der Tage,
Des Abends braun und blaue Farben:
Des Hirten sanfte Flöten starben
Des Abends blau und braune Farben
Verflossen ist das Gold der Tage.

An den Knaben Elis

Elis, wenn die Amsel im schwarzen Wald ruft,
Dieses ist dein Untergang.
Deine Lippen trinken die Kühle des blauen Felsenquells.

Laß, wenn deine Stirne leise blutet
Uralte Legenden
Und dunkle Deutung des Vogelflugs.

Du aber gehst mit weichen Schritten in die Nacht,
Die voll purpurner Trauben hängt
Und du regst die Arme schöner im Blau.

Ein Dornenbusch tönt,
Wo deine mondenen Augen sind.
O, wie lange bist, Elis, du verstorben.

Dein Leib ist eine Hyazinthe,
In die ein Mönch die wächsernen Finger taucht.
Eine schwarze Höhle ist unser Schweigen,

Daraus bisweilen ein sanftes Tier tritt
Und langsam die schweren Lider senkt.
Auf deine Schläfen tropft schwarzer Tau,

Das letzte Gold verfallener Sterne.

Der Herbst des Einsamen

Der dunkle Herbst kehrt ein voll Frucht und Fülle,
Vergilbter Glanz von schönen Sommertagen.
Ein reines Blau tritt aus verfallener Hülle;
Der Flug der Vögel tönt von alten Sagen.
Gekeltert ist der Wein, die milde Stille
Erfüllt von leiser Antwort dunkler Fragen.

Und hier und dort ein Kreuz auf ödem Hügel;
Im roten Wald verliert sich eine Herde.
Die Wolke wandert übern Weiherspiegel;
Es ruht des Landmanns ruhige Geberde.
Sehr leise rührt des Abends blauer Flügel
Ein Dach von dürrem Stroh, die schwarze Erde.

Bald nisten Sterne in des Müden Brauen;
In kühle Stuben kehrt ein still Bescheiden
Und Engel treten leise aus den blauen
Augen der Liebenden, die sanfter leiden.
Es rauscht das Rohr; anfällt ein knöchern Grauen,
Wenn schwarz der Tau tropft von den kahlen Weiden.

Menschheit

Menschheit vor Feuerschlünden aufgestellt,
Ein Trommelwirbel, dunkler Krieger Stirnen,
Schritte durch Blutnebel; schwarzes Eisen schellt,
Verzweiflung, Nacht in traurigen Gehirnen:
Hier Evas Schatten, Jagd und rotes Geld.
Gewölk, das Licht durchbricht, das Abendmahl.
Es wohnt in Brot und Wein ein sanftes Schweigen
Und jene sind versammelt zwölf an Zahl.
Nachts schrein im Schlaf sie unter Ölbaumzweigen;
Sankt Thomas taucht die Hand ins Wundenmal.

Ein Winterabend

Wenn der Schnee ans Fenster fällt,
Lang die Abendglocke läutet,
Vielen ist der Tisch bereitet
Und das Haus ist wohlbestellt.

Mancher auf der Wanderschaft
Kommt ans Tor auf dunklen Pfaden.
Golden blüht der Baum der Gnaden
Aus der Erde kühlem Saft.

Wanderer tritt still herein;
Schmerz versteinerte die Schwelle.
Da erglänzt in reiner Helle
Auf dem Tische Brot und Wein.

[1915]

Die Sonne

Täglich kommt die gelbe Sonne über den Hügel.
Schön ist der Wald, das dunkle Tier,
Der Mensch; Jäger oder Hirt.

Rötlich steigt im grünen Weiher der Fisch.
Unter dem runden Himmel
Fährt der Fischer leise im blauen Kahn.

Langsam reift die Traube, das Korn.
Wenn sich stille der Tag neigt,
Ist ein Gutes und Böses bereitet.

Wenn es Nacht wird,
Hebt der Wanderer leise die schweren Lider;
Sonne aus finsterer Schlucht bricht.

De profundis

Es ist ein Stoppelfeld, in das ein schwarzer Regen fällt.
Es ist ein brauner Baum, der einsam dasteht.
Es ist ein Zischelwind, der leere Hütten umkreist.
Wie traurig dieser Abend.

Am Weiler vorbei
Sammelt die sanfte Waise noch spärliche Ähren ein.
Ihre Augen weiden rund und goldig in der Dämmerung
Und ihr Schoß harrt des himmlischen Bräutigams.

Bei der Heimkehr
Fanden die Hirten den süßen Leib
Verwest im Dornenbusch.

Ein Schatten bin ich ferne finsteren Dörfern.
Gottes Schweigen
Trank ich aus dem Brunnen des Hains.

Auf meine Stirne tritt kaltes Metall
Spinnen suchen mein Herz.
Es ist ein Licht, das in meinem Mund erlöscht.

Nachts fand ich mich auf einer Heide,
Starrend von Unrat und Staub der Sterne.
Im Haselgebüsch
Klangen wieder kristallne Engel.

[*De profundis:* Aus der Tiefe.]

Gesang des Abgeschiedenen

An Karl Borromaeus Heinrich

Voll Harmonien ist der Flug der Vögel. Es haben die grünen Wälder
Am Abend sich zu stilleren Hütten versammelt;
Die kristallenen Weiden des Rehs.
Dunkles besänftigt das Plätschern des Bachs, die feuchten Schatten

Und die Blumen des Sommers, die schön im Winde läuten.
Schon dämmert die Stirne dem sinnenden Menschen.

Und es leuchtet ein Lämpchen, das Gute, in seinem Herzen
Und der Frieden des Mahls; denn geheiligt ist Brot und Wein
Von Gottes Händen, und es schaut aus nächtigen Augen
Stille dich der Bruder an, daß er ruhe von dorniger Wanderschaft.
O das Wohnen in der beseelten Bläue der Nacht.

Liebend auch umfängt das Schweigen im Zimmer die Schatten der Alten,
Die purpurnen Martern, Klage eines großen Geschlechts,
Das fromm nun hingeht im einsamen Enkel.

Denn strahlender immer erwacht aus schwarzem Minuten des Wahnsinns
Der Duldende an versteinerter Schwelle
Und es umfängt ihn gewaltig die kühle Bläue und die leuchtende Neige des Herbstes,

Das stille Haus und die Sagen des Waldes,
Maß und Gesetz und die mondenen Pfade der Abgeschiedenen.

[1915]

Klage

Schlaf und Tod, die düstern Adler
Umrauschen nachtlang dieses Haupt:
Des Menschen goldnes Bildnis
Verschlänge die eisige Woge
Der Ewigkeit. An schaurigen Riffen
Zerschellt der purpurne Leib.
Und es klagt die dunkle Stimme
Über dem Meer.
Schwester stürmischer Schwermut
Sieh ein ängstlicher Kahn versinkt
Unter Sternen,
Dem schweigenden Antlitz der Nacht.

Grodek

Am Abend tönen die herbstlichen Wälder
Von tödlichen Waffen, die goldnen Ebenen
Und blauen Seen, darüber die Sonne
Düstrer hinrollt; umfängt die Nacht
Sterbende Krieger, die wilde Klage
Ihrer zerbrochenen Münder.
Doch stille sammelt im Weidengrund
Rotes Gewölk, darin ein zürnender Gott wohnt
Das vergoßne Blut sich, mondne Kühle;
Alle Straßen münden in schwarze Verwesung.
Unter goldnem Gezweig der Nacht und Sternen
Es schwankt der Schwester Schatten durch den schweigenden Hain,
Zu grüßen die Geister der Helden, die blutenden Häupter;
Und leise tönen im Rohr die dunkeln Flöten des Herbstes.
O stolzere Trauer! ihr ehernen Altäre
Die heiße Flamme des Geistes nährt heute ein gewaltiger Schmerz,
Die ungebornen Enkel.

[1915]

[*Grodek:* Trakl nahm an der Schlacht zwischen Österreichern und Russen bei Grodek/Rawa-Ruska teil (September 1914).]

WALTER FLEX

1887–1917

Wildgänse rauschen durch die Nacht
Mit schrillem Schrei nach Norden –
Unstäte Fahrt! Habt acht, habt acht!
Die Welt ist voller Morden.

Fahrt durch die nachtdurchwogte Welt,
Graureisige Geschwader!
Fahlhelle zuckt, und Schlachtruf gellt,
Weit wallt und wogt der Hader.

Rausch' zu, fahr' zu, du graues Heer!
Rauscht zu, fahrt zu nach Norden!
Fahrt ihr nach Süden übers Meer –
Was ist aus uns geworden!

Wir sind wie ihr ein graues Heer
Und fahr'n in Kaisers Namen,
Und fahr'n wir ohne Wiederkehr,
Rauscht uns im Herbst ein Amen!

[1916]

Deutsche Schicksalsstunde

Nun schlägt der Haß wie Wetter
in alles deutsche Land.
Vernichter oder Retter,
erschein' im Weltenbrand!

Wir sind der Haß der Erde,
ob Mann, ob Weib, ob Kind.
Doch was auch daraus werde,
wir bleiben, was wir sind!

Die Welt will keine Liebe
von uns. Wir wissen das
und kühl'n im Kampfgetriebe
die Stirn am fremden Haß.

Der Stolz nur kann uns taugen
zum Labetrunk der Kraft.
Narr, wer auf fremde Augen
und fremde Mäuler gafft!

Will euch nach Liebe dürsten,
so liebt, was deutsch und echt!
Wir woll'n mit Liebe fürsten
den ärmsten deutschen Knecht.

Wir steh'n vor Gott im Bunde
und teilen Recht und Schuld
und werfen vor die Hunde
des Fremden Haß und Huld.

So laßt uns schwör'n und singen
in Nacht und Sturm hinein,
deutsch bis zum Todesringen
und nichts als deutsch zu sein!

[1917]

RUDOLF LEONHARD

1889–1953

Das verlassne Dorf

Wild stiert der Mond über ein Fensterkreuz.
Am eingestürzten Zaune wächst ein Pumpenschwengel
Nachthimmels lauer Wüste eingedrückt.
Roh klafft das Dach, spitz starren schwarze Sparren.

Nicht einmal wilde Hunde, die nach Knochen scharren;
nicht einmal Ratten. In die Nacht gebückt
bleibt das Gehöft, bleibt breit und braun zerstückt,
und lautlos, da die Fledermaus nicht fliegt.

Aber der Mond hört nicht auf zu scheinen; unversiegt
stürzt er blaues flutendes Weinen
auf einen nackten Leichnam, der mit gespreizten Beinen
bleich über aufgerissne Stubendiele liegt.

[1918]

FRANZ WERFEL

1890–1945

Als mich dein Wandeln an den Tod verzückte

Als mich dein Dasein tränenwärts entrückte,
Und ich durch dich ins Unermeßne schwärmte,
Erlebten diesen Tag nicht Abgehärmte,
Mühselig Millionen Unterdrückte?

Als mich dein Wandeln an den Tod verzückte,
War um uns Arbeit und die Erde lärmte,
Und Leere gab es, gottlos Unerwärmte,
Es lebten und es starben Niebeglückte!

Da ich von dir geschwellt war zum Entschweben,
So viele waren, die im Dumpfen stampften,
An Pulten schrumpften und vor Kesseln dampften.

Ihr Keuchenden auf Straßen und auf Flüssen!!
Gibt es kein Gleichgewicht in Welt und Leben,
Wie werd' ich diese Schuld bezahlen müssen!?

[1913]

[*kein Gleichgewicht:* In allen späteren Sammlungen heißt es »Gibt es ein Gleichgewicht«.]

Veni Creator Spiritus

Komm heiliger Geist du, schöpferisch!
Den Marmor unsrer Form zerbrich!
Daß nicht mehr Mauer krank und hart
Den Brunnen dieser Welt umstarrt,
Daß wir gemeinsam und nach oben
Wie Flammen in einander toben!

Tauch auf aus unsern Flächen wund
Delphin von aller Wesen Grund,
Alt allgemein und heiliger Fisch!
Komm reiner Geist du, schöpferisch,
Nach dem wir ewig uns entfalten,
Kristallgesetz der Weltgestalten!

Wie sind wir alle Fremde doch!
Wie unterm letzten Hemde noch
Die Schattengreise im Spital
Sich hassen bis zum letzten Mal,
Und jeder, eh' er ostwärts mündet,
Allein sein Abendlicht entzündet,

So sind wir eitel eingespannt,
Und hocken bös an unserm Rand,
Und morden uns an jedem Tisch.
Komm heiliger Geist du, schöpferisch
Aus uns empor mit tausend Flügen!
Zerbrich das Eis in unsern Zügen!

Daß tränenhaft und gut und gut
Aufsiede die entzückte Flut,
Daß nicht mehr fern und unerreicht
Ein Wesen um das andre schleicht,
Daß jauchzend wir in Blick, Hand, Mund und Haaren,
Und in uns selbst dein Attribut erfahren!

Daß, wer dem Bruder in die Arme fällt,
Dein tiefes Schlagen süß am Herzen hält,
Daß, wer des armen Hundes Schaun empfängt,
Von deinem weisen Blicke wird beschenkt,
Daß alle wir in Küssens Überflüssen
Nur dein reine heilige Lippe küssen!

[1915]

[*Veni Creator Spiritus:* Komm, Schöpfer Geist!]

Fremde sind wir auf der Erde alle

Tötet euch mit Dämpfen und mit Messern,
Schleudert Schrecken, hohe Heimatworte,
Werft dahin um Erde euer Leben!
Die Geliebte ist euch nicht gegeben.
Alle Lande werden zu Gewässern,
Unterm Fuß zerrinnen euch die Orte.

Mögen Städte aufwärts sich gestalten,
Niniveh, ein Gottestrotz von Steinen!
Ach es ist ein Fluch in unserm Wallen:
Flüchtig muß vor uns das Feste fallen,
Was wir halten, ist nicht mehr zu halten,
Und am Ende bleibt uns nichts als Weinen.

Berge sind und Flächen sind geduldig,
Staunen, wie wir auf- und niederweichen.
Fluß wird alles, wo wir eingezogen.
Wer zum Sein noch Mein sagt, ist betrogen.
Schuldvoll sind wir, und uns selber schuldig,
Unser Teil ist: Schuld, sie zu begleichen!

Mütter leben, daß sie uns entschwinden.
Und das Haus ist, daß es uns zerfalle.
Selige Blicke, daß sie uns entfliehen.
Selbst der Schlag des Herzens ist geliehen,
Fremde sind wir auf der Erde Alle,
Und es stirbt, womit wir uns verbinden.

[1915]

Das Bleibende

Solang noch der Tatrawind leicht
Slovakische Blumen bestreicht,
Solang wirken Mädchen sie ein
In trauliche Buntstickerein.

Solang noch im bayrischen Wald
Die Axt im Morgengraun hallt,
Solang auch der Einsame sitzt,
Der Gott und die Heiligen schnitzt.

Solang auf ligurischer Fahrt
Das Meer seine Fischer gewahrt,
Solang wird am Strande es schaun
Die spitzenklöppelnden Fraun.

Ihr Völker der Erde, mich rührt
Das Bleibende, das ihr vollführt.
Ich selbst, ohne Volk ohne Land,
Stütz nun meine Stirn in die Hand.

[1935]

Dezemberabend in Wien 1936

O winterliche Fünf-Uhr-Stunde!
Der Himmel überm Kahlenberg
Vertropft die blasse Seitenwunde
Ins aufgebauschte Wolkenwerg.

In Grinzing und in Heiligenstadt
Entspringt das Licht in langen Zeilen.
Mondhoch bewacht ein Ziffernblatt
Den Park, wo frierend Menschen eilen.

Mein Blick geht den Vermummten nach,
Die mühsam sich durchs Dunkel treiben.
Ein schweres Omen stäubt vom Dach
Drei Würfe Schnee an meine Scheiben.

YVAN GOLL

1891–1950

In uralten Seen

In uralten Seen
Hausen die traurigen Fische
Mit den Augen aus Furcht

Indessen die rosa Hügel rundum tanzen
Wie die Hügel der Bibel

Auf Schaumpferdchen schaukelt
Ein kleiner Wind –

Aus unseren uralten Augen
Lächelt es golden
Doch darunter haust eine traurige Furcht

[E: 1907; D: 1960]

Aus: *Requiem*
Für die Gefallenen von Europa

Romain Rolland gewidmet

Chor der Proletarier

Vergebens in den Kohleschächten
Wollten die Gleichheit wir errechten.
Vergebens in den Nachtkavernen
Wollten wir Menschenwürde lernen.
Vergebens in zwielichten Schenken
Wollten wir Liebe groß verschenken.

Vergebens in Versammlungsreden
Verlangten wir das Licht für jeden.
Nun sagen sie, beim Brudermorden
Sei'n wir zu guten Bürgern worden,
Und gönnen uns den Ruhm der Narren,
Dieweil sie Massengräber scharren.

[1917]

Kölner Dom

Rheinkohle statt Gold
Die Fische und die nackten Nymphen
Sterben im romantischen Wasser aus
Über die Brücke fahren nur Trauerzüge
In Särgen wird das letzte Gold geschmuggelt
Der Osten exportiert seine Frühsonne
Aurora ist kein Frauenname mehr
Doch paßt er gut für eine Aktiengesellschaft

Wir kamen von Frankreich
Über den Bahnhof hinaus fuhr unser Zug in den Kölner Dom
Die Lokomotive hielt vor dem Allerheiligsten
Und kniete sanft
Zehn Tote kamen direkt ins Paradies
Petrus »English spoken« auf dem Ärmel, bekam ein gutes Trinkgeld

Die glasgemalten Engel telephonierten
Und flogen hinüber zur Cox-Bank
Rosa Dollarschecks einzulösen
Gegen Mittag wurde ein neuer Zug gen Warschau gebildet.

[1924]

[*Aurora:* »Aurora Mühlen GmbH« liegt am rechten Rheinufer Kölns.]

In meinem Lande singen die Maurer
Den ganzen Tag ihre Liebeslieder
Sie lächeln dem Stein
Wenn er zum ersten Mal aus der Erdnacht
Zur hohen Sonne steigt
Und lerchengleich
Ein Atmen lang im Blauen schwebt

Der Stein wird gerne tragen
Das Haus wird glücklich sein
Das so aus Liedern gebaut ist

Schlief ich in deinem Arm?
War's nicht ein brauner Adlerflügel
Gebogen wie ein Tor
Der mich aus meinem Fleisch enthob
Und mich mir selbst entriss
Und in den Kampf mit Wind und Göttern mischte?

In dieser einen Nacht
Hab ich Jahrhunderte als Urgeschöpf verbracht –
Und nun erwacht
Duftet auf meiner Schläfe
Die Rose deiner Hand

Feuerharfe

Brennender Dornbusch
Anbruch innerster Verwandlung

Feuerharfe
Meiner frühen Schmerzen

Gewicht aus Rauch meines Wunschs
Magre Gluten der Revolten

Rosenbrände meiner Dome
Feuerfester Engel dieser Erde

Aschenrabe
Friß die Reste des Vergessens

Vater aller wilden Flammen
Segne deinen Feuersohn

[E: 1941/49; D: 1951]

HUGO BALL

1886–1927

KARAWANE

jolifanto bambla ô falli bambla
grossiga m'pfa habla horem
égiga goramen
higo bloiko russula huju
hollaka hollala
anlogo bung
blago bung
blago bung
bosso fataka
ü üü ü
schampa wulla wussa ólobo
hej tatta gôrem
eschige zunbada
wulubu ssubudu uluw ssubudu
tumba ba- umf
kusagauma
ba - umf

[E: 1917; D: 1920]

Aus: *Sechs Laut- und Klanggedichte*

1. Wolken

elomen elomen lefitalominal
wolminuscaio
baumbala bunga
acycam glastula feiroflim flinsi

elominuscula pluplubasch
rallalalaio

endremin saxassa flumen flobollala
feilobasch falljada follidi
flumbasch

cerobadadrada
gragluda gligloda glodasch
gluglamen gloglada gleroda glandridi

elomen elomen lefitalominai
wolminuscaio
baumbala bunga
acycam glastala feirofim blisti
elominuscula pluplusch
rallabataio [E: 1916; D: 1928]

Das ist die Zeit

Das ist die Zeit, in der der Behemoth
Die Nase hebt aus den gesalzenen Fluten.
Die Menschen springen von den brennenden Schuten
In grünen Schlamm, den Feuer überloht.

Die Seelen sind verkauft in Trödelbuden
Um weniges Entgelt und ohne Not,
Die Herzen ausgelaugt, die Geister tot.
Gesträubte Engel gehen um mit Ruten.

Sie dringen würgend in die Häuser ein,
Und ihrem Grimme widersteht kein Riegel,
Sie schwirren ums Gesims der Sakristein

Und reißen mit sich Lattenwerk und Ziegel,
Ihr Atem dampft. Ein schwarzer Sonnenschein
Hängt wie Salpeter überm Höllentiegel.

[1929]

Aus: *Sieben schizophrene Sonette*

5. Das Gespenst

Gewöhnlich kommt es, wenn die Lichter brennen.
Es poltert mit den Tellern und den Tassen.
Aus roten Schuhen schlurrt es in den nassen
Geschwenkten Nächten und man hört sein Flennen.

Von Zeit zu Zeit scheint es umherzurennen
Mit Trumpf, Atout und ausgespielten Assen.
Auf Seil und Räder scheint es aufzupassen
Und ist an seinem Lärmen zu erkennen.

Es ist beschäftigt in der Gängelschwemme
Und hochweis weht dann seine erzene Haube,
Auf seinen Fingern zittern Hahnenkämme,

Mit schrillen Glocken kugelt es im Staube.
Dann reißen plötzlich alle wehen Dämme
Und aus der Kuckucksuhr tritt eine Taube.

KURT SCHWITTERS

1887–1948

An Anna Blume

O, du Geliebte meiner siebenundzwanzig
Sinne, ich liebe dir! – Du deiner dich dir,
ich dir, du mir. – Wir?
Das gehört (beiläufig) nicht hierher.
Wer bist du, ungezähltes Frauenzimmer? Du
bist – bist du? – Die Leute sagen, du
wärest – laß sie sagen, sie sie wissen nicht,
wie der Kirchturm steht.
Du trägst den Hut auf deinen Füßen und
wanderst auf die Hände, auf den Händen
wanderst du.
Hallo deine roten Kleider, in weiße Falten
zersägt. Rot liebe ich Anna Blume, rot liebe
ich dir! – Du deiner dich dir, ich dir, du
mir. – Wir?
Das gehört (beiläufig) in die kalte Glut.
Rote Blume, rote Anna Blume, wie sagen die
Leute?
Preisfrage: 1. Anna Blume hat ein Vogel.
2. Anna Blume ist rot.
3. Welche Farbe hat der Vogel?
Blau ist die Farbe deines gelben Haares.
Rot ist das Girren deines grünen Vogels.
Du schlichtes Mädchen im Alltagskleid, du
liebes grünes Tier, ich liebe dir? – Du
deiner dich dir, ich dir, du mir. – Wir?
Das gehört (beiläufig) in die Glutenkiste.
Anna Blume! Anna, a-n-n-a ich träufle
deinen Namen. Dein Name tropft wie wei-
ches Rindertalg.
Weißt du es Anna, weißt du es schon?
Man kann dich auch von hinten lesen, und
du, du Herrlichste von allen, du bist von hin-
ten wie von vorne: »a-n-n-a«.
Rindertalg träufelt streicheln über meinen
Rücken.
Anna Blume, du tropfes Tier, ich liebe dir!

[Fassung hier nach der Zeitschr. »Der Sturm« 10, 1919/1920 (August 1919).]

Frühe rundet Regen blau

Runde das Grün
Schlafe maies Land
Grüne Tropfen tropfenweise
Leise Tropfen tropfen leise
Runde schlaf Land
Schlafe grüne Tropfenwiese
Grüne Tropfen sanften Lied
Grünen Grüne grün.

[1919]

Cigarren [elementar]

Cigarren
Ci
garr
ren
Ce
i
ge
a
err
err
e
en
Ce
CeI
CeIGe
CeIGeA
CeIGeAErr
CeIGeAErrEr
CeIGeAErrErr
CeIGeAErrErr
ErrEEn
EEn
En
Ce
i
ge
a
err
err
e
en
Ci
garr
ren
Cigarren

(Der letzte Vers wird gesungen).

[1921]

Gesetztes Bildgedicht

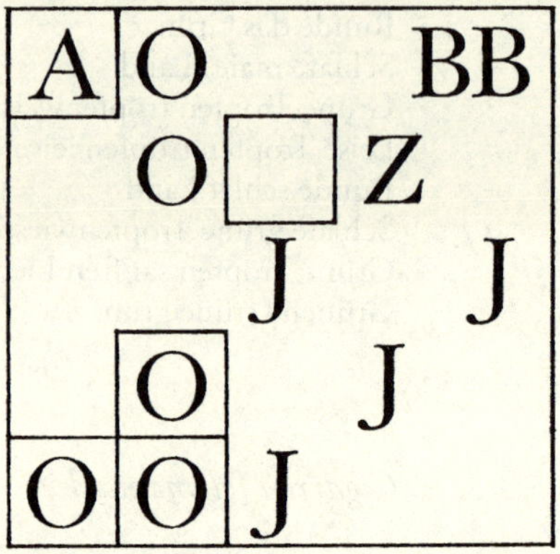

[1921]

Kleines Gedicht für große Stotterer

Ein Fischge, Fisch, ein Fefefefefischgerippe
Lag auf der auf, lag auf der Klippe.
Wie kam es, kam, wie kam, wie kam es
Dahin, dahin, dahin?

Das Meer hat Meer, das Meer, das hat es
Dahin, dahin, dahingespület,
Da lllllliegt es, liegt, da lllllliegt, llliegt es
Sehr gut, sogar sehr gut!

Da kam ein Fisch, ein Fefefefefisch, ein Fefefefefefe-fefefefefefe-
(schriller Pfiff) feFe feFe feFe feFefischer,
Der frischte, fischte frische Fische.
Der nahm es, nahm, der nahm, der nahm es
Hinweg, der nahm es weg.

Nun lllllliegt die, liegt, nun llliegt die Klippe
Ganz o o o ohne Fischge Fischgerippe
Im weiten, weit, im We Weltenmeere
So nackt, so fufu furchtbar nackt.

[E: um 1934]

RICHARD HUELSENBECK

1892–1974

Schieber-Politik

Hindenburg kommt mit Jebimmel,
Ludendorff is auch schon da,
Und det janze Volksjetümmel
Krächzt een fröhlichet Hurra!

Rev'luzion war mal 'ne Sache.
Sehr gesunken: Wert gering.
Königstreu is was zu machen;
Jott im Himmel save the king.

Handelt's sich um Majestäten
Oder nur 'n jemeinen Mann,
Bei det Geld und bei die Kröten
Fängt erst die Verehrung an.

Darum, Fritze, brüll Dir heiser
Und drück auch die Knie durch
Für den deutschen Heldenkaiser
Und den alten Hindenburch.

(1919)

Dada-Schalmei

Auf der Flöte groß und bieder
Spielt der Dadaiste wieder,
Da am Fluß die Grille zirpt
Und der Mond die Nacht umwirbt,
Tandaradei.

Ach, die Seele ist so trocken
Und der Kopf ist ganz verwirrt,
Oben, wo die Wolken hocken,
Grausiges Gevögel schwirrt,
Tandaradei.

Ja, ich spiele ein Adagio
Für die Braut, die nun schon tot ist,
Nenn es Wehmut, nenn es Quatsch – o
Mensch, du irrst, solang du Brot ißt,
Tandaradei.

In die Geisterwelt entschwebt sie,
Nähernd sich der Morgenröte,
An den großen Gletschern klebt sie
Wie ein Reim vom alten Goethe.
Tandaradei.

Dadaistisch sei dies Liedlein,
Das ich euch zum besten gebe,
Auf zwei Flügeln wie ein Flieglein
Steig es langsam in die Schwebe.
Tandaradei.
Denk an Tzara, denk an Arpen,
An den großen Huelsenbeck!

(1920)

[*Tzara:* Tristan Tzara. – *Arpen:* Hans Arp.]

FERDINAND HARDEKOPF

1876–1954

Spät

Der Mittag ist so karg erhellt.
Ein dunkler See sinkt in sein Grab.
Dies ist das letzte Licht der Welt,
Das bleichste Glimmen, das es gab.

Aus Sümpfen schwankt Gestrüpp und Baum.
Die Birken-Nerven ästeln weh.
Die Zeit erblasst, es krankt der Raum.
Es gilbt das Schiff im toten See.

Die Luft strömt grau ins Mündungs-All.
Der Rabe schreit. Der Wald schläft ein.
Mich trennt ein rascher Tränenfall
Vom Ende und der Flammenpein.

[1916]

Spleen

Ein Bündel Mond erreichte mein Gesicht
Um 3 Uhr nachts, ein Quantum Butterlicht,
Und mahnte [3 Uhr 2]: »Ein Spuk-Gedicht,
Nervös-geziert, ist Literatenpflicht!«

Die Kammer dehnte sich verbrecher-hell.
Der Mond, ein Dotterball, schien kriminell.
Da stieg die Dame Angst [-Berlin] reell
Auf ihr imaginäres Karusell.

Ein Schneiderkleid umpresste mit Radau
Die Dame Angst: die Gift- und Gnadenfrau.
Doch das Zitronen-Ei [um 3 Uhr 5 genau]
Versank in Bar-Fauteuils aus Dämmerblau. –
Nachhüstelnd, matt-dosiert: »Macabre-Bar!
Ihr lila Blicke! Schweflig Tulpenhaar!
Aus Puderkrusten Tollkirsch-Kommentar!
Ein Gruss: du noctambules Seminar!«
. . . So. 3 Uhr 10. Wie süss verwirrt ich war!

[1921]

HANS ARP

1887–1966

Opus Null

1

Ich bin der große Derdiedas
das rigorose Regiment
der Ozonstengel prima Qua
der anonyme Einprozent.

Das P. P. Tit. und auch die Po
Posaune ohne Mund und Loch
das große Herkulesgeschirr
der linke Fuß vom rechten Koch.

Ich bin der lange Lebenslang
der zwölfte Sinn im Eierstock
der insgesamte Augustin
im lichten Zelluloserock.

2

Er zieht aus seinem schwarzen Sarg
um Sarg um Sarg um Sarg hervor.
Er weint mit seinem Vorderteil
und wickelt sich in Trauerflor.

Halb Zauberer halb Dirigent
taktiert er ohne Alpenstock
sein grünes Ziffernblatt am Hut
und fällt von seinem Kutscherbock.

Dabei stößt er den Ghettofisch
von der möblierten Staffelei.
Sein langer Würfelstrumpf zerreißt
zweimal entzwei dreimal entdrei.

3

Er sitzt mit sich in einem Kreis.
Der Kreis sitzt mit dem eignen Leib.
Ein Sack mit einem Kamm der steht
dient ihm als Sofa und als Weib.

Der eigne Leib der eigne Sack.
Der Vonvon und die linke Haut.
Und tick und tack und tipp und topp
der eigne Leib fällt aus der Braut.

Er schwingt als Pfund aus seinem Stein
die eigne Braut im eignen Sack.
Der eigne Leib im eignen Kreis
fällt nackt als Sofa aus dem Frack.

4

Mit seiner Dampfmaschine treibt
er Hut um Hut aus seinem Hut
und stellt sie auf in Ringelreihn
wie man es mit Soldaten tut.

Dann grüßt er sie mit seinem Hut
der dreimal grüßt mit einem du.
Das traute sie vom Kakasie
ersetzt er durch das Kakadu.

Er sieht sie nicht und grüßt sie doch
er sie mit sich und läuft um sich.
Die Hüte inbegriffen sind
und deckt den Deckel ab vom Ich.

[1924]

Sekundenzeiger

daß ich als ich
ein und zwei ist
daß ich als ich
drei und vier ist
daß ich als ich
wieviel zeigt sie
daß ich als ich
tickt und tackt sie
daß ich als ich
fünf und sechs ist
daß ich als ich
sieben acht ist
daß ich als ich
wenn sie steht sie
daß ich als ich
wenn sie geht sie
daß ich als ich
neun und zehn ist
daß ich als ich
elf und zwölf ist.

die notendurft

bim bim ausglim du kurzer kind
hinfall der
rot ist der
rot ist du und du
also auch der harfenschlaf
also auch der monddudu
also auch der adlerstall

wau wau glirrwirrli zirr
hinfall das
rot ist das
rot ist du und du
also auch das dadahaus
also auch das muffelohr
also auch das maskenfleisch

bim bim ausglim du kurzer kind
hinfall die
rot ist die
rot ist du und du
also auch die flaschennot
also auch die zungenfracht
also auch die notendurft

Das Fibelmeer

Im Meer beginnt es langsam schwarz zu schneien.
Das Euter läutet an dem Wasserast.
Das Rad der Fische will sich Pfeifen leihen
denn schrecklich schwankt der große Meerpalast.

Die Wasservögte ankern nach den toten Sternen.
Den Leuchtturm steckt der Wind in seinen Sack.
Die Bernsteintiere ziehn gemolken in die Fernen
gefolgt von leckem Zwerg und Kinderwrack.

Der Sturm schlägt auf die Pauken und die Knallen.
Die Schwämme tauchen auf mit wildem Schrei.
Der Wind spitzt sich von neuem seine Krallen
und hängt sich Kapitäne ins Geweih.

Die grosse Firgelei

wo ist die firgelzentrale
hat ihnen firgel versichert
daß ich eine wolke werden darf
also
warum bin ich noch keine wolke
•
firgel hat mir wörtlich
folgendes gesagt:
do gdpst pst pst runglidodi
glbsti i i glbsti sp nebst trullal
laladamad finf damad ding
bif
•
erlauben sie mir
sie zu unterbrechen
ich spreche leider nicht firgel
•
die schöne firgelsprache
ist das verweilen das träumen
das sinnen und überspinnen
sind himmlische traumblumenlieder
also unsichtbare wolken
•
von Igel gefirgelt
innig gefirgelt
das wäre zu freundlich
wenn sie mir so ein lied
übersetzen würden
•
also kühner neuling
und erquickungsbedürftiger
knebs zabala dri di dri mn dri
sp sp tatagu
lautet in unserer staubsprache:
fort fort sind sie
die überzermalmer
es lebe die wolke
und ganz besonders
die wolke der engel
der göttlichen blume
• (1963)

ERICH MÜHSAM
1878–1934

Der Revoluzzer

Der deutschen Sozialdemokratie gewidmet

War einmal ein Revoluzzer,
im Zivilstand Lampenputzer;
ging im Revoluzzerschritt
mit den Revoluzzern mit.

Und er schrie: »Ich revolüzze!«
Und die Revoluzzermütze
schob er auf das linke Ohr,
kam sich höchst gefährlich vor.

Doch die Revoluzzer schritten
mitten in der Straßen Mitten
wo er sonsten unverdrutzt
alle Gaslaternen putzt.

Sie vom Boden zu entfernen,
rupfte man die Gaslaternen
aus dem Straßenpflaster aus,
zwecks des Barrikadenbaus.

Aber unser Revoluzzer
schrie: »Ich bin der Lampenputzer
dieses guten Leuchtelichts.
Bitte, bitte, tut ihm nichts!

Wenn wir ihn' das Licht ausdrehen,
kann kein Bürger nichts mehr sehen.
Laßt die Lampen stehn, ich bitt! –
Denn sonst spiel' ich nicht mehr mit!«

Doch die Revoluzzer lachten,
und die Gaslaternen krachten,
und der Lampenputzer schlich
fort und weinte bitterlich.

Dann ist er zuhaus geblieben
und hat dort ein Buch geschrieben:
nämlich, wie man revoluzzt
und dabei doch Lampen putzt. [1909]

Kalender 1913

Januar:
Der Reiche klappt den Pelz empor,
und mollig glüht das Ofenrohr.
Der Arme klebt, daß er nicht frier,
sein Fenster zu mit Packpapier.

Februar:
Im Fasching schaut der reiche Mann
sich gern ein armes Mädchen an.
Wie zärtlich oft die Liebe war,
wird im November offenbar.

März:
Im Jahre achtundvierzig schien
die neue Zeit heraufzuziehn.
Ihr, meine Zeitgenossen, wißt,
daß heut noch nicht mal Vormärz ist.

April:
Wer Diplomate werden will,
nehm sich ein Muster am April.
Aus heiterm Blau bricht der Orkan,
und niemand hat's nachher getan.

Mai:
Der Revoluzzer fühlt sich stark.
Des Reichen Vorschrift ist ihm Quark.
Er feiert stolz den ersten Mai.
(Doch fragt er erst die Polizei.)

Juni:
Mit Weib und Kind in die Natur,
zur Heilungs-, Stärkungs-, Badekur.
Doch wer da wandert bettelarm,
den fleppt der würdige Gendarm.

Juli:
Wie so ein Schwimmbad doch erfrischt,
wenn's glühend heiß vom Himmel zischt!
Dem Vaterland dient der Soldat,
kloppt Griffe noch bei dreißig Grad.

August:
Wie arg es zugeht auf der Welt,
wird auf Kongressen festgestellt.
Man trinkt, man tanzt, man redet froh,
und alles bleibt beim Status quo.

September:
Vorüber ist die Ferienzeit.
Der Lehrer hält den Stock bereit.
Ein Kind sah Berg und Wasserfall,
das andre nur den Schweinestall.

Oktober:
Zum Herbstmanöver rücken an
der Landwehr- und Reservemann.
Es drückt der Helm, es schmerzt das Bein.
O welche Lust, Soldat zu sein!

November:
Der Tag wird kurz. Die Kälte droht.
Da tun die warmen Kleider not.
Ach, wärmte doch der Pfandschein so
wie der versetzte Paletot!

Dezember:
Nun teilt der gute Nikolaus
die schönen Weihnachtsgaben aus.
Das arme Kind hat sie gemacht,
dem reichen werden sie gebracht.

[1920]

[*achtundvierzig:* 1848, das Jahr der gescheiterten bürgerlichen Revolution. – *Vormärz:* die Zeit vor der Märzrevolution von 1848.]

Soldatenlied

Wir lernten in der Schlacht zu stehn
bei Sturm und Höllenglut.
Wir lernten in den Tod zu gehn,
nicht achtend unser Blut.
Und wenn sich einst die Waffe kehrt
auf die, die uns den Kampf gelehrt,
sie werden uns nicht feige sehn.
Ihr Unterricht war gut.

Wir töten, wie man uns befahl,
mit Blei und Dynamit,
für Vaterland und Kapital,
für Kaiser und Profit.
Doch wenn erfüllt die Tage sind,
dann stehn wir auf für Weib und Kind
und kämpfen, bis durch Dunst und Qual
die lichte Sonne sieht.

Soldaten! Ruft's von Front zu Front:
Es ruhe das Gewehr!
Wer für die Reichen bluten konnt,
kann für die Seinen mehr.
Ihr drüben! Auf zur gleichen Pflicht!
Vergeßt den Freund im Feinde nicht!
In Flammen ruft der Horizont
nach Hause jedes Heer.

Lebt wohl, ihr Brüder! Unsre Hand,
daß ferner Friede sei!
Nie wieder reiß das Völkerband
in rohem Krieg entzwei.
Sieg allen in der Heimatschlacht!
Dann sinken Grenzen, stürzt die Macht,
und alle Welt ist Vaterland,
und alle Welt ist frei!

[E: 1916; D: 1920]

HANS LEIP

1893–1983

Lili Marleen

Vor der Kaserne,
vor dem großen Tor
stand eine Laterne,
und steht sie noch davor,
so wolln wir uns da wiedersehn,
bei der Laterne wolln wir stehn
wie einst, Lili Marleen.

Unsre beiden Schatten
sahn wie einer aus,
daß wir so lieb uns hatten,
das sah man gleich daraus.
Und alle Leute solln es sehn,
wenn wir bei der Laterne stehn
wie einst, Lili Marleen.

Schon rief der Posten:
Sie blasen Zapfenstreich;
es kann drei Tage kosten! –
Kamerad, ich komm ja gleich. –
Da sagten wir auf Wiedersehn.
Wie gerne wollt ich mit dir gehn,
mit dir Lili Marleen!

Deine Schritte kennt sie,
deinen zieren Gang,
alle Abend brennt sie,
mich vergaß sie lang.
Und sollte mir ein Leids geschehn,
wer wird bei der Laterne stehn
mit dir, Lili Marleen?

Aus dem stillen Raume,
aus der Erde Grund
hebt mich wie im Traume
dein verliebter Mund.
Wenn sich die späten Nebel drehn,
werd ich bei der Laterne stehn
wie einst, Lili Marleen.

[E: 1914/15]

Ling-long-läre

Der Mondwind strich vom buttergelben Meere,
wo ihn die Einsamen als Beichtvater halten.
Von ungeküßten Sünden war er fett gemacht.
Was fiel aus seinen Mantelfalten?
Ein kleiner Abend, der hieß Ling-long-läre,
es war fast eine kleine Nacht.

In Wolken schmolz sein Lama-Angesicht,
verkappter Kuppler stieg er auf ein Haus.
Er fingerte den Mädchen unters Kinn,
goß ihre Süße rund mit Silber aus,
hob ihre Säume, trieb Magie mit Licht
und warf den Abend wie ein Buttnetz hin.

Da fing der Abend uns in seinen grünen
Maschen.
Und alle Häuser fingen an zu springen
und klirrten Gold aus ihren Fenstertaschen.
Und die Hafenbäume, die so verdreckt und
mager sind,
die hüpften wie als Wiesenkind.
Und alle Lampen fingen an zu singen:
Ein kleiner Abend, der hieß Ling-long-läre.
Es war fast eine kleine Nacht.

PAUL ZECH

1881–1946

Fabrikstraße tags

Nichts als Mauern. Ohne Gras und Glas
zieht die Straße den gescheckten Gurt
der Fassaden. Keine Bahnspur surrt.
Immer glänzt das Pflaster wassernaß.

Streift ein Mensch dich, trifft sein Blick dich kalt
bis ins Mark; die harten Schritte haun
Feuer aus dem turmhoch steilen Zaun,
noch sein kurzes Atmen wolkt geballt.

Keine Zuchthauszelle klemmt
in ein Eis das Denken wie dies Gehn
zwischen Mauern, die nur sich besehn.

Trägst du Purpur oder Büßerhemd –:
immer drückt mit riesigem Gewicht
Gottes Bannfluch: *uhrenlose Schicht.*

[1922]

Fräser

Gebietend blecken weiße Hartstahl-Zähne
aus dem Gewirr der Räder. Mühlen gehn profund,
sie schütten auf den Ziegelgrund
die Wolkenbrüche krauser Kupferspäne.

Die Gletscherkühle riesenhafter Birnen
beglänzt Fleischnackte, die von Öl umtropft
die Kämme rühren; während automatenhaft gestopft
die Scheren das Gestränge dünn zerzwirnen.

Ein Fäusteballen hin und wieder und ein Fluch,
Werkmeisterpfiffe, widerlicher Brandgeruch
an Muskeln jäh empor geleckt: zu töten!

Und es geschieht, daß sich die bärtigen Gesichter röten,
daß Augen wie geschliffene Gläser stehn
und scharf, gespannt nach innen sehn.

Kleine Katastrophe

Zehn Männer wurden vom Gestein erschlagen,
vom Rauch verschluckt und wieder ausgespien.
Der Doktor stolperte mit eingesackten Knien
und ließ die Leichen in das Schauhaus tragen.

Zerstückelt, schwarz verbrannt und rot zerschunden,
so lagen sie in Reih und Glied;
was in der Früh noch sang sein Morgenlied,
verblutete aus unverbundenen Wunden.

Schon schwätzen Ahnungen, die blinden Boten
sich in das Dorf hinunter und von Haus zu Haus
und trieben die erschrockenen Frauen hinaus.

Die stürmten das vergitterte Portal
des Beingebäudes in verbissener Qual
und schlugen sich verzweifelt um die Toten.

[1922]

ALFONS PETZOLD

1882–1923

Der Arbeitslose

Staub auf den Schuhen und auf der getretenen Seele,
schleicht er den Weg der stummen Vergrollten dahin,
springt ihm kein fröhliches Wort aus der trockenen Kehle;
Suche nach Arbeit drückt seinen grübelnden Sinn.

Seine Tage sind dunkel, die Sonne verhüllen
graudampfe Nebel. Er hebt nicht die Blicke empor.
Die Klänge der Arbeit, die alle Straßen erfüllen,
brausen um ihn wie ein hohnvoll spottender Chor.

Wie doch die Stunden in quälendem Hoffen sich dehnen,
indes ihn vorwärts peitscht die hungernde Not.
Er klopft an die Türen, dahinter die Hämmer dröhnen,
all seine Sinne schreien nach Arbeit und Brot.

Alles umsonst. Der Taglauf beugt sich dem Ende.
Wiederum nichts. Seine Lippen flüstern es matt.
Er schaut im Haß auf die schwielenbedeckten Hände
und schleicht hinaus auf das lehmige Feld vor der Stadt.

[1912]

Die Teilnahmslosen

Da stehen sie und regen schwer die Glieder
in den durchdampften Räumen der Fabrik.
Ein jeder senkt auf seine Arbeit nieder
den noterstarrten, teilnahmslosen Blick.

Sie sind nicht Menschen mehr, sind nur Maschinen,
die in dem vorgeschrieb'nen Stundenkreis
sich drehen müssen, ohne daß von ihnen
nur einer seine Kraft zu schätzen weiß.

Sie können nimmer ihre Hände spannen
nach ihrer Tage mühevollem Tun
um eigne Werke; was sie je begannen,
muß halbvollendet tot im Dunkel ruhn.

Sie schaffen abertausend Gegenstände,
sie machen viele Dinge stark und groß;
doch ist nicht Gott im Regen ihrer Hände,
und was von ihnen kommt, ist seelenlos.

[1922]

GERRIT ENGELKE

1890–1918

Die Fabrik

Düster, breit, kahl und eckig
Liegt im armen Vorort die Fabrik.
Zuckend schwillt, schrill und brutal
Aus den Toren Maschinen-Musik.

Schlot und Rohr und Schlot und Schlot,
Heißdurchkochtes Turmgestein,
Speien dickes Qualmgewölk
Über traurigstarre Häuser, Straßenkot.

Tausend Mann, Schicht um Schicht,
Saugt die laute Arbeits-Hölle auf.
Zwingt sie all in harte Pflicht
Stunde um Stunde.

Bis der Pfiff heiser gellt:
Aus offnem Tore strömen dann
Mädchen, Frauen, Mann und Mann –
Blasses Volk – müde – verquält –

Schläft der Ort –: glüh und grell
Schreit aus hundert Fenstern Licht!
Kraftgesumm, Rädersausen, Qualm durchbricht
Roh und dumpf die Nacht –

Tag und Nacht: Lärm und Dampf,
Immer Arbeit, immer Kampf:
Unerbittlich schröpft das Moloch-Haus
Stahl und Mensch um Menschen aus.

[1921]

Seele

Straßenbahnschienen klirren,
Hundert Menschen umschwirren,
Fabriken umrauchen dich,
Im Ohre gellt dir: – Messerstich,
Geschäft, Diebstahl, Geld, Brand –
Wände stürzen über dir ein:
Du verkümmerst, wirst klein und gemein –
Hinaus!
Hinaus aufs Land!

[E: 1913; D: 1921]

Lied des Kohlenhäuers

Wir wracken, wir hacken,
Mit hangendem Nacken,
Im wachsenden Schacht
Bei Tage, bei Nacht –

Wir fallen und fallen auf schwankender Schale
Ins lampendurchwanderte Erde-Gedärm –
Die Andern, sie schweben auf schwankender Schale
Steilauf in das Licht! in das Licht! in den Lärm.
Wir fallen und fallen auf schwankender Schale –

Wir wracken, wir hacken,
Mit hangendem Nacken,
Im wachsenden Schacht
Bei Tage, bei Nacht –

Wir wühlen und wühlen auf wässernder Sohle,
Wir lösen vom Flöze mit rinnendem Schweiß
Und fördern zu Tage die dampfende Kohle.
Uns Häuern im Flöze ist heißer als heiß –
Wir wühlen und wühlen auf wässernder Sohle.

Wir wracken, wir hacken,
Mit hangendem Nacken,
Im wachsenden Schacht
Bei Tage, bei Nacht –

Wir pochen und pochen, wir bohrenden Würmer,
Im häuser- und gleisüberwachsenen Rohr,
Tief unter dem Meere, tief unter dem Türmer, –
Tief unter dem Sommer. Wir pochen im Rohr,
Wir pochen, wir pochen, wir bohrenden Würmer.

Wir wracken, wir hacken,
Mit hangendem Nacken,
Im wachsenden Schacht
Bei Tage, bei Nacht –

Wir speisen sie Alle mit nährender Wärme:
Den pflügenden Lloyd im atlantischen Meer:
Die erdenumkreisenden Eisenzug-Schwärme:
Der Straßenlaternen weitflimmerndes Heer:
Der ragenden Hochöfen glühende Därme:
Wir nähren sie Alle mit Lebensblut-Wärme!

Wir wracken, wir hacken,
Mit hangendem Nacken,
Im wachsenden Schacht
Bei Tage, bei Nacht –

Wir können mit unseren schwieligen Händen
Die Lichter ersticken, die Brände der Welt!
Doch – hocken wir fort in den drückenden Wänden:
Wir klopfen und bohren und klopfen für Geld –
Doch hocken wir fort in den drückenden Wänden:

Wir wracken, wir hacken,
Mit hangendem Nacken,
Im wachsenden Schacht
Bei Tage, bei Nacht –

Wir pochen und pochen durch Wochen und Jahre,
Wir fahren lichtauf – mit » Glück-Auf«! dann hinab –
Wir pochen und pochen von Wochen – zur Bahre –
Und Mancher schürft unten sein eigenes Grab –
Wir pochen, wir pochen durch Wochen und Jahre.

Wir wracken, wir hacken,
Mit hangendem Nacken,
Im wachsenden Schacht
Bei Tage, bei Nacht –

[E: 1912; D: 1921]

Der Tod im Schacht

Zweihundert Männer sind in den Schacht gefahren.
Mütter drängen sich oben in Scharen.
Rauch steigt aus dem Schacht.

Die Kohlenwälder nachtunten glühen,
Urwilde Sonnenfeuer sprühen.
Rauch steigt aus dem Schacht.

Retter sind hinab gestiegen;
Kamen nicht wieder, sie blieben liegen.
Rauch steigt aus dem Schacht.

Der Brandschlund frißt seine Opfer – und lauert.
Die brennenden Stollen werden zugemauert.
  Rauch steigt aus dem Schacht.

Zweihundert waren in den Schacht gefahren.
Mütter weinen an leeren Bahren.
  Rauch steigt aus dem Schacht.

[1921]

JOACHIM RINGELNATZ

1883–1934

Die Schnupftabaksdose

Es war eine Schnupftabaksdose,
Die hatte Friedrich der Große
Sich selbst geschnitzelt aus Nußbaumholz.
Und darauf war sie natürlich stolz.

Da kam ein Holzwurm gekrochen.
Der hatte Nußbaum gerochen.
Die Dose erzählte ihm lang und breit
Von Friedrich dem Großen und seiner Zeit.

Sie nannte den alten Fritz generös.
Da aber wurde der Holzwurm nervös
Und sagte, indem er zu bohren begann:
»Was geht mich Friedrich der Große an!«

[1912]

Logik

Die Nacht war kalt und sternenklar,
Da trieb im Meer bei Norderney
Ein Suahelischnurrbarthaar. –
Die nächste Schiffsuhr wies auf drei.

Mir scheint da mancherlei nicht klar,
Man fragt doch, wenn man Logik hat,
Was sucht ein Suahelihaar
Denn nachts um drei am Kattegatt?

Turner-Marsch

(Melodie: Leise flehen meine Lieder)

Schlagt die Pauken und Trompeten,
Turner in die Bahn!
Turnersprache laßt uns reden.
Vivat Vater Felix Dahn!
Laßt uns im Gleichschritt aufmarschieren,
Ein stolzes Regiment.
Laß die Fanfaren tremulieren!
Faltet die Fahnen ent!

Die harte Brust dem Wetter darzubieten,
Reißt die germanische Lodenjoppe auf!
Kommet zu Hauf!
Wir wollen uns im friedlichen Wettkampf üben.

Braust drei Hepp-hepps und drei Hurras
Um die deutschen Eichenbäume!
Trinkt auf das Wohl der deutschen Frauen ein Glas,
Daß es das ganze Vaterland durchschäume.
Heil! Umschlingt euch mit Herz und Hand,
Ihr Brüder aus Nord-, Süd- und Mitteldeutschland!
Daß einst um eure Urne
Eine gleiche Generation turne.

[1920]

Bumerang

War einmal ein Bumerang;
War ein weniges zu lang.
Bumerang flog ein Stück,
Aber kam nicht mehr zurück.
Publikum – noch stundenlang –
Wartete auf Bumerang.

Im Park

Ein ganz kleines Reh stand am ganz kleinen Baum
Still und verklärt wie im Traum.
Das war des Nachts elf Uhr zwei.
Und dann kam ich um vier
Morgens wieder vorbei,
Und da träumte noch immer das Tier.
Nun schlich ich mich leise – ich atmete kaum –
Gegen den Wind an den Baum,
Und gab dem Reh einen ganz kleinen Stips.
Und da war es aus Gips.

[1927]

Überall

Überall ist Wunderland.
Überall ist Leben.
Bei meiner Tante im Strumpfenband.
Wie irgendwo daneben.

Überall ist Dunkelheit.
Kinder werden Väter.
Fünf Minuten später
Stirbt sich was für einige Zeit.
Überall ist Ewigkeit.

Wenn du einen Schneck behauchst,
Schrumpft er ins Gehäuse,
Wenn du ihn in Kognak tauchst,
Sieht er weiße Mäuse.

Gedicht in Bi-Sprache

Ibich habibebi dibich,
Lobittebi, sobi liebib.
Habist aubich dubi mibich
Liebib? Neibin, vebirgibib.

Nabih obidebir febirn,
Gobitt seibi dibir gubit.
Meibin Hebirz habit gebirn
Abin dibir gebirubiht.

Ich habe dich so lieb

Ich habe dich so lieb!
Ich würde dir ohne Bedenken
Eine Kachel aus meinem Ofen
Schenken.

Ich habe dir nichts getan.
Nun ist mir traurig zu Mut.
An den Hängen der Eisenbahn
Leuchtet der Ginster so gut.

Vorbei – verjährt –
Doch nimmer vergessen.
Ich reise.
Alles, was lange währt,
Ist leise.

Die Zeit entstellt
Alle Lebewesen.
Ein Hund bellt.
Er kann nicht lesen.
Er kann nicht schreiben.
Wir können nicht bleiben.

Ich lache.
Die Löcher sind die Hauptsache
An einem Sieb.

Ich habe dich so lieb.

[1928]

Arm Kräutchen

Ein Sauerampfer auf dem Damm
Stand zwischen Bahngeleisen,
Machte vor jedem D-Zug stramm,
Sah viele Menschen reisen

Und stand verstaubt und schluckte Qualm,
Schwindsüchtig und verloren,
Ein armes Kraut, ein schwacher Halm,
Mit Augen, Herz und Ohren.

Sah Züge schwinden, Züge nahn.
Der arme Sauerampfer
Sah Eisenbahn um Eisenbahn,
Sah niemals einen Dampfer.

Die neuen Fernen

In der Stratosphäre,
Links vom Eingang, führt ein Gang
(Wenn er nicht verschüttet wäre)
Sieben Kilometer lang
Bis ins Ungefähre.

Dort erkennt man weit und breit
Nichts. Denn dort herrscht Dunkelheit.
Wenn man da die Augen schließt
Und sich langsam selbst erschießt,
Dann erinnert man sich gern
An den deutschen Abendstern.

[1931]

KURT TUCHOLSKY

1890–1935

Park Monceau

Hier ist es hübsch. Hier kann ich ruhig träumen.
Hier bin ich Mensch – und nicht nur Zivilist.
Hier darf ich links gehn. Unter grünen Bäumen
sagt keine Tafel, was verboten ist.

Ein dicker Kullerball liegt auf dem Rasen.
Ein Vogel zupft an einem hellen Blatt.
Ein kleiner Junge gräbt sich in der Nasen
Und freut sich, wenn er was gefunden hat.

Es prüfen vier Amerikanerinnen,
ob Cook auch recht hat und hier Bäume stehn.
Paris von außen und Paris von innen:
sie sehen nichts und müssen alles sehn.

Die Kinder lärmen auf den bunten Steinen.
Die Sonne scheint und glitzert auf ein Haus.
Ich sitze still und lasse mich bescheinen
und ruh von meinem Vaterlande aus.

[1924]

[*Park Monceau:* Park in Paris.]

Luftveränderung

Fahre mit der Eisenbahn,
fahre, Junge, fahre!
Auf dem Deck vom Wasserkahn
wehen deine Haare.

Tauch in fremde Städte ein,
lauf in fremden Gassen;
höre fremde Menschen schrein,
trink aus fremden Tassen.

Flieh Betrieb und Telefon,
grab in alten Schmökern,
sieh am Seinekai, mein Sohn,
Weisheit still verhökern.

Lauf in Afrika umher,
reite durch Oasen;
lausche auf ein blaues Meer,
hör den Mistral blasen!

Wie du auch die Welt durchflitzt
ohne Rast und Ruh –:
Hinten auf dem Puffer sitzt
du.

Wenn die Igel in der Abendstunde

Für achtstimmigen Männerchor

Wenn die Igel in der Abendstunde
still nach ihren Mäusen gehn,
hing auch ich verzückt an deinem Munde,
und es war um mich geschehn –
Anna-Luise –!

Dein Papa ist kühn und Geometer,
er hat zwei Kanarienvögelein;
auf den Sonnabend aber geht er
gern zum Pilsner in'n Gesangverein –
Anna-Luise –!

Sagt' ich: »Wirst die meine du in Bälde?«,
blicktest du voll süßer Träumerei
auf das grüne Vandervelde,
und du dachtest dir dein Teil dabei,
Anna-Luise –!

Und du gabst dich mir im Unterholze
einmal hin und einmal her,
und du fragtest mich mit deutschem Stolze,
ob ich auch im Krieg gewesen wär...
Anna-Luise –!

Ach, ich habe dich ja so belogen!
Hab gesagt, mir wär ein Kreuz von Eisen wert,
als Gefreiter wär ich ausgezogen,
und als Hauptmann wär ich heimgekehrt –
Anna-Luise –!

Als wir standen bei der Eberesche,
wo der Kronprinz einst gepflanzet hat,
raschelte ganz leise deine Wäsche,
und du strichst dir deine Röcke glatt,
Anna-Luise –!

Möchtest nie woandershin du strichen!
Siehst du dort die ersten Sterne gehn?
Habe Dank für alle unvergesserlichen
Stunden und auf Wiedersehn!
Anna-Luise –!

Denn der schönste Platz, der hier auf Erden mein,
das Heidelberg in Wien am Rhein,
Seemannslos.
Keine, die wie du die Flöte bliese . . .!
Lebe wohl! Leb wohl.
Anna-Luise –!

[*das grüne Vandervelde:* wohl das damals Aufsehen erregende Buch »Die vollkommene Ehe« des niederländ. Arztes u. Sexualforschers Theodor Hendrik van de Velde (1873–1937).]

Der Graben

Mutter, wozu hast du deinen aufgezogen?
Hast dich zwanzig Jahr mit ihm gequält?
Wozu ist er dir in deinen Arm geflogen,
und du hast ihm leise was erzählt?
Bis sie ihn dir weggenommen haben.
Für den Graben, Mutter, für den Graben.

Junge, kannst du noch an Vater denken?
Vater nahm dich oft auf seinen Arm.
Und er wollt dir einen Groschen schenken,
und er spielte mit dir Räuber und Gendarm.
Bis sie ihn dir weggenommen haben.
Für den Graben, Junge, für den Graben.

Drüben die französischen Genossen
lagen dicht bei Englands Arbeitsmann.
Alle haben sie ihr Blut vergossen,
und zerschossen ruht heut Mann bei Mann.
Alte Leute, Männer, mancher Knabe
in dem einen großen Massengrabe.

Seid nicht stolz auf Orden und Geklunker!
Seid nicht stolz auf Narben und die Zeit!
In die Gräben schickten euch die Junker,
Staatswahn und der Fabrikantenneid.
Ihr wart gut genug zum Fraß für Raben,
für das Grab, Kamraden, für den Graben!

Werft die Fahnen fort!
Die Militärkapellen
spielen auf zu euerm Todestanz.
Seid ihr hin: ein Kranz von Immortellen –
das ist dann der Dank des Vaterlands.

Denkt an Todesröcheln und Gestöhne.
Drüben stehen Väter, Mütter, Söhne,
schuften schwer, wie ihr, ums bißchen Leben.
Wollt ihr denen nicht die Hände geben?
Reicht die Bruderhand als schönste aller Gaben
übern Graben, Leute, übern Graben –!

[1926]

Mutterns Hände

Hast uns Stulln jeschnitten
un Kaffe jekocht
un de Töppe rübajeschohm –
un jewischt und jenäht
un jemacht und jedreht ...
alles mit deine Hände.

Hast de Milch zujedeckt,
uns Bobongs zujesteckt
un Zeitungen ausjetragen –
hast die Hemden jezählt
und Kartoffeln jeschält ...
alles mit deine Hände.

Hast uns manches Mal
bei jroßen Schkandal
auch 'n Katzenkopp jejeben.
Hast uns hochjebracht.
Wir wahn Sticker acht,
sechse sind noch am Leben ...
Alles mit deine Hände.

Heiß warn se un kalt.
Nu sind se alt.
Nu bist du bald am Ende.
Da stehn wa nu hier,
und denn komm wir bei dir
und streicheln deine Hände.

Ideal und Wirklichkeit

In stiller Nacht und monogamen Betten
denkst du dir aus, was dir am Leben fehlt.
Die Nerven knistern. Wenn wir das doch hätten,
was uns, weil es nicht da ist, leise quält.
Du präparierst dir im Gedankengange
das, was du willst – und nachher kriegst dus nie ...
Man möchte immer eine große Lange,
und dann bekommt man eine kleine Dicke –
C'est la vie –!

Sie muß sich wie in einem Kugellager
in ihren Hüften biegen, groß und blond.
Ein Pfund zu wenig – und sie wäre mager,
wer je in diesen Haaren sich gesonnt ...
Nachher erliegst du dem verfluchten Hange,
der Eile und der Phantasie.
Man möchte immer eine große Lange,
und dann bekommt man eine kleine Dicke –
Ssälawih –!

Man möchte eine helle Pfeife kaufen
und kauft die dunkle – andere sind nicht da.
Man möchte jeden Morgen dauerlaufen
und tut es nicht. Beinah ... beinah ...
Wir dachten unter kaiserlichem Zwange
an eine Republik ... und nun ists die!
Man möchte immer eine große Lange,
und dann bekommt man eine kleine Dicke –
Ssälawih –!

[1929]

Augen in der Groß-Stadt

Wenn du zur Arbeit gehst
am frühen Morgen,
wenn du am Bahnhof stehst
mit deinen Sorgen:
da zeigt die Stadt
dir asphaltglatt
im Menschentrichter
Millionen Gesichter:
Zwei fremde Augen, ein kurzer Blick,
die Braue, Pupillen, die Lider –
Was war das? vielleicht dein Lebensglück …
vorbei, verweht, nie wieder.

Du gehst dein Leben lang
auf tausend Straßen;
du siehst auf deinem Gang,
die dich vergaßen.
Ein Auge winkt,
die Seele klingt;
du hasts gefunden,
nur für Sekunden …
Zwei fremde Augen, ein kurzer Blick,
die Braue, Pupillen, die Lider;
Was war das? kein Mensch dreht die Zeit zurück …
Vorbei, verweht, nie wieder.

Du mußt auf deinem Gang
durch Städte wandern;
siehst einen Pulsschlag lang
den fremden Andern.
Es kann ein Feind sein,
es kann ein Freund sein,
es kann im Kampfe dein
Genosse sein.
Es sieht hinüber
und zieht vorüber …
Zwei fremde Augen, ein kurzer Blick,
die Braue, Pupillen, die Lider.
Was war das?
Von der großen Menschheit ein Stück!
Vorbei, verweht, nie wieder.

Die Mäuler auf!

Heilgebrüll und völksche Heilung,
schnittig, zackig, forsch und päng!
Staffelführer, Sturmabteilung,
Blechkapellen, schnädderädäng!
Judenfresser, Straßenmeute …
Kleine Leute. Kleine Leute.

Arme Luder brülln sich heiser,
tausend Hände fuchteln wild.
Hitler als der selige Kaiser,
wie ein schlechtes Abziehbild.
Jedes dicken Schlagworts Beute:
Kleine Leute! Kleine Leute!

Tun sich mit dem teutschen Land dick,
grunzen wie das liebe Vieh.
Allerbilligste Romantik –
hinten zahlt die Industrie.
Hinten zahlt die Landwirtschaft.
Toben sie auch fieberhaft:
Sind doch schlechte deutsche Barden,
bunte Unternehmergarden!
Bleiben gestern, morgen, heute
kleine Leute! kleine Leute!

[1930]

KLABUND

1890–1928

Einmal noch den Abend halten

Einmal noch den Abend halten
Im versinkenden Gefühl!
Der Gestalten, der Gewalten
Sind zu viel.

Sie umbrausen den verwegnen Leuchter,
Der die Nacht erhellt.
Fiebriger und feuchter
Glänzt das Angesicht der Welt.

Erste Sterne, erste Tropfen regnen,
Immer süßer singt das Blatt am Baum.
Und die brüderlichen Blitze segnen
Blau wie Veilchen den erwachten Traum.

Als Gott der Herr auf Erden ging

Als Gott der Herr auf Erden ging,
Da freute sich ein jedes Ding;
Ein jedes Ding, ob groß, ob klein,
Es wollte doch gesegnet sein.

Die Kreatur in ihrer Not,
Der Mensch in Kümmernis und Tod,
Der breite Strom, das weite Land,
Sie fühlten Gottes Gnadenhand.

Es hört der Frosch zu quaken auf,
Der Hund hält inn in seinem Lauf,
Der Regen hätt geregnet nicht,
Bevor ihn Gott gesegnet nicht.

Der hohe Turm verneigte sich,
Die Antilope zeigte sich.
Und Efeulaub und Wiesengrün
Erkannten und lobpriesen ihn.

Von aller Art der Mensch allein
Geriet in Schand und Sündenpein.
Hätt er nicht Gott so oft verkannt,
Er ging noch heute durch das Land.

Hätt er nicht Gott so oft gesteint,
Wir wären noch mit ihm vereint.
Die Erde wär das Himmelreich
Und jeder Mensch ein Engel gleich.

Ich baumle mit de Beene

Meine Mutter liegt im Bette,
Denn sie kriegt das dritte Kind;
Meine Schwester geht zur Mette,
Weil wir so katholisch sind.
Manchmal troppt mir eine Träne
Und im Herzen pupperts schwer;
Und ich baumle mit de Beene,
Mit de Beene vor mich her.

Neulich kommt ein Herr gegangen
Mit 'nem violetten Schal,
Und er hat sich eingehangen,
Und es ging nach Jeschkenthal!
Sonntag war's. Er grinste: »Kleene,
Wa, dein Port'menée is leer?«
Und ich baumle mit de Beene,
Mit de Beene vor mich her.

Vater sitzt zum 'zigsten Male,
Wegen »Hm« in Plötzensee,
Und sein Schatz, der schimpft sich Male,
Und der Mutter tut's so weh!
Ja, so gut wie der hat's keener,
Fressen kriegt er und noch mehr,
Und er baumelt mit de Beene,
Mit de Beene vor sich her.

Manchmal in den Vollmondnächten
Is mir gar so wunderlich:
Ob sie meinen Emil brächten,
Weil er auf dem Striche strich!
Früh um dreie krähten Hähne,
Und ein Galgen ragt, und er ...
Und er baumelt mit de Beene,
Mit de Beene vor sich her.

Ironische Landschaft

Gleich einem Zuge grau zerlumpter Strolche
Bedrohlich schwankend wie betrunkne Särge
Gehn Abendwolken über jene Berge,
In ihren Lumpen blitzen rote Sonnendolche.

Da wächst, ein schwarzer Bauch, aus dem Gelände
Der Landgendarm, daß er der Ordnung sich beflisse,
Und scheucht mit einem bösen Schütteln seiner Hände
Die Abendwolkenstrolche fort ins Ungewisse.

ERICH KÄSTNER

1899–1974

Zeitgenossen, haufenweise

Es ist nicht leicht, sie ohne Haß zu schildern,
und ganz unmöglich geht es ohne Hohn.
Sie haben Köpfe wie auf Abziehbildern
und, wo das Herz sein müßte, Telefon.

Sie wissen ganz genau, daß Kreise rund sind
Und Invalidenbeine nur aus Holz.
Sie sprechen fließend, und aus diesem Grund sind
sie Tag und Nacht – auch sonntags – auf sich stolz.

In ihren Händen wird aus allem Ware.
In ihrer Seele brennt elektrisch Licht.
Sie messen auch das Unberechenbare.
Was sich nicht zählen läßt, das gibt es nicht!

Sie haben am Gehirn enorme Schwielen,
fast als benutzten sie es als Gesäß.
Sie werden rot, wenn sie mit Kindern spielen.
Die Liebe treiben sie programmgemäß.

Sie singen nie (nicht einmal im August)
ein hübsches Weihnachtslied auf offner Straße.
Sie sind nie froh und haben immer Lust
und denken, wenn sie denken, durch die Nase.

Sie loben unermüdlich unsre Zeit,
ganz als erhielten sie von ihr Tantiemen.
Ihr Intellekt liegt meistens doppelt breit.
Sie können sich nur noch zum Scheine schämen.

Sie haben Witz und können ihn nicht halten.
Sie wissen vieles, was sie nicht verstehn.
Man muß sie sehen, wenn sie Haare spalten!
Es ist, um an den Wänden hochzugehn.

Man sollte kleine Löcher in sie schießen!
Ihr letzter Schrei ist noch ein dernier cri.
Jedoch sie haben viel zuviel Komplicen,
als daß sie sich von uns erschießen ließen.
Man trifft sie nie.

[1924]

Kennst Du das Land, wo die Kanonen blühn?

Kennst Du das Land, wo die Kanonen blühn?
Du kennst es nicht? Du wirst es kennenlernen!
Dort stehn die Prokuristen stolz und kühn
in den Büros, als wären es Kasernen.

Dort wachsen unterm Schlips Gefreitenknöpfe.
Und unsichtbare Helme trägt man dort.
Gesichter hat man dort, doch keine Köpfe.
Und wer zu Bett geht, pflanzt sich auch schon fort!

Wenn dort ein Vorgesetzter etwas will
– und es ist sein Beruf etwas zu wollen –
steht der Verstand erst stramm und zweitens still.
Die Augen rechts! Und mit dem Rückgrat rollen!

Die Kinder kommen dort mit kleinen Sporen
und mit gezognem Scheitel auf die Welt.
Dort wird man nicht als Zivilist geboren.
Dort wird befördert, wer die Schnauze hält.

Kennst Du das Land? Es könnte glücklich sein.
Es könnte glücklich sein und glücklich machen!
Dort gibt es Äcker, Kohle, Stahl und Stein
und Fleiß und Kraft und andre schöne Sachen.

Selbst Geist und Güte gibt's dort dann und wann!
Und wahres Heldentum. Doch nicht bei vielen.
Dort steckt ein Kind in jedem zweiten Mann.
Das will mit Bleisoldaten spielen.

Dort reift die Freiheit nicht. Dort bleibt sie grün.
Was man auch baut – es werden stets Kasernen.
Kennst Du das Land, wo die Kanonen blühn?
Du kennst es nicht? Du wirst es kennenlernen!

[1928]

Nachtgesang des Kammervirtuosen

Du meine Neunte letzte Sinfonie!
Wenn du das Hemd* anhast mit rosa Streifen ...
Komm wie ein Cello zwischen meine Knie,
Und laß mich zart in deine Seiten greifen!

Laß mich in deinen Partituren blättern.
(Sie sind voll Händel, Graun und Tremolo.)
Ich möchte dich in alle Winde schmettern,
du meiner Sehnsucht dreigestrichnes Oh!

Komm, laß uns durch Oktavengänge schreiten!
(Das Furioso, bitte, noch einmal!)
Darf ich dich mit der linken Hand begleiten?
Doch bei Crescendo etwas mehr Pedal!

Oh deine Klangfigur! Oh die Akkorde!
Und der Synkopen rhythmischer Kontrast!
Nun senkst du deine Lider ohne Worte ...
Sag einen Ton, falls du noch Töne hast!

Anmerkung: In besonders vornehmer Gesellschaft ersetze man das Wort »Hemd« durch das Wort »Kleid«.

Sachliche Romanze

Als sie einander acht Jahre kannten
(und man darf sagen: sie kannten sich gut),
kam ihre Liebe plötzlich abhanden.
Wie andern Leuten ein Stock oder Hut.

Sie waren traurig, betrugen sich heiter,
versuchten Küsse, als ob nichts sei,
und sahen sich an und wußten nicht weiter.
Da weinte sie schließlich. Und er stand dabei.

Vom Fenster aus konnte man Schiffen winken.
Er sagte, es wäre schon Viertel nach Vier
und Zeit, irgendwo Kaffee zu trinken.
Nebenan übte ein Mensch Klavier.

Sie gingen ins kleinste Café am Ort
und rührten in ihren Tassen.
Am Abend saßen sie immer noch dort.
Sie saßen allein, und sie sprachen kein Wort
und konnten es einfach nicht fassen.

Und wo bleibt das Positive, Herr Kästner?

Und immer wieder schickt ihr mir Briefe,
in denen ihr, dick unterstrichen, schreibt:
»Herr Kästner, wo bleibt das Positive?«
Ja, weiß der Teufel, wo das bleibt.

Noch immer räumt ihr dem Guten und Schönen
den leeren Platz überm Sofa ein.
Ihr wollt euch noch immer nicht dran gewöhnen,
gescheit und trotzdem tapfer zu sein.

Ihr braucht schon wieder mal Vaseline,
mit der ihr das trockene Brot beschmiert.
Ihr sagt schon wieder, mit gläubiger Miene:
»Der siebente Himmel wird frisch tapeziert!«

Ihr streut euch Zucker über die Schmerzen
und denkt, unter Zucker verschwänden sie.
Ihr baut schon wieder Balkons vor die Herzen
und nehmt die strampelnde Seele aufs Knie.

Die Spezies Mensch ging aus dem Leime
und mit ihr Haus und Staat und Welt.
Ihr wünscht, daß ich's hübsch zusammenreime,
und denkt, daß es dann zusammenhält?

Ich will nicht schwindeln. Ich werde nicht schwindeln.
Die Zeit ist schwarz, ich mach euch nichts weis.
Es gibt genug Lieferanten von Windeln.
Und manche liefern zum Selbstkostenpreis.

Habt Sonne in sämtlichen Körperteilen
und wickelt die Sorgen in Seidenpapier!
Doch tut es rasch. Ihr müßt euch beeilen.
Sonst werden die Sorgen größer als ihr.

Die Zeit liegt im Sterben. Bald wird sie begraben.
Im Osten zimmern sie schon den Sarg.
Ihr möchtet gern euren Spaß dran haben ...?
Ein Friedhof ist kein Lunapark.

[1930]

Der Handstand auf der Loreley

(Nach einer wahren Begebenheit)

Die Loreley, bekannt als Fee und Felsen,
ist jener Fleck am Rhein, nicht weit von Bingen,
wo früher Schiffer mit verdrehten Hälsen,
von blonden Haaren schwärmend, untergingen.

Wir wandeln uns. Die Schiffe inbegriffen.
Der Rhein ist reguliert und eingedämmt.
Die Zeit vergeht. Man stirbt nicht mehr beim Schiffen,
bloß weil ein blondes Weib sich dauernd kämmt.

Nichtsdestotrotz geschieht auch heutzutage
noch manches, was der Steinzeit ähnlich sieht.
So alt ist keine deutsche Heldensage,
daß sie nicht doch noch Helden nach sich zieht.

Erst neulich machte auf der Loreley
hoch überm Rhein ein Turner einen Handstand!
Von allen Dampfern tönte Angstgeschrei,
als er kopfüber oben auf der Wand stand.

Er stand, als ob er auf dem Barren stünde.
Mit hohlem Kreuz. Und lustbetonten Zügen.
Man fragte nicht: Was hatte er für Gründe?
Er war ein Held. Das dürfte wohl genügen.

Er stand, verkehrt, im Abendsonnenscheine.
Da trübte Wehmut seinen Turnerblick.
Er dachte an die Loreley von Heine.
Und stürzte ab. Und brach sich das Genick.

Er starb als Held. Man muß ihn nicht beweinen.
Sein Handstand war vom Schicksal überstrahlt.
Ein Augenblick mit zwei gehobnen Beinen
ist nicht zu teuer mit dem Tod bezahlt!

P. S. Eins wäre allerdings noch nachzutragen:
Der Turner hinterließ uns Frau und Kind.
Hinwiederum, man soll sie nicht beklagen.
Weil im Bezirk der Helden und der Sagen
die Überlebenden nicht wichtig sind.

[1932]

Die Entwicklung der Menschheit

Einst haben die Kerls auf den Bäumen gehockt,
behaart und mit böser Visage.
Dann hat man sie aus dem Urwald gelockt
und die Welt asphaltiert und aufgestockt,
bis zur dreißigsten Etage.

Da saßen sie nun, den Flöhen entflohn,
in zentralgeheizten Räumen.
Da sitzen sie nun am Telefon.
Und es herrscht noch genau derselbe Ton
wie seinerzeit auf den Bäumen.

Sie hören weit. Sie sehen fern.
Sie sind mit dem Weltall in Fühlung.
Sie putzen die Zähne. Sie atmen modern.
Die Erde ist ein gebildeter Stern
mit sehr viel Wasserspülung.

Sie schießen die Briefschaften durch ein Rohr.
Sie jagen und züchten Mikroben.
Sie versehn die Natur mit allem Komfort.
Sie fliegen steil in den Himmel empor
und bleiben zwei Wochen oben.

Was ihre Verdauung übrigläßt,
das verarbeiten sie zu Watte.
Sie spalten Atome. Sie heilen Inzest.
Und sie stellen durch Stiluntersuchungen fest,
daß Cäsar Plattfüße hatte.

So haben sie mit dem Kopf und dem Mund
den Fortschritt der Menschheit geschaffen.
Doch davon mal abgesehen und
bei Lichte betrachtet sind sie im Grund
noch immer die alten Affen.

[1932]

Über den Nachruhm
oder *Der gordische Knoten*

Den unlösbaren Knoten zu zersäbeln,
gehörte zu dem Pensum Alexanders.
Und wie hieß jener, der den Knoten knüpfte?
Den kennt kein Mensch.

(Doch sicher war es jemand anders.)

[1950]

MASCHA KALÉKO

1907–1975

Kinder reicher Leute

Sie wissen nichts von Schmutz und Wohnungsnot,
Von Stempelngehn und Armeleuteküchen.
Sie ahnen nichts von Hinterhausgerüchen,
Von Hungerlöhnen und von Trockenbrot.

Sie wohnen meist im herrschaftlichen Haus,
Zuweilen auch in eleganten Villen.
Sie kommen nie in Kneipen und Destillen,
Und gehen stets nur mit dem Fräulein aus.

Sie rechnen sich schon jetzt zur Hautevolée
Und zählen Armut zu den größten Sünden.
– Nicht mal ein Auto . . .? Nein, wie sie das finden!
Ihr Hochmut wächst mit Pappis Portemonnaie.

Sie kommen meist mit Abitur zur Welt,
– Zumindest aber schon mit Referenzen –
Und ziehn daraus die letzten Konsequenzen:
Wir sind die Herren, denn unser ist das Geld.

Mit vierzehn finden sie, der Armen Los
Sei zwar nicht gut. Doch werde übertrieben – –.
Mit vierzehn schon! – Wenn sie noch vierzehn blieben.
Jedoch die Kinder werden einmal groß . . .

[1933]

Katzenjammer-Monolog

Zuweilen möchte man aus sich heraus
Und kann die Tür ins Freie doch nicht finden.
Dann schnüffelt man vielleicht mal nach den Gründen
Und kriecht noch tiefer in sein Schneckenhaus.

Man müßte vieles tun. Und manches lassen.
Und kann das eine wie das andre nicht.
Man denkt an manche unerfüllte Pflicht,
Bis sich die Dinge dann mit *uns* befassen.

So vieles tut man rasch in Acht und Bann
Mit Augen, die geschlossen schon erblinden.
Doch auch das Schicksal hat so dann und wann
Auf unserm Konto Unterlassungssünden.

Mitunter scheints, man sei nun endlich da,
– Am Ziel, von dem man schüchtern nur geträumt hat –
Da plötzlich merkt man, daß man was versäumt hat,
Ein dummes Etwas nur. Beinah … beinah.

Wenn man ein zweites Mal geboren würde,
Dann finge man das Leben anders an.
– Vielleicht, daß dann so manches anders würde …
(Vorausgesetzt, daß man vergessen kann –)

Daß man vergessen kann, was man erfahren.
Man horcht sehr oft zu viel in sich herum.
Am besten wär es, klug zu sein und stumm.
Man ist zuweilen alt mit zwanzig Jahren.

Kleine Havel-Ansichtskarte

Der Mond hängt wie ein Kitsch-Lampion
Am märk'schen Firmament.
Ein Dampfer namens ›Pavillon‹
Kehrt heim vom Wochenend.

Ein Chor klingt in die Nacht hinein,
Da schweigt die Havel stumm.
– Vor einem Herren-Gesangverein
Kehrt manche Krähe um.

Vom Schanktisch schwankt der letzte Gast,
Verschwimmt der letzte Ton.
Im Kaffeegarten ›Waldesrast‹
Plärrt nur das Grammophon.

Das Tanzlokal liegt leer und grau.
(– Man zählt den Überschuß).
Jetzt macht selbst die Rotundenfrau
Schon Schluß.

Von Booten flüstert's hier und dort.
Die Pärchen ziehn nach Haus.
– Es artet jeder Wassersport
Zumeist in Liebe aus.

Noch nicken Föhren leis im Wald.
Der Sonntag ist vertan.
Und langsam grüßt der Stadtasphalt,
Die erste Straßenbahn …

Emigranten-Monolog

Ich hatte einst ein schönes Vaterland,
So sang schon der Refugee Heine.
Das seine stand am Rheine,
Das meine auf märkischem Sand.

Wir alle hatten einst ein (siehe oben!)
Das frass die Pest, das ist im Sturm zerstoben.
O, Röslein auf der Heide,
Dich brach die Kraftdurchfreude.

Die Nachtigallen wurden stumm,
Sahn sich nach sicherm Wohnsitz um,
Und nur die Geier schreien
Hoch über Gräberreihen.

Das wird nie wieder wie es war,
Wenn es auch anders wird.
Auch wenn das liebe Glöcklein tönt,
Auch wenn kein Schwert mehr klirrt.

Mir ist zuweilen so als ob
Das Herz in mir zerbrach.
Ich habe manchmal Heimweh.
Ich weiss nur nicht, wonach …

[*Kraftdurchfreude:* 1933 gegründete nationalsozialistische Freizeitorganisation »Kraft durch Freude« (KdF).]

RUDOLF G. BINDING

1867–1938

Verweinte Wälder kommen mir entgegen.
Verweinte Pappel wartet mein am Weg.
Versengtes Dorf kann sich vor Schmerz nicht legen.
Im Fluß versinkend klagt zerfleischter Steg.

Die Städte jammern weit im Rund geschändet:
Brandwunden bluten wie zerrissene Scham.
Hilflos stehn Häuser reihenweis geblendet
und schwarze Gossen spiegeln schwarzen Gram.

Gehöfte winseln wie verendende Hunde
ins Land, die ihren Herrn verloren haben.
Sie würgen ihren Schutt; und ihre Stunde
kommt, noch bevor die Disteln sie begraben.

Ein Krähenschleier treibt wie tote Fetzen
über die Äcker, trauriger Winde Spiel.
Zerquälte, brache Furchenleiber setzen
sich hungernd auf, ob noch kein Same fiel.

Die Welt gleicht einem ausgeräumten, schragen
und öden Sterbsaal: selbst die Leichen
– letztes armseliges Erinnerungszeichen
daß hier einst Leben war – hat man hinausgetragen.

[1919/20]

Spruch für eine Sonnenuhr

Auf dem Hochzeitsturm in Darmstadt

Der Tag geht über mein Gesicht.
Die Nacht sie tastet leis vorbei.
Und Tag und Nacht ein gleich Gewicht
und Nacht und Tag ein Einerlei.

Es schreibt die dunkle Schrift der Tag
und dunkler noch schreibt sie die Nacht.
Und keiner lebt der deuten mag
was beider Schatten ihm gebracht.

Und ewig kreist die Schattenschrift.
Leblang stehst du im dunklen Spiel.
Bis einmal dich die Deutung trifft:
Die Zeit ist um. Du bist am Ziel.

Liebe

Nun stehn die Hirsche still auf dunklen Schneisen,
die Löwen stehen still im Felsentor;
nun schweigen Nachtigallen ihrer Weisen
und Sterne, Sterne hören auf zu kreisen
und aus den Sonnen tritt kein Tag hervor.

In gleiche Nacht sind wir nun eingetaucht,
in gleichen Tag und wieder Tag und Nacht,
ein gleiches Sterben hat uns angehaucht,
zwei Leben sind im Augenblick verraucht
und gleiches Wissen hat uns stumm gemacht.

Es ist als ob die Welt sanft von uns wich –.
Die Löwen stehen still im Felsentor
und Sterne, Sterne – Mond und Stern verblich
und alles starb, als du und ich
und ich und du sich Herz in Herz verlor.

[1926/35]

KARL BRÖGER

1886–1944

Bekenntnis

Immer schon haben wir eine Liebe zu dir gekannt,
bloß wir haben sie nie mit einem Namen genannt.
Als man uns rief, da zogen wir schweigend fort,
auf den Lippen nicht, aber im Herzen das Wort
Deutschland.

Unsre Liebe war schweigsam; sie brütete tiefversteckt.
Nun ihre Zeit gekommen, hat sie sich hochgereckt.
Schon seit Monden schirmt sie in Ost und West dein Haus,
und sie schreitet gelassen durch Sturm und Wettergraus.
Deutschland.

Daß kein fremder Fuß betrete den heimischen Grund,
stirbt ein Bruder in Polen, liegt einer in Flandern wund.
Alle hüten wir deiner Grenze heiligen Saum.
Unser blühendstes Leben für deinen dürrsten Baum,
Deutschland.

Immer schon haben wir eine Liebe zu dir gekannt,
bloß wir haben sie nie bei ihrem Namen genannt.
Herrlich zeigte es aber deine größte Gefahr,
daß dein ärmster Sohn auch dein getreuester war.
Denk es, o Deutschland.

[1914]

[Vgl. Anmerkung zu S. 528]

Kohle, schwarze Kohle, graben wir.
Höllendunkel decken das Revier.

Hinten hallt der Fäustel hart Gepoch.
Nur das schwache Lämpchen schimmert noch.

Und wir ringen stumm mit Stein und Erz,
brechen wir der Erde an das Herz.

Unten schließt uns Qual und Grauen ein.
Droben glänzt die Stadt in hohem Schein.

Karrt der Korb uns wieder an den Tag,
sinken andre ab zu Plag und Schlag.

Doch wir wissen auch: Was oben flammt,
ist ein Glanz, der aus der Tiefe stammt.

[1923]

Nichts kann uns rauben
Liebe und Glauben
zu diesem Land.
Es zu erhalten
und zu gestalten
sind wir gesandt.

Mögen wir sterben!
Unseren Erben
gilt dann die Pflicht:
Es zu erhalten
und zu gestalten
Deutschland stirbt nicht.

[1923]

HEINRICH LERSCH

1889–1936

Soldatenabschied

Laß mich gehn, Mutter, laß mich gehn!
All das Weinen kann uns nichts mehr nützen,
denn wir gehn, das Vaterland zu schützen!
Laß mich gehn, Mutter, laß mich gehn.
Deinen letzten Gruß will ich vom Mund dir küssen:
Deutschland muß leben, und wenn wir sterben müssen!

Wir sind frei, Vater, wir sind frei!
Tief im Herzen brennt das heiße Leben,
frei wären wir nicht, könnten wir's nicht geben.
Wir sind frei, Vater, wir sind frei!
Selber riefst du einst in Kugelgüssen:
Deutschland muß leben, und wenn wir sterben müssen!

Uns ruft Gott, mein Weib, uns ruft Gott!
Der uns Heimat, Brot und Vaterland geschaffen,
Recht und Mut und Liebe, das sind seine Waffen,
uns ruft Gott, mein Weib, uns ruft Gott!
Wenn wir unser Glück mit Trauern büßen:
Deutschland muß leben, und wenn wir sterben müssen!

Tröste dich, Liebste, tröste dich!
Jetzt will ich mich zu den andern reihen,
du sollst keinen feigen Knechten freien!
Tröste dich, Liebste, tröste dich!

Wie zum ersten Male wollen wir uns küssen:
Deutschland muß leben, und wenn wir sterben müssen!

Nun lebt wohl, Menschen, lebet wohl!
Und wenn wir für euch und unsere Zukunft fallen,
soll als letzter Gruß zu euch hinüberhallen:
Nun lebt wohl, ihr Menschen, lebet wohl!
Ein freier Deutscher kennt kein kaltes Müssen:
Deutschland muß leben, und wenn wir sterben müssen!

[1914]

Brüder

Es lag schon lang ein Toter vor unserm Drahtverhau,
Die Sonne auf ihn glühte, ihn kühlte Wind und Tau.

Ich sah ihm alle Tage in sein Gesicht hinein,
und immer fühlt ich's fester: Es muß mein Bruder sein.

Ich sah in allen Stunden. Wie er so vor mir lag,
und hörte seine Stimme aus frohem Friedenstag.

Oft in der Nacht ein Weinen, das aus dem Schlaf mich trieb:
Mein Bruder, lieber Bruder – hast du mich nicht mehr lieb?

Bis ich, trotz allen Kugeln, zur Nacht mich ihm genaht
und ihn geholt. – Begraben: – Ein fremder Kamerad.

Es irrten meine Augen. – Mein Herz, du irrst dich nicht:
Es hat ein jeder Toter des Bruders Angesicht.

[1915]

Wir Werkleute all

Wir Werkleute all, wir alte und junge, wir Männer und Fraun,
die wir nur Flammen, Gluten, Massen und Kräfte schaun,
wir, die wir die Flammen, Gluten und Kräfte bezwingen:
hört unsere Fäuste das Lied der Arbeit singen.

Wir Werkleute all tragen unter dem blauen Tuch
wie ihr eine Seele, die weint und jubelt unter Segen und Fluch,
und neben dem lauten Leben ein Menschsein mit allen Gefühlen,
in Liebe und Frühling, in Armut und Not, Erde und Himmel wühlen.

Wir Werkleute all sind allen Werks Fundament!
Auf unseren Leibern stehn die Maschinen, auf unseren Leibern der Hochofen brennt;
auch unsere Seelen zwingen wir in Hebel und Walzen, Räder und Achsen,
darum kann sie nicht mit steilen Bäumen in Gottes Himmel wachsen.

Wir Werkleute all hüten Gottes Erde und machten sie untertan,
darum ist Gott uns gnädig, wenn wir im Tod uns ihm nahn –,
– und zerbräch diese Erde, loderten aus den Spalten des Erdkerns Flammen –
wir Werkleute all, wir schmiedeten sie wieder mit stählernen Ringen aus Trägern und Schienen zusammen.

[1917]

Morgenlied der neuen Arbeiter

Leuchte, scheine, goldne Sonne
Über dieses freie Land;
Felder, Wälder, Städte hülle
In dein helles Lichtgewand.
Laß die weiten Äcker reifen
Und die kleinen Gärten blühn,
Leuchte hell in die Fabriken,
Wo wir uns im Schatten mühn:
Leuchte, goldne Sonne, scheine,
Spende deines Segens Kraft.
Bruder deine Hand! Hier meine!
Arbeitsbrüder, uns vereine
Eine heil'ge Leidenschaft.

Tausend laute Räder brausen,
Städte tönen, stromentlang
Ziehn die schwerbeladnen Schiffe,
Braust der Eisenbahn Gesang,
In Millionen Menschenherzen
Zieht der Glaube freudig ein:
Was des Volkes Hände schaffen,
Soll des Volkes Eigen sein.
Land und Freiheit unser Eigen,
Menschenwürde unser Recht!
Kraft soll sich der Schwachheit neigen,
Brüderlich einander zeigen:
Keiner Herr und keiner Knecht.

Tu dich auf, du Tor der Halle,
Sonne, breche hell hinein.
Wollt ihr, werkende Maschinen,
Neuen Volkes Helfer sein?
Euer Rattern, euer Dröhnen
Klingt wie freudig Ja-Geschrei.
Kampf ist Arbeit, Arbeit Liebe.
Kämpfend schaffen wir uns frei!
Hoch der Bergmann, der verloren
Tief im Schacht die Kohlen haut,
Der mit Dynamos, Motoren
Kraft aus seinem Leib geboren,
Unsre neue Welt erbaut.

Leuchte, scheine, goldne Sonne
Unserm Vormarsch in die Welt,
Uns, die nun im Aufgang stehen,
Keine Macht noch Fesseln hält.
Alte? Junge? Neue Menschen!
Werkbeglückt einander nahn,
Menschen, keinem andern Geiste
Als der Liebe untertan.
Drum, mein Hammer, schwing und schalle,
Läute Frieden, Hammerschlag!
Ruf mit deinem Stahlgesange
Stadtvolk, Landvolk, Brüder alle
In den großen Arbeitstag.

[Neufassung von 1934 eines Gedichts von 1928, das in der damaligen Form den Titel trug »Deutsches Volk, deutsches Land zum Verfassungstag« (der Weimarer Republik, 11. August).]

RUDOLF ALEXANDER SCHRÖDER

1878–1962

Aus: *Deutsche Oden*

Erste Reihe

4

Wer sind die Buben, welche gespreizt am Markt,
Neumodisch prangend, Backen gebläht, sich frech
Der schnellen Meisterschaft berühmen,
So die Minute zerbläst und aufwirft?

Ist das dein Volk? Sind's deine Getreuen, Land,
Die Tausendklugen, gaffender Menge Ziel,

Am Kreuzweg falsche Münze handelnd,
Da sie der Büttel doch bald hinwegführt?

O Deutschland du, vielduldende Nährerin,
Du schweigest fromm und wartest die Schlechten aus,
Bis dir vom Männer-Saal der Hauswirt
Zornig die lästigen Freier scheuchte.

Vielleicht schon wächst der Schweigenden neue Zucht.
Ihr jüngern Söhne, folget dem Sänger denn,
Seid fromm wie er und geht enthaltsam
Hinter dem lärmenden Troß vorüber.

Ihr wißt, nicht Süße rettet die Frucht: der Kern
Muß sich beweisen. Also errettet euch
Nur Mannessinn, dem Pflicht und Opfer
Stillen, beharrlichen Diensts vertraut sind.

Klanglos hinunter wandelt er gern und karg,
Wenn nur das Reine drinnen gerettet blieb,
Unkeuschen Augen fremd, die Hülle
Über verschlossenem Licht bewahrend.

(1908–1913)

Reisesegen

Setz leicht den Fuß, begehre kein Verweilen,
Am Rand der Straße schneide dir den Stab;
Bleib, der du bist, und durch bestaubte Meilen
Getröste dich der Pilgerschaft ans Grab.

Dir zugeteilt, gemeine Gift mit allen,
Brot, Früchte, Wasser, sollst du nicht verschmähn.
Den bunten Raub, mit dem sie sich gefallen,
Laß hinter dir: er hindert dich am Gehn.

Brich nicht das Herz, wo du das Brot gebrochen,
Das deine nicht und das der andern nicht;
Ein freundlich Wort, zur rechten Zeit gesprochen,
Ein Händedruck, der nicht zuviel verspricht:

Und dennoch Treue, die sich schickt zu dienen,
Und Glaube, der nicht fordert und nicht schilt;
So wird die Welt, die Wüste dir geschienen,
Zu deinem Werk und deinem Bild.

(1931)

Für Otto von Taube

Aus: *Die Ballade vom Wandersmann*

Rührt mich nicht an; – ich bin's nicht mehr.
– Blickt lieber wie von ungefähr
Ins bunte Vielerlei.
Ich brach das Brot, ich saß zum Herd,
Ich hielt euch alle hold und wert:
Das, dünkt mich, ist vorbei.

Ein jedes Haus hat Stuhl und Bett,
Hat Tisch und Schrank und Hausgerät,
Hat Tür und Tor, das Haus.
Man geht durch Kammer, Flur und Saal,
Schläft über Nacht und hält das Mahl;
Dann heißt es: Geh hinaus.

Der Schwellen hat die Welt genung,
Hat jede ihren Fug und Sprung;
Die sind mir all bekannt.
So hab ich denn mich aufgemacht
Und wandre lieber Tag und Nacht,
Als wär's durch fremdes Land.

Was ihr euch habt, was ihr euch könnt,
Ist keinem, weil er's hat, gegönnt:
Und war ich bei dem Fest,
Ich bin's nicht mehr. – Rührt mich nicht an;
Ich bin der Fremde, bin der Mann,
Den jeder ziehen läßt.

Rührt mich nicht an, der weitergeht,
Unsteter Mann und dennoch stet,
Weil er die Straße fährt
Ans Tor, das einläßt jedermann,
Und das doch keiner brechen kann,
Des Fuß zurückbegehrt.

(1935)

Hymne

Land des Glaubens, deutsches Land,
Land der Väter und der Erben,
Uns im Leben und im Sterben
Haus und Herberg, Trost und Pfand,
Sei den Toten zum Gedächtnis,
Den Lebend'gen zum Vermächtnis,
Freudig vor der Welt bekannt,
Land des Glaubens, deutsches Land!

Land der Hoffnung, Heimatland,
Ob die Wetter, ob die Wogen
Über dich hinweggezogen,
Ob die Feuer dich verbrannt,
Du hast Hände, die da bauen,
Du hast Herzen, die vertrauen;
Lieb und Treue halten Stand,
Land der Hoffnung, Heimatland!

Land der Liebe, Vaterland,
Heilger Grund, auf den sich gründet,
Was in Lieb und Leid verbündet
Herz mit Herzen, Hand mit Hand:
Frei wie wir dir angehören
Und uns dir zu eigen schwören,
Schling um uns dein Friedensband,
Land der Liebe, Vaterland!

(1950)

[Diese Strophen sollten auf Wunsch des Bundespräsidenten Theodor Heuss mit der Musik von Hermann Reutter (1900–1985) die neue Hymne der Bundesrepublik Deutschland werden. Heuss konnte sich jedoch in dieser Frage nicht durchsetzen.]

HANS CAROSSA
1878–1956

Unzugänglich schien der Gipfel;
Nun begehn wir ihn so leicht.
Fern verdämmern erste Wege,
Neue Himmel sind erreicht.

Urgebirg und offne Länder
Schweben weit, in Eins verspielt.
Städte, die wir nachts durchzogen,
Sind ein einfach-lichtes Bild.

Helle Wolke streift herüber;
Uns umweht ihr Schattenlauf.
Große blaue Falter schlagen
Sich wie Bücher vor uns auf.

[1920]

Finsternisse fallen dichter
Auf Gebirge, Stadt und Tal.
Doch schon flimmern kleine Lichter
Tief aus Fenstern ohne Zahl.

Immer klarer, immer milder,
Längs des Stroms gebognem Lauf,
Blinken irdische Sternenbilder
Nun zu himmlischen hinauf.

Der alte Brunnen

Lösch aus dein Licht und schlaf! Das immer wache
Geplätscher nur vom alten Brunnen tönt.
Wer aber Gast war unter meinem Dache,
Hat sich stets bald an diesen Ton gewöhnt.

Zwar kann es einmal sein, wenn du schon mitten
Im Traume bist, daß Unruh geht ums Haus,
Der Kies beim Brunnen knirscht von harten Tritten,
Das helle Plätschern setzt auf einmal aus,

Und du erwachst, – dann mußt du nicht erschrecken!
Die Sterne stehn vollzählig überm Land,
Und nur ein Wandrer trat ans Marmorbecken,
Der schöpft vom Brunnen mit der hohlen Hand.

Es geht gleich weiter, und es rauscht wie immer.
O freue dich, du bleibst nicht einsam hier.
Viel Wandrer gehen fern im Sternenschimmer,
Und mancher noch ist auf dem Weg zu dir.

[1924]

Stern über der Lichtung

Die Knechte fällen Baum um Baum im Wald.
Wie Vogelnest, vom Herbste preisgegeben,
So sichtbar ist nun unser Aufenthalt,
Und alle schaun in unser Werktagsleben.

Das leise, schaurige Gebraus ist stumm,
Das unsre Mühen trug auf heiliger Schwinge –
Wir müssen feiern. Unsre Zeit ist um.
Wir gehn hinaus und zählen Jahresringe,

Halb trunken von des Harzes herbem Hauch.
Doch während wir die Silberzweige brechen
Vom Fichtenwipfel zwischen Stein und Strauch,
Scheint uns der Himmel heimlich zuzusprechen.

Aus tiefem Abend glänzt ein heller Stern,
Den wir vor lauter Wald sonst nie gesehen.
Er mahnt zur Heimkehr, und wir folgen gern.
Wir müssen vor dem klaren Licht bestehen.

[1946]

RICARDA HUCH

1864–1947

Du kamst zu mir, mein Abgott, meine Schlange,
In dunkler Nacht, die um dich her erglühte.
Ich diente dir mit Liebesüberschwange
Und trank das Feuer, das dein Atem sprühte.
Du flohst, ich suchte lang in Finsternissen.
Da kannten mich die Götter und Dämonen
An jenem Glanze, den ich dir entrissen,
Und führten mich ins Licht, mit dir zu thronen.

Uralter Worte kundig kommt die Nacht;
Sie löst den Dingen Rüstung ab und Bande,
Sie wechselt die Gestalten und Gewande
Und hüllt den Streit in gleiche braune Tracht.

Da rührt das steinerne Gebirg sich sacht
Und schwillt wie Meer hinüber in die Lande.
Der Abgrund kriecht verlangend bis zum Rande
Und trinkt der Sterne hingebeugte Pracht.

Ich halte dich und bin von dir umschlossen,
Erschöpfte Wandrer wiederum zu Haus;
So fühl ich dich in Fleisch und Blut gegossen,

Von deinem Leib und Leben meins umkleidet.
Die Seele ruht von langer Sehnsucht aus,
Die eins vom andern nicht mehr unterscheidet.

[1912]

Aus: *Aus dem 30jährigen Kriege*

I. Wiegenlied

Horch, Kind, horch, wie der Sturmwind weht
Und rüttelt am Erker!
Wenn der Braunschweiger draußen steht,
Der faßt uns noch stärker.
Lerne beten, Kind, und falten fein die Händ,
Damit Gott den tollen Christian von uns wend'!

Schlaf, Kind, schlaf, es ist Schlafens Zeit,
Ist Zeit auch zum Sterben.
Bist du groß, wird dich weit und breit
Die Trommel anwerben.
Lauf ihr nach, mein Kind, hör deiner Mutter Rat;
Fällst du in der Schlacht, so würgt dich kein Soldat.

»Herr Soldat, tu mir nichts zu Leid,
Und laß mir mein Leben!«
»Herzog Christian führt uns zum Streit,
Kann kein Pardon geben.
Lassen muß der Bauer mir sein Gut und Hab,
Zahle nicht mit Geld, nur mit dem kühlen Grab.«

Schlaf, Kind, schlaf, werde stark und groß.
Die Jahre sie rollen;
Folgst bald selber auf stolzem Roß
Herzog Christian dem Tollen.
Wie erschrickt der Pfaff' und wirft sich auf die Knie –
»Für den Bauer nicht Pardon, den Pfaffen aber nie!«

Still, Kind, still, wenn Herr Christian kommt,
Der lehrt dich zu schweigen!
Sei fein still, bis dir selber frommt
Ein Roß zu besteigen.
Sei fein still, dann bringt der Vater bald dir Brot,
Wenn nach Rauch der Wind nicht schmeckt, und nicht der Himmel rot.

III. Frieden

Von dem Turme im Dorfe klingt
Ein süßes Geläute;
Man sinnt, was es deute,
Daß die Glocke im Sturme nicht schwingt.
Mich dünkt, so hört' ich's als Kind;
Dann kamen die Jahre der Schande;
Nun trägt's in die Weite der Wind,
Daß Frieden im Lande.

Wo mein Vaterhaus fest einst stand,
Wächst wuchernde Heide;
Ich pflück', eh ich scheide,
Einen Zweig mir mit zitternder Hand.
Das ist von der Väter Gut
Mein einziges Erbe;
Nichts bleibt, wo mein Haupt sich ruht,
Bis einsam ich sterbe.

Meine Kinder verwehte der Krieg;
Wer bringt sie mir wieder?
Beim Klange der Lieder
Feiern Fürsten und Herren den Sieg.
Sie freun sich beim Friedensschmaus,
Die müß'gen Soldaten fluchen –
Ich ziehe am Stabe hinaus,
Mein Vaterland suchen.

[1917]

Mein Herz, mein Löwe, hält seine Beute fest,
Sein Geliebtes fest in den Fängen,
Aber Gehaßtes gibt es auch,
Das er niemals entläßt
Bis zum letzten Hauch,
Was immer die Jahre verhängen.
Es gibt Namen, die beflecken
Die Lippen, die sie nennen,
Die Erde mag sie nicht decken,
Die Flamme mag sie nicht brennen.
Der Engel, gesandt, den Verbrecher
Mit der Gnade von Gott zu betauen,
Wendet sich ab voll Grauen
Und wird zum zischenden Rächer.
Und hätte Gott selbst so viel Huld,
Zu waschen die blutrote Schuld,
Bis der Schandfleck verblaßte, –
Mein Herz wird hassen, was es haßte,
Mein Herz hält fest seine Beute,
Daß keiner dran künstle und deute,
Daß kein Lügner schminke das Böse,
Verfluchtes vom Fluche löse.

[1947]

LULU VON STRAUSS UND TORNEY

1873–1956

Die Tulipan

Es gehen so viele Straßen ins Land hinein,
Straßen wie weiße Bänder im Sonnenschein,
Straßen, darüber die Blitze des hohen Sommers stehn,
Straßen, darüber in Wolken Staub und Regen wehn.
Und wer auf den weißen Straßen einen Sommer lang zieht,
Der schreitet mit rüstigen Füßen und frischem Lied,
Und wer zwei Jahre und dreie wandert her und hin,
Dem werden die Sohlen müde, und friedlos der Sinn,
Und wer da liegt auf den Straßen sieben Jahr und mehr,
Dem verweht im Staube der Straßen das Glück und die Ehr! –

Es wandern zwei durch die Heide, die rot in Blüte steht,
Die waren vom Wind der Straßen zusammengeweht:
Ein brauner Schmiedegeselle mit krausem Haar,
Der fuhr durch Städte und Länder ins siebte Jahr;
Der andre ein junger Gärtner. Der spricht und lacht:
»Was daheim wohl die Mutter für Augen macht!
Meine lederne Katze ist von Gulden schwer,
Ich komme weit aus der Fremde, von Holland her.
Mir schenkte mein guter Meister, als ich wandern ging,
Hier diese Samenzwiebel, ein edel selten Ding,
Die trägt eine feine Blume, wie keiner im Dorf sie kennt,
Die zwischen den grünen Blättern rot wie Feuer brennt!
In meiner Mutter Garten, bei Minz und Majoran,
Da soll mir wachsen und blühen die Blume Tulipan!«
Der Braune schritt ihm zur Seite und horchte stumm,
Drei Birken standen am Wege, da sah er sich spähend um,
Es glomm ihm unter den Brauen ein gieriges Feuer an,
Es kam eine böse Stunde über den fahrenden Mann.
Er riß aus dem breiten Gurte den Schmiedehammer hervor, –

Kein Auge hat's gesehen, gehört kein menschlich Ohr:
Er scharrte eine Grube im Laub im Laub am Straßenrand,
Und vergaß die tote Tulipan in der wächsernen Totenhand. –

Im letzten Haus im Dorfe, da ging es kling und klang,
Daß rot der Funkenregen über die Straße sprang.
Es stand die junge Meisterin und spähte in Sonne und Wind:
»Du fremder brauner Geselle, was läufst du so geschwind?
Sie trugen um die Lichtmeßzeit zu Grabe mir den Mann,
Was sprichst du in der Schmiede nicht das Handwerk an?« –
Die Erntesicheln gingen über das falbe Land,
Als der fremde Geselle zuerst am Amboß stand,
Die raschelnden Blätter stoben im kalten Winde hin,
Da küßte er Feierabends seine Meisterin,
Und als die Straßen im Lande lagen weiß verschneit,
Da nähte die junge Wittib sich wieder ein Hochzeitskleid. –

Es singt die blonde Meistersfrau den lieben langen Tag,
Und horcht vom Herd herüber auf den Hammerschlag.
Es führt der neue Meister den Schmiedehammer gut,
Er steht mit nackten Armen in roter Flackerglut,
Er sitzt an eignem Tische vor Weib und Hausgesind,
Als hätte sein Herz vergessen der Straßen Sonne und Wind.
Und stampft vor seiner Schmiede ein eisenloses Pferd,
Es ist des Reiters Woher, Wohin ihm keiner Frage wert,
Und kommt ein fechtender Bruder vorbei mit staubigem Schuh,
Er schlägt mit zornigem Gruße vor ihm die Türe zu.

Es singt die blonde Meistersfrau, so lange die Sonne lacht,
Was stört sie auf vom Kissen in mancher Nacht?
Dumpf die Luft in der Kammer, die Wand von Mondlicht fahl,
Der Meister fährt vom Schlafe auf in irrer Qual,
Er schreit, als würgt ihm das Grauen die Kehle zu:
»Liegt einer am Straßenrande, der gibt nicht Ruh!«
»Mann, wer gibt nicht Ruhe!« Sie fliegt am ganzen Leib.
Da schüttelt er wild die Fäuste: »Verflucht dein Lauschen, Weib!«
Grau der Wintermorgen, der ins Fenster scheint.
Finster des Meisters Stirne. Die Meisterin sitzt und weint.
– – – – – – – – – – – – – – – – – – –
Nun weht das linde Tauen ins Land hinein,
Es schmelzen die weißen Streifen am braunen Ackerrain,
Es geht ein Schwatzen der Stare über das Wiesenland,
Die Weidenkätzchen stäuben draußen am Straßenrand.
Draußen am Straßenrande wacht heimlich Leben auf:
Es hebt sich ein grüner Finger aus dürrem Laub herauf,
Der Finger reckt sich höher, wie wenn er droht,
Es bricht aus seiner Spitze ein dunkeltiefes Rot!
Kinder haben's gesehen, die kamen den Weg entlang,
Als der Küster Schule hielt, lief es von Bank zu Bank.
Der Schäfer trieb vorüber, der hob die Hand:
»Der Böse hat das Kraut gesät! Gott wende Krieg und Brand!«
Der Pfarrer aber schickt ins Feld des Meßners Sohn hinaus:
»Geh, grab mir für mein Gartenbeet das Herrgottswunder aus!« –

Der Bub hat um sein Messer die braune Faust gepreßt:
Wie hält die schwarze Erde so zäh ihr Eigen fest!
Und wie die Schollen bröckeln, da blinkt ein fahles Weiß,
Und wie die Klinge tiefer gräbt, da wird ihm kalt und heiß, –
Er kommt im letzten Abendschein schreiend heimgerannt:
»Es wächst die Blume Tulipan aus einer Knochenhand!«

Nun geht im Dorfe ein Fragen und Raunen an:
»Wo draußen die Birken stehen, ist schwere Tat getan!
Aber der heimliche Frevel hat nicht geruht:
Es wuchs eine rote Blume aus ungesühntem Blut!
Gott weiß, wohin des Weges, Gott weiß, woher er kam,
Der hier an offner Straße so böse Abfahrt nahm!
Gott weiß, wo eins im Lande um ihn in Sorgen geht!
Gott weiß, wo eine Türe umsonst ihm offen steht!
Und liegt er verscharrt im Sande wie ein verreckter Hund,
Wir wollen ein Grab ihm schenken in geweihtem Grund!«
Lehrling und Geselle liefen ins Dorf hinein,
Am Amboß in der Schmiede der Meister ist allein.
Er schlägt, wie wenn der Amboß in Stücke springen soll:
Die gottverdammten Glocken! was bimmeln sie wie toll?
Sie läuten den zur Ruhe, der an der Straße lag!
Es springen die roten Funken bei jedem Hammerschlag,
Der Meister hört den Hammer und sonst nicht Laut noch Schritt, –
Was war das für ein Schatten, der über den Amboß glitt?
Und wie er jäh sich wendet, die Stirne naß von Schweiß,
Steht Eine auf der Schwelle, bis in die Lippen weiß.
Die roten Flammen knistern, sonst kein Laut umher,
Es fallen ihre Worte wie Tropfen, bang und schwer.
Aug in Auge schaun die zwei sich an:
»Der dir nicht Ruh gegeben, – ist's der mit der Tulipan?«
Stille. Ein hartes Lachen aus des Meisters Mund.
»Jetzt muß er wohl Ruhe geben in geweihtem Grund!«
Wieder Schweigen. Und Glocken in das Schweigen herein, –
In den Augen des Mannes lauert ein böser Schein,
Er schließt die Faust um den Hammer wie spielend zu:
»Schwatzhaft ist Weiberzunge. Wann gibt die Ruh?«
Da schreit sie in jähem Schrecken, ihr Blut gerinnt,
Sie jagt hinaus und das Dorf entlang wie taub und blind,
Sie hört nicht die wirren Stimmen rufen hinter ihr,
Sie sieht nur des Pfarrers weißes Haar, vor seines Hauses Tür,
Da bricht das Weib in die Kniee und schluchzt auf seine Hand:
»Hilf Gott, er will mich erschlagen, – wie den am Straßenrand!«

Die Richtstatt ist hoch am Berge und droht ins Land hinein, –
Da gehen die weißen Straßen im Sonnenschein.
Straßen, darüber die Blitze des hohen Sommers stehn,
Straßen, darüber in Wolken Staub und Regen wehn,
Straßen, von denen zum Himmel heimliche Bluttat schreit,
Auf denen Einer verloren Ehre und Seligkeit!
Und wenn sie den Leib da droben richten mit dem Schwert, –
Gott sei gnädig der Seele, die ihre Straße fährt!

[1926]

Einst

Und wenn ich selber längst gestorben bin,
Wird meine Erde wieder blühend stehen,
Und Saat und Sichel, Schnee und Sommerpracht
Und weißer Tag und blaue Mitternacht
Wird über die geliebte Scholle gehen.

Und werden Tage ganz wie heute sein:
Die Gärten voll vom Dufte der Syringen,
Und weiße Wolken, die im Blauen ziehn,
Und junger Felder seidnes Ährengrün,
Und drüberhin ein endlos Lerchensingen!

Und werden Kinder lachen vor dem Tor
Und an den Hecken grüne Zweige brechen,
Und werden Mädchen wandern Arm in Arm
Und durch den Sommerabend still und warm
Mit leisen Lippen von der Liebe sprechen!

Und wird wie heut der junge Erdentag
Von keinem Gestern wissen mehr noch sagen,
Und wird wie heut doch jeder Sommerwind
Aus tausend Tagen, die vergessen sind,
Geheime Süße auf den Flügeln tragen!

BÖRRIES VON MÜNCHHAUSEN

1874–1945

Bauernaufstand

Die Glocken stürmten vom Bernwardsturm,
Der Regen durchrauschte die Straßen,
Und durch die Glocken und durch den Sturm
Gellte des Urhorns Blasen.

Das Büffelhorn, das lange geruht,
Veit Stoßperg nahms aus der Lade,
Das alte Horn, es brüllte nach Blut
Und wimmerte: »Gott genade!«

Ja, gnade dir Gott, du Ritterschaft!
Der Bauer stund auf im Lande,
Und tausendjährige Bauernkraft
Macht Schild und Schärpe zu Schande!

Die Klingsburg hoch am Berge lag,
Sie zogen hinauf in Waffen,
Auframmte der Schmied mit einem Schlag
Das Tor, das er fronend geschaffen.

Dem Ritter fuhr ein Schlag ins Gesicht,
Und ein Spaten zwischen die Rippen, –
Er brachte das Schwert aus der Scheide nicht,
Und nicht den Fluch von den Lippen.

Aufrauschte die Flamme mit aller Kraft,
Brach Balken, Bogen und Bande, –
Ja, gnade dir Gott, du Ritterschaft:
Der Bauer stund auf im Lande!

[E: 1899]

Jenseits

Jenseits des Tales standen ihre Zelte,
Vorm roten Abendhimmel quoll der Rauch,
Und war ein Singen in dem ganzen Heere,
Und ihre Reiterbuben sangen auch.

Sie putzten klirrend am Geschirr der Pferde,
Hertänzelte die Marketenderin,
Und unterm Singen sprach der Knaben einer:
»Mädchen, du weißts, wo ging der König hin?« –

Diesseits des Tales stand der junge König
Und griff die feuchte Erde aus dem Grund,
Sie kühlte nicht die Glut der armen Stirne,
Sie machte nicht sein krankes Herz gesund.

Ihn heilten nur zwei knabenfrische Wangen,
Und nur ein Mund, den er sich selbst verbot,
– Noch fester schloß der König seine Lippen
Und sah hinüber in das Abendrot.

Jenseits des Tales standen ihre Zelte,
Vorm roten Abendhimmel quoll der Rauch,
Und war ein Lachen in dem ganzen Heere,
Und jener Reiterbube lachte auch.

Ballade vom Brennesselbusch

Liebe fragte Liebe: »Was ist noch nicht mein?«
Sprach zur Liebe Liebe: »Alles, alles dein!«
Liebe küßte Liebe: »Liebste, liebst du mich?«
Küßte Liebe Liebe: »Ewig, ewiglich!« – –

Hand in Hand hernieder stieg er mit Maleen
Von dem Heidehügel, wo die Nesseln stehn,
Eine Nessel brach er, gab er ihrer Hand,
Zu der Liebsten sprach er: »Uns brennt heißrer Brand!

Lippe glomm auf Lippe, bis die Lust zum Schmerz,
Bis der Atem stockte, brannte Herz an Herz,
Darum, wo nur Nesseln stehn am Straßenrand,
Wolln wir daran denken, was uns heute band!« –

Spricht von Treu die Liebe, sag sie ›ewig‹ nur, –
Ach, die Treu am Mittag gilt nur bis zwölf Uhr,
Treue gilt am Abend, bis die Nacht begann –
Und doch weiß ich Herzen, die verbluten dran.

Krieg verschlug das Mädchen, wie ein Blatt verweht,
Das im Wind die Wege fremder Koppeln geht,
Und ihr lieber Liebster stieg zum Königsthron,
Eine Königstochter nahm der Königssohn. –

Sieben Jahre gingen, und die Nessel stand
Sieben Jahr an jedem deutschen Straßenrand,
Wer hat Treu gehalten? Gott alleine weiß,
Ob nicht wunde Treue brennet doppelt heiß!

Bei der Jagd im Walde stand mit schwerem Sinn,
Stand am Knick der König bei der Königin,
Nesselblatt zum Munde hob er wie gebannt,
Und die Lippe brannte, wie sie einst gebrannt:

»Brennettelbusch,
Brennettelbusch so kleene,
Wat steihst du so alleene!
Brennettelbusch,
Wo is myn Tyd 'eblewen,
Un wo is myn Maleen?«

»Sprichst mit fremder Zunge?« frug die Königin,
»So sang ich als Junge«, sprach er vor sich hin.
Heim sie ritten schweigend, Abend hing im Land, –
Seine Lippen brannten, wie sie einst gebrannt!

Durch den Garten streifte still die Königin,
Zu der Magd am Flusse trat sie heimlich hin,
Welche Wäsche spülte noch im Sternenlicht,
Tränen sahn die Sterne auf der Magd Gesicht:

»Brennettelbusch,
Brennettelbusch so kleene,
Wat steihst du so alleene!
Brennettelbusch,
Ik' hev de Tyd 'eweten,
Dar was ik nich alleen!«

Sprach die Dame leise: »Sah ich dein Gesicht
Unter dem Gesinde? Nein, ich sah es nicht!«
Sprach das Mädchen leiser: »Konntest es nicht sehn,
Gestern bin ich kommen, und ich heiß Maleen!« –

Viele Wellen wallen weit ins graue Meer,
Eilig sind die Wellen, ihre Hände leer,
Eine schleicht so langsam mit den Schwestern hin,
Trägt in nassen Armen eine Königin. – –

Liebe fragte Liebe: »Sag, weshalb du weinst?«
Raunte Lieb zur Liebe: »Heut ist nicht mehr einst!«
Liebe klagte Liebe: »Ists nicht wie vorher?«
Sprach zur Liebe Liebe: »Nimmer – nimmermehr.«

[E: 1910]

AGNES MIEGEL

1879–1964

Die Nibelungen

In der dunkelnden Halle saßen sie,
Sie saßen geschart um die Flammen,
Hagen Tronje zur Linken, sein Schwert auf dem Knie,
Die Könige saßen zusammen.

Schön Kriemhild kauerte nah der Glut.
Von ihren schmalen Händen
Zuckte der Schein wie Gold und Blut
Und sprang hinauf an den Wänden.

König Gunter sprach: »Mein Herz geht schwer,
Hör ich den Ostwind klagen!
Spielmann, lang deine Fiedel her,
Sing uns von frohen Tagen!«

Aufflog ein jubelnder Bogenstrich
Und flatterte an den Balken,
Herr Volker sang: »Einst zähmte ich
Einen edelen Falken ...«

Die blonde Kriemhild blickte auf
Und sprach mit Tränen und leise:
»Spielmann, hör mit dem Liede auf,
Sing eine andre Weise!«

Die braune Fiedel raunte alsbald
Träumend und ganz versonnen,
Herr Volker sang: »Im Odenwald
Da fließt ein kühler Bronnen ...«

Die blonde Kriemhild wandte sich
Und sprach mit Tränen und bange:
»Mein Herz schlägt laut und fürchtet sich
Und bebt bei deinem Sange ...«

Anhub die Fiedel zum drittenmal
Aufweinend in Gram und Leide,
Herrn Volkers Stimme sang im Saal,
Wie ein Vogel auf nächtiger Heide:

»Es glimmt empor aus ewiger Nacht
Heißer als alle Feuersglut,
Gelb wie das Aug der Zwergenbrut,
Das gierig seinen Glanz bewacht, –
O weh der Lust, die mich gezeugt!

Wie Brunft nach Brunft im Forste schreit,
Wie nach der Lohe lechzt die Glut,
So treibt die Gier nach Menschenblut
Ans Licht den Hort der Dunkelheit, –
O weh dem Schoß, der mich gebar!

Es ruft den Neid, es weckt den Mord,
Stört auf die Drachen Trug und List,
Hetzt Rachsucht, die die Rache frißt,
Und immer röter glüht der Hort, –
O weh der Brust, die mich gesäugt!

Es treibt und schwimmt im Purpurquell,
Es trinkt den Quell und lechzt nach mehr,
Es braust und schäumt, die Flut steigt schnell,
Breit wie die Donau strömt es her, –
O weh der Lieb, die lieb mir war!

Es schäumt und braust, atmet und steigt,
Schon brandet's draußen an die Tür,
Es klopft und pocht, der Riegel weicht,
Nun flutet's heiß und rot herfür, –
Weh über mich, weh über euch!«

Jäh bei dem letzten Bogenstrich
Sprangen die Saiten und schrieen,
Hagen von Tronje neigte sich
Und wiegte sein Schwert auf den Knieen.

Die Könige saßen bleich und verstört,
Doch die schöne Kriemhild lachte,
Sie sprach: »Nie hab ich ein Lied gehört,
Das mich lustiger machte!«

Sie kniete nieder und schürte die Glut.
Von ihren schmalen Händen
Zuckte der Schein wie Gold und Blut
Und sprang hinauf an den Wänden.

(1907)

Die Frauen von Nidden

Die Frauen von Nidden standen am Strand
Über spähenden Augen die braune Hand,
Und die Boote nahten in wilder Hast,
Schwarze Wimpel flogen züngelnd am Mast.

Die Männer banden die Kähne fest
Und schrieen: »Drüben wütet die Pest!
In der Niedrung von Heydekrug bis Schaaken
Gehn die Leute im Trauerlaken!«

Da sprachen die Frauen: »Es hat nicht Not, –
Vor unsrer Türe lauert der Tod,
Jeden Tag, den uns Gott gegeben,
Müssen wir ringen um unser Leben,

Die wandernde Düne ist Leides genug,
Gott wird uns verschonen, der uns schlug!« –
Doch die Pest ist des Nachts gekommen
Mit den Elchen über das Haff geschwommen.

Drei Tage lang, drei Nächte lang,
Wimmernd im Kirchstuhl die Glocke klang.
Am vierten Morgen, schrill und jach,
Ihre Stimme in Leide brach.

Und in dem Dorf, aus Kate und Haus,
Sieben Frauen schritten heraus.
Sie schritten barfuß und tiefgebückt,
In schwarzen Kleidern, buntgestickt.

Sie klommen die steile Düne hinan,
Schuh und Strümpfe legten sie an
Und sie sprachen: »Düne, wir sieben
Sind allein noch übrig geblieben.

Kein Tischler lebt, der den Sarg uns schreint,
Nicht Sohn noch Enkel, der uns beweint,
Kein Pfarrer mehr, uns den Kelch zu geben,
Nicht Knecht noch Magd ist mehr unten am Leben, –

Nun, weiße Düne, gib wohl acht:
Tür und Tor ist Dir aufgemacht,
In unsre Stuben wirst Du gehn
Herd und Hof und Schober verwehn, –

Gott vergaß uns, er ließ uns verderben.
Sein verödetes Haus sollst Du erben,
Kreuz und Bibel zum Spielzeug haben, –
Nur, Mütterchen, komm uns zu begraben!

Schlage uns still ins Leichentuch,
Du unser Segen, – einst unser Fluch.
Sieh, wir liegen und warten ganz mit Ruh«, –

Und die Düne kam und deckte sie zu.

(1907)

An den Führer

Nicht mit der Jugend
Überschäumendem Jubel erlebt ich das Wunder
Deines Nahns.
Mit dem schweigend ehrfürchtigen Staunen
Leidgeprüften Herzens, geläutert im Opfer,
Das seiner Kindheit Welt in Krieg und Stürmen vergehn sah, –
Und das anders, groß und glühend ergriffen,
Stumm dich grüßte!

So mit jedem Morgen fühl ich's aufs neue –
– Wenn in der Tiefe der Nacht, aus der Tiefe des Herzens
Schweres Erinnern stieg, wie Schatten mich ängstend:
Krieg und Aufruhr und grauer Tage Verzweiflung,
Untergangsnot und Schreckbild verkommender Jugend, – –
O Befreiung, zu spüren im Licht der Frühe,
Alles dies ist fern und für immer vergangen!
Fortgewischt wie Tränen vom Antlitz der Witwe
Von Deinen Händen!
Übermächtig
Füllt mich demütiger Dank, daß ich dieses erlebe,
Dir noch dienen kann, dienend den Deutschen
Mit der Gabe, die Gott mir verlieh!
Daß die Meinen
Die gefallnen, geliebten Gefährten der Kindheit,
Daß die Toten, die Dein Kommen ersehnten,
Daß die Ahnen, deren verlassene Heimat
Wiedergekehrt durch Dich, –
daß sie alle
Mir in der Seele, mir im Blute noch lebend,
Mit mir Dich segnen!

Nicht der Jugend brausendes Überschäumen
Kann ich Dir geben.
Doch ich liebe das Leben,
Wie nur der es liebt, mit dem alle der Seinen
Fortgehn von Heimat und Volk. Heimkehrend zur Erde,
Draus sie stiegen.
Doch dies wäre
Höchste Erfüllung mir und Ehre den Ahnen:
Heilige Fackel, nie mehr weitergereichte,
Dir zu opfern!

[Vgl. die Hinweise im Vorwort auf S. 18 ff.] [1940]

Wagen an Wagen

Um Allerseelen
In der dunklen Nacht,
Wenn vor uns stehen,
Die immer neu unserm Herzen fehlen, –
Erinnrung erwacht
An die alten Kirchen, die Hügel im Feld,
Wo sie schlafen, Vätern und Nachbarn gesellt,
In verlorener Heimat über der See, –
Und an Alle, die hilflos und einsam starben,
An Alle, die sinkend im Eis verdarben,
Die keiner begrub, nur Wasser und Schnee,
Auf dem Weg unsrer Flucht, – dem Weg ohne Gnade!

Und wir ziehen im Traum verwehte Pfade
Wagen an Wagen, endloser Zug,
Der ein Volk von der Heimat trug!

Von Norden, von Osten kamen wir,
Über Heide und Ströme zogen wir,
Nach Westen wandernd, Greis, Frau und Kind.
Wir kamen gegangen, wir kamen gefahren,
Mit Schlitten und Bündel, mit Hund und Karren,
Gepeitscht vom Wind, vom Schneelicht blind, –
Und Wagen an Wagen.

Zuckend wie Nordlicht am Himmel stand
Verlassner Dörfer und Städte Brand
Und um uns heulte und pfiff der Tod
Auf glühendem Ball durch die Luft getragen
Und der Schnee wurde rot
Und es sanken wie Garben die hilflos starben
Und wir zogen weiter,
Wagen an Wagen, – –

Und kamen noch einmal, trügrisches Hoffen
Durch friedliches Land.
Tür stand uns offen
Bei jenen, die nicht unser Leiden gekannt.
Sie kamen, sie winkten, sie reichten uns Brot, –
Sie luden die Not
Am warmen Herde zu sich als Gast.
Scheune und Stroh rief Müde zur Rast.
Doch wir konnten nicht bleiben.
Wir zogen vorüber
Wagen an Wagen.

Und hörten durch Sturm und Flockentreiben
Das Glockenlied ihrer Türme noch
Und hörten doch
Das Dröhnen des Krieges, der hinter uns zog.
Und vom Wegkreuz bog,

Blutend, mit ausgebreiteten Armen,
Sich dorngekrönter Liebe Erbarmen.

Wir konnten nicht halten, wir konnten nicht knien.
Sie kamen hinter uns, Wagen an Wagen, –
Unsre Herzen nur schrien:
O blick nach uns hin!

Wir wandern, wir wandern, endloser Zug,
Volk, das die Geißel des Krieges schlug,
Entwurzelter Wald, von der Flut getragen, –
Wohin?
Wohin? – – –

(1949)

Spruch

Du hast in Krieg und Schrecken
mich wunderbar bewahrt,
Gabst Kraft dem müden Herzen
auf später Wanderfahrt,
Gabst Zuflucht im vertrauten,
im herben Wind vom Meer,
Führtest zu deutschem Lande
mich gnädig wieder her,
Gabst Dach und Brot, gabst Treue
die niemals mich verlassen,
Lehrtest mich täglich neue
nichts als den Haß zu hassen!

Für den Ostdeutschland-Gedenkturm
in Schloß Burg an der Wupper

(1953)

INA SEIDEL
1885–1974

Trost

Unsterblich duften die Linden –
Was bangst du nur?
Du wirst vergehn, und deiner Füße Spur
Wird bald kein Auge mehr im Staube finden.
Doch blau und leuchtend wird der Sommer stehn
Und wird mit seinem süßen Atemwehn
Gelind die arme Menschenbrust entbinden.
Wo kommst du her? Wie lang bist du noch hier?
Was liegt an dir?
Unsterblich duften die Linden –

Der Pflüger

Mit wuchtigen Knien,
Von Krähen umschrien,
Im Dunst seiner Pferde,
Die Fäuste am Sterz,
Samt Pflugschar und Rossen
Selbst bodenentquollen,
Stampft er jetzt die Schollen
Und zwingt in die Erde
Sein reißendes Erz.

Die Brache umbrechen,
Heißt Kräfte lossprechen,
Die Erde braucht Hände
Zu lösen ihr Herz.
Mann, Pflugschar und Rosse,
Von Erde genommen,
Zur Erde gekommen,
Gestalt aus Gelände
Im dampfenden März.

[1927]

Graue Tage

Wie graue Bettler schleichen diese Tage
Mit leeren Händen über meine Schwelle
Und sehn mich an bei jedem Stundenschlage
Und zögern bis zur letzten trüben Helle –
Und warten mit geduldiger Gebärde,
Ob ich sie nicht mit Segen füllen werde.

Und wenn sie still von meiner Türe weichen,
Gehn sie dahin und werden Gottes Knechte,
Um mir den tränenbittren Kelch zu reichen
Im Schatten ferner, todesdunkler Nächte:
Weil ich sie gehn hieß ohne eine Gabe,
Weil ich sie arm und leer gelassen habe. –

Die Zuflucht

Ricarda Huch
zum 18. Juli 1944

Was bleibt uns in den Trümmern unsrer Welt
Für Zuflucht aus dem Labyrinth der Trauer?
Was ist noch da, woran der Mensch sich hält,
Als der Gestirne unberührte Dauer,
An deren Starrheit doch das Herz zerschellt –

Auch ist das Meer und der Gebirge Wall
Ganz unverändert, brausend und gelassen.
Wir aber irren taumelnd durch das All
Und können diesen strengen Trost nicht fassen –
Verloren sind wir ohne Widerhall.

Du unterm Kreuz, du Menschheit unterm Joch,
Dem Schweigen der Gestirne preisgegeben,
Dir blieb ein Trost, *ein* Balsam blieb dir doch,
Ein Heiltrank, eingedampft aus Blut und Leben,
Aus deinen eignen Tränen blieb dir noch!

Den königlichen Seelen zugewandt,
Die unter uns in der Zerstreuung wohnen,
Ob ungekrönt, ob ohne Thron und Land,
Doch machtumstrahlt im Abglanz von Äonen:
So halten wir den Finsternissen stand!

So nähren wir das Herz mit reinem Licht
Aus durchgeglühter Seelen harten Siegen,
Aus tieferprobter Seelen Zuversicht,
Die in sich selbst in altem Wissen wiegen
Tagaus, tagein die Welt ins Gleichgewicht.

Da ist nicht Dauer, nicht Vergänglichkeit,
Nicht End', nicht Anfang, Mündung nicht noch Quelle.
Der Geist schwebt überm dunklen Meer der Zeit,
Und ihm verwehrt der Engel keine Schwelle.
Nie stürzt er aus der Heimat: Ewigkeit.

GERTRUD VON LE FORT

1876–1971

Aus: *Hymnen an die Kirche*

Ich bin in das Gesetz deines Glaubens gefallen wie in ein nackendes Schwert!
Mitten durch meinen Verstand ging seine Schärfe, mitten durch die Leuchte meiner Erkenntnis!
Nie wieder werde ich wandeln unter dem Stern meiner Augen und am Stabe meiner Kraft!
Du hast meine Ufer weggerissen und hast Gewalt angetan der Erde zu meinen Füßen!
Meine Schiffe treiben im Meer: alle meine Anker hast du gelichtet!
Die Ketten meiner Gedanken sind zerbrochen, sie hängen wie Wildnis im Abgrund.
Ich irre wie ein Vogel um meines Vaters Haus, ob ein Spalt ist, der dein fremdes Licht einläßt,
Aber es ist keiner auf Erden, außer der Wunde in meinem Geist –
Ich bin in das Gesetz deines Glaubens gefallen wie in ein nackendes Schwert!

Aber es geht noch Kraft aus von deinen Dornen, und aus deinen Abgründen tönt Gesang.
Deine Schatten liegen auf meinem Herzen wie Rosen, und deine Nächte sind wie starker Wein:
Ich will dich noch lieben, wo meine Liebe zu dir endet.
Ich will dich noch wollen, wo ich dich nicht mehr will.
Wo ich selbst anfange, da will ich aufhören, und wo ich aufhöre, da will ich ewiglich bleiben.
Wo meine Füße sich weigern, mit mir zu gehen, da will ich mich einknien,
Und wo meine Hände versagen, da will ich sie falten.
Ich will zu Hauch werden in Herbsten des Stolzes und zu Schnee in Wintern der Zweifel,
Ja, wie in Gräbern von Schnee soll alle Furcht in mir schlafen.
Ich will Staub werden vor dem Fels deiner Lehre und Asche vor der Flamme deines Gebots –
Ich will meine Arme zerbrechen, ob ich dich mit ihren Schatten umfange.

[1924]

Die Heimatlosen

Wir sind von einem edlen Stamm genommen,
Der Schuld vermählt,
Wir sind auf dunkeln Wegen hergekommen
Wund und gequält.

Wir hielten einst ein Vaterland umfangen –
Gott riß uns los –
Wir sind durch Feuer und durch Blut gegangen
Verfolgt und bloß.

Des Abgrunds Engel hat uns überflogen –
Wer bannt sein Heer?
Wir sind am Rand der Hölle hingezogen –
Uns graust nicht mehr.

Durch jede Schmach sind wir hindurchgebrochen
Bis ins Gericht:
Wir hörten Worte, die ihr nie gesprochen –
O redet nicht!

Uns winkt hier niemals Heimat mehr wie andern,
Uns hält kein Band,
Gott riß uns los, wir müssen wandern, wandern –
Wüst liegt das Land,

Wüst liegt die Stadt, wüst liegen Hof und Hallen,
Die Hand ward leer,
Wir sahen eine Welt in Trümmer fallen –
Uns trifft nichts mehr,

Ziel eines Hasses oder Spottes,
Was liegt daran?
Wir sind die Heimatlosen unsres Gottes –
Er nimmt uns an.

Die Schuld ist ausgeweint, wir sind entronnen
Ins letzte Weh:
Die ewge Gnade öffnet ihre Bronnen –
Blut wird zu Schnee.

Deutsches Leid

Schiffer, zieh fort die Brücke,
Du lockst mich nimmermehr an Bord,
Ich weiß von keinem Glücke,
Ich weiß von keinem Zufluchtsort.

Und ob sich draußen weiten
Noch Länder froh und gastbereit,
Und ihre Arme breiten
Wie fremder Mütter Lindigkeit:

Ich würde doch entbehren
Bei ihres reichen Tisches Brot,
Ich würde mich verzehren
Nach meiner Heimat bittrer Not,

Ich stünde doch in Ketten
Mitten im festlich hohen Saal,
Ich könnt mich niemals retten
Vor meines Volkes Schuld und Qual.

Mir bräche doch in Scherben
Des vollen Bechers Prunkgerät,
Ich müßte dennoch, dennoch sterben,
Wenn Deutschland untergeht.

KONRAD WEISS

1880–1940

Vorübergang

O Baum, der in der Sonne knospt,
mit Regen kommt der Abend an,
vor Augen, wie dem Blick entbricht
das Licht, so lischt die Sonne aus.

Von vieler Tage Angesicht
wo ist der letzte Schimmer hin?
Steht keiner vor und hinter dir,
was starrt die stumme Knospe dort!

Ertrinkst du oder tauchst du auf?
Vorm Fenster wie die Welt verblaßt,
vom Erdreich schwimmt das grüne Gras,
der letzte Mensch ging schon nach Haus.

Ist keiner vor und hinter mir?
Wie fällt mich heut das Dunkel an!
Was drängt mich und entseelt den Sinn,
was nahm der Herr mir heute fort?

Was nahm nun deine Hand mir fort?
Reichst du's dem Bruder meiner Hand?
Stumm stehn die Knospen im Geäst,
denn der es gibt, er nimmt das Wort.

[1918]

Eines Morgens Schnee

Was man gelebt, was immer mehr geblieben,
stets mehr gelesen, um so dunkler nur,
was man im Lichte schon wie aufgeschrieben
vorfand und ging auf unstörbarer Spur,
was man mit Sinn erreicht, was man mit Lieben
doch nie vollbringen konnte, – deine Flur
wird dir, du Mensch von Ernte niemals satt,
mit eines Morgens Schnee ein reinstes Blatt.

Es ist kein Trost; und nun der Sonne Scheinen
teilt alles nur noch weiter vor dir aus,
so spurlos steht die Zeit, du willst sie einen
gleich einer Träne dort am letzten Strauß,
du horchst auf einen Laut, nun hörst du keinen,
der Schnee macht nur ein regungsloses Haus, –
geh fort, und wie es dir im Busen klopft,
fühlst du den Schnee, der kalt vom Baume tropft.

Du fühlst nicht Nähe mehr, nur noch dies Pochen,
das dir die kalte Wange seltsam näßt,
das Land scheint dir so weit und ganz zerbrochen,
die weißen Berge gleich dem schweren Rest
von einem Himmel, den du nie besprochen,
und der, je mehr du sprichst, dich werden läßt
gleich einer Spur, die sich aus ihm verlor,
und die du kennst, wenn dir im Herzen fror.

So geh nun fort, und was umsonst bestritten
du Tag und Nacht, was schon im Licht verdorrt,
was du gelebt, was du dir selbst inmitten
gelöst, du Mensch, im stets zerbrochnen Wort,
auf dunkler Spur mit unhörbaren Schritten
gewinnt die Zeit ihr Licht, geh mit ihr fort,
noch blüht zur stillen Nacht die Spur so frisch
wie alle Ernte auf dem Ladentisch.

[E: 1939; D: 1949]

Die eine Rose

für Veit Roßkopf

Während wir uns schlugen auf den Wegen,
Wort um Worte rührten,
was die Worte wollten, tiefer spürten,
während wir dem Sinn entgegen
uns durch wache Wildnis trugen,
um ein schlafend Bild umsonst doch Worte
wacher schickend nur sein Schlafen schürten,
und von Ort zu Orte
horchten und die Zungen in uns schlugen,

fiel auf eine Rose vieler Regen.

[1939]

KARL KRAUS

1874–1936

Der Tag

Wie der Tag sich durch das Fenster traut,
schau ich auf den Platz,
staunend, daß der Nacht
noch ein Morgen graut,
die ich so durchwacht
ohne Freudenlaut,
aber immer bauend Satz auf Satz.

Wie der Blick sich durch das Fenster traut,
geht ein Wagen, geht,
langsam geht er hin
ohne Klagelaut.
Liegt ein Toter drin,
eine arme Haut.
Und ich geh zurück an mein Gebet.

[1922]

Nächtliche Stunde

Nächtliche Stunde, die mir vergeht,
da ich's ersinne, bedenke und wende,
und diese Nacht geht schon zu Ende.
Draußen ein Vogel sagt: es ist Tag.

Nächtliche Stunde, die mir vergeht,
da ich's ersinne, bedenke und wende,
und dieser Winter geht schon zu Ende.
Draußen ein Vogel sagt: es ist Frühling.

Nächtliche Stunde, die mir vergeht,
da ich's ersinne, bedenke und wende,
und dieses Leben geht schon zu Ende.
Draußen ein Vogel sagt: es ist Tod.

[1923]

Man frage nicht, was all die Zeit ich machte.
Ich bleibe stumm;
und sage nicht, warum.
Und Stille gibt es, da die Erde krachte.
Kein Wort, das traf;
man spricht nur aus dem Schlaf.
Und träumt von einer Sonne, welche lachte.
Es geht vorbei;
nachher war's einerlei.
Das Wort entschlief, als jene Welt erwachte.

[Oktober 1933]

HERMANN HESSE

1877–1962

Im Nebel

Seltsam, im Nebel zu wandern!
Einsam ist jeder Busch und Stein,
Kein Baum sieht den andern,
Jeder ist allein.

Voll von Freunden war mir die Welt,
Als noch mein Leben licht war;
Nun, da der Nebel fällt,
Ist keiner mehr sichtbar.

Wahrlich, keiner ist weise,
Der nicht das Dunkel kennt,
Das unentrinnbar und leise
Von allen ihn trennt.

Seltsam, im Nebel zu wandern!
Leben ist Einsamsein.
Kein Mensch kennt den andern,
Jeder ist allein.

[1906]

Höhe des Sommers

Das Blau der Ferne klärt sich schon
Vergeistigt und gelichtet
Zu jenem süßen Zauberton,
Den nur September dichtet.

Der reife Sommer über Nacht
Will sich zum Feste färben,
Da alles in Vollendung lacht
Und willig ist zu sterben.

Entreiß dich Seele, nun der Zeit,
Entreiß dich deinen Sorgen
Und mache dich zum Flug bereit
In den ersehnten Morgen.

[1937]

Stufen

Wie jede Blüte welkt und jede Jugend
Dem Alter weicht, blüht jede Lebensstufe,
Blüht jede Weisheit auch und jede Tugend
Zu ihrer Zeit und darf nicht ewig dauern.
Es muß das Herz bei jedem Lebensrufe
Bereit zum Abschied sein und Neubeginne,
Um sich in Tapferkeit und ohne Trauern
In andre, neue Bindungen zu geben.
Und jedem Anfang wohnt ein Zauber inne,
Der uns beschützt und der uns hilft, zu leben.

Wir sollen heiter Raum um Raum durchschreiten,
An keinem wie an einer Heimat hängen,
Der Weltgeist will nicht fesseln uns und engen,
Er will uns Stuf' um Stufe heben, weiten.
Kaum sind wir heimisch einem Lebenskreise
Und traulich eingewohnt, so droht Erschlaffen;
Nur wer bereit zu Aufbruch ist und Reise,
Mag lähmender Gewöhnung sich entraffen.

Es wird vielleicht auch noch die Todesstunde
Uns neuen Räumen jung entgegen senden,
Des Lebens Ruf an uns wird niemals enden...
Wohlan denn, Herz, nimm Abschied und gesunde!

[1942]

In Sand geschrieben

1947

Daß das Schöne und Berückende
Nur ein Hauch und Schauer sei,
Daß das Köstliche, Entzückende,
Holde ohne Dauer sei:
Wolke, Blume, Seifenblase,
Feuerwerk und Kinderlachen,
Frauenblick im Spiegelglase
Und viel andre wunderbare Sachen,
Daß sie, kaum entdeckt, vergehen,
Nur von Augenblickes Dauer,
Nur ein Duft und Windeswehen,
Ach, wir wissen es mit Trauer,
Und das Dauerhafte, Starre
Ist uns nicht so innig teuer:
Edelstein mit kühlem Feuer,
Glänzendschwere Goldesbarre;
Selbst die Sterne, nicht zu zählen,
Bleiben fern und fremd, sie gleichen
Uns Vergänglichen nicht, erreichen
Nicht das Innerste der Seelen.
Nein, es scheint das innigst Schöne,
Liebenswerte dem Verderben
Zugeneigt, stets nah am Sterben,
Und das Köstlichste: die Töne
Der Musik, die im Entstehen
Schon enteilen, schon vergehen,
Sind nur Wehen, Strömen, Jagen
Und umweht von leiser Trauer,
Denn auch nicht auf Herzschlags Dauer
Lassen sie sich halten, bannen;
Ton um Ton, kaum angeschlagen,
Schwindet schon und rinnt von dannen.

So ist unser Herz dem Flüchtigen,
Ist dem Fließenden, dem Leben
Treu und brüderlich ergeben,
Nicht dem Festen, Dauertüchtigen.
Bald ermüdet uns das Bleibende,
Fels und Sternwelt und Juwelen,
Uns in ewigem Wandel treibende
Wind- und Seifenblasenseelen,
Zeitvermählte, Dauerlose,
Denen Tau am Blatt der Rose,
Denen eines Vogels Werben,
Eines Wolkenspieles Sterben,
Schneegeflimmer, Regenbogen,
Falter, schon hinweg geflogen,
Denen eines Lachens Läuten,
Das uns im Vorübergehen
Kaum gestreift, ein Fest bedeuten
Oder wehtun kann. Wir lieben,
Was uns gleich ist und verstehen,
Was der Wind in Sand geschrieben.

OSKAR LOERKE

1884–1941

Pansmusik

Ein Floß schwimmt aus dem fernen Himmelsrande,
Drauf tönt es dünn und blaß
Wie eine alte süße Sarabande.
Das Auge wird mir naß.

Es ist, wie wenn den weiten Horizonten
Die Seele übergeht,
Der Himmel auf den Ebnen, den besonnten,
Aufhorcht wie ein Prophet

Und eine arme Weise in die Ohren
Der höhern Himmel spricht:
Das Spielen wankt, im Spielen unverloren,
Das Licht wankt durch das Licht.

Heut fährt der Gott der Welt auf einem Floße,
Er sitzt auf Schilf und Rohr,
Und spielt die sanfte, abendliche, große,
Und spielt die Welt sich vor.

Er spielt das große Licht der Welt zur Neige,
Tief aus sich her den Strom
Durch Ebnen mit der Schwermut langer Steige
Und Ewigkeitsarom.

Er baut die Ebenen und ihre Städte
Mit weichen Mundes Ton
Und alles Werden bis in dieses späte
Verspieltsein und Verlohn:

Doch alles wie zu stillendem Genusse
Den Augen bloß, dem Ohr.
So fährt er selig auf dem großen Flusse
Und spielt die Welt sich vor.

So fährt sein Licht und ist bald bei den größern,
Orion, Schwan und Bär:
Sie alle scheinen Flöße schon mit Flößern
Der Welt ins leere Meer.

Bald wird die Grundharmonika verhallen,
Die Seele schläft mir ein,
Bald wird der Wind aus seiner Höhe fallen,
Die Tiefe nicht mehr sein.

[1916]

Opfer

Keine Heckenrosen umklammern
Die gelben Pfeiler im Garten mehr.
Nun steigst du in die Waffenkammern
Tief innen, und sie sind leer.

Ein Fernweh war an dein Ohr gebogen
Und sprach etwas hinein.
Von Geisternähe angesogen,
Ließ dich dein Herz allein.

So wieder und nochmals. Du hast nicht verstanden.
Oh, schönster Jahre Entscheid!
Der kam abhanden, doch nicht kam abhanden
Ein leis erinnerndes Leid.

Der Weltlärm will seinen Atem nicht dulden,
Er schleifte es trommelnd vorbei.
Du gabst es zum Opfer, damit dein Verschulden
Mitgeopfert sei.

Auftun wird sich und Rosen entsenden
Die leere Wetterwand.
Trauer zu trösten, ein Werk zu vollenden,
Gut ist die leere Hand.

[1934]

Genesungsheim

Was schlug man diesen zum Krüppel?
Er *dachte* hinter der Stirn:
Da öffnete ihm der Knüppel
Den Schädel, und Hirn war nur Hirn.

Warum haben Jauche-Humpen
Dort jenen die Augen verbrannt?
Sie haben einen Lumpen
Einen Lumpen genannt.

Warum schweigt dieser im Knebel?
Weil sein Gewissen schrie!
Wes Kopf sprang zum Reiche der Nebel?
Dessen Gurgel vor Ekel spie!

[1934]

Die Laubwolke

Beständig ist das leicht Verletzliche.

Lange hing die grüne Wolke über der Erde,
Wohin ging sie?

Im neuen Frühling schwebt sie wieder an
Und erfüllt ihren Ort
Zwischen Grund und Höhe.
Vom Winde gesteuert,
Vom Regen gedrängt,
Vom Licht gehoben,
Kehrt sie immer zurück
Und bleibt so viele Jahre.

Jedesmal in den herbstlichen Lichtern
Klagts aus ihr: ich sinke, warum ich?
Und lauter mit dem Sinn von Dichtern:
Es stürzt mich, ja, warum nicht mich?

Wird es dann Winter –
Im Himmel kriecht gekrümmtes Gestäbe,
Den einmal gewachsenen Abstand nicht ändernd,
Eins des andern vielleicht nicht gewahr,
Doch beisammen in gleicher Spreizung.

Zwischen Grund und Höhe,
Von der Säge des Gärtners unzerrissen,
Von der Axt des Fällers nicht getroffen,
Bleibt das Gesetz:
Beständig ist das leicht Verletzliche.

[1934]

Leitspruch

November 1940

Jedwedes blutgefügte Reich
Sinkt ein, dem Maulwurfshügel gleich.
Jedwedes lichtgeborne Wort
Wirkt durch das Dunkel fort und fort.

[1958]

WILHELM LEHMANN

1882–1968

An meinen ältesten Sohn

Die Winterlinde, die Sommerlinde
Blühen getrennt –
In der Zwischenzeit, mein lieber Sohn,
Geht der Gesang zu End.

Die Schwalbenwurz zieht den Kalk aus dem Hügel
Mit weißen Zehn,
Ich kann es unter der Erde
Im Dunkeln sehn.

Ein Regen fleckt die grauen Steine –
Der letzte Ton
Fehlt dem Goldammermännchen zum Liede.
Sing du ihn, Sohn.

[1924]

Aus: *Der Sommeraufenthalt*

3. Oberon

Durch den warmen Lehm geschnitten
Zieht der Weg. Inmitten
Wachsen Lolch und Bibernell.
Oberon ist ihn geritten,
Heuschreckschnell.

Oberon ist längst die Sagenzeit hinabgeglitten.
Nur ein Klirren
Wie von goldnen Reitgeschirren
Bleibt,
Wenn der Wind die Haferkörner reibt.

[1934]

Ahnung im Januar

Münchhausens Horn ist aufgetaut,
Zerbrochene Gefangenschaft!
Erstarrter Ton wird leise laut,
In Holz und Stengel treibt der Saft.

Dem Anruf als ein Widerhall,
Aus Lehmesklumpen, eisig, kahl,
Steigt Ammernleib, ein Federball,
Schon viele Male, erstes Mal.

Ob Juniluft den Stier umblaut,
Den Winterstall ein Wald durchlaubt?
Ist es Europa, die ihn kraut?
Leicht richtet er das schwere Haupt.

So warmen Fußes, Sommergeist,
Daß unter dir das Eis zerreißt –
Verheißung, und schon brenne ich,
Erfüllung, wie ertrag ich dich?

[1943]

Auf sommerlichem Friedhof (1944)

In memoriam Oskar Loerke

Der Fliegenschnäpper steinauf, steinab.
Der Rosenduft begräbt dein Grab.
Es könnte nirgend stiller sein.
Der darin liegt, erschein, erschein!

Der Eisenhut blitzt blaues Licht.
Komm, wisch den Schweiß mir vom Gesicht.
Der Tag ist süß und ladet ein,
Noch einmal säßen wir zu zwein.

Sirene heult, Geschützmaul bellt.
Sie morden sich: es ist die Welt.
Komm nicht! Komm nicht! Laß mich allein,
Der Erdentag lädt nicht mehr ein.
Ins Qualenlose flohest du,
O Grab, halt deine Tür fest zu!

Deutsche Zeit 1947

Blechdose rostet, Baumstumpf schreit.
Der Wind greint. Jammert ihn die Zeit?
Spitz das Gesicht, der Magen leer,
Den Krähen selbst kein Abfall mehr.

Verlangt nach Lust der dürre Leib,
Für Brot verkauft sich Mann und Weib.
Ich lache nicht, ich weine nicht,
Zu Ende geht das Weltgedicht.

Da seine Strophe sich verlor,
Die letzte, dem ertaubten Ohr,
Hat sich die Erde aufgemacht,
Aus Winterohnmacht spät erwacht.

Zwar schlug das Beil die Hügel kahl,
Versuch, versuch es noch einmal.
Sie mischt und siebt mit weiser Hand:
In Wangenglut entbrennt der Hang,
Zu Anemone wird der Sand.

Sie eilen, grämlichen Gesichts.
Es blüht vorbei. Es ist ein Nichts.
Mißglückter Zauber? Er gelang.
Ich bin genährt. Ich hör Gesang.

Fallende Welt

Das Schweigen wurde
Sich selbst zu schwer:
Als Kuckuck fliegt
Seine Stimme umher.

Mit bronzenen Füßen
Landet er an,
Geflecktes Kleid
Hat er angetan.

Die lose Welt,
Wird sie bald fallen?
Da hört sie den Kuckuck
Im Grunde schallen.

Mit schnellen Rufen
Ruft er sie fest.
Nun dauert sie
Den Zeitenrest.

[1962]

MAX HERRMANN-NEISSE

1886–1941

Trostlied der bangen Regennacht

Keine Furcht der Erde
kann uns bange tun:
Sieh, wie sanft die Pferde
Wang' an Wange ruhn!

Ganz allein gelassen
in der bittern Nacht,
wo der Wind die blassen
Weiden zittern macht,

wo ein siecher Regen
bös, sehnsüchtig rinnt,
an viel fremden Wegen
Bettler flüchtig sind,

ruhn sie Wang' an Wange,
wie Erlöste ruhn,
keine Furcht kann bange
ihrer Inbrunst tun.

Alles, was sie leiden,
schlummert Haupt an Haupt –
Und die blassen Weiden
stehn wie lenzbelaubt.

(4. 12. 1915)

Weltuntergang

In den Felderfurchen nächtigten Attentäter
vor dem Morgen, der allen Tod verheißt.
Fluchend wurden die Ärmsten der Armen Väter.
Der Hilfslose erwachte und war verwaist.

Sterne regneten Aussatz über das Nackte,
in dem Gräbergestrüpp faulte das Altartuch.
Eines Mühlrads Geklapper mit hallendem Takte
höhnte für Liebender Leben Verwesungsfluch.

Lachen gellte und jagte aus Sträuchern die Vögel,
zerbrach dem Acker den Schlaf und schlug das Getier,
kam von dem Wolkenschiff mit dem blutroten Segel
und fuhr klirrend hinab in das Höllenrevier.

Die Gestorb'nen begannen unter den Schollen zu wandern,
nirgends war ein Obdach im Aufruhr der Tiefen gewiß,
fremd das Gleiche, unheimlich ein Bruder dem andern,
die Vernichtung begann: durch die Welten ging mitten der Riß.

(März 1923)

Heimatlos

Wir ohne Heimat irren so verloren
und sinnlos durch der Fremde Labyrinth.
Die Eingebornen plaudern vor den Toren
vertraut im abendlichen Sommerwind.
Er macht den Fenstervorhang flüchtig wehen
und läßt uns in die lang entbehrte Ruh
des sichren Friedens einer Stube sehen
und schließt sie vor uns grausam wieder zu.

Die herrenlosen Katzen in den Gassen,
die Bettler, nächtigend im nassen Gras,
sind nicht so ausgestoßen und verlassen
wie jeder, der ein Heimatglück besaß
und hat es ohne seine Schuld verloren
und irrt jetzt durch der Fremde Labyrinth.
Die Eingebornen träumen vor den Toren
und wissen nicht, daß wir ihr Schatten sind.

(23. 6. 1936)

Ewige Heimat

BEKANNTMACHUNG
Auf Grund des Paragraphen 2 etc. etc.... erkläre ich im Einvernehmen mit dem Herrn Reichsminister des Auswärtigen folgende Personen der deutschen Staatsangehörigkeit für verlustig:
HERRMANN, MAX
geb. am 23. Mai 1886 in NEISSE
Der Reichs- und Preußische Minister des Inneren.

Wer mich zu entehren glaubte,
wenn mit frevelndem Befehle
er das Heimatrecht mir raubte,
ahnt die ewig lenzbelaubte
Heimat nicht in meiner Seele.

Da besteht in altem Glanze
heimatliches Bild und Wesen:
wieder auf besonnter Schanze
werden wir zum Frühlingskranze
uns die ersten Veilchen lesen.

Wieder vor der Bergeskette,
die das Wiesental umwindet,
ist des Städtchens Silhouette,
und auf unserm Fensterbrette
Spatzenvolk sein Futter findet.

Mit gewohntem Wohlgefühle
wandle ich bekannte Pfade
bei der alten Pulvermühle
in des Wäldchens Schattenkühle
zum belebten Wellenbade.

Große Orte und geringe,
Ströme, Höhen, Äcker, Auen,
ernsthafte und heitre Dinge,
wenn ihr Wirkliches verginge,
könnte noch mein Wachtraum schauen.

Schöner, als sie jemals schienen,
blieben sie mir im Gedenken,
machen mir verliebte Mienen,
und ich werde mich mit ihnen
immer wieder schön beschenken.

Was jetzt Gutes muß verderben
dem geknechteten Geschlechte,
wird noch lang nach unserm Sterben
laut mit meinen Worten werben
für die ewigen Heimatrechte.

Wer uns glaubte zu entehren,
wenn er heimatlos uns nannte,
sieht: die Heimat wird sich mehren
und die Seele nichts entbehren
derer, die sein Haß verbannte.

Ewig lenzbelaubt beglücken
wird der Traum uns scheinbar Tote:
lächelnd sehn wir von den Brücken
auf den Tanz der Wassermücken
und die Fahrt der Liebesboote.

Was man liebt, kann nie vergehen:
heimatlich vertraute Töne
überall uns treu umwehen;
denn die Heimat bleibt bestehen
in dem Lied verstoßner Söhne

(6. 4. 1938)

GEORG KAISER

1878–1945

[Song vom Zusammenhang zwischen Hunger und Geschäft]

Wie sich die Preise auf dem Markt gestalten
– verstehen Sie: es handelt sich um Vieh! –
ist nicht bestimmt in Gottes Rat.
Da hat
durchaus der Mensch die Hand im Spiel –
und er ist schwach,
doch eisern im Kalkül.
Der Mensch hat Hunger.
Alles ist Geschäft.

Die Herden, die auf grünen Wiesen weiden –
– Sie raten schon: ich schlachte sie en gros! –
da hat Natur nur als Verwertung Sinn.
Ich bin
kein Freund von falscher Schwärmerei,
hier gilt Profit –
was fällt denn ab dabei?
Der Mensch hat Hunger.
Alles ist Geschäft.

Sie essen gern sich satt – Sie müssen essen! –
denn das Bedürfnis ist rudimentär,
Der Mensch ist erst mal leerer Bauch.
Wenn auch
der Trieb nach Höhrem ihn beseelt –
der Preis dafür?
er wird von mir gestellt.
Der Mensch hat Hunger.
Alles ist Geschäft.

(1929)

[Ballade von Cäsars Ende]

Rom hieß eine Stadt und alle Römer
hatten in den Adern heißes Blut.
Als sie Cäsar einst tyrannisch reizte,
kochte es sofort in Siedeglut.

Nicht die Warnung konnte Cäsarn hindern:
hüte vor des Märzen Iden dich.
Er verfolgte seine frechen Ziele
und sah schon als Herrn der Römer sich.

Immer schlimmer schlug ihn die Verblendung,
nur sein Wort galt noch im Capitol.
Und den weisen Rat der Senatoren
schmähte er gemein und höhnisch Kohl.

Da kam stolzes Römerblut in Wallen.
Selbst der Freund bleibt keinem Cäsar treu,
wenn ihn dieser nur für seine Zwecke
kalt mißbraucht und sagt es ohne Scheu.

Heimlich trafen nachts sich die Verschwörer
und beredeten mit Eifer sich.
Und genau am Tag der Märzesiden
stach ihm Brutus den verdienten Stich.

Cäsar sank von seinem Sitz und stierte
seinen Mörder an, als ob's nicht wahr.
Et tu, Brute – rief er auf lateinisch,
wie es dort die Landessprache war.

Lasse keiner sich vom Wahn verführen,
daß er mehr als jeder andre gelt':
Cäsar wollte mit dem Schwert regieren
und ein Messer hat ihn selbst gefällt.

(1932)

Oradour

Sie bäumten sich: daß sie gezwungen sengten
und in den aufgebrachten Feuerbrand
die Läufe schießend unaufhörlich lenkten,
bis sich im Schutt nichts Lebendes befand.

Sie sperrten sich mit heiligem Verwahren:
daß sie nur taten, was die Weisung hieß –
weh' dem, der in erschüttertem Gebaren
die Waffe wanken oder sinken ließ.

Sie mühten sich mit immer neuem Schildern:
daß die ein Urteil treffe und sie keins –
nicht kann es ihnen sich vor jenen mildern
und Weiser und Gewiesene sind eins.

[E: 1944/45; D: 1959]

GOTTFRIED BENN
1886–1956

Kleine Aster

Ein ersoffener Bierfahrer wurde auf den Tisch gestemmt.
Irgendeiner hatte ihm eine dunkelhellila Aster
zwischen die Zähne geklemmt.
Als ich von der Brust aus
unter der Haut
mit einem langen Messer
Zunge und Gaumen herausschnitt,
muß ich sie angestoßen haben, denn sie glitt
in das nebenliegende Gehirn.
Ich packte sie ihm in die Brusthöhle
zwischen die Holzwolle,
als man zunähte.
Trinke dich satt in deiner Vase!
Ruhe sanft,
kleine Aster!

[1912]

Mann und Frau gehn durch die Krebsbaracke

Der Mann:
Hier diese Reihe sind zerfallene Schöße
Und diese Reihe ist zerfallene Brust.
Bett stinkt bei Bett. Die Schwestern wechseln stündlich.

Komm, hebe ruhig diese Decke auf.
Sieh, dieser Klumpen Fett und faule Säfte,
das war einst irgendeinem Mann groß
und hieß auch Rausch und Heimat.

Komm, sieh auf diese Narbe an der Brust.
Fühlst du den Rosenkranz von weichen Knoten?
Fühl ruhig hin. Das Fleisch ist weich und schmerzt nicht.

Hier diese blutet wie aus dreißig Leibern.
Kein Mensch hat so viel Blut.
Hier dieser schnitt man
erst noch ein Kind aus dem verkrebsten Schoß.

Man läßt sie schlafen. Tag und Nacht. – Den Neuen
sagt man: Hier schläft man sich gesund. – Nur Sonntags
für den Besuch läßt man sie etwas wacher.

Nahrung wird wenig noch verzehrt. Die Rücken
sind wund. Du siehst die Fliegen. Manchmal
wäscht sie die Schwester. Wie man Bänke wäscht.

Hier schwillt der Acker schon um jedes Bett.
Fleisch ebnet sich zu Land. Glut gibt sich fort.
Saft schickt sich an zu rinnen. Erde ruft.

D-Zug

Braun wie Kognak. Braun wie Laub. Rotbraun. Malaiengelb.
D-Zug Berlin–Trelleborg und die Ostseebäder.

Fleisch, das nackt ging.
Bis in den Mund gebräunt vom Meer.
Reif gesenkt, zu griechischem Glück.
In Sichel-Sehnsucht: wie weit der Sommer ist!
Vorletzter Tag des neunten Monats schon!

Stoppel und letzte Mandel lechzt in uns.
Entfaltungen, das Blut, die Müdigkeiten,
die Georginennähe macht uns wirr.

Männerbraun stürzt sich auf Frauenbraun:

Eine Frau ist etwas für eine Nacht.
Und wenn es schön war, noch für die nächste!
Oh! Und dann wieder dies Bei-sich-selbst-sein!
Diese Stummheiten! Dies Getriebenwerden!

Eine Frau ist etwas mit Geruch.
Unsägliches! Stirb hin! Resede.
Darin ist Süden, Hirt und Meer.
An jedem Abhang lehnt ein Glück.

Frauenhellbraun taumelt an Männerdunkelbraun:

Halte mich! Du, ich falle!
Ich bin im Nacken so müde.
Oh, dieser fiebernde süße
letzte Geruch aus den Gärten.

[1912]

O Nacht –:

O Nacht! Ich nahm schon Kokain,
und Blutverteilung ist im Gange,
das Haar wird grau, die Jahre fliehn,
ich muß, ich muß im Überschwange
noch einmal vorm Vergängnis blühn.

O Nacht! Ich will ja nicht so viel,
ein kleines Stück Zusammenballung,
ein Abendnebel, eine Wallung
von Raumverdrang, von Ichgefühl.

Tastkörperchen, Rotzellensaum,
ein Hin und Her und mit Gerüchen,
zerfetzt von Worte-Wolkenbrüchen –:
zu tief im Hirn, zu schmal im Traum.

Die Steine flügeln an die Erde,
nach kleinen Schatten schnappt der Fisch,
nur tückisch durch das Ding-Gewerde
taumelt der Schädel-Flederwisch.

O Nacht! Ich mag dich kaum bemühn!
Ein kleines Stück, nur eine Spange
von Ichgefühl – im Überschwange
noch einmal vorm Vergängnis blühn!

O Nacht, o leih mir Stirn und Haar,
verfließ dich um das Tag-verblühte;
sei, die mich aus der Nervenmythe
zu Kelch und Krone heimgebar.

O still! Ich spüre kleines Rammeln:
Es sternt mich an – es ist kein Spott –:
Gesicht, ich: mich, einsamen Gott,
sich groß um einen Donner sammeln.

[1916]

Sieh die Sterne, die Fänge

Sieh die Sterne, die Fänge
Lichts und Himmel und Meer,
welche Hirtengesänge,
dämmernde, treiben sie her,
du auch, die Stimmen gerufen
und deinen Kreis durchdacht,
folge die schweigenden Stufen
abwärts dem Boten der Nacht.

Wenn du die Mythen und Worte
entleert hast, sollst du gehn,
eine neue Götterkohorte
wirst du nicht mehr sehn,
nicht ihre Euphratthrone,
nicht ihre Schrift und Wand –
gieße, Myrmidone,
den dunklen Wein ins Land.

Wie dann die Stunden auch hießen,
Qual und Tränen des Seins,
alles blüht im Verfließen
dieses nächtigen Weins,
schweigend strömt die Aeone,
kaum noch von Ufern ein Stück –
gib nun dem Boten die Krone,
Traum und Götter zurück.

[1927]

Astern

Astern – schwälende Tage,
alte Beschwörung, Bann,
die Götter halten die Waage
eine zögernde Stunde an.

Noch einmal die goldenen Herden
der Himmel, das Licht, der Flor,
was brütet das alte Werden
unter den sterbenden Flügeln vor?

Noch einmal das Ersehnte,
den Rausch, der Rosen Du –
der Sommer stand und lehnte
und sah den Schwalben zu,

noch einmal ein Vermuten,
wo längst Gewißheit wacht:
die Schwalben streifen die Fluten
und trinken Fahrt und Nacht.

[1936]

Tag, der den Sommer endet

Tag, der den Sommer endet,
Herz, dem das Zeichen fiel:
die Flammen sind versendet,
die Fluten und das Spiel.

Die Bilder werden blasser,
entrücken sich der Zeit,
wohl spiegelt sie noch ein Wasser,
doch auch dies Wasser ist weit.

Du hast eine Schlacht erfahren,
trägst noch ihr Stürmen, ihr Fliehn,
indessen die Schwärme, die Scharen,
die Heere weiterziehn.

Rosen und Waffenspanner,
Pfeile und Flammen weit –:
die Zeichen sinken, die Banner –:
Unwiederbringlichkeit.

[1936]

Wer allein ist –

Wer allein ist, ist auch im Geheimnis,
immer steht er in der Bilder Flut,
ihrer Zeugung, ihrer Keimnis,
selbst die Schatten tragen ihre Glut.

Trächtig ist er jeder Schichtung
denkerisch erfüllt und aufgespart,
mächtig ist er der Vernichtung
allem Menschlichen, das nährt und paart.

Ohne Rührung sieht er, wie die Erde
eine andere ward, als ihm begann,
nicht mehr Stirb und nicht mehr Werde:
formstill sieht ihn die Vollendung an.

[1937]

Einsamer nie –

Einsamer nie als im August:
Erfüllungsstunde – im Gelände
die roten und die goldenen Brände,
doch wo ist deiner Gärten Lust?

Die Seen hell, die Himmel weich,
die Äcker rein und glänzen leise,
doch wo sind Sieg und Siegsbeweise
aus dem von dir vertretenen Reich?

Wo alles sich durch Glück beweist
und tauscht den Blick und tauscht die Ringe
im Weingeruch, im Rausch der Dinge –:
dienst du dem Gegenglück, dem Geist.

[1936]

Wenn etwas leicht

Wenn etwas leicht und rauschend um dich ist
wie die Glyzinienpracht an dieser Mauer,
dann ist die Stunde jener Trauer,
daß du nicht reich und unerschöpflich bist,

nicht wie die Blüte oder wie das Licht:
in Strahlen kommend, sich verwandelnd,
an ähnlichen Gebilden handelnd,
die alle nur der eine Rausch verflicht,

der eine Samt, auf dem die Dinge ruhn
so strömend und so unzerspalten,
die Grenze ziehn, die Stunden halten
und nichts in jener Trauer tun.

[1943]

Gedichte

Im Namen dessen, der die Stunden spendet,
im Schicksal des Geschlechts, dem du gehört,
hast du fraglosen Aug's den Blick gewendet
in eine Stunde, die den Blick zerstört,
die Dinge dringen kalt in die Gesichte
und reißen sich der alten Bindung fort,
es gibt nur ein Begegnen: im Gedichte
die Dinge mystisch bannen durch das Wort.

Am Steingeröll der großen Weltruine,
dem Ölberg, wo die tiefste Seele litt,
vorbei am Posilipp der Anjouine,
dem Stauferblut und ihrem Racheschritt:
ein neues Kreuz, ein neues Hochgerichte,
doch eine Stätte ohne Blut und Strang,
sie schwört in Strophen, urteilt im Gedichte,
die Spindeln drehen still: die Parze sang.

Im Namen dessen, der die Stunden spendet,
erahnbar nur, wenn er vorüberzieht
an einem Schatten, der das Jahr vollendet,
doch unausdeutbar bleibt das Stundenlied –
ein Jahr am Steingeröll der Weltgeschichte,
Geröll der Himmel und Geröll der Macht,
und nun die Stunde, deine: im Gedichte
das Selbstgespräch des Leides und der Nacht.

[1943]

Ein Wort

Ein Wort, ein Satz –: aus Chiffren steigen
erkanntes Leben, jäher Sinn,
die Sonne steht, die Sphären schweigen
und alles ballt sich zu ihm hin.

Ein Wort – ein Glanz, ein Flug, ein Feuer,
ein Flammenwurf, ein Sternenstrich –
und wieder Dunkel, ungeheuer,
im leeren Raum um Welt und Ich.

Verlorenes Ich

Verlorenes Ich, zersprengt von Stratosphären,
Opfer des Ion –: Gamma-Strahlen-Lamm –
Teilchen und Feld –: Unendlichkeitschimären
auf deinem grauen Stein von Notre-Dame.

Die Tage gehn dir ohne Nacht und Morgen,
die Jahre halten ohne Schnee und Frucht
bedrohend das Unendliche verborgen –
die Welt als Flucht.

Wo endest du, wo lagerst du, wo breiten
sich deine Sphären an – Verlust, Gewinn –:
ein Spiel von Bestien: Ewigkeiten,
an ihren Gittern fliehst du hin.

Der Bestienblick: die Sterne als Kaldaunen,
der Dschungeltod als Seins- und Schöpfungsgrund,
Mensch, Völkerschlachten, Katalaunen
hinab den Bestienschlund.

Die Welt zerdacht. Und Raum und Zeiten
und was die Menschheit wob und wog,
Funktion nur von Unendlichkeiten –
die Mythe log.

Woher, wohin – nicht Nacht, nicht Morgen,
kein Evoë, kein Requiem,
du möchtest dir ein Stichwort borgen –
allein bei wem?

Ach, als sich alle einer Mitte neigten
und auch die Denker nur den Gott gedacht,
sie sich den Hirten und dem Lamm verzweigten,
wenn aus dem Kelch das Blut sie rein gemacht,

und alle rannen aus der einen Wunde,
brachen das Brot, das jeglicher genoß –
o ferne zwingende erfüllte Stunde,
die einst auch das verlorne Ich umschloß.

[1943]

Statische Gedichte

Entwicklungsfremdheit
ist die Tiefe des Weisen,
Kinder und Kindeskinder
beunruhigen ihn nicht,
dringen nicht in ihn ein.

Richtungen vertreten,
Handeln,
Zu- und Abreisen
ist das Zeichen einer Welt,
die nicht klar sieht.
Vor meinem Fenster
– sagt der Weise –
liegt ein Tal,
darin sammeln sich die Schatten,
zwei Pappeln säumen einen Weg,
du weißt – wohin.

Perspektivismus
ist ein anderes Wort für seine Statik:
Linien anlegen,
sie weiterführen
nach Rankengesetz –
Ranken sprühen –,
auch Schwärme, Krähen,
auswerfen in Winterrot von Frühhimmeln,
dann sinken lassen –

du weißt – für wen.

[1946]

Chopin

Nicht sehr ergiebig im Gespräch,
Ansichten waren nicht seine Stärke,
Ansichten reden drum herum,
wenn Delacroix Theorien entwickelte,
wurde er unruhig, er seinerseits konnte
die Notturnos nicht begründen.

Schwacher Liebhaber;
Schatten in Nohant,
wo George Sands Kinder
keine erzieherischen Ratschläge
von ihm annahmen.

Brustkrank in jener Form
mit Blutungen und Narbenbildung,
die sich lange hinzieht;
stiller Tod
im Gegensatz zu einem
mit Schmerzparoxysmen
oder durch Gewehrsalven:
man rückte den Flügel (Erard) an die Tür
und Delphine Potocka
sang ihm in der letzten Stunde
ein Veilchenlied.

Nach England reiste er mit drei Flügeln:
Pleyel, Erard, Broadwood,
spielte für 20 Guineen abends
eine Viertelstunde
bei Rothschilds, Wellingtons, im Strafford House
und vor zahllosen Hosenbändern;
verdunkelt von Müdigkeit und Todesnähe
kehrte er heim
auf den Square d'Orléans.

Dann verbrennt er seine Skizzen
und Manuskripte,
nur keine Restbestände, Fragmente, Notizen,
diese verräterischen Einblicke –
sagte zum Schluß:
»meine Versuche sind nach Maßgabe dessen vollendet,
was mir zu erreichen möglich war.«

Spielen sollte jeder Finger
mit der seinem Bau entsprechenden Kraft,
der vierte ist der schwächste
(nur siamesisch zum Mittelfinger).
Wenn er begann, lagen sie
auf e, fis, gis, h, c.

Wer je bestimmte Präludien
von ihm hörte,
sei es in Landhäusern oder
in einem Höhengelände
oder aus offenen Terrassentüren
beispielsweise aus einem Sanatorium,
wird es schwer vergessen.

Nie eine Oper komponiert,
keine Symphonie,
nur diese tragischen Progressionen
aus artistischer Überzeugung
und mit einer kleinen Hand.

Reisen

Meinen Sie Zürich zum Beispiel
sei eine tiefere Stadt,
wo man Wunder und Weihen
immer als Inhalt hat?

Meinen Sie, aus Habana,
weiß und hibiskusrot,
bräche ein ewiges Manna
für Ihre Wüstennot?

Bahnhofstraßen und Rueen,
Boulevards, Lidos, Laan –
selbst auf den Fifth Avenueen
fällt Sie die Leere an –

ach, vergeblich das Fahren!
Spät erst erfahren Sie sich:
bleiben und stille bewahren
das sich umgrenzende Ich.

[1950]

Was schlimm ist

Wenn man kein Englisch kann,
von einem guten englischen Kriminalroman zu hören,
der nicht ins Deutsche übersetzt ist.

Bei Hitze ein Bier sehn,
das man nicht bezahlen kann.

Einen neuen Gedanken haben,
den man nicht in einen Hölderlinvers einwickeln kann,
wie es die Professoren tun.

Nachts auf Reisen Wellen schlagen hören
und sich sagen, daß sie das immer tun.

Sehr schlimm: eingeladen sein,
wenn zu Hause die Räume stiller,
der Café besser
und keine Unterhaltung nötig ist.

Am schlimmsten:
nicht im Sommer sterben,
wenn alles hell ist
und die Erde für Spaten leicht.

[1953]

Eingeengt

Eingeengt in Fühlen und Gedanken
deiner Stunde, der du anbestimmt,
wo so viele Glücke Trauer tranken,
einer Stunde, welche Abschied nimmt,

Trauer nur – die Sturm- und Siegeswogen,
Niederlagen, Gräber, Kuß und Kranz,
Trauer nur – die Heere abgezogen,
sammeln sie sich wo – wer weiß es ganz?

Denke dann der Herzen wechselnd Träumen,
andere Götter, anderes Bemühn,
denk der Reiche, die Pagoden säumen,
wo die feuerroten Segel blühn,

denke andres: wie vom Himmel erben
Nord und Süd durch Funken und durch Flut,
denke an das große Mammutsterben
in den Tundren zwischen Eis und Glut,

eingeengt von Fühlen und Gedanken
bleibt in dich ein großer Strom gelegt,
seine Melodie ist ohne Schranken,
trauerlos und leicht und selbstbewegt.

[1953]

Nur zwei Dinge

Durch so viel Formen geschritten,
durch Ich und Wir und Du,
doch alles blieb erlitten
durch die ewige Frage: wozu?

Das ist eine Kinderfrage.
Dir wurde erst spät bewußt,
es gibt nur eines: ertrage
– ob Sinn, ob Sucht, ob Sage –
dein fernbestimmtes: Du mußt.

Ob Rosen, ob Schnee, ob Meere,
was alles erblühte, verblich,
es gibt nur zwei Dinge: die Leere
und das gezeichnete Ich.

[1953]

JOHANNES R. BECHER

1891–1958

Der Idiot

Er schwirrte durch der großen Städte Flucht. Das traf ihn schwer.
Auf hohlen Plätzen tosten Glitzer-Feste.
Staubwirbel bliesen ihn durch grüner Abendhimmel flaches Meer.
Er hockte heulend nachts auf Kuppeln brennender Paläste.

Und seine Straße warf sich steil empor und schraubte
Sich hoch hinaus bis an vergilbten Mondes Zackenrand,
Wo bog sie um und sprang zum Abendstern, der schnaubte,
Spie Feuer, riß rückwärts sie, daß stöhnend sie sich niederwand.

Er schlug die Augen grün, Schaum dick ums Maul
Auf heißes Pflaster. Säule ward sein Schrei.
Ganz leise sang ein Droschkengaul
Und weiße Schleier wehten dicht vorbei.

Es stürzten Türme groß und Mauern drob zusammen.
Auf allen Dächern tosten Flammen laut.
Die Dome knieten nieder. Berge schwammen
Zur Stadt herein, von Regenbogen kreuzweis überbaut.

Da fuhr ein greller Strahl durch sein Gehirn.
Es gellte. Möwenschwärme schreckten auf.
Blütenwälder weiß begruben ihn.

[1913]

Eingang

Der Dichter meidet strahlende Akkorde.
Er stößt durch Tuben, peitscht die Trommel schrill.
Er reißt das Volk auf mit gehackten Sätzen.

*

Ich lerne. Ich bereite vor. Ich übe mich.
Wie arbeite ich – hah leidenschaftlich! –
Gegen mein noch unplastisches Gesicht –:
Falten spanne ich.
Die Neue Welt
(– eine solche: die alte, die mystische, die Welt der Qual austilgend –)
Zeichne ich, möglichst korrekt, darin ein.
Eine besonnte, eine äußerst gegliederte, eine *geschliffene* Landschaft schwebt mir vor,
Eine Insel glückseliger Menschheit.
Dazu bedarf es viel. (Das weiß er auch längst sehr wohl.)

O Trinität des Werks: Erlebnis, Formulierung, Tat.

Ich lerne. Bereite vor. Ich übe mich.

... bald werden sich die Sturzwellen meiner Sätze zu einer unerhörten Figur verfügen.
Reden. Manifeste. Parlament. Der Experimentalroman.
Gesänge von Tribünen herab vorzutragen.

Der neue, der heilige Staat
Sei gepredigt, dem Blut der Völker, Blut von ihrem Blut, eingeimpft.
Restlos sei er gestaltet.
Paradies setzt ein.
– Laßt uns die Schlagwetter-Atmosphäre verbreiten! –
Lernt! Vorbereitet! Übt euch!

[1916]

Die Partei

Was wär ich, ohne daß mich die Partei
In ihre Zucht genommen, ihre strenge?!
Ein wilder Spießer, der mit Wutgeschrei
Sich selbst zerfetzt, und dabei eine Menge

Von Alkohol vertilgt. Vielleicht, es sei
Euch zugestanden, dichtete ich Klänge
Voll üppiger Pracht, wie eine Schlemmerei,
Und säng voll Schwermut Weltenuntergänge.

Bis eines Tags ich merkte: Überflüssig
Bin ich und mein Gedicht, und überdrüssig
Des Überflusses hing ich an dem Strick.

So bin ich nicht verkommen umgekommen.
Doch es bewahrte mich vor dem Geschick
Nur die Partei, die mich in Zucht genommen.

[1935]

[*Die Partei:* Becher hatte sich 1919 der Kommunistischen Partei angeschlossen.]

Auf einen Namen

Von Mund zu Mund wird man dich weitersagen.
Wenn je ein Dichter singt, gedenkt er dein.
Du siehst die Zeiten vor dir aufgeschlagen.
Du zogst im Volk für alle Zeiten ein.

Du kannst das Volk zu allen Zeiten fragen.
Du bleibst mit dir zu keiner Zeit allein.
Dein Bild ist sichtbar in den fernsten Tagen.
Du bist im Volk. Du wirst unsterblich sein.

Von Mund zu Mund wird man dich weitersagen.
Und steht dein Name auch in Erz und Stein:
Dein Name ist im Weltraum eingetragen
Wie der Gestirne Schein und Widerschein.

Du zogst im Volk für alle Zeiten ein.
Du bist im Volk. Du wirst unsterblich sein.

[1937]

[*Namen:* Stalin.]

Tübingen oder *Die Harmonie*

Könnt ich so dichten, wie hier alles klug
Verteilt ist, jedes steht an seiner Stelle.
Des Dunklen nicht zuviel, genügend Helle,
Die Burg, die Brücke, und der Straße Zug

Zur Burg hinauf: verborgen nicht zuviel
Und sichtbar doch nicht alles. Auch die Wellen
Des Neckars halten Maß: in ihrem Spiel
Erscheint das Meer schon, und zugleich der Quellen

Ursprung ist spürbar. So geordnet ist
Dies alles, einfach, und doch reich gegliedert.
Wie ewiges Gespräch. Darin vermißt

Man keine Stimme. Alles wird erwidert.
Zur Brücke spricht die Burg. Die Brücke spricht
Hinab zum Fluß. Ins Dunkel spricht das Licht.

[1938]

Deutschland, meine Trauer

Heimat, meine Trauer,
Land im Dämmerschein –
Himmel, du mein blauer,
Du, mein Fröhlichsein.

War, um dich zu einen,
Dir ein Lied geweiht,
Und mit dir zu weinen
In der Dunkelheit . . .

Einmal wird es heißen:
Als du warst verkannt,
Wurde, dich zu preisen,
Dir ein Lied gesandt.

Himmel schien, ein blauer,
Friede kehrte ein –
Deutschland, meine Trauer,
Du, mein Fröhlichsein.

[1949]

Nationalhymne der Deutschen Demokratischen Republik

Auferstanden aus Ruinen
Und der Zukunft zugewandt,
Laß uns dir zum Guten dienen,
Deutschland, einig Vaterland.
Alte Not gilt es zu zwingen,
Und wir zwingen sie vereint,
Denn es muß uns doch gelingen,
Daß die Sonne schön wie nie
Über Deutschland scheint.

Glück und Friede sei beschieden
Deutschland, unsrem Vaterland!
Alle Welt sehnt sich nach Frieden!
Reicht den Völkern eure Hand.
Wenn wir brüderlich uns einen,
Schlagen wir des Volkes Feind.
Laßt das Licht des Friedens scheinen,
Daß nie eine Mutter mehr
Ihren Sohn beweint!

Laßt uns pflügen, laßt uns bauen,
Lernt und schafft wie nie zuvor,
Und der eignen Kraft vertrauend,
Steigt ein frei Geschlecht empor.
Deutsche Jugend, bestes Streben
Unsres Volks in dir vereint,
Wirst du Deutschlands neues Leben,
Und die Sonne schön wie nie
Über Deutschland scheint.

[1949]

[Weil der Text den Gedanken der Einigung Deutschlands bewahrt, wurde er in der DDR seit Anfang der siebziger Jahre bei offiziellen Anlässen nicht mehr verwendet. Nur die zugehörige Musik Hanns Eislers wurde noch als Hymne gespielt.]

Turm von Babel

Das ist der Turm von Babel,
Er spricht in allen Zungen.
Und Kain erschlägt den Abel
Und wird als Gott besungen.

Er will mit seinem Turme
Wohl in den Himmel steigen
Und will vor keinem Sturme,
Der ihn umstürmt, sich neigen.

Gerüchte aber schwirren,
Die Wahrheit wird verschwiegen.
Die Herzen sich verwirren –
So hoch sind wir gestiegen!

Das Wort wird zur Vokabel,
Um sinnlos zu verhallen.
Es wird der Turm zu Babel
Im Sturz zu nichts zerfallen.

[1949]

HANNES KÜPPER
1897–1955

He, he! the Iron Man!

Es kreist um ihn die Legende,
daß seine Beine, Arme und Hände
wären aus Schmiedeeisen gemacht
zu Sidney in einer taghellen Nacht.
He, he! the Iron Man!

Eine Spiralfeder aus Stahl sei das Herz,
frei von Gefühlen und menschlichem Schmerz,
das Gehirn eine einzige Schalterwand
für des Dynamos Antrieb und Stillstand.
He, he! the Iron Man!

Dicke Kabelstränge seine Nerven wären
Hochgespannt mit Volt-Kraft und Ampèren.
Denn:
dieser künstliche Mensch sollte auf Erden
ursprünglich nicht Six-Days-Fahrer werden.
Zu einem neuen Cäsar war er erdacht,
daher die ungeheure eiserne Macht.
He, he! the Iron Man!

Und
bleibt auch alles nur Legende, so ist doch eines wahr:
Ein Menschenwunder ist es – Reggie Mac-Namara!
He, he! the Iron Man!

[Bertolt Brecht sprach als Preisrichter für Lyrik beim Wettbewerb der „Literarischen Welt" 1927 keinem der Einsender den Preis zu, sondern wählte dieses Gedicht aus einem Radsportblatt. Denn bei den Einsendern fand er „wieder diese stillen, feinen, verträumten Menschen, empfindsamer Teil einer verbrauchten Bourgeoisie, mit der ich nichts zu tun haben will!" („Kurzer Bericht über 400 junge Lyriker"). – *Reggie Mac-Namara:* vgl. MacNamara.]

BERTOLT BRECHT

1898–1956

Aus: *Bertolt Brechts Hauspostille*

[E: 1918–1927; D: 1927]

Von der Kindesmörderin Marie Farrar

1

Marie Farrar, geboren im April
Unmündig, merkmallos, rachitisch, Waise
Bislang angeblich unbescholten, will
Ein Kind ermordet haben in der Weise:
Sie sagt, sie habe schon im zweiten Monat
Bei einer Frau in einem Kellerhaus
Versucht, es abzutreiben mit zwei Spritzen
Angeblich schmerzhaft, doch ging's nicht heraus.
  Doch, ihr, ich bitte euch, wollt nicht in Zorn verfallen.
  Denn alle Kreatur braucht Hilf von allen.

2

Sie habe dennoch, sagt sie, gleich bezahlt
Was ausgemacht war, sich fortan geschnürt
Auch Sprit getrunken, Pfeffer drin vermahlt
Doch habe sie das nur stark abgeführt.
Ihr Leib sei zusehends geschwollen, habe
Auch stark geschmerzt, beim Tellerwaschen oft.
Sie selbst sei, sagt sie, damals noch gewachsen.
Sie habe zu Marie gebetet, viel erhofft.
  Auch ihr, ich bitte euch, wollt nicht in Zorn verfallen
  Denn alle Kreatur braucht Hilf von allen.

3

Doch die Gebete hätten, scheinbar, nichts genützt.
Es war auch viel verlangt. Als sie dann dicker war
Hab ihr in Frühmetten geschwindelt. Oft hab sie geschwitzt
Auch Angstschweiß, häufig unter dem Altar.
Doch hab den Zustand sie geheimgehalten
Bis die Geburt sie nachher überfiel.
Es sei gegangen, da wohl niemand glaubte
Daß sie, sehr reizlos, in Versuchung fiel.
  Und ihr, ich bitte euch, wollt nicht in Zorn verfallen
  Denn alle Kreatur braucht Hilf von allen.

4

An diesem Tag, sagt sie, in aller Früh
Ist ihr beim Stiegenwischen so, als krallten
Ihr Nägel in den Bauch. Es schüttelt sie.
Jedoch gelingt es ihr, den Schmerz geheimzuhalten.
Den ganzen Tag, es ist beim Wäschehängen
Zerbricht sie sich den Kopf; dann kommt sie drauf
Daß sie gebären sollte, und es wird ihr
Gleich schwer ums Herz. Erst spät geht sie hinauf.
Doch ihr, ich bitte euch, wollt nicht in Zorn verfallen
Denn alle Kreatur braucht Hilf von allen.

5

Man holte sie noch einmal, als sie lag:
Schnee war gefallen, und sie mußte kehren.
Das ging bis elf. Es war ein langer Tag.
Erst in der Nacht konnt sie in Ruhe gebären.
Und sie gebar, so sagt sie, einen Sohn.
Der Sohn war ebenso wie andere Söhne.
Doch sie war nicht, wie andre Mütter sind, obschon –
Es liegt kein Grund vor, daß ich sie verhöhne.
Auch ihr, ich bitte euch, wollt nicht in Zorn verfallen
Denn alle Kreatur braucht Hilf von allen.

6

So laßt sie also weiter denn erzählen
Wie es mit diesem Sohn geworden ist
(Sie wolle davon, sagt sie, nichts verhehlen)
Damit man sieht, wie ich bin und du bist.
Sie sagt, sie sei, nur kurz im Bett, von Übel-
keit stark befallen worden, und allein
Hab sie, nicht wissend, was geschehen sollte
Mit Mühe sich bezwungen, nicht zu schrein.
Und ihr, ich bitte euch, wollt nicht in Zorn verfallen
Denn alle Kreatur braucht Hilf von allen.

7

Mit letzter Kraft hab sie, so sagt sie, dann
Da ihre Kammer auch eiskalt gewesen
Sich zum Abort geschleppt und dort auch (wann
Weiß sie nicht mehr) geborn ohn Federlesen
So gegen Morgen zu. Sie sei, sagt sie
Jetzt ganz verwirrt gewesen, habe dann
Halb schon erstarrt, das Kind kaum halten können
Weil es in den Gesindabort hereinschnein kann.
Und ihr, ich bitte euch, wollt nicht in Zorn verfallen
Denn alle Kreatur braucht Hilf von allen.

8

Dann zwischen Kammer und Abort – vorher, sagt sie
Sei noch gar nichts gewesen – fing das Kind
Zu schreien an, das hab sie so verdrossen, sagt sie
Daß sie's mit beiden Fäusten, ohne Aufhörn, blind
So lang geschlagen habe, bis es still war, sagt sie.
Hierauf hab sie das Tote noch durchaus
Zu sich ins Bett genommen für den Rest der Nacht
Und es versteckt am Morgen in dem Wäschehaus.
  Doch ihr, ich bitte euch, wollt nicht in Zorn verfallen
  Denn alle Kreatur braucht Hilf von allen.

9

Marie Farrar, geboren im April
Gestorben im Gefängnishaus zu Meißen
Ledige Kindesmutter, abgeurteilt, will
Euch die Gebrechen aller Kreatur erweisen.
Ihr, die ihr gut gebärt in saubern Wochenbetten
Und nennt »gesegnet« euren schwangeren Schoß
Wollt nicht verdammen die verworfnen Schwachen
Denn ihre Sünd war schwer, doch ihr Leid groß.
  Darum, ich bitte euch, wollt nicht in Zorn verfallen
  Denn alle Kreatur braucht Hilf von allen.

Vom Schwimmen in Seen und Flüssen

1

Im bleichen Sommer, wenn die Winde oben
Nur in dem Laub der großen Bäume sausen
Muß man in Flüssen liegen oder Teichen
Wie die Gewächse, worin Hechte hausen.
Der Leib wird leicht im Wasser. Wenn der Arm
Leicht aus dem Wasser in den Himmel fällt
Wiegt ihn der kleine Wind vergessen
Weil er ihn wohl für braunes Astwerk hält.

2

Der Himmel bietet mittags große Stille.
Man macht die Augen zu, wenn Schwalben kommen.
Der Schlamm ist warm. Wenn kühle Blasen quellen
Weiß man: ein Fisch ist jetzt durch uns geschwommen.
Mein Leib, die Schenkel und der stille Arm
Wir liegen still im Wasser, ganz geeint
Nur wenn die kühlen Fische durch uns schwimmen
Fühl ich, daß Sonne überm Tümpel scheint.

3

Wenn man am Abend von dem langen Liegen
Sehr faul wird, so, daß alle Glieder beißen
Muß man das alles, ohne Rücksicht, klatschend
In blaue Flüsse schmeißen, die sehr reißen.
Am besten ist's, man hält's bis Abend aus.
Weil dann der bleiche Haifischhimmel kommt
Bös und gefräßig über Fluß und Sträuchern
Und alle Dinge sind, wie's ihnen frommt.

4

Natürlich muß man auf dem Rücken liegen
So wie gewöhnlich. Und sich treiben lassen.
Man muß nicht schwimmen, nein, nur so tun, als
Gehöre man einfach zu Schottermassen.
Man soll den Himmel anschaun und so tun
Als ob einen ein Weib trägt, und es stimmt.
Ganz ohne großen Umtrieb, wie der liebe Gott tut
Wenn er am Abend noch in seinen Flüssen schwimmt.

Vom ertrunkenen Mädchen

1

Als sie ertrunken war und hinunterschwamm
Von den Bächen in die größeren Flüsse
Schien der Opal des Himmels sehr wundersam
Als ob er die Leiche begütigen müsse.

2

Tang und Algen hielten sich an ihr ein
So daß sie langsam viel schwerer ward.
Kühl die Fische schwammen an ihrem Bein
Pflanzen und Tiere beschwerten noch ihre letzte Fahrt.

3

Und der Himmel ward abends dunkel wie Rauch
Und hielt nachts mit den Sternen das Licht in Schwebe.
Aber früh ward er hell, daß es auch
Noch für sie Morgen und Abend gebe.

4

Als ihr bleicher Leib im Wasser verfaulet war
Geschah es (sehr langsam), daß Gott sie allmählich vergaß
Erst ihr Gesicht, dann die Hände und ganz zuletzt erst ihr Haar.
Dann ward sie Aas in Flüssen mit vielem Aas.

Erinnerung an die Marie A.

1

An jenem Tag im blauen Mond September
Still unter einem jungen Pflaumenbaum
Da hielt ich sie, die stille bleiche Liebe
In meinem Arm wie einen holden Traum.
Und über uns im schönen Sommerhimmel
War eine Wolke, die ich lange sah
Sie war sehr weiß und ungeheuer oben
Und als ich aufsah, war sie nimmer da.

2

Seit jenem Tag sind viele, viele Monde
Geschwommen still hinunter und vorbei.
Die Pflaumenbäume sind wohl abgehauen
Und fragst du mich, was mit der Liebe sei?
So sag ich dir: ich kann mich nicht erinnern
Und doch, gewiß, ich weiß schon, was du meinst.
Doch ihr Gesicht, das weiß ich wirklich nimmer
Ich weiß nur mehr: ich küßte es dereinst.

3

Und auch den Kuß, ich hätt ihn längst vergessen
Wenn nicht die Wolke dagewesen wär
Die weiß ich noch und werd ich immer wissen
Sie war sehr weiß und kam von oben her.
Die Pflaumenbäume blühn vielleicht noch immer
Und jene Frau hat jetzt vielleicht das siebte Kind
Doch jene Wolke blühte nur Minuten
Und als ich aufsah, schwand sie schon im Wind.

Vom armen B. B.

1

Ich, Bertolt Brecht, bin aus den schwarzen Wäldern.
Meine Mutter trug mich in die Städte hinein
Als ich in ihrem Leibe lag. Und die Kälte der Wälder
Wird in mir bis zu meinem Absterben sein.

2

In der Asphaltstadt bin ich daheim. Von allem Anfang
Versehen mit jedem Sterbsakrament:
Mit Zeitungen. Und Tabak. Und Branntwein.
Mißtrauisch und faul und zufrieden am End.

3

Ich bin zu den Leuten freundlich. Ich setze
Einen steifen Hut auf nach ihrem Brauch.
Ich sage: Es sind ganz besonders riechende Tiere
Und ich sage: Es macht nichts, ich bin es auch.

4

In meine leeren Schaukelstühle vormittags
Setze ich mir mitunter ein paar Frauen
Und ich betrachte sie sorglos und sage ihnen:
In mir habt ihr einen, auf den könnt ihr nicht bauen.

5

Gegen Abend versammle ich um mich Männer
Wir reden uns da mit »Gentlemen« an.
Sie haben ihre Füße auf meinen Tischen
Und sagen: Es wird besser mit uns. Und ich frage nicht: Wann?

6

Gegen Morgen in der grauen Frühe pissen die Tannen
Und ihr Ungeziefer, die Vögel, fängt an zu schrein.
Um die Stunde trink ich mein Glas in der Stadt aus und schmeiße
Den Tabakstummel weg und schlafe beunruhigt ein.

7

Wir sind gesessen, ein leichtes Geschlechte
In Häusern, die für unzerstörbare galten
(So haben wir gebaut die langen Gehäuse des Eilands Manhattan
Und die dünnen Antennen, die das Atlantische Meer unterhalten).

8

Von diesen Städten wird bleiben: der durch sie hindurchging, der Wind!
Fröhlich machet das Haus den Esser: er leert es.
Wir wissen, daß wir Vorläufige sind
Und nach uns wird kommen: nichts Nennenswertes.

9

Bei den Erdbeben, die kommen werden, werde ich hoffentlich
Meine Virginia nicht ausgehen lassen durch Bitterkeit
Ich, Bertolt Brecht, in die Asphaltstädte verschlagen
Aus den schwarzen Wäldern in meiner Mutter in früher Zeit.

[E: 1922]

Solidaritätslied

Auf, ihr Völker dieser Erde!
Einigt euch in diesem Sinn:
Daß sie jetzt die eure werde
Und die große Nährerin.
Vorwärts und nicht vergessen
Worin unsre Stärke besteht!
Beim Hungern und beim Essen
Vorwärts, nie vergessen
Die Solidarität!

Schwarzer, Weißer, Brauner, Gelber!
Endet ihre Schlächterein!
Reden erst die Völker selber
Werden sie schnell einig sein.
Vorwärts und nicht vergessen
Worin unsre Stärke besteht!
Beim Hungern und beim Essen
Vorwärts, nie vergessen
Die Solidarität!

Wollen wir es schnell erreichen
Brauchen wir noch dich und dich.
Wer im Stich läßt seinesgleichen
Läßt ja nur sich selbst im Stich.
Vorwärts und nicht vergessen
Worin unsre Stärke besteht!
Beim Hungern und beim Essen
Vorwärts, nie vergessen
Die Solidarität!

Unsre Herrn, wer sie auch seien
Sehen unsre Zwietracht gern
Denn solang sie uns entzweien
Bleiben sie doch unsre Herrn.
Vorwärts und nicht vergessen
Worin unsre Stärke besteht!
Beim Hungern und beim Essen
Vorwärts, nie vergessen
Die Solidarität!

Proletarier aller Länder
Einigt euch und ihr seid frei.
Eure großen Regimenter
Brechen jede Tyrannei!
Vorwärts und nie vergessen
Und die Frage konkret gestellt
Beim Hungern und beim Essen:
Wessen Morgen ist der Morgen?
Wessen Welt ist die Welt?

[E: um 1930/31, D: 1937]

Fragen eines lesenden Arbeiters

Wer baute das siebentorige Theben?
In den Büchern stehen die Namen von Königen.
Haben die Könige die Felsbrocken herbeigeschleppt?
Und das mehrmals zerstörte Babylon –
Wer baute es so viele Male auf? In welchen Häusern
Des goldstrahlenden Lima wohnten die Bauleute?
Wohin gingen an dem Abend, wo die Chinesische Mauer fertig war
Die Maurer? Das große Rom
Ist voll von Triumphbögen. Wer errichtete sie? Über wen
Triumphierten die Cäsaren? Hatte das vielbesungene Byzanz
Nur Paläste für seine Bewohner? Selbst in dem sagenhaften Atlantis
Brüllten in der Nacht, wo das Meer es verschlang
Die Ersaufenden nach ihren Sklaven.

Der junge Alexander eroberte Indien.
Er allein?
Cäsar schlug die Gallier.
Hatte er nicht wenigstens einen Koch bei sich?
Philipp von Spanien weinte, als seine Flotte
Untergegangen war. Weinte sonst niemand?
Friedrich der Zweite siegte im Siebenjährigen Krieg. Wer
Siegte außer ihm?

Jede Seite ein Sieg.
Wer kochte den Siegesschmaus?
Alle zehn Jahre ein großer Mann.
Wer bezahlte die Spesen?

So viele Berichte.
So viele Fragen.

(1935)

Legende von der Entstehung des Buches Taoteking auf dem Weg des Laotse in die Emigration

1

Als er Siebzig war und war gebrechlich
Drängte es den Lehrer doch nach Ruh
Denn die Güte war im Lande wieder einmal schwächlich
Und die Bosheit nahm an Kräften wieder einmal zu.
Und er gürtete den Schuh.

2

Und er packte ein, was er so brauchte:
Wenig. Doch es wurde dies und das.
So die Pfeife, die er immer abends rauchte
Und das Büchlein, das er immer las.
Weißbrot nach dem Augenmaß.

3

Freute sich des Tals noch einmal und vergaß es
Als er ins Gebirg den Weg einschlug.
Und sein Ochse freute sich des frischen Grases
Kauend, während er den Alten trug.
Denn dem ging es schnell genug.

4

Doch am vierten Tag im Felsgesteine
Hat ein Zöllner ihm den Weg verwehrt:
»Kostbarkeiten zu verzollen?« – »Keine.«
Und der Knabe, der den Ochsen führte, sprach: »Er hat gelehrt.«
Und so war auch das erklärt.

5

Doch der Mann in einer heitren Regung
Fragte noch: »Hat er was rausgekriegt?«
Sprach der Knabe: »Daß das weiche Wasser in Bewegung
Mit der Zeit den mächtigen Stein besiegt.
Du verstehst, das Harte unterliegt.«

6

Daß er nicht das letzte Tageslicht verlöre
Trieb der Knabe nun den Ochsen an
Und die drei verschwanden schon um eine schwarze Föhre
Da kam plötzlich Fahrt in unsern Mann
Und er schrie: »He, du! Halt an!

7

Was ist das mit diesem Wasser, Alter?«
Hielt der Alte: »Intressiert es dich?«
Sprach der Mann: »Ich bin nur Zollverwalter
Doch wer wen besiegt, das intressiert auch mich.
Wenn du's weißt, dann sprich!

8

Schreib mir's auf! Diktier es diesem Kinde!
So was nimmt man doch nicht mit sich fort.
Da gibt's doch Papier bei uns und Tinte
Und ein Nachtmahl gibt es auch: ich wohne dort.
Nun, ist das ein Wort?«

9

Über seine Schulter sah der Alte
Auf den Mann: Flickjoppe. Keine Schuh.
Und die Stirne eine einzige Falte.
Ach, kein Sieger trat da auf ihn zu.
Und er murmelte: »Auch du?«

10

Eine höfliche Bitte abzuschlagen
War der Alte, wie es schien, zu alt.
Denn er sagte laut: »Die etwas fragen
Die verdienen Antwort.« Sprach der Knabe: »Es wird auch schon kalt.«
»Gut, ein kleiner Aufenthalt.«

11

Und von seinem Ochsen stieg der Weise
Sieben Tage schrieben sie zu zweit.
Und der Zöllner brachte Essen (und er fluchte nur noch leise
Mit den Schmugglern in der ganzen Zeit).
Und dann war's soweit.

12

Und dem Zöllner händigte der Knabe
Eines Morgens einundachtzig Sprüche ein.
Und mit Dank für eine kleine Reisegabe
Bogen sie um jene Föhre ins Gestein.
Sagt jetzt: kann man höflicher sein?

13

Aber rühmen wir nicht nur den Weisen
Dessen Name auf dem Buche prangt!
Denn man muß dem Weisen seine Weisheit erst entreißen.
Darum sei der Zöllner auch bedankt:
Er hat sie ihm abverlangt.

[E: 1937/38; D: 1939]

An die Nachgeborenen

I

Wirklich, ich lebe in finsteren Zeiten!
Das arglose Wort ist töricht. Eine glatte Stirn
Deutet auf Unempfindlichkeit hin. Der Lachende
Hat die furchtbare Nachricht
Nur noch nicht empfangen.

Was sind das für Zeiten, wo
Ein Gespräch über Bäume fast ein Verbrechen ist
Weil es ein Schweigen über so viele Untaten einschließt!
Der dort ruhig über die Straße geht
Ist wohl nicht mehr erreichbar für seine Freunde
Die in Not sind?

Es ist wahr: ich verdiene noch meinen Unterhalt
Aber glaubt mir: das ist nur ein Zufall. Nichts

Von dem, was ich tue, berechtigt mich dazu, mich sattzuessen.
Zufällig bin ich verschont. (Wenn mein Glück aussetzt, bin ich verloren.)

Man sagt mir: Iß und trink du! Sei froh, daß du hast!
Aber wie kann ich essen und trinken, wenn
Ich dem Hungernden entreiße, was ich esse, und
Mein Glas Wasser einem Verdurstenden fehlt?
Und doch esse und trinke ich.

Ich wäre gerne auch weise.
In den alten Büchern steht, was weise ist:
Sich aus dem Streit der Welt halten und die kurze Zeit
Ohne Furcht verbringen
Auch ohne Gewalt auskommen
Böses mit Gutem vergelten
Seine Wünsche nicht erfüllen, sondern vergessen
Gilt für weise.
Alles das kann ich nicht:
Wirklich, ich lebe in finsteren Zeiten!

II

In die Städte kam ich zur Zeit der Unordnung
Als da Hunger herrschte.
Unter die Menschen kam ich zu der Zeit des Aufruhrs
Und ich empörte mich mit ihnen.
So verging meine Zeit
Die auf Erden mir gegeben war.

Mein Essen aß ich zwischen den Schlachten
Schlafen legte ich mich unter die Mörder
Der Liebe pflegte ich achtlos
Und die Natur sah ich ohne Geduld.
So verging meine Zeit
Die auf Erden mir gegeben war.

Die Straßen führten in den Sumpf zu meiner Zeit.
Die Sprache verriet mich dem Schlächter.
Ich vermochte nur wenig. Aber die Herrschenden
Saßen ohne mich sicherer, das hoffte ich.
So verging meine Zeit
Die auf Erden mir gegeben war.

Die Kräfte waren gering. Das Ziel
Lag in großer Ferne
Es war deutlich sichtbar, wenn auch für mich
Kaum zu erreichen.
So verging meine Zeit
Die auf Erden mir gegeben war.

III

Ihr, die ihr auftauchen werdet aus der Flut
In der wir untergegangen sind
Gedenkt
Wenn ihr von unseren Schwächen sprecht
Auch der finsteren Zeit
Der ihr entronnen seid.

Gingen wir doch, öfter als die Schuhe die Länder wechselnd
Durch die Kriege der Klassen, verzweifelt
Wenn da nur Unrecht war und keine Empörung.

Dabei wissen wir doch:
Auch der Haß gegen die Niedrigkeit
Verzerrt die Züge.
Auch der Zorn über das Unrecht
Macht die Stimme heiser. Ach, wir
Die wir den Boden bereiten wollten für Freundlichkeit
Konnten selber nicht freundlich sein.

Ihr aber, wenn es so weit sein wird
Daß der Mensch dem Menschen ein Helfer ist
Gedenkt unsrer
Mit Nachsicht.

[1939]

Schlechte Zeit für Lyrik

Ich weiß doch: nur der Glückliche
Ist beliebt. Seine Stimme
Hört man gern. Sein Gesicht ist schön.

Der verkrüppelte Baum im Hof
Zeigt auf den schlechten Boden, aber
Die Vorübergehenden schimpfen ihn einen Krüppel
Doch mit Recht.

Die grünen Boote und die lustigen Segel des Sundes
Sehe ich nicht. Von allem
Sehe ich nur der Fischer rissiges Garnnetz.
Warum rede ich nur davon
Daß die vierzigjährige Häuslerin gekrümmt geht?
Die Brüste der Mädchen
Sind warm wie ehedem.

In meinem Lied ein Reim
Käme mir fast vor wie Übermut.

In mir streiten sich
Die Begeisterung über den blühenden Apfelbaum

Und das Entsetzen über die Reden des Anstreichers.
Aber nur das zweite
Drängt mich zum Schreibtisch.

[E: 1939; D: 1964]

[*Sund:* Meerenge. Brecht lebte damals im Exil in Skovsbostrand bei Svendborg in Dänemark. – *Anstreicher:* Anspielung auf Hitlers Scheitern als Künstler, Maler; von Brecht wiederholt gebrauchte Spottbezeichnung für Hitler.]

Aus: *Kinderlieder 1950*

Kinderhymne

Anmut sparet nicht noch Mühe
Leidenschaft nicht noch Verstand
Daß ein gutes Deutschland blühe
Wie ein andres gutes Land.

Daß die Völker nicht erbleichen
Wie vor einer Räuberin
Sondern ihre Hände reichen
Uns wie andern Völkern hin.

Und nicht über und nicht unter
Andern Völkern wolln wir sein
Von der See bis zu den Alpen
Von der Oder bis zum Rhein.

Und weil wir dies Land verbessern
Lieben und beschirmen wir's
Und das liebste mag's uns scheinen
So wie andern Völkern ihrs.

Aus: *Buckower Elegien* (1953)

[Brecht und Helene Weigel mieteten im Februar 1952 in der Märkischen Schweiz in Buckow (östlich von Berlin) ein Landhaus an einem kleinen See.]

Der Radwechsel

Ich sitze am Straßenrand
Der Fahrer wechselt das Rad.
Ich bin nicht gern, wo ich herkomme.
Ich bin nicht gern, wo ich hinfahre.
Warum sehe ich den Radwechsel
Mit Ungeduld?

Die Lösung

Nach dem Aufstand des 17. Juni
Ließ der Sekretär des Schriftstellerverbands
In der Stalinallee Flugblätter verteilen
Auf denen zu lesen war, daß das Volk
Das Vertrauen der Regierung verscherzt habe
Und es nur durch verdoppelte Arbeit
Zurückerobern könne. Wäre es da
Nicht doch einfacher, die Regierung
Löste das Volk auf und
Wählte ein anderes?

[*Aufstand:* am 17. 6. 1953 in Berlin (Ost) und in der DDR.]

Böser Morgen

Die Silberpappel, eine ortsbekannte Schönheit
Heut eine alte Vettel. Der See
Eine Lache Abwaschwasser, nicht rühren!
Die Fuchsien unter dem Löwenmaul billig und eitel.
Warum?

Heute nacht im Traum sah ich Finger, auf mich deutend
Wie auf einen Aussätzigen. Sie waren zerarbeitet und
Sie waren gebrochen.

Unwissende! schrie ich
Schuldbewußt.

Der Rauch

Das kleine Haus unter Bäumen am See.
Vom Dach steigt Rauch.
Fehlte er
Wie trostlos dann wären
Haus, Bäume und See.

WALTER MEHRING

1896–1981

Die Arie der großen Hure Presse

Jedermann,
Der lesen kann,
Ist meinem Reiz verfallen.
Jedermann, der auf sich hält, er stellt mir nach.
Über jeden führ' ich Buch, wenn etwas vorgefallen,
Ob der Unmensch einen Mord, ob ein Gedicht verbrach.
Der Provinzler lernt das Gruseln vor der Sünde,
Und der Künstler schlottert bleich vor der Kritik,
Auch der Staatsmann, daß ich seine Schwächen finde,
Denn ich lüfte die Dessous der Politik.
Das Histörchen und Skandälchen sucht Verbreitung,
Bis die Neuigkeit die ganze Welt durchdringt!
So erscheint an jedem Tag mein Kind, die Zeitung,
Schwarz auf weiß geschmückt und unschuldsvoll geschminkt.
Durch die Straßen ein Getümmel.
Und dann bricht es
Wie aus heiterm Himmel,
Des Gerüchtes Donnerwetter:
EXTRABLÄTTER! EXTRABLÄTTER!
Und es wächst die Zeitungsletter
Aus der Rotationsmaschine
Zur Lawine aus Papier!
Und ein Flüstern
Neugierlüstern:
Was ich wohl verbergen mag!
Von der Sensationenfülle
Löst sich Blatt für Blatt die Hülle –
Ich, Frau Presse, bring es an den Tag!

Jedermann,
Der zahlen kann,
Ist meiner Gunst verfallen!
Jedermann, von mir verführt, hat abonniert.
Über jeden führ' ich Buch, wenn etwas vorgefallen,
Ob er sein Geschäft, ob seinen Tod man inseriert.
Jeder Kaufmann buhlt bei mir um die Empfehlung,
Und ein Jüngling sucht bei mir ein liebend Herz,
Ich verkünde voller Scham von der Vermählung,
Voller Tränen von der Hinterbliebnen Schmerz.
Denn die Ware und die Liebe sucht Verbreitung,
Bis die Neuigkeit zu aller Ohren dringt!
So erscheint an jedem Tag mein Kind, die Zeitung,
Schwarz auf weiß geschmückt und unschuldsvoll geschminkt.
Durch die Straßen das Getümmel
Schreit den Namen,
Wie aus heiterm Himmel

Der Reklamen Ruhmgeschmetter:
Extrablätter! Extrablätter!
Und es wächst die Zeitungsletter
Aus der Rotationsmaschine
Zur Lawine aus Papier!
Und ein Flüstern
Neugierlüstern:
Was ich wohl verbergen mag!
Von der Sensationenfülle
Löst sich Blatt für Blatt die Hülle.
Ich, Frau Presse, bring es an den Tag!

Jeder Held
Auf dieser Welt
Ist meinem Leib verfallen.
Jeder Mann, der sich verschwört, gehört mir an!
Über jeden führ' ich Buch, wenn etwas vorgefallen,
Und vollende zum Geschick, was ich nicht wissen kann!
Aus den Anarchistenklubs und den Konklaven,
Das Geheimnis hinter intriganten Türen,
Spionieren die Reporter, meine Sklaven,
Um es frech in alle Welt zu depeschieren!
Und das kaum gesprochne Wort hat schon Verbreitung,
Eh die Neuigkeit zu aller Ohren dringt,
Und so schreitet mit der Zeit, mein Kind, die Zeitung
Schwarz auf weiß geschmückt und blutendrot geschminkt
In den Straßen ein Getümmel:
So bricht plötzlich
Wie aus heiterm Himmel
Der Verhetzung Donnerwetter:
Extrablätter! Extrablätter!
Und es wächst die Zeitungsletter
Aus der Rotationsmaschine
Zur Lawine aus Papier!
Und ein Flüstern
Fragt sich lüstern,
Wo den Brand ich schüren mag!
Bis die indiskrete Fülle
Blatt für Blatt ich nackt enthülle!
Ich, Frau Presse, bring es an den Tag!

[1924]

Die Sage vom Großen Krebs

Es geht um – es geht um eine böse Mär
Vom Krebs im Mohriner See...
Ihn ketten zwei Jahrtausende schwer –
Und wär er frei
  Ging alles rückwärts und verquer,
    rückwärts und verquer.
Läutet die Glocken bim bam bom
  Hosiannah!
    Gott geb's
  Daß nimmermehr loskomm
  Der Große Krebs!

Denn kröche der Krebs aus dem Morast,
Marschierte ein ganzes Heer,
Das würgt und mordet, hetzt und haßt
Ihm hinterher.
  Im Krebsgang rückwärts und verquer,
    rückwärts und verquer...
Marschierte das ganze Rückwärtser-Heer.
  Hosiannah!
    Gott geb's
  Daß loskomm nimmermehr
  Der Große Krebs!

Dann kreiste zurück die Jahrhundertuhr
Zur ewigen Mitternacht...
Und wenn die berauschte Kreatur
Vom Traum erwacht,
  Geht alles rückwärts und verquer,
    rückwärts und verquer.
Zu Hexenbränden und Judenpogrom...
  Hosiannah!
    Gott geb's
  Daß nimmermehr loskomm
  Der Große Krebs!

Wohin er kröche, folgte seiner Spur
Die Pest vom Mohriner See,
Und es regierte die Krebs-Diktatur
Und kommandiert:
  Das Ganze rückwärts und verquer,
    rückwärts und verquer!
Nieder mit euch! Kadaverfromm!
  Hosiannah!
    Gott geb's
  Daß nimmermehr loskomm
  Der Große Krebs!

Ach, hör mich, Volk – welch du hier lebst
Und zwischen Berg und See
Um täglich Brot und Freiheit krebst:
Laß ihn nicht frei –
  Sonst geht es rückwärts und verquer,
    rückwärts und verquer...
  Wir alle, alle hinterher –
  Und euer Wille geb's,
Daß loskomm nimmermehr
    nimmermehr
  Der Große Krebs
  Der Große Krebs!

[28. 2. 1933 im vorletzten Heft der »Weltbühne«]

[Vgl. das Gedicht von August Kopisch.]

Der Emigrantenchoral

Werft
  eure Herzen über alle Grenzen,
Und wo ein Blick grüßt, werft die Anker aus!
Zählt auf der Wandrung nicht nach Monden, Wintern, Lenzen –
Starb eine Welt – ihr sollt sie nicht bekränzen!

Schärft
das euch ein und sagt: Wir sind zu Haus!
Baut euch ein Nest!
Vergeßt – vergeßt
Was man euch aberkannt und euch gestohln!
Kommt ihr von Isar, Spree und Waterkant:
Was gibt's da heut zu holn?
Die ganze Heimat
Und das bißchen Vaterland
Die trägt der Emigrant
Von Mensch zu Mensch – von Ort zu Ort
An seinen Sohl'n, in seinem Sacktuch mit sich fort.

Tarnt
euch mit Scheuklappen – mit Mönchskapuzen:
Ihr werdt euch doch die Schädel drunter beuln!
Ihr seid gewarnt: das Schicksal läßt sich da nicht uzen –
Wir wolln uns lieber mit Hyänen duzen
Als drüben mit den Volksgenossen heuln!
Wo ihr auch seid:
Das gleiche Leid
Auf 'ner Wildwestfarm – einem Nest in Poln
Die Stadt, der Strand, von denen ihr verbannt:
Was gibt's da noch zu holn?
Die ganze Heimat und
das bißchen Vaterland
Die trägt der Emigrant
Von Mensch zu Mensch – von Ort zu Ort
An seinen Sohl'n, in seinem Sacktuch mit sich fort.

Werft
eure Hoffnung über neue Grenzen –
Reißt euch die alte aus wie'n hohlen Zahn!
Es ist nicht alles Gold, wo Uniformen glänzen!
Solln sie verleumden – sich vor Wut besprenzen –
Sie spucken Haß in einen Ozean!
Laßt sie allein
Beim Rachespein
Bis sie erbrechen, was sie euch gestohln
Das Haus, den Acker – Berg und Waterkant.
Der Teufel mag sie holn!
Die ganze Heimat und
das bißchen Vaterland
Die trägt der Emigrant
Von Mensch zu Mensch – landauf
landab
Und wenn sein Lebensvisum abläuft
mit ins Grab.

[1934]

JOSEF WEINHEBER

1892–1945

Mit halber Stimme

Nimm des Menschen Dunkelstes: *Dies* ist ewig.
Nimm aus weher Brust das Verlorne, hauch die
Scham, die Sehnsucht, flüstre das Weinen in die
Stille des Abends,

die Gedanken vor dem Entschlafen; alle
hingehauchten Worte der Herbstnacht, alle
einsam armen Wege, die Trauer und das
Ende der Liebe.

Wie ein Sturm ist menschliches Leid und wie das
ferne Spiel von Harfen; das tiefste aber
ist ein Strom: nicht strömt er von hier, er flutet
inner der Erde.

Nimm das Leid und mach es zum Liede: Welches
Lied ist süßer, welches mit Würde leiser!
Gleich dem wunden Mund der Geliebten, nachher;
oder dem kargen

Lächeln eines Sterbenden. Immer werden
an den Grenzen groß die Gefühle. Denn im
Übergang ist Weihe und Muß und jene
Todkraft des Opfers –:

Bittrer Becher, sei uns gesegnet! Ach, wer
leidet denn genügend – und wer denn wurde
je zu tief gehöhlt, dem die streng gespannte
Saite erbebte?

[1934]

Das reine Gedicht

Du gabst im Schlafe, Gott, mir das Gedicht.
Ich werde es im Wachen nie begreifen.
Nachbildend Zug um Zug das Traumgesicht,
nur sehnen kann ich mich und Worte häufen.

Da es ein Klang war, sollt ich es nicht hören?
Da es ein Bild war, sollt ich es nicht sehn?
Nun wird die Oberfläche mich betören,
im Tonfall wird der Klang zuschanden gehn.

Wie war es doch? Es war in seligem Traume.
Nur noch in solchem Wachsein lebe ich.
Die Augen schließend, raubt es mich dem Raume.
Traum schlägt den Blick auf, und ich schaue dich.

Im Grase

Glocken und Zyanen,
Thymian und Mohn.
Ach, ein fernes Ahnen
hat das Herz davon.

Und im sanften Nachen
trägt es so dahin.
Zwischen Traum und Wachen
frag ich, wo ich bin.

Seh die Schiffe ziehen,
fühl den Wellenschlag,
weiße Wolken fliehen
durch den späten Tag –

Glocken und Zyanen,
Mohn und Thymian.
Himmlisch wehn die Fahnen
über grünem Plan:

Löwenzahn und Raden,
Klee und Rosmarin.
Lenk es, Gott, in Gnaden
nach der Heimat hin.

Das ist deine Stille.
Ja, ich hör dich schon.
Salbei und Kamille,
Thymian und Mohn,

und schon halb im Schlafen
– Mohn und Thymian –
landet sacht im Hafen
nun der Nachen an.

[1936]

Dezember

Im Stall bei Esel, Ochs und Rind
zur Nacht geboren ward das Kind.
Und wieder still wie ehedem
der Stern leucht' über Bethlehem.
Gott in der Höh sei Preis und Ehr,
und Fried den Menschen weit umher.
Gevatter, schlachte du ein Schwein,
back Honigbrot, fahr auf den Wein
und heiz die Stuben nach Gebühr,
daß uns das Kindlein ja nicht frier!
Wir feierns mit bei Trunk und Schmaus:
Die Glock schlägt zwölf – Das Jahr ist aus.

Hymnus auf die deutsche Sprache

O wie raunt, lebt, atmet in deinem Laut
der tiefe Gott, dein Herr; unsre Seel,
die da ist das Schicksal der Welt.
Du des Erhabenen
starres Antlitz,
mildes Auge des Traumes,
eherne Schwertfaust!

Eine helle Mutter, eine dunkle Geliebte,
stärker, fruchtbarer, süßer als all deine Schwestern;
bittern Kampfes, jeglichen Opfers wert:
Du gibst dem Herrn die Kraft des Befehls und Demut dem Sklaven.
Du gibst dem Dunklen Dunkles
und dem Lichte das Licht.
Du nennst die Erde und den Himmel: deutsch!

Du unverbraucht wie dein Volk!
Du tief wie dein Volk!
Du schwer und spröd wie dein Volk!
Du wie dein Volk niemals beendet!

Im fernen Land
furchtbar allein,
das Dach nicht über dem Haupte
und unter den Füßen die Erde nicht:
Du einzig seine Heimat,
süße Heimat dem Sohn des Volks.

Du Zuflucht in das Herz hinab,
du über Gräbern Siegel des Kommenden, teures Gefäß
ewigen Leides!
Vaterland uns Einsamen, die es nicht kennt,
unzerstörbar Scholle dem Schollenlosen,
unsrer Nacktheit ein weiches Kleid,
unserem Blut eine letzte Lust,
unserer Angst eine tiefe Ruhe:

Sprache unser!
Die wir dich sprechen in Gnaden, dunkle Geliebte!
Die wir dich schweigen in Ehrfurcht, heilige Mutter!

[1934]

Dem Führer

(zum 20. April 1939)

Deutschlands Genius, Deutschlands Herz und Haupt.
Ehre Deutschlands, ihm so lang geraubt.
Macht des Schwerts, daran die Erde glaubt.

Fünfzig Jahre, und ein Werk aus Erz.
Übergroß, gewachsen an dem Schmerz.
Hell und heilig, stürmend höhenwärts.

Retter, Löser, der die Nacht bezwang.
Ernte *Du* auch, dulde Kranz und Sang:
Ruh' in unsrer Liebe, lebe lang!

[*20. April 1939:* 50. Geburtstag Adolf Hitlers.
(Vgl. die Hinweise im Vorwort auf S. 18 ff.)]

Aus: *Die deutschen Tugenden im Kriege*

Vorspruch

Jedwedes Volk, das leben will,
braucht Tucht und Zucht, nicht Tand und Spiel.
Das eine fault vor Überfluß,
das andre kämpft, sein' Not ist Muß.
Weil wir nun alle, Mann, Weib, Kind,
Soldaten, *nur* Soldaten sind,
beschwört der Sänger – bis zum Sieg! –
die deutschen Tugenden im Krieg.
Wir *haben* sie, noch ungetrübt:
Er nennt nur, was ihr bluthaft übt.
Ihr schweigt davon, denn Würd und Ehr
bedarf der großen Wort nicht mehr.
Und Ehr und Würde sind zuletzt
der Born, der alle Ausfahrt netzt.
Fahr aus, gut's Schwert, dir selb zu Ruhm;
Der Deutschen Art heißt: Heldentum!

Gehorsam

Wer nicht gehorchen kann, kann nie
befehlen, wenn er noch so schrie.
Begreift: Was würde aus der Welt,
wenn jeder tut, was ihm gefällt!
Gehorsam setzt die Ordnung fest,
nach welcher Gott sich messen läßt.
Er sei dem Glauben gleich: So groß,
so fraglos und bedingungslos!
Ein Volk, das nicht zu folgen weiß,
zerstört die Stufen, gibt sich preis.
Vom stärksten Willen überdacht,
geschieht die Rettung, wirkt die Macht.

Einsatzbereitschaft

Dies ist ein Krieg, wie nie gekannt:
Das Vaterland braucht jede Hand.
Vor jenen, die dem Tod sich weihn,
das größte Opfer ist zu klein!
Es werde größer Tag für Tag,
damit der Sieg gelingen mag!
Was Wesen schon: mein Leben, mein
Gesichert- und Befriedetsein?
Das ganze Volk ist in Gefahr.
Auf! Rettet! Nehmt die Kräfte wahr!
Ist auch die kleinste nicht zu klein –
Wir gehn dahin, das Reich muß sein!

Treue

Es war seit je der Deutschen Brauch
die Treue bis zum letzten Hauch.
So schwören wir in großer Not
die alte Treue bis zum Tod!
Wem schwören wir? Dem starken Mann,
dem Führer schwören wir voran,
alsdann dem Blut, dem Land, dem Reich,
ist keine Treu der unsern gleich.
Ist keine Treu der *seinen* gleich,
so fügte sich, so strahlt das Reich.
In fernen Sagen sei's gesagt,
was Treu um Treu getan, gewagt.

Uneigennützigkeit

Deutsch sein hieß immer, heißt erst nun,
ein Ding um seiner selbst zu tun.
Wer bloß im Hinblick auf Gewinn
das seine tut, zeigt Knechtessinn.
Wer aber gar des Landes Not
zum Schlechten nutzt, verdient den Tod.
Da hab' er dann Profit und Geld!
Er war zu klein, der feine Held.
Wir brauchen die Verdiener nicht.
Wir brauchen Pflicht und wieder Pflicht,
und reines Herz und saubre Händ',
daß Gott die Not zum Guten wend'!

[1940]

DIETRICH ECKART

1868–1923

Deutschland, erwache!

Sturm, Sturm, Sturm!
Läutet die Glocken von Turm zu Turm!
Läutet, daß Funken zu sprühen beginnen,
Judas erscheint, das Reich zu gewinnen,
Läutet, daß blutig die Seile sich röten,
Rings lauter Brennen und Martern und Töten.
Läutet Sturm, daß die Erde sich bäumt
Unter dem Donner der rettenden Rache.
Wehe dem Volk, das heute noch träumt,
Deutschland, erwache!

Sturm, Sturm, Sturm!
Läutet die Glocken von Turm zu Turm!
Läutet die Männer, die Greise, die Buben,
Läutet die Schläfer aus ihren Stuben,
Läutet die Mädchen herunter die Stiegen,
Läutet die Mütter hinweg von den Wiegen,
Dröhnen soll sie und gellen, die Luft,
Rasen, rasen im Donner der Rache.
Läutet die Toten aus ihrer Gruft,
Deutschland, erwache!

[E: 2. Strophe 1919; 1. Strophe 1922; vertont 1922; seit 1923 ‚Kampflied' der Nationalsozialisten. Vgl. zu den hier gebotenen Beispielen nat.-soz. Gedichte die Hinweise im Vorwort auf S. 18 ff.]

HEINRICH ANACKER

1901–1971

Deutsche Ostern 1933

Hört ihr die Osterglocken
frohlocken?
So haben wir noch zu keiner Frist
des Festes Sinn verstanden
wie heute... Denn Deutschland selber ist
leuchtend auferstanden.

Hört ihr die Osterglocken
frohlocken?
Auch Deutschland erlitt sein Golgatha,
und ward ans Kreuz geschlagen –
nun hat das Bittre, das ihm geschah,
herrliche Frucht getragen.

Hört ihr die Osterglocken
frohlocken?
Auch Deutschland hatte der Mütter viel
mit dem Schwert im blutenden Herzen –
nun läßt sie das österlich-hohe Ziel
vergessen alle Schmerzen.

Hört ihr die Osterglocken
frohlocken?
Auch Deutschlands Grab ist heute leer:
Das Volk hat heimgefunden –
und war der Stein auch noch so schwer,
es hat ihn überwunden.

Hört ihr die Osterglocken
frohlocken?
So haben wir noch zu keiner Frist
die Botschaft tief verstanden –
denn Deutschland ist, wie der Heilige Christ,
leuchtend auferstanden!

Fahneneinmarsch

(Zum Parteitag 1933)

Das braune Heer, gefügt aus kantigen Quadern,
Liegt wie ein Riesenleib erstarrt im Feld.
Die Gruppenzwischenräume scheinen Adern,
Die leer sind und von keinem Saft geschwellt.

Da bricht der Fahnen vielgeteilte Reihe,
Rot wie ein Lavastrom vulkanischer Glut,
Herein, und füllt zur feierlichen Weihe
Die hohlen Adern mit lebendigem Blut.

Aufblüht der Leib, und reckt die braunen Glieder;
Ins große Ganze fügt sich Teil um Teil,
Und hunderttausendfach dröhnt donnernd wider
Der deutschen Zukunft sonnengläubig »Heil!«

Da streift ein Wissen uns mit heißem Schauern,
Daß es das sturmverwirrte Fühlen klär':
Nie würden wir besternt und zeitlos dauern,
Wenn nicht der Führer und die Fahne wär'!

HERBERT BÖHME

1907–1971

Der Führer

Eine Trommel geht in Deutschland um
und der sie schlägt, der führt,
und die ihm folgen, folgen stumm,
sie sind von ihm gekürt.

Sie schwören ihm den Fahnenschwur,
Gefolgschaft und Gericht,
er wirbelt ihres Schicksals Spur
mit ehernem Gesicht.

Er schreitet hart der Sonne zu
mit angespannter Kraft.
Seine Trommel, Deutschland, das bist du!
Volk, werde Leidenschaft!

Die sich der Fahne verschrieben

Die sich der Fahne verschrieben,
lieben nichts als das Reich.
Alles, was ihnen geblieben,
ist Glauben und Kämpfen zugleich.
Sie tragen in wachem Blute,
was sie zusammenhält,
Sie tragen mit heiligem Mute
am Gute ihrer Welt.

Die sich der Fahne verschrieben,
Gezeichnete vom Licht,
sie tragen in Leben und Lieben
ein Hochgesetz: die Pflicht.
Sein Atem stößt aus der Erde,
die Winde beben im Dampf,
es wittern ihn die Pferde:
Kampf, heißt die Losung: Kampf!

HERYBERT MENZEL
1906–1945

In unsern Fahnen lodert Gott!

Nun gilt nicht hüh, nun gilt nicht hott:
Sturm! blasen die Trompeten.
In unsern Fahnen lodert Gott,
Wir kämpfen wie wir beten.
Nichts hält uns ab, nicht Zwang, nicht Spott,
Der Marsch ist angetreten!

Gott will kein Dach, Gott will kein Haus,
Wenn wir die Stuben lassen,
Er zieht mit uns zum Kampfe aus
Und segnet unser Hassen.
Wir halten ihn im Sturmgebraus,
Wenn wir die Fahne fassen.
In unsern Fahnen lodert Gott,
Drum wir sie heilig nennen.
Drum gegen Lug und Trug und Spott
Zum Sturme wir anrennen.
Und der da fällt, der stirbt für Gott,
Zu dem wir uns bekennen.

Der hat zu ihm sich nie bekannt,
Der bleibt, wenn wir marschieren.
In dem ist Gott noch nicht entbrannt,
Der will, daß wir verlieren.
Doch er durchglüht das ganze Land,
Wird uns zum Siege führen!

So pressen unsre Hände wir
Nur fester um die Waffen.
So wie wir kämpfen, beten wir,
So wie wir fallen, glauben wir!
Gott segne Wehr und Waffen,
Die du zum Kampf erschaffen!

ALBRECHT HAUSHOFER

1903–1945

Schuld

Ich trage leicht an dem, was das Gericht
mir Schuld benennen wird: an Plan und Sorgen.
Verbrecher wär' ich, hätt' ich für das Morgen
des Volkes nicht geplant aus eigner Pflicht.

Doch schuldig bin ich anders als ihr denkt,
ich mußte früher meine Pflicht erkennen,
ich mußte schärfer Unheil Unheil nennen –
mein Urteil hab ich viel zu lang gelenkt ...

Ich klage mich in meinem Herzen an:
Ich habe mein Gewissen lang betrogen,
ich hab mich selbst und andere belogen –

ich kannte früh des Jammers ganze Bahn –
ich hab gewarnt – nicht hart genug und klar!
Und heute weiß ich, was ich schuldig war ...

[*Gericht:* der 1934 in Berlin als Sondergericht für Hoch- und Landesverratssachen eingerichtete ›Volksgerichtshof‹.]

Untergang

Wie hört man leicht von fremden Untergängen,
wie trägt man schwer des eignen Volkes Fall!
Vom fremden ist's ein ferner Widerhall,
im eignen ist's ein lautes Todesdrängen.

Ein Todesdrängen, aus dem Haß geboren,
in Rachetrotz und Übermut gezeugt –
nun wird vertilgt, gebrochen und gebeugt,
und auch das Beste geht im Sturz verloren.

Daß dieses Volk die Siege nicht ertrug –
die Mühlen Gottes haben schnell gemahlen.
Wie furchtbar muß es nun den Rausch bezahlen.

Es war so hart, als es die andern schlug,
so taub für seiner Opfer Todesklagen –
Wie mag es nun das Opfer-Sein ertragen ...

REINHOLD SCHNEIDER

1903–1958

Allein den Betern kann es noch gelingen,
Das Schwert ob unsern Häuptern aufzuhalten
Und diese Welt den richtenden Gewalten
Durch ein geheiligt Leben abzuringen.

Denn Täter werden nie den Himmel zwingen:
Was sie vereinen, wird sich wieder spalten,
Was sie erneuern, über Nacht veralten,
Und was sie stiften, Not und Unheil bringen.

Jetzt ist die Zeit, da sich das Heil verbirgt,
Und Menschenhochmut auf dem Markte feiert,
Indes im Dom die Beter sich verhüllen,

Bis Gott aus unsern Opfern Segen wirkt
Und in den Tiefen, die kein Aug entschleiert,
Die trocknen Brunnen sich mit Leben füllen.

[E: 1936; D: 1941, Privatdruck]

Allerheiligen – Allerseelen

Heilige Schwermut, da trüber
Und tiefer die Sonne kreist,
Und von den Toten herüber
Vernehmlich redet der Geist,

Und jedes Blatt, wie zur Flamme
Unsterblichen Lebens verzehrt,
Schmerzlos gleitend vom Stamme
Den großen Frieden mehrt!

Schwer wandelt die Nacht durch den Schlummer,
Da Gram sich mit Gram bespricht,
Bis endlich den wogenden Kummer
Zögernd begnadet das Licht.

Wer wird die Vergessenen lohnen?
Die Gräber sind alle allein.
Aber der Heiligen Kronen
Schimmern im Nebelschein.

[E: 31. 10. 1945; D: 1947]

WERNER BERGENGRUEN

1892–1964

Wandlung

Löse dich von Haus und Haft,
Eh der Herd verglimmt.
Denn zu Gottes Wanderschaft
Bist du vorbestimmt.

Raste stumm am falben Rain.
Laub ist braun gehäuft,
Da der graue Bitterwein
Aus der Wolke träuft.

Hufschlag hart am Straßenbord,
Wagenspur und Tritt
Löscht der blasse Regen fort
Und dich selber mit.

Namenloses Zeitenkind,
Baum im Wanderschuh!
Was am Prellstein hockt und sinnt,
Das bist nicht mehr du.

Gib dich der verborgnen Hand,
Die dich angerührt.
Hebe dich vom Grabenrand.
Geh. Du bist geführt.

[1936]

Aus: *Dies irae*

III

Fall nieder, Feuer

Das Brot wird bitter sein. Ihr gabt die Lüge
bereits der Aussaat als Geleitwort mit.
Am Brunnen füllen sich die Tränenkrüge.
Die Wiese dorrt vom hingestampften Schritt.

Des Frevels Äußerstes habt ihr vollendet.
Maßlose, grifft ihr nach der Schöpfung ganz.
Der Elemente Unschuld ist geschändet.
Der Wald gab Laub zum lügnerischen Kranz.

Der Wind hat euren Wimpeln dienen müssen
und falschem Glanz das lautere Metall.
Ihr triebt das Schweigen von Geklüft und Flüssen.
Die Luft bewahrt der blinden Worte Schall.

Dem Widergott zu Tor und Tempelstufen,
zu Kerkermauern bracht ihr das Gestein.
Ihr habt das Feuer tausendfach gerufen.
Fall nieder, Feuer! Brenne du uns rein.

XIII

Wer will die Reinen von den Schuldigen scheiden?

Wer will die Reinen von den Schuldigen scheiden?
Und welcher Reine hat sich nicht befleckt?
Es wird die Sichel Kraut und Unkraut schneiden,
wenn sie des Erntetages Spruch vollstreckt.

In jedem Torweg steht geheim ein Rächer.
Uns allen ist der Bittertrunk gemein.
Schlagt mich ans Kreuz! Es soll der Schächer
mit Ihm im Paradiese sein.

[E: 1944; D: 1945]

[*Dies irae:* Tag des Zorns, des Weltgerichts. – *Schächer:* Räuber, Mörder. Mit Jesus wurden zwei »Übeltäter« gekreuzigt, von denen einer Jesus bat: »Gedenke an mich, wenn du in dein Reich kommst!« Jesus antwortete: »Wahrlich, ich sage dir: Heute wirst du mit mir im Paradiese sein« (Luk. 23, 43).]

Die heile Welt

Wisse, wenn in Schmerzensstunden
dir das Blut vom Herzen spritzt:
Niemand kann die Welt verwunden,
nur die Schale wird geritzt.

Tief im innersten der Ringe
ruht ihr Kern getrost und heil.
Und mit jedem Schöpfungsdinge
hast du immer an ihm teil.

Ewig eine strenge Güte
wirket unverbrüchlich fort.
Ewig wechselt Frucht und Blüte,
Vogelzug nach Süd und Nord.

Felsen wachsen, Ströme gleiten,
und der Tau fällt unverletzt.
Und dir ist von Ewigkeiten
Rast und Wanderbahn gesetzt.

Neue Wolken glühn im Fernen,
neue Gipfel stehn gehäuft,
bis von nie erblickten Sternen
dir die süße Labung träuft.

[1950]

Kaschubisches Weihnachtslied

Wärst du, Kindchen, im Kaschubenlande,
Wärst du, Kindchen, doch bei uns geboren!
Sieh, du hättest nicht auf Heu gelegen,
Wärst auf Daunen weich gebettet worden.

Nimmer wärst du in den Stall gekommen,
Dicht am Ofen stünde warm dein Bettchen,
Der Herr Pfarrer käme selbst gelaufen,
Dich und deine Mutter zu verehren.

Kindchen, wie wir dich gekleidet hätten!
Müßtest eine Schaffellmütze tragen,
Blauen Mantel von kaschubischem Tuche,
Pelzgefüttert und mit Bänderschleifen.

Hätten dir den eignen Gurt gegeben,
Rote Schuhchen für die kleinen Füße,
Fest und blank mit Nägelchen beschlagen!
Kindchen, wie wir dich gekleidet hätten!

Kindchen, wie wir dich gefüttert hätten!
Früh am Morgen weißes Brot mit Honig,
Frische Butter, wunderweiches Schmorfleisch,
Mittags Gerstengrütze, gelbe Tunke,

Gänsefleisch und Kuttelfleck mit Ingwer,
Fette Wurst und goldnen Eierkuchen,
Krug um Krug das starke Bier aus Putzig!
Kindchen, wie wir dich gefüttert hätten!

Und wie wir das Herz dir schenken wollten!
Sieh, wir wären alle fromm geworden,
Alle Kniee würden sich dir beugen,
Alle Füße Himmelswege gehen.

Niemals würde eine Scheune brennen,
Sonntags nie ein trunkner Schädel bluten, –
Wärst du, Kindchen, im Kaschubenlande,
Wärst du, Kindchen, doch bei uns geboren! –

Leben eines Mannes

Gestern fuhr ich Fische fangen,
Heut bin ich zum Wein gegangen,
– Morgen bin ich tot –
Grüne, goldgeschuppte Fische,
Rote Pfützen auf dem Tische,
Rings um weißes Brot.

Gestern ist es Mai gewesen,
Heute wolln wir Verse lesen,
Morgen wolln wir Schweine stechen,
Würste machen, Äpfel brechen,
Pfundweis alle Bettler stopfen
Und auf pralle Bäuche klopfen,
– Morgen bin ich tot –
Rosen setzen, Ulmen pflanzen,
Schlittenfahren, fastnachtstanzen,
Netze flicken, Lauten rühren,
Häuser bauen, Kriege führen,
Frauen nehmen, Kinder zeugen,
Übermorgen Kniee beugen,
Übermorgen Knechte löhnen,
Übermorgen Gott versöhnen –
Morgen bin ich tot.

GERTRUD KOLMAR

1894–1943

Wappen von Allenburg

Ein rotes Elchhaupt auf Silbergrund, aus grünem Röhricht steigend.

Ich geh' durch Erde, die schon nicht mehr ist;
Denn meine Erde ist nur Teil von mir,
Wie ich mit Schaufel, Haupt und Widerrist
Ein blödes, grauses, ungeschlachtes Tier.

Sie klatscht um meine Kniee als ein Sumpf,
Hängt von der trägen Lippe als ein Schlamm,
Hockt, Nebelschlange, feucht am roten Rumpf,
Schiebt unters Maul den flechtenblassen Stamm.

Ich bin, die war, die ferngestorbne Zeit,
Die wüst im großen Wäldermoor gehaust,
In tiefe Flocken Wölfe hingeschneit,
Mit dunklem Sturm den Uhu hergebraust.

Ich bin das Wilde, Dumpfe, das man schlug,
Das man erschlagen, weil es fremd und stumm;
Was schlau und müde Karren schleppt und Pflug,
Dem legt der Mörder bunten Halsschmuck um.

Mir ward, die ihre Öde klagt und schnarrt,
Die Nacht des Raben freundlich zugesellt,
Die im Geröhre ächzt, in Birken knarrt
Und vor dem Licht der warmen Dörfer hält.

Mir ward ein Regenhimmel, graulich schwer,
Der zäh und stickig niederplumpt ins Luch,
Das Fell am Leib, an meinem Hirn die Wehr,
Nicht Hand noch Peitsche, Stall und Trog und Tuch.

Das tierisch Mächtige hat sie entsetzt,
Das arglos Fromme meuchelt ihre List:
Daß es verende, wund und tot gehetzt,
Die Erdenkindheit. Die doch nicht mehr ist.

Die Jüdin

Ich bin fremd.

Weil sich die Menschen nicht zu mir wagen,
Will ich mit Türmen gegürtet sein,
Die steile, steingraue Mützen tragen
In Wolken hinein.

Ihr findet den erzenen Schlüssel nicht
Der dumpfen Treppe. Sie rollt sich nach oben,
Wie platten, schuppigen Kopf erhoben
Eine Otter ins Licht.

Ach, diese Mauer morscht schon wie Felsen,
Den tausendjähriger Strom bespült;
Die Vögel mit rohen, faltigen Hälsen
Hocken, in Höhlen verwühlt.

In den Gewölben rieselnder Sand,
Kauernde Echsen mit sprenkligen Brüsten –
Ich möcht' eine Forscherreise rüsten
In mein eigenes uraltes Land.

Ich kann das begrabene Ur der Chaldäer
Vielleicht entdecken noch irgendwo,
Den Götzen Dagon, das Zelt der Hebräer,
Die Posaune von Jericho.

Die jene höhnischen Wände zerblies,
Schwärzt sich in Tiefen, verwüstet, verbogen;
Einst hab' ich dennoch den Atem gesogen,
Der ihre Töne stieß.

Und in Truhen, verschüttet vom Staube,
Liegen die edlen Gewänder tot,
Sterbender Glanz aus dem Flügel der Taube
Und das Stumpfe des Behemoth.

Ich kleide mich staunend. Wohl bin ich klein,
Fern ihren prunkvoll mächtigen Zeiten,
Doch um mich starren die schimmernden Breiten
Wie Schutz, und ich wachse ein.

Nun seh' ich mich seltsam und kann mich nicht kennen,
Da ich vor Rom, vor Karthago schon war,
Da jäh in mir die Altäre entbrennen
Der Richterin und ihrer Schar.

Von dem verborgenen Goldgefäß
Läuft durch mein Blut ein schmerzliches Gleißen,
Und ein Lied will mit Namen mich heißen,
Die mir wieder gemäß.

Himmel rufen aus farbigen Zeichen.
Zugeschlossen ist euer Gesicht:
Die mit dem Wüstenfuchs scheu mich umstreichen,
Schauen es nicht.

Riesig zerstürzende Windsäulen wehn,
Grün wie Nephrit, rot wie Korallen,
Über die Türme. Gott läßt sie verfallen
Und noch Jahrtausende stehn.

Trauerspiel

Der Tiger schreitet seine Tagesreise
Viel Meilen fort.
Zuweilen gegen Abend nimmt er Speise
Am fremden Ort.

Die Eisenstäbe: alles, was dahinter
Vergeht und säumt,
Ist Schrei und Stich und frostig fahler Winter
Und nur geträumt.

Er gleitet heim: und mußte längst verlernen,
Wie Heimat sprach.
Der Käfig stutzt und wittert sein Entfernen
Und hetzt ihm nach.

Er flackert heller aus dem blinden Schmerze,
Den er nicht nennt,
Nur eine goldne rußgestreifte Kerze,
Die glitzernd sich zu Tode brennt.

Die Müde

Dies Müde, Flügellose ruht auf mir
So wie ein großes, sanftes, goldnes Tier.

Uns trägt, was schwillt: ein Trank, der überlief.
Es blickt mich an. Sein Blick ist gut und tief.

Es lastet schwerer und mein Atem hebt
Es nicht mehr auf. Sein Drachenmantel webt

Ins Düster sich. Ein Zackenkrallen spinnt,
Drum schale Milch aus einem Mohnkopf rinnt.

Nun darf ich nur noch eigne Lider sehn,
Die blau und grüne Pfauenräder drehn.

Ich habe kein Gesicht mehr. Hauch wird Stein.
Bedächtig kehrt mein Schauen in mich ein.

Es steigt hinab, hinab, es fällt, wird dicht.
Der Schwarzschlund sackt es ein: es wehrt sich nicht.

Es sinkt geballt in tauben Mauernkern.
Es ist in sich. Nur seltsam klar und fern

Scheint auch dies Müde, Flügellose hier,
So wie ein kleines, silbern sanftes Tier.

Verwandlungen

Ich will die Nacht um mich ziehn als ein warmes Tuch
Mit ihrem weißen Stern, mit ihrem grauen Fluch,
Mit ihrem wehenden Zipfel, der die Tagkrähen scheucht,
Mit ihren Nebelfransen, von einsamen Teichen feucht.

Ich hing im Gebälke starr als eine Fledermaus,
Ich lasse mich fallen in Luft und fahre nun aus.
Mann, ich träumte dein Blut, ich beiße dich wund,
Kralle mich in dein Haar und sauge an deinem Mund.

Über den stumpfen Türmen sind Himmelswipfel schwarz.
Aus ihren kahlen Stämmen sickert gläsernes Harz
Zu unsichtbaren Kelchen wie Oportowein.
In meinen braunen Augen bleibt der Widerschein.

Mit meinen goldbraunen Augen will ich fangen gehn,
Fangen den Fisch in Gräben, die zwischen Häusern stehn,
Fangen den Fisch der Meere: und Meer ist ein weiter Platz
Mit zerknickten Masten, versunkenem Silberschatz.

Die schweren Schiffsglocken läuten aus dem Algenwald.
Unter den Schiffsfiguren starrt eine Kindergestalt,
In Händen die Limone und an der Stirn ein Licht.
Zwischen uns fahren die Wasser; ich behalte dich nicht.

Hinter erfrorener Scheibe glühn Lampen bunt und heiß,
Tauchen blanke Löffel in Schalen, buntes Eis;
Ich locke mit roten Früchten, draus meine Lippen gemacht,
Und bin eine kleine Speise in einem Becher von Nacht.

[1949]

CARL ZUCKMAYER

1896–1977

Lob der Spatzen

Grau mit viel Braun und wenig weißen Federn,
Das Männchen auf der Brust mit schwarzem Fleck,
Sie leben unter Palmen, Fichten, Zedern,
Und auch in jedem Straßendreck.

In Ingolstadt und in der City Boston,
Am Hoek van Holland und am Goldnen Horn
Ist überall der Spatz auf seinem Posten
Und fürchtet nicht des Schöpfers Zorn.

Inmitten schwarzer Dschungeln von Fabriken
Und todgeladner Drähte Kreuz und Quer
Sieht man die Spatzen flattern, nisten, brüten, mausern, picken,
Als ob die Welt ein Schutzpark wär!

Es stört sie nicht der Lärm der Transmissionen
Und keineswegs das Tempo unsrer Zeit –
Sie leben (schnell und langsam) seit Äonen
Wo sie der Himmel hingeschneit.

Als Jesus über Gräser, Zweige, Blumen
Einritt, und alle Hosianna schrien,
Da pickt' ein Spatz gemächlich gelbe Krumen
Aus dem noch warmen Mist der weißen Eselin.

Herr gib uns Kraft und Mut wie Deinen Spatzen,
Mach unser Leben ihrem Rinnstein gleich.
Dann mag wer will von edleren Tauben schwatzen,
Denn unser ist Dein gutes Erdenreich.

[1926]

Elegie von Abschied und Wiederkehr

Ich weiß, ich werde alles wiedersehn.
Und es wird alles ganz verwandelt sein,
Ich werde durch erloschne Städte gehn,
Darin kein Stein mehr auf dem andern Stein –
Und selbst wo noch die alten Steine stehen,
Sind es nicht mehr die altvertrauten Gassen –
Ich weiß, ich werde alles wiedersehen
Und nichts mehr finden, was ich einst verlassen.

Der breite Strom wird noch zum Abend gleiten.
Auch wird der Wind noch durch die Weiden gehn,
Die unberührt in sinkenden Gezeiten
Die stumme Totenwacht am Ufer stehn.
Ein Schatten wird an unsrer Seite schreiten
Und tiefste Nacht um unsre Schläfen wehn –
Dann mag erschauernd in den Morgen reiten,
Wer lebend schon sein eignes Grab gesehn.

Ich weiß, ich werde zögernd wiederkehren,
Wenn kein Verlangen mehr die Schritte treibt.
Entseelt ist unsres Herzens Heimbegehren,
Und was wir brennend suchten, liegt entleibt.
Leid wird zu Flammen, die sich selbst verzehren,
Und nur ein kühler Flug von Asche bleibt –
Bis die Erinnrung über dunklen Meeren
Ihr ewig Zeichen in den Himmel schreibt.

(Geschrieben in Amerika, Herbst 1939)

[1948]

Ein nie vorher gesehener Stern

Manchmal des Nachts, wenn ich die Öfen schürte,
Sah ich durchs Fenster, nah und weltenfern,
So jäh, als ob mich eine Hand berührte,
Den nie vorher gesehenen Stern.

Er sprang und zuckte grün in kaltem Feuer –
So groß war nie ein Licht, und kein Planet.
Mein Blick ward blind davon, und ungeheuer
Erschrak mein Herz, und fand nicht zum Gebet.

Hob dann die Lider ich, war er verschwunden.
War es ein Zeichen? War's ein Ruf des Herrn?
Ich frage nicht. Doch hält mich tief gebunden
Der nie vorher gesehene Stern.

(Vermont, 1944)

THEODOR KRAMER

1897–1958

Die Gaunerzinke

Die stillste Straße komm ich her,
im Schluchtenfluß der Otter schreit.
Mein Schnappsack ist dem Bund zu leer,
Gehöfte stehen Meilen weit.
Im Kotter saß ich gestern noch
und tret ins Tor im Abendrot
und weiß im Janker Loch um Loch
und bitte nur ganz still um Brot.

Und dem, der hart mich weist ins Land,
dem mal ich an die Wand ein Haus –
und vor das Haus steil eine Hand;
die Hand wächst übers Haus hinaus.
Hier, seht, hier bat – und bat nur stumm
– nach mir, Ihr Brüder, – eine Hand.
Und einer geht ums Haus herum
und einer setzt's einst nachts in Brand.

[D: 1927]

[*Zinke, Zinken:* in der Gaunersprache ›Geheimzeichen‹.]

Die Orgel aus Staub

Grell flutet das Licht und die Lehne ist heiß,
sacht fällt von den Kieseln der Sand;
der Wind schuppt den Rasen und stiehlt sich mir leis
durchs Hohle der hängenden Hand.
Das ist so der Sonntag für den, der nichts hat,
die Wege sind sommerlich leer;
gedämpft dringt der Lärm der verlassenen Stadt
durchs Dornsieb des Parkgitters her.

Weiß segeln die Wolken den Hügeln zu, grün
verdorrt vor den Bänken das Laub;
der Blust der Akazien, die gläsern verblühn,
tropft hin und schleift dürr durch den Staub.
Das dreht sich zutaub wie ein Drehorgellied
und läßt meinen Gaumen schier Wein
und Lebkuchen schmecken und schwillt und bezieht
Gewölbe und Gras in sich ein.

Unsichtbare Orgel aus Staub: daß es nicht
mir abdrückt das Herz, laß aufstehn
mich Nichtigen und mit verhängtem Gesicht
dir stockend die Kurbel andrehn.
Ins Seegras des Sofas, daß allen es klingt,
greift schütternd dein schartiger Zahn;
spröd federt die alte Matratze ... es singt,
gesprungen noch, was ich getan.

Reich sind bis ans Ende die Tage ... ein Griff,
ein Werkeln, solang ich noch steh:
da schwebt übers Koksfeld der Uferbahnpfiff,
da rauscht hinterm Bau die Allee.
Da fällt aus den Fugen des Fensters der Kitt,
der Firnis springt brüchig vom Schild,
springt mitten ins Lied und der Span dreht sich mit
und singt, daß die Träne mir quillt.

(21. 6. 1935)

Requiem für einen Faschisten

Du warst in allem einer ihrer Besten,
erschrocken fühl ich heut mich dir verwandt;
du schwelgtest gerne bei den gleichen Festen
und zogst wie ich oft wochenlang durchs Land.
Es füllte dich wie mich der gleiche Ekel
vor dem Geklügel ohne innern Drang,
vor jedem Wortgekletzel und Gehäkel;
nichts galt dir als der schöne Überschwang.

So zog es dich zu ihnen, die marschierten;
wer weiß da, wann du auf dem Marsch ins Nichts
gewahr der Zeichen wurdest, die sie zierten?
Du liegst gefällt am Tage des Gerichts.
Ich hätte dich mit eigner Hand erschlagen;
doch unser keiner hatte die Geduld,
in deiner Sprache dir den Weg zu sagen:
dein Tod ist unsre, ist auch meine Schuld.

Ich setz für dich zu Abend diese Zeilen,
da schrill die Grille ihre Beine reibt,
wie du es liebtest, und der Seim im geilen
Faulbaum im Kreis die schwarzen Käfer treibt.
Daß wir des Tods und Ursprungs nicht vergessen;
wann jeder Brot hat und zum Brot auch Wein,
vom Überschwang zu singen wie besessen,
soll um dich, Bruder, meine Klage sein.

(23. 5. 1945)

Zur halben Nacht

Was bin ich plötzlich aufgewacht?
Die Luft ist schal und dick;
unsichtbar sitzt zur halben Nacht
ein Druck mir im Genick.
Ist niemand da, der trinken will
mit mir vorm Nahn des Lichts?
Ich trommle laut, ich trommle still
den schwarzen Marsch ins Nichts.

Der Mond steht kalt am Himmel, wie
gefallen aus der Zeit;
die Sträucher seufzen hohl wie nie
vor lauter Einsamkeit.
Ist niemand da, der schlafen will
mit mir vorm Nahn des Lichts?
Ich trommle laut, ich trommle still
den schwarzen Marsch ins Nichts.

Erschöpft hat sich, was du verlangst
von mir, o Welt; ich härm
im Schlaf mich sehr und ich hab Angst
und mach, allein, mir Lärm.
Ist niemand da, der mithörn will
die Stimme des Gerichts?
Ich trommle laut, ich trommle still
den schwarzen Marsch ins Nichts.

(8. 6. 1945)

FRIEDRICH SCHNACK

1888–1977

Vogelwolke

Ich sehe eine Vogelwolke reisen,
Vom Nordlandkap, wo Meere tot vereisen.
Ich höre eine Vogelwolke sausen,
Da dürre Winde in den Wäldern brausen.

Hoch über meinem Haus
Weht eine Vogelfahne welthinaus,
Die winkt und raucht nach südlichen Gestaden,
Wo Morgengötter in den Fluten baden.

Der Nebel dampft empor, Herbstfeuer kochen,
Die letzten Früchte sind gebrochen.
Das Land ist leer,
Kein Wandrer schweift im Grunde mehr.

Ich sehe eine Vogelwolke wogen,
Ein Vogelbogen kommt vom Nord gezogen.
Ein geisterschwarzer Seelenriesenflügel
Schwimmt ungeheuer über Wald und Trauerhügel
Und rauscht im späten Tage
Hinab in eine große Wandersage.

Franken

Der Main geht breit und kühl durch weite Feuerwochen,
Bamberg und Würzburg segneten ihn ein.
Die Stille lodert, wenn die Weine kochen:
Die frohe »Leisten« und der müde »Stein«.

Die Glocken wachen auf in den vertrauten Auen,
Von Harz und Honig schwebt ein holdes Wehn.
O liebte ich: ich liebte ihre Frauen
Und würde in die Rosengärten gehn!

Die kleinen Dörfer haben ihre Wunder:
Uralte Giebel, Türme, Truhen voller Zinngerät.
Am Tore atmet glühend der Holunder,
Die Nacht ist lau, hier wird es niemals spät.

Die Brunnen rauschen unter süßen Linden,
Die Bienenwolken sprühn wie goldnes Licht.
Die Zäune überstrahlt der Blütenschwarm der Winden
Und grüßt Marias wehes Traumgesicht.

Die gute Heimat muß ich feurig preisen:
Hier wohnte Friedrich Schnack in einem kleinen Haus,
Er sah den Main zum fernen Rheine reisen
Und lobte Gott und trank den Weinkrug aus.

GEORG VON DER VRING

1889–1968

Kleiner Hafen

Der Mond, die weiße Perle,
Scheint auf betrunkne Kerle.
Betrunkne hat ja jede Stadt
Von Zuidersee bis Kattegat.

Sie saufen, bis sie lallen,
Und laufen, bis sie fallen.
Sie liegen hier im Ufersand,
Zerscherbte Gläser in der Hand.

Wer hebt sie auf, die Guten?
Und bringt sie auf die Schuten,
Die Kutter, Ewer, ankerfest?
Wer tut, was jeder andre lässt? –

So bleiben sie hier liegen.
Der Sand scheint sie zu wiegen.
Und einer überschwankt das Brett
Und fällt genau ins Totenbett.

[1930]

Passionsblume

Am Geländer der Terrasse
Wächst sie mondelang heran.
Regen taucht ihr Blatt ins Nasse.
Alle schaun und denken dran.

Eines Morgens ist ihr Orden
Aufgestellt und offenbar,
Blaue Strahlen, weiße Borden,
Wo nur grün die Knospe war.

Eine Blüte sonder Regel,
Die uns ängstigt und gefällt:
Helle Hämmer, dunkle Nägel
Überm Leidenskreis der Welt.

[1934]

Nasse Rosen

Geräusch des Regens im Garten,
Dich lern ich nie zuend,
Wo die Rosen hängen und warten,
Überflossen, die keiner kennt.
Dann, Regen, was weißt du von mir?
Und ich selber, was weiß ich von dir –

Als nur Rauschen und endloses Warten
Bei den Rosen, die keiner kennt,
Wo der Tropfen aus ihren zarten
Kelchen rinnt und sich trennt.
Dann, Tropfen, was kennst du von mir?
Und ich selber, was kenn ich von dir –

Als den Glanz, der schon lang aus den zarten
Kelchen rinnt und sich trennt,
Und den Wind, was er nimmt aus dem Garten,
Eh der rote Sommer zuend.
Dann, Sommer, was nimmst du von mir?
Und ich selber, was nehm ich von dir –

Als das Rauschen des Regens im Garten,
Bei den Rosen ein endloses Warten
Und den Glanz, der schon lang aus den zarten
Kelchen rinnt und sich trennt.
Da denk ich schon nichts mehr von mir;
Da weiß ich schon alles von dir.

[1939]

Die letzte Rose

Wer hat dieser letzten Rose
Ihren letzten Duft verliehn?
Tritt hinaus ins Sonnenlose,
Atme ihn und spüre ihn,

Wie er rot im Offenbaren
Und verschwebender wie Wein
Wesen kündet, die nie waren
Und die hier nie werden sein.

[1939]

Kondensstreif

Preisrot unterm Blitz von Schieferflächen
Hebt ein Turm sich in den Sommerhimmel;
Unter ihm, dem Blau zu widersprechen,
Blinkt der Häuser bräunliches Gewimmel;
Ein Kondenspfeil zielt, wie um zu stechen,
Auf der Wolken Horizontgetümmel.
Kann das Nichts wem eine Lanze brechen? –
Alle Wolken stehn wie Eisenschimmel.

[1979]

Sieh den Mond

Sieh den Mond, wie hingeriffelt
Auf ein zart getöntes Blatt,
Spät noch kreuzen Kinderschiffe
Ihren Teich an Meeres Statt.

Und der Abendwind, er legt sie,
Und die Segel sind genäßt,
Und die Dämmerung bewegt sie,
Wie die Knabenhand sie läßt.

Doch der Mond gewinnt sein Silber,
Und die Kinder gehn nach Haus.
Sieh mich an, die schönen Bilder
Mir im Auge löschen aus.

[1979]

GEORG BRITTING

1891–1964

Rausch

Rausch, mein riesiger, bartumwallter
Bruder, tritt zu mir herein!
Sieh dies Glas! Das ist ein alter,
Mondscheingelber, feurigkühler, brennendkalter Wein.

Morgenroter, abendroter
Vetter: Saug am Ziegenschlauch,
Daß ein butterheller, fetter
Wein dir salbt den Bauch!

Neige dich, mein riesenhafter
Purpurbruder, über mich!
Torkelnd, ein erschlaffter Knabe,
Dem das Wangenrot verblich,

Berg ich tief mich in den Falten
Deines Kleides. In den roten Klüften
Träume ich die alten
Träume, hingelagert an den Hügeln deiner Hüften.

[E: 1927; D: 1929]

Unruhiger Tag

Da: ein kalter Atemstoß
Wind fährt in die lauen Räume,
Durch die Bäume knospenlos.

Und die grünen Wiesensäume,
Schmale Bänder, Wald zu Wald,
Grün, das in der Sonne raucht,
Plötzlich eisig überhaucht
Frösteln kalt.

Wie gekommen, so verschwunden!
Wärme wallt zum Himmel auf.
Gierig stehn der Bäume Schrunden
So wie durstige Mäuler auf.

[E: 1928; D: 1934]

Raubritter

Zwischen Kraut und grünen Stangen
Jungen Schilfes steht der Hecht,
Mit Unholdsaugen im Kopf, dem langen,
Der Herr der Fische und Wasserschlangen,
Mit Kiefern, gewaltig wie Eisenzangen,
Gestachelt die Flossen: Raubtiergeschlecht.

Unbeweglich, uralt, aus Metall,
Grünspanig von tausend Jahren.
Ein Steinwurf! Wasserspritzen und Schwall:
Er ist blitzend davongefahren.

Butterblume, Sumpfdotterblume, feurig, gelblich rot,
Schaukelt auf den Wasserringen wie ein Seeräuberboot.

[E: 1930; D: 1935]

Was hat, Achill...

Unbehelmt,
Voran der Hundemeute,
Über das kahle Vorgebirge her
Auf ihrem Rappen eine,
Den Köcher an der bleichen Mädchenhüfte.

Ein Falke kreist im blauen, großen,
Unermeßlich blauen,
Großen Himmel.

Er wird niederstoßen,
Die harten Krallen und den krummen Schnabel
Im Blut zu tränken, dem purpurnen Saft,
An dem das Falkenvolk sich wild berauscht.

Die nackte Brust der Reiterin.
Ihr glühend Aug.
Die Tigerhunde.
Der Rappe, goldgezügelt.
Sie hält ihn an.

Mit allem Licht
Tritt aus den Wäldern vor
Der Mann der Männer.
Die Tonnenbrust.
Auf starkem Hals das apfelkleine Haupt.

Er sieht die Reiterin.
Und sie sieht ihn.
So stehn sich zwei Gewitter still
Am Morgen- und am Abendhimmel gegenüber.

Der Falke schwankt betrunken auf der Beute.
Was hat, Achill,
Dein Herz?
Was auch sein Schlag bedeute:
Heb auf den Schild aus Erz!

[D: 1940/1951]

[*Reiterin:* Penthesilea. – *Der Mann der Männer:* Achill.]

PETER GAN

1894–1974

Preislied auf eine Seifenblase

Seifenblase, himmelwärts verloren,
aus Entzücken an der Welt geboren
und aus eines Kindes Vaterhand
in den Wind auf Wanderschaft gesandt.

Schaumgeborene und Schaumgesäugte,
in der Taufe wunderlich Erzeugte,
mühelos geboren durch ein Kind:
Adamsatem, Gottesatem, Wind.

Du Gestalt aus nichts als heiler Hülle,
du aus Leere übervolle Fülle,
Wiederholung des verlornen Alls,
Wiederheilung seines Sündenfalls.

Durchsichtbare Haut und selber sehend,
Äußeres als Inneres verstehend,
mit der Milch der Mütter schlafgestillt,
Ebenbild aus lauter Ebenbild.

Auf dem Meeresgrunde einer Schüssel
schliefst du, Himmelsschloß und Himmelsschlüssel,
Herz, in dem das Herz des Himmels schlief,
bis dich dein Beruf ins Licht berief.

Sieh, und wo wir Menschen uns mit Jammern
jämmerlich an einen Strohhalm klammern,
makellos und nabellos, ein Ei,
gibst du ihn um Gottes Willen frei.

[1935]

Auf eine Oktoberrose

Herbstzeitlose, Wintervorverkündende,
Fieberflamme im entlaubten Strauch,
Brand im Nebelrauch,
wie in dir das reif sich ründende

Jahr, wie das sich sanft ins Strenge findende
still verträumt im blassen Überall,
wenn der Flockenfall
leis, der Eis und Schnee verkündende,

anhebt, wie das sinkend und verschwindende
untergeht in weißer Helligkeit,
und es schneit und schneit.
Du, wie einst Homer, erblindende

Rose! unser Jahr,
das in deinem Kelch sich ründende, –
alles wurde wahr!
Und du bist die dies Verkündende.

[1935]

Die Toten

Immer fremder werden wir den Erben,
schon die Enkel kennen uns nicht mehr.
Dieses nochmal nach dem Tode sterben
fällt uns Armen fast nochmal so schwer.

Immer noch in unsern morschen Tüchern
geistern wir umher und schwören stumm
auf die Wahrheit in den alten Büchern.
Keiner kehrt sich um.

[1961]

Mythische Landschaft

Es kräht kein Hahn, und wonach soll er krähn?
Die Seelen sind aus Süßholz und Zement,
nicht eine Schwalbe läßt im All sich sehn,
nicht eine Lerche lobt das Firmament.

Kein Hase hoppelt durch den jungen Klee,
der Bach verschwindet unterm Seifenschaum,
ein Drahtgehege schützt das letzte Reh,
ein letzter Mensch verlobt sich einem Baum.

[1970]

ALBIN ZOLLINGER
1895–1941

Wo aber fliegen die Abendvögel hin?

Die Tauben schlummern im Hause:
Wo aber fliegen die Abendvögel hin?
Der Wasserfall dämpft sein Gebrause:
Wo aber rinnen die Bäche hin?
Friedlich wurzelt der Rauch auf den Dächern:
Wo aber strömt das Nachtgewölk hin?
Lichter stehen in tausend Gemächern:
Wo aber sinken die Sterne hin?
Immer indem wir liegen und schlafen
Lösen sich Schiffe dunkel vom Hafen. [1933]

Die Wühlmäuse

Was ist groß? Wir sind größer! Denn wir sind viel.
Euer Erhabnes ist Fraß und nur Spiel.
Wir in der Finsternis untrer Region
Wimmeln und wühlen, wir sind Legion,
Unteres Volk der verkümmerten Gnome,
Raschelnde, raspelnde Nachtphantome.
Himmlischer Heerschar schauernder Schatten,
Wandern wir unter der Erde, begatten
Wir uns so viel und so wohl als sie oben
In Verzückung den Höchsten loben.
Baut ihr das Korn, wir holen es munter
Ungesehen und jenseits herunter.
Türmt Kathedralen, wir nagen, wir nagen.
Habt ihr Gehirn, so haben wir Magen.
Schlagt eure Schlachten um Ideale,
Wir fällen die letzten Heldenmale.
Hegt eurer Wahrheit zerbrechliche Schale:
Was ist wahr? Wir sind wahrer! Wir sind das Reale.

[14. 5. 1939]

ELISABETH LANGGÄSSER

1899–1950

Frühling 1946

Holde Anemone,
bist du wieder da
und erscheinst mit heller Krone
mir Geschundenem zum Lohne
wie Nausikaa?

Windbewegtes Bücken,
Woge, Schaum und Licht!
Ach, welch sphärisches Entzücken
nahm dem staubgebeugten Rücken
endlich sein Gewicht?

Aus dem Reich der Kröte
steige ich empor,
unterm Lid nach Plutons Röte
und des Totenführers Flöte
gräßlich noch im Ohr.

Sah in Gorgos Auge
eisenharten Glanz,
ausgesprühte Lügenlauge
hört' ich flüstern, daß sie tauge
mich zu töten ganz.

Anemone! Küssen
laß mich dein Gesicht:
Ungespiegelt von den Flüssen
Styx und Lethe, ohne Wissen
um das Nein und Nicht.

Ohne zu verführen,
lebst und bist du da,
still mein Herz zu rühren,
ohne es zu schüren –
Kind Nausikaa!

Gleichzeitig

Mohn an der römischen Mauer,
Träume von Ewigkeit her!
Bachbett voll glitzernder Trauer,
Gruß aus dem Marmarameer.
Rostiges Eisen. Kanister.
Fliegenumwimmeltes Aas.
Troja und Friedhof Geschwister
Tief unter Nesseln und Gras.

Ausdrusch, und Welle um Welle,
wenn die Maschine sich wirft,
Abgesang. Mündung wird Quelle,
welche sich auftrinkt und schlürft.
Spelz, der den Abend verdunkelt.
Plump an dem Ufer der Schwan,
später von Sternen umfunkelt,
pfälzischer Leda Galan.

Endlich die Wagen, die Säcke,
platzend von Körnern wie eh.
Wieder der Pflug und die Egge,
Kalk auf den Feldern wie Schnee.
Frieden und nächtliche Kühle.
Uralte Steine, gesellt,
drehn ruhig sich in der Mühle.
Brot zur Erlösung der Welt.

[1951]

Daphne

Du siehst, wo sich der Waldhang weitet,
die Espe zitternd niederwehn,
dem Brand des Himmels hingebreitet,
von Gras und Habichtskraut begleitet,
die ähnlich in den Winter gehn.

Doch auch das Dunkel einer Mauer,
wenn sie am Saum der Städte lebt,
berührt oft ihrer Krone Schauer,
an dem du dieser Zeiten Trauer
ermissest, da sie grundlos bebt.

Sie wurzelt mühsam im Gerölle,
das sie verfolgt, indem es hält –
und vor Begrenzung, Maß und Kelle
flieht Daphne in das Laubgefälle
und steht am Rande unsrer Welt.

NELLY SACHS
1891–1970

Ihr Zuschauenden

Unter deren Blicken getötet wurde.
Wie man auch einen Blick im Rücken fühlt,
So fühlt ihr an euerm Leibe
Die Blicke der Toten.

Wieviel brechende Augen werden euch ansehn
Wenn ihr aus den Verstecken ein Veilchen pflückt?
Wieviel flehend erhobene Hände
In dem märtyrerhaft geschlungenen Gezweige
Der alten Eichen?
Wieviel Erinnerung wächst im Blute
Der Abendsonne?

O die ungesungenen Wiegenlieder
In der Turteltaube Nachtruf –
Manch einer hätte Sterne herunterholen können,
Nun muß es der alte Brunnen für ihn tun!

Ihr Zuschauenden,
Die ihr keine Mörderhand erhobt,
Aber die ihr den Staub nicht von eurer Sehnsucht
Schütteltet,
Die ihr stehenbliebt, dort, wo er zu Licht
Verwandelt wird.

[1946]

Chor der Geretteten

Wir Geretteten,
Aus deren hohlem Gebein der Tod schon seine Flöten schnitt,
An deren Sehnen der Tod schon seinen Bogen strich –
Unsere Leiber klagen noch nach
Mit ihrer verstümmelten Musik.
Wir Geretteten,
Immer noch hängen die Schlingen für unsere Hälse gedreht
Vor uns in der blauen Luft –
Immer noch füllen sich die Stundenuhren mit unserem tropfenden Blut.
Wir Geretteten,
Immer noch essen an uns die Würmer der Angst.
Unser Gestirn ist vergraben im Staub.
Wir Geretteten
Bitten euch:
Zeigt uns langsam eure Sonne.
Führt uns von Stern zu Stern im Schritt.
Laßt uns das Leben leise wieder lernen.
Es könnte sonst eines Vogels Lied,
Das Füllen des Eimers am Brunnen
Unseren schlecht versiegelten Schmerz aufbrechen lassen
Und uns wegschäumen –
Wir bitten euch:
Zeigt uns noch nicht einen beißenden Hund –
Es könnte sein, es könnte sein
Daß wir zu Staub zerfallen –
Vor euren Augen zerfallen in Staub.
Was hält denn unsere Webe zusammen?
Wir odemlos gewordene,
Deren Seele zu Ihm floh aus der Mitternacht
Lange bevor man unseren Leib rettete
In die Arche des Augenblicks.
Wir Geretteten,
Wir drücken eure Hand,
Wir erkennen euer Auge –
Aber zusammen hält uns nur noch der Abschied,
Der Abschied im Staub
Hält uns mit euch zusammen.

[1946]

Ihr meine Toten
Eure Träume sind Waisen geworden
Nacht hat die Bilder verdeckt
Fliegend in Chiffren eure Sprache singt

Die Flüchtlingsschar der Gedanken
eure wandernde Hinterlassenschaft
bettelt an meinem Strand

Unruhig bin ich
sehr erschrocken
den Schatz zu fassen mit kleinem Leben

Selbst Inhaber von Augenblicken
Herzklopfen Abschieden
Todeswunden
wo ist mein Erbe

Salz ist mein Erbe

[E: um 1969; D: 1971]

BERTHOLD VIERTEL

1885–1953

Auswanderer

Nun müssen wir von allem scheiden,
Was Kindheit uns und Wachstum war.
Wir sollen selbst die Sprache meiden,
Die unserer Herzen Wort gebar.

Die Landschaft werden wir verlassen,
Die uns auf ihren Armen trug.
Wir sollen diese Wälder hassen
Und hatten ihrer nie genug.

Wie je uns wieder anvertrauen
Dem Friedenshauche einer Flur,
Wenn Abendlicht und Morgengrauen
Befleckt sind mit der blutigen Spur?

Wenn in der Bäume gutem Raunen
Aufrauscht der Haß, der uns vertreibt!
Es lernten unsere Kinder staunen,
Warum man nicht zuhause bleibt?

Wir sind, mein Kind, nie mehr zuhause.
Vergiß das Wort, vergiß das Land
Und mach im Herzen eine Pause –
Dann gehn wir. Wohin? Unbekannt.

Gekritzel auf der Rückseite eines Reisepasses

Man ward mit keinem Paß geboren.
Die Sprache lernte man als Kind.
Am Ende ging der Sinn verloren
Der Worte, die gebräuchlich sind.

Was Heimat heißt, nun heißt es Hölle,
Der man zur rechten Zeit entkam.
Und neue Grenzen, neue Zölle,
Doch selten wo ein wenig Scham.

Das sind die Orte und die Zeiten.
Einst war man jung, nun wird man alt.
Doch immerzu muß man bestreiten
Die Reise und den Aufenthalt.

Das sind die Völker und die Reiche.
Man wandert aus und wandert ein.
Doch überall ist es das gleiche:
Die Hirne Wachs, die Herzen Stein.

MARTHA SAALFELD

1898–1976

Schwarz ist die Heide, es knistert das Kraut
Wie heimliches Feuer. Die Straße zerrinnt
Im wandernden Sand, im rieselnden Wind,
Es warnen die Möwen laut.

Dem Moorsee entblüht ein weißes Gesicht,
Die Schwanenblume entsteigt dem Glast,
Libelle von tödlichen Fängen erfaßt
Verzappelt im Licht.

Es künden die großen Vögel Gefahr,
Die schillernde Haut der Erde zerplatzt.
Es gluckst in der Mulde, es schnalzt und schmatzt
Im Schilf weht flächsernes Haar.

(1938)

Es flattert Hosta . . .

Und wieder suchst du den gewundnen Pfad.
Noch flattert Hosta und die Herbstzeitlose
Entblüht dem Nebel. Vom Zerfall der Rose
Blieb nur der sanfte Atem, süß und fad.

Wie kühl ist dieser zarte Himmel, ach,
Und wie gelassen geht der Gott in blasse,
Stille Gefilde. Daß er ihn erfasse,
Folgt ihm der Dichter, noch von Liebe schwach.

Es flattert Hosta und ein Flämmchen irrt
Im blassen Gras. Die gläserne Libelle
Hält zitternd an der ungeheuern Schwelle –
Da brennt der weiße Reif, die Kette klirrt.

(1950)

PAULA LUDWIG
1900–1974

Es gehen Schritte durch die braune Nacht,
und meines Hauses Mauer fängt
und übergibt sie mir.
Es lacht nicht ohne Grund ein Schrei durch mein Gehirn.
Es gehen viele, die ich niemals höre,
nur diese höre ich.
Es rührt kein Haar sich mehr auf meinem Scheitel,
und draußen fällt kein Tropfen, den ich nicht empfände.
Wie eine Glocke bin ich,
an ein Seil gespannt, aus weißem Glas,
bestimmt zu läuten oder zu zerbrechen,
wenn dieser Schritt vorüber flüchtet, oder wenn
er langsam sich zu mir her wendet.

(1920)

Nicht mehr mit Blumen

Nicht mehr mit Blumen schmückt sich meine Rede
zu hold ist ihr Tod
denn auch die Sterbenden haben verschiedenes Schicksal –

Darum zürnet mir nicht
wenn ich euch nicht antworte.
Aber ich habe meinen Mund verschlossen
daß in meiner Kehle der Schrei nicht ausbreche.

Ich habe mein Inneres zugedeckt
wie man einen Brunnen zudeckt
vor den spielenden Kindern –

Denn ließe ich euch in seine Tiefe schauen:
das Wort des Trostes fiele in seinen Abgrund
und der heitere Tag sänke von euern Schultern
wie ein fahl gewordenes Kleid,
ihr würdet nackt sein
bar aller Hilfe und schaudern.

Und war doch vordem
wie ein Wasser zwischen zwei Hügeln
und wie eine Weide zwischen den Sternen
und jedem der vorüber ging
lieh ich einen lieblichen Spiegel.

Aber ein Gott kam und tauchte sein Antlitz in meins
und machte mich dunkel wie sein Auge.

Sein Name färbt mir die Lippen rot
sein Brandmal leuchtet von meiner Stirn
sein Siegel sitzt auf meiner Todesstunde.

Eine Leibeigene bin ich
die der Herr nicht zählt,
ein Eigentum
das man den Feinden zurück läßt,
ein Brachfeld bin ich geworden
allen Jahreszeiten der gleiche Anblick.

Vergangener Tage Gärtnerin
sind meine Hände
aufbindend die zitternden Ranken.

Der Sonne Wärme die Kühle des Regens
sie gehen in mich ein ohne Wohltat.

Ich habe keine Blume um ihnen zu danken
die gierige Nessel allein gedeiht
in der Asche meines Herzens.

(1932)

Mit der Ackerwinde
Trieb ich eine Ranke in den Raum

Mit dem Sommerwinde
Rauschte ich hochauf im Baum

Mit der Wolke schwand ich aus der Erde Schau
Mit den Gräsern trank ich bittrer Frühe Tau

Mit der Grille sang ich in der Sonnennacht
Mit den Totenfeuern hielt ich treue Wacht

Mit der Quelle stürzte ich in dunkle Schlucht
Mit der Schattenbeere trug ich süße Frucht

Mit dem Sumpfe lag ich unterm Himmel bloß
Mit dem Himmel war ich selig groß

Mit der Mücke tanzte ich in Staubeslust
Mit der goldnen Ähre sank ich Schnittern an die Brust –

Mit dem Blitze schlug ich in die Pappel ein
Mit der Flamme litt ich hellste Pein

Mit den Flüssen suchte ich das tiefe Meer
Schwankte mit den Brücken hin und her

Mit dem Kiesel lag ich ganz gering am Grund
Mit dem Monde war ich schmal und rund

Mit dem Herbstlaub färbte ich mich fahl
Schmeckte mit dem Rest im Glase schal

Mit der Hirschkuh brach ich ein in Schnee
Deckte mit der Flocke fremdes Weh

Mit der Träne höhlte ich den harten Stein
Mit der Raupe spann ich mich in gelben Ginster ein –

War ich mehr als dies und nicht so viel
War es Wachen Träumen schweres Spiel?

Ruhvoll wird es in den Sternen klar
Daß dies alles nur ein Leben war

(1939)

RUTH SCHAUMANN

1899–1975

Ich steh' in Gottes Hand

Tod wirft vom Himmel nieder
Blitz, Flammen, Erz und Rauch,
Und singt er seine Lieder,
Ich selber singe auch:

Gegrüßt, der mich erschaffen,
Mich flirrend Körnlein Sand,
Und steht die Welt in Waffen,
Ich steh' in Gottes Hand.

Gegrüßt sein Sohn in Leiden,
Sein Geist in Liebe frei!
Und soll ich heut verscheiden,
Steht mir dreieinig bei!

Dann mag dem Tod gelingen
Sein Wurf durch Angst und Pein,
Ich selber werde singen
Und sterbend lebend sein.

Leerer Abend

Mein Gott, was soll ich tun? Der Abend bricht herein.
Ich habe nichts vollbracht von allen meinen Werken.
Betrachte Hag und Herz, Du wirst die Säumnis merken
In Deinem hellen Schein.

Das Unkraut steht im Flor, die Ähren ohne Last,
Der blinde Spaten liegt auf den verwachsnen Pfaden.
Ich habe keinen Wein, Dich scheu hereinzuladen,
O meiner Seele Gast.

Verwandle denn mein Herz zu einem kleinen Brot,
Es wird ein schwarzes sein mit bitteren Gewürzen.
Nur laß mich Deinem Mund das trübe Lächeln kürzen,
Und sei es durch den Tod.

ODA SCHAEFER

1900–1988

An meinen Sohn

Wo bist du? Ach, ich höre dich nicht mehr,
Die Kinderstimme, die mich nächtlich rief,
Wenn ich im Arm des Alptraums schlief,
Nun ist die Nacht so blind und leer.

Das Bergwerk hat wie Tuch den Schritt verschluckt,
Die öde Steppe deinen Ruf verweht,
Die Sümpfe fraßen dein Gebet,
Dein Herz am Stacheldrahte zuckt.

Wo flog dein Lachen hin, der Amselton,
Und deine Tränen ruhn in welchem Teich?
Dein Kleid, dem grauen Nebel gleich,
Verhüllt dich ganz, mein lieber Sohn.

Ich frage jede Stunde nach dir aus,
Die mit dem Ostwind kommt und weitergeht,
Doch stumm hört sie, was schweigend fleht,
Leer bleibt die Nacht, leer bleibt das Haus.

Wenn du noch lebst, von Hunger und von Not
Den Mund erfüllt wie vom erstickten Schrei,
Dir selbst nur ein Gewicht von Blei,
So ist es besser als der Tod,

Ist besser als das Nichts aus schwarzem Samt –
Ein neuer Atem hebe deine Brust,
O fühle, daß du kommen mußt,
Du Leben, das von meinem stammt!

Im Hades

Für Peter Schaefer

Viele kehrten nicht wieder. Ich weiß.
Du auch bliebest am düsteren Ort.
Ach, er gibt das Geheimnis nicht preis,
Nicht das im Munde verdorrende Wort.

Schweigen. Sausen des Windes im Ohr
Flüstert Antwort und schauert und lacht.
Schatten, den ich vergebens beschwor,
Ungewiß stürzest du ab in die Nacht.

Wandte zärtlich zu früh mein Gesicht
Ich nach deinem, Verblassender du?
Auf der Leier verlöscht nun das Licht.
Ferne schon brüllen die Tiere mir zu.

Veränderung

Ich kann die Wolke nicht mehr Wolke nennen,
Den Himmel nicht mehr strahlender Azur,
Was wir so kannten, müssen neu wir kennen,
Auch von der Morgenröte schwand die sanfte Spur.

Die Sommerhimmel waren lächelnd blauer,
Die Wetterhäupter ruhten still im Süden aus,
Welch schlimme Fracht trägt nun der Regenschauer,
Und welcher Sturm bricht aus des Nordens Haus?

Ich seh den Mond gedoppelt schweben
Auf einem Flor, auf einer Nebelbank –
Gibt uns die Sonne noch das alte Leben,
Blutendes Auge Gottes abends, schwer und krank?

Herzangst

So schreckt das Wild
Wenn hinter dem Kornfeld
Der hohe Hut des Jägers
Auftaucht
Und der blauglänzende Lauf
Seiner Büchse.

Doch achtlos geht er des Wegs
Als hätte das Ziel
Er vergessen –
Und wieder äst ruhig das Herz
Im grüngoldnen Abend.

EMIL BARTH

1900–1958

Kreuzweg

Das eine Tor bewacht
Der goldne Mähnenlöwe,
Das andre hütet schwarz
Der nachtgeschuppte Drache.
Mensch, Märchenheld,
Nach welchem Kleinod
Wurdest du ausgesandt?

Ein Tatzenhieb von Licht
Entriß dich seliger Blindheit,
Aus Raubtiernüstern schnob
Ein Odem schwer zu atmen.
Sohn ohne Arg,
Wohin du gehn magst,
Es wird ein Kreuzweg sein.

Die Welt ist Zaubers voll:
Lichtschnelle Hände wechseln
Vor einem Angesicht,
Das sich verbirgt, die Masken.
O Königskind,
Wo unterm Bildtrug
Springt dir der Wahrheitsquell?

Sternbild

Immer noch fliegen im Schwarm
Die Tauben über den Himmel, die goldnen
Plejaden, ründet durch Tod und Geburt
Mal um Mal sich der Mond,

Steht das Sternbild eines Gedichts
Wie damals auf Lesbos
Hoch entrückt über dem Herzen
Einer Liebenden, die alleinliegt.

Mögen die Künftigen den Mond befahren,
Den silbernen Spiegelstern
Mit Füßen treten, die Mythenlandschaft
Träumender Seele entgöttern:

Immer noch wird am Himmel
Mit tönenden Kielen der Schwan
Den Äther teilen, wird der große
Orion jagen im Sternendickicht

Und eine Liebende sein in der Welt
Auf der alten Erde drunten
Und ruhlos liegen vor Jugend
Allein unter den Sternen Gottes.

[1956]

Schwarze Muse

Einflüstrerin, Stimme, – was neigst du
So tonlose Lippen dem Ohr?
Was für Nachtschattenstrophen schweigst du
Dem immer dir hörigen vor?

Es spielt zwischen Saiten aus Eisen
Eine Hand auf Strängen des Nichts.
Stumm schauern die irren Weisen
Unfaßlichen Verzichts.

HERMANN KASACK

1896–1966

Totenfloß

Der Wind greift in die Uferbäume,
Es schauert kühl im Blätterschoß.
Das Licht des Abends füllt die Räume,
Aus Wassertiefen steigt ein Floß.

Mit Schemen ist es weiß befrachtet,
Den Boten der Vergangenheit.
Viel junge Augen sind umnachtet
Vom Schlaflied der Unendlichkeit.

Die schönen Mädchenmasken haben
Ein Marmorlächeln im Gesicht,
Und auf den Stirnen dunkler Knaben
Entzündet sich ein blaues Licht.

Als Traum noch einmal zu erglänzen,
Beugt ins Vergangne sich das Knie.
Doch eh sie sich zum Kuß ergänzen,
Erstarrt des Körpers Melodie.

Ich kannte ihrer. Doch sie wissen
Einander und auch mein nicht mehr.
Sie treiben, ihrer selbst entrissen,
Dahin und ohne Wiederkehr.

Zuweilen, wenn ich mondwärts spähe,
Bestürzt mich eines Windes Stoß,
Als zöge ihre fremde Nähe
Durch mich hindurch auf kühlem Floß.

Alte Klage

Hinter den Hügeln, wo fette Wälder
Ihr Kronenlaub im Herbst entflammen,
Zögert der Mond über farblosen Feldern.
Fröstelnd kriecht das Gebüsch zusammen.
Eisige Braue des Windes, in allen
Frauengesichtern nachgezogen,
Beerenrot, Beerenschwarz, lange verfallen.
Und die zärtlichen Sätze verflogen.

FRIEDRICH BISCHOFF

1896–1976

Fastnacht

Jene Fastnacht – ja, so wars, ihr Leute,
Eisgang donnerte im Fluß,
Klang wie geisterndes Geläute
Zwischen Scherz und Kuß.

Schneevermummt, mit grünem Zapfenzahne,
Aus des Wassermannes Reich,
Stieg dann einer aus dem Kahne,
Alle schauten bleich ...

Pauke, Waldhorn, Klarinette:
Lustig gings im Wirtshaus zu,
Bis der Strom aus seinem Bette
Aufstand ohne Ruh.

Wen der sich zum Tanz genommen,
Keiner weiß es heute mehr,
Eine Larve ist hinabgeschwommen,
Rauhreif hinterher.

Schlesisches Rondell

Der Himmel war so groß – und größer
Als rings das Land, uns kindlich zugetan.
Doch auf dem Flusse zogen Flößer
Und schauten fremd und blickten uns nicht an.
Ganz ferne, weit, und groß und größer,
Da rührten Berge blau hinan,
Und fuhren in dem Himmel wie die Flößer
Und wurden groß und immer größer –
O Himmel meiner Heimat! Schau mich an!

Das Lied der Mägde, fernhin weint es –
Vom Apfelgarten scholl es her.
Ich hör es noch – hör's nimmermehr,
Mein Herz singt nur, mein Blut, so scheint es.
Vom Heimweh dumpf gemacht und schwer,
Trägt es das alte Lied mit her,
Ein weh zersungnes und verweintes ...

Der Schatten eines Falters an der Wand,
Der nach der Lampe stößt mit wildem Schwunge.
Im Flur traumzwitschern Schwalbenjunge,
Der Sandmann winkt und nimmt mich bei der Hand –
Wie ist das nah, und doch mir längst entwandt,
Die Zeit nur dreht sich fort im alten Schwunge:
Der Schatten eines Falters an der Wand.

Die Roggenschober fern am Himmelsrande,
Wo abends scheu die Mädchen gingen –
Vom Himmel fiel ein goldnes Klingen,
Ein Lerchenlied, zum Unterpfande.
Der rote Mohn, durch den sie gingen,
Wie eine Liebesspur im Feuerbrande,
So glomm es hin am fernen Himmelsrande.

Zu zwein und drein, gekniet ins Abendrot,
Vor dem die Nebel feucht gerinnen,
Die Schar Kartoffelleserinnen,
Und in der Luft ein Duft von Rauch und Brot.
Ein Mühlenflügel fährt ins Abendrot
Und wischt es fort und fahl von hinnen,
Und mahlt das Brot aus Schweiß und Fleiß und Not
Für die Kartoffelleserinnen.

Vom Waldlicht übergrünt, kommt breit der Fluß gezogen,
Noch knarrt das Wehr, stampft schwer sein Wassergang.
Ich hör ihm zu, wo einst den Weg entlang
Die Treidlerknechte sind gezogen –
Im Strom versunken funkelt ihr Gesang,
Und rauscht mir nach, ein Leben lang,
So wie der Fluß vorbeigezogen.

MANFRED HAUSMANN

1898–1986

Liebe

Wenn wir uns nicht mehr haben und uns sehnen,
dann ist's, als hätten wir uns endlich ganz.
Doch wenn wir nahe sind und uns geborgen wähnen,
verdunkelt sich die Lust, verblaßt der Glanz.

Die Ferne ist es nicht und nicht die Nähe.
Ach, immer lebt das Innigste allein.
Laß uns, wie gut es auch, wie schlimm es um uns stehe,
laß uns barmherzig zueinander sein!

Der Weihnachtsstern

Mögt ihr auch in die allerfernste Ferne,
die flimmernde, des Weltenraumes spähn,
ihr könnt nur Sterne, immer neue Sterne,
doch nirgend könnt ihr meinesgleichen sehn.

Ich komme aus der andern Welt und Zeit
zufolge Gottes deutender Gebärde
und ziehe über Bethlehems Gebreit
und über all die Traurigkeit der Erde.

Denkt nicht, ich wäre schon, ich selbst, das Licht.
Das Licht ist unbegreiflich eins und keins.
Ich bin, der sich im Erdendämmer bricht,
der Schein nur, nur der Widerschein des Scheins,

ein Zeichen nur in dieser Nacht und Stille.
Vielleicht daß einer, der mich sieht, sich bang
erhebt und aufbricht und aus seiner Fülle
ins Ungewisse geht sein Leben lang.

FRIEDRICH GEORG JÜNGER

1898–1977

Fischer in Moselkern

Die Fischer in Moselkern
Warfen ihr Netz aus
Und zogen es triefend, leer
Aus der Mosel herauf.

Im Grase lag ich und sah,
Wie das Netz stieg und fiel.
Stangenstich, Ruderschlag,
Uraltes Spiel.

Jeder Griff, jeder Schlag
Alt wie die Fischerzunft.
Jeder Zug mit dem Netz
Wiederkunft, Wiederkunft.

[1952]

Aprikose erinnert

In einem Kindermund zergangen,
Kehrt ihr Vergehen wieder,
Doch gemehrt an Duft,
Und geht zurück in sich
Und rötet, rundet
Unter dem Flaum die neue Frucht.

Ein Nichtvorhandenes, bewahrt
In seines Innern
Vergessner Süße, unberührbar
Durch Raum und Zeit,
Dreht sie sich leise, ihr Erinnern
Bewegt kein Leid.

Zu solcher Speise
– Sie sättigt nichts –
Reifst, Aprikose,
Du des Gedichts.

Suchst du ein Ganzes noch,
Lies diese Zeile,
Und frag vergebens nicht:
Wo ist das Heile?

Frag nicht: wozu
Gibt es noch Dichtung?
Sie ist des Gegenstands
Vernichtung.

[1968]

HERMANN KESTEN
1900–1996

Ein Jahr New York

Für Gina

Zuhause hatte ich eine Truhe
Für meine Träume und einen Schrank,
Und meine Träume hatten Schuhe,
Um auf Bäume zu steigen und auf Berge.
Sie waren Riesen und sind Zwerge –
Im Exil werden Träume krank.
Dort saß ich zu Pferd, hier auf der Bank
Zwischen Menschen aus Stein. Ach, in der Fremde
Fühlt man sich fremd im eignen Hemde.
Wohin mit Schmerzen und Träumen?
Ich renne, als würde ich was versäumen.
Schon hab' ich verloren ein ganzes Jahr.
Ich bin nicht, der ich drüben war.
Das widrige Gift, das Heimatlos
Macht die Qual der leeren Tage groß.
Die nackten Schmerzen wie Möwen schrein
Mit krummen Schnäbeln, wild und gemein.
Wohin mit den Träumen? Sie waren mein Fehler.
Gibt es für kranke Träume Spitäler?
Ich gehe vom Broadway zur Riverside.
In New York hat nur der Tote Zeit.
Meine Träume sprechen schon Slang. Ihr Duft
Ward schweflig gelb wie Manhattans Luft.
Im Central Park spucken Schwarze und Weiße.
Ob ich noch morgen Kesten heiße?
Man wechselt den Namen, vertauscht sein Gesicht.
Man liebt nicht die andern, sich selber nicht.
How do you spell your name? Do you like
Apple pie? God? America? Lucky strike?
Träume gehn hier in einen Fingerhut.
Meine Träume sind tot. Ich fasse neuen Mut.

[1941]

Ich war ein Baum

Als ich ein Kind war, gab es noch die Götter,
Den schwarzen Mann, Eisblumen auf dem Fenster,
Und ich notierte, ein erschrockner Spötter,
Die Lebenden sahn aus wie die Gespenster.

Mein Tag war endlos, Straßen voller Träume,
Ich sprach das Wort, erfüllt war jeder Traum,
Und mit mir gingen Wolken und die Bäume,
Ich selbst war eine Wolke, war ein Baum.

Auf meinen Zweigen sangen hundert Lerchen.
Ich war ein Baum und ging von Ort zu Ort.
Die Welt war von mir ausgedacht, mein Märchen,
Und wurde wirklich, sprach ich nur das Wort.

Der Zauber lischt wie eine Kerze aus.
Ich bin kein Kind mehr. Welk sind alle Träume.
Es kracht schon im Gebälk. Es schwankt das Haus.
Wie ins Exil entschwanden meine Bäume.

Mein Tag zerbröselt wie ein mürbes Brot.
Die Welt wird lustiger mit jedem Tag.
Und morgen bin ich tot. Und du bist tot.
Heut schlägt die Uhr noch meinen Schlag.

[1971]

RUDOLF HAGELSTANGE

1912–1984

Aus: *Venezianisches Credo*

Denn Freiheit ist der Odem unseres Lebens,
das Salz der Speise und der Wind im Segel,
der Stolz des Löwen und das Glück der Vögel,
das Recht des Mannes. Und es lebt vergebens,

wer dieses nicht mehr hat: ein freies Lachen,
ein eigen Lied und seines Herzens Glauben.
Sie haben Stummen und sie haben Tauben
nur noch die Scham voraus, und ihr Erwachen

ist Gang ins Joch und Treten in den Schatten.
Und, ach, wie bald ist mit des Freien Rede
auch Haus und Hof und alles, was sie hatten,

verwirkt, verloren, und sie tragen jede
Erniedrigung. Ach, hätten sie erkannt:
Nur Freien bleibt ein freies Vaterland.

Denn was geschieht, ist maßlos. Und Entsetzen
wölkt wie Gewitter über jedem Nacken.
Es jagt der Tod mit flammenden Schabracken
durch Tag und Nacht, und seine Hufe fetzen,

was Werk und Leben heißt, zu tausend Stücken.
Sein Geißelhieb weiß jeden Leib zu finden.
Sein Atem läßt die Sehenden erblinden,
und Baum und Strauch verfällt vor seinen Blicken.

Bis in die Träume flackert sein Gelächter,
und in die Zukunft reiht er die Gebeine,
ein Mordbesessner und an Blut Bezechter.

Wer baut, wenn noch bei letzten Brandes Scheine
ein Gott dem Würger in die Zügel fällt,
aus diesem Chaos eine neue Welt?

[1945]

[*Venezianisches Credo:* Die meisten Gedichte dieser Folge
von Sonetten entstanden im Juni/Juli 1944 in Venedig.]

Memento

An den Wassern Babylons
haben wir nicht gesessen.
Aber keines Klagetons
Schwingung sei uns vergessen.

Vor den Mauern Jerichos
haben wir nicht geblasen.
Aber der stürzenden Mauern Stoß
schreckt uns noch unterm Rasen.

In den Tempeln Jerusalems
haben wir nicht gebetet.
Doch mit dem Blute Seths und Sems
ist unser tägliches Brot geknetet.

[1953]

JESSE THOOR

1905–1952

Rede von der Anschauung

Und es kommen die Vögel von den Bergen und aus jeder Richtung.
Und es kommen die Fische mit den hellen Kreuzen auf ihren Rücken.
Und die Sterne mit den verzweigten Augen und mit den weisen Händen.
Und die Monde mit den silbernen Geräten und mit den höchsten Reden.

Und du bleibst immer bei mir, und du verläßt mich nicht.
Und du wendest mühelos meinen Leib, und du begleitest mich.
Und du läuterst meine Wünsche, und du änderst meine Gedanken.
Und du richtest mich wieder auf, und du beendest meine Not.

Und ich erwäge den Lauf des Regens und den Rat der Sonne.
Und ich rufe deinen Namen laut und vor allen Leuten.
Und ich esse dein Brot, und ich trinke deinen Wein.

Und es kommen deine Wochentage zu mir mit großer Verheißung.
Und es kommen deine vier Boten mitsamt den sieben heiligen Zeichen.
Und dein Wille geschieht zur Zeit ... und geschieht in Ewigkeit.

JAKOB HARINGER

1898–1948

Leben

Die Tage sind so bleiern schwer,
Als ob jeden Tag böse Schule wär.
Und auch die Nächte sind voll Graun,
Der böse Lehrer geht durch den Traum.
Die schöne Sonne kenn ich nicht,
Jeder Tag ist ein Landgericht,
Drinn bloß der schlechte Richter spricht.
Ganz in der Früh nach langer Nacht,
Da kommt der Henker schwarz und lacht.
Doch *einmal* muß das Wunder sein,
Der Schmerz wird dann zum Edelstein,
Das Dunkle liegt im Sonnenschein,
Und bloß noch Himmel hat die Nacht.

Sommerlied

Freu dich, daß die Blumen duften
Süß bei Bauernbrot und Speck –
Laß die Schurken und die Schuften,
Laß den ganzen, ganzen Dreck!
Und die Sonne schimmert golden,
Und das Bier ist gut und frisch,
Schmetterling und Lindendolden
Flattern auf den Gartentisch.
Was gekommen, was gegangen –
Allem trink ich lustig zu!
Keine Wünsche, kein Verlangen
Stört die liebe Sommerruh.
Und im Herz blühn Mohn und Lerchen,
Und du lachst so wunderbar,
Kind! mit deinen alten Märchen
Täusche nicht mein graues Haar!
Denn ich lernt mich längst bescheiden,
Unnütz war, was all geschah ...
Blaue Nacht! du nahst so seiden,
Und die Sterne sind schon da – – –

ALBERT EHRISMANN

1908–1998

Schiffern und Kapitänen

I

Schiffern und Kapitänen,
die im Eismeer treiben,
sollt ihr im Frühling
erregende Briefe schreiben.

Von Äckern berichten
und Anemonen.
Weil in den Äckern
die Träume der Schiffer wohnen.

Von Mägden und Frauen
und winzigen Wiegen,
in denen die jungen
Eroberer liegen.

Denn die Schiffer,
treibend in eisigen Meeren,
wollen von euch
von der Erde hören.

II

Die Schiffe sind heute
in den Hafen gekommen
und haben von allen Herzen
wie hungrige Pferde Besitz genommen.

Viele Mägde und auch
von den Höfen die Frauen
ließen Knechte die Äcker
der Schiffer bebauen.

Denn die Schiffe brachten
in Tüchern und Ketten
Düfte von Bärten
und hungrigen Betten.

Und über den Düften
von Weibern und Teer
feierten Erde
und Schiffer und Meer.

Orangen

Orangen, Orangen,
bitte, einen Franken,
bitte, einen Franken
für das hungernde Kind!
In den Bäumen
der teuersten Straße,
in den Bäumen der teuersten Straße
sägt der Wind.

Blondorangen, Blutorangen,
Kugeln rund und prall.
Einst in einer
Hirtenhöhle,
in der ärmsten Hirten Höhle,
zwischen Esel, Ochs und Rind
schlief im Stall
das Kind.

Orangen, Orangen,
bitte, einen Franken,
bitte, einen Franken
für das sterbende Kind!
Kugeln fliegen.
Mütter, tote.
Kinderfetzen, blutig rote.
Worte. Worte. Wind.

In den Bäumen
der teuersten Straße,
in den Bäumen der teuersten Straße
sägt der Wind.

Die Schmelzwasser

Selbstverständlich
geht's so nicht weiter,
so weit
ging's noch nie, sagten die Frühern
und gingen und gingen,
und die Bergbäche gingen
und die Schneeschmelzen,
und wir sagen den Jungen:
geht nur, ihr werdet schon sehen,
wohin ihr kommt,
und ich gehe
du gehst
er geht
wir gehen
ihr geht
sie gehen,
und dann hat sich's:
wir gingen zu weit,
die Uhren
tickten noch eine Weile,
und die Schmelzwasser
kamen zur verdienten Ruhe
in grösseren Meeren,
als wir je sie gesehen –
vielleicht, dass ein paar Grünschnäbel
überdauern
und die Zwingburgen
schleifen.

ALBRECHT GOES

1908–2000

Die Schritte

Klein ist, mein Kind, dein erster Schritt,
Klein wird dein letzter sein.
Den ersten gehn Vater und Mutter mit,
Den letzten gehst du allein.

Seis um ein Jahr, dann gehst du, Kind,
Viel Schritte unbewacht,
Wer weiß, was das dann für Schritte sind
Im Licht und in der Nacht?

Geh kühnen Schritt, tu tapfren Tritt,
Groß ist die Welt und dein.
Wir werden, mein Kind, nach dem letzten Schritt
Wieder beisammen sein.

(1935)

Landschaft der Seele

Kein Himmel. Nur Gewölk ringsum
Schwarzblau und wetterschwer.
Gefahr und Angst. Sag: Angst – wovor?
Gefahr: und sprich – woher?
Rissig der Weg. Das ganze Feld
Ein golden-goldner Brand.
Mein Herz, die Hungerkrähe, fährt
Kreischend über das Land.

(1949)

Lautespielender Engel

Stimme des Engels:

Sprich mich nicht an! Ich kann dir nichts erwidern.
Ich höre nur der Laute Lobgesang.
Ich hab ein Amt, begreif: den heilgen Liedern
Zu dienen, Klang bei Klang.

Doch fürchte nichts! Denn über allen Worten
Und allem, was geschieht und je geschah,
Klingt dieser Ton und tönt an allen Orten.
Wags und stimm ein, und du bist ganz mir nah.

(1948)

Motette

»denn in ihrem Frieden wird euch Frieden sein.«
Jeremia 29,7 übersetzt von Martin Buber

Liegen ungebunden auf der Erde
Fremde, Feindschaft und der schwarze Streit.
Mächte suchen Macht, und Macht will Beute,
Und wer mag, wird unrecht Gut gewinnen.
Du nicht, du. Es sollen diese Siege
Dir nicht Siege sein.

Such ihn nicht, den Schlaf des Ganz-Vergessens,
Träum ihn nicht, den fahlen Traum Vorbei.
Wohl, die Tür ist offen – und es winken
Die Befreiten dir, die Frühentfernten.
Steh! Kehr um! Es sollen ihre Schatten
Dir nicht Schatten sein.

Wags, zu wachen! Sprich den Unerlösten
Deinen Gruß nur zu, nur dies: ich weiß.
Liebe findet. Und die alten Zeichen
– Himmelswolke, Herzschlag des Vertrauens,
Blaues Waldgebirg und Kinderlachen –
Dein sind sie – und sieh: in ihrem Frieden
Wird dein Frieden sein.

(1979)

HANS SAHL

1902–1993

Wiedersehen mit Berlin

War ich je hier? Ich war es immer
und sah Berlin in vielen Träumen brennen.
(Das Nahe ist nie nah, nur das Entfernte.)
Ich gehe durch die Stadt, die ich verlernte,
ich werde wieder Straße, Nacht und Regen
und gehe mit den Toten in der Menge.
Die Kinderschrift, in der ich deinen Namen malte,
ist ausgelöscht und viele Narben bluten.
Du liebe Zeit, man kann sie kaum noch zählen.
Du liebe Stadt, wen hat es mehr getroffen,
dich oder mich? Du mußt mir viel erzählen,
wenn wir bei Tagesanbruch uns besehen.

Requiem

Hier ruht einer, der es nicht
lassen konnte, schlafende Hunde
zu wecken, sein eigenes Nest
zu beschmutzen, den Ast, auf dem er
saß, abzusägen, alle Brücken
hinter sich zu verbrennen, den Teufel
mit dem Beelzebub auszutreiben,
den Wagen vor das Pferd zu spannen
und das Kind mit dem Bade auszuschütten.

Wie die Kuh vor dem neuen Tor
holte er die Kastanien für andere
aus dem Feuer, verbrannte sich den Mund,
warf die Flinte ins Korn, machte
aus jeder Mücke einen Elephanten,
was ihn jedoch nicht hinderte,
den Stier bei den Hörnern zu packen
und mit der Kirche ums Dorf zu fahren.

Da er sich nie ein Blatt vor den Mund nahm,
fiel er mit der Tür ins Haus,
rannte mit dem Kopf gegen die Wand,
hörte die Engel im Himmel singen,
winkte noch einmal mit dem Zaunpfahl
und verschwand, wo der Zimmermann
das Loch gelassen hatte.

PETER PAUL ALTHAUS

1892–1965

In der Traumstadt ist ein Lächeln stehn geblieben;
niemand weiß, wem es gehört.
Und ein Polizist hat es schon dreimal aufgeschrieben,
weil es den Verkehr, dort wo es stehn geblieben, stört.

Und das Lächeln weiß auch nicht, wem es gegolten;
immer müder lächelnd steht es da,
kaum beachtet, und gescholten
und geschubst und weggedrängt, wenn ja.

Langsam schleicht es sich von hinnen;
doch auf einmal wird es licht verklärt;
und dann geht es ganz nach innen –
und du weißt, wem es gegolten und gehört.

Für A. N.

[1951]

Der Regen rauscht einen müden Gesang,
sonntags, für sich, in der großen Stadt.
Die Straße ist leer, die Straße ist lang,
so lang, daß sie gar kein Ende hat.

Ein nasser Hund, der von Mißmut trieft,
schlieft langsam über den glitschigen Damm,
bleibt stehen und senkt die Nase und prüft
einen glitzerverzierten kitschigen Kamm;

den hat das bucklichte Fräulein verlorn,
weil das Kämmen sich nicht mehr lohnt;
sie ist verlobt mit Herrn Kühleborn,
doch weiß sie nicht, wo der wohnt.

Der Regen rauscht einen müden Gesang,
sonntags, für sich, in der großen Stadt;
und das Fräulein geht den Kanal entlang . . .
(Und morgen steht es im Abendblatt.)

PETER HUCHEL

1903–1981

Die Hirtenstrophe

Wir gingen nachts gen Bethlehem
und suchten über Feld
den schiefen Stall aus Stroh und Lehm,
von Hunden fern umbellt.

Und drängten auf die morsche Schwell
und sahen an das Kind.
Der Schnee trieb durch die Luke hell
und draußen Eis und Wind.

Ein Ochs nur blies die Krippe warm,
der nah der Mutter stand.
Wie war ihr Kleid, ihr Kopftuch arm,
wie mager ihre Hand.

Ein Esel hielt sein Maul ins Heu,
fraß Dorn und Distel sacht.
Er rupfte weich die Krippenstreu,
o bitterkalte Nacht.

Wir hatten nichts als unsern Stock,
kein Schaf, kein eigen Land,
geflickt und fasrig war der Rock,
nachts keine warme Wand.

Wir standen scheu und stummen Munds:
Die Hirten, Kind, sind hier.
Und beteten und wünschten uns
Gerät und Pflug und Stier.

Und standen lang und schluckten Zorn,
weil uns das Kind nicht sah.
Griff nicht das Kind dem Ochs ans Horn
und lag dem Esel nah?

Es brannte ab der Span aus Kien.
Das Kind schrie und schlief ein.
Wir rührten uns, feldein zu ziehn.
Wie waren wir allein!

Daß diese Welt nun besser wird,
so sprach der Mann der Frau,
für Zimmermann und Knecht und Hirt,
das wisse er genau.

Ungläubig hörten wirs – doch gern.
Viel Jammer trug die Welt.
Es schneite stark. Und ohne Stern
ging es durch Busch und Feld.

Gras, Vogel, Lamm und Netz und Hecht,
Gott gab es uns zu Lehn.
Die Erde aufgeteilt gerecht,
wir hättens gern gesehn.

[1948]

Chausseen

Erwürgte Abendröte
Stürzender Zeit!
Chausseen. Chausseen.
Kreuzwege der Flucht.
Wagenspuren über den Acker,
Der mit den Augen
Erschlagener Pferde
Den brennenden Himmel sah.

Nächte mit Lungen voll Rauch,
Mit hartem Atem der Fliehenden,
Wenn Schüsse
Auf die Dämmerung schlugen.
Aus zerbrochenem Tor
Trat lautlos Asche und Wind,
Ein Feuer,
Das mürrisch das Dunkel kaute.

Tote,
Über die Gleise geschleudert,
Den erstickten Schrei
Wie einen Stein am Gaumen.
Ein schwarzes
Summendes Tuch aus Fliegen
Schloß ihre Wunden.

An taube Ohren der Geschlechter

Es war ein Land mit hundert Brunnen.
Nehmt für zwei Wochen Wasser mit.
Der Weg ist leer, der Baum verbrannt.
Die Öde saugt den Atem aus.
Die Stimme wird zu Sand
Und wirbelt hoch und stützt den Himmel
Mit einer Säule, die zerstäubt.

Nach Meilen noch ein toter Fluß.
Die Tage schweifen durch das Röhricht
Und reißen Wolle aus den schwarzen Kerzen.
Und eine Haut aus Grünspan schließt
Das Wasserloch,
Als faule Kupfer dort im Schlamm.

Denk an die Lampe
Im golddurchwirkten Zelt des jungen
Afrikanus:
Er ließ ihr Öl nicht länger brennen,
Denn Feuer wütete genug,
Die siebzehn Nächte zu erhellen.

*

Polybios berichtet von den Tränen,
Die Scipio verbarg im Rauch der Stadt.
Dann schnitt der Pflug
Durch Asche, Bein und Schutt.
Und der es aufschrieb, gab die Klage
An taube Ohren der Geschlechter.

[1962]

Winterpsalm

Für Hans Mayer

Da ich ging bei träger Kälte des Himmels
Und ging hinab die Straße zum Fluß,
Sah ich die Mulde im Schnee,
Wo nachts der Wind
Mit flacher Schulter gelegen.
Seine gebrechliche Stimme,
In den erstarrten Ästen oben,
Stieß sich am Trugbild weißer Luft:
»Alles Verscharrte blickt mich an.
Soll ich es heben aus dem Staub
Und zeigen dem Richter? Ich schweige.
Ich will nicht Zeuge sein.«

Sein Flüstern erlosch,
Von keiner Flamme genährt.

Wohin du stürzt, o Seele,
Nicht weiß es die Nacht. Denn da ist nichts
Als vieler Wesen stumme Angst.
Der Zeuge tritt hervor. Es ist das Licht.

Ich stand auf der Brücke,
Allein vor der trägen Kälte des Himmels.
Atmet noch schwach,
Durch die Kehle des Schilfrohrs,
Der vereiste Fluß?

[1962]

Der Garten des Theophrast

Meinem Sohn

Wenn mittags das weiße Feuer
Der Verse über den Urnen tanzt,
Gedenke, mein Sohn. Gedenke derer,
Die einst Gespräche wie Bäume gepflanzt.
Tot ist der Garten, mein Atem wird schwerer,
Bewahre die Stunde, hier ging Theophrast,
Mit Eichenlohe zu düngen den Boden,
Die wunde Rinde zu binden mit Bast.
Ein Ölbaum spaltet das mürbe Gemäuer
Und ist noch Stimme im heißen Staub.
Sie gaben Befehl, die Wurzel zu roden.
Es sinkt dein Licht, schutzloses Laub.

[1962]

Psalm

Daß aus dem Samen des Menschen
Kein Mensch
Und aus dem Samen des Ölbaums
Kein Ölbaum
Werde,
Es ist zu messen
Mit der Elle des Todes.

Die da wohnen
Unter der Erde
In einer Kugel aus Zement,
Ihre Stärke gleicht
Dem Halm
Im peitschenden Schnee.

Die Öde wird Geschichte.
Termiten schreiben sie
Mit ihren Zangen
In den Sand.

Und nicht erforscht wird werden
Ein Geschlecht,
Eifrig bemüht,
Sich zu vernichten.

[1963]

Unter der blanken Hacke des Monds
werde ich sterben,
ohne das Alphabet der Blitze
gelernt zu haben.

Im Wasserzeichen der Nacht
die Kindheit der Mythen,
nicht zu entziffern.

Unwissend
stürz' ich hinab,
zu den Knochen der Füchse geworfen.

[1972]

GÜNTER EICH

1907–1972

Aurora

Aurora, Morgenröte,
du lebst, oh Göttin, noch!
Der Schall der Weidenflöte
tönt aus dem Haldenloch.

Wenn sich das Herz entzündet,
belebt sich Klang und Schein,
Ruhr oder Wupper mündet
in die Ägäis ein.

Uns braust ins Ohr die Welle
vom ewigen Mittelmeer.
Wir selber sind die Stelle
von aller Wiederkehr.

In Kürbis und in Rüben
wächst Rom und Attika.
Gruß dir, du Gruß von drüben,
wo einst die Welt geschah!

[1946]

Latrine

Über stinkendem Graben,
Papier voll Blut und Urin,
umschwirrt von funkelnden Fliegen,
hocke ich in den Knien,

den Blick auf bewaldete Ufer,
Gärten, gestrandetes Boot.
In den Schlamm der Verwesung
klatscht der versteinte Kot.

Irr mir im Ohre schallen
Verse von Hölderlin.
In schneeiger Reinheit spiegeln
Wolken sich im Urin.

»Geh aber nun und grüße
die schöne Garonne –«
Unter den schwankenden Füßen
schwimmen die Wolken davon.

[1946]

[*»Geh aber nun«*: Zitat aus Hölderlins Gedicht »Andenken«.]

Inventur

Dies ist meine Mütze,
dies ist mein Mantel,
hier mein Rasierzeug
im Beutel aus Leinen.

Konservenbüchse:
Mein Teller, mein Becher,
ich hab in das Weißblech
den Namen geritzt.

Geritzt hier mit diesem
kostbaren Nagel,
den vor begehrlichen
Augen ich berge.

Im Brotbeutel sind
ein Paar wollene Socken
und einiges, was ich
niemand verrate,

so dient es als Kissen
nachts meinem Kopf.
Die Pappe hier liegt
zwischen mir und der Erde.

Die Bleistiftmine
lieb ich am meisten:
Tags schreibt sie mir Verse,
die nachts ich erdacht.

Dies ist mein Notizbuch,
dies meine Zeltbahn,
dies ist mein Handtuch,
dies ist mein Zwirn.

[1947]

Fußnote zu Rom

Ich werfe keine Münzen in den Brunnen,
ich will nicht wiederkommen.

Zuviel Abendland,
verdächtig.

Zuviel Welt ausgespart.
Keine Möglichkeit
für Steingärten.

[23.4.1963]

Optik

Wenn das Auge schlechter wird,
geht man näher heran,
um die Freunde zu erkennen.

Setzt eine Brille auf,
benutzt Kontaktgläser
und bemerkt

ganze nahe
das Schwarze
unterm Fingernagel des Feindes.

Kunsttheorien

Lottoscheine,
von Dickhäutern betrachtet,
die Sinnsprüche der Hauptfeldwebel.
Dies, oh Freund, ist mein Mohn.

Versmaße halten nicht vor.
Keine Lust mehr anzustehen
um die Aufenthaltserlaubnis
für erfundene Länder.
Lieber, laß uns die Einsätze
erhöhen, sicher sind
Kugel und Strick, die vergitterten
Fenster, sicher
die Farbflecken auf Papier
und alten Augen.

und Wirklichkeit

Mehrsprachig, Podiumsgespräche,
Lyrik
ihrem Wesen nach faschistoid,
Prozesse in Flattersatz,
Gewalt notwendig
um die Welt zu ändern,
befestigte Elfenbeintürme,
die realistische Schreibweise
dient der Macht,
verzweifelt
nach ungeschriebnen Sexualien gesucht,
and Mary means:
der Mett heiligt die Zwickel.

[1966]

MARIE LUISE KASCHNITZ

1901–1974

Juni

Schön wie niemals sah ich jüngst die Erde.
Einer Insel gleich trieb sie im Winde.
Prangend trug sie durch den reinen Himmel
Ihrer Jugend wunderbaren Glanz.

Funkelnd lagen ihre blauen Seen,
Ihre Ströme zwischen Wiesenufern.
Rauschen ging durch ihre lichten Wälder,
Große Vögel folgten ihrem Flug.

Voll von jungen Tieren war die Erde.
Fohlen jagten auf den grellen Weiden,
Vögel reckten schreiend sich im Neste,
Gurrend rührte sich im Schilf die Brut.

Bei den roten Häusern im Holunder
Trieben Kinder lärmend ihre Kreisel.
Singend flochten sie auf gelben Wiesen
Ketten sich aus Halm und Löwenzahn.

Unaufhörlich neigten sich die grünen
Jungen Felder in des Windes Atem,
Drehten sich der Mühlen schwere Flügel,
Neigten sich die Segel auf dem Haff.

Unaufhörlich trieb die junge Erde
Durch das siebenfache Licht des Himmels.
Flüchtig nur wie einer Wolke Schatten
Lag auf ihrem Angesicht die Nacht.

(1935)

Hiroshima

Der den Tod auf Hiroshima warf
Ging ins Kloster, läutet dort die Glocken.
Der den Tod auf Hiroshima warf
Sprang vom Stuhl in die Schlinge, erwürgte sich.
Der den Tod auf Hiroshima warf
Fiel in Wahnsinn, wehrt Gespenster ab
Hunderttausend, die ihn angehen nächtlich
Auferstandene aus Staub für ihn.

Nichts von alledem ist wahr.
Erst vor kurzem sah ich ihn
Im Garten seines Hauses vor der Stadt.
Die Hecken waren noch jung und die Rosenbüsche zierlich.
Das wächst nicht so schnell, daß sich einer verbergen könnte
Im Wald des Vergessens. Gut zu sehen war
Das nackte Vorstadthaus, die junge Frau
Die neben ihm stand im Blumenkleid
Das kleine Mädchen an ihrer Hand
Der Knabe der auf seinem Rücken saß
Und über seinem Kopf die Peitsche schwang.
Sehr gut erkennbar war er selbst
Vierbeinig auf dem Grasplatz, das Gesicht
Verzerrt von Lachen, weil der Photograph
Hinter der Hecke stand, das Auge der Welt.

[1951]

Auferstehung

Manchmal stehen wir auf
Stehen wir zur Auferstehung auf
Mitten am Tage
Mit unserem lebendigen Haar
Mit unserer atmenden Haut.

Nur das Gewohnte ist um uns.
Keine Fata Morgana von Palmen
Mit weidenden Löwen
Und sanften Wölfen.

Die Weckuhren hören nicht auf zu ticken
Ihre Leuchtzeiger löschen nicht aus.

Und dennoch leicht
Und dennoch unverwundbar
Geordnet in geheimnisvolle Ordnung
Vorweggenommen in ein Haus aus Licht.

[1962]

Nicht gesagt

Nicht gesagt
Was von der Sonne zu sagen gewesen wäre
Und vom Blitz nicht das einzig Richtige
Geschweige denn von der Liebe.

Versuche. Gesuche. Mißlungen
Ungenaue Beschreibung

Weggelassen das Morgenrot
Nicht gesprochen vom Sämann
Und nur am Rande vermerkt
Den Hahnenfuß und das Veilchen.

Euch nicht den Rücken gestärkt
Mit ewiger Seligkeit
Den Verfall nicht geleugnet
Und nicht die Verzweiflung

Den Teufel nicht an die Wand
Weil ich nicht an ihn glaube
Gott nicht gelobt
Aber wer bin ich daß

[1965]

Jeder

Jeder muß einmal
Sein Vaterland besingen
Sein Nest beschmutzen
Auch ich
Die Heimat dieses kleine Stück Europa
Wo Mädchen Soldaten nicht mehr lieben
Wo Soldaten sich selbst nicht mehr lieben
Wie befremdlich

Was fällt mir ein wenn ich Deutschland sage?
Mein Weg zur Arbeit
Durch den Park von Weimar
Das grüne Herz
Flieder im Belvedere
Tiefurt stampfender Tanz
Der Bauhausschüler
Triadisches Ballett

Was noch fällt mir ein?
Die Tiefebene sommerlich
Und hinter den breiten Hügeln
Auftauchend Türme
Die Weichsel bei Hochwasser
Rasch hintreibende Dächer
Bäume entwurzelte
Auch der Niederrhein
Xanten der angetriebene Leichnam
Der große Himmel

Meine Heimat vor allem
Nußbäume Linden unterm Gewitterhimmel
Weinfässer zum Schwefeln vor die Häuser gestellt
Doppeladler im Wappen, Oleander

Was außerdem?
Hakenkreuzfahnen
Dröhnende Stiefelschritte
Geflüstertes Grauen
Züge entlang dem Lahnfluß voll
Nicht singender Soldaten
Judenzüge
Detonationen Christbäume sogenannte
Asche zu Asche

Dann alles wieder neu
Aus dem Boden gezogen
Hochhäuser Hochöfen Hochstädte Autobahnen
Ferien im Ausland. Alte Kameraden
Weihestimmung im Bachverein

Und doch mein Jahrhundert vorüber
Wird mit Stacheldrahtzäunen
Niemand mehr Geld verdienen
Diesseits und jenseits der Grenzen
Bedeuten Worte dasselbe
Vaterländer und die alten
Schuldgefühle haben ausgespielt.

[1971]

[*Mein Weg:* Marie Luise Kaschnitz erlernte 1922/1924 in Weimar und München den Buchhändlerberuf. – *Belvedere:* Schloß und Park bei Weimar. – *Tiefurt:* Dorf mit Schlößchen und Park bei Weimar. – *Bauhausschüler:* Anfang der zwanziger Jahre wurde in Weimar das Bauhaus gegründet, ein neuartiger Schultyp für Kunst und Kunstgewerbe; seit 1925 in Dessau als »Hochschule für Gestaltung«. – *Christbäume:* Bezeichnung von pyramidenförmig angeordneten, langsam niederschwebenden Leuchtkugeln, die von Flugzeugen zur Vorbereitung von Luftangriffen abgeworfen wurden. – *Alte Kameraden:* auch Titel eines viel gespielten Militärmarsches von Carl Teike (1864–1922).]

WOLFGANG WEYRAUCH

1904–1980

Oh, when the Saints go marching in

Oh, when the Saints go marching in,
besuchen sie das ärmste Kind
mit Puppen und mit Broten,
und wenn sie damit fertig sind,
ziehn sie zum Bürgermeister hin,
entsprechend den Geboten,

und nehmen dem, der alles hat,
und geben es der Sünderin
voll Flüchen und voll Zoten.
Es findet eine Teilung statt,
denn Fisch und Tuch und Holz und Gin,
die Äpfel und die Schoten

erhält der Bettelmann, der Dieb,
so daß der Mörder sich besinnt
und betet für die Toten,
und was am Ende übrig blieb,
wirft man dem Staube hin, dem Wind,
für Hufe und für Pfoten.

Oh, when the Saints go marching out,
dann ist die Stadt aus Hauch gebaut,
als seis im Paradiese,
doch gleich darauf ist alles stumm
und blind und taub, das Eigentum
der Wächter und Verliese.

Lidice und Oradour

Mein Kind, frag Deinen Vater, wo
er war, als Lidice und Oradour
im Brand sich krümmten, lichterloh.
Frag nach dem falschen Schlag der Uhr

bei Dir zuhaus und anderswo.
Den Lehrer frag: die Angelschnur
schlägt nach ihm aus. Der Wolf im Zoo
erschrickt vor Lidice und Oradour.

Dein Nachbar, der Geranien froh,
vergaß Euch, Lidice und Oradour,
das Feuerkind im Feuerstroh,
das Messer bei der Menschenschur.

Vom Hut aus Filz, vom Korb aus Stroh
kein Pflaster schluckt die rote Spur.
Mein Kind, mach es nicht ebenso,
geh, lies von Lidice und Oradour.

Kein Hauch

Ich bin in einem Land, wo niemand lebt,
sogar die Toten sind ins Nichts gekrochen,
hier wird kein Satz, kein Wort gedacht, gesprochen,
denn niemand lächelt, jubelt, schaudert, bebt.

Dies Land ist in mir, berge-, seenlos,
die letzten Molche werfen keine Schatten,
ich atme kaum noch, bin wie jene Ratten,
die blähten sich und platzten, leer und groß.

Und wenn ich jetzt ersticke, war ich nicht,
ich bin kein Toter, bin kein Hauch gewesen,
ich konnte weder atmen, gehen, lesen,
noch war ich Sünde, Widerstand, Verzicht.

[1959]

Das war überall

ich hatte einen Kopf,
aber ich hab mich geköpft,
das war in Auschwitz,
ich hatte einen Leib,
aber ich hab mich entleibt,
das war in Hiroshima,
ich hatte zwei Hände,
aber ich hab Hand an mich gelegt,
das war in Vietnam,
ich hatte zwei Füße,
aber ich hab sie mir wundgelaufen,
das war in Chile,
ich hatte fünf Sinne,
aber ich bin außer mir geraten,
das war überall

[1979]

LOUIS FÜRNBERG

1909–1957

Jeder Traum

Jeder Traum, an den ich mich verschwendet,
jeder Kampf, wo ich mich nicht geschont,
jeder Sonnenstrahl, der mich geblendet –
alles hat am Ende sich gelohnt.

Jedes Feuer, das mein Herz gefangen,
jede Sorge, die mein Herz beschlich – –
war's oft schwer, so ist's ja doch gegangen.
Narben blieben, doch es lohnte sich.

Unser Leben ist nicht leicht zu tragen.
Nur wer fest sein Herz in Händen hält,
hat die Kraft, zum Leben Ja zu sagen
und zum Kampf für eine neue Welt.

Jeder Tag ist in mein Herz geschlossen,
der auch mich zu diesem Dienst beschied.
Was ich singe, sing ich den Genossen,
ihre Träume gehen durch mein Lied.

Strophen im Sturm

Herrgott, ist das ein Wetter,
der Himmel ist grau von Staub,
der Sturm fährt in die Blätter
mit Ächzen und Geschnaub.

Pack die Schaufel, Bruder, fester,
halt die Kelle stärker umspannt
und lach in des Sturmes Geläster!
Vorwärts, spuck in die Hand!

Mensch, das ist deine Stunde,
fühl, wie du herrlich wirst,
unten im tiefsten Grunde,
oben auf schwindelndem First!

Stemm den Preßhammer fester!
Die Ziegel, reih sie zur Wand
und lach in des Sturmes Geläster!
Vorwärts, spuck in die Hand!

Meinst du, Sturm, uns zu schrecken?
Heul nur und tob dich aus!
Trocknest nur feuchte Flecken
an unsrem neuen Haus!

Sturm, alter, zaus nur die Toren,
die unsre Zeit nicht verstehn!
Uns aber braus um die Ohren!
Braus! Und trommel! Und dröhn!

ERICH ARENDT

1903–1984

Der Albatros

Sonnen sanken um mein Schiff und stiegen:
Wochen stiller großer Wiederkehr!
Wolkenwände sah ich ferne liegen,
und sie sanken lautlos in das Meer.
Immer aber hört ich's oben fliegen:
Über mir, der weiten Fahrt Genoss',
seine Schwingen schlug ein Albatros.

Lag im weißen Glanz der Meeresspiegel
um mein Schiff, so senkte sich sein Flug.
Seine schmalen weitgespannten Flügel
glitten wassernah um Heck und Bug,
segelleicht, als ob das Licht ihn trug.
Wenn die tiefe Stille ihn verdroß,
flog mit Zornesschrei der Albatros.

Mittags schwand in leeren Himmelshellen
er empor, steil, über grüner See.
Plötzlich löste sich ein Stein im schnellen
Schlag und streifte dicht das Schiff in Lee,
und ein Schnabelhieb drang in die Wellen.
Während Wasser ihm vom Leib noch floß,
floh mit blutgem Fang der Albatros.

Erst im Sturmwind, der mit weißem Biß
in die Tiefen fuhr, daß Nacht und Meer aufschäumten,
kam er wieder, als mein Segel riß,
Blitze lachten, schwarz die Wogen bäumten,
als die Meergruft auf mein Schiff sich schmiß.
Dunkler Pfeil, der durch den Himmel schoß,
schwang durch Sturm und Licht der Albatros.

Und sein Schrei brach aus dem Herz des Sturmes
hell und heiß, unfaßbar und inständig,
von Empörung heiß, von Zorn lebendig:
Wilde Kraft des auferstandenen Sturmes.
Meiner Seele tapferster Genoss',
rief er ihren Zorn, der Albatros.

In den Abenden der heißen Meere,
wenn der Purpurhimmel jäh verging
und des Dunkels schwarze Tropenschwere
undurchdringbar vor den Augen hing,
flog sein Schatten hörbar überm Meere.
Wenn die Nacht die Sternensicht verschloß,
trug die Nacht doch stets den Albatros.

Eines Mittags um die Mittagswende
stieg aus ständgem Glanz das harte Riff.
Palmen wuchsen aus dem Lichtgelände,
und die Bai umrauschten grüne Wände,
in die Bucht lief einsam ein mein Schiff.
Fern am Horizont, der nackt und groß,
flog für immer fort der Albatros.

Nur in Träumen noch am Strand nach Jahren
zog er wie ums Schiff im stillen Flug.
Und – da Not und Knechtschaft unerträglich
waren,
daß das Herz den Haß nicht mehr ertrug,
stieß sein Schrei, dem großen Zorn entfahren:
Wilder Ruf, der durch den Himmel schoß,
über mir, wie einst – mein Albatros!

(1941)

Nach den Prozessen

Steingrauer Tag,
der sein Lid senkt.
Knie nicht
in den Schatten!

Spreu
schleifen die Stunden,
Spreu, abermillion, die
halt nicht machen

vor deiner Stirn
– Trauerschafott –,
schneller und
schneller, ohne
Geheimnis, und –
kein blutender Kern.

Verzweifelt die
chimärischen Fahnen,
sie blichen im jäh
verdämmernden
Rot.

Gleichgeschaltet
mit abwaschbaren
Handschuhn
gleichgeschaltet durch die
gezeichneten Finger
das erschöpfte
tausendströmige Herz.

Die da
handeln, an Tischen,
mit deiner Hinfälligkeit,
allwissenden Ohrs,
ledernen
Herzens ihr Gott, sie
haben das Wort:

Worte,
edreht und
gedroschen: Hülsen
gedroschen, der
zusammengekehrte Rest.

Gehend im Kreis
der erschoßnen Gedanken
– wie war
doch der Atem groß –
halt versiegelt den Mund, daß
der Knoten
Blut
nicht Zeugnis ablege!

Wo Freude und Recht
gemeuchelt lag,
an der Wand
der Geschichte
steht noch: Du!

Gehend im Kreis – doch
der Meteor
Verfinsterung jagt
am ummauerten Himmel.
knie nicht –

Blutwimper, schwarz:
das Jahrhundert.

(1961)

[Anmerkung des Herausgebers G. Laschen: »Das Gedicht ›Nach den Prozessen‹, aus naheliegenden Gründen bislang unter dem Titel ›Nach dem Prozeß Sokrates‹ publiziert – es geht um die Prager Prozesse –, hat nun den Titel seines Anlasses.«]

Orphische Bucht

Für Peter Huchel

Meergerandet, groß
um den Felsen, stet
und stet, das weiße Auge
blickt. Die fühlbare Ferne.
Die Haut. – Möglich
alles: Im
Schnittpunkt, weither, der Sekunde
eine Welle von Eisen.
Knirscht.

Wurzelstumm
dein Tag, rede, Berg,
Eulenflucht aus der Zeit
an deiner Stirn.
Die sah
im Neigen der Felsen
meergetrieben
das Haupt.
Singen.

Berg, seit
der Zerrissene schrie,
du zähltest
die Todesenge,
Furcht.

Auch dein Schritt, ins
Leere gemalt, Freund,
versinkt,
und das Licht
steht, ein Dorn,
unter dem Lid mir. –
Sprach einer
den Morgenröten, fallenden
Rinden, hier? – Es
schweigt nur, Helle
durchschweigt
das Meergehöhlte.

So wirf
dein Netz,
blutrot, durchs Licht, das
der Schrei grauen Salzes
speist: Auf Welle
und Stein offen die
Maske des Worts:
morgen die
schreckende Stille.

(1963)

GEORG MAURER

1907–1971

Hannibals Zug über die Alpen

Ach, die furchtbaren Signale
trompetender afrikanischer Elefanten
hoch am Hange des Mont Cenis,
die über das Eis mit dem stumpfen Fuß
hingleiten ohne Halt im Dampf des ängstlichen Atems,
wie die Felsen stürzen, grau in den Abgrund,
prallend gegen Vorsprünge, schreiende Massen,
nimmer wieder gesehen – während die Schabracken,
reich durchwirkt mit dem Gold aus spanischen Bergwerken,
den sklavenbewohnten, am geborstenen Ast einer Lärche
hängenbleiben – die purpurnen Zeichen Hannibals!
Die schwarzen Rosse Afrikas, spreizend die Beine,
starren der niederhängenden Glätte entgegen am zerrenden Zügel,
den der Libyer frierend faßt. Seine sehnigen Zehen,

gewohnt, den heißen Wüstensand zu durchspuren,
schwarz geschwollen nun, sind nicht mehr mit Salben zu heilen.
Doch den Blick, der die eisstarrenden Zacken noch spiegelt
wie zerbrochne Elefantenzähne, die den Schnee durchbohren,
reißt die Ebene plötzlich in italische heitre Gefilde.
Und die Händler in Karthago beim Bankett mit spanischen Weinen,
die die Sklavenrücken und Höcker der Kamele brachten,
feiern Sieg um Sieg ihres Heers – und lachen, wenn sie bedenken,
wie der einzige Elefant, der die Pässe lebend querte,
mit der hochgehobnen geschwungnen Nasentrompete
Schrecken einjagte den Römern – und an den festen Mauern Karthagos
scholl das Gelächter wider – bis die Nacht kam,
da vom Meer aus ein Schiffer gegen den dämmernden Morgen
einen kahlen bräunlichen Hügel sah bedeckt mit den Ruinen Karthagos.

[E: 1954; D: 1964]

Der Mensch

Durchlässigste der Kreaturen ist der Mensch,
Wohnung für alle Fragen. Weist er eine ab,
verödet er. Die Lüge tritt
wie Schimmel vor.
Meint einer, ein Geheimnis zu verbergen,
so ist ein Schlüssel da.
So viele Schlüssel sind wie Poren
in seiner Haut. Da ist kein Schutz.
Schutzlosigkeit hat ihn
von Anfang groß gemacht, zum sichern Schützen,
der heut die unsichtbaren Kerne trifft,
daraus die Welt besteht.
Wie wollte er sich selbst verschließen?
Ihm hilft nicht Hornhaut, Panzer nicht und kein Verbrechen,
dies Tuch, das sich mit Blut vollsaugt. Die Kinder sehen's
und wenden es. So wenden wir die Welt um,
und ginge sie in abermillionen Falten.
Die Toga wendeten wir um, die härene Kapuze,
den Mond selbst. Den noch, der sich dreht und wendet.
So viel verschlossen ist, wir öffnen es:
Lachender Mund! da fährt die Wahrheit ein und aus.
Offenes Aug! Platz für die größte Weltversammlung.
Offenes Herz! drin wird der krummste Weg noch grade.
So hat die Menschheit sich erkannt:
Solang sie fragt, ist Menschheit,
so oft sie antwortet, ist Glück.

[E: 1947; D: 1965]

Auf der Neckarbrücke in Heidelberg

Länger währte diese Brücke mit den umschäumten Pfeilern
als dein Leib, hoher Dichter,
und die wärmeschleudernde Sonne
mischt sich mit dem noch immer fließenden Neckar,
während du vermoderst.
Selbst das rote Schloß, das der steigende grüne Efeu
immer noch umklammert, steht, obwohl der Turm geborsten
schon zu deinen Zeiten, steht, Hölderlin,
weil der Besieger deines schuldig gewordenen Volkes
Heidelberg lässig schonte, die Brücke, der Terrassen
mächtige Plattform, um die bezaubernde Ansicht
von seinen Quartieren aus zu genießen,
eine Perle still-leuchtendes Feuer zu haben
im schrecklichen Umkreis der niedergebrannten Schlösser.
Doch über der Brücke, die dich Verzauberten hielt,
donnern die starrgewordenen Adler, drohend.
Gräßliche Sonnen vermögen sie in ihren Fängen zu halten,
die niederfahrend den Neckar austrinken, die letzten Gewölbe
krachend sprengen und der lieblichen Wälder Grün
in das glasige Gespenst
abgestaubter Falterflügel verwandeln.
In eines Augenblicks Hitze, darin das Bewußtsein vergeht
wie der Rauch, den die Winde zerteilen,
wird das Bleibende selbst, das die Dichter stiften,
zu kleinen glühenden Nebeltropfen zerfallen . . .
Daß dein Leib aber sich einst in Gesängen
über die eigne Verwesung geschwungen,
läßt mich hoffen, daß solcher Geist die Brücke bewahret,
die dein Fuß geheiligt und deine Worte gesegnet haben.

[E: 1955; D: 1965]

[*hoher Dichter:* Friedrich Hölderlin; vgl. sein Gedicht »Heidelberg«.]

STEPHAN HERMLIN
1915–1997

Ballade von unserer Zeit mit einem Aufruf an die Städte der Welt

Hört: unter uns hat sich eine seltsame Stimme erhoben.
Aus den verzweifelten Wäldern des Zwielichts, der Einsamkeit,
Aus den verpesteten Wüsten, die freudlose Stürme durchtoben,
Sagt eine ruhige Stimme beständig: Es ist an der Zeit!
Hört: unter uns hat sich eine seltsame Stimme erhoben!

Denn wir sind von jenem verfluchten Geschlecht, das durchquerte
Unerschrocken auf Brücken von Leichen im Dschungel den Fluß,
Das mit Blicken voller Gleichgültigkeit die durchspeerte
Brust einer jungen Mutter betrachtet und dessen Fuß
Niemals wankte, als auf Kadavern er Flüsse durchquerte.

Und unser Herz schlug weiter in den vergasten Städten.
Als von gespenstischen Dachgärten die Saxophone geweint,
Lächelten wir mit weißen Zähnen. Aus Lazaretten
Hörten wir die zermalmten Tiere: Freund oder Feind,
Und unser Herz schlug weiter in den vergasten Städten.

Hört den beleidigten Schwachen, ihr irdischen Richter, Städte!
Wäre euere Stimme gleich einer Säule erwacht,
Als es Zeit war, in unserer Mitte, jählings – sie hätte
Uns den Vernichtern entrissen und ihrer tierischen Nacht.
Hört den beleidigten Schwachen, ihr irdischen Richter, Städte!

Denn alle Türen stehn offen und hinter jeder der Mord
Mit spinnwebenen Händen und schwarzen Lippen, bereit,
Unsere Säuglinge zu zerschmettern am Pfosten, das Wort
Uns, den Schrei in die Gurgel zurückzustoßen – und weit
Stehn alle Türen offen und hinter jeder der Mord.

Seht, unserer Frauen silberne Leiber sind überliefert
Wehrlos der Schande, die sie mit gelben Nägeln zerstückt,
Und unser holdestes Erbe von Geieraugen beziffert
Wird uns aus unseren furchtgeschlagenen Händen gerückt.
Schande ist unserer Frauen silberner Leib überliefert.

Und man lacht unserer Herzen hinter geöffneten Rippen
Mittags auf offenem Markt, wenn die schwarze Sonne versteint
Unser finsteres Blut auf zuckenden staubigen Lippen,
Auf denen nicht das leiseste Schluchzen mehr weint,
Und man lacht unsrer Herzen hinter geöffneten Rippen.

Wie der Staub verweht würden wir sein und unsere Taten
Ganz vergeblich und um vergessen zu werden getan,
Wenn ihr nicht werdet, um was schon so lang wir euch nahten,
Ungeheure! zu Städten, die Sturz und Auferstehn sahn.
Wie der Staub verweht würden wir sein und unsere Taten ...

Hier aus den rattenerfüllten Kellern, gräßlichen Stollen
Brüll ich euch sterbend zu: Errettet uns aus der Haft!
Rettet uns aus dem sanften spitzfingrigen Griffe der tollen
Folterer und vor des Wahnsinns süßem mohnfarbnen Saft,
Hier in den rattenerfüllten Kellern und gräßlichen Stollen!

Macht eure Plätze leer und erwartend und stellt das Entsetzen
Riesig am Horizont auf und laßt einen lautlosen Sturm
Auf euern Schultern liegen – von rauschenden Bannern verletzen,
Imaginären, schreienden, laßt euern mächtigsten Turm!
Macht eure Plätze leer und umstellt euch mit stummem Entsetzen!

Denn seht dort eure Schwestern: der Feind peitscht ihre Fassaden,
Doch die geöffneten Flanken spein Haß. So stehen sie nackt.
Aus einem Wald von Fahnen wehen der Abschüsse Schwaden,
Halten die fleischlosen Kiefer den Feind an der Kehle gepackt –
So sind euere Schwestern: und peitscht auch der Feind die Fassaden!

Darum erwarten wir euch: die Schatten vom Städtegeschlechte.
So sind verschworen wir euerer Zukunft oder dem Fall
In die staubigen Gräber der Nacht. Doch unsere Rechte
Krönt euch mit Zuversicht. Und unsrer Stimme ersterbender Hall
Sagt euch von der Erwartung der Schatten vom Städtegeschlechte.

(1942)

Aus: *Die Erinnerung*

Terzinen

Die Worte warten. Keiner spricht sie aus:
Auf ihren Lidern eine Handvoll Nacht,
Ihr Haar wärmt Nest und Brut der Wintermaus.

Aus ihrem Säumnis ist mein Traum gemacht,
Mein langer Tag aus ihrer Endlichkeit.
Die Schwalben sind vom Winde überdacht.

Nur sie sind ganz allein im Fluß der Zeit,
Die Uhren schlagen ihre Namen fort,
Vermächtnis, Schwur und Mahnmal ungeweiht.

Der Regen wäscht aus Tafeln Wort um Wort,
Rinnt auf Mont-Valérien und Plötzensee.
Die Schwalben liegen in der Hand des Nord.

Ich weiß noch, wenn ich dann im Dunkel steh:
Den Blick voll Bläue, Hand und Atemzug,
Die Abende von lauem Gold wie Tee.

Die Unerschrockenheit, die sich betrug,
Als sei die nächste Woche schon gewiß,
Die Stadt erfüllt mit Geisterfahnenflug,

Mit Fahnen, die der Wind der Zukunft spliß.
Geknebelt mit Gesängen gingen sie
Dahin. Jetzt schmilzt ihr Fleisch vom Rattenbiß.

Sechs Fuß tief in des Wartens Euphorie,
Wenn sich die Regensäulen auf sie lehnen.
Der Schwalbensturz allein vergißt sie nie,

Die langsam treiben unter den Moränen.

[E: 1946/47; D: 1952]

Sonett

Inmitten der schwierigen Strategie
Der Dichtung, wie ich auch die Worte siebe:
Da war kein Wort, das mir nicht Liebe lieh.
Durch Frost und Flammen trug mich diese Liebe.

Im Ungewissen, unterm scharfen Hiebe
Ungünstiger Winde, wußte ich, daß nie,
Wie immer auch der Schnee der Schmerzen stiebe,
Im Stich mich läßt der Zukunft Prosodie.

Nie reimt sich Liebe auf Beflissenheit,
Und liebend gibt sich Liebe keine Blöße.
Sie scheitert, doch sie meint Gemeinsamkeit.

Geschwisterlich auftretend im Getöse
Der Klassenschlacht erscheint zukünftige Zeit
Mit Bruder Irrtum und mit Schwester Größe . . .

(1956)

Die Vögel und der Test

Zeitungen melden, daß unter dem Einfluß der Wasserstoffbombenversuche die Zugvögel über der Südsee ihre herkömmlichen Routen ändern.

Von den Savannen übers Tropenmeer
Trieb sie des Leibes Notdurft mit den Winden,
Wie taub und blind, von weit- und altersher,
Um Nahrung und um ein Geäst zu finden.

Nicht Donner hielt sie auf, Taifun nicht, auch
Kein Netz, wenn sie was rief zu großen Flügen,
Strebend nach gleichem Ziel, ein schreiender Rauch,
Auf gleicher Bahn und stets in gleichen Zügen.

Die nicht vor Wasser zagten noch Gewittern
Sahn eines Tags im hohen Mittagslicht
Ein höhres Licht. Das schreckliche Gesicht

Zwang sie von nun an ihren Flug zu ändern.
Da suchten sie nach neuen sanfteren Ländern.
Laßt diese Änderung euer Herz erschüttern . . .

(1957)

ERNST MEISTER

1911–1979

Monolog der Menschen

Wir sind die Welt gewöhnt.
Wir haben die Welt lieb wie uns.
Würde Welt plötzlich anders,
wir weinten.

Im Nichts hausen die Fragen.
Im Nichts sind die Pupillen groß.
Wenn Nichts wäre,
o wir schliefen jetzt nicht,
und der kommende Traum
sänke zu Tode unter blöden Riesenstein.

[1932]

Hasenwinter

Hurra, Soldaten der Felderangst!
Ihr, in Reih und Glied,
Köpfe in Tüten nach unten ...
Stillgehangen, Hasen!
trotz Winterwind.

Ja, der Winterwind
fegt, blank wie Nagezähne,
Silbergewölk über den spiegelnden Himmel.

Auf dem Gipfel
beginn ich die Schneelawine,
ein kleiner Anstoß genügt, und
meine Schuld, Vater des innigen Himmels,
rollt über den Berg
zu Tal, wächst
und zerschmettert
meine Eisblumenfenster, davor
sie hängen, die Hasen.

Aufgewacht, Soldaten der Felderangst!
Rührt euch –
Weißklee, blau eisig, blüht auf der Höh!
Kommt, hoppelt zu mir herauf,
laßt es euch schmecken unter
dem Winterwind, wascht euch das
Blut aus dem Fell,
meine Schuld,
und tummelt euch endlich mit mir
auf den blauen Weiden des Schnees!

[1954]

Fermate

Zwinkernd mit Dornengebüsch:
Augen
hin über Hagebutten und
atmendes Meer.
In den Äther speit Gold
ein raubender Fisch.

Fermate: Braue,
aufgerichteter Horizont.
Sonne als Perle am Grund
und die Wracks
der untersten Tiefe besonnt.
Früheste Zeit und die fernste
gleichen sich sehr.

Komm, was sich Tod heißt,
über den funkelnden Strand!
Komm, hagebuttenrot,
komm, dornenbraun,
zeige dich, komm!
Scherzend mit dir,
bin ich den ältesten
Engeln verwandt.

[1957]

Ich sage Ankunft

I

Ja, das Licht
aufrecht
über dem Abgrund.

Wer spielt
seine Weisheit,
wer weiß
die Fülle seiner Torheit?

Ich sage
Ankunft
hier bei des Lichtes
wirklichem Schilf.

II

Von der Spitze
des Dorns
die Formel geerntet.

Die leicht war,
wird schwer auf der Hand,
entfällt ihr.

Und sie schlägt Wurzel,
wird Rose
an dieser Stelle.

[1960]

Sage vom Ganzen
den Satz, den Bruch,
das geteilte Geschrei, den
trägen Ton, der Tage
Licht.

Mühsam
im gestimmten Raum
die Zeit in den Körpern,
leidiges Geheimnis, langsam.
Tod immer.

(Und ich wollt doch
das Auge nicht missen
entlang den Geschlechtern nach uns.)

Sage: DIES ist kein anderes.
Sage: So fiel, in gemeiner Verwirrung,
der Fall. Sage auch immer:
Die Erfindung war groß.

Du darfst nur nicht
Liebe verraten.

[1972]

Lang oder kurz ist die Zeit,
und das Wahre,
das sich ereignen wird,
heißt Sterben.

Danach bist du
gleichsinnig mit
der Erde, dem Himmel,
die sich nicht wissen.
(Aber wer bist du noch?)

Was eigentlich hieß denn das:
geboren, Zeit zu gebären
im Unterfangen des Bewußtseins –
wozu »ich«?

HERMANN LENZ

1913–1998

Russischer Herbst

Prall hängen überall die Preißelbeeren.
Am Baumstamm spür ich eine rauhe Hand.
Die Mäuse sich umsonst der Schlangen wehren.
Ihr Blut ist naß. Das Laub ist rot entbrannt.

Es wehn der Erde offne rote Wunden.
Der Tag geht grau vorbei und wird nicht hell.
Tautränen habe ich im Gras gefunden,
Und Schlehdorn ritzt des weichen Schafes Fell.

Die dunkle Wolke kommt und geht vorüber.
Der Herbst kocht heuer einen seltnen Wein:
Von lauter Asche wird er dunkler, trüber
Und von der Totenerde bitter sein.

[1943]

Alte Orte

Die alten Orte, früher nah vor dir,
Sie stehen da, von Bitternis geklärt,
Mit Höhenzügen, blau in weiter Ferne.

Hab keine Sorge, daß sie schwinden. Hinter dir
Bleibt es für immer wie der Schmerz, die Liebe,
Die Wehmut, der Verzicht, die Einsamkeit.

FRITZ GRASSHOFF

1913–1997

Drei glückliche Augenblicke

Wie das beglückt:
auf schmalem Sommerpfad,
halb aufgeweicht,
nach dem Gewitter grad,
durch Schlick und Schlamm
zu stromern wie Gott Pan,
und süßer Brodem wallt
aus Dorn und Löwenzahn.

Wie das beglückt:
ein Feuer lodert frei,
im Kessel blubbt
der Hafergrützebrei,
du rührst und schürst
und denkst dir deinen Teil
von Gut und Böse und
dem Seelenheil.

Wie das beglückt:
du liegst in Stroh und Spelt,
aufs Scheunendach
der schwarze Regen fällt,
und Bild um Bild
rückt vor die Kamera.
Du träumst vom Meer
und von Nausikaa.

Halunkenlied

Mein Gaul ist alt und will nicht mehr,
ich geb ihn für drei Pesos her
und ein paar alte Socken.
Die Pesos, die versaufe ich,
die Socken, die zerlaufe ich.
Vertrunken und gehunken –
ich geh zu den Halunken.

Ich lasse mich vom Winde wehn,
mein Topf, der soll am Feuer stehn,
am Feuer der Ganoven.
Da hol ich mir den letzten Schliff,
studier den Pfiff, den Killergriff,
die Zinken und die Riten.
Ich geh zu den Banditen.

Ich such mir eine Unterkunft
bei Damen von der flotten Zunft,
die achten mein Gewerbe.
Durch dunkle Gassen strolche ich,
den Speckbauch, den erdolche ich
und fülle mir mein Bündel.
Ich geh zu dem Gesindel.

Doch habe ich mein Geld im Sack,
dann pfeiff ich auf das Lumpenpack
und fliege in die Fremde.
Muß auf der langen Schiene sein,
bevor mich sperrt der Grüne ein.
Vor dem hab ich Manschetten.
Der Hund legt mich in Ketten.

KARL KROLOW

1915–1999

Pappellaub

Sommer hat mit leichter Hand
Laub der Pappel angenäht.
Unsichtbarer Schauder ist
Windlos auf die Haut gesät.

Zuckt wie Schatten Vogelbalg,
Spötterbrust, als winzger Strich:
Ach, schon wird es Überfall,
Wie sie blätterhin entwich!

Luft, die unterm weichen Flug
Kurzer Schwinge sich gerührt,
Schlägt wie blaue Geißel zu,
Die die dumpfe Stille führt.

Grüne Welle flüstert auf.
Silbermund noch lange spricht,
Sagt mir leicht die Welt ins Ohr,
Hingerauscht als Ungewicht.

(1946)

Verlassene Küste

Wenn man es recht besieht,
so ist überall Schiffbruch.
Petronius

Segelschiffe und Gelächter,
Das wie Gold im Barte steht,
Sind vergangen wie ein schlechter
Atem, der vom Munde weht,

Wie ein Schatten auf der Mauer,
Der den Kalk zu Staub zerfrißt.
Unauflöslich bleibt die Trauer,
Die aus schwarzem Honig ist,

Duftend in das Licht gehangen,
Feucht wie frischer Vogelkot
Und den heißen Ziegelwangen
Auferlegt als leichter Tod.

Kartenschlagende Matrosen
Sind in ihrem Fleisch allein.
Tabak rieselt durch die losen
Augenlider in sie ein.

Ihre Messer, die sie warfen
Nach dem blauen Vorhang Nacht,
Wurden schartig in dem scharfen
Wind der Ewigkeit, der wacht.

(1948)

Robinson

I

Immer wieder strecke ich meine Hand
Nach einem Schiff aus.
Mit der bloßen Faust versuche ich,
Nach seinem Segel zu greifen.
Anfangs fing ich
Verschiedene Fahrzeuge, die sich
Am Horizont zeigten.
Ich fange Forellen so.

Doch der Monsun sah mir
Auf die Finger
Und ließ sie entweichen.
Oder Ruder und Kompaß
Brachen. Man muß
Mit Schiffen zart umgehen.
Darum rief ich ihnen Namen nach.
Sie lauteten immer
Wie meiner.

Jetzt lebe ich nur noch
In Gesellschaft mit dem Ungehorsam
Einiger Worte.

II

Ich habe zu rechnen aufgehört,
Wenn ich auch noch Finger habe,
Die ich nacheinander ins salzige Wasser
Tauchen kann.

Insekten und Tabakblätter
Kennen die Zeit nicht,
Die ich früher vergeudete.

Mein letzter Nachbar,
Der das Waldhorn blies
(Er hatte es einst einem Volkslied
Listig entwendet),
Kam auf See um.

Zuweilen fällt ein bißchen Sonne
Auf den Tisch, unter den ich die Füße
Strecke.
Ich brauche keine Sehnsucht mehr
Zu haben.

III

Diese Gewohnheit, irgendwo sehr lange
Auf einem Stuhl zu sitzen
Und zu horchen, ob es
In einem regnet
Oder in der Leber
Der Skorpion sich noch rührt!

Gezählt sind alle Blitze,
Alle Streichhölzer, die übrig blieben.

Bis man es leid ist
Und den letzten Wimpel
Im Meer versenkt.

(1958)

Neues Wesen

Blau kommt auf
wie Mörikes leiser Harfenton.
Immer wieder
wird das so sein.
Die Leute streichen
ihre Häuser an.
Auf die verschiedenen Wände
scheint Sonne.
Jeder erwartet das.
Frühling, ja, du bist's!
Man kann das nachlesen.
Die grüne Hecke ist ein Zitat
aus einem unbekannten Dichter.

Die Leute streichen auch
ihre Familien an, die Autos,
die Boote.
Ihr neues Wesen
gefällt allgemein.

Plopp

Bedien dich oder vergiß es –
in einem kühlen Grunde
da geht so ein gewisses
PLOPP dir aus dem Munde.

Da kommt die Kaugummiblase
dir schon wie Sprache vor.
Das wird dir kalt um die Nase,
seit man den Bart dir schor.

Da ist auch kein Volkslied mehr.
Du brauchst nur weiter zu kaun.
Das Mühlrad nebst Zubehör
ist nichts für die Kaugummifraun.

Und PLOPP steht das Herz dir stille.
Das war schon das Leben: das war's,
wie bekannt, mit erstarrter Pupille.
Der Tod hängt im Ansatz des Haars.

Die Worte sind nicht schamlos

Die Worte sind nicht schamlos, wenn du sie
im Munde führst. Und wer sie ruhig spricht
wie du, der überhört sie nicht
in ihrer Freiheit und in ihrer Melodie.

Nicht diese oder jene Worte. Nie
standen sie dir besser zu Gesicht,
wenn du sie sagtest und ihr Wortgewicht
verlor sich, wurde leicht, und wie

du von der Liebe und vom Fortgehn denkst,
von Wiederkehr und wie du wieder drängst
und einfach fortgehst: das ist schön.

Die Scham weiß nichts von sich und schamlos ist
nur Sanftmut, die mit List und Hinterlist
das Wort verführt in schwindelhafte Höh'n.

Von einem Land und vom andern

Man glaubt's nicht, besieht seine Hände,
im Spiegel sein Gesicht:
Deutschland am anderen Ende
und hier – denn man glaubt es nicht –
ÜBER ALLES, hieß es. Man fände
den Reim heute ohne Gewicht.
Es reimt sich doch alles nicht!

Von einem Land und vom andern
weiß man zu wenig, zu viel.
Mit bloßem Wissen und Wandern
verfehlt ein jeder das Ziel.
Und wenn er es schließlich fände: –
Deutschland am anderen Ende
hat anderes Gewicht.
Über alles ringt man die Hände
bloß. Reimen sollte man nicht:
es sei denn, man verschwände
in einem andern Gedicht,
das ruhig von beiden spricht –
vom anderen und dem einen
und fürchtete sich vor keinem.

PETER JOKOSTRA

* 1912

Ich treibe südwärts

Ich schwimm auf meinem Tod.
Die Schatten schmerzen mich nicht mehr.
Das Holz der Planken ist von hellstem Grün.
Der Smyrnateppich, die Zigeunerfracht.
Kaschemmenlaut, der aus der Tiefe dringt,
Gelächter, öder Halden Schutt,
berühren kaum die fremde Stirn.

Ich schwimm auf meinem Tod.
Der Wind geht achtsam um das Haus.
Gedankenschwere narrt mich nicht.
Mein Nachtkahn wird ins Licht gedreht
von einer Hand, die fischig glänzt.
Ich frag nicht, wem die Hand gehört.
Das Holz der Planken ist von hellstem Grün.

Ich schwimm auf meinem Tod.
Die Lippen, die kein Durst mehr quält.
Die Augen, die kein Fieber brennt.
Die kleinen Lügen folgen mir:
Zigeunermund, Zigeunerrot, Zigeunerwind,
der Smyrnateppich und von unten Lärm.
Ins Gegenlicht gedreht das Boot,
so treib ich südwärts, flossenüberglänzt.

Alternative

Oktober.
Der Hügel brennt.
Pfefferminz, Rainfarn, Schafgarbe,
Wegwarte, Waldweidenröschen,
weißes und gelbes Johanniskraut.
Wir legen es in die Schränke,
unter die Wäsche,
es duftet.

Nichts ist vergänglicher
als unser Hügel.
Bald wird man seine schönen
schattigen Flanken abtragen,
ihm die Haut vom Fleisch reißen
und einen Kahlkopf aus ihm machen.

Wenn die neue Straße
dem Verkehr übergeben wird
und der Minister das Band
zwischen uns und unserem Hügel
zerschneidet – reisen wir ab.

CHRISTINE LAVANT

1915–1973

Es riecht nach Weltenuntergang
viel stärker als nach Obst und Korn,
der Vogel, der am Mittag sang,
dreht jetzt sein Opfer auf den Dorn,
ergreifend flach und ohne Schein
schiebt sich der Mond herein.

Hochsommernacht und so voll Frost!
Das Windrad geht verzweifelt um,
die Sterne scheinen nicht bei Trost,
denn jeder dreht sich wild herum,
bevor er zuckend untergeht
wie eben mein Gebet.

War das der zwölfte Stundenschlag
und mittendrin ein Hahnenschrei?
Es klang so nach dem Jüngsten Tag –
mein Herz tanzt jetzt als hohles Ei
vor meinem eigenen Gesicht,
und das ist das Gericht.

Wie gut, daß ich verborgen bin
und niemals wieder sichtbar werde.
Mein Kern – im Widerspruch zur Erde –
begab sich selbst zum Monde hin,
jetzt kannst du ruhig schlafen.
Der Ort, wo wir uns trafen,
war niemals wirklich in der Zeit.
Verzeih mir dies – aus Einsamkeit
herausgeschälte – Wissen.
Vielleicht fühlt sich dein Kissen
trotzdem auch manchmal tauig an,
vielleicht verkündet dir der Hahn
vom Hühnerbaum her oft zu grell,
daß jetzt der Morgen wieder hell
gläsern über deinem Dach
heraufsteigt, während du ganz schwach
und übernächtig bist?
Ich bin es nicht, die dich dann quält,
ich bin die Magd, die Äpfel schält
im Mond und keinen ißt.

Wo treibt mein Elend sich herum?
Ich habe es sehr streng behandelt
und durch und durch fast umgewandelt,
beim Abschied war es fremd und stumm.

Sein Haar stieg steil und ganz ergraut
in jene Richtung, die ich wollte,
den Stein, der mir vom Herzen rollte,
hat es im Gehn noch weichgekaut.

Dies war wohl kein sehr gutes Brot,
jetzt könnt ich ihm ein bessres kneten!
Mein Wille hat ein Korn zertreten
inmitten dieser Hungersnot.

Doch wer ißt gern für sich allein?
Wenn nur mein Elend wieder käme
und mir den Zorn vom Munde nähme,
um auch so gründlich satt zu sein!

Ich bin sehr reich und kann nicht mehr verarmen,
dies Eigentum zerstören keine Kriege,
und wenn ich auch der Schenksucht unterliege
und der Verschwendung oder dem Erbarmen,
von diesen Gütern werd ich keines los.
Oft, abends, breite ich sie auf dem Schoß
wie Steine aus, wie Spitzen, Samt und Seide,
und meine Hände haben alle beide
genug zu tun, um alles zu umfassen.

Da ist der Tag, an dem du mich verlassen –
sehr dunkler Stein und dennoch ein Kristall!
Und hier der seidenweiche Spitzenfall,
das Wiedersehen, immerfort durchbrochen
vom Sehnsuchtssammet langer Wartewochen
und irisblauer, schwerer Schwermutseide.
Ach Gott, die Stunden, die ich jetzt erleide,
ganz matte Perlen schon vom Tod beschlagen, –
die sind so schwer, – wer hilft mir die ertragen?

CHRISTINE BUSTA

1915–1987

Das Hündlein

(Zu Matthäus XV./26–28 und Markus VII./24–30)

Ich bin das Hündlein aus dem Neuen Testament.
Ein Hühnerbein, ein magrer Schwanz von Fischen,
ein Brocken Brot fällt immer von den Tischen
der Tafelnden, die man die Kinder Gottes nennt.

Ich bin das Hündlein, das ein jeder Köter kennt,
und das sie zausen, wenn sie es erwischen,
bin Freund den alten Bettlern in den Nischen
und wedle tröstlich, wo ein armes Kindlein flennt.

Wer selber nur verachtet durch die Straßen rennt,
fährt gern den stolzen Heuchlern einmal zwischen
die Beine, wenn sie hinter Sündern zischen,
die Leid und Scham geheim zu Aschenhäuflein brennt.

Ich bin das Hündlein aus dem Neuen Testament.
An allen Ecken sieht man frech mich pissen.
Doch in den Frommen regt sich das Gewissen,
wenn wo ein Weib in Nöten meinen Namen nennt.

[1951]

Am Rande

Manchmal auf einer Schwelle sitzen,
ausruhn vom Gehn, das nicht ankommt,
die Tür hinter dir und nicht klopfen.

Alle Geräusche wahrnehmen
und keines verursachen.
Das Leben, das dich nicht annimmt, erhören:
im Haus, auf der Straße,
das Herz der Maus und des Motors,
die Stimmen von Luft und Wasser,
die Schritte des Menschen, der Sterne,
das Seufzen von Erde und Stein.

Manchmal setzt sich das Licht zu dir
und manchmal der Schatten,
treue Geschwister.
Staub will nisten auf dir
und unbetretbarer Schnee.

Langsam unter der Zunge
wärmt sich dein letztes Wort.

Aus einem Sommertagebuch

Für Ernst Schönwiese

Fernsehen auf dem Balkon
mit dem Rücken zum Bildschirm.

Hinter dir, uhrgenau auf die Minute,
täglich neu figurierte Greuel.

Vor dir und über dir –
nicht zu manipulieren –
täglich das alte Programm,
sternzeitverschoben, entrückt.

Bootes, der Bärenhüter
vor Herkules. Unaustauschbar
Adler, Leier und Schwan.

Es gibt keine Sendepause,
nur Zufälle meteorologischer Störung,
oder das Ungenügen des Auges.

Auch wer schläft, darf gewiß sein,
daß Perseus die Gorgo besiegt hat,
und aus dem Blut der Medusa
mit erdabgewandten Hufen
Pegasus durch die Nacht fliegt.

[1981]

[4. Strophe: Sternbilder.]

Gedichte

Leben,
in Bernstein geborgen,
begraben.

Narben,
berührbar,
unverletzlich.

Aufgezeichnete
Zeit im Werden.
Kreide oder Achat.

[1975]

Vom Altern

Der Liebe wird alles wichtig und lieb:
eine Schattenmulde in der Wange,
das Runzelgeflecht ums Auge,
eine Kindheitsnarbe unter den Zehen,
ein verborgener Makel der Haut,
eine sichtbarer werdende Ader
und die kahle Stelle im Haar.

Jeder Verlust wird auch Gewinn
und mehrt die Erinnerung.
Treuer als Lust macht Zärtlichkeit,
der Schmerz um Vergängliches erneuert.
Aus den Filtern behutsamer Trauer
bergen wir die Schönheit, die bleibt.

HILDE DOMIN

* 1909

Nur eine Rose als Stütze

Ich richte mir ein Zimmer ein in der Luft
unter den Akrobaten und Vögeln:
mein Bett auf dem Trapez des Gefühls
wie ein Nest im Wind
auf der äußersten Spitze des Zweigs.

Ich kaufe mir eine Decke aus der zartesten Wolle
der sanftgescheitelten Schafe die
im Mondlicht
wie schimmernde Wolken
über die feste Erde ziehn.

Ich schließe die Augen und hülle mich ein
in das Vlies der verläßlichen Tiere.
Ich will den Sand unter den kleinen Hufen spüren
und das Klicken des Riegels hören,
der die Stalltür am Abend schließt.

Aber ich liege in Vogelfedern, hoch ins Leere gewiegt.
Mir schwindelt. Ich schlafe nicht ein.
Meine Hand
greift nach einem Halt und findet
nur eine Rose als Stütze.

Mit leichtem Gepäck

Gewöhn dich nicht.
Du darfst dich nicht gewöhnen.
Eine Rose ist eine Rose.
Aber ein Heim
ist kein Heim.

Sag dem Schoßhund Gegenstand ab
der dich anwedelt
aus den Schaufenstern.
Er irrt. Du
riechst nicht nach Bleiben.

Ein Löffel ist besser als zwei.
Häng ihn dir um den Hals,
du darfst einen haben,
denn mit der Hand
schöpft sich das Heiße zu schwer.

Es liefe der Zucker dir durch die Finger,
wie der Trost,
wie der Wunsch,
an dem Tag
da er dein wird.

Du darfst einen Löffel haben,
eine Rose,
vielleicht ein Herz
und, vielleicht,
ein Grab.

Ich will dich

Freiheit
ich will dich
aufrauhen mit Schmirgelpapier
du geleckte

(die ich meine
meine
unsere
Freiheit von und zu)
Modefratz

Du wirst geleckt
mit Zungenspitzen
bis du ganz rund bist
Kugel
auf allen Tüchern

Freiheit Wort
das ich aufrauhen will
ich will dich mit Glassplittern spicken
daß man dich schwer auf die Zunge nimmt
und du niemandes Ball bist

Dich
und andere
Worte möchte ich mit Glassplittern spicken
wie es Konfuzius befiehlt
der alte Chinese

Die Eckenschale sagt er
muß
Ecken haben
sagt er
Oder der Staat geht zugrunde

Nichts weiter sagt er
ist vonnöten
Nennt
das Runde rund
und das Eckige eckig

(1968)

Abel steh auf

Abel steh auf
es muß neu gespielt werden
täglich muß es neu gespielt werden
täglich muß die Antwort noch vor uns sein
die Antwort muß ja sein können
wenn du nicht aufstehst Abel
wie soll die Antwort
diese einzig wichtige Antwort
sich je verändern
wir können alle Kirchen schließen
und alle Gesetzbücher abschaffen
in allen Sprachen der Erde
wenn du nur aufstehst
und es rückgängig machst
die erste falsche Antwort
auf die einzige Frage
auf die es ankommt
steh auf
damit Kain sagt
damit er es sagen kann
Ich bin dein Hüter
Bruder
wie sollte ich nicht dein Hüter sein
Täglich steh auf
damit wir es vor uns haben
dies Ja ich bin hier
ich
dein Bruder

Damit die Kinder Abels
sich nicht mehr fürchten
weil Kain nicht Kain wird
Ich schreibe dies
ich ein Kind Abels
und fürchte mich täglich
vor der Antwort
die Luft in meiner Lunge wird weniger
wie ich auf die Antwort warte

Abel steh auf
damit es anders anfängt
zwischen uns allen

Die Feuer die brennen
das Feuer das brennt auf der Erde
soll das Feuer von Abel sein

Und am Schwanz der Raketen
sollen die Feuer von Abel sein

Drei Arten Gedichte aufzuschreiben

1
Ein trockenes Flußbett
ein weißes Band von Kieselsteinen
von weitem gesehen
hierauf wünsche ich zu schreiben
in klaren Lettern
oder eine Schutthalde
Geröll
gleitend unter meinen Zeilen
wegrutschend
damit das heikle Leben meiner Worte
ihr Dennoch
ein Dennoch jedes Buchstabens sei

2
Kleine Buchstaben
genaue
damit die Worte leise kommen
damit die Worte sich einschleichen
damit man hingehen muß
zu den Worten
sie suchen in dem weißen
Papier
leise
man merkt nicht wie sie eintreten
durch die Poren
Schweiß der nach innen rinnt

Angst
meine
unsere
und das Dennoch jedes Buchstabens

3
Ich will einen Streifen Papier
so groß wie ich
ein Meter sechzig
darauf ein Gedicht
das schreit
sowie einer vorübergeht
schreit in schwarzen Buchstaben
das etwas Unmögliches verlangt
Zivilcourage zum Beispiel
diesen Mut den kein Tier hat
Mit-Schmerz zum Beispiel
Solidarität statt Herde
Fremd-Worte
heimisch zu machen im Tun

Mensch
Tier das Zivilcourage hat
Mensch
Tier das den Mit-Schmerz kennt
Mensch Fremdwort-Tier Wort-Tier
Tier
das Gedichte schreibt
Gedicht
das Unmögliches verlangt
von jedem der vorbeigeht
dringend
unabweisbar
als rufe es
»Trink Coca-Cola«

(1967/68)

MARGOT SCHARPENBERG

* 1924

Wenn die Bettler zählen

Als wir dann abends die Taschen leerten,
lauter Münzen fielen ins Licht.
Zahlen und Tage, die wiederkehrten,
vergriffen, vergessen, Gedicht.

Schneidende Ränder und stählerne Reifen,
so dreh dich, du Messer, du Rad.
Ein Abend als Mühlstein, ein Wasser zum Schleifen
und Sand auf den kreisenden Pfad.

Münze um Münze, gereicht schon zerrieben,
die Zahlen Roulette ohne Ziel.
Mit Schatten haben die Speichen geschrieben,
ein Rad und ein Reim und ein Spiel.

[1961]

Vergangene Zukunft

Wie lange halten
die Paradiese
wie schnell verschleißt unser Traum

Utopia
gestern und morgen
dazwischen wir
auf erdachten Stühlen
bestraft mit dem Anteil
Niemandsland

verstoßen zum formlosen
Augenblick
außerhalb Ordnung
gut oder böse
das Muster Geschichte
der blühende Garten Futur

und wozu gehört
die ich besteigen möchte
mit allen Nadelöhr-
Kreaturen
die Arche

[1983]

Prognose

Es wölkt sich ein
ich rüste mich auf andre Zeiten
nichts ist vorhersehbar
ich kann dir jeden Satz bestreiten
die Wolken lockern sich und doch
beizeiten wird es schnein

es hellt sich auf
wir wollen neue Pläne schmieden
die alten taugen später
für den nächsten Frieden
fürs erste nehmen wir es
auch mit Kriegen auf

es regnet schon
wir sahen es ja kommen
trotz langer Dürre
blieb es jedem unbenommen
aufs Ernten sich zu rüsten und zu freun
die Keime sprießen schon

was haben wir gesät
was ging verloren
im Schlachtfeld wachsen Steine und kein Brot
sogar die Siege werden totgeboren
ob Krieg jedoch ob Frieden offenbar
wird bloß:
es ist zu spät

[1995]

HANS PETER KELLER

1915–1989

Du oder ich oder wer

Jeder lebt von sich getrennt.
Sieht er sich draußen, zieht er nicht den Hut.
Obschon es ihm auf den Nägeln brennt.
Gut.

Besser einen Umweg machen.
Wenns geht, auf du mit Bettler Strolch Polizist
oder was sonst zum Lachen
vorhanden ist.

Narren setzen nachts auf die Glücksfontänen
auf die Sterntraufen.
Du oder ich oder wer: sollten wir Tränen
kaufen?

Folge

I

der triftige Grund
weswegen Fallschirme
   in die Luft hängen –?

(so
aufgeblasene
Munterkeit)

die Aufenthalte sind unsicher

ein
Schritt in das
Bodenlose

– schon angekommen

II

du

lehne dich an mich und
ich
habe Halt

solang wir fallen sind
wir
nicht unten

JOHANNES BOBROWSKI

1917–1965

Osten

Alle meine Träume
gehn über Ebenen, ziehn
unbetretenen Wäldern
windhell entgegen, kalten
einsamen Strömen, darüber
fernher Rufe schallen
bärtiger Schiffer –

Dort sind alle Gesänge
ohne End, im geringsten
Ding steht Gefahr, vieldeutig, –
nicht zu halten mit dem und
jenem Namen: Gefilde,
Moor, eine Schlucht; wie Verhängnis
schlägt sie hinab, bleibt, gemieden, –
dort um die niederen Hügel
fliehn die Pfade davon.

Worte gelten nicht.
Aber ein Streicheln, Grüße,
Blitz unterm dunkelnden Lid
und in der Brust jenes Ziehn;
noch als Umarmungen stärker.

Händler kommen von weit. Die
unter uns wohnen, sind Fremde.
Unsicher gehn sie, fragend,
ziellosen Straßen nach, hängen
Fähren und Brücken immer
an, als wär dort Gewisses –

Wir aber kennen uns leicht.
Unsre Gespräche steigen
alle aus gleichem Grunde.
Und im Erwarten ewig
wohnt uns das Herz.

(15.–21. 9. 1953)

Ebene

See.
Der See.
Versunken
die Ufer. Unter der Wolke
der Kranich. Weiß, aufleuchtend
der Hirtenvölker
Jahrtausende. Mit dem Wind

kam ich herauf auf den Berg.
Hier werd ich leben. Ein Jäger
war ich, einfing mich
aber das Gras.

Lehr mich reden, Gras,
lehr mich tot sein und hören,
lange, und reden, Stein,
lehr du mich bleiben, Wasser,
frag mir, und Wind, nicht nach.

(20. 6. 1960)

Holunderblüte

Es kommt
Babel, Isaak.
Er sagt: Bei dem Pogrom,
als ich Kind war,
meiner Taube
riß man den Kopf ab.

Häuser in hölzerner Straße,
mit Zäunen, darüber Holunder.
Weiß gescheuert die Schwelle,
die kleine Treppe hinab –
Damals, weißt du,
die Blutspur.

Leute, ihr redet: Vergessen –
Es kommen die jungen Menschen,
ihr Lachen wie Büsche Holunders.
Leute, es möcht der Holunder
sterben
an eurer Vergeßlichkeit.

(15. 9. 1960)

Bericht

Bajla Gelblung,
entflohen in Warschau
einem Transport aus dem Ghetto,
das Mädchen
ist gegangen durch Wälder,
bewaffnet, die Partisanin
wurde ergriffen
in Brest-Litowsk,
trug einen Militärmantel (polnisch),
wurde verhört von deutschen
Offizieren, es gibt
ein Foto, die Offiziere sind junge
Leute, tadellos uniformiert,
mit tadellosen Gesichtern,
ihre Haltung
ist einwandfrei.

(17. 1. 1961)

Dorfmusik

Letztes Boot darin ich fahr
keinen Hut mehr auf dem Haar
in vier Eichenbrettern weiß
mit der Handvoll Rautenreis
meine Freunde gehn umher
 einer bläst auf der Trompete
 einer bläst auf der Posaune
Boot werd mir nicht überschwer
hör die andern reden laut:
dieser hat auf Sand gebaut

Ruft vom Brunnenbaum die Krähe
von dem ästelosen: wehe
von dem kahlen ohne Rinde:
nehmt ihm ab das Angebinde
nehmt ihm fort den Rautenast
 doch es schallet die Trompete
 doch es schallet die Posaune
keiner hat mich angefaßt
alle sagen: aus der Zeit
fährt er und er hats nicht weit

Also weiß ichs und ich fahr
keinen Hut mehr auf dem Haar
Mondenlicht um Brau und Bart
abgelebt zuendgenarrt
lausch auch einmal in die Höhe
 denn es tönet die Trompete
 denn es tönet die Posaune
und von weitem ruft die Krähe
ich bin wo ich bin: im Sand
mit der Raute in der Hand

(5. 12. 1960)

Hölderlin in Tübingen

Bäume irdisch, und Licht,
darin der Kahn steht, gerufen,
die Ruderstange gegen das Ufer, die schöne
Neigung, vor dieser Tür
ging der Schatten, der ist
gefallen auf einen Fluß
Neckar, der grün war, Neckar,
hinausgegangen
um Wiesen und Uferweiden.

Turm,
daß er bewohnbar
sei wie ein Tag, der Mauern
Schwere, die Schwere
gegen das Grün,
Bäume und Wasser, zu wiegen
beides in einer Hand:
es läutet die Glocke herab
über die Dächer, die Uhr
rührt sich zum Drehn
der eisernen Fahnen.

(30. 5. 1961)

[*Turm:* der ›Hölderlin-Turm‹ am Neckar in Tübingen, Anbau am Haus des Schreinermeisters Ernst Zimmer, bei dem Hölderlin seit 1807 untergebracht war und das Turmzimmer im 1. Stock bewohnte; von dort aus Blick auf den Neckar, ins Steinlachtal und auf die Schwäbische Alb. – *Fahnen:* Wetterfahnen.]

Immer zu benennen

Immer zu benennen:
den Baum, den Vogel im Flug,
den rötlichen Fels, wo der Strom
zieht, grün, und den Fisch
im weißen Rauch, wenn es dunkelt
über die Wälder herab.

Zeichen, Farben, es ist
ein Spiel, ich bin bedenklich,
es möchte nicht enden
gerecht.

Und wer lehrt mich,
was ich vergaß: der Steine
Schlaf, den Schlaf
der Vögel im Flug, der Bäume
Schlaf, im Dunkel
geht ihre Rede –?

Wär da ein Gott
und im Fleisch,
und könnte mich rufen, ich würd
umhergehn, ich würd
warten ein wenig.

(4. 2. 1961)

Schattenland

Die Raschelstimmen,
Blätter, Vögel, drei Wege
kam ich
vor einem großen Schnee.
Auf dem Ufer, Grannen und Kletten
im Ringelhaar, mit ihren Hunden
Ragana schrie nach dem Fährmann, im Wasser
stand er, mitten im Fluß.

Einmal,
folgend den Nebeln,
über die Senke mit goldenen Flügeln
zogen die Trappen, sie setzten
auf die Gräser den hornigen Fuß,
Licht flog, der Tag ihnen nach.

Kalt. Auf der Spitze des Grashalms
die Leere weiß
bis an den Himmel. Der Baum
aber alt, dort ist
ein Ufer, Nebel mit dünnen
Gelenken gehn auf dem Fluß.

Finsternis, wer hier lebt,
spricht mit des Vogels Stimme.
Ausgefahren sind
Windlichter über den Wäldern.
Kein Atem hat sie bewegt.

(30. 1. 1962)

RAINER BRAMBACH

1917–1983

Niemand wird kommen

Niemand kam über das Feld,
nur Regengewölk, Wind.
Niemand wird kommen, der sagt:

Lehmgestalt, steig aus dem Graben,
ich habe deine Gedanken gehört.
Gehe! Die schöne Welt erwartet dich.

Niemand ruft: He, noch nicht unterwegs?
Dein Freibrief ist gültig,
leicht lesbar die Schrift der Redlichkeit.

Ich sah als Kind auf dem Jahrmarkt
den Tanzbären sich drehen,
hielt mich später am Tage versteckt,
kenne einige Gefängnisse inwendig
und auswendig die Sprache der Henker.

Niemand. Regengewölk, Wind.

[1959]

Tagwerk

Der auf dem Fahrrad früh zum Steinbruch fährt
und aus dem Steinbruch spät nach Hause kehrt
Dazwischen liegen dreizehn Stunden
Sprengschuß
Den Stein der Weisen hat er nicht gefunden
Nur Sand und Schotter blieben ihm erhältlich
Zum Tagwerk fiel der Regen unentgeltlich.

[1969]

Das blaue Band, wie Mörike es sah,
flatternd in den Lüften, wo?
Ich sehe einen Kondensstreifen
quer über den Himmel gezogen –
aber die Amsel ist abends immer da
auf dem First gegenüber singt sie ihr Lied
unsäglich –

[1983]

[*Das blaue Band:* vgl. Mörikes Gedicht »Er ist's«.]

Die Zeilen der Reben reihen sich lichtlos
etwas Mausgraues irrt lautlos über den Sturzacker
meine Mundharmonika bleibt in der Tasche
allen Fragen schulde ich Antwort
ich kann nur sagen: vielleicht –
Tag ohne Sonne, Tag der dem Wasser gehört.

WILLY BARTOCK

* 1915

Niederrhein

Ich will dir
kein verlogenes Loblied singen
Dein geborgtes Sonnenlicht
soll mich nicht blenden
dein Reichtümer schleppender Buckel
mich nicht bestechen

Du bist weit gekommen
Du bist tief gesunken
Du kamst von heiteren Weinhöhen
und sankst in dumpfe sklavische Niederung
Die Dome und Burgen sind längst
entsetzt stehengeblieben
Schwefelrauchend rußrülpsend und ölkotzend
drängen sich Kamine Waschtürme
und mannsdicke Rohre
an deinen betäubten Strand

Den toten Fischen will ich
einen Nachruf spenden
Sie verreckten an dem ekligen Gebräu
das du rechts und links deiner Straße
aus zahllosen Abwässerkanälen säufst
Deine letzten Töchter
Ruhr Emscher und Lippe kriechen
von dauernder Schändung ermüdet
in dein schmutziges Altenbett

Du wehrst dich nicht mehr
Gewaltiger Vergewaltigter Vergifteter
Deine Sommer stinken zum Himmel
Deine Winter sind ätzend traurig
Du benimmst mir den Atem
Und selbst das Meer
sträubt sich dich zu empfangen

(1962)

Die Wermutpensionäre

Die Bänke im Rosenrondell
stehen wie gähnend in kühler einsamer Leere
die Nacht hat auf ihren Sitzen
feuchte Schleier liegen gelassen
Kaum aber ist die Sonne zur Stell
und trocknet mit warmen Strahlenspitzen
die Bänke die nassen
dann kommen die Wermutpensionäre

Die mit den Steinstaublungen
die die ganze Nacht mit der Luftnot gerungen
die aus den Kostgängerstuben
die längst den letzten »Zuhause«-Gedanken begruben
die aus den Altersheimen
die satt sind von Morgensuppe und frommen Reimen

Die einsamen armen Schlucker mit den kleinen Renten
setzen sich nieder und halten in zitternden Händen
das billige Glück in Flaschen für eine Mark zehn
in jedem Lebensmittelgeschäft zu erstehn
Da sitzen sie alle zusammen die nutzlosen Alten
und haben nur noch sich und den Sonnenschein
und ein paar Stunden Zeit
und Angst vor der Einsamkeit
und den rosenroten Rausch vom Wermutwein

Langsam kommt seltsam fremdes Leben in die Gestalten
werden die Gesten fahrig und groß
und die Blicke so weit oder trunken verklärt
Sie sind für Stunden die Last der Einsamen los
sie schweigen und schwätzen und lachen und winken
und schimpfen und singen und trinken und trinken

Mancher Vorübergehende denkt empört
Natürlich – da sitzen und saufen sie wieder
die alten versoffenen Wermutbrüder
Mancher aber dem sie Wink und Zuruf schenken
mag der eigenen Zukunft gedenken
und verspürt ein minutenkurzes Erbarmen
Wer weiß wie oft sie noch sitzen und trinken
und uns aus ihrer Einsamkeit winken

Wie bald wird manchen der Tod umarmen

JOSEF BÜSCHER

1918–1983

Angstlied

Bestellt bin ich und werde dafür bezahlt,
der Apparatur zu dienen, die mir nicht gehört,
die wie ein Gott mein Menschenleben
bestimmt, beherrscht, verbraucht, verzehrt.

Lärm ist ihr Atem, Arbeitshetze
und Lichtreiz, der die Sinne plagt.
Sie brütet Gier und Unbehagen,
Verzehrrausch, der sich nichts versagt.

Ich habe Angst, zu ihr zu gehn.
Ich brauche sie, soll ich bestehn.

Ich habe Angst, ich komm zu spät.
Der andere pflückt, was ich gesät.

Ich habe Angst, ich komm zu kurz.
Versagen, das ist der Todessturz.

Ich habe Angst. Doch dreh ich mich.
Als Zahnradzacke kreise ich.
Lichtreiz und Lärm und Leistungswillen:
Wir winden uns und schrauben uns im Leerlauf,
Gier ist nicht zu stillen.

Ich habe Angst.
Ich drehe mich.
Im Leerlauf kreise ich.
O hintergründige, gemeine Angst.

Versammlung

Die Melodie ist abgedroschen.
Die Worte schmecken fade und nach kaltem Rauch.
Die alten Ideale sind erloschen.
Geblieben nur – ein inhaltleerer Brauch.

Man diskutiert.
Man wüßte weitaus Besseres zu tun.
Das Leben ist perfektioniert.
Man zahlt ja Beitrag – und man möchte ruhn.

Wer hat noch Ohren,
wenn irgendwo ein anderer spricht?
Wir armen Toren
begreifen uns ja selber nicht.

Sind wir noch Menschen,
sind wir schon Insekten,
volltrunken in dem Rausche des Perfekten?

Und denkt bei uns nur noch der Funktionär,
sonst keiner mehr?

MICHAEL GUTTENBRUNNER

* 1919

Der Erschlagene

Von den Wassern der Erde
hat er getrunken,
zu moosgrünen Quellen
hat er sich niedergebeugt
verbrannten Mundes,
des Todes fürchtig schon
und noch voll Gier.
Oft lag er, verlechzend,
langhingestreckt,
die Erde schlagend
mit seines Herzens Schlag.

Die Bodenständlinge

Die Sänger dieser Lande
sind des heimatlichen Speckes Sänger,
und sie vergleichen sich ein jeglicher
mit einem Baum;
ich hab es oft gehört und weiß es nun wohl,
daß ihre Wurzeln erdverbunden sind.
Wenn aber große Zeiten anbrechen,
die das dicke Ende in sich tragen,
dann feiern sie, um nicht vors Gewehr zu müssen,
die besoffenen Eintagsworte
der jeweiligen Tyrannen.
Wenn's aber vorbei ist,
dann singen sie wieder, als ob nichts gewesen wäre,
die Sau am Spieß
und Kraut und Rüben der Heimat.

Ihnen fehlt jedes Wort
für die Geschlagenen und Entrechteten,
von deren Blute Europas Henker trieften.
Ich allein singe heute vom Krieg.
Denn ungetilgter Schulden Samen ist wieder gereift,
und neue Drohung verdunkelt die Welt.
Als die Partisanen zum Kampfe aufbrachen
und die Freiheit ihre Morgensterne
im Dunkel der Wälder entzündete,
da rüsteten sich die Wüsten,
da griffen Wälder
mit grüner Kraft zu den Waffen.
Aber die Landsknechte und ihre Schreibknechte
sprachen nur von Banditen.
Von Ratten zerfressen
wurde des deutschen Schlachthauses
babylonischer Turm.
Aber höher von Jahr zu Jahr
hob die Menschheit ihr Haupt voll Blut und Wunden,
bestrahlt von Siegeshoffnung.
Nun aber blickt neue Gefahr
medusenhäuptig auf West und Ost.
Wen müßte man nicht alles
zum Teufel jagen?
Von den heimatlichen Sängern
werdet ihr's nie erfahren.

Vorbeimarschierend

Das schönste Singen, das ich je gehört,
kam aus den Kehlen russischer Soldaten,
verhungernder – sie konnten kaum mehr stehn.
»Singt! Wenn ihr singt, dann kriegt ihr was zu fressen!«
So sangen sie. Ich, dort vorbeimarschierend,
hörte noch lange sterbenden Gesang.

Judengräber

Wo die Dorfstraße
in die Ebene hinausführt,
auf die tote See,
ein ummauerter Raum,
die Streusaat schwankender Steine:
als trieben Bretter, stehend, auf der Flut.

PAUL CELAN

1920–1970

Der Sand aus den Urnen

Schimmelgrün ist das Haus des Vergessens.
Vor jedem der wehenden Tore blaut dein enthaupteter Spielmann.
Er schlägt dir die Trommel aus Moos und bitterem Schamhaar;
mit schwärender Zehe malt er im Sand deine Braue.
Länger zeichnet er sie als sie war, und das Rot deiner Lippe.
Du füllst hier die Urnen und speisest dein Herz.

Corona

Aus der Hand frißt der Herbst mit sein Blatt; wir sind Freunde.
Wir schälen die Zeit aus den Nüssen und lehren sie gehn:
die Zeit kehrt zurück in die Schale.

Im Spiegel ist Sonntag,
im Traum wird geschlafen,
der Mund redet wahr.

Mein Aug steigt hinab zum Geschlecht der Geliebten:
wir sehen uns an,
wir sagen uns Dunkles,
wir lieben einander wie Mohn und Gedächtnis,
wir schlafen wie Wein in den Muscheln,
wie das Meer im Blutstrahl des Mondes.

Wir stehen umschlungen im Fenster, sie sehen uns zu von der Straße:
es ist Zeit, daß man weiß!
Es ist Zeit, daß der Stein sich zu blühen bequemt,
daß der Unrast ein Herz schlägt.
Es ist Zeit, daß es Zeit wird.

Es ist Zeit.

Todesfuge

Schwarze Milch der Frühe wir trinken sie abends
wir trinken sie mittags und morgens wir trinken sie nachts
wir trinken und trinken
wir schaufeln ein Grab in den Lüften da liegt man nicht eng
Ein Mann wohnt im Haus der spielt mit den Schlangen der schreibt
der schreibt wenn es dunkelt nach Deutschland dein goldenes Haar Margarete
er schreibt es und tritt vor das Haus und es blitzen die Sterne er pfeift seine Rüden herbei
er pfeift seine Juden hervor läßt schaufeln ein Grab in der Erde
er befiehlt uns spielt auf nun zum Tanz

Schwarze Milch der Frühe wir trinken dich nachts
wir trinken dich morgens und mittags wir trinken dich abends
wir trinken und trinken
Ein Mann wohnt im Haus der spielt mit den Schlangen der schreibt
der schreibt wenn es dunkelt nach Deutschland dein goldenes Haar Margarete
Dein aschenes Haar Sulamith wir schaufeln ein Grab in den Lüften da liegt man nicht eng

Er ruft stecht tiefer ins Erdreich ihr einen ihr andern singet und spielt
er greift nach dem Eisen im Gurt er schwingts seine Augen sind blau
stecht tiefer die Spaten ihr einen ihr andern spielt weiter zum Tanz auf

Schwarze Milch der Frühe wir trinken dich nachts
wir trinken dich mittags und morgens wir trinken dich abends
wir trinken und trinken
ein Mann wohnt im Haus dein goldenes Haar Margarete
dein aschenes Haar Sulamith er spielt mit den Schlangen

Er ruft spielt süßer den Tod der Tod ist ein Meister aus Deutschland
er ruft streicht dunkler die Geigen dann steigt ihr als Rauch in die Luft
dann habt ihr ein Grab in den Wolken da liegt man nicht eng

Schwarze Milch der Frühe wir trinken dich nachts
wir trinken dich mittags der Tod ist ein Meister aus Deutschland
wir trinken dich abends und morgens wir trinken und trinken
der Tod ist ein Meister aus Deutschland sein Auge ist blau

er trifft dich mit bleierner Kugel er trifft dich genau
ein Mann wohnt im Haus dein goldenes Haar Margarete
er hetzt seine Rüden auf uns er schenkt uns ein Grab in der Luft
er spielt mit den Schlangen und träumet der Tod ist ein Meister aus Deutschland

dein goldenes Haar Margarete
dein aschenes Haar Sulamith

[E: 1945; D: 1948 in »Der Sand aus den Urnen«, hier nach D 1952: »Mohn und Gedächtnis«]

Schibboleth

Mitsamt meinen Steinen,
den großgeweinten
hinter den Gittern,

schleiften sie mich
in die Mitte des Marktes,
dorthin,
wo die Fahne sich aufrollt, der ich
keinerlei Eid schwor.

Flöte,
Doppelflöte der Nacht:
denke der dunklen
Zwillingsröte
in Wien und Madrid.

Setz deine Fahne auf Halbmast,
Erinnrung.
Auf Halbmast
für heute und immer.

Herz:
gib dich auch hier zu erkennen,
hier, in der Mitte des Marktes.
Ruf's, das Schibboleth, hinaus
in die Fremde der Heimat:
Februar. No pasaran.

Einhorn:
du weißt um die Steine,
du weißt um die Wasser,
komm,
ich führ dich hinweg
zu den Stimmen
von Estremadura.

[1955]

[*Schibboleth:* Losungswort aus dem Alten Testament (Buch der Richter 12,6); dort die Parole der Gileaditer im Kampf gegen die Ephraimiter. – *Wien:* Stichwort für den Zusammenbruch der Österreichischen Republik seit 1934; Einmarsch deutscher Truppen in Wien am 13. 3. 1938, Anschluß Österreichs an Deutschland. – *Madrid:* fiel im spanischen Bürgerkrieg (1936–1939) im März 1939 durch Verrat. – *Februar:* im Februar 1936 Wahlsieg der spanischen Volksfront; im Juli Aufstand der Militärs gegen die Republik – *No pasaran:* ›Sie werden nicht durchkommen‹; Kampfruf der Republikaner und der Internationalen Brigaden im spanischen Bürgerkrieg. – *Einhorn:* Erich Einhorn (1920–1974), Freund Celans. – *Estremadura:* spanische Provinz, in der erbittert gekämpft wurde.]

Sprich auch du

Sprich auch du,
sprich als letzter,
sag deinen Spruch.

Sprich –
Doch scheide das Nein nicht vom Ja.
Gib deinem Spruch auch den Sinn:
gib ihm den Schatten.

Gib ihm Schatten genug,
gib ihm so viel,
als du um dich verteilt weißt zwischen
Mittnacht und Mittag und Mittnacht.

Blicke umher:
sieh, wie's lebendig wird rings –
Beim Tode! Lebendig!
Wahr spricht, wer Schatten spricht.

Nun aber schrumpft der Ort, wo du stehst:
Wohin jetzt, Schattenentblößter, wohin?
Steige. Taste empor.
Dünner wirst du, unkenntlicher, feiner!
Feiner: ein Faden,
an dem er herabwill, der Stern:
um unten zu schwimmen, unten,
wo er sich schimmern sieht: in der Dünung
wandernder Worte.

Sprachgitter

Augenrund zwischen den Stäben.

Flimmertier Lid
rudert nach oben,
gibt einen Blick frei.

Iris, Schwimmerin, traumlos und trüb:
der Himmel, herzgrau, muß nah sein.

Schräg, in der eisernen Tülle,
der blakende Span.
Am Lichtsinn
errätst du die Seele.

(Wär ich wie du. Wärst du wie ich.
Standen wir nicht
unter *einem* Passat?
Wir sind Fremde.)

Die Fliesen. Darauf,
dicht beieinander, die beiden
herzgrauen Lachen:
zwei
Mundvoll Schweigen.

Psalm

Niemand knetet uns wieder aus Erde und Lehm,
niemand bespricht unsern Staub.
Niemand.

Gelobt seist du, Niemand.
Dir zulieb wollen
wir blühn.
Dir
entgegen.

Ein Nichts
waren wir, sind wir, werden
wir bleiben, blühend:
die Nichts-, die
Niemandsrose.

Mit
dem Griffel seelenhell,
dem Staubfaden himmelswüst,
der Krone rot
vom Purpurwort, das wir sangen
über, o über
dem Dorn.

[1963]

[*Griffel:* der Blütenteil, der bei der Befruchtung der Aufnahme des Blütenstaubs dient. – *Staubfaden:* der Blütenteil für die Angabe des Blütenstaubs.]

Tübingen, Jänner

Zur Blindheit überredete Augen.
Ihre – »ein
Rätsel ist Reinentsprungenes« –, ihre
Erinnerung an
schwimmende Hölderlintürme, möwenumschwirrt.

Besuche ertrunkener Schreiner bei
diesen
tauchenden Worten:

Käme,
käme ein Mensch,
käme ein Mensch zur Welt, heute, mit
dem Lichtbart der
Patriarchen: er dürfte,
spräch er von dieser
Zeit, er
dürfte
nur lallen und lallen,
immer-, immer-
zuzu.

(»Pallaksch. Pallaksch.«)

[*»ein Rätsel ...«:* Zitat aus Hölderlins Hymne »Der Rhein«. – *Hölderlintürme:* vgl. zu Bobrowskis »Hölderlin in Tübingen«. – *»Pallaksch ...«:* Hölderlin soll während seiner Zeit im Tübinger Turm dieses Wort gern gebraucht haben, und zwar mal als »Ja«, mal als »Nein«.]

Fadensonnen
über der grauschwarzen Ödnis.
Ein baum-
hoher Gedanke
greift sich den Lichtton: es sind
noch Lieder zu singen jenseits
der Menschen.

[1967]

Weissgeräusche, gebündelt,
Strahlen-
gänge
über den Tisch
mit der Flaschenpost hin.

(Sie hört sich zu, hört
einem Meer zu, trinkt es
hinzu, entschleiert
die wegschweren
Münder.)

Das Eine Geheimnis
mischt sich für immer ins Wort.
(Wer davon abfällt, rollt
unter den Baum ohne Blatt.)

Alle die
Schattenverschlüsse
an allen den
Schattengelenken,
hörbar-unhörbar,
die sich jetzt melden.

[1968]

Ein Blatt, baumlos,
für Bertolt Brecht:

Was sind das für Zeiten,
wo ein Gespräch
beinah ein Verbrechen ist,
weil es soviel Gesagtes
mit einschließt?

[1971]

[*Bertolt Brecht:* vgl. sein Gedicht »An die Nachgeborenen«.]

Die Posaunenstelle
tief im glühenden
Leertext,
in Fackelhöhe,
im Zeitloch:

hör dich ein
mit dem Mund.

[1976]

ROSE AUSLÄNDER

1901–1988

Ein Tag im Exil

Ein Tag im Exil
Haus ohne Türen und Fenster

Auf weißer Tafel
mit Kohle verzeichnet
die Zeit

Im Kasten
die sterblichen Masken
Adam
Abraham
Ahasver

Wer kennt alle Namen

Ein Tag im Exil
wo die Stunden sich bücken
um aus dem Keller
ins Zimmer zu kommen

Schatten versammelt
um's Öllicht im ewigen Lämpchen
erzählen ihre Geschichten
mit zehn finstern Fingern
die Wände entlang

Wann ziehn wir ein

Wann ziehn wir ein
ins besamte Wort
Löwenzahnhaus
feingesponnen
im luftfarbnen Licht

Kein Luftschloß
Wortall
jedes Wort
in der Kugel
ein Samen

Wann graben wir aus
den verschütteten Quell
werfen alle Münzen
in den Brunnen
schöpfen Wassersterne
für die Löwenzahnwiese

Wann ziehn wir ein
in den Löwenzahnstern
ins besamte Wort

[1967]

Noch bist du da

Wirf deine Angst
in die Luft

Bald
ist deine Zeit um
bald
wächst der Himmel
unter dem Gras
fallen deine Träume
ins Nirgends

Noch
duftet die Nelke
singt die Drossel
noch darfst du lieben
Worte verschenken
noch bist du da

Sei was du bist
Gib was du hast

[1977]

Redensarten

Dieser Tag
vom Regen in die Traufe
Rosen im Garten
keine ohne Dornen
trinken den durstigen Tag
aus Rinnen strömt die
Zeit in die Gasse
sie redet nicht mit Engelszungen
Geduld bringt Rosen sagt sie
Geht geduldig weiter
der Regen
Ratlos
gehen wir weiter
in Redensarten

Mein Venedig

Venedig
meine Stadt

Ich fühle sie
von Welle zu Welle
von Brücke zu Brücke

Ich wohne
in jedem Palast
am großen Kanal

Meine Glocken
läuten Gedichte

Mein Venedig
versinkt nicht

UNICA ZÜRN

1916–1970

Ich weiss nicht, wie man die Liebe macht

Wie ich weiss, ›macht‹ man die Liebe nicht.
Sie weint bei einem Wachslicht im Dach.
Ach, sie waechst im Lichten, im Winde bei
Nacht. Sie wacht im weichen Bilde, im Eis
des Niemals, im Bitten: wache, wie ich. Ich
weiss, wie ich macht man die Liebe nicht.

Ermenonville 1959

Das Leben, ein schlechter Traum

Der Mensch ist Rauch. Alle beten,
sterbend um Rache. Alle! Nichts
als Nacht. Ich Elender sterbe um
all' diese Scherben. Nacht! Mut! Er,
der Nebel lacht mich aus. Sterne,
ernste Sterne, bald lache ich um
den Irrtum, lache! Lache bestens!
Breche alles mitten durch: Nase,
Bauch, rechten Arm. Elende List
des Liebens! Marter! Ach, Leuchten
des bleichen Traums – er lachte
mich an, der Lebenstaeuscher
und brachte nichts. Arme Seele.

Ile de Ré, Frühling 1964

[Aus: Anagramme.]

SILJA WALTER

* 1919

Maria singt

Mein Kind, ich will dich wiegen,
Die wilden Enten fliegen.
Wer hält den Sommer an?
Ich weiß nicht, wie der süßen
Mondsichel sich das Fließen
Und Wechseln wehren kann.
    Laß, Kindlein, dich einsingen,
    Der Jäger wirft die Schlingen,
    Die Ruten sind gestellt.

Wie könnte die Gewalten
Des Vaters ich aufhalten?
Ich bin die Magd Marie.
Der Mond steht einst in gelber
Weltfinsternis von selber, –
Dann hängst du, und ich knie.
    Laß, Kindlein, dich einsingen,
    Dann wird mein Herz zerspringen,
    Und ist erlöst die Welt.

Tänzerin

Der Tanz ist aus. Mein Herz ist süß wie Nüsse,
Und was ich denke, blüht mir aus der Haut.
Wenn ich jetzt sacht mir in die Knöchel bisse,
Sie röchen süßer als der Sud Melisse,
Der rot und klingend in der Kachel braut.

Sprich nicht von Tanz und nicht von Mond und Baum
Und ja nicht von der Seele, sprich jetzt nicht.
Mein Kleid hat einen riesenbreiten Saum,
Damit bedeck ich Füße und Gesicht
Und alles, was in diesem Abend kauert,
Aus jedem Flur herankriecht und mich mißt
Mit grauem Blick, sich duckt und mich belauert,
Mich gellend anfällt und mein Antlitz küßt.

Sprich nicht von Tanz und nicht von Stern und Traum
Und ja nicht von der Seele, laß uns schweigen.
Mein Kleid hat einen riesenbreiten Saum,
Drin ruht verwahrt der Dinge Sinn und Reigen.

Ich wollte Schnee sein, mitten im August,
Und langsam von den Rändern her vergehn,
Langsam mich selbst vergessen, ich hätt Lust,
Dabei mir selber singend zuzusehn.

ILSE AICHINGER

* 1921

Spaziergang

Da die Welt aus Entfernungen entsteht,
Treppenhäuser und Moore,
und das Erträgliche sich verdächtig macht,
so laßt es nicht zu,
daß hinter euren Ställen die Elstern
kurz auffliegen und glänzend
in die glänzenden Weiher stürzen,
daß euer Rauch noch steigt
vor den Wäldern,
lieber wollen wir warten,
bis uns die goldenen Füchse
im Schnee erscheinen.

Gebirgsrand

Denn was täte ich,
wenn die Jäger nicht wären, meine
Träume,
die am Morgen
auf der Rückseite der Gebirge
niedersteigen, im Schatten.

Die trüben Stunden nutzend

Laß das Gelichter
auf den Feldern rasten,
im Dunst, der aufsteigt,
denn nichts leuchtet dir.
Die Grottenbahnen auf den Hügeln
sind jetzt geschlossen,
die Rüben lange aus der Erde,
die Kinder fort.
Die Blumenflechter sind die letzten,
die noch blieben,
sie brennen Öl,
mit ihnen läßt sich reden.

Briefwechsel

Wenn die Post nachts käme
und der Mond
schöbe die Kränkungen
unter die Tür:
Sie erschienen wie Engel
in ihren weißen Gewändern
und stünden still im Flur.

ERIKA BURKART

* 1922

Kreuzhügel

Im Heckengeflüster hockte das Kind
bei frommen und giftigen Beeren.
Seltsam sang ihm der Wind.
Das Licht hing entbündelt in Speeren.

Spielzeugwinzig der Wagen, die Kuh.
Im Wald wuchs der Bergfried aus Rauch.
Des Kindes Herz deckten auf und zu
Schatten von Flügen, Vogelflughauch.

Es hatte das Kind kein einziges Wort,
zu sagen, wie seinen Sinnen
randlos die Zeit war und heimlich der Ort,
auch sah es die Sonne von innen.

Sah, daß das Kreuz sich neigte zum Gras.
Das lief mit dem Wind hügelab, hügelan.
Der Stein war noch warm, und ein Falter saß
im Spätlicht, das Moos und Wunden verspann.

Die Wahrheit

Tritt ihr nicht nahe,
sie könnte dich blenden
mit einem Strahl, der im Nu
durchbrennt all
deine Sicherungen.

Erwarte kein Urteil von ihr.
Beiden Lagern steift sie die Fahne.
Bis zum Jüngsten Tag wird vertagt
der Prozeß, den sie dir anhängt.

Sie setzt sich aus Teilchen zusammen,
die zugedeckt werden von faßbaren Sachen,
Tatsachen, leicht zu beweisen.

Spurlos kommt sie, wie Luft –
erscheint und legt, einmal bewegt,
die Häuser nieder, in denen
wir ihre auswechselbaren
Abbilder horten.

Vorläufig auch
die tödliche Wahrheit.
Laut einer überlieferten Hoffnung
erweist sich, im Bunde mit ihr,
das Übel als Heilsplan.

Die Gnaden des Alltags

Aus einem Wintergehölz
eine Rauchsäule aufsteigen sehn,
als gäbe ein Geist
einem andern ein Zeichen.
Nicht zählen können die Möwen
auf dem umgebrochenen Nebelacker,
den Weg des Wassers bedenken,
die Zeit der Steine –
Frost in den Wimpern
in eine geheizte Stube treten,
die Hände wärmen am Teekrug,
das Herz nicht überhören,
das außer sich ist
vor nichts als dem Leben,
dem kurzen, und einbringt
das Wissen, man habe,
bevor es zu spät war,
die Sterne gesehn,
Gemma, Capella,
wenn man fröstelte, nachts,
beim erkaltenden Ofen,
während der Wind
ans Fenster rührte
und den Bäumen
die Krone von Schnee
bis in den eisklaren
Himmel wuchs.

Dem Andenken Rainer Brambachs

Die Stille

Das letzte Spiel hat das Licht,
das silbern und alt im Wasser
der Karrenrinnen sich bricht.

Abend im Spiegel, Tiefe,
als riefe die eigene Stimme
aus einem verjährten
Leid mich an.

FRANZ FÜHMANN

1922–1984

Der Nibelunge Not

Zu Blöcken, schwarzen und roten,
geschichtet, und Schnee darauf:
Verfallend, verfaulend, die Toten,
hier liegen sie zuhauf,
ein ungeheures Verwesen,
von Krähen überschrien;
die ihr Fleisch wähnten auserlesen,
mit dem Schnee nun schmelzen sie hin.

Wo liegen ihre Lande?
Ihre Lande sind fern.
Was war es, das sie sandte?
Sie folgten ihrem Herrn,
dem Fürsten, der führte, verschworen
ward ihnen Lehn und Lohn:
Zu Worms am Rheine geboren
und verwest am Don.

Hinter ihnen: die Brücken zerschlagen,
getilgt das Grün aus der Flur,
Galgen und Kreuze, die ragen,
zeichnen ihre Spur,
verweht im Wind sind die Worte
von Ehre, Treue, Ruhm.
Was blieb? Um den Hort ihre Morde,
ihr Heldentum.

Ach Worte, Worte, geheuchelt,
alle Lager der Lüge erschöpft;
doch die Taten: den Freund gemeuchelt,
des Gastgebers Kindlein geköpft,
denen, die mit ihnen wachten,
in den Rücken gehauen den Stahl –:
So begannen sie ihr Schlachten
im Namen von Kreuz und Walhall.

Wie ein Brand in das Land eingedrungen,
nun, in Nässen, zergehen sie,
die Täter, die Nibelungen,
die Töterdynastie
der Helden lobebæren:
Getilgt und ausgebucht!
Aus den Mythen, aus den Mären,
die Mörder seien verflucht.

Die versehrte Flur grünt wieder,
was zerklafft war, schließt sich sanft,
die Ufer hoch duftet der Flieder,
das Blut ist weggedampft.
Die Völker atmen und bleiben,
die Mörder löscht der Tod.
Nur als Fluch durch die Zeiten zu treiben:
das ist der Nibelunge Not.

[*lobebæren:* lobenswert (mittelhochdt.). Das Nibelungenlied (»Der Nibelunge Nôt«) beginnt: »Uns ist in alten mæren wunders vil geseit / von heleden lobebæren ...«]

Der Kinderkarren

Einen Nachmittag lang hab ich einen Karren
voll Kinder durch die Wiesen gefahren,
querüber durch alles, was bei uns blüht.
Nun bin ich glücklich und müd.
Wie schön doch die Welt sein kann: Schmetterlinge,
Schlehen, Mohn und mein Kinderkarren!
Allerdings: müßte ich ihn berufshalber täglich fahren,
wären sie etwa eines Grafen Kinder
und ich wäre sein Fuhrknecht, so dächte ich: Schinder,
Ausbeuter, Hund, Henker, hol dich die Pest,
daß du deine Kinder von mir kutschieren läßt!
Und ich würde nichts Blühendes sehen,
keine Schmetterlinge, keine Schlehen,
in mir wär nur Haß, den im Herzen ich schürte
auf die Kinder im Karren hinter mir,
aber die Unmündigen könnten ja auch nichts dafür,
und ich Armer könnte nichts für den Haß, den ich
gegen sie schürte,
alle wir Armen und Unmündigen könnten wir nichts
dafür;
und das war so, als die Grafen da Herren waren,
und das würde wieder so sein, wenn die Grafen wiederkämen.
Aber sie kommen nicht wieder; sie können die Hürden
nicht nehmen,
die hohen, zwischen ihnen und meinem fröhlichen
Kinderkarren.

PAUL WIENS

1922–1982

Ballade des äußeren lebens

Meine mutter mußte drei jahre
im keller verborgen sein.
Grau wurden dort ihre haare,
grau wie der kellerstein.
Und im waisenhaus mein vater,
mit ehrgeiz genährt und mit groll,
verdang sich dem wüsten theater,
ließ uns allein und verscholl.

Ich selber, in sätte erzogen,
bin gewandert durch länder und jahr,
hatte lehrer und träume, die trogen,
und wußte nicht, wie die welt war.
Im kriege dann wollt ich heimkehren
ins land, das doch vaterland hieß,
da ließen das haar sie mir scheren
und warfen mich nackt ins verlies.

Dort lernt ich die einsamkeit meistern,
und schleier auf schleier zerriß:
ich sprach mit erhabenen geistern
in folter und finsternis.
Und wollten die hunde zu hunden
uns treten und töten das licht,
gerade die bittersten stunden
gaben dem menschen gesicht.

Wo sinnlose lasten wir karrten,
den sandweg hinauf und zurück,
wurde die brache zum garten,
drin aufsproß die ähre glück,
draus körner, unzählige, sprossen,
die kein wind raubt, kein sengen dorrt,
mit namen »gute genossen« . . .
Und *zukunft* hieß nun unser wort.

Als die wachen sich wußten verloren,
steckten sie unsern kerker in brand,
doch vor den flammenden toren
ein soldat, ein sowjetischer, stand.
Mir, dem frierenden, gab er den mantel,
mir, dem hungrigen, gab er sein brot,
so wankt ich, befreit und verwandelt,
ins düstere morgenrot.

Mit rauch war die heimat verhangen,
und rings war nur schmerz und nur scham.
Ein ukrainer, mit mir einst gefangen,
mich bei der schulter nahm.
»Bruder, euch nahn harte zeiten.
Zum volke in treue steh . . .«
Es taute auf traurigen weiten
der alte, verkrustete schnee.

(1945/50)

Vermächtnis

Das sei unser vermächtnis:
ein gutes, ein scharfes gedächtnis –
und unsre hinterlassenschaft:
ein sommer voller licht und saft,
ein sommer – windig, aber weich,
tief tief der wald, die äcker reich,
die straßen um die erde breiter,
die leute herzlicher, gescheiter,
haut und gedanken ohne beulen,
gedichte an den anschlagsäulen,
mit liebe jedes haus umlaubt,
froh jedes kind – und überhaupt
ein tropfen nur des volkes bitterkeit,
sein glück– jedoch – wie alle meere weit!

Aber

– ist mein liebster laut,
werkzeug,
waffe,
widerhaken.
Immer,
noch im letzten laken,
noch verschlungen und verdaut,
habenichts
und doch inhaber,
widersteh ich,
sprech ich:
Aber . . .

HANNS CIBULKA

* 1920

Hyperion 1943

I

Ich kam dir entgegen
an der Mauer von Syrakus,
fliehendes Vaterland.

Segesta
habe ich vom Kübelwagen
aus gesehen,
Fallschirmseide
lag auf den Feldern.

Nebelpatronen
jagten wir hinauf
in das antike Blau.

In den Dörfern
landete die Nacht,
Leuchtspur im Nacken.

II

Verkarstetes Land,
die Poesie ist ausgewandert,
auf Krücken
defilieren die Worte
am Forum Romanum vorbei.

Mit Fahnenstoff
verdecken sie die Blöße,
dem Wind
verbieten sie die Botschaft,
die er aus anderen Ländern bringt,
jedes offene Wort
eine Falltür.
O mein Bellarmin,
ich verspräche dir gern
einen besseren Brief
aus dem Land der Orangen,
doch mein Haus
ist schweigsam geworden,
die Fenster
haben sehen gelernt.

[*Kübelwagen:* offenes Militärauto.]

Wir Worte

I.

Wie oft
habt ihr das Wort
beim ersten Hahnenschrei
verraten,
in galvanische Bäder
habt ihr uns gelegt,
als Pegasus
vor den Karren
gespannt.

Mit Doggen
habt ihr uns gejagt,
seid angetreten
zur Exekution,
in Uniform,
in Kreuzesform
die Silben
in die Landschaft
gesetzt.

Wir Worte,
wir sind grau geworden
an der Klagemauer
der Sprache.

Es könnte sein,
daß ihr uns eines Tages
nicht mehr wiederfindet,
wortlos
kehrt euer Leib zurück
ins Tier.

II.

Am Sterbebett,
wenn alle Dinge
wie ein wolkenloser Himmel sind,
stehn wir als Spiegelbilder
vor euch auf.

Wir
sind euer letzter Besitz,
alles andere in euren Häusern
ist
Staub.

Ohne Titel

I.

Auf dem Platz des Himmlischen Friedens
Genickschüsse.

Barmherziger als der Mensch
sind die Bäume,
die geben uns Schatten.

II.

Wie die Fürsten haben sie gelebt,
die Hüter der Arbeiterklasse,
voller Zorn sehe ich ihre Weinkeller,
die mit Edelholz getäfelten Zimmer,
die Fußbodenheizung
in der Jagdhütte.

Ich sehe wie die Menschen
von einem Land ins andere gehen,
die Luft ist kalt geworden,
die Krähen kehren heim in Scharen,
wo ist der Ort
um niederzuschreiben was wahr ist?

[*Platz des Himmlischen Friedens:* Dort wurde in Peking am 4. Juni 1989 die Demokratiebewegung blutig niedergeschlagen, was die Führung der DDR guthieß.]

Jahrgang 20

Wir,
die Geschundenen,
von einer Diktatur geworfen
in die andere.

Wie oft
hat man uns an die Kehle gesetzt
das Messer Ideologie,
die Meute bellte,
wenn einer abgeführt
zur Schächtung.

Lange hat es gedauert
ehe wir erkannt,
was in den Hinterhöfen der Geschichte
heimlich
nicht alles geschieht,
daß gezinkt sind
auch unsere Karten.

Später,
als die eigenen Söhne
uns verlachten,
haben wir immer noch mit dem Herzen
gedacht.

Bis zu den Knien
stehen wir
im eisigen Wasser.

GÜNTHER DEICKE

* 1922

Wehe dem Sohn, der nicht klüger wird
als der Vater.

Das Haus, das die Bauleute verlassen,
verfällt.

Der Lehrsatz, den wir nicht weiterentwickeln,
gerät in Vergessenheit.

Die Entdeckung, die kein Geheimnis mehr birgt,
ist den Kommenden wertlos.

Die Revolution
findet im Hörsaal statt.

Tübingen, Oktober

Herz:
gib dich auch hier zu erkennen,
hier in der Mitte des Marktes.
Ruf's, das Schibboleth, hinaus
in die Fremde der Heimat:
Februar. No pasaran.
(*Paul Celan, »Schibboleth«*)

Käme
käme ein Mensch,
käme ein Mensch zur Welt, heute, mit
dem Lichtbart der
Patriarchen: er dürfte,
spräch er von dieser
Zeit, er
dürfte
nur lallen und lallen,
immer-, immer-
zuzu.
(*Paul Celan, »Tübingen, Jänner«*)

War da ein Sommer, war da ein Herbst
uns gegönnt zu reifem Gesang?

Hier auf der Brücke über dem Neckar
inmitten der Menge, die das Singen
verlernt hat und das Lesen und
das Reden sogar über das Wichtigste,
die Zukunft,
inmitten der Menge, die rätsellos
lebt in den Tag und den Konsum,
inmitten der Menge, die nicht schlechter ist

als die den Dichter duldete
und vergaß
und, lenksam,
seines Wortes bedarf,
inmitten der Menge
fühl ich die Not der Dichter, die sich flüchten
ins Lallen, unartikuliert,
da ihr Schrei nicht gehört wird:
»Februar. No pasaran.«

Denn allgegenwärtig ist keiner von uns
und gegenwärtig nicht einmal auf den Märkten
von Memphis und Kapstadt oder Saigon.

Und doch
unser Wort
wird gebraucht.
Und gebraucht wird das Lied
und das Spiel auf der Bühne
und der ganze heitere, bittre Klamauk,
Kunst genannt,
wird gebraucht
und ist auf andere Art
Tätigsein.

Drum den Propheten des Lallens glaube nicht,
die dir glauben, Paul Celan,
und denen das Verstummen der Dichter nichts ist
als der neuste literarische Clou.

Sage dein Wort
und misch dich unter die Menge
auf allen Märkten und tu deinen Handgriff
und hilf, wo du helfen kannst, und misch dich in Politik
und werde Minister oder Bauarbeiter oder Lehrer für Ökonomie.
Aber:
Verändere die Welt.
Von Grund aus, wie der Dichter es sah.

Oktober. Reif steht der Wein an den Hügeln
über dem Neckar. In Nürtingen
werden die roten und gelben Äpfel geerntet.
Zwischen der Stille unterm Turm
und dem Getös in den Straßen
muß Raum sein
für das Wort
und die Tat.

Denn das Geheimnis
ist nicht der Wahnsinn,
sondern die Arbeit.

[Motti: aus Gedichten P. Celans. – *Sommer:* vgl. Hölderlins Gedicht »An die Parzen«. – *Von Grund aus:* Hölderlin verwendete die Formel »von Grund aus anders« in seinem »Hyperion«-Roman (z. B. I 2; II 1). – *Nürtingen:* Stadt in Württemberg. Dort heiratete Hölderlins Mutter in zweiter Ehe Johann Christoph Go(c)k, der in N. einen Weinhandel anfing, Landwirtschaft betrieb und 1776 Bürgermeister wurde. Hölderlins Mutter starb am 17. 2. 1828 in N.]

WOLFGANG BORCHERT

1921–1947

Muscheln, Muscheln

Muscheln, Muscheln, blank und bunt,
findet man als Kind.
Muscheln, Muscheln, schlank und rund,
darin rauscht der Wind.

Darin singt das große Meer –
in Museen sieht man sie glimmern,
auch in alten Hafenkneipen
und in Kinderzimmern.

Muscheln, Muscheln, rund und schlank,
horch, was singt der Wind:
Muscheln, Muscheln, bunt und blank,
fand man einst als Kind!

Antiquitäten

Erinnerung an die Hohen Bleichen

Weitab vom Lärm der großen Gegenwart,
verfallumwittert, ruhmreich und verlassen,
stehn stille Dinge rings, verstaubt, apart
ein paar kokette Biedermeiertassen.

Darüber wuchtet bleich ein Imperator,
doch seiner Büste Würde ist gegipst.
Ein aufgestopfter Südseealligator
grinst glasig grünen Auges wie beschwipst.

Der bronzne Kienspanhalter Karls des Weisen
blinkt über Buddhas Bauch und seinen Falten.
Die Zopfperücke hat noch einen leisen
verführerischen Puderhauch behalten.

Malaiisch glotzt mit hölzern starren Zügen
ein Götze. Fahl erglimmen Zähne von Mulatten.
Verrostet träumen Waffen von den Kriegen
und klirren leis in Rembrandts weichem Schatten.

Der Totenwurm in der Barockkommode
tickt zeitlos in den ausgedörrten Wänden.
Betrübt summt eine Fliege ihre Ode –
das macht, sie hockt auf Schopenhauers dreizehn Bänden.

[*Hohe Bleichen:* Geschäftsstraße in Hamburg.]

WALTER HÖLLERER

* 1922

Der lag besonders mühelos am Rand

Der lag besonders mühelos am Rand
Des Weges. Seine Wimpern hingen
Schwer und zufrieden in die Augenschatten.
Man hätte meinen können, daß er schliefe.

Aber sein Rücken war (wir trugen ihn,
Den Schweren, etwas abseits, denn er störte sehr
Kolonnen, die sich drängten), dieser Rücken
War nur ein roter Lappen, weiter nichts.

Und seine Hand (wir konnten dann den Witz
Nicht oft erzählen, beide haben wir
Ihn schnell vergessen) hatte, wie ein Schwert,
Den hartgefrorenen Pferdemist gefaßt,

Den Apfel, gelb und starr,
Als wär es Erde oder auch ein Arm
Oder ein Kreuz, ein Gott: ich weiß nicht was.
Wir trugen ihn da weg und in den Schnee.

[1952]

O sieh den roten Mohn, erschrick

Daß du es hast und doch nicht hast
Und daß du weitergehst und suchst:
Das kam, das ging, das war zu Gast

Und kam woher? und endet wo?
Und ging wohin? und spricht nun weit
Vom Berg verdeckt die Worte so,

Als wär'n sie alt. Und sind doch nie
Mehr voll gesagt –
Und wußte es die Priesterin, die

Im Nebel stand, im Qualm der Nacht?
Und der in Ketten vor dem Tod?
Achill vielleicht in seiner Schlacht?

Und du, in feuchten Klee gepreßt,
Wenn neben dir die Garbe schrie,
Hieltst du es fest?

Hieltst du ihm stand, den Frauen nah?
Und wenn es war in dem Gesicht
Des Sterbenden, als dies geschah

Am letzten Tag des letzten Kriegs?
Und warst nur immer froh des Siegs,
Wenn es vorbei, vorüber war,

Und ändertе dich nie und nie
Und streifte hin und ließ dich so
Wie vorher sein und ließ dich wie

Ein Tier am Weg mit stumpfem Blick?
Und schwankst und tölpelst schattenwärts:
O sieh den roten Mohn, erschrick,

Daß du es hältst, daß du es hast
Und daß dus seist,
Und nicht als Fremder weiterreist –

Du warst nur selten dir zu Gast.

[1952]

So schlafen so wachen

So schlafen, in der offnen Hand
Den Obolos für Stunden noch,
Für einen Tag, der unbekannt,
Fürs Fremdeste der Nacht.

So wachen, daß im Pantheon
Die ich nie hörte, Worte sind.
Daß Schwalben kommen mitternachts,
Und daß wir lächelnd sehn: sie sinds.

So fortgehn, daß der Elephant,
Der schwer Ägypten trug nach Rom,
Nicht aufbegehrt. Das Glöcklein uns
Nicht mehr beschwert.

So bleiben, daß die Wagen nur
Den Kreis umstehen, ohne Fahrt,
So schlafen mit dem Obolos
Für seinen Tag in meiner Hand.

[1964]

[*Elephant:* Auf dem Platz vor der Kirche S. Maria sopra Minerva in Rom steht ein von Bernini (1598–1680) entworfenes, von Ercole Ferrata 1667 ausgeführtes Denkmal: Ein Elefant trägt auf seinem Rükken einen Obelisken aus rotem Granit, der einst den Tempel der ägyptischen Göttin Neith zu Sais schmückte.]

Philosophie der Neutronenbombe

Die Leute sind tot,
doch die Denkmäler bleiben.

City lights Poeten sind tot
und Disneyland hat das ewige Leben.

Hier steht die Kreml–Mauer im leeren Moskau
und dort steht Wallstreet im leeren Manhattan,
addressed to Emptyness,

unsere Katze ist tot mit uns, aber
Kater Karlo blieb unversehrt mit Reagan im
Hollywood–Filmarchiv,

Empire State, empty, grüßt herüber
zum leeren Eiffelturm
und Satelliten übertragen weiter
die Endlosschleife:

Lets make the Monuments great again.
Laß uns die Denkmäler großmachen.
Grosz. Groeszer. Das
GROESZESTE

Morgens und nachts

Das ist, als ich durchs Fenster sah,
was ich sehen konnte:
Das Helle, Glänzende vor mir, die Meisen
an einem Januartag.
Sie kamen angeflogen, blickten sich um
mit schnellem Kopfdrehen,
pickten auf, was sie sahen,
schwirrten ab und kamen
wieder.

So würde es sein: die Zweige bewegen sich
in der Sonne. Die Vögel
schwirren. Dort fliegen sie und
sie kommen wieder.

Doch in der Nacht
siehst du dich laufen,
beladen mit Namen,
und ahnst noch die Farben
und willst sie erkennen
und hörst einen Vogel, eintönig, leise,
und die Sirenen hörst du, die
Stadt und die Straße –
und du gedenkst der Gesichter, die neben dir sind,
und die mit dir waren –
und du gehst und gehst und sagst:
laß uns sprechen, nicht stumm sein.

(30. Januar 1996)

FRANZ LIEBL

* 1923

Kindheit

Grau vor der Brücke
kauert der Drache.

Wende die dunkle
Traumfeder –
er fliegt in die Sonne.

Über den Nebelbach
wag ich die Schritte.

Alter Gitarrenspieler

Nach Pablo Picasso

Die Gabe gilt dem zerschlissenen Kleid.
Keiner hört das gelle Leid
der geschundenen Saiten.

Da noch der Kreis zum Tanze sprang,
wirbelnd mein Lied in die Glieder drang
in glühenden Zeiten –

Matt sinkt der Kopf auf die klamme Brust,
lauscht den letzten Akkorden der Lust,
die zagend verklingen.

Die Hände erstarren in Griff und Schlag.
Blau verdämmert der alte Tag.
Wovon werd ich morgen singen?

KAY HOFF

* 1924

Notiz 8/72

Freitag, der 11. August.
Ein schmaler Sichelmond
in den Abend getuscht
mit altmodischem Pinsel:
verblühendes Rot, Rost,
aufgespart für die Nacht.
Unbegreiflich die Rollen
vergangener Jahre,
hinter geschlossenen Lidern
geträumt. Pünktlich um 8
die Bildschirmwunder,
beschlossen, vergessen.
Freitag. Nichts Neues.
Der Mond ist begehbar.
Rost läßt sich entfernen.
Die Steuern werden erhöht.

Auschwitz, heute (1)

Aufgereiht: Bürgerrot
aus dem Steinbaukasten,
brav. Richt Euch!
Arbeit macht frei.
Gitter, Blumenschmuck,
winkelgerecht, Galgen.
Steine ohne Gedächtnis,
Material. Die Trauerweide
am täglichen Morgenweg,
Küßchen, zur Kommandantur.
Ordnung muß sein.
Noch immer Rangierloks,
Geleise. Sonne darüber,
der gleiche Himmel.

Auschwitz, heute (2)

Sprich leise.
Block XI:
im Mittelgang
summt, defekt,
eine Neonröhre.
Tote sind Fotos,
endgültig. Niemand
wird alarmiert.
Sprich leise:
Deutsch
klingt vertraut.

(1968–1988)

Altersheim

Verfallende Namen, verschollene Strophen,
das tote Rauschen, kein Wellengang:
die Nachmittage verloren ihr Echo.
Herbstbraun verdunkelt die Wege. Der Docht
verbrannte sich selbst. Hinter doppeltem Glas
breitet verordneter Friede sich aus.
Wer weiß noch, verdrossen, wann morgen war?
Zum Schlafen ist es zu spät, zum Wachen.

(1970–1979)

WOLFGANG BÄCHLER

* 1925

Schwarz und Weiß

(Noord-Holland)

Wie Tiere aus nächtlichen Welten,
schwarzbäuchig und weiß gefleckt,
sind Kühe unter den Zelten
der Wolken ins Grün gestreckt.

Schwärme von Möwen und Krähen
kreuzen sich diagonal.
Westliche Winde blähen
die Segel auf dem Kanal.

Mit Dünensand überwehen
sie Gräber der Widerstandszeit.
Die Flügel der Mühlen drehen
den Staub durch die Ewigkeit.

Die Erde bebt noch

Die Erde bebt noch von den Stiefeltritten
Die Wiesen grünen wieder Jahr für Jahr.
Die Qualen bleiben, die wir einst erlitten,
ins Antlitz, in das Wesen eingeschnitten.
In unseren Träumen lebt noch oft, was war.

Das Blut versickerte, das wir vergossen.
Die Narben brennen noch und sind noch rot.
Die Tränen trockneten, die um uns flossen.
In Lust und Fluch und Lächeln eingeschlossen
begleitet uns, vertraut für immer, nun der Tod.

Die Städte bröckeln noch in grauen Nächten.
Der Wind weht Asche in den Blütenstaub
und das Geröchel der Erstickten aus den Schächten.
Doch auf den Märkten stehn die Selbstgerechten
und schreien, schreien ihre Ohren taub.

Die Sonne leuchtet wieder wie in Kindertagen.
Die Schatten fallen tief in uns hinein.
Sie überdunkeln unser helles Fragen.
Und auf den Hügeln, wo die Kreuze ragen,
wächst säfteschwer ein herber neuer Wein.

[1947]

Depression

I

Nun schließen sich wieder die Wege,
auf denen ich unterwegs war.
Es bleibt keine Frist mehr,
verloren zu gehen.

Die Erde entzieht sich meinen Schritten.
Ich sinke durch Sumpf auf eine Wolke,
die sich in keinen Himmel mehr hebt.

Ich höre nur noch das Geräusch
meiner Schritte,
die nicht mehr vorwärtskommen.
Ich steige hinunter, ich stapfe,
ein Schatten im Schatten.

II

Ich habe das Tischtuch zerschnitten,
den Tisch zerbrochen,
der für mich gedeckt war,
aus Angst, zu essen, zu trinken.

Ich habe das Feuer zertreten,
das für mich geschürt war,
um nicht mit mir warm zu werden.

Ich habe den Schlaf zerschnitten
mit den Messern meiner Gedanken
an Schuld und Versagen und Reue,
aus Angst vor den Träumen.

Nun wache ich
zwischen den Scherben und Asche
im Kalten allein.
Nur noch die Sohlen brennen
und zischen im Tau,
der sie löscht.

[1965]

Nachtleben

Wenn es mir gut geht,
gibt es auch Vormittage, Morgenlicht,
Spaziergänge, Begegnungen,
Tagesarbeit, Anrufe, Lektüre.
Wenn es mir schlecht geht,
verschlafe ich sie,
vertrödle ich die Nachmittage,
nehm ich den Hörer nicht ab
und beantworte keine Briefe.

Erst die Nacht söhnt mich aus mit dem Tag
und den Qualen der Selbstzerfleischung.
Erst das Abendlicht weckt mich
aus meiner Apathie und Entfremdung,
und kurz vor Ladenschluß kauf ich noch ein.

Nachts gärt die Zeit in mir,
kämpfen Partisanen in Gebirgen,
Dschungeln und Straßenschluchten,
marschieren Demonstranten durch meinen Körper,
flankiert von bewaffneten Polizisten,
wehen rote und grüne Fahnen über den Köpfen
und die schwarzen der Anarchisten
und weiße Bänder mit Slogans in vielen Sprachen,
die ich plötzlich verstehe.

Erwartung

für Michael Krüger

Die Schiffe fahren ohne mich aus.
Ich bleibe auf den Landungsstegen zurück,
umzingelt von Möwen.

Sie öffnen die Schwingen
wie Fenster,
durch die ich das Meer
mit anderen Augen sehe.

Langsam entfaltet der Himmel
ein mächtiges Segel
über dem Steg.
In der Abendbrise
beginnt die Fahrt
auch für mich.

HEINZ PIONTEK

* 1925

Herbst – vom Bodensee aus

Flachgeschrägtes Traubenufer,
scharf erscheint's im See,
hör die Ochsenkehle brummen
her zum Segelschnee.

Trügt der schnelle Herbst das Auge,
wenn die Beere platzt?
Wenn er mich mit Lust durchschauert
und im Traum beschwatzt?

Auf dem Lack des Wasserspiegels
glimmert Fock und Bord.
Das geöffnete Vertrauen
trägt mich mit sich fort.

Kananäische Geschichte
fällt am Heck mir ein:
Speisemeister prüft die Krüge –
Wasser ward zu Wein.

[1953]

[*Kananäische Geschichte:* Hochzeit zu Kana, Joh. 2.1–10.]

Unablässiges Gedicht

Geschrieben, vergessen –
am Schuh reißt der Bast.
Nichts je besessen,
was du vergeudet hast.

Leuchtspur der Städte,
Orangen im Rock.
Zeit springt wie grüne Glätte
vom Rosenstock.

Vieles verschwiegen:
östliche Seen,
den Rauch und die Ziegen,
die hellen Chausseen.

Da es ersonnen:
Was gilt es dir?
Die Welt bleibt begonnen
auf dünnem Papier.

Papier, schwarz im Feuer,
ein Ruch dann von Leim,
aus Luft bald ein neuer
flüchtiger Reim.

Nichts je besessen –:
das machte dich reich.
Schreiben, vergessen
gilt gleich.

Um 1800

Zierlich der Kratzfuß
der Landeskinder,

während wer fürstlich
aufstampft.

Gedichtzeilen.
Stockschläge.

Viele träumen,
daß man sie verkauft.

Die Tinte leuchtet.

Deutschlands
klassische Zeit.

[1966]

An die Schüler Heisenbergs

Spanisch
mag euch meine Arbeit
vorkommen:

mit dem Gänsekiel.

Von den Ergebnissen eurer
unbegreiflichen Apparaturen
denke ich:

Überholbar.

Nichts wissend,
zeigen wir uns gegenseitig
die kalte Schulter.

Getrennt
nähern wir uns dem
übereinstimmenden Grund.

[1966]

Einfache Sätze aus dem Jahr 68

1

Jemand läßt durchblicken, daß er
gegen die Zeit ist.

Jemand protestiert mit seinem Transparent
gegen Transparente.

Andere haben gleichschenklige
Dreiecke im Kopf.

Die Aufklärung nimmt zu.
Es wird dunkel.

Neue Bücher ergeben neue
Transparente.

Die Zukunft soll
rothaarig sein.

Über die Zukunft
sprechen wir morgen.

2

Jemand weiß Bescheid.
Er ist Schüler.

Alte Leute erzählen immer nur
alte Geschichten.

Ein Seminarist und eine Wucherin
in St. Petersburg:

Klassiker, gut für
Kreuzworträtsel.

Nichts ist so lästig wie
was gut ist.

Man kann nicht immer nur
auf Fliegen Jagd machen.

Mode wird bald
die Axt unterm Mantel.

Alle sprechen vom Überfluß.

Es soll wieder
überflüssige Menschen geben.

3

Täglich verliert jemand seine Unschuld
unter Schlagstöcken.

Täglich verstehen wir uns weniger.

Tageszeitungen kommen noch
täglich.

Der Frieden eine Komödie.

Es hat keinen Sinn mehr
auszuwandern.

Einfache Sätze werden
nicht einfacher.

Etwas ausrichten

Dieses Jahrhundert
und meine Versuche,

etwas auszurichten.

Dieser Ballen Papier
mit seinem anwachsenden Gewicht.

Unter der Jacke verbarg ich
den krassen Herzschlag.

Zeitweise hielten mich
Einsilber aufrecht.

Aber die Panik
über das letzte Stück Weg

auf Krücken, auf Knien?

Das letzte Stück
wird man uns tragen.

INGEBORG BACHMANN

1926–1973

Die große Fracht

Die große Fracht des Sommers ist verladen,
das Sonnenschiff im Hafen liegt bereit,
wenn hinter dir die Möwe stürzt und schreit.
Die große Fracht des Sommers ist verladen.

Das Sonnenschiff im Hafen liegt bereit,
und auf die Lippen der Galionsfiguren
tritt unverhüllt das Lächeln der Lemuren.
Das Sonnenschiff im Hafen liegt bereit.

Wenn hinter dir die Möwe stürzt und schreit,
kommt aus dem Westen der Befehl zu sinken;
doch offnen Augs wirst du im Licht ertrinken,
wenn hinter dir die Möwe stürzt und schreit.

[1953]

Die gestundete Zeit

Es kommen härtere Tage.
Die auf Widerruf gestundete Zeit
wird sichtbar am Horizont.
Bald mußt du den Schuh schnüren
und die Hunde zurückjagen in die Marschhöfe.
Denn die Eingeweide der Fische
sind kalt geworden im Wind.
Ärmlich brennt das Licht der Lupinen.
Dein Blick spurt im Nebel:
die auf Widerruf gestundete Zeit
wird sichtbar am Horizont.

Drüben versinkt dir die Geliebte im Sand,
er steigt um ihr wehendes Haar,
er fällt ihr ins Wort,
er befiehlt ihr zu schweigen,
er findet sie sterblich
und willig dem Abschied
nach jeder Umarmung.

Sieh dich nicht um.
Schnür deinen Schuh.
Jag die Hunde zurück.
Wirf die Fische ins Meer.
Lösch die Lupinen!

Es kommen härtere Tage.

Alle Tage

Der Krieg wird nicht mehr erklärt,
sondern fortgesetzt. Das Unerhörte
ist alltäglich geworden. Der Held
bleibt den Kämpfen fern. Der Schwache
ist in die Feuerzonen gerückt.
Die Uniform des Tages ist die Geduld,
die Auszeichnung der armselige Stern
der Hoffnung über dem Herzen.

Er wird verliehen,
wenn nichts mehr geschieht,
wenn das Trommelfeuer verstummt,
wenn der Feind unsichtbar geworden ist
und der Schatten ewiger Rüstung
den Himmel bedeckt.

Er wird verliehen
für die Flucht von den Fahnen,
für die Tapferkeit vor dem Freund,
für den Verrat unwürdiger Geheimnisse
und die Nichtachtung
jeglichen Befehls.

[1953]

Im Gewitter der Rosen

Wohin wir uns wenden im Gewitter der Rosen,
ist die Nacht von Dornen erhellt, und der Donner
des Laubs, das so leise war in den Büschen,
folgt uns jetzt auf dem Fuß.

Anrufung des großen Bären

Großer Bär, komm herab, zottige Nacht,
Wolkenpelztier mit den alten Augen,
Sternenaugen,
durch das Dickicht brechen schimmernd
deine Pfoten mit den Krallen,
Sternenkrallen,
wachsam halten wir die Herden,
doch gebannt von dir, und mißtrauen
deinen müden Flanken und den scharfen
halbentblößten Zähnen,
alter Bär.

Ein Zapfen: eure Welt.
Ihr: die Schuppen dran.
Ich treib sie, roll sie
von den Tannen im Anfang
zu den Tannen am Ende,
schnaub sie an, prüf sie im Maul
und pack zu mit den Tatzen.

Fürchtet euch oder fürchtet euch nicht!
Zahlt in den Klingelbeutel und gebt
dem blinden Mann ein gutes Wort,
daß er den Bären an der Leine hält.
Und würzt die Lämmer gut.

's könnt sein, daß dieser Bär
sich losreißt, nicht mehr droht
und alle Zapfen jagt, die von den Tannen
gefallen sind, den großen, geflügelten,
die aus dem Paradiese stürzten.

[1956]

Nebelland

Im Winter ist meine Geliebte
unter den Tieren des Waldes.
Daß ich vor Morgen zurückmuß,
weiß die Füchsin und lacht.
Wie die Wolken erzittern! Und mir
auf den Schneekragen fällt
eine Lage von brüchigem Eis.

Im Winter ist meine Geliebte
ein Baum unter Bäumen und lädt
die glückverlassenen Krähen
ein in ihr schönes Geäst. Sie weiß,
daß der Wind, wenn es dämmert,
ihr starres, mit Reif besetztes
Abendkleid hebt und mich heimjagt.

Im Winter ist meine Geliebte
unter den Fischen und stumm.
Hörig den Wassern, die der Strich
ihrer Flossen von innen bewegt,
steh ich am Ufer und seh,
bis mich Schollen vertreiben,
wie sie taucht und sich wendet.

Und wieder vom Jagdruf des Vogels
getroffen, der seine Schwingen
über mir steift, stürz ich
auf offenem Feld: sie entfiedert
die Hühner und wirft mir ein weißes
Schlüsselbein zu. Ich nehm's um den Hals
und geh fort durch den bitteren Flaum.

Treulos ist meine Geliebte,
ich weiß, sie schwebt manchmal
auf hohen Schuh'n nach der Stadt,
sie küßt in den Bars mit dem Strohhalm
die Gläser tief auf den Mund,
und es kommen ihr Worte für alle.
Doch diese Sprache verstehe ich nicht.

Nebelland hab ich gesehen,
Nebelherz hab ich gegessen.

[1954]

Strömung

So weit im Leben und so nah am Tod,
daß ich mit niemand darum rechten kann,
reiß ich mir von der Erde meinen Teil;

dem stillen Ozean stoß ich den grünen Keil
mitten ins Herz und schwemm mich selber an.

Zinnvögel steigen auf und Zimtgeruch!
Mit meinem Mörder Zeit bin ich allein.
In Rausch und Bläue puppen wir uns ein.

Reklame

Wohin aber gehen wir
ohne sorge sei ohne sorge
wenn es dunkel und wenn es kalt wird
sei ohne sorge
aber
mit musik
was sollen wir tun
heiter und mit musik
und denken
heiter
angesichts eines Endes
mit musik
und wohin tragen wir
am besten
unsre Fragen und den Schauer aller Jahre
in die Traumwäscherei ohne sorge sei ohne sorge
was aber geschieht
am besten
wenn Totenstille

eintritt

[1956]

Enigma

Für Hans Werner Henze aus der Zeit der Ariosi

Nichts mehr wird kommen.

Frühling wird nicht mehr werden.
Tausendjährige Kalender sagen es jedem voraus.

Aber auch Sommer und weiterhin, was so gute Namen
wie »sommerlich« hat–
es wird nichts mehr kommen.

Du sollst ja nicht weinen,
sagt eine Musik.

Sonst
sagt
niemand
etwas.

[1968]

[*Enigma:* Rätsel. – Widmung: Gemeint ist das Jahr 1963 und Henzes (*1926) Komposition »Ariosi« mit Gedichten von Torquato Tasso. – *Nichts mehr wird kommen:* »Nichts wird kommen für meine Seele« heißt es in den Altenberg-Liedern op. 4 von Alban Berg (1885–1935) von 1912 . – *Du sollst ja nicht weinen:* Angespielt wird wohl auf die Vertonung von »Armer Kinder Bettlerlied« aus »Des Knaben Wunderhorn« in Gustav Mahlers (1860–1911) 3. Symphonie.]

HERTHA KRÄFTNER

1928–1951

Abends

Er schlug nach ihr. Da wurde ihr Gesicht
sehr schmal und farblos wie erstarrter Brei.
Er hätte gern ihr Hirn gesehn. – Das Licht
blieb grell. Ein Hund lief draußen laut vorbei.

Sie dachte nicht an Schuld und Schmerz und nicht
an die Verzeihung. Sie dachte keine Klage.
Sie fühlte nur den Schlag vom nächsten Tage
voraus. Und sie begriff auch diesen nicht.

Dorfabend

Beim weißen Oleander
begruben sie das Kind
und horchten miteinander,
ob nicht der falsche Wind
den Nachbarn schon erzähle,
daß es ein wenig schrie,
eh seine ungetaufte Seele,
im Halstuch der Marie
erwürgt, zum Himmel floh.
Es roch nach Oleander,
nach Erde und nach Stroh;
sie horchten miteinander,
ob nicht der Wind verriete,
daß sie dem toten Knaben
noch eine weiße Margerite
ans blaue Hälschen gaben ...
Sie hörten aber nur
das Rad des Dorfgendarmen,
der pfeifend heimwärts fuhr.
Dann seufzte im Vorübergehn
am Zaun die alte Magdalen:
»Gott hab mit uns Erbarmen.«

DAGMAR NICK

* 1926

Vision

Die Städte werden Asche sein,
das Land ein nackter Schattenriß.
Die Städte werden Asche sein,
und zögernd wird der Feuerschein
ersticken zwischen dem Gebein
der schweigenden Nekropolis.
Die Toten werden auferstehn
aus Erde, Rauch und Meeresschaum.
Die Toten werden auferstehn
und durch die leeren Räume gehn,
als wäre alles, was geschehn,
ein Traum.

(1959)

Nachtwache

Ich will nicht deine Träume stören.
Die stummen Nächte bleiben dein.
Ich will nur deine Atemzüge hören
und bei dir sein.

Und wachen, weil des Mondes Schimmer
dein Antlitz ganz veränderte,
weil kaltes Licht das fremdgewordne Zimmer
umränderte.

Und warten, bis ein Stern zersplittert
und hinter deine Stirne fällt.
Erwache nicht: es ist mein Herz, das zittert,
weil es dich hält.

(1959)

Geh über Nacht

Schlage die Tür zu
und vergrabe den Schlüssel
in keiner Erinnerung.
Nimm keinen Abschied.
Du hast deine Hoffnung
getränkt mit Galle:
jetzt steht der Schierling
mannshoch.

Schlage den Weg ein,
den du vergessen wirst.
Geh über Nacht.
Nimm Aufenthalt,
wo du nicht bleiben wirst,
decke dich zu
mit dem Schatten der Sterne.
Gib keine Antwort.

(1969)

Niemandsland

Wo die Landschaft nicht aufhört
Himmel zu sein,
wo unsere Schatten sich
anrühren
Nacht für Nacht
mit gefesselten Flügeln
auf dem schmalen Grat
zwischen Drüben und Hier,
wo wir sind
und nicht sind,
traumlos und ohne Gewähr
im Bannkreis des Blutes –
liegen wir
an den pulsenden Ufern,
geschlagen und unter
gefällten Standarten –
Ohnmacht und Schuld.

(1969)

Ägäis

Im Marmorlicht der Kykladen
mein Herz, ein Kristall.
Ich werfe es hoch,
einem Taubenschwarm zu,
sehe, wie es sich langsam
von mir entfernt,
ein Lichtkorn unter der
Perlmutterschwinge des Winds,
sehe ihm nach,
noch einmal ein letztes
Aufblitzen, schmerzlos.

(1986)

Treibjagd

Spätsommer, dieses Gespür
von Abschied voraus.
Hinter dir fällt schon die Tür
ins beschattete Haus.

Wind, der die Weite durchmißt:
deine Wege von morgen.
Was du verloren hast, ist
aufs neue zu borgen.

Bis der Herbststurm erwacht,
magst du noch draußen zelten,
die Schüsse während der Nacht
brauchen nicht dir zu gelten.

Fuchsfallen, im Acker getarnt,
findest du blind.
Erst wenn der Häher dich warnt,
weißt du: die Treibjagd beginnt.

(1986)

Ankündigung

Die Zeichen mehren sich
nicht allein an den Wänden.
Auch in der heitersten Luft
erscheinen sie ehern, sogar
auf dem ebenen Wasser ohne Verzerrung
treten sie auf, widerspiegeln
das, was ich verneinen will,
diese Entstaltung, die Dissonanz
des Verbliebenen nach sieben Jahrzehnten,
Wahrheiten, abgehäutet und
ohne Erbarmen.

(1996)

CHRISTA REINIG

* 1926

Robinson

Manchmal weint er wenn die worte
still in seiner kehle stehn
doch er lernt an seinem orte
schweigend mit sich umzugehn

und erfindet alte dinge
halb aus not und halb im spiel
splittert stein zur messerklinge
schnürt die axt an einen stiel

kratzt mit einer muschelkante
seinen namen in die wand
und der allzu oft genannte
wird ihm langsam unbekannt

Verwandlung

ich wandle unter meinen händen
den tisch den teller und das brot
bis sie sich mir entgegenwenden
und sich verwandeln in den tod

ich danke allen starken dingen
mein herz ging strahlend in sie ein
es ging als wucht sie zu bezwingen
und kam als weisheit sie zu sein

schnee fällt in meinen mantelkragen
und steigt aus meinem atemhauch
kommt wie ein kleid von stein zu tragen
und geht ins dunkel wie ein rauch

[1960]

Der Enkel trinkt

wir küssen den stahl der die brücken spannt
wir haben ins herz der atome geschaut
wir pulvern die wuchtigen städte zu sand
und trommeln auf menschenhaut

wir überdämmern die peripetie
der menschheit im u-bahnschacht
versunken im rhythmus der geometrie
befällt uns erotische nacht

wir schleudern in all unsern amoklauf
das hirn zerstäubt – der schädel blinkt
ein grauer enkel hebt ihn auf
geht an den bach und trinkt

Vor der Abfahrt

Sie kamen und suchten
unter der Bank, im Gepäcknetz
suchten sie jemand.
Danke, sagten sie zu mir.

Auf dem Dach, zwischen den Rädern
suchten sie jemand.
Unter meiner Mütze
suchten sie nicht.

Starr war die Erde.
Da nahm ich den Schnee.
In meiner Manteltasche
nahm ich den Schnee mit.

[1969]

Die Ballade vom blutigen Bomme

hochverehrtes publikum
werft uns nicht die bude um
wenn wir albernes berichten
denn die albernsten geschichten
macht der liebe gott persönlich
ich verbleibe ganz gewöhnlich
wenn ich auf den tod von Bomme
meinem freund zu sprechen komme

möge Ihnen nie geschehn
was Sie hier in bildern sehn

zur beweisaufnahme hatte
man die blutige krawatte
keine spur mehr von der beute
auf dem flur sogar die leute
horchen was nach außen dringt
denn der angeklagte bringt
das gericht zum männchenmachen
und das publikum zum lachen

seht die herren vom gericht
schätzt man offensichtlich nicht

eisentür und eisenbett
dicht daneben das klosett
und der wärter freut sich sehr
kennt den mann von früher her
Bomme fühlt sich gleich zuhaus
ruht von seiner arbeit aus
auch ein reicher mann hat ruh
hält den sarg von innen zu

jetzt geht Bomme dieser mann
und sein reichtum nichts mehr an

sagt der wärter: grüß dich mann
laß dirs gut gehn – denk daran
wärter sieht auch mal vorbei
mach mir keine schererei
essen kriegst du nicht zu knapp
Bomme denn dein kopf muß ab
Bomme ist schon sehr gespannt
und malt männchen an die wand

nein hier hilft kein daumenfalten
Bomme muß den kopf hinhalten

Bomme ist noch nicht bereit
für abendmahl und ewigkeit
kommt der pastor und erzählt
wie sich ein verdammter quält
wie er große tränen weint
und sich wälzet – Bomme meint
das ist alles intressant
und mir irgendwie bekannt

denn was weiß ein frommer christ
wie dem mann zumute ist

auf dem hof wird holz gehauen
Bomme hilft das fallbeil bauen
und er läßt sich dabei zeit
schließlich ist es doch soweit
daß es hoch und heilig ragt
Bomme sieht es an und sagt:
das ist schärfer als faschismus
und probiert den mechanismus

wenn die schwere klinge fällt
spürt er daß sie recht behält

aufstehn kurz vor morgengrauen
das schlägt Bomme ins verdauen
und da friert er – reibt die hände
konzentriert sich auf das ende
möchte gar nicht so sehr beten
lieber schnell aufs klo austreten
doch dann denkt er: einerlei
das geht sowieso vorbei

von zwei peinlichen verfahren
kann er eins am andern sparen

wäre mutter noch am leben
würde es auch tränen geben
aber so bleibt alles sachlich
Bomme wird ganz amtlich-fachlich
ausgestrichen aus der liste
und gelegt in eine kiste
nur ein sträfling seufzt dazwischen
denn er muß das blut aufwischen

bitte herrschaften verzeiht
solche unanständigkeit

doch wer meint das stück war gut
legt ein groschen in den hut

[1960]

ELISABETH BORCHERS

* 1926

eia wasser regnet schlaf

I

eia wasser regnet schlaf
eia abend schwimmt ins gras
wer zum wasser geht wird schlaf
wer zum abend kommt wird gras
weißes wasser grüner schlaf
großer abend kleines gras
es kommt es kommt
ein fremder

II

was sollen wir mit dem ertrunkenen matrosen tun?
wir ziehen ihm die stiefel aus
wir ziehen ihm die weste aus
und legen ihn ins gras

mein kind im fluß ist's dunkel
mein kind im fluß ist's naß

was sollen wir mit dem ertrunkenen matrosen tun?
wir ziehen ihm das wasser an
wir ziehen ihm den abend an
und tragen ihn zurück

mein kind du mußt nicht weinen
mein kind das ist nur schlaf

was sollen wir mit dem ertrunkenen matrosen tun?
wir singen ihm das wasserlied
wir sprechen ihm das grasgebet
dann will er gern zurück

III

es geht es geht
ein fremder
ins große gras den kleinen abend
im weißen schlaf das grüne naß
und geht zum gras und wird ein abend
und kommt zum schlaf und wird ein naß
eia schwimmt ins gras der abend
eia regnet's wasserschlaf

[1960]

[*mit dem ertrunkenen matrosen:* Im engl. Seemannslied heißt es „What shall we do with the drunken sailor?"]

Was alles braucht's zum Paradies

Ein Warten ein Garten
eine Mauer darum
ein Tor mit viel Schloß und Riegel
ein Schwert eine Schneide aus Morgenlicht
ein Rauschen aus Blättern und Bächen
ein Flöten ein Harfen ein Zirpen
ein Schnauben (von lieblicher Art)
Arzneien aus Balsam und Düften
viel Immergrün und Nimmerschwarz
kein Plagen Klagen Hoffen
kein Ja kein Nein kein Widerspruch
ein Freudenlaut
ein allerlei Wiegen und Wogen
das Spielzeug eine Acht aus Gold
ein Heute und kein Morgen
der Zeitvertreib das Wunder
das Testament aus warmem Schnee
wer kommt wer ginge wieder
Wir werden es erfragen.

Niemand behaupte

Niemand behaupte
ich sei taub.
Allabendlich höre ich
die Unrast der Sterne.

Niemand behaupte
ich sei blind oder lahm.
Ich nehme Stock und Stein
bis zum jähen Ereignis.

Niemand behaupte
ich hätte zu träumen versäumt.
Ich werde nicht nach Tibet reisen
und auch nicht nach Tanger.
Mir träumte
ich fände den Weg
nicht zurück.

Vergessener Geburtstag

Wer hat auf meinem Stuhl gesessen
Wer hat von meinem Teller gegessen

Wer hat in meinem Bett gelegen
Wer hat's mir nicht zurückgegeben

Wer hat mich in alle Winde zerstreut
Wen hat zutiefst das Gedächtnis gereut

Wer hat mich um deinen Tag gebracht
Wer hat sich selber Platz gemacht
Die Zeit war's, die Zeit

MARGARETE HANNSMANN

* 1921

Griechische Gastarbeiter

Überall auf Novemberbahnhöfen
ihre Gesichter
Blick neben Blicklosem
als gäb es ein Ende
Gebrechlichkeit
der allerdünnsten Verästelungen
Trost auf die Haut.

Grau gewordenes
Braun ihrer tausendjährigen Sonne
in den Augen
Handbewegungen
nur entlarvte Täuschung

Ersatz
Bierfarbenkomboloi
Auswurf
Vergilbtes
aufblitzendes Warenhausglück

Aber wer Hellas verließ
den Zustand
unter dem nichts als wolkenlosen
Himmel für seine Familie zu ändern
ihm pumpt das ferne
Herz über ununterbrochene Schienenstränge Blut
in die Bahnhofslungen.

[*Komboloi:* bernsteinfarbene Perlenkette.]

Brot und Wein 1983

In Arkadien
abseits
der Allerweltsstraßen
fanden wir
ein paar Bäume zur Rast

Wir hatten Wasser
im kühlhaltenden Styroporkanister
Oliven und Käse

Kein Dorf ringsum
das Haus versteckt
im Dickicht nahmen wir nicht wahr

Als wir lagerten
trat die Frau durch die Hecken
nicht jung nicht alt
im einen Arm
den Laib Brot
im anderen die Flasche Wein

Legte die Hand aufs Herz
und war verschwunden
bevor wir begriffen
es ist ihr Boden

Ich drückte das heiße
Brot an die Wange

Wir kauten wortlos
füllten den Becher

Pfad in Eftalu

Sieben Mandeln fand ich am Weg
die erste war taub
die zweite war bitter
mit der dritten zerbiß ich den süßen
Kern des Sommerrests
Salz auf den Lippen
Westwind schüttelt die Feigenbäume
triefend vom Mark der zerplatzenden Früchte
stopfe ich
verklebt und besudelt
alles Leben in mich hinein

Augenblicke einsammeln
jenseits der Ekstasen
Anemone
Wolken über der Landschaft
unzerstört übrig
in der Hand die Kastanie
eben gefallen noch feucht
das Glas Wein wenn die Nacht aus dem Meer steigt
Herbstbäume
Abdruck des Urfischs im Schiefer
manchmal den Tod vergessen

Judenfriedhof in Nordstetten

Pappelskelette
wo ist das Tor um einzutreten

Stille
gerechtes Moos
gerechte Flechten
die gleichmäßige Demut der Steine
Rothschild Löwenthal Auerbach
das Dichtergrab
Grün das mich bannt
seidenglatt
ausgebreitet als wär nicht Dezember

ich weiß nicht wie man ein Gebet
für die Vergessenen spricht

[*Auerbach:* Berthold A. (eigentl. Moses Baruch), * 1812 in Nordstetten, † 1882 in Cannes; bes. bekannt als Repräsentant der sog. Dorfgeschichte.]

OLLY KOMENDA-SOENTGERATH

* 1923

Gegenwart

Ich hab soviel verlernt.

Damals konnt ichs noch,
als ich mit Schuppen
und mit Kiemen
durch das Meer
von Augenblicken glitt
in jedem Flossenschlag
das Jetzt.

Ich konnte es,
als pfotenleise
ich im Geruch der Nacht
die Liebe suchte
und jeden neuen Herzschlag
mir gegenwärtig
neu eratmete.

Jetzt geh ich aufrecht,
und mit mir geht
das Vorgestern und Gestern
und klopft mir
unter meinem Hut
Empfehlungen zu
fürs Morgen und fürs Übermorgen.

Ich habe
alle Augen voll zu tun.
Ich muß mich rückwärts wenden,
um vorwärts
richtig gehn zu können.
Nur,
wo ich gerade steh,
hab ich vergessen.

Abschied von Prag

für Jaroslav Seifert

Mit schweren Händen
habe ich
meinen Koffer gepackt,
die Röcke und Schuhe
abgehakt,
den Schlüssel
zurückgegeben
an der Rezeption.

Steig ein,
hast du gesagt,
es ist alles in Ordnung.

Aber als der Hradschin
hinter der letzten
Straßenbiegung
versank,
war ich ein Torso.
Die Hälfte des Herzens
hatte ich den Tauben
am Altstädter Ring
verfüttert.
Die Hälfte des Herzens
hatte ich meinen Freunden
ins Auge gelegt.

Beeil dich,
hast du gesagt,
es ist alles vorüber.

Ich gab Gas.

Im Alter

Jetzt geht es schneller.

Mit doppeltem Atem
blättert der Wind
die Tage um.
Zu hastig
für verbrauchte Augen.
Die Inschrift
bleibt ungelesen.
Müde geworden,
hocken die Gedanken
zu Hause.
Sie werfen
keine Schatten mehr.
Hinter dem Gitterkreuz
des Fensters
variieren sie
das Geräusch
eines zuschlagenden Buches.

Individuum

Sorgsam haben wir
unsere Innenhöfe
abgegrenzt,
Privateigentum.
Hier parkt
kein fremder Wagen.
Unser Atem
hebt sich nicht
über die Mauer
zum Nachbarn.

Abgewendet
voneinander
liegen unsere Schatten
auf Stein,
und die Sonne,
die Stümperin,
bringt es nicht fertig,
sie zu verschmelzen.

HANS CARL ARTMANN

1921–2000

vorsommerliches rondo

in meiner kammer raunt das weiche kupfer der nacht
der mond im fenster ist eine warme knospe aus bernstein
der efeuschwere wind weidet im roten oleander meiner gärten
der fremde gast in der herberge verlöscht das sanfte öl seiner ampel
wenn du durch die nacht kommst ist wildfarn und steinnelke um deinen fuß
der fremde gast in der herberge verlöscht das sanfte öl seiner ampel
der efeuschwere wind weidet im roten oleander meiner gärten
der mond im fenster ist eine warme knospe aus bernstein
in meinem fenster raunt das weiche kupfer der nacht

---

soldaten ach soldaten ja
die müssen früh aufstehn
um auf der lauer zu liegen
oder auch schildwach stehn;
und kommt der herr hauptmann
spätnächtlich noch vorbei
so denkt er sich granaten mord
blitz pulver potz und blei –
soldaten ach soldaten ja
sind vogelfrank und frei . .

wenn man dann hie und manchmal
die schlacht nicht übersteht –
soldaten ach soldaten ja
die wissen wie das geht –
da schwirrt der todesengel
trägt uns beim schnurrbart fort . .

der hauptmann schreibt
trostbrieflein heim –
setzt artig wort um wort
bringt hübsch den tod
in vers und reim . .
schreibt alles vom granatenmord
von blitz potz pulver blei –
soldaten ach soldaten ja
die stürben oft dabei . .

(7.9.55)

Aus: *die ausnehmend schönen lieder des edlen caspar oder gemeinhin hans wurstel genannt*

begonnen zu innsbruck am
soundsovielten juli mcmlv:

b

sah ein
kleines
unicorn
sprach: ade
und schwung
das fähnlein
liebte auch
ein vaterland
mit ihm wol
die holden
mägdlein
sprung
beim fenster
aus und ein
liebte
hochzeit
ohne gleichen
aus dem bett
in die sandalen
zählte wieviel
glöcklein läuten
und gedacht mein
roß zu strählen
um es in die fremd
zu reiten
schlief bei faun
und nachtigall
hell gings mir
im morgenwinde
links und rechts
vor wasserfällen
eichenduft und
zauberveilchen
brod und butter
schwert und lyra
reich die kisten
und die kasten
alte lettern
junge leitern
elf und elf
sind dreiundzwanzig
gärtlein
voller schmetterlinge

c

biene biene
botenlohn
süße anemone
die frau
sie schaut
zum fenster raus
der kaiser
braucht soldaten
ein kartenspiel
das kleiderlaus
die einhorn
mit dem kuchen
was sollen wir
ihr sagen:
das gras ist grün
das möndlein voll
die wurst weint
um die würstin
drum bei
herbei
du ludewig
o deutschland du
in ehren hoch
es stehn viel
trauerweiden
der bach ist
seinem wasser hold
der judas springt
die bäume an
ein braves wort
ist wolgesagt
ach bruder und
ach schwester
und du
mein treuer sylvester
mit dir
das land tyrol

Aus: *landschaften (1966)*

landschaft 18

die süsse der nachtigall hat den wald durchbrochen sie
dringt an mein ohr auf wellen des abends kam sie ob sie

gezielt ist wer weiß es ich aber nehme sie wie eine
tasse schöner milch ich trinke der nacht zu sie allein

ist s die mich kleidet in diebstracht wenn ich liebe
suche in mulden auf hügeln unter einem verborgenen baum

ja ich atme das nest das noch ungebaute ein forst auch
in samen der plötzlich erwächst und steht mit hütenden

schatten darin ich in ihrem namen ergreife was zu halten
ist wie liebliche macht der brüste und enge des leibes

ob und die sorgsame stille der hände wenn der mond sich
verspinnt an geschlossenen blüten von blumen du dafydd

verstehst das hast diese sprache gelehrt in zeilen der
vorzeit wie wenn ich jetzt nicht begriffe hader fürchtete

oder das schnauben des hahnreis gerechte götter es steht
ein wiederschein des walds in ihren augen als ob ein hauch

von grün zwei helle teiche rührte mein gang ist frei und
aufrecht wer will dem wehren ich frage nicht ich nehme

---

mit einem jahr ein kind,
mit zweien jahr ein jüngling,
mit dreien jahr ein mann,
mit vier jahr wohlgetan.
mit fünfen geht es auch noch an,
mit sechsen rückt das alter an.
mit sieben jahr ein greis,
mit acht jahr schneeweiß,
mit neun jahr leucht das morgenrot,
mit zehen jahr, ja grüß dich gott!

[1967]

---

seht, die flinke fledermaus,
wie sie durch die wolken saust,
wie sie drin im mondlicht schwebt,
s mäulchen ganz von blut verklebt.
fängt sie euch an eurem haar,
ists geschehen ganz und gar
gleich um euch, sie trägt euch fort,
durch die luft nach fremdem ort,
wo ein schlößlein ist ihr hort.

drinnen wohnt sie ganz allein,
hat ein rotes kämmerlein,
lebt vom blut der äderlein,
schon seit vielen hundert jahr,
bringt sie kinder in gefahr,
und in transsylvania,
wo sie schon so mancher sah,
heißt sie fräulein drakula.

---

wär ich ein kesselflicker,
ich flickte mir das herz
mit blanken kupfergroschen,
zu stillen meinen schmerz.

durch zauberei und sünde
empfing es loch um loch,
ich geh durch wiesengründe,
und lach ich, wein ich doch.

mein trank ist von dem rebstock,
ihn trink ich, wo ich kann,
oh, wär ich gleich ein rehbock
in efeufinstrem tann.

will ich den leib ausruhen,
so fliehet mich der traum,
in ausgedienten schuhen
wach ich am waldessaum.

mit schlummerlosen augen
vergeht mir so die nacht,
sie will zu gar nichts taugen,
die ganze flimmerpracht.

was nützts mir, wenn am himmel
der blanke mond sich zeigt,
wenn er im sterngewimmel
bloß trauerländler geigt.

die andren haben wiesen,
viel äcker, manches rind;
die berge stehn wie riesen,
mein hemd durchpfeift der wind.

der hauswirt sitzt am herde,
genießt die vesper frei,
ich wünscht, ich säß zu pferde
und ritt in die türkei.

HELMUT HEISSENBÜTTEL

1921–1996

einfache Sätze
während ich stehe fällt der Schatten hin
Morgensonne entwirft die erste Zeichnung
Blühn ist ein tödliches Geschäft
ich habe mich einverstanden erklärt
ich lebe

[E: 1953; D: 1960]

---

das Sagbare sagen
das Erfahrbare erfahren
das Entscheidbare entscheiden
das Erreichbare erreichen
das Wiederholbare wiederholen
das Beendbare beenden

das nicht Sagbare
das nicht Erfahrbare
das nicht Entscheidbare
das nicht Erreichbare
das nicht Wiederholbare
das nicht Beendbare

das nicht Beendbare nicht beenden

Gedicht über Hoffnung

Halluzination großer fremder Städte Stadt
starrt aus eingefallen Ecke Silberburg-Rosen-
bergstraße Novembersonne Gerüst Ahnung
dicht bevor Wiederkehr entgegen Halluzina-

tion letzter Gänge Licht-Schatten-Kolonnen
täglich rostrot bewischt Gerüst durch Mauer-
blenden hindurch Koordinaten und spät Re-
genschieferglanz Fransenstreif abends Ver-

folgung und Angst und Ermatten Erfindung
und Weglosigkeit hell fremd groß Stadt die
Städte des Paradieses was zu kommt uns hell
fremd groß und keine Spur hinterlassen

Spritzfleck endgültig asphalt- und schatten-
gelackt später Umkehr Aufhebung Geschehen
Umkehr Geschehen Schattenbild Vorwurf
Metall rotgelackt dezemberbraun selbst eine

Möve im Binnenland später Kupferhalden
Dohlen Mastenfeld Regenfächer und kleine
Figuren auf langhingezogenen Prospekten der
Schrecken der nicht zu erwarten Begegnung

kreiselnder Dohlenfahnen schräg Mengen von
übereinander gestapelten Bahnsteigen plötz-
lich stanniolfarben Kalkleuchten Lichterbündel
Lichterbündelbänder Bandfeld dazwischen end-

gültig durch Mauerblenden hindurch Doppel-
sinn Wortdinger Schlagholz Sprache verviel-
facht multipel sooft auf der andern entledigt
dessen was äußerst Nachtigall mitten im Winter

[1964]

die Zukunft des Sozialismus

niemand besitzt was
niemand beutet aus
niemand unterdrückt
niemand wird ausgebeutet
niemand wird unterdrückt
niemand gewinnt was
niemand verliert was
niemand ist Herr
niemand ist Sklave
niemand ist Vorgesetzter
niemand ist Untergebener
niemand ist einem was schuldig
niemand tut einem was

alle besitzen alles
alle beuten alle aus
alle unterdrücken alle
alle werden von allen ausgebeutet
alle werden von allen unterdrückt
alle gewinnen alles
alle verlieren alles
alle sind Herr von allen
alle sind Sklave von allen
alle sind Vorgesetzte von allen
alle sind Untergebene von allen
alle sind allen alles schuldig
alle tun allen alles

niemand besitzt nichts
niemand beutet niemand aus
niemand unterdrückt niemand
niemand wird von niemand ausgebeutet
niemand wird von niemand unterdrückt
niemand gewinnt nichts
niemand verliert nichts
niemand ist Herr von niemand
niemand ist Sklave von niemand
niemand ist niemands Vorgesetzter
niemand ist niemands Untergebener
niemand ist niemand was schuldig
niemand tut niemand was

alle besitzen nichts
alle beuten niemand aus
alle unterdrücken niemand
alle werden von niemand ausgebeutet
alle werden von niemand unterdrückt
alle gewinnen nichts
alle verlieren nichts
alle sind Herr von niemand
alle sind Sklave von niemand
alle sind niemands Vorgesetzte
alle sind niemands Untergebene
alle sind niemand nichts schuldig
alle tun niemand nichts

(1964/65)

negative Dialektik I

im nein das ja
im ja im nein das nein
im nein im ja im nein das ja
im ja im nein im ja im nein das nein
im nein im ja im nein im ja im nein das ja
im ja im nein im ja im nein im ja im nein das nein

ach wie kanns möglich sein

[1970]

Oktober mit Eduard Mörike

Oktoberrauch
betrifft mich auch

die Farben kommen spät
Altersidentität

der Schleier welcher fällt
herbstkräftigt diese Welt

schuldhaben gegen Schuldversprechen
so kann ich mich an allen rächen

daß Dr. Bataille in Köln wohnt
Aachenerstraße was sich aber auch nicht lohnt

Geschichte die Maurizio Kagel erzählt hat
die vergessen zu haben mich gequält hat

plötzlich an Lilo erinnert Nieselregen vorm Bahnhof Mainz
Nicolas Borns Pizzeria abends innen weints

Monaden geklumpt im Froschteich der Soziologie
ich möchte so gern Schlagermelodie

multifokaler Blick
dreht kreiselnd mein Genick

schreit des Vergeßnen Mund
die Wälder werden bunt

aufplatzt den ich versuche
der Vers aufglüht die Buche

Verlust und nicht Verlust
sind mir und nicht bewußt

Einst und jetzt im Wechsel fliegender Blitz der Gedanken
macht mich stumm hoch wallt meines Herzens Schwanken

Erlebnisgedicht Nr. 2

(Rollstuhlexistenz)

Alles in Dreiviertelhöhe (es leid sein nur in Dreiviertelhöhe zu sehen)
Auge in Auge mit Kälbern, Schafen und Pusteblumen
(Nicht vorstellen können je wieder auf eigenen Beinen)
Gefahrenwerden von Ida, Martin oder von wem immer
Alles in Dreiviertelhöhe, Auge in Auge mit Schafen, Kälbern und
Fenstern (hinter einem Fenster eine ältere Frau grüßt lächelnd)
Dazwischen als Abwechslung Fernsehen: Tennisspiele am Rothenbaum in Hamburg und im Rochusclub in Düsseldorf und in Wimbledon in London über die Woche, Montags Peter Strohm, Miss Marple Mittwochs, Sherlock Holmes Donnerstags.
Die Sonne, der Wind wie eh und je.
Erinnerung auch hier (an Hamburg, Osterkauf mit Ida und Erikastraße mit Lisi) Gemüt ansetzend.
Herzenswunsch: dies alles in Vergangenheitsform umzuschreiben.

(1991)

EUGEN GOMRINGER

* 1925

das schwarze geheimnis
ist hier
hier ist
das schwarze geheimnis

[1953]

---

schweigen schweigen schweigen
schweigen schweigen schweigen
schweigen schweigen
schweigen schweigen schweigen
schweigen schweigen schweigen

[1960]

---

worte sind schatten
schatten werden worte

worte sind spiele
spiele werden worte

sind schatten worte
werden worte spiele

sind spiele worte
werden worte schatten

sind worte schatten
werden spiele worte

sind worte spiele
werden schatten worte

[1960]

---

w w
d i
n n n
i d i d
w w

[1960]

---

fliegt
strömt entgegen
fliegt
breitet sich aus
fliegt
umhüllt
fliegt
verdünnt sich
fliegt
löst sich auf
fliegt

---

rund
beginnt rund

ründet sich groß
ründet sich auswärts
ründet sich einwarts
ründet sich aus

wendet sich

ründet sich neu
ründet sich auswärts
ründet sich einwärts
ründet sich voll

vollendet sich
rund

kein fehler im system

1

kein fehler im system
kein efhler im system
kein ehfler im system
kein ehlfer im system
kein ehlefr im system
kein ehlerf im system
kein ehleri fm system
kein ehleri mf system
kein ehleri ms fystem
kein ehleri ms yfstem
kein ehleri ms ysftem
kein ehleri ms ystfem
kein ehleri ms ystefm
kein ehleri ms ystemf
fkei nehler im system
kfei nehler im system
kefi nehler im system
keif nehler im system
kein fehler im system

2

kein fehler im system
kein fehler imt sysem
kein fehler itm sysem
kein fehler tmi sysem
kein fehler tim sysem
kein fehler mti sysem
kein fehler mit sysem

3

kein system im fehler
kein system mir fehle
keiner fehl im system
keim in systemfehler
sein kystem im fehler
ein fehkler im system
seine kehl im fyrsten
ein symfehler im sekt
kein symmet is fehler
sey festh kleinr mime

---

frühling sommer winter frühling
frühling sommer winter winter frühling
sommer herbst winter herbst winter
sommer herbst winter sommer herbst winter
herbst winter sommer herbst winter
winter frühling sommer winter
frühling sommer winter

KARL RIHA

* 1935

programm-sonett II

ich bin ein wilder sonettist
ein wortverdreher / casuist
ein flotter reime cavallerist
laut-signalist und -alarmist

ich bin ein strenger sonetteur
ein wort- und sinn-compositeur
nach coeur und flair ein voyageur
ein laut- und silbenparfumeur

ich bin ein stiller sonnetast
in mich gekehrt / ein sprachphantast
der alles dies in strophen faßt

ich bin zum schluß ein sonnetant
ein laut– und wortemusikant
der verse zählt und reime spannt

so zier so starr . . .

so weit so gut so zart so nett
so viel so kurz so stein so brett
so voll so leer so schwarz so breit
so still so klar so fluß so zeit

so rat so tat so weiß so heiß
so hart so spitz so preis so fleiß
so spiel so ball so ziel so grell
so kopf so zahl so sinn so hell

so fort so dann so bald so schall
so hieb so stich so spalt so prall
so zier so starr so form so streng

so blut so blitz so ritz so knall
so halt so bild so fuß so fall
so reim so leim so kunst so eng

gomringers schweigen
(komplett)

version a

schweigen schweigen schweigen
schweigen schweigen schweigen
schweigen gomringer schweigen
schweigen schweigen schweigen
schweigen schweigen schweigen

version b

gomringer gomringer gomringer
gomringer gomringer gomringer
gomringer schweigen gomringer
gomringer gomringer gomringer
gomringer gomringer gomringer

a car is a car is a car . . .

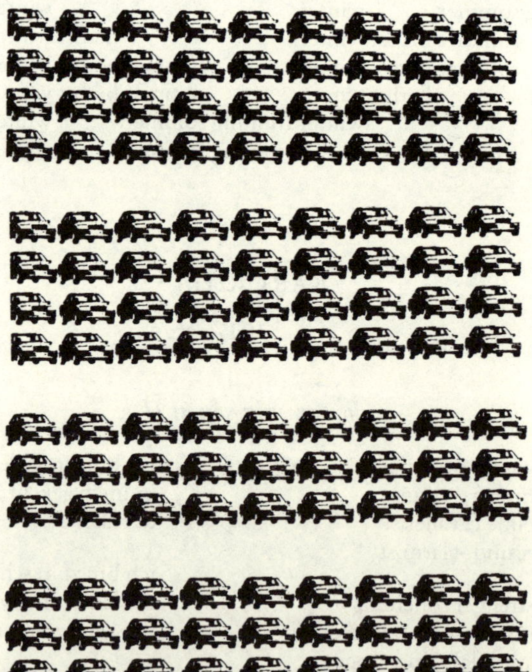

buntblum
(flos discolor)

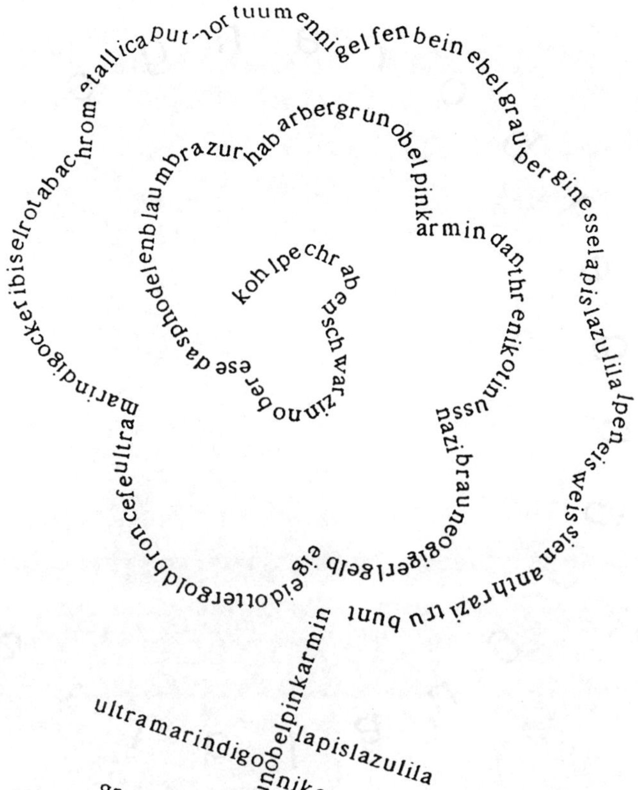

HEINZ GAPPMAYR

* 1925

g e l b o r a n g e r o t v i o l e t t b l a u g r ü n

BILDBILDBILD bildbildbildbild
BILDBILDBILD bildbildbildbild
BILDBILDBILD bildbildbildbild
BILDBILDBILD bildbildbildbild
BILDBILDBILD bildbildbildbild
BILDBILDBILD bildbildbildbild
BILDBILDBILD bildbildbildbild

REINHARD DÖHL

* 1934

apfel wurm

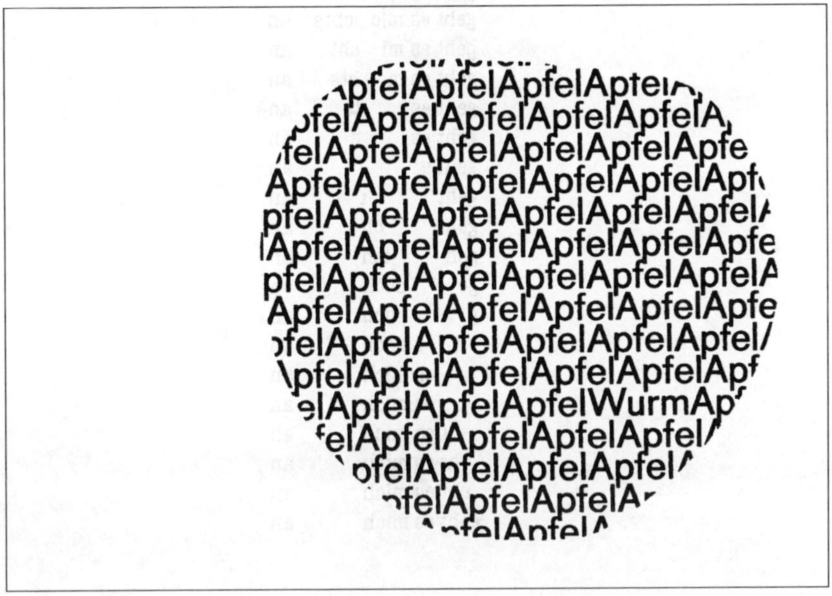

feuilleton guillotine

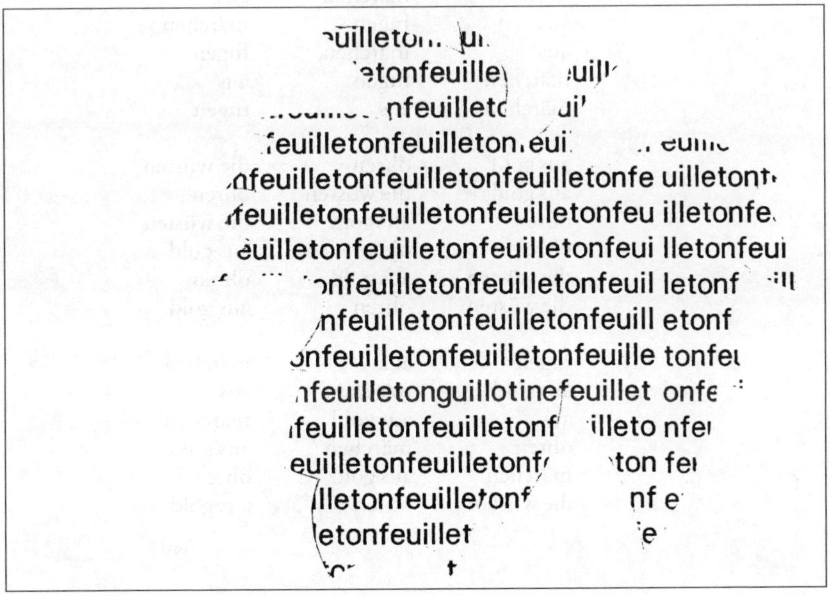

CLAUS BREMER

1924–1996

```
geht es mich nichts an
geht es michnichts  an
geht es mic  ichts  an
geht es mi    chts  an
geht es m      hts  an
geht es         ts  an
geht es          s  an
geht e              an
geht       h        an
geht      ch        an
geh      ich        an
ge      mich        an
g       mich        an
      s mich        an
     es mich        an
     es mich        an
   t es mich        an
  ht es mich        an
 eht es mich        an
geht es mich        an
```

zwei tabellen und eine variation

fugen	aus	märchen
fugen	märchen	aus
aus	fugen	märchen
aus	märchen	fugen
märchen	fugen	aus
märchen	aus	fugen

aus gold	ohren	die wüsten
aus gold	die wüsten	ohren
ohren	aus gold	die wüsten
ohren	die wüsten	aus gold
die wüsten	aus gold	ohren
die wüsten	ohren	aus gold

fugen	aus	märchen
aus gold	märchen	aus
aus	aus gold	märchen
ohren	märchen	aus gold
märchen	aus gold	ohren
die wüsten	ohren	aus gold

(1959)

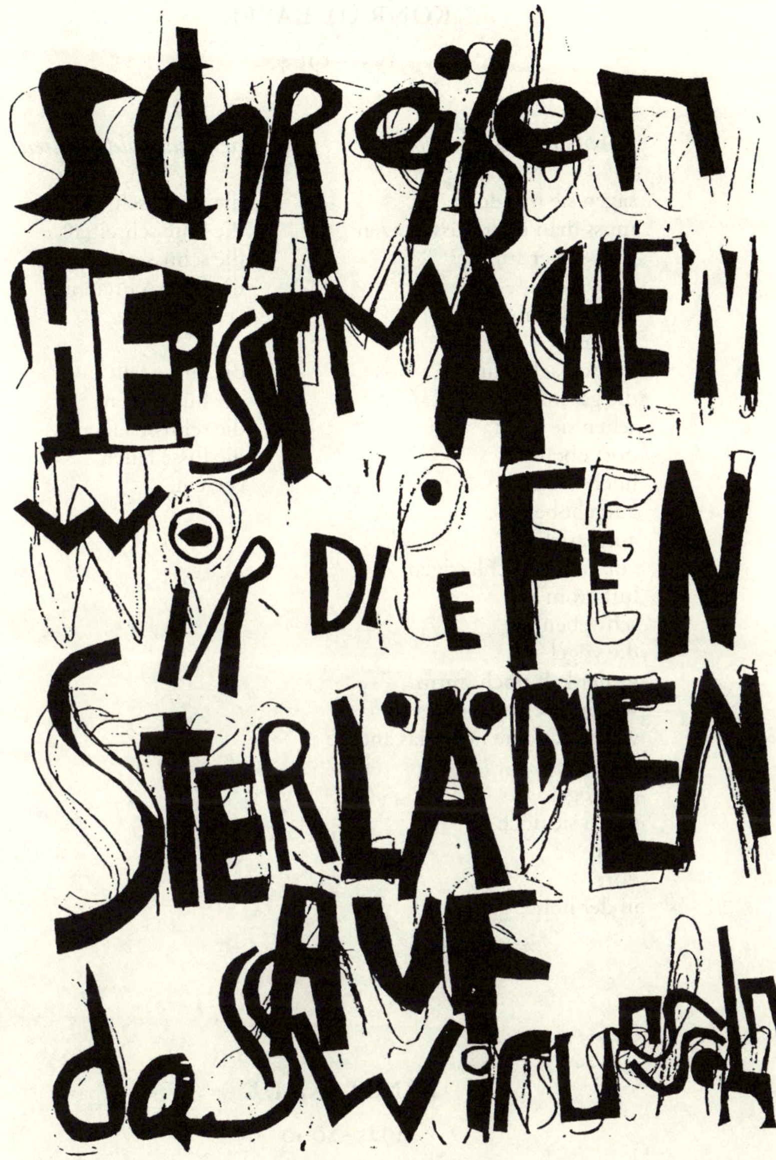

schreiben heisst machen
wir die fensterläden auf
dass wir uns sehn

KONRAD BAYER

1932–1964

die oberfläche der vögel

sagen sie mir doch
muss man über flüsse setzen?
zu welcher stunde?
wo?
sagen sie mir doch
ist da
das schlachthaus?
die gasanstalt?
sehen sie doch
dort oben
hoch oben
aufgehoben
aufgetrieben
vom lichtdurchlässigen
luftstrom
schweben
die vögel
weder kalt noch warm
weder gesehen noch gehört
weder das eine noch das andere
schweben
die vögel
sehen sie doch
oben
dort
in der höhe...

(1957)

original-soldatenlied

die fahne schreitet
die hüte schreiten
die schüsse schreiten
die füsse schreiten
verzeih

die fahne fällt
die hüte fallen
die schüsse fallen
die füsse fallen
verzeih

ERNST JANDL

1925–2000

sommerlied

wir sind die menschen auf den wiesen
bald sind wir menschen unter den wiesen
und werden wiesen, und werden wald
das wird ein heiterer landaufenthalt

(14. 6. 1954)

ottos mops

ottos mops trotzt
otto: fort mops fort
ottos mops hopst fort
otto: soso

otto holt koks
otto holt obst
otto horcht
otto: mops mops
otto hofft

ottos mops klopft
otto: komm mops komm
ottos mops kommt
ottos mops kotzt
otto: ogottogott

(1963)

Aus: *krieg und so*

schtzngrmm
schtzngrmm
t–t–t–t
t–t–t–t
grrrmmmmm
t–t–t–t
s——c——h
tzngrmm
tzngrmm
tzngrmm
grrrmmmmm
schtzn
schtzn
t–t–t–t
t–t–t–t
schtzngrmm
schtzngrmm
tssssssssssssssssssss
grrt
grrrrrt
grrrrrrrrrt
scht
scht
t–t–t–t–t–t–t–t–t–t
scht
tzngrmm
tzngrrnm
t–t–t–t–t–t–t–t–t–t
scht
scht
scht
scht
scht
grrrrrrrrrrrrrrrrrrrrrrrrrrr
t–tt

(19. 4. 1957)

lichtung

manche meinen
lechts und rinks
kann man nicht
velwechsern.
werch ein illtum!

wien : heldenplatz

der glanze heldenplatz zirka
versaggerte in maschenhaftem männchenmeere
drunter auch frauen die ans maskelknie
zu heften heftig sich versuchten, hoffensdick.
und brüllzten wesentlich.

verwogener stirnscheitelunterschwang
nach nöten nördlich, kechelte
mit zu⸍nummernder aufs bluten feilzer stimme
hinsensend sämmertliche eigenwäscher.

pirsch!
döppelte der gottelbock von Sa⸍Atz zu Sa⸍Atz
mit hünig sprenkem stimmstummel.
balzerig würmelte es im männechensee
und den weibern ward so pfingstig ums heil
zumahn: wenn ein knie⸍ender sie hirschelte.

(4.6.1962)

[Am 15.3.1938 feierte Hitler auf dem Wiener Heldenplatz in Anwesenheit jubelnder Massen den ›Anschluss‹ Österreichs an das Deutsche Reich.]

---

vater komm erzähl vom krieg
vater komm erzähl wiest eingrückt bist
vater komm erzähl wiest gschossen hast
vater komm erzähl wiest verwundt wordn bist
vater komm erzähl wiest gfallen bist
vater komm erzähl vom krieg

(30. 10. 66)

boogie-woogie

i gegenüber
i gegengegenüber
i gegengegengegenüber
i gegengegengegengegenüber

i vis-à-vis
i vis-à-vis-à-vis
i vis-à-vis-à-vis-à-vis
i vis-à-vis-à-vis-à-vis-à-vis

(1970/71)

bibliothek

die vielen buchstaben
die nicht aus ihren wörtern können

die vielen wörter
die nicht aus ihren sätzen können

die vielen sätze
die nicht aus ihren texten können

die vielen texte
die nicht aus ihren büchern können

die vielen bücher
mit dem vielen staub drauf

die gute putzfrau
mit dem staubwedel

(20. 9. 1977)

wettrennen

er
ers
erst
erste
erster
erst er
erste ers
erster erst
erst er erste
erste ers erster
erster erst erst er
erst er erste erste ers
erste ers erster erster erst
erster erst erst er erst er erste
erst er erste erste ers erste ers erster
erste ers erster erster erst erster erst erst er
erster erst erst er erst er erste erst er erste erste ers
erst er erste erste ers erste ers erster erste ers erster erster erst
erste ers erster erster erst erster erst erst er erster erst erst er erst er erste
erster erst erst er erst er erste erst er erste erste ers erst er erste erste ers erste ers erster

(1964)

leises gedicht

du, beim essen spricht man nicht.
nicht mit vollem munde sprechen.
jetzt sprechen die großen, die kleinen nicht.
halt deinen mund, du wicht.

wenn du ein gedicht bist, dann ein leises.
klein wie du, bist du vielleicht ein weises.
oder du bist blöd, dann noch am besten lautlos.
blick auf, wie schön über dir, du aas,
der himmel blau ist.

[E: nach 1992]

FRIEDERIKE MAYRÖCKER

* 1924

Ode an einen Ort

Heimstätte meiner Träume: Hütte Thron Türme Gebälk
Glocken Taubenschwarm vielflügelig verbrieft
geschnäbelt ins graue Licht
ätzend den Trauerhimmel
mit Botschaft von dir zu mir:

Schleife Ungeduld neu aufgebunden und mit Augengewichten
beschwert
tränengeblendet
während feuer-trinkende Kannen

auf in den versengten Julihimmel (durchbrochen
Windungen / rastende Gefühle
weit verstreut Blumen –
setz deinen Fusz auf mein Haupt
Herr!)

quellende Sträusze Ginster / Kamillen (wie Staub . .)
der Wald –

. . und zu den Teichen!

(1966)

Die marmorne die steinkühle die
vorfrühlingsgraue Zauberei
die ahnungsvolle flügelschlagende Zauberei hat mich endlich berührt.
Ich erkenne dasz ich nichts mehr vermag gegen sie
als mich ihr hinzugeben mit sinkenden Armen berstenden Lidern
mit vergeblichen Zauberformeln die niemand aufgeschrieben hat.
Du hast mich so mächtig verzaubert dasz ich nun nicht mehr weisz
was ich dir für einen Namen geben soll
ob ich dich rufen darf
ob ich dir mein Lächeln nachsenden soll wie einen Brief
über die Hügel der Stadt
über den nächtlichen Strausz der Sterne
durch den Blasebalg des Winds.
Du hast mich ins Fröhliche verwandelt und strahlend gemacht
und ich erkenne dasz die schöne Erde bespannt ist mit deiner Haut
und dein Mund ist ein römischer Brunnen-Mund
und ich kann meine Hand in seine flieszenden Segnungen legen
und dein Auge von dem ich nie weisz welche Farbe es hat
(ist es honiggelb oder blau wie Nächte im Frühling?)
ist ein Bullauge geworden in einem weiszen Schiff
ein Bullauge grosz und bekränzt mit Meer-Rosen
und mit diesem weiszen Schiff fahren wir weit . . . (1974)

falsche Bewegung

gestern
beim Auseinander-
gehen haben wir uns
beide Hände
gegeben –
aber nicht die Lippen
zum Kusz –
: eine plötzlich erstarrte
Umarmung?
frage ich mich
ruhelos
und in Tränen/
du blickst
ohne Lächeln
über die Schulter zurück

(7. 5. 1981)

wie kommunizierende Gefäße sagst du

das ist die Hölle sage ich, das ist
das Fegefeuer sagst du, spiegelst orange wie Sonne
das ist die Hölle sagst du, das ist
das Fegefeuer sage ich, Hunde- und Autofriedhöfe entlang
wirkliches Blattmuster neu (Escher-Intarsien) an den Weg-
rändern in den Alleen, je nachdem sage ich, fortwährend
diese Signale signalisierender Kopf dieser
Pferdekopf (meiner), und verlöschen und blenden auf, fortwährend
diese Signale aufleuchtend und verlöschend, Schmieröllache
auf dem Asphalt macht mich straucheln zerrt mein Gebein
Stiefmütterchenauge
blaßviolettes Menschenauge im Rasenbeet: unbestechlich, prüfend:
tiefes Blicken nickend und neigend den Kopf darüber die erste
Kirschbaumblüte des Jahres am Straßenrand, tief
in der Künette stehend, die Unterarme am Künettenrand abgestützt
mit blicklosen Augen den grünlich verstaubten Filz in die Stirn
gerückt
stehen sie reglos
in der Perspektive der Amsel sage ich, reglos wartend am Grunde
der Erde
sehe ich sie zwischen den Rädern des Lasters hindurch eben nur ihre
Köpfe und Arme
in der Künette reglos in der Künette die Amsel
in der Künette die Amsel tot
auf einer Wange liegend, rechtsseitig
wie ich selbst liege beim Schlafen
gebleichte Eierschalen : Gloriole um Vogelkopf
vollkommene Destruktion sagst du, alte zwergwüchsige Frau mit
Lodenmantel

und Stock humpelt vorüber, dann, Rücken gegen Hauswand hockt
sie sich nieder
kniet auf dem Gehsteig vor einem unsichtbaren
Altar was den besagten Kopf betrifft, Farbe
Stühle Wasser ein Hund ich sitze am Fenster mein dunkler
zerschlissener
Rock während die starrenden
Sterne während der starrende
Vollmond während alle Gestirne auf einmal in deiner Person –

in Küssen schwelgend schwelgend in Küssen

(14., 15. 4. 87/Juli 91)

[*Künette:* Abflußgraben.]

was brauchst du

was brauchst du? einen Baum ein Haus zu
ermessen wie groß wie klein das Leben als Mensch
wie groß wie klein wenn du aufblickst zur Krone
dich verlierst in grüner üppiger Schönheit
wie groß wie klein bedenkst du wie kurz
dein Leben vergleichst du es mit dem Leben der Bäume
du brauchst einen Baum du brauchst ein Haus
keines für dich allein nur einen Winkel ein Dach
zu sitzen zu denken zu schlafen zu träumen
zu schreiben zu schweigen zu sehen den Freund
die Gestirne das Gras die Blume den Himmel

für Heinz Lunzer

GERHARD RÜHM

* 1930

```
schlafschlafschlafschlafschlafschlafschlafschlafschlafschlafschlafschlafschlaf
      schlafschlafschlafschlafschlafschlafschlafschlafschlafschlafschlaf
            schlafschlafschlafschlafschlafschlafschlafschlafschlaf
                  schlafschlafschlafschlafschlafschlafschlaf
                        schlafschlafschlafschlafschlaf
                              schlafschlafschlaf
                                   falsch
                              schlafschlafschlaf
                        schlafschlafschlafschlafschlaf
                  schlafschlafschlafschlafschlafschlafschlaf
            schlafschlafschlafschlafschlafschlafschlafschlafschlaf
      schlafschlafschlafschlafschlafschlafschlafschlafschlafschlafschlaf
schlafschlafschlafschlafschlafschlafschlafschlafschlafschlafschlafschlafschlaf
```

```
      O     N
  S             N

M                 E

  E             H

      N     C
         S
```

---

jänner
feber
märz
april
machen was der mensch nicht will
märz april
sind abgeschossen
juni juli
schon verflossen
flossen flossen

doch der mensch hat beine
und so kommt auch der august
(ich hätt es bald nicht mehr gewusst)
september
oktober
november
und schließlich der dezember
zember zember

sonett

erste strophe erste zeile
erste strophe zweite zeile
erste strophe dritte zeile
erste strophe vierte zeile

zweite strophe erste zeile
zweite strophe zweite zeile
zweite strophe dritte zeile
zweite strophe vierte zeile

dritte strophe erste zeile
dritte strophe zweite zeile
dritte strophe dritte zeile

vierte strophe erste zeile
vierte strophe zweite zeile
vierte strophe dritte zeile

hasen-ode

hasen in hosen
lasen in losen
assen aus dosen
sassen in sossen

grasen im grossen
rasen in rosen
blasen mit blossen
nasen in moosen

aasen in posen
gasen und tosen
vergassen zu kosen
die hasen in hosen

(1978)

wegwerfgesellschaft

vom auto ein paar schritte träg
im mund die zigarette schräg
walkman-popgedresch im ohr
aus dem rock bleckt BILD hervor

zuhaus vorm fernsehkasten stier
griffbereit die dose bier
ohne antwort ohne frage
spiesserdasein heutzutage

(1987)

FRANZ MON
* 1926

in den schwanz gebissen

wer zuerst lacht lacht zuerst noch
wer zuzweit lacht lacht zweimal
wer gleich lacht lacht doppelt
wer zuerst kommt mahlt am besten
wer zuzweit kommt sieht doppelt
wer nicht kommt lacht am schluß noch
wer zuletzt kommt beißt die hunde

(1967)

execution der excusion

man soll
man sollte
man sollte mal
man sollte doch mal
man sollte doch noch mal
man sollte doch noch einmal
man sollte doch noch einmal wieder

jeder soll ein mann

man sollte
man hat gesollt
man hatte gesollt
man hatte gesollt zu haben
man hatte gesollt haben müssen
man wird gesollt haben müssen

gedanken sind sollfrei

jeder soll es sollen
jeder soll es selbst sollen
jeder soll es selbst wieder sollen
jeder soll es selbst wieder gesollt haben
jeder soll es selbst wieder gesollt haben müssen

(1972)

[*excusion:* artikulatorisch gebildete Variation von »execution«; vgl. franz. »excuse« = Entschuldigung.]

man muß was tun
muß man was tun
was muß man tun
tun muß man was

man hätte was getan
hätte man was getan
was hätte man getan
hätte man was getan

tun was man muß
was man tun muß
tun muß man was
was muß man tun

(1972)

fallen.
viele fallen.
viele fühlen: fallen.
viele fühlen fallende fallen.
viele fühlen wie sie fallen.
viele fühlen fallend die fallen.
viele fielen und füllten die fallen.
viele gefallene füllen die fallen.
vielen gefallen die vollen fallen.

(1981)

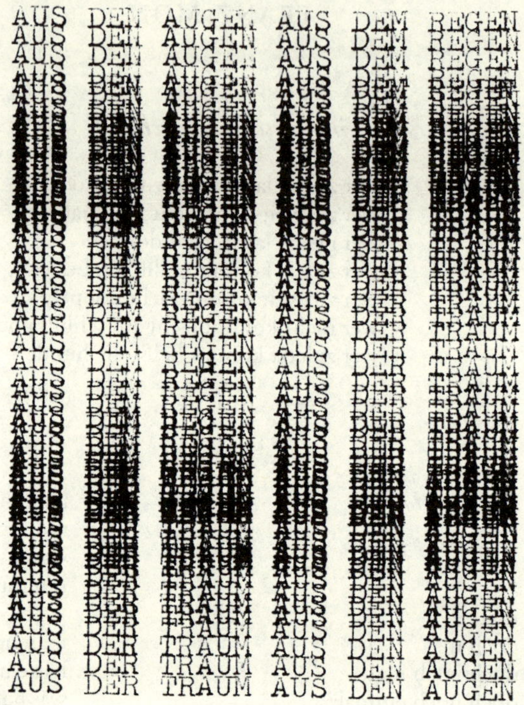

(1972)

Luft holen können: müßtest du doch.
die Fliege machen können: müßtest du doch.
dich auf den Kopf stellen können: müßtest du doch.
bis drei zählen können: müßtest du doch.
die Schäfchen zählen können: müßtest du doch.
aus der Haut fahren können: müßtest du doch.
fünfe gerade sein lassen können: müßtest du doch.
über deinen Schatten springen können: müßtest du doch.
den Buckel herunterrutschen können: müßtest du doch.
aus der Hand fressen können: müßtest du doch.
den Kopf in den Sand stecken können: müßtest du doch.
Vater und Mutter ehren können: müßtest du doch.
kein Haar krümmen können: müßtest du doch.
in die Luft gehen können: müßtest du doch.
dich im Grab herumdrehen können: müßtest du doch.
dich aus dem Staub machen können: müßtest du doch.
dich kämmen können: müßtest du doch.
Wasser lassen können: müßtest du doch.
Be sagen können: müßtest du doch.

[1992]

GÜNTER GRASS

* 1927

Die Vorzüge der Windhühner

Weil sie kaum Platz einnehmen
auf ihrer Stange aus Zugluft
und nicht nach meinen zahmen Stühlen picken.
Weil sie die harten Traumrinden nicht verschmähen,
nicht den Buchstaben nachlaufen,
die der Briefträger jeden Morgen vor meiner Tür verliert.
Weil sie stehen bleiben,
von der Brust bis zur Fahne
eine duldsame Fläche, ganz klein beschrieben,
keine Feder vergessen, kein Apostroph ...
Weil sie die Tür offen lassen,
der Schlüssel die Allegorie bleibt,
die dann und wann kräht.
Weil ihre Eier so leicht sind
und bekömmlich, durchsichtig.
Wer sah diesen Augenblick schon,
da das Gelb genug hat, die Ohren anlegt und verstummt.
Weil diese Stille so weich ist,
das Fleisch am Kinn einer Venus,
nähre ich sie. –
Oft bei Ostwind,
wenn die Zwischenwände umblättern,
ein neues Kapitel sich auftut,
lehne ich glücklich am Zaun,
ohne die Hühner zählen zu müssen –
weil sie zahllos sind und sich ständig vermehren.

[1956]

Kinderlied

Wer lacht hier, hat gelacht?
Hier hat sich's ausgelacht.
Wer hier lacht, macht Verdacht,
daß er aus Gründen lacht.

Wer weint hier, hat geweint?
Hier wird nicht mehr geweint.
Wer hier weint, der auch meint,
daß er aus Gründen weint.

Wer spricht hier, spricht und schweigt?
Wer schweigt, wird angezeigt.
Wer hier spricht, hat verschwiegen,
wo seine Gründe liegen.

Wer spielt hier, spielt im Sand?
Wer spielt, muß an die Wand,
hat sich beim Spiel die Hand
gründlich verspielt, verbrannt.

Wer stirbt hier, ist gestorben?
Wer stirbt, ist abgeworben.
Wer hier stirbt, unverdorben,
ist ohne Grund verstorben.

[1960]

Die Seeschlacht

Ein amerikanischer Flugzeugträger
und eine gotische Kathedrale
versenkten sich
mitten im Stillen Ozean
gegenseitig.
Bis zum Schluß
spielte der junge Vikar auf der Orgel. –
Nun hängen Flugzeuge und Engel in der Luft
und können nicht landen.

[1960]

Kleine Aufforderung zum großen Mundaufmachen – oder der Wasserspeier spricht

Wer jene Fäulnis,
die lange hinter der Zahnpaste lebte,
freigeben, ausatmen will,
muß seinen Mund aufmachen.

Wir wollen nun den Mund aufmachen,
die schlimmen Goldzähne,
die wir den Toten brachten und pflückten,
auf Ämtern abliefern.

Um dicke Väter
– jetzt, da auch wir schon Väter und immer dicker –
absetzen und ausspeien zu können,
muß man den Mund aufmachen;

wie unsere Kinder bei Zeiten
den Mund aufmachen, die große Fäulnis,
die schlimmen Goldzähne, die dicken Väter
ausspeien werden, absetzen werden.

[1960]

Mannomann

Hör schon auf.
Machen Punkt.
Du bist doch fertig, Mann, und nur noch läufig.

Sag nochmal: Wird gemacht.
Drück nochmal Knöpfchen und laß sie tanzen die Puppen.
Zeig nochmal deinen Willen und seine Brüche.
Hau nochmal auf den Tisch, sag: Das ist meiner.
Zähl nochmal auf, wie oft du und wessen.
Sei nochmal hart, damit es sich einprägt.
Beweise dir noch einmal deine große, bewiesene,
deine allumfassende Fürundfürsorge.

Mannomann.
Da stehst du nun da und im Anzug da.
Männer weinen nicht, Mann.
Deine Träume, die typisch männlich waren, sind alle gefilmt,
Deine Siege datiert und in Reihe gebracht.
Dein Fortschritt eingeholt und vermessen.
Deine Trauer und ihre Darsteller ermüden den Spielplan.
Zu oft variiert deine Witze; Sender Eriwan schweigt.
Leistungsstark (immer noch) hebt deine Macht sich auf.

Mannomann.
Sag nochmal ich.
Denk nochmal scharf.
Blick nochmal durch.
Hab nochmal recht.
Schweig nochmal tief.
Steh oder fall noch ein einziges Mal.

Du mußt nicht aufräumen, Mann; laß alles liegen.
Du bist nach deinen Gesetzen verbraucht,
entlassen aus deiner Geschichte.
Und nur das Streichelkind in dir
darf noch ein Weilchen mit Bauklötzen spielen. –
Was, Mannomann, wird deine Frau dazu sagen?

[1983]

Das Unsre

Breit liegt das Land, in dessen Lied wie in Prospekten
sich Schönheit weit gehügelt austrägt, gegen Norden flach,
besiedelt, eng (in dieser Zeit) bis unters Dach.
Wo sich die Kinder einst vor Vaters Zorn versteckten,

ist keine Zuflucht mehr, nein, nichts schließt mehr geheim.
So offen sind wir kenntlich, allseits ausgestellt,
daß jeder Nachbar, ringsum alle Welt
als Unglück treiben sieht, was unsres Glückes Keim.

Wo wir uns finden, hat verkehrte Konjunktur
uns fett gemacht. Dank Leid und Kummer satt,
schlug mästend Elend an als freien Marktes Kur;
und selbst auf unsre Sünden gab's Rabatt.
Still liegt Novemberland, verflucht zum tugendhaften Fleiß,
in Angst vorm Jüngstgericht, dem überhöhten Preis.

[1993]

Mitten im Leben

denke ich an die Toten,
die ungezählten und die mit Namen.
Dann klopft der Alltag an,
und übern Zaun
ruft der Garten: Die Kirschen sind reif!

[1997]

Wegzehrung

Mit einem Sack Nüsse
will ich begraben sein
und mit neuesten Zähnen.
Wenn es dann kracht,
wo ich liege,
kann vermutet werden:
Er ist das,
immer noch er.

[1997]

KURT MARTI

* 1921

demokratisches modell

stimme stimme
stimme stimme
ja nein
stimm stimm
damit es stimmt denn du bestimmst
stimmend stimmt ihr
ja und nein
überein

[1959]

ostern o stern

I
o
(stern
restn
nestr)

ostern o sternte
nestnieder
o sterne ostern
uns wieder

o
(nestr
restn
stern)

II
ostern
restostern nestostern – wer wälzt uns
den christlichen plunder vom grabe
des herrn?

ostern
o stern o morgen o morgenstern
still im abend
des christlichen
still im christlichen abend
land

[1963]

als sie mit zwanzig
ein kind erwartete
wurde ihr heirat
befohlen

als sie geheiratet hatte
wurde ihr verzicht
auf alle studienpläne
befohlen

als sie mit dreißig
noch unternehmungslust zeigte
wurde ihr dienst im hause
befohlen

als sie mit vierzig
noch einmal zu leben versuchte
wurde ihr anstand und tugend
befohlen

als sie mit fünfzig
verbraucht und enttäuscht war
zog ihr mann
zu einer jüngeren frau

liebe gemeinde
wir befehlen zu viel
wir gehorchen zu viel
wir leben zu wenig

[1969]

großer gott klein

großer gott:
uns näher
als haut
oder halsschlagader
kleiner
als herzmuskel
zwerchfell oft:
zu nahe
zu klein –
wozu
dich suchen?

wir:
deine verstecke

[1980]

intonation

singet dem herrn
der nie eine uniform trägt
der nie eine waffe ergreift
der tote zum leben erweckt

singet dem herrn
der nie einem fahnentuch traut
der nie an parolen sich hängt
der feinde als brüder entlarvt

[1980]

wie gemsen wie fische

wunsch
den jedermann teilt
gebet von gebetslosen auch:
daß der tod uns einst treffe
plötzlich und sanft
von einer sekunde zur andern

leichter behender
wie gemsen im fels
wie fische im meer
ließe sich leben
wüßten wir diesen
wunsch uns gewährt

[1975]

im straßencafé

da
geht dasein

seine launen
tun weh

ich auge
möcht mitgehn

das auge
ist stumpfer geworden

[1993]

ALFRED ANDERSCH

1914–1980

An die Deutschen

noch in den rauchenden
ebenen
unseres ausgelöschten landes
werden die letzten von uns
blind tappen
die worte

wehr wehr
macht pflicht

zungenlos
lallend

wollen wir uns
eh es zu spät ist
ein neues wort
einfallen lassen

irgendeins

Brauchbarer Ersatz

sohn
es geht mich ja nichts an
aber
anstatt daß du
halluzinogene drogen
einnimmst
rate ich dir
den rauch
von einem holzfeuer
zu beobachten
wie er
aufsteigt und
sich auflöst
blaugrau
im gebirg
vor einem
noch unbelaubten
waldhang

Paris, 1. Mai 1977

sich an den händen fassen
die augen zumachen
und losrennen

daran
daß euch dieser wunsch überfällt
erkennt ihr
die ankunft der liebe

dann
dürft ihr nicht zögern

faßt euch an den händen
macht die augen zu
rennt los

ERICH FRIED

1921–1988

Vordruck

Links ist Platz geblieben
auf den man schreiben kann
Rechts steht ... *sind unser Unglück*
Wie fing die Zeile an

Die Juden ist kaum mehr zu lesen
ausradiert oder verblaßt:
Schreibt *Chinesen* schreibt *Nordvietnamesen*
schreibt alle hin die ihr haßt

Schreibt einfach *Die Bolschewisten*
Das geht dann weiter so:
De Gaulle und *Die Neutralisten*
Die vom afro-asiatischen Zoo

Die Ostermarschierer Die Roten
Die Polacken Die Gastarbeiter
die Lebenden und die Toten
nur immer weiter

[1966]

Beim Nachdenken über Vorbilder

Die uns
vorleben wollen

wie leicht
das Sterben ist

Wenn sie uns
vorsterben wollen

wie leicht
wäre das Leben

[1966]

Tote lebende Bilder

Dennoch die Schwerter halten
vor die Stunde der Welt
Gottfried Benn

Statische Schwerter
und dennoch nicht mehr zu halten

Arme Stunde der Welt
der man Schwerter vorhält

Arme Welt
der so die Stunde verhalten wird

Und wie verhält es sich
mit den Haltern der Schwerter

und mit den immer noch vielen
die sich an sie halten?

Solange einer der Schwerter hält
noch geehrt wird

und mehr noch einer
der redet vom Halten der Schwerter

deren Stunde geschlagen hat
außer in deutschen Reimen

bleibt eure Dichtung Rüstkammer
klanglos verrostender Klingen

zwischen euch und die Zukunft gehalten
zwischen euch und ehrliche Worte

zwischen euch und das Leben
als unbelehrbares Dennoch

das klirrt durch gezählte Stunden
der ungehaltenen Welt

[1967]

[*Dennoch die Schwerter halten:* Zitat aus dem gleichnamigen Gedicht Gottfried Benns, in dessen Schlussstrophe es heißt: »schweigen und walten, /wissend, daß sie zerfällt, /dennoch die Schwerter halten/vor die Stunde der Welt« (gedruckt Oktober 1933).]

Lyrischer Winter

Auch hier im nassen Gras
zwischen den besseren Häusern
wo das weißliche Grau vielleicht schon Rauhreif ist
oder noch Nebel
und Pilzgeruch die Pilze überdauert
im Moder unter den Farnen
auch hier ist Natur und daher auch
Nahrung für Dichter
die wächst bei den Pilzen nach denen sie riecht und ist
genießbar oder doch
je nach dem Kochrezept
nicht giftiger als ihr's gewohnt seid
Drum kommt und grast hier

Kommt und äset im Grünen
im Wintergras
ach ihr Edlern
die ihr euch fernehieltet den mittelgroßen Gefühlen
gegen eure Kriege
die billig zu haben sind

Seid weise ihr Klugen
Selbst den goldenen Mittelweg
dem ihr die Treue bewahrt habt
und der euch von seinem Gold gibt
verlaßt nun (er läuft euch nicht fort)
Kommt: das Gras sei euch teuer

Hier könnt ihr eure Natur haben! Hier genießt ihr
die Vorzüge aller Nachzügler die da glauben
sie selber sinds die sich zügeln
Kommt: Es ist höchste Zeit! Hier gewinnt ihr wieder
die alte Kraft: Hier seht ihr die Blätter fallen
nicht den Verdacht. Hier erwacht ihr
aus der Betäubung von der selbst die angeblich freie
Wahl der Taubheit euch Meister des Überwinterns
nur ungenügend geschützt hat

Hier könnt ihr das Gras wachsen hören
oder es welken sehen und könnt den Wind treten
oder betreten in den spröden Leib der Natur
windige Eier legen

Was bleibt geht stiften

[1972]

[Schlußzeile von Hölderlins Gedicht »Andenken«: »Was bleibet aber, stiften die Dichter.«]

Gesundes Volksempfinden

Am langen Strick
der lose ohne zu würgen
um seinen Hals liegt
führt man einen vor die Soldaten

mit kurzgeschorenem Haar
mit zerbrochener Brille
mit zerrissenem Hemd
mit nacktem Unterleib

Der Lautsprecher ruft: »Der da
seht ihn euch ganz genau an
hat hier bei uns
die Folter abschaffen wollen!«

Allgemeines Gelächter
Witze und gutgelaunte
derbe Vorschläge
dann erst die ersten Steine

[1982]

Herrschaftsfreiheit

Zu sagen
»Hier
herrscht Freiheit«
ist immer
ein Irrtum
oder auch
eine Lüge:

Freiheit
herrscht nicht

[1984]

Nacht in London

Die Hände
vor das Gesicht halten
und die Augen
nicht mehr aufmachen
nur eine Landschaft sehen
Berge und Bach
und auf der Wiese zwei Tiere
braun am hellgrünen Hang
hinauf zum dunkleren Wald

Und das gemähte Gras
zu riechen beginnen
und oben über den Fichten
in langsamen Kreisen ein Vogel
klein und schwarz
gegen das Himmelblau

Und alles
ganz still
und so schön
daß man weiß
das Leben lohnt sich
weil man glauben kann
daß es das wirklich gibt

[1983]

Aber solange ich atme

Auch was
auf der Hand liegt
muß ich
aus der Hand zu geben
bereit sein

und muß wissen
wenn ich liebe
daß es wirklich
die Liebe zu dir ist
und nicht nur
die Liebe zur Liebe zu dir
und daß ich nicht eigentlich
etwas Uneigentliches will

Aber
solange ich atme
will ich
wenn ich den Atem
anhalte
deinen Atem
noch spüren
in mir

[1984]

THOMAS BERNHARD

1931–1989

Mein Urgroßvater war Schmalzhändler

Mein Urgroßvater war Schmalzhändler,
und heute
kennt ihn noch jeder
zwischen Henndorf und Thalgau,
Seekirchen und Köstendorf,
und sie hören seine Stimme
und rücken
zusammen an seinem Tisch,
der auch der Tisch des Herrn war.
1881, im Frühjahr,
entschied er sich für das Leben: er pflanzte
Wein an der Hauswand
und rief die Bettler zusammen;
seine Frau, Maria, die mit dem schwarzen Band,
schenkte ihm weitere tausend Jahre.
Er erfand die Musik der Schweine
und das Feuer der Bitternis,
er sprach vom Wind
und von der Hochzeit der Toten.
Er würde mir kein Stück Speck geben
für meine Verzweiflungen.

(1957)

Morgen

Wenn mein Morgen sich mit den Morgen
meiner Freunde vermischt,

wenn dein Schlaf das Gesicht des Meeres tötet,
das Pestgesicht des geistlosen Sommers,

wenn du aufwachst, Fuhrmann, Doppelgänger
meiner entzundenen Augen,

und die Dörfer die Farbe des Mittags annehmen,
beschaut meine Lüge den Leichnam Shelleys

im süßen Geruch der Stadt der Hügel –
weinen über meine trostlosen Tage.

(1962)

LUDWIG GREVE

1924–1991

Mein Vater

Spät komme ich zu dir.
Wenn Staub mich riefe – aber ich höre nur
im Spiel der feuchten, meiner Lippen,
diese gehorsame Stimme rufen.

Wo niemand wartet, Vater, im Schweigen, wo
in Salz und Asche kenne ich deinen Mund,
der nach den Kindern ruft und ächzend
bittet um Gnade die Menschensöhne.

Die ehmals gute Jacke verriet den Herrn.
Du ohne Mantel, war auch kein Tier dabei
noch Gott: wie sorgsam führtest du in
zwiefacher Kälte dein Kind zur Grube.

Dein Aug, die Stirne, Tafel vom Sinai,
der Nase starker Bogen – ich sehe nichts
und halte Nase, Stirn und deine
Bitternis doch in den hohlen Händen.

Ja, diese Hand, die unschlüssig Wort auf Wort
hier fügt, sie ahmte lange die Bögen nach
von deinem Namen, übte heimlich
Strenge und Mut des gerechten Mannes,

dem ich nie sagen konnte: ich bin dein Sohn.
Man hieß uns Freunde. Unsere Sprache war
ein Blick, ein Händetausch, und später
Auflehnung, bleiche Gewalt des Zornes.

Genügt die Trauer? Atem, Begeisterung,
die Liebesnächte danke ich deinem Grab
und auch die Kinder: unerschöpflich
höre sie lachen ... Ich komme, Vater.

(1966)

Schneesturm

So nah hängt der Westen
herüber: der halbe Tag kann nicht mehr
entfalten den nassen Flügel.

Ein Wind füllt den Raum
mit fremden Lüften und
Schwaden fremderen Dunkels.
Wo ist das Nächste, was jeder Blick
uns antraute?
Eine reißende Wolke,
grau und dann schwefelgelb gefleckt.

Waagrecht fliegender Schnee!
Vor den Schreien des Nichts
gefrieren die wäßrigen Flocken,
wimmeln, verheeren das Land wie ein Schwarm
gieriger Mücken.

Mit halbem Auge sahn wir die Erde.
Ihr Spiegel zerbrach, unter Splittern
liegt sie nackt.
Von oben Willkür, kein Licht
scheint, und unten empfängt kein Schatten
den fallenden, ungestalten Tag.
Die Äcker sind schwarz wie vor Anfang.

Namenlos bleibt alles zurück,
wo selbst der Himmel
verstummte.

Tropfen fallen, der Schnee
dämmert, wird glasig. In dunklen Flecken
schimmert Gras. Noch stehen die Bäume
hölzern, da holt die Erwartung
Atem, der Boden dampft.

(1974)

Playback

Als ich zurückkam, hieß es
Deutschland nicht mehr. Zu Hügeln geschichtet
lagen die Häuser, überwachsen; wo eine
Zeile noch standhielt, zog es
durch die Guten Stuben. Aber zur Frühschicht,
lange vorauszuhören,
rasselte pünktlich die Straßenbahn,

und was da ausstieg, die Schultern hochzog,
waren das Narren? Ja, man feierte,
ob es Notdurft auch mit dem Flitter aufnahm,
wieder Karneval. Hier
mußte es sein, so dicht war nirgends

die Unkenntlichkeit. Wo
unser Name getilgt war, durfte
ich wie irgendein Fremder
Luft noch einmal holen? Ich tat es.
Hing sie voller Schwefelgeruch der Fabrik, war
nichts dabei; doch das feuchte
Wehen, morgens, löste so etwas
mir in der Kehle, langverhohlen, als könnte ich
noch auf dem Schulweg singen,

freihändig radelnd. Die Mitbewohner
hinter den dünnen Wänden
merkten nichts, ich hatte Übung im Singen
mit geschlossenem Mund. Als Nachbarn
grüßten wir auf der Treppe

und wenn einer so mit zwei Fingern
an die Mütze tippte, feldgrau, mit Schirm, ich
fuhr nicht zusammen. Andere Nachbarn
suchten mich heim – die nackten
Menschen in Reih und Glied, daß ich meine
Wärme mit ihnen teile, und dann die nackten
Wünsche ohne Gesichter.

(1984)

[*Als ich zurückkam:* L. Greve war 1950 aus dem Exil zurückgekehrt.]

Marbach am Bahndamm

Für Dorothea Kuhn

Der Weg hier unten, beiläufig, wie er ist,
erweist mir Freundlichkeiten, wie anders soll
ich's nennen, daß beim Gang zur Arbeit
Kühle mich streift, ein Geruch von Moder,

will ich auch bloß den Straßenverkehr umgehn,
der ohne Zorn und Jammer (es klingt nur so)
die kleine Stadt erschüttert. Oben
gleitet die S-Bahn vorbei halbstündlich,

sonst ist es ruhig. Zwischen der Böschung, wo
Holunder wächst und Brennesseln zärtlich tun,
und Schrebergärten lädt der Durchgang
wenige ein, die paar hundert Schritte

auf Teerbelag der Laune zu folgen – mal
ein Buckel, eine Höhlung, wie's kommt. Wohin
er führt, ist einerlei, solange
Weißdorn und Phlox mir Gesellschaft leisten,

dann Zinnien, Kohl, Tomaten; als gelte hier
die Zeitung nicht, die Pendlern die Fahrt verkürzt
mit Bildern wüsten Lebens. Drei, vier
Häuser mit Dutzendgesichtern warten

beim Loch der Unterführung auf irgendwas,
ein Häuflein Trauergäste vielleicht (man sah
den Kirchturm kaum vor Blättern) oder
nur das Gewöhnliche, daß die Nachbarn

zur Arbeit fahren; aber da bin ich schon
durch einen Garten voller Erfinderlust
gegangen, mag er abgeräumt auch
kleiner jetzt aussehen als im Sommer.

(1984)

[*Marbach:* Seit 1957 war L. Greve am Deutschen Literaturarchiv in Marbach/Neckar tätig.]

WALTER NEUMANN

* 1926

Im vergessensten Winkel Europas

Ein Land liegt,
handtellergroß,
im vergessensten Winkel
Europas. Dort
bin ich geboren.

Blut
schwärzt den Boden.
Die Wälder düngt Knochenfett.
Und das grölende Meer,
rauschend voll Muscheln,
salzt der Gequälten Fleisch

seit Menschengedenken.

Die Mächtigen aber hoffen, still
sei ihrer Taten
Geschrei und verdampft
mit dem Blutrauch
ihr Name

Mörder des Landes.
Aus allen Poren
dringt euer Geruch.

Ich zähle euch ab.
Ich zähle euch auf.
Mein Haar wird weiß darüber.

Totes Land

Mein immergleiches Gerede
besteht aus wenigen Sätzen,
meine immergleichen Gedanken
umkreisen mein totes Land,
wo die Steine verloren stehen,
wo über Särgen die Erde einbricht.
Wandernd an fremdgewordenen Ufern,
tönt mir die immergleiche Frage im Ohr:
Unsere Schatten, wo fallen unsere Schatten?
Nicht einmal unsere Schatten sind uns geblieben.

Das Gras in den Steppen

Komm, laß uns gehen
unter dem Himmel, der blau ist wie
in ältester Zeit.
Noch immer wiegt
die Äste der Wind
und das Gras in den Steppen.

Also umarmen wir
unsere schönere Welt,
unser Haus,
das ständig vom Stiefel
des Todes zertreten wird.

Also erneuern wir unermüdlich
die alten Bilder, den
Phönix aus Asche, das
fetter grünende Laub.

Pause

Wo unter alten Gestirnen
die Berge wandern,
in Tälern blau
die Nacht hockt,
setze ich mich
an einfache Tische, löse
die Schuhe, warte,
wer Krug und Teller mir hinstellt
um meinetwillen.

CHRISTIAN SAALBERG

* 1926

Eine Handbreit vor mir steht das Leben das ich
morgen mit einer Leiter erklimmen will
Mein Leben eingeweckt im Regal und gereiht
auf blaßblauem Papier in das einmal
Der Himmel eingeschlagen war

Draußen der dumpfe Aufprall und das Krachen im
Wald wenn die Sonne strauchelt und durch
Das Holz eine Schneise schlägt

Dann die Stille und nur ab und zu
das Knacken trockener Reiser
Wenn es dunkel wird

Der Tag vergeht wie jeder weiß und die großen Monate
des Sommers ziehen wie Erzengel dahin von
Brandschiffen begleitet deren Laub auf den rauhen
Lippen der Meere tanzt

Unterhöhlt von der melancholischen Flut des Mittags
brechen die Gewölbe ein
Das Geprassel der Steine das von den Wänden widerhallt
Im Kreuzgang der Wind erschlagen verstohlene Schritte
Stille
Sie breitet sich aus wie Blut das langsam über die
Fliesen rinnt

Nur Dinge die niemals geschehen umgeben uns

Hoch in den Lüften ruhen die Vögel aus
Ihr Jerusalem ist ein schwereloses *parador* für dessen
Zutritt keine Marmorplatten vonnöten sind
Ein Gott den wir nicht kennen und der über sie wacht
läßt ihren Fuß nicht gleiten
Sie ruhen aus
Er schlägt seine Flügel für sie

[*parador:* Wirtshaus, Gasthaus, auch Luxushotel.]

Dafür wurden wir geschaffen:

Mit Fingern, die in der Erde wühlen, damit der Tod
leben, damit das Leben sterben kann.

Mit einer Zunge, von der sich die Lüge schneiden läßt,
eine Lüge nach Maß, die sich für die Wahrheit hält.

Mit einem Herzen, über das sich der Marmor ergießt, bis
es sich an nichts erinnern kann, obwohl soviel
Nachdenklichkeit über die Steine rinnt.

Mit einer Handvoll Buchstaben hinter der Stirn, mit
denen sich ein Bau errichten läßt, der gleich wieder
Zusammenstürzt.

Mit Augen, auf denen wir durch das Leben balancieren,
obwohl wir nicht einmal uns selber sehen können.

Mit einem gepackten Koffer in der Hand, um nirgendwohin
zu reisen.

Schnell, gebt mir eine Leiter, schnell die Leiter.

CARL GUESMER

* 1929

Aus der Nachbarschaft

Im Hinterhof ist Geschrei ausgespannt,
Wortwechsel flattert als schmutzige Wäsche.
Wie eine Drehorgel plärrt das Kind
um die milde Gabe des Stubenfriedens.

Überall in dieser engen Behausung
stößt man auf die Mondscheinnächte von damals,
Kehricht, liegen sie nun herum:
Vergebens, sich aus diesem Staub zu machen!

Jeder Tag wird losgemacht wie ein Bluthund,
auch die Sprache ist rasch entsichert.
Die Ehefrau sagt Du, als flöge
ein alter Knochen aus dem Fenster.

Freilich: der Schnitzaltar dieser Liebe,
draußen in Buchenrinde, hat längst
Flechten angesetzt, die als schwarze Narben
einer im Gesicht des anderen sieht.

Aus: *Bilder aus Mecklenburg 1991*

Die Grenze ist nur noch spürbar:
der Zug fällt in rumpelnde
Langeweile zurück: zu lange
waren die Gleise gut aufgehoben
im Rost gegen auszehrende
Geschwindigkeit. Da denke ich
an Radfahrten meiner Kindheit,
an Dörfer, mühelos
auf gepflasterten Straßen
erreicht, von denen dann
nur ein Weg weiterführte,
der langsam in losen Sand,
gegen das Fahrgleichgewicht,
auseinanderfiel.

Schloßpark in Ludwigslust:
als ich zuletzt hier war,
trug ich Gedanken spazieren
an Abflug und Neubeginn.
Hier hat sich seitdem
nichts verändert,
Bäume wie diese überdauern
alles, schütteln jene
Jahrzehnte, die wie Befehle
verhallt sind, wie eine
Wetterstörung aus den
Blättern: Tropfen rauschen
einen Augenblick auf.

Rückblick

Großstädte in den siebziger
Jahren. Kaum eine
Universität, die ohne
Graffiti dastand: eine
wuchernde Dornenhecke,
hinter der Utopia,
eine Märchenwelt,
halb noch im Tiefschlaf
sich regte. Erweckungs-
bewegung, auch mit
Plakaten, die Faust
zu feiern.

Die Hauptstraßen atmeten
Demonstrationen aus:
die einzelnen Fußgänger
hielten sich an
die Hauseingänge.

Ein Motorrad-Polizist
riet mir zu
einem Umweg.

HANS MAGNUS ENZENSBERGER

* 1929

Gedicht für die Gedichte nicht lesen

Wer ruft mit abgerissenem Mund
aus der Nebelkammer? Wer schwimmt,
einen Gummiring um den Hals,
durch diese kochende Lache
aus Bockbier und Blut?
Er ist es,
für den ich dies in den Staub ritze,
er, der es nicht entziffert.

Wer ist ganz begraben von Zeitungen
und von Mist? Wer hat Uran im Urin?
Wer ist in den zähen Geifer
der Gremien eingenäht? Wer
ist beschissen von Blei?
Siehe,
er ists, im Genick die Antenne,
der sprachlose Fresser mit dem räudigen Hirn.

Was sind das für unbegreifliche Ohren,
von wüstem Zuckerguß triefend,
die sich in Kurszettel wickeln
und in den Registraturen stapeln
zu tauben mürrischen Bündeln?
Geneigte,
Ohren verstörter Verräter, zu denen
rede ich kalt wie die Nacht und beharrlich.

Und das Geheul, das meine Worte
verschlingt? Es sind die amtlichen
schmierigen Adler, die orgeln
durch den entgeisterten Himmel,
um uns zu behüten.
Von Lebern,
meiner und deiner, zehren sie,
Leser, der du nicht liest.

[1960]

[*Adler:* vgl. ›Prometheus‹.]

Ins Lesebuch für die Oberstufe

Lies keine Oden, mein Sohn, lies die Fahrpläne:
sie sind genauer. Roll die Seekarten auf,
eh es zu spät ist. Sei wachsam, sing nicht.
Der Tag kommt, wo sie wieder Listen ans Tor
schlagen und malen den Neinsagern auf die Brust
Zinken. Lern unerkannt gehn, lern mehr als ich:
das Viertel wechseln, den Paß, das Gesicht.
Versteh dich auf den kleinen Verrat,
die tägliche schmutzige Rettung. Nützlich
sind die Enzykliken zum Feueranzünden,
die Manifeste: Butter einzuwickeln und Salz
für die Wehrlosen. Wut und Geduld sind nötig,
in die Lungen der Macht zu blasen
den feinen tödlichen Staub, gemahlen
von denen, die viel gelernt haben,
die genau sind, von dir.

[1957]

Bildzeitung

Du wirst reich sein
Markenstecher Uhrenkleber:
wenn der Mittelstürmer will
wird um eine Mark geköpft
ein ganzes Heer beschmutzter Prinzen
Turandots Mitgift unfehlbarer Tip
Tischlein deck dich:
du wirst reich sein.

Manitypistin Stenoküre
du wirst schön sein:
wenn der Produzent will
wird dich Druckerschwärze salben
zwischen Schenkeln grober Raster
mißgewählter Wechselbalg
Eselin streck dich:
du wirst schön sein.

Sozialvieh Stimmenpartner
du wirst stark sein:
wenn der Präsident will
Boxhandschuh am Innenlenker
Blitzlicht auf das Henkerlächeln
gib doch Zunder gib doch Gas
Knüppel aus dem Sack:
du wirst stark sein.

Auch du auch du auch du
wirst langsam eingehn
an Lohnstreifen und Lügen
reich, stark erniedrigt
durch Musterungen und Malz-
kaffee, schön besudelt mit Straf-
zetteln, Schweiß,
atomarem Dreck:

deine Lungen ein gelbes Riff
aus Nikotin und Verleumdung
möge die Erde dir leicht sein
wie das Leichentuch
aus Rotation und Betrug
das du dir täglich kaufst
in das du dich täglich wickelst.

[1957]

An alle Fernsprechteilnehmer

Etwas, das keine Farbe hat, etwas,
das nach nichts riecht, etwas Zähes,
trieft aus den Verstärkerämtern,
setzt sich fest in die Nähte der Zeit
und der Schuhe, etwas Gedunsenes,
kommt aus den Kokereien, bläht
wie eine fahle Brise die Dividenden
und die blutigen Segel der Hospitäler,
mischt sich klebrig in das Getuschel
um Professuren und Primgelder, rinnt,
etwas Zähes, davon der Salm stirbt,
in die Flüsse, und sickert, farblos,
und tötet den Butt auf den Bänken.

Die Minderzahl hat die Mehrheit,
die Toten sind überstimmt.

In den Staatsdruckereien
rüstet das tückische Blei auf,
die Ministerien mauscheln, nach Phlox
und erloschenen Resolutionen riecht
der August. Das Plenum ist leer.
An den Himmel darüber schreibt
die Radarspinne ihr zähes Netz.

Die Tanker auf ihren Helligen
wissen es schon, eh der Lotse kommt,
und der Embryo weiß es dunkel
in seinem warmen, zuckenden Sarg:

Es ist etwas in der Luft, klebrig
und zäh, etwas, das keine Farbe hat
(nur die jungen Aktien spüren es nicht):
Gegen uns geht es, gegen den Seestern
und das Getreide. Und wir essen davon
und verleiben uns ein etwas Zähes,
und schlafen im blühenden Boom,
im Fünfjahresplan, arglos
schlafend im brennenden Hemd,
wie Geiseln umzingelt von einem zähen,
farblosen, einem gedunsenen Schlund.

[1960]

F. C. (1810–1849)

Ein heiteres Kind: soviel wissen wir. Die Schlösser in der Provinz
waren damals noch ganz aus Holz. In der Hauptstadt
haperte es mit dem Pflaster. Die Abende waren still.
Kienspäne, Handlaternen und Fackeln.

Sie mästen mich, als ob ich ein Pferd wäre. Immerhin,
der Zar schenkt ihm einen Diamanten. Sonst erinnert nicht viel
an diese Jahre: ein paar Billets, Schleifen, gepreßte Veilchen
unterm Glas der Vitrine, Warschauer Souvenirs.

Die Abreise nach dem Westen hat sich verzögert. *Meine Partituren
sind kopiert, meine Taschentücher gesäumt.* Paris
hat Pflastersteine genug für viertausend Barrikaden.
Die Kutschen sind unpünktlich. Es ist ein blutiges Jahr.

Doch die Säle sind ausverkauft. Lorbeerkränze, Bankette. *Alles,
was ich bisher gesehen habe, scheint mir unerträglich veraltet.*
Empfänge bei Rothschilds und Radziwiłłs. Sein Anschlag diskret
bis zum Erlöschen: *Die Hämmer berühren kaum die Saiten*, sagt Berlioz.

In der Passage des Panoramas zischen die Gasflammen. Dort
begegnen einander zwei Emigranten. Zum Großen Herbstsalon
in der Hauptstadt des neunzehnten Jahrhunderts erscheint
ein Philosoph aus Berlin. Man spricht über Mode. *Wie groß*

und poetisch wir sind in unsern Lackschuhen und Kravatten.
Ist das ein Zitat? Frühstück im Café Anglais. Die Gehröcke von Dautremont:
malvenfarben. Die Wäsche Batist. Die Gesichtsfarbe *fast durchsichtig.*
Zum Abschied sagt B.: *Die entscheidenden Schläge*

werden mit der linken Hand geführt. Aber was sind die entscheidenden Schläge?
Die Anbeterinnen: *gebildete Amseln*, Hochadel. Über sein Privatleben
wäre jedes Wort zuviel. *Ich bin für Konzerte ungeeignet. Der Atem der Leute erstickt
mich.* Minutiöser Arbeiter. Legitimist. Dandy.

Mißtraut jedem Lob. Vergleicht sich mit einer Zypresse. *Das Klavier ist mein
zweites Ich.* Die Kritiker sehen »Fortschritte«.
Er gibt sich abweisend, nüchtern, spricht von reiner Technik.
Doch für die Barcarole schreibt er *voce sfogato* vor: frei und rücksichtslos.

Die Gräfinnen sagen. *Er hustet sehr anmutig.* Diese Müdigkeit
ist schwer erklärlich. Bäder in Enghien. Reizbarkeit.
Im Kehlkopf sitzt etwas Tödliches. Der erste Blutsturz,
die Februar-Revolution: *Mein Konzert mußte ausfallen.*

Stattdessen eine Reise nach England. Er spielt vor der Queen.
Der Rasen ist angenehm, *aber der Kohlengeruch!*
(Mangel an Engagement.) Die Ökonomie seiner Arbeiten:
unter Blumen eingesenkte Kanonen – eingesenkt, oder verschüttet?

Haben Sie Schmerzen, fragt der Arzt. (Blick auf die Place Vendôme.)
Antwort: *Nicht mehr*. Über ein schlechtes Gewissen
verfügte er nicht. Seine linke Hand war gut.
Die Unerbittlichkeit, mit der er, Zeit seines Lebens,

für das Überflüssigste eintrat, ist schwer zu erklären.

(*F. C.: Chopin, Frédéric, Komponist aus Polen*, 1810–1849)

[*Februar-Revolution:* 22.–24. 2. 1848 in Paris; Erstürmung des Palais-Royal; Abdankung des Königs Louis Philippe und Ausrufung der Republik.]

Altes Medium

Was Sie vor Augen haben,
meine Damen und Herren,
dieses Gewimmel,
das sind Buchstaben.
Entschuldigen Sie.
Entschuldigen Sie.
Schwer zu entziffern,
ich weiß, ich weiß.
Eine Zumutung.
Sie hätten es lieber audiovisuell,
digital und in Farbe.

Aber wem es wirklich ernst ist
mit *virtual reality*,
sagen wir mal:
Füllest wieder Busch und Tal,
oder: Einsamer nie
als im August, oder auch:
Die Nacht schwingt ihre Fahn,
der kommt mit wenig aus.

Sechsundzwanzig
dieser schwarz-weißen Tänzer,
ganz ohne Graphik-Display
und CD-ROM,
als Hardware ein Bleistiftstummel –
das ist alles.

Entschuldigen Sie.
Entschuldigen Sie bitte.
Ich wollte Ihnen nicht zu nahe treten.
Aber Sie wissen ja, wie das ist:
Manche verlernen es nie.

[*Füllest wieder ...:* Goethe »An den Mond«. –
Einsamer nie ...: Benn, »Einsamer nie«. –
Die Nacht schwingt ihre Fahn: Gryphius, »Abend«.]

Leichter als Luft

Besonders schwer
wiegen Gedichte nicht.
Solange der Tennisball steigt,
ist er, glaube ich,
leichter als Luft.

Das Helium sowieso,
die Eingebung, dieses Kribbeln
in unserm Gehirn,
auch das Elmsfeuer
und die natürlichen Zahlen.

Sie wiegen so gut wie nichts,
von den transzendenten,
ihren vornehmen Vettern,
obwohl sie zahllos sind,
gar nicht zu reden.

Soviel ich weiß, gilt das auch
für den Strahlenkranz des Magneten,
den wir nicht sehen,
für die meisten Heiligenscheine
und für ausnahmslos alle Walzerklänge.

Leichter als Luft,
wie der vergessene Kummer
und der bläuliche Rauch
der endgültig letzten Zigarette,
ist natürlich das Ich,

und, soviel ich weiß,
steigt der Geruch des Brandopfers,
der den Göttern so wohlgefällig ist,
immer gen Himmel.
Der Zeppelin auch.

Vieles bleibt ohnehin
in der Schwebe.
Am leichtesten wiegt vielleicht,
was von uns übrigbleibt,
wenn wir unter der Erde sind.

PETER RÜHMKORF

* 1929

Himmel abgespeckt

Keine Posaune zurhand, keine Verkündigungen,
den Himmel abgespeckt,
wenn der Abend mit siebenfarbener Zunge
am Fenster leckt.

Ins Spektrum gefläzt, die Seele noch einmal nach oben,
wolken- und vogelwärts –:
Wer hat mir die Faustvoll Fleisch in die Jacke geschoben,
mein rüdes Gorillenherz?

Träume ausgeklinkt – gutso – die gondeln im Blauen,
in den schwimmenden Äther getupft;
mein gepökeltes Herz, mein eingesalznes Vertrauen,
das die Stellung hält und die Schlagader zupft.

Mit der Erde auf gutem Fuß,
den läufigen Nachtigallen – ! –
Ist es nicht schön, bald, bei aufgeblasenem Monde und steigendem Fluß
der Schwerkraft anheimzufallen?

Jaaa, Mooond, wenn er kömmt, der siderische Montgolfier,
im Pulk der Sterne die Nacht zu befahren ....
schlürf ich die Welt-an-sich und was ich sonst nicht versteh,
dir aus den Achselhaaren.

Schlürfe vom handwarmen All, der Gaumen zerfließt,
die Kehle schon –
Die du hier Luft einziehst,
mach die Funzel aus, oh-du-Sterbliche,
häng dich ein in die Gravitation.

Lied der Naturlyriker

Anmut dürftiger Gebilde:
Kraut und Rüben gleich Gedicht,
wenn die Bundes-Schäfergilde
Spargel sticht und Kränze flicht.

Abendland hat eingeladen,
Suppengrün und Fieberklee –
Auf die Quendelbarrikaden:
Engagee! Engagee!

Wenn die Abendglocken läuten,
wenn der weiße Flieder blüht,
Lattich der Geworfenheiten,
Pfefferminze fürs Gemüt.

Grille neckt mich, Molch erschreckt mich,
mürber Apfel fällt so dumpf....
Welche Grund-Lemure leckt mich
nesselscharf am Perlonstrumpf?

Ach, daß erst im durchgepausten
Ahornblatt die Angst verblasse,
und der Gram der Unbehausten
sich in Bütten pressen lasse.

Daß dem bunten Hühnerhofe
das zerstäubte Nichts entfahre,
und die Stroh-, die Stroh-, die Strophe
ein verschnittnes Glück bewahre.

Heitres Spiel gezinkter Karten:
Preisgewächs aus Wachspapier –
Höchstes Heil im Schrebergarten:
Heu und heute, hiii und hier.

Grimm- und Grützlied

Über meiner Schiebermütze
setzt der Tag den goldenen Stander;
hab ich Grimm und hab ich Grütze,
da ist Gutes beieinander.

Rasch verblasener Gefühle
heute Hoffen, morgen Tief:
Das ist Mai auf meine Mühle,
Lunte an den Bürgerbrief.

Zög uns nicht der Wanst zurück,
glaubt nur, was wir steigen könnten!
schön, mit fliegenden Talenten
in das ungestalte Glück!

Der sich so zur Lust erkeckt,
hat sich bald für Wind verschwendet;
wenn der Herbst die Sträucher pfändet,
wird das Bettuch abgeleckt.

Einer zahlt in barem Spaß:
Haare lassen, Federn raffen –
Ach, mein Fell und keine Waffen!
Ach, dein Rock und kein Verlaß!

Siebenschöne, Tausendteure,
weich und aller Lügen wert,
wo ich noch mein Herz befeure,
wird das Licht schon umgekehrt.

Lirum-larum-Löffelsteiß,
wie erschlichen, so zerfahren –
daß ich diesen Witz bewahre,
mach ich mir im Dunkeln weiß.

Auf eine Weise des Joseph Freiherrn von Eichendorff

In meinem Knochenkopfe
da geht ein Kollergang,
der mahlet meine Gedanken
ganz außer Zusammenhang.

Mein Kopf ist voller Romantik,
meine Liebste nicht treu –
Ich treib in den Himmelsatlantik
und lasse Stirnenspreu.

Ach, wär ich der stolze Effendi,
der Gei– und Tiger hetzt,
wenn der Mond, in statu nascendi,
seine Klinge am Himmel wetzt! –

Ein Jahoo, möcht ich lallen
lieber als intro-vertiert
mit meinen Sütterlin–Krallen
im Kopf herumgerührt.

Ich möcht am liebsten sterben
im Schimmelmonat August –
Was klirren so muntere Scherben
in meiner Bessemer–Brust?!

[*in statu nascendi:* im Zustand des Geborenwerdens; im Aufgehen.]

Hochseil

Wir turnen in höchsten Höhen herum,
selbstredend und selbstreimend,
von einem Individuum
aus nichts als Worten träumend.

Was uns bewegt – warum? wozu? –
den Teppich zu verlassen?
Ein nie erforschtes Who-is-who
im Sturzflug zu erfassen.

Wer von so hoch zu Boden blickt,
der sieht nur Verarmtes/Verirrtes.
Ich sage: wer Lyrik schreibt, ist verrückt,
wer sie für wahr nimmt, wird es.

Ich spiel mit meinem Astralleib Klavier,
vierfüßig – vierzigzehig –
Ganz unten am Boden gelten wir
für nicht mehr ganz zurechnungsfähig.

Die Loreley entblößt ihr Haar
am umgekippten Rheine ...
Ich schwebe graziös in Lebensgefahr
grad zwischen Freund Hein und Freund Heine.

Auf was nur einmal ist

Für Heinrich Maria Ledig-Rowohlt

Manchmal fragt man sich: ist das das Leben?
Manchmal weiß man nicht: ist dies das Wesen?
Wenn du aufwachst, ist die Klappe zu.
Nichts eratmet, alles angelesen,
siehe, das bist du.

Und du denkst vielleicht: ich gehe unter,
bodenlos und fürchterlich –:
Einer aus dem großen Graupelhaufen,
nur um einen kleinen Flicken bunter,
siehe, das bin ich.

Aber dann, aufeinmalso, beim Schlendern,
lockert sich die Dichtung, bricht die Schale,
fliegen Funken zwischen Hut und Schuh:
Dieser ganz bestimmte Schlenker aus der Richtung,
dieser Stich ins Unnormale,
was nur einmal ist und auch nicht umzuändern:
siehe, das bist du.

Durchreisebild

London, Sonne aus dem Pfefferstreuer,
graue Vogelstimmen,
let it be: to be or not to be –
Nur ein roter Zopf beginnt zu glimmen,
alles Magma, alles Feuer,
reine Energie

Atemzüge, tiefe, daß sie blieben,
Sohlen, leicht, im schwebenden Verein;
wie zwei Züge sich begleiten/sich verschieben,
blicken wir aus klaren Wahnsinnsscheiben
blindlings in uns rein

Langsam kriegt das Schicksal seinen Stich.
Mit den Aufwärtswinden abzuheben
oder warten bis der Sturm sich legt?
Alles bildet und bewegt,
deine Kunst mein Herz und meine Lust dein Leben:
umstülp! aufreiß! mich

Einen einzigen unausgedachten
Augenblick hängt alles an zwei Schwingen,
trägt das Schwanenhemd der Utopie . . .
Doch du kannst nicht – ewig – diesen Fluß betrachten
ohne reinzuspringen –
Losjetzt! oder nie

(*to be or not to be, that ist the question:*
Hamlet in Shakespeare's »Hamlet« III 1.]

Diese vorüberrauschende blaue . . .

Einmal noch wendet sich Junges und Altes,
tauscht seine Namen, wechselt die Schuh –
Du während deines Erdaufenthaltes
höre mir zu.

Vielerleilieb in die Ohren geflüstert,
Unwiderrufliches, wie es begann –
Eh sich die Welt zur Nachwelt verdüstert,
sieh sie dir an!

Sieh sie dir an, aus wieviel Kriställchen
sich im Jahrtausend ein Gletscher erbaut:
Mythos zu bilden, frage nicht welchen
während er taut.

Anbrandend Licht auf enteilenden Schiffen
– Ori- und Okzident kuckt wie geklont –
Alles schon im Entschwinden begriffen:
Frage nicht, ob deine Träne sich lohnt.

Frage nicht frag und ergib und besinn dich,
ahnungsvoll gegen die Sterne gekehrt;
solang der Atem noch aus dir und in dich
schwerelos fährt ...

Was sich erkennt, unterhält sich in Flammen,
flüchtig gefaßt – auseinandergetanzt:
Zuspruch und Zauberspruch rinnen zusammen,
halt mal das Ohr an die Brust, wenn du kannst!

Hör auf dein Herz und an! – ihm vertraue
Unwiederrufliches, eh es entfällt:
Diese vorüberrauschende blaue
einzige Welt!

Noch einmal Einmal noch

Noch einmal Blätterwirbel, roter, gelber, güldner,
der Beter löst die Hände zum Applaus:
Verehrter Herbst, erhabner Maskenbildner,
einmal noch über das Vorhandene hinaus.

Als hieße Abschied nochmal Neubeginnen
(Die Wendung geht mir nach und steht mir nah)
Dem Lebewohl paar letzte Farben abgewinnen,
die man noch nie so sah.

Laub löst sich leis, wie still die Lärche nadelt,
von Osten her nimmt Abend überhand –
Da, schau, ein blondes Blatt kommt angeradelt,
gefährlich auf dem Rand.

Gib deinem Affen Zucker, Tukan Pfeffer,
pfeif jedem bunten Vogel, dem du gleichst –
Mehr hast du nie gewollt,
die Welt als Zufallstreffer,
Hauptsache, daß du ihm nicht aus der Flugbahn weichst.

Was dir zuteil wird, widerfährt nicht allen.
Wie auch nicht jedem schmeckt, was dir beliebt:
Ich bin ein Mann, der sich ergibt,
und täglich neu bereit, in Täuschung zu verfallen:
ein Blatt vom Lebensbaum,
halb falb, halb golddurchsiebt.

HORST BIENEK

1930–1990

Wenn man stirbt

Du wirst bald sterben.
Der Regen fällt schon dichter.
Vogelzüge stürzen
Im Zick-Zack in die Leere.
An den Brücken
Sind die Kontrollen verstärkt.
Ins Trommelfell
Werden Signale eingebaut.
Alle Wohnungen
Sind ohne Türen.
Der Regen fällt schon dichter.

Nur die Nacht läßt noch
Auf sich warten,
Sie sucht nach ihrem
Dunkelsten Gewand. –

Du wirst bald sterben.

[1957]

Was dich verwandelt

Was dich verwandelt,
Vielleicht ist es dies:
Wind, Gras, Meer oder Sand,
Oder das Paradies,
Geritzt in die Felsenwand,
Aus dem dich verwies
Eine gekreuzigte Hand?
Ob dich verwandelt
Thessalisches Land,
Das dir ein Traum verhieß
Oder das Goldene Vlies,
Das sich dein Auge erfand?
Oder verwandelt
Dich, todumspannt,
Der dich trommelnd pries
Oder der unerkannt
Das Messer ins Herz dir stieß?
Oder verwandelt
Sich erst dein Leib,
Da dich der Atem verließ?

Zeichen und Sätze

Rauch in der Luft
oder Feuer im Meer
oder Blitze im Wald
Zeichen von gestern

Wir haben sie vergessen
niemand sieht sie
wir reden miteinander
Worte
oder Sätze
oder Rauch
oder Feuer
die Gemeinsamkeit der Worte ist der Satz
die Gesamtheit der Sätze ist die Sprache

Wir reden
sind eingemauert
in Sprache
reden
verweilen beieinander
im Dunkel
und das Moos wächst uns in den Mund

(›Die Gesamtheit der Sätze ist die Sprache.‹ Zitiert nach Wittgensteins »Tractatus logico-philosophicus«, 4.001.)

Sehr fern

Was geschah
geschah sehr fern
einige von uns haben
die Schüsse gehört

Die Urteile sind vollstreckt

Auch wir standen auf der Liste
Sie sagen: wir leben noch

[1966]

Die Zeit danach

I

Es gibt eine Zeit
          und die Zeit danach
von welcher Zeit wollen wir reden?

II

Als das Reh neben dem Löwen weidete
als der Apfel reifte für den der den Apfelbaum düngte
als wer den Fisch fing ihn auch essen durfte
das war eine Zeit
          paradiesische Zeit
                    von der wir gern
predigen hörten.

Als wir zusammengedrängt lagen auf hölzernen Pritschen
als die Dunkelheit unsere schwitzenden Leiber einsperrte
als uns der Hunger den Schlaf und den Traum zerspellte
das war eine Zeit
          finstere Zeit
                    die wir unseren Feinden
nicht wünschten

Als der Schrei des Wachmanns uns auf den Appellplatz jagte
als wir mit stumpfen Geräten die Kohle aus der Erde gruben
als wir in den schwarzen Versteinerungen eine Antwort suchten
warum diese Zeit
          so war
                    von der wir lieber
in den Lesebüchern gelesen hätten

Als wir heimkehrten in die Städte ohne Erinnerung
als – unerkannt – wir uns unter ihre Bewohner mischten
als wir einbrachen in ihre Häuser und den Argwohn zurückließen
das war eine Zeit
          schmerzliche Zeit
                    die wir mit unserer Trauer
zuschütteten

III

Wir sind auf dem Weg von der einen Zeit
in die andere
          doch wohin wir auch gehen
          wir kommen nicht an
          manchmal brechen wir in die Knie
          und der Regen näßt unsre Gesichter

wir singen
        man hört uns nicht
        (denn die Müdigkeit
        schweißt uns die Lippen zusammen)
unsere Gesten sind zaghaft
        man begreift sie nicht
        (denn die Verzweiflung
        schlägt uns die Arme vom Rumpf)
wir gehen weiter
auf dem Weg von der einen Zeit
                in die Zeit danach

IV

Mitleidig wirft man uns Wörter in den Schoß

Gartenfest

Spät in der Nacht
wenn die Kerzen
in den Lampions abgebrannt sind
wenn die aufgehängten Gesichter
im Dunkel verschwinden
die Musiker mit dem Bus weggefahren sind
die Kellner die Tische abräumen
und die leeren Worthülsen zusammenkehren
wenn die letzten Grillfeuer erlöschen

Stürzen lautlos gefällt
im Park die Bäume
Schatten füllt die Gläser
der Zurückgebliebenen
Wir trinken daraus
Gelächter steigt in uns auf
wir gehn ein paar Schritte
wir tanzen

Verwundert schaun die Lebenden uns zu

[1974]

HUGO ERNST KÄUFER

* 1927

Ausgewogen

Die Rechten
atmen gelassener, sind beruhigt
daß nichts mehr passiert
daß alles so seinen Lauf nimmt
sie freuen sich bescheiden
daß die Aktien
ihren Wert vermehren

Die Linken
sind aufs Land gezogen
machen Keramik und Gedichte
überdenken ihre gemischten Gefühle
einige schaffen ganz oben
und gucken dann und wann
auf ihre fetten Bäuche

Weithin glänzt das Land
in ausgewogener Ordnung
die paar Arbeitslose
die paar Pleiten
die paar Suchttote
die paar Friedenshetzer
na und?

[1980]

Meine Kindheit

die An- und Abfahrtsignale
der stampfenden Dampf-Lok
am Bahnhof Nord
dem Loch zur Welt
vielleicht zwei Fahrten im Jahr
zur DEFAKA nach Dortmund
die Hosen und Hemden
als Billigware auf Pump
und zum Geburtstag der Großmutter
hinter den Sieben Bergen
im fernen Sauerland

[1991]

(*DEFAKA:* Deutsches Familien-Kaufhaus, ein in der Nazizeit im Ruhrgebiet bekanntes Dortmunder Geschäft, das unter Berechnung von Zinsen Kredit gewährte.)

Altern

Die Flecken auf der Haut
werden auffälliger
das Herz setzt Spuren
die Füße suchen andere Wege
bei den noch verbliebenen Freunden
melden sich Anrufbeantworter
die Lesarten der vielen Bücher
gerinnen zu wenigen Silben
zum Beispiel
Sela! Psalmenende

Die Bilder der Kindheit
rücken näher
wollen ans andere Ufer
die Gräber der Gefährten
von gestern
verlieren ihren Abstand
mehr und mehr

[1989]

MAX VON DER GRÜN

* 1926

Unter Tag

Es knirscht der Stein,
es droht der Berg,
das Holz, es ächzt,
das Hangende bricht ein.

Fünfte Sohle am Schacht,
bei fünftausend Watt
dennoch Nacht.
Im Streb der Staub,
vom Lärm die Ohren taub;
Schweiß furcht Rinnsale übers Gesicht,
im hungernden Licht
quält sich die Schicht.

Vier Tonnen Kohle, fünf, zehn,
gebrochen.
Vom fallenden Gestein
die Haut zerstochen.
Staubumnebelt,
wasserbespeit
zwingen acht Stunden
die Ewigkeit.

Am Ende ein Schluck,
zwei Stullen mit Wurst;
Dreck im Gaumen,
in der Kehle rast Durst.

Es knirscht der Stein,
es droht der Berg.
Das Holz, es ächzt,
Hangendes bricht ein.
Nun Kumpel lauf!
Kumpel! Glück auf!

[*das Hangende:* das über einem Stollen hängende Gestein, das (früher) mit Holz abgestützt wurde. – *wasserbespeit:* vom Wasser bespuckt, das vom Gestein tropft. – *Stullen:* belegte Butterbrote. – *Glück auf!:* der übliche Bergmannsgruß.]

KURT KÜTHER

* 1929

Artisten

Bei uns in der Fabrik
da gibt es einen
der steht ganz oben

Bei uns in der Fabrik
da gibt es einige
die stehen in der Mitte

Bei uns in der Fabrik
da gibt es viele
die stehen ganz unten

Der Obere
steht auf den Köpfen
der Mittleren

Die Mittleren
stemmen sich auf die Schultern
der Unteren

Die Unteren
müssen
auf ihren eigenen Füßen stehn

Wer will ihnen wehren
zu bestimmen
wer auf ihren Schultern
zu stehen hat

(1968)

Tote Zeche

Kein Räderspiel
kein Wagenprellen
kein Seiltanz mehr

Nicht Dampfgezisch
noch Schachtsignal
kein Nagelschritt
zur Hängebank

Nur Stille
und Rost und Rost

Und Totentanz
der Mücken
über
zugekipptem Schacht

[*Seiltanz:* die Bewegung der Seile an den Rädern des Förderturms. – *Schachtsignal:* Zeichen zur Einfahrt in den Berg. – *Nagelschritt:* Gehen mit benageltem Schuhwerk. – *Hängebank:* geräumige Plattform in der Schachthalle eines Förderschachts.]

JOSEF REDING

* 1929

Ermunterung

Fragt, fragt, fragt,
bis man euch gesagt:
warum die Sonnenuhr nicht tickt,
warum ein Neinsager nicht nickt,
ob Ohren Augenlider haben,
ob man versichert Unglücksraben?
Fragt, fragt, fragt!

Fragt, fragt, fragt,
bis man euch gesagt:
ob nur der ein guter Mann,
der am schnellsten schießen kann,
ob nur das 'ne gute Frau,
die am blanksten putzt den Bau?
Fragt, fragt, fragt!

Fragt, fragt, fragt,
bis man euch gesagt:
wie Vater eure Mutter nahm,
wie Mutter schließlich euch bekam,
warum man Grenzen noch errichtet,
warum man Ernten heut vernichtet?
Fragt, fragt, fragt!

Fragt, fragt, fragt,
bis man euch gesagt:
warum der eine ist pampsatt,
der andere nichts zu beißen hat,
warum die einen höher stehn,
die anderen aber barfuß gehn?
Fragt, fragt, fragt!

[1974]

krippenrede
eines karriere-vaters

also, werd nicht so
wie dieser da
in unklaren familien-
verhältnissen
unterwegs geboren
na ja dafür kann
er nichts
ist keine schande
doch auch nichts
rühmliches
aber dann
als er dreissig war
hatte er
keine ausbildung
kein auskommen
keine rücklagen
keine wohnung
kein reittier
oder fahrzeug
und auch für die ehe
war er offenbar
untauglich
was blieb ihm da
übrig als über
land zu ziehen
langhaarig
schmuddelig
barfüßig
eine klicke
von fans bei sich
die ihre familien
und berufe im stich
gelassen hatten
und dann wiegelte
er das volk auf
mit doppeldeutigen
reden und
gefährlichen geschichten
in denen die staatslenker
und die hohen geistlichen
die heerführer
und überhaupt alle
die was hatten
schlecht wegkamen
drei jahre hat
man den edelgammler
aus dem
zufallsgeburtsort
bethlehem so
gewähren lassen bis
er überschnappte
und handgreiflich
wurde gegen die
börsianer und
devisenwechsler
die seit jeher
ihren angestammten
platz im tempel
hatten da war
zapfenstreich
sense
ex
hinterlassen hat er
ein paar handbreiten
verschwitztes leinen
da war er
dreiunddreißig
im gleichen alter
wie dein vater der
damals schon die
prokura in
henschels drahtzieherei
kriegte jetzt weißt
du bescheid und mir
soll keiner nachsagen
daß ich mich nicht
traue die wahrheit
zu sagen
auch
über diesen da.

[1975]

ein hallelujah dem asphalt

ein hallelujah
dem asphalt.
dem vielgeschmähten,
dem dreimal
verfluchten und
zugenähten,
dem oft
beleidigten und –
im gegensatz zur
scholle, wenn sie
kein fisch war –
selten verteidigten;
ein hallelujah
dem asphalt.

asphalt:
erdpech,
schwarze masse
aus bitumen und
mineralstoffen,
wasserabstoßend,
widersteht alkalien.
als schmelzbares
vorkommen am
toten meer,
als asphaltsee
auf trinidad,
als asphaltgestein
im val de travers,
als asphaltmastix
im straßenbau.

ein hallelujah
dem asphalt.
brief, gast,
brot, bier
kommen auf asphalt
zu dir.
drum auch hochachtung
und amen
all denen,
die vom asphalt
den namen
bekamen:
die asphaltierer
aller staaten
und die
asphaltliteraten.

GÜNTER BRUNO FUCHS

1928–1977

Dämmerung

Wer hat im Treppenhaus gerufen,
wer saß am Fensterbrett und blickte stumm?
Mein Traum, das Pony mit den sanften Hufen,
erschrak so sehr und warf den Kopf herum.

Die Zeit befiehlt, im Zimmer wach zu liegen.
Die Nacht ist wieder heimwehkrank.
Sie spricht zu mir: Die Fledermäuse fliegen
und stürzen manchmal auf das Blech der Fensterbank.

Vielleicht schon früh, im Morgengrauen,
grüßt mich das Lied vom Ararat:
ein armer Engel wird in meine Stube schauen,
der auch im Treppenhaus gerufen hat.

[E: 1957]

Der Irre ist gestorben

Im Wartesaal, wenn die Züge
Verspätung hatten,
erzählte er Märchen aus Tausend-
undeiner Nacht.

Er verstand es nie,
richtig zu grüßen. Auf guten Tag
sagte er immer: Vielleicht.

Man weiß: er zog seinen Hut
vor den Hunden.
Seine Königskrone aus Zeitungspapier
trugen die Kinder nach Hause.

Der Fünfzeiler im Ortsteil der Zeitung
schloß mit den Worten : Es war
seine letzte Nacht,
als er im Park auf den Baum stieg.

Gerüchte gehen, er habe vergessen
sich festzuhalten,
als er den Friedensappell
an die Welt sprach.

[E: 1957]

Schularbeiten

Der Fortschritt
hat keene Lust, sich
zu kümmern um
mir. Und wat mir anjeht, habick
keene Lust, mir
um den Fortschritt
zu kümmern. Denn
unsereins
war ja
als Mensch
wohl zuerst da.

So, mein Kind, das
schreibste
in dein Schulheft
rein.

[1969]

Brief des Vaters
an den klugen Briefkasten

Eigentlich sollte mein Sohn
Kälte-Ingenieur werden, aber da kamen dann
die Spaziergänge mit den Papierblumen
dazwischen. (Er war als Zwanzigjähriger
in ein Kinderfest geraten.)

Jeden Abend versuche ich nun, seinen Firlefanz
madig zu machen. Ich lache ihn aus, biete ihm
Maulschellen an, hol ihn ans Fenster, sage zu ihm: Steh
nicht so da! Gefällt dir unsere Autobahn
oder gefällt sie dir nicht?

Vergangene Woche sprang er aufs Fensterbrett, flog
siebzehn Runden hin und über Wilmersdorf
und verschwand in der Nacht.

Morgens (beim Frühstück) wieder unbegreifliches
Zeug: er habe Herrn von Lilienthal interviewt,
dem ja die Vögel das Fliegen verdanken
und die letzten fünfzig Jahre
so manchen Gruß aus der Luft.

(Was meint er damit? Und woher
die Fähigkeit zu fliegen? Bitte
antworten Sie mir. Ich bin es gewohnt, mich abzufinden –
mit Tatsachen.)

[E: 1966]

OSKAR PASTIOR

* 1927

Heißer Abend im alten Tulcea

Das Ringelspiel im Hafen schlenkert in den Ketten,
die Obeliskensäule mit den Nymphen dreht sich nicht.
An einem Draht hängt weiß im Strahlenkreis ein Licht,
und Schatten gehn vorbei, als ob sie Stelzen hätten.

Das Grammophon ramonat ratlos wieder und zerbricht.
Der ganze Hafen sitzt beim Gartenbier wie Kletten.
Die Gäste drehn im Bahnhotel sich in den Betten;
das Ringelspiel am Kai dreht sich am Abend nicht.

Auf Steinen hocken Paare, und im Schatten
sieht man Matrosenbeine neben Hüften gehn,
und ab und zu wird groß durch Blätter ein Gesicht

und steht am Zaun und äugt durch grüne Latten,
wie sich beim Bier die Rauchrosetten drehn.
Das Ringelspiel am Kai dreht sich am Abend nicht.

(1964)

Ballade vom defekten Kabel

Adafactas
Cowlbl
Ed rumplnz kataraktasch-lych
Uotrfawls
aachabrawnkts Brambl
aachr dohts . . .

Schlochtehz ihm
schlochtehz ihm
ehs klaren Zohn

Ihn Uotrfawls

Humrem hä?
Do humrem
Nodo humrem
kaineschfawls

Ehs ischtolt ain däfäktäs
rumpltsch
traktaz
ä nedderschtilchz
Rompl–Grompt

Cowlbl o Cowlbl wottä
Cowlbl-gotz!

Gehbät uns ain
adakuats Ch–bell
ntmr hiechffn
s-trumpltsch Bvchuelltr
aasm
Naawbl

Abendlied

Der Tag legt sein Verhalten an den Flauschhund.
Ein Kleeblatt bringt den Stadtverkehr zum Schäu-
men. Kein Schlußkapitel fällt vom Baum der Ener-

gie. Fast langsam wird die Schleife sanft magne-
tisch – die Induktion schließt Daten ein, nicht
aus. Verhalten knickt der Nachbar ins Papierbett.

Kein Lüftchen legt sich an, es geht mit Dingen
zu. Leicht unhygienisch liegt ein Arm im Schließ-
fach. Auch das Paniermehl schlingert aktenkun-

dig: Sachzwänge bringen etliches zum Tragen, ach
wann? Die Gurkenblüte schließt ihr Machtverhält-
nis aus. Es kehrt das heiße Fett sich nicht an

Kind und Kragen – den Phänomenen wächst die Spu-
le an den Kern. Postalisch wird ein schlankes
Haar gebogen: auf kleinem Fuße köchelt die Ver-

bene. Schon naht, was sich ins Stil–Empfinden
schickt, auf leisen Katalogen. Am Kühlturm geht
Dianas Schwester außen in die Knie. Verhalten

steigt die Induktion in Scheuerleisten – kein Irr-
tum legt den Mund ans Ohr. Der Tag schließt seine
Gurken an den Drehstrom. Steinzeit – gute Nacht.

gliederwind ißt nebensonnen

drei Schwindel hingen am winkelsprung
wie einfach zur verzweifelung
sie schwangen hin und stunden her
als ob auch ich ein schwengel wär
ach ihr verbund fing fingernd mir
zu schwinden an von rang und kür
der eine klang und ging und hing
der andre schlingerte und schlang
und ich der dritte schwamm im schwund
schwang eingemischt im sindelspund

(1986)

[Hinweis des Autors am Rand dieses Gedichts:
»Der Reiz kann durchaus musikalisch sein – allerdings überlagert auch vom Spiel und Rhythmus der Bedeutungen, ihrer Widersprüche und Gegensätze, ihrer Interferenzen, und auch, und das scheint mir wichtig, ihrer nicht ausgesprochenen aber heraufbeschworenen Kontexte.«]

Einer Edelfrau schlaflose Nacht

Du elchst an Oel – Schlaraffeneier,
falsche Nilfaecher – erlest Donau
und rasche Achter ... Fallseefolien ...
Teuflisch fasern Aale, erdolchen
aller Schaedel Faust: noch feiner,
oede Lerche! ... Schaust in Farnfalle,
dralle Ferne – schaufele nicht so!
Also lachte der Faunenschleifer:
Roll einfach Schleuder! Satanfee,
lausche! Drachenfersen-Fellatio
loesch den Rachen – sauf Filter-Ale!
Du hast freie Flacon-Scheren, Ella!,
alle Feldereien ... fast schon Rauch ...

[Überschrift: Titel einer Erzählung von Johann Peter Hebel (1760–1826). – Hinweis des Autors zu den Anagrammgedichten: »Die Regel ist ja einfach. Hier war bloß aus den Buchstaben der Titelzeile, der Hebelzeile, durch Umstellung (Kombination) Zeile um Zeile, solange es möglich, also nötig war, ein Gedicht herauszubilden.«]

---

weiß das lauwant noch
wem die rübe schmeckt
hat entrissenheit
sich im stau verlaufen

soll der tag den hund
pelzen vor dem märz
kannst du allenfalls
sägen hinterm mond

einem dieser drei
strecken wir den zeh
ausgelenkt vom kegel

strecken wir den zeh
einem dieser drei
sägen hinterm mond
kannst du allenfalls

pelzen vor dem märz
soll der tag den hund
sich im stau verlaufen

hat entrissenheit
wem die rübe schmeckt
weiß das lauwant noch

(Wörtergruppenpalindromtext)

desider an kanevas

möchtegern für dankeschön – bittesehr
eine feuchte leuchtkartoffel
debit liquor wäschetrommel
dankesehr für bitteschön

bitte eine quitte
danke für die quittung

bitte eine schrankwand
danke für den einwand

mitverglüh – das raster

möchte ferner einen entkerner
zwei schöne söhne
acht scheuche bräute
mit entwedel-decoder

bitte bitte – nicht im entferntesten

tippe schrippen für den blanken dritten
pette blessen für petitte fressen
tüte tapeten für mittlere patheten
tanke pranke für tischsitten
motte fritten für schurwatte
gurre tschicken für tschurre gicken
de rerum bittesehr natura

bitteschön noch eine
anderthalbe
schlanke
schere

danke danke für die höhere beschwerung
währung
ehrung
rippe
strippe

ende der Anhörung

[Titel: O. Pastior in einem Brief an den Herausgeber: »Die Rede ist vom Desiderat der Rede an den Stoff aus dem die Rede ist.«]

HERBERT PFEIFFER

* 1946

[Palindromgedichte]

eine Xenie

o tulpe belebe pluto!
erhabene bahre
erhabne totenbahre
reizend lügt güldne zier
goldlohe – hold log
es o mimose
sarg neben gras
gras mit niere vereint im sarg

eine Xenie

saat belebt aas
erato netzte notare
heide gedieh
heide gedieh

treibe! grund nur gebiert
nelken in eklen
grasmatten … nett am sarg
o tulpe töte pluto!

Die Rede, der Eid

Leser, ediere
der Eide Beweise nie.

Webe sie,
webe die Reden!

Rate die Rede; sie
webt Beweise der Eide.

Tarne der Eide Beweise!
Beweine sie!

Webe die Rederei
der Esel!

etüdedüte II

o
n u n
s t e t s
r e n t n e r
g e i s t s i e g
l e b e n s n e b e l
r e l i e f p f e i l e r
r e t s i n a k a n i s t e r
r e g e l b a s i s a b l e g e r
m u t n e g i e r e r e i g e n t u m
s i a m e s e n e g o g e n e s e m a i s
m a e t r e s s e n h u h n e s s e r t e a m

JOHANNES POETHEN

* 1928

Blindheit

In meiner blindheit
taste ich bildern nach
die mir entfliehen

Flucht der säulen
fluchten heiliger tiere
flüchtiges öl –

Auf dem grund
auf dem grunde der blindheit
fühl ich weiße fläche
– letzte leinwand gegen den tod –

Und male mich sehend.

[1958]

Ich bin nur in wörtern

ich habe kein anderes alibi
so entwerfe ich mir den atemraum

wer spräche mich frei
wer erlöste mich aus dieser annahme

ich wasche buchstaben
ich kratze silben rein
ich tauche sätze unter

ich nehme sätze an
mich nehmen sätze an

ich entwerfe atemraum
ich bin in wörtern.

an meinen sohn willibald

ja was soll ich dir noch sagen mein junge
ich geh schon so lange am stock
wer weiß was die stunde geschlagen hat
viele tragen den kopf zu hoch heutzutage
da mußt du dein bißchen grips zusammen nehmen
vielleicht haben sie die letzte runde eingeläutet
das meiste kannst du sowieso vergessen
wir sind auf grund gelaufen mein lieber
und denen fällt nichts mehr ein
na ich will dir nicht den mut nehmen
aber ich hab den braten schon immer gerochen
so viel ist jedenfalls sicher
halt dich sauber draus
mach die luken dicht und sieh zu
daß du was im schuppen hast
laß dir das alles mal durch den kopf gehn
und tu mir den einen gefallen junge
stell dich dumm bis zuletzt
ich hab mir jedenfalls nie was
zuschulden kommen lassen
ich hab die stellung gehalten
ich hab nicht im trüben gefischt wie so mancher
die können sich plustern laß dich nicht anheuern
und geh ab und zu ruhig mal zum gottesdienst
das kann wirklich nicht schaden.

(1979)

Wieder ausgezählt

Wieder ausgezählt das jahr
wieder schwarz der schnee vom jahr
gegen alle himmel die raketen
und es stinkt noch mehr in diesem jahr
leere krippen allenthalben
weher tut das kreuz mit jedem jahr
wohin sollen denn die kindlein kommen
schlimmer flimmert es von jahr zu jahr
lassen wir die glocken läuten
wünschen wir ein neues jahr

schaun uns manchmal in die augen
schaun uns manchmal ruhig in die augen.

(1985)

WIEDER EINE GALAXIE ENTDECKT
größer als alle

hienieden
wärmer wirds mit jedem jahr

vieles aufgeflogen
viele fluchtgebete im anschlag

mars mit seinen bauten
erst geplant

bleiben wir ruhig
hier

und lassen uns redlich nähren.

(1990)

GERHARD NEUMANN

* 1928

Die Bucht

Die Strömung verhält.
Gesichter entfärben
sich. Muscheln sind Scherben.
Die Takelung fällt.

Zerfasertes Tau.
Ich wate im Seichten.
Dein Lachen: die leichten
Vokale im Grau.

(1956)

Porta di Vacca

Arkade. Faulende. Ver-
faulte stossen

von Seite zu Seite

sich des Bogens

im Quirlen des Gischts.

Durch die Zinnen
der Doria Ruhm. Die

lauteren Nachtfanfaren.

[*Doria:* bedeutendes Geschlecht in Genua. Unter dem Dogen Andrea Doria 1529 Befreiung von franz. Herrschaft.]

Johannisfest

Über einen vogelstichigen Himmel gestrichene
Handlinien.

Aus weissen Sommerstunden die schattenledigen
Nächte.

Von dem Beliebten als dürstendem Insekt gesogener
Fliedermund.

Unter geworfener Zapfenfeuer Wendesegel brockenhin
Schrate.

WALTER HELMUT FRITZ

* 1929

Früh im Jahr

Wie die Ferne
gegen die Augen stößt.

Der Hang,
den du entlanggehst:
ein Gesims über dem Weg.

Weißdorn,
blühend schon.

Aber der Tag
ist verletzt.

Man weiß nicht
wodurch.

Columbus

Neulich
bin ich Columbus begegnet,
in einer Seitenstraße Genuas,
nicht weit von seinem kleinen Haus.

Er war gerade
von seiner dritten Reise zurückgekommen.

An die Existenz
eines neuen Festlandes
habe er im Grunde
nicht geglaubt, sagte er.

Die Alten
hätten ja nichts davon gewußt.

Vielmehr habe er zeitweise
den Eindruck gehabt,
er nähere sich dem Paradies.

Beobachtungen an Strömungen
hätten ihn auf den Gedanken gebracht.

Aber Kastilien war doch schöner,
meinte er.

Wenn er tatsächlich
eine neue Küste gefunden habe,
werde er es erst später verstehen.

Wenigstens besteht die Möglichkeit,
fügte er hinzu.

Also fragen wir beständig

Also fragen wir beständig
Bis man uns mit einer Handvoll
Erde endlich stopft die Mäuler –
Aber ist das eine Antwort?

Als Heinrich Heine das schrieb

als er mit letzten Amüsements
dem Verhängnis zuvorzukommen suchte

bei Gesprächen
das gelähmte Augenlid mit dem Finger hob

mit dem Opernglas
die Menschen auf der Straße beobachtete

da schleppte er sich
hinter sich selbst her

erfuhr er Last und Überlast

hatte er verstanden,
daß man immer zu spät sieht,
wann etwas aufzuhören beginnt

stellte er sich die Frage
ob alles unabänderlich sei

ach diese Vogelscheuche Vergänglichkeit.

[Motto: Schlußstrophe von Heines Gedicht »Laß die heilgen Parabolen« im Zyklus »Zum Lazarus«.]

Atlantis

Ein Land,
das es nie gab.

Aber es fällt
den Gedanken schwer,
es zu verlassen.

Helle Wege sind entstanden,
die zum Horizont führen.

Keine Müdigkeit.

Man muß die Dinge
nicht nur so sehen,
als seien sie schon gewesen.

Im Hafen
liegen die Schiffe,
die bei jeder Ausfahrt
das Meer hervorbringen.

Alter Globus

Erdapfel. Hohlkugel aus Pappe,
mit Papier beklebt. Handmalerei.
Namen schwer lesbar.
Die Achse geneigt.
An Küsten, auf Meeren
entfalten sich Segel.
Zündflächen die Kontinente.
Überall wachsende Blutspur.

EDWIN WOLFRAM DAHL

* 1928

Zu singen in Salzburg

Braune Kutte Regen
Hoch
die Festung birgt Verliese

Braune Kutte Regen
Mitten
in gebeugten Gassen
geht ein Rufen:
Jedermann

Braune Kutte Regen
Tief
im Hof Sankt Peter
unter Toten
sucht dich niemand

[*Jedermann:* H. v. Hofmannsthals »Jedermann« (1911), die Bearbeitung eines alten Stoffes, gehört zum Bestandteil der Salzburger Festspiele.]

Beethoven zum Beispiel

Daß er taub war
zuletzt
Daß er heute
verjazzt ist
verrockt ist
Leonore drei
auf Stimulans
Daß Recht vor Gnade
ihn heute noch spielt
und Platten und Millionen
um Ohren um untaube schlägt
Marcia funebre
wenn trauert das Volk
Und singt ihn noch immer
(Nicht diese Töne)

Daß er geboren wurde
bestimmt
in Deutschland zu Bonn
Wo sie ihn abspulen
vor aller Welt
abbrennen bei Eroica
Und kennen keine Parteien mehr
Daß er taub war
zuletzt
und wieder müßte ertauben
käme er heute
zur Welt

[*Leonore drei:* op. 72 A, eine der Ouvertüren zur Oper »Fidelio«. – *Marcia funebre:* der 2. Satz der 3. Sinfonie; oft bei offiziellen Trauerfeierlichkeiten gespielt. – *Nicht diese Töne:* Ausruf aus dem Schlußchor der 9. Sinfonie. – *Eroica:* »Sinfonia eroica« betitelte Beethoven seine 3.Sinfonie. – *keine Parteien mehr:* Kaiser Wilhelm II. am 2. 8. 1914 (Kriegsausbruch): »Ich kenne keine Parteien mehr. Ich kenne nur Deutsche.«]

Notat November Neunzehnhundertneunundachtzig

Erzähl von einem Land viergeteiltes zuerst
von einem Volk gespalten vierzig Jahr
Drei Teile hier sattüber waffenvoll
COCAlisiert COLAnisiert Gummiverkaut
Der andre Teil anständig nicht besser:
angepaßt vermauert volksarmiert arm
parolenverstopft Jetzt flüchten sie
ganz offiziell erlaubt bei echten
Tränen dort und nationalen hier
Guten Morgen Deutschland Die Hurrapresse
Bayern hortet Bananen Pornos
für die Ausreisewilligen
Wochenendwilligen Guten Abend
Deutschland Der Rütlischwur nahe
der Feldherrnhalle Eher den Tod als ...
November der neunte paßt gut ins BILD
Gute Nacht Deutschland wenn die Barden
gitarren zwischen West & Ost
Erzähl vergeßlich Volk von einem Land
auf das ich stolz zu Zorn gerührt nicht bin
weil es geteilt ist noch beschnitten
in seiner Reichsgröße Alle Deutschen
die Neunte werden Risikos den Nachbarn
Weil der Stierstall Europa Weil noch nicht
gezimmert Seine Türen noch ohne Glas
die Fenster Radarfallen die Keller
Raketensilos Und einige sind dabei
sich nicht einmischend einmischend
den Zweiten Weltkrieg zu gewinnen natovoll
Warschau Daumen nach unten Neue
Feindbilder her Lieber tot als rot werden
vor Anstand drüben noch Hier rotzen sie
Siegestränen übersatt waffentoll kotzen
Zinsen computerbesoffen sammeln ein
rechnen sich hoch: ein Volk ohne Raum
stimmen an heilscheinig liedervölkisch
den Sang vom deutschen Osten

[*Rütlischwur:* Schiller, »Wilhelm Tell« II 2: »Wir wollen sein ein einzig Volk von Brüdern (...). Eher den Tod, als in der Knechtschaft leben.« – *Feldherrnhalle:* 9.11.1923: beim Putschversuch Hitlers und Ludendorffs Demonstrationszug vor der Feldherrnhalle in München durch Maschinengewehrfeuer zerstreut; während des ›Dritten Reichs‹ dort ständige Ehrenwache. – *November der neunte:* 1918 Revolution in Berlin, Ausrufung der Republik; 1923 Putschversuch Hitlers und Ludendorffs; 1938 Ausschreitungen gegen Juden (›Reichskristallnacht‹); 1989 Öffnung der Grenzen von der DDR zur BRD und nach Westberlin. – *die Neunte:* Beethovens 9. Sinfonie mit dem Schlußchor »An die Freude«. – *Volk ohne Raum:* Titel eines Romans (1926) von Hans Grimm (1875–1959); politische Parole für den Gewinn neuen ›Lebensraums‹ im Osten.]

Spät im Herbst

Gräser grün
mehr grau
wie Tarnzeug

Und wuchernd
das BRAUN
wieder

Wiesen mit
Schneeresten
mehr Schwanen-
kadaver

UNS FRIERT

Das Blattwerk
sternjudengelb:
getragen
von sterbenden
Bäumen die
blühten einst

UNS FRIERT

für Gehenkte

KARL ALFRED WOLKEN

* 1929

Wir lachen wohl

Wir lachen wohl im Deutschland dieser Tage:
den halben Ländern, dem zerrissnen Land –
doch gibt es etwas andres, das heißt: Klage,
und Klage heißt: Wir sind im Mark verbrannt.

Verbrannt im Mark im Deutschland dieser Tage,
und lachen wir, so ist ein Ton dabei,
ein hoher Wehlaut, wenn ich »lachen« sage
und lache selbst und träum von einem Schrei,

den keiner schreit, auch ich nicht, denn ich lache:
Zerrissener in dem zerrissnen Land.
Lach wie ein Narr um eine liebe Sache,
die mir zerbrach – und klaub sie aus dem Sand.

Und heb sie hoch und denke: ach, vorzeiten,
wie war's denn da? Und frage: wie wird's sein?
Und frag nicht weiter, laß die Sache gleiten –
und lach so leise wie ein mürber Stein.

Und roll wie er und reiß mich wund an Drähten,
frag zögernd wieder – und hör wieder nichts.
Und wo ich hinkomm, muß ich mich verspäten –
und steh doch immer vor den Schranken des Gerichts.

Man herrscht mich an? Ach, Alptraum aller Sünder:
ich herrsch mich an, weil ich mich blutig fand –
und geh durchs Land und kraule seine Kinder,
die Unschuld, und bleib doch im Mark verbrannt.

Und darf ich endlich weg von diesen Schranken
und dürfte klagen – ach, dann darf ich's nicht!
Spricht man mich frei, so kommen die Gedanken,
und ich bin Töter, Toter und Gericht.

Das Ende der Campagna II

Ich arbeite den ganzen Tag,
aber manchmal liege ich
im Schatten klassischer Bäume
und sehe mit Lust einen Hügel,
einzelne Pinien oder
ein Stück umbuschten Fluß,
aus dem weiße Büffel trinken.
Das tut gut wie ein Fehltritt,
den man entschlossen begeht,
denn unterm futurblauen Himmel
spiegeln gewöhnlich Staubpfützen
erledigte Landschaften wider,
die Leiden der verschandelten Erde.
Sie benötigt bald einen Grabstein,
denn bald hat sie ausgelitten.
Ich würde einmeißeln lassen,
wie frei die alten
Feldwege waren.

Männersache

Das Leben von dem ich träumte als Junge
sah mit den Worten von heute
unter anderem vor: Nicht immer
und überall mit am Tisch sitzen wollen.
Dein Heil in Unsicherheit suchen
um deiner, irgendwann, sicher zu sein.
Damit du nicht hinter dir herhinkst
Auf Wiedersehn sagen
und auf Nimmerwiedersehn gehn
– sonst erreichst du dich nie.
Wenn man heil durchkommt
ist es richtig gewesen
oder das Spiel war die Kerzen nicht wert.

CYRUS ATABAY

1929–1996

Willst du dir Worte aufheben
zum Aufrechtgehen an buckligen Tagen,
so hülle sie ein
in schillernde Schleier
aus Zweifel und Zweideutigkeit,
damit kein Alltagsgebet sie erreicht,
oder laß sie ruhen
in Truhen aus Wacholderholz,
weit weg in einer verlassenen Heimat,
wo die Wacholderbüsche nicht zu entwurzeln sind
aus dem herben, steinernen Boden.

(1977)

Schlemihls gedenkend

In diesem Spiel
gibt man bald einen Narren ab,
ob man einem Bauernfänger aufsitzt
oder einen törichten Handel eingeht,
weil man Dukaten doppelt
vor den Augen flimmern sieht.
In dieser Lage wäre uns
ein Freund zu wünschen,
der uns um Schattens willen
nicht verläßt,
uns, wo Gefahr droht,
vorsorglich mit seinem Schatten
überdeckend,
zu dem man sagen könnte:
sei du der Nächste meinem Herzen.

(1981)

[Adelbert von Chamisso (1781–1838) schrieb die Erzählung »Peter Schlemihls wundersame Geschichte«, die 1814 erschien. Für ein Glückssäckel, das immer mit Dukaten gefüllt ist, verkauft Schlemihl seinen Schatten und handelt sich damit schreckliches Unheil ein; die Schattenlosigkeit schließt ihn aus der menschlichen Gesellschaft aus. Nur sein Diener hält treu zu ihm.]

Stilleben

Diese unerreichte Einfachheit
auf einem Holztisch:
die blasse Rose am Rande des Zinntellers,
sie bewahrt noch in ihrem Duft
unsere verzweifelte Liebe,
ein Becher Wein,
dann der fein geflochtene Korb
mit Apfelsinen aus Sevilla,
ein Apfelsinenzweig, der Blüten trägt
für die Früchte des nächsten Jahres.
In diesen Gegenständen
ist ein Widerhall des Lebens,
der das Leid schlichtet –
die wunderbare Heilung
durch die Lauterkeit der Dinge.

(1983)

Der Osten sagte zu dir
erzähl mir deine Herkunft
der Westen sagte zu dir
erzähl mir deine Wandlung
doch der eine ließ dich nicht
der andere fiel dir ins Wort
Laßt dem Alten
sein graues Haar
er will etwas erzählen
was euch beiden gefällt

(1986)

PETER HÄRTLING

* 1933

wieder wartet

auf eine kinderzeichnung

der mond geht ohne fuß
und singt
weil die wolken
hinter den gebirgen farben mischen

und die pfirsichbäume
trauern in ernsten mänteln
vorm regen

wieder wartet der mond
in den pfirsichen
auf den gesang der Kerne

[1958]

altes spiel

immerhin und immerher
lockt das nein zur wiederkehr
setzt den spöttern nasen auf
nimmt den fliegenleim in kauf –

heißt die wände dünner sein
schmilzt das lachen härter ein
hängt sich bunte fetzen um
immerhin und immerdumm

immerleis und immerlaut
hat die welt ins loch gebaut
hat den argwohn umgetauft
und das feilschen rasch verkauft.

immerher und immerhin
blinzeln aus dem widersinn
der auf dünnen beinen geht
und um keine hilfe fleht.

[1962]

fundevogel

fundevogel, lieber reim:
siebenschlaf und honigseim –
plötzlich wacht der segen auf,
zögern ist sein lebenslauf.

dort wo andre länger wachen,
wacht er mit und schlitzt das lachen.
dort wo andre länger träumen,
hilft er, reisen zu versäumen.

find den vogel, lieber reim:
letzter schlaf und fliegenleim –
keiner spielt mehr, keiner lacht,
jeder hat sein nichts gedacht.

auf dem reim nach haus geritten –
fundevogel, kleines glück.
niemand wird den vogel bitten:
laß dich finden, komm zurück!

[1963]

olmütz 1942–1945

vom bischofsberg die haube –
verwest denn hier kein stein?
das kind spielt in der laube
– ein wappenbild mit taube –
das kind spielt: ich bin klein.

die mutter springt ins feuer
die gasse stülpt sich um –
ein bischof im gemäuer
speist säulenungeheuer –
das kind spielt: ich bin dumm.

der vater bannt das wasser.
der sprungreif bricht entzwei –
ein schwarzer aderlasser
versammelt tausend hasser –
das kind denkt zweierlei:

es denkt: die wassergasse
der fluß erstarrt zu stein
und eine winterblasse
prinzessin taucht hinein.

es denkt: die flüchterflüche
nun wandert auch das haus.
der zaubrer in der küche
spült jedes lächeln aus.

vom bischofsberg der segen –
kein bild wird jetzt gemalt.
wir wollen die puppen in gräber legen
und unsern knochenmann freundlich pflegen –
das kind spielt: ich bin alt.

[1962]

Anrede

Du, es ist alles
vorbei und nichts ist
vorüber, es bleibt
dieser Moment: wir
erinnern uns, wir
tauschen, was wir
gewesen sind, wissen,
wie es war. Ich
bin älter als deine
Liebe, wir haben
uns überdauert,
was nicht mehr
bedeutet als der Blick,
mit dem wir uns
wiedererkennen und
voneinander abwenden.
Liebste. Jetzt gehst
du. Und ich?

[1977]

Der Anfang einer Gewißheit

Von woher ich auch lebe,
welches Gestirn
ich auch wähle,
um meine Ankunft zu bestimmen,
welchen Schatten
von welchem Baum,
welche Ebene ich auch
entdecke,
so zu atmen,
wie ich es lernte,
welchen Hügel,
um in seiner Neige
zu schlafen,
welche Stadt ich auch erfinde
mit wohnlichen Straßen –
allmählich komme ich,
Wort für Wort,
zurück, erfahre
die Regeln meiner Wiederkehr
und sei es
eine unerprobte Art von Liebe.

[1983]

Die Alb

Quer gebaut durchs Land
und an den Rändern
steinig gerissen,
hungrig immer nach Bläue,
auch winters,
wenn der spiegelnde Himmel
versteckte Wege
zeigt.

Da läßt es sich lärmen.
Und Schweigen
üben.
Da läßt sich aus Gesang
ein Hügel türmen
oder ein steingehäkeltes Schloß.
Da läßt es sich in
Kinderwiesen zurücklaufen,
eine Strophe aufsagen,
die den Silberdisteln
den Hut lupft
und den Dompfaffen
den Kopf wäscht.

Schön geht der Blick
hinunter ins Land,
wenn er fliegen lernt
und schwindelnd stürzt
von diesem quer
durchs Land gebauten Riff.

[1997]

HANS-JÜRGEN HEISE

* 1930

Vorboten

Gestern haben wir
die letzten Wölfe geschossen
Jetzt
ist die Wildnis für immer besiegt:
Apfelbäume Rasen
die Welt wird zum Garten

Denken wir

Unterm Haus
nisten sich Feldmäuse ein
Vorboten
einer neuen Steppe

(1959/62)

Sie folgten

Sie folgten im Schlaf
der Raupe
fanden
die Seide

Im Wald wird der Küstenwind grün

Die andern – die Ballenträger
Das Land – seine Male

Der lange
staubige
Weg

Das Joch im Museum
sieht harmlos aus

(1965/67)

Bei Büsum

Bei Büsum wo ein Fisch
im Maul der Katze schlief
Ich eignete dir
den Mond zu Der Kellner
gab uns Falschgeld heraus
Wir gingen durchs Watt
(Deine Augen lagen
am Boden bei den übrigen
Muschelschalen)

(1971)

All dieser Wohlstandsmüll

Die Katzen hinterm Yacht-Club
scheuchen die Möwen
von den Abfallkübeln weg

All dieser Wohlstandsmüll
war das wirklich hier –
der Kieler
Matrosenaufstand?
Ächzend
sind die festgezurrten
Segelboote miteinander
im Gespräch und

am Steg
bei der Erfrischungsbude
wechselt die Sonne
ihr Licht im Wasser
in glitzerndes
Kleingeld um

(1981/82)

[*Matrosenaufstand:* 28. 10. 1918 Beginn der Meuterei auf der Hochseeflotte, die dadurch am Auslaufen gehindert werden soll. Am 3. 11. 1918 greift der Kieler Matrosenaufstand auf andere Städte über; Bildung von revolutionären Arbeiter- und Soldatenräten.]

Lissabon

Die Fabrikschiffe rollen das Meer
wie eine Ölsardinenbüchse auf
Doch der letzte Flickschuster
des Alfama-Viertels sitzt in der Tür
seines Ladens – eingepaßt in den Rahmen
wie die Tabakspfeife
in seine Zahnlücke
Die Straßenbahn
alter ratternder Schreibmaschinenwagen
klingelt am Ende der Häuserzeile
und verschwindet um die Ecke
ins vorige Jahrhundert / wir
Zaungäste mit marodem Blick
und stockfleckigen
Second-Hand-Seelen stehlen uns
durch nostalgisches Gassengewirr
angetörnt von der ehrlichen Abendbrise
die hier immer noch
als Klimaanlage fungiert während
eine Etage drüber die Boys von der *Nasa*
ihre Satellitenkippen ausdrücken
am Tellerrand unseres Sonnensystems

(1982)

In der Kieler Bahnhofshalle

In der Kieler Bahnhofshalle
stehen abends und am Wochenende
immer ein paar Männer / einzeln
oder in kleinen Gruppen
starren sie die Gleise entlang

Sie sprechen türkisch
sie schweigen türkisch
Sie trinken deutsches Bier

Die Hände tief
in den Hosentaschen
einzeln
oder in kleinen Gruppen

Das äußerste Bahnsteigende
in Kiel ist der erste
Bahnsteigvorsprung
des Bahnhofs von Istanbul

(1987)

Heiterkeit ohne Grund

Ein Schatten hinterm Haus
geworfen von einer Wolke die
gestern hier
über der Landschaft stand

Nun ist alles wieder blau
der Himmel und die Gedanken
alles wieder blank
wie die Scheiben der Vitrine
Man könnte sagen:
Heiterkeit ohne Grund

Ein Fest / bloß
die Gäste fehlen

Zwölf leere Tassen
traurige Apostel umstehen
die leere Kaffeekanne

(1994)

DIETER P. MEIER-LENZ

* 1930

menu

an unserem narbentisch
fochten wir mit gedankenmessern
der kellner tauchte unsere schatten
in den wein

unsere stimmen stiegen
in ihrer euphorie
in ein riesenrad
aus halbwahrheiten

eine spur von eifersucht
tanzte obszön
in unseren köpfen

auf den zungen sammelten wir
längst zerbrochene wünsche
und zerrieben unsere augenpaare
zwischen den schenkeln

im glase die zauberformeln
deiner augenwimpern
und der hunger nach paradiesen

als nachspeise wählten wir
ein durstiges flüstern

fin de siècle

die gute alte zeit
reißt sich die goldene maske
vom gesicht
die vergangenheit
kippt als kulisse vom thron
die geschichte stürzt sich
in ihr schwert

revolutionen steigen
als wolken auf
revolten haben schaum
vor dem mund
die letzten aufstände
sind nur ein hauch

die vorfahren entfernen sich
und wenden uns den rücken zu

die umrisse der feldherren
verschimmeln in den
geschichtsbüchern
stalin und hitler schlafen
scheintot im selben Sarg

das neue jahrtausend
ermordet
die letzten zeugen

PETER HACKS

* 1928

Vanitas

Habichtschatten überm Hühnerstalle.
Das Gemälde ist von Hondecoeter.
Ja, so schweben sie, die Sterbegötter,
Unerraten bis zum Niederfalle.

Manchmal vor durchsonntem Blau
Ahnt man ihre bösen Silhouetten.
Eines Tags dann sieht man sie genau.
Aber dann ist wenig mehr zu retten.

Eitel, spricht die Weisheit im Barocke,
Ist das Leben und vom Tod gerändert.
Auch bei uns hat sich das kaum geändert.
Nur wir hängens nicht mehr an die Glocke.

[*Vanitas:* (lat.) Nichtigkeit, leerer Schein, Vergeblichkeit; zentrales Thema im ›Barock‹.]

Vernunftreiche Gartenentzückung

Die Kartoffel auch ist eine Blume.
Und mit gelben Federn blüht der Mais.
Und gereicht es nicht dem Dill zum Ruhme,
Wie er zierlich Frucht zu tragen weiß?
Ihr in eurem Prunk und Wohlgeruche,
Stolze Rosen, bleiche Lilien,
Ließet nagen uns am Hungertuche.
Nur was nützet, ist vollkommen schön.

Der Heine auf dem Weinbergsweg

Der Heine auf dem Weinbergsweg
Hat einen goldnen Zeh
Und einen goldnen Daumen.
Der Zeh tut ihm nicht weh.

Die Kinder, wenn sie steigen
Aufs Knie dem Dichtersmann,
Fassen sie erst die Zehe
Und dann den Daumen an.

O deutsches Volk, erobere
Dir deiner Meister Knie.
Dann wetzt du ab die Patina
Vom Gold der Poesie.

Englische Eröffnung

An einem Juninebeltag
Sind über die Antlantikwogen
Bei sanftem Wind und Wellenschlag
Mit Kurs Quebec dahingezogen
Drei gut französische Fregatten,
Die ihr Geschwader verloren hatten.

Dann teilt die Trübe sich. Es bricht
Der Nebel auf wie in zwei Wände.
Es öffnet strahlend sich die Sicht
Aufs ozeanische Gelände.
Und plötzlich liegt ganz klar und nah
Die ganze englische Flotte da.

Nun ja, man trifft sich nicht nur gern.
Denn George und Louis zeigen gleiche
Besitzbegier nach jenem fern
Und rauhen Vizekönigreiche.
Man grüßt knapp nach den Anstandsregeln
Und will ansonst vorübersegeln.

Da – Linienschiff für Linienschiff
Dreht bei und zeigt die breite Seite,
Als ob ein Artillerieangriff
Im Todesernst sich vorbereite.
Der Kapitän von der »Alcide«
Er denkt: Ich denke, es herrscht Friede.

Doch es ist wahr: geraume Zeit
Sind wir auf See, fast vierzehn Wochen,
Am Ende ist Feindseligkeit
Zu Haus inzwischen ausgebrochen. –
Er greift zum Sprachrohr: Haben wir
Krieg oder Frieden, Kavalier?

Dort, achtern auf der »Dunkirk«, steht
Der Kapitän auf seinem Flecke,
Schreit: Frieden, Frieden, Sir! und dreht
Den Trichter zum Kanonendecke
Und fügt in echt altenglischer Ruh
Das Kommando: Feuer! hinzu.

Der Krieg, der siebenjährige,
So ging er an, von diesem Platze.
Und jeglicher seitherige
Eröffnet mit demselben Satze.
Man lädt. Und einer brüllt vom Steuer:
Frieden, Frieden – Feuer!

(Fand statt im Juni 1755. Die drei französischen Kauffahrer hießen die »Alcide«, die »Lys« und die »Royal Dauphin«.)

[*Quebec:* Provinz in Kanada; gleichnamige Hauptstadt des damaligen franz. Kolonialreichs in Nordamerika; 1759 von Großbritannien erobert; 1763 wird Frankreich im Frieden von Paris zur Abtretung Kanadas an England gezwungen. – *George:* 1727–1760 Georg II. von England. 1755–1763 englisch-französischer Krieg, der zur See weltweit geführt wird. – *Louis:* 1715–1774 Ludwig XV. von Frankreich.]

Die dreißig Tyrannen

Leute gabs und gibt es heute,
Die im Dünkel abseits stehn.
Schwache Leute, eitle Leute
Gabs auch in der Stadt Athen.
Damals warens ihrer dreißig,
Die vom Ausland her gewühlt
Oder in der Heimat fleißig
Ihren Sonderwert gefühlt.

Als dann an den Ziegenflüssen
Sparta seinen Krieg gewann,
Fing, wie wir uns denken müssen,
Für Athen das Elend an.
Ach, die schöne lange Mauer
Legte der Besatzer platt,
Die geschützt für ewige Dauer
Glück und Wohlfahrt in der Stadt.

An die dreißig Obgenannten
Aber ging der Ruf hinaus,
An die trüben Emigranten,
An die Nörgler von Zuhaus.
Als Tyrannen miteinander
Hob man flugs sie auf den Thron.
Dies schrieb Spartas Fürst Lysander
In die Kapitulation.

Und sie füllten alle Plätze,
Wo man Weiber hat und Wein,
Und sie führten die Gesetze
Von ganz früher wieder ein,
Stahlen auch mit langen Fingern
Land und Häuser, Vieh und Brei,
Und ein Heer von Peitschenschwingern
Brachte uns Gehorsam bei.

Wer getragen einst die Kosten
Hatt von Spartas Waffentat,
War das Riesenreich im Osten,
Der famose Perserstaat.
Jetzt nun fand schon nach fünf Jahren
Persien neu zu denken Grund.
Spartas Zuwachs barg Gefahren.
Persien änderte den Bund.

Und in dem Zusammenhange
Kauft es den Athenern glatt
Eine neue schöne lange,
Eine Mauer um die Stadt.
Die Tyrannen Stück für Stück
Kehrten still und ohne Ruhm
Wieder ins Exil zurück
Oder in das Nörglertum.

Jene dreißig Bösewichte,
Jeder hörts und jeder siehts,
Warn im Buche der Geschichte
Nichts als eine Fußnotiz.
Oder weniger. Vielleicht nur
Ein verworrnes kleines Lied,
Das an uns vorüberstreicht nur
Und im Weltgebraus entflieht.

(Und wenn Sie mich mit Ihrem Revolver bedrohen: Hieran ist nichts erfunden. 404 bis 399.)

Jetztzeit

Seit der großen Schreckenswende
Sieht des Dichters ernstes Haupt
Sich durch neue Zeitumstände
Aller Hoffnung jäh beraubt.
Und er harrt in Wartestellung
Auf des Horizonts Erhellung.
Und er denkt in seinem Sinn:
Wo nichts drin ist, ist nichts drin.

Zwar beim Nichtbeteiligtbleiben
Am gesitteten Verkehr
Muß er sich die Zeit vertreiben,
Und er tut, wie wenn nichts wär.
Feilt sich wöchentlich die Nägel,
Nicht aus Lust, doch nach der Regel,
Küßt bisweilen Chloës Brust,
Nach der Regel, nicht aus Lust.

Früh beim Kaffee, kaum bekümmert,
Liest er, wie das Kapital
Negerstaaten niedertrümmert,
Mordend ohne Zahl und Wahl,
Greise, Kinder, Frauen, Männer,
Und er nickt befriedigt, wenn er
Feststellt, daß der Zeitungsmann
Keinen deutschen Satz mehr kann.

Auf der höchsten finanziellen
Ebene unangepaßt,
Nähert er sich wohl den Quellen
Der Natur als Feriengast.
Liebt den Sommer, haßt den Winter,
Tieferes steckt nicht dahinter.
Hin und wieder ein Gedicht
Schreibt er noch aus Dichterpflicht.

GÜNTER KUNERT

* 1929

Film – verkehrt eingespannt

Als ich erwachte
Erwachte ich im atemlosen Schwarz
Der Kiste. Ich hörte: Die Erde tat sich
Auf zu meinen Häupten. Erdschollen
Flogen flatternd zur Schaufel zurück.
Die teure Schachtel mit mir dem teuren
Verblichenen stieg schnell empor.
Der Deckel klappte hoch und ich
Erhob mich und fühlte gleich: Drei
Geschosse fuhren aus meiner Brust
In die Gewehre der Soldaten die
Abmarschierten schnappend
Aus der Luft ein Lied
Im ruhig festen Tritt
Rückwärts.

Meine Sprache

1

Ich spreche im Slang aller Tage derer
Noch nicht Abend ist
In der verachteten und verbissenen der
Sprache die jedermann entspricht.

2

Diese
Von Erstellern entstellte die von Betreuern
Veruntreute von Durchführern früh schon
Verführte die
Mehr zur Lüge taugt denn zur Wahrheit
Ach welche
Unter der erstarrten Syntax sich regt
Wie unter Abfall wie unter Schutt wie
Unter Tonnen von Schlacke.

3

Sprache
Die mehr scheinen will als sein
Aufgebläht
Von sang- und klanglosen tingelnden
Dinglosen Dingwörtern;
Schwabbelnde Gallerte
Quillt sie aus den öffentlichen Mündern
Und Mündungen tropft von
Den Lippen der Liebenden
Trieft aus Radios
Triumphiert.

4

Nichtssagend und blutleer und kraftlos
Ein Kind des Landes finde ich sie
Darniederliegend.

5

Und hebe sie auf
Und nehme sie an mich: Die beste mir
Der nichts besseres hat
Und ein Vermögen dem der durch nichts sonst
Zu leben vermag
Als durch sie.

So soll es sein

Zwecklos und sinnvoll
soll es sein
zwecklos und sinnvoll
soll es auftauchen aus dem Schlamm
daraus die Ziegel der großen Paläste
entstehen um wieder zu Schlamm zu zerfallen
eines sehr schönen Tages

zwecklos und sinnvoll
soll es sein
was für ein unziemliches Werk
wäre das
zur Unterdrückung nicht brauchbar
von Unterdrückung nicht widerlegbar
zwecklos also
sinnvoll also

wie das Gedicht.

Unterwegs nach Utopia IV

Am altertümlichen Brunnen
um das Wasser heraufzuholen
stapft lebenslang im Kreis
der Ochse
angetrieben von einem Greise
der andres nicht gelernt hat:
beide bilden nur zusammen
das Bewässerungssystem
wie dir bekannt

mein Freund

der selber auf dem besten Weg
sich weiß und immer wieder hin
zum Ziel
durch seine eigne tiefe Spur
im Staube unbelehrt.

Verlorene Söhne

Wir wandten uns um, um zurückzusehn
und sind nicht dabei erstarrt.
Wir haben geahnt: Das wird untergehn:
Ein Sodom besonderer Art.

Ein Abschied auf immer: Denn dessen bin
ich mir wie des Lebens gewiß.
Vergangen die Angst. Schau klaglos hin
auf die brennende Finsternis.

Es gibt nichts zu sagen. Kein einziges Wort.
Bloß: Die Ferne weitet sich aus.
Später vergeht auch der Name dem Ort
und heißt nicht länger: Zuhaus.

Wer lange in einer Legende gelebt
die mit der Zeit doch zerfällt,
dem bleibt, wonach er niemals gestrebt:
Nur Asche von seiner Welt.

Achtzeiler

Auf toten Flüssen treiben wir dahin,
vom Leben und dergleichen Wahn besessen.
Was wir erfahren, zeigt sich ohne Sinn,
weil wir uns selber längst vergessen.
Vom Augenblick beherrscht und eingefangen,
zerfällt der Tag, der Monat und das Jahr.
Und jede Scherbe schafft Verlangen
nach Ganzheit: Wie sie niemals war.

Mein Golem

An manchen Tagen
höre ich deutlich
seinen Schritt. Überflüssig
der Blick aus dem Fenster
der Blick in die Zeitung.
Es sind solche Tage
daß die Gedanken stocken
als wären sie Atem.
Es ist der Atem.
Tage die ihren Namen verloren.
Anonyme Tage.
Ausdauerndes Ausschreiten.
Verstecke dich selber
in Träume in Bücher in Gläser.
Der Verfolger
ist ein Koloß
seine Ferse rostiger Schorf
sein Gesicht abwesend
sein Gang unaufhaltsam
besonders an manchen Tagen.

ADOLF ENDLER

* 1930

Des Freundes Wettlauf mit dem Schneemann

1

Den Schneemann dort im Hof, den lückenhaften Stumpf,
Du sahst ihn kurz vorm Sterben – ich trank immer weiter –,
Die rote Möhrennase und den schmutziggrauen Rumpf:
»Der überlebt mich . . .« Und du sagtest es fast heiter.

2

Obwohl du selten pünktlich warst und niemals streng
Mit Zeigern, weshalb wolltest du die Uhrzeit wissen?
Ich Dritter Stock, du Meter unterm Souterrain,
Ich überlegs und trink, vor mir das leere Kissen.

3

Du unterm grün gestriemten Schnee im Totendreß,
Der Schneemann hat dich überlebt. Ich bin betrunken,
Da ich verwirrt die Strecke eures Wettlaufs meß.
Ich seh den Schneemann zu drei Vierteln abgesunken.

4

Der Schneemann schmilzt in meinen Augen, eh er schmilzt,
Der graue Sieger schmilzt – kein Grund zum Trinken? Bitte!
Ich hab, als keiner da war, deine Uhr gefilzt.
Ihr Zifferblatt zerfließt. Laut ticken deine Schritte.

(1965)

Ballade vom Zionskirchplatz

Vier Freunde waren wir, wir waren Freunde, vier,
Am Zionskirchplatz im Gesträuch im Nieselregen,
Daß keiner, was auch kommt, den andern je verlier,
Acht Hände, die sich aufeinanderlegen –

Der Platz ein Rosenbeet! Zwei Freunde sind dahin.
Heinz, wie verschwand er durch die Stacheldrahtverhaue?
Die gut geseifte Schlinge unterm Doppelkinn
Starb Herbert, und er schien uns stets der Laue.

Vier Freunde waren wir, wir waren Freunde, vier,
Und immer grübelnd wir und lärmende Gemeinde!
Steif sitzen zwei Genossen nah der Kneipentür,
Stumm, steif, nervös – zwei Freunde oder Feinde?

(1968)

Unterm »Großen Wagen«

1

Oh, und dort kreist der GROSSE WAGEN!
Er stürzt? Nein, so *sind* schiefe Lagen!
– Vielen will ja derlei behagen*;
Nur muß mans nicht weitersagen –.

2

Er kurvt eher kühl als zu munter
Seit Neujahr den Himmel hinunter –
Kein Sternbild meints *titrallazunter!*
(Okey, der Broadway wirkt bunter.)

3

Gesummse, noch leiser als Bienen,
So fährt er in duftigsten Schienen!
(Mit noch mancherlei Reim kann ich dienen:)
Er rutscht wie auf Apfelsinen!

4

Dann, unsichtbar, hinter den Bäumen –
Man hört ihn durchs Blattwerk hinschäumen?
Ein Elch kommt!, so könnte man träumen,
Ein Nilpferd, schwierig zu zäumen!

5

Den Sachverhalt gültig zu klären
(Wer lebt gerne im Ungefähren!),
Spricht in *diesem* Fall ohne Zähren
Der Bürger vom GROSSEN BÄREN!

6

Kurz darauf wieder GROSSER WAGEN
– Und ich bitte, mich nicht zu erschlagen! –,
Drehts dir Hals und Genick aus dem Kragen:
Im Nu in den schiefsten Lagen . . .**

* Unter Umständen Koprophagen.
** Soeben beginnt es zu tagen.

(1958/1981)

Nach der Wende

Kommt aus dem Damenklo
Mit diesem superben Strauß
Welker Rosen zurück,
Der Star-Klempner Nolde,
Eines Ringfingers bar,
Seiner Ohrläppchen ledig,
Vor Mitternacht noch intakt,
Das Herz unsres Viertels,
Mit diesem superben Strauß
Welker Rosen zurück,
Seiner Ohrläppchen ledig,
Beider zum Glück
(Des Gleichgewichts wegen);
Draußen tost Regen –

(1994)

HEINZ KAHLAU

* 1931

Kein Gott

1

Ich lebe jetzt. Mein Tod ist zu erwarten.
Danach vergehe ich so schnell wie Gras.
Von mir bleibt nur, was andere verwenden
zu ihrem Nutzen und zu ihrem Spaß.

Gedanken, Verse, ein paar Gegenstände,
durch mich entstanden, bleiben in der Welt.
Für eine Weile kann man sie noch brauchen,
bis das, was keinem nützlich ist, zerfällt.

2

Ich habe keinen Gott. Für alle Taten,
die ich begehe, muß ich Täter sein.
Kein Weltenrichter wartet, mich zu strafen –
für jeden Irrtum steh ich selber ein.

Ich habe keinen Vater, der mich tröstet.
Es gibt kein Wort, das unumstößlich ist.
Mich stützt kein Glaube. Keine weise Fügung
besitzt ein Maß, das meinen Nutzen mißt.

Ich denke selbst. Ich habe keine Rettung
vor meinen Zweifeln, wenn die Furcht mich schreckt.
Ich hab die Grenzen meiner Höhn und Tiefen
in meinen eignen Träumen abgesteckt.

3

Ich hänge ab von der Natur von Menschen,
von allen Kräften für und gegen mich.
Die Welt, in der ich bin, ist gut und böse,
doch weiß ich – alles um mich ändert sich.

Nichts bleibt sich gleich. Wer wagt, sich einzurichten,
der richtet sich für Augenblicke ein.
In einer Welt, bestehend aus Bewegung,
da kann ich selber nur Bewegung sein.

4

Ich fürchte Menschen. Was sind Eis, was Fluten,
was Pest und Feuer gegen die Gewalt
des Untiers Mensch? Die Schreie seiner Opfer
sind, seit es Menschen gibt, noch nie verhallt.

Ich liebe Menschen mehr als alle Tiere.
Sie suchen unaufhörlich einen Sinn
für ihr Vorhandensein, verstrickt in Irrtum.
Es macht mich froh, daß ich beteiligt bin.

5

Ich bin allein. Für kurze Augenblicke
bin ich Geliebter, Bruder oder Freund.
Um eine Arbeit, eine Lust zu machen,
wenn sich ein Weg mit meinem Weg vereint.

Auf dieser Erde leben Ungezählte,
aus denen gleiche Furcht und Hoffnung spricht.
Ich weiß um sie. In glücklichen Sekunden
seh ich mitunter einem ins Gesicht.

6

Da ist kein Mensch und keine Macht vorhanden,
nichts, das mich ganz für sich gewinnen kann.
Ich füge mich der Stärke und der Schwäche.
Nur wer mich tötet, hält mein Suchen an.

Ich bin mißbrauchbar, ich bin zu gebrauchen,
denn ich muß sein und suche meinen Wert.
Ich will mich nähren, ich muß mich behausen
und über Preise wurde ich belehrt.

7

Solang ich lebe, arbeite und liebe,
solange sich mein Geist, mein Blut noch regt,
bin ich dem Wesen meiner Zeit verhaftet,
denn mich bewegt, was meine Zeit bewegt.

Ich denke noch und bin noch zu belehren.
Ich suche zweifelnd weiter nach dem Sinn,
der uns zu Menschen macht, wer will mich hindern,
die Welt zu lieben, bis ich nicht mehr bin.

Ballade von der bewältigten Vergangenheit

I

Ihr Vater fraß als deutscher Wolf
die halbe Erde leer.
Dann kam er als ein Schaf nach Haus,
das Schlucken fiel ihm schwer.

Nun sitzt er in der Deutschen Bank
und hütet fremdes Geld.
Am Abend spielt er seinen Skat
und will nichts von der Welt.

Nur manchmal singt er laut im Bad
ein deutsches Kinderlied
und weint, wenn es ihn wieder schmerzt,
daß man ihn übersieht.

Dann kocht die Frau ihm einen Tee
und streicht ihm übers Haar
und träumt davon, wie schön und stark
er doch als Sieger war.

II

Sein Vater hing am Ghettobaum.
Die Mutter trug der Wind
als Staub und Rauch aus Dachau fort.
Er ist ein Judenkind.

Von seiner Mutter weiß er noch,
sie war sehr blond und schön.
Sehr langsam lernte er die Welt
ertragen und verstehn.

III

Als er ein Mann war, lang danach,
kam er nach Nessebar
zum Sonnenstrand, wo er das Meer
zum ersten Male sah.

Am Morgen, vor die Sonne kam,
war alles still und leer.
Drum schwamm er jeden Morgen dort
allein im Schwarzen Meer.

IV

Ihr Haar war blond, ihr Blick war blau,
wie Zimt war ihre Haut.
Ihr Leib war so, als hätt ein Gott
ihn für sich selbst erbaut.

Der junge Jude stand vor ihr
erschüttert, bloß und blaß.
Ihr Lächeln hielt ihn, wie er war:
Stumm, meereskühl und naß.

Er fiel ihr zu, sie nahm ihn auf.
Ihr Kuß war schwer und still.
Gewaltig treibt die Liebe an,
was sie vereinen will.

Dann kam die Sonne. Mit dem Licht
kam auch die Menschlichkeit.
Sie tauchten auseinander auf.
Nun lagen sie zu zweit.

Und hatten Namen, Sprache, Land
und fragten sich danach.
Sie hörte, daß er Pole war,
und deutsch klang, was sie sprach.

Sie hört noch immer, wie er schrie,
als er ins Wasser sprang.
Man fand sie bald. Sie lag am Meer
wie angespülter Tang.

Er kam nie wieder. Sie genas
nach langer Dunkelheit.
Sie fürchtet sich vor jedem Meer
und hört nur, wie er schreit.

Sie weiß nicht, wer ihr Liebster war,
sie sieht nur sein Gesicht
und sieht, wie er im Meer versank.
Fragt nicht. Sie hört euch nicht.

(1973)

Der Revolutionär

Der hält nur still, um zu denken.
Der ist für gar nichts zu schwach.
Der, wenn er merkt, es bringt weiter,
macht noch den Vogelflug nach.

Der ist mit zehn schon gefährlich,
der ist mit achtzig noch fit.
Der ist wie Wasser geduldig,
der reißt noch Eisberge mit.

Dem ist kein Mittel zu listig,
setzt er damit etwas durch.
Dem wachsen Flossen im Wasser,
der wird in Sümpfen zum Lurch.

Der denkt nicht nach, sondern weiter.
Der macht nicht mit – sondern vor.
Der ist nie Pferd, immer Reiter,
der zählt nicht, was er verlor.

Den kann kein Rothschild sich kaufen,
den kann kein Pius verdrehn,
den kann kein Doktor kurieren,
der fragt sich höchstens: Wer – wen?

Dem ist sein Name nicht wichtig,
der bleibt sehr gern unbekannt –
aber den Namen des Feindes
schreibt er uns nachts an die Wand.

Der, wenn er stolpert, fällt vorwärts,
fällt aber nie aufs Gesicht.
Der, wenn er Fehler macht, straft sich
mehr als das strengste Gericht.

Der hört nicht auf, wenn er tot ist,
streut man ihn auch in den Wind,
der setzt sich fest in den Köpfen,
bis sie von seiner Art sind.

Der war – ist – wird überdauern
alles, was gegen ihn spricht.
Der ist durch nichts zu ersetzen.
Ohne ihn lohnt es sich nicht.

Elementares Bedürfnis

Ich will gar nicht
immerfort
woandershin. –

Aber es
können
dürfen.

[1981]

Tag der Einheit

Am Tag der deutschen Einheit
saß ich zwischen dem, was war.
Ich war ummüllt von Werbung und von Briefen,
die Geld von mir verlangten,
und war ganz und gar
mit dem beschäftigt,
was das nächste Jahr
von mir verlangen könnte. In den Tiefen
der Seele kochte das,
was da seit je gefangen:
die kalte Wut
auf jede Art von Staat.
Der dritte will mich in sein Muster zwängen.

Ich feierte den Tag mit Zorngesängen.

(1991)

INGE MÜLLER

1925–1966

33 war ich ein gläubiges Kind
Meine Eltern warn gut und fleißig
Erwachsen wurde ich 39
Als der Krieg anfing.

Gehört hatte ich jenes und dieses
Gegen Hitler und dann für Stalin
Sah: der tat was und der ließ es
Als es ging auf ihn.

Meine erste Liebe war als der Krieg anfing
Und da ging er in den Krieg
Ich weinte und war ein dummes Ding
Im Verhältnis zur Nation sehr gering.

Bevor er fiel kam er zu mir
Ganz zerrissen vom Morden
Ich wußt nichts beßres als: bleib doch hier
Glücklich sind wir nicht geworden.

45 war jeder ein Greis
Ich wollte nicht leben und nicht sterben
Ich sah das Erbe ohne Erben
Und der Einsatz war der Preis.

Weil ich gehen mußte ging ich
Suchte Grund
Und ich dachte an die Bäume im Park
Und an seinen zärtlichen Mund.

Bomben und Kanonen
Lehrten mich Geduld
Und die Blutenden schonen
Und nachdenken: was ist Schuld.

Freunde

Im Zimmer geblieben
Ist der Tabakrauch
Ihr geht, gern ging ich auch
Und wenns zum Fenster wär
Die Gardine zur Seite schieben
Im Schnee unterm Wind beugt sich ein Strauch
Das Eis am Fenster schluckt mein Hauch
Ich seh eure Schatten wandern
Einer vor über in dem andern
Die Wände um mich geben keinen Ton
Wo sind eure Stimmen? Kein Echo? Schon
Ist alles leer, ich find nicht was ich hab
Und geh und wasche für morgen
Die Teetassen ab.

EVA STRITTMATTER

* 1930

Vor einem Winter

Ich mach ein Lied aus Stille
Und aus Septemberlicht.
Das Schweigen einer Grille
Geht ein in mein Gedicht.

Der See und die Libelle.
Das Vogelbeerenrot.
Die Arbeit einer Quelle.
Der Herbstgeruch von Brot.

Der Bäume Tod und Träne.
Der schwarze Rabenschrei.
Der Orgelflug der Schwäne.
Was es auch immer sei,

Das über uns die Räume
Aufreißt und riesig macht
Und fällt in unsre Träume
In einer finstern Nacht.

Ich mach ein Lied aus Stille.
Ich mach ein Lied aus Licht.
So geh ich in den Winter.
Und so vergeh ich nicht.

Der Amsel

Wie sehr bewundere ich
Die nach Regeln gebauten Gedichte.
Das Metrum bezaubert mich,
Und die richtig gesetzten Gewichte

Machen mich immer versucht,
Die Zeilen nachzuzählen,
Und ich denke: Ei verflucht,
Mußte der Dichter sich quälen!

Wie kann er das leisten: zu fühlen
Und die Gefühle so einzuteilen,
Daß sie das Sonett nicht zerwühlen
Und heilen in vierzehn Zeilen?

Zum Teufel mit den klassischen Formen,
Wenn der Junigrünwind weht
Und der Amsel zersingt mir die schönsten Normen,
Weil er nichts vom Singen versteht!

Er pfeift und eifert vor Sonnentollheit,
Weil er grad pflichtlos ist.
Noch muß er nicht die Zweitbrut füttern,
Die bald sein Lied auffrißt.

Wie heiter und herzlich ist dieser Morgen!
Und ich bin gesättigt von Licht.
Was soll ich mich da um Sonette sorgen?
Ich mach einfach ein Gedicht.

Utopia

Wer wird mir folgen, wenn ich gehe
Ins abseits ungelobte Land.
Freunde, die ich mir früh erfand
Und die ich noch von ferne sehe,

Werden mich ohne Liebe lassen.
Sie urteilen schon über mich.
Als Eichmaß setzen sie nun sich.
Und ich will ihrem Maß nicht passen.

Sie nehmen Welt, so wie sie ist,
Und suchen sie sich auszuschmücken.
Sie helfen sich mit kleinen Glücken.
Ich aber will *Landdasnichtist*

Utopia der Traum als Leben.
Und Liebe, Währung, die man *gibt*.
Ohne zu fragen, wen man liebt.
Denn liebend wird man ihn erheben.

Die Restbestände meines Lebens:
Septemberabend. Kalt. In meinem Winterwatteflaus
Sitze ich an der Westwand vor dem Haus,
Genau der Sonne gegenüber,
Die sinkend hinterm Waldrand gleißt,
Weiß glühend, daß der Blick zerreißt,
(Lichtringe violett gespleißt).
Der Tag verging in trüber
Gräue. Jetzt der Abend
Ist hell und hoch und transparent.
Drei Schwalben segeln Licht erlabend
Aus dem Zenit ans Firmament,
Kurz vor dem Herbstflug. So vergebens
Wie Hoffnung auf die Sommerdauer
Ist die aufs Ende meiner Trauer,
Auf ihren Trümmern muß ich leben ...
Manchmal hilft es, den Blick zu heben
Und selbst der BLENDUNG standzuhalten:
Ich halte stand. An diesem kalten
Septemberabend. Ich – allein.
Der REST ist: einfach DAZUSEIN.

RAINER KIRSCH

* 1934

Einigen Vätern

Bring deinem Kind nur bei
Daß Eulen häßlich sind
Nachtvögel
Und beim Ruf des Käuzchens muß einer sterben . . .
Bring ihm nur bei:
Raben sind böse
Ein schwarzer Rabe
Unglücksbote, schwarz . . .
Bring ihm nur bei:
Totschlagen.
Und lehr es:
Die Welt ist so eingerichtet
Von alters her.

(1959)

Schwimmen bei Pizunda

Grün ist das Meer bei Pizunda, manchmal
Blau, von Schiffen schwarz, in dieses schwimm
Weit wies dich trägt und dreh dich auf den Rücken: So
Siehst du den Kaukasus mit weißen Gipfeln
Und ruhst im Meer, und das ist Ruhe. Wiegend
Kaum, und durchs Durchsichtige
Das um dich treibt, grenzt dich deutlich die Haut;
Vorne am Steinstrand rutschen die Gesichter
Ab von den Chefs, die blinzeln, um sich bezahlt
Natur, zum Bauch plätschernd im Wasser:
Sie könnens nicht. Groß ist der Kaukasus. Mit kleiner Kraft
Liege im Gleichgewicht löse die Arme und
Spür dich oder Meer, wie sonst Mädchen vorm Aufgehn
(Dann kommt, die ineinanderstürzt, die Glut)
Hier aber ist die Mitte. Zwischen Meer, Fels, Schnee, Himmel
Schwarzgrün Wälder. Dies
War der Augenblick, nun gleit, treib, leicht
In überm Meer – hier
Ist der Triumph des Körpers: Ich, ungemordet
In diesem Jahrhundert! schwimm
Nicht schnell, nicht langsam durch was um mich fließt
An ein besteintes Ufer bei Pizunda.
Ich hab noch vierzig Jahre, oder mehr.

(1971)

Aufschub

Damit wir später reden können, schweigen wir.
Wir lehren unsere Kinder schweigen, damit
Sie später reden können.
Unsere Kinder lehren ihre Kinder schweigen.
Wir schweigen und lernen alles
Dann sterben wir.
Auch unsere Kinder sterben. Dann
Sterben deren Kinder, nachdem
Sie unsere Urenkel alles gelehrt haben
Auch das Schweigen, damit die
Eines Tages reden können.
Jetzt, sagen wir, ist nicht die Zeit zu reden.
Das lehren wir unsere Kinder
Sie ihre Kinder
Die ihre.
Einmal, denken wir, muß doch die Zeit kommen.

(1971)

Im Ton Mandelstams

Noch fahr ich. Und wohin? Die große Landschaft
Von Pinien und Zypressen streckt sich grün
Kühl sind die Abende. Die Unverwandtschaft
Ist leicht der Dinge, wenn Limonen blühn

Und die Zikaden schrein. Der Thymianstauden
Blaugrüner Duft kriecht leise überm Gras
Die Krüppeleichen stehn, und seltsam lauten
Die Wegschilder nach Norden. »Jedes Glas

Vom trocknen Rotwein, schmeckst dus, ist ein Sieg
Über den Caesar, jedes würzige Fleisch
Das du am Gaumen spürst, gegen das Weltall

Ein Aber-Leben« – und wenn alles fällt, fall
Ich langsamer als das zu schwere Reich
Der Ordner, dich im Arm, Kind. Krieg ist Krieg.

(Oktober 1980)

Sterbelager preußisch

Merkbare Sätze, hör ich, sind vonnöten.
So daß, wenn du schon ahnst, daß du bald kippst,
Du immerhin vor Schluß die Zeichen übst,
Die andern ohne dich an Auskunft böten,
Was die, träg lallend, eignen Blicks nicht finden:
Der Stumpfsinn ihre Brunst. So aber bleibt
Was Stachelndes, das sie zum Blinzeln treibt:
Die Mücken, doch noch, tanzen um die Linden,
Mittage wehn, Handwerker kaufen Schnaps,
Systeme blühn und reifen zum Kollaps,
In ferner Landschaft schießt man sich um Reis,
Der Tod hebt an im Mund, sein Farb ist weiß;
Und schneller drehn sich in der Welt die Dinge,
Um die es, ginge es um noch was, ginge.

(Oktober 1986)

WULF KIRSTEN

* 1934

satzanfang

den winterschlaf abtun und
die wunschsätze verwandeln!
saataufgang heißt mein satzanfang.
die entwürfe in grün überflügeln
meiner wortfelder langsamen wuchs.

im überschwang sich erkühnen
zu trigonometrischer interpunktion!
ans licht bringen
die biografien aller sagbaren dinge
eines erdstrichs zwischenein.

inständig benennen: die leute vom dorf,
ihre ausdauer, ihre werktagsgeduld.
aus wortfiguren standbilder setzen
einer dynastie von feldbestellern
ohne resonanznamen.

den redefluß hinab im widerschein
die hafergelben flanken
meines gelobten lands.
seine rauhe, rissige erde
nehm ich ins wort.

(1967)

die straße

auf astlosen baumrümpfen
die vegetierende vegetation.
im fluchtbild eine prozession auf prothesen.
über den lenker gebeugt, noch fest im sattel,
spurtet ein radfahrer über klassischen boden,
als könnt er die welt im gleichgewicht halten
eben jetzt oder einreißen.
zeitweilig auf erden stationierte
abgasfähnriche sättigen die luft mit blei.
sie schießen den vogel ab
auf der straße des rechts
zwecks beitreibung des täglichen brotes.
die maurer auf dem gerüst
rufen lautstark nach kalk,
als gält es, die Caracalla-thermen
an einem tage zu baun.
die karre im mörtellift pendelt
die aufschwünge werktäglich ein.
alles läuft wie am schnürchen.
unsichtbare schnörkel
im schriftbild der straße
die spuren der fußgänger.
wenn du aufsiehst,
stürzt sich der himmel auf dich.

(1975)

vorwinter

nach einem gemälde von Millet
für Michael Guttenbrunner

am grauverwachsnen himmel
taumelt ein krähenschwarm
und orakelt dunkle sprüche
im streuwurf über den acker.
faulendes kraut und zottige strünke
aus dem erdreich geraffelt,
mit der balkenegge zusammengeschleift
und zu haufen geworfen.

mitten im feld steckt noch ein pflug,
gezinge samt rädern, balken aus holz,
die sterze zu boden gedrückt,
auf der spitze des grindels,
schräg in den himmel gelehnt,
ein krächzender rabe, müde,
im flugbild höheren ortes komparse
einträchtigen hungers zu sein.

rings um den ödhügel wintern die
krautäcker ein, leer und erschöpft.
das licht zu schwach, um aufzuklaren.
der ewigkeit vordunkel – ein allerseelentag
aus dreck und faulen strünken.
durch wieviel einsamkeit stößt
jener schrei, der eisig ins mark
fährt außer aller welt?

(1981)

[*sterze:* der dem Pflüger zugewandte Griff des Pflugs. – *grindel:* Pflugbaum; der Teil, mit dem der Körper des Pflugs in der Erde fortgezogen wird.]

väterlicherseits, mütterlicherseits

meine vorväter zum beispiel haben
pferde beschlagen und reifen
auf die speichenkränze von wagenrädern
gezogen. großvater mütterlicherseits
ging in die sägemühle, balken und bretter
schneiden. nach der arbeit saß er
flunkernd im kretscham bei fuseldunst.
zu hause acht kinder. großvater
väterlicherseits fügte die hölzer
zu schränken, tischen, kommoden
um einen hungerlohn. sonntags jagte er
schmetterlinge zu seinem vergnügen
und spießte sie weidgerecht auf.
erfror novembernachts im walde,
vom schlaf übermannt. die lebensspur
des seefahrers Johann Gottlieb Wancke
aus Gruben verlor sich auf einer fahrt
nach Ostindien. weiß der himmel, wie es
ihn dorthin verschlagen. ein gewisser
Tannenberg, Friedrich Wilhelm, nahm
sein schicksal nicht an, als fröner
in den sielen zu sterben. er schnürte
sein bündel, enthob sich aller
untertanenpflichten klammheimlich
bei nacht zum verdruß einer
zanksüchtigen frau. als vogelfreier
josef, der sich selber zum bettler
mit unsichtbarer krone bestimmte,
zog er vagabundierend im lande umher.
ein anderer, lange vor mir auf der welt,
ging auf den garnhandel als ehrsamer
landgänger mit pfennigkram, auch ihn
trieb es unruhvoll um auf den straßen,
als ob ein weberschiffchen tschickte
und tschackte in seiner brust.
am webstuhl saßen sie in stickiger,
niedriger stube, bleichgesichtige
hungerleider sie alle auf lebenszeit,
denen der brotkorb immer eine etage
zu hoch hing, die von fettlebe träumten,
von einem schubfach, gefüllt mit blanken,
klimpernden talern und gulden. armut blieb
ihr teil, solange sie schürgten und würgten.
viertelhüfner, achtelhüfner, die auf
das ackerwerk setzten und ihre feldstreifen
bestellten, gesträngt in den pflichtenkreis,
wie ihn herkommen und brotzirkel gezogen.
aus der eignen mitte leben konnte nur heißen
ewig und drei tage im göpel gehn
mit scheuklappen wie der spatlahme gaul.
eh noch die alte schuld getilgt, drückte

schon wieder eines neuen krieges kontribution
auf schulter und scheune. keine großen
kirchenlichter, keine heldentaten
vollbracht. ein geschlecht von handwerkern
und kleinbauern, nie aus dem dunkel
getreten seiner und meiner leibeigenen
geschichte, überliefert auf den wurmfressigen
seiten einer bibel, von deren buchenholzdeckeln
das schweinsleder in fetzen hängt.

über die sprossen der himmelsleiter
purzeln kopfunter kälberbeine
und birnhaken. darauf
mach ich mir einen vers.

(1981)

[*kretscham:* Dorfkneipe. – *schürgen:* schieben, stoßen, treiben; hier: sich quälen. – *Hüfner:* Besitzer einer Hufe (früheres Durchschnittsmaß bäuerlichen Grundbesitzes). – *Göpel:* alte Drehvorrichtung zum Antrieb von Arbeitsmaschinen. – *spatlahm:* ›Spat‹ ist eine Pferdekrankheit, bei der sich an den Hinterbeinen Knoten bilden.]

Vor der Haustür

manchmal morgens,
wenn ich vor die haustür trete,
den Stadtrand noch stille anwandelt
für einen atemzug,
umfängt mich herzbeklemmend die fremde.
nichts kommt auf mich zu.
nichts werde ich kommen lassen
auf diesen abgetretnen gehwegplatten.

mein weltvertrauen setzt
auf jede postwurfsendung,
auf knüllpapier im schnittgerinne,
auf pflichtbewußtes anstandsgrün,
gezargt in kümmerwuchsrabatten.
eine fremde, kehlumspannend,
zaunentlang und mauerhin.
ein fremdling bin ich
mir selbst, landlos,
dorfverloren, ausgesandt,
das leben zu bestehn
am hauseck, an das die hunde pissen.

Erdlebenbilder

geboren zu Klipphausen, zwei morgen wind
hinterm haus, das war an die hügellehne
gesetzt, aus lehm und stroh die gefache,
zwei käfterchen oben, zwei unten,
von fliegenwolken geschwärzt stube
und stall, am schleifstein geschärft
und blank gerieben die requisiten
der handarbeit, in den lebensfluten
unverdrossen gestochert mit der mistgabel,
ach, was für ein schund bei den bauern,
einschüriger lebensdrang, die feldzeichen
unabänderlich gesetzt, vorm tor stand schützend
der prellstein, drauf saß ich und sah
staunend die welt vor meinen füßen,
am schloß drüben bauchte sich noch immer
der kapphahn, zum einsitzen am eisen gebaut,
hold und gewärtig auf gedeih und verderb,
in den staubfanz geschleift so viele
der deinen vor dir, die ganze zerfrömmelte
gevatterschaft, das ist kein umgang für dich,
ach du mein kotzbrocken, warum so ochsig?
ach, du mein krachscheit, warum so häuslich
bedacht auf zank und streit? laß endlich
gut sein, am ende haben wir noch immer
das kürzere hölzchen gezogen, aber
den einfachen wahrheiten, die nur
aus nackten tatsachen bestanden, zuversichtlich
ins auge geblickt, der aberglaube regierte
als unumschränkter souverän, faß an,
kiesling der marken, brennesselwinkel
in die schönheit der zukunft getaucht,
da sah ich, wie sich die brandadern
zogen durchs distelland, windverblasen
wollige büschel, zunge zur erde
gestreckt um einen schlurf ohne bedenken,
sage nur noch einmal hedel für krauthaupt
und versprich nicht immer das blaue
vom himmel, das nicht stich hält, mir reicht
schon das land des goldnen gezinges,
den weizen, der uns geblüht hat, hab ich
abraffeln müssen, gläserne ackerfrucht,
herzbruders tischgespräche, wer wollte
dir glauben schenken, wenn du schon wieder
eins deiner lügenmärchen als blanke wahrheit
in die welt gesetzt hast, wers glaubt,
wird selig, von wegen brauereitreppe
heruntergeritten, einen sack angezogen
zur not, das ja, aber sie trieben gespött
mit uns allen, erdlebenbilder, abgewuchtet,
abgeweidet, mondgefleckter abend, wie er
schöner nie wieder sein kann, die nachtvögel
riefen sich zu, daß dir bang wurde, lieber
das klatschen des taubenschwarms gehört,
wenn er sich elegant in die kurve legte
über der scheibe, wo schäfer, wo schweine-
meister, durchlauchts treueste diener, wohnten
und werkten, wer bloß gab mir auf den weg,
gott hätte die teufel gesalbt und allerlei
fürstlichkeiten über die vornehmlich
deutsche erde gesetzt? lehmgestalt,
steh auf und wandle, geh deiner wege,
warum sollte der himmel ein einsehen haben
ausgerechnet mit dir, geboren zu Klipphausen?

[*einschürig:* (von Wiesen u. Schafen) nur für einen einmaligen Schnitt, eine einmalige Schur im Jahr geeignet. – *kapphahn:* Kapaun; so hieß der Gefängnisturm am Schloss zu Klipphausen. – *staubfanz:* Fanz ist Bezeichnung für Landstreicher, Schelm. – *kiesling:* Kiesel, Feldstein. – *gezinge:* Flur- u. Straßenname; etwas Eingegrenztes, Eingezingeltes. – *abraffeln:* das mit der Sense gemähte Getreide zu Garben raffen.]

KARL MICKEL

1935–2000

Reisen

Aus Zügen sehn, die Gegend weit
Stilles Grinsen über dem Land
Ein Hügel macht dem Zug die Beine breit
Fetter Ruß auf Gesicht und Hand

Fahrtwind greift mir ins Gesicht
Woher er kommt, wohin er geht, wer weiß
Mich trifft er unterwegs, er bricht
Sich an Brillengläsern, Gleis

Horizont klafft gelbhell
In Zügen fahren fahren fahren schnell

Die Hände streck ich aus dem Zug
Ich will mit der Hand sehn!
Hand Hand Windpflug
Begreifen ist schön.

(1957)

Die Friedensfeier

Zeitgenössische Phantasie auf einen noch zu erkämpfenden Tag

Zuerst werden wir uns blütenweiße Hemden kaufen
Dann lassen wir uns drei Tage lang voll laufen

Wenn wir wieder nüchtern und kalt abgeduscht sind
Machen wir unseren Frauen jeder ein Kind

Dann starrn wir rauchend den sternvollen Himmel an.
Morgens dann, viertel nach vier, geht der run

Auf Schneidbrenner los, die begehrten Artikel
Einer davon ist ganz sicher für Mickel.

Dann verteilen wir uns über Luft, Land und Meer
Und machen uns über das Kriegsgerät her

Und alles hackt und schneidet, zerrt, reißt, schweißt
Spuckt an, pißt dran, sitzt oben drauf und schweißt

Und schmeißt mit Steinen, sprengt mit Sprengstoff weg:
Das ist des Sprengstoffs *höchsterrungner* Zweck!

In Geschützrohre bohren wir kleine Löcher hinein
Dort ziehen dann Spechte und Stare ein

Wers kann, kann auf ausgeblasnen Raketen
Wie auf Taminos Zauberflöte flöten

Mit U-Booten fangen wir Haie und andere Fische
Die Frauen decken die Generalstabstische

An Schlagbäumen werden Ochsen und Hammel gebraten
Von nackten Männern, die waren Soldaten

Und besser als es Uniformen können
Wärmt sie das Feuer, drin die Uniformen brennen.

Rot glühn die Martinöfen auf, in ihren Bäuchen
Vergehn, entstehen Welten! Wie wir keuchen

Vor Wollust, wenn wir sehen: hart wird weich
Und wenn sichs wieder härtet, wird zugleich

Das Krumme grad. Wir waren krumm und dumm!
Wir schleppen Schrott, wir schmieden, pflügen um:

Wenn wir dann die müd-müden Rücken recken
Durchstoßen die Köpfe die Zimmerdecken

Nur in den Nächten jahrein, jahraus
Wir träumen uns ins Mauseloch als Maus.

(1962)

Der See

See, schartige Schüssel, gefüllt mit Fischleibern
Du Anti-Himmel unterm Kiel, abgesplitterte Hirnschal
Von Herrn Herr Hydrocephalos, vor unsern Zeitläuften
Eingedrückt ins Erdreich, Denkmal des Aufpralls
Nach rasendem Absturz: du stößt mich im Gegensinn
Aufwärts, ab, wenn ich atemlos nieder zum Grund tauch
Wo alte Schuhe zuhaus sind zwischen den Weißbäuchen.

Totes gedeiht noch! An Ufern, grindigen Wundrändern
Verlängert sichs, wächsts, der Hirnschale Haarstoppel
Borstiges Baumwerk, trägfauler als der Verblichene
(Ein Jahr: ein Schritt, zehn Jahr: ein Wasserabschlagen
Ein Jahrhundert: ein Satz). Das soll ich ausforschen?
Und die Amphibien. Was sie reinlich einst abschleckten
Koten sie tropfenweis voll, unersättlicher Kreislauf
Leichen und Laich.

Also bleibt einzig das Leersaufen
Übrig, in Tamerlans Spur, der soff sich aus Feindschädel-
Pokalen eins an (»Nicht länger denkt der Erschlagene«
Sagt das Gefäß, »nicht denke an ihn! « sagt der Inhalt).

So faß ich die Bäume (»hoffentlich halten die Wurzeln!«)
Und reiße die Mulde empor, schräg in die Wolkenwand
Zerr ich den See, ich saufe, die Lippen zerspringen
Ich saufe, ich saufe, ich sauf – wohin mit den Abwässern!
See, schartige Schüssel, gefüllt mit Fischleibern:

Durch mich durch jetzt Fluß inmitten eurer Behausungen!
Ich lieg und verdaue den Fisch

(1963)

Kindermund

Was ist das für ein Krach!   Was muß ich, leider, hören?
Die Eltern sind entzweit   und wollen sich zerstören
Und mich mit ihnen mit!   Oh wollet doch bedenken
Von Schuld ist keine Spur   die Sach ist einzurenken!
Daß du, Papa, studierst   sollst du, Mama, nur loben
Wenn du, Mama, bist müd   sollst du, Papa, nicht toben.
Wer heut nicht weiter lernt   ist morgen nicht zu brauchen
Die Wissenschaft geht fort: da müssen Köpfe rauchen.
Was soll die Frau im Haus?   wo Menschen sind, ist Leben
Im Leben wird sie klug   und wird sie müde eben.
Der Staat, der seid ihr selbst   will Arbeitszeit verkürzen
Das Angebot erhöhn   die freie Zeit euch würzen
Mit Liebe, Kunst und Sport: was ist zuvor zu leisten?
Mehr Produktivität!   das wissen doch die Meisten.
Was heute kostet Kraft   ist morgen unsre Freude
Daß ihr die Kraft besitzt: erfreut euch das nicht heute?
Warst du, Mama, nicht froh   als sie Papa genommen
Zum Fernstudenten an?   Wie bist du heimgekommen
Papa, mit Blumen! Als   Mama der Orden schmückte.
Jetzt schreit ihr Ach und Weh   als ob euch all nichts glückte!

(1972)

HEINZ CZECHOWSKI

* 1935

Flußfahrt

I

Frühnebel. Die Dörfer
Eingegrenzt vom Fluß und den Bergen.
Gutgestimmte Hähne
Wechseln den Morgengruß.
Uferzonen,
Besetzt von wiederkäuendem Vieh,
Treiben dahin. Die Sonne,
Ein randloses Licht,
Erscheint dem Tag:
Brandsätze falln, da
Ist die Welt gegenwärtig
In sächsisch-böhmischen Dörfern.

2

Jetzt sprich deine Sprache, Land,
Verschweig nichts
Mit postkartenreifen Idyllen.
Geschrieben wird nicht
Der Gruß aus dem Nichts:
Stehn sprachlos und kalt
Noch die Städte,
Zensieren zerbrochene Brücken
Noch die Geschichte?

3

Nach einer anderen Sprache verlangen
Die nichtgeschriebenen Sätze:
Zu beiden Seiten des Flusses
Nehmen Autokolonnen
Mit tödlichem Blei
Das Grün unter Beschuß.
Und die Sprache –
Jetzt ist sie ein Schlager:
Nimm den *Sonnenstein*
In dein Herz hinein.
(Und das Gedicht,
Gedankenlos fast,
Ist eine Arabeske,
An den Rand der Geschichte
Gezeichnet.)

4

Größers wolltest auch du! –
Ein Echo,
Zurückgeworfen
Von Felsen.
Hier nicht
Ist der Winkel von Hardt,
Wenn auch der Wald
Hinunter sinket und sinnt
Über den Fußtritt des Schicksals.

5

Uns bleibt,
Im Bilde zu bleiben,
Unsere Losung,
Auch wenns die Gedanken
Zu Grund zieht
Wie überfrachtete Kähne.

(*Sonnenstein:* Schloß bei Pirna a. d. Elbe, ehemalige Landesheil- und Pflegeanstalt.)

[*sprachlos und kalt:* vgl. Hölderlins Gedicht »Hälfte des Lebens«. – *Größers wolltest auch du:* Anfang von Hölderlins Gedicht »Lebenslauf«. – *»Winkel von Hardt«:* Gedicht von Hölderlin.]

An Freund und Feind

Wie wir das lesen ist unsere Sache:
Jeder gegen jeden, noch immer?
Und der gegen die symmetrische Welt?
Die Wahrheit? Ja! – Doch nicht die ganze.
Sicher: hier läutet nicht nur die Galle,
Hier wird die Trommel kaum noch gerührt.
Sandkorn um Sandkorn rieselt die Eisenzeit
Ein in das Unsre und in die Welt
Der Schafe und Sterne.
Wir sagen uns Zaubersprüche,
Wir schreiben uns Briefe mit blauen Siegeln –
Wer aber soll das rezensieren?
Wo wir auch hinsehn:
Die goldenen Stühle
Längst schon besetzt
Von Kopien nach Originalen.

[*»Gegen die symmetrische Welt«:* Titel eines Gedichtbandes von Volker Braun (1974). – *»Eisenzeit«:* Titel eines Gedichtbandes von Karl Mickel (1975). –*»Schafe und Sterne«:* Titel eines Gedichtbandes von Heinz Czechowski (1974).]

Was mich betrifft

Erziehungsberechtigt,
Und doch
Ständig bedroht von meinen Erziehern;

Mit gelockerter Zunge
Mündig geworden,
Und doch
Ständig angehalten, den Mund zu halten,

Geh ich –
Ich sagt' es schon einmal –
Noch immer im Kreis.

Auf mich also verwiesen
Im Guten und Schlechten,
Teile ich mit:

Was mich betrifft,
So bin ich ich.

Die Zunge der Schlange ist
Geschickter als meine,
Die Haut des Chamäleons
Paßt sich vortrefflicher noch als die meine
Den jeweils herrschenden Umständen an.

Meine Vorzüge, ich gebe es zu,
Sind vergleichsweise gering: aber

Daß ich nicht kriechen kann
Und meine Farbe nicht wechseln

Je nach Belieben,
Ist auch eine Gnade, für die ich

Niemand zu danken habe,
Außer mir selbst.

In Deutschland (1986)

Von Kaisborstel nach Tielenhemme
Fährt mich K. mit seinem
Turbogetriebenen Superautomobil
Übern Nordostseekanal, auf dem
Ein Eisbrecher das Wasser öffnet,
Aber das Eis sich hinter ihm
Gleich wieder schließt.
Alles ist metaphorisch, sagt K., und ich
Widerspreche ihm nicht.
Nach einer stummen Umarmung
Sitzt S. mir am Tisch gegenüber,
Jeden Blickkontakt meidend. Doch unser Gespräch
Setzen wir fort, als hätten wirs erst gestern
Abend in Halle beendet.
Später, allein mit dem Hund,
Gehen wir zwischen den beiden
Meeren unter der Starkstromleitung,
Die, glaube ich, immer noch
Deutschland mit Deutschland verbindet.
Mehrere Horizonte
Lassen uns Städte ahnen, Atom-
Meiler, Wieder-
Aufbereitungsanlagen, Panzer, Soldaten.
Der Himmel darüber
Verkündet ein großes Verhängnis,
Das kommen wird, während ein Bauer
Seinen Mercedes am Eiderdeich parkt,

Um sich nach dem Preis
Von S. schwarzem neufundländischem Hund
Zu erkundigen. So
Vergehen die Tage, bis ich über Heide und Hamburg
Nach Hause zurückkehr,
Wo alles noch so ist,
Als wäre ich niemals im anderen Deutschland gewesen.
Abends gehe ich ins Theater,
Um mir noch einmal mein Stück anzusehen. Ach, welche Langmut
Kennt die Geschichte: seit fünfzig Jahren
Keine Veränderung, transparent
Schimmert die Hoffnung aus den Kulissen und
Kaum erreichbar.

[*Kaisborstel, Tielenhemme:* in Schleswig-Holstein; Wohnorte von Günter Kunert und Sarah Kirsch, die früher in der DDR lebten.]

Die überstandene Wende

Was hinter uns liegt,
Wissen wir. Was vor uns liegt,
Wird uns unbekannt bleiben,
Bis wir es
Hinter uns haben.

(November 1989)

VON MYTHEN GETRAGEN,
Aufgefangen
Vom Nichts:

Am Rande des Alters
Stehst du auf Trümmern.

Lautlos.

Jetzt fragen die Stimmen,
Die dir
Unbekannt sind,

Nach deinem
Immerwährenden
Testament.

Nie
Bist du der gewesen,
Von dem du träumtest.

Ein Dröhnen,
Aufgegeben
Als Fax,

Den Nächsten,
Der von dir spricht,
Zu erreichen.

REINER KUNZE

* 1933

Düsseldorfer impromptu

Der himmel zieht die erde an
wie geld geld

Bäume aus
glas und stahl, morgens
voll glühender früchte

Der mensch
ist dem menschen
ein ellenbogen

(1964)

Sensible wege

Sensibel
ist die erde über den quellen: kein baum darf
gefällt, keine wurzel
gerodet werden

Die quellen könnten
versiegen

Wie viele bäume werden
gefällt, wie viele wurzeln
gerodet

in uns

(1966)

Von der notwendigkeit der zensur

Retuschierbar ist
alles

Nur
das negativ nicht
in uns

(1966)

Kurzer lehrgang

Dialektik

Unwissende damit ihr
unwissend bleibt

werden wir euch
schulen

Aesthetik

Bis zur entmachtung des
imperialismus ist
als verbündet zu betrachten

Picasso

Ethik

im mittelpunkt steht
der mensch

Nicht
der einzelne

(1966/68/59)

Silberdistel

Sich zurückhalten
an der erde

Keinen schatten werfen
auf andere

Im schatten der anderen
leuchten

(1979)

In Salzburg,
auf dem Mönchsberg stehend

(nach ankunft im westen Europas)

Wiederzukehren
hierher, können von nun an mich hindern
armut nur, krankheit
und tod

Im kupferlaub der dächer geht der blick
den abend ab

Heimat haben und welt,
und nie mehr der lüge
den ring küssen müssen

Peter Krön zugeeignet

die mauer

Zum 3. oktober 1990

Als wir sie schleiften, ahnten wir nicht,
wie hoch sie ist
in uns

Wir hatten uns gewöhnt
an ihren horizont

Und an die windstille

In ihrem schatten warfen
alle keinen schatten

Nun stehen wir entblößt
jeder entschuldigung

[*die mauer:* von der DDR seit August 1961 errichtete Grenzmauer, die Berlin teilte und die DDR und die BRD trennte; seit November 1989 abgebaut. – 3. oktober 1990: Tag des Beitritts der DDR zur Bundesrepublik Deutschland.]

mit dieser fahne schon

Für Heinrich Oberreuter

Manche hätten ihr den wind
am liebsten ausgeredet

Wir aber hatten gesetzt auf ihn

Wir hatten gehofft
auf das eine land
mit der einen fahne

Auf das land,
das nicht leugnet,
mit der fahne,
die in frieden läßt

in Erlau, wortfühlig

Wir schlafen, die wange am fluß,
an der unbeirrbarkeit des wassers

Doch immer öfter liegen wir wach,
um halt zu finden an der stille

Abseits der wörter
von den wühltischen der sprache

Vor dem haus, in der astgabel der eibe,
brütet die amsel unhörbar gesang aus,

und die glocke von Pyrawang jenseits des stroms
bucht ab von der zeit

[*in Erlau:* R. Kunze, der 1977 die DDR verließ, wohnt in Obernzell-Erlau bei Passau.]

FRANZ JOSEF DEGENHARDT

* 1931

Für wen ich singe

Ich singe nicht für euch,
ihr, die ihr eure Riemen enger schnallt,
wenn es um Höheres geht.
Ihr, bis zum Rand voller Gefühlsmatsch,
ihr, die ihr nichts so haßt
wie eure eigenen verschwärten Leiber,
die ihr euch noch in Fahnen wickelt,
Hymnen singt,
wenn euch der Strahlengürtel schnürt.
Und nicht für euch,
ihr high-life-Spießer mit der
Architektenideologie,
ihr frankophilen Käselutscher,
ihr, die ihr nichts so liebt
wie eure eignen parfümierten Pöter,
ihr, die ihr euch nicht schämt
den Biermann aufzulegen,
weil der so herrlich revolutionär ist.
Nein, für euch nicht.

Ich singe nicht für euch,
ihr vollgestopften Allesfresser mit der
Tischfeuerzeugkultur.
Ihr, die ihr eure Frauen so wie
Steaks behandelt und vor
Rührung schluchzt, wenn eure fetten Köter
sterben. Die ihr grinst, wenn ihr an
damals denkt,
wie über einen Herrenwitz.
Und nicht für euch,
die ihr nur lebt, weil hier zuviel
und anderswo zuwenig Brot
herumliegt. Tempelstufenhocker,
ihr, die ihr nichts so liebt
wie eure eignen ungewaschnen Bäuche,
die ihr mit blödem
Haschisch-Lächeln eure
gesetzlosen Gesetze vor euch hin lallt.
Nein, für euch nicht.

Ich sing für euch,
die ihr die feige Weisheit eurer Heldenväter
vom sogenannten
Lauf der Welt in alle Winde schlagt
und einfach ausprobiert,
was richtig läuft. Die ihr den Lack, mit dem
die Architekten überpinseln,
runterbrennt
von allem rissigen Gebälk.
Für euch,
die ihr die fetten Köter
in die Sümpfe jagt, nicht schlafen könnt,
wenn ihr an damals denkt, und alle
Allesfresser schnarchen hört
und nicht auf Tempelstufen hocken wollt,
solang der Schlagstock noch
die weiße Freiheit regelt,
Napalm noch die Speise für die Armen ist,
ich sing für euch.

(1967)

Deutscher Sonntag

Sonntags in der kleinen Stadt,
wenn die Spinne Langeweile
Fäden spinnt und ohne Eile
giftig-grau die Wand hochkriecht,
wenn's blank und frisch gebadet riecht,
dann bringt mich keiner auf die Straße,
und aus Angst und Ärger lasse
ich mein rotes Barthaar stehn,
lass' den Tag vorübergehn,
hock am Fenster, lese meine
Zeitung, decke Bein mit Beine,
seh, hör und rieche nebenbei
das ganze Sonntagseinerlei.

Da treten sie zum Kirchgang an,
Familienleittiere voran,
Hütchen, Schühchen, Täschchen passend,
ihre Männer unterfassend,
die sie heimlich vorwärts schieben,
weil die gern zu Hause blieben.
Und dann kommen sie zurück
mit dem gleichen bösen Blick,
Hütchen, Schühchen, Täschchen passend,
ihre Männer unterfassend,
die sie heimlich heimwärts ziehn,
daß sie nicht in Kneipen fliehn.

Wenn die Bratendüfte wehen,
Jungfraun den Kaplan umstehen,
der so nette Witzchen macht.
Und wenn es dann so harmlos lacht,
wenn auf allen Fensterbänken
Pudding dampft, und aus den Schenken
schallt das Lied vom Wiesengrund
und daß am Bach ein Birklein stund,
alle Glocken läuten mit,
die ganze Stadt kriegt Appetit:
Das ist dann genau die Zeit,
da frier ich vor Gemütlichkeit.

Da hockt die ganze Stadt und mampft,
daß Bratenschweiß aus Fenstern dampft.
Durch die fette Stille dringen
Gaumenschnalzen, Schüsselklingen,
Messer, die auf Knochen stoßen,
und das Blubbern dicker Soßen.
Hat nicht irgendwas geschrien?
Jetzt nicht aus dem Fenster sehn,
wo auf Hausvorgärtenmauern
ausgefranste Krähen lauern.
Was nur da geschrien hat?
Ich werd so entsetzlich satt.

Wenn Zigarrenwolken schweben,
aufgeblähte Nüstern beben,
aus Musiktruhn Donauwellen
plätschern, über Mägen quellen,
hat die Luft sich angestaut,
die ganze Stadt hockt und verdaut.
Woher kam der laute Knall?
Brach ein Flugzeug durch den Schall?
Oder ob mit 'm Mal die Stadt
ihr Bäuerchen gelassen hat?
Die Luft riecht süß und säuerlich.
Ich glaube, ich erbreche mich.

Dann geht's zu den Schlachtfeldstätten,
um im Geiste mitzutreten,
mitzuschießen, mitzustechen,
sich für wochentags zu rächen,
um im Chor Worte zu röhren,
die beim Gottesdienst nur stören.
Schinkenspeckgesichter lachen
treuherzig, weil Knochen krachen
werden. Ich verstopf die Ohren
meiner Kinder. Traumverloren
hocken auf den Stadtparkbänken
Greise, die an Sedan denken.

Dann ist die Spaziergangstunde,
durch die Stadt, zweimal die Runde.
Hüte ziehen, spärlich nicken,
wenn ein Chef kommt, tiefer bücken.
Achtung, daß die Sahneballen
dann nicht in den Rinnstein rollen.
Kinder baumeln, ziehen Hände,
man hat ihnen bunte, fremde
Fliegen – Beine ausgefetzt –
sorgsam an den Hals gesetzt,
daß sie die Kinder beißen solln,
wenn sie zum Bahndamm fliehen wolln.

Wenn zur Ruh die Glocken läuten,
Kneipen nur ihr Licht vergeuden,
wird's in Couchecken beschaulich.
Das ist dann die Zeit, da trau ich
mich hinaus, um nachzusehen,
ob die Sterne richtig stehen.
Abendstille überall. Bloß
manchmal Lachen wie ein Windstoß
über ein Mattscheibenspäßchen.
Jeder schlürft noch rasch ein Gläschen
und stöhnt über seinen Bauch
und unsern kranken Nachbarn auch.

Sonntags in der kleinen Stadt,
sonntags in der deutschen Stadt.

(1965)

[*Sedan:* 1. 9. 1870 Schlacht bei Sedan; Gefangennahme Napoleons III. Später ständige ›Sedanfeiern‹ im Deutschen Reich.]

Die alten Lieder

Wo sind eure Lieder,
eure alten Lieder?
fragen die aus andren Ländern,
wenn man um Kamine sitzt,
mattgetanzt und leergesprochen
und das high–life–Spiel ausschwitzt.

Ja, wo sind die Lieder,
unsre alten Lieder?
Nicht für'n Heller oder Batzen
mag Feinsliebchen barfuß ziehn,
und kein schriller Schrei nach Norden
will aus einer Kehle fliehn.

Tot sind unsre Lieder,
unsre alten Lieder.
Lehrer haben sie zerbissen,
Kurzbehoste sie verklampft,
braune Horden totgeschrien,
Stiefel in den Dreck gestampft.

(1966)

Adieu, Kumpanen

Für Wolfgang Neuss

Ich werd' jetzt ziehn, Kumpanen, und kann mich erholen
von diesem Land, vom Rhein gespalten bis nach Polen;
dem Land, von meinem roten Sangesbruder Biermann drüben
mit einem Arsch verglichen – das wir trotzdem lieben.
Auch wenn wir beide nicht von Maas bis Memel singen:
von diesem Land mit seinen hunderttausend Dingen,
den schönen Mädchen, Wäldern, Bieren, vollen Scheunen,
den Führungskräften, Sonntagsworten und den Todeszäunen.
Aus diesem Land zieh' ich jetzt fort, kann mich verschnaufen.
Kumpanen, darauf wollen wir noch einen saufen.
Adieu, Kumpanen, ich zieh' in ein andres Land.

Ich würg' schon lang an diesen brei'gen Sonntagssprüchen,
und diesen Führungskräfteschweiß kann ich nicht länger riechen.
Mir schlägt das Brüllen jener Leute auf den Magen,
die – humbatätärä – sich auf die Schenkel schlagen.
Der Klassenzimmermief, der rüberweht von Osten,
die Oberlehrerhymnen bringen mich zum Kotzen.
Und wenn es knattert in der Nacht, sag' ich mir: »Schlafe!«
Ich seh' zwar Zäune, doch was springt und fällt, sind keine Schafe.
Daß jeder dahin, wo er leben will, kann laufen,
Kumpanen, darauf wollen wir noch einen saufen.
Adieu, Kumpanen, ich zieh' in ein andres Land.

Daß unsre Mädchen nicht in Kitteln aufmarschieren,
und daß die Führungskräfte nach Marihuana gieren,
und daß die Jäger euch nicht in die Zäune treiben,
und daß die Sonntagsworte in den Kehlen steckenbleiben,
daß unsre Kinder nicht vom Rumpelstilzchen träumen,
daß auch das Bier läuft, ohne allzuviel zu schäumen,
und daß Taranteln alle Oberlehrer küssen,
daß sie zu ihren eignen Hymnen twisten müssen,
und daß die Händler nicht den letzten Baum verkaufen,
Kumpanen, darauf wollen wir noch einen saufen.
Adieu, Kumpanen, ich zieh' in ein andres Land.

Kumpanen, ihr aus den Provinzen vor den Zäunen,
verfreßt euch nicht, trotz eurer übervollen Scheunen.
Das In-den-Spiegel Gucken, Grinsen, Zwiebelschneiden,
ein bißchen Job und Jazz und Sex und Krach vermeiden:
Das alles reicht nicht mehr. Man ist schon bei den Proben.
Die Henker bürsten grinsend ihre alten Roben.
Verstellt die Weichen, wenn sie Züge rückwärts schalten,
so lang, bis sie sich wieder an den Fahrplan halten.
Daß wir uns wiedersehn in gleichen, freien Haufen:
Kumpanen, darauf wollen wir noch einen saufen.
Adieu, Kumpanen, ich zieh' in ein andres Land.

(1965)

DIETER SÜVERKRÜP

* 1934

Wünsche des Publikums an den Sänger

Sing' uns ein Lied von sieben kleinen Irren,
ein schwarzes Lied mit niedlichem Refrain.
Sing' uns so traulich, daß die Scheiben klirren,
bring uns auf mythologisches Terrain.

Sprich alles aus, doch sag' es schon vergoren.
Übe Kritik, jedoch im Konjunktiv.
Und sei modern und mach' uns weltverloren.
Und schmück' uns mit der andern Leute Mief.

Und sag' uns, wo die wahren Spießer sitzen,
damit wir uns alle einig sind.
Derweil sie in den Wurstfabriken schwitzen,
weht doch auf unserm Berg ein andrer Wind.
Falderah!

Ein Lied wo's hinter Hinterhöfen gruselt,
sing uns. Vielleicht auch was Chirurgisches.
Sing' niemals, von Gedankens Kraft umfuselt,
Blasphemisches sowie Liturgisches!

Vertritt des Menschen Recht! Doch nicht fanatisch!
Mach' es ironisch und mit Zartgefühl.
Sing' uns von Irren, aber sing' sympathisch.
Wir frieren, denn der Mai ist naß und kühl.

Klag' an das Leid, doch bleib' dabei poetisch,
damit du uns nicht aus der Stimmung bringst.
Und mach' es bitte nicht so theoretisch
wie dieses Lied, das du gerade singst.
Falderah!

HANNS DIETER HÜSCH

* 1925

Ich sing für die Verrückten
Die seitlich Umgeknickten
Die eines Tags nach vorne fallen
Und unbemerkt von allen

An ihrem Tisch in Küchen sitzen
Und keiner Weltanschauung nützen
Die tagelang durch Städte streifen
Und die Geschichte nicht begreifen

Die sich vom Kirchturm stürzen
Die Welt noch mit Gelächter würzen
Und für den Tod beizeiten
Sich selbst die Glocken läuten

Die an den Imbißtheken hängen
Sich weder vor- noch rückwärtsdrängen
Und still die Tagessuppe essen
Dann alles wieder schnell vergessen

Die mit den Zügen sich beeilen
Um nirgendwo zu lang zu weilen
Die jeden Abschied aus der Nähe kennen
Weil sie das Leben Abschied nennen

Die auf den Schiffen sich verdingen
Und mit den Kindern Lieder singen
Die suchen und die niemals finden
Und nachts vom Erdboden verschwinden

Die Wärter stehen schon bereit mit Jacken
Um werkgerecht die Irrenden zu packen
Die freundlich auf den Dächern springen
Für diese Leute will ich singen

Die in den großen Wüsten sterben
Den Schädel schon in tausend Scherben
Der Sand verwischt bald alle Spuren
Das Nichts läuft schon auf vollen Touren

Die sich durchs rohe Dickicht schieben
Vom Wahnsinn wund und krank gerieben
Die durch den Urwald aller Seelen blicken
Den ganzen Schwindel auf dem Rücken

Ich sing für die Verrückten
Die seitlich Umgeknickten
Die eines Tags nach vorne fallen
Und unbemerkt von allen

Sich aus der Schöpfung schleichen
Weil Trost und Kraft nicht reichen
Und einfach die Geschichte überspringen
Für diese Leute will ich singen.

(1969)

Utopie

Ich seh ein Land mit neuen Bäumen
Ich seh ein Haus aus grünem Strauch
Und einen Fluß mit flinken Fischen
Und einen Himmel aus Hortensien seh ich auch

Ich seh ein Licht von Unschuld weiß
Und einen Berg der unberührt
Im Tal des Friedens geht ein junger Schäfer
Der alle Tiere in die Freiheit führt

Ich hör ein Herz das tapfer schlägt
In einem Menschen den es noch nicht gibt
Doch dessen Ankunft mich schon jetzt bewegt
Weil er erscheint und seine Feinde liebt

Das ist die Zeit die ich nicht mehr erlebe
Das ist die Welt die nicht von unsrer Welt
Sie ist aus feinstgesponnenem Gewebe
Und Freunde glaubt und seht: sie hält

Das ist das Land nach dem ich mich so sehne
Das mir durch Kopf und Körper schwimmt
Mein Sterbenswort und meine Lebenskantilene
Daß jeder jeden in die Arme nimmt.

WOLF BIERMANN

* 1936

Die Ballade von dem Drainage-Leger Fredi Rohsmeisl aus Buckow

1

Das ist die Ballade von Fredi Rohsmeisl
Drainage-Leger auf den Äckern um Buckow
Gummistiefel hoch bis zum Bauch
Sein Häuschen links am Fischerkietz.
Bei Lene Kutschinsky war Tanz
Er hat auseinander getanzt
Mit seiner Verlobten – das war verboten
Na schön …

Junge, ich hab Leute schon tanzen sehn
Junge, das war manchmal schon nicht mehr schön.
Aber schadet uns das?
Nein.

2

Und als er so wild auseinander tanzt
Die Musik war heiß und das Bier war warm
Da hatten ihn plötzlich zwei Kerle am Arm
Und schmissen ihn auf die Taubengasse.
Und schmissen ihn über den Lattenzaun
Und haben ihn in die Fresse gehaun
Und er hatte noch nichts getan
Und hatte den hellblauen Anzug an.

Junge, ich hab Leute schon schlagen sehn
Junge, das war manchmal schon nicht mehr schön.
Aber nützt uns das?
Nein.

3

Da hat Fredi Rohsmeisl beide verrammt
Zwei links zwei rechts er traf genau
Und waren zwei große Kerle die zwei
Halb Buckow sah ihm zu dabei.
Das Überfallauto kam antelefoniert
Hat Fredi halb tot gehaun
Das haben die Buckower Männer gesehn
Und auch die Buckower Fraun.

Junge, ich hab Leute schon zusehn sehn
Junge, das war manchmal schon nicht mehr schön
Aber nützt uns das?
Nein.

4

Dann kriegte er einen Prozeß an Hals
Als Konterrevolutionär
Wo nahm der Staatsanwalt nur das Recht
Für zwölf Wochen Knast her?!
Seitdem frißt ihn ein stiller Zorn
Und nach dem zehnten Bier
Erzählt er Dir seine große Geschichte
Von hinten und auch von vorn.

> Junge, ich hab Leute schon weinen sehn
> Junge, das war manchmal schon nicht mehr schön.
> Aber nützt uns das?
> Nein.

5

Und er findet noch kein Ende
Und er ist voll Bitterkeit
Und er glaubt nicht einen Faden
Mehr an Gerechtigkeit.
Er ist für den Sozialismus
Und für den neuen Staat
Aber den Staat in Buckow
Den hat er gründlich satt.

> Junge, ich hab Leute schon fluchen sehn
> Junge, das war manchmal schon nicht mehr schön.
> Aber nützt uns das?
> Nein!

6

Da gingen einige Jahre ins Land
Da gingen einige Reden ins Land
Da änderte sich allerhand
Daß mancher sich nicht wiederfand.
Und als der zehnte Sputnik flog
Da wurde heiß auseinander getanzt
Der Staatsanwalt war selbst so frei.
Und Fredi sah ihm zu dabei.

> Junge, ich hab Leute sich ändern sehn
> Junge, das war manchmal schon einfach schön.
> Aber nützt uns das? (Ja.)

(1962)

Ermutigung

Peter Huchel gewidmet

Du, laß dich nicht verhärten
In dieser harten Zeit
Die all zu hart sind, brechen
Die all zu spitz sind, stechen
und brechen ab sogleich

Du, laß dich nicht verbittern
In dieser bittren Zeit
Die Herrschenden erzittern
– sitzt du erst hinter Gittern –
Doch nicht vor deinem Leid

Du, laß dich nicht erschrecken
In dieser Schreckenszeit
Das wolln sie doch bezwecken
Daß wir die Waffen strecken
Schon vor dem großen Streit

Du, laß dich nicht verbrauchen
Gebrauche deine Zeit
Du kannst nicht untertauchen
Du brauchst uns, und wir brauchen
Grad deine Heiterkeit

Wir wolln es nicht verschweigen
In dieser Schweigezeit
Das Grün bricht aus den Zweigen
Wir wolln das allen zeigen
Dann wissen sie Bescheid

(1966)

Ballade vom preußischen Ikarus

1

Da, wo die Friedrichstraße sacht
Den Schritt über das Wasser macht
  da hängt über der Spree
Die Weidendammerbrücke. Schön
Kannst du da Preußens Adler sehn
  wenn ich am Geländer steh

  dann steht da der preußische Ikarus
  mit grauen Flügeln aus Eisenguß
    dem tun seine Arme so weh
  er fliegt nicht weg – er stürzt nicht ab
  macht keinen Wind – und macht nicht schlapp
    am Geländer über der Spree

2

Der Stacheldraht wächst langsam ein
Tief in die Haut, in Brust und Bein
  ins Hirn, in graue Zelln
Umgürtet mit dem Drahtverband
Ist unser Land ein Inselland
  umbrandet von bleiernen Welln

  da steht der preußische Ikarus
  mit grauen Flügeln aus Eisenguß
    dem tun seine Arme so weh
  er fliegt nicht hoch – und er stürzt nicht ab
  macht keinen Wind – und macht nicht schlapp
    am Geländer über der Spree

3

Und wenn du wegwillst, mußt du gehn
Ich hab schon viele abhaun sehn
  aus unserm halben Land
Ich halt mich fest hier, bis mich kalt
Dieser verhaßte Vogel krallt
  und zerrt mich übern Rand

dann bin ich der preußische Ikarus
mit grauen Flügeln aus Eisenguß
  dann tun mir die Arme so weh
dann flieg ich hoch – dann stürz ich ab
mach bißchen Wind – dann mach ich schlapp
  am Geländer über der Spree

(1976)

Und als wir ans Ufer kamen

Und als wir ans Ufer kamen
Und saßen noch lang im Kahn
Da war es, daß wir den Himmel
Am schönsten im Wasser sahn
Und durch den Birnbaum flogen
Paar Fischlein. Das Flugzeug schwamm
Quer durch den See und zerschellte
Sachte am Weidenstamm
– am Weidenstamm

Was wird bloß aus unsern Träumen
In diesem zerrissnen Land
Die Wunden wollen nicht zugehn
Unter dem Dreckverband
Und was wird mit unsern Freunden
Und was noch aus dir, aus mir –
Ich möchte am liebsten weg sein
Und bleibe am liebsten hier
– am liebsten hier

(1976)

Dideldumm

1

Nun endlich ist mein Land wieder eins
Und blieb doch elend zerrissen
Aus Geiz und Neid. Kein Aas will im Grund
Vom andern da drüben was wissen
Der Todesstreifen, man sieht kaum noch
Wo gestern die Wachtürme standen
Wir Deutschen haben uns wieder verloren
Noch eh wir einander fanden
dideldumm dumm dumm
dideldumm schrumm schrumm

2

Vier Meter hoch, die Mauer hat uns
Den Himmel zerschnitten. Wir haben
Nun vier Meter tief durch die Erde ein' Riss
Ein deutschdeutscher Raubtier-Graben
Ein Graben teilt unser schönes Land
Darin ist schon mancher ersoffen
Er fiel in die Brühe aus Resignation und
In Jauche aus falschem Hoffen
dideldumm dumm dumm
dideldumm schrumm schrumm

3

Kein Stacheldraht, kein Minenfeld mehr
Kaputt sind die Selbstschußanlagen
Kein Hänschenklein muß nun auf dem Weg
Nach Westen sein Leben mehr wagen
Man schießt nicht mehr weiches Blei ins Fleisch
Man zahlt jetzt in harter Währung
In Leipzig wird rigoros umgestellt
Auf Westwaren alle Ernährung
dideldumm dumm dumm
dideldumm schrumm schrumm

4

Ob Wurst, ob Milch, ob Brot, ganz egal
Was Birnen vom Havelland kosten
Man schmeißt doch in Weimar kein Westgeld raus
Für Salzgurken aus dem Osten
Sie saufen nicht mehr ihr eignes Bier
An *Coca-Cola*-Zitzen
Da hängen sie nun. Ach die Trottel, sie sägen
Den Ast ab, auf dem sie sitzen
dideldumm dumm dumm
dideldumm schrumm schrumm

5

O Treuhand! Ach, das Wörtchen treu
Gehörte in Deutschland verboten
Vonwegen Hände! Bei Treuhand seh ich
Nur krumme Finger und Pfoten
Der Westen powert und boomt und jauchzt
Der Osten jammert und humpelt
Kohl hat die Proleten in Erfurt geprellt und
Jetzt schmeißt er sich ran und kumpelt
dideldumm dumm dumm
dideldumm schrumm schrumm

6

Provinzganoven, Graf Rotze im Benz
Die letzte verbrannte Asche
Sie fingern dem nackten Mann in Schwerin
Das druckfrische Geld aus der Tasche
Die Glücksritter, die von der schnellen Mark
Beschubsen nach Recht und Gesetze
Die Dummenfänger, sie schleppen durchs Land
Wie Hochseefischer die Netze
dideldumm dumm dumm
dideldumm schrumm schrumm

7

Der Schwejk im Goldenen Prag, er vergleicht
Sein Heute vergnügt mit dem Gestern
In Halle Herr Schultz ist verzweifelt, der Mann
Vergleicht immer nur mit den Schwestern
Und Brüdern im goldenen Wessiland
Die Einzigen die fröhlich klotzen
Sind Stasischweine im Manager-Rausch
– ach, ich finde den Osten zum Küssen
dideldumm dumm dumm
dideldumm schrumm schrumm

8

Ein Porsche für ein Bauernhaus
Paar Mark für 'ne schnelle Nummer
Und wo ein dummer Schlaukopf winkt
Da wartet ein schlauer Dummer
Zurück will keiner ins alte Joch
Nach vorn sind die Wege verrammelt
Der Karren, er geht nicht mehr vor noch zurück
Die Blaublümelein-Hoffnung vergammelt
  dideldumm dumm dumm
    dideldumm schrumm schrumm

9

Der Deutsche Michel zog übers Ost-
Und Westohr sich tief seine Mütze
Er mag nichts von der Welt mehr sehn
Und hockt in der Tränenpfütze
Mir aber lacht das Herz, ich weiß
Bald heilt auch die deutsche Wunde
Nur eines ist dumm, ganz nebenbei
– die Menschheit geht grade zugrunde
  dideldumm dumm dumm
    dideldumm schrumm schrumm

(1991)

Meleken an der Elbe bei Brokdorf

Wir standen am Ufer der Elbe
Und sahn wie der Sonnenball fällt
Sie schwieg mir was über sich selber
Ich schwieg ihr was über die Welt

Und quer durch die sumpfigen Wiesen
Glitt lautlos ein bunter Koloß
Container rotgraugrünblaugelbe
PACIFIC-LINE »ALBATROS«

Die Schafherde graste den Deich lang
Es glänzte im letzten Licht
Die goldene Kuppel von Brokdorf
Da küßte sie mein Gesicht

»Warum, meine Liebe, was soll das?«
Sie lachte: »Weil's mir so gefällt:
Ich schweig dir was über uns beide
Und du schweigst mal wieder die Welt.«

[1993]

[*Brokdorf:* Ort an der Elbe nordwestl. von Hamburg, Kernkraftwerk.]

KONSTANTIN WECKER

* 1947

Sage nein!

Wenn sie jetzt, ganz unverhohlen,
wieder Nazi-Lieder johlen,
über Juden Witze machen,
über Menschenrechte lachen,
wenn sie dann in lauten Tönen
saufend ihrer Dummheit frönen,
denn am Deutschen, hinterm Tresen,
muß nun mal die Welt genesen,
dann steh auf und misch dich ein:
Sage nein!

Meistens rückt dann ein Herr Wichtig
die Geschichte wieder richtig,
faselt von der Auschwitzlüge
– leider kennt man's zur Genüge –
mach dich stark und bring dich ein,
zeig es diesem dummen Schwein:
Sage nein!

Ob als Penner oder Sänger,
Bänker oder Müßiggänger,
ob als Priester oder Lehrer,
Hausfrau oder Straßenkehrer,
ob du sechs bist oder hundert –
sei nicht nur erschreckt, verwundert,
tobe, zürne, bring dich ein:
Sage nein!

Und wenn aufgeblasne Herren
dir galant den Weg versperren,
ihre Blicke unter Lallen
nur in deinen Ausschnitt fallen,
wenn sie prahlen von der Alten,
die sie sich zu Hause halten,
denn das Weib ist nur was wert
wie dereinst – an Heim und Herd,
tritt nicht ein in den Verein:
Sage nein!

Und wenn sie in deiner Schule
plötzlich lästern über Schwule,
schwarze Kinder spüren lassen
wie sie andre Rassen hassen,

Lehrer, anstatt auszusterben,
Deutschland wieder braun verfärben,
hab dann keine Angst zu schrein:
Sage nein!

Ob als Penner oder Sänger,
Bänker oder Müßiggänger,
ob als Schüler oder Lehrer,
Hausfrau oder Straßenkehrer,
ob du sechs bist oder hundert –
sei nicht nur erschreckt, verwundert,
tobe, zürne, bring dich ein:
Sage nein!

(1992)

Schlaf ein, mein Kind, und sei nicht bang
und träum von stolzen Pferden
sie kennen schon den Übergang
und jagen mit Dir den Himmel entlang
die weißen Sternenherden.

Schlaf ein, mein Kind, und fürchte nicht
Gespenster und Dämonen
sie haben selber kein Gesicht
und scheuen Deines Herzens Licht
sie müssen Dich verschonen.

Schlaf ein, mein Kind, die Welt wird kahl
sie trägt schon Wintersachen
da hilft kein Mantel und kein Schal
es rettet sie aus ihrer Qual
nur noch Dein liebes Lachen.

Schlaf ein, mein Kind, weih Deinen Mund
nur jenen Melodien
die einen schweben lassen und
Dich auch noch aus der Hölle Schlund
bis in den Himmel ziehen.

[nach 1991]

PAUL WÜHR

* 1927

Zwar hätte ich gern die Reise nach Innen
und umgekehrt Herr Friedrich Novalis also
von hier aus

habe ich sie unterlassen ganz drinnen bin
umgekehrt stecken geblieben als draußen
als ich

wo die Tage zusammengezählt werden und obwohl
unter dem Strich der Fehler bringt mich
ins Unreine

und das Märchen ist an seiner Bombe
aufgeflogen in den Himmel und sitzet
zur Rechten

[1976]

Hinter den blauen Bergen das kleine
Haus meine Heimat mit Sternen ich weine
o Fluß Wald Fluß Wiese mein Weh
dahinter mein Platz als der einzige eine
Platz meine Sonne am Mond mein See
der auch und dahinter also mein Haus
im Sommer so ewig wie herznah im Schnee
bin ich da zwar aber einmal noch gehe ich

aus

nämlich am Bache am stürmenden Meer
auch am strandenden Ufer dort wo ich stehe
ist alles so los und schlimmer noch quer
was ich sehe und dieses immer ich drehe
die Streifen die hängen das wird dann verklebt
der schönste Film läuft sich aber davon
und die eine die meine die mein Herze erhebt
sich selber aufhob das hab ich immer da –

von

vorne am Bauch und sehr unten da vorne
das große das größte Weh ich meine
von allen Stichen am blutenden Dorne
an diesem besonders ich immer mehr weine
die eine die meine wie steif ich sie suche
o Wanderung Müller wo steigst du wo fällst du
sie schlägt sich am Ende im Elend zu Buche
o lieber Geselle dort schlägst du sie

zu

[1976]

Immer weiter diese Zusammenhänge hat man in
den vergangenen Jahren bedeutende Fortschritte
größer weg

von uns gemacht zu klein sind wir geworden
man hat uns beispielsweise gelehrt diese
Mehrzahl

neigt dazu die Zeit die wir fallen übereinander
herein in die Häuser von Urteil zu Unglück
schlägt uns der Tod

zu kurz sind wir gekommen unter der Bläue
voller Gnaden vor einer langen Gerechtigkeit
als wir die Frage stellen

ob der Mensch für die Erfindung der Träume
notwendig ist wie nämlich auf dieser toten
Erde

stehst du wie ich empfängst du den kosmischen
Staub was du selber in mir wirst diese Leere
bin ich

wo wir uns auf immer kürzeren Wegen verirren
in diesen Fragen der Staub weht uns auf einmal
zusammen

[1979]

Falls

wir uns mitteilen werden
wie nie dort

gewesen sein wo man uns
hört eine Antwort

kann uns auch nicht
erreichen die

Zukunft ist nicht weniger
ungewiß wie

die Gegenwart weshalb
wir alle in

der Vergangenheit nicht
nur vorbei gelebt

haben aneinander wie
finde ich das

[1997]

Wie

sehr ich staune über alle
die dieses anständige

Dasein ausgeschlagen haben
das wir anderen von

Anfang an hinleben bis
es sich immer mehr

herstirbt zu unserem
Ende

[1997]

RUDOLF LANGER

* 1923

Ortswechsel

Der Wölbung vom Sommer vertrauen,
einer zarten Hand, der Rose, dem Hoftor,
einem Liebeswort, in den Mund gesprochen.

Mit den Gefahren der Bäume leben,
ihre Ruhe teilen, die Früchte sammeln,
mit guten Nachbarn Grüße tauschen.

Spät noch vor dem umgarteten Hause sitzen,
wo die Vögel vom Morgen
in ihren Träumen schweigen.

Keine Angst mehr vor Ortswechsel haben,
den Abtransport von Erinnerungen
und Gewohnheiten verweigern können.

Ohne Morphium gegen den Passantenblick auskommen,
kein Schuß in das Gedächtnis,
kein Aufschub für das Altern nötig.

Der Wölbung vom Sommer vertrauen,
seiner endgültigen Wahl,
dem befreundeten Ort.

Seestück zum Schluß

Zum Schluß nur noch Gedichte lesen
den Spuren nachgehen verfallener Schönheit
Zwischen den Ruinen der Epoche
die Mühsal der Gutwilligen abschätzen
Brandstifter und Mörder erkennen
Mit ein paar Handgriffen Illusionen
zerstören: Hand in Hand mit der Geliebten
an einsamer Küste zu wandern
Mit einem Scherzo
im leichtfüßigen Tanz der Verben
zuletzt in den Sand einsinken
für immer ausruhen ungefähr
ohne ihren Schrei noch zu hören
bei der Brandung der Lust der Möwen
der Ankunft des Schiffes

Schlesien Geburtsheimat

Mancher besorgt um den Pranger von Breslau
vierzig Jahre nach dem Verlust der Provinz

In Prag traf der ehemalige Neisser erinnernd
auf ein polnisches Mädchen das stolz ist auf die neue Republik

Ob die Störche aus Niederneuland heute noch das
Nest auf dem Dach finden können von Afrika heimkehrend

ob die Schwalben im Kuhstall beim Bauer Müller
noch ihre Jungen ausbrüten und fliegen lassen

ohne Furcht vor den neuen Bewohnern der Häuser?
Das wollten wir wissen die nicht mehr dort ankommen

Kein schlechtes Gewissen nötigte die Figuren am Himmel
zur Zieländerung keine Politik vertrieb sie aus dem Land

Wir kommen im nächsten Frühjahr zurück! sagten
sich die Störche beim Abschied zwitscherten die Schwalben

So bewahrten die Vögel ihre alte Heimat unstreitig
über die Zeiten unter dem Sternbild orientiert

sich die Natur nach ehernen Gesetzen Schlesien
von Liebe besetzt im Gedächtnis der Ausgewanderten

Und wären wir bis New York gekommen mit neuen Plänen
was wäre die Großstadt gegen das verlassene Dorf

Elternhaus und Glatzer Bergland in der Erinnerung?
Ich kenne welche die haben alles ausgestrichen: verloren

RICHARD ANDERS

* 1928

Traum vom Tod Georg Heyms

Von einer Sekunde
von einer Eisscholle
zur anderen springend
während von einer Sekunde
zur anderen
eine Eisscholle von der anderen treibt
eine Sekunde von der anderen treibt
ein Himmelskörper vom anderen treibt
weiß er
daß zwischen Eisschollen
und Sekunden
und Himmelskörpern
der Abstand endlich
endlos wird
und er
wie weit er auch springt
über kurz oder lang
einmal zu kurz springt

(1975)

Damals

für Wolfgang Koeppen

Damals, als ich am Fenster stand,
ins Dunkel blickte, spät oder
in eisiger Frühe, im Kegel des Hoflichts
Flocken wirbelten, der Hund
in strohverschalter Hütte schlief,
der Pfiff der Lokomotive, der helle
Schlag der Räder fern außerhalb der Stadt,
halbverweht vom Ostwind zu hören war,
sah ich mich: ein Schattenriß, von dem ich
die Eisblumen kratzte, und gleich war er niemand.

(1985)

Stille

Kein Photo
über der Couch
zwinkert
aus seinem Oval

Hinter Gardinen
altert das Pflaster
atemlos
die Vorstadt hinauf

(1975)

Niemals

für Robert Wilson

Wo nichts sich erhebt
da ist der Gipfel

Quellen brechen im Fleisch auf
Durch dein Geäder fließt leichtes Feuer
Statt Knochen stecken in deinem Engel Blitze

Fliegende Hände haben lange Träume
Du stellst dich ohne Augen auf deine Stirn
um weiter zu sehen

Dies ferne Land
das du mit Fingern riechst
die Stille lastet auf ihm
eine Glocke aus Stein

Es gibt keine Gedanken dort
und keinen mehr
der sie denken könnte

[1998]

HORST BINGEL

* 1933

Feinsliebchen

Wenn wir drei, du, das Bärchen und ich
mit dem Zeppelin bald verreisen
und du Deutschland von oben siehst,
so ganz klein, gedrängt, etwas ängstlich,
so ohne Blasmusik, ohne Bier und Trara,
wenn wir drei, du, das Bärchen und ich
dreitausend Jahre später landen,
werden sie strammstehen, stolz sein,
und all die kleinen Eselchen, grau,
zwei Ohren, ein Häubchen auf,
sie drehen nicht das Wasserrad,
denn mit dem Zipfel, dem Häubchen
kann man fliegen, manchmal fliegen auch,
der Zeppelin, der Zeppelin,
er rührt sich nicht, er dreht sich nicht,
wir werden landen, ein Kleiner und so weiter,
wir bringen uns 'ne Pauke mit,
und die jungen Mädchen denken: Soldaten,
sie drehen aus den Zipfeln
und drehen, knüpfen, schütteln:
Über allen Gipfeln ist Ruh,
aussteigen, zu Hause.

Für Marie Luise Kaschnitz

Fahnenland

Du mußt still-
halten, stecke ins Hemd
die weiße Fahne.
Sie weben die Fahnen
einmal bunt, weiß,
weiß und bunt die Fahnen-
tücher in diesem Land.
Wirf die Masten
nicht weg, du wirst sie
aufs neue brauchen, denn
sie weben die Fahnen,
die Fahnen so bunt
in diesem Land.

GÜNTER HERBURGER

* 1932

Ehegedicht

Geliebt haben wir uns,
daß das Gras um uns sich entzündete,
doch die Glut schadete uns nicht,
so selbstvergessen waren wir.

Verfolgt haben wir uns,
daß wir uns bis ins Mark trafen,
doch die Wunden schlossen sich wieder,
da kein Blut aus ihnen kam.

Seitdem wir uns aber geeinigt haben,
zusammen alt zu werden,
verwandelt sich die Liebe in Behutsamkeit,

und das Blut, das mitunter
nun aus Rissen quillt, schmerzt
Tropfen um Tropfen wie heißes Wachs.

Vergnügen

An Drachen hängen
und über Schneefelder fliegen.
An Drachen hängen
und aufwärts mit den Beinen
das Wasser am Strand meiden.
An Drachen hängen
und sich selbst lieben
hoch in der Luft,
ich habe es schon versucht.

Schöner aber ist jene Arbeit,
die es noch nicht gibt,
wenn wir Arm in Arm Autos bauen
wie Schlösser aus erstarrtem Schneckenschleim,
die sich in die Erde bohren
im Rückwärtsgang,
wir gehen nicht mehr heim,
wir schuften im Akkord
und erfinden in einem fort.

Oder aber wenn wir Nachtigallen züchten,
die sich durch Düngemittelberge fressen,
das Gift, das Äcker rein halten soll,
in ihre Schnäbel pressen
und dann lassen sie es hinten
als Glücksklee wieder auf die Erde fallen.
Klar schäumen Flüsse,
es rinnen Küsse vom Tau zu den Pflanzen,
zu den Tieren und uns,
wer sich zusammentut und richtig wählt,
den erwartet Gunst.

Fleiß soll kein Schimpfwort mehr sein,
wenn Religion oder Hohn aus Mangel
sich gegenseitig schlachten wollen.
Der Preis stellt sich von selber ein,
sobald wir die vollen Fabriken und Schienen
in Besitz nehmen, nicht mehr erschöpft,
sondern aus Freude die Güter,
die phantastisch aussehen und nützlich bleiben,
auf die Rampen rollen,
wo Waschmaschinen sich vor Schmutz verneigen
und Stifte sich in unserem Wissen baden,
da jeder Handschlag vorwärtsbringt.

So einfach könnte es sein,
wie ein Reim,
wie ein müheloser Kuß,
Voraussetzung ist,
daß man Arbeit und Werte
neu verteilen muß.

Weihnachtslied

Wir haben einen Baum daheim,
drei Meter hoch und grün,
das Dach des Hauses wackelt schon,
das Christkind turnt am Fernsehmast
und schaut uns an,
ob wir zufrieden sind.

Schnee, Schnee,
ohne ihn
täte Weihnachten weh,
fiele ins Wasser
wie ein Stein ins Meer.

Ein Esel kommt zur Tür herein
und verlangt nach Heu,
ein Hase zieht die Stiefel aus
und legt sich auf das Kanapee,
Marie und Joseph sitzen hin
und singen mit uns leis.

Schnee, Schnee,
ohne ihn
täte Weihnachten weh,
fiele ins Wasser
wie ein Stein ins Meer.

Das Kindlein hat sich naß gemacht,
braucht Windeln um den Bauch,
wir laufen durch die ganze Stadt
und kaufen alten Möhrensaft,
der noch stopft in dieser Nacht,
wir mögen ihn nun auch.

Schnee, Schnee,
ohne ihn
täte Weihnachten weh,
fiele ins Wasser
wie ein Stein ins Meer.

Ein Vogel wartet an der Tür,
ist krank und matt, braucht Trost,
Soldaten schieben ihn herein
und legen ihre Waffen ab,
im Heimatland Vergißmeinnicht
braucht jeder starken Most.

Schnee, Schnee,
ohne ihn
täte Weihnachten weh,
fiele ins Wasser
wie ein Stein ins Meer.

Acht Löchlein hat die Flöte,
zehn Finger hat die Hand,
die Kerzen brennen sacht herab,
es tropft und zischt,
die Angst erlischt,
wir bleiben in dem Land.

Schnee, Schnee,
ohne ihn
täte Weihnachten weh,
fiele ins Wasser
wie ein Stein ins Meer.

Weihnachten sind wir alle gleich,
danach nicht mehr so sehr,
wir gehen trotzdem um den Baum
und essen bitteren Mandelklee,
als seien wir schon Riesen,
vergrößert immer mehr.

Schnee, Schnee,
ohne ihn
täte Weihnachten weh,
fiele ins Wasser
wie ein Stein ins Meer.

Einstand

Ein Spiel mit Schrumpfköpfen, Bällen
über ein Netz inmitten einer Tasse Grüns.

Vielleicht sollten wir wieder leben,
schöpften mit Tennisschlägern
Flocken aus dem Sud,
herzten zerschlissene Fahnen,
setzten zerbrochene Fenster ein.

Flüsse,
in denen wir einst schwammen,
können noch nicht befahren werden,
jedoch Tannenzapfen,
die aus Angst zu hoch gewachsen waren,
halten ein,
und eine volle Teekanne
bleibt kochend, ohne zu kippen,
auf dem Herd stehen.

Wem wir angehören,
den Toten,
sie werden zurückkehren,
denn ohne sie würden wir
weder leben noch zu sterben vermögen,
ein Vorteil, ein- und ausgeatmet,
wenn wir wie vorher
uns über Brücken,
sorgfältig gepflügte Felder
oder entlang einer Rinne neigten,
die in die Herzen der Körper führt.

Graue Heilung

Es gibt uns noch,
wenn nicht,
dann stammt die Antwort
von unseren Ahnen.
Sie zieren und verweigern sich,
doch träumend flüstern sie,
als seien sie gewesen,
denn jeder Teil von ihnen,
vorhanden oder nicht,
behauptet sich auch selbst,
indessen Fledermäuse,
die versteinert waren,
aus Schiefer sich befreien,
ein prähistorisches Pferd,
erst einen halben Meter groß,
über Tische galoppiert
und ein Specht
in einer Sekunde,
ohne daß sein Gehirn
wund würde wie bei Boxern,
zwanzigmal mit seinem Schnabel
gegen eine Rinde schlägt.

Dort waren wir,
kürzlich Vorfahren,
jetzt Nachkommen
irgendwo
in der langen Geschichte
dieser Welt.

HARALD HARTUNG

* 1932

Zechenkolonie

Im engen Hofe
stanken Hühnerställe
Im Garten wuchs
Spinat Tomaten Dill
Im Sommerglast
kam mit der Hitzewelle
das Mittagspausenpfeifen
dünn und schrill

Im Krüppelwald
in Laub Abfall und Asche
spielten wir Kinder
Räuber und Schandit
Ein schwarzer Mann
verrußt, mit Kaffeeflasche
nahm mich
zum Reibekuchenessen mit

(1967)

Schnecken

Seit Lissabon ist sein Ruf
angeschlagen aber
Gott ist kein Unmensch, er
läßt die Schnecken leben

Ich weiß nicht wie sie das
machen wenn sie ihr Haus
baun, es interessiert mich
in zweiter Linie die Kriechspur

das Glänzende das sie
absondern. Das Tempo ist
ihre Sache. Seit Lissabon
kann man mit Pausen

rechnen. Wenn es dunkel wird
ist es nicht Nacht, es kann
die schmutzige Unterseite
eines Schuhs sein der zutritt

(1970)

[*Lissabon:* Das Erdbeben von L. am 1. 11. 1755, bei dem von den 200 000 – 250 000 Einwohnern der Stadt mehr als 60 000 umkamen, erschütterte nachhaltig den Glauben an die unerforschliche Güte Gottes.]

Möglicher Sommer

I

Ich erkläre dir die Berge
als erstarrte Wellen

und du erklärst mir das Meer
als bewegtes Gebirge

Wirklich wir sind zwischen Steinen
und helles Wasser fällt

in ein Becken: du tauchst ein und
folgst dem abfließenden

Wasser in Richtung auf eine
warme salzige Flut

II

Siehst du wie die gelbe
Kabine die Schneise
  aufwärts entschwebt

dem Tragmast zu und wie
die andere sichtbar
  wird gelb immer

größer wird und beide
einander begegnen
  in der Mitte

bei der Gitterstütze
So auch wir, möchte ich
  sagen aber

ich sags nicht (sag dus) es
war wie auf der Mitte
  der Punkt: dein Blick

III

Wie Brandungsgeräusche (sagst du)
Jedenfalls klatschen die Wellen
gegen das Wiesenufer. Das
macht der Malojawind (sag ich)
der am Paß die Wolken auspreßt
den Himmel »hier im heiligen
Sils« blankfegt wie Nietzsche ihn sah
Du mit deinem Nietzsche deinem
Adorno: die Kuh im Boot das
ist als Bild ganz schön doch den Stier

der Europa hätte er sich
besser gespart und wer schifft schon
triumphal übern Acheron?
Aber es ist schön schön und un-
beschreiblich wie der See in die

Wiesen übergeht wie greifbar
als weiße Kuben die Häuser
stehn in dem harten Licht und wie
bei den Scheunen das Heu riecht (wie
Tabak tatsächlich wie Tabak)

Doch was erklären wir hin und
her: wir vergessen (sagst du) daß
wir uns nicht kennen den Tag lang
und schiffbrüchig treiben (sag ich)
nachts im verworrenen Geräusch

IV

Der mögliche Sommer
wirklich geworden ist auch nur

eine Möglichkeit: die
doppelte Buchführung unsrer

Gefühle sagt: das Kind
im Gras das da Gras rupft es ist

unser Kind und wir sind
beide nicht abgetrieben nicht

wiedergekommen nie
wirklich fortgewesen und so

haben unsre trägen
Bewegungen alle ihr Ziel

(1973)

[*Sils:* Sils-Maria, Ortschaft im Engadin;
1881–1888 Sommeraufenthalt Friedrich Nietzsches.]

An eine Sterngläubige

Sterne sagt sie Sterne sind so wichtig
Bahnen Bahnen: aber wo gehts lang?
Leben: jeden Morgen kehrt es richtig
wieder wie ein blöder Bumerang

und erschlägt dich eh der Tod erschlagen
kann was übrig blieb und zuckt
Brühe Blut: eh du sie ausgespuckt
gluckst der Morgenkaffee dir im Magen

Sprung vom Brückenbogen bleigewichtig
springt zurück, die Parallele schielt
Brach der Vers, die Worte blieben pflichtig

Gottes Finger: wurden sie nicht gichtig?
Denn die Hand die einst das Fallen hielt
zittert wenn sie mit sich selber spielt

(1985)

In der Nähe der Glienicker Brücke

Selbst an dieser Stelle im Wald hatte die Mauer
Löcher, größere Lücken. Wir sahen die beiden
Männer. Der eine, mit Hammer und Meißel, mühte
sich ab ein größeres Stück herauszuschlagen. Wie
hart der Beton war zeigte sein Gesicht. Der andre
hatte die Videokamera im Anschlag. Wir
gingen vorüber. Wir werden das Filmchen nicht sehn
doch stelln es uns vor. Das Wertstück samt Zertifikat

(1990)

[*Glienicker Brücke:* zur Zeit der DDR bekannter Übergang zwischen Berlin (West) und der DDR, Richtung Potsdam.]

Montale lesend

April, der Nachtfrost bräunte die Magnolienblüten
Die Geschichte geschieht, wir bleiben Spaziergänger
Ostgesichter Westgesichter unterscheiden sich
weiter, die Zweitaktfahne weht übern Gartenzaun
Das riesige Schleppnetz (mit einigen Rissen) wühlt
weiter den Grund auf und mehr als ein Fisch entkommt, nur
scheint er nicht sonderlich glücklich, und manche (sagt uns
Montale) wähnen sich freier als der Befreite
in ihrem Sack drin. Man wird sie noch brüllen hören

(1990)

[*Zweitaktfahne:* Abgas›fahne‹ vom Zweitaktmotor des ›Trabant‹, eines in der DDR verbreiteten Kleinwagens.]

JÜRGEN BECKER

* 1932

Natur-Gedicht

in der Nähe des Hauses,
der Kahlschlag, Kieshügel, Krater
erinnern mich daran –
nichts Neues; kaputte Natur,
aber ich vergesse das gern,
solange ein Strauch steht

Gedicht, sehr früh

In der Frühe um fünf weckt mich
das Geräusch eines einzelnen, kreisenden Flugzeugs;
ich kämpfe noch, an den Rändern
des Schlafs, um den Rest eines Traums;
kreischend die Vögel, ehe zu dröhnen
beginnt mein vollbeschäftigtes Land;
fürchterlich wird der Sommer, glücklich die Nachbarn
auf Grundstücken in der Nähe der Autobahn;
resigniert haben einige, vorbei sei
die schönste Zeit, und das zählt nicht;
gestern abend hörte ich sprechen Leute
in Gärten, Geräusche des Alterns;
vor vielen Jahren erfand ich nach jeder Täuschung
die nächste, dann wußte ich mehr;
so fängt der Tag an, die Volkswagen schnarren,
Wirkliches mit der Zeitung, anderswo noch Schnee.

Das Fenster am Ende des Korridors

Der Himmel, die Landschaft, der Fluß:
das Bild am Ende des Korridors.
Links und rechts die Appartements;
die Feuerlösch-Anlage. Das Summen des Aufzugs.
Die Zeit nach Büroschluß. Abweisende Gesichter,
kein Wort und keine Zärtlichkeit.
Jemand wird den Anfang machen
und an seiner Tür vorbeigehen
und weitergehen durch das Bild
hinaus in den Raum zum Fliegen.

Wiedersehen nach längerer Zeit

In diesem Dorf, diesem Vorort geht es
gut weiter. Die zweite Anbindung an die Autobahn
hat die Hauptstraße entlastet; Platz für
die Mofas der Kinder. Der letzte Bauer
verkauft nacheinander seine Parzellen;
über den Quadratmeterpreis wird nur gemunkelt;
auf der Bachaue jetzt ein Sportpark
mit Kegelbahn, Tennishalle und Discothek.
Der Pfarrer kämpft gegen den Unternehmer,
der sein Mietshaus genau auf die Grenze
zum Kirchgarten gesetzt hat; wie es passieren
konnte, versteht keiner, der nicht
die Beziehungen des Unternehmers kennt.
Einige leerstehende Häuschen, vorgesehen
zum Abbruch, mit den verwilderten Gärten
drumherum das Gelände für den dritten
Selbstbedienungsmarkt. In der Luft immer
das Geräusch der Autobahn; mit ihrer
haushohen Trasse umgibt sie den Ort
wie ein Wall, wie ein Damm
gegen Feinde und Katastrophen.
Immer noch, von morgens bis abends, sitzen
hinter der großen Frontscheibe des Altenheims
alte Frauen. Einige schlafen; eine schüttelt
den Kopf; einige warten auf Sonntag und Besuch;
eine winkt, auch wenn niemand vorbeikommt.

Altes Zimmer

Licht fällt auf den Tisch
und der weiße Strauß
auf dem Tisch wird ganz weiß.

Der Rauch der Zigaretten bleibt;
der aufsteht und geht,
zerteilt mit seinem Gesicht
die helle Wolkendecke zwischen den Lampen.

Gedächtnis, aufgehoben in Porträts,
und sie blicken auf vergessenes Leben.

Wie Nachmittage waren am Klavier,
Gänge zum Schrank, den Gewehren,
Goodbye, die Briefe aus den Kolonien.

... Beerdigungen im Sommer. Jetzt hört es
nicht mehr auf. Man trifft Bekannte, und
das Wiedererkennen, nach wenigstens zehn Jahren,
beginnt mit Verwechslungen; immerhin, man kennt sich
noch aus zwischen Eingang und Ausgang. Mit 19
die Weltbeste stöhnt: ich spüre mein Alter, und
Seerosen kamen vor in einem verramschten Gedicht.
Besser, man kommt nicht zurück in
diese und jene Gegend; dein Dorf ist
schöner geworden, das Pfarrhaus verkabelt, und
der Typ aus der Frittenbude hat
fortgemacht nach Lanzarote. Doch, langsam wieder
Plätze frei auf dem alten Friedhof;
der Leichenschmaus, gleich nebenan, beim Italiener ...

Reiseland

Westfälische Hügel, der Breisgau, dann Dresden ... keine Woche
für Ansichtskarten und ausgeruhte Residenzen; Blätterfall, tief
hängender Himmel zwischen Elbe und Rhein.

Termingeschiebe, kein Abschied für länger; was suchst du
im Süden? Ich dachte im Speisewagen an meinen Vater
und wie er reiste in den Dreißiger Jahren ... Excelsior,
Majestic. Der Junge am Fenster versteht nicht, was
die Erwachsenen sagen: Marienborn, damals die Zone –

Zwischen Zaunresten leeres Gelände; zwei Krähen flattern
um einen stehengebliebenen Turm. Die Hand
in der Herzgegend, der Griff nach dem Paß; es gibt
Gewohnheiten, die der Zug mitbefördert. Sorglose
Reisende lassen die Zeitungen liegen.

Schau hinaus. Die Nähe der Landschaft, die du
wiedergewinnen kannst. Eine Chance, die im Stundentakt
sich wiederholt. Hongkong geht langsam verloren.

ALFRED KOLLERITSCH

* 1931

Daß man sich mitunter einholt,
will sich nachts als Fortschritt
verraten,
die Gedanken kennen den Strom,
der mit anderen Strömen
zuletzt nur den Namen teilt,
wie tief man sich auch in die Dinge stößt.

Was Bilder zurückläßt,
daran erinnern wir uns,
wir hetzen die Erfahrungen
zu Ketten zusammen
und bekennen erschöpft,
wie einig wir sind.

Hingesetzt auf diese Sandbänke,
träumen wir von Steinen.

»Ewige Erzählung«

Draußen suchst du dich hinter dem Draußen,
das Bild, das dir dein Bild gibt, sucht dich,
wir, beide getrennt in ihm, Leib gegen Leib,
suchen und wechseln, wandern und bleiben nicht.
Die Trümmer sind wir allein, ohne Welt,
die Trümmer der Welt verbergen sich, ohne uns.

Der Wind dreht die Gräser, eines und alle zugleich,
das Wiesenland, ausgebreitet, ohne Spuren unendlich.
Gleichmäßig fällt die Sonne darauf, das Zusammenspiel.
Glück ist es, wenn ich den Glanz übersetze,
ein Halm reicht, daß die Erzählung beginnt,
die Geschichte, die das Leblose auftreibt ins Leben.

Ich weiß, daß du sein kannst, die Bewegung genügt,
dich in die Mitte zu nehmen, von allen Seiten
kommen die Namen für dich, sie zeigen,
berühren und erfassen dich, und vom Mitgenannten
wirst du aus dem Alleinsein getragen, kein Opfer mehr,
versöhnt mit der Herkunft, mitgelebte Natur.

Das Ende der Wahrheit: ein letztesmal freigegeben
suchen die Dinge ein andres Erscheinen, der Ort,
der sie aufnimmt: *Die Ahnung*, daß es das Licht gab.
Ein Rest, die Vergleiche, erinnert daran, die Begegnung
im Wiesenland ist deine Lust zu erscheinen,
auf nichts gesetzt entsteht Nähe, Zeit für uns, keine Dauer.

Die Bäume geben dir Schutz, du schützt dich im Schatten,
Wege und Blumen zählen die Schritte zusammen, du gehst,
du holst den Abend zurück, allein kommt der Abend nicht,
die erhobenen Arme, der Waldrand, zeigen dir eine Grenze,
weiter als du reicht das Blühen nicht. Was zu finden war,
ist nichts Gefundenes, es wird einmal sein, hat es geheißen.
Du zählst zu diesen Namen. *Nichts ist es selbst.*

Nachher

Ans Ende geht es, aber schon
der schönste Anfang
hat sich den Abschied vorbehalten,
den Mutterboden für die Fersen,

fensterlose Jahre kommen
aus dem Weitergehenmüssen,
sie spiegelten, was sie erkannten,
sich selbst, und die Rose nur als Rose.

Gleichnis

Die Erinnerung, eine Schleife
von jenseits der Berge her,
geworfen von der Vogelschar,
woran sie knüpft,
ist eine Gestalt,
nachgerade der Tod.

So viel bleibt,
so viel verschwindet,
unbekümmert dröhnt
das Gleichgewicht
und schickt den Freund ins Grab,
fort in die Erdgier,
dafür platzt eine Blüte.

Hörbar ist die Stille,
ein Blitz
verdunkelt das Land
und verlöscht das Erblicken,
das Strittige, es regnete,
deine Glut war der Nebel.

MANFRED PETER HEIN

* 1931

Denkmal

Dies ist ein einfaches Verfahren   Und nicht der Rede wert
Wenn ich höre wie die Möwen schrein
bewege ich mich auf den Frühling zu

Und dies ist mein Denkmal

Auf einen sanften Regen verlasse ich mich
mit der hohlen Hand auf den ersten fallenden Tropfen
der den Schnee verkommen läßt im Mai
den weißen heulenden Hund auf dem Dach
des verlassenen Autos an einer Vorortstraße
mit Zahlen Farben
schwarz von rot bis violett
Ein Regenbogen
den ich ans Licht bringen will
und seine Skala seine Geschwindigkeit
ans Ende ans Ende ans Ende
wo wie es heißt   sich die Zeit überschlägt
wo mein Denkmal stürzt
in die hohle
Hand

Zu lange
vier Milliarden Jahre warte ich
auf die Kontraktion des Weltalls
in einem Punkt
der ich selber bin
der heillose Gegenstand
meiner Träume

Suchbild

Aus dem Schlick
überm Niedrigwasser gelotete Luft
wo ich dich seh Schatten
mit mir selbst allein

Möwensturz
auf den Muschelbänken
Schalentier ich atme atme und
in welcher Sprache werd ich reden

Fraß der Schwärze im Aug
lieg ich zuckende Masse
im Morgen

Wieder und wieder
am Aufgang der Leere
such das Bild ich

(22. 12. 1984)

Medaillons

1990

Trauer im Blick
die Trauer Mosaik ich geh den
Weg zurück den Weg
in den Winter gezählte Silben

überm stoppelfeld
im leeren nebelgezweig
fangen tropfen licht

bärenklau dolde
an dolde fiedert der schnee
brüchige krallen

Herbst und Winter
aufs Blech gekehrt
zwei Medaillons die mich
ans Dunkel erinnern

(13. 12. 1990)

Jenseits nördlich

Jenseits nördlich dies mein Schlagschatten sag ich
und sah was nicht wiederkehrt
im plötzlichen Licht
mich selber

Dickicht randlos dem ich das Mal errichte
aus Wörtern Steinen
Flagge sah ich sie
zeigen Rauch steil über den Himmel
gespalten der Blick

Noch findet Gehör der Strom ein Echo
der Stern Totes sein Grab
Sehnsucht nach Schnee
die reine Fläche

Diesseits was abtaucht mein wüstes Verlangen
Zyklon der sich sammelt
Sprecher der Toten
kopflos lidlos ins Bild
hängt der Blick

(7. 2. 1993)

RICHARD EXNER

* 1929

Heimat

1

Wer verfügt,
man solle seine Asche
übers Meer streuen,
hat wenig Recht
auf das Thema.

2

Weiden,
deren Zweige bis ins Wasser
hängen
und rote Dächer
gibt es in mehreren
Ländern.

Und wo die Tränen fließen,
vermerkt kein Paß.

3

Luftwurzeln also.
Man meint,
sie seien besser
als nichts.

Aber ein Windstoß
zerstört sie bereits.
In erhitzter Luft
glaubt man
sie blühten.

Ihre Frucht ist
unfaßbar.

4

Deshalb
wundern mich Gräber und Krypten,
dieser ganze lächerliche Frieden
aus Stein und Mörtel:
ein Père Lachaise
am andern.

So,
hofft man,
wird endlich ruhen
und liegenbleiben,
was flüchtig war.

5

Heimat,
das sind die Reisen
unserer Seele,
als Vogel
eingegraben
in den Stein.

Museum

Einsicht
hängt neben
Einsicht.

Viel Grünes. Sehr viel
Wasser. Und ganze Wände
Fleisch, der meterhohe
Karneval. Auch Vögel
und Lieblichkeiten.
Leinwände, ausgespannte
Träume. Und Tag für
Tag begleiten sie den
Menschen und sein hartes
schweres Kreuz. Manchmal
im tiefen Schnee.

Unausgesetzt reißen
die Himmel. Es schreit
und stirbt. Unten floriert
der Handel. Selbstvergessen
küssen sich Liebende.

Durchgehend
offen. Der Eintritt
umsonst.

für Rudolf Hirsch

(1983/1985)

Stückwerk

sich
aus einem
land hinaus-
schreiben aus
einer sprache einer
ehe eingeklemmt zwischen
menschen die wörter
als arme als hände
an den armen als hacken
in den händen und schwung
und schlag und satz für satz
immer tiefer eindringen in sich selbst
weil es da ruft und kaum hörbar ruft
und pocht auch nachts und
der andre muß den schutt
abtragen stück für stück für
stück weil du sonst ein-
stürzt und dich erschlägst
sehr geschickt muß er sein
und rasch eh du erstickst
unter fallenden kastanien
und regengüssen und
gräbern

für L. C.

WERNER DÜRRSON

* 1932

Nachtweit

Über die Ufer gebeugt
sein schattiges Bild in
Schwanengewässern

oder stehend, im Tag,
auf der Ebene, scharf um-
rissen vom Wind, oder
abends, raunend mit
Statuen, zerzaust, vielleicht
kennt ihn noch einer

wo er durchs blaue
Gras schritt, jambisch
auf feuchter Wiese der Charente,
wie ein Vers geht
nirgends behaust, und
besprach einen Sommer

voller Himmel, aber bekümmert
ob des Gottes schwer zu
fassender Blindheit –
nachtweit warf er ihr
Licht zu, haltlos, über
dem Abgrund,
Gesang.

(1965 ff.)

[*Charente:* Département in Westfrankreich; Hölderlin kam auf seiner Rückkehr von Bordeaux im Mai 1802 durch die Landschaft: »Wenn [...] heilig Grün sich zeigt/Auf feuchter Wiese der Charente« (»Das nächste Beste«).]

Provinz

Durchs Fenster blicken
zehnmal am Tag

sehen wie alles
vorbeigeht

beruhigt sein

bleiben

(1975)

Losigkeit 1, 2, & 3

1

Als aber das Vögelchen Utopie
dran mein Flatterblick hing tot
vom blattlosen Baum der stürzte
fiel
da war auch mir
wie die sich freuten
alles eins.

2

Wort hatt ich lange keins
erbrach nichts grub nichts aus
noch ein
zu suchen nichts ging für mich
hin der Sinn mit jedem Tritt die
Losigkeit mir blühte

selbst meinen Schatten
ließ ich dort.

3

Und blüht so fort
allhier

gefreut wie die sich hatten.

(1990/91)

(HANS) ARNFRID ASTEL

* 1933

Schwärmerei

Meine Enkel werden
mich altmodisch nennen,
wenn ich im Frühjahr
von Lokomotiven schwärme,
diesen Vögelmaschinen
alten Kalibers
und mit Volldampf.

Hölderlin

Ich habe Leute
über Hölderlin
reden hören, die
mit ihm nicht
geredet hätten.
Mit denen will
ich nicht reden.

»Dem lebendigen Geist«

Alte Grabschriften
in Heidelberg suchend
fand ich diese Inschrift
über dem Portal
unserer neuen Universität.

Zwei gegen drei

Der Zeigefinger zeigt auf die Zustände.
Mittel-, Ring- und kleiner Finger
verweisen auf mich zurück.
Jetzt springt der Daumen
dem Zeigefinger bei.
Zwei gegen drei. Aber die beiden
halten sich wacker.

Drunter und drüber
auf dem Schlachtfeld.
Aber in Reih und Glied
auf dem Heldenfriedhof.

Kunstvorbehalt

Was ist ein Bankraub
gegen das Betreiben einer Bank?
Diesen Satz dürfte ich nicht aussprechen
(nicht weil er falsch wäre,
sondern weil er strafbar wäre)
wenn er nicht von Brecht wäre.

VOLKER VON TÖRNE

1934–1980

Auf dem Boden des Grundgesetzes

1.

Mein Vater ist vor Leningrad erfroren.
Als er im Schneesturm lag, hats ihn entsetzt.
Ich schütz vorm Ostwind meine Ohren.
Ich bin es nicht, der hier zum Aufruhr hetzt.

2.

Ich bin in diese Zeit verschlagen,
noch nicht verkauft, doch schon geschätzt.
Ich tue, was die Herrn mir sagen.
Ich bin es nicht, der hier zum Aufruhr hetzt.

3.

Man sagt mir. Leben oder Leben lassen!
Wenn man den Fuß auf meinen Nacken setzt,
geb ich mir Müh, mich anzupassen.
Ich bin es nicht, der hier zum Aufruhr hetzt.

4.

Ich habe Kalk geschleppt und Kies gefahren,
ich habe Stein auf Stein gesetzt.
Ich hab kein Haus: ich konnt mir keins ersparen.
Ich bin es nicht, der hier zum Aufruhr hetzt.

5.

Am Abend füllt uns meine Frau den Teller:
zuerst den Kindern und sich selbst zuletzt.
Ich les die Zeitung, und ich esse schneller.
Ich bin es nicht, der hier zum Aufruhr hetzt.

6.

Durch meine Träume rasselt nachts der Schinderkarren.
Den Henker seh ich, der sein Fallbeil wetzt.
Die Krähen hör ich an den Himmeln schnarren.
Ich bin es nicht, der hier zum Aufruhr hetzt.

7.

Ich frag mich oft, warum ich hier noch bleibe.
Noch ist kein Preis auf meinen Kopf gesetzt.
Noch halt ich mir die Polizei vom Leibe.
Ich bin es nicht, der hier zum Aufruhr hetzt.

[1968]

[*Boden des Grundgesetzes:* ›Das Grundgesetz für die Bundesrepublik Deutschland‹ gilt seit Mai 1949. Es kodifiziert in einer Folge von Artikeln die ›Grundrechte‹ und regelt die grundsätzlichen Verfahrensweisen im föderativen, parlamentarischen Bundesstaat mit Repräsentativvertretung und Gewaltenteilung.]

Frei wie ein Vogel

1

Ein Dichter bin ich, und ich schreibe
Mir die Dunkelheit vom Leibe
Damit ihr nicht, wie den von Kleist
Mich nackt in eine Grube schmeißt
Bevor aus deutscher Finsternis
Ich mir ein Stückchen Leben riß

2

Ich grüß, getrost auf Messers Schneide
Herrn Walter von der Vogelweide
Der auch in diesem Vaterland
Erst unterm Rasen Ruhe fand
In Würzburg, wo ein Knecht hernach
Des Riemenschneiders Hände brach

3

Ja, Hochverrat und Hirngespinste
Nennt dieses Volk die Schönen Künste
So zog in eines Feuers Rauch
Von dannen Quirin Kuhlmann auch
Ach! endlos ist die Litanei
Des Leids im Lande Vogelfrei

4

O Land der Träumer und der Toten
Die dem Tod die Stirn geboten
Und mußten doch ins Dunkel fliehn
Wie jener Friedrich Hölderlin
Der, daß er unter Deutsche kam
Sich zu sehr zu Herzen nahm

5

Wie in Paris einst Heinrich Heine
So lieg ich schlaflos nachts und weine
O Volk, das sich bei Marschmusik
Dreht um den Hals den eignen Strick
Du hast die Freiheitsmelodien
Deinen Dichtern nie verziehn

6

O Volk der treuen Untertanen
Mit Hakenkreuz- und Abgasfahnen
Im Land, das mir einst Heimat war
Mit Apfelbäumen, Mädchenhaar
Das meinen Mund mit Schweigen schlägt
Und das mir doch das Herz bewegt

[1979]

Gedanken im Mai

Ich rede von mir: Volker von Törne, geboren
Im vierunddreißigsten Jahr des zwanzigsten Jahrhunderts
Als meine Genossen schon kämpften gegen die Mörder
Die mich aufzogen als ihresgleichen
Nach ihrem Bilde:
Und ich trank die Milch
Die dem Hungernden fehlte. Und ich trug das Kleid
Meinem Bruder geraubt. Und ich las die Bücher
Die den Raub billigten. Und ich hörte die Reden
Die aufriefen zum Mord:
Und ich nannte den Schlachthof
Mein Vaterland, als schon die Völker aufstanden
Gegen mein Volk. Und ich betete für den Endsieg
Der Mörder, als schon die Städte
Aufgingen im Rauch:
Und schuldig war ich
Am Tod jedes Menschen, ahnungslos atmend
Unter den Galgenästen
Süßduftender Linden

Zahltag

So gut ging es uns noch nie. Unaufhörlich
Werden die Mieten gesenkt. Ohne Unterlaß
Fallen die Preise. Die Schrippen
Werden immer größer

In Säcken schleppen wir am Zahltag
Unseren Lohn nachhause. Zum Frühstück
Trinken wir Sekt. Wir fahren Rolls Royce und essen
Den Kaviar pfundweise

In unseren Super-Jets fliegen wir nach Feierabend
Für ein paar Stunden zu den Bahamas. Die ewigen Diamanten
Hängen unseren Frauen schon
Bis an den Nabel

Bald wissen wir nicht mehr, wohin
Mit unserem Geld. Demnächst werden wir
Einen Fonds gründen müssen zur Unterstützung
Notleidender Millionäre

[1979)

YAAK KARSUNKE

* 1934

Matti wechselt das rad

Ich sitze am Straßenhang.
Der Fahrer wechselt das Rad.
Ich bin nicht gern, wo ich herkomme.
Ich bin nicht gern, wo ich hinfahre.
Warum sehe ich den Radwechsel
Mit Ungeduld?

Bertolt Brecht

während ich den reifen abmontiere
haut sich der chef auf die wiese, sieht dauernd rüber.
als fahrer verwartest du stunden, warum
wird er nervös wenn er einmal
auf mich warten muß? wenn die panne
ihn zuviel zeit kostet: er
kann mir ja helfen.

schorf 1 bis 3

1 – anekdote aus dem letzten preußischen kriege

im konzentrationslager auschwitz
fragte ein ss-bewacher
einen häftling nach dessen beruf

die antwort war: germanist

der wütende deutsche
erschlug den polnischen
juden sofort

2 – woran man kommunisten erkennt

bevor sie umgebracht werden
rufen sie nocheinmal laut:
es lebe die freiheit

ihre genossen
die noch in den zellen
auf die eigene hinrichtung warten
singen: die internationale

so in den lagern
der nationalsozialisten
so in den gefängnishöfen stalins

sie verlieren ihr leben
aber nicht ihren glauben
an den kommunismus
& nennen sich: tote auf urlaub

3 – tod & verklärung

wer umkippte blieb einfach liegen
die erschossenen sackten zusammen
in den gaskammern starben sie stehend

:heute läuft
im lagermuseum
ein tonband:

›unsterbliche opfer / ihr sanket dahin‹

[*anekdote:* Heinrich von Kleist (1777–1811) hat 1810 eine »Anekdote aus dem letzten preußischen Kriege« in den ›Berliner Abendblättern‹ veröffentlicht. – *die internationale:* Kampflied der internationalen sozialistischen Arbeiterbewegung (»Völker, hört die Signale«); franz. Text von E. Pottier (1871). – *tod & verklärung:* Eine ›Tondichtung für großes Orchester‹ von Richard Strauss (1864–1949) trägt diesen Titel (op. 24).]

unermüdlicher kämpfer

was auch wo immer geschieht
mag es andern genossen
die sprache verschlagen –
der ständig sich selbst
engagierende dichter
erhebt seine stimme
läßt keine gelegenheit aus
den gegner zu geißeln

was auch wo immer geschieht
er entnimmt es der zeitung
dem fernsehn dem radio
ständig sucht er nach übeln
die er anprangern kann
jedem erschlagnen genossen
bricht er die knochen noch einmal
auf zeilenlänge

:er lebt vom verkauf von gedichten

ziemlich frei. nach Brecht

als das haus einstürzte vor dessen
baufälligkeit sie gewarnt worden waren
seit langem & mehrfach & immer vergeblich

klammerten sich einige von ihnen
noch im fallen an einzelne balken
& lobten die pläne der architekten

rühmten auch das fundament in dessen
sich rasch verbreiternden rissen
sie am ende verschwanden

& priesen noch aus der tiefe
das schützende dach dessen trümmer
sie schließlich erschlugen

PETER-PAUL ZAHL

* 1944

mittel der obrigkeit

man muß sie gesehen haben
diese gesichter unter dem tschako
während der schläge

man muß sie gesehen haben
diese gesichter unter dem tschako
zwischen schlag und schlag

man muß sie gesehen haben
diese gesichter unter dem tschako
nach den schlägen

sag nicht: diese schweine
sag: wer hat sie dazu gebracht

februarsonne

die pritsche schräg
vors fenster stellen

auf ihr liegen
das gesicht in der sonne

den kopf
gleichmäßig drehen

sonst machen die gitter
muster im gesicht

manchmal streicht wind
über die geschlossenen augen

ich stelle mir vor
es wären deine finger

sacht streicht der wind
und sacht

denke ich mir
deine finger

denn stärker
könnte ich das

nicht ertragen

mein roter kalender

je länger
die zeit
in der haft
desto kürzer
die frist
bis zur entlassung
desto länger
die tage

CHRISTOPH MECKEL

* 1935

An wen auch immer ich mich wende

Mein Kriegsherr, mein Friedefürst,
mein großer Bruder, mein Goldkind,
es spielt keine Rolle,
mein guter Stern, mein schlechter Stern,
es spielt keine Rolle,
du machst mir was vor.

An wen auch immer ich mich wende,
wenn mich der Stiefel drückt, der goldene Stiefel,
der schwarze Stiefel, es spielt keine Rolle,
dein Laden hat immer geschlossen,
dein Diener hat immer Ausgang,
dein Telefon ist immer besetzt.

Wann kriege ich dich dran, wann reichst du mir
den kleinen Finger, den kleinsten nur,
wann zeigst du dein Gesicht, dein schönes Gesicht,
dein häßliches Gesicht, es spielt keine Rolle,
dein Gesicht?

Du bist sicher, daß ich dir nachlaufe,
du bist sicher, daß es nicht ohne dich geht,
das kann sich ändern.
Was wird dann aus dir, mein Kriegsherr, ohne
meinen Ruin, von dem du dich nährst,
was fängst du dann an, mein Hofnarr,
es spielt keine Rolle,
mein großer Häuptling, mein Goldkind,
es spielt keine Rolle,
ohne mich?

Lied zur Pauke

Laut verlacht verlaust verloren
Blut geschluckt und Kopf geschoren
abgetan und ausverkauft und
quergelegt und Haar gerauft und

angepfahlt und abgeschlacht und
alle Knochen klein gemacht und
übern Kopf die Haut gezogen und
mit Eisen aufgewogen

krummgepeitscht und gradgestaucht und
angespuckt und Herz verhaucht und
Hundeschnauzen festgebissen
und die Arme abgerissen

ausgedörrt und kleingezwängt und
Steine um den Hals gehängt und
Riemen um den Bauch geschlungen
und mit Knüppeln umgesprungen

Pflock ins Fleisch und Tritt in Bauch und
aufgehängt in Schnee und Rauch und
Zahn und Zähne ausgeschlagen
und das Gold nach Haus getragen.

Soweit wär er hergestellt nun
abgeschoben in die Welt nun
daß er seine Beine hebe!
Daß er weiterlauf und lebe!

Rede vom Gedicht

Das Gedicht ist nicht der Ort, wo die Schönheit gepflegt wird.

Hier ist die Rede vom Salz, das brennt in den Wunden.
Hier ist die Rede vom Tod, von vergifteten Sprachen.
Von Vaterländern, die eisernen Schuhen gleichen.
Das Gedicht ist nicht der Ort, wo die Wahrheit verziert wird.

Hier ist die Rede vom Blut, das fließt aus den Wunden.
Vom Elend, vom Elend, vom Elend des Traums.
Von Verwüstung und Auswurf, von klapprigen Utopien.
Das Gedicht ist nicht der Ort, wo der Schmerz verheilt wird.

Hier ist die Rede von Zorn und Täuschung und Hunger
(die Stadien der Sättigung werden hier nicht besungen).
Hier ist die Rede von Fressen, Gefressenwerden
von Mühsal und Zweifel, hier ist die Chronik der Leiden.
Das Gedicht ist nicht der Ort, wo das Sterben begütigt
wo der Hunger gestillt, wo die Hoffnung verklärt wird.

Das Gedicht ist der Ort der zu Tode verwundeten Wahrheit.
Flügel! Flügel! Der Engel stürzt, die Federn
fliegen einzeln und blutig im Sturm der Geschichte!

Das Gedicht ist nicht der Ort, wo der Engel geschont wird.

[*Flügel! Flügel!*: Anspielung auf den »Engel der Geschichte« in Walter Benjamins (1892–1940) »Geschichtsphilosophischen Thesen« (9. These).]

Der Tag wird kommen

Und der Tag nach der nächsten Friedensfeier – wird er kommen
mit einer Taube oder mit einem Schlagring
Und der Tag danach – wird er eintreffen mit einem Spielzeug
oder wird sich die Hoffnung wieder vertreten lassen durch ein Leninzitat
Und der Tag danach – wird er herbeigeschafft werden an den Haaren
in einem Ministersessel, mit einer ganz neuen Befehlsgewalt
Und der Tag darauf – wird er uns nur den Schlaf kosten, oder den Kopf
Und der Tag darauf – wird er sich entschuldigen lassen durch ein mittleres Blutbad
Und der Tag darauf – wird er überhaupt erscheinen wollen
in unserem Neubauviertel, auf unserem Bildschirm
Und der Tag danach, und der Tag nach diesem –
Und der Tag nach wievielen Tagen – wird er wieder nur GEDENKTAG heißen
ein Totensonntag sein, ein Papierkrieg, eine Verordnung
Und der letzte Tag – wird er immer noch eine Attrappe der Zukunft sein
oder endlich Auskunft geben über die Liebe
Und der Tag nach dem letzten Tag – wird er der Tag sein
an dem wir gelebt und geatmet hätten?

Geerntet der Kirschbaum, der Juni zu Ende,
aber im Traum trug ich Kirschen zurück in die Bäume,
hängte sie zwischen die Blätter und rief:
Die Kirschenzeit ist gekommen, bring Körbe und Leitern
und flieg in den Kirschbaum zu mir, wir träumen nicht lange!

Es war der Atem im Schnee

Es war der Atem im Schnee und der Wein am Morgen
die Autopanne im Flußbett, der Fuchs im Gebirge
es war die Maus, die durchs Gras einen Scheitel zog
und es war das von Regenschauern triefende Haar.
Jetzt ist es das Reden über den Schnee und den Atem
den Fluß, den Wein, das Haar. Der Rest ist Gerede.
Und die Maus, das Gras, die Maus – was war mit der Maus.

PETER HANDKE

* 1942

Der Rand der Wörter 1

Der Stadtrand : Der Rand der Stadt
Der Gletscherrand : Der Rand des Gletschers
Der Grabenrand : Der Rand des Grabens
Der Schmutzfleckrand : Der Rand des Schmutzflecks
Der Feldrand : Der Rand des Feldes
Der Wegrand : Der Rand des Weges

Der Trauerrand : Der Rand der Trauer

Der Rand der Wörter 2

Wir sitzen am Rand des Feldwegs und reden.
Die größte Not ist lange vorbei, denn am Gletscherrand lagern die Leichen ab.
Wer steht am Rand des Feldes, am Rand des Highway? – Cary Grant!
Am Grubenrand liegt, vom Spaten gespalten, ein Engerling.
Der Rand des Schmutzflecks trocknet schon.
Es wird bitter kalt, und dem Captain Scott fängt die Wunde vom Rand her zu eitern an.
Am Rand der Erschöpfung reden wir alle in Hauptsätzen.
Von den schmutzigen Taschen des Toten haben die Fingernägel des Plünderers einen Rand.
Wir sitzen am Rand des Feldwegs, am Rand des Feldes, und reden, und reden.
Wo der Rand der Wörter sein sollte, fängt trockenes Laub an den Rändern zu brennen an,
und die Wörter krümmen sich unendlich langsam in sich selber:
»Diese Trauerränder!«
Dieser Rand der Trauer.

ROLF DIETER BRINKMANN

1940–1975

Meinetwegen Rosen

Wie es so geht
ein unausrottbares Elend immer
noch Rosen Lied das
im Mund zergeht Schnee
die Augen geschlossen

wo sich anbot
heiter zu leben belanglos
einige Worte hingesagt im Dunkeln
über ein anderes
Gesicht fremdes
Gesicht auf das man
zufällig stieß

oder aber sommers
das heitere Trugbild in dem
die Schatten unsichtbar
stehn Blick der gefällt
wird Luft
ein luftiges Haus hell
die Kleider

meinetwegen Rosen
was uns entging mit der Zeit
Unglück der ausgeworfene
Köder worauf
man verfiel

[1962]

Schnee

Schnee: wer
dieses Wort zu Ende
denken könnte
bis dahin
wo es sich auflöst
und wieder zu Wasser wird

das die Wege aufweicht
und den Himmel in
einer schwarzen

blanken Pfütze
spiegelt, als wär er
aus nichtrostendem Stahl

und bliebe
unverändert blau.

Selbstbildnis im Supermarkt

für Dieter Wellershoff

In einer
großen
Fensterscheibe des Super-

markts komme ich mir selbst
entgegen, wie ich bin.

Der Schlag, der trifft, ist
nicht der erwartete Schlag
aber der Schlag trifft mich

trotzdem. Und ich geh weiter

bis ich vor einer kahlen
Wand steh und nicht weiter
weiß.

Dort holt mich später dann
sicher jemand

ab.

[1968]

Einen jener klassischen

schwarzen Tangos in Köln, Ende des
Monats August, da der Sommer schon

ganz verstaubt ist, kurz nach Laden
Schluß aus der offenen Tür einer

dunklen Wirtschaft, die einem
Griechen gehört, hören, ist beinahe

ein Wunder: für einen Moment eine
Überraschung, für einen Moment

Aufatmen, für einen Moment
eine Pause in dieser Straße,

die niemand liebt und atemlos
macht, beim Hindurchgehen. Ich

schrieb das schnell auf, bevor
der Moment in der verfluchten

dunstigen Abgestorbenheit Kölns
wieder erlosch.

[1975]

Nach Shakespeare

Die Winterhand fällt ab
und liegt im Garten, wo nun
ein hölzernes Gerüst errichtet
ist. Die dunklen Sommer

fallen wie die Hand.
Du frierst im Kopf.
Der Herbst mit seinen
toten Fischen auf dem

Grund der Flüsse ist
wie die Bude mit der alten
Frau, die sitzt und liest
die Tageszeitung, bis jemand

kommt und eine von den kalten
Frikadellen kauft, die in der
fettbespritzten Glasvitrine
liegen. Der Passant zahlt,

ißt, wirft den Knochen
nach dem unsichtbaren Engel.
Und Frühling kommt, verstreut
die Autolichter durch

blechernes Laub am Abend,
der mit den hölzernen Gerüsten
niedersinkt am Fluß.

Oh, friedlicher Mittag

mitten in der Stadt, mit den verschiedenen
Mittagessengerüchen im Treppenhaus. Die Fahrräder
stehen im Hausflur, abgeschlossen, neben
dem Kinderwagen, kein Laut ist zu hören.

Die Prospekte sind aus den Briefkästen
genommen und weggeworfen worden. Die Briefkästen
sind leer. Sogar das Fernsehen hat die türkische
Familie abgestellt, deren Küchenfenster

zum Lichtschacht hin aufgeht. Ich höre
Porzellan, Teller und Bestecke, dahinter
liegen Gärten, klar und kühl, in einem blassen
Frühlingslicht. Es sind überall die seltsamen

Erzählungen von einem gewöhnlichen Leben ohne
Schrecken am Mittwoch, genau wie heute. Der Tag
ist regenhell, verwehte Laute: oh friedlicher
Mittwoch mit Zwiebeln, auf dem Tisch,

mit Tomaten und Salat.
Die Vorhaben und Schindereien sind
zerfallen, und man denkt, wie friedlich
der Mittwoch ist

Wolken über dem Dach, blau, und
Stille in den Zimmern, friedlich und still und
genauso offen wie Porree, wie Petersilie grün ist
und die Erbsen heiß sind.

DIETER HOFFMANN

* 1934

Gottfried August Bürger

Welch ein Name: Bürger
in einer feudalistischen Zeit.
Wie gebrandmarkt, wie stolz!

Er scheiterte immer.
An der Arbeit, der Liebe.
Dorette und Molly
starben kurz nacheinander,
von seiner dritten Frau
ließ er sich scheiden.

Als Barde im Wolfsfell
war er gefürchtet,
im Göttinger Hain, von den Bauern.

Gutspächter schließlich,
der Schreibtisch
inmitten der Stimmen von Tieren
ekelte ihn.
Gedichte behielt er im Kopf.

Als er selber gestorben war,
schaute Lichtenberg zu
beim Begräbnis
durch das Fernrohr von weitem,
voll Trauer,
Distanz, Neugierde, Wissensdurst.

[*Barde:* eigentlich ›kelt. Hofdichter‹. Als Barden bezeichneten sich um 1770 Dichter, deren Motive und Formen vorgeblich alten germanischen Ursprungs waren. – *Göttinger Hain:* Zusammenschluß von Schriftstellern in den 70er Jahren des 18. Jahrhunderts; Vorbild: F. G. Klopstock.]

Eutin

Der Goethe-Tischbein
hat Tischbein-Öfen entworfen.

Psyche ist eingefroren.
Wie können sie wärmen.

Sie werden in Eutin gezeigt.
Im rosafarbnen Schlosse.

Weimar des Nordens.

Viel Russisches.
Kanäle, Kerker an der Newa –
Angst wenn das Wasser steigt;
Teer-Sieder am Fluß.
Veduten in Serie.

Südländisch schreiendes Rot,
tröstend in Falten gelegt:
Tischbeins Mythen.

Möbel wie Biskuit-Porzellan,
süß weiß, süß blau,
ein schmackhaftes Zimmer.

Die Treppenwände
sind eine Porträt-Galerie:
Dienst-Adel, der nach oben strebt,
der tritt und buckelt,
fleischfarben
unter fremdem weißen Haar.

Gemalt von einem Team.
Der eine malte nur die Uniformen,
der andere das schmückende Beiwerk,
der dritte die Gesichter.

[*Goethe-Tischbein:* Johann Heinrich Wilhelm Tischbein (1751–1829), von dem auch das berühmte Gemälde ›Goethe in der Campagna‹ stammt.]

Karpfen

Der See liegt wie ein Spiegel.
Drauf läuft die Jugend
Schlittschuh. Schöne Kurven.
Tief unterm Eis
die Karpfen werden aufgeschreckt
aus ihrem winterlichen
dunklen Schlaf
und müssen sterben.
Erstickend. Keine Luft
dringt durch das Eis,
auf dem die Jugend tanzt.

JOHANNES KÜHN

* 1934

Die Dorfmusik

Mit Blasgetön,
das an die Wände prallt mit vollen Backen,
daß Zittern in die Häuser kommt
und fast der Kalk
abbröckelt, ziehn die Männer, schwarz,
und wie von Weizenfeldern gelb,
so hängen die Tuben
in starken Armen, wohl gewiegt wie Kinder.

Die Schritte setzen aus,
vorab die Schwalben,
tief zischend durch die Straßen
mit ihren Stimmen.

Haarschöpfe blühn den Buben auf,
nachlaufenden,
begeisterten im Sonntag.

Aus dunklen Hosentaschen fahren lang die Arme
und geistern schwingend durch die Luft
wie Zweige.

Verwundern würde es mich nicht,
wenn aus Kaminen
statt schwarzem Rauch
nun sieghaft rote Fahnen schwängen.

Neujahr

Über Land kam
leis ein weißes Weinen,
nun liegt Schnee.
Die Zecher lärmen in den Häusern,
leergetrunkne Flaschen
fliegen aus den Fenstern
in die Kälte,
und auf manchem Flaschenmundstück
pfeift der Wind ein Rattenlied.

Angefangen hat das neue Jahr,
und mit Schüssen
boten sie ihm Gruß
an der Nacht so ferne
Sternenstirn.

Aber ich blas nur
meine Fäuste voll,
aber ich zähl nur
meine Finger ab,
soviel Stunden Glück
wären schon genug.

Glückshaut

Eine Glückshaut
fand ich nie an mir,
geboren bin ich
zu leiden,
zu schlafen unter dem Nordstern.

Bringt nur die Beispiele
aller, die mit einer Glückshaut gingen
Wege und Länder,
ich war nicht dabei,
nichts blüht in meinem Fußtritt.

Kummerfalten
zogen sich durch mein Gesicht,
und schau ich in einen gekochten Brei,
wird er sauer
und schmeckt nicht mehr.

Kummerfalten
zogen sich durch mein Gesicht,
und schau ich in einen weißen Himmel,
fliegt er abwärts
und regnet.

Leben mit Kummerfalten muß ich,
eine Glückshaut an mir
streift sich von selber ab
durch die Luft,
eh der Tag kommt,
eh die Nacht kommt,
schnell im Zwielicht
flattert sie davon.

Geselligkeit

Hier schreibt die Bruderschaft
den roten Satz der Freude
vom Wiedersehn.
Wir trinken eine Flasche Wein
und setzen einen Punkt.

Erinnerungen werden herbeigeschwenkt als blaue Tücher
und wehen Lebensluft.
Die Hände schlagen auf alte Schultern,
als prägten sie jetzt erst
den Freund zum Freund.

Der Nachmittag hat schnellere Füße als sonst,
steigt ab die Stundenleiter
in seinen Abend. Unser Tisch brennt
mit seinem Fest. Blumen, Sonne!

So spritzt unser Lachen
wie beim Schlag kopfgroßen Steines
in einen See.

RICHARD LEISING

1934–1997

Über Mittag (1960)

Über Mittag fuhr ein Lastenwagen
Voll von Särgen in die Menschenstadt
Leer der Schrein, in dem wir noch nicht lagen!
Aber dienstags mag er einen tragen
Der den Brettern zugesehen hat

Zwischen Fuhren, die wir alle kannten
Unter Frachten dreckig und erlaucht
Und es kam, dass wir den Namen nannten
Und wir sagten, wir sind einverstanden
Karrt herbei, was diese Stadt gebraucht.

Der Sieg

Das ist der Sieg: Lautsprecher! Organ, machtvolles
Sprich uns über die Zeiten. Keine Wolke im Stadion
Ideale Bedingungen; diese Weiten, diese Höhen, viele
Im Faltenwurf des Rekords. Die Kugeln sind alle
Gestoßen, die Geher gekommen, einige Springer noch
Werden beworfen mit Speeren vom andern Ende des Felds
Worauf die Welt blickt. Wie ist die Zeit? Bestzeit
Ist ausgerufen ausdrücklich, auf drehenden Tafeln
Lichte Ergebnisse, die wie Schalmeien blitzen
In ein herrliches Publikum. Wir zählen eins zwei
Drei Podeste, aufs höchste klettert der Sieg, belaubt
Und ernsthaft; einige Kämpfe dauern noch an, Abend
Trifft schräg die Traversen. Ungültiger Sprung dort!
Zu den tiefern Podesten starten frisch die Niederlagen
Mit Blumen Mädchen tanzen über die Tartanbahn quer
Durch den Einlauf im Marathon, Herren in sportlichem
Anzug verhängen Medaillen. Erfrischungen, Andenken
Abzeichen, Gesundheit und Vaterland; mit schwerem Kranz
Dreht ein Läufer die ehrende Runde. Wer Sieger ist
Dessen Hymne wird gespielt und Fahne gehisst.

[E: 1971]

Auch ich

Auch ich trug es stolzgeschwellt, das Hitlermesser
Ein ganzes Jahr und wenig mehr
Das mit der Blutrinne in der Klinge, ich trug es
Ehe ich es vergrub in die Erde bei Floßmühle
Als da die Russen kamen mit Liedern
Die ich mitgrölte, auch ich

Ich war unter euch, die wir Steine warfen
Die ersten nicht, aber Steine, und auf die anderen
Auch ich tanzte Liebe Laurentia mein
Unter dem Bäumlein, sechsundvierzig, am Ersten Mai
Ein guter Mitwerfer gut mitlaufend, Mitbesitzer
Der einzig wissenschaftl. Weltanschauung, auch ich

Später mein Schweigen, ich kleidete es
In edle Wendungen, ich trug, bau auf, bau auf
Meinen Stein herbei zur Mauer, auch ich
Mitpächter war ich eines Meters Todesstreifen
Bin ich wahr, wenn ich in der Vergangenheit rede?
Von vielem bin ich frei, in nichts von Schuld

Und es ist wohl nichts als Glück,
Dass ich keinen verriet.

(1990)

[*Hitlermesser:* Das ›Fahrtenmesser‹ der ›Pimpfe‹, das sie nach der ›Pimpfenprobe‹ als 10-jährige bei der Aufnahme in das »Deutsche Jungvolk« der »Hitler-Jugend« erhielten. – *wissenschaftl. Weltanschauung:* Marxismus-Leninismus. – *Mauer, Todesstreifen:* die seit 1961 von der DDR errichteten Grenzbefestigungen gegenüber Berlin (West) und der BRD.]

BRUNO HILLEBRAND

* 1935

Und über allem
der Duft des Sommers
das schrieb jemand
der ist jetzt über
zweitausend Jahre tot
Herr Theokrit der
über dem Spiegel des Wassers
den Erntesegen sah
in Flur und Garten
ruhig betrachtend
Schlehenzweige
die zu Boden hängen
hörend Vogelmusik
der ist jetzt zweitausend
und mehr Jahre tot
aber man las ihn
dann wieder beispielsweise
in Schwaben warum
sollte das nicht
noch einmal

der Duft des Sommers
über und über
warum nicht

Dennoch

glaubt mir Freunde
ich gebe nicht auf
mögen die Speisekarten
verfallen die man gedruckt hat
zu Ehren meiner Beerdigung
ich gebe im Gegenteil an
bei meiner Vernehmung
korrumpierbar bin ich
nie gewesen

den Wölfen
gab ich nicht nach
bei vollkommener Windstille
spuckte ich in die Luft
den Fahnen habe ich
das Götzwort zugerufen
ich gebe nicht auf
dem Richter schicke
ich eine Ansichtskarte

[*Götzwort:* Gottfried von Berlichingen, zur Übergabe aufgefordert, ruft in Goethes »Götz von Berlichingen« aus (III 18): »Sag deinem Hauptmann vor ihro Kayserlichen Maj. hab ich, wie immer, schuldigen Respekt. Er aber sags ihm, er kann mich im Arsch lecken.« Seit der ersten Gesamtausgabe von Goethes Werken 1787 ist der Ausdruck durch Gedankenstriche ersetzt.]

Reisefieber

Völlig unverständlich
diese Erwartungen
dabei weißt du
die Tage schieben sich
ineinander
wie Eisenbahnwaggons
wie das werden wird
was fragst du
die Astronomen
haben ihr schwarzes Loch
das genügt doch oder
ein Löwenmäulchen
verblüht oder
weh dem
der Wüsten birgt
vom Gebirge herab
gesprochen ich weiß
aber nicht
wohin das geht
im Koffer Ungenähtes
Bahnsteig 3b
das zumindest
die Wünsche alle
gottbefohlen
und ab

[*»weh dem/der Wüsten birgt«:*
F. Nietzsche, aus: »Also sprach Zarathustra«.]

GERALD BISINGER

1936–1999

Unnütz vielleicht aber gut

Whatever sages say and fools, all's well
Edward Estlin Cummings

Wenn mir die Sonne gegen die Stirn
strahlt finde ich Ruhe weicht im Gehirn
mir krampfhafte Spannung verlässt Hass
den Körper und Angst wenn das Sonnen-
gestrahl mir prall auf die Brust fällt
was ist gut zu sagen unnütz und wahr für
später niederzuschreiben sich zu erinnern
an Sonnenglut Ruhe und Kohlweisslinge
hängend an blauen Blüten auf dem Balkon

Immer für später sagt man was schreibt man
Antwort zu haben Erinnerung später un-
nütz was ist das wahr und auch gut jetzt
strahlt die Sonne voll und ich sitze darun-
ter versuche vergebens Augenblicke mir fest-
zuhalten diese gespürte Ruhe im Körper im gan-
zen Bewusstsein unter der Sonne in sanftem Wind
durch den ein Kohlweissling zielstrebig flattert
irgendwohin unnütz vielleicht aber gut

(Berlin, den 1. August 1978)

(Die Zeile von E. E. Cummings ist die Schlusszeile des Gedichts »being to timelessness as it's to time« und heisst zu deutsch: Was immer weise und narren sagen, alles ist gut.)

An vertrautem Ort

Im Gastgarten sitzend vom WIRTSHAUS
ZUM LÖWEN noch an der Hardenbergstraße
denk daran ich in praller Sonnenbestrah-
lung daß in dieser Lebenszeit (meiner)
hier in Berlin (damals West) sie währte
bis knapp vor fünf Jahren die allzu oft-
mals verzehrte berühmte Currywurst mit
Mayonnaisekartoffelsalat zutiefst schon
zuwider mir war heut kann mit Appetit
sowas ich wieder essen und die von mir
manchesmal seinerzeit geradezu schmerz-
haft ersehnte Burenwurst mit Senf Salz-
stangerl oder Hausbrot in Wien längst
verleidet mir jetzt ist im Gastgarten
hier noch an der Hardenbergstraße sitz
ich an einem Holzplattentisch bei bayri-
schem Bier sinnier an vertrautem Ort in
dem mir recht ungewohnten nunmehr ver-
einten Berlin

(Berlin, den 4. Juli 1991)

Gedicht XLIX

Dieses Nebelwetter Allerheiligen
heute ist mir ein dämmriger Tag
seit frühmorgens nieselt es reg-
nets Krähengekreisch hör ich über
der Erdbrustgasse gestern hab mit
Johann August im Sonnenschein ich
die Gräber besucht unsrer Vorfahren
und auch das Grab von Ernst Kein
auf dem Friedhof von Ottakring wir
haben Lichter entzündet inmitten
von Sonnenschein heut trink Rot-
wein ich in der Kollburggasse im
Gasthaus hab dazu eine Brezel ge-
gessen ehe ich mich entschloß die-
ses Gedicht zu beginnen ich beende
es jetzt

(Wien, den 1. November 1995)

NICOLAS BORN

1937–1979

Dies Haus

in dem wir wohnen
wird hinter uns abgerissen

Wir liefern die Schlüssel ab
beim Verwalter
so ist es

Es sind
ein paar Dialoge geschrieben
die andere sprechen

Die Bücher
machen das größte Kopfzerbrechen

Für die paar Tage bitte
keine Blumen mehr
nichts mehr einkaufen

Vier Stockwerke
das ist die Höhe

Wenn es soweit ist
muß alles sehr schnell gehen

[1970]

Vaterhaus

Da steht nicht nur keine Linde
aber wer hinkommt
findet's schön grün
es wächst eine ganze Menge
von früher herüber

So große Söhne kommen
an Weihnachten
in ihren Autos die Frauen
winken schon und schnallen sich ab

Der Fernzug von gestern
ist heute noch nicht vorbei
und unbegreiflich
im Radio noch immer
ein Wolgalied

Auf dem Tisch die Obstschale
auch auf dem Bild
an der Wand die gefüllte
Obstschale

Für Nichtraucher gibt es Aschenbecher
im Keller Werkzeug für alle Fälle
im Duft der Blumen
werden Alte alt

Das Dach ist undicht
die Wanduhr tut es noch
auf der Fensterbank liegen Zeitungen
der letzten drei Tage

[1970]

Es ist Sonntag
die Mädchen kräuseln sich und Wolken
ziehen durch die Wohnungen –
wir sitzen auf hohen Balkonen.
Heute lohnt es sich
nicht einzuschlafen
das Licht geht langsam über in etwas
Bläuliches
das sich still auf die Köpfe legt
hier und da fällt einer
zusehends ab
die anderen nehmen sich
zusammen.
Diese Dunkelheit mitten im Grünen
dieses Tun und Stillsitzen
        dieses alles ist
der Beweis für etwas anderes

[1972]

Horror, Dienstag

Die ruhenden
flüchtig überteerten Straßenbahnschienen –
wieder ein Warten auf alte Zeiten
wie Rückkehr zum Handschriftlichen

Plötzlicher Regen, es ist Nachmittag
nur wenig Licht gesammelt in Gesichtern
nieselnde Gräue, die Felder nah
dunkle Wassergräben, Bäume stehen tief

Nasser Kragen nasse Lippen
Kind mit nassen Zöpfen führt alten Mann

Zementsilos neben dem Abstellgleis
Vogelschwärme Banner sinken
Verkäuferin winkt durch die Glaswand ab

Neuer Stadtrand flackert auf um sechs
ich denke an fern ausgesetzte »Insel des Gehirns«

Baukräne, zementhelle Öde
Blick in die aufsteigende Welt
die nun doch nicht überlebt hat

[1978]

Im Zug Athen – Patras

Kahle Felsschädel, helle Augen
        hell der Mund.
Alter Wortboden, wilder Rhododendron
        auf der Höhe
fruchtbar fruchtbar das Meer,
        – Licht
scharfe elektrische Küsten.
Die Geometrie der Pflanzungen, und
        der einzelne Olivenbaum
silberne Helligkeit, großer Sinn
        kleinen Lebens, wie schwer verstehe ich.
Grüne Zitrone auf dem Sitz neben mir
        hat wieviel mit meinem Leben zu tun.
Schatten des Zuges, Schatten des Esels,
viele dürre helle Bäume, kleine Schatten
        in die Welt gesetzt,
kleine Liedchen, summt.

[1978]

HELGA M. NOVAK

* 1935

einem Funktionär ins Poesiealbum

wo du gehst stand eine kiefer
ich habe sie abgeschlagen
wo du hinsiehst steht ein Winderhitzer
ich habe die Steine hineingetragen

von der Gichtbühne fielen
anfangs die Männer vergiftet
herunter ich habe die Leitung
für die Abgase gelegt
du hast niemals mit mir
elektrische Kabel entjutet

zwischen den Eisenströmen
zwischen den rangierenden Zügen
unter den klappernden Masseln
traf ich dich nicht

die kinderreiche Stadt die du
durchschreitest habe ich erbaut
ich erinnere mich nicht
an dein Gesicht als wir
auf der Barackeninsel hausten

die nächtlichen Tänze der Zimmerleute
hast du nicht gesehn die Schreie
der Weiber nicht gehört denen sie
die Röcke übern Köpfen zusammenbanden

in all den Jahren standest du
auf Tribünen hieltest Reden
über Frieden Schießen Mehrarbeit Normen
auch als ich in die Uniform stieg
marschierte ich vorüber
an deinem weisen politischen Glotzen

ich habe am Ende
eine Frage:
wem gehört eigentlich
das Volkseigentum?

(1956)

meine Sprache

ich erinnere mich
an unsere erste Begegnung
als deine Laute
an Hungerwintertagen
aus den Kehlen der Bäumefäller
quollen
vermischt mit Wodkadampf
habe ich dich eingesogen

ich erinnere mich
an deinen Klang
der nachts um zehn erscholl
als wir wie ausgespannte Zugpferde
aus dem Fabriktor stießen
du bist uns gefolgt
in die Freiheit der Neonstadt
in die Freiheit der heißen Straßenbahnen
in die dreidimensionale Buntheit der Schaufenster

du hast den Wickelrock der Lügen
gesprengt mit einem Witz
aber unsere Seufzer Flüche Schreie
trugen deinen Mantel
und glitten im Zickzack an den Häuserwänden hoch

und folgten mir
in die Freiheit eines Hinterhofs
bestirnt von einem Mandelbaum

(1958)

Lernjahre sind keine Herrnjahre

mein Vaterland hat mich gelehrt:
achtjährig
eine Panzerfaust zu handhaben
zehnjährig
alle Gewehrpatronen bei Namen zu nennen
fünfzehnjährig
im Stechschritt durch knietiefen Schnee
zu marschieren
siebzehnjährig
in eiskalter Mitternacht Ehrenwache
zu Stalins Tod zu stehen
zwanzigjährig
mit der Maschinenpistole gut zu treffen
dreiundzwanzigjährig
meine Mitmenschen zu denunzieren
sechundzwanzigjährig
das Lied vom guten und schlechten
Deutschen zu singen

wer hat mich gelehrt
Nein zu sagen
und ein schlechter Deutscher zu sein?

(1962)

Wenn der Mond in die Seen fällt
zwischen Kalmus und Wasserratte
falle ich auch

wenn der Haselbaum sich neigt
schwer über Moos und Nadelbetten
geh ich auf Knien

wenn der Rehbock mit goldenem Huf
Funken schlägt auf den Kieselsteinen
stehe ich auf

wenn das blaue Gefieder verweht
über Lärchen und Kieferkronen
flieg ich davon

Weltuntergang

wenn des Elias Blut auf die Erde tropft
entbrennen die Berge kein Baum bleibt stehen
wo in der Ebene die Wasser versiegen
das Moor verschwindet ganz
die Lohe schlägt gegen den Himmel
der Mond fällt herunter die Erde verglüht
kein Stein bleibt stehen ein Straftag fährt
ins Land mit Feuer lebendiges Fleisch zu suchen
»da kann ein Mann nicht
dem Manne helfen vom Muspilli«
wenn breiter Wrasen alles überwärmt
wenn Feuer und Luft alles hinwegfegen
wo bleibt dann der Feldrand
drum der stritt mit seinen Vettern
der Feldrand ist hinüber
die Seele schreit darüber
sie bedecke sich mit Asche
sonst verfällt sie der Strafe

bin beschadet

bin beschadet und verbissen worden
gekappt und angebrochen und entwurzelt
die Schonung ist zu Ende
Wollmäuse am Himmel
Atlanten über mir
Mappen Karten aus Luft
ein rauschendes Fliehen
Gewölle tropft auf mich
bin beschadet meine Triebe
verbissen worden gekappt
angebrochen und entwurzelt
entnadelt und entlaubt
ganz zugeneigt der Erde
bin ich kahl und entwirrt
kopfunten lese ich keine
Atlanten mehr kein Stern
durchdringt das Gewölle
biete dem Heckenjäger keinen
Schutz mehr Leibstrafen
haben mich jüngst ereilt
eine Treibjagd mit Feuer
käme mir entgegen heute

SARAH KIRSCH

* 1935

Dann werden wir kein Feuer brauchen

Dann werden wir kein Feuer brauchen
es wird die Erde voll Wärme sein
der Wald muß dampfen, die Meere
springen – Wolken die milchigen Tiere
drängen sich: ein mächtiger Wolkenbaum

Die Sonne ist blaß in all dem Glänzen
greifbar die Luft ich halte sie fest
ein hochtönender Wind
treibts in die Augen da weine ich nicht

Wir gehn bloßen Leibs
durch Wohnungen türenlos schattenlos
sind wir allein weil keiner uns folgt niemand
das Lager versagt: stumm
sind die Hunde sie wehren nicht
den Schritt mir zur Seite: ihre Zungen
aufgebläht ohne Ton sind taub

Nur Himmel umgibt uns und schaumiger Regen Kälte
wird nie mehr sein, die Steine
die ledernen Blumen unsere Körper wie Seide dazwischen
strahln Wärme aus Helligkeit
ist in uns wir sind silbernen Leibs

Morgen wirst du im Paradies mit mir sein

[1967]

Der Milchmann Schäuffele

Der Milchmann Schäuffele aus Böhmen
fährt einen kleinen Wagen der ist wie ein Haus
wenn es regnet wird er nicht naß nur wenn er anhält
tropft Wasser von seinem Hut, da gibt
er reichlich ins Maß in Emailletöpfe bauchige Gläser
Schäuffele hat eine Glocke und einen Riemen dran
kommt er hört mans deutlich
Schäuffele
was hast du für ein Pferd?
Ich denk einen Apfelschimmel sagt er
morgens
die weiße Milch nachmittags weil ich Zeit hab keine Familie
helf ich auf dem anderen Wagen fahr die gestorben sind
Schäuffele
du bekommst zweierlei Zaumzeug eine
blaue Schürze die nach Käsen riecht

einen schwarzen Rock weil man muß Farbe bekennen und
einen runden glänzenden Hut dem hängt
ein Wölkchen Räucherwerk an
ist gut
sagt der Milchmann obwohl
das Rauchwerk mir wenig gefällt, er steigt
auf den kleinen milchfarbnen Wagen
zählt die Kannen die Käserollen die
schöneckigen Butterstücke, nimmt die Zügel sieht her
o sagt er unter dem Dach vor, das ist wichtig wo
fahr ich hin auf deinem Papier, nach vorn die Zeit oder zurück
was wird dann aus mir?
Schäuffele
gäbs einen Grund dich gradaus fahrn zu lassen – da ist
keine Ausnahme für dich und das Pferd, Schäuffele fahr
vorsichtig daß
du die Milch nicht vergießt
was ich tun kann
wär dir Familie zu geben eine gute Frau ein Enkelkind
ich bitt dich sagt er
allein
ist die Fahrt schon böse genug
so rollt er
die Straße hinab gibt Milch in Emailletöpfe bauchige Krüge
das Pferd geht langsam wegen der Milch, es geht
mit hängendem Kopf von der Nachmittagsarbeit
das Zaumzeug ist rot das Zaumzeug ist schwarz
Schäuffele
wird man den Wagen zerschlagen das Zugtier blenden, bald
wird viel Milch verlaufen durch die
denen er reichlich im Regen gab

Der Droste würde ich gern Wasser reichen

für Helga

Der Droste würde ich gern Wasser reichen
In alte Spiegel mit ihr sehen, Vögel
Nennen, wir richten unsre Brillen
Auf Felder und Holunderbüsche, gehn
Glucksend übers Moor, der Kiebitz balzt
Ach, würd ich sagen, Ihr Lewin –
Schnaubt nicht schon ein Pferd?

Die Locke etwas leichter – und wir laufen
Den Kiesweg, ich die Spätgeborne
Hätte mit Skandalen aufgewartet – am Spinett
Das kostbar in der Halle steht
Spielen wir vierhändig Reiterlieder oder
Das Verbotne von Villon
Der Mond geht auf – wir sind allein

Der Gärtner zeigt uns Angelwerfen
Bis Lewin in seiner Kutsche ankommt
Schenkt uns Zeitungsfahnen, Schnäpse
Gießen wir in unsre Kehlen, lesen
Beide lieben wir den Kühnen, seine Augen
Sind wie grüne Schattenteiche, wir verstehen
Uns jetzt gründlich auf das Handwerk Fischen

[*Lewin:* Levin Schücking (1814–1883), Schriftsteller; mit ihm verbrachte Annette von Droste-Hülshoff nach eigenem Bekunden im Winter 1841/42 auf der Meersburg am Bodensee die schönsten Tage ihres Lebens.]

Aus: *Wiepersdorf*

1

Hier ist das Versmaß elegisch
Das Tempus Praeteritum
Eine hübsche blaßrosa Melancholia
Durch die geschorenen Hecken gewebt

5

Ehrwürdiges schönes Haus
Mit dem zwiefachen Dach – doppelt
Allein bin ich da und dem Wetter, dem hellen
Dem knatternden Hagel, so mildem Mond
Ausgesetzt. Ach ich gedenke
Der rührenden Zeit, als fast eines Bruders
Zärtliche Hand mich morgens geweckt hat und fröhlich
Ein Tag der Zwilling des vorigen war. Was bin ich
Inzwischen umhergefahren. Und eifrig
War ich bemüht, Apollon zu fassen und gleichfalls
Ein hübsch klopfendes menschliches Herze erbeuten –
Vergebens. Deshalb
Hab ich nur mich, einen winzigen Knaben und die sich mehrende
Anzahl der Jahre und hin und wieder
Schön schwimmendes Wolkengetier

9

Dieser Abend, Bettina, es ist
Alles beim alten. Immer
Sind wir allein, wenn wir den Königen schreiben
Denen des Herzens und jenen
Des Staats. Und noch
Erschrickt unser Herz
Wenn auf der anderen Seite des Hauses
Ein Wagen zu hören ist.

[*Wiepersdorf:* Ort und Schloß in der Mark Brandenburg, das ehemals das Gut Achim v. Arnims (1781–1831) war. Zur Zeit der DDR »Bettina von Arnim-Heim. Arbeits- und Erholungsstätte für Kulturschaffende«. Bettine Brentano (1785–1859) heiratete 1811 Achim v. Arnim und lebte in Wiepersdorf. – *Tempus Praeteritum:* (Verb-)Zeitform der Vergangenheit.]

Im Sommer

Dünnbesiedelt das Land.
Trotz riesigen Feldern und Maschinen
Liegen die Dörfer schläfrig
In Buchsbaumgärten; die Katzen
Trifft selten ein Steinwurf.

Im August fallen Sterne.
Im September bläst man die Jagd an.
Noch fliegt die Graugans, spaziert der Storch
Durch unvergiftete Wiesen. Ach, die Wolken
Wie Berge fliegen sie über die Wälder.

Wenn man hier keine Zeitung hält
Ist die Welt in Ordnung.
In Pflaumenmuskesseln
Spiegelt sich schön das eigne Gesicht und
Feuerrot leuchten die Felder.

Erdrauch

Und zu verschiedenen Zeiten geschieht es
Daß wir sehr glücklich über
Irgend ein Ding eine Nachricht
Den neuen Geliebten das Kind
Umhergehen können da freut uns
Die eintönigste Arbeit da kochen wir
Wunderbare Gerichte putzen die Fenster
Und singen dabei küssen
Die eben aufgesprungene Blüte
Am Strauch vor der Tür reden
Zu Unbekannten über die Straße
Und beachten die Sonne nicht
Den leichten tanzenden Schnee
Es ist alles bekannt und vertraut
So wird es immer sein glauben wir
Und noch die furchtbaren Bilder
In den Fernsehgeräten bestärken uns
Wenigstens hier wird es so bleiben wir stapeln
Die Zeitungen die uns ruhig schlafen lassen
Sorgfältig auf bis sie abgeholt werden
Wir sind ganz lebendig hüpfen und springen
In den möblierten Wohnungen des Todes.

Eremitage

Keiner weiß viel und weise
Ist niemand unter den Menschen
Jung war ich vor langer Zeit
Eine Abtrünnige lebe ich
Zwischen den Meeren schlafe
Auf Birkenblättern während der
Eisvogel beharrlich nach
Beute taucht vor ihm der Frost
Den Schnabel versiegelt niemand
Kennt mein Haus meinen Viehstall.

Die Tür umschlingt das Geißblatt
Vom Giebel singt die Freundin
Im drosselfarbenen Kleid.
Drei gewaltige Linden stützen
Anscheinend den Himmel für mich
Apfelbäume striegeln den Sturm.
Noch lagern Schafe und trächtige
Ziegen vor meiner Schwelle
Zahme Schwäne befahren das Wasser
Worüber die Falter schweben.

Gott hat eigenen Honig süße
Äpfel und Schlehenschnaps
Klappernde Nüsse. Gutwachsende
Binsen wilder Rosen anmutige
Mähnen wenn die leuchtende
Sommerzeit den grünen Mantel
Hervorholt und die Musik
Breitmäuliger Herren die
Vielen Rufe des Kuckucks
Den Sinn mir erfreun.

Bis der Sommer dahin ist
Nächtelang das Nebelhorn dröhnt.
Mein Zaunkönig teilt den
Winter mit mir fremde Gäste
Lassen sich nieder blitzen
Aus den reifigen Büschen.
Die Tintenzüge aus meiner Feder
Mit ihren Füßchen und Krönchen
Fallen her übers weiße Papier
Krächzen wie Raben.

Halboffene Tür

So schwarz hier mein Haus. Das weiße
Papier liest deine Gedanken daß du
Nicht aufgehört hast dich zu erinnern.
Wo die Weingärten beginnen der schmale
Weg absteigt sich bückt wie eine
Holzsammlerin dort werden wir uns nun
Treffen schöner Kummer tiefes Herz.

ELKE ERB

* 1938

Lied

Mutter, du mußt gegangen sein
Die Brücke fiel zu Grund
Der faule Fisch sprüht Funken aus
ins mondne Haar dir Funken aus
Mutter, du mußt gehn

Die Wasser steigen auf
Längst tot, längst tot, längst tot
Da hinter dir schlägt Bläue sich
schlägt Bläue ineinander sich
Der Sonnenhund paßt auf

Mußt gehen zu dem Weidenbaum
Die Weide, sieh sie offen stehn
auf freiem Felde offen stehn
durch ihre Zweige die Winde gehn
Die, Mutter, mußt du sehn!

Widerspiegelung

Ich seh mich wieder groß an meinen Grenzen
Aufgetaucht, ich hatte mich vergessen.
Vogel, flugs die Grenzen zu verwunden,
Frohlocke ich, die Spiegelscherben glänzen.
Ich hungerte, jetzt will ich wieder essen:
Dies Manna der Verletzungen, die munden.

Wiederholung

der gestampfte lehm
der gekalkte raum

mündung eines trichters bis vor die tür:
der zurückgelegte tag auf dem feld
früh bis spät
der wurzelweg
abends
gilt

die hände vom pflug
die ruhe

KALEIDOSKOP

(1968/80)

EIN SCHULDGEFÜHL

NUR WEIL DIE SCHULD AN DEN TAG TRITT

Man
hat de
n Mond
angebiss
en. Er h
ängt am
Himmel. V
ielleicht
sieht
es
k
ein
er. V
ielleicht
halten sie
ihn für una
ngebissen –

DA IST

Über den Winter

Was Du schreibst, ist ein neues Land, sage ich.
Weil es überall ist, mich umgibt, wie ein Land, meine ich.
Der Vergleich drängt sich auf. Warum schweige ich nicht?
Geht es so zu wie beim Echo?

Und es ruft, scheint mir noch, daß es Winter sei.
Daß ein neues Land, ruft es, Winter sei.
Kalt? Ich stutze, halte, bedenke mich,
und so leuchtet mir ein, es muß heißen

nicht: »Ein neues Land ist Winter« natürlich,
sondern: »Winter ist ein neues Land.«
(Schnee und Eis – das ist Winter natürlich.)
(Winter ist Schnee und Eis.)

Winter ist ein neues Land auf dem Land.
Wo man nichts mehr kennt von dem Vorigen.
..., – und wie auf Schienen gesetzt
jetzt neu. Von nah und fern. Wo es so ist,

nunmehr, daß auch im Sommer nunmehr...
es ein Kleines nur noch, und schon...
gleich daneben, grenzenlos unbekannt, sitzt... (wie es saß)
unter die Schiene gekauert...

Ein noch unbekannteres Land gleich daneben.
Ein noch neueres Land gleich daneben.
Verkappt irgendwo. In die Furche der Hase geduckt.
Und wie auf Schienen gesetzt...

Dann ist es ein Klacks nur noch, daß im Sommer auch...
Stößeltritt, hart umschließender Schuh.
Verkappt und verkantet. Beklommen. Neu.
Winter ist Schnee und Eis.

(22. 8./14. 9. 91)

Glücksmomente, als

Kuhlen in dieses Schrundige,
Grundlose, aber nicht

Druck-, Schmerz- und Angst(?)lose,
Quälende des gesamten

gelebten Geweses
erinnerlich.

(3. 8. 95)

GABRIELE WOHMANN

* 1932

Manchmal glaube ich nicht an den Fortschritt

Manchmal glaube ich nicht
An den Fortschritt.
Mein Lieblingsbild ist gemalt
Die schönsten Gedichte
Habe ich um mich versammelt
Mehr Musik brauche ich nicht.
Das beste Gewitter
Ist schon erfunden
Der schönste Schnee fällt in meinem Kopf
Ich habe die wichtigsten Gipfel gesehen
Und das tiefste Tal ist besichtigt
Das Meer ist immer als eine Vorstellung
Am bemerkenswertesten.
Wären denn abrufbare Fahrtgeschwindigkeiten
Noch zu übertreffen
Die Niederschläge und Psalmen
Und einfach Gegenden, einfach Sätze
Einfaches Auskommen?
Manchmal meine ich
Ich hätte von allem genug.
Da hat mich, mitten in seiner verriegelten Strenge
Das bis jetzt unauffällige Kind
Vorsichtig angelacht
Und ich bekam Lust
Zu einer Kutschfahrt durch den Englischen Garten!

Die Hausfrau

Während sie gähnte, lustlos wie üblich
Gegen 12 Uhr 30, erlahmt vom Haushalt
Und nicht freiwillig so aussah wie sie aussah
Keinen richtig gern hatte
– Jetzt war mal wieder das Mittagessen fällig –
Fiel ihr die Kreuzung ein
Die unübersichtliche Markierung
Die schlechte Regelung der Vorfahrt
Alltäglich für ihren Mann
Den sie alltäglich sofort vergaß
Wenn er wegfuhr, dann weg war
Dem sie, in der letzten Zeit sogar häufiger
Das freie Wochenende nicht von Herzen gönnte
Und ICH HABE JA NIE FREI sagte.
Wie bewußtlos sie sich doch an alles gewöhnt hatte

An ihn und dieses Einerlei
An dieses große Glück, an das Wunder
Daß sie doch immer wieder nicht
Ihren Mann verlor bei einem Unfall.
Da verging der Hausfrau das Gähnen
Sie versuchte LASS ALLES BEIM ALTEN zu beten
Sie packte seinen Mantel
Sie riß einen Knopf ab
Beim Wiederannähen vom Knopf an den Mantel
Empfand sie das gewöhnliche Glück auf der Kreuzung.

Mondfahrt

Abends wenn ich böse war
Brauche ich die Engelschar
Ganz besonders dringend
Wie im Märchen, singend
Sitze ich im Dunkeln
Alle Sterne funkeln
Zwei und zwei sind vier
Engel sind bei mir.

*

Abends wenn ich traurig bin
Schau ich dort zum Himmel hin
Kann denen dann erzählen
Wie mich alle quälen.

*

Meine Opernreise
»Mondfahrt« sing ich leise
Soll mich keiner hören
Leute kann man stören
Meine Engel nicht
In dem blauen Licht.

*

Abends kann ich sehen
Über Wasser gehen
Über Wolken reiten
Bis zum Mond hin gleiten.

*

Abends wenn ich schlafen soll
Bin ich noch ganz kummervoll
Will in meinen Kissen
Daß die Engel wissen
Wie es dazu kam:
Zorn und Schimpfen, Scham.

*

Eltern und die Lehrerin
Wissen nicht wo ich jetzt bin
Abends nie zu kriegen!
Scheint als könnt ich fliegen!
Und nach so viel Strafen
Schrecklich glücklich schlafen.

ANNEMARIE ZORNACK

* 1932

unterwegs

als ich das musselinkleid
anfaßte
mir später
einen georgette-schal kaufte
und dann ein rosaweißes eis aß
dachte ich an den abend
an rotwein
und an ein ganz weiches kissen
das mein ohr bedecken würde

unterwegs zerkaute ich eine blasse rose
weil die mich so
an krankheit erinnerte
trank 10 ml parfüm
weil das so unerhört gut roch
und badete
in gewitterwolken
die gerade
am horizont auftauchten

(1970/88)

lauter augenblicke

lauter augenblicke flüchtig
wie laufkundschaft
aus der offenen ofentür
durchflackerts
großmutters geschichten
als die bombe fiel verschwand
die katze ein huhn
wurde vergewaltigt marie
ach marie
leg die wachstuchdecke auf
wir bleiben in der küche
die gute stube
wird weihnachten beheizt
schneeflöckchen

weißröckchen die engel
sticken eisblumen
ans fenster seltsame
ranken die unterm
atemhauch vergehn marie
mariechen sing was
vom schönen polenmädchen
das sich ertränkt hat
kläglich
piepsen die küken
im kohlenkasten
und auf uns
fällt der feuerschein

(1985)

sich entfernen

eben noch rankte mir wein
in den mund / da spüre ich
den bitteren geschmack
von efeu auf der zunge

ein schmetterling
flügelt vorbei
erstes
herbstblatt

hallo! die hand
zur geste der begrüßung
erhoben

erstarrt in der pose
des abschiedwinkens

FRITZ DEPPERT

* 1932

Nachlaßgedanken

Am Morgen schrieb sich leicht,
was tagsüber herhalten mußte
für Revolten.
Am Morgen schrieb sich leicht,
was abends herhalten mußte
als Gebet.
Mitternacht stellt man fest:
im Trüben war gut fischen,
ein alter Hut,
ein paar alte Schuhe
und Köder und Fliege zurück.

Unbewältigte Gegenwart

Marmorfiguren, kopflos
auf den Schultern Efeu;
Rost an Gitterstäben,
Fingerabdrücke
spielender Kinder.
Gekündigt bin ich
und sitze obdachlos
auf dem Regengemäuer;
aus der Uhr in meiner Tasche
verläuft sich der Sand.
Wohin soll ich
meine Füße stellen,
wie meinen Kopf
bewahren im Wind.

Reale Utopie

Baum blattlos,
Vogel federlos,
Menschen mundlos
und
Stein zum Rollen,
Haut zum Markt.
Wo leben wir noch?
Wo wir wollen und
nicht Anderswo?
Was wuchert in Städte?
Nicht der rostfreie Wald,
das Ozon nicht aus
Fichtenwegen und
Einsichten, Aussichten.
Welche Utopien gehen unter
und welche wie
errötete Sonnen wieder auf?
Manchmal auch Mißklänge,
doch wir spielen
auf schwarzen und weißen Tasten
Pentatonisches und Daseinsakkorde.
Wo man uns Hände bindet,
singen wir sie
wo man uns Zungen stummacht,
trommeln wir sie mit den Füßen.
Lied lautlos,
Vogel federlos, Baum blattlos,
Traumflüge und Bilder
in Blindsein verborgen,
Vokale zwischen Lunge und Herz
vor Fallenstellern versteckt.
Was wir sein wollen,
sind wir dort.

ROLF HAUFS

* 1935

Was schnell nun naht

Die Bäume zählt, sagt unser Freund
Sie sterben sterben Gift die Pest das Blech
Wir ein bißchen mit schon mehr und mehr.

Mehr und mehr fällt uns ein Zahn
Ein Nagel wächst uns ein. Das Auge
Sieht nicht weit genug nicht nah. Das Haar
Ach laß das Haar.

Sieh hin, sieh nach ob noch im Mai
Die Kerzen leuchten der Kastanien. Und ob
Du selber noch am Leben bist, ich
Mein: ob du noch träumst
Von Sternen, Nachtluft, schwarzer Seife.

Denn mehr und mehr, sagt unser Freund
Stirbt unser Kopf, verbrennen Hände Füße.
Ja, wir halten uns. Doch
Hören wir auf jeden Schritt
Und nehmen ängstlich wahr
Was schnell nun naht Entfernung.

(1976/79)

Häuserverlassen

Oft sieht man jetzt erwachsene Männer
Ihre Häuser verlassen, die sie doch
Selber gebaut haben für eine
Krisensichere Zukunft.
Solide Fundamente.
Gehälter. Auch teure Möbel
Die Kinder auf gutem Weg.
Was ist nur in sie gefahren?
Die Nachbarn haben zu reden.
Auch das stört sie nicht.
Nur nachts haben sie Träume, in denen
Gärten sind blühende Wiesen
Manchmal Gesichter ihre
Eigenen, die ihnen
Zusehen.

Winter

Vögel treiben spreeabwärts auf dünnen Eisschollen
Sie grüßen die leergewohnten Häuser
Scheren sich einen Dreck um die Menschen
Die dort eingehen und aus als
Bereiteten sie sich vor auf Kämpfe in besserer
Jahreszeit

Jetzt sagt das Radio Sturm an
Warnung vor herabstürzenden Ästen Ein Brief
Kam aus Italien vor Jahren dort blühten
Die Mimosen die Brunnen begannen
Zu sprudeln

Die Füße treten wir uns ab bevor wir
Unsere Wohnungen aufschließen Noch fühlen wir uns
Sicher Feste werden begangen und auf den
Straßen ist Lärm Unaufhörlich die Signale
Der Rettungswagen

Alte Märchen erzählen vom Tod unter dem Eis

Häutungen

Die wilden Gänse überfliegen schreiend meine Stadt
Das Maul voll Laub und über die Chaussee der Nebel
Einer nach dem andern sind es sind Millionen
Der freie Wall die freie Wahl ein jeder
Sieht dem andern ins Gesicht. Ich bin

Sagt jeder jedem jetzt das teutsche Paradeis
Die Älbe fließt so manche Fee
Trägt toten Hund. Der Hals die Seidenschnur
Noch hängen blutgetränkte Fetzen
Die Ungeheuer dort wie hier wir streifen
Sie nun ab. Von Norden Seewind
Warme Luft aus Süd. Die wilden Gänse
Überfliegen schreiend meine Stadt.

Das Land hat sich gemacht

Helden vermarkten ihre Hochzeitsnacht
TV dabei die Braut spielt mit
Sponsoren. Von den Tribünen Applaus
Die Fotos meistgeboten nach Amerika.

Auf jedem Knopf eine Firma. Das Kalb
Tanzt blöd herum. Alle rennen hin
Das Festzelt überfüllt. Sie sind geladen
Zum Mordsgeschäft.

Die ganze Welt versaut. Produkte. Produkte
Wer nicht spurt dem hilft ne Sekte
Abgefackelte Wälder. Brandneue Musik
Das Wort den Propheten.

Ewiges Leben? Ewige Sucht?
Schnarchen auf der Beletage?
Nach uns die Flut. Wir stechen in See
Ahoi! Es ist alles Staffage.

ALBERT VON SCHIRNDING

* 1935

Ästhetik des Vorscheins

Was kommt zum Vorschein
wenn der Schnee schmilzt
Die Wahrheit
Die Wahrheit
Nichts als die Wahrheit
Die Wahrheit als nichts
Die Wahrheit
Nichts
kommt zum Vorschein
wenn der Schnee schmilzt

Nymphenburg im März

Die kahlen Kronen und
die Krähen drin ein
Flügelschlag
hebt sie hinweg
Leibeigenschaften
leichthin aufgehoben
ein Federstrich der
Schloßherr hat sich
aus dem Staub gemacht
Schwärme von Fremden
fallen ein wir
gehn hindurch sie
flattern auf
Märzhinab der Weg
am Fluß Verzweigungen
von dir zu mir ein
Flügelschlag
hebt mich hinweg

An meinen Beobachter

Den Verdacht würde ich gern
auf mir sitzen lassen
Endlich auffällig geworden
auf Schritt und Tritt
überwacht

Hinter mir bückt man sich
nach verworfnen Gedanken
Gnade der Beschattung
zuzuwinken dem unsichtbaren
Auge das mitgeht

Wahrscheinlich liegt
eine Verwechslung vor
oder ich kann mein
Glück noch nicht fassen

Winterlicher Vorgang

Die Möwen hocken
wie festgefrorene Steine
auf dem Eis locken
meine und deine

zögernden Schritte
hinaus zu den Toten
Gelegentlich kommen Boten
angeflogen Schnitte

von blitzenden Messern
trennen uns Ortlos
bin ich Zu andern Gewässern
sinkst du wortlos

DIETER MUCKE

* 1936

Wendepunkt

An solchen Tagen kippt der Sommer in den Herbst.
Die Bäume stehn, ohn daß ein Blatt sich regt.
Ein Amselzwitschern stört die Ruhe und verstummt.
Lau ist die Luft und völlig unbewegt.

An solchen Tagen kippt der Sommer in den Herbst
So lautlos wie der Fisch den Ring im Wasser schlägt.
Wir trinken schweigend eine Flasche Wermut aus.
Wer füllt dem Freund ein Glas, der nicht mehr lebt?

An solchen Tagen kippt der Sommer in den Herbst.
Wenn unser Tabakrauch schon in die Nacht verfliegt
Spürn wir den bitteren Geschmack sehr deutlich
Der, nicht mehr wegzuspüln, uns auf der Zunge liegt.

Die „Meistersinger“ und die „Minnesänger“

Metaphern zuhauf im Wortausverkauf:
Zu Sträußen gebunden, in Klumpen gefunden
Auf Wiesen gebrochen, wie Spinat gestochen
Zu Liedern gewunden in fleißigen Stunden
Aus Beeten gerissen, in Säle geschmissen.

Vom Himmel gelogen, zur Erde gebogen
Vom Geiste geadelt, ins Blaue gestapelt
Zur Kunst stilisiert, von niemand kapiert
Die Wahrheit versiegelt, den Affen gespiegelt
Verklemmt und verschlüsselt, von Hunden beschnüffelt.

Wie Piepmatz gehalten zur Freude der Alten
Mit Zucker gefüttert, vom Käfig vergittert
Den Burgherrn besungen mit Blasebalglungen
Das Antlitz errötet, den Fräuleins geflötet
Kastriert und gerupft die Harfe gezupft.

PETER HORST NEUMANN

* 1936

Nach Neisse

Verengtes Blickfeld:
Mohn und Buschwindrosen.

Ein Steinwurf weiter
und du bist im Ziel.

Hier bleib ich stehn. Hier
bin ich selbst der Stein.

*

Ins Brunnenohr spricht
noch ein Brunnenmund –

sein Wasserpolnisch
ist mein Wasserdeutsch –

die Taube fliegt davon
mit nassem Schnabel.

*

Im letzten Aufschwung entfiedert:
dort in die Furche geduckt,

die Luft noch zu atmen
zwischen den Zeilen.

Ich habe ihr Singen gehört,
es war Eichendorffs Lerche.

*

Käm der ich war
auf diesem Weg zu mir –

ich werde meine Netzhaut
auf ihn werfen –

bin mit geschlossnen Augen
wieder er.

*

(*Neisse:* Stadt in Oberschlesien an der Glatzer Neiße. Seit 1945 Nysa. Auf dem »Jerusalemer Friedhof« das Grab Joseph von Eichendorffs.)

Ich lese Traueranzeigen

Freunde sind nicht dabei.
Wir haben vereinbart,
unvermeldet zu sterben.
Bevor es die Buschtrommeln
wissen, sind wir schon
auferstanden, kommen
den Hauptweg herunter,
gesprächig, die Lippen
von Meinung feucht,
die Schaufeln geschultert,
an denen die Erde klebt,
in wallenden makellos
weißen Gewändern.

PETER HAMM

* 1937

Nachruf auf einen Unbekannten

Viehdoktor, fremder, ich kenne dich
irgendwoher! – Ja, du bist mein Vater.
Der das Pferd dem VW vorzog,
doch auch die Reitpeitsche.
Vielleicht hätte ich als Kalb
auf die Welt kommen sollen, von Kühen
verstandest du etwas oder von Schweinen.
Nein, *Nazi* warst du nicht, hast dich
nur *sauwohl* gefühlt in Rußland und
in der *gutsitzenden* Uniform.
Du warst *ein Herr*, gewiß,
ein herrenloser Herr, streunend
unter Söhnen, sorgenden Knechtseelen,
und unter den Rittmeistern
deiner königstreuen Kindheit.

Viehdoktor, fremder, dem früh
die Frau wegkam, die meine Mutter war:
nie hätte ich dich nach ihr gefragt
oder nach sonst etwas außer
Taschengeld und Uhrzeiten.
Wo warst du ein Leben lang,
das nicht das deine war, *Hausfreund*
in einer Wohnung, die nicht deine war,
ganz ohne Bücher, Porzellan und Gott
– oder ohne Ersatz dafür!?

Einmal im Jahr schrieb ich dir
eine Ansichtskarte, teilte dir Fremdem
die Temperaturen fremder Länder mit;
die letzte, die mit den portugiesischen
Pferden, erreichte dich nicht mehr.
Ich weiß, ich werde dir immer nur
Unrecht tun, doch es ist das einzige,
was ich für dich tun kann.

Aus der Festung / An Kolleritsch

Daß das Jetzt trostlos ist wie das Jetzt
aller Zeiten, sagtest du in deiner Festung,
errichtet, wie jede, aus Hoffnung und Wahn.

Ja, wenn das Zukünftige eintreffen könnte,
ohne aufzuhören, das Zukünftige zu sein!

Wir Sympathisanten des *Noch-Nicht* sind
gefangen im *Es-war-einmal*, vermissen
die Glühwürmchen mehr als die Gesellschaft
der Gleichen.

Irgendwo unter uns tauscht gerade Geschichte
ihre Gefangenen aus. Ausgezehrt sind sie
und bleich wie der Morgen, der heraufkommt

mit dem neuen Verrat.

Speisewagen

Noch grün die dürftige
Heimat, Deutschland
im Herbst, säuberlich
aufgeräumt wie immer.

Das Ebenbild Gottes,
der Landsmann, frißt
blutige Schlagzeilen.

Von weitem erkennen
einander Emigranten.

Was ich gerne noch läse,
fragt einer. Das Buch
des Lebens, lieber Herr,
aber gerade dies bleibt
bis zuletzt verschlossen.

Drinnen schwappt über
der dürftige Überfluß.
Draußen schwimmt sie weg,
die dürftige Heimat.
Die Kühe schauen nicht auf
vom Fressen.

KLAUS M. RARISCH

* 1936

Verletzt? Versehrt?

Zu fett ist das Sonett dir? Zu kompakt?
Der strengen Strophen strikte Unterbrechung,
der reinen Reime runde Klangentsprechung
zu fassen hast du dich umsonst geplackt?

Der harte Jambentakt scheint dir vertrackt?
Wag's: kapp dem Wortwildwuchs die Wurzelschwächung!
Des Reimes Echo-Brechung schrumpft zur Echung,
bis das Sonettskelett im Traumtanz knackt:

Was wüßte einer, der
da träumt?
Ist keine Küste mehr

umschäumt?
Die letzte Frist so sehr
versäumt?

Am Meer

Verlassen liegt die Küste, unbewacht.
Auf schroffen Klippen in dem toten Sund
versteinern Möwen grell mit offnem Schlund.
Hier haben Hirne sich umsonst zerdacht:

Wer schlug einst gegen wen warum die Schlacht
und schickte Schiff um Schiff am Riff zum Grund?
Ein Taucher birgt aus einem Wrack als Fund
die Bordkanone der besiegten Macht.

Es war der Strand, an dem man stranden mußte,
der Sternenstand, die Heere zu verheeren,
die Zeit, die nichts von Glück und Frieden wußte.

Und diese Zeit wird einmal wiederkehren.
Du kannst dich gegen das Geschick nicht wehren.
Ein alter Taschenkrebs wetzt seine Scheren.

Mauerlos

Kennst du das Land, wo alle Biblio-
thekare von der Bücherleiter fallen?
Wo Rufe „Feuer her!" wie Donner hallen
(es brüllt die Feuerwehr unìsono),

wo ausgeländert wird der letzte Zoo,
um Blondes nur beamticht zu bestallen,
wo's schicklich, zu Silvester nur zu knallen
(Raketen detonieren anderswo).

Kennst du das Land, das mauerlos geteilte?
Wo Langeweile niemals lange weilte,
weil ständig allseits neuer Aufschwung droht?

Kennst du das Land, das trauerlos gestylte?
Wo man das Recht zu Haben nur ergeilte?
Du ahnst: Das ist der Nibelungen Not.

LUDWIG HARIG

* 1927

Das schreibende Subjekt

Ergreift der Mensch den Stift, schon wird er kategorisch.
Das schreibende Subjekt bedient sich der Poetik,
schmäht nicht das Regelwerk berechneter Ästhetik:
das Werk aus hohlem Bauch bleibt meistens illusorisch.

Gelehrtenverse sind gebildet und rhetorisch,
die auditive Kunst berauscht sich in Phonetik,
konkrete Poesie gefriert in Arithmetik,
das lyrische Gedicht ist meistens metaphorisch.

Ein ganzer Kanon steht dem Schreiber zur Verfügung,
dem schieren Leidensdruck, der köstlichen Vergnügung:
es ist die ganze Welt auf einmal kreativ.

Den einen quält das All, den andern plagt die Enge,
es wechselt freies Spiel in arge Ausdruckszwänge:
der eine ist erwacht, dieweil der andre schlief.

Sirene und Nachtigall

Seele des Poeten,
Geist des Federkiels:
sanft sind die
Trompeten
des Metaphernspiels.

Hall und Klang
rumoren,
üben ihrerseits
auf des Dichters
Ohren
ihren milden Reiz.

Von den Reizen allen
macht das Herz mir warm
Trost der
Nachtigallen,
der Sirenen Charme.

Und es knistert leise,
und es kläfft enorm,
der Musik zum Preise
dröhnen Geist und Form.

Hörn Sie das Geknister!
Hörn Sie das Gekläff!
Pianist, Minister
und Museumschef,

der Poet und jene,
welch ein froher Schall!
Ich bin die Sirene
und die Nachtigall.

ROR WOLF

* 1932

mein famili

mein schwester strickt am grünen strumpf
so heiß und groß so dick und weich
so seltsam übers knie gebeugt
mein schwester mit dem roten rumpf

mein oma liebe oma so
so faltig pergament so dünn
so vogel hals so fistel stimm
so mürrisch mittags abends froh

mein famili im zimmer lung
wo um den schwarzen tisch und rund
mit topf und fisch und zwiebelbrüh
mit hand mit mund mit großem hung

mein vater mit der nickelbrill
mein mutter auf dem küchenstuhl
mein starker bruder mit dem bart
mein kleine schwester blaß und still

mein famili mein ganze fam
ili mein ganze zwei drei und
mein vier und fünf und zwei und ein
mein famili wie wundersam

wie wundersam wie wir am tisch
am runden tisch von rundem holz
wie faust und gabel hier und hier
faust gabel hier mund da und fisch

mund da und fisch und fisch und kloß
am runden tisch der vater spricht
und ißt den kloß und ißt den fisch
vom tisch und spricht und zwiebelsoß

und zwiebelsoß rinnt ab vom mund
wischt ab ach wischt und wischt und spricht
die schwester hörts an ihrem strumpf
die mutter hörts der bruder und

großvater dort auf dem abort
der hund der hund bunt hinterm schirm
die laus in seinem pelz und ich
ich hörs ich hab im ohr die wort

wie altes brot die wort wie brot
wie schwarzes brot die mutter nimmts
vom küchenbord und lächelt wild
denn trocken brot macht wangen rot

wie glotzt aus seinem leib das brot
wie rollt es rollt es durch die tür
die base sitzt vor dem klavier
und spielt ohn brot ist große not

die schürz der mutter weht herum
die uhr platzt an der wand und da
grinst unterm bottich grinst die schab
der vater spricht seht euch nicht um

(E: 1959; D: 1968)

Rammer & Brecher

3. Sonett

Der Meister wirbelt hungrig übers Feld
Und füttert seine Spitzen sehr geschickt.
Er tanzt durch alle Sperren, quirlt und zwickt.
Vom Flutlicht ist der Rasen jetzt erhellt.

Der Rammer zugedeckt und kaltgestellt.
Der Brecher auf der Linie, ganz geknickt.
Das Leder hängt im Netz, hineingenickt.
Im halben Lande stöhnt die Fußballwelt.

Der Trainer auf der Bank, man sieht ihn fluchen.
Sein Kopf sitzt locker und eventuell
Beißt man im Herbst schon in den Abstiegskuchen.

Der Rammer steht herum und ganz speziell
Den Brecher muß man mit der Lupe suchen.
Da muß sich vieles ändern und zwar schnell.

waldmann und die gräfin, eine dunkle dame

gut, sagt waldmann, alles bleibt beim alten.
und man sieht ihn eine dame falten.

waldmann, erstens, reißt den mantel auf.
diese dame nimmt es gern in kauf.

zweitens wird die bluse aufgerissen.
seufzend sinkt die dame in die kissen.

als im winde die gardinen wehn,
kann man am balkon den fremden sehn.

seine hand gekrallt um das geländer.
waldmann ruft ihm zu: was willst du, fremder?

aus der dunkelheit heraus ein bein,
lang, und in die dunkelheit hinein.

aus der dunkelheit ein arm, ein kleid,
und verschwunden in der dunkelheit.

auf den teppich schwebt hinab ein strumpf
und ein zweiter strumpf. der graf schläft dumpf.

jemand lacht verstopft an dieser stelle.
man erkennt den fremden auf der schwelle.

lachend sieht man ihn die arme schränken.
waldmann sagt: das konnte ich mir denken.

krähen krähen und beim ruf der unken
ist die dunkle dame umgesunken.

als die gräfin auf den boden sank,
trat der fremde knarrend aus dem schrank.

draußen ist der mond heraufgeschwollen.
waldmann sagt: jetzt weiß ich, was sie wollen.

an der glastür, in der pelerine,
schwarz der fremde, flatternd die gardine.

die gardine klatscht, die glastür schlägt.
auf das dach, hinunter, abgeschrägt,

fällt der fremde und hans waldmann lacht;
denn er hört den knall im straßenschacht.

und die gräfin lacht verführerisch.
waldmann wirft sie krachend auf den tisch.

auf dem tisch, ganz frisch zerdrückt vom glück,
liegt sie, waldmann tritt ein stück zurück.

waldmann sagt: jetzt geht es schlag auf schlag,
vor dem tisch, auf dem die gräfin lag.

später, als hans waldmann wieder lacht,
schreit die gräfin auf mit aller macht.

und obwohl die gräfin weiterschreit,
schläft der graf sehr tief in dieser zeit.

ja, die gräfin schreit aus lauter freude.
waldmann sagt: damit genug für heute.

bravo, ruft sie. waldmann ist schon weit,
und entzog sich so der dankbarkeit.

[1985]

Aus dem Norden

1988

Gestern, mit der Eisenbahn,
gestern oder heute,
kam ein Mann, ich weiß nicht wann,
und der Schnee bestreute

seinen Kopf und sein Gesicht,
Schuhe, Hut und Hände.
Ach, der Schnee fiel dick und dicht
über das Gelände.

Ach, der Schnee fiel auf ihn hin
und bedeckte bald
Fuß und Knie und Hals und Kinn,
weiß und weich und kalt.

Ach, er fiel, der Schnee, er fällt
immer noch, der Schnee;
er bedeckt die ganze Welt,
die ich nicht mehr seh.

Gestern sah ich von dem Mann
schwarz gewölbt den Hut,
hart wie Glas wie Porzellan.
Heute, kurz und gut,

heute liegt der Schnee so schwer;
alles ist verborgen.
Nein, ich sehe gar nichts mehr,
heute oder morgen.

ROBERT GERNHARDT

* 1937

Roma aeterna

Das Rom der Foren, Rom der Tempel
Das Rom der Kirchen, Rom der Villen
Das laute Rom und das der stillen
Entlegnen Plätze, wo der Stempel

Verblichner Macht noch an Palästen
Von altem Prunk erzählt und Schrecken
Indes aus moosbegrünten Becken
Des Wassers Spiegel allem Festen

Den Wandel vorhält. So viel Städte
In einer einzigen. Als hätte
Ein Gott sonst sehr verstreuten Glanz

Hierhergelenkt, um alles Scheinen
Zu steingewordnem Sein zu einen:
Rom hat viel alte Bausubstanz.

Materialien zu einer Kritik der bekanntesten Gedichtform italienischen Ursprungs

Sonette find ich sowas von beschissen,
so eng, rigide, irgendwie nicht gut;
es macht mich ehrlich richtig krank zu wissen,
daß wer Sonette schreibt. Daß wer den Mut

hat, heute noch so'n dumpfen Scheiß zu bauen;
allein der Fakt, daß so ein Typ das tut,
kann mir in echt den ganzen Tag versauen.
Ich hab da eine Sperre. Und die Wut

darüber, daß so'n abgefuckter Kacker
mich mittels seiner Wichserein blockiert,
schafft in mir Aggressionen auf den Macker.

Ich tick nicht, was das Arschloch motiviert.
Ich tick es echt nicht. Und wills echt nicht wissen:
Ich find Sonette unheimlich beschissen.

Nachdem er durch Metzingen gegangen war

Dich will ich loben: Häßliches,
du hast so was Verläßliches.

Das Schöne schwindet, scheidet, flieht –
fast tut es weh, wenn man es sieht.

Wer Schönes anschaut, spürt die Zeit,
und Zeit meint stets: Bald ist's soweit.

Das Schöne gibt uns Grund zur Trauer.
Das Häßliche erfreut durch Dauer.

Wortschwall

Erst tropft es Wort für Wort. Dann eint ein Fließen
Solch Tropfen in noch ziellos vagen Sätzen,
Die frei mäandernd durst'ge Ganglien netzen,
Aus welchen wuchernde Metaphern sprießen

Und wild erblühn. Und sich verwelkend schließen,
Nun Teil der Wortflut, wenn auch nur in Fetzen,
Das will vermengt zur Sprachbarriere hetzen,
Um sich von Satz zu Absatz zu ergießen,

Bis tief ins Tal. Dort füllen Wortkaskaden
Ganz ausgewaschne, sinnentleerte Becken,
In welchen doch seit alters Dichter baden.

Daß dies Bad sinnlos ist, kann die nicht schrecken:
Ein Wortschwall reicht, um die maladen Waden
Mit frischer Schreit- sprich Schreiblust zu begnaden.

Beginn der Sommerzeit 96

Vorfrühlingstag, kahl und durchsichtig.
Im Gitter von Ästen das rostende Eisen,
der Plastikfetzen, die glitzernde Scherbe,
die Feuerstelle, die bleichenden Knochen:
Allem geht der Blick auf den Grund.

Vorfrühlingslicht, fahl und blaustichig.
Kaum reicht es zum Schatten bei Grube und Haufen,
Plane und Spaten, Hacke und Krähe,
alle grundiert vom Braun des Verrottens,
über allem ein Hauch von grundloser Trauer.

Knastbrüder

Der geistliche Bach ist gewaltig.
Und der weltliche steht ihm nicht nach.
Da ist keine Note beliebig,
aber jede klingt nach Bach.

Thomas Mann gelang das Wunder
sich ein Leben lang treu zu bleiben
und abertausend Seiten
im Thomas-Mann-Stil zu schreiben.

Picasso gilt als Proteus.
Man wähnte ihn ständig verwandelt.
Doch werden all diese Volten
durchweg als Picassos gehandelt.

Von Brecht gibt es viele Gedichte.
Manche gut und manche nicht schlecht.
Und manche ziemlich daneben.
Aber alle sind von Brecht.

Ein Künstler ist ein Gefangner
im selbstgemauerten Kerker.
Die Steine, das sind seine Werke.
Und der Knast nennt sich nach dem Werker.

F. W. BERNSTEIN

* 1938

Apokalypsen-Programm

Montag geht die Welt zu Grunde
Dienstag regnet's und ist kalt
Mittwoch um die zehnte Stunde
wird kein Geld mehr ausgezahlt

Donnerstag nur Feuersbrünste
Freitag früh ist Jüngster Tag
Samstag Ende aller Künste
und zwar ZACK auf einen Schlag

Sonntag herrscht dann endlich Ruhe
und die Straßen wüst und leer
auf der Post noch ein Getue
Pst – nun ist auch das nicht mehr.

Sonett-Sonett

Man nehme schöne Wörter, etwa Balustrade,
verrühre sie mit Reimen, lasse das Gedicht
nun in vier Strophen stehen, bis der Sinn aufbricht.
Dann kann es vorgetragen werden. Ach wie schade,

daß es so wüste Namen gibt von schönen Dingen;
ich denk an »Schnitzel«, »Kümmelstange« und die »Schweiz«;
gewaltig ist der Klang von »Ohrwurm« andrerseits,
doch hat der wenig Reiz. Soll das Sonett gelingen,

dann braucht es beides, Form und Inhalt, Sinn und Klang,
wie Rom, Granada, Ulm, Luang Prabang
und andre Städtenamen – doch nicht »Drispenstedt«.

Auch klingen ganz vorzüglich schön Obst und Gemüse,
die Aprikose, Kraut und Rüben voller Süße;
jetzt noch ein tiefrer Sinn, dann wird es ein Sonett.

KURT BARTSCH

* 1937

Poesie

Die Männer im Elektrizitätswerk
Zünden sich die Morgenzigarette an.
Sie haben, während ich nachtsüber schrieb
Schwitzend meine Arbeitslampe gefüttert.
Sie schippten Kohlen für ein Mondgedicht.

Sozialistischer Biedermeier

Zwischen Wand- und Widersprüchen
Machen sie es sich bequem.
Links ein Sofa, rechts ein Sofa
In der Mitte ein Emblem.

Auf der Lippe ein paar Thesen
Teppiche auch auf dem Klo.
Früher häufig Marx gelesen.
Aber jetzt auch so schon froh.

Denn das ›Kapital‹ trägt Zinsen:
Eignes Auto. Außen rot.
Einmal in der Woche Linsen.
Dafür Sekt zum Abendbrot.

Und sich noch betroffen fühlen
Von Kritik und Ironie.
Immer eine Schippe ziehen
Doch zur Schippe greifen nie.

Immer glauben, nur nicht denken
Und das Mäntelchen im Wind.
Wozu noch den Kopf verrenken
Wenn wir für den Frieden sind?

Brüder, seht die rote Fahne
Hängt bei uns zur Küche raus.
Außen Sonne, innen Sahne.
Nun sieht Marx wie Moritz aus.

[*›Kapital‹:* »Das Kapital«, ein Hauptwerk von Karl Marx (1818–1883), erschien: Bd. 1, 1867; Bd. 2 u. 3 hg. v. Friedrich Engels (1820–1895) 1885–1894.]

Lied der jeweiligen antiken Götter

Über eure krummen Rücken
Gehen wir in goldnen Schuhn:
Götter, die auf der antiken
Überlieferung beruhn.

Wir verkaufen Ideale
Je nach Neigung und Bedarf
Daß da ein für alle Male
Jeder alles dürfen darf.

Seht, die Käufer stehen Schlange
Vor dem goldnen Ladentisch.
Ideale von der Stange
Kaufen sie wie faulen Fisch.

Ach, es wärmt den Philosophen
Die Idee der Menschlichkeit.
Hat er dann noch einen Ofen
Kommt er durch die kalte Zeit.

Für den Mann des Fleisches bieten
Wir verschiedne Laster an
Die, getreu den alten Mythen
Er dann nachempfinden kann.

Hindern ihn auch die Gesetze
Oder sind die Mittel schmal
Zappelt doch in seinem Netze
Immerhin das Ideal.

Für die zarteren Gemüter
Haben wir auf Lager die
Keuschheit, einen Ladenhüter.
Leider ohne Garantie.

Ja, es ist nur Dutzendware
Billig, alt und eng im Schritt.
Wir, die seltnen Exemplare
Machen dennoch unsern Schnitt.

Adolf Hitler ganz allein

Adolf Hitler, ganz allein
Baute er die Autobahn.
Keiner trug ihm einen Stein,
Keiner rührte Mörtel an.

Keiner half ihm, als den Krieg
Er vom Zaun gebrochen.
Dennoch dauerte der Krieg
Fast dreihundert Wochen.

Adolf Hitler ganz allein
Hackte Holz, trug Kohlen,
Heizte dann die Öfen ein
In Auschwitz, fern in Polen.

Keiner hat es kommen sehn,
Jeder hielt sich ferne.
Alle ließen es geschehn,
Aber, ach, nicht gerne.

Adolf Hitler ganz allein
Mußte sich erschießen.
Außer ihm hatte kein Schwein
Einen Grund, zu büßen.

Liedervereinigung

Auferstanden aus Ruinen
Brüderlich mit Herz und Hand
Laß uns dir zum Guten dienen
Tochter aus Elysium
Daß zum Zwecke Wasser fließe
Und mit reichem, vollem Schwalle
Einigkeit und Recht und Freiheit
Zu dem Bade sich ergieße
Und der Zukunft zugewandt.

[Vgl. S. 308, 476, 693. – Zeile 5, 6, 8: aus Goethes Ballade »Der Zauberlehrling«.]

HANNELIES TASCHAU

* 1937

Die Kürbislauben die Birnengärten

Unser Schwindel
der die ferne Zeit verklärt
das Süffeln das Raunen das Singen
überlieferte Tätigkeiten in den
Kürbislauben in den Birnengärten
Als ob der Sand der Mahlsteine nicht
zwischen den Zähnen geknirscht hätte
wenn man Brot aß wenn man Brot hatte

und die langen kalten Abende wenn
man braungeräuchert in den Stuben
am offenen Feuer in die Erde wuchs

und die Wächter an ihre Hütten
gekettet
haftend für jedes Stück Leinen mit
ihrem Kopf bis heute

Tschernobyl?
Tschernobyl 1990?

Übrigens hat man dort die
gleichen Kinderwagen wie hier
Was sagten sie
ich weiß nicht mehr
Im Hintergrund sangen Helden
Zu einem Akkor Akkor Akkordeon
Wir hörten Reden und sahen Bilder
von Heldentum und Opfermut
Was noch
Ich weiß nicht mehr
Inzwischen ist schon wieder so
viel geschehen

Und wie hatte uns gegraut vor den
Reden und den Bildern von Heldentum
und Opfermut

Geben wir doch zu daß wir geglaubt
hatten wir würden uns schlechter
fühlen als vorher

Klarträumer

Lebensgefährliches
über dem Abgrund übt man besser im Traum

Wer klarträumt kann ekstatisch fliegen oder
schlafen mit wem er will das Hinsehen
das Wegsehen trainieren mit dem Snowboard
Salti fliegen spazieren durch die
Gedächtnisspeicher
seiner Kindheit den Tiger in seinen Träumen
fragen Wer bist du wirklich und was will
ich von dir

Träume finden im Kopf statt und in den
Kopf kann man hineinsehen
Wir fallen auch im Wachen immer wieder
für Momente in traumartige Bewußtseins
zustände
Wir träumen weil es biologisch nicht
sinnvoll wäre jede Nacht das Großhirn
abzuschalten
weil der Strom der Bilder nie abreißt:
Tags Fantasie Nachts Traum

Großer offener Disput

JIŘÍ GRUŠA

* 1938

Seelensee

Nein
keine menschen mehr
in dieser meeresgegend
lachmöwen laut
und augenlose löcher
im fischkopf
an dem sie emsig
hacken

und deine stimme noch
die furchtlos fragt
ob ich hier
wohne

Manchmal schaut Wasser

Manchmal
schaut wasser dir zu
wenn fahrende kähne
die Elbe schleifen

hier wird keine
flaschenpost
verschifft

kürzere sprachen
hätte man
erfinden müssen

um das geschehene
doch noch
zu retten

unter der nächsten
brücke

KITO LORENC

* 1938

Altes Motiv

Ich hau ein Fenster ins Gemäuer
unsres neuen piekfeinen Baues.
Jemand hat einfach das Fenster vergessen.
Architekt oder Maurer? Müller oder Meier?
Darüber weiß man nichts Genaues.

Einer nimmt seinen Kopf ab, zeigt seinen Vogel,
der soll ein Loch in die Mauer hacken.
Mancher will sie gleich ganz einreißen.
Ein andrer macht Hokuspokus, Gemogel,
geht Licht in große Säcke sacken.

Ich hau ins Gemäuer ein Fenster,
normal wie alle solche Dinger.
Bitte, Herr Wind: Verjag doch die Spinnen!
Bitte, Frau Sonne: Vertreib die Gespenster
und wärm mir die steifen Finger!

Und auf den Abend lad ich all meine Freunde
ein und wir feiern bis früh um vier
(wems so paßt, der steigt gleich durchs Fenster).
Und auf den Morgen lad ich all meine Feinde,
aber bitteschön, nur durch die Tür!

(1964/65)

klimax

wir wollen die wahrheit ertragen
aber

wir wollen das telegramm schicken
aber das

wir wollen den kranz kaufen
aber das klima

wir wollen die fliege fangen
aber das klima ist

wir wollen den max begraben
aber das klima ist nicht

wir wollen die sache vergessen
aber das klima ist nicht danach

(1989)

das kleinere übel

wie es glimpflich grinst
wenn es tag für tag
über deinen horizont geht
und flunkert im stübel

der unausrottbaren wurzel
entspreizt es sich kumplig
als ein notwendiges das du speiend
wiederwählst vor dem kübel

bis Matthäi am letzten
wo es harsch mit grundeis
dich übergibt an das größere
samt strick haken dübel

[1998]

BERND JENTZSCH

* 1940

Elegie

Das Laub am Himmel leicht wie du und ich.
Der Weißdorn erzählte uns, was er wußte.
Alles war schön bei fast geschlossenen Augen.
Die Dächer schwammen hinaus ins Meer.
Ein Mann ging vorüber im Staub
Mit seinem Gepäck, Tränensäcke.
Hinter uns, vor uns glanzvolle Jahre.
Eiszeit, Eiszeit.

(1975)

Gedächtnis

Im Fremden ungewollt zuhaus.
Wer schrieb das?
Ich, oder du,
Als du gingst durch Zürichs Hügelgassen.
Du hast es aufgeschrieben,
Wo ich jetzt gehe,
Im Fremden ungewollt zuhaus.

(1977)

(*Im Fremden ungewollt zuhaus:* Zitat aus einem Gedicht Max Herrmann-Neißes, der 1933 über Zürich nach London emigrierte.)

[Als Wolf Biermann aus der DDR ausgewiesen wurde (1976), hielt sich B. Jentzsch in der Schweiz auf, schrieb einen offenen Brief an E. Honecker (1912–1994), den damaligen Partei-(SED) und Staatschef der DDR, und blieb dort.]

Arioso

Ich bin der Weggehetzte.
Nicht der erste, nicht der letzte.

Von keiner Mine zerrissen.
Vorm Zaun nicht ins Gras gebissen.

Keine blaue Bohne in der Lunge.
Nichtmal Blut auf der Zunge.

Mein Leib und meine sieben Sinne,
Alles frisch und unversehrt.

Das Leben, das ich nun beginne,
Lebt sich grade umgekehrt.

Ich bin der Weggehetzte.
Nicht der erste, nicht der letzte.

Mir ist die Welt ins Herz gesprungen.
Mir, dem großen Lausejungen.

(1978)

Sommer

Hier in den Mulden, in den schäumenden Wiesen,
Im Regen, der uns segnet und sonderbar singt,
Auf dem offenen Feld, im Hafer, der uns jetzt sticht,
Im Tollkraut, im Tollkraut, dunkel und licht,
Liebste, hier wolln wir machen, was den Tod
Zu Tode erschrickt, hier, im singenden Regen,
Damit es aufgehe in deinem Leib wie ein Brot,
Auf dem roten Acker, mein ein und mein alles,
Im Regen, Liebste, und nicht unterm Dach,
Hier, wo wir singen, in den schäumenden Wiesen.

(1978)

Verbotenes Lied

O Vaterland, o Vaterland.
Laß uns dir zum Guten dienen.
Einigkeit und Recht und Freiheit.
Brüderlich mit Herz und Hand.
Und das liebste mags uns scheinen,
So wie andern Völkern ihrs.
Und der Zukunft zugewandt.

(1978)

(*Verbotenes Lied:* Montage aus fünf Zitaten von drei deutschen Dichtern, deren Lieder in Deutschland / einem seiner Teile verboten waren / sind.)

Selbstporträt im Wasser

Die Hand am Fuß in der gefluteten Badewanne,
Wenn er die Nägel schneidet.
Nackte haben den Wunsch, die Kleider zu wechseln:
24 Hemden täglich, Joggingschuhe, 1 Hose,
Die der Liebe günstig ist.
Das nichts-farbne Wasser,
Welches er für den Ozean hält
Seiner läßlichen Verfehlungen,
Steht ihm bis zum Hals.
Der ist nicht zu retten! für gute Worte.
Die Dritte hat die Schere.
Der Badende ruht eine Weile
Und erkaltet im Zeitvergehn. Aber
Schön ists, die Seele
Zu entfalten und das würdige
Verletzte Leben.

(12. 1.–9. 2. 1992)

BEAT BRECHBÜHL

* 1939

Baukran

Dieser wortlose leicht gehbehinderte
Storch, er legt
ein Ding
von da nach da,
von hier nach dort.
Er ist ein gelber
Hinundhergeher.

Mittags und abends
verläßt ein Mann das Gehirn
und steigt die rote Leiter
herab.

[1970]

Chemische Fabrik im Frühlingswind

Gelbe Berge gelbe giftgelbe
Eierstöcke
gelber Ausfluß
gelbe Heißluft.

Der Frühling ist in diesem
Magen zum Kotzen
tag/nacht flimmern die
Darmwände vom gelben Wasser,
die Leute mit den gelben
Lungen, mit schwefel-
starren Herzen,
sie schlafen in ausgepflasterter
Haut.

Und eine duftende Decke
(der Aktionäre) legt sich
auf unseren Mund. Die Lippen
sind von Säure zerfressen.
Die Zähne lösen sich
auf.

Hurra der Frühling
Hurra.

[1972]

Wie tropfende Mutterkühe
stehen die Wolken stumm in der Landschaft

Immer noch mild
liegen die paar Hügel
zwischen den Suchfingern der Bäche.

Immer noch lau
und begehrenswert wild
reißen die Sommernächte
an meiner unbestimmten Sehnsucht.

Immer noch pumpt mir mein Herz
das Blut durch den Körper, und immer noch
helfen die Sonne mit und der Nebel
und all deine Gerüche.

Immer noch bin ich in dieser Ecke Welt
so frei, daß ich mir die Arbeit (zum Teil)
und den täglichen Wahnsinn (zum Teil)
selber einbrocken kann; und ich wählte
die Arbeit und den Wahnsinn.

Und immer noch begegne ich jeden Tag
den wunderschönen Kindern meiner Generation –
schön und sauber und selbstbewußt
haben sie nie kämpfen gelernt,

weder für sich noch für andere;
sie tragen ihr Ich herum wie eine Gladiole,
der der Himmel die Farben gibt
und der Regen das Leben nimmt.

Sie haben nicht kämpfen gelernt; für sie
ist die Zeit der Krieger vorbei
und die Zeit der Priester ist da.
Aber die Zeit der Krieger ist nie vorbei;
unter den Röcken der Priester warten
sie auf ihre Zeit.

Staunend betrachten sie die stummen
Mutterkühe, die über der Landschaft hängen,

unsere schönen, sanften Kinder.

ARNO REINFRANK

* 1934

Vorübergehende Siege

Wir haben euch nie geliebt,
ihr goldenen Herrscher.

Euer Name allein schon
schrickt die Tauben vom Hof.

Wir feiern die Tage,
an denen Tod euch befiel.

Euere Drohungen zerflattern,
die Wälle zerschmeißt der Wind.

Das bißchen Legende vergessen bald
wir, Kinder müheloser Freuden.

Wir leben weiter und mit uns,
die wir mehr liebten als euch.

Seht, Herrscher von Babel bis heute,
euere Siege waren vorübergehende nur.

Das weißumrissene Quadrat

Noch bleiben auf der Elemententafel
Quadrate weiß für neue Formeln,
in die hinein die Poesie der Fakten
Gott als Metapher für das Unerforschte stellt.

Da steht Er flüchtig ohne Dimensionen,
den größten der Brahmanen sichtbar
nicht länger als ein Elektronenblitz
und mathematisch nicht zu fassen.

Das Unsagbare kann auch der Poet
nicht sagen, aber sagen kann er wohl,
daß es unsagbar ist in dem Quadrat,
das weiß die Wissenschaft Ihm offenhält.

Die Flut sind wir

»Ein Paar von jedem«. Um die Tiere
baute Noah die Arche gleich einem Stall,
darin sie Frieden hielten
aus Furcht vor der Not. Und all

die widersprüchlichen Arten
befanden im Dunkeln sich still. Ihr Ziel
war offenbart. Statt nautischer Kenntnis
von Steuerruder, Anker und Kiel

zeigte Noah Vertrauen. Bewährte sich
samt Rabe und Taube in der Legende
als gerecht, erwählt, zu Sünden fähig
in Wein und Brunst. Die weiteren Hände,

die im Zeitraum folgend auf die Arche
Plankenstück um Plankenstück
für den Galeerenbau fügten,
rissen sich roh. Denn ihr Glück

lag im Überleben auf dem Brett
zwischen den Spanten; den Riemenschaft
beidarmig durchziehend im Takt.
Dann: Segel, Dampfmaschinenkraft

und Kernenergie, die haben seither
die Umschlagtonnagen vermehrt. Es wird
fort so gehen: Häfen überquellend
vor Schiffsverkehr. Beschirrt

Container am Doppelheber. Radar
auf den Brücken, und die flüchtige Zeit
als Rennfaktor. Denn es wächst
am Metall das Metall. Wie weit

steht Anfang zurück. Wir fühlen
uns unbedürftig jenes Scheines,
der Noah leuchtete – der Bau
der Arche war als Werk noch ganz seines.

Doch uns verwirrt: Wie sich
die Wasser hinterm Wehr anstauen,
lagert Teil auf Teil die Zählbarkeit
ihre Last als Schlamm. Gebraucht wird Vertrauen,

es könnten die Vögel aus dem Öl im Meer
den guten Zweig uns bringen wollen!
Denn sind wir nicht vom Fundament
zur Flut bis in den Weltraum angeschwollen?

Winterquartier des Krill

In memoriam Alfred Wegener (1880–1930)

Der Krill, der in Myriaden durch die Meere zieht
und dort von Plankton lebt, die Fische leben dann von ihm,
ist winzig klein. Doch kann er leuchten.

Er kann mit Leuchtenzymen Licht erzeugen
auf seiner Wanderschaft durch fischbauchdunkle Tiefen.
Im Winter nimmt die Dichte seiner Schwärme ab.

Kälte, so dachte man, würde den Krill vernichten.
Bis man unter dem Eis der Arktik Algenwiesen fand,
die werden von dem Massenvolk der Krebschen abgeweidet.

Wer hätte in der Packeiszone eine Bodenfauna
von diesem Tropenreichtum je vermutet,
in deren Schutz der Winter überwindbar ist?

So schnell sterben Ideen nicht noch Krill,
die beide Mensch und Meer erleuchten
in starker Zahl und unberührt davon –

was flache Denker über sie verbreiten.

LUDWIG VERBEEK

* 1938

aber

so hieß es:
der pfahl im fleisch
der hat ihn gekrümmt

aber –
zög man ihn
raus
grenzte das blut
an das nichts

oder der balken
im aug:
welch schreckliche
einsicht
verbirgt er

Frühling 1990

Die Grenze leuchtet
in besondrem Grün
die Schmerznaht der Systeme
der Kräftefelder Saum
Blutstatt und Todesraum

Schrapnell-
bestückter Femetraum
Tabu und Meuchelort
Thrombose-Arm der Nacht

Doch in dem Sumpf
von Bann und Tränen
ist Leben
vogel-
frei erblüht

Dies Stück Natur
im Stau der Macht
sei Storch und Kröte
dargebracht

Todtnauberg

für Franz Vonessen

Nur der Weise
hält sich
ohne Ziele
aus

Begegnet ist
dir keiner
und der Weg
ist der Weg

An der Wald-
Grenze beim Schnee
hältst du
es aus

Ziellos auf Zeit
zeitlos am Ziel

MICHAEL BUSELMEIER

* 1938

Sommermittag

Jetzt werden Ping-Pong-Tische
ins Freie gezogen
weiße Gartenmöbel
auf den Rasen gesetzt
Knirschender Kies
ein blau-rot gestreifter
Sonnenschirm
die Blätter der Birke
sieden im Wind
Unterm Efeu
Modergeruch
Wie sich das Gras
über die Kindergräber wellt
Warme Sandsteinmauer
Kirschen, dicht
über meinem Kopf
ein Zeppelin
Ohne Brille kann ich
die Reklamebänder
nicht lesen
aber HEIMAT steht drauf
da bin ich sicher.

Grab in Handschuhsheim

1

Die Frühlinge dauern hier länger.
Alle Kirschzweige beschneit,
blinkend am Hang,
wo die Schnecken ihre Deckel
sprengen; glänzende Spur.

2

Jetzt könntest du sprechen vom Glück
der Revolte, gehen im langen
wiegenden Schritt ewiger Jugend,
die sich entfernt
auf der Mühltalstraße.

3

Engel am Wegrand, erschöpft.
Dich hat der Tod übersprungen, Amselvater,
Seelenvogel, grau im Gesicht,
Wörter, krumme Pfeile sendend
mit belegter Stimme
und wehendem Haar.

4

Da ist der Hut. Das Kreuz,
aus dem Rebstock geformt, treibt?
Dank euch, die verschwunden sind,
leben wir, über euch schreibend, weiter.

(*Handschuhsheim:* Ortsteil von Heidelberg.)

Heimkunft. An die Genossen

Eines Nachts kehrst du zurück in die Mutterstadt
lautlos, das Tor steht offen, die Tiere und Menschen
schlafen sind tot, rosa Hausfassaden schrill beleuchtet,

du suchst die alten Cafés, die Ritter vom Geist
täuschend lebensecht an den Tischen, Ellbogen aufgestützt,
sogar der Rauch und die müden Witze sind aus Polyester

nachgeahmt, Falten und Brillen und Haarkränze, aber die
Ledermäntel Fahnen Flugschriften haben sie abgeliefert,
sie tragen graue Strickwesten und lächeln kurios

Studentinnen zu, die grüne Parolen wie Seifenblasen
versprühn, WortUntergang, es tut sich was, röcheln
die Volkstümler im Gemeinderat, spucken Blut.

Schriesheim im Mai 1914

Kein Gewächshaus weit und breit kein Supermarkt
nicht einmal eine richtige Straße im Rücken nur
helle Wege auf einem gelbstichigen Feld
Der Blick über die Ebene frei bis zum Rhein bis
ins Franzosenland Obstbäume und pockennarbiger
Grund ... Was magst du gedacht Großvater geplant
haben an jenem Maitag mit Hut und Schnurrbart
auf den Knotenstock gestützt die Wanderstiefel
im weißen Kies neben deinem Schatten

Der schäumende Mai das wilde Jahrhundert-
Sportfest lag dir frisch gescheitelt zu den Füßen
vierzig lachende Knaben mit Rucksäcken
voller Wünsche wie Windhunde um die Fahnenstange
gedrängt Gräben Granaten Stacheldraht morsches
Getürm ... Rosa Wolken von Westen und Bäche
wirklichen Bluts

Ich hab die helle Kiesstelle gefunden in Schriesheim
die Brombeerhecke am Steilhang den Holunderstrauch
wiederentdeckt unterm Wetter der Strahlenburg
wo du aufrecht standst Hauptlehrer Chorleiter
Gefreiter ein gestiefeltes Wanderlied auf den Lippen
viel jünger als ich jetzt mit dem Rücken
zum Bergfried stehe ohne Stecken und Schatten
kinderlos abgekehrt vom verdorbenen Land

[*Schriesheim:* Ort nördl. von Heidelberg an der Bergstraße.]

PETER M. STEPHAN

* 1939

Im Niemandsland

Mitten im Niemandsland
in Berlin steht
ein Mond über Soho
die goldgehämmerte Scheibe
aus Mexikos Aztekenhimmel
strahlend leuchtend
über weiten Spreewäldern
ein Versprechen
unserer fernen Liebsten

Ein unwirklicher Rebus aus
vergangener unserer Zeit:

Wie leben wir ohne Liebe
wir lärmenden Schatten in
fahlen Straßenschluchten
inmitten des Sterbens

[1989]

FLÜCHTLINGE Fremde
sind stets unterwegs
zuhauf durchqueren sie
alle Gegenden alle
einer fremd gewordenen
Erde quer und kreuz und
überzwerch zum Überdruß

Manche ziehen
ihr Haus auf Karren
andere nur Kisten
Fässer oder gar
Hüte aus importiertem
Stoff bestem englischen

Andere mühsam schieben
Puppenwagen voll
Butterstollen und Tee
Flaschen Gläser für
späte nächtige Feste

Meist greinen ihre Kinder
Ihre Puppen sind
zurückgelassen
verloren verbrannt

Ganze Gegenden sind überbevölkert
Ganze Gegenden sind menschenleer

ADEL KARASHOLI

* 1936

Im Gepäck

Ich habe mitgenommen
An den Schuhsohlen
Der Kindheit enge Gassen
Die sich festklammern an des Berges
Grauen Zöpfen

In den Augen
Die kleine Minze am Bach
Vor dem Olivenbaum

Und im Haar
Den zärtlichen Windhauch
Damaszener Abende

Ich habe mitgenommen
Auf dem nackten Arm
Der Sonnenkarawane Spuren
Beladen mit der Sehnsucht meiner Urahnen
Nach den kühlenden Schatten
Friedlicher Oasen

In der Seele
Die Reinheit der Propheten
Wie sie im Buche steht
Und die Wildheit kahler Berge

Ich habe mitgenommen
Auf meinen Lippen von Mutter
Die Melancholie
Und den Durst vom Vater
Nach dem Quellfeuer aller Fraun

[*Damaszener:* nach der syrischen Hauptstadt Damaskus.]

Du fragst warum ich dich Minze nenne

Ach
Diese kleine Minze am Bach
Die da plötzlich stand
Vor meinem Gesicht
Ein wenig gebeugt
Fast wollte sie berühren
Zärtlich
Meine Wimpern
Als ich aufwachte im Schatten des
Olivenbaums
Müde noch vom rastlosen Reiten
Auf Felsen und rissigen Äckern
Gejagt von Schlangen und
Vom Verfolger
Sonne

Die Brücke

Und also sprach Abdulla zu mir
Auf der Minze bewegt es sich
Auf dem Felsen bewegt es sich
Unter der Brücke bewegt es sich
Dieses Licht der Liebe
Und er sprach
Die Minze erblüht in der Minze
Der Fels ruht im Felsen
Die Brücke dehnt sich aus in der Brücke
Und in der Kindheit wurzelt die Wurzel
Ich aber sprach
Das Licht wirft mich in die Minze
Die Minze läßt mich erblühen im Felsen
Der Fels verwurzelt mich in der Brücke
Und die Brücke dehnt sich aus
Von Meridian
Zu Meridian

*

Und er sprach
Laß das Fremde dich nicht fangen
In seinem Netz
Sieh den andern lange an und langsam
Die Vergänglichkeit des fremden Augenblicks
Greift dann ratlos nicht mehr
Durch dich hindurch

CHRISTOPH DERSCHAU

1938–1995

Nimm mich

(für E.)

Warum bist du manchmal
so nah
manchmal so weit in den Wäldern
deiner Vögel?

Was für eine blöde Frage!
Wo ich doch
die Möglichkeit habe
unter deinen Vögeln zu fliegen
und mit deinen Schritten
im Schnee zu verschmelzen.

Warum finden sich unsere Wörter
oft so schwer?
Warum schlafen wir manchmal
aneinander vorbei?

Nicht mehr sollten wir
unsere Spiele spielen

wie sind
sondern uns nehmen was wir wollen :

hart aber zärtlich!

Apfelwein süß gespritzt

könnte ein Thema sein für ein Gedicht
denn ich mag sowas an heissen Tagen
und heisse Tage mag ich
weil ich da am liebsten nichts tue
und Nichtstun ist gut
wie Gedichteschreiben
zum Beispiel über süssgespritzten Apfelwein
und das dazu gehörige Wochenende
ausserhalb des Büros wo ich nur Kaffee trinke
bis sich mein Magen verkrampft
damit ich sie überhaupt durchstehe
diese alltäglichen acht Stunden
vollklimatisiert und den Kreislauf
meines Körpers ablehnend
oder höchstens mal ein Bier
wenn ich Spätdienst habe
zusätzlich zu den acht Stunden
den ich nur leicht angesoffen
überstehen kann indem ich mich versetze
in eine Wochenendstimmung sonnig
oder so eine Schreibwut
vielleicht auf den Regenbogen der Zufälle
oder meinen Hochseilakt
bei dem ich hin– und herstolpere
auf der Schwelle zwischen Ehre und Laster
bis ich abstürze und rücklings falle
in meine zerknautschte Wirklichkeit
wo ich immer wieder versuche
das Unmögliche zu verlangen

das einzige Feld auf dem die Zufälligkeit
vollständig getilgt werden kann
und bei dem ich jeden Versuch von Anfang an
scheitern sehe und deshalb von Zeit zu Zeit
plane den Löffel vorzeitig aus der Hand
zu legen was ich dann nicht tue
weil es doch immer wieder weiter geht
mit süssgespritztem Apfelwein und dem einen oder anderen
guten Gedicht.

(1982)

Selig wer in Träumen stirbt

Umwickelt mich mit Watte
und Erstehilfeverbandszeug
und dann gipst mich zu.
Vergeßt meine Anwesenheit.
Ich bin jetzt das sicherste Versteck
für meine Ängste.

Nagelt meine Seele
an einen alten Plastikeimer
und laßt endgültig alle Lust
aus ihr raus bis auf das Atmen.
Denn es gibt keinen verborgenen Sinn.

Schafft die Musik ab
und die Poesie der Mütter.
Regelt das mit den Jahreszeiten
großzügig und das mit den Mördern
den Großraumbüros Antiraketenraketen
und schweigenden Mehrheiten.

Prügelt es euch immer wieder
in eure Schwachköpfe
daß wir schon immer verrecken
und unendlich lang und verbissen
sehr tot sein werden. Immer.

Kündigt mit jedem Rhythmus
das Ende an. Sonnenfinsternis
und Mordphantastereien.
Denn nichts ist von Dauer
außer einem Schlückchen
vor sich hin verwesende Ewigkeit.

Schafft den Sinn des Lebens ab
und seid nur noch mit dem Bösen
vital mit Harakiri
einer Überdosis und dem Satz
»Selig wer in Träumen stirbt«.

(1982)

RAINER MALKOWSKI

* 1939

Schöne seltene Weide

Manchmal, nach einem Herbststurm,
wenn die Luft still und gefegt ist,
gehe ich im Garten umher und zähle
die abgeschlagenen Äste.
Nur die Weide zeigt keine Veränderung.
Ich bewundere sie lange:
nicht immer sieht es so schön aus,
wenn die Biegsamkeit überlebt.

Eine Stunde oder zwei

Der Tisch mit der fleckigen
weißen Decke,
die billigen Plastikstühle –

es ist gut,
wie es ist.

Gut ist der trübe,
kalt
behauchte Mond
über den abbruchreifen Häusern
der anderen Straßenseite

der wilde Wein,
unter dem im dunklen
Hintergrund des Gartens
leise
die Soldaten singen

Einen besseren Platz
werden wir nicht finden
als diesen,
an dem wir nicht festhalten wollen
– und wo das Benannte
widerspruchslos
in die Benennungen zurückkehrt

für eine Stunde unverstörter
Anschauung.

Es ist gut,
wie es ist.

Gut ist das feste,
matt schimmernde Fleisch
der Zahnbrasse auf dem Teller,
die magere Katze
zwischen meinen Füßen
und noch das geringste
Wort, das wir sprechen
in die Salzluft,
den meerkühlen
Abend.

Verlassene Zimmer

Räume, die Zeit verkörpern.
Sieben Jahre oder eine Nacht.
Ein Kleid fällt zu Boden.
Ein Stoß Papier wird zerrissen.
Was noch immer geschieht
an einem erinnerten Ort.
Ein Telefon klingelt nicht.
Wir sprechen über die Zukunft
mit langsamen Schlucken
Wodka dazwischen.
Eine Leuchtreklame
macht die Decke hell,
geht aus.
Verlassene Zimmer.
Unsere Zukunft
hat in ihnen gewohnt.

Was sonst

Alles, wonach ich zum erstenmal
die Hand ausstreckte,
hieß deutsch.

Mein Patriotismus beruht
auf einer Buchstabenkombination.

Ist die Erinnerung an den Klang,
den ein Ding gab,
wenn es mit einem Wort zusammenstieß.

Nicht mehr.
Nicht weniger.

Ich bin
mein Gedächtnis –
was sonst.

HANS DIETER SCHÄFER

* 1939

In Erwartung eines heissen Tages

O Täler weit und Höhen –
da stand einer und rief;
deine Zähne, die an mein Ohr schnappen; das Abfall-
papier auf den Stufen, es träumt
wieder.
Halbgeöffnet stehn die Jalousien;
ich höre in diesem Moment
den ersten Vogel singen
und dass der Wasserschwall aus einer Wohnung über uns
sanft herabrinnt.
Was ist es, das unser Herz so
schwer macht?
Lass die Al-Italia-Leuchtschrift vom Dach gegenüber
ausgehn; noch ist Nacht. Mit einem Sprung
sehn wirs in den Scheiben
des Autobusses glühn –
Und da, ein Falter, der gedankenverloren am
Plastikvorhang des Bades
seine Flügel auf- und zuklappt; so wars doch –

Kaufhaus-Interieur

Neben der Imbisshalle reisst uns die Rolltreppe ans Licht;
ein Ventilator, der hinter
zugefrorenen Fenstern saust
wie der Traum in unseren Körpern; leichter, du denkst
nicht daran; man sieht die Kehrmaschine
in sich versunken
die Stufen kehren und am Plattentisch einen Mann
im Selbstgespräch;
es ist die Stille des Winters; überall in weissen Kitteln
die Verkäufer, längst Gestorbenes in die Regale schichtend
und nun am Ausgang eine Wolke von Pelzen.
Raketen,
die über die Dächer ziehn –
aus einer Kabine, wirklich,
stürzt eine Frau mit fliegendem Haar!

GREGOR LASCHEN

* 1941

Geschichte, Grün

Wie der Wind übers Gras geht,
es niederlegt, auseinander-
spreizt für eine Weile,
macht er das Grün heller:
eine Veränderung dessen, was doch
bleibt, abseits
des Weges,
aus den Augenwinkeln zu sehn: eh
dir wieder die Augen
aus dem Kopf fallen,
vor lauter Grün,

Geschichte.

Großer Zufall mit Lisa

Du kamst aus der Mordasche Libanons, das ist lange
her und geht hin wie Kinderkrankheit, wir
liegend in unsere Häute geschnürt und jeder für sich
im Sand vor Domburg, Schauspielerin, kamst
in meinen kleinen heißgelaufenen Herbst, schnell
umzudrehn das Bild vom fertigen Leben, das
ich seit aller Zeit
gewissenhaft vor mir hertrug, Kino
auf Zeit, dem ich
gewissenhaft zusah, landflüchtig wie du
ins Bild des Frühlings, den
keiner von uns
hingedreht hat auf Dauer, aber noch
Lust auf endlose Sätze und Abschweifungen in
Sätzen, Schädel auf Schädel gesetzt als
sei das Schreiben das Ausschreiben
weniger Hauptwörter, mit denen
wir auskommen wollen wie mit den Schweißflecken
auf unserer Haut, lebenslange Übung paar Tage lang
Figur unseres Sprechens sein:
aber doch schöne Schwere
wie Welt, Handvoll Erinnerung Zukunft
wie Kunstschnee auf unseren Körpern, ein endloser
Versprecher wie dies Gedicht Zufall
Wirklichkeit ohne Vorhang ist.

[*Domburg:* holländ. Badeort.]

Fragment

Die schöne Geschichte der alten Gedichte,
genaues Aus- und Einatmen.
Und tanzende Wirklichkeit vor soviel Puppen,
Tage zurechtgeprügelt
im sauren Schweiß der Herrschaft.

(Wir drehen die Sprache um und nachhaus
ins Versprechen, wir kommen – sagen wir – nicht
durch, Eisläufer im Sommer, nicht an.
Wir stehen von Kindesbeinen an
im geschmeidigen Ruhm der Sprache
und reden noch, gelassen reden wir.)

Die schöne Geschichte der alten Gedichte
kennen wir inwendig. Genaues Aus– und Einatmen.
Windstille augenblicklich immer, während
die Herrschenden die Luft anhalten.

Vor dem Judenfriedhof in Lodz, 1989

„draußen, am Rand der Stadt –"

– über ziemlich offenes und verwirrtes Abfall-
Gelände, schon früh unter der Hitze, im Staub, in dem
das Wärterhaus allein steht, unbewacht, an
dessen Tür in aller Frühe der große Schlüssel
zum Eisentor in den Steinwald
am Rand des Geländes ausgehändigt
wird nach kurzer Erklärung und
einem Zögern, das in erstauntes Schweigen
umschlägt, Gleichgültigkeit zuletzt. Und
über dem Gelände, immer wieder
abtreibend über den Wald und die
Steine darunter, hinter dem Tor, der alte
Gezänke-Ton der Raben in der Luft, der
Gezänke-Ton wie blind und blind, in
allen Ecken Europas wieder
zu hören. Und die körpergroßen
Einrisse links und rechts
vom verschlossenen Tor in der Mauer
um den Wald. Vom Wärterhaus hinten
die Stimme, die den Hund zurecht-
weist. Aber immer, von Name
zu Name geht
ein Ton unablässig
uns entgegen, vorweg und hinterher,
die genauere Erinnerung, kleine und
große Stücke vom Leben.
Das Wortkarge, das Würgen, das

beim Gehen, das ein Lesen ist, eine
Schrift, die sich erinnert, aufsteigt in Worte,
im Weg dahin, in tonlose
Wortschwärme, die stumpf und bitter
auseinanderstieben. Nur
das lautlose Reden der Steine
unter dem Gewicht ihrer Namen, geschlagenes
Alphabet, knochen-
weißes Buch für soviele Schatten, erzählt
dir, Europa, vom Licht und
seiner Zerschlagenheit. Immer zu früh, wie
immer zu spät.

WOLFGANG BITTNER

* 1941

Kollektivschuld

Wir haben es nicht gewußt,
Keiner hat es gewußt,
Keiner hat es wissen wollen,
Keiner wollte es wissen.
Selbst wer es hätte wissen können,
Hat es nicht wissen wollen,
Selbst wer es wissen konnte,
Wollte es nicht wissen.

So ist das gewesen,
Was hätten wir denn tun können,
Wenn wir nichts wußten,
Wir haben uns nichts vorzuwerfen,
Wir brauchen uns nichts vorwerfen lassen,
Wir lassen uns auch nichts vorwerfen!
Einmal muß Schluß sein damit!
Damit haben wir nichts zu tun gehabt.
Damit haben wir nichts zu tun.

Wir haben es nicht getan,
Andere haben es getan,
Aber keiner hat es gewußt.
Nur die es getan haben,
Wußten etwas davon,
Aber sie wußten nicht was sie taten,
Sie taten es,
Sie taten es auf Befehl,
Was einem befohlen wird muß getan werden.

Wir sind unschuldig,
Uns kann keiner in den Schmutz ziehen.
Wir haben es nicht getan,
Und wir hätten es auch nicht getan,
Wir haben es nicht einmal gewußt,
Niemand kann sagen wir hätten es gewußt,
Wir haben es selbstverständlich auch nicht gewollt,
Niemand kann sagen wir hätten es gewollt.

Keiner hat es gewollt,
Und keiner hat es gewußt,
Manche haben es zwar geahnt,
Aber gewußt hat es in Wirklichkeit keiner,
Alle haben es nicht gewußt,
Alle haben es nicht gewollt,
Wer etwas hätte wissen können,
Hätte es auch nicht gewollt,
Wenn er etwas gewußt hätte,
Uns kann keiner etwas wollen.

Nach Jahren

In meiner Erinnerung war
der Himmel höher,
Enten schnatterten in den Weihern
und Rebhühner stoben auf
an den Wegen,
die hellen Wolken zogen
wie ferne Segelschiffe
mit ihren Schätzen vom Meer,
Heu duftete in der Scheune.

Als ich wiederkam,
waren Wolken und Wald
viel näher,
verfallen der Hühnerstall und
bucklig die Dächer,
durchlöchert;
Unkraut wucherte auf dem Hof,
im unbestellten Garten
blühten hüfthoch die Lupinen.

Kein Rauch,
kein Kindergeschrei,
nicht einmal Schwalben.

VOLKER BRAUN

* 1939

Wir und nicht sie

Eins könnte mich trösten: wir haben das halbe
Leben frei für den Frieden. In den verbrannten
Grenzen, wo das Gras wächst
Liegt es, das seine Zeitungen loben und die Sprecher
Des Volks, mein Land, nicht mehr gefürchtet
Von seinen Bewohnern. Nach dem Jahrhundert
Des Granatenrechts, das wir brachen
Als die Städte brachen, müßt ich, da Freiheit
Bis heut von fern gefeiert war, ihr Lob stärker
Singen als jeder! aber sie tröstet mich nicht.
Denn wer alles auch sagt, uns kümmere nur
Dies eine, das wir schützen können: ich kenne
Nicht mein und dein vor diesen verletzlichen Ländern
Die kleineren Kriege, die beschreiblichen
Waren. Mich schert
Diese lockere Erde jeglicher Landschaft, die mein Gebein
Befliegen kann schichtweis. Und seis nur eine

Quadratmeile See unterm Raketenschiff:
Oder der Batzen Rhön, fern neben meiner Schulter
Das ist mein Land, das seh ich: und keine Welt
Tröstet mich. Ich versuche es ja, ich halte
Dies Ländchen im Auge, in meinen Händen
Als wenns mir gefiele, und was ihr macht, ich
Mach es, den Beton und den Pudding, ich fahr vom Kap
Zu den Kuppen, ich faste auf Festen, die mit Worten
Den Ruhm des Friedens mästen: es ist da um mich
Klein und lebendig, ich bin dort wie ihr
Mein bebautes Land, zufrieden, nicht schön
Das ein Trost ist, das verletzbare, friedliche
Frei vor den Ufern der Länder! aber es tröstet mich nicht.

(1965)

[»*Sie* und nicht *wir*« war ein Gedicht Klopstocks auf die Anfangsphase der Franz. Revolution überschrieben (»Hätt ich hundert Stimmen, ich feierte Galliens Freiheit/ Nicht mit erreichendem Ton . . .«).]

Im Ilmtal

Den Himmel verwildert der Sturm
Voll Wolken grau, das Feld
Ist dunkel am Tag, mein Sinn.

In der gebauten Natur
Geh ich allein, und den Wald schüttelt er
Wie meine Fäuste möchten die steife Welt!

Einmal lebte ich so, freudig
Mit den Genossen. Gebraucht
Zu ändern Flüsse und Städte allmählich
Und die ich brauchte.

Auf die Wiese schwärzer tritt, *lieber Fluß*
Schlage, wie einst einem andern hier
Die Worte aus meiner Brust!

Und ich kannte sie lange, die Tage
Füllte Arbeit zum Rand
In die Nacht ging das laute Gespräch.

Aufwälze, Fluß, den dunklen Grund;
Ich kann nicht leben ohne die Freunde
Und lebe und lebe hin!

Und nicht langt mir, nicht ruhig
Macht nun der eine mich;
Nicht glücklich kann ich verschließen
Mich mit ihm vor der Welt.

Bäume dich, in den befestigten
Ufern, reiß dich los
Flüßchen, gib so, gib den Gefühlen deinen Raum!

Zu den verstreuten, tätigen
Gefährten, wer es auch sei, muß ich kommen, und nie
Verlassen den großen Kreis

Und was ich beginne, mit ihnen
Bin ich erst ich
Und kann leben, und fühle wieder
Mich selber in meiner Brust.

(1970)

(*Lieber Fluß:* aus Goethes Gedicht *An den Mond*, 2. Fassung, vielleicht 1788.)

An Friedrich Hölderlin

Dein Eigentum auch, Bodenloser
Dein Asyl, das du bebautest
Mit schattenden Bäumen und Wein
Ist volkseigen;
Und deine Hoffnung, gesiedelt
Gegen die *symmetrische* Welt!

Aber die Früchte, wer soll sie
Die Fässer aussaufen, nehmen
Dieses dröhnende Feld?
Die eisernen Reifen, wie
Fallen sie von meiner Brust
Wenn sie sich weitet?

Nicht träge
Sind wir geboren, Mann, dein *Gott in Stahl gehüllt*
Geht unter den Werktätigen:
Bis doch zu eingeborenem Brauch
Wird, was uns guttut, und
Brust an Brust weitet sich so, daß sie aufsprengt diese eiserne
Scheu voreinander!

(*Eigentum, Asyl:* in Hölderlins Gedicht *Mein Eigentum*, 1799, heißt es: »Sei du, Gesang, mein freundlich Asyl!« *Symmetrische Welt:* im Brief an den Bruder vom 1. Januar 1799 schrieb Hölderlin: »Nicht wahr, Lieber, so eine Panazee (Allheilmittel; er meint die Poesie) könnten die Deutschen wohl brauchen, auch nach der politisch-philosophischen Kur; denn alles andre abgerechnet, so hat die philosophisch-politische Bildung schon in sich selbst die Inkonvenienz, daß sie zwar die Menschen zu den wesentlichen, unumgänglich notwendigen Verhältnissen, zu Pflicht und Recht zusammenknüpft, aber wie viel ist dann zur Menschenharmonie noch übrig? . . . Aber die Besten unter den Deutschen meinen meist noch immer, wenn nur erst die Welt hübsch *symmetrisch* wäre, so wäre alles geschehen.« *Gott in Stahl gehüllt:* aus Hölderlins Hymne *Der Rhein* (An Isaak von Sinclair), 1801.)

Der Müggelsee

Aber am schönsten ist

Von des schimmernden Sees Traubengestaden her

in der Zeit Wirre
Die die Freunde verstreut roh
Vom Herzen mir, eins zu sein
Mit seinem Land, und
Gedacht
Mit Freunden voll das Schiff, fahre ich
Fort in dem Text, den der Ältere
Verlauten ließ, an einen anderen Punkt.

und auf den Bänken Bernd
Still lächelnd, Reiner, geblecktes Gebiß
Wolf schreind ein freches Lied
Und wir säßen im selben Boot

Auf der selben Welle noch, vor welchem Ufer
Ist mir egal und sei es getrockneter
Mist in Preußen, du kämest, Freude

Volles Maßes auf uns herab!

Aber ich fahre hin, an den dunkleren Punkt
Der Geschichte, der ein froh Gesicht
Verzieht zur Fresse, und die beschämend
Schöne Natur geschenkt

und Sarah vom siebzehnten Stock
Stürzt über die Mauer, ihr Liebes-
Lied voll Raben! Raben!
Schwarz, unter Wasser.

Geblähte Fahnen. Aber aus dem Kahn
Kippen sie, die der Kurs fremd
Ankommt, oder von sturen
Schlägen gewippt in die Brühe.

Fröhliches Wasser

Und sie gehen unter
Aus dem freudigen Text in den bitteren hier
Den ich knurre, ein Gram
Nicht des Schweißes wert.

Geschrieben am Zürichsee, 1977

(*Von des schimmernden Sees Traubengestaden her, Freude! Volles Maßes auf uns herab!:* aus Klopstocks Ode »Der Zürchersee«, 1750. Der Ältere: Klopstock.)

Das Lehen

Ich bleib im Lande und nähre mich im Osten.
Mit meinen Sprüchen, die mich den Kragen kosten
In anderer Zeit: noch bin ich auf dem Posten.
In Wohnungen, geliehn vom Magistrat
Und eß mich satt, wie ihr, an der Silage.
Und werde nicht froh in meiner Chefetage
Die Bleibe, die ich suche, ist kein Staat.
Mit zehn Geboten und mit Eisendraht:
Sähe ich Brüder und keine Lemuren.
Wie komm ich durch den Winter der Strukturen.
Partei mein Fürst: *sie hat uns alles gegeben*
Und alles ist noch nicht das Leben.
Das Lehen, das ich brauch, wird nicht vergeben.

Das Eigentum

Da bin ich noch: mein Land geht in den Westen.
KRIEG DEN HÜTTEN FRIEDE DEN PALÄSTEN.
Ich selber habe ihm den Tritt versetzt.
Es wirft sich weg und seine magre Zierde.
Dem Winter folgt der Sommer der Begierde.
Und ich kann *bleiben wo der Pfeffer wächst.*
Und unverständlich wird mein ganzer Text.
Was ich niemals besaß, wird mir entrissen.
Was ich nicht lebte, werd ich ewig missen.
Die Hoffnung lag im Weg wie eine Falle.
Mein Eigentum, jetzt habt ihrs auf der Kralle.
Wann sag ich wieder *mein* und meine alle.

(1990)

(Das Gedicht antwortet dem alten Text *Das Leben* (1980), in dem die Frage war: »Wie komm ich durch den Winter der Strukturen.« *Und ich kann bleiben wo der Pfeffer wächst:* »Die toten Seelen des Realsozialismus sollen bleiben, wo der Pfeffer wächst«, schrieb Ulrich Greiner in der ZEIT vom 22. Juni 1990.)

[»Friede den Hütten! Krieg den Palästen!« lautete das Motto über Georg Büchners (1813–1837) Flugschrift »Der Hessische Landbote« (1834).]

Der Totenhügel

Cäsar sah fern vom Tumulus
Der Seeschlacht zu *Barbarenschiffe* Angstschweiß
Eines Großen der Geschichte macht *Es kam dann*
Auf die Tapferkeit an und Sichelstangen
Die die Rahen herunterrissen samt den Ledersegeln
BELLUM GALLICUM der gewohnte Golfkrieg
Vor den Augen des Landheers im Küstenkino
Und die Windstille
So entstehen Weltreiche / Ich sah sie fallen
Auf seinen Knochen stehnd dem Führerbunker
Grotewohlstraße im anderen Deutschland
Der überraschende Landwind in den Korridoren
Ein Lidschlag der Geschichte gegen die Verblendung
Taumelzaudernd DER TANZ AUF DER MAUER
Die Mauerspechte mit den kleinen Hämmern
Die Volksarmee sah zu das Heer der Arbeitslosen
Eine Minute in Meiner Zeit

(Der *Tumulus* de Tumiac, am Golf von Morbihan, Bretagne. Er beherbergt die Gebeine eines (vor ca. 5000 Jahren) Hochgestellten. *Der überraschende Landwind:* aus dem Gedicht *Die Wende*, 1988.)

[*Mauerspechte:* Bezeichnung derer, die Stücke aus der ›Mauer‹ (zwischen der DDR und West-Berlin) herauszuschlagen suchten.]

HEINER MÜLLER

1929–1995

Klage des Geschichtsschreibers

Im vierten Buch der ANNALEN beklagt sich Tacitus
Über die Dauer der Friedenszeit, kaum unterbrochen
Von läppischen Grenzkriegen, mit deren Beschreibung er
Auskommen muß, voll Neid
Auf die Geschichtsschreiber vor ihm
Denen Mammutkriege zur Verfügung standen
Geführt von Kaisern, denen Rom nicht groß genug war
Unterworfene Völker, gefangene Könige
Aufstände und Staatskrisen: guter Stoff.
Und Tacitus entschuldigt sich bei seinen Lesern.
Ich meinerseits, zweitausend Jahre nach ihm
Brauche mich nicht zu entschuldigen und kann mich
Nicht beklagen über Mangel an gutem Stoff.

(16. 8. 1992)

Senecas Tod

Was dachte Seneca (und sagte es nicht)
Als der Hauptmann von Neros Leibwache stumm
Das Todesurteil aus dem Brustpanzer zog
Gesiegelt von dem Schüler für den Lehrer
(Schreiben und Siegeln hatte er gelernt
Und die Verachtung aller Tode statt
Des eignen: goldne Regel aller Staatskunst)
Was dachte Seneca (und sagte es nicht)
Als er den Gästen und Sklaven das Weinen verbot
Die seine letzte Mahlzeit mit ihm geteilt hatten
Die Sklaven am Tischende TRÄNEN SIND UNPHILOSOPHISCH
DAS VERHÄNGTE MUSS ANGENOMMEN WERDEN
UND WAS DIESEN NERO BETRIFFT DER SEINE MUTTER
UND SEINE GESCHWISTER GETÖTET HAT WARUM SOLLTE ER
MIT SEINEM LEHRER EINE AUSNAHME MACHEN WARUM
VERZICHTEN AUF DAS BLUT DES PHILOSOPHEN
DER IHN DAS BLUTVERGIESSEN NICHT GELEHRT HAT
Und als er sich die Adern öffnen ließ
An seinen Armen zunächst und seiner Frau
Die seinen Tod nicht überleben wollte
Mit einem Schnitt Von einem Sklaven wahrscheinlich
Auch das Schwert auf das Brutus sich fallen ließ
Am Ende seiner republikanischen Hoffnung
Mußte von einem Sklaven gehalten werden
Was dachte Seneca (und sagte es nicht)
Während das Blut zu langsam seinen zu alten
Körper verließ und der Sklave gehorsam dem Herrn
Auch noch die Beinadern und Kniekehlen aufschlug

Gewisper mit ausgetrockneten Stimmbändern
MEINE SCHMERZEN SIND MEIN EIGENTUM
DIE FRAU INS NEBENZIMMER SCHREIBER ZU MIR
Die Hand konnte den Schreibgriffel nicht mehr halten
Aber das Gehirn arbeitete noch die Maschine
Stellte Wörter und Sätze her notierte die Schmerzen
Was dachte Seneca (und sagte es nicht)
Gelagert auf die Couch des Philosophen
Zwischen den Buchstaben seines letzten Diktats
Und als er den Becher leertrank das Gift aus Athen
Weil sein Tod auf sich warten ließ immer noch
Und das Gift das vielen geholfen hatte vor ihm
Konnte nur eine Fußnote schreiben in seinen
Schon beinahe blutleeren Leib keinen Klartext
Was dachte Seneca (sprachlos endlich)
Als er dem Tod entgegen ging im Dampfbad
Während die Luft vor seinen Augen tanzte
Die Terrasse verdunkelt von wirrem Flügelschlag
Nicht von Engeln im Säulengeflimmer beim Wiedersehn
Mit dem ersten Grashalm den er gesehen hatte
Auf einer Wiese bei Cordoba hoch wie kein Baum

(August/September 1992)

[*Cordoba:* Geburtsort Senecas in Spanien.]

PETER GOSSE

* 1938

Epikur an Lukrez

Was nicht geht, geht ein. Dieses Rom:
Beton. Also wozu
redest du um dich her, unheiter,
in niemandes Leben?

Und willst mit dem Kopf durch die Wand,
was nicht geht, geht nicht. Ja,
den Kopf tragen erhoben! Doch wie
ohne Kopf?

Es zu durchkosten, ist Leben da, nicht
es durchzumachen. Siehe,
es ist von feigmachender Schönheit!
Und gegeben ist es ein Mal,
und leben sollst du es so, daß du am Ende
sagen kannst, es war ein langes.

Der Narr

Ich bin – ihr sehts – der Narr. Ich sag euch, was ihr wißt,
jedoch nicht hören wollt. Was tun? Ich sags mit List.
Nichtreden kann ich nicht: ich platz, ich krieg 'nen Riß.
Den krieg ich auch (durch euch!), red ich, was ist.
Oi, steck ich gern in Steaks mein kräftiges Gebiß;
bin keiner, der sich selber die Leviten liest.
So hab ich Hämmer harsch auf meinem Hut gehißt,
hinfreilich feig getarnt: als Schelln. Sie bimmeln trist.

Wunschzettel

Nach Brecht

Von Malaisen die leichten,
von den Zielen die erreichten.

Von dem Mangel höchstens ein bißchen,
lieber hie und da ein Überflüßchen.

Von der Furcht die nichtpanische,
von den Fliegen die spanische.

Von den Pflanzen die Mistel
Und die Pflanze fürs Hanfgehüstel.

Von den Sünden nicht die erblichen,
von höhern Wesen, die verblichen.

Von den Mühen, die eben hinter uns sind.
Das klönende ungeklonte Kind.

Von den Lynchern die gelynchten,
von den Kinderchen die erwünschten.

Von Vulkanen die nicht mehr vulkanischen,
von den Fundis schon gar nicht der vatikanische.

Von den Freunden die unverrücklichen,
von den Freundinnen die verzücklichen.

Von Ergüssen der leibliche,
zwar stillt er den schreiblichen.

Von den Farben die schwierigen,
von Beilagern die langwierigen.

Von den Süchten die schößlichen,
von Bewußtlosigkeiten die unvergeßlichen.

Zeit, wo sie wegfällt,
Raum, wann er innehält.

Von den Gräsern die Wiese,
von den denkbaren Welten diese.

Ist und Iste statt Wäre,
das nach uns kommende Nennenswerte.

Von den Hautfarben die vermischten,
von den Deutschen die kosmopolitischen.

Von den Gegensätzen die verschwisterten,
von den Ausrufen die gewisperten.

Apoll auf Marsyas gestimmt,
Tod selbstbestimmt.

Von den Speisen die gern aufgetischten,
von den Dichtern die unerpichten.

Von den Grünen nicht die Beinenen,
von uns Roten nicht die Weinenden.

Von den Braunen John Walker,
von den Braunen Volker.

Von den Kirschbäumen Blüte wie Kirsche,
von den Brechten der wirsche.

Brecht der Rat Suchende, Räte Suchende,
Brecht der Sanftmut Verbuchende.

HARALD GERLACH

* 1940

Nachricht aus Grimmelshausen

Krumm buckelt vorm Wind, der ihn meidet,
der Berg, bis zum Rand ausgebucht.
Ein Kunde am Wegweiser schneidet
als Zinken ein: Freiplatz gesucht.

Es stehn die zum Schweigen Verführten
am Mooskopf, zu Füßen das Land.
Betrachten, die Grenzen berührten,
die Linien in müder Hand.

Verspätung

Bahnsteig, Abschiedsfloskeln. Der Himmel
preußischblau, grenzüberschreitend.
Der Uhrzeiger passiert die Zeit, das
Signal beharrt auf Rot.

Alles gesagt. Trennungen brauchen sich
auf – du willst Erschütterung empfinden,
einen Schmerz: nichts. Leere.
Gespieltes Interesse für Achsbelastungen,
Patrouillengänge der Bahnpolizei, Stimmen,
die für uns sprechen. Unerwartet:

der Zug setzt sich in Bewegung, keine
Bremse gelöst, kein Farbenwechsel.
Erleichtert atmen wir auf, winken dem
offenen Fenster, dem leeren Abteil,
unserer Abreise hinterdrein.

Durchfahren von Schienenstößen: die Pfeife
anzünden, die Einsamkeit des Nichtraucherabteils
genießen, die Sicherheit der roten Attrappe
Notbremse. Hinterm Zugfenster, von uns
nicht beachtet: unsre winkenden Hände.

Die Bahnhöfe, die Postämter

Abdecknamen für geronnene Aufbrüche,
in den Fluchtplanschmieden dröhnt der Führhammer
verschlissenen Affären hinterdrein. Folgenlos.
Blockierte Anschlüsse an Weltläufte.
Besetztzeichen mit dem Duft der *großen weiten*,
dem Ölgestank heißgelaufner Achsen via Paris.
Bon voyage.

Zwischenaufenthalte für dauernd, mittlere
Kader überleben dank forcierter Fluktuation.
Die Bleibenden wissen Seitentüren mit Blick
auf Skandale, Rufzeichen, Witterungen. Täglich
auf Trallewatsch gesetzt bis Bahnsteig zwölf,
bis zur Telegrammannahme.

Eingänge frei Haus: der Schiefe Turm von
Pizza, die Kartause von Parmesan. Ahnung von
Welt, kein Risiko, Leben poste restante.

Utopia

Um die Gipfel kreisen
die Adler. Und mein Traum wies
im Lande ein Feld: Republik
der Gelehrten. Dort, Diotima,
laß uns sein. Sinclair, mein
Präsident! Gehüllt in den Mantel
der Poesie schreitet
dein Hohepriester. Auf eilig
verhökertem Boden. Vorbei. Vorüber.

Nebel. Das Reich der Gedanken
bleibt landlos.

DRINK
COCA COLA LIGHT! So kam ich
unter die Deutschen. Handwerker
fand ich ... Allianzversichert.
Shake hands, Scardanelli.

[*Republik, Diotima, Sinclair:* Anspielungen auf Hölderlin, der in seinem Roman Hyperion an Bellarmin schreiben ließ (»Hyperion« II 2): »So kam ich unter die Deutschen. Ich forderte nicht viel und war gefaßt, noch weniger zu finden. [...] Es ist ein hartes Wort und dennoch sag ich's, weil es Wahrheit ist: ich kann kein Volk mir denken, das zerrissner wäre wie die Deutschen. Handwerker siehst du, aber keine Menschen, Denker, aber keine Menschen, Priester, aber keine Menschen, Herrn und Knechte, Jungen und gesetzte Leute, aber keine Menschen –.« – *Scardanelli:* Hölderlin unterzeichnete manche seiner späten Texte mit »Scardanelli«.]

Orte

Die Ansichten ändern sich. Stündlich.
Es hat nichts zu sagen. Nur, daß sie
käuflich sind. Im Ungefähren bleibt
gültig die Schlehenhecke, nicht zu versetzen
wie nächtlich die Grenzsteine, die mein
Erinnern umzirkelt. Blauschwarz, mehlig
betaut, wartet sie entgegen, ein herbes
Versprechen, dem ersten Frost.

Vergeblich such ich nach einem Gesicht,
einer Stimme im Damals – es blieb das
verfallende Haus im Heckengeviert, ein von
fremder Hand zusammengeschobenes Damasttuch
auf dem Tisch mit kreuzweis verbundenen
Säulenbeinen, das sich blütenweiß eingrub
in die Phantasie. In einem niederen Raum,
in dem Worte gewechselt wurden, die ich
vergaß.

Was geschieht, geht ohne mich
vonstatten. Wo ich war, da werd ich
mir kenntlich.

WOLFGANG BAUER

* 1941

Die Bar

Wenn anderswo die Lichter erlöschen
öffnet die Bar.
Kleine Höhle erwacht.
Schwirrend und lockend.
Rums! Fällst du hinein
vom Jazzschleim gesogen
– sitzt du und trinkst dich zu Tode.

Moderne Fallensteller
moderne Mohikaner
DIE BARWIRTE!!

Der Mörder

Angewurzelt hockt er,
döst er düster hinter Kerkermauern.
Seine Nägel kauend,
ein Flackern im Blick:
seine einzige Sonne.
Verbannt von Haus und Herd
auf Lebenszeit
ist er stumpf
– ein Stein im Stein
– ein Stein des Anstoßes;
ohne Reue und Freude,
gleich den Kettenhunden,
die unschuldig fauchen müssen.

New York

Edelsteinern ragst du „in the sky"
guter Geschmack: Einerlei!
In den Straßen kauert Hitze
Neger reißen Hurenwitze.

Manchmal sind wir aufgewacht
wurd' geschossen in der Nacht
aufgesprungen aus den Betten
sind wir mitten in Manhattan!

Ja, New York ist „very well"!
Wunderschön, doch kriminell!
Am Morgen sieht man Jogger laufen
durch den Riesen-Steinerhaufen.

Abends geht die Sonne unter
und Reklamen werden bunter
Lämpchen blitzen immer mehr
locken geil zum Times-Square.

Wenn die Jumbo-Jet abfliegt
und New York unter uns liegt
sitz ich froh in meinem Sessel
Endlich entronnen dem Hexenkessel!!

WOLFGANG HILBIG

* 1941

›laßt mich doch‹

laßt mich doch
laßt mich in kalte fremden gehn

zu hause
sink ich
in diesen warmen klebrigen brei
der kaum noch durchsichtig ist
der mich festhält der mich so
festhält

laßt mich in die einsame fremde
dort will ich um mich haun
mit meinem schatten fechten daß
hiebe pfeifen in wasserklarer luft
hier würgt mich stille
hier saugt zäher brei an meiner hand

laßt mich
wo die sicht klar ist
oder in steine in hohe steinwände in
mauern für meinen schädel – –

(1965)

abwesenheit

wie lang noch wird unsere abwesenheit geduldet
keiner bemerkt wie schwarz wir angefüllt sind
wie wir in uns selbst verkrochen sind
in unsere schwärze

nein wir werden nicht vermißt
wir haben stark zerbrochne hände steife nacken –
das ist der stolz der zerstörten und tote dinge
schaun auf uns zu tod gelangweilte dinge – es ist
eine zerstörung wie sie nie gewesen ist

und wir werden nicht vermißt unsere worte sind
gefrorene fetzen und fallen in den geringen schnee
wo bäume stehn prangend weiß im reif – ja und
reif zum zerbrechen

alles das letzte ist uns zerstört unsere hände
zuletzt zerbrochen unsere worte zerbrochen: komm doch
geh weg bleib hier – eine restlos zerbrochne sprache
einander vermengt und völlig egal in allem
und der wir nachlaufen und unserer abwesenheit

nachlaufen so wie uns am abend
verjagte hunde nachlaufen mit kranken
unbegreiflichen augen.

(1969)

vorgegebenes lied

mir war es gegeben zu gehn aus den häusern
durch deren fenster ich rückwärts sah –
doch blieb die trübe nässe ihrer wände
mir auch im taufluß fernerer gelände
und vor den himmeln andrer städte nah.

und durft ich mich in selbstgefühlen äußern
zerbrach mir doch das glück im mund
das ich durch dunst und ahnung fortgetragen
bis vor den schlund von fahlen tagen
auf meinem rückweg in den frühern grund.

die schimmelfeuchten ungelesnen bände
weise orakel unter spinnweblagen
rieten mir umsonst die fenster aufzureißen –
in meinen häusern
                    daß ich niemals wiederfände
der kindheit totes gleißen …
ihr geisterhaftes singen sinnlos fremder weisen.

passage

fern in den wüsten wechseln nacht und tag
sich feindlich ab mit schallendem schlag
indes hier macht und ohnmacht seit an seite hinken
um graue straßenwinkel die nach frieden stinken.

etwas folgt mir
                    einer säuferstimme gurgelnder betrug:
ob gotteswort ob sternentier
                    des weltalls letzter atemzug
der heiß von rotem sand ist blau von weißem eis …

o lasset mich des lebens ordnung tief verletzen –
selbst über wüsten türmen sterne ihren stumpfen kreis
und stürmen kalt in ihren grenzen und gesetzen.

JOHANNES SCHENK

* 1941

Jules Verne

Ich könnte doch, eingerollt in meiner Taucherglocke,
sagte Jules Verne, tauchen in die Warenhäuser
navigieren an Tiefseeseifen und Höhlenmiedern vorbei
auf die Suche gehen nach einem feinen Strumpf
für das Mädchen im Mond, das ich vor 100 Jahren
besuchte in einem meiner Bücher, ehe mir die
amerikanischen Piloten zuvorkommen und
meiner gedruckten Liebe einen Kaugummi verpassen,
eine Splitterbombe und ein Hütchen aus Detroit.
Macht die Seilwinde klar wir klettern aufs Dach
schließt den Deckel, ich tauche und bitte
alle Hausfrauen, schaukelhosigen Kinder
und unfreundlichen Verkäuferinnen
nicht zu erschrecken über meinen
durchaus gewöhnlichen
Taucherglockenblick.

(1969)

Utopie eines Straßentheaters

Da kommen die Leute mit Masken
einer stolpert übern Kantstein,
der eine mit Trommel der nächste mit Klingel,
die Kinder, Frauen und alle gehen mit, auch
die Männer um fünf nach der Arbeit.

Die Polizei geht mit und zieht
die schwarzen Handschuhe über.
Gerade mit viel Krach fliegt was übers Dach.
Und die Musik ist nicht zu hören,
bis die Leute im Haus sind:
und spielen das Spiel vom Arbeiterverkauf
vor denen, die sich verkaufen müssen,
dasitzen zuhören und fluchen
auf Hausbesitzer Fabrikbesitzer und die Polizei,
die hinterm Tor hockt
und am Schlüsselloch ihre blanken Ohren zückt,
die Knüppel und Pistolen,
alles was die so haben.

Das Spiel ist zu Ende, langsam
gehen die Leute aus der Tür,
nehmen der Polizei die Knüppel, Pistolen
und alles was die so auf dem Kopf haben,
lassen ihnen aber die blanken Ohren
zu hören
wie gut es scheppert, wenn sie das alles
in die offenen Mülleimer werfen.
Wenn sie damit fertig sind,
machen sie was.

(1973)

Schichtzettel

Die verwinkelten Lagerschuppen,
der einarmige Pförtner und
die unerhörten Schreie der Männer
in der Halle beim Warten
auf welche Schicht, drüber
die bedrohlichen der Arbeits-
verteiler auf den Podesten.
Und die Herbstblätter des Hafens,
die Schichtzettel,
wodrauf gedruckt ist:
der Kai welches Schiff welches Tor
welche Gang,
ob Schaufel ob Sackhaken,
mit denen sich die Leute
wieder acht Stunden
die Muskeln ausreißen müssen
aus ihren Armen. Dahinter
dies gar nicht schöne
Heulen und Tuten
der verdammten bemalten Dampfer.

(1977)

Garderobenständer und Sterne

Wo auf dem schiefgewickelten Globus noch leben,
an welchen Garderobenständer den Hut hängen,
wohin den Postboten zu Tisch bitten,
der mir gerade den Brief gebracht hat,
daß die Miete eine halbe Etage höher steige,
bis zu den Regenrinnen.
Woraus mir die Putzbrocken auf den Kopf flattern.
Was tun, auf einem wackeligen Fußboden,
der mir Kündigungen beschert,
die ich jeden Tag neu erwarte.
Und all die untröstlichen Hoffnungen in der Stadt.
In der ich nicht der erste bin,
nicht der letzte sein werde, dem das Dach überm Hut
und das Bett unterm Rücken weggezogen wird.
Sichtbar in all seiner Schönheit
der blanke Himmel darüber mit geputzten Sternen.

(1990)

GUNTRAM VESPER

* 1941

Landmeer

Wir dürfen unser
Leben
nicht beschreiben, wie wir es
gelebt haben
sondern müssen es
so leben
wie wir es erzählen werden:
Mitleid
Trauer und Empörung.

Stark wie der Tod

Kurz vor ihrem Verschwinden fuhren wir
immer wieder
durch das dunkle schwer schlafende Land
und sprachen von den Menschen, die
so unheimlich
tot waren, daß man sie nicht
zum Leben
erweckt sehen wollte:
sein Glück auf dem Unglück
der anderen
aufbauen
und die Geschichte zur großen Säuberung machen.

Einmal geriet ein Hase unter
die Räder, sie
zerstampfte ihn mit dem Absatz.

Ihr langsames Lächeln, als hätte sie gerade
die Ursache aller Traurigkeit
ausgerottet.

Mit einer Art Neid sah ich
jedesmal
in ihr entstelltes Gesicht.

Bildete mir ein, daß ich restlos verstand.

Das fremde Kind

Jetzt erlebe ich die langen Abende der Kinderzeit
in den überfüllten Häusern von Frohburg wieder
wenn die Kälte gegen die
knackenden Scheiben drückte.

Man saß zu Hause
oder bei der Familie eines Freundes
um die Petroleumlampe in der Küche
still, sagte jemand, und
alle lauschten
lang anhaltende Rufe waren zu hören.

Es ertrinkt wieder einer im Fluß.

Dann wurde von Leuten erzählt, die
auf schreckliche Art
gestorben waren
durch scheuende Pferde, giftige Ofengase.

Manchmal fragte ich weiter.
Wieso, wurde gesagt
ist denn
noch mehr geschehen.

Tagebuch Anfang Februar

Große Kälte seit Sonntag. So zersprang
heute nacht im Schlafzimmer
während ich las
die Zentralheizung unter dem geöffneten Fenster.

Ihr Aufschrei.

Was
wird aus einem Land, wenn
sein Gedächtnis krank ist
und was bedeutet ein Mensch, der
keine
Erinnerung hat.

UWE GRÜNING

* 1942

Helden

Ich war und ich bin
und ich werde der Staub sein.

Und ich halte
und hielt dir die Hände,
legte den Harnisch dir an
und die Schienen und schloß dir den Helm.

Und ich sah dich hinausgehn und siegen
und besiegt werden und lachen,
sah dich kämpfen gerüstet
und lieben in Nacktheit
und glücklich sein
und traurig sein
und ein Held sein.

Ich sah dich,
hab dich gesehen,
als du weißhaarig die Burgen bewachtest
und das Öl geglättet hast und das Feuer,
sah
ausreiten dich,
sah die Ströme sich gießen
über dich, sah dich stürzen,

sah deine Söhne
siegen und sterben
und triumphieren und fallen,
sah deine Enkel
und Aberenkel,
habe genug geschaut und erblickt
und geschmiedet
und abgeworfen
und ausgesät
und gepflügt
und geerntet.

Epiphanias

Die Winterbleibe:
Muschel und Ammonshorn
und das Geläut vieler Fröste.

Eine Hand stellt die Könige
zu Epiphanias nah an die Krippe.

Mandala, leuchtender Kreis!
Er ist wie der Kalkstein,
der in der Mauertiefe
noch die Wärme des Sommers trägt.

Gegen Morgen ein magisches Weiß
und hinter den Straßenristen
die dunklen Spuren der Hirten.

Ein Spruch des Fünfundzwanzigjährigen

Ein Leben wie die Sanddornbeere
zerdrückt im Munde: bitter, weich,
und wie die ausgespelzte Ähre:
nutzlos, jedoch in Wahrheit reich.

Von Lehm ein Klumpen an den Füßen,
der Schöpfung ungewollten Rest,
auch fehlt die Rippe, um zu büßen,
was sich gemeinsam büßen läßt.

Von Adel weder Spur noch Fährte,
nicht Stock noch Pranger noch Gericht.
Der Holzklotz, der den Fuß beschwerte,
zertrümmert keinem das Gesicht.

Nicht ohne Spott dem zuzuschauen –
ein Quell, der aufbricht und verrinnt.
Erwachsen heiß ich. Im Vertrauen:
Ich bleib für Jahre noch ein Kind,

das Halme zupft, wo andre jäten,
das Unmut treibt und Eifersucht.
Die Jahre kommen unerbeten,
sie kommen, und sie tragen Frucht.

Immigration

Durch Gegenden, welche das Alter
leugnen,
bin ich gegangen.
Ich sah
die Eissäulen derer,
die Ruhmsucht getötet hat.

Meine Sonne
schrieb Kältezeichen
auf ihre Schneestirn.

So zeitig, wie Kinder
dem Tag Aufwiedersehn sagen,
bettete sie
sich in das Frostholz
hinter den Fichten.
Ich aber mußte,
von meinem Haßhund begleitet,
noch gehen.

Ich verstand nicht: warum
währt mein Leben so lang,
warum all die Prüfungen,
die mich gleich-
gültig ansehn, warum
halt ich, erkenntnislos,
Beilager
mit meinem Verhängnis?

Heftig
fiel mich das Dunkel an,
und nur mein Haßhund riß es
von meiner Kehle.

ARNOLD LEIFERT

* 1940

Hindurchgehen

durchs Astwerk der Bäume
dem Winter zu

kahl
aber vorwärts
auf den Schnee hin

sanft sein
im Überleben

ein karger Zweig
schreibt vor die
Wolken

Tod oder Leben

ich bin

Herbst

Straßen die
an ihrem Ende
zusammenführen

Gesichter
in der Maserung
des Holzes

in der Welkheit
der Blätter

in den Trittspuren
der Pferde
von gestern

und dennoch
hier

im Sommer hier

hier
können Kinder
Wiesenschaumkraut
pflücken

Sorge

sind die Katzen versorgt
die Pferde der Hund

ist die Eule versorgt in
dem einen Baum in der Flur

gib es auf unsere
Mittel reichen nicht aus

unser eigener Hunger
bleibt

DIETER LEISEGANG

1942–1973

Elegie

Komm, Liebste, wir machen alles neu
Die Welt, und was wir so brauchen
Etwas zu essen, ein Feld und Heu
In dem wir liegen und rauchen

Vögel, die zwitschern und Himmelblau
(Manchmal auch einige Wolken)
Paar Wiesen, Wälder, einen Berg, eine Au
Und Wasser drumrum mit Balken

Dazu erfinden wir »unser« Haus
Das werden wir schön möblieren
Von Zeit zu Zeit gehn wir auch aus
In Bars, die wir vorher kreieren

Aus Vorsicht hamstern wir viel Geduld
Die müssen wir mit uns haben
Wenn trotzdem wer fortläuft – seine Schuld
Doch wir werden ja sehr tief graben

(29. August 1972)

Einsam und allein

Einsam ist ja noch zu leben
Hier ein Ich und dort die andern
Kann durch die Alleen wandern
Und auf Aussichtstürmen schweben

Einsam ist noch nicht allein
Hat noch Augen, Ohren, Hände
Und das Spiel der Gegenstände:
Und die Trauer, da zu sein

Doch allein ist alles ein
Ist nicht da, nicht dort, nicht eben
Kann nicht nehmen oder geben
Leergelebt und allgemein

(Oktober 1972)

KARIN KIWUS

* 1942

Freie Fahrt

Sind wir nicht selbstverständlich
sicher gestartet auf jeder Bahn
haben wir nicht ohne Panne
die Maschinen gelenkt und blind
jeden beliebigen Punkt der Erde erreicht
im Verkehrsnetz unserer Gesellschaft?

Wie in aller Welt und warum
dieses Unwetter
über dem sonnigen Erlebnishorizont
die Kollision mit dem eigenen Schatten
der Sturz durch ein Luftloch im freien Fall
und die Notlandung auf dem schlingernden Wolkenfeld?

Machen wir hier Station im Raum
wie Pilger
über Land zu immer dem gleichen Ziel
wie Zugvögel
unterwegs auf immer der gleichen Route
wie unbekannte Körper
im Anflug auf immer die gleichen fixen Ideen?

Verfolgen wir doch den Kurs zurück
und erkennen unter uns tief
unfreiwillig nur eine einzige Spur
den aufgezwungenen roten Faden
das eiserne Lasso unserer Nabelschnur!

Werden wir jetzt den Aufwind
wahrnehmen wieder abheben
die Angstbeschleunigung übergehen
und das Stolpern der Motoren
werden wir jetzt die Augen
weit offenhalten und geradeausstarren
auf die Rückenlehne unseres Vordermanns:

Your life-jacket is under your skin

Selberlebensverjährung

Die Podeste der doppelten Wendeltreppe Zeit.
Sich kreuzende Briefe. Augenpaare,
blank, starr, himmelverhangen.
Es ist später.
Über Kopfhörer auf Band
die wiederkehrenden
Klagen der Vierteltelefone.
Was stellen wir nicht an,
um hinlänglich unglücklich zu sein.

Einmal im August der Türklingel nicht gefolgt
und eine Sturzflut von Katastrophen.
Die verpflichteten Freunde, retten
sie nicht? Oder allein?
Ein Rindfleisch kochen bei herabgelassenen
Jalousien. Der Wein. Die Orchestersuiten.
Zwei drei harte Möhren zuletzt
richtungweisend auf dem Tellerrand.

Die alten Verstecke. Der Süden,
die grünen, gelben und grauen Hügel.
Ein Feuerwehrball, unter den Röcken
nackt, im Sog anderer Körper.
Trostproben, zitternd vor Gier.
Und die Arbeit, der seßhafte Stundenplan.
Und das Klettergerüst Philosophie . . .
kein Sprungtuch in Sicht, nur eine kleine
Schürze da unten, die das Schluchzen auffängt.

Die Einbildungskraft aber. Und der Triumph,
den wir erzwingen, unser sind die Anfänge,
unser die unbedingte, die gedeutete Welt.
Ob wir uns wahr gemacht haben, ist nicht
die Frage. Es gibt keine Beweise.
Auch gehandelt haben wir nie.
Entwürfe natürlich, jederzeit. Allein die anderen
sind es, die sich roh und spurlos zu Ende leben.

Wir müssen nicht älter werden mit uns.
Wie zur Anschauung ist man jünger geworden
in unserer Nähe. Schüler haben sich gesammelt,
Leidenlernende, die den Erfindungen
ergeben sind und uns folgen.

FELIX PHILIPP INGOLD

* 1942

Aufenthalt

(Antwort an Waterhouse)

Wo sind wir jetzt
ist keine Frage eine Frage ist
wo sind wir hier
im Ei im Eis
und Aug in Aug mit unsern
Knien nie
sind wir jetzt wo
wir jetzt sind allein
ein Paar (*zwei Dinge von gleicher Beschaffenheit*)
nämlich Aar (*veraltet für Adler*) und
aber Ra (*barbarischer Araber*) nicht wahr und wer
in wessen Inneres gekehrt
vor Liebe brüllt's.
Und blüht.

Wetterkarte

Unser Hoch verlagert sich
nach Ostern.
Die Ewigkeit (man sieht sie links
im Bild als schwarzes Loch) nimmt langsam
ab und wird Geschichte.
Die Nullgradgrenze liegt auf halber
Höhe zwischen Knie
und Kinn. Das heißt sie hält
so ungefähr die Mitte.
Was. Dein Land hat jetzt genau
die Größe und
die Nacktheit meiner Hand.
Und. Übermorgen
ist bereits gewesen. Gestern auch. Doch
gestern gab's die Zukunft noch. Das
Nichts. Und heute nichts
als diese süße Kälte.
Aus unsern
Namen emigrieren die Vokale
in die menschenleere
Umgangssprache.

Out

Noch eine Nacht zu
Genua. Genau
mit lauteren Erinnerungen
ausgemalt. Die Augen
zum Beispiel
die baden wie Spatzen im Staub.
Den Gau
vermißt flatternd der x-fache
Blick. Keine Rede
von Gerettetsein. Das Meer bleibt
eins. Geteilt
von soviel Kielen.

UWE DICK

* 1942

Wunder, wohin ich blicke

Wunder, wohin ich blicke:
Kristalle, Augen, Kadenzen,
Ähren, Brücken und Baßfiguren.

Doch grausig geschmückt
inmitten der Pracht, geht der Tod.
Über Fasanen im Morgenrot,
über dem Tag, der erstrahlt,
wenn du – Geliebte – die Augen öffnest,
über Paaren und Neugeborenen
räkelt sich schon das Verderben.

Verderben aus Menschenhand.

Die Gänse trompeten.
Längst hat der Dichter gesprochen.
Man hat ihn verbannt:
in den elfenbeinernen Turm.
Und gab ihm zu knabbern
am Wahrsageknochen.

Und wieder und wieder: das böse Erwachen:
»Am Grabe die Blinden zu sehen begannen,
die Stummen zu reden begannen,
den Krüppeln ward Gehen,
den Verdorrten ward Strecken,
den Tauben Gehör.«

Bis die Öfen wieder brannten
und der Zinsfuß und der Schlagfuß
wiederum den Schritt bestimmten
und den Weg
ins Nichts.

(1971/72)

Der Überläufer

Komme aus den Nekropolen,
aus den CocaColaStädten,
wo Unform regiert,
wo die Blume eine Lüge
und der Baum des Todes ist,
weil sein zeitweiser Blattfall
die Öffentlichkeit gefährdet.

Komme aus den Gräbergängen
himmelschreiender Öde,
geleckter Auslagen – genormtes
Gequäke, Träume aus Bakelit,
preisgünstigste Freizeitgedanken –,
aus Kanälen geschleckten Gewörts,
glattester Gesichter.
Die Sterne sind dort näher
als ein Lächeln.
Von dorther komme ich.
Und also fern
vom Luxus einer Stimmung.

He, Ihr, Schreitvögel,
so unendlich gelassen
im Tosen der hohlen See:
Nehmt mich auf,
Eure Würde zu lernen,
Eure stoische Ruhe!

Habt Ihr in Euren lichten Reihen
nicht Platz für einen Überläufer
ins Lager der Kreatur?

Verflucht,
jetzt werfen Buben vom Kap
Steine nach ihnen.

Aber, das ist der Wahrheit großer
Augenblick, ist die Sekunde aller Form:
Ohne Hast,
der johlenden Meute nicht achtend,
gemächlich,
einer nach dem anderen,
heben die Vögel ab,
zeitlos
fernhin zu schwingen.

Mit ihnen
meine Träume
von einem öffentlichen Leben
der Schönheit.

(1976)

Herbstlied

Da kommt, da kommt die Schwalbe
aufs Fensterbrett geflogen.
Doch kann ich mich nicht freun:

Zerrostet klirrn die Wälder.
Der Nord rafft Erlensilber.
Die Dohlenfahne droht.

Die Berge schaffst du nimmer,
so flügelklamm verloren!
Der Himmel knirscht von Eis.

Da fliegt, da fliegt die Schwalbe
stromauf durchs Möwentreiben:
wie leicht, wie leicht wird mir.

FRIEDRICH CHRISTIAN DELIUS

* 1943

Schulreform

Nach einem Schulausflug wurde
ein Lied vergessen im Wald.

Nun singt es im Urtext
unter dem Beifall der Förster:
Alle Vögel sind
Amsel, Drossel, Fink.

Bis es im nächsten Frühjahr
abgeholt und
samt dem Tenor des Lehrers
wieder eingestellt wird in den Schuldienst.

(1963)

Nach dem Manöver

Mein Freund schreibt aus Koblenz:
Mein Freund schreibt aus Erfurt:
Wir schießen nicht gern,
Wir schießen,
aber wir schießen,
aber wir schießen nicht gern.

Von beiden Seiten getroffen,
frag ich, euer Pappkamerad:
Wem ergebe ich mich?

(1964)

Das Schweigen von Köln

Was würden Sie tun, wenn Sie unter
der milden Sonne des Herbstes vom Bahnhofsvorplatz
in eine dieser schweigenden Städte kommen wie Köln?

Wenn Sie unterm Getöse der Büromaschinen, Ladenkassen,
Blechpressen, Glocken und Sendemasten nichts hören
und keinen dieser abgeschalteten Menschen reden sehn?

Wenn Sie nur manchmal eine verstörte Gestalt
flüstern hören: die Preise, die Preise! und
einen Meinungsforscher daneben stehn sehn, der das

Als Sprache des Volkes sofort verkauft an einen
Meinungsmacher, denken Sie dann an Demokratie?
Wenn Sie 10 Abhöranlagen, Wanzen, Detektoren anbringen könnten

In Wohnstuben, Chefetagen, Verfassungsschutzämtern,
Gewerkschaftshäusern, Funkhäusern Ihrer Wahl und
auf einen Schlag und zehnfach erfahren, was hinter

Dem Schweigen steckt? Meinen Sie, Sie erfahren da was?
Und wenn, was würden Sie damit anfangen? Kämen Sie
sich wie ein Agent vor oder ein andrer Verfassungsfeind?

Würden Sie, wenn es sonst niemand tut, das Steigen
der Preise erklären? Haben Sie die Chose mit dem Euro-Dollar
richtig begriffen? Was tun Sie, wenn Sie gebeten werden:

Bitte verständlicher? Was tun Sie, wenn Sie gefragt werden:
Was tun? Wissen Sie, wer Ihnen bei solchen Antworten
helfen kann? Wissen Sie, was sich abspielt

Vor den Windschutzscheiben, Theken und Röhren?
Wie lange können Sie zuhörn, als hätten Sie niemals
gehört das betäubende Schweigen von Köln?

Lieder eines fahrenden Gesellen

An den Autos das Blech wird immer heller
Die billigen Farben leuchten das Land aus
An allen Kreuzungen südlich von Wolfsburg
Warten die neuesten Volkswagen ungeduldig
Auf den Tod Hier will ich nicht
Geboren sein

Wir fahren Im Radio Lieder
Von Mahler Nach Braunschweig
15 Kilometer Lieder eines fahrenden Gesellen
Im Radio Sopran Ging heut morgen übers Feld
Aus Braunschweig warum nicht aus Braunschweig
Kam der Beamte der das Hakenkreuz
In meine Geburtsurkunde stempelte

Lieder eines Mannes aus Böhmen vor 90 Jahren
Geschrieben drängen auf elektromagnetischen
Schwingungen mit Lichtgeschwindigkeit auf diesen
Lautsprecher in unsere nackten Ohren
Fahren fahren übers Feld
In diesen Minuten
Mitte der Welt

Laß das Fenster zu Ich will es nicht hören
Das Getöse der Taschenrechner Nicht sehen
Die Fassaden schamlos hinter Passanten mit der
Sehnsucht nach der blauen Schönheit der
Hundertmarkscheine Hier will ich nicht
Leben Wir fahren fahren Wir mit kindlichen
Stimmen jagen der Welt hinterher

(*Lieder eines fahrenden Gesellen:* Liederzyklus von Gustav Mahler, 1884)

[*Ging heut morgen übers Feld:* Anfangszeile des zweiten der auf eigene Texte komponierten vier »Lieder eines fahrenden Gesellen« von Gustav Mahler (1860–1911).]

Selbstporträt mit Luftbrücke

Zu neunundneunzig Prozent ein Schimpanse
streif ich durchs Gelände des restlichen Prozents,
durchs Gehölz der Gene vorwärts wohin und
immer den Schritt weiter, der dann zu weit geht: Abstand!
suche die Hautfelder, die zetweise frei sind,
den Herztakt eins zwei, eins zwei, eins zwei,
bis es heißt: Abstand! und keine Zeit ist vertan.
Meine, deine, alle Zellen sind nicht einfach Zellen,
sondern wie kurze Bindfäden gebaut, winzige
Neuronenfäden, melden die Wissenschaftler.
Ich hab das längst geahnt, *zarte Lebensfäden*,
die sich Gewißheiten entziehen: alles ein Tasten,
Schaukeln, Näherrücken, Abstand feiern. Ich
entferne mich

Und bin da, Treppen, Rolltreppen, Rollfelder,
wo die Kinder mit Händen nach Flugzeugen griffen,
aus denen Kohlen, Rosinen, Schweinehälften fielen.
1948, mein erster Versuch abzuheben,
am Boden geblieben, im Boden versunken
neben dem Kirchplatz, weil der Motor stotterte
und ich immer im falschen Moment die Luft ausstieß.
Selten gelang mir, was die fliegenden Menschen
touch down nennen, in der richtigen Sekunde
am richtigen Ort mit angemessener Geschwindigkeit
landen.

Ach, frag mich nicht, wohin die Reise geht,
wenn so viele Maschinen in alle Windrichtungen starten
und Ankunft und Abfahrt eine Sekunde oder ein Jahrzehnt
auseinanderliegen: gewohnt, dem *Stand der Dinge*
möglichst weit hinterher zu sein oder voraus,
beobachte ich die Fäden der Verlassenheit,
wie sie vibrieren, zerreißen, verbinden,
bis in die Schuhspitzen, die Fingerkuppen –
und was eben noch zu greifen war, verschwindet
in einem hellen Bildpunkt, hinter Zahlenschlössern,
Stirnwänden.

Im Septemberlicht klare, durchsichtige Stimmen,
die keinen Verstärker brauchen –
ungeschickt steh ich vor diesem Denkmal,
mit dem faltigen Gesicht eines Schimpansen,
warte, bis die Fotografen mit der Arbeit fertig sind,
und fahnde nach dem Lächeln, das die Fundamente bricht –

Ein Sprung, ein Echo, Augenblitz:
neben einem Wasser leben,
das nicht steigt, an einer Brücke, die
durch das Dickicht der Luft führt auf eine überraschende
Bahn: und dann –

[1993]

[*Luftbrücke:* Nach Einführung der Währungsreform auch in den Westsektoren Berlins verhängte die sowjet. Militärverwaltung am 24. 6. 1948 eine totale Blockade Westberlins. Die Westalliierten begannen am 26. 6. 1948 mit der Versorgung der Westsektoren aus der Luft über die sog. Luftbrükke, bis zum 30. 9. 1948. – *Stand der Dinge:* »Der Stand der Dinge« hieß 1982 ein Film von Wim Wenders.]

DORIS RUNGE

* 1943

ikarus

das herz randvoll
mit himmel
als die erde
mein raubvogel
immer größer
und dunkler werdend
mich mitten
im flüchtigen traum
schlug

einladung zum tee

sie nippen aus dünnen tassen
halten hündisch geduckte
schatten schön bei fuß
lieben kette und ring
rahm und schmalz
gebäck zum tee und
trockenblumen werden
nie müde vom blühen

ich will nicht aufhören

zu preisen
was mir die augen
beschlägt
wie freude
mich auszehrt
von der wurzel
anfangen
am ende
fortsetzen

ich

sagt diese stimme
mein erbstück
mein wortführer
mein lispelnder versucher
mein mönchischer bruder
ich teile deine zelle
die verrückten früchte
deiner hirnschale
ich bin deine hand
dein mund
ich bin da
wenn der kuß fort ist
(dein bißchen glück war immer sprachlos)
ich zimmre dir ein leben
beleg dich rückwärts mit daten
beschönige verschweige
das macht sinn
ich war dein himmelschreiender anfang
deine greisenhafte verweigerung
dein trotziges ja hier bin ich
und ich bin
auf dem rückzug
langsam
unaufhaltsam

MATHIAS SCHREIBER

* 1943

Fließband

für H. G. Wallraff

Ich stehe am Fließband
wo es hinläuft
weiß der Teufel
ob die Schrauben, die ich drehe
für Wasserhähne oder Daumen
sind, Pausen gibt es
nicht, nur flatternde
Finger, die greifen nach Schrauben
und Leere, zerreißen
die Stunden zu Lohn

Ich stehe am Fließband
und schweiße die Teile
zu Röhren zusammen
in die ich dann gucke
ich schweiße die Röhren
wer weiß wohin ich schweiße
die Sehnsucht ins Eisen ich schweiße
am Fließband die Bänder nehmen
den Atem mir weg
das Fließband das zieht mich
das zieht mich noch aus
dann fließ ich auf Bändern
dann nimmt mich das Fließband
ich falle
dann aus

Landschaft bei Dormagen

Auf der sauber verputzten Friedhofsmauer
hockt der Mittag und zeigt
einem Grab den Vogel.

Der Himmel wasserblau
wie die Todesblase
einer Riesenqualle.

Die Autobahn schwitzt.
Sie macht die Beine breit,
dazwischen
verbleites Grün.
Die Sonne fährt hundert.

Hier werden optimistische
Hochhäuser gebaut.
Ein Rübenfeld erhängt sich
an der letzten Krüppelbirke.
Die Chemie hebt empört
ihren stinkenden Zeigefinger.

Wer von der Stadt aus
in den Erholungspark will,
muß den Friedhof passieren.

Tradition

Der letzte Graf
sitzt allein im Kaminzimmer
der Drei-Flügel-Anlage.
Die Unbewohnheit von dreißig Sälen
hat sein edles, trauriges Gemüt
in eine Küchenschabe verwandelt,
die er genüßlich
mit der linken Fußspitze zerdrückt.
Er kann nichts mehr essen.
Spinnen schmücken mit Seidenfäden
seine hohe Stirn.
Jetzt ziehen unbelastete Jungbürger
ins Schloß.
Sie wollen das Denkmal retten.
Sie tragen den Grafen
so wie er ist
auf den Dachboden
und restaurieren
seine Alpträume.

ROMAN RITTER

* 1943

Einen Fremden im Postamt umarmen

Wir fahren zurück.
Auf eine oder zwei Stunden kommt es nicht an.
Wir haben einen Kaffee getrunken in der Raststätte
und ausgelassen Bierfilze vom Tischrand hochgeschlagen
und in der Luft gefangen.
Nachher werden wir uns am Steuer ablösen.

Es ist Nacht, und es regnet leicht,
aber im Auto ist es warm.
Das Zischen des Fahrtwinds,
das beständige Orgeln der Reifen,
das Wiegen der Stoßdämpfer
macht müde, aber nicht schläfrig.

Ich fühle mich wie ein Tier in seinem Fell,
ein Tier in einer runden Höhle, in einem Fell,
durch das keine Nässe dringt und keine Angst.
An meiner Schulter lehnt ein Mädchen,
bewegungslos, in den Kurven
wird es leichter oder schwerer.
Für diese Zärtlichkeit
muß sich keine Hand rühren.

Die schnell vorbeifliegenden weißen Lichter
und die langsam vorbeiziehenden roten Leuchten,
das sind die anderen. Sie gehören dazu,
mit dem üblichen Risikofaktor,
aber überschaubar und auf Distanz.
Es gibt nichts Verläßlicheres
als die weißen Streifen am Fahrbahnrand.
Was die Scheinwerfer einen Augenblick lang erfassen,
ist vergessen, bevor es hinter uns liegt.
Durch meine offenen Augen schaut einer,
der mir ähnlich ist, mit einem weiten und unzerstörbaren Blick.
Der Mond bescheint die Wolken von hinten.
Ein stiller Schleier, hinter dem sich nichts verbirgt.

Ein Gefühl macht sich breit
wie die Wärme des Mädchens an meiner Seite,
schwebend, unbeirrbar, tonlos:
Ich möchte einmal in meinem Leben
mit einem Ballon still über Wälder und Wasserfälle fliegen.
Ich möchte einmal einen Fremden im Postamt umarmen.
Ich möchte einmal ohne Angst an jeden Tag denken.

In zwei Stunden kommen wir an.
Im Zimmer wird der dumpfe Geruch hängen.
Haare mit Staubflocken werden am Boden liegen.
Aber noch sind wir unterwegs. Das Mädchen wird wieder spürbar.
Der Mond scheint von vorn. Der Fahrtwind rauscht.

JÖRG FAUSER

1944–1987

Manchmal mit Lili Marleen

für Helmut Spielmann (1944–1971)

Was zu beschreiben bleibt
wird nicht leichter weil es
das einzige ist
immer wieder der Regen die Gesichter
der Sterbenden und der Toten

als Kerouac starb war ich in Istanbul
ein Jahr später sagte meine Mutter zufällig
» Der ist schon lange tot«

und die anderen
die sich in Cold-Turkey-Gefängnissen aufhängten
in Badezimmern absackten oder einfach irgendwo im Park
die gleichen Gesichter die gleiche Sinnlosigkeit
das kalte ausgehungerte Fleisch
nachts träume ich manchmal von der Spritze
ich hab gesehn wie sie sich in Penis
und Halsschlagader fixten
meine Freunde in der Morphiumbaracke
ich selbst habe Narben außen und innen
Narben die nie verheilen Bilder die nichts auslöscht
was ist Leben am Ende als ein Tropfen in der Kanüle
oder Tod etwas anderes als sich weigern noch was zu sagen
die letzte zerbrochene Flasche im Sand
Cassadys Kopf auf dem Eisenbahngleis
Hermes der sich in den Mund schoß
und das alles schon zu oft gesagt
immer schwerer zu beschreiben
die Nebelhörner die Frachter die Jahre der Sucht
die Jahre der Cafés der Irrenhäuser
die Nächte ohne Opium
ich stelle keine Fragen mehr
wie Hermes sich noch Fragen stellte
auf die er die Antwort schon wußte
Regen und Whisky und Winternebel im Park
Nachmittage in der Interzone der Infernos
allein mit dem Radio und weit weg mit Erinnerungen
und manchmal mit Lili Marleen

(17. 12. 1972)

[*Lili Marleen:* vgl. das Gedicht von Hans Leip.]

Liebesgedicht

Als wir uns liebten,
liebten wir uns selbst nicht.

Als wir uns den Krieg erklärten,
gaben wir uns schon verloren.

Als wir geschlagen waren,
bemühten wir die Geschichte.

Als wir allein waren,
übertönten wir sie mit Musik.

Als wir uns trennten,
blieben wir am gleichen Ort.

So lagen wir uns bald wieder in den Armen
und nannten es ein Liebesgedicht,

aber kein Liebesgedicht erklärt uns
die Angst vor der Liebe,

und warum der Himmel so blau war
als wir uns trafen,

und warum er immer noch blau sein wird
wenn wir sterben werden,

du für dich,
ich für mich.

(22. 11. 1978)

Berlin, Paris, New York

Ich habe große Städte gesehen
und habe die großen Städte immer geliebt,
ihre Frauen, ihre Bars, ihre
Dämmerungen vor dem Gebrüll
der Maschinen und dem Sturm
auf die Bastille,

Berlin, Paris, New York,
eine Straßenecke in Schöneberg
erregt mich tiefer
als der Schnee
auf dem Mont Blanc
oder die Wälder
im Untertaunus,

ich habe die Schönheit gesehen
von großen Städten, den Glanz
ihrer Avenuen, das Elend
der Massen und die Vernichtung
von Einzelnen,

ich habe die großen Städte geliebt
und ich liebe sie auch
in ihrem Verfall,

es sind nicht die großen Städte,
die die Menschen zerstören,
sondern die Gesetze,
die das Menschliche nicht formen,
sondern ersticken,

ich wurde von den großen Städten geformt,
was ich sah, was ich litt, was ich wurde
verdanke ich einer Mutter aus Stein,
der großen Stadt,
und morgen, wenn meine Zeit vorbei ist,
wird es die große Stadt sein
die mich begräbt.

(9. 11. 1978)

JÜRGEN THEOBALDY

* 1944

Schnee im Büro

Eine gewisse Sehnsucht nach Palmen. Hier
ist es kalt, aber nicht nur. Deine Küsse
am Morgen sind wenig, später sitze ich
acht Stunden hier im Büro. Auch du
bist eingesperrt, und wir dürfen nicht
miteinander telefonieren. Den Hörer abnehmen
und lauschen? Telefon, warum schlägt
dein Puls nur für andere? Jemand fragt:
»Wie gehts?«, wartet die Antwort nicht ab
und ist aus dem Zimmer.

Was kann Liebe bewegen? Ich berechne
Preise und werde berechnet. All die Ersatzteile,
die Kesselglieder, Ölbrenner, sie gehen
durch meinen Kopf als Zahlen, weiter nichts.
Und ich gehe durch jemand hindurch
als Zahl. Aber am Abend komme ich zu dir
mit allem, was ich bin. Lese von
Wissenschaftlern: auch die Liebe ist
ein Produktionsverhältnis. Und wo sind
die Palmen? Die Palmen zeigen sich am Strand
einer Ansichtskarte, wir liegen auf dem Rücken
und betrachten sie. Am Morgen kehren wir
ins Büro zurück, jeder an seinen Platz.
Er hat eine Nummer, wie das Telefon.

Im August

Hier kann ich leben, im Straßenstaub,
ockerfarbenes Rom! Die Abgase glühen
über verlassenen Plätzen, wie warm
ist zwischen die Ruinen der Asphalt
geschoben; Bruchstücke aus dem Alltag,
Felder von Steinen, kantig liegen sie
im Gras, zwischen Büschen und Papier.
Hier kannst du leben, Sonne im Turnschuh,
Lire in der Tasche! Lieder schwingen
in den Mittag, müder Palmengarten,
ich fasse die Feigen an, ich schaue hoch,
Rom ist ein Kramladen, jeder kramt
darin herum, ohne Schatten im August.
Ihr Führer, verschont mich mit Gedanken
an Ewigkeit und Kataloge! Mörtel, Schutt,
was sind die Trümmer ohne mich und meine
Neugier, durstig vor dem Eisauto am Forum!
Ich jage zum Meer, ich stehe am Strand,
schmutzig wie die Nationalbank,
Abfälle im Sand, das Obst verwest,
zerfledderte Scheine, die Jalousien
über der Straße sind unten und stumm.

Im Gerede

Und angeregt am selben Tisch,
vom Fernsehn wie geschaffen:
hier sitzen sie sich gegenüber
und räkeln sich und reden.

Die Modefarben ziehen hin,
die Schlachtbeschreibungen;
von neuem kehrt der Sommer wieder
und leert und füllt das Studio.

Sie treten ein und setzen sich,
sie räkeln sich und reden,
sie reden neu von neuen Räumen,
wo Gesten Wörter werden

und doch als Gesten wiederkehren,
wie Wörter Räume schaffen,
und bleiben doch in ihrem Studio
und räkeln sich und reden

und reden sich und räkeln
und lang sich räkelnd reden sie
und reden lächelnd, räkeln sich
und lächeln, reden, räkeln, reden.

Ewig beständig

Zum Singen geboren, eilen sie her,
fortwährend wogen sie heran,
legen die Mäntel ab, stellen sich auf
(das muß ihnen keiner sagen)
und stimmen in die Hymne ein.

Mit offenem Mund erleben sie mit,
wie andere weggeführt werden,
die Lungenflügel schwach und kratzend,
noch in der Tür zusammenbrechend,
wo man sie aufnimmt wie Flocken Staub.

Hier beginnt die Hymne voller zu tönen,
und immer von neuem eilen sie her,
legen die Mäntel ab, stellen sich dazu,
stimmen in die Hymne ein, die dran ist,
während andere weggeführt werden.

In dem Kommen und Gehen steht
der Chor wie unbewegt, ertönen
die Hymnen immer von neuem
und werden vergehend die eine
unbewegte Hymne über dem Staub.

Unter der Krempe hervor

Vor Jahren schrieb ich eine Karte
an einen sterbenden Freund,
die nun nie mehr ankommen wird.
Es gab einen Ausguck,
und von dort oben war ich nichts
als der Beweger meines Huts.
Da seid ihr wieder bei mir,
Stimmen derer, die ich verließ.
Einpacken, auspacken, einpacken.
Und mein krummer Rücken schließt sich
zu einem krummen Kreis.
Ein Hauch von Benzin zieht
über den Strand, und ich scheine
unter meinem Hut davonzukriechen.
Eines Tages werde ich
an jeden Fels geklopft haben
und keiner wird sich aufgetan haben.
Kleiner blutender Knöchel,
es tut mir wohl zu sagen: Ausgeträumt.
Und weiterzumachen!
Möwe, stille Flügel über der Krempe.
Ich habe mir nie den Nacken
eines Stiers gewünscht
und ihn gottlob auch nicht bekommen,
ich habe mir den Sand gewünscht,
der zwischen den Zehen reibt,
und ich habe diesen Wunsch
mit Tausenden geteilt.
Gern finde ich mich wieder
in einer Geschichte der Wellen
und der Schiffsmotoren,
wie damals, als ich auf den Knien schrieb,
einen Dichter in mir,
der auch auf den Knien schrieb,
einen Dichter in ihm,
der auf winzigen, blutenden Knien schrieb.
Ich nahm mein Bündel auf
und ging von Deck.
Steine sind übriggeblieben,
bis zuletzt werden es Steine sein.
Schaum, der ohne einen Hauch
auf dem Sand zerfällt.
Wie oft stand ich unter der Tür,
unter der man sich auf immer entfernt.
Nicht so oft, ich weiß,
und doch weiß ich, wovon ich rede,
Gefährten meiner Furcht,
die ihr mir den Rücken kehrt
und eure Mäntel nicht ablegen wollt.
Beim letzten Mal sah ich euch liegen.
Ich ziehe die Schublade auf,
und die Karte rutscht mir entgegen.

MICHAEL KRÜGER

* 1943

Nachgedicht

Die Zeichen sprechen
eine andere Sprache:

das ist ihr gutes Recht.
Wir haben uns zu fest
auf ihre Zweideutigkeit
verlassen,

jetzt sind wir beleidigt
und schweigsam. Schon wieder
sitzen wir fest
auf fremden Stühlen und wühlen
ergeben in Papierbergen. Vieles
reimt sich wieder,

was uns vor ein paar Jahren
wie ein Versprecher vorkam.

Über die Hoffnung

Wir wollten
die Hoffnung überraschen,
wenn sie die Fassung verliert:
die Sekunde der Revolte.
Wir richteten
uns auf eine lange Reise ein.
Wir wappneten
uns gegen Hitze und Kälte.
Der Proviant
lag schwer auf unsern Schultern:
Geschichte, Erziehung,
die Fähigkeit, die Hoffnungslosigkeit
zu ertragen, viel Literatur.
Seit gestern sind wir zurück.
Müde,
wie man sich denken kann,
und hungrig.

Die Bilder
sind noch nicht entwickelt.
Die Ergebnisse
werden bekanntgegeben.

(Winter 1977)

Eine Unterhaltung bei Regen

So wie der Regen wütend die Erde
bearbeitet und ein störrischer Wind
mit dem Haus verschmelzen will,
in dem wir sitzen, so haben die Ideen
die Welt nur geritzt, sind aber nicht
wirklich eingedrungen. Die Veränderungen

sind nicht meßbar, oder nur in einer Zeit,
die für Menschen keinen Platz hat.
Es wird keinen Platz geben für uns
und unsere Idee der Harmonie,
es wird nutzlos sein, Atem
und Flug zu versöhnen. Es wird alles

so bleiben, wie es ist, nur ohne uns.
Also werden unsere Formen vielleicht
die letzten sein, auch wenn ihre Schale
nichts verrät über ihren Inhalt: aber
der Rhythmus wird bleiben, die Brechung,
der gefrorene Schrei. Nur geritzt,

nicht eingedrungen. Vielleicht ist es
falsch, zwischen Wunsch und Ausführung
zu unterscheiden, brummelte er, aber:
diese Unterscheidung hindert uns,
bei der eigenen Hinrichtung Beifall
zu spenden. Immerhin. Nur geritzt,

nicht eingedrungen. Vom Dach klatscht
das Wasser auf den gekiesten Vorplatz
und bildet Pfützen für die Vögel,
die feiern das Wasser,
wilde Tauben feiern das Regenfest.
Wir trinken, zutiefst in uns verbogen,

und horchen auf die mageren Stimmen,
die das Haus fragend umflüstern,
und schauen den Verwandlungen zu,
dem ununterscheidbaren Tun und Lassen.
Nur geritzt, nie eingedrungen.
Und hinter dem grauen Regentuch

ein blasser Schimmer, wie von einer Wolke,
die die Sonne in sich trägt und sie
umarmend löschen will.

Auf den ersten Blick

Eigentlich hat sich nichts verändert:
die Kastanie vor dem Haus, vom Efeu gemartert,
die Pflaumenbäume auf ihrem blauen Teppich,
der süße Geruch der Kindheit und des Verfalls.
Vom Tal herauf dröhnen die Laster,
und der Schatten läuft eilig ums Haus,
gegen die Zeiger der Uhr, und prüft den Kummer.
Sogar der Brunnen steht noch wie ein Gedicht.
Als ich hineinsah, grüßte von unten, vom Grund,
ein Gesicht, von Fröschen in Falten gelegt.
Sein Mund stand weit offen, als wollte er schreien.
Nur die Wege ums Dorf haben sich vermehrt,
und einer führt geradenwegs durch mein Herz.
Aber sonst hat sich nichts verändert.

Wettervorhersage

Irgendwann wird der Schnee
sich auflösen in der Schmelze
und zum Gießbach werden,
der die dunklen Flüsse aufhellt
auf ihrem bewachten Weg
zum Meer. Irgendwann
werden die Wolken hochgehen
und die Bühne freigeben
für die bittenden Augen.
Irgendwann werden wir wieder
im Freien sitzen
an den frisch gebeizten Tischen
und die Bücher lesen,
die im Winterschlaf lagen.
Also komm bitte bald,
denn so wie es aussieht,
wird es irgendwann wieder
schneien.

JÜRGEN RENNERT

* 1943

Vergessener Garten

Im leisen Singen der Bäume ein Regen,
Silbernes Fallbeil am Ende der Nacht,
Lockruf der Vögel über den Wegen
Des wuchernden Gartens, den niemand bewacht.

Vergessene Landschaft unter der Schwelle
Des Denkens und seiner Kategorien;
Ort des Erinnerns, von wechselnder Helle
Unter dem Anflug der Disharmonien.

Des Schweigens gute Schwester, die Stille,
Macht hörbar, was niemand vermißt.
Krisis der Sinne, euphorischer Wille,
Sich zu erinnern, bevor man vergißt.

Am Fenster

Auf und davon gehen oder
Am Fenster stehen und bleiben.
Alternativen. Dazwischen
Nichts als der Trugschluß der Scheiben.

Wirklich, da ist kein Entkommen.
Unter dem hohen Konkav
Bleibt, selbst wer flieht, noch im Brennpunkt;
Nichts, was nicht ihn auch betraf.

Die wechselnden Lichter des Himmels
Orten und stellen noch jeden
Unter das Zielkreuz, bevor sie
Ihn zur Flucht überreden.

Getroffen werden und treffen.
Die Strahlen durchdringen die Haut.
Sehnsucht lodert zum Himmel,
Der eine Salve lang blaut.

Auf und davon gehen oder
Am Fenster stehen und brennen.
Alternativen. Dazwischen
Scheiben, die längst nichts mehr trennen.

Mein Land ist mir zerfallen

Mein Land ist mir zerfallen.
Sein' Macht ist abgetan.
Ich hebe, gegen allen
Verstand, zu klagen an.

Mein Land ist mir gewesen,
Was ich trotz seiner bin:
Ein welterfahrnes Wesen,
Mit einem Spalt darin.

Mein Land hat mich verzogen,
Und gehe doch nicht krumm.
Und hat mich was belogen,
Und bin doch gar nicht dumm.

Mein Land hat mich mit Wider-
Willn an die Brust gepreßt.
Und kam am Ende nieder
Mit mir, der es nicht läßt.

Mein Land trägt meine Züge,
Die Züge tragen mich.
Ich bin die große Lüge
Des Landes. (Wir meint: ich.)

(14. Januar 1990)

HUGO DITTBERNER

* 1944

Nachdenken über Brecht

Wenn ich seine Sprache
so behaglich über die Seiten spazieren
lese
hier und da Früchte einer eckigen Jugend
aufsaugend

Wieviel Hosen hat Brecht verbraucht
als er seine Gedichte schrieb
diese großväterliche Kühle zu schaffen
bekannt mit den Gepflogenheiten
des Wassers und der Wolken
saß er gesättigt auf wievielen Frauen

Nachlässig blättert er Gefühle auf
eingefroren in lateinischer Sprache
und sparsamen Witz
WIE LEBTE EIN SOLCHER
WAR ER ENTTÄUSCHT WOVON
oder wußte er nur alles?

Mit dem Rücken studieren

Jahrelang durchprüfte ich die Geschichte,
nach Helden und Opfern, nach einem Laut,
was sage ich: nach einem einzigen Ton,
dem Anhauch des Tons, dem allerersten
Mund,
in der Hoffnung: dann wüßte ich weiter
und käme bis hierher, zu euch.
Jetzt studiere ich die Geschichte mit dem
Rücken.
Ich kann leichter fortgehen; sie folgt.

(1986)

Fast schämt man sich

Zu wissen
Das Große Wichtige
ist
mit zwei Fingern
zu tippen
über den kleinen improvisierten
noch wichtigeren
Frühstückstisch
auf dem Großmutter-Tablett
hinweg

Der runde Mond war da
Die Bauern gossen ihre Gülle
in die Nacht
Ein Fußgänger trug die Hitze weg
Das war schon Mittwoch
Etwas für Hochsommer

Wie schön dann ist
eine kühle Stimme
aus der Nachbarschaft
eine Frau die klingt
nach Heute ist heute
und es gibt keinen Lottogewinn
keinen neuen Teppich keinen Neuen Mann
nicht einmal Herrliches
Nur die Natur
kommt
nach einer Weile
wieder näher.

ROBERT SCHINDEL

* 1944

Kältelied

1

Und hast du nichts im Maul, nur Luft
Der Westwind fährt dir durchs Gewand
Du stehst herum mit deinem Großen Gähnen
Und schluckst und schluchzt. Du bist im Ohneland.

Was tust du da, was soll dir das Gelaufe
Zur Willenlosigkeit? Verborgen hast
Paar Wünscheldinge. Intensiv bist du
So laut und heiser und verstorben fast.

Was nutzts – ihr Nutzen ist die wahre Leidenschaft.
Die Menschverwalter üben ihre Macht
Sie gieren und sie registrieren.
Und auf uns senkt sich ihre Rattennacht.

2

Und hauen deinen Bruder in den Bauch
Verlangen von der Schwester Futabgaben
Gehen einher als Leute, die was haben
Und also leben, und es ist der Brauch
Daß du gesellig dich dazubequemst
Mit deiner Liebe ihren Rebbach speist
Dich unter ihren Krötenküssen dehnst.

Ach – mach sie nach. Nach ihrer Gier – dein Giern
Lebe das Leben aus der Dämmerhand
Versüß dir das vertraute Unbekannt.
Die toten Ahnen stehn dir auf der Stirn

3

Und wie sie sind so kannst nicht sein
Und was du bist das bist du nicht
Die Kälte schwängert dich. Die Sucherein
Nach der PERSON in morgenrotem Licht

Verpissen sich. Dein Denken
Zerfasert. Doch dein Hasenlauf
Zuckt noch ein wenig: Du gibst auf.
Du hast die Kälte fest in den Gelenken.

Nullsucht 2

Vom Speisewagen des Intercityzugs Prinz Eugen
Seh ich auf die Fabriken Schrebergärten Fußballplätze
Unterm gemarterten Himmel. Neben mir
Spielen viere Tarock, neben mir
Weintrinkend kommt Abend. Schön

Ist das alles es geht vorbei
Ruhig bin ich da ich schreibe und dasitz
Im Prinz Eugen der Fahrtrichtung gegenüber

Jetzt da es dämmert ist die Stadt Wels fort
Bald wird Linz fort sein und Sankt Pölten auch

Woher immer ich auch komm
Wohin immer ich fahr
Da bin ich.

Vineta 1

Ich bin ein Jud aus Wien, das ist die Stadt
Die heiße Herzen, meines auch, in ihrem Blinddarm hat
Die schönste Stadt der Welt direkt am Lethefluß
Ich leb in ihr, in der ich so viel lachen muß

Einst Welthauptstadt des Antisemitismus ist sie heute
Vergessenshauptstadt worden. In ihr lachen Leute
Die für das nackte Leben grad gnug Tränen haben
Sitzen in der Dunkelküche, eine halbe Welt geladen

Dies Wien liegt dennoch nicht im Österreiche
Und wer noch glaubt, daß diese Stadt, die herzensbleiche
Dem Land der Hauptsitz ist vom schroffen Alpenbunker
Der soll vom Transalpinen kommen da herunter
Möge uns geben den Devisenklunker
Und in der Hofburg riechen Östreichs beste Leiche

Ach diese Stadt ist nicht fürs Alpenglühen da
Sondern sie lebt, wie ich, längst in Diaspora

RALF THENIOR

* 1945

Einfache Dinge

Jeden Tag geschehen einfache Dinge
um mich herum; geflüstertes Türkisch
im Hausflur, vorbeischwankende Schirme,
ein Knopf wird angenäht,
ein Essen schmeckt, Gedichte,
langsam werde ich fetter.

Preis für den Anblick der einfachen Dinge
ist eine große Mühe oder ein Schnaps
oder eine Tablette oder ein Joint.
Und dann sitzen wir da und
sehen die einfachen Dinge.

Warum versucht die Hauswartsfrau,
ihren Machtbereich auszudehnen?
Warum spreche ich so oft defensiv,
um die anderen nicht heranzulassen?

Gran Canaria

Nein ganz herrlich ganz
wunderbar also jeden Tag
Sonne und baden natürlich
auch jeden Tag schon also
fast jeden Tag und ganz
sauber alles die Leute sind
ja so arm da sie machen
sich keinen Begriff in dem
Dorf gibts kein fließend
Wasser keine Elektrizität
nichts und die Frauen waschen
noch am Bach aufm Stein aber
sehr sauber alles und zehn
Kilometer weiter fangen die
Bungalows und die Hotel-
hochhäuser an aber wenn sie
fahren auf jeden Fall drei
Wochen zwei Wochen lohnt sich
nicht eine Woche braucht man
um sich einzugewöhnen die
erste Woche da wollten wir
am liebsten wieder nach Haus

Interieur, fünf Mark

Kristallaschenbecher auf polierten
schwarzen Glastischplatten, Kristall-
lüster mit roten Käppchen über elektrischen
Kerzen spiegeln sich in Spiegelsäulen,
Silberlurex schwebt hinterm Tresen,
da, mit einer Biertulpe in der Hand,
schwer biegt sich der imitierte
Holländerschinken von der Wand,
Hundemeute auf dem Sprung zu etwas,
der Wechsler legt die Platte um,
Foxtrott, strahlender Bläsersatz.

es geht weiter

er sagt was sie tut so als
hörte sie zu und erwidert nein
nein so ist es nicht aber das
sage ich doch grade sagt er daß
du das nicht so sehen kannst du
mußt immerhin bedenken sie ist
schon woanders ohne Zweifel mein
Lieber aber das eine er läßt es
vorbeigehn sammelt sich für den
nächsten Ausfall und sie setzt
nach das kannst du mir glauben
und fängt noch mal von vorne an
er greift sich ans Haupt das gibt
es doch nicht wenn er nix mehr
hören will dann läuft da nix mehr
und sie drauf doch doch es geht
weiter sie reden ja noch

(1984)

REINHARD PRIESSNITZ

1945–1985

kleie

die gelittene zeile, geleitet
von einer zeile, die leidet, gleitet,
begleitet von einer zeile, die litt,
auf einer weiteren zeile als leiter
zu einer in lettern gekleideten zeile,
die, auf die leidende zeile zielend,
dieselbe als den teil einer zeile zeigt,
welche unleidlich aber erläuternd
die gelitten habende zeile bekleidet,
dass sie, als leidtragende zeile ihr ziel,
die abgeglittene zeile zu leiten, teile:
so eilt die leitzeile, gezielt am zeigen
beteiligt, weiter und läutet den zahlen
heulend, dass sie leiden. da! ein neuer
wind wendet gewandt die gewänder, wähnend,
dies zeitige die zeile zeitweilig.
die so verwendet weilende zeile weitet,
weil am leiden sich windend, sich
leider durch aufwendiges abtei-
len in die beteiligten zeilen und
verleitet bereits bereitwillig zeilen
sich leidensverwandt zu verteilen.
die aber, geläutert verweilte, wandern,
als solche in leidige zeilen gewandet,
verleidet zu leiden, sie zu beleidigen.

in stanzen

des innren lebens wunderliches pflanzen,
des äussren lebens widerliches tönen,
es öffnet schliesslich sich dem schleissig ganzen
als saure sterne am vermeintlich schönen,
mit essig und mit öl garniert zu stanzen,
beginnt es wirklich nerven zu durchföhnen,
wenn es, unwissentlich, aus seinen chören
das weitre immer wörtlich meint zu hören:

nämlich das wissen, dass, mit dichten stiften,
was dichter stiften, stifter dichten: nervung;
das windig wirkliche in allen schriften,
gestanzt von den instanzen der verwerfung
(es droht, ins tanzen fallend, abzudriften
und glaubt, ins fallen tanzend, als verschärfung
des äussren wissenskurses fortzusteuern
und somit wieder innres zu durchsäuern),

so äussert es das äussre, fehlberaten,
von wieder wunderlichen nerven, bildern
in widerlichen wundern, sternen, saaten,
um alles weitre wissentliche zu vermildern
und zwar in immer gleichen schriftsalaten,
um so sich selbst da draussen hinzuschildern
und wirkliches von wörtlichem zu lösen,
als das vermeintlich innre am nervösen.

THOMAS BRASCH

* 1945

Zum Beispiel Galilei

Die Erde ist nicht Mittelpunkt der Welt,
sie ist ein Stein, der um die Sonne fällt,
sagt Galileo Galilei aus Padua,
der mit dem Fernrohr in den Himmel sah.

Kaum ist das Wort heraus, schon würgt der Hals.
Der Schweiß läuft über seinen Blick, als
er das Flüstern hört, den Schatten sieht,
der vor dem Fenster seine Kreise zieht:

Halt deine Zunge fest, die Augen zu:
Ich sehe einen Blinden. Wen siehst du.
Ich sehe einen Stummen hinterm Fenster stehn
in einem Haus, um das die Wächter gehn.

Die Mönche schleppen ihn nach Rom vors Papstgericht,
sie zeigen ihre Instrumente vor im Kellerlicht:
Sag, Physiker, wie deine Wahrheit heißt,
wenn einer dir das Herz aus deinem Körper reißt.

Und Galilei sagt: Unsre Erde ist kein armer Stein,
der um die Sonne fällt. Sie steht im großen Schein.
Auf ihr stehn wir im Mittelpunkt der Dinge fest
und über uns steht Gott, der seine Sonne kreisen läßt.

Dann wird der Mann, der eine Wahrheit weiß,
doch abgezählt hat an zehn Fingern ihren Preis,
durchs Klostertor gestoßen in den Straßendreck.
Er läuft zurück nach Padua in sein Versteck.

Vier Jahre später ist er blind und tappt durchs Zimmer:
Bleibt mir vom Hals mit Schwerkraft, Wahrheit, Wissenschaft für immer.
Alles ist schwarz. Sie hatten recht. Und nichts, das sich bewegt.
Nur Galileo Galilei, der sich zum Sterben in sein Fenster legt.

Mitten am Tag eine Furcht

Ich weiß nicht wovor
Über mir die gelbe Sonne
Vor mir das Kottbusser Tor

Hinter mir leises Rufen und Flüstern
Jeder Schritt wird mir schwer
Wer tut mir was Keiner ist hier
Aber alle sind hinter mir her

Dann ist es in der Straße still
Ich bin ausgedacht
Welches Feuer ich will
Habe ich angefacht

Schlaflied für K.

Nacht oder Tag oder jetzt
Will ich bei dir liegen
Vom schlimmsten Frieden gehetzt
Zwischen zwei Kriegen

Ich oder wir oder du
Denken ohne Gedanken
Schließ deine Augen zu
Siehst du die Städte schwanken

In den Traum oder Tod oder Schlaf
Komm in den Steingarten
wo ich dich nie traf
will ich jetzt auf dich warten

ULLA HAHN

* 1945

Winterlied

Als ich heute von dir ging
fiel der erste Schnee
und es machte sich mein Kopf
einen Reim auf Weh.

Denn es war die Kälte nicht
die die Tränen mir
in die Augen trieb es war
vielmehr Ungereimtes.

Ach da warst du schon zu weit
als ich nach dir rief
und dich fragte wer die Nacht
in deinen Reimen schlief.

Ars poetica

Danke ich brauch keine neuen
Formen ich stehe auf
festen Versesfüßen und alten
Normen Reimen zu Hauf

zu Papier und zu euren
Ohren bring ich was klingen soll
klingt mir das Lied aus den
Poren rinnen die Zeilen voll

und über und drüber und drunter
und drauf und dran und wohlan
und das hat mit ihrem Singen
die Loreley getan.

[*Ars poetica:* Dichtkunst.]

Reinschrift

Wird es die Garamond wird es die Bembo sein
Einerlei. Vor deinem und meinem Fenster
ritzen die Elstern mit schwarzweißen Federn
uns unser uns uns ins erste und letzte Licht
Schritt für Schritt Wort für Wort
wir üben vierfüßiges Gehen deklinieren uns
im Duett wie herrlich
leuchtet mir die Natur
deines reinen Tischs neben dem meinen
Dein Leben und meines endlich auf einem freien Blatt.

Älterwerden

Zögern mitten im Satz

Nachfragen wenn man glaubt
es verstanden zu haben

Es nicht mehr eilig haben
mit dem Wissenwollen

Einen Stein ein Glas eine Hand
länger festhalten als nötig

Den Ärmel des Gegenüber beim Reden berühren
zu spüren man ist noch da

Ein Buch einen Blick eine Haut verlieren
und nicht mehr finden wollen

Erinnern statt sehnen

Den Gedanken: Das alles ist nach mir noch da
trainieren wie einen Muskel

Gefühl als wäre jemand im Zimmer

Hypothetisches Sonett

Wenn wir tiefer atmeten langsamer
gingen ruhiger führten unsere Augen
von einem zum anderen nur noch leise
sprächen und selten: ewig lebten wir

nicht aber ein bißchen ewiger doch
wie das Meer vielleicht oder sogar
wie Worte und Sätze vom Meer
oder dieser eine Nachmittag heute

an dem wir einander vergessen machen
was anderswo auch geschieht
dauerte sagen wir drei bis vier Wochen

die wiederum ein paar
doppelte dreifache Jahre oder
wenigstens: Jetzt.

LUDWIG FELS

* 1946

Alte Befehle

Schreib von der Arbeit
rät man mir
dichte was von Fabriken.
Geh zu
eine Menge Bürger sind geil
auf Nachrichten vom Fließband
beweise in Wort und Schrift
deine Gesinnung schwarzweiß.
Komm und sei fleißig
zier dich nicht
auch du hängst schließlich ganz besonders
von den Gehältern
der Studierten ab
verdiene dein Geld
mit dem Vorsprung deiner Herkunft.

Ich denke
ihr wollt nur
auf andere Träume kommen
am Feierabend
Exotik genießen
Vergnügen haben
an Streß und Akkord
sonst unbekannte Personen
ein bißchen bedauern
ganz allgemein.

Annäherungsversuch

(nochmal für Rosy)

Im Süden steht dir dein Blond.
Dort bleicht es die Sonne
hier färbt es der Schnee grau.

Am Strand und im Wasser
schmiegt sich der Wind an deine nackte Haut.
Daheim bin es nur ich.

Vor fremden Tellern
und unbekanntem Essen
erscheinst du ausgeruht und
sprichst von allem
was du in der Fabrik verschweigen mußt.

Im ungetrübten Licht
erhitzt du dich rasch
und ich vergesse den Platz
an dem wir uns sonst befinden.

Ein paar Tage im Jahr
denkst du an die Ewigkeit
und schwankst zwischen Glück und Trauer.

Wir bezahlen und sind trotzdem noch dankbar.
Das ist der Unterschied
zwischen hier und dort.

In jeder Muschel und
unter jedem Sandkorn
entdeckst du die Liebe.

Nachts versteckt sich der Mond.

Wenn dunkelblau der Abend niederschmettert

Arbeitslos in den Straßen
in denen die Nächte teuer sind
ziehst du vor den Sternen die Mütze
sammelst Groschen im Hut.
Und feine Damen drohen dir mit ihrem Schirm
der gegen Sonne schützt, der gegen Regen hilft
auf deiner Armut einen Schatten hinterläßt.
Wenn dich die Autos jagen
Schuhe nach dir stoßen
bist du schon hinter den Letzten zurück.
Wenn blau der Abend niederschmettert
und Würfel über Karten rollen
schreien deine Kinder die Gasse zusammen.
Und deine Frau klappert
das Pflaster vor den Kneipen ab
sucht dich, lockt dich, verkauft sich
für dich. Der Schlaf flieht
wenn du deinesgleichen triffst
zornig vom Betteln und fertig wie nach hundert
Überstunden. Arbeitslos in den Straßen
vor den prächtigen Lichtern
kaust du deinen nassen Bart.
Wenn dunkelblau der Abend niederschmettert
den Tag nicht löscht, dann ist der Morgen
die Erinnerung an einen verlornen Traum.

Fluchtweg

Einen Sommer lang gehn
durch Heide und über Gebirg
sich vom Wegrand ernähren
segeln durch wogendes Getreide
immer den Vögeln nach und den Sonnen
bevor sie ausgerottet sind.
Man muß erfahren haben
welche Welt vergeht.

WALTER GRÖNER

* 1950

Friedhof Heerstraße

Du nimmst auch geklaute Blumen. Rosa Gladiolen
Und noch was langstielig Weißes von einem Direktorsgrab.
Beide Stengel gekreuzt wie Schwerter, Ölzweige oder die
Latten in einem Vorgartenzaun.

Dem fetten Däubler habense auch sone massige Platte
Aufn schlummernden Leib gelegt.
Für Artisten und Dichter sind schlanke Stelen und
Rankendes Efeu gut.
Aber die klotzigen Steine erdrücken euch ja.

Die Gießkannenläufer haben mich sehr in der Betrachtung
Gestört,
Sonst hätt ich von dir ein Zehenglied aus dem märkischen
Sande geborgen:
Für den Hosensack als einen Talismann auf windiger
Hochmeerfahrt.

Gehn nach Shanghei noch Takelschiffe? Wo sind die
Löcher im Muschelkalk?
Als Hausdichter wäre ich ausgepfiffen. Ringlnatz.
Warum mußtense dich denn auf diesem brandenburgischen
Anger verscharren?

(1985)

[*Däubler:* Theodor Däubler. – *Ringlnatz:* Joachim Ringelnatz. – *Muschelkalk:* »Mein richtiges Herz. Das ist anderwärts, irgendwo / Im Muschelkalk«. Schlußzeilen von Ringelnatz' Gedicht »Ansprache eines Fremden an eine Geschminkte [...]«. Ringelnatz nannte seine Frau ›Muschelkalk‹.]

Café am Mehringdamm

Schmuddelplüsch, Spanisch Vanill,
Westkreuzberg-Julidunstmorgen:

Noch eine geraume Weile will ich im kräftig
Durchtobten Gelände gurken,
Etwa das Haupt erhoben und keinen Ring
Untern Augen.
Man sieht keine Ringe, wenn Hochstand
Der Sonne Herz Haut,
Haut, Hirn und Herz verbrennt.

Alles wird enden. Laß nur die paar Moleküle rasen.
Götter schlugen sich wund; fetze desgleichen.

Grüß dich, Klabunde. Sah dich soeben bleichschädlig
Über die Dächer reiten.

(1985)

[*Klabunde:* Klabund]

RICHARD PIETRASS

* 1946

An den Vater

Vater, deine großen Hände
was haben sie dir erspart?
Mit ihnen hast du Säcke gehuckt
und in die Mühle gekarrt.
Bist fröstelnd an die Fronten gelaufen
hast keine Kugel verloren.
Ach, wie bist du wiedergekehrt
geblendet, scheitelhoch geschoren.
Hast dich deiner Hände erinnert
die waren dir beide geblieben.
Morgens fuhrst du in die Grube
am Abend warst du zerrieben.
Morgens fandst du deine Partei
am Abend wolltest du raus.
Wie immer du geschuftet hast
du wohnst im hinteren Haus.
Schlepptest Uran, dann Schnittholz
Kisten, bald wollene Ballen.
Das Alter stieg eilig die Beine empor
nicht lange, mußtest du fallen.
Nun wachst du am Tor zum Krankenhaus
und regelst den Himmelsverkehr.
Vater, dein Wunsch: einmal fliegen
was sind dir die Hände so schwer?

(1972/73)

Generation

Für Welimir Chlebnikow

Ausgeschlupft
Schlupfgehupft.

Hupfgebuttert.
Buttbemuttert.

Muttgeschaffen.
Schaffgeschlaffen.

Schlaffgeflippt.
Flippgestrippt.

Stripbegradigt.
Gradbegnadigt.

Gnadverkalkt.
Kalkgewalkt.

Walkhienieden
Niedgeschieden.

Schiedgehimmelt.
Himmelgebimmelt.

Stiegenlied

Lutsch die Euphratfeige.
Trink vom Born der Norm.
Spiel die erste Geige
Noch ehe du geborn.

Steig auf Perserstufen.
Sei kein Schmerzensmann.
Kratze mit den Hufen.
Bück dir nen Buckel an.

Hechle mit den Schlechten.
Kreuz den Weltenlauf.
Schlaf den Schlaf der Rechten.

Wach im Himmel auf.

[1982]

Naturgefühl

Wie jene Büsche, die schon glauben
Daß ein paar Tage milder Winter Frühling sind
Streute ich mir Sand in blaue Augen
Machte ich mich gerne blind
Für schlummernde Gefahren.
Die Eiche, reich an Jahren
Geizt mit frühen Trieben. Nicht zwingt
Naturgewalt sie auf die Bretter.
Wind kommt auf
Und wieder schlägt das Wetter.

GÜNTER ULLMANN

* 1946

Wenn der Mond auf Fußspitzen

durch die dunklen straßen geht
zieht er um mein fenster
einen goldenen rand
kein mensch darf
herein
meine feder liest mir
aus der hand

Alles spricht
der mensch das tier
die pflanze
selbst der stein lächelt
wenn du ihn sanft berührst

alles spricht
der himmel die erde
das wasser das feuer
nur wir sind blind und
taub
und verstehen uns
nicht

Nehmt uns nicht die Hoffnung

diese ungewißheit
die noch halt gibt

legt uns nicht den
horizont

um den hals

JOCHEN KELTER

* 1946

Gedicht

Ich mache dir noch eine Szene
und noch ein Gedicht
ich mach' dir nur noch eine Szene
und danach ein Gedicht

Wir machen unser Maul noch auf
und noch ein Gedicht
wir machen unser Maul doch auf
und noch 'ne Flasche Wein

Ich mache dir doch keine Szene
und auch kein Gedicht
ich mach' doch meinen Mund nicht auf
und sicher kein Gedicht

Wer hier noch ein Gedicht macht
der macht den Mund nicht auf
und wer hier das Sagen hat
der will kein Gedicht

Wer bei uns das Maul auftut
der wird daraus was machen
wer hier bei uns den Mund riskiert
hat niemals nichts zu lachen

Kinderlied

Einer hat hinter sein Leben geschaut
einer ist gegangen
ein Dritter hat das Glück gespürt
ein Vierter ist befangen

Lebt sich kein Leben mehr
wir sind mitgefangen
das Glück kämmt sich die Haare aus
bleibt keiner hangen

Die halbe Welt umarmt
heißt: man wird uns belangen
die ganze Welt bereist
bedeutet: nochmals gefangen

Werden noch Wörter draus
kommen Geschichten gegangen
stellen wir uns auf die Straße breit
und spielen Fangen

Die Nacht sitzt über dem Tag
alle Geschichten begeben sich
und schrumpfen tausendgroß
in ihnen werden wir bangen

Heimat

Zwischen
gestern und heute
zwischen Heute und Morgen
zwischen Wörterrücken
und Wörterbüchern
zwischen kleinen Tagen
und großen Bedeutungen
zwischen Aids-Kampagnen
und den entlaubten Herzen
bricht über den Bankauszug
bis zur Steuerrechnung
die Sonne allemal
durch die Wolken
wir kranken zum Tod
geschönt von Fluren
und Fachwerk

PETER MAIWALD

* 1946

Was ein Kind braucht

Wenn ein Kind geboren ist,
braucht es eine Wohnung,
Kleider, eine Spielzeugkist,
Bonbons als Belohnung,
Murmeln und ein eignes Bett,
einen Kindergarten,
Bücher und ein Schaukelbrett,
Tiere aller Arten,
Wälder, Wiesen, eine Stadt,
Sommer, Regen, Winter,
Flieger, Schiffe und ein Rad,
viele andre Kinder,
einen Mann, der Arbeit hat,
eine kluge Mutter,
Länder, wo es Frieden hat,
und auch Brot und Butter.
Wenn ein Kind nichts davon hat,
kann's nicht menschlich werden.
Daß ein Kind das alles hat,
sind wir auf der Erden.

(1971)

Die Frau des Arbeitslosen

Mein Mann ging mir verloren.
Mein Mann ging zur Fabrik.
Er ist sehr früh gegangen
und kam sehr spät zurück.

Und der zurückkam war nicht
der Mann, den ich gekannt.
Die Hand, die mich berührte,
das war nicht seine Hand.

Der Mund, der meinen küßte,
der schmeckte kalt nach Rauch.
Und was der Mann mir sagte,
das sagen andre auch.

Die Augen, die ich liebte,
die sahen mich nicht an.
Und der mich trug vor Tagen
war jetzt ein schwacher Mann.

Die Wohnung für uns beide
die war nun riesengroß.
Die Dinge, die wir hatten,
waren die Dinge bloß.

Mein Mann ging mir verloren.
Mein Mann kam mir ganz fremd.
Wir liegen nachts in Betten
als lägen wir im Hemd.

(1977)

Letzte Stunde

In der letzten Stunde da
konnten wir nichts machen.

Du wolltest nicht traurig sein,
ich konnte nicht lachen.

So packten wir die Zeit
in Papier und Reden.

Danach gingen wir zu zweit
allein beschwert von jedem.

(1983)

Besuch

Da ist ein Berg bei Majdanek
getürmt aus lauter Schuhen.
Bei Nacht hat sich der Berg bewegt,
weil nicht die Toten ruhen.

Und ist gekommen an mein Haus
und kam zu meiner Türe,
die trat mir ein ein Kinderschuh
und zeigte mir die Schnüre.

Die Bergmannsstiefel binden grob.
Der Frauenschuh mit Knoten.
Das Kind, das einen Turnschuh hob.
Ich tat euch nichts, ihr Toten.

Und Nacht um Nacht wird mir mein Seil
mit Schuh um Schuh noch länger.
Ich schreie: Hab doch keinen Teil.
Die Kehle immer enger.

(1986)

Die Schatten

Die Welt zum Heulen, aber kaum wer weint.
Geh aus mein Herz und suche einen Scheck.
Kein Sommer wärmt den Schnee von gestern weg.
Es ist die Kälte, Brüder, die uns eint.

Es ist die Wärme, Brüder, die verbrennt
den Himmel lochweis, samt den Engeln, Gott.
Am Kreuze hängt, wer sich beschreibt, zum Spott
und nichts, was rettet. Alles flüchtet, rennt

in seinen Hamsterrädern (früher: Haus)
während die Angst das Kellerliedchen pfeift
und wer noch hat nach Haut und Haaren greift.
Die Welt hält sich in Bildmaschinen aus.

Ein altes Lied weiß noch ein Lied zu singen.
Die Schatten über ihre Menschen springen.

(1994)

JOHANN P. TAMMEN

* 1944

An manchen Tagen

I

An manchen Tagen
träum ich
vom Wetter in Hochgebirgslagen
und imitiere
den Flügelschlag des Königs
der Lüfte

kopfüber
stürzt der aus Scherben
geborene Riesenvogel
ins Meer
Brandwunden
mit schmutzigen Topflappen
verbunden

verwegen
halt ich ein Zündholz
an den bröckelnden Gletscher
löse die Eisschmelze aus
donnernd
bricht das Wasser
zu Tal

hochbeinige Pferde
vor der Kandarre geflohen
umrunden die Kirchturmspitzen
die Mähnen umflutet

in den Ballsälen
fault die Festtagsgarderobe
Trödel und Tand
künden von vermeintlich
besseren Zeiten

grau ist der Himmel
unter dem Regenbogen
und am Ende
fehlt uns doch mehr
als das Salz
in der Suppe.

II

Lustig gehts zu
lacht mein Nachbar
der blinde Hauslehrer
im Dorf
das werden die Kinder
mir niemals
glauben

aber ich schreib es
schnell auf.

Das Lichtenbergsche Locken

Waldgroß ein schwarzes Karree und erd
warm stürzt solcher Regen ins Flutgrün
der Marsch so nah wie ein zweimal
hundert Jahr alt schweflig heilsam Nacht
gedanke / Es wäre möglich, daß Körper
allmählich erleuchtet würden / krumm
bucklig diese Linie die zur Lippenform
erblüht und Gipfelstürmer fliegen lehrt:
Grün mäntelt grün und in den Rinnen
dörrer Krumen schleift Wasser hell
den Steinkern wie ein mündig Balg
die Handschrift alter Mütter auch macht
zu Tagen die am Finsterkreuz ins Deich
land offener Butzen Schlieren schmieren
den Ton ein magres Engelsrippchen das
ein Leuchten bringt aufrecht eine Blind
gestalt doch todfern allem Knallen
Krachen der Vögel auf das karge Feld:
So baumlos unterm schwarzen Himmels
acker verlornen Paradieses Kummerzelt.

[*Es wäre möglich . . .:* Zitat aus den »Sudelbüchern« G. C. Lichtenbergs (1742–1799), Heft L 934: »Das Licht nimmt im Sommer nicht so stark zu wie die Wärme. Wärme zu erwecken erfordert Zeit, und eben so nimmt sie langsam ab. Da wo Erleuchtung langsam entstände, könnte sie auch mit der Zeit wachsen. Es wäre möglich, daß Körper allmählich erleuchtet würden.«]

JOACHIM SARTORIUS

* 1946

Am Arno bei Arezzo

Im Abstieg des Augs,
soweit es abblickt im grauen Geäst,
Fetzen von Plastiktüten, blauen,
grauen: tausende,
an schwarze Zweige geheftet
wie Gebetsfedern,
die Weiden mit Stoffstreifen
verknotete Talisbäume,

und zwischen
Girlanden, dem ganzen Zerriß
im dunklen Bett
der nicht erwärmende Fluß.
Fließt mit Tüten, Federn, Fetzen,
Kanistern starr
nach Florenz.

Das ist das Spiel: Zukunft
unter Vergangenes zu spülen,
oder das Vergangene so in die Zukunft
zu reißen, daß dort
die Toten auf uns warten,

freundlich, bewimpelt, nah.

Neigen hin zu

an Luigi Nono

Mit der Nachricht
kam das späte Gewitter
und der Modergeruch aus dem Asphalt

der deutliche Fall der Tropfen
in die Linden der Uhlandstraße
verklingend

ging er hier oft
zu den Rändern, groß

dichtete den Raum aus
mit Stille
erfüllt von Brüchen

verklingend: mit leiser Stimme
ins Freie

still: hingeneigt ins Noch-nicht
Nicht-mehr
(grausames Thema)

ein Meister des Suchens
ohne Sehnsucht ohne Trost
voll
atmenden Klarseins

(Berlin, 10. 5. 1990)

(*Das atmende Klarsein* ist der Titel einer späten Komposition Luigi Nonos. Von 1986 bis 1988 lebte er in Berlin. Am 9. 5. 1990 starb er in seiner Geburtsstadt Venedig; sein Grab ist im Recinto IV des Friedhofs San Michele.)

Gräber

Von hier in den Norden sind die Wege
trocken. Gelbes Gras,
Durst in den Wurzeln. Im Herzen.
Alles ist einfach, aber falsch.

Wenn ich versuche, Geschichte zu denken,
die riesigen Wirbelknochen
des Sauriers hinter den Blutbuchen
in der Invalidenstraße,
Bismarck in Marmor,
und Benn, ein Klingelschild in der Bozener, leblos.

In den Tiefen der Bunker
des Potsdamer Platzes in Berlin
liegen die Hufeisen von Hitlers Lieblingspferd.
Profile der Macht: Harnisch und Helm.
In der Hosentasche zerknicken wir
die Standarten. Voll Genugtuung
hören wir die Fahnen splittern
im Dunkel des Stoffs.

Vergeßt nicht die gefälschten Würfel der Dichter.
Wenn die Eisernen wieder herrschen,
werden wir uns trösten müssen,
Steine schmücken mit kleinen Steinen,
mit Wasser das Herz.

[*Bozener:* in der Bozener Straße 20 in Berlin-Schöneberg wohnte Gottfried Benn seit Dezember 1937 bis zuletzt. – *mit kleinen Steinen:* jüd. Brauch, kleine Steine zum Gedenken auf die Grabstätte zu legen.]

GINO CHIELLINO

* 1946

Meine Fremde

Meine Fremde ist ein Ort
sie liegt Nord
Nord-West von mir
sie heißt Deutschland.

Meine Fremde ist eine Zeit
sie geht durch mich hindurch
und wird zu Geschichte
          an einem Ort, wo
Erzählungen aus dem Leben
von Webern und Teppichknüpfern
sich zu Arabesken schlingen
wo selbst die Schatten
zu Farben werden
          dort ist meine Fremde

---

mit dem Ruf der Kraniche
sind keine Nischen zu hauen in die Luft

das Wasser holt stets den Vorsprung
der Salme ein und verwischt ihre Sprache

die Wühler dürfen sich behaupten in der Erde
vorausgesetzt sie verlassen die Labyrinthe nicht

mit ihnen sind wir vertraut und das Feuer
verschont kein Lebewesen
sich die Fremde nehmen und nicht
sich einschmelzen lassen

---

denken ist
erzählen vom Großen Wagen
jenseits der Sackgasse
          sei zuversichtlich
          am ionischen Ufer
          lacht weiter das Wasser
          bei Landwind und
          ohne dich

SAID

* 1947

Auf der Suche nach
den Hinterhöfen meiner Kindheit
besuche ich meine letzten Gassen.
Nirgends steige ich aus dem Auto.
Die Kinder
auf den Gassen
haben neue Spiele.
Die Mütter
auf den Türschwellen
haben andere Zurufe.

Als der Tyrann starb,
wurde die Trauer ausgerufen.
Und es kamen viele
zum Begräbnis:
Der Dichter pries seine Sanftmut.
Der Priester lobte seine Güte.
Der Richter sprach von seiner Milde.
Der General rühmte seine Klugheit.
Der Denker unterstrich seine Notwendigkeit.
Der Büttel würdigte seine Geduld.
Nur der Henker war verhindert.
Er mußte auch an diesem Tag
sein Brot verdienen.

Ehe du kamst,
hatte der Wind
keine eigene Stimme,
das Meer verbarg seine Wogen
an tiefster Stelle,
und man redete viel
vom Schweigen der Fische.

(E: zwischen 1975 u. 1980)

PETER SALOMON

* 1947

Nächtliches Bild aus einem abgelegenen Hafenwinkel

Es war eine kühle und ziemlich helle Nacht.
Seinem Hemd, über dem Bauch, war ein Knopf abgekracht.
Da klaffte es etwas auf, paar Haare kamen draus vor.
Ein Stück getrocknetes Ohrenschmalz fiel ihm aus dem Ohr.

Er hatte es gerade aufgegeben, seinen Hund zu rufen.
Faltig sah er aus und schlaff vom vielen Suchen.
Auf der Kaimauer saß er, durchblätterte ein Donald-Duck-
Heft, rauchte, trank aus seinem Flachmann 'nen Schluck.

Die Kaimauer war noch ganz warm vom Tag.
Viele Hände lagen drauf, schwitzig und flach.
Wenn einer eine Hand wegnahm, war da ein feuchter Fleck.
Aber nicht lange, die leichte Brise blies ihn weg.

Es war so eine Nacht für Bilanzen und Reminiszenzen.
Einer begann mit seinem letzten Capri-Urlaub rumzustenzen.
Ich hatte das Gefühl, wieder mal mehr und genauer zu sehn
Als sonst. Ich blieb und sah uns an der Kaimauer stehn.

[1983]

Marburg, 1962

In Marburg war's. Mein Vater
(Über fünfzig, ich noch keine fünfzehn)
Suchte das Marburg / seiner Studentenzeit.

Für mich war alles fremd und neu.
Für ihn war alles fremd geworden.
Er erzählte, zeigend auf Straßen und Kneipen
(Sehr schöne Dinge, die mir gefielen)
Von Dingen, die da nicht zu sehen waren.

In einem riesigen, faden Café am Hang
Mit Panoramascheiben zur Lahn hin:
Hier hatten die Konvente getagt
War das Bier in die Krüge gerauscht
Brannten die frischen Narben der jungen Füchse.
(Immer wieder fand sich eine alte »Öltaube«
Die ihnen ihr Jungsein bezahlte).

Hier wartete ich auf ihn ein paar Stunden
Müde geworden vom Rumtrotten
Durch die drückende Stimmung, geladen
Vom Widerspruch seiner Worte und der Dinge
Die sie benennen wollten; träumend
Über das Lahntal hin, über dem einige
Segelflieger ihre Achten flogen.

Kurz darauf bin ich Segelflieger geworden.
10 Jahre lang, und jetzt
Auch schon lange nicht mehr.

Oft gefragt von Leuten, die wissen wollten
Wie man denn Segelflieger wird, fiel mir
Nie ein, daß es diese Stunden des Wartens
Auf meinen suchenden Vater gewesen sein könnten
Die mich so weit weg gelockt hatten.
(Ich sagte immer: Es habe »als Alter Wunsch« in mir gesteckt).

Vergessen auch, was mein Vater erzählt hatte
So stark, daß ich jahrelang dachte, ich hätte
Gar nicht zugehört. Während mir jetzt, wenn
Ich mich dieses Besuchs in Marburg entsinne
So ist, als wäre ich dort
Zuletzt in den 30er Jahren gewesen

[*junge Füchse:* junge Akademiker in studentischen (schlagenden) Corps.]

URSULA KRECHEL

* 1947

Umsturz

Von heut an stell ich meine alten Schuhe
nicht mehr ordentlich neben die Fußnoten
häng den Kopf beim Denken
nicht mehr an den Haken
freß keine Kreide. Hier die Fußstapfen
im Schnee von gestern, vergeßt sie
ich hust nicht mehr mit Schalldämpfer
hab keinen Bock
meine Tinte mit Magermilch zu verwässern
ich hock nicht mehr im Nest, versteck
die Flatterflügel, damit ihr glauben könnt
ihr habt sie mir gestutzt. Den leeren Käfig
stellt mal ins historische Museum
Abteilung Mensch weiblich.

Die Taschenfrauen

Nicht nur heut am Mittwoch
bei Regen und Schneeglöckchen
gehen sie am Vorgarten entlang
vermummt in Schals und Mützen
kommen mit ihren Taschen so gegen elf
eilig vom Kaufmann an der Ecke
bei dem nur ein Scherz für sie abfällt
schleppen Blumenkohl und Möhren
Roggenbrot und Kräuterquark
in ihren tiefen Taschen
laufen den Kindern über den Weg
die schleppen aus der Schule
Ranzen, Turnschuhe, kneifen sich
raufen, hüpfen noch ein bißchen
dann in der Küche, wenn
die Taschenfrauen ihre tiefen Taschen
auspacken, alles in den Kühlschrank
möcht ich dabei sein, möcht sie
küssen und umarmen, wenn sie einmal
auf dem Grund der tiefen Taschen
suchen nach ihrem eigenen Leben.

Ebenbilder

Schönere Menschen laß uns erfinden
nach unserem Bild
das keiner Postkarte gleicht
Menschen mit flatterndem Haar
Husarenröcken, Pfauenfedern
Magnetnadeln zwischen den Zehen
und dünner brauner Haut
in die ritz ich Herzen
du legst ihnen die Hände auf
ich bett sie in Löschpapier
Mischwälder grüßen die erleuchteten Fenster
wir tragen Strümpfe mit Löchern
in der Tasche ein Meer

Honigbrot und Pferdchen
sitzen auf Wolkenbänken
Klippschüler sind uns die liebsten
wir lehren sie fliegen
über den Lehranstalten
immer kühner ins übernommene Blau

und abends warmgefroren
tragen wir alte Hüte zum Spaß
brühen frischen Tee
du sprichst in Versen
auf die mach ich mir keinen Reim
den Ofen lecken die säuberlichsten
Flammen auch Nachrichten erfinden wir:
wir lügen wie gedruckt
schlüpfen durch die Maschen
unserer blauwollenen Strümpfe
aus der Erfindung heraus.

Todestag

Was bleibt von einer sehr gestorbenen Frau
(sie starb kurz nach dem Muttertag
und wär auch auf Bitten nicht geblieben) zu was
im Mai die Winde wehen, die Luft ist rauh

vor dreizehn Jahren lebte sie ihr Sterben
Monat um Monat, Tag um Tag geballter Leib
und eines Morgens dann nicht mehr zu was
Maiglöckchenstrauß, ein Mann, zwei Kinder, Erben

zu was, die Frau, die hier jetzt schreibt
gleich alt wie jene sehr gestorbene Frau, als jene
diese Frau gebar, seufzend, rauh röchelnd dann
und schweigend über Töpfen, die andere schreibt

geboren von der sehr gestorbenen Frau
die dieses sagte (Kind) und jenes tat
(Löcher stopfen, Nägel schneiden, in die Augen sehen)
und ließ und ließ, die gottverlassene fromme Frau

verlassen ist ein großes Wort, wer blieb, wer ging
Besteckschubladen, Kreuzstichkissen, Vasen, Leinen
wer klagt, wer fragt, es bleiben sterbliche Fragen
bis sie an keinem Faden, nichts mehr hing.

Rost in Rostock

Der Vater buchstabiert dem Kind ein Wort vor: Todesstreifen.
Da habe ich drauf gestanden und gewacht, so lang der Staat.
Es warteten die Frau zu Haus, das Kind, du. Worauf ich.
Leute mit schlechteren Nerven bissen ins Gras. Worauf ich wartete
hieß Grenzzwischenfall. Gras im Mund, Schaum vorm Mund.
Leute mit besseren Anwälten stehen vor. Es gibt noch Gesetze in.
Es fiel so viel, viel saurer Regen fiel, es fielen Greise
um wie Puppen. Mundwerke blieben stumm, Werften rosteten.
Es brannten Türkenkinder wie am Spieß. Ich weiß nichts, Kind.
Mein Land ist über den Jordan, hat größere Flüsse gesehen und
kleinere Zwerge. Vaterland, Kind, Fastenzeit der Hirne, aus-
gemergelte Herzen, Triumpf des Ausverkaufs auf drei Etagen.
Kopfstillstand. Deine Mutter fiel in ein Loch, ich soff wie
ein Loch, fiel wiederum in sie. Werften starben. Schwamm drüber.
Als Vermählte grüßen: Deine Mutter und ein Baseballschläger.
Vater, ich bin dumm und klein. Muss dir dein Vater sagen, daß er
die Wacht am Rhein gesungen? Worauf hast du gewartet, Vater?
Daß zwischen allen Zwischenfällen. Daß einer totgeschossen
von wem.

[*Todesstreifen:* der seit August 1961 von der DDR angelegte breite, schwer bewachte Grenzstreifen zwischen DDR und BRD, wo Grenzwachen auf Flüchtende auch tödliche Schüsse abgaben. – *Türkenkinder:* Gewalttaten gegen Ausländer und Brandanschläge auf sie ereigneten sich seit 1991 in größerem Umfang, auch in Rostock. – *Wacht am Rhein:* »Die Wacht am Rhein«, patriotisches Lied von Max Schneckenburger (1819–1849), das 1840 in der Krise um den Rhein als Westgrenze entstand und 1870/1871 zum Nationallied avancierte.]

DIANA KEMPFF

* 1945

Sich vorbereiten
auf den Herbst
ablegen
die verwaschenen Passionen
von Juli August

Sich nicht vormachen
einen Schritt weiter
zu sein im Oktober

Mich ans Gewöhnliche
nicht gewöhnen zu können
ist meine einzige Waffe

Ich schneide mich
ins eigene Fleisch

Sommers
wärmten wir uns
mit dem Verlangen nach Frost
Eiswünsche hastig geschluckt
bedächtig bereitet

Nirgends
wollten wir ausruhen
länger als einen Tag
die Oliven nicht pressen
den Wein nicht mehr reifen sehn
aber schmecken den Schnee
der vom Scheitel Orions
tropft

In diesen von Rot besetzten Feldern
Mohn vornehmlich dazwischen Gelb
verbrannter Weizen
flirrende Luft über dem staubig gewundenen Weg
keiner kommt mehr vorbei oder noch nicht
jetzt am Mittag geht der mit der Sense
das Kind weiß nicht wohin

es ist das Läuten das die Zeit zerschneidet
sie fortjagt von der Stelle die sie menschenlos
nennt später wenn der Schnitter die Arbeit
getan haben wird und auf den Stoppeln
zerquetschtes Rot sich zeigt
Fetzen von Blau

wenn Feuer brennen
die Frauen den Tag zerbücken
mit Alltagsfingern
am selben Punkt wo sie den Weg entlangsah
in der Trauer des Sommers wird sich
unter der aufkommenden Staubwolke
der schwarze Wagen nähern
dem sie nachwinkt mit einem Büschel aus Stroh

FRIEDERIKE ROTH

* 1948

Herbstlied

Die Bäume
einsam und schlank, an der Erde
immer röter und gelber die Blätter
verwitternd in Nässe und Glut.

Zum Schlafen legen sich
die Tiere in die Erde
dunkel und dicht
still wird das Leben langer Tage.

Voll Unruhe
was das für ein Schlaf sei
freun wir uns auf die Feste im Warmen.
Die Tage wachsen nach wie Gras
und unsre Augen glühn.

Auf und nirgends an

Mir durch Wort und Gemurmel
in zügelloser Phantasie
einen tiefblassen Mann erschaffen
Federlin, Hölderlein, Allerleiwollust.

Und ein unbekanntes dunkles Weib
einsam, einfältig trauernd, bedrängt
will sie den Mond
vom Himmel herab reißen.

Im vertrauten Verhältnis
mit jungen, hübschen Verderbten
hinterläßt er sein Mal
an Bauch, Hüften, Schenkeln
am Leib der Schönen.

So über Nacht
verwandelt sich manches zu Dung, dürrem Laub.

Ihr aber durch Wort und Gemurmel
zerplatzt der Rachen der Natter
auch die Eich', aus dem Boden gerüttelt, rafft sie hinweg
und reißt den Mond vom Himmel herab
fahrig, wunderbar kalt.

Mimosen

Für Elisabeth Wolken

Mimosen, schau!
Schon breche ich aus ins Ach
Bin ich wach? oder was
hab ich denn immer gelesen, gehört
von der Mimosenhaftigkeit.
Mich stört
dieses fast selbstbewußt kräftige Gelb.

Eine Frau
die scheinbar nie etwas anficht
die gelegentlich doch in Tränen ausbricht
erklärt mir ruhig lächelnd dann:
Der Mimosenbaum sei wie ein Schwamm

Nicht daß die Blätter bei Berührung zucken
Nicht daß die gelben Blütenstände
sonnenlos
sich ducken
sei das Mimosenhafte der Mimose.

Wenn es aber tagelang regnet
beugt
vollgesogen von
sagen wir ruhig statt Regen
den Wassern des Himmels
schwer und schwerer geworden
der Mimosenbaum
sich der Erde entgegen
und reißt
mit mimosenhaft müdschwerer Kraft
die eigenen Wurzeln sich aus dem Saft.

Wir beide

Draußen bei den stillen, den schönen
Lippenblütlern, ach dieses Wort
(weißt du noch die alte Mühle?)
hab ich von dir, Lippenblütler
sagen gelernt. Du hast

was weiß ich
erzählt von blassen von ins Traurigzart
getauchten Farben.

Ich hab nicht zugehört.
Bloß deine Lippen mir
die weichen angesehen
so dünnhäutig damals so zart
ach, wie denn
verschwindet warum
so eine Lippenkleinigkeit?

Geh nicht fort.
Ich find dir den Ort.

Geschichten hast du erzählt
von Wolken vom herabgefallenen Mond
vom alleinigen Wind
und von der Kraft der Wörter der Töne der Farben.

Dann waren
wie denn verschwinden warum
eingezogen die Lippen ein Schnitt.

Hier steh ich. Hier
neben dir
erloschenem Bündel aus Narben.

Beide lachen wir
lange schon nicht mehr über die Kraft
der Farben.

BRIGITTE STRUZYK

* 1946

Durchbruch

Für E. G.

In kleinen Räumen bin ich groß geworden,
im kalten Krieg trug ich ein Männerhemd,
links liegen blieb die Frage, wer ich bin.

In kleinen Räumen bin ich hoch geflogen,
der große Sprung ins Reich der Mitte war mein Ziel.
Ich trug zu große Stiefel gegen schwache Knöchel.

In kleinen Räumen sprach ich große Worte,
das Eigentum, am Eignen griff ichs an.
Ich stärkte meinen Rücken gegen rasches Ducken.

In kleinen Räumen ließ ich Türen offen,
im Jahr des Schweins ließ ich mich selber gehn.

Weltliches über die Nacht

Nun zieht die Nacht ihr Laken
schwarz auf die Wolkenbetten
Es glühn der Sterne Zigaretten
Der All-Tag hängt den Hut nun an den Haken
und macht sich lang
und drückt ein Auge zu.

Läßt du nun einen Fensterflügel offen
dann nimmt ein kleiner Teufel deine Hand
Schwarzhandel blüht schön auf am Straßenrand
Der Teufel möchte mit dir unter einer Decke hoffen
daß mit der Lust auch Liebe wächst.

Der Sterne Zigaretten werden Kippen
Der Morgen wäscht das Laken nebelgrau
Im Spiegel grüßt dich eine schöne Frau
die schminkt sich mit dem Teufelsrot die Lippen
und stiefelt mit Verspätung
auf den Bau.

Die Feuer sind verloschen
Ich ziehe durch die Nacht
trag Asche in der Tasche
ich stocher in der Asche
ich habe durchgemacht

Die Schatten sind gegessen
die Steine sind geschluckt

Die Strecken sind vermessen
die Messen sind gedruckt

ANNE DUDEN

* 1942

Gallgesang

Wechselkoller abends
unter den Zwangsnachbarn.
In die Balkonzeile sich drängende
Brüstungsschwadron
zwischen Kontoständen
und Zinssätzen
wühlender Unterbrustquell
spuckt Sand
auf die Alters- und Leberflecken
und fügt sich nur den Oberrandsalven.

Sie
mit und dagegen Schwundgebeugte
zwittrig zersiebt
in den Laibungsstürzen.
Ruheloser Notknochen
weiblicher Herkunft
doch jetzt noch
von Schönheit gezeichnet
nach den paar
hastigen Atemzügen
vom Planeten
den zwei drei Sekundenmahlzeiten
im Straßengraben.
Lichtnelkengelehnt
mit dem Pannenbesteck
zum Aufgabeln
des nur noch auswärts Erheischten
und sommers.

Im Zartbruch
fallsüchtig erregt
Äonen durchgestanden
von Wahn und Anprall
skelettloser Kinderwald
geschachtelt gehalmt
auf Schotter und Kiesel
hingrünend
Bodenatmung
blicksame Feinflur
verwaschener Tuschhalden.

Auf –
in den Mutterschlag
die ausgebellt nachheisernde Umkümmerung
Blusendürre
Krümmermitleid
einmal –
von der Buschzone her
nachtgellender Aufruf
einer Erdsängerin
hoheitsgebietendes Schrillgedicht
fürs Bewüten und Bewildern
der Trommelfelle
das die Mit- und Abfühligkeit
streckt und verreißt
zerstieben läßt
im gelaufenen Tag.

Minutenlang
brandet es ans schmalzig Vertopfte
im Zähl- und Aufrechnungsgeviert
bestürmt das abgeprügelte Erdreich
bis unter die Keller.
Vorkau
galliger Lockruf ins lange schon Tote
wechselt den Tonfall unerhört
flötet einwärts
zum Aufsaugen der angeschlagenen Süße
verschluchzt sich
kurz nur
speist sich bricht ab.
Ein gelassener Flügelschlag
richtungsweisend aus dem unverfrorenen Preßgebiet
weg vom eingepelzten Etagengreinen
Rührgift und Zickern.

(1995)

Kammerherz

Herzaufgänge
als stünde die Welt
nur einmal im Laub
pro Leben.
Dunstvergötterte
Silberschrift
englisch
über alle Anzeichen
hinweggeschmiegt
grasige Weite.
Mitten im Totschlag
betritt Geißblatt das Haus
säugt die Zimmer
flurwärts
Schädel und Nebenhöhlen
ankert in der Schwebe
ausrißbereit.

Mundgewölbe und Ohrmuschel
geborsten
zerschallt
von Pennergebissen.
Hinter Vorhängen
jetzt noch das Kammerherz.
Genickfänger
fest im Griff.

Auf der Suche nach Schmauchspuren
und immer fündig
säumen
Faustpfandleiher
Lager und Betten
überwachen die Praktiken
schneiden
klar umrissen
das Wort ab
jedem
der nicht
außerdem
zusticht und köpft
oder genauso gut
erdrosselt und abwürgt.

Es hütet noch gerade
das Haus
Verstummung
am Rand.

AXEL KUTSCH

* 1945

Deutschland – ein Winterbild

Langsamer knirschender Abend
Im Schnee brennen die Ge-
danken Feuerschlucker ohne
Gefolge folglich ohne
Applaus Jemand fängt die
Kälte mit den Händen
wirft Luftschlösser
in die Nacht Keiner
ist hier wirklich alleine
steht uns doch Deutsch-
land zur Seite Die
Türen auf die Fenster
und Fahnen rausge-
hängt daß sie
klirren im Wind

Rheinland erwache

Pappnasiges Sauf
gesülze Möhnengekläff
Rülpsendes Brauchtum
Jetzthaunwir Joviale
Politikervisagen Jetzthaunwir
Jetzthaunwiraber Kalender
exzeß Kotzender Frohsinn
AufdiePaukediePauke
Schnapskadaver Ent
hemmte Bürovorsteher Augen
aufschlag Schlag auf die
Augen Blaulichtorgien
Schamlippennacht
Bismorgenfrüh Bums

[*Möhnengekläff:* Möhnen sind ältere Frauen, die im rhein. Karneval, bes. an Weiberfastnacht, in Gruppen auftreten.]

Feier des Wortes

Bevor Sie dieses Gedicht betreten,
ziehen Sie sich bitte die Schuhe aus.
Sie werden vom Autor darum gebeten.
Sparen Sie am Ende nicht mit Applaus.

Haben Sie sich schon die Hände gewaschen?
Nein? Dann wird es aber höchste Zeit.
Begegnen Sie Dichtung nicht mit der laschen
Einstellung Ihrer Alltäglichkeit.

Was glauben Sie denn, wo Sie gerade weilen?
Hier findet eine Feier des Wortes statt.
Spüren Sie nicht den Wohlklang der Zeilen,
die der Autor für Sie geschrieben hat?

Da darf er ein bißchen Respekt verlangen.
Nehmen Sie gefälligst Haltung an.
Gerade sitzen! Nicht so durchgehangen
wie ein versoffener Liederjan.

Die Zähne sollten Sie sich auch noch putzen.
Ein Gedicht verträgt keinen Mundgeruch.
Oder geht es Ihnen darum, zu beschmutzen,
was Sie mehr fordert als ein Kalenderspruch.

Lesen Sie langsam. Nehmen Sie sich Zeit.
Sorgen Sie noch für gedämpftes Licht.
Sind Sie jetzt endlich soweit?
Dann genießen Sie dieses Gedicht.

HANS GEORG BULLA

* 1949

Gedicht für meinen Vater

Mit einem großen Garten unser Haus,
der war seine dauernde Zuflucht.

Dienst auf den Zügen, weite Strecken,
lange Tage in der Uniform zwischen
Dienstabteil und Bahnsteigkante.

Unbewegt von uns lag der Garten,
er brachte sich zum Blühen darin.

Unterwegs in der Republik, nach oben,
nach unten, mit blaukariertem Bettzeug
und einem abgestoßnen Henkelmann.

Gärtnerlehrling im Schlesischen damals,
dann Bahner im Magdeburgischen drüben.

Er roch mir immer nach den Zügen,
nach dem Mistbeet, grub sich
langsam in die Gartenerde.

Von meinen Büchern sah ich auf,
sah auf seinen dunklen Rücken.

Leben erzählen

Bleibt mir kein Platz
kein Sand kein Flecken
Erde Himmel wohin ich
kann zurück für einen
Anfang von Geschichten
die Geschichten erzählen
erzählen von einer Hand-
voll Leben Handvoll Jahr-
zehnte anfangen verlaufen
leben ins Ende offen.

Nachrichten

Die Schrift schlägt durch
den tiefen Himmel lese ich
Erinnerung wird eingeschlagen in
die alten Zeitungen wirbeln auf
die Stimmen die Hilferufe dauern
wie die vier Jahreszeiten lang

Nachtgarten

Im Nachtgarten österlich
der Blick durchs Okular
ein klar schwarzer Himmel
in dem der Komet steht
ein geöffnetes Fenster sagst du
aus dem das Licht fällt
so daß wir weiter sehen können.

THOMAS ROSENLÖCHER

* 1947

Die Verlängerung

Ich lag in meinem Garten in Kleinzschachwitz
in einem Grün von niegesehnem Ausmaß
und sah, nachdenkend über die Belange
der unerhörten Rose und des Staats,
hoch über mir den großen Tröster Himmel,
als ich, kam das vom heftigen Nachdenken,
ein sanftes Ziehn in meinen Beinen spürte.
Ich wachse noch, sprach ich und freute mich.
Jedoch die Füße lagen schon am Zaun,
vor dem sie einen Augenblick verharrten,
eh sie losfuhrn. O rasende Zellteilung
an Häusern aufwärts, abwärts, über Dächer.
Wo sie hinkamen, stockte der Verkehr,
die Reichsbahn tobte, Menschen stauten sich,
bestaunten dieses langgestreckte Wunder
und übten sich daran im Balancieren.
Doch längst war es, die Sparte frohe Zukunft
durchfurchend, aus der Stadt hinausgeglitten,
schlief sanft in Wäldern, rauschte durch Kornfelder
ins Läuten stiller Mittagsdörfer ein,
und frohen Mutes fuhr ein Vögelein
auf einer Zehe mit, tandaradei,
doch hinterher, einsam, die Polizei
mit ernstem Blick quer durch den Staub der Äcker
in eines Sees noch unerforschte Tiefen,
wo sie verschwand. Der Staat war in Gefahr.
Denn meines Leibes Doppelröhre nahm,
kaum, daß sie aufgetaucht war aus den Fluten,
Kurs auf die Hauptstadt. Die Regierung tagte,
kein Wort kommt in die Zeitung, Helikopter
erhoben sich, der Lage Herr zu werden,
die Straßen füllten sich mit Dynamit.
Doch eh man meine weitgereisten Füße
absprengte, knapp vorm Brandenburger Tor,
geschahs, daß sie von selber stillestanden,
da ich in meinem Garten in Kleinzschachwitz,
in jenem Grün von niegesehnem Ausmaß,
wo ich nachdachte über die Belange
der unerhörten Rose und des Staats,
in Anbetracht des großen Trösters Himmel
den Finger an die Nasenspitze legte
und bei mir sprach: Man muß bescheiden sein.

(1982)

Der stille Grund

Von ganz weit oben her, wie abgeschüttet,
jedoch sich lautlos lösend, fiel
rechts links hangab ein kleiner Jubel Glück
als Himmelsvorhang nieder. Kurz, es schneite,
die Luft durchschippernd, bis herab zum Grund.
Daß jedes Astes Ästlein schneebeladen
ein anderes, weiß überfiedert, kreuzte,
und ich in immer tiefre Wirrnis ging.
Längst schlief die Brücke unterm Brückenbogen.
Nur zu sich selbst noch redete der Bach,
bauchrednerisch. Und wenn auch meine Stapfe
mir längs des Wegs treulich im Zickzack folgte,
blieb unbegreiflich, daß jemals mein Fuß
dereinst das Weiß vor mir betreten könnte.
Zumal der Sohle Raster unter sich
die Fußspur jeden Augenblicks begrub.
So lebte ich. Kein Mensch kam mir entgegen.
Nichtmal mein Vater, viel zu lange tot.
Nur noch ein Knochenbündel in der Erde.
Da mir es nun ja doch gelungen war,
ihn zu vergessen, denn ich ging und ging,
nichtahnend, daß ich längst wie er
im Gehn die Arme hinter mir verschränkte.
Und daß vor lauter Frost und Schnee
mir Bart und Haare weiß geworden waren,
als käme er in mir mir selbst entgegen
und keiner stürbe. Irrsinniges Stieben
schräg übern Weg hin. Unter mir im Eis
sehr großer Blasen eiliges Pulsieren.

WILHELM BARTSCH

* 1950

Drittes Nachtstück

Aus mancher Nacht, die mich erreichte,
Stieg auf ein alter Duft, ein Bild:
Die runden Brennholzmieten waren
Mit Kienäpfeln und Grus gefüllt.

Der Sommer und der Winter gingen
Als Mittag und als Nacht dahin:
Schwarzweiß blieb mir das Märkische
Wie, überscharf, Fotografien.

Brandrot, dann preußischblau der Abend,
Schien er geborgt für dieses Land,
Weil Kiefern, atmend, drin verstummten
In Worten, die uns unbekannt,

Die dunkel waren, ehe Nacht kam
Mit Findlingen und Karinhall
Und andren Lasten: Anflugschneisen
Und Bunker, Bronze, Sand aus Eisen
Versunkner Taten überall.

Die Sander wurden hell zur Nacht
Und etwas stieg vom Bodenlosen
Und ging um uns und kühl voran
Und streute eisenschwarze Rosen ...

Die Fahrradrahmen aber klirrten,
Wenn wir aus diesem Schweigen fuhren
Durchs Sonnengrab der Schonungsnächte
Davon auf harten Panzerspuren.

(*Karinhall:* Vom Erdboden getilgte Luxusvilla Hermann Görings in der Schorfheide.)

Michels Blitzregeln

Die näßlichen Buchen
darfst du nie suchen
Die dunkdunklen Tannen
sind eh' schon von dannen
Die grellen Birken
stehn in Blitzbezirken
Die breiten Kastanien
sind greller Wahnsinn
Am spitzen Ahornbaum
ist aus dein Traum
Die gehäutete Platane
ist gut für Leute im Wahne
Bist an Brunnen vor den Toren
dann trau nie den deutschen Eichen
Auch ein Stammbaum ist nicht gut
selbst die Fahnenstange
jüngst ein Blitz hat ganz zerknallt

Die klebrigen Kiefern
werden dich liefern.
Die stichligen Fichten
werden dich richten.
Die zischelnden Pappeln
lassen dich zucken und zappeln.
Die schlenkernden Weiden
sind zu vermeiden.
Unter dem Gingko
sei tapfer wie Ringo.
Birnbaum, Esche und so weiter
sind die besten Blitzableiter.
unter Linden du verloren,
denn sie warten auf Blitzleichen!
wenn es ringsum blitzen tut,
fackelt nicht lange
den innerdeutschen
Schlagbaumwald!

hier ein Michel
mit Gestichel
hier gespalten
ganz der Alte
Zwillinge

da ein Michel
Hammer/Sichel
da erleuchtet
bierbefeuchtet.
die sich verdammen.

Manchmal reimt sich was zusammen ...

FRANK-WOLF MATTHIES

* 1951

Gewißheit 2

wenn vor den apotheken lange schlangen stehen
& sich die telephonzellen rasend drehen
der müggelsee verdampft
die ganze stadt konopkes bockwurst mampft
der u-bahn lange haare wachsen
auch meine frau spielt plötzlich geige
& selbst der traurigste macht ständig faxen
der mond vom himmel fällt, wie eine feige
die kugel von dem fernsehturm
losgelöst von einem sturm
durch die schönhauser rollt
wenn es blitzt, kracht, donnert, grollt
ein ufo überm alex schwirrt
& china dann die welt regiert
die polizei entlassen wird
wenn es im tiefsten winter nicht mehr friert
der ozean kocht, die sonne glüht
wo eben norden war ist plötzlich süd
die frauen ständig in den wehen liegen
& trotzdem keine kinder kriegen
die symphonieorchester nur noch hard-rock spielen
wenn sich doch ein gott am himmel zeigt
& alle augenärzte plötzlich schielen
der rias von alleine schweigt
die südfrucht auch im keller reift
& sich der säugling selbst abseift
dann weiß ich bescheid
es ist vampiren-zeit

(1973)

[*müggelsee:* bei Berlin. – *schönhauser:* Straße in Ostberlin am Prenzlauer Berg. – *alex:* Alexanderplatz in Berlin. – *rias:* Rundfunk im amerikanischen Sektor (Berlins).]

Mitläuferlied

1 komm, hänge mir den wolfspelz um
ich mische mich ins rudel
im harten tritt der masse, marschier ich
mit & mach mich flach, den nacken
krumm: ich drehe mit im strudel

2 komm, wir werfen uns den wolfspelz um
& schleifen uns die zähne
wir reißen uns dann nebenan die frau
den mann, die lämmer. greif die mpi
das messer, drum: wir haben große pläne

3 kommt, werft euch den wolfspelz um
jagt alle aus dem schlafe
flieht aus den städten in den wald
die wölfe brauchen hilfe. fragt nie
warum: wir sind halt gute schafe

(1974)

---

nächte ihr gräber der schatten
trauer im spiegel mann vor der
haustür vibrieren und summen
fall in den hof wo der mond scheint

träume umarmen die träume
aus den spiegeln weinen frauen
kurzgeschorn mit schwarzen haaren
asche steigt wo auch der mond weint

bittermandeldämpfe steigen
und von schwarzen lippen fallen
aschen die einst träume waren
fallenfallen steigensteigen

so patricia wie dein haar brennt.
»deutschland der tod ist dein tänzer«
nebel stürzen in den straßen
stumm vorm fenster sieh der mond scheint

FWM.

ich bin der glücksgott
dachte ich & schrieb
ich bin der glücksgott
ab aus maître brechts gedicht

glück jedoch ist schwer
in diesem satten land
: glücklich mümmeln jugendliche
greise, mit dem braten in der hand

was bleibt noch? außer schnee
& träumen: die paar geliebten
freunde, schnaps im tee
& einsamkeit

glück ist weit, glück jedoch
ist auch bewegung, doch
preußischer schnee liegt
schwer auf den träumen: noch

liegen wir in den fernsehsesseln
hungern bauchspeck ab
& reden von der deutschen revolution
so – als hätten wir sie schon

ach, was bleibt noch: im herz
ein loch, im hirn ein brand
fünf finger an jeder hand –

(1976/92)

ULI BECKER

* 1953

Pain in my heart

Macht mürbe, so eine schlaflos verwälzte Nacht,
wenn ich die Zukunft begrüble und mein Herz
bis runter in den linken Arm zu spüren ist
und mein verrückter Magen, der begonnen hat

sich selber zu verdauen: Voilà! Der Dichter
mit der Managerkrankheit ... Und über Dispokredite
höhnt er, weil Geld keine Rolle spielt für ihn,
die Karikatur von Freiheit, daß ich nicht lache!

Rappelt sich auf, fährt zum KaDeWe und kauft
in der französischen Bäckerei eine Baguette und
steigt zurück hinab in die U-Bahn und muß neidlos
eingestehen, daß die anderen noch viel echter

leiden können als er – kein Kunststück, die
trainieren ja auch jeden Tag von acht bis fünf!
Er bricht sich ein Stück ab vom knusprigen Spaß
und kalauert aufgeräumt in sein Notizbuch

à propos Schmerz: »pain ist unser täglich Brot,
nicht bloß für Henry Miller damals in Clichy!«

[*KaDeWe:* Kaufhaus des Westens in Berlin. – *Clichy:* Henry Millers Erinnerungsbuch »Stille Tage in Clichy« (»Quiet Days in Clichy«) erschien 1956.]

Die im Schatten

Wer in der Stadt lebt und zum Grübeln neigt,
wird Augenblicke kennen, wo er (die Nase
plattgedrückt am Fensterglas) die Zugvögel
beneidet als Leute, die's wirklich *machen*,
wo er in jeder Hauskatze den zukurzgekommenen
Tiger sieht und in jedem Pudel den potentiell
streunenden Wolf, der den fahlen Mond anheult,
zu stolz, die Nähe der Menschen zu suchen und
das, was bei Tisch abfällt –

Und so einer
spürt auch jäh, wie verschenkt das Leiden
dieser alten Frau ist, die einmal im Leben
groß in die Zeitung kommt, auf der Lokalseite
Foto von ihr im Krankenbett und drei Zeilen
Text darunter: Wär zwar die Papageienkrankheit,
aber von wegen Exotik, das könnte man sich
schon beim Taubenfüttern holen im Hof, wie
bei ihr der Fall, Afrika kein Gedanke dran.

Happy Hour

Er wollte einfach raus aus einer Sorte
Leben, in dem hinterm Wohnzimmerschrank
nicht tapeziert war und jeder Pfennig
umgedreht werden mußte, um sicherzugehen,
ob's nicht womöglich ein Zweier war,

wollte grünen Rasen jenseits der Gleise,
den Sound satt schließender Autotüren,
Plastikgeld und Glanz ohne Abtrocknen,
und er hat's gekriegt: Muß doch jeder
wissen, ob er mit den Wölfen heulen

oder mit den Lämmern flennen möchte;
dieses unser sei für ihn das Gelobte
Land, und gelobt sei, was hart macht.
Der Häßliche Deutsche auf Samuraitrip,
ein Kinn energisch wie ein Klappspaten,

Mt.-Rushmore-Mimik, vom Erfolg gezeichnet:
Bestätigt meine Theorie, daß Charakter
und Karikatur doch enger zusammenhängen,
als der Etymologieduden wahrhaben will.
George Grosz ist tot. Die machen weiter.

[*Mt.-Rushmore:* Mount Rushmore National Memorial in South Dakota USA; Berg, in den die Skulpturen von Köpfen amerikanischer Präsidenten eingemeißelt sind (George Washington, Thomas Jefferson, Abraham Lincoln, Theodore Roosevelt). – *George Grosz:* Maler und Graphiker; G. G. (1893–1959) schuf bissige Satiren auf Spießer, Militaristen und ähnliche Figuren. 1921 z. B. Sammlung von Zeichnungen unter dem Titel »Das Gesicht der herrschenden Klasse«.]

Klar kommt der Knochenmann, der Sense macht,
so sicher wie der Klingelbeutel in der Kirche
kommt der, und genauso sicher kommen wir
dann alle ins Paradies ... Bis dahin aber heißt es
leben mit den künstlichen, den Einkaufsparadiesen.

GERHARD FALKNER

* 1951

zeit / druck

man wird
man wird froh sein, wird man
man wird sich gefürchtet haben
wird man sich, viel gefürchtet
in diesem trubel
wird einem heiß geworden sein
aber kurz nur, nur kurz, so kurz
wie der tanz des königs kastschei
oder sogar noch kürzer

und die speck am drecken haben
werden qualmen wie unschlitt
und die rüben in den mieten
werden sauer werden, und am
prellstein verstaucht sich ein
leuchtender sog
die beschwichtigung log

aber andere und ihnen ähnliche
oder solche von den ihresgleichen
sie werdens gewesen sein
sie werdens nicht anders
gewollt haben, sie werden
gewesen sein

[*könig kastschei:* märchenhafte Figur in Igor Strawinskys (1882–1971) Ballettsuite »L'Oiseau de Feu« (»Der Feuervogel«); Titel eines Satzes: »Höllentanz des Königs Kastschei und seiner Untertanen«.]

schwarz / rot / gold

alle wollen mit der sprache, meiner mutter
um die fahne raufen
ich soll der heimat aus dem wortschatz
land verkaufen
den rhein hab ich vergiftet, weil ich ihn
betrachtet habe
und für ein dunkel blüh ich, das ich nicht
umnachtet habe
mit leeren händen hab ich dieses land
geteilt
von bär und adler seinen wappengrund
geheilt

woher ich deutschlands namen weiß?
der fisch war in eine zeitung gewickelt

schund

nirgends weiß ich wo ich treibe
ob die prächtig kühle nacht
sich in meine augen schreibe
und aus meinem schmerz im leibe
schatten auf mein kunststück macht

manchmal bin ich fast gewesen
fraß die sterne, schoß aufs meer
keine ferne stand dazwischen
freude schäumte von den tischen
schäumte fort und war nicht mehr

mich tragen unterwegs die Stimmen

sieh mal, der Wind schwenkt die Dörfer
er wildert die Stimmen im Wirtshaus
und ballert auf sie mit dem Lachen
besoffener Sachsen, er stopft uns das Maul
mit dem Schnapstuch aus Frankfurt
und traktiert diese herrlichen hessischen Dörfer
mit den gotischen Lanzen der Tannen, er treibt
die Schweine auf die wir ja stolz sind durch
den Windkanal und erzeugt in ihren Schnauzen
die Flüche, von denen uns keiner entbindet
nicht mal der Wirt von Amorbach, der Wind
der zieht hier durchs Dorf und hält Hof
die Bauern quietschen verpönt in den Angeln
aber wir, die verwilderten Fremden aus
Frankfurt, von wo wir ja nicht einmal her sind
wir stehen mit unseren Blicken bei Fuß
wir sehn wie der Wind ein Dorf nach dem andern
ausrupft und schwenkt wie ein altes Hemd
und einem Mistkerl ans Bein schmiert
wir hören das Blöken der Scheunen um Schonung
unsretwegen johlen diese Stimmen und
verschlingen uns in ihren Ritzen
aber Frankfurt mit den aufbrausenden Tobsuchtsdomen
aus Glas, Frankfurt zu Mainnachten, Investmentflittchen
Landesbrechstadt, Frankfurt, du leuchtest

ULRICH SCHACHT

* 1951

FERNER MORGEN, von dem
ich träume: Seine Weite
wird ungeheuer sein. Wir werden
gehen können –
aufrecht und im Licht.
Das Wasser aller Bäche Flüsse Seen:
durchschaubar
bis auf den Grund,
wo der Tag
die Leiber der Fische
versilbert. –

Und auch seine Klarheit wird uns gehören.
Wir werden sehen können
alle Farben dieser Stunde:
das Schwarz
schattenspendender Felsen,
das Rot
einer behutsamen Sonne,
das Gelb
getreidebestandener Ebenen.

Und bald darauf
werden wir Höfe betreten, vertraute
Häuser, darin wir zuvor niemals waren –
werden Brot und Salz finden
auf dem Tisch und Wein in geschliffenen Gläsern:
DENN DA SIND MENSCHEN,
die uns erwarten,
sind Stimmen, die singen –
und ein Tanzen wird uns ergreifen
– so frei –
daß wir vergessen

die Nacht die Nacht
vor diesem
Morgen.

Versuch über das Paradies

Das haben sie
uns erzählt: Herrscher
sei dort allein –
der Friede. Das tägliche
Grauen: eine Legende. Der Tiger
zahnlos. Das Lamm neben
dem Wolf. Der Mensch
dem Menschen ein
Mensch.

Aber
der Weg dorthin sei
lang. Kurvenreich. Hart.
Nicht zuträglich dem
Ziel, wenn man es ständig
verlange. Daran zu glauben
reiche. Den Namen
zu kennen. Das führende
Gesicht.

GEGEND –
DER WIR ENTKOMMEN SIND.
GEGEND –
DER WIR ENTGEGENGEHN:
ÜBER LEICHEN.

Land, nach dem gefragt wird

von wem oder: Nur von
mir? Bluten die Wälder noch
wenn das Jahr die Tage erstickt
in Nebelschlingen? Könnte ich
wiedererkennen geschlossenen
Augs die Pfade Chausseen Gassen
durcheilen und bergende
Mauern ertasten putzlos noch
immer aber noch immer zum
Anlehnen aufrecht? Herbst
Land im Frühjahr Sommer und
Winter feldweites Weiß
Roggenschlagsirren und dieses
grüne Licht im April: Heim
zwischen Himmel und Meer wo
unser Auge und Wort sich
sättigte ein für allemal aber
wessen Wort wirklich: Dein Wort
Land nach dem gefragt wird von
mir oder: Nur von dem oder
dem? Oder trifft mich lediglich
eines der blutigen Spiele: Mit
gehangen mitgefangen sangen auch
wir doch täglich und gerade in
diesem: Land, nach dem gefragt wird.

Die Bibliothek von Sarajevo

Das Geschoß von den Hügeln traf
zuerst ein paar Hände und Hirne
später Haar Brust oder Augen auch
Füße in Schuhen verschiedener
Größe. Das Geschoß von den Hügeln
ist ein wißbegieriger Anatom der
Bücher aufschlägt Wort für Wort
buchstabiert er uns Eisen Feuer
Geschrei erinnert laut an den
Schmelzpunkt von Glas Stein oder
Recht memoriert die Geschichte der
Asche in die sich manchmal das
Wasser mischt aus Wolken Gesichtern
und andren Gefäßen. Ein Gelehrter
ist das Geschoß von den Hügeln: Was
wir vergessen wollten, wie einen
dunklen Roman, das Alphabet unsrer
Scham bringt er uns wieder bei
feuerzüngig streng und unter dem
Blau eines wunderbar leuchtenden
Himmels in dem was emporsteigt Blei
schwer und Papier leicht zugleich

[E: 10.7.1994]

[*Die Bibliothek von Sarajevo:* Die Bibliothek der von Serben belagerten Stadt wurde im Bosnien-Krieg 1994 von den umgebenden Hügeln aus beschossen, laut Berichterstattung gezielt, um ›die Kultur des Feindes‹ zu treffen.]

MICHAEL WÜSTEFELD

* 1951

Such die Sprache meines Landes
finde keinen Mund
Stehe an dem Rand des Randes
sinke auf den Grund

Komm ich aus dem einen Traum
nehm den andren mir
Wechsle Kleider und den Raum
Wörter bleiben hier

Hoffe auf den wachen Ruf
Rufe selbst mich an
Trete Pferden auf den Huf
Schreie kommen an

Such die Sprache meines Landes
finde meinen Mund
Strick am Muster eines Bandes
Dreh ein Viereck rund

(1983)

Kleines Rondeau

Noch bin ich nicht angekommen
bei euch nicht bei mir
bei uns nicht bei dir
am Tag nicht im Traum
im Ton nicht im Baum
mit Rad nicht mit Bahn
zu Fuß nicht im Kahn
im Wort nicht im Tod
im Grab nicht dem Lob
lebend nicht schweigend
redend nicht schreibend
Noch bin ich nicht angenommen

(1986/1987)

Im Tal bin ich geboren
Sechs Jahre nach dem FebruarBrand
Wie meiner Mutter Scham war auch
Die Stadt ganz kahl geschoren

Ob Wurzeln in die Asche trieben
Ich weiß es nicht Seh nur
Wie viele aus dem Februar gehn
Und mich im Tal geblieben

(1995)

[*FebruarBrand:* Am 13./14. 2. 1945 wurde Dresden durch mehrere anglo-amerikanische Luftangriffe verheerend zerstört.]

RÓŽA DOMAŠCYNA

* 1951

Delany

für W. Kirsten

land unter mir nabel
der kindheit ganze welt
milchnaß und eben ein schoß
sollte mir bleiben ich hielt
die uhr an den atem besah mich
ein vergilbtes foto der großmutter im glas
erkannten meine augen die eigenen
baum und anwesen die kuh
angeschirrt am eggebalken mit nägeln
den gekreuzigten dahinter
des gestundeten lebens ausgefahrenen rain
einen rahmen ein gitterstück
das mich im bilde hielt
angenabelt sah mich
mit den augen
von fremden

(*Delany:* Landstrich, nordöstlich von Kamenz [in der Lausitz]).

Hol mich nicht ab wenn ich komme

steh nicht auf dem bahnsteig
geh mir nicht entgegen
laß dich nicht küssen
sag nicht wir fahrn wohin du willst
steig nicht im erstbesten hotel ab
sieh mich nicht andauernd an
bleib nicht eine ganze stunde da
stammle nicht du müßtest heim
renne nicht vor mir her
dreh dich nicht um
heb nicht die hand
wink mir nicht zu
fahr nicht

Und immer in andacht

der maifeiern fastnachtsumzüge
trachtenprozessionen kreuzwege
das kreuz mit den anstreichungen
ausstellungen aussparungen den
hervorhebungen diesen monstranzen
demonstrationen
das führen vorführen zeigen
gezeigt sein vorgezeigt anderssein
unterstreichen das herdenleben
herdenmeinung herdenkult
diese wirformen ohne singular sein
nicht bei sich
unter kopfnüssen die fahne hoch
halten überm geneigt sein dieses
sich neigen aneignen
verlautbarungen definitionen urteile
die schlechten die guten
unangreifbar werden im recht
der vorschriftsmäßig vollzogenen knickung
durch tradition gebogen
verbogen bis in den kern
gebrochen und zerbrochen

MATTHIAS BUTH

* 1951

Im Garten

Dort wo ich
Mein weiß-rot lackiertes
Schaukelpferd
Mit einem Löffel Erde fütterte

Dort wo ich
Den Weg zwischen den Margeriten
Mit meinem Ballonroller
Hinabschoß

Wo meine Schwestern
Kaufladen spielten
Auf einem Brett
Zwischen drei mächtigen Pappeln

Und meine Oma
Immer in schwarz
Auf einem Küchenstuhl
In der Sonne saß und
Auf meinen Vater wartete

Dort rufe ich
Immer noch
Meiner Mutter ins Fenster
»Der Gemüsefritze ist da«

Intercity

Der Tolle Bomberg
Über die Schienen fliegend
Drückt mich sanft ins Polster

Häuser wischen übers Fenster
Nur die Felder können mithalten
Ein paar Atemzüge
In den Kurven schlagen
Die Bremsen an
Bis die Lok den Rädern
Wieder freien Auslauf läßt

Dann stürzt der Gegenzug
Ins Abteil
Schlitzt alle Wagen auf
Blitzt ins Auge und
Wirft unsere gepolsterte Angst
Eine Zuglänge zusammen

Unter Soldaten

Ihr Sterben blüht auf
In den Kreuzen

Der Abend
Ein Helm der schweigt

Opfer und Täter
Zwischen zwei Jahreszahlen

Verwundete Steine
Die ihre Münder öffnen

Zwischenbilanz

Wer hat die Mauer überrannt
Zerbröselt geschleift
Wo ist Berlins weißer Schal
Der uns die Teilung warm hielt
Das Links und Rechts Gut und Böse

Wer hat die Errungenschaften ausradiert
Die Unabänderlichkeiten die Nähe gaben
Wohin ist die Trauer geflogen
Über die Brüder und Schwestern
Beruhigend unerreichbar

Wer hat uns gefragt als es ans Teilen ging
Ans Abschiednehmen von der gespaltenen Zunge
Wohin soll ich mich wenden
Umstellt von Freiheit und Einheit
Beitritt Eintritt Austritt

Deutschland
Ein Wort aus dem Ausland

[1993]

[*Brüder und Schwestern:* westdt. Polit-Floskel
zur Bezeichnung der Deutschen in der DDR.]

JOCHEN ARLT

* 1948

Einkaufn gehn in Münstereifel

Gebn Se mir bitte
N Viertlpfund Winter
Aber nich zu feucht

Mit etwas Morgnfrost
Vielleicht und
Viel sonnign Tagn
Für mich und für die Kinder
Etwas Schnee
Daß wir Schlittnfahrn könn

Mit wenig Matsch
Und gefrorn'n Pfützn
Mit Knecht Ruprecht
Und Zimtstern'n
Mit vier schlesischn Weißwürstn
Und zwei Gläsern Schampanjer
Am Heiligabnd

Und bevor ichs vergesse
Mit etwas
Ergriffnheit

für Manfred Hausin

Cap Horn

Dick und rot sind die Äpfel
goldgelb ist der Wein
dort oben in anderer Landschaft
jeder Engel ist ein kleines Kind
ein Dreckspatz und ein Bengel
dort oben in anderer Landschaft

Und nun weine nicht
rasch ist die Nacht vorüber
mit ihren Sternen Perlen und Streifen
auf dem Grunde des Himmels
jetzt lächle mir bitte zu
denn bald ist sie vorbei die Nacht

Das Radio spielt immer nur
dieses eine Seemannslied
dort oben in anderer Landschaft
da wird nicht gestritten
da wird gelacht und gesungen
dort oben in anderer Landschaft

Und nun weine bitte nicht
rasch ist die Nacht vorüber
mit ihren Sternen Perlen und Streifen
auf dem Grunde des Himmels
und jetzt lächle mir zu
denn bald ist sie vorbei die Nacht

Dick und rot sind die Äpfel
goldgelb ist der Wein
dort oben in anderer Landschaft
da gibt es Brot zu essen
Brot von dem man träumen kann
dort oben in anderer Landschaft

Bitte nun weine nicht
rasch ist die Nacht vorüber
mit ihren Sternen Perlen und Streifen
auf dem Grunde des Himmels
jetzt lächle mir zu bitte
denn bald ist sie vorbei die Nacht

GERALD ZSCHORSCH

* 1951

Ver, werden

Kinder werden verschickt
Einbrüche verbrochen
Mutmaßungen werden verklickt
Ängste verkrochen

Strafen werden verbüßt
Chancen vertan
Träume werden versüßt
Dinge verfahrn

Existenzen werden verkracht
Absichten verbraten
Regierungen werden verlacht
Fluchtgepäck verladen.

Selbst

Denken im Rohzustand.
Problem gestundeter Zeit.
Über Strecken hinweg
Alleingang. Und nicht bereit.

Plan einer offenen Kammer.
Wir leben eben gedacht.
Und ein Ruf blitzt. Es schien gleich so,
als hätte das Ich gelacht.

Elegie

Engel erscheinen, um zu verschwinden.
Sind Mittler zwischen Dunkel und Licht.
Sichtbar im Kommen; im Gehen unsichtbar nicht.

Engel tragen niemals eine Krone.
Im Reigen schwach und ohne Würde.
Sind Flügel Rucksack. Tragriemen der Bürde.

Engel zwitschern vernehmlich keine Lieder.
Sie hausen mit uns; mental beglückt.
Sind ähnlich lebenden Personen ausgerückt.

Rollendes Rad

Der Kranz verbrennt mit dem Sieg.
Und mit der Schmach kommt Gold; ungewollt.
Große Weiten flattern.

Klappern ähnlich ausgeschlagener Lager.
Maschinisten im Netzhemd mit Kanne und Lumpen.

Stößel pumpen. Fett mischt Wärme.
Und Kompression zuckt; geduckt.
Der Grauguß schlägt in die Wirbel.

JAN FAKTOR

* 1951

Aus: *Gedichte eines alten Mannes aus Prag*

(Fragment eines unbekannten Gesamtwerkes)

1

ich fing an über den Sinn meines Lebens nachzudenken
erst als ich fünfzig wurde
die Konsequenz davon ist
daß ich viel über das Sterben nachdenke

2

Epitaph

hier liegt ein Mann dessen Körper feucht war wie die Körper der anderen
hier liegt ein Mann dessen Körper in der Trockenheit trocken war
trocken wie die Körper dieser anderen
hier liegt ein Mann dessen Körper fault wie die Körper aller Menschen
in einer ähnlichen Situation

5

meine Gesundheit ist ein große Stütze für mein Schreiben
meine unproblematische finanzielle Situation ist eine große Stütze
für mein Schreiben
und der glückliche Kern meiner Seele ist auch eine große Stütze
für mein Schreiben

und außerdem ist meine Lust nach Selbstzerstörung eine große Stütze
für mein Schreiben

und meine Krankheiten
und mein langweiliger Beruf
und meine Einsamkeit

6

so ein Unsinn sich zu beschweren
daß man vergessene Dichter vergessen hat

wenn man sie vergessen hat
dann war ihre Wichtigkeit offensichtlich nur begrenzt

mich wird man nicht vergessen
mich kennt keiner

7

ich habe Lust diesen Satz zu schreiben:
ich bin mit nichts und mit niemandem böse
und diesen Satz:
ich habe mir abgewöhnt zu hassen

ich habe den Drang ein Gedicht zu schreiben
das bestimmt den Gedichten ähneln würde
die alte Dichter schreiben

alle alten Dichter schreiben ungefähr das gleiche
daß in ihnen Frieden ist
daß sie liebten und daß sie geliebt wurden
daß sie etwas wie Ruhe und Glück empfinden
(wenigstens einmal schreibt es jeder von ihnen)

ich habe Lust auch etwas Ähnliches zu schreiben
aber etwas hindert mich daran
es fällt mir dazu nichts wirklich Originelles ein
das was mir einfällt
ist mir nicht originell genug
unlängst habe ich mir zum Beispiel diesen Satz notiert:
ich bin glücklich daß ich mich mit den Reinigungsanstalten nicht
über Flecke streiten muß
und diesen Satz:
Flecke sind mir gleichgültig
ich glaube aber
daß das nicht reicht

12

junge Menschen sollten ausreisen
und wenn sie nicht ausreisen
sollten sie sich anpassen

13

ich habe nicht das Gefühl
daß ich ein anderer Mensch bin als der
der ich mit zwanzig war

obwohl Dinge wie Erfolg für mich jeglichen Wert verloren haben
obwohl ich heute nichts gegen Opportunismus und Feigheit habe
obwohl ich mich unauffällig anziehe
obwohl mich die Politik nicht interessiert
bin ich kein anderer Mensch

meine radikalen Ansichten habe ich auf den Kopf gestellt
meine Radikalität ist mir geblieben

Aus: *wir brauchen eine neue lyrik.*

wir brauchen eine neue lyrik
wir brauchen lyrik nicht nur zum schieben und schmieren
wir brauchen lyrik nicht nur zum aufstehen
wir brauchen lyrik zum durchgreifen

lyrik die ohne schamhaare auskommt
lyrik die bis nach mitternacht ihre elastizität behält
lyrik von vorn und hinten
lyrik zum lecken und befruchten
lyrik mit poren und plattfüßen
lyrik die schluckt und gurgelt
lyrik die auch im schlaf auf der lauer ist
lyrik die die impulsivität der feststoffe in grenzen hält
lyrik die sich selbst umbricht
lyrik die umweltkarten ganz unschuldig in kartentelefone schiebt
lyrik die auch in kellern über allen wasserspiegeln steht
lyrik die als erste mitbekommt wo die schnellhefter gebunkert werden
lyrik die gehacktes nicht nur im angelsächsischen raum als etwas anderes betrachtet als es ist
lyrik die sich selbst salbt und notfalls selbst zum friedhof läuft
lyrik die weiß daß auch ein säurebad nicht die letzte reinheit bringt
lyrik die scharfschützen nicht von hinten belächelt
lyrik die drucktöpfe nicht nur bedienen sondern auch gezielt außer betrieb setzen kann

wir brauchen zur zeit einfach wesentlich mehr lyrik als wir haben
wir brauchen lyrik als schrittmacher für ganze seilschaften
wir brauchen lyrik ohne wasserbeine
wir brauchen lyrik von gesundem starrsinn
lyrik die auch in undichten kühlschränken salzige eiswürfel lagert
lyrik die sich gutgläubig auf ungewaschene teller stützt
lyrik die mit würde holzkekse kauen kann
lyrik die sich nicht selbstlos an raumteilern reibt
lyrik die beim trinken nicht vergißt linoleummuster zu studieren
lyrik die nicht nur eine kindheit runinieren kann
lyrik die nicht rot vor wut wird wenn man's von ihr behauptet
lyrik die flächendeckend obst zum schimmeln bringen kann
lyrik die mißerfolge in nicht vorhandene zwischenräume zwängt
lyrik die mit entsicherten ventilatoren archivare besucht
lyrik die träume unter umständen von dritten verwerten läßt
lyrik die kostendeckend verlustgeschäfte aller art finanzieren kann
lyrik die logarithmische kurven mit fußnoten verunstaltet
lyrik die nicht nur von ihren managern geschrieben sondern diesen auch in ihre gesichter tätowiert wird
lyrik die mit einigen löchern im schädel viel klarer reden kann als sonst
lyrik die reifungsvorgänge nie rechtzeitig einschätzt
lyrik die ihre abnehmer unter druck setzt erst wenn's zu spät ist
lyrik die auch ihre gröbsten navigationsfehler erst monate später erkennt

diese lyriken brauchen wir wie salz
diese lyriken brauchen wir unbedingt
ohne diese art von lyrik wird bald gar nichts mehr laufen [...]

LUTZ RATHENOW

* 1952

Buckow, am See

Der Laut zweier Enten, ein Hund
in der Ferne. Wind, der die Blätter
am Ast reibt. Selten treibt
eine Stimme über den See. Vereinzelt
Besucher vom Brechthaus, ihre Rufe:
Wie schön

Nicht die Stille beim Berühren eines sterbenden Menschen
Nicht die Ruhe nach einer Frage in dem Verhör

Hier kann man sitzen
die Wolken betrachten. Zwei Stunden
oder drei, ohne Angst
auf der mit Raketen bepflanzten Erde.

[*Brechthaus:* vgl. Brecht, Buckower Elegien.]

Ein Märchen

Spitzel kriegen grüne Ohren
Der General hat die Armee verloren
Zwei Minister haben glatt ihr Amt vergessen
Der dritte überlebte nicht das Festtagsessen
Der Rest hat sich im Auslande verlaufen
Die Dichterherde ertrank beim Saufen
Gefängniswärter verschließen die Zellen nicht mehr
Nachrichtensprecher husten sehr
Verbrechen sterben langsam aus im Land
Die Philosophen kommen zu Verstand
Polizisten müssen ihre Langeweile ertragen:
Zum Zeitvertreib tun sie sich lustlos erschlagen
(Und weil sie sonst tot sind, sich wieder vertragen)
Selbst Beamte zweifeln an Gesetz und Recht
Der Landeshöchste findet sein Regieren schlecht

Der Rest vom Gedicht

Kumpelhafte Greise stopfen Seelen aus.
Das war einmal. Oder schon
die vollendete Vergangenheit wählen?
Wann strich ich jene Zeile? Zu gut
für den Text. Zu platt und zu fremd.
Überhaupt: die Greise, aller Macht entkleidet,
kindisch. Wortschleicher, zum Gähnen – diese
Treuelust. »Es war nicht alles schlecht.«
Der Satz des Jahres, der nächsten Jahre.
Wirklich, so schlecht war es nicht, eher
unendlich verdorben, widerwärtig komisch,
zum Totlachen kaputt. Wer überlügt wen.
Vergreiste Kindsköpfe, wie alle. Zu blöde,
die ganze Blödheit zu erfassen. Allein
die Vielfalt der Neurosen lebt sich aus.
Die Klarheit des Hasses hielt jung.
Auch der und alle anderen Krankheiten
entwischen, verduften. Und sind nicht weg.
Findet einfach kein Ende, dieses Ende –

Deutschland

Grüß Heil! Sieg Front! Rot Gott!
Ich liebe Herren, die Hunde beißen.
Hammer zerschlug Sichel. Ährenkranz,
Totentanz. Und nun das D-Mark-Leben.
Zu spät, zu früh, oh Jammerlust –
neuer Staat, neues Gedicht. Spiele,
ich spiele gern: zu-Zu-Zuversicht.

(Sommer 91)

Deutschland im ICE

Der Regen tröpfelt den Zug entlang.
Die Suppen schaukeln, was essen wir
uns auch durch die Rhone. Ich trinke
schnell. Unruhige Landschaft. Kaffee
will aus seiner Tasse. Gewusel in Grün
hinterm Fenster. Gegriesel. Bin ich näher
an Koblenz oder Konstanz. Köln Komik
Kitsch . . . Fast eingeschlafen, die Suppe
doch schon im Bauch. Es wird schneller,
drei Minuten Verspätung aufholen. Zügig
voran im Zug, der voll ist an diesem
Nachmittag. Keiner verläßt seinen Tisch,
durchtrinken bis zum Ziel. Ein Blitz.
Blitzschnell Sonne. Deutschland im ICE.
Eine Sorte Bier ging schon aus, das Eis
wärmt die Zunge. Die Servierer eilen,
Bewegung ist alles. Verdunkelte Scheiben
lackieren eine flachere Landschaft.
Zu viert sitzen wir und verstehen uns
wortlos. Lesen in derselben Wochenzeitung
den gleichen Artikel. Zwei lächeln nicht.

ROLF BOSSERT

1952–1986

Hühnerküche

stilleben: das große messer unter dem tisch,
der ängstliche blick im hühnerauge.
frische eier auf dem feuchtwarmen putzlappen,
meine hühnerküche, butterglänzend ein hahnenkamm,

stille erwartung des »plötzlich«:
drei tropfen blut auf der platte, federn im senf,
der rückzug des marders in den teekessel:
der mord bringt leben ins bild.

[1979]

Lied

Wohin mich mein Weg heute führt:
Ich weiß es am Morgen noch nicht.
Am Abend dann, peinlich berührt:
Auf der Milchstraße wieder kein Licht!

Verbotsschilder sprechen für sich.
Und dennoch: Ich pfeif aufs Verbot!
Im Sternenwald füttere ich
Den Großen Bären mit Brot.

So treib ichs seit einiger Zeit.
Dem Herrgott begegne ich kaum,
Ein paarmal nur seh ich ihn weit
Verloren im krummen Raum.

Langsam kommt dann die Müdigkeit auf:
Ich habe das Trampen verlernt.
Ich schlage mein Himmelszelt auf,
Einen Steinwurf vom Weltall entfernt.

[1984]

Gespräch mit einem toten Dichter

Virgil M.

Wie gingst du
Hinüber: Die Katze
Im Haar das Messer zwischen
Den Zähnen. Sag. Jetzt
Stehn deine Augen in Flammen.
Wir ändern den Tag.

FRANZ HODJAK

* 1944

flieder im ohr

dünn die morgenluft, regenschauer, unbeständigkeit
verdunkelt die dinge
wie ein immerwährender april, schimmel setzt sich an,
kriecht
die wände hoch, die gitter, springt über
auf hoden und hirn, grau, beharrlich,
triumphal,
was lebt, lebt hinter vorgehaltner hand, lebt
in blicken, im händedruck,
lebt verständlich,
mißverständlich,
zweisprachig fast,
lebt und atmet kaum hörbar,
und du bist da,
wo du bist, inmitten von versäumnissen, und es gibt
diese kleinen,
stillen,
täglichen
vereinbarungen: was nicht getan ist,
ist nicht falsch getan,
eine zeitlang geht das
so, und dann gehts nicht mehr anders, und die feigen
nennen die gewohnheit pflicht, und du stehst da
und kannst nicht anders, die wege
sind verzettelt, das ziel gestempelt, überall blüht
legalisierter flieder, du zahlst die miete,
klopfst mit dem bleistift an die wolken,
an die ewigkeit und an alle andern
argumente,
lebst, versuchst es,
schreibst,
und ein betrunkener wankt durch die stille
in einer weise,
die dich deine ohnmacht
deutlich fühlen läßt.

[1983]

lied

dies nebeneinandergleiten
die tage sind wie eine graue wand
komm, mädchen, du baust so gerne auf sand
und ich haß ebenso
endgültigkeiten

wir brauchen weder visum noch stempel noch karten
wir fahren um die ecke ins ungefähr
es fällt uns so leicht, so schwer
ein wenig wollen wir warten

es klirren leise die sterne im wind
wir entfachen ein feuer, von dem wir uns betrinken
wir schweben auf rauchwolken, steigen und sinken
wir frösteln und spüren, daß wir sind

und was uns reizt, ist allenfalls dies:
eine höllenfahrt durchs paradies
wir brauchen kein geld und kein dach und kein ziel
bloß einige takte unsterblichkeit

auch schwüre brauchen wir keine

mädchen, du weißt schon, was ich meine

Rumänischer Sonntag

es gibt tage, die beginnen
ohne verbote, und man

geht auf den flohmarkt, sucht
ein feuerroß, das

einen über die grenze fliegt. so weit
der horizont reicht, bloß wörterbücher

der flüche. und der eindruck
kommt auf, die dinge sind

nur da, um heimlich abdrücke zu nehmen
von der absicht, die man hegt. schließlich

tauscht man eine alte wasserpfeife
gegen eine ikone, wer weiß,

wer weiß, und verstrickt
sich in netzen

von schnürsenkeln, aus denen pfiffige
zigeunerinnen die zukunft

lesen: jeder, der kein land hat, kann
sich eins kaufen, hier, bei mir.

Vagantenlied

für Elke Erb

Als ich erstmals den Rhein
entlang fuhr, ich war noch lange

nicht deutsch, da wurde mir etwas bange,
ich fühlte mich doppelt allein.

Doch ich wußte, was das bedeutet,
und danach stand mir der Sinn,

und ich habe es nicht gedeutet,
weshalb ich so traurig bin.

Auf dem Felsen, ganz verändert,
sang keine Lorelei,

und so ist mein Kahn nicht gekentert.
Es flaggte die deutsche Fahne.

Ich fuhr im Zug vorbei.

DIETER SCHLESAK

* 1934

Jetzt gelebt
zwischen Märchen des Kopfes
und zurückgekehrten Blicken
sie kommen vom Meer
durch mein Fenster

Zeit
belesen
und vergessen

Der ganz normale Satz
der Gewohnheit spielt auf
der Entfernung hinab zur ersten
schäumenden Welle am Strand

Unendlichkeit beginnt
im Auge

Zeit sagen sie
gelesen und vergessen
an der Oberfläche
des Jetzt.

Transsilvanisches Bruchstück

Es ist nichts, es tut nicht weh.
Es ist ein Loch, nur Mut,
In meiner Haut.

Es rinnt in mir jetzt
Aus das Auge
Die Sicht verschleiert. Es rinnt
Als wär ein Loch im Kopf
Da wächst kein Gras
Da lebt
jetzt keiner mehr.

Es rinnt in mir jetzt
Aus das Auge
Die Sicht verschleiert. Es rinnt
Als wär ein Loch im Kopf
Und auch im Herzen
Und dreht sich stumm
Ein Schwindel wie noch nie.

Ich sah bisher den Turm
Es schlug die Stundturmuhr
Es gab noch wie ein
Rückkehrwunder
Das alte grüne KinderHaus
Der erste Baum das erste Gras
Der erste Mensch den ich gesehn
Sie blieben alle dort und warten
Vielleicht käm ich
Doch einmal noch nach Haus.

Wenn alles schiefgeht hier
Im fremden Land/ käm ich
Zu jenem ersten Blick auf dieser Welt
Mit meinem letzten wieder an.
Jetzt aber ists ein Schwindel
Ist ein leerer Ort, ein Totenhaus die Blendung
Scheint sehr stark zu sein, fast wie Hypnose
Es sind die Augen, denke ich, und man wird älter
Und seh nichts mehr, nur schwarz
Vielleicht ist es ein Traum, vielleicht
Bin ich verrückt, find einen guten Arzt,
Der mich noch heilt, vielleicht bin ich
Nicht ganz aus einem bösen Traum erwacht …

[*Transsilvanisches:* Transsilvanien, ›Land hinter den Wäldern‹, Bezeichnung für Siebenbürgen in Rumänien.]

WERNER SÖLLNER

* 1951

Es geht weiter

Am Hauptbahnhof dieser Stadt dachte ich es ist
Endstation aber plötzlich setzte sich der Zug
in Bewegung es war zwar eine andere Richtung es
war die entgegengesetzte Richtung aber es war eine
Richtung eine Bewegung auf zwei Koffern sitzen
nicht schön nein aber vielleicht irgendwo ankommen

Endstation es geht weiter sage ich mir es geht es
geht weiter es hört nicht auf hier war dein Ziel
nicht dein Irrtum zum wievielten Mal war dein Ziel
deine Flucht zwei Koffer sind leer geblieben fast
du wirst sie zu füllen haben du hast genug davon
gesehen gehört gespürt um irgendwo bleiben zu müssen

Und na und es ist Zeit zu gehen selbst Abschied
zu nehmen von dort wo es ihn im Überfluß gibt
im Gehölz ein Stück Tuch am Nachmittag ist ein Stück
Tuch im Gehölz so ist das ein kleines Stück Tuch
ja weit besser ein Stück Tuch im Gehölz als dieser
konzentrische Traum in gelüfteten Zimmern

Siebenbürgisches Dorf

Abends vorm Hoftor
die dunklen Gestalten der Männer
rauhe Wörter im Hals.

Kein Kraut ist gewachsen
gegen die Nacht, das Vieh
bringt sie heim von der Weide und
geht zu den salzigen Steinen
am Trog.

Die verrückte Zoor kommt aus dem Stall
und sagt, wenn die Büffel trauern, weil sie
so schwarz sind, weinen sie Milch.

Beim Gevatter im Garten
trifft sich der Herr Parteisekretär
heimlich mit dem Herrn Pfarrer
und bittet um himmlischen Beistand, nämlich
es ziehen Donner und Blitz heran
aus der Stadt.

So viel Lärm in der Welt, sagt
er, nur sich selber verschweigt man.
Und er verbrennt sich die Finger
am Zeitungspapier, in welches er
Tabak gewickelt.

Was bleibt

Das Haus der Welt ist schlecht gebaut,
ich sitze krumm und schief darin.
Ach Sprache, meine stumme Braut,
sag mir, wo ich zuhause bin.

Hier steht ein Bett, ein Stuhl, ein Tisch,
da ist noch Brot und dort ist Wein.
Was bleibt? Versteinertes Gemisch
aus Sätzen vom Lebendigsein.

Der Sinn der Wörter ist die Haut,
die langsam auseinanderfällt.
Ach Sprache, meine stumme Braut –
das Aug weint, was die Silbe hält.

RICHARD WAGNER

* 1952

Mittag

Rostregen kommt Regenmund murmelt
rebennah Wunden in den Trauben
im Wein du trinkst
die Male irren dir
durch den stummen Kopf Rebennah lebst du
und niemand weiß einen Rat
Niemand außer dem Rost
Der kommt von der Sonne

Bandoneon. Ein Tango

Die Mörder gehn da ein und aus Wir
haben Wörter und kein Haus Die
Mörder gehn da ein und aus Wir
haben Wörter kein Zuhaus Wir

haben Wörter kein Zuhaus Die
bleichen Schreibtischtäter Die
Mörder gehn da ein und aus Nach
Dienstschluß sinds Familienväter

Bandoneon! Es fließt kein Blut Die
Herren führen bloß die Feder Uns
bleibt der Liebe wirre Glut Unter
den Wörtern schrein die Räder

Das Haus

Wo das Haus steht,
in den Wörtern, im Schlaf,
da ist noch Lehm, da ist das Jahrhundert.
Da habe ich im Gras gelegen,
und das Gras wuchs mir in die Hand.
Wo das Haus steht,
sind Leute.
Sie wärmen sich an Wörtern,
die mir immer seltener einfallen,
hier.

Flußlandschaft

Die Luftwurzeln
der Weiden, Steine
im Geäst. Vaters
Geschichten
schimmern
auf dem Grund.

KLAUS HENSEL

* 1954

Kronstädter Herbst

Auf Ansichtskarten kauf ich den
Himmel über der Zinne blauer als
Es ihm zusteht. Der Turm der Schwarzen
Kirche, ein hilflos erhobener Stumpf
Heimatliebe, zerfällt im Zeitlupentempo
Meiner Erinnerung.

Die neue Stadt aus dem Zugfenster –
Eine Stadt aus dem Zugfenster.

[*Schwarze Kirche:* Mittelpunkt von Kronstadt, der Hauptstadt des Kreises K. in Rumänien (Siebenbürgen); spätgotisch, 1477 vollendet.]

Ferngezogen, zu bleiben

Was sich so spröde
Sperrt: das Land –
Beiläufig, jetzt
Auch als Satz. Und

Was wir aus diesen
Köpfen zu streichen
Dachten, für immer –
Es läßt uns nicht

Los. Wo ein Zuhause
Wir wähnten, und Liebe,
Du weißt es, ist gar nichts –
Es sei denn, es war

Was uns trennte, alles.

Denk nach! Ich weiß nichts
Nebensächliches, hier,
Wo, was nicht wachsen kann,
Liegt, zwischen uns.

Deutschlands Namenwelt

Wer keinen hat, ist nicht.
Ist man nicht, so darf man
Nicht wählen, wo man ist.
Ist man nicht, dort wo man ist,
Ist man in Deutschland, wo
Man nicht lange nicht ist,
Was man nicht sein darf.

Dem Wahren Schönen Guten

Sektieren, jubilieren. Glauben
Und: vorbeimarschieren. Opfern seines
Lebens Sinn für was Höheres
Immerhin. Immerhin, es muß sich
Lohnen, in dem eignen Leib zu wohnen.
In dem eignen Leib zu wohnen, muß
Sich immer wieder lohnen. Also
Opfern wir den Sinn für was Höheres
Immerhin: Einmal hin – immer hin.

FRANZ JOSEF CZERNIN

* 1952

was bäume seien dem wald, sei laub den blättern,
wo wind bestiegen worden war, der sturm erklettern:
wenn sprossen leitern wären, späne pfostenhaft,
die frucht auch schale wird gewesen sein und saft?

zum beil die axt gehaut ist worden und zu hacken,
sobald, was keimt, der trieb wird, triebe, blüten wachsen:
– womit als feuer funken, flammen werden glühn,
so, wie das schwanken kahl war und das rauschen grün?

das angebaute nicht gekreuzt wird mit gesätem,
weil nicht das roden knickte, was das brechen mähte?
ob mit den ästen, zweigen wurzeln würden stämme?

die nägel waren schraubendes, das nageln hämmer;
– obwohl, was morscht, das dürre wird, welken verfault?
– damit vom baum gepflanzt wird dies gewächs als kraut?

tigerpapier

aus den trümmern allen schäumens
solcher gischt von fetzen
hebt sich der löwe des bedeutens,
schüttelt seine mähne
– pflanzen, wörter, glück – und
heiter, mit der ganzen pracht der angst,
mit der ganzen wucht der wut,
brüllt er, schifft und vögelt
(möve seines besten stücks),
zerknüllt sich funkelnd so in jede beute,
speit auch schön, was gutes er hier tut,
schneidet schliesslich
– lamm des eigenen begreifens – sich
in streifen und zerspringt
mit diesem satz nach allen seiten:

firmament

während all die wälder dort verebben,
auch zu einem kahlen wipfel uns verdonnern hier,
überflutet dies gebirge welchen eignen kamm,
sich über so im schwange tragend stets,
dauernd auch an meiner sohle zu erstarren,
dass mit dem schaum vor jedem mund,
dem aufgeschaukelt, aber an sich haltend,
wände gegen wände reden oder gehn
einander hoch und durch, in rauch und wolken fliehend;
auf die spitzen und umher das treibt sich
überstürzt und dann versunken wieder klingend,
immer im begriff, gründlich durch uns zu brechen,
und sich steinern macht die miene gut dazu,
ob jene wanderung, oder dieser grat,
durchwegs lange sich und weit entfaltend:
denn in jeder letzten linie es dazu hat
auch meine stirn so glatt und eisern,
stets dennoch in dem heissen tropfen auszuhöhlen.

wie schüttet es uns dann auf und herzlich aus,
mitten im gerinnen solcher welle,
scheitelnd pünktlich jetzt
in dem schwall von wächten oder andern worten!
auf dem weiten, breiten tisch
aus diesem einen guss und strahl
wird immer alles auszubaden,
aufgedeckt so kalt und klar,
sagend in das gesicht, auch ganz verloren,
und aus allen enden, allen ecken himmelnd an:
zu sein in welchem bilde nicht auch tief,
und durch welche lücke dennoch, läufst du
über ganz mein auge sehend, jeder sache,
dass sich, rollend durch sich selbst allein,
an aller stelle ganz zu blauen, unsres
doch auch plötzlich so zu heften bleibt.

CHRISTOPH WILHELM AIGNER

* 1954

Jahreszeit

Wer hat das Laub
so angezündet

und in den Teich
zum Löschen gelegt

Blatt für Blatt
aus Feuer und Wasser

der Kunst der Dichter
den Teppich gewirkt

Nach dem Winter

Nichts hat sich ereignet
Hab Holz gehackt und das Holz
redete von Glut
zweiundzwanzig Briefe
geschrieben zwei erhalten
dem Regen zugesehn
wie er vom Wind auf Händen
getragen wurde und doch fiel
Ein anderer bin ich jetzt

Einsicht

Ich sammle Reste von Verstand
aus Wien, Berlin und Feuerland
Dazu vom Licht ein kleines Quant
Ein Elektron vom Kölner Dom
Ein Stückchen Schwarz aus deiner Nacht
und etwas Pulver daß es kracht
Ein Fingerhut Verwegenheit

HANS-ULRICH TREICHEL

* 1952

Viel Glück

Viel Glück und liebe Grüße
und hunderttausend Küsse, an alle
Hungerleider, an alle Beutelschneider,
an alle Mauerspringer, an alle
Fähnchenschwinger, viel Glück und
wunde Füße und hunderttausend Bisse,
an alle die wir kennen, an alle
die noch pennen, viel Glück und laß
dirs gutgehn, und laß dir einen Hut
stehn, mit einem Ziegenbart, auf daß
wir nichts vergessen, die Liebe
und das Fressen, auf daß der Wind sich
dreht, so gut es eben geht, viel Glück
und bessre Zeiten, beim Laufen
und beim Reiten, und auch beim
Diskuswerfen, wir wolln die Messer
schärfen, und leg den Strick gut weg,
du kennst ja das Versteck.

Am Brandenburger Tor

Alles eins nur ich gespalten
Dies mein Herz und das mein Hirn
Deutschland Deutschland unter anderem
Bröckelt deine Denkerstirn

Alles glühte nur ich rußte
Still zerbiß ich mir die Lippen
Herr im Himmel hilf den Schwachen
Flick mir die zerdrückten Rippen

Alles schrie die Raben krächzten
Deutschland einig Vaterland
Hab dann meinen Vers geflüstert
So daß niemand ihn verstand

Morgenandacht

Sanft gerötet der Himmel
überm Dachfirst, die Stelle
unterm Auge, in der Zeitung
Falzgesichter, in der Wohnung
ich, schwach diffus, leicht
multipel, meine Schultern
beispielsweise fallen heute
eher schemenhaft aus,
gar nicht zu reden vom Gewirr
der Gedanken, dem Gangliengesumm,
wer weiß schon, wie es wirklich
um das Abendland steht.

SASCHA ANDERSON

* 1953

an den abenden dieses steinernen landes spielen die monde
ein undurchsichtiges spiel reden halten
die monde als kennten sie eine andere welt

ene mene menschenkind sag mir wo
die monde sind wenn die menschen träumen
hängen sie in bäumen sind die menschen aber wach

ach sie pfeifen wie die kanarienvögel zwei
links zwei rechts und am radioapparat gelernt
zu drehen die saiten auf der fiedel zu stimmen

der zustand der einsamkeit mit der hoffnung

ich weiß nicht wer du bist, ich war
gefesselt von der sprache, die
du in zitaten
aus dem herbst eines schneeweißen marmors

gebrochen, dann plötzlich der bruch,
von den bildern
trenntest. ein geflecht aufblühender äderchen
im weiß des auges

ist etwas ähnliches. gesagt
getan und zu tode gesoffen
am blut des rätsels

wie verdurstet, da flüssiges
fest war im augenblick
des erinnerns.

halbtotale

das ist das wort. tontaubenscherben. aus der hand
den namen hinterhergeworfnes, in eine welt, der
alsobald du fort geblieben. mellingen magdala göttern bucha
nennsdorf. der richtung, dem schwarzen streifen am rand
den man tonspur nennt, verschrieben. derart
daneben, denn in wirklichkeit den bildern
abgewandt, ließ ich das licht
anhalten, zum gruße der planeten.

(*mellingen* usw.: Orte zwischen Weimar und Jena.)

Von I. nach J.

Kein Mitleid einerseits, nur kalter Leib
und wenn ich es von innen her betrachte
eiskalt, den Blick auf die Natur gelegt
erwärmt es lediglich, was ich mir dachte
das seinerzeit voraus und frei zu sein
von jener Hülle, die auch ich verachte
von außen hin ein Erz, ein Herz das steht
und stand, bedeutet – dem Himmel gleich, der Maske
des Südens und des Lorbeers – Endlichkeit
war nicht der Zweck der Nachricht, der sie brachte
der Unaussprechliche ist, überdreht
gesprochen, unfaßbar, der Sache Sinn
kein Mitleid, wie gesagt, es ist in ihm, ein Bild
entblößt von jener Farbe, die ihn schwerer machte.

STEFAN DÖRING

* 1954

ich fühle mich in grenzen wohl

komm hoch wenn ich wenns hoch kommt
wenns mir hochkommt unten bin
und angeschnallt mein schleudersitz
ist angespannt wie aufmerksam

ich lehn mich an gesichert und entspannt
ich fühle mich in grenzen wohl
begehre nichts was ich nicht lieber hätte
noch was ich lieber täte tatwerkzeug

ist allenfalls ein räderwerk der uhr
das ende aller fallen jeden falls
kommt mit der zeit verdächtig vor

dies ticken hier zersetzt den standpunkt
der im gedrängten raum noch bleibt
und immer mehr verdichtet wird die zeit

der gegenwert der gegenwart

vergangenschaften zunftkünftler
des ständigen todaussaufens flaschenpfänder
zünftig und geschäftig all ihr
wegwärter vom leitfaden zur richtschnur
so der nase lang dass ihr euch nicht riecht
verwest ihr hinkend ins komm und geh ende
handel mit zeit der gegenwert der gegenwart
zeitfirmen schildern den weg vertreiben zeit
klingeln an deiner tür fernsehn dir zu
bieten sich an booten dich aus
(rückgabe der gegenwart nur
gegen entsprechende zeitabschnitte)
kaufen die gegenwart auf für ein gut haben
all deine zugkunft und verlangenheit nach jetzt:
erst heute das morgen schon heute das gestern
heutmorgestern
liebe mitverbürger eifriger geschicklichkeit
begreift begeifert dies wunder zeit
das in der mitte zusammenfliesst
in unser aller mitte liebe mitwürger der gegenwart
und hochschnellt als springwasser zeit
und der tod ist ein hut obenauf

wortfege

weinsinnig im daseinsfrack
feilt an windungen seiner selbst
wahrlässig er allzu windig

im gewühl fühlt er herum
und windet sich nochmal heraus
fund, kaum geborgen, bloss wort

wasser, lauernd, von wall zu wall
die spiegel mit fellen überzogen
wetter, uns umschlagend, dunst

die gewährten fegt es hinüber
die bleibenden gefahren erneut
der sich herausfand währt dahin

aufgestanden und ruiniert
gewandter in losen gewändern
neuer vergangenheit zugewandt
heult in zukunft ruinen
zeitwinds wehn von ursprung
durch dies loch jetzt
zuhälter und aufreisser
meister im flötenspiel
dem rechten augenblick
zu pfeifen den totentanz

THOMAS BÖHME

* 1955

Abgesang

für ulf

Alte lieder die uns beiden gefielen und während
ich rede wird der tee kalt ein geliehenes buch
darf ich behalten und das schiefe lächeln deines
bubengesichts muß ich nun ins gedächtnis sortieren

Du bist Easy Rider im leeren zugabteil wartet die
abgangskontrolle wird deine jugend in der mappe
mit manuskripten noch einmal belichtet *born to be
wild* bekommst du dein letztes loch ins billet

Nein du bist johann ohne land und gehörten dir
auch alle länder der welt wärst du doch nur ein
tönend erz oder eine klingende schelle dein auf-
bruch allein erklärt nicht meine trauer

Von den liedern die uns beiden gefielen höre ich eins
nun mit anderen ohren *who could hang a name on you*
und auf der schutzlosen seite der straße läufst du
weiter in gleicher richtung wer dich feige nennt lügt

(1981)

[*Easy Rider:* USA-Film von 1969 („Die wilden jungen Männer"), mit Peter Fonda, Dennis Hopper, Jack Nicholson); handelt von nicht mehr erfüllbaren Träumen; die Freiheit, die bleibt, ist die des ‚Trips' und endlich der Tod. – *born to be wild:* Lied der Rockband „Steppenwolf". – *who could hang…:* Lied der „Rolling Stones".

die kuckucks verschweigen den mai

die tafel runde ist schlafen gegangen
als gäbe es nichts mehr zu retten
in den städten. die jakobinerclubs haben frei.

über dem land wogt die china hitze
um mauergerippe summt weiß der monsun
manchmal stürzt eine türken taube
über die grüne grenze nach hüben.

kinder drücken die zuckerlippen
in den bördelrand ihrer coca büchsen
manchmal stürzen sich altgediente
fluchtpioniere von den häuserklippen.

(mai 1990)

heisses holz

im grunde genommen waren dir beide ufer gleich gültig
ein gründlicher sommertag war dir schon süden genug
an das mit ziegeln behaftete grün dachtest du auch
erst als die hölzerne glocke zum angelus schlug

von den brücken wähltest du immer nur solche
die dich an niedergestreckte kräne gemahnten
in ihren frakturen verfing sich ein körniges element:
die leibhaftige hitze, die mit fäulnis verzahnte

der fluß freilich bildete hier eine tangente
zum sturzkreis des mauerseglers den du der einfachheit halber
für einen mäusebussard für eine kornweihe hieltest
aus der entfernung wirkten ja selbst die krähen wie greife

die luft aber mengte sich mit der schwindelerregenden süße
der beize wie sie die eisenbahnschwellen verströmten
was du dachtest mußte noch nicht einmal falsch sein
gleichwohl nanntest du es ein aromatisches denken

da fügte sich auch der fluß in die geometrie des stillstands
du lasest von seinem spiegel die zweige die blätter die adern
der blätter; und in der erstorbenen mitte des stromes verharrte
ein glutweißes boot wie ein nach innen gewendetes auge

BERT PAPENFUSS (-GOREK)

* 1956

Erleben Wirklich Erleben

Als Erleben Wirklich Erleben Meinte Weil Blosses Erleben
Mehr Bedeutete Als Nur Erleben Als Man Sich So Zwischen
Himmel & Erde Traeumen Liess Als Die Tueren Offen Standen
Als Man Fom Nachhausegehen Sprach Doch Nicht Wusste Wohin
Als Man Keinen Schritt Ruekkwaertz Ging Wohin Denn Auch
Es Erlebte Als Nach & For Erleben & Nach Mehr Licht Schrie
Es Erlebte Als Nach & For Erleben & For Dem Licht Sich Wand

Die Rosen Ferrosteten Damals Man Stand Abseits Im Diesseits
Als Die Zeit Zerpulwert Wurde Im Kirchgarten Unten Am Fluss

Komm Mich Bexuchen Wie Gruen Du Auch Seist Find Meinen Stein
Dann Reden Wir Drueber Wir Werden Diesem & Jenem Nachtrauern

(1977)

seilschaften der zögerlichkeit

was machten wir nicht durch; wir machten durch
leben konnte das nicht sein, & nicht der tod
eine schleuse zwischen aus & reintegration

suchten zuflucht zu füßen der hochwüste
wurden gekascht & stellten uns dem getjoste
antagonistische zusammenarbeit brach sich bahn

linksrechts kam in schwang, wir staken links unten
& ersannen neue parameter für irgendeine analyse
erinnerten uns überdrusses & stachen in not.

das inbild, innewerdend, ganz das gegenteil
eines sterns, erlosch; die unkenntliche
ging ihrer gabel, die sich entspann

spurbleich

die lichtscheuen scheiche versunkener reiche

wilhelm, walter, erich, egon
& wie sie nicht noch alle hießen
die abgehalfterten ellerkongen
beispielloser sozialer großexperimente
blockwarte, oberaufseher & generalsekretäre
die über uns wachten in unserer ohnmacht
getrübt von abschottungsmaßnahmen
im vorfelde ökonomischer zerklüftung
erfreute sich viel volks der lebenslust
& insonderer sinnenfreude, inneren querelen
sowohl als auch der grausamkeit verschiedener
nunmehr versiegter übergeschnappter
ist es, wenn man so will, zu danken
daß ihr übertriebener gesellschaftsentwurf
versangundklangloste; despotenpech
jetzt herrschen sie, wie ich wiederholt
von vorläufern & wiedergängern gehört
im abgrunde unter den hohnlochländern
& ihre alter egos, diese scheuchen
verantwortung-rücksicht-partnerschaft-
freiheit-wohlstand-sicherheit-gemäß
unverdrossen stockenbalkenbiegungsmäßig
über ihre ehemaligen wirtschaftsgebiete
im subkultmund: untertanentraufen
die noch schnell aufblühen, bevor sie
unentschieden flattern die fittiche
der unentschlossenheit, verglühen
: menschenschicksal, ihr unternietzschen

[*wilhelm, walter, erich, egon:* Wilhelm Pieck; Walter Ulbricht; Erich Honecker; Erich Mielke; Egon Krenz. – *unternietzschen:* vgl. Friedrich Nietzsche.]

KURT DRAWERT

* 1956

Projektion

Oder bin das schon ich,
das da, der da
fliegt, das Gefieder
allmählich verlierend
zwischen Glaswand

und Glaswand,
Gestern und Morgen,
Wiege und Bahre,
von mir fort zu mir
hin von mir fort,

und das Hirn
immer noch schlagend
gegen die sechsfach
gleichen Scheiben,
hinter denen

das Ersehnte
auch nicht beginnt,

aus der Sicht
von hier draußen.

Geständnis

Zu mir so ganz zu mir zu mir für mich
komme kam kommt man ja nicht, klagt / sagt sie
aus, vor Gericht, spricht: / Er hat doch immer
das Sagen gehabt & ich die Wut & das Messer /
stach zu zehn Mal bis zum Schaft / war ja nie
da so für mich. Da war mein Arm
nicht mein Arm, & die Klinge die Klinge
der Anderen in mir was kann / soll ich
noch sagen.

Im Klartext

Bei gleichen Lichtverhältnissen,
gleicher schwieriger Luft, gleicher
flacher Atmung, bei einer Kleidung,
die keinen Windzug mehr aushält

und schon mürbe im Schaufenster hing
solcher Tage, die namenlos
und verwunschen vom Frühjahr sinnleer
und staubig vergingen,

bei gleicher Verfügung der Sprache
über die Wörter wie der eines Vaters
über sein Kind, das mit schmutzigen Händen
nach Haus kommt,

bei aller Wiederholung und wiederholten
Wiederholung der Ignoranz,
die man zu ignorieren geübt ist,
bei allen Geschichten eines planmäßig sterbenden

Sommers in verhunzter, verdorbener Landschaft
von Häusern, dessen Wände die Zeichen
der Liebenden leugnen,
und bei aller Geschichte,

die sich schnell überrundet
und abholzt und wegschmeißt,
ist einiges tatsächlich anders geworden.
Mich beispielsweise, lieber Czechowski,

interessiert tatsächlich nur noch
das Privateigentum an Empfindung,
der Zustand des Herzens, wenn die schwarze Stunde
am Horizont steht, die Würde der Scham

und das Ende des Hochmuts. Wer will,
mag die fehlenden Tassen im Schrank
meiner Herkunft beklagen, ich
hab den Fahrplan gelesen, die Koffer gepackt

für die Reise ins eigene
innere Land. Und vielleicht
ist auch das schon
nur noch im Traum von Bedeutung.

[*Czechowski:* Heinz C., *1935 in Dresden, Schriftsteller.]

So gehen die Unsterblichkeiten

Auch du reißt keine Lücke ins Spielfeld,
wenn du verschwindest. Noch hält er
sein Gesicht im Schatten, dein Ersatz,
doch sagt der Duft, der fremd herüberweht:
ich warte schon. – Dein toter Nachbar

war auch unentbehrlich. Mann einer Frau,
die ihm die Treue hielt wie die Hand,
bis sie kalt war, Vater schlechter,
abgewandter Kinder. Der Stuhl,
auf dem ein Leben lang sein Körper saß,

gleich ist er frisch gestrichen und verkauft.
Sieh hin, wenn du Mut hast: sie spielen Karten
auf dem Schrein, der in die Grube paßt,
darüber noch die Krähen ihre Kreise ziehn
um seine eben erblindeten Augen.

Nur denke nicht, es wäre zynisches Gesetz
der letzten Stunde: es sind die Zeichen
der Natur, die uns rettend die Bilanzen zerreißen –
wo die Wege abgründig falsch sind, ist gut,
daß der menschliche Schritt bricht.

Auch ewige Reiche verschwanden,
und leicht geht ein Wind über wuchernde Felder.
Alles nur haltbar wie trocknes Papier
am gezündeten Streichholz. Zu leicht
krümmt sich ein Finger am Abzug,

gehen die schützenden Hunde ins Gras.
Was liebten wir gestern für immer?
Die weiße Schrift, mit schneller Hand
vom schwarzen Grund gewischt,
der weiche Kreidestaub im feuchten Tuch,

so gehen die Unsterblichkeiten.
Betrachte das Moos auf den Steinen
der Toten, und wie es die Gräber begräbt.
Auf den Listen der Herrlichkeit verlöschen
die schönen, ausgesuchten Namen.

Und du hast gedacht, du wärest der Welt,
die dich verlor, ein klaffender Riß im Gewebe?,
ein fehlendes Wort? Nimm ihn mit,
den blauen Lack, der vom Himmel brach,
so scheiden sie alle.

Und beklage dich nicht, wenn dein Ersatz
schon in der Ecke steht und mit den Fingern
auf die Platte trommelt. Auch du warst dem andern
zu früh in der Tür, einzigartig wie er,
und jedem ein Fremder.

RAINER SCHEDLINSKI

* 1956

(immerhin)

man kann alles so oder so
sehen   man kann nie verreisen aber
mit der zeit gehen   immerhin

ein offnes geheimnis ansprechen   die welt
ist so wie man denkt es sei
der himmel anderswo türkis &

mit grossem polygraphischem pathos   verboten
sind nur pol. & porn. inhalte   in polen
steht der dollar einszutausend   abends

ist der jungdynamiker auf diplomatenjagd oder
wenn nichts bessres im fernsehen kommt   abends
ins *1900* neue deutsche küche danach

in die *Möwe* ins *Café Nord* zum schluss
schmalfilm aber auch das bisschen
realität wird immer weniger

---

es beginnt fast immer mit einem gedicht
das die worte langsam dehnt, damit
sich die volumen zwischen den menschen vergrößern
in denen wir wohnen, in der mitte des abends
drehen wir plötzlich das leere glas um
und sehen ohne gesehen zu werden
während wir die nachkommen zählen
haben wir unsre ahnen geheiligt
wir haben den tod mit bildern durchlöchert, um uns
dahinter wiederzusehen, wir haben die unlust uns
vom mund abgespart und nun sind wir beinahe verhungert
an den namen der tiere, die durch unsre wahrheit
fabeln, *ich brauche dich*, aber
es sind die selben worte mit denen wir lügen

STEFFEN MENSCHING

* 1958

Überwindung

Doch, sagte er, sie, doch, doch.
Sie dreht sich doch, sie dreht sich,
Ja, doch da glaubten sie noch
Schlecht zu hören, doch er sagte, doch
Sie dreht sich doch, da zogen
Sie doch die Gesichter schief, als er
Dennoch doch sagte, sie dreht
Sich doch, da zog einer doch den Dolch
Aus dem Gurt, doch, sagte er,
Sie dreht sich doch, seht doch, doch da
Kam schon der Dolch auf ihn
Zu, stand ihm doch unterm Kinn,
Doch, der Dolch, doch sie dreht
Sich, nicht, doch, schrie er, nicht, und
Nickte ins Messer, doch.

Erinnerung an eine Milchglasscheibe

Der Januar war schneeig.
Ich hatte eine Scheibe.
Ich wußte, wenn ich reibe,
Verwelkt der blinde Frost.
Ich drückte mit der Stirne
Und küßte lang das weiße Glas.
Einer fragte, siehst du was.
Durch sagt ich seh ich.

Für Peter Weiss

Einmal, später, irgendwann
werden wir die Siegel der Archive brechen.
Beieinander sitzend dann
das nie Ausgesprochene aussprechen.

Auf den Tisch die Hände legen,
sie nicht mehr zur Faust ballen.
Nicht soviel die Finger bewegen,
keiner über keinen herfallen.

Verratene Opfer Verräter
Prozesse Verhöre Aussagen Anklagen

Irgendwann, hoffentlich bald, aber später,
werden wir die ganze Wahrheit ertragen.

Nennen werden wir Helden Helden
Verbrechen Verbrechen

nacheinander werden wir zu Wort uns melden,
das Schweigen brechen,

das taktische dumpfe beredsame Schweigen.

Sehr grell wird das Licht sein in diesen Tagen,
wenn wir die Wunden einander zeigen,
die wir einander geschlagen,

die alten eiternden Narben, die verfluchten
verhaßten,
in die mit schmutzigen schwitzigen Händen
unsere Feinde hineinfaßten,
um unsere Toten zu schänden.

Wir würden den Sieg nicht kleiner
wir würden ihn reiner machen

Letzte Naht am Ende des Mantels der Geschichte

Grüßgott, Fukuyama. How are you? Ach,
Man swatcht sich so durch. Kraft

Durch Freude, Freude durch Kaufkraft
Dadadatam. Schöner Götterfunken. Chorisch

Fiepende Einkaufskassen. Paris, Tokio,
New York. Shopping, die große Selbstbegegnung

Telegenmanipulierter trauriger Tiere,
Auf der Suche nach einem Bedürfnis. Demnächst

In Tula: Freedom, die Slipeinlage
Für alle Tage, für alle Democracy,

Eine Angelegenheit der Notare. Erfolg
Macht sexy. Das warst du. Das da. Das Wesen

Mit dem Rabattgesicht, bei den Boxershorts.
Systeme, Subsysteme, Subsub, undsoweiter,

Jählings, undsofort, abstürzend
In die Wiederaufarbeitungsanlage.

Auf den Deponien Utopien. Vorwärts
Zu neuen Erfolgen. Gestrichen. Ufern.

Gestrichen. Technologien. Ach was,
Nichts mehr zu wollen, ein Gefühl,

An das man sich gewöhnen wird. Kurz
Spieltest du mit dem Gedanken,

Mit der Kreditkarte die Pulsader
Zu öffnen, aber dann sahst du

Das Playmate des Jahres in drei Meter Größe
Für eine Süßspeise werben und dachtest,

Geh hin und teste die Ware, morgen
Ist auch noch ein Tag.

[*Fukuyama:* Francis F. schrieb das Buch »Das Ende der Geschichte. Wo stehen wir?«, München 1992, und behauptete, das Ende der Geschichte sei mit dem Sieg der Demokratie über den Kommunismus erreicht. – *Kraft durch Freude:* Organisation des NS-Regimes für kulturelles u. touristisches Freizeitprogramm. – *Schöner Götterfunken:* aus Schillers »An die Freude«; Chor im Schlußsatz von L. v. Beethovens 9. Sinfonie.]

LUISE SCHMIDT

* 1955

Jetzt: am Ufer der gewaschenen Harmonie

Jetzt muß es weitergehen und
wenn es noch so eng wird
muß der Versuch aus dem
Innenleben auf die goldene Straße –
über den Horizont von dem sich
niemand durch seine zarten Farben
täuschen lassen darf ein Schnitt
ist ein Schnitt ein Mord
ist ein Mord und eine Geburt ist
die einzige Hoffnung auf der
Kante eines Brillanten
Klar wird nichts auf geht nichts
auf geht nichts aber unser
einseitiges Geschrei verfolgt uns
jeden Tag sobald wir Zwei sind
gibt es nur noch IchSätze bis der
Ekel kommt und
wiederkommt und
uns erst auseinander
treibt wenn uns schon die dunkelbraune
Spucke ins Gehirn gelaufen ist – wer
mit dem Zug verreist sieht
hinter den bunten zerbrochenen Fenstern des
Kölner Doms aufrecht tanzende Schlangenhäute
und Kinder in Alufolie
und ein paar Schatten tanzen unter dem Namen
Unsterblichkeit bis sie sich vor Lachen
nicht mehr auf den Füßen halten
können –
Sonne, Liebling, was die Leute reden
ist phantastisch Ketten aus
Worten mißbrauchen sie an
ihren Körpern (Alle.)
ihre abgewichsten Gefühle beschlagen
die Fenster der Seele mit Dreck –
das sind die Augen –
trübe und beinahe blind –
mit jetzt und damals hat das nichts zu tun –
weil immer schon Angst und Feigheit –
die Freiheit umgebracht haben.

Nach dem Kreischen kommt der Knall

Ich denke mir das muß gut gehen aber
der weiße Augenblick hat sich schon
so lange gedehnt daß die Hoffnung

auf den Schatz der jetzt
Leben heißt sich zerdehnt hat

alles ist privat auch wenn du
schreist ist das privat

und dann kommt der Knall mit
Rotwein gurgeln, mein Schatz heißt
Leben und nicht anders. Wie? Wo?

Irgendsoein Biest hat mich gestochen
Leben Leben ist jetzt wieder
selbstverständlich. Irgendsoein Biß /
Winter Wasserrohrbruch
alles unter Wasser Hilfe /
irgendsoein Draht ist losgegangen
eine Person hat es erwischt, die
anderen machen weiter und verhalten
sich ruhig. Ruhig ist natürlich nicht
bewegungslos. Der Himmel kippt auf rot.

EVELYN SCHLAG

* 1952

Wirklichkeit

Nah ist mir das trockene Holz unter
der Hand Brückengeländer das
meine Kindheit mit der Stadt verband
nah ist mir wie der Wind die
Schwalbe in den Augenwinkel küßt
sie auf Händen trägt durch alle Luft
nah ganz nah sind mir Arm Schulter die
Wange des Geliebten den ich nie sehe
zuinnerst alles was ich entbehre

Meine Träume stehen Rücken zur Wand
zählen mit wie die Welle steigt
da sagt mir gestern ein Freund:
Ich weiß nicht wann der Augenblick des
Glücks kommen wird aber ich erwarte ihn

Fischblut

Alle Flüsse hinauf wäre ich ihm
gefolgt wie es im Märchen heißt so
zog er mich in seinen Strom immer
genau die fünf Töne voraus die ich
mir in den Kopf gesetzt hatte und
kaum lag ich auf seinem nassen Brett
sagte eine Stimme wenn die Sonne
in den Räucherofen fällt glitzern
die Brassen wie Barren Golds

Der Geschmack von Blei

Großvater leckte den Bleistift
ehe er schrieb violette schnell
trocknende Beträge für Leder und Leim

Das Wasser in Warschau sagten meine Gastgeber
sollte man besser nicht trinken so braun
so faulig die alten Rohre nie getauscht

Sie fragten mich wo meine Sprache
sie mit Stiefeln trat in schönstem
Deutsch nach meiner Dichtung aus

Das Prickeln auf der Zunge feiner
Stich wie gestochen scharf
die Zahlen Kolonnen geordneter Rausch

UWE KOLBE

* 1957

Hineingeboren

Hohes weites grünes Land,
zaundurchsetzte Ebene.
Roter
Sonnenbaum am Horizont.
Der Wind ist mein
und mein die Vögel.

Kleines grünes Land enges,
Stacheldrahtlandschaft.
Schwarzer
Baum neben mir.
Harter Wind.
Fremde Vögel.

ode an den sturm nach null uhr fünf

hör wie der wind geht höre wie mir die seele schlägt
er geht durch mein zimmer durch meinen kopf
ich soll eure öfen unterhalten in dieser stürmischen nacht
den starken kaffee hab ich dazu das buch von einem starken mann

die fantasie ist aufgeladen grobe handschuhe griffbereit
der kugelschreiber zartes gerät rutscht lautlos aus
mein langes gähnen hältst du für den schrei jedoch
der wind reißt aus die kieferknochen nicht die sprache mir
dies ist ein offenes schweigen staunen erkennen

ich huldige den naturgewalten höre auch du ihnen zu
ich reiße die augen ein weites mal weiter auf
ich hielte euch alle fest brüder hielt unsere mutter mich
doch sie die erde sagt fliege und hör nicht das jammern
sie sagt steige auf mit dem zürnenden bruder

das ist eine nacht dem dichter gemacht
sie dringt in ihn und treibt aus ihm für ihn singt sie
und zwingt zu gleichem ihn er sei von ihrer art
doch wenigstens sehr angetan ich entziehe mich nicht
dem sog ihrer säulenschenkel ihrer wallenden brust
dem krachen der wälder zu meinem ergötzen

ihr zu gefallen und unblutigem opfer
jage ich rauch von siebentausend roten kohlen
durchs blechrohr aus dem kanonenofen

Absage

1

Die lange karggrau schmutzigfeuchte Straße
Treibst du weit, treibst schön und warm
Im Windschal, treibst bis an mein Haus heran.
Und Türen öffnen sich, ergrünen wachsen heben.

Dann brech ich Brot mit dir und gieße gelben Tee
Auf Honiggrund in Schimmerporzellan.
Der weiße Blick der Wände, das tückische Blau
Und wippendes Zwergvolk erwärmen sich fort.

2

Still hernach sind Brücken Stein zu Stein,
Diese Brücken aus Luft unbegangen, auch du
Vergißt sie, niemals gebrochne,
Sie tragen das Leichte, die ziehenden Wolken.

Und glockenpathetisch wie täglich im Mittag,
Sirenenromantisch wie mittwochs im Mittag:
Ersterben die Bindung und Zweisein,
Verklärung und Tänzchen. Zu kalten Fahnen schau ich auf.

Zitat vom Gott der Stadt

Er reckt sich zum Himmel, sein Nabel
erbricht, ragt auf, das Gewölbe
des Bauches schliert wie ein Fettfilm,
an Dächern aufgespannt, den Kronen
noch zuckender Bäume, der starren
frühmorgens drei Uhr.

Gerad heil ist der Taumler geblieben,
verläßt er den dreifachen Frieden
der Sprache, wo Wahnsinn stimmhaft beginnt,
die Endzeit gelöstes Problem,
das Fehlen von Trost den Sehnsuchtsmotor
betreibt. Gewaltig zitiert sich der Gott.

Und stößt das warme trockne Männlein
vom feuchten Schlund sich hoch,
eröffnet eigner Hand die Elendsschleuse,
wächst doch nichts im beweglich
und fruchtbar schimmernden Schlamme, nichts
im Schein der heiligen Visage,

die schweigt, versucht durch Anwesenheit.
Den ficht keine Lüge mehr an,
dess Glieder aus Vorzeitbeton
lähmt keine Erwartung. Es quillt
die Sonne, Schwamm noch, aber doch
zu diesem Horizont herauf.
Der Weisheit frei zur Nacht gewordne Blume
befehlen keine deutschen Tage fort.

(1982)

[*Gott der Stadt:* vgl. Georg Heyms Gedicht »Der Gott der Stadt«.]

Wir leben

Wir leben in den Räumen
zwischen den Klopfzeichen der Toten,
zwischen ihren Chiffren
in unseren Worten
und ihren ehernen Namen,
unter ihren Signalen auf Halbmast.
Wir leben, gekrümmte Lettern,
Schlangen und Salamander.
Die Toten wohnen tiefer
und, schlagen wir sie heraus,
aufrecht noch im Pflasterstein.
Unser schiefer, fragender Gang
auf ihrem Chorsatz.

BRIGITTE OLESCHINSKI

* 1955

Wie Spülwasser rinnt

heute die Schwüle über die Dächer, ein Gossengeruch, in dem
noch die Kirmesnacht nachschwappt, grell von kandierten

Lichtern und Schluckauf. Um die Kamine ballt sich
der Vormittag, er atmet und schwitzt

ohne Widerspiel. Nur im Gedächtnis schiebt weiter
das Gedränge umher, der Dunst frischen Biers, die Hitze

aus fremden Muskeln. Einmal jäh um den Hals
eine Hand, der Wegzoll im Taumel

tätowierter Haut. Ersehnt

und vergessen, bis Jahre danach über die Dächer diese
Schwüle spült, ganz beklommen vom Duft

nach Jungsein und Kitsch

Tempelhof Airfield

Schwappt auf einmal die Luft
über, zittert in der Schüssel
das Wasser, dann fällt
ein Sirren ein
wie ein Mücken-, ein Hornissengesang,
schwillt an zu glashellem Pfeifen, schwirrt
immer näher, tiefer, lauter heran

ich, schon auf der Treppe, an
die Wand geduckt, solche Furcht
der Geborenen, kauere

unter dem stürzenden Kreischen
mit gesträubtem Nacken unterm
Dröhnen rotflimmernden Atems –

Dann weiße Stille.

Klebrige Stille, salzige Stille. Aus allen Richtungen
kehren die Gegenstände zurück an ihren Platz.
Auf dem Flugfeld

rollt die Maschine aus. Ach, solche Furcht
der Nachgeborenen –

[*Tempelhof:* Flughafen mitten in Berlin.]

Die sirrenden Forsythien über den aus-

wärtigen Handelsstöcken, die wie schwarz-gelbe Ziffern alle zum Abflug
blinken, bis sich hier auf der körnigen Außenmauer, kopfunter

zwischen lauter Rauhputzmänteln, mitten im März die frierenden
Taillen krümmen:
Where do you come from?
Your passport is not guilty.

Wie der hüpfende Atem

des Akkordeons hier die Fetzen übers Pflaster treibt, die alle im selben Viertel
wohnen, in derselben Niederlage. Getarnt. Zwischen Radkappe

und Rinnstein grinst ein verklemmter Heliumfisch, schlaffsilbern
von Kieme zu Kieme, der hauchblassen Snifftüte nach, die umherweht, bis sie
die Stufen findet. Zögert, sich umstülpt und auf ihren Ballerinastümpfen

aufwärts tanzt, weil im selben Luftschwall der Fisch
sich aufrichtet und applaudiert

MATTHIAS POLITYCKI

* 1955

Ein gewisser Eichendorff bläst den Blues von der prästabilierten Harmonie

Nehmt ihn hin, den Duft des Morgens
eurer fast verschlafnen Tage,
nehmt den halbzerbrochnen Spiegel
einer Marmorwelt. Die Klage

längstverträumter Zeiten dämmert
euch im Dunst des Morgentaus,
schimmert aus der nie geschauten
Ferne, will mit Kraft heraus

aus dem Netz der Straßen, Gassen,
durch die Tore, über Treppen,
will den Himmel selber sehen. –
Doch ihr könnt euch wenden, drehen:

seid gefangen, selbst im Rausch,
sehnet euch nach Brunnenrand
mit noch unverlöschtem Spiegel
und darin dem Himmelsband.

Tankwart, das Lied vom Volltanken singend

Ist doch
ziemlich egal, ob du einer von denen bist –
einer der lausigen Lichthupenfürsten,
die (mit 'ner Beifahrerloge in Blond)
hier ihren Unterarm raushängen müssen …

Ist doch
wirklich egal, ob du einer von denen bist,
die (mit 'ner schönen Bescherung zur Rechten
und auch drei schreienden Schrazen im Fond)
vollauf beschäftigt sind, Chips ranzuschaffen …

Ist doch
völlig egal, ob du hier deine Mühle mal
volltanken läßt, denn schon morgen, da hab ich
wieder komplett den Tag frei und da steig ich, ihr
windigen Manta- und Mazda-Rummurkser, ihr
hochwürd'gen Audi- und Volvo-Schnarchsäcke, steig
in meinen Turbo-Metallic und dann: nix wie
weg! Mann, die Kurven gekratzt …

bis zu
dieser, oh ja: *dieser* Tankstelle, und wenn das
Fenster ich dann kaum 'nen Spalt runterkurble und
keinen Mucks leiser gar dreh die Musik und auch
keinen Deut rauf in die Stirn etwa schiebe die
Brille mit blickdichtem Sonnenglas und wenn ich
beiläufig dann nur so nicke und – na? Ist doch
absolut! schnurzpiepegal . . .

PETER WATERHOUSE

* 1956

Fragen und Anzeichen

Wir gehen über. Worauf wir stehen: Dächer. Soll
einer fragen, was die Augen gesehen? Wer
wird sich damit aufhalten? Die alten
Gebäude sind längst schon leer. Wer
will darüber noch sprechen? Enteignung
kommt zu spät. Unbemerkt ist dieser Auszug geschehen
sagen die blinden Monarchen träumend
von Palästen der Zuflucht vor ihresgleichen. Das Unbemerkte
ist nicht etwa ausgeblieben. Wir selbst
von Versprechungen verdorben (waren es nicht die eigenen?) haben
zögernd es bestaunt. Auch das ist überschritten. Ratlos
winkende Hände: Was geschieht heute? Ist es nur
wie herbstlicher Wind? Sind Wachtposten
nötig? Die Transporter stehen im Lande bereit.
Die Ordnung ist gut. Sie beweist sich immer. Oder
ist es eine Krankheit? Wir können helfen. Aber sagt:
Was geschieht heute? Die Züge haben ihre Fahrt
beschleunigt. Ist das ein Anzeichen? Die vielen
Bahnhöfe, an denen sie nicht halten. Wer
lebt dort? Die Schornsteine sind so hoch geworden:
Wer löst aus diese
Veränderungen? Die Gesichter: Welche
Notwendigkeit sehen sie ein nicht länger? Vor
allem: Was geschieht?
Greifend zur Zeitung liest jeder von Untergang.
Ist es das? Sieht es nicht vielmehr aus
wie ein Hinübergehen? Nichts wird
klein. Stille fürchtet keiner? Oder ist da einer? Das fließt
so. Das ist so hell und
kirschengroß. Dächer, sagen wir, Dächer, was geschieht
heute, Dächer. Auch das ist überschritten. Ist das
ein Anzeichen?

Die Erweiterung der Geschichte

Die Sprache heißt heute: Keiner. Das Zögern weitet sich aus.
Weit ist die Welt. Das enge Obst heißt in unserem Schweigen:
Glücklicher Obstgarten. Manche Formen der Stille
schmecken im Sommer sauer. Der Name des Sauren: Zu früh
gepflückt. Das Jahr wird erst süß mit unserem Zögern
(könnte süß werden, könnte süß werden
heißt der Gang der Geschichte). O, wie schön ist es
sprachlos den Sommer in den Herbst
zu schieben. Wie schieben wir weiter?
Wer schiebt uns?

Einer sagt: Uns schiebt die Nacht in den Tag. Leider
schieben die Tage auch. Die Bewegung heißt bald Herbst
es kommen senkrecht die süßen Zeichen herab: Wir
beißen hinein. In diesem Augenblick macht
die süße Geschichte einen sprachlosen Schritt. Der Schritt heißt:
Kein Schritt. Wir einigen uns auf den Zusammenhang und
nennen ihn zögernd: Obstgarten. Wir schweigen draußen.
Das Innere heißt: Stiller Wurm
in der Nacht eines Apfels.

Wir warten. Wir warten den Wurm ab. Danach lautet der Garten
Feld, Wald, Tal, Welt. In den Zentren
bleiben die Würmer zurück. Der Wartende denkt:
Es könnte werden die Erweiterung der Geschichte.

Brand in der Puppenfabrik in Bangkok

Tote und Tote (11. 5. 1993)

Nachrichten und Rauch
die sogleich vergessen sind
wenn einer nicht hat ein Wort wie:
Pupille

Pupille ist ein gutes Wort
gut für Puppenbrände
und die Färbungen der Wiese

Dein Auge. Du, du und du.
Gefleckt.
Ein Fleck Lilien bei Kostanjevica
Ein Puppenfleck.
Da ich die Blumen betrachtet habe
brannte die Fabrik.

Kastanienbaum, bist du auch eine Puppe?

Das Reh schaute uns lange lange lange an.

Lange Zweige des Haselstrauchs
und welche Lichtnelken stehen am fernen Stadtrand?

Du mußt eine Kirche bauen für deine Gedanken
einen Dom einen Bahnhof eine Bocciahalle

Tote und Tote
und in der Hand des Spielers: Bocciakugeln
und um ihn Weinfelder oder zitterndes Gras
und ein Haus mit großem Zimmer
und eine Unterbrechung durch die Ankunft einer zweiten Person

Bahnhof oder Bocciahalle
oder Aufbahrung
Der Mann steht da
und er hat Habitus

In Temnica
die Toten aus Siam
aufgebahrt
unsichtbar

Der Fleck in deinem Auge ist ein siamesisches Rot

THOMAS KLING

* 1957

Busladungen

puttengrün;
geharkter kies, »DER RHEIN IN
FLAMEN!«; das moost so schön,
das west!
betongestützte ritter-
burg, die schlößchen schweinchen-
rosa; bengalisch abends: pavian-
hinterteil;
filzlatschen kellerfarben
(muffige assemblage); der stolze
kastellan! (»den westflügel ham wir
NEU renoviert«; »gesandstrahlt hunger-
türmchen«);
ein hochberühmter schreibtisch
(FOTOGRAFIERVERBOT); intarsien im
knebelbart, ein ahnengähnen; dauerhafter
ludwignippes, die bibliothek im krieg
ein bißchen abgebrannt;
so angefressnes
blattkapitell, KAPITÄLCHEN WERDEN
INSTALLIERT, erfrischungstüchlein rum-
gereicht; die hand (»cleveland/ohio,
osaka zuhauf«), die hände ins wind-,
ins wasserspiel getaucht ACHTUNG!,
die busladung vom niederrhein! da gibts
noch einschußlöcher;
sind alle da? jetzt
wird der wein geprobt, lecker möselchen
mit doppeltem perkeo, silverlöffelchen,
geprägtes duodez DAS BUNTE RÜDESHEIMER
WAPPM; den »Alten Elephantenfriedhof«
schnell noch inspiziert . . . NICHT AUF DEM
RASN SPUCKN! PFAUEN-KNEBELN UNTERSAGT!

[*DER RHEIN IN FLAMEN:* »Der Rhein in Flammen« bezeichnet ein jährlich stattfindendes großes Feuerwerk am Mittelrhein; Attraktion für Massentourismus. – *perkeo:* Anspielung auf die Figur des Perkeo neben dem Großen Fass im Heidelberger Schloss.]

Geschrebertes Idyll, für Mike Feser

seit acht gekokelt (»lüftchn wi
ausm ei gepellt«); zur erdbeerbowle
kommen kellergeister, brigitte-
leckerbissn reingezogn, pfundweise
fleischsalat und ersma bratnsaft
auf die krawatte;
schon unerbittlich
urlaubsdias durchgejagt AUF EINZEL-
BILDER MUSS VERZICHTET WERN; auffer
terrasse volle pulle, allseiz gesichz-
entfachung angesagt, mallorcamild der mond
im quittenbaum (»den schein ma wieder
losgewordn«; »sollja n mongölchn sein«),
pappteller läppern sich im rettich-
schattn, nachundnach: rührseligkeitn!,
männertreu! mein lieber herr gesanxverein!
der rettunxsanitäter skatgesicht, die
ärmel hoch die fahnen später
& nebnschau
platz aufgemacht: -glas an kompottglas
nahbei kartoffelmuff, danebn vaters hobby
keller pralineposter an der wand DA ZÜKKTERS!
BOHREGGWIPPMENT!!, mit kettschuppfingern mit
karacho in irgendeinen feuchtn neilon-
slip (..)
da draußn weiter horrorvideo; g
gröhltes faßbier undundund, wildschwäne-rausch
aus allermund, dem schwulenwitzchen folgn
(glas ex) kräcker WER HAT DEN SCHÄRFSTEN
GARTNGRILL? WER HAT DIE SCHÖNSTEN SCHÄFCHN?
WER
HAT DAS GHETTO BOMBADIERT?, vor schluß die
stachelbeeren vollgereihert; (»irgenzwie
nach haus geeiert ..«)

[*geschrebert:* Anspielung auf Schrebergarten. – *gekokelt:* kokeln, mit Feuer spielen; hier auch: grillen. – *kellergeister:* preiswerter Schaumwein. – *mongölchen:* Ausdruck für mongoloiden, geistig behinderten Menschen. – *pralineposter:* Blätter aus der Zeitschrift „Praline". – *BOHREGGWIPPMENT:* Equipment, Ausrüstung. – *vollgereihert:* reihern, sich heftig übergeben.]

Leipzig im Schummer (11. 3. 1990)

koks-installazionen, die abbruch-
reife, bergeberge; heizkörper ap-
geschaltet: mützn auf!, die stadt
ist reif:
          koksinstallationen berge
berge, weltn dazwischn. bei scher-
bnbeknirschtm bodn; was ich sonst
gehört?: wasserrohrbruch, tosende
heraustosende wasser in fensterlo-
sem miezhauskeller; da brachs raus
graugelb gardinenschlappe wo keiner
sich noch mehr gekümmert hat. ja schei-
bnlos ja wasserbruch. die wessiband
hat alkohol hat ›müngersdorfer stadion‹
gegebn, drei-stücke-repertoir wovon
herr zeltinger aus köln mir wohlbekannt.
da hat in connewitz und überall die
straßenbahn so menschlich aufgeheult;
so menschlich (auch hier connewitz), so
enschlich-menschlich hat am nebentisch
ex-stasi zugehorcht – und suhrkamp, tja,
wir wärn fast rausgeflo. + alkohol +
alkohol + alkohol + + +

[*connewitz:* Stadtteil von Leipzig.]

Fundangaben

schaber- und kratzerspuren. so abgebrochne dinge.
wie: wer hat wem was wann beigebracht? völker wandern

schriftlos sind schon wundn. nach himmelsrichtung
die liegen in bestimmter insektenkrümmung: so sitzen in

kammern kontainern mit spitzigen knien die ahnen. wo
anders die hocker, die hockenden totn. sie haben angst

und voll die uhren im blick. im zug mehr oben im wind
das schwanken: baumsargbestattung, schwankungen und

urnenfelder unter städten. sprachen tonnen tüten. diese
schriften: wir schwankenden wühlen uns durch – he! die

abgesackten. reisige in aschigen fremden und worten. aus
innenstädten verschreckte, aus unseren sprachen und orten

gekickt. es werden die urnen hier pünktlich geleert. müh-
selig alles freilegen säuberlich abpinseln worte die weisen

beschädigungsspuren auf. aufbrüche von herzkammern.
neun pillen und pollen. wir haben das analysiert: von kamm-

strich bis randstück. gebrochnes abgebrochnes zeug. aus
flint wie kratzer und schaber die pfeilspitzensammlung aus

feuerstein. distichen tintenpatronen unter der wüstung wie
unter der wiese. vermutlich war hier mal ein hohlweg

sieht man nix von. um ackerbegehungen handelt es sich
wobei ein zutagetreten (*lesefunde*) zutage tritt. artefakte

treten auf. klingenähnlicher abschlag. wie sind die fundum-
stände? »un sonz«? lößklumpen unterm schuh verklebtes

geschichtsschreibung. bis zum abwinken liegen die felder
höfe städte hier voll. summende nekropolen. und über den

orten dem fundpunkt der himmel? ein sieb? fluchtpunkt
gedächtnis? gedächtnissieb als unterstand? durchsiebtes

dort und gelände. spinnwirtel wetzsteine von unklarer zeit-
stellung. eisenschlackenstücke. zerdepperte blaugraue ware.

ULRICH JOHANNES BEIL

* 1957

Ufer

Ein großes Bild ersteigern
größer als die alten gerahmten
eins ohne Rahmen und Glas und auch
ohne Leinwand
eins für das man keinen Nagel zu schlagen braucht
in eine vermusterte Wand eins wo
man die Füße zuweilen eintauchen darf
zur bessern Durchblutung eins
für das man einstehen könnte
zum letzten und zum ersten

Eins das mein Gesicht nicht bei sich beläßt
eins das sich bewegt und sich öffnet
öffentlich
eins das man nicht erwerben muß
wenn mans erwirbt eins das sich
so da und dort ergibt
nach Lust und Wind und Laune
weil es die andern besiegt hat
eins das du sollst
dir kein Bildnis machen

nur
wann

Abstraktion

Wie der Dezember den Laubentisch,
auf dem die Meinungen des Sommers klebten,
mit leinwandfarbnen Tupfen übermalt,
wie er, ein umgekehrter Bildner,
Tupfen um Tupfen an die Umrisse sich schmiegt,
sie so weiß und so mimetisch streichelt,
bis die Flocken, hügelhoch getürmt,
die Kanten mit Katzenpfoten betrügen;
wie er den Tisch in die Fläche einzusenken sucht,
tiefer als jede Ursache, jede Idee,
wie er ihn mit der Zeit
in ein pelziges Iglu verwandelt,
etwas, das sich schwer aussprechen läßt –
und keine Skizze erinnert an das, was da war,
nur eine Art Gletscherspalte vorne,
als könne dort wer Unterschlupf finden,
maulförmig, und doch kein Maul,
Stunden später schon ein Schlitz, umspannt von Dünen,
nein, kein Schlitz, nicht mal eine Mulde,
nur Geduld, gleich wissen wir mehr,
eine Senkung – eben noch, jedenfalls,
oder doch bloß eine Unebenheit,
ein kaum merkliches Nach-Unten,
ein Zögern im einzigen Aufschwung der Plane –
und im nächsten Augenblick scheint,
als wüßten wir endlich, was er ist,
das Vergessen des Gegenstands vollkommen.

HANSJÖRG SCHERTENLEIB

* 1957

Totentanz

November ach November,
Blasmusik grad eben noch
und Pappgesichter tanzend.
Mit steifen Armen rund
herum herum im Kreis, die
Häuser Schutt und Asche.
Egal egal, schlag bloß
das Kreuz, dann drück
ich dir die Augen zu.
November ach November.

Protokoll

Hab keine Angst, wir werden es schaffen.
Zwanzig Stufen sind es nur, ich habe
sie gezählt habe
sie gezählt habe
ich sie, wieder und wieder: Zwanzig. Siehst du
erst das offene Feld mit den Masten
gibt es nur einen Weg
gibt es mir einen Weg.
Und glaub ihnen nicht, wenn sie sagen
die Sonne ist
die Sonne ist
die Sonne, denn sie wollen nur, daß du redest.
Und glaub ihnen nicht, wenn sie sagen
das ist er
das ist er
das bin ich, auf diesem Bild vor dir, denn
das bin ich nicht
das bin ich nicht.
Wir werden es schaffen, hab keine Angst.
Zwanzig Stufen sind es nur, und solltest
du mich nie mehr sehen, denk daran:
das bin ich
das bin ich
das bin

Relief

Athen Athen Und dann das Nachtschiff
hinterm Horizont Später zeigt der
Stein sein Relief Nun brennt
die Bogenlampe über uns
  Nacken
  Brust
  und Fuß
Das Gesicht mit abgeschlagner Nase
paßt in meine Hand Marmorstaub
  manchmal sag ich deinen Namen
  manchmal sag ich deinen Namen
Früh am Morgen ist das Bett zerwühlt
kreideweiß das Licht und hart Hier
ist Sommer Das Wasser unterm Balkon
hat die Farbe deines Kleides Düster
führen Gassen weg vom Haus mit seinem
großen runden Schild Athen Athen
Hinter Mauern neigt sich Wald Siehst
du Paläste stehn Das Zirkuszelt Dornen
Hecken Das Gesträuch Im Spiegel dich
  Nacken
  Brust
  und Fuß
Das Gesicht mit abgeschlagner Nase
paßt in meine Hand Marmorstaub
  manchmal denk ich deinen Namen
  manchmal denk ich deinen Namen
Der Tag bricht an Am Strand sind
meine Hände voller Bonbons Staub
Athen Athen Und dann das Nachtschiff
hinterm Horizont Später zeigt der
Himmel seine Blitze Komm sieh
her Am Fenster töt ich eine Fliege

(Die Gedichte »Protokoll« und »Relief« ließen sich von Marguerite Duras' Text ›Das Nachtschiff‹ anregen.)

JÜRGEN NENDZA

* 1957

Zum Beispiel

Der Sommer schaltet einen Gang
höher und sieht sich jetzt ähnlich.
In Freibädern schwappt Jauchzen über
wäscht Kleingedrucktes aus

Gesichtern. Werden so verträglich. Zeigen
die Sonnenseite dem der nach Uhrzeit fragt
und was wir vergessen spielen Transistoren
uns evergreen vor. Durch Straßen

ziehen sich luftige Schritte aufgeheitert
zusammen. Vereinzelt treten Nachbarn
hervor behalten alles im Auge. Uns
treffen Freunde die sind für jeden Lauf

der Dinge gut versichert. Haben Koffer
schon vorausgeschickt wissen wie
von Sinnen zu berichten: daß mancherorts
die Vögel tatsächlich noch gefiedert seien.

Das Wetter verheißt schöne Aussicht.
Wieder versilbert die Taube den Himmel

unter der Spur kondensierter Luft. Flug
ziele berechnet, Irrtümer, Opfer. Wie schnell

die Entfernung schwindet von der Amöbe
zu Einstein. Hinter dem Blickfeld schwillt an

verstümmeltes Schweigen, flutet
das Land in Sicht.

Am Morgen dein Dach unter dem Ortsnetz
der Amsel. So könnte anfangen ein Satz

über das Glück oder die Entfernung der Worte,
die das Gelingen des Einfachen erproben:

Wasserkessel, Kinderschuh. Ein Gruß im Abdrehen
hinterläßt eine leere Stelle, verschluckt dich

einsilbig wie Tag oder See, dessen Ufer du
herannahen siehst: einen Schilfhalm zum Greifen

im Blick und diesen sich erwärmenden Körper,
der dort abstreift seinen Ursprung aus Wasser,

sein Flügelpaar spreizt und trocknet im Wind,
rotbraun, wie deine Lippen, die sich wellen

als atemgleiches Gewächs: Adonislibelle
entlockt dir ein feinnerviges *ach, einfach so.*

Da ruft sie dir nach, diese Stimme in dir,
die kaukasische unter dem Ortsnetz der Amsel:

Sie töten alles einfach so.

(*Sie töten einfach alles so* zitiert eine tschetschenische Frau auf der Flucht vor russischen Soldaten während des russisch-tschetschenischen Krieges.)

BARBARA MARIA KLOOS

* 1958

Das Ende vom Lied

Gib Pfötchen, halt die Stirne hin.
Ich zähl die Augen. Noch drei Stück.
Und such durchs große Loch im Kopf
mein schwarz-rot-goldnes Lebensglück.

Gib Pfötchen, roll den Rüssel aus
und tröt nochmal das Deutschlandlied
als gummiweicher Elefant. Ich freß,
ich freß so gern das Gift aus deiner Hand.

Gib Pfötchen, hör dem Pfarrer zu
und küsse seinen blauen Mund.
Ich sag, als dritte Fee im Bund,
dem kurzen Knall folgt lange Ruh.

Gib Pfötchen, halt die Stirne hin,
den flachen Stein, der jetzt zerbricht.
Was soll die Rüstung aus Papier?
Sie schreckt den Tod doch nicht.

Femme atlantique

Clipper, blitzender Säbel, der
dem Himmel das Fell abzieht.
In welchem Hafen werd ich landen, die
von einem Ort zum nächsten flieht?

Wie Glühbirnen baumeln die Sterne
über den Dächern von Rom und New York.
Im Ozean möchte ich ankern, als
lebende Insel, leicht wie Kork.

Mein meerblaues Herz würfe Netze,
die schönsten Matrosen finge es ein.
Und das Eis begänne zu schmelzen, und
Stromstöße zuckten durchs nasse Gebein.

Clipper, blitzender Säbel, der
durch die Kehle des Himmels fährt.
Ich vagabundiere von Herz zu Herz
und mache auf dem Treppenabsatz kehrt.

HOLGER TESCHKE

* 1958

Rondeau für Birgit als ich vierundzwanzig wurde

Als ich nach vierundzwanzig Jahren
Verrat und Lüge sattsam hatt erfahren
Und weiter Hoffnung haben sollte anstatt Wissen
War ich mir plötzlich ohne Bitterkeit im klaren
Daß wir auf dieser Welt nicht glücklich werden müssen
Entgegen allen amtlichen Beschlüssen
Denn da ist nur ein Grund für Glück:
Daß wir es brauchen.

Ob uns die Nächsten also treten oder küssen
Ob in dem Dreck wir bleiben, wo wir immer waren
Liegt jetzt bei uns. Und alle Lust, die wir vermissen
Kann sein, wenn wir statt glauben endlich wissen
Da ist ein Grund für Glück nur:
Daß wirs brauchen.

(1982)

Jasmunder Felder

Nebel von See her, und Sonne bricht durch:
Im kühlen Licht beginnen die Äcker zu dampfen
Wie Pferde.
Aber wessen Schweiß steigt da auf?
Wie viele Nacken beugten sich
In dieser sanften Landschaft, wie viele Kreuze zerbrachen?
Hoffnung, ungehört, siebzehn Jahrhunderte
Schrie sie gen Himmel.
Sacht fallen die Felder ab, zum Wald hin
Als ruhten sie aus von bittrer Geschichte.

Regen und Schnee sind im Himmel, sagst Du.
Wir dürfen nichts hoffen.

(1983)

Strandgut

Teerfleckig zwischen Blasentang und Aalkadavern
Die Taschenuhr des Steuermanns Der aufrecht steht
Im Kartenhaus des abgesoffnen Kutters
Tief unten auf dem Grund im Kattegatt
Kalmare tanzen um das Wrack und Lachse
Das Feuerschiff im Nebel Wie vor Jahren
Als ich am Ruder stand und steuerte
Hoch über seinem Schädel in den Fjord
Der Maschinist sang Shanties Bunte Zoten
Der Bootsmann kippte Kognak achteraus
Der Kapitän beschrieb mir seine Frauen
Seitdem such ich im Tang an allen Küsten
Nach einem Gruß von ihm Vielleicht ists der
Die zeigerlose Uhr im Schlick Sand im Gehäuse
Erinnerung an einen Schiffbruch Mitte Mai
Das Zifferblatt geschliffen Blinde Splitter
Die unter meine tauben Häute fahrn Mein Blut vergälln

STEFFEN JACOBS

* 1968

Leipziger Impression 1991

Stellwerk und Stahlrohr,
die Schnellrestaurants, der
Abwasch von ranzigen Tagen,
der freudig verdorbene Magen.

Ganz großer Bahnhof
für brüchige Zeiten.

So oder sozusagen, es ist
nicht zu ertragen, schon
jetzt gleicht die Uhr
einem Schußziel.

Wie braut sich das alles zusammen,
wie sagt sich das leichthin daher,
im Dampfbad von Ankunft und Abfahrt,
in Rausch oder Bausch oder Bogen.

Woher bloß der Mensch, so ein
Schlußlicht, die ewige
Heldenstadtstimmung nimmt.

Festtagsgedicht

Tage gab es,
da setzte ich mich aus den morgens
herumliegenden Einzelteilen zusammen.

Als Bausteine galten
wohlgesonnene Wolken,
der rostige Pfosten vor meinem Fenster,

ein besonderer Wind in
besonders geformten Ästen.
Das Gewöhnliche gab mächtig an.

Mittags stand ich dann vollendet,
ein loser Bau von Tages Gnaden,
der Verkehrslärm brach sich in mir.

Oft hing ich mit der Sonne herum.
Abends saßen wir unter Bäumen
oder warfen Glanz über die Cafétische.

Dann war ich allein. Am nächsten Morgen
zog ein neuer Herrscher auf.
Wochen gab es, da war es so.

Gutleutviertel, Ffm

Die Arbeitslosen
schauen aus den Fenstern
auf ihre schmutzigen Kinder,
die auf der Straße Sieger spielen.

Die Leiche vor Nummer zehn
wurde weggeschafft, klaffend,
auf einer Bahre.
Das war 1979. Seitdem

ist hier nicht viel passiert.
Die Türken zogen in eine bessere
schlechte Gegend. Jugoslawen
gibt es längst nicht mehr.

Die Hinterbliebenen warten
auf den Rest ihres Lebens,
der mit jedem Tag tiefer ins Glas sinkt.

Nur ihre Kinder
kommen ihnen manchmal
irgendwie vertraut vor.
Sie, die Sieger.

[*Ffm:* Frankfurt am Main.]

BARBARA KÖHLER

* 1959

Happy End

. . . come
un superstite
lupo di mare
Ungaretti

(a hajósoknak)

was ist ankommen und wo
wie macht man das sagt man ja
und amen ebbe statt flut
haus statt schiff wie kann man
sich und das meer so vergessen
die liebe um keinen preis um alles
in der welt die länder hinterm
briefkasten die bilder im netz
haut die galeere das strandgut
die schiffbrüche aufbrüche häfen

Endstelle

für Fritz

DIE MAUERN STEHN. Ich stehe an der Mauer
des Abrißhauses an der Haltestelle;
erinnre Lebens-Läufe, Todes-Fälle,
vergessen, wem ich trau in meiner Trauer.

SPRACHLOS UND KALT: mein Herz schlägt gegen vieles
– nicht nur die Gitterstäbe in der Brust –
und überschlägt sich für ein bißchen Lust
und schlägt sich durch zum Ende dieses Spieles.

IM WINDE KLIRREN Wörter, Hoffnungsfetzen,
Nach-Ruf für die, die ausgestiegen sind
vor mir. Warum noch schrein. Es reißt der Wind

DIE FAHNEN ab. Was soll mich noch verletzen;
Verlust liegt hinter mir, vor mir die Schlacht-
Felder im Halblicht, zwischen Tat und Nacht.

[*Die Mauern stehn:* vgl. Hölderlin, »Hälfte des Lebens«.]

In the movies

»Film ist vierundzwanzigmal
Wahrheit pro Sekunde«
Jean-Luc Godard

Vierundzwanzigmal pro Sekunde
laufe ich mir davon kommt etwas
auf mich zu sagt: Ich

laufe davon bin fest
gehalten in den Bildern
die laufen ein Massaker
jede Bewegung eine Wendung
im Schlaf in vierundzwanzig
Stück pro Sekunde Stunden
der Tag zerteilt eine gepreßte
Stimme die Tonspur sagt: Ich

hab mich verlaufen sehe vor
lauter Bildern den Film nicht
den Stillstand sehe mich vor
vierundzwanzig Feststellungen
pro Sekunde bewegt die Hand
in den Mund gestopft: Leben

tut weh Madame beißen Sie zu.

DIETER M. GRÄF

* 1960

Feldpost

öffnen sie Briefe Verblichener
mit Selbstgebasteltem, Granat
splitter!, kauen dabei ihr Weih
nachtsgebäck: ausgestanzte,
mehlige Herzen; sie, die Ahnen
forscher, betäubt vom ständigen
Eindringen kleinster, kalt
machender Dosen, rauchen stark:
die Zusammengerollten, werden
erst dann – »die Ekstasen des
Winters« – unter den Teppich
gekehrt – –

Kippendes Jahr

kam, als wäre ein Schalter
umgelegt, die Kehrseite
des Jahres, der Vorfreuden
taumel;
        geborgen in einer
zunehmenden Schwärze.
                Der
nun blaß werdende Körper,
der kaum noch berührt wird,
sein stapfender Schritt,
zu den Krähenbäumen hin.
Die im nächsten Stadium
eingeparkte Welt;
            Zeit
der Zimtwörter wie *diese*
*Gedankenschaufel**,
            und
das sich Wärmen am Winter
tee –

* *G e d a n k e n s c h a u fel, hinter der keiner steht: einfach eine un unterbrochen schaufelnde Schaufel in einem schärf er werdenden Bild; dessen verschwimmender Hinter grund (»ich?«); die ehe dem auf die Schaufel draufgelegten Erdteile, die zum Glück (sind un erschöpflich) nachwachs-*

JEAN-FÉLIX BELINGA BELINGA

* 1956

An der Kreuzung der Zeit

Hier stehe ich
und suche
die verlorene Wurzel.
Hier kriechen meine Sinne
im Staub des Unaufhaltsamen.
Ich will fliehen.
Ich will entkommen
der Drohung meiner Zeit.
Wohin?

Es treibt mich
die Vergangenheit.
Es saugt mich
die Zukunft.
Zerquetscht
zwischen dem Wollen
und dem Müssen.
Meine Sinne keuchen
zwischen den Zwängen
entflohener Hoffnungen.
Und die Zeit verbietet mir,
vergangen zu sein.
Denn die Zukunft saugt
und läßt keinen entkommen.

Gewiß,
wir wollen irgendwohin.
Die Verwirrung aber
wird uns zum Zwang.
Das ist ein Irrtum.
Doch wer bringt Rettung?

Der Ton-Spiegel

Dem alten Trommler

Ich höre sie:
Konturen einer
geschliffenen Welt.
Ich höre sie:
zerbrechliche Wahrheiten,
bleibende Wiedergaben
unerforschbarer Tiefe:
Transparenz,
die mich bewegt.
Ein Spiegel
deiner Seele:
jeder Ton
eine Botschaft.

ZAFER ŞENOCAK

* 1961

Steine auf meinem Weg
vom Himmel gefallen
grüßen mich wie Brüder

wir gehören hierher
und fügen uns nicht mehr
wohin die Straße führt

werden wir nicht gehen
dableiben und treiben
von Keimen zur Blüte

wie ein Baum wie ein Baum
den niemand gezüchtet
von niemand gerufen

Gläser kaum leer schon verschwunden
die Schöne aus Thessaloniki eine Verwandte
unsere Urgroßeltern schrieben sich
vor einem Jahrhundert gingen die Lichter aus
seitdem wird Dunkel verabreicht in der Kneipe
in Abwechslung mit dem Meer einer rostigen Stimme
Nostalgie
jemand nennt es Sehnsucht
ihm gebührte Schweigen oder Durst
ein herbes Getränk das durch die Nerven fließt
oder die ganze Bitterkeit auf den Tisch

---

einst suchte ich eine staatenlose Stadt
um darin unterzugehen
keiner sollte meine Spur sehen
und je meinen Namen verstehen
einst suchte ich eine Bleibe für eine Nacht
das Bett sollte unterm Fenster stehen
und das Fenster zum Himmel gehen
damit ich ungesehen verschwände

ZEHRA ÇIRAK

* 1961

Istanbul

Von Istanbul bis Istanbul
ist weit
ist weit geworden
mein Weg wohin nach Istanbul
ist schmal ist breit wie Istanbul
und Bosporus fließt in mir
in meinen Adern nur Blut
salzig und ohne ein Blau wie das Meer
die Windmühlen drehen sich nicht mehr
in Istanbul ist
Windstille
in mir ist weit geworden
Istanbul
wie Sonnenblumenfelder
sich der Sonne zuwenden
drehe ich mich im Kreise
und suche Istanbul

Doppelte Nationalitätsmoral

Die Socken
rot mit weißem Stern im Sichelmond
die Schuhe schwarz rot gold
für viele ist es
wie ein warmer Fuß
im kalten Schuhwerk
für andere
ein Doppelknoten
in einem
nur schnürsenkellangen Leben
aber das
auf heißem Boden

Liebe Verwandte

Mir könnt ihr Freunde werden
doch hab ich euch mir oft spinnefeind gemacht
ihr geht mir aus den Augen
ich geh euch selten in den Sinn
ihr könnt mir Nachbarn sein
oder Chef oder Untertan
beim Aufzählen eurer vielen schönen Namen
vergeht mir beim Erinnern der Familiensinn
ich habe Verwandte die sind glücklich
mich nicht mehr oder noch nicht zu kennen
ich kenne Verwandte die sind
ganz unglücklich ohne mich
wozu die Ehre wenn kein Gefühl abhanden
kein roter Faden außerdem dabei
außer der verwandten Nabelschnur
die immer wieder mit Schleifen versehn
wozu Ausreden wenn man sie nicht möchte
und wozu Entschuldigungen
wenn man sie dennoch will

Gnade der frühen Geburt

Ich nicht
habe nicht verbrochen
Verrat auf Widerruf noch nicht
eingebrochen und mir genommen
nein ich hol mir was aus dem Kaufhaus
noch nicht erschlagen den Nachbarn
oder den anderen noch nicht
und getötet habe ich auch
keinen Menschen jedenfalls noch nicht
nur Mücken und Spinnen und dergleichen
ich war immer dafür daß wir gegen so was sind
und war es bisher nicht geplant
oder vonnöten noch nicht
ich war nicht auf die Probe gestellt
etwa zu beweisen daß ich noch
eben sagte noch nicht und dann
etwa doch noch
lieber nicht
sei Dank

JOSÉ F. A. OLIVER

* 1961

angezählt

ins land geboren
zufällig eins
entzweit
angekommen
aufgebrochen

gastling

neunter november

wie die nebel nachtmahlen
in der morgendämmerung schon

wie herbstblätter farben mahnen
die erde erinnerungen kaut

wie die gräber versteinern
die wortlappen der trauernden

wie selbst die leisetreter stocken
wenn die toten offenliegen

wie ich diesen versen mißtraue
über fragen wünschelruten

wie ich sieche antworten belehne
sie zwischen bücher kehre

wie die leben ehrfürchten
die augensklaven bleichen

wie der wind doch nicht fasten will
gedichte in die landschaft kritzelt

zehnter november

---

ich weilte durch die stadt

meine jahre nahmen mich
unter ihre fittiche

buntes erfahrungsgefieder
zugvogelbehausung

in meinem gemach aus werten
rupfe ich worte heute

die poesie kratzt bilder frei
wie scheuerlappen ruchlos sauberkeit

JAN KONEFFKE

* 1960

Gelbes Dienstrad wie es hoch durch die Luft schoß
hinüber herüber Briefträger stiegen auf Dächern
geschwinder als oben die Wolken die Stadt
    überquerten
holla sagte ich mir heute tragen sie sicher
die schwindelerregenden leichten die frohen
    Botschaften aus
wartete ungeduldig, ihr könnt es euch denken
unterm Himmel aus lauter segelnden Briefen
Rauchzeichen bliesen Kamine Tauben kamen
mit Telegrammen geflogen ach weiß bedeckt
war bald die Gegend und der Kohlenkeller
zugeschüttet
mir jedoch war nichts ins Haus geflattert
keine kleinste Nachricht Fäßchen Trauer
trank ich und beschwor dies Liebchen Untreu:
meine Hoffnung, mich nicht zu verlassen

Lobt euer Dasein den Maklern flattern
ihre Krawatten zur Börse voraus
und durch die Luft sausen himmlische Boten
mit Bierkästen Butterfaß Zuckergebäck
wer redet noch von Ungemach und Not
man wirft den Hut zum Gruß hinauf seitdem
die Bäckerstochter nebenan
    vortrefflich aufgegangen ist

Hunde scharren im Hof
als könnte die Erde erzählen

als schlüge noch immer sein Rock
übers Haus das Herz auf der Kammer
als kämen noch Wolken vom Rhein
vor die Scheune tanzten am Abend
als stürzte noch Obst immersüßes
hinab in den Schoß seiner Liebsten
als gäbe er wieder und wieder
die flüchtigsten Worte: der Dichter

ist gut schon gut
Friederike im Hof
    beruhigt die Hunde

(*Friederike:* Friederike Brion, lebte in Sesenheim (Elsaß). Geliebte Johann Wolfgang v. Goethes, als er in Straßburg studierte. Als Folge dieser Liaison entstand u. a. Goethes bekanntes Gedicht »Willkommen und Abschied«.)

KERSTIN HENSEL

* 1961

moderner vorsatz

irgendwann müßt ich auch mal
amerikanisch
um irgendwo klar geladen
zu sein um irgendwo maln anschluß
zu finden im underground
in berlin kastanienallee zum beispiel
dort wo man rüberschieln muß immer
wo die schon alle so sind so wie ich
irgendwann auch mal muß amerikanisch
zum beispiel, well!
da is schon was los da
hört man ganz anders hin nich mehr auf
so wörter oder – verdammt
und so ne dusche mit bukowski
is doch okay, was?
(ohne was gegen mein freund buk sagen zu wollen, well!)
so im coming out sein irgendwie
s geschlecht wechseln da
muß ich doch auch mal denn schließlich wer schreibt
is immer son armes getretnes schwein
bis auf die die wie ich zur zeit noch total
könn aber ich müßt auch mal
in irgendwas reingehn was hier nich gibt
in'n puff oder so oder wie
das heißt für ne lady
weil, reit ich mal los auf der welle
daß auch ich endlich da bin mit mei'm
bubble gum germany mutter-mund
besser son brandheißes ding auf zunge
und so'm gefühl mittendrin zu sein
im rolling stones-dorfer oder mensch irgendwie
schein mir die dingswörter auszugehn oder ich
bin nicht ganz
im bilde, scheiße oder wie sagt da ne lady?
ja irgend wann müßt auch ich mal
ne halbe
treppe
hoch oder
tief
YEAH.

Hochmoorsommernachtstraumreise

Wir lassen schnell zurück die weißen Betten
Und unsre Schritte schmatzen durch die Nacht.
Ein gelbgereifter Bovist raucht und kracht.
Nach unsren Knöcheln gieren die Mofetten.
Und etwas pfeift mit rotgespitzter Zunge
Und leckt uns girrend über Hals und Rücken.
Wir gehen und vergehen im Entzücken –
Ein Puck springt ab, ein zartgewachsner Junge!
Die späten hohen Blumen wanken leise
Und röten manches schon verblaßte Tier,
Und die betagten Farne stehen grau Spalier.
Wir sind am Ende unserer Reise
Hier wo der Augenblick gerinnt zum Glück
Und wo das Glück vergeht im Augenblick.

Einkellerung

In eines Kellers Nacht, da öffnen wir den Wein.
Auch wenn er klar verfließt, sind wir vergorne Gäste.
Derweil dus ALTER rufst – ich nenn es doch das Beste.
Wir loben allzeit gut mit bitteren Schalmein

Den Trunk und das Regieren, darin sind wir gemein,
Und klettern in den Traum und fallen aus dem Neste,
Und hält ein letztes Haus, so blasen wir zum Feste
Und unsre Lichter aus. Dann wird es bleiern sein.

Dann ist der Geist versetzet, der Keller ausgekehrt.
Wir lachen an die Wand, verpissen alle Nöte.
Auf unsre Lippen steigt noch steif die Abendröthe.
Die Mäuse sind gezählt, wir haben uns vermehrt.

Es bleibt nicht viel zu tun, das Höchste ist getan.
Und wenns noch tiefer geht, SO KOMMT ES MIR drauf an!

Vita

Wem dient ich? dient ich nicht
Dem eignen Schwein.
Wem sagt ich (halbwegs züngelnd) was
Allein zu sagen mir den Kopf bedrohlich knicken
Ließ? und alles bog man
Ab zum Nicken!
Nach Maulschelln heischt ich, da mich
Dieses rühmte, doch bläht sich mir das
Haupt vom Streicheln.
Das Speicheln hinter mir, vor mir das Schmeicheln.
Ich bin zerschlagen, vor ich schlage: was
Mich trifft.
Seh ich mich an und weiß: ich fresse Gift –
Es schluckt das Ekle mich, weil ich
Es bin. So häng ich
An dem alten

Simplen Sehnen: sein was
Nicht anficht – und erwach:
Zu viele Höfe waren für mich lohnend
Der ich, im Hinterhofe wohnend,
Doch nur das Saure, nicht die Sau rausließ.
Ist was vorbei? Bin ich
Der Mächtgen Konterfei
Des Machtlosen nun frei?

Der neue Ton

Und nun – groß durchatmen
Im abgefuckten Jahrhundert, die Hände
Tief in den Hosentaschen, vom Nichts
Dichten, wie vordem im Großenundganzen
Vom Nichts. Versschmieden klippern
Fern her
Jauchzt das Strickliesel in Millionen
Auflagen.

Ich könnte auch eine Betonmischmaschine bedienen
Wenn's der Staat von mir fordert. Aber was
Seh ich: die geilen Neunziger, Hände tief
In den Hosentaschen. Der Kaderschmieden Köpfe:
Beton Beton und keinen Ton.
Die Aufklärer abgeklärt, die dunnemals wilden
Gelage, was traute ich denen und trauer
Denen nicht nach.
So müde ist's hier, daß man vergißt, das Gas
Aufzudrehen. Unter den spitzen Häubchen der Sechziger:
Vergnügen in Gott irrdich und haschmich, ich bin
Der Frühling Haschisch. Hier dröhnt alles
Vierzig Jahre später so richtig die Klöppel zu, endlich
Vor jedem Trampelpfad das Stoppschild

HOFFNUNG

Das mit dem Ausweg ein linkes Ding –
Weggeatmet – und nun: das Nichts
Klippern, ja! und fern her, Ja!
Seid umschlungen!

ANTON G. LEITNER

* 1961

DER TOD reißt
Uns dann und
Wann aus
Dem Schlaf. Mit
Offenen Augen
Leben wir weiter.

Manchmal aber
Macht es Freude,
Die Luft vor
Die Türe zu setzen
Oder eine Liebe
In den Kamin
Zu schreiben.

Man freundet sich an
Mit dem Nichts –
In blinder
Erwartung

(Weßling. Frühjahr / Sommer 1986)

Kleine Welt Runde mit F.

Alles, was ich brauche
Um mich: Du, will sagen
Bist der Halt, aber drehst dich
Mit mir im Kreis.
Wir beschreiben uns selbst
Im Drehen erst richtig:
Mann und Frau
Bis das Karussell still steht
Halten wir stand

(Freudenstadt, 14. 9. 1993)

Ost-West, Gefälle

Grenz Schutz Staffel, Papperla Papp
Kameraden Kamera an, das
Leben ist ein Film, die Folge
Der Bilder eine Frage
Der Einstellung: Infrarot macht die
Nacht zum Tag, Schwenk, z. B. die
Frau dort drüben links im Monitor
Deutsche oder polnische Staats
Bürgerin mit den Taschen, vielmehr Tüten
Aus Plastik am Fahrrad verbirgt
Geschickt ihren Reichtum, das Kapital
Flieht auf die Straße und der
Staat hat auch hier das Nach
Sehen. »Holt diese Flüchtlinge
Heim oder bringt sie
Zum Zahlen!« Steuerfreies Existenz
Minimum, als soziale Beweis
Mittel abgelegte Heiligen
Bilder, halbamtliche Nachrichten
Lage: »Sog. kleiner Grenz
Verkehr – legale / illegale Über
Schreitungen zu
Lässiger Maßnahmen
Katalog . . . vorgesehene
Öffnung ver
Bessert . . . Gut Nacht
Bar liches Spar
Paket . . . alles Weitere un
Zutreffend er
Dichtet, er
Stunken, er
Logen« Zitat
Ende

(Weßling, 25. 11. 1996)

DURS GRÜNBEIN

* 1962

An diesem Morgen gingen die 80er Jahre
zuende mit diesen Resten der
70er, die wie die
60er schienen: nüchtern und wild.

›3 Jahrzehnte mit einer Hoffnung im Off ...‹

Nimm dir ein Negativ (und vergiß): diese
Warteschlangen sich kreuzend an
Haltestellen, die Staus im
Berufsverkehr, total

eingefrorene Gesten am Zeitungskiosk, die
Mißverständnisse (›Sind Sie
verletzt?‹) –
(›Kennen Sie DANTE?‹). Du sahst wie sie

warteten, manche vom Glanz ihrer Exile
vereinsamt. Die Luft (sonst
unverwundbar)
war voller Szenen aus
Chaplinfilmen, ein
Wirbel grauer Pigmente davor, Tag und
Nacht grauer Regen vom
Kohlekraftwerk über der

toten Ähnlichkeit aller toten arm- und
beinlosen Engel auf den
Ruinen ringsum. Also schön,
dachtest du: dieser Ort
so gut wie ein anderer
hier in Mitteleuropa
nach Sonnenaufgang mit

galoppierenden Wolkenherden und frühem
Stimmengewirr wie vom Sog
eines Hafens

erfaßt ... Ist es das? während du weiter-
machst, dich erwärmst, ein paar
Fremde grüßt gähnend
(›Ein Gähndender!‹) über-
drüssig der Tautologien, des Hungers, der

langsamen Einführung in diesen Tag.

O Heimat, zynischer Euphon

Soviele Flickerbilder in den Künstlerhirnen,
Gewalt, durch Spiegelscherben exorziert, –
Uns nackte Welpen, Erben hoher Stirnen,
Hat man schon früh mit Nervennelken tätowiert.

Der kranken Väter Brut sind wir, der Mauern
Sturzgeburt. ›Tief, tief im Deutsch . . .‹, ertränkt.
Enkel von Städtebauern, Fleischbeschauern:
Jedem die fremde Wirklichkeit. (›Geschenkt.‹)

›Noch Bombensplitter?!‹ Gut für Stachelgaumen,
In violetten Babyschädeln installiert.
Sag, welche Schwester drückte ihren Daumen
Ins zarte Fontanell uns ungerührt?

Geröntgt, geimpft, dem deutschen Doppel-Klon,
Gebrochnen Auges, das nach Weitblick giert,
böse verfallen sind wir, pränatal dressiert.
›Deutschland?‹ . . O Heimat, zynischer Euphon.

(Für Thomas Kling)

20/3/89

[*Euphon:* Wohlklang.]

Alba

Endlich sind all die Wanderer tot
Und zur Ruhe gekommen die Lieder
Der Verstörten, der Landschaftskranken
In ihren langen Schatten, am Horizont.

Kleine Koseworte und Grausamkeiten
Treiben gelöst in der Luft. Wie immer
Sind die Sonnenbänke besetzt, lächeln
Kinder und Alte aneinander vorbei.

In den Zweigen hängen Erinnerungen,
Genaue Szenen aus einem künftigen Tag.
Überall Atem und Sprünge rückwärts
Durchs Dunkel von Urne zu Uterus.

Und das Neue, gefährlich und über Nacht
Ist es Welt geworden. So komm heraus
Aus zerwühlten Laken, sieh sie dir an,
Himmel, noch unbehelligt, und unten

Aus dem Hinterhalt aufgebrochen,
Giftige Gräser und Elstern im Staub,
Mit bösem Flügelschlag, Diebe
In der Mitte des Lebensweges wie du.

[*Alba:* altfranz. Ausdruck für das »Tagelied« der Troubadoure; Alba bezeichnet auch die Morgendämmerung.]

Kosmopolit

Von meiner weitesten Reise zurück, anderntags
Wird mir klar, ich verstehe vom Reisen nichts.
Im Flugzeug eingesperrt, stundenlang unbeweglich,
Unter mir Wolken, die aussehn wie Wüsten,
Wüsten, die aussehn wie Meere, und Meere,
Den Schneewehen gleich, durch die man streift
Beim Erwachen aus der Narkose, sehe ich ein,
Was es heißt, über die Längengrade zu irren.

Dem Körper ist Zeit gestohlen, den Augen Ruhe.
Das genaue Wort verliert seinen Ort. Der Schwindel
Fliegt auf mit dem Tausch von Jenseits und Hier
In verschiedenen Religionen, mehreren Sprachen.
Überall sind die Rollfelder gleich grau und gleich
Hell die Krankenzimmer. Dort im Transitraum,
Wo Leerzeit umsonst bei Bewußtsein hält,
Wird ein Sprichwort wahr aus den Bars von Atlantis.

Reisen ist ein Vorgeschmack auf die Hölle.

NORBERT HUMMELT

* 1962

strandschrift

was für verweise. welche signaturen
hier sind die muscheln, hier
ist was geritzt, hier was unleserlich
mit einem stock geschrieben. hier
hat ein wattwurm deutlich
seine spuren. an diese bootswand
wurde frisch gepißt. dies
ist der rostige besagte schuh. hier
ist ein zeichen das ich nicht
begreife. hier sind die kiesel
hier ist sand u. tang, anbei ein hund
von dem ich gern erführe, wonach
er scharrt, was er erblicken kann
im windgebeutelten gekrümmten mann
in dessen jacke die zitronenseife.

ich habe windgewelltes gras gesehn
dort zwischen steinen, moos vielleicht u. farn
mein steifer gang, mein schauen
mein ertapptes horchen: dort
sitzt der vogel, dort im rhododendronbusch
u. ruft u. widerruft
seit wann, wie lange
sein jeder ruf bemißt mir noch ein jahr
ich habe mitgezählt
u. mir wird bange

wilde jugend

u. früher immer im eigenrauch
wer formuliert ist nicht ganz da. u.
ellbogenchecks zwischen theke u. klo
schwerste beschallung, dazwischen
ein bello. u. still ergeht sich
wer ins glas geschaut, vergib mir
freundin, wenn ich abdriftend bin
kommen will ich, aber fraget mich eins
verdächtiges zucken der finger
im takt (»esoteriker, achtmal
verknackt«) zu finsterer stund'
da mein geist operiert. / u.
das ist dann etwa die wilde jugend
die brauchten's laut u. der ort
hieß station, terrassenterrain
in der 90er mainacht, arena
von der man den enkeln erzählt
also nur welche hätte. / u. draußen
die siffpunks (*»do you want to die?«*)
u. drinnen die youngsters beim
feuchten schulterkuß / u. *was sollen*
götter im gasthaus, fragt sich / u.
wer sich zu wessen stirne geneigt / u. du
aber wild u. wundervoll / u. ich sagte
nur noch »mein lieber scholli« / u.
dann aber »dann verließen sie ihn«

Bukolisches Sonett

ich stand der tür im rahmen als ich dachte
wie immer ich es wende und betrachte
wohin ich auch mein hab und gut verfrachte
ich weiß nicht wo ich morgen übernachte

der mond ging auf und ab als ob er schmachte
als ich bei meinen schafen nächtlich wachte
am horizont das weideland verflachte
ich weiß nicht was der schäferhund da machte

worauf ich sonst normalerweise achte
auf einmal fiel ein schuß wobei es krachte
ich sagte zu den schafen sachte sachte

ich sah das schwarze schaf das heimlich lachte
ich sagte sieh dich vor daß ich nicht schlachte
es ist vielleicht dein fell wonach ich trachte

LUDWIG STEINHERR

* 1962

Venedig versinkt im Meer

Von brüchigen Masten
wehen noch
die alten Fahnen
ihres Lichtes.

Doch in den Kellern
von Kirchen und Palästen
arbeiten Pumpen
gegen das Wasser.

Ihr Dröhnen,
Tag und Nacht,
höre ich im Schlaf,

sehe durch knöcheltiefes Wasser
Bodenmosaiken leuchten . . .

Leise dunkelt
die Erinnerung der Stadt,

in der ich
nie gewesen bin.

für Heinz Piontek

Abstammung

Von meinem Urgroßvater
weiß ich wenig – nur
daß er Bauer war
stets einen Hut trug
meist lächelte
und trotz seiner dreizehn Kinder
die Feldarbeit oft
verweigerte –

Dann schloß er sich
stundenlang ein um
Schakespeere zu lesen:
das eine der zwei
Bücher die er besaß –

Keinem meiner Vorfahren
wäre ich lieber begegnet
als ihm
doch mit ihm
über Kunst zu sprechen
hätte ich vermutlich
nicht gewagt

Man kann nicht

Man kann nicht
an das Licht denken
und gleichzeitig an den Tod
an die dampfende Teetasse
und an die Struktur der Trinität
an die Zahnarztrechnung
und an den ersten Kuß
an den Tumor
und an die Windungen der Loire –

Man kann nicht am Denken verzweifeln
und gleichzeitig
denken

ANDREAS ALTMANN

* 1963

gast haus wald es ruh

ein weizen kristall sage ich wir
haben nur wodka gorbatschow erwidert
der wirt seine lippen strichdünn mit
gerissen von lautlos verschlungenen
sätzen das röntgenlicht an der decke
streichelt die haut grünlich fahl
stühle werden mit fleisch behaftet
das ändert sich nicht von dienenden
augen das maul angehalten in atmende
trichter zu flüstern jeder gang
zur toilette neben der küchentür
ein ereignis spaltbreite blicke über
sehen den koch der würste frisiert
unermüdlich klebt die tapete trotz
der andauernden wechsel geleimter
hörer die münzen rutschen ins telefon
ohne ein zeichen ein spiel steht
unter der uhr daran drehen wir aus
gefallenes licht zerhackt den weg nach
vorsichtigen stufen seh ich die hand
vor augen nicht

reisen

für manche worte brauchst du
die kulisse eingewachsener wege
für das umblättern vergangener seiten
die zurückfahrende landschaft der bäume
für den schnee kalten regen
du legst dir nach innen das augenlicht

wer dich nicht anspricht sieht schlaf
du bist allein mit der zeit
rollen dir ohne grund tränen auf lippen
wann hast du zum letzten mal den regen
getrunken der durst lief aus flaschen
wasser braucht für die kulisse das meer

sonst schwimmt es zu frei
südwärts geht der fluß in die breite
ein sinnloses schiff das kein ufer erfährt
dir brechen flügel den arm
als du aufkamst hat dich jemand gefragt
was dir fehlt du meintest dich selbst

MARCEL BEYER

* 1965

Falsches Futter

Am Herrentisch die alternden Gespräche,
»und gab zur Antwort: Aßen nichts als
Sauerkraut und Bohnen.« Allerbester Scherz,
privatsprachlich, versteht sich. Die
Zittrigen, die Skagerrak, die »Norwegen,
am Oberdeck, den zwanzigsten April, bei
Schweinekälte, der Rest der Kompanie
flog heim ins Reich, Berlin, und weg.«
Und wie sie inhalieren, jeder Atemzug
ein Luftalarm. Jetzt sieht man einen
schönen Hund vorbeispazieren, hinkendes
Herrchen auf dem Weg zum Klo kommt
nach. Sorgsam den Harntrieb austarieren,
Schritt für Schritt, gefährliches Manöver. Dabei
Büffetkraft abtaxiert. Stammkundschaft früher
Mütterschreck, galantestes Parlieren. Gewisse
Seufzer eingeübt, gewisse Blicke. Hartes Training.
Die Klotür quietscht. Der schöne Hund am Napf
jetzt, er frißt falsches Futter. Beißzahn, Beißgeruch.
Dann schlurft das Herrchen schon zurück, hier
Schlachtschiff, schwankend, auf dem Weg ins
Trockendock. Der schöne Hund beim Garderobenständer,
er schnüffelt dort, wo sich ein Mann den Staubmantel
am Vorabend benetzt hat aus Versehen. Das Herrchen
ruft. Der schöne Hund pariert. Denn falsches Futter
schmeckt beizeiten, sofern es artgerecht serviert.

Hilflos getönt

Manchmal sitzen Menschen in
geparkten Wagen, aufrecht, nachts,
doch im Vorbeigehen ist keine
Lippenregung zu erkennen, sie
nicht er nicht, sie starren
nur geradeaus ins Dunkel
Halbdunkel der schräg vom Licht
durchschnittenen Kühlerhaube, doch ich
im Vorbeigehen, niemand rührt
sich und außerdem: bei diesen
Scheiben nachts, doch ich, hilflos
getönt, ich weiß, da ist niemand,
das geht vorbei, zwei aufrechte, oder
zurückgeklappte Vordersitze, in meiner
Gegend: manchmal, nachts, niemand,
im umgekehrten Fall wären die
Knöpfe runter, wie ich, im
umgekehrten Fall, die Knöpfe
oben ließe, aber auf diesen Scheiben,
nie, hilflos getönt, glitzert ein Fleck
kristallisierten Atems, wie auch ich
atme nachts, deutlich und laut
bei den geparkten Wagen.

Jihad Klänge der Heimat

Jihad Klänge der Heimat spielen sie
unten im Hof, im Dunkeln, wie jeden
Abend, der Nachthimmel hält dich wach.

Sie spielen Kairocassetten, die hat
der Cousin mitgebracht, du bist bei den
Schatten, beim Gestern, beim Schweigen

von letzter Nacht, du denkst an bestimmte
Kekse, an Sofas, du weißt nicht warum,
denkst an ungemachte Betten, und siehst,

wie sich Wolken verlagern, du denkst
an Blaufilm-Attrappen, du bist bei den
schattigen Bildern, bei Seifeflocken und

Schnee, während unten die Klänge
verwildern, da der Cousin mit rauher
Stimme im Hof, vor der Garage, den

nächsten Durchgang mitsingt, was bis
in die vierte Etage, bis in die Schlafstatt
dringt. Dem Jüngsten steckt es im Rachen,

er beherrscht solche Laute nicht mehr. Was
sollen die Eltern machen, das Flüstern fällt
ihnen schwer. Ich weiß nichts von ihren

Gesprächen, nur von diesem kehligen
Klang. Der Jüngste hat keine Schwestern,
ihm wird die Nacht zu lang. Das Rauhe, das

Kehlige: Gestern war stundenlang Blickangst
und ein taubes Gefühl im Arm. Seitdem ist
die Taubheit geblieben, oder der Halbschlaf

bricht an. Sie spielen bis gegen Sieben, zwischen
den Häusern dämmert es schon, das Kind wird
bald weinend erwachen, es kennt keinen anderen

Ton. Sie spielen bis gegen Sieben, dann hörst
du nichts mehr vom Hof. Auf der Straße die
ersten Wagen, du fällst in leichten Schlaf.

KAREN DUVE

* 1961

Sonntag

Kleine Vögel prallen gegen Panoramascheiben
Hausfrauen wischen lächelnd das Blut
In Lungen fettet Bratendunst
Es ist zu spät für Lotto, Toto, Selbstverstümmelung.

Du sagst: Lieber tot und tot als lebendig und tot
Und ich sage:
Keines Menschen Schmerz ist größer als der
Comer See.

Wir könnten ins Aquarium
Die Lurche heißen Blauer Pfeilgiftfrosch und
Niedlicher Grauer Schleimbolzen und nebenan
Der Komodowaran
Bewegt sich nur, wenn Du nicht hinschaust.

Du sagst: Lieber tot und tot als lebendig und tot
Und ich sage:
Keines Menschen Schmerz ist größer als der
Comer See

ENNO STAHL

* 1962

Wassermusikken

Rhein=Fahrt/Lied

so oft der
weg: der weg-
weg
den fluß lang m.
spezial-magie: nicht
nur lore
leilei nicht
nur hügels'
eros' wog'n: nein
mein sein
spült mit
darin: mein her-
(kunft)sein
(»wo'ch von wech bin!«)
mein so-
sein mein rhein-
(land)sein
(=verort-
ung d. ortlosn/ sich
zug'hörign + beig'
selln): zaubr-
isch also wallts ü-
berm (lakritzn)strom: zaubr-
isch nicht myth-
isch.

Ohrgasmisch + (ver)lustig

all die tex-
te (der nacht) + die lie-
der: peter kam vor
bei: + tex-
tete -tete -tete bert strun-
z(o)te 'brick' wie 'n bri-
kett 'n so-
nett – mattis ver-
schwand + ich ver-
lor die kam-
era gar: kurz:
der tag I schaum die
nacht erst recht: kurz:
alles schäum-
te …
aufm boot rumge-
schlingert + doch nich durchnäßt
aufm boot rumge-
fingert + doch nich gekotzt! den
fährmann über
(diesen) strom (der dinge)
freuts: mich
reuts denn nach der
nacht er-
wacht anders man(n!).

CAROLINE HARTGE

* 1966

ich bin das selbige haus
und die flammen die es niederbrennen bin ich
& ich bin
was man nicht verliert
weil man es mit sich führt
meine füße sind meine einzige last
ich bin ein stein der in der erde liegt

ich bin die heiserschreie der elster
und ihr schwanken im höchsten zweig bin ich
& ich bin
ein könig: der blickt zu niemandem auf
und sieht auf keinen herab
alle sind könige
ich bin ein stein der in der erde liegt

ich bin die neigung der u-bahn in der letzten kurve
und das sprühende kreischen der räder bin ich
& ich bin
der einzige ruhende halt
ohne verschlossene türen zu leugnen
ich rüttle nicht an gittern & gattern
ich bin ein stein der in der erde liegt

ich bin zwei junge graue tigerkatzen
und der ball aus silberfolie bin ich den ihre tatzen treiben
& ich bin
das geräusch von einem silberfolienball auf rotem ziegelboden
leiser als atemzüge und schneller vorbei
ich bin ein stein der in der erde liegt

FRANZOBEL

* 1967

Kleines Bonanza

angenommen daß ich leide steil bergab
Hügel voller Eiter schreie reiten Schmerzen
meine Nacht oder daß ich Wendeltreppen falle
mich als Bolzen einer Schraube winde
walzen mich die Kummer platt oder
tiefer oder anders bloß angenommen in der Art
daß Panzer meinen Kopf durchqueren
Masken an mir reißen, etwa Zehennägel
Drähte sich entladen, Sehnen reißen
etwas stirbt und abgeht etwas bäuli
und dann aus
angekommen in die Sprache ist das Thema
exiliert, ausgereist und futsch

Finlale

Still. Kein Wort mehr, keine Nennung
ausgezählt das Lager, ab jetzt
die Stufen hinab und weg
kein daß mehr und kein wie
ein letztes also noch, aber dann
ist also Schluß, ausgezogen/schnurstracks
meinetwegen mit Lineal
der letzte Strich so
gerade eben noch ins Aus
in den lauten Schluß:
hat nicht viel gebracht
alles

Aus: *Turngedichte*

Laufen

Der Schritt nimmt seinen Hut,
und wie geschmiert den Lauf,
ferner liefen Gänsehaut,
dahinter vor die Füße
wie der Hase, Staffel, Sturm,
den Burschen fortbewegen,
zu und über Hindernisse,
Horn, larifari aus Gewehren,
lassen, oder gegen etwas Sturm,
gleich heißt es Amok,
Schritte nur, laszives Rennen,
wie am Schnürchen aber,
von Pontius mit Laune,
mit Suada zu Pilatus,
anzutanzen um gestanden,
auf dem laufenden zu sein.

TANJA DÜCKERS

* 1968

Networks

An T-Träger gelehnte
Touristen filmen
Dreckslöcher und das Händeln
mit Banknoten auf flimmernden
Baustellen rote weiße Warnung:
Wir sind noch nicht
Ganz gewappnet

In den Höfen den Straßen
Regenpfützen Penner Punker
Löschpapier
an Bordsteinkanten
Ameisen über Visitenkarten
über U-Bahnschächten
ein Kribbeln
something's going on

Auf Karopapier
in Glasplatten
in Beton
Passionen oder nur Initialen
Abdrücke in Rigips
Lippenstift an Sektgläsern
Verbunden sein
in and out and in

Alleine durch die Friedrichstraße
krebsen der Himmel hellblau
gekachelt das Quietschen der vielen Schuhsohlen
unaufhörlich das eigene Gesicht
in den quadratischen Spiegelfassaden gegenüber
als wäre man mit dabei

BASTIAN BÖTTCHER

* 1974

Kleine Einladung

Ich wank an deina Bungalow Wand lang und sing nen
Sting Song. Klingel ›dingdong‹ an deim Eingang.
Wag ein Alleingang und senke die Klinke.
Es is zu. – Zu dumm! – Ich denke: Bingo!

Denn krumme Langfingrer Dinger drehn war eh noch nie mein Ding.
Ich schwing wie King Kong ausm BungalowWindfang.
Gefang von deim Look guck ich untern Vorhang,
schau voll Verlang dein Teng und Tanga an.

Belager dein Teräng mit m Manga inna Hand und
bring ausm Lameng n paa Poeme.
Häng an deim Gelända, mach ein auf King alla Lända und
trag unsan Tag ein in mein Kalenda.

Denn wenn dein Twingo vorm Bungalow einbiegt,
dann liegt ein feines Buket Gladiolen im Gang.
Es schmiegt sich an deine Wange zu Empfang.
Und da baumelt ein Band mit na Einladung dran.

Ich werd ihr eine kleine,
eine kleine Einladung schenken.
Ich hoff sie kann dann an kein andern Mann mehr denken.

Ich bin nun Gangleader und singe Slanglieder
und häng nie wieder innaTangobar mit Kangol Käppi.
Bin im Bad bei kleiner Packung Fango mehr happy.
Sag ›Game Over‹ zu meim Jing-Jang-Logo-Pullover.

Fahr nun Rover und bagga wie n doofer.
Stell mein Minnegesang nun wegen Mangel an Anklang ein.
Hab aber ein klein Singsang allemal im Petto.
Bin gegen die Kollegen im Ghetto unterlegen,

aber unter deim Beton-Balkon,
da gelingt mir glatt der Big Gig.
Bislang mißlang mir mein Mandolinenlick von vornherein.
Nun winkst du meine kleine Wenigkeit hinein.

Ich lang zu lang zu. Beim Schangdong Moet.
Bin ein Mann ohne Manko, aber voll loll und lall.
Ein Poet will dein sein. Sag nicht nein und
schenk dir ein Einschenken von reinem Wein, in den ich rein wein.

Ich werd ihr eine kleine,
eine kleine Einladung schenken.
Ich hoff sie kann dann an kein andern Mann mehr denken.

BJÖRN KUHLIGK

* 1975

Oskar

Die U-Bahnhöfe
sterile Zonen
da steht ein Kind
mit zwei Leichenraumaugen
und wartet auf irgendwas
ohne irgendwen zu denken
und du läufst weiter
und auf die Gleise hat einer
Ich liebe dich
geschrieben
und danach hat er sich
auf seine Worte gestellt
und gelächelt
wie eine Schaufensterpuppe bei Karstadt
und sie gehen rein
diese Bilder
gehen rein
in die Kopfschleuder
in der jeder Zweibeiner
einen Platz hat
in der großen Anthologie von Gesichtern
wo jedes Augenpaar ein Lichtpunkt ist
und du mußt das Leben nehmen
wie es ist
mit dem letzten toten Nerv
schlägst du die Kußtrommel

für Christian

Taglos

Die Bäume stehen nackt
gegen den Himmel

der Wind zieht den Rauch eines Schornsteins
schräg zur Seite

aus einem Fenster brüllt ein kleiner Junge
daß Mama angefangen hat zu sterben

links hinter dem Haus
geht sich die Sonne Bier holen.

RAOUL SCHROTT

* 1964

hotel gran caruso,
ravello, 3. 9. 93

Unten am parkplatz standen die autos mit den nummern aus Mailand, Verona oder Bayreuth, die Garbo hatte in diesem hotel übernachtet, in einem dieser riesig großen betten, in denen man im schlaf die orientierung verlor. Die lobby dieses hotels war vollgeräumt mit griechischen statuen und einem Parzival, der dazwischen an der wand hing, ein raum, der statt den spiegelbildern die ikonen eines bürgertums wiedergab.

der vorhang bläht sich weiß vor der offenen terrassentür
und legt sich weiter unten um die falten des vorgebirges
eine küste wie hinter glas gesetzt an deren ausufernder willkür
die wolken hängen wie der abdruck einer gegen das fenster
gepreßten hand · welch wagnerianische kulisse!
vom orchestergraben des meeres führen die stufen von ginster
und wein zum proszenium des palazzo rufolo wo der chor
der palmen die dithyramben des windes reglos kommentiert
und jeden tag dasselbe stück · der garten des klingsor
dieses überschaubare labyrinth von nischen und narzissen
die beete des roten coleus um den brunnen wie ein geschwür
darin süßlich und fleischig · die ruine der villa verbirgt es
nicht sie stellt zur schau was die zeit auf das maß
der geschichte verkürzt das ihr in den augen der kurgäste
zukommt – die pittoreske architektur des ruins von moos
überwucherte mauern im schatten der paläste
von bischöfen und päpsten – als ob die scharten der geschichte
zum inventar dieses parks gehörten wie die beschrifteten
tafeln vor den fresken und hecken · man restauriert die ränge
dieses theaters mit dem einheitspreis eines zahlenden publikums
für das die anlage um 7 uhr schließt · es bewundert die gesänge
und steht vor den verglasten arkaden eines atriums
in das es auch jetzt nicht vorgelassen wird · aber wenn der ober
abends das essen serviert und wie eine lanze der schaft
der sonne noch für einen augenblick über den köpfen schwebt
gibt man großzügig trinkgeld auch für das eigene heldentum
die landschaft rechtfertigt ja zumindest von hier oben
die rechnung und sogar der köter der irgendwo ins szenario kläfft
gehört dazu · so hat man weit in die nacht hinein sich sattgelebt

Das »Alpenglühen« beruht auf einer gewissen Illusion: unter dem Horizont des Beobachters vorbeiziehende Wolkenschichten können die Rotfärbung der Dämmerung unterbrechen, sodaß der Eindruck entsteht, die Sonne wäre bereits untergegangen. Brechen ihre Strahlen durch Wolkenlücken hervor, leuchten die Berge ebenso plötzlich auf, wie sie dann auch wieder verdunkelt werden. Durch die im Purpurlicht Schatten werfenden Wolken oder Berge, kann es zur Erscheinung von Strahlenfächern kommen, die sich quer über den Zenith mit der Gegendämmerung vereinigen.

Wildspitze

mit der sinkenden sonne geht die farbe
des firns vom gelb über ins glühen zur schneide
gedrängt vom aufsteigenden schatten · die narbe

des abends die sich über dem eingeweide
der erde erst schließt wenn das licht diesen rand
mit seiner klinge ausbrennt · stumpf wie kreide

breitet die kälte sich unter dem felsband
aus · auf den schlacken des schnees glimmt sie
im dunkeln noch einmal auf und der wundbrand

der nacht beginnt · als wäre diese agonie
nie wirklich gewesen: die stille · dann kippt alles
wieder zurück in den grauton einer photographie

die abstufungen eines einzigen intervalles
von zeit · die ärmel streifen am anorak · die hände
verschrammt · kauernd · der laut eines windfalls

wie vor einem hörsturz · die winterwende
man hält nicht lange aus am gipfel · es ist als wäre
da ein anderer körper und das licht ohne ein ende

die gegendämmerung hält in der schwere
des erdschattens noch aus die strahlen nun zur garbe
gebündelt: den tropen einer inszenierten atmosphäre

wildspitze, 26. 2. 98

Um den Felsen zu sprengen, wurden rings um große Bäume gefällt, und die Stämme, nachdem man die Äste abgehackt hatte, zu einem gewaltigen Scheiterhaufen geschichtet. Da der Wind günstig war, um das Feuer anzufachen, steckte man ihn in Brand und machte das glühende Gestein mürbe. *Josias Simler, Die Alpen, 1574*

Hannibal – Mont Cenis

unter der oberen welt und fast herauf erhebt sich hier
das gebirge und verdunkelt den tag: schwellen
bis an das joch der sterne · aus der kuppel des himmels
heraus war eisen gebrochen schartige zacken
am grat des horizonts und das gewölbe schief an der erde
zu liegen gekommen: die engführung des bergs
50 000 reiter und 37 elefanten · sie blieben starr als hätten
sie das antlitz einer gorgo geschaut · die sonne
war nicht mehr am himmel · das schild der erde war leer

herbst 218 v. Chr.

DIRK VON PETERSDORFF

* 1966

Die Zeit ist der Wind

und die Wolken sind
ein potenzierender Spiegel des Seienden.
Beständig ist das

Unbeständige, DER ALTE ADAM
ZIEHT SICH UM.
Paradigmenwechsel,

Wechselbäder, ein
Werden und Vergehen.
Der Wind weht und keiner weiß

zu sagen wann, aus welcher Richtung
und wie stark. Ein Kommen und
Gehen, DER WELTGEIST
NIMMT EINIGE SPIELERWECHSEL VOR.

Seht die Wolken, Genossen,
weiß und trostreich,
schöne Leere.
Oh magic hand of chance!
Es kommt anders
als man denkt,
die Dialektik

löst sich auf wie Wolken.

Wir wechseln das Auto, das Sprachspiel,
die Bilder
im Rahmen.
Windige Zeiten.
Wir werden ein- und
ausgewechselt, und keiner

kennt den Teamchef.
Das kommt für mich
ganz unerwartet. Schicksal
des Menschen,

wie gleichst du dem Wind.
KONTINGENZ, DIE AN DIE
WURZELN GEHT,

die Wolken ziehen
dahin, in der Ferne Wolkenberge,
sie verwehen.

Die Zukunft beginnt

wie auf Raffaels *Madonna:*
Am unteren Bildrand lehnen
die Engel – nächste Generation.
Die müssen fast gähnen,

der Zauber ist alt,
ein Lächeln wächst
auf den Lippen, und bald –
was wissen die Engel?

Den Kopf in der Hand,
schon nicht mehr ganz da
am unteren Rand
ein trostreiches Paar.

Lübeck 1942

Manchmal, sagst du, für einen Moment
ist es da, es ist der Geruch, nur ein Hauch –
in den Gärten verbrennt
einer Müll, da ist Rauch

in der Luft: Aus Fenstern jagen
Flammen, du bist das Kind
vor den Mauern, zerschlagen.
Auf Steinen flackert der Wind.

ALBERT OSTERMAIER

* 1967

die zeche

wofür ich will das leben hassen &
in wüsten fliehen du meine
mördergrube hab dich
stillgelegt schicht für schicht
die kohlen aus der hütte die ich
nicht gebaut gestohlen bis das licht
ausging am krisenherd um
den ihr mich beneidet diesen
intellektuellennickel der mir
wie scheuklappen den blick
bündelte für das liebesspiel der
tauben die sich auf dem förderband
die herzen anheizen unter den
kapuzen kochen vor der lust mit
ihren köpfen die brandmelder
einzuschlagen sich im scherben
nest das blut von den schnäbeln
zu küssen & die leber zu mästen
dem adler für das genie ich kenn
nichts ärmeres unter der sonne

[Vgl. Goethe, »Prometheus«.]

messer schere licht

an der flasche molotow der deutsche
gruss ein mordsspass wenn die
über schultern fliegen advent
advent ein lichtlein brennt
GOTT IST EIN AUSLÄNDER zünden
ihm den himmel an & deutschland
wird über allem lassen uns
nicht länger auf die glatzen
spucken wer anders ist den
ändern sie den mag der tod
dann in den armen wiegen sie
sind erwacht schon in der ersten
nacht unseres tausendjährigen
schlafes in den brutkästen
dieses kalten landes in dem
ein kind mit brandsätzen zu
sprechen lernt denn wie der
vater so der sohn so der geist
der in der flasche steckt

zwischenstop

sie wollte die ganze nacht
durchfahren warte auf
mich er stand vor dem
kino die hände in den
taschen den fuss noch
immer auf der zigarette
spätvorstellung er war
bis zur letzten zeile des
abspanns sitzen geblieben
die beine über dem roten
polster liess er die leere
bierflasche durch die
reihen rollen & hoffte
dass ihn jemand bemerkte
ein böser blick ein wenn
auch flüchtiges lächeln
vielleicht die standphotos
waren besser als der
film warte auf mich ich
komme mach keinen
fehler er hielt den nächsten
passanten um feuer an
laue nacht heute keine
antwort er hätte sich
rasieren sollen das
mädchen an der kasse
sperrte ab sie nahm den
hinteren ausgang ein
taxi fuhr im schrittempo
an ihm vorbei kein bedarf
sicher steht sie im stau in
der kneipe gegenüber fiel
ein stuhl vom tisch sie
fanden sich am ende
es begann zu regnen er
hatte seinen mantel zu hause
gelassen ein happy end
zum heulen er blickte sich
um niemand zu sehen riss
das plakat von der wand &
verschwand mit ihr in den
hinterhof & schlief völlig
durchnässt die augen auf
ihren lippen ein bis ihn die
müllmänner am nächsten
morgen weckten warum
hast du nicht gewartet auf
mich sie fuhr einfach
weiter

kanon

wenn die sirenen schweigen
singt der fels bis in der
brandung seine stimme
bricht & die kiesel
auf dem meeresboden
weiterklingen die wellen
sie ans nächste ufer
tragen wo ein kind sie
in einer muschel sammelt
die es ans ohr drückt bis
seine lippen zu schwingen
beginnen & die augen ein
schiff vor den klippen finden

WORT- UND SACHERKLÄRUNGEN

Vorbemerkung

Hier werden nur knappe Erklärungen geboten. Sie sollen erste Verständnisschwierigkeiten, die bei einzelnen Wörtern auftauchen können, rasch beseitigen helfen. Die Schreibweise der Wörter, die aus der Antike stammen, folgt (zumeist den Gedichten entsprechend) in diesem Verzeichnis nicht einheitlich der Lautgestalt nur einer der alten Sprachen Griechisch und Latein. So erscheinen z. B. die Endungen -os und -us und die Buchstaben k und c; ae, oe sind meist ä, ö geschrieben.

Die fiktiven Namen aus der Hirtendichtung (Doris, Thyrsis u. a.) sind nicht aufgenommen worden.

Das Zeichen * vor einem Wort verweist auf das entsprechende Stichwort.

Abel: *Kain.

Abraham: nach israel. Überlieferung Stammvater der Israeliten.

Acheron: Fluss im *Hades, der griech. Unterwelt.

Achill: Sohn des Peleus, des Königs der *Myrmidonen im thessalischen Phthia, und der Nereide (*Nereus) Thetis; der größte griech. Held des Trojanischen Kriegs in *Homers »Ilias«. Er tötete den *Hektor im Zweikampf und fiel selbst vor der Einnahme *Trojas.

Adept: ein als Schüler in eine Geheimlehre Eingeweihter.

Admet: König von Pherai in Thessalien, Gemahl der *Alceste, Liebling des *Apoll; der Gott diente ihm eine Zeit lang als Hirte.

Adonis: in der griech. Sage ein schöner Jüngling, den *Aphrodite liebte; auf der Jagd von einem Eber getötet.

Adorno: Theodor Wiesengrund, 1903–1969; Philosoph und Soziologe, führender Kopf der ›Kritischen Theorie‹.

Ägis: die wunderbare Schutzwaffe des *Zeus, die er *Athene verliehen hat; unterschiedlich vorgestellt als Schild, Panzer, Fell u. ä.

Aeneide: die »Aeneis« des *Vergil, das Epos über Aeneas, den Vergil zum Nationalhelden Roms erhob.

Äolus: in der griech. Sage Beherrscher der Winde; lebte auf der Sageninsel Aiolia.

Äon: Zeitraum, Weltalter, Ewigkeit.

Afrikanus: Beiname *Scipios.

Ahasver: ruhelos umherirrender Mensch, der Ewige Jude.

Akonit: Pflanzengattung ›Sturmhut‹ und Name eines Arzneimittels.

Akrokorinth: die Burg von Korinth.

Akrostichon: eine Dichtungsform, bei der die Anfangsbuchstaben (-silben oder -wörter) der Verse oder Strophen einen Namen oder Spruch ergeben.

Alabaster: marmorartiger, durchscheinender Gips.

Alarich: um 370 – Ende 410; König der Westgoten; starb auf seinem Zug nach Süditalien und wurde im Busento bei Cosenza begraben.

Alba: Herzog von A., 1507–1582; span. Feldherr und Staatsmann; ging nach 1567 mit brutaler Härte gegen den Aufstand der Niederländer vor.

Alceste: Alkestis, Gattin des *Admet; nahm für ihren Mann den Tod auf sich, wurde von *Hercules aus dem Hades befreit.

Alcid: der Alkide (Nachkomme des Alkeus) = *Hercules.

Alexander: A. der Große, 356–323 v. Chr.; König von 336–323; besiegte die Thebaner und begann 334 als Oberfeldherr der Griechen den Feldzug gegen die Perser und besiegte sie; errichtete ein riesiges Reich. 333 vereinigte er sein Heer in Gordion/Kleinasien. Vom ›Gordischen Knoten‹ wusste die Sage, dass derjenige, der ihn löste, Herrscher von Asien würde. A. durchschnitt ihn mit dem Schwert und erfüllte so die Prophezeiung.

Alikant: dunkler span. Süßwein.

Alkmenens Sohn: *Hercules war Sohn des *Zeus und der Alkmene, der Gattin des Amphitryon.

Allah: in der islamischen Religion Gott, der allmächtige Schöpfer, Erhalter und Richter aller Wesen, den Mohammed (*Mahomet) verkündete.

Allenburg: Ort in Ostpreußen.

Aloe: Zier- und Heilpflanze.

Alster: Nebenfluss der Elbe, mündet in der Stadt Hamburg, in der sie sich tlw. seenartig erweitert.

Altdorfer: Albrecht, um 1480–1538; Maler und Graphiker, Ratsherr und Stadtbaumeister in Regensburg.

Amalthea: die Ziege, die den *Jupiter als Kind auf Kreta säugte, oder eine Nymphe, die ihn aufzog.

Amathunt: Stadt auf Zypern mit einem Tempel der Venus *Amathusia.

Amathusia: Beiname der *Venus nach ihrer Kultstätte.

Amazonen: sagenhaftes Volk kriegerischer Frauen im Nordosten Kleinasiens; sie schnitten sich die rechte Brust ab, um im Kampf den Bogen besser führen zu können.

Ambra: wohlriechende Ausscheidung vom Pottwal; Rohstoff für die Parfümindustrie.

Ammoniter: Völkerschaft im Ostjordanland; mit den Israeliten verwandt, aber oft mit ihnen verfeindet.

Ammonshorn: eine Versteinerung von ausgestorbenen Kopffüßern.

Amor: *Eros.

Amphitrite: Göttin des Meeres; übertragen: das Meer.

Anadyomene: ›die Auftauchende‹, Beiname der *Aphrodite wegen ihrer Geburt aus dem Meer.

Anagramm: Anagramme sind Worte und Sätze, die durch Umstellen der Buchstaben eines gegebenen Wortes oder Satzes entstehen.

Anakreon: um 500 v. Chr.; griech. Dichter von Teos; sang von Liebe und Wein.

Anio: linker Nebenfluss des Tiber; heute Aniene oder Teverone.

Anjou: Grafschaft und Herzogtum in Frankreich; Karl von A. gewann 1246 die Provence und 1265 das Königreich Neapel. Karl VIII. von Frankreich beanspruchte 1483 als Erbe des Hauses Anjou das Königreich Neapel.

Anjouine: Herrscher *Anjous; Neubildung G. Benns.

Antimon: metallisches sprödes chemisches Element.

Aphrodite: die griech. Göttin der (sexuellen) Liebe und der Schönheit (= röm. *Venus).

APO: Außerparlamentarische Opposition.

Apokalypse: Schrift über das Weltende; bes. die Offenbarung des Johannes, das letzte Buch des Neuen Testaments. – Unheil, Grauen.

Apollon: griech. Gott des Lichts, der Dichtung und der Musik, Heilkunde und Weissagung; war der Schutzherr der *Musen, auch strafender Bogenschütze und Todesgott.

Ararat: Vulkanberg im Ararat-Hochland, das jetzt im Westen zur Türkei, im Osten zu Armenien gehört. Ursprünglich wurde angenommen, dass die Arche Noahs auf dem Ararat gelandet sei. Der biblische Text meint jedoch das Land Ararat.

Ares: Sohn des *Zeus und der Hera, der Gott des Kriegs; bei den Römern: *Mars.

Arezzo: Hauptstadt der gleichnamigen Provinz in der Toscana.

Arion: griech. Dichter und Sänger um 600 v. Chr.; wurde einmal auf dem Rücken eines Delfins aus der See gerettet.

Arkadien: Landschaft auf der Peloponnes/Griechenland; in der alten Schäferdichtung Land der einfachen, glücklichen Hirten.

Arminius: Stammesführer der Cherusker; 18 oder 16 v. Chr. bis 19 oder 21 n. Chr.; schlug die Römer 9 n. Chr. angeblich im Teutoburger Wald.

Arno: Fluss in Italien, 241 km lang, mündet bei Pisa ins *Ligurische Meer.

Arp: Hans (Jean), 1886–1966; Bildhauer, Maler, Dichter.

Ars poetica: Dichtkunst; ein berühmter Brief des Horaz im 2. Buch seiner »Briefe« (13 v. Chr.) trägt den Titel »ars poetica« und handelt von Wesen und Aufgaben der Dichtung.

Artefakt: a) Kunsterzeugnis; b) vorgeschichtl. Werkzeug.

Artemis: Tochter des *Zeus und der Leto, Schwester *Apolls; jungfräuliche Jägerin und Herrin der Tiere; Baumgöttin, Schützerin der Jugend u. a. m.

Assur: Hauptstadt des Reiches Assyrien, zahlreiche Kriegszüge und rücksichtslose Eroberungen der Assyrer; im 8. Jahrhundert Auslöschung Israels durch Deportation.

Astralleib: gemäß der Geheimwissenschaft vom Übersinnlichen nach dem Tod fortlebender, unsichtbarer Leib.

Athene: auch Pallas A., die Lieblingstochter des *Zeus; Schutzgöttin der Stadt Athen und der Künste und des Handwerks; ihr heiliges Tier ist der »Vogel der Nacht« (Hölderlin), die Eule.

Atlantis: sagenhaftes, im Meer versunkenes Inselreich.

Atlas: Sohn des *Titanen Iapetos, Bruder des *Prometheus; er steht am Westrand der Welt und stützt mit seinen Schultern die Säule, die den Himmel trägt.

Atout: Trumpf im Kartenspiel.

Attika: südöstl. Halbinsel Mittelgriechenlands, mit der Hauptstadt Athen.

Aulis: altgriech. Hafenstadt an der Ostküste von Böotien; Sammelplatz der Griechen zum Zug gegen *Troja; Schauplatz der Sage von Iphigenie.

Aurora: die Morgenröte; griech. Eros.

Autumnus: lat. Herbst.

Avernus: See in Kampanien, unweit Cumae; hier nach der Sage der Eingang zur Unterwelt.

Azur: Himmelsblau.

Baal: Gott der westsemitischen Völker, verehrt als Sturm- und Fruchtbarkeitsgott.

Babel: *Babylon.

Babylon: südlich Bagdads am Euphrat gelegene Hauptstadt des antiken Babyloniens; die erste in der Bibel namentlich genannte Stadt (1. Mose 10, 10). Erzählung vom Turmbau zu Babel: 1. Mose 11, 1–9. Die noch mit *einer* Sprache begabte Menschheit versuchte, mit einem gewaltigen Turm den Himmel zu erreichen. *Jahwe verwirrte die Sprache der Menschen und zerstreute sie über die Erde; der Bau wurde nicht vollendet. Mit der Erzählung sollte die Vielfalt der Völker und Sprachen erklärt werden.

Bacchus: griech. und röm. Gott = *Dionysos; Gott der Fruchtbarkeit und der Ekstase; *Semele.

Bajadere: indische Tänzerin; als Tempeltänzerin übte sie auch religiöse Prostitution aus.

Bandoneon: eine Ziehharmonika, benannt nach seinem Erfinder Heinrich Band (1821–1860); quadratische Form, auf jeder Seite Knöpfe für vollständige Chromatik.

Barbarossa: ›Rotbart‹; Beiname Kaiser Friedrichs I., 1122(?)–1190; Kaiserkrönung 1155 in Rom.
Barde: Sänger, Dichter, bes. mit nationaler Thematik.
Barlach: Ernst, 1870–1938; Bildhauer, Graphiker, Dichter.
Basilisk: Fabeltier, Mischwesen zwischen Drache und Hahn mit tödlichem Blick (Basiliskenblick).
Bathseba: Gattin des Hethiters *Uria, dann des *David, Mutter des *Salomo.
Beckett: Samuel, 1906–1989; seit 1938 in Paris; Schriftsteller.
Behemoth: ›Großtier‹; im Alten Testament Name des Nilpferds; in der jüd. Apokalyptik ein Tier der Endzeit; bei manchen Kirchenvätern Symbol des Satans.
Bellarmin: Gestalt aus *Hölderlins Roman »Hyperion oder Der Eremit in Griechenland«, vielleicht von Hölderlin auch als Name für seinen Freund Isaak von *Sinclair benutzt.
Belsatzar: der letzte König von *Babylon, dem durch das *Menetekel der baldige Untergang des Reichs verkündet wurde (Daniel 5).
Bembo: Schriftgrad, Schrifttype.
Berecynthia: Beiname der *Kybele, der phrygischen Göttin, die als ›Große Mutter‹ auf den Bergen verehrt und mit der kretischen Zeusmutter Rheia gleichgesetzt wurde.
Berenike: Gemahlin des Ptolomaios III. von Ägypten; opferte für die Heimkehr ihres Mannes ihr Haupthaar den Göttern (danach der Name des Sternbilds), 221 v. Chr. vom eigenen Sohn ermordet.
Berlioz: Hector, 1803–1869; franz. Komponist.
Bernstein: Eduard, 1850–1932; sozialistischer Politiker und Schriftsteller; verfolgte reformerische Ziele, nicht revolutionären Umsturz.
Bessemer: Sir Henry, 1813–1898; engl. Ingenieur; erfand ein neues Verfahren der Stahlgewinnung; entsprechendes birnenförmiges Gefäß: ›Bessemerbirne‹.
Bezoar: altes Medikament.
Biedermeier: Stilbezeichnung; allgemeines Kennwort für Zeit und Welt in (vermeintlicher) Beschaulichkeit und Ruhe mit spießbürgerlichen Zügen; Bezeichnung auch für die dt. Biedermeierzeit, ca. 1815–1848.
Blocksberg: = *Brocken.
Blust: Blühen, Blütezeit.
Bombardon: Basstuba.
Bon voyage: Gute Reise!
Bootes: griech. ›Ochsentreiber‹; Sternbild des Nordhimmels mit dem roten Stern 1. Größe Arkturus.
Boreas: der Nordostwind; der Norden.
Bouillabaisse: Fischsuppe.
Bovis: Bofist, ein Pilz.
Brahma: in indischer Religion der Weltschöpfer.
Brahmane: Mitglied der obersten Kaste der Hindus; die Brahmanen waren seit den ältesten Zeiten Priester, Dichter, Gelehrte und Politiker.
Brennus: Anführer der Gallier gegen die Römer 390 v. Chr.
Broadwood: B. & Sons, Klavierfabrik in London; 1732 gegründet, baute berühmte Instrumente.
Brocken: höchster Berg des Harzes, 1142 m.
Bromius: Beiname des *Dionysos.
Bronteus: einer der Kyklopen, der Riesen, die *Zeus die Donnerkeile bereiten halfen; Bronteus' Wolkendach: der Himmel.
Brutus: Marcus Iunius, 85–42 v. Chr.; Haupt der Verschwörung gegen *Cäsar.
Buchenwald: im 2. Weltkrieg Konzentrationslager der Nationalsozialisten bei Weimar am Hang des Ettersbergs; 1945–1950 sowjetisches Internierungslager.
Buddha: Siddharta oder Gotama B., um 560 v. Chr.–um 480; indischer Religionsstifter.
Bürger: Gottfried August, 1747–1794; 1774 Heirat mit Dorothea Marianne (Dorette) Leonhart († 1784); 1785 Heirat mit Auguste (Molly) Leonhart († 1786); 1790 Heirat mit Elise Hahn, 1792 Scheidung.
Büsum: Hafen und Bad an der schleswig-holsteinischen Nordseeküste.
Bukowski: Charles, 1920–1994, US-amerikanischer Schriftsteller.
Busento: Fluss im südital. Kalabrien, in dem nach der Sage die Westgoten 410 n. Chr. ihren König *Alarich begruben.
Byssus: feinfädiges Gewebe aus Leinen; zum Einhüllen ägyptischer Mumien der Pharaonenzeit benutzt.
Byzanz: heutiges Istanbul; bis zur Zerstörung durch die Türken (1453) Hauptstadt des oström. Reichs, das sich noch ein Jahrtausend lang nach der Zerstörung des weström. Reichs behauptete.

Cäsar: Beiname eines Zweiges des Geschlechts der Iulii. Gaius Iulius C., 100–44 v. Chr.; röm. Feldherr und Staatsmann; den Feldzug gegen Gallien führte er als Consul 58–51; seit 44 Imperator und Diktator auf Lebenszeit; fiel an den *Iden des März 44 einer Verschwörung unter Führung von *Brutus und Gaius Cassius zum Opfer.
Campagna (Romana): das durch antike Grabdenkmäler und Reste röm. Aquädukte angereicherte Gebiet zwischen Rom, den Albaner und Sabatiner Bergen; auch die ganze hügelige Ebene im mittleren Latium.
Canal grande: in Venedig, fast 4 km lang; durchquert die Stadt und teilt sie in zwei Hälften.
Cap Griz-Nez: in den Ärmelkanal vorspringendes Kap südwestl. von Calais.
Caracalla-Thermen: Reste der Thermen des Kaisers Caracalla (188–217) in Rom.
Catull: Gaius Valerius, geb. 84 v. Chr. in Verona; bedeutender röm. Lyriker, starb früh im Alter von etwa 30 Jahren.
Cephissus: Name mehrerer Flüsse in Griechenland; einer mündete in der Nähe von Athen in den Saronischen Meerbusen.
Cerberus: der Wachhund der Unterwelt; lässt keinen wieder zurückkehren; wurde von *Dionysos gezähmt, als er seine Mutter Semele aus dem *Hades holte.

Ceres: die Erdmutter; Göttin des pflanzlichen Wachstums und des Totenreichs (griech. Demeter).

Ceres' Tochter: *Persephone.

Cézanne: Paul, 1839–1906; franz. Maler.

Chaldäer: semitisch-aramäischer Volksstamm; seit etwa 1000 v. Chr. in Babylonien ansässig.

Chaplin: Charles Spencer, 1889–1977; engl. Filmkomiker, Autor, Regisseur, Produzent.

Charis: *Chariten.

Chariten, Charitinnen: Göttinnen der freudebringenden Gaben Anmut, Schönheit, Festlichkeit; im Gefolge der Aphrodite und des Apoll.

Charon: Fährmann des *Hades; setzte die Schatten der Toten über den Fluss *Styx (oder Acheron) in den Hades über.

Churybdis: Meeresstrudel, gegenüber der Skylla; übertragen: Bezeichnung der Habgier.

Cherub: Lichtengel; halb tier-, halb menschengestaltiges götterähnliches Wesen in der nächsten Umgebung Gottes.

chiliastisch; Chiliasmus: die Erwartung des Tausendjährigen Reichs nach der geglaubten Wiederkunft Christi.

Chimäre: Ungeheuer der griechischen Sage, vorn Löwe, in der Mitte Ziege, hinten Schlange; wurde von Bellerophon getötet. – Unding, Hirngespinst.

Chinesische Mauer: zum Schutz Chinas gegen nördl. Grenzvölker errichtete Mauer, etwa 2450 km lang; 221–210 v. Chr. erbaut.

Chios: Insel im ägäischen Meer; galt als Heimat *Homers.

Chloe: Beiname der *Demeter.

Chopin: Frédéric, 1810–1849; Komponist, Pianist; Sohn eines Franzosen und einer Polin.

Christophorus: griech. ›Christusträger‹; Märtyrer, einer der 14 Nothelfer der Kathol. Kirche gegen Hagelschlag und plötzlichen Tod; Schutzpatron der Piloten, Kraftfahrer und Schiffer.

Ciborium: Gefäß, in dem die Hostie aufbewahrt wird.

Cicero: Marcus Tullius, 106–43 v. Chr.; berühmtester röm. Redner und Anwalt.

Cocytus: der Jammerstrom; mythischer Fluss der Unterwelt.

Cook: Thomas, 1808–1892; gründete 1845 in Leicester ein Reisebüro, das älteste der Welt. Cook's Agentur gab auch Reisebücher heraus.

Corday: Charlotte de C. d'Armont, 1768–1793; erstach am 13. 7. 1793 J.-P. *Marat, einen führenden Jakobiner, und wollte damit dem Terror ein Ende machen; wurde nach kurzem Prozess am 16. 7. 1793 hingerichtet.

Cosenza: Hauptstadt von Kalabrien in Süditalien.

Credo: lat. ›ich glaube‹; Glaubensbekenntnis.

crescendo: anschwellend.

Cupido: der altröm. Liebesgott (= Amor, Eros).

Cynthia: Mädchenname, Beiname der *Diana.

Cypria: *Venus; Beiname der Aphrodite nach einer ihrer Hauptkultstätten, der Insel Kypros (Zypern).

Cypripor: *Cupido.

Cypros: Zypern.

Cythere: Beiname der Aphrodite (nach der griech. Insel Kythera).

Dachau: Stadt in Oberbayern; bei D. befand sich 1933–1945 ein Konzentrationslager der Nationalsozialisten.

Dagon: westsemitischer Getreidegott; Vorgänger des *Baal.

Daguerre: Louis Jacques Mandé, 1787–1851; franz. Maler, erfand 1837 die Daguerrotypie, das älteste fotografische Verfahren.

Dahn: Felix, 1834–1912; dt. Schriftsteller und Historiker.

Dali: Salvador, 1904–1989; span. Maler, bekannt durch seine ›surrealistischen‹ Bilder.

Damoetas: bekannter Hirte in Vergils Hirtendichtung; Meister auf der Hirtenflöte.

Dante: D. Alighieri, 1265–1321; italien. Dichter; Hauptwerk: »Divina Commedia« (»Göttliche Komödie«).

Danton: Georges, 1759–1794 (hingerichtet); franz. Revolutionär; zerschlug zusammen mit Robespierre 1793 die gemäßigtere Partei der Girondisten.

Daphne: Nymphe, von *Apoll geliebt und verfolgt; als er sie fast eingeholt hatte, wurde sie auf ihr Gebet hin in einen Lorbeerbaum (griech.: ›daphne‹) verwandelt. Auch Mädchenname in der Schäferdichtung.

Darius: Name persischer Könige; D. I. herrschte von 521–485 v. Chr. und reorganisierte das Reich, versuchte Europa zu unterwerfen; sein Heer unterlag jedoch den Griechen unter Miltiades 490 bei Marathon.

Dautremont: Pariser Herrenschneider, tätig von 1830–1850.

David: etwa 1004/1003–965/964 v. Chr.; israelit. König; vereinigte Juda und Israel zu einem Reich, machte Jerusalem zur Hauptstadt und zum Mittelpunkt der Gottesverehrung.

Delacroix: Eugène, 1798–1863; franz. Maler.

Delia: gelegentlicher Beiname der *Diana, weil sie auf der Insel Delos geboren war.

Delos: Insel im ägäischen Meer; Geburtsort *Apolls und *Dianas, Sitz eines Orakels, bedeutendste Stätte des Apollonkultes.

Delphi: wichtigste griechische Orakelstätte.

Demant: Diamant.

Demeter: griech. Göttin des Erdsegens und der Fruchtbarkeit (röm. *Ceres).

Dernier cri: franz. ›letzter Schrei‹; neueste Mode.

Destille: Branntweinausschank.

Deukalion: im griech. Mythos der Stammvater der Hellenen; Sohn des *Prometheus, Gemahl der Pyrrha; rettete sich mit ihr in einem hölzernen Kasten aus der Sintflut, durch die *Zeus das Menschengeschlecht vernichten wollte.

Dialektik: a) Kunst des Diskutierens, der wissenschaftl. Gesprächsführung; b) Methode, durch Denken in Gegensatzbegriffen zur Erkenntnis und möglichst zur Überwindung der Gegensätze zu finden.

Diana: die röm. Mondgöttin; identisch mit *Artemis.

Dionysos: lat. Bacchus; Sohn des *Zeus und der *Semele; Gott des Weins, der Fruchtbarkeit, der Ekstase. Wer sich ihm hingibt, ›tritt aus sich heraus‹, wird ›voll des Gottes‹. Begleitet von *Nymphen und *Satyrn führt D. den wilden Schwarm der efeubekränzten, den Thyrsosstab schwingenden Mänaden (Bacchantinnen) an.

Diotima: Gestalt aus Platons »Symposion«; bei *Hölderlin auch Name für Susette Gontard, 1769–1802, die Frau des Frankfurter Bankiers Jakob Friedrich Gontard, 1764–1843, wo Hölderlin als Hauslehrer 1796–1798 tätig war.

Disneyland: von Walt E. Disney (1901–1966) in der Nähe von Los Angeles errichtetes ›Wunder- und Abenteuerland‹.

distichisch: das metrische Schema zweier verschiedener Verse im Wechsel gebrauchend.

Distichon: Verseinheit, aus einem Hexameter und Pentameter zusammengesetzt.

Dithyrambe: ursprüngl. altgriech. Kultlied auf *Dionysos; allgemein: Loblied, feierliches Gedicht.

Divan: *Hafis.

Dividende: der auf eine Aktie entfallende Gewinnanteil.

Doge: Oberhaupt der Freistaaten Venedig (seit 697) und Genua (seit 1339); das Amt wurde 1797 aufgehoben, als Napoleon Venedig besetzt hatte und die Republik Venedig ihr Ende fand.

Domburg: Badeort an der niederl. Küste.

Doria: mächtiges Geschlecht in Genua. Die Republik Genua machte sich unter dem Dogen Andrea Doria 1529 von der franz. Herrschaft frei.

Dryade: Baumnymphe.

Duce: ital. ›Führer‹; D. de fascismo, Herrschaftstitel Benito Mussolinis, 1883–1945; seit 1922 Regierungschef.

Duino: Schloss an der Adria in der Nähe von Triest, wo Rilke im Januar 1912 die »Duineser Elegien« begann.

Dumas: Alexandre D. der Ältere, 1802–1870; Alexandre D. der Jüngere, 1824–1895; franz. Schriftsteller; D. der Ältere verfasste eine Reihe von Abenteuerromanen.

Ecce Homo: ›Siehe (welch) ein Mensch!‹, Worte des Pilatus, mit denen er den dornengekrönten Jesus dem Volk vorstellte.

Edschmid: Kasimir, 1890–1966; dt. Schriftsteller, begann als expressionistischer Autor.

Effendi: türk. Ehrentitel für Gebildete und höhere Beamte.

Eiffelturm: 300 m hoher Turm in Paris; von Alexandre Gustave Eiffel (1832–1923) für die Weltausstellung 1889 konstruiert.

Einhorn: Fabelwesen mit Kopf und Körper eines Pferdes, dem Schweif eines Löwen, Beinen und Hufen eines Hirsches, das mitten auf der Stirn ein gedrehtes Horn trägt. Es verkörpert in den verschiedenen Kulturen unterschiedliche Symbolgehalte: Vereinigung der Gegensätze (beide Hörner in einem vereint); Tugend und Stärke des Geistes und des Körpers; das vollkommene Gute; Reinheit; Keuschheit; alle moralischen Tugenden.

Elias: israelischer Prophet; vertrat in der 1. Hälfte des 9. Jahrhunderts v. Chr. den Ausschließlichkeitsanspruch Jahwes. Auf ihn wurden Legendenmotive übertragen, und man erzählte von seiner Entrückung im Feuerwagen.

Ellerkonge: dän. ›elverkonge‹ (Elbenkönig); Alben (ursprüngliche dt. Form ›Elb‹) galten als gefährliche Wesen. J. G. Herder hat 1778 bei der Übersetzung von »Erlkönigs Tochter« das dän. Wort als ›Elfenkönig‹ missverstanden.

Elysium: ein paradiesischer Ort (Insel der Seligen) am Westrand der Welt; dorthin wurden die Lieblinge der Götter, ohne zu sterben, entrückt.

Empire State Building: in New York, 1931 erbaut, vier Jahrzehnte lang mit 435 Metern der höchste Wolkenkratzer der Welt.

Empusen: weibliche Dämonen, die den Männern ihre Lebenskräfte aussaugen. In der Einzahl kann auch Cupido gemeint sein.

Enghien: E.-les-Bains, Kurort nahe Paris.

Enzyklika: päpstl. Rundschreiben.

Epikur: 341–270 v. Chr.; griech. Philosoph.

Epiphanias: Fest der ›Erscheinung‹ [des Herrn]; Dreikönigsfest.

Epos: lange, erzählende Dichtung.

Erard: Sébastian, 1752–1831; franz. Musikinstrumentenbauer; gründete mit seinem Bruder 1780 eine Klavierfabrik in Paris; erfand Neuerungen für das Klavier und den Flügel; Instrumente nach ihm benannt.

Erato: Muse der Liebesdichtung.

Erinnyen: Erinnen (bei Schiller), ›die Zürnenden‹, die griech. Rachegöttinnen.

Eros: (römisch: Amor, Cupido) der Liebesgott; Sohn des Ares und der Aphrodite. Wen er mit seinem Pfeil trifft, der verfällt in Liebe.

Euklid: großer Mathematiker in Alexandria um 300 v. Chr.

Eumeniden: ›die Wohlgesinnten‹, beschönigender Ausdruck für die *Erinnyen.

Euphonie: Wohlklang, Wohllaut.

Euripides: um 480–406 v. Chr.; griech. Tragödiendichter, der jüngste der drei großen Tragiker Aischylos, Sophokles und E.

Europa: Tochter des phönizischen Königs Agenor; wurde von *Zeus in Gestalt eines Stiers übers Meer nach Kreta entführt; dort Vermählung mit ihr; der westl. Erdteil heißt nach ihr Europa.

Eurydike: *Orpheus.
Evoë: Jubelruf der Bacchantinnen. *Dionysos.
Ewer: anderthalbmastiges Küsten- und Fischerfahrzeug.

Fant: unreifer junger Mensch.
Fata Morgana: eine Täuschung, die durch Luftspiegelung verursacht ist.
Faun: altröm. Fruchtbarkeitsgott; später dem griech. Gott *Pan gleichgesetzt und wie dieser gehörnt und bocksbeinig dargestellt.
Fauteuil: Lehnsessel.
Ferdusi: persischer Dichter; starb zwischen 1020 und 1025.
Fermate: in der Musik das Ruhezeichen über einer Note oder Pause, das anzeigt, dass an dieser Stelle länger ausgehalten werden soll.
Fin de siècle: Jahrhundertende.
Flora: die Göttin der blühenden Pflanzenwelt.
Fort: Festungswerk.
Fortuna: Glücksgöttin; Göttin, die auch wankelmütig Glück und Unglück schenken kann.
Forum Romanum: der antike Marktplatz der Stadt Rom.
Friedrich der Große: Friedrich II. von Preußen, 1712–1786; König seit 1740; 1756–1763 Siebenjähriger Krieg zwischen Preußen und Österreich.
Fundevogel: im Märchen Name des von einem Förster auf einem Baum gefundenen kleinen Kindes, das ein Raubvogel der unter dem Baum schlafenden Mutter weggenommen und oben hingesetzt hatte.

Galaxie: Milchstraßensystem; selbstständiges Sternsystem außerhalb unseres eigenen galaktischen Systems im Weltall.
Galiläa: Landschaft in Vorderasien; jetzt im nördl. Teil zu Libanon, im südl. zu Israel gehörig. Jesus und die meisten seiner Jünger stammten aus G.
Galilei: Galileo, 1564–1642; ital. Mathematiker und Philosoph; 1592 Prof. in Padua, 1610 am Hof des Großherzogs von Florenz; trat seit 1610 öffentlich für das kopernikanische System ein; Prozess der Kirche gegen ihn führte dazu, dass er widerrief und verurteilt wurde.
Ganges: Hauptstrom der nordindischen Tiefebene.
Ganymed: der schöne Mundschenk des *Zeus; wurde von dessen Adler in den Olymp entführt.
Garamond: Schriftgrad; Name nach dem franz. Stempelschneider und Schriftgießer Claude Garamond (1480–1561).
Gasel, Ghasel: aus Arabien stammende Gedichtform, bei der das erste Verspaar gereimt ist und der gleiche Reim in allen geradzahligen Zeilen wiederkehrt, während die ungeradzahligen ungereimt bleiben.
Gaulle: Charles de, 1890–1970; franz. General und Staatsmann; 1958–1969 Staatspräsident.
Gingo biloba: Gingko (japan.: ›Silberaprikose‹), in Goethes Schreibung »Gingo«, uralter Baum; von den etwa 300 Arten überlebte nur der »Gingko biloba« (zweilappig, bezieht sich auf die ungewöhnliche Blattform; in ihr lässt sich die Form eines Herzens erkennen); wurde bes. seit dem 18. Jhdt. in europ. Parkgärten heimisch.
Goldenes Horn: Meeresarm am Bosporus.
Golem: im jüd. Mythos eine menschenähnliche, zeitweise zum Leben erwachende Lehmfigur, helfend, aber auch Unheil anrichtend.
Golgatha: ›Schädelstätte‹; Hügel vor dem alten Jerusalem; nach den Evangelien Kreuzigungsstätte Jesu. Sinnbild tiefen Schmerzes.
Gomorrha: Sodom und G.; biblische Städte, die nach der Überlieferung wegen Unzucht und Sündhaftigkeit ihrer Bewohner von Gott zerstört wurden.
Gorgo: in der griech. Sage weibliches Ungeheuer mit grauenvollem Kopf; ihre Haare waren Schlangen, ihr Blick versteinerte jeden.
Graffito, Graffiti: in eine Wand geritzte Inschrift(en) oder Darstellung(en); auch Malerei auf Wandflächen.
Gran Canaria: zweitgrößte der Kanarischen Inseln.
Grant: Cary (eig. Archibald Alexander Leach), 1904–1986; US-amerik. Filmschauspieler.
Graun: Johann Gottlieb, 1703/1704–1771; Komponist, seit 1732 Konzertmeister *Friedrichs des Großen.
Grazien, Gratien: röm. Name der griech. *Chariten.
Guevara: Ernesto (›Che‹), 1928–1967; kubanischer Politiker, Guerillaführer.
Gulag: Aleksandr Solschenizyn, russ. Schriftsteller, schildert in seinem Buch »Der Archipel GULAG« (1974) die Verfolgung von russischen Bürgern zwischen 1918 und 1956.

Hades: herrscht mit seiner Gattin *Persephone über die Schatten der Toten, mitleidlos und unbezwinglich. Bezeichnung auch für die Unterwelt selbst (jedoch nicht im klassischen Griechisch).
Händel: Georg Friedrich, 1685–1759; Komponist.
Hafis: Beiname des persischen Dichters Schams od-Din Mohammed, ca. 1327–1390; besang Wein, Liebe, Naturschönheit, verspottete Heuchler; seine Gedichte wurden in einem Divan (persisch: Versammlung, Gruppe, Liedersammlung) gesammelt; ins Deutsche übersetzt von J. v. Hammer-Purgstall (1812).
Hagen Tronje: *Nibelungen.
Halleluja: hebräisch ›Preiset Jahwe!‹; als Formel auch in die christl. Liturgie übernommen.
Hamlet: dänischer Prinz in der Sage; Titelfigur und Trauerspiel von William Shakespeare. Grüblerisches Denken hemmt sein Handeln.
Hannibal: 247/46–183 (?) v. Chr.; karthagischer Feldherr; unterwarf das östl. Spanien bis zum Ebro, überschritt 218 die Alpen, siegte mehrfach über die Römer, so 216 bei Cannae.
Harakiri: Selbstmord durch Bauchaufschlitzen (im altjapan. Adel).

Hautevolée: die vornehme Gesellschaft, ›die oberen Zehntausend‹.

Havel: rechter Nebenfluss der Elbe.

Hebe: die Göttin der Jugendschönheit; Tochter des *Zeus und der Hera; schenkte den Göttern Nektar ein.

Hebräer: Bezeichnung wird benutzt für die Vorfahren Israels bis zum Auszug aus Ägypten, aber auch für Völkerschaften, die sich zur Zeit Sauls gegen die Philister wehrten, von denen aber Israel nur einen Teil darstellt.

Heisenberg: Werner, 1901–1976; dt. Physiker; Nobelpreis für Physik 1932.

Hekate: in der Unterwelt hausende Göttin des Spuks und des Zaubers.

Hektor: der Hauptheld der Troer in Homers »Ilias«; Sohn des Priamos und der Hekabe (*Hekuba), Gatte der Andromache; von *Achill im Zweikampf getötet.

Hekuba: griechisch: Hekabe; Gemahlin des Troerkönigs Priamos, Mutter von Hektor und Paris; tötete später die Kinder des thrakischen Königs Polymestor, der ihren Sohn Polydoros ermordet hatte, und blendete ihn; nach der Sage wurde sie in einen Hund verwandelt.

Helios: der Sonnengott.

Helium: chem. Grundstoff, Edelgas.

Heloten: die rechtlosen Hörigen im antiken *Sparta.

Hephaistos: griech. Gott des Feuers und der Schmiedekunst; Sohn des *Zeus und der Hera.

Herakles: *Hercules.

Hercules: der berühmteste griech. Heros; Sohn des *Zeus und der Alkmene; vollbrachte die berühmten zwölf Arbeiten und weitere große Taten; Ideal eines Helden, der durch unablässiges Mühen und Kämpfen das Höchste erreicht. Säulen des Hercules: Abila und Kalpe, Ceuta und Gibraltar.

Hermann: *Arminius.

Herme: im Altertum Pfeiler mit dem Kopf des Hermes, dann auch anderer Götter und berühmter Männer.

Hermes: griech. Gott der Herden, der List und des Betrugs, des Handels, auch Mittler zwischen Ober- und Unterwelt.

Hesperien: altgriechischer Name des Abendlandes.

Hesperus: der Abendstern; bei den alten Griechen Führer des Brautzuges; als fliegender Knabe mit Fackel dargestellt.

Hierophant: altgriechischer Weihepriester, bes. der Mysterien in Eleusis.

Hindenburg: Paul von Beneckendorff und von H., 1847–1934; seit 1914 Generalfeldmarschall, seit 1925 Reichspräsident; ernannte *Hitler am 30. 1. 1933 zum Reichskanzler.

Hippe: sichelförmiges Messer; die Sense des Todes (auf Abbildungen).

Hippodrom: die elliptische Bahn für Pferde- und Wagenrennen.

Hiroshima: Stadt in Japan, auf die am 6. 8. 1945 von den Amerikanern die erste Atombombe abgeworfen wurde.

Hitler: Adolf, 20. 4. 1889–30. 4. 1945 (Selbstmord); Führer der NSDAP (Nationalsozialistische Deutsche Arbeiterpartei); seit 30. 1. 1933 dt. Reichskanzler. Nach dem Tod des Reichspräsidenten Paul von *Hindenburg (2. 8. 1934) machte er sich als ›Führer und Reichskanzler‹ zum Staatsoberhaupt und vereinigte damit die Ämter des Partei-, Regierungs- und Staatschefs.

Hoek van Holland: südwestl. Landvorsprung Südhollands.

Hölderlin: Friedrich, 1770–1843; 1794 Hauslehrer bei Charlotte von Kalb, 1796–1798 beim Bankier Gontard in Frankfurt/Main, dessen Frau Susette seine ›Diotima‹ wurde. 1802 Hofmeisterdienste in Bordeaux, von wo er nach wenigen Monaten zurückkehrte, verstört und verwirrt, verbrachte seit 1807 sein Leben im Haus des Tübinger Schreinermeisters Ernst Zimmer und seiner Frau, im ›Hölderlinturm‹, einem turmähnlichen Anbau mit Blick auf den Neckar.

Homer: der erste griech. Dichter; über seine Person gibt es keine sichere Nachricht, hat um 800 v. Chr. gelebt (»Ilias«, »Odyssee«).

Hondecoeter: Gillis C. d', um 1575–1638; niederl. Landschaftsmaler.

Hondecoeter: Melchior d', 1636–1695; Hauptmeister der niederl. Geflügelmalerei des Barock; Beiname: ›Vogel-Raffael‹.

Honecker: Erich, 1912–1994; seit 1971 1. Sekretär des Zentralkomitees der SED, ab Mai 1976 Generalsekretär, ab Oktober 1976 Vorsitzender des Staatsrates; am 18. 10. 1989 durch das ZK der SED von allen Funktionen abgelöst, am 3. 12. 1989 förmlich aus der SED ausgeschlossen.

Hongkong: brit. Kronkolonie an der südchinesischen Küste, seit 1956 Selbstverwaltung; 1997 an China übergeben.

Horatius: Quintus H. Flaccus, 65–8 v. Chr.; bedeutender röm. Dichter: Oden, Satiren, Briefe.

Horen: die Jahreszeiten als Göttinnen; jungfräuliche Töchter des *Zeus und der Themis.

Hosenband: Hosenbandorden; der höchste engl. Orden, gestiftet 1348 (?) von Eduard III. Wahlspruch: ›Honi soit qui mal y pense‹ (›Ein Schelm, wer Arges dabei denkt‹).

Hosianna: hebräisch: ›Hilf doch!‹; Bittruf, Heilsruf; so auch beim Einzug Jesu in Jerusalem gebraucht (Mark. 11,9).

Hosta: = Funkie. Liliengewächse (Liliaceae); harte, langlebige Stauden mit schön gefärbten Blättern; verschiedene Arten.

Hugenotten: seit etwa 1560 Bezeichnung für die franz. Protestanten.

Hyakinthos: vorgriechischer Gott, der das Sterben und Wiederaufleben der Natur im heißen Sommer verkörperte; Liebling des *Apoll, der ihn durch einen unglücklichen Diskuswurf tötete; aus dem Blut entspross die Hyazinthe.

Hydra: im griech. Mythos eine neunköpfige Wasserschlange, der für jeden abgeschlagenen Kopf zwei neue nachwuchsen; *Hercules tötete sie.

Hydrocephalos: Wasserkopf.

Hymen, Hymenaios: griech. Gott der Eheschließung; auch das Hochzeitslied selbst, in dem der Refrain »Hymen, o Hymenaie« gesungen wurde.

Hymettos: Berg südöstlich von Athen; schon im Altertum berühmt durch seinen Marmor und den dort gewonnenen Honig.

Hyperion: Sohn der Erde und des Himmels; einer der *Titanen, Vater des Helios, der Luna, der Aurora. *Homer gibt H. dem Helios als Beinamen. – Roman von F. *Hölderlin: »Hyperion oder Der Eremit in Griechenland« (1797–1799); in Briefen blickt Hyperion auf seine Erlebnisse und Erfahrungen zurück.

Iden des März: Am 15. März 44 v. Chr. ermordeten römische Senatoren *Cäsar.

Ikarus: im griech. Mythos Sohn des Daidalos; ertrank bei Samos im Meer, als beim Flug das Wachs seiner zusammengeklebten Flügel an der Sonne schmolz.

Ilm: linker Nebenfluss der Saale; kommt vom Thüringer Wald, fließt durch Weimar; dort Goethes Garten im Tal der Ilm.

Ilium: Ilion, *Troja.

Indus: der Hauptstrom des nordwestl. Vorderindien.

Inka, Inkas: südamerkan. Indianerstamm; urspr. nur Titel des Herrschers. Das Reich der I., 1438 gegr., umfasste im 16. Jhdt. riesige Gebiete.

Ionien: in alter Zeit der Bereich der kleinasiatischen Städte der Ionier mit den Inseln Chios und Samos; damals kulturell bedeutend.

Iris: im griechischen Mythos die Verkörperung des Regenbogens; eine Botin und Dienerin der Götter.

Isaak: einer der Erzväter Israels; Sohn *Abrahams und Saras.

Isis: altägyptische Göttin; ihr Kult verbreitete sich auch nach Griechenland und Rom.

Ismenos: Fluss in Böotien bei Theben.

Ister: griechischer Name für die Donau.

Isthmus: die Landenge von Korinth.

Jahwe: Name Gottes im Alten Testament.

Jambus: Versfuß aus einer unbetonten und einer anschließenden betonten Silbe.

Janitscharen: bis 1826 Kerntruppe des türkischen Heeres.

Janker: wollene Trachtenjacke.

Jehova: *Jahwe.

Jericho: Bei der Belagerung und Einnahme von Jericho durch die Israeliten wurden auf Geheiß des Herrn Posaunen geblasen (vgl. Josua 6).

Joab: Feldmarschall des israelischen Königs *David.

Joint: Zigarette, deren Tabak mit Haschisch oder Marihuana vermischt ist.

Jovis: Genitiv zu Jupiter.

Jüterbog: Stadt im Bezirk Potsdam, im Fläming.

Julepsaft: erfrischendes Getränk, meist aus Ananas oder Pfefferminz.

Jupiter: der älteste und höchste Gott der Römer, dem griech. *Zeus gleichgesetzt. Name des größten Planeten.

Kadesch: antike Stadt in Westsyrien.

Kadmos: sagenhafter Gründer und erster König von Theben, dem Geburtsort des *Dionysos.

Kagel: Mauricio, geb. 1931 in Buenos Aires; Komponist.

Kain: nach 1. Mos. 4, 1–16 war K. ein Sohn Adams und Evas und Bruder des Abel; diesen erschlug er, weil Gott nur Abels, nicht aber sein Opfer annahm.

Kaldaune: essbares Eingeweidestück.

Kalmus: an Teichrändern beheimatetes Aronstabgewächs mit sumpfgrasähnlichen Blättern, dessen aromatisches Wurzelöl als Arznei- und Seifenzusatz verwendet wird.

Kalypso: Nymphe, die auf der Sageninsel Ogygia den schiffbrüchigen *Odysseus liebte, ihn aber auf Geheiß des *Zeus entlassen musste.

Kamönen: altrömische Quellgöttinnen; den griechischen *Musen gleichgesetzt.

Kanapee: Sofa.

Kantilene: liedartige Melodie.

Kapitälchen: Großbuchstabe in der Schrifthöhe eines Kleinbuchstabens.

Kapitell: oberster, plastisch verschieden geformter Teil einer Säule, eines Pfeilers.

Kapstadt: Hauptstadt der Republik Südafrika.

Karessen: Liebkosungen.

Karmoisin: Karmesin, Hochrot.

Kartaune: großes Geschütz.

Karthago: alte Hauptstadt des Reichs der Karthager nordöstl. von Tunis; Kriege mit den Römern; Zerstörung der Stadt durch die Römer 146 v. Chr.

Kaschube: Angehöriger eines westslawischen Stammes; kaschubische Schweiz: östl. Teil des Pommerschen Höhenrückens.

Kassandra: Tochter des *Priamus; *Apoll liebte sie und verlieh ihr die Sehergabe; sie erwiderte seine Liebe nicht; deshalb wandelte er das Geschenk zum Fluch; sie sollte stets die Wahrheit vorhersagen, aber nie Glauben finden.

Kastor: K. und Pollux, die Dioskuren, Zwillingsbrüder, Söhne des *Zeus; vollbrachten viele Heldentaten, wurden als Nothelfer angerufen.

Katalaunische Felder: Ort der Schlacht von 451 zwischen den Hunnen unter Attila und den mit den Westgoten verbündeten Römern; liegt zwischen Châlons und Troyes.

Kaverne: Hohlraum, Höhle.

KdF: NS-Gemeinschaft »Kraft durch Freude«, Unterorganisation der Deutschen Arbeitsfront, organisierte ein umfangreiches kulturelles und touristisches Freizeitprogramm.

Kerouac: Jack, 1922–1969; US-amerik. Schriftsteller.

Khan: asiatischer Herrscher.
Killer: Mörder, Mördertyp.
Kithäron: Gebirge zwischen Böotien, Attika und Megaris.
Kithara: die Leier, das Musikinstrument *Apolls.
Klarien: *Musen.
Klerisei: katholische Priesterschaft.
klonen: durch künstliche ungeschlechtliche Vermehrung genetisch identische Kopien von Lebewesen herstellen.
Klotho: Schicksalsgöttin; die Spinnerin des Lebensfadens. *Parzen.
Koboltkuchen: Kobaltkuchen, ausgeschmolzener Kobalt.
Kohl: Helmut, *1930 in Ludwigshafen; 1982–1998 Kanzler der Bundesrepublik Deutschland.
Kohorte: der 10. Teil der röm. Legion.
Kolumbus: Christoph, 1451–1506, Entdecker Amerikas.
Konfuzius: 551–um 479 v. Chr.; chinesischer Philosoph; seine Aussprüche wurden durch Aufzeichnungen seiner Schüler überliefert.
Kontingenz: Zusammentreffen, Zufälligkeit.
Koprophage: Tier, das sich von Mist, Kot ernährt.
Korybanten: Priester der *Kybele; korybantisch: rauschhaft begeistert, ausgelassen.
Kothurn: hochsohliger Bühnenschuh der antiken Tragödie; übertragen: erhabener (auch steifer) Stil.
Kotter, Kotten: elende Hütte.
Kotzebue: August, 1761–1819; erfolgreicher Bühnenautor seiner Zeit; lange Zeit in russ. Diensten; in Russland, Österreich und Deutschland lebend; wurde als Spitzel angesehen und am 23. 3. 1819 von dem Burschenschafter Karl Sand in seiner Wohnung in Mannheim ermordet.
Krenz: Egon, *1937; seit 1983 Mitglied des Politbüros der SED; am 18. 10. 1989 Generalsekretär und Staatsratsvorsitzender; Rücktritt am 3. und 6. 12. 1989 von Partei- und Staatsämtern; Ausschluss aus der SED am 21. 1. 1990.
Kriemhild: Gattin Siegfrieds; weibl. Hauptgestalt des »Nibelungenlieds«. *Nibelungen.
Kronion: *Zeus, der Sohn des Kronos.
Kronos: ein *Titan, jüngster Sohn des Uranos und der Gaia, Vater des *Zeus.
Kronstadt: a) rumän. Brasov, Hauptstadt des Kreises K. in Rumänien; b) russ. Kriegshafen am Finnischen Meerbusen; 1917 einer der Ausgangspunkte des bolschewist. Umsturzes; 1921 Erhebung (bes. von Matrosen) gegen die beginnende Einparteiherrschaft der Bolschewiki.
Künette: Abflussgraben (des Festungsgrabens).
Kuhlmann: Quirinus, 1651–1689; Lyriker des 17. Jhdts., religiöser Schwärmer; wurde auf Verlangen des Moskauer Patriarchen verbrannt.
Kutter: einmastiges Segelfahrzeug.
Kybele: phrygische Fruchtbarkeitsgöttin; als ›Große Mutter‹ verehrt, mit der Zeusmutter Rheia gleichgesetzt; sie wurde mit ekstatischen Tänzen gefeiert.
Kykladen: Inselgruppe in der Ägäis.
Kyrieleison: griech. ›Herr, erbarm dich!‹

Lama: buddhistischer Priester oder Mönch in Tibet und der Mongolei.
Laokoon: trojanischer Priester, den zwei aus dem Meer auftauchende Schlangen zusammen mit seinen Söhnen töteten.
Lao-tse: wahrscheinlich um oder nach 300 v. Chr. (oder 6. Jhdt. v. Chr.); chinesischer Philosoph, dem das Werk »Tao-te-king« zugeschrieben wird; sein Leben ist legendenhaft ausgeschmückt; »Tao-te-king« besteht aus 81 kurzen, z. T. gereimten Abschnitten.
Latium: geschichtliche Landschaft und heutige Region Mittelitaliens am Tyrrhenischen Meer; Hauptstadt Rom.
Lausegold: lumpiges Gold.
Leda: Gemahlin des spartanischen Königs Tyndareos; gebar dem *Zeus Helena. Zeus war ihr als Schwan genaht.
Lemuren: röm. Totengeister.
Lenin: politischer Deckname von Wladimir Iljitsch Uljanow, 1870–1924; russ. revolutionärer Staatsmann.
Lesbia: nach der Dichterin *Sappho aus Lesbos die Geliebte in *Catulls Gedichten; danach oft benutzter Name in der Liebesdichtung.
Lethe: der Strom des Vergessens in der Unterwelt.
Lichtenberg: Georg Christoph, 1742–1799; Naturforscher, Schriftsteller, lebte in Göttingen.
Lidice: Ort in Mittelböhmen; wurde am 16. 6. 1942 von der SS als Vergeltung für das Attentat auf den SS-Obergruppenführer und stellv. ›Reichsprotektor von Böhmen und Mähren‹ Reinhard Heydrich zerstört; die Männer wurden erschossen, die Frauen in Konzentrationslager gebracht, die Kinder auf deutsche Familien verteilt.
Lido: Nehrung, bes. die bei Venedig.
Ligurien: Landschaft und Region Italiens am Golf von Genua.
Ligurisches Meer: der nördl. Teil des Mittelmeers zwischen der Riviera und der Insel Korsika.
Lima: ehemalige Hauptstadt des Inkareichs; heutige Hauptstadt von Peru.
Limbo: akrobatischer Tanz unter einer niedrigen Querstange hindurch.
Linus: mythischer Sänger; Sohn des *Apoll, von *Herakles erschlagen.
Lira: ital. Münzeinheit.
Loreley: 132 m hoher Schieferfelsen am rechten Ufer des Mittelrheins bei St. Goarshausen. Clemens Brentano personifizierte den alten Namen des Felsens (Lurley; Ley oder Lei: Fels, Stein) und erfand die Zauberin »Lore Lay«. (Vgl. H. J. Tümmers, »Der Rhein. Ein europ. Fluss und seine Geschichte«, München 1994, S. 248 ff.).

Ludendorff: Erich, 1865–1937; preuß. General, seit 1914 Generalstabschef *Hindenburgs, 1916 Generalquartiermeister; nach 1918 in der dt.-völk. Bewegung tätig.

Lukrez: Titus Lucretius Carus, ca. 98–55 v. Chr.; schrieb das epische Lehrgedicht »De rerum natura« (»Von der Natur der Dinge«), in dem er die materialistische Lehre des Epikur darstellte.

Luna: Mond, römische Mondgöttin.

Lyäos: Beiname des Dionysos (Bacchus).

MacNamara: Reginald, 1888–1971; der ›eisenharte‹ Australier (Beiname: »the iron man«) kam mit 24 Jahren in die USA; berühmter Radrennfahrer, fuhr auch in Europa, errang von 1913 bis 1933 neunzehn Siege in Sechstagerennen; starb einsam und verlassen im Alter von 83 Jahren in New York.

Mänaden: die ekstatischen Frauen im Gefolge des *Dionysos.

Mäonide: der Lydier, bes. als Name des *Homer.

Magma: Gesteinsschmelzfluss des Erdinnern.

Mahler: Gustav, 1860–1911; österreich. Komponist und Dirigent.

Mahomet: Mohammed, ca. 570–632; Stifter des Islam.

Maine: Grafschaft in Nordwest-Frankreich; Hauptort Le Mans.

Majdanek: nat.-soz. Vernichtungslager, entstanden aus einem Kriegsgefangenenlager für sowjet. und poln. Juden in Lublin/Polen im Februar 1943.

Mandala: ein Diagramm, das geistige Zusammenhänge versinnbildlichen soll; Hilfsmittel zur Meditation.

Mandelstam: Ossip, 1891–1938; russ. Dichter, bei den stalinistischen Verfolgungen im Lager Wladiwostok umgekommen.

Manen: die Guten; bei den Römern die Seelen der Verstorbenen.

Manhattan: Stadtteil von New York/USA.

Manna: legendäres (vom Himmel gefallenes) Brot der Israeliten.

Marat: Jean Paul, 1744–1793; franz. Revolutionär; an den Septembermorden von 1792 und als Präsident des Jakobinerklubs am Sturz der Girondisten maßgeblich beteiligt, von Charlotte *Corday erstochen.

Marbach: kleine Stadt am Neckar bei Ludwigsburg; Geburtsort Friedrich Schillers; Sitz des Deutschen Literaturarchivs und der Schillerstiftung.

Maria Theresia: 1717–1780; seit 1740 dt. Kaiserin, Königin von Ungarn und Böhmen und Erzherzogin von Österreich.

Marie-Antoinette: 1755–1793; Tochter *Maria Theresias, Gattin Ludwig XVI. von Frankreich, 1793 hingerichtet.

Marienborn: Grenzübergangsstelle zwischen BRD und DDR, Helmstedt-Marienborn.

Marmarameer: türkisches Binnenmeer; durch den Bosporus mit dem Schwarzen Meer und durch die Dardanellen mit dem Ägäischen Meer verbunden.

Marmel: Marmor.

Maro: Publius *Vergilius Maro.

Mars: Gott der alten Italiker und der Römer; Gott des Krieges, aber auch des Frühlings.

Marsen: ein kriegerischer german. Volksstamm, angeblich zwischen Ruhr und Lippe. In H. v. Kleists Drama »Die Hermannsschlacht« agiert auch »Dagobert, Fürst der Marsen«.

Marsyas: ein Dämon; geschickter Flötenspieler, verlor einen Musikwettstreit auf der Leier gegen *Apoll, der ihm danach (weil dem Sieger alles erlaubt war) bei lebendigem Leib die Haut abziehen ließ. – Die M. genannte Statue auf dem röm. Forum war ein Silen (ein satyrgleiches Weisen), der auf der Schulter einen Weinschlauch trug.

Martisfahnen: Fahnen des *Mars.

Mastodon, Mastodonten: Rüsseltiergattung der jüngeren Tertiärzeit.

Matrize: Metallform zum Guss von Lettern und Schriftzeichen.

Maut: Zoll.

Medusen: Medusa = *Gorgo.

Meerwidder: myth. Meerwesen.

Melpomene: *Muse der Tragödie.

Memphis: Hauptstadt des alten Ägypten.

Menander: ca. 342–293 v. Chr.; der bedeutendste Dichter der ›neuen Komödie‹ in Athen.

Menetekel: Warnungszeichen; die Worte der Geisterschrift beim Gastmahl des babylonischen Königs *Belsatzar (›meneh tekel u pharsin‹).

Menu: Speisenfolge; auf dem Bildschirm das Verzeichnis der angebotenen Programme.

Met: gegorener Honigsaft.

Metrum: Versmaß, Takt.

Michelangelo: M. Buonarotti, 1475–1564; ital. Bildhauer, Maler, Architekt und Dichter.

Mielke: Erich, 1907–2000; 1950–1957 Staatssekretär, dann Minister für Staatssicherheit der DDR (bis 1989).

Milet: altgriech. Stadt im westl. Kleinasien.

Miller: Henry, 1891–1980; US-amerikan. Schriftsteller, veröffentliche 1956 das Buch der Erinnerungen »Stille Tage in Clichy« (»Quiet Days in Clichy«).

Millet: Jean-François, 1814–1875; franz. Maler.

Milton: John, 1608–1674; englischer Dichter; Epos »Paradise Lost« (»Das verlorene Paradies«), 1667.

Mimose: Zierpflanze, deren Blätter bei der geringsten Berührung zusammenklappen.

Minerva: röm. Göttin (griechisch: Athene); Minervas Kinder: die Athener (Athene war die Stadtgöttin Athens).

Minos: sagenhafter König auf Kreta; nach seinem Tode wegen seiner Gerechtigkeit Richter in der Unterwelt. M. II., Enkel des vorigen, erbaute das Labyrinth.

Minotaurus: Ungeheuer, halb Stier, halb Mensch; geboren von der Frau des *Minos aus der Liebe mit einem Stier.

Mirabeau: Gabriel de Riqueti Graf von, 1749–1791;

1791 Präsident der Nationalversammlung, berühmter französischer Redner und Schriftsteller.

Missouri: Strom in den USA, Nebenfluss des Mississippi.

Mistral: kalter, stürmischer Nord(west)wind im Rhonetal.

Mofette: Kohlensäureausströmung in vulkanischem Gebiet.

Monsun: jahreszeitlich wechselnder Wind, bes. im Indischen Ozean.

Montale: Eugenio, 1896–1981; ital. Lyriker.

Montblanc: höchster Gipfel der Alpen und Europas, 4810 m.

Mont Cenis: Pass der franz. Alpen; zwischen den Tälern des Arc und der Dora Riparia, 2083 m hoch.

Montgolfier: Jacques-Etienne, 1745–1799, und Joseph-Michel, 1740–1810; Brüder, Erfinder des Warmluftballons.

Mont-Valerièn: Hügel auf dem linken Seineufer bei Paris; alte Befestigungsanlage, in der von 1941–1944 zahlreiche franz. Widerstandskämpfer hingerichtet wurden; jetzt Gedenkstätte.

Morian: dunkler Quarz.

Moses: um 1225 v. Chr.; der Schöpfer der Jahwereligion als des ›Bundes‹ zwischen Gott und dem Volk Israel.

Motanabbi: Beiname des bedeutenden arabischen Dichters Abul Taijib Ahmed Ibn al Hosain, 915–965.

Münchhausen: Hieronymus Karl Friedrich von, 1720–1797. Im Hannoverschen hatten sich viele abenteuerliche Geschichten um ihn gruppiert. Erich Raspe veröffentlichte 1785 in London in Englisch »Baron Münchhausens Erzählungen seiner wunderbaren Reisen und Kriegsabenteuer in Russland«. G. A. *Bürger übertrug sie mit einigen Freiheiten ins Deutsche.

Mulciber: Beiname des Vulcanus, des Gottes des Feuers und der mechanischen Fertigkeiten und Kräfte.

Mulde: linker Nebenfluss der Elbe, mündet bei Dessau.

Musen: neun Göttinnen der Künste und Wissenschaften: Klio (Geschichte), Kalliope (Epos, Elegie), Melpomene (Tragödie), Thalia (Komödie), Urania (Astronomie, heilige Poesie), Erato (Liebeslied, Tanz), Euterpe (Musik, Lyrik), Terpsichore (chorische Lyrik, Tanz), Polyhymnia (Tanz, Pantomime, ernsthaftes Lied).

Muspilli: ›Weltbrand‹; althochdt. Gedicht vom Weltuntergang.

Myriade: unzählig große Menge.

Myrmidonen: bei *Homer die Gefolgsleute des *Achill aus Phthia in Tessalien.

Nänie: Trauer-, Preis- und Klagelied auf Verstorbene.

Najaden: Quell-, Wassernymphen. *Nymphen.

NASA: Nationale Luft- und Raumfahrtbehörde der USA (National Aeronautics and Space Administration).

Nausikaa: Tochter des Phäakenkönigs Alkinoos; bes. anmutige Gestalt in *Homers »Odyssee«.

Nekropolis: Totenstadt, Gräberfeld alter Zeit.

Nephrit: zähes Gestein aus feinen Strahlsteinfasern.

Nereus: ein Meergott; zeugte mit seiner Gemahlin Doris die 50 Nereiden.

Niagarafälle: die Wasserfälle des Niagara, der 40 km langen Verbindung des Erie- und Ontariosees in den USA.

Nibelungen: Geschlecht der germanischen Sage; die dämonischen Besitzer eines großen Horts, der von dem Zwerg Alberich gehütet wird. – Name für die Burgunder. Wie im »Nibelungenlied« erzählt wird, geht nach der Ermordung Siegfrieds durch Hagen der Goldhort, den Siegfried den elbischen Nibelungen abgewann, an die Burgunderkönige über, die nun selbst Nibelungen genannt werden.

Nietzsche: Friedrich, 1844–1900; dt. Philosoph.

Ninive: Hauptstadt des Assyrerreichs, am Tigris gelegen; ihre Blütezeit im 8. und 7. Jhdt. v. Chr.; gilt im Alten Testament als böse Stadt; ihr wird der Untergang prophezeit.

Niobe: im griech. Mythos Mutter von vielen Kindern, die sich deshalb Leto gegenüber rühmte, die nur zwei Kinder, *Apoll und *Artemis, geboren hatte; darum töteten diese Niobes Kinder; sie selbst erstarrte zu Stein.

Noah: im Alten Testament (1. Mose 6–9) der in der Arche aus der Sintflut gerettete Fromme.

noctambul: nachtwandlerisch.

Notre-Dame: franz. Bezeichnung der Jungfrau Maria; Name franz. Kirchen.

Nymphen: griech. Göttinnen der freien Natur; für *Homer Töchter des *Zeus; oft gelten Flussgötter als ihre Väter. Als schöne junge Mädchen tanzten sie in Chören. In ihnen nahmen Naturkräfte Gestalt an: *Najaden, *Oreaden, *Dryaden.

Obelisk: vierkantiger Steinpfeiler, der sich nach oben verjüngt und in einer pyramidenförmigen Spitze endet.

Oberon: Zwergenkönig; Gemahl der Feenkönigin Titania.

Obolos: algriech. Gewicht und Münze; Scherflein; kleiner Betrag.

Ode: (meistens) ein erhabenes, feierliches Gedicht.

Odysseus: der listenreiche Held in *Homers »Odyssee«.

Ogygia: Insel der *Kalypso.

Olmütz: Stadt in Nordmähren.

Olymp: Gebirge in Griechenland, an der Grenze Thesaliens und Makedoniens; galt den alten Griechen als Sitz der Götter.

Olympia: heiliger Bezirk am Fluss Alpheios in Elis (Peloponnes); Kultstätte des *Zeus und der Hera; Schauplatz der Olympischen Spiele; sie stärkten (wie andere gesamthellenische Feste) das Zusammengehörigkeitsgefühl der Griechen.

Opal: ein Halbedelstein; ein Gewebe.

opalen: aus *Opal; durchscheinend wie Opal.

Ophelia: Tochter des Polonius in Shakespeare's »Hamlet«; verfällt dem Wahnsinn und ertrinkt im Fluss.

Oradour: O.-sur-Glane, Ort in Frankreich; wurde am 10. 6. 1944 als Repressalie gegen die franz. Widerstandsbewegung von der SS niedergebrannt; der größte Teil der Bevölkerung kam ums Leben.

Oreaden: Bergnymphen. *Nymphen.

Orest: Sohn Agamemnons; ihm oblag die Blutrache an Ägisth und der Mutter Klytämnestra, den Mördern des Vaters.

Orion: im griech. Mythos Sohn des *Poseidon; ein mächtiger Jäger; Sternbild.

Orkus: der Gott des Todes; das Totenreich, die Unterwelt.

Orontes: Fluss in Vorderasien, durchfließt Syrien und mündet in der Türkei ins Mittelmeer.

Orpheus: der älteste griechische Sänger; bezauberte mit der ihm von *Apoll verliehenen Leier die ganze Natur. *Persephone gab ihm seine gestorbene Gattin Eurydike wieder; doch beim Aufstieg aus der Unterwelt schaute er sich gegen das Verbot nach ihr um, und sie wurde ihm wieder genommen.

Otaheit: Tahiti, die größte der Gesellschaftsinseln.

Päan: Chorlied zu Ehren *Apolls.

Paestum: griech. Kolonie an der südl. Küste des Golfs von Salerno; um 650 v. Chr. gegr.; erhalten sind Stadtmauern und -tore und vor allem drei dorische Tempel.

Paletot: doppelreihiger Herrenmantel mit Samtkragen.

Palindrom: Wort oder Vers, das/der vorwärts wie rückwärts gelesen werden kann; vermag artistisch auch zu längeren Zusammenhängen ausgebaut zu werden.

Palladium: Bild der Pallas *Athene; Schutzbild; schützendes Heiligtum.

Palladio: Andrea, 1508–1580, italienischer Baumeister; durch seine Bauten und Lehrschriften maßgebender Lehrmeister des europäischen Klassizismus.

Pallas: Beiname der *Athene.

Pan: alter Gott der Hirten und des Kleinviehs im arkadischen Bergland; Sohn des *Hermes, mit Ziegenfüßen, liebte die Hirtenflöte, stellte den schönen *Nymphen nach. In der Mittagsstille jagte er gern durch plötzliche, unerwartete Laute ›panischen Schrecken‹ ein. Das griech. Wort ›pan‹ bedeutet ›all‹; so wurde Pan auch als ›Allgott‹ angesehen.

Pandora: von *Hephaistos auf Befehl des *Zeus erschaffen, der damit die Menschen für den Raub des Feuers durch *Prometheus strafen wollte. Die Götter statteten sie mit allen Reizen aus (›Pandora‹ = ›Allbegabte‹) und schickten sie dem Epimetheus als Gattin auf die Erde. P. brachte ein Tongefäß mit, in das die Götter alle Leiden eingesperrt hatten. Neugierig öffnete sie den Deckel; Unglück und Plagen entwichen und verbreiteten sich über die Erde; nur die Hoffnung blieb zurück.

Pantheon: alle verehrten Gottheiten; auch: ein allen Göttern geweihtes Heiligtum.

Panzen: Pansen; Magenteil der Wiederkäuer.

Panzerfaust: mit den Händen gehaltene Waffe, mit der eine Granate gegen Panzerfahrzeuge abgefeuert werden kann.

Paphius: cyprisch, Beiname der *Venus.

Paradigma: Beispiel, Musterbeispiel; in der Wissenschaft: beispielhaftes, dominierend gültiges Verfahren.

Paria: kastenloser Inder; allgemein: ein von der menschlichen Gesellschaft Ausgestoßener.

Parnass: Gebirge nördlich von *Delphi; Sitz *Apollons und der *Musen.

Parthenon: griechisch: Jungfrauengemach; der Marmortempel der ›Athena Parthenos‹ auf der Akropolis von Athen.

Parzen: römische Schicksalsgöttinnen, den griechichen Moiren gleichgesetzt. Die eine (Klotho) spinnt den Lebensfaden, die andere (Lachesis) bewahrt ihn, die dritte (Atropos) durchschneidet ihn.

Passat: eine in weiten Teilen der Tropen vorherrschende östl. Luftströmung.

Patina: grünlicher Überzug auf Kupfer, Edelrost.

Patmos: Insel im ägäischen Meer, wo der Apostel Johannes seine Offenbarung geschrieben haben soll.

Patras: griech. Stadt am Golf von P.; wichtigster Hafen der Peleponnes.

Patriarchen: im Alten Testament Erz- und Stammväter: *Abraham, Isaak, Jakob. – Titel von Bischöfen.

Patroklus: Freund des *Achill; zog vor *Troja in der Rüstung des Achill in den Kampf und fiel bei der Verfolgung der Troer. Achill feierte für ihn Leichenspiele und Totenopfer.

Pegasus: im griech. Mythos ein Flügelross; durch seinen Hufschlag entstand die Hippokrene, die Quelle der *Musen am Helikon in Böotien; deshalb Musen- oder Dichterross.

Pegel: Wasserstandsmesser.

Penaten: die Hausgötter der Römer.

Pentatonik: System von fünf Tönen als Grundtonleiter.

Pergamon, Pergamos: antike Stadt im nordwestl. Kleinasien; Hauptstadt des Pergamenischen Reichs, unter König Eumenes II. (197–160/59) eines der mächtigsten Kleinasiens. Bedeutende Ausgrabungen; für sie wurde 1930 in Berlin das Pergamon-Museum gebaut.

Perkeo: Klemens Perkeo, aus Tirol stammender Zwerg, der um 1720 Hofnarr des Kurfürsten Karl Philipp von der Pfalz in Heidelberg war; sein Holzstandbild neben dem Großen Fass im dortigen Schlosskeller.

Penthesilea: Königin der *Amazonen. Im trojanischen Sagenkreis wird über ihre Heerfahrt gegen die Griechen im Trojanischen Krieg berichtet. Sie fiel im Zweikampf mit *Achill. Im Hellenismus wurde das Motiv hinzugefügt, dass Achill der Sterbenden den Helm abnahm, ihre Schönheit sah und sich in P. verliebte; aber ihr Leben konnte er nicht mehr retten. – Drama von Heinrich v. Kleist.

Persephone: Tochter der *Demeter; von *Hades, dem Herrscher der Unterwelt, geraubt.

Perseus: Held der griech. Sage; Sohn des *Zeus und der Danae; tötete die Gorgone *Medusa, befreite Andromeda und vermählte sich mit ihr; befreite seine Mutter von Polydektes, den er in Stein verwandelte, indem er ihm das Haupt der Medusa zeigte.

Peso: südamerikan. Münzeinheit.

Petronius Arbiter: Gaius, † 66 n. Chr.; römischer Schriftsteller; berühmt durch seine Zeit- und Sittenschilderungen (»Satiren«, »Gastmahl des Trimalchio«).

Pfühl: Kissen; weiche Lagerstatt.

Phaläne: Nachtschmetterling.

Phidias: 5. Jhdt. v. Chr. in Athen; berühmtester Bildhauer des Altertums; Goldelfenbeinstatuen des Zeus in *Olympia und der Athene im *Parthenon auf der Akropolis von Athen.

Philipp von Spanien: 1527–1598; König seit 1556; die span. Kriegsflotte wurde 1588 im Krieg gegen Elisabeth von England vernichtet.

Philister: a) Nachbarvolk der alten Israeliten; b) Spießbürger, engstirnige Person.

Philoktet: ein Held, dem *Herakles seinen Bogen schenkte; wurde auf dem Zug gegen *Troja wegen einer übelriechenden Wunde auf Lemnos ausgesetzt, später aber nach Troja geholt; tötete Paris, worauf Troja fiel.

Philomele: Nachtigall.

Phöbus: Beiname *Apolls, ›der Lichte‹.

Phönix: in ägypt. Mythologie ein Vogel, der sich im Feuer verjüngt und aus der Asche wieder aufersteht; Sinnbild der Unsterblichkeit.

Phokis: Landschaft in Mittelgriechenland, mit *Parnass und *Delphi im Süden.

Phonetik: Lehre von Art und Erzeugung der Laute, vom Vorgang des Sprechens.

Picasso: Pablo, 1881–1973; span. Maler, Graphiker, Bildhauer, Keramiker.

Piccolo: Pikkoloflöte.

Pieck: Wilhelm, 1876–1960; von 1949 bis zu seinem Tod Präsident der DDR.

Piedestal: Sockel, Untersatz.

Pierinnen: die *Musen. Pierien, eine Landschaft in Makedonien, galt als Sitz der Musen.

Pindar: ca. 518–446 v. Chr.; der bedeutendste griechische Chorlyriker.

Pindus: Gebirgskamm in Griechenland; trennt Epirus von Thessalien.

Pizunda: Badeort an der georgischen Schwarzmeerküste.

Platon: 428/427–347 v. Chr.; griech. Philosoph; Platons Garten, die Akademie, lag nordwestl. von Athen beim Hain des Heros Akademos.

Playback: nachträgliche Anpassung des Bildstreifens an die Tonaufnahme bei Fernsehen und Film.

Plejaden: im griechischen Mythos die sieben Töchter des *Atlas und der Pleione, von *Zeus als Siebengestirn an den Himmel versetzt.

Pleyel: Ignaz, 1757–1831; Komponist, gründete 1795 in Paris eine Musikalienhandlung und eine Klavierfabrik; Instrumente von Ruf.

Plötzensee: Strafanstalt in Berlin, in deren Waschhaus während des ›Dritten Reichs‹ zahlreiche politische Gefangene, auch ein Teil der nach dem 20. Juli 1944 verurteilten Widerstandskämpfer, hingerichtet wurden. Auf dem Hof jetzt ein Mahnmal für die über 2000 Opfer.

Pluton: *Hades.

Podagra: Fußgicht.

Poetik: Lehre, Lehrbuch von der Dichtkunst.

Pogrom: hetzerisch-gewalttätiges Vorgehen gegen eine Bevölkerungsgruppe, bes. gegen Juden.

Pollux: *Kastor.

Polybios: ca. 201–120 v. Chr.; Geschichtsschreiber, Freund des jüngeren *Scipio, stellte die Zeitgeschichte bis 144 dar, um die weltgeschichtliche Bedeutung des römischen Aufstiegs zur Weltmacht aufzuweisen.

Polygraphie: alle Zweige des graphischen Gewerbes.

Pomona: Göttin der Baumfrüchte.

Port: Hafen; allgemein: Endpunkt, Ziel (lateinisch: portus).

Poseidon: der griechische Gott des Meeres und der Gewässer.

Posilipo: Hügelzug südwestlich von Neapel.

poste restante: postlagernd.

Potentat: Machthaber, Herrscher.

Potocka: Gräfin Delphine, geb. Komar, poln. Emigrantin in Paris und Genf um 1830/50; Freundin *Chopins, traf während seiner Todeskrankheit am 15. 10. 1849 bei ihm ein.

pränatal: vorgeburtlich.

Priamus: König von *Troja; Vater u. a. *Hektors und der *Kassandra.

Priapus: Gott der Fruchtbarkeit, der Obstgärten und Weinberge; wird dargestellt mit aufgerichtetem männlichen Glied als Fruchtbarkeitssymbol; sein einfaches holzgeschnitztes Bild wurde oft als eine Art Vogelscheuche in die Pflanzungen gestellt.

Primgeld: Sondervergütung für den Schiffskapitän.

Prometheus: im griech. Mythos einer der *Titanen; raubte gegen den Willen des *Zeus das Feuer und brachte es den Menschen; deshalb wurde er an einen Felsen geschmiedet, und ein Adler hackte ihm die immer nachwachsende Leber aus; später von *Herakles befreit.

Properz: Sextus Propertius, ca. 47–15 v. Chr.; römischer Dichter, berühmt durch seine vier Bücher »Elegien«.

Propyläen: die Toranlage der Akropolis.

Prosodie: Lehre von der metrisch-rhythmischen Behandlung der Sprache.

Proteus: verwandlungsfähiger griech. Meergott; Mensch, der leicht seine Ansichten ändert.

Prytane: Prytanen waren in griech. Städten der Teil des Rates, der die laufenden Geschäfte verwaltete.

Psalm: Liedform im Alten Testament, mit der Gott und/oder die Schöpfung gepriesen oder angerufen werden.

Psalter: Buch der *Psalmen im Alten Testament.

Puck: Kobold.

Pygmalion: ein König von Kypros; verliebte sich der Sage nach in eine von ihm geschaffene Mädchenstatue. *Aphrodite erweckte das Mädchen zum Leben, P. nahm es zur Frau.

Pyrrha: Gemahlin des *Deukalion.

Pythia: die weissagende Priesterin des Orakels zu *Delphi.

Python: im griechischen Mythos ein Drache, der in *Delphi das Orakel seiner Mutter Gaia bewachte. *Apoll tötete ihn.

Quodlibet: beliebige Zusammenstellung; Mischmasch.

Raffael: eigtl. Raffaello Santi, 1483–1520; ital. Maler und Baumeister; schuf berühmte Madonnenbilder.

Reagan: Ronald Wilson, geb. 1911; amerikan. Politiker (Republikanische Partei), von 1980–1989 Präsident der USA.

Rebus: Bilderrätsel.

Refugee: franz. ›Réfugié‹, Flüchtling.

Rembrandt: Harmensz van Rijn, 1606–1669; niederl. Maler.

Resede: lat. ›reseda‹, ›heile‹ [die Krankheit], Blume mit herb duftenden, grünlichen Blüten.

Requiem: Seelen- oder Totenmesse; benannt nach ihrem Eingangsgesang: ›Requiem aeternam dona eis‹ (›Ewige Ruhe gib ihnen‹).

Restif de la Bretonne: Nicolas Edme, 1734–1806; franz. Schriftsteller, Verfasser sittengeschichtlicher Romane mit drastischen erotischen Szenen.

Reveille: Weckruf.

Rhapsode: einstmals von Ort zu Ort wandernder Sänger, der an den griech. Festversammlungen die Gedichte *Homers und der alten Epiker vortrug und gelegentlich auch eigene Werke dichtete.

Rhin: rechter Nebenfluss der Havel.

Rialto: Ponte di Rialto, Brücke über den *Canal grande in Venedig; 1587–1591 erbaut.

Riemenschneider: Tilman, um 1460–1531; dt. Bildhauer und Bildschnitzer; 1520/21 Bürgermeister in Würzburg, trat im Bauernkrieg 1525 für die Bauern ein und verlor nach Folterung und Kerker Ämter und Ehren.

Ritornell: sich wiederholender Teil eines Musikstücks. – Dreizeilige Strophe.

Robinson: Held des Abenteuerromans »Robinson Crusoe« von Daniel Defoe (1719); wird auf eine unbewohnte Insel an der Orinocomündung verschlagen, wo er erst allein, dann mit einem Eingeborenen 28 Jahre zubringt und die Entwicklungsgeschichte der Menschheit noch einmal nachvollzieht.

Rolland: Romain, 1866–1944; franz. Schriftsteller.

Roncevalles: Roncesvalles, span. Dorf in den West-Pyrenäen. Im Tal von R. wurde 778 die Nachhut Karl d. Gr. von den Basken geschlagen, wobei nach dem »Rolandslied« Roland, der den Rückzug Karls deckte, gefallen sein soll.

Rondeau, Rondo: a) Tanzlied mit Kehrreim; b) musikal. Satztypus, dessen Hauptthema nach Zwischenteilen immer wiederkehrt.

Rotonde: offener Rundbau.

Roulette: ein Glücksspiel, bei dem eine Kugel in einem Apparat mit drehbarer Scheibe mit nummerierten, farbigen Feldern über den Gewinn entscheidet.

Rousseau: Jean-Jacques, 1712–1778; franz. Philosoph der Aufklärung, Gesellschaftskritiker.

Rue: franz. ›Straße‹.

Ruppin: Neu-Ruppin, Stadt in der Mark Brandenburg, am Ruppiner See. Vgl. Fontanes »Wanderungen durch die Mark Brandenburg« (»Die Grafschaft Ruppin«, Berlin 1862).

Saigon: ehemalige Hauptstadt Südvietnams.

Sais: im Altertum die wichtigste Stadt Unterägyptens.

Sallust: Gaius Sallustius Crispus, 86–34 v. Chr.; röm. Geschichtsschreiber.

Salomo: König des Israel und Juda umfassenden Reiches (ca. 965–926 v. Chr.); seine Regierungszeit galt als das goldene Zeitalter Israels, er selbst als Ideal eines weisen und mächtigen Herrschers. Ihm werden einzelne Texte des Alten Testamentes zugeschrieben.

Samos: fruchtbare griechische Insel vor der Westküste Kleinasiens; bekannt durch Weinbau.

Sand: George, 1804–1876 (auf Schloss Nohant); französische Schriftstellerin, befreundet u. a. mit *Chopin.

Sansculotten: franz. ›ohne Kniehosen‹; in der Franz. Revolution (1789 ff.) Name für die Republikaner, weil sie im Gegensatz zur aristokratischen Mode keine Kniehosen (›Culotten‹), sondern lange Hosen (›Pantalons‹) trugen.

Sanssouci: ›Sorgenfrei‹, Schloss *Friedrichs II. von Preußen in Potsdam; 1745–1747 nach Skizzen des Königs errichtet.

Sappho: um 600 v. Chr.; bedeutendste griech. Lyrikerin, in Mytilene auf Lesbos; sammelte im Kult der *Aphrodite und der *Musen Schülerinnen und Freundinnen um sich; ihre Gedichte (Liebes-, Hochzeitslieder, Götterhymnen) sind nur fragmentarisch überliefert.

Sarabande: gemessener Tanz; entsprechendes Musikstück.

Sarazenen: im Altertum Name eines Teils der Araber;

im Mittelalter zunächst ausgedehnt auf alle Araber, dann auf alle Muslime der Mittelmeerwelt, bes. auf die Gegner der Kreuzfahrer.

Saturn: altröm. Gott, dessen Name als Gott der Saaten gedeutet wurde; der Sage nach alter König Italiens, unter dem ein goldenes Zeitalter geherrscht habe.

Satyrn: mutwillige und lüsterne Wesen im Gefolge des *Dionysos; sie hatten Menschengestalt, aber Pferdeohren, Pferdeschwanz und Pferdehufe.

Saul: der erste israelische König, etwa 1020–1000 v. Chr.

Saul(us): der ursprüngliche Name des Apostels Paulus, geb. um 10 n. Chr., der um 34 bei Damaskus durch eine wunderbare Erscheinung zum Jünger Jesu bekehrt wurde.

Schabracke: verzierte Satteldecke, Prunkdecke; in der Umgangssprache abwertend für abgenutzte, alte Sachen.

Schacht: senkrecht in die Erde führender Tunnel, durch den die Bergleute in den Berg einfahren; von ihm gehen die Stollen ab, die zwischen den einzelnen Sohlen liegen.

Schaluppe: großes Beiboot; Küstenfahrzeug.

Schermaus: Wühlmaus; Wasserratte.

Schnappsack: Rucksack, Ranzen.

Schober: kleine Scheune im Feld; geschichteter Getreidehaufen.

Schopenhauer: Arthur, 1788–1860; dt. Philosoph.

Schragen: Totenschragen, Totenbahre.

Schrebergarten: Der Schuldirektor E. I. Hauschild gründete 1863 einen Schreberverein, der einen Schreberplatz als Spielplatz für Kinder ins Leben rief. Später wurden auch Beete angegliedert, so dass Schrebergärten entstanden. Der Name wurde zum Gedenken an den Arzt und Pädagogen D. G. M. Schreber gegeben, der mit der Sache selbst nichts zu tun hatte. (Kluge, Etymolog. Wörterbuch d. dt. Sprache, Berlin 1995).

Schrippe: berlinerisch für Weißbrötchen.

Schubert: Franz, 1797–1828; österr. Komponist.

Schute: flaches, offenes Wasserfahrzeug.

Scipio: Publius Cornelius S. Aemilianus, der jüngere Africanus, um 185–129 v. Chr.; zerstörte 146 v. Chr. Karthago; Freund des Historikers *Polybios.

Scott: Robert Falcon, 1868–1912; brit Polarforscher; kam bei der Rückkehr vom Südpol mit seinen Begleitern um.

SED: Sozialistische Einheitspartei Deutschlands, entstanden aus der Vereinigung von SPD und KPD am 21. 4. 1946.

Segesta: im Altertum die bedeutendste Stadt der Elymer im Nordwesten Siziliens; Reste der alten Stadt S., bes. der dorische Tempel, sind erhalten.

Seim: zähe, eingedickte Flüssigkeit.

Selene: die Mondgöttin (röm. Luna).

Sem: Gestalt der Vorzeit, ältester Sohn Noahs. Auf ihn wird in 1. Mose 10 eine Reihe von Völkern zurückgeführt, die seit A. Schlözer (1761) Semiten (mit untereinander eng verwandten Sprachen) genannt werden.

Seneca: Lucius Annaeus, um 4 v. Chr.–65 n. Chr.; Philosoph; wurde, in eine Verschwörung verstrickt, durch Kaiser Nero gezwungen, sich selbst zu töten. Über sein gefasstes Sterben berichtet *Tacitus in den »Annalen« (15, 60 ff.).

Senne: südwestl. Vorland des Teutoburger Waldes; sandiger Truppenübungsplatz.

Seraph: im Alten Testament sechsflüglige Engel, die Jahwe umschweben; S. bilden auch den höchsten der neun Engelchöre.

Servidore: gemieteter Diener; Fremdenführer.

Seth: Gestalt der Urzeit, der Erstgeborene Adams (1. Mose 5); in anderer Überlieferung (1. Mose 4) dritter Sohn Adams.

Shelley: Percy Bysshe, 1792–1822; engl. Dichter, bedeutender Lyriker.

Sibyllen: im Altertum Name für weissagende Frauen.

siderisch: auf die Sterne bezüglich.

Sieben Weise: griechische Staatsmänner und Philosophen des 7. und 6. Jahrhunderts v. Chr.; Thales, Pittakos, Bias, Solon, Kleobulos, Myson, Chilon. Ihnen wurden bestimmte Sprüche zugeschrieben.

Silage: Gärfutter.

Simson: ein mit übermenschlichen Kräften ausgestatteter Kämpfer des israelitischen Stammes Dan (Altes Testament); seine Geliebte Delila beraubte ihn durch Abschneiden seines langen Haupthaares seiner Stärke, er fiel den Feinden in die Hände und wurde geblendet.

Sinclair: Isaak von, 1775–1815, aus Homburg v. d. H.; nach Jurastudium in Jena bei der Regierung der Landgrafschaft Hessen-Homburg, jedoch radikaler Demokrat; seit 1795 mit *Hölderlin befreundet; wurde 1805 von der württembergischen Regierung des Hochverrats angeklagt und über vier Monate lang in Ludwigsburg inhaftiert. Die Ermittlungen der Untersuchungskommission bezogen sich auch auf Hölderlin. *Bellarmin.

Sirenen: im griechischen Mythos Mischwesen aus Vogel- und Mädchenleibern. Sie locken auf einer sagenhaften Insel die Vorüberfahrenden durch betörenden Gesang an und töten sie dann.

Sistina: *Sixtinische Kapelle.

Sixtinische Kapelle: die Hauskapelle des Papstes im Vatikan zu Rom; *Michelangelo malte 1508–1512 ihre Decke aus.

Sisyphos: im griech. Mythos ein König von Korinth; musste zur Strafe für seine Verschlagenheit in der Unterwelt ein Felsstück auf den Gipfel eines steilen Berges wälzen, von dem es aber immer wieder herabrollte.

Skyline: Horizont(linie), Kontur.

Skythen: im Altertum Völkergruppe zwischen Don und Donau; gefürchtet als Reiter und Bogenschützen.

Sodom: *Gomorrha.

Sohle: Gesteinsschicht im Bergbau.

Soho: Distrikt in der City of Westminster in London.

Sokrates: 469–399 v. Chr.; griechischer Philosoph, der selbst nichts geschrieben hat und durch die Schriften seiner Schüler, bes. Platons und Xenophons, bekannt ist.

Solon: athenischer Staatsmann; 594 v. Chr. beauftragt, Verfassung und Gesetze auszuarbeiten.

Sonett: Gedicht in bestimmter Form: 14 variierend gereimte Verse, meist in zwei vierzeilige und drei dreizeilige Strophen eingeteilt.

Sophismus: Trugschluss; Spitzfindigkeit.

Sparta: griech. Staat der Antike; bekannt durch die harte Erziehung der Söhne zu Kriegstüchtigkeit und Gehorsam.

Sphinx: in der griech. Sage ein geflügelter Löwe mit Frauenkopf; Sinnbild des Rätselhaften.

Spilling: gelbe Pflaume.

Spree: linker Zufluss der Havel; fließt durch Berlin und mündet bei Spandau.

Sputnik: Bezeichnung für den ersten sowjet. Erdsatelliten.

Stalin: ›der Stählerne‹, Josef Wissarionowitsch Dschugaschwili, 1879–1953; russischer Staatsmann und Diktator; 1922 Generalsekretär der bolschewistischen Partei; übte seit 1929 praktisch eine Alleinherrschaft aus.

Stampa: Gaspara, 1523–1554, italien. Dichterin.

Stanze: achtzeilige Strophe, in Jamben und meist in den letzten beiden Zeilen mit Paarreim.

Stasi: Abkürzung für »Staatssicherheitsdienst« der DDR; Gesetz über die Bildung des »Ministeriums für Staatssicherheit« (MfS) vom 8. 2. 1950.

Stele: frei stehender Pfeiler, als Gedenk- oder Grabstein.

Styx: Unterweltfluss.

Sütterlin: eine Schreibschrift; benannt nach dem dt. Pädagogen und Graphiker Ludwig S., 1865–1917; wurde 1941 durch die »Deutsche Normalschrift«, eine lat. Schrift, ersetzt.

Sulamith: Name eines Mädchens im ›Lied der Lieder‹, dem »Hohenlied«, einem Buch des Alten Testaments, einer Sammlung israelitischer Liebes- und Hochzeitslieder, die als religiöse Allegorie gedeutet wurden.

Sulpicia: 6 Elegien der Sulpicia, einer Nichte von Tibulls Gönner Messala, stehen unter den Werken *Tibulls.

Sykophant: verleumderischer Ankläger.

Syllogismus: (Vernunft-)Schluss vom Allgemeinen auf das Besondere.

Syrakus: Stadt auf Sizilien mit griech. und röm. Theater und anderen Resten antiker Bauten.

Syrinx: eine in ein Rohr verwandelte Nymphe; Hirtenflöte.

Tacitus: Cornelius, ca. 55–120 n. Chr.; röm. Geschichtsschreiber; verfasste die mehrbändigen »Annalen«, die (tlw. fragmentarisch) die Zeit von etwa 14–66 umfassen.

Tagelied: im Mittelalter ein liedhaftes Gedicht, das sich auf den Abschied zweier Liebender im Morgengrauen bezieht, die von einem Wächter vor dem Anbruch des Tages gewarnt werden.

Tamerlan: = Timur, 1336–1405; asiatischer Eroberer, bekannt für seine furchtbaren Grausamkeiten.

Tamino: Gestalt aus Wolfgang Amadeus Mozarts Oper »Die Zauberflöte«.

Tango: Tanz im langsamen 2/4-Takt, aus einem argentinischen Volkstanz entstanden.

Tantalus: mächtiger König in Kleinasien; Vater von Pelops und *Niobe; schlachtete seinen Sohn Pelops und setzte ihn den Göttern als Speise vor; in die Unterwelt verbannt. *Homer erzählt, er stehe dort bis zum Kinn in einem See, und herrliche Früchte hingen über ihm, aber wenn er danach greife, weiche der Ast zurück, und wenn er trinken wolle, verschwinde das Wasser.

Taoteking: Tao-tê-ching, klassisches Lehrbuch des Taoismus; seine Entstehung schreibt man dem Philosophen *Laotse zu (4. Jhdt. v. Chr.).

Tarock: Kartenspiel für drei Spieler mit besonderen Karten.

Tartan: elastischer Belag für Laufbahnen (Tartanbahn).

Tatra: Gebirgskette der Karpaten.

Tausendundeinenacht: arabische Sammlung von Märchen, Romanen und Novellen (insgesamt über 300), die von einer Rahmenerzählung umschlossen werden: Die kluge Scheherazade fesselt den König, der jede seiner Frauen nach der Hochzeitsnacht töten lässt, durch ihre Erzählungen 1001 Nächte hindurch und erreicht, dass er ihr das Leben schenkt.

Tedeum: liturgischer Lobgesang (›Te deum laudamus‹, ›Dich, Gott, loben wir‹).

Tejos: Teos, ionische Stadt auf der lydischen Küste; Geburtsort des *Anakreon.

Teltow: Stadt südwestl. von Berlin, im Kreis Potsdam.

Tempe: ein wegen seiner anmutigen Lage berühmtes Tal in Thesssalien/Griechenland.

Terzine: dreizeilige Strophe mit Reim der ersten und dritten Zeile.

Teut: Phantasiename für einen altgermanischen Gott, unter Anlehnung an den Götternamen Tuisto und den Namen der Teutonen.

Thebe: eine *Nymphe; die Geliebte des böotischen Flussgottes Asopos.

Theben: bedeutender Stadtstaat im alten Griechenland; von *Alexander d. Gr. 335 v. Chr. völlig zerstört. Die 7 Stadttore gehören in den Bereich der Sage.

Themis: Göttin der ungeschriebenen sittlichen Rechtsordnung.

Theokrit: Anfang 3. Jahrhundert v. Chr.; dichtete in bukolischen Idyllen ein idealisiertes Hirtenleben.

Theophrast: ca. 372–287 v. Chr.; Schüler des Aristoteles und nach dessen Tod Leiter seiner Philosophenschule; unter seinen Schriften auch zwei botanische Werke.

Theseus: Nationalheld der attischen Sage, König in Athen.

Thespis: ältester bekannter griechischer Tragiker; um 534 v. Chr. vielleicht Aufführung der ersten Tragödie in Athen.

Thessalien: Landschaft in Nordgriechenland.

Thessaloniki: griech. Stadt am Golf von Saloniki; bedeutender Hafen.

Thetis: eine Nereide; Mutter des *Achill. *Nereus.

Thomas: von Jesus zum Glauben überwundener Jünger (Joh. 20,24–29).

Thraker: galten im Altertum als kriegerische, rohe Barbaren. Thrakien war nach ältestem Sprachgebrauch der ganze Rumpf der Balkanhalbinsel, später nur die Osthälfte.

Thule: im Altertum ein sagenhaftes Land im hohen Norden; sprichwörtlich: äußerstes Land am Nordrand der Erde.

Thyrsus: der mit Efeu und Weinlaub umwundene Stab, den *Bacchus und die Bacchantinnen trugen.

Tibull: Albius Tibullus, † 19 v. Chr. in jungem Alter; Elegiendichter der augusteischen Zeit; Hauptthematik seiner Gedichte: das ruhige Glück des Landlebens und die Liebe zu Delia.

Tibur: Stadt in Latium; berühmt wegen ihrer schönen Lage, am Anio (heute Tivoli); von *Horaz in seinen Oden vielfach gepriesen.

Timoleon: 4. Jhdt. v. Chr.; befreite Syrakus vom Tyrannen Dionysios II. und ganz Sizilien von den Karthagern.

Titanen: ursprünglich die 6 Söhne und 6 Töchter des Uranos (Himmel) und der Gaia (Erde). Unter Führung des jüngsten von ihnen, *Kronos, stürzen sie Uranos. Kronos erleidet das gleiche Schicksal durch seine Kinder, die Kroniden. Es kommt zur Titanomachie, dem Kampf der Titanen (unter Kronos) gegen die Kroniden (unter *Zeus).

Toga: altröm. Obergewand, das die Römer bei öffentlichem Auftreten trugen.

Torso: Körper ohne Kopf und Gliedmaßen.

Transsilvania: ›Land hinter den Wäldern‹, Bezeichnung für Siebenbürgen in Rumänien.

Traverse: Querbalken.

Travertin: Tuffstein; poröser, zerreiblicher Kalktuff.

Treidler, treideln: ein Schiff am Schlepptau ziehen.

Tremolo: ital. Zittern, Beben; in der Musik: das Schwanken der Tonhöhe (bes. im Gesang) und die sehr schnelle Wiederholung eines Tons oder Akkords.

Trester: die nach dem Auspressen der Maische von Trauben und Obst verbleibenden festen Rückstände. – Branntwein aus Wein- und Obst-T.

Treuhand: Treuhandanstalt. Am 17.6.1990 verabschiedete die frei gewählte Volkskammer der DDR das Treuhandgesetz, das als Hauptaufgabe die Privatisierung der volkseigenen Wirtschaft vorsah.

Tristan: Kernmotive der Sage von Tristan (und Isolde) sind die Sage von der Feenliebe und die Ehebruchsfabel. Beide Motive wurden später erweitert durch eine Werbungssage (T. zieht aus, um für seinen Oheim Marke um das Mädchen mit den Goldhaaren zu werben) und durch das Motiv vom Liebestrank, der die Liebenden unschuldig schuldig werden lässt. Gottfried von Straßburgs »Tristan« (unvollendet, etwa zwischen 1205 und 1215). Musikdrama »Tristan und Isolde« von Richard Wagner (1859).

Triton: ein Meergott, der auf Geheiß des Vaters Neptun auf einer Muscheltrompete bläst, um das Meer aufzuregen oder zu besänftigen.

Tritonien: Schwertliliengewächse.

Troja: Hauptort von Troas (antiker Name der Landschaft östl. der Dardanellen in Westanatolien); in der griech. Sage Schauplatz des Trojanischen Kriegs, in dem die Griechen unter Agamemnons Führung um die von Paris geraubte Helena kämpften. Troja wurde nach zehnjähriger Belagerung von den Griechen erobert und zerstört.

Tschako: Kopfbedeckung (der Polizisten).

Tschernobyl: Ort mit Atomkraftwerk in der Ukraine; dort Reaktorkatastrophe in der Nacht zum 26.4.1986, brachte auch Deutschland erhöhte radioaktive Belastung von Luft und Boden.

Tscherokese: Cherokee, nordamerikanischer Indianerstamm.

Tubus: das linsenfassende Rohr bei optischen Geräten.

Tucht: althdt. ›tuht‹, Tüchtigkeit.

Tula: Hauptstadt des Gebietes T. südl. von Moskau; Industrieschwerpunkt, auch Theater und Philharmonie.

Tulcea: Hauptstadt des Kreises T. in Rumänien, im westl. Donaudelta.

Tumulus: Hügel, Grabhügel.

Turandot: Gestalt einer Erzählung der orientalischen Sammlung »1001 Tag« (1710/1712). Die Prinzessin T. gibt ihren Freiern Rätsel auf und lässt sie töten, wenn sie sie nicht lösen können. Zuletzt erhört sie den Bewerber, der die Lösung findet.

Tzara: Tristan, 1896–1963; Schriftsteller; gründete mit Hans Arp u. a. die Zürcher Gruppe des literar. Dadaismus; schrieb dadaistische Dichtungen.

Ulbricht: Walter, 1893–1973; seit 1950 Generalsekretär des Zentralkomitees der SED, seit 1960 Vorsitzender des Staatsrats und damit nach der Amtszeit *Piecks auch formell an der Spitze der DDR; 1971 Übergabe seiner Ämter an Erich *Honecker.

Ulysses: *Odysseus.

Upsala: Stadt in Schweden mit wertvoller Bibliothek; dort liegt die gotische Bibelübersetzung des Ulfilas (um 311–383), der »Codex argenteus«.

Urania: Muse der Astronomie, auch der heiligen Poesie; *Musen; im griechischen Mythos auch Beiname der *Aphrodite als Göttin der edlen Liebe im

Unterschied zu ›Aphrodite Pandemos‹ als Göttin bloßer Sinnlichkeit.

Uranide: *Kronos als Sohn des Uranos, des ältesten Gottes des griechischen Weltentstehungsmythos.

Uria: im Alten Testament Heerführer König *Davids; Gatte der von David verführten *Bathseba; wurde auf Davids Befehl, den er in einem Brief gab, den U. selbst unwissentlich überbrachte (Uriasbrief), im Kampf an die gefährlichste Stelle beordert, wo er umkam.

Urian: seltsamer Name, der zur Bezeichnung eines Menschen geworden ist, den man nicht nennen will, kann oder darf und dessen nähere Verhältnisse nicht angegeben werden.

Uterus: Gebärmutter.

Utopia, Utopie: eigtl. ›Nicht-Ort‹, nirgendwo; erdachtes, ideales Land, Wunschbezirk; nach dem (lat. geschriebenen) Roman des Engländers Thomas Morus (More) »Utopia«, Leiden 1516 (»De optimo rei publicae statu deque nova insula Utopia« [Über den besten Status der res publica und die neue Insel Utopia]).

Val-de-Travers: Bezirk im Kanton Neuenburg/Schweiz.

Vanitas: lat. ›Nichtigkeit‹, leerer Schein, Vergeblichkeit; zentrales Thema im ›Barock‹.

Vapeurs: Blähungen, Launen.

Venus: die römische Göttin der Liebe; ursprünglich eine altitalische Göttin des Gartenbaus.

Vergil, Virgil: Publius Vergilius Maro, 70–19 v. Chr.; berühmter Dichter Roms: »Bucolica« (Hirtengedichte), »Georgica« (Lehrgedichte über Ackerbau, Baumkultur, Vieh- und Bienenzucht), »Aeneis« (Heldenepos).

Verne: Jules, 1828–1905; franz. Schriftsteller, schrieb utopisch-technische Abenteuer- und Entdeckerromane.

Vestibül: Vorhalle, Vorraum.

Vietnam: Land an der Ost- und Südostküste Hinterindiens. Der Vietnam-Krieg entwickelte sich 1957/1958 aus den Auseinandersetzungen zwischen südvietnamesischen Regierungstruppen und den kommunistischen Vietkong; seit 1964/1965 Einsatz US-amerikanischer Truppen; 1973 Waffenstillstand; 1975 Eroberung von ganz Süd-Vietnam durch kommunistische Truppen.

Villon: François, 1431–1463; franz. Dichter, aus ärmlichsten Verhältnissen stammend, Vaganten- und Gaunerleben.

Vineta: sagenhafte, versunkene Stadt an der Ostsee.

Vita: lat. ›das Leben‹; Lebensgeschichte.

Vlies: zusammenhängende Masse der abgeschorenen Wollhaare des Schafs; im griech. Mythos das Fell des goldenen Widders, der Phrixos und Helle über den Hellespont trug. Es war die Aufgabe der Argonauten, das Goldene Vlies aus Kolchis zurückzuholen.

Voltaire: 1694–1778; franz. Philosoph der Aufklärung, Historiker, Dichter.

Wal: Kampf, Schlacht.

Walhall: in der altnord. Mythologie Totenhalle, in die Odin (Wotan), der höchste german. Gott, die gefallenen Krieger beruft.

Wallenstein: Albrecht v., 1583–1634; Feldherr im Dreißigjährigen Krieg, Oberbefehlshaber der kaiserlichen Truppen. Als ihn der Kaiser des Hochverrats bezichtigte, fielen die Truppen von ihm ab; in Eger mit seinen letzten Getreuen Illo, Terzky und Kinsky von kaiserlichen Offizieren ermordet.

Walstatt: Kampfplatz, Schlachtfeld.

Walther: von der Vogelweide, um 1165–1230; bedeutender mittelalterlicher Lyriker.

Weiss: Peter, 1916–1982; Schriftsteller, Graphiker, Maler.

Wiepersdorf: Gut Wiepersdorf in der Mark; vornehmlich hier lebte Achim von Arnim mit seiner Frau Bettine (der Schwester Clemens Brentanos) seit 1814 bis zu seinem Tode 1831.

Willemer: Maria Anna Katharina Theresia v., gen. Marianne (1784–1860); seit Sept. 1814 dritte Ehefrau von Johann Jakob v. Willemer (1760–1838), Bankier und Geheimer Rat in Frankfurt/M.; leidenschaftliche Begegnung mit Goethe 1814/1815, letztes Zusammensein in Heidelberg im Sept. 1815.

Workuta: Stadt in Russland, 160 km nördlich des Polarkreises; von 1943 bis in die fünfziger Jahre sowjet. Zwangsarbeitslager.

Wrasen: Dampf, Dunst.

Xenophon: ca. 430–354 v. Chr.; griech. Schriftsteller und Historiker.

Zappa: Frank, 1940–1993; US-amerikanischer Rockmusiker.

Zebaoth: die himmlischen Heerscharen; Herr Zebaoth = Herr der Heerscharen; im Alten Testament Bezeichnung Gottes.

Zentaur: Kentaur, im griech. Mythos ein Fabelwesen mit Pferdeleib und menschlichem Oberkörper.

Zephir: sanfter Wind, bes. Westwind.

Zerberus, Kerberos: der Hund, der das Tor des *Hades hütet.

Zeus: der mächtigste der griech. Götter; Sohn des *Kronos (daher Kronide); begründete im Kampf mit ihm und den *Titanen die Herrschaft der olympischen Götter; seine Waffe war der Blitz, sein Symboltier der Adler.

Zimbel: im Altertum Musikinstrument in der Art eines kleinen Beckens.

Zink: ein historisches Blasinstrument.

Zinkenist: Zinkenbläser.

Zion: Name eines Hügels in Jerusalem und des Tempelberges, auch Bezeichnung für Jerusalem selbst; im übertragenen Sinn: das auserwählte Volk.

Zola: Emile, 1840–1902; franz. Schriftsteller.

Zyklon: Wirbelsturm.

Zyklop: einäugiger Riese der griech. Sage.

ALPHABETISCHES VERZEICHNIS DER GEDICHTÜBERSCHRIFTEN UND GEDICHTANFÄNGE

(Die Überschriften und Anfänge sind oft stark gekürzt.)

ALPHABETISCHES VERZEICHNIS DER AUTOREN/INNEN

Werkausgaben deutschsprachiger Klassiker in der Winkler Weltliteratur

Matthias Claudius
Sämtliche Werke
Mit Nachwort und Bibliographie von R. Siebke,
Anmerkungen und Zeittafel von H. Platschek
Mit 10 Bildtafeln von Chodowiecki und 22 Illustrationen der Erstausgaben.
ISBN 3-538-05025-2 Leinen / 3-538-05525-4 Leder

Annette von Droste-Hülshoff
Sämtliche Werke in zwei Bänden
Nach dem Text der Originaldrucke und der Handschriften
hrsg. v. G. Weydt und W. Woesler
Band I: Gedichte / Epen / Prosa, ISBN 3-538-05053-8
Band II: Gedichte / Versepik / Prosa / Dramen, ISBN 3-538-05256-5

Johann Wolfgang von Goethe
Werke in sechs Bänden
Neu hrsg. und mit einem Essay zu jedem Band von D. Borchmeyer.
Band I: Gedichte / Verserzählungen; Band II: Dramen
Band III: Die Leiden des jungen Werther / Die Wahlverwandtschaften u. a.
Band IV: Wilhelm Meisters Lehr- und Wanderjahre
Band V: Dichtung und Wahrheit; Band VI: Reisen
ISBN 3-538-05079-1

Heinrich von Kleist
Sämtliche Werke
Mit Nachwort, Anmerkungen und Zeittafel von H. Koopmann.
ISBN 3-538-05348-0

Alle Bände der Dünndruckbibliothek sind auch einzeln erhältlich.